司玉传

Si Yu Zhuan

上

张伟华

/著

金城出版社
GOLD WALL PRESS
北京

图书在版编目（CIP）数据

司玉传 / 张伟华著. -- 北京 : 金城出版社, 2016.8

ISBN 978-7-5155-1356-0

Ⅰ. ①司… Ⅱ. ①张… Ⅲ. ①长篇小说－中国－当代 Ⅳ. ①I247.5

中国版本图书馆CIP数据核字(2016)第141845号

司玉传（上中下）

作　　者　张伟华
责任编辑　胡　敏
开　　本　710毫米×1000毫米　1/16
印　　张　54
字　　数　690千字
版　　次　2016年8月第1版　2016年8月第1次印刷
印　　刷　北京金瀑印刷有限责任公司
书　　号　ISBN 978-7-5155-1356-0
定　　价　79.80元（全三册）

出版发行　金城出版社　北京市朝阳区利泽东二路3号　邮编：100102
发 行 部　（010）84254364
编 辑 部　（010）64210080
总 编 室　（010）64228516
网　　址　http://www.jccb.com.cn
电子邮箱　jinchengchuban@163.com
法律顾问　陈鹰律师事务所（010）64970501

目录

CONTENTS

【上】

【中】

【下】

第一卷

雏凤清鸣·展翼之卷

第一章

荒野求生

夏惠宗二十二年，奸臣当道，民不聊生。忠臣纷纷辞官归故里。老相国司九龄伉俪情深，老来得女。值此多事之秋，决定告老还乡，回归故里。

“贵妃娘娘，今日朝堂之上，司老儿上折子声称老迈，要告老还乡。”一个身着太监常服的人细声细气地说。

“司老儿是一只猛虎，值此多事之秋，本宫绝不能允许虎归山林。”女人阴恻恻的声音从帘后传来。

“老奴明白，这就去安排！”帘外之人匆匆离去。

“小姐，快起床！要出发了。”贴身丫环小惠摇动着她的身体。

“呜，好困。你去跟老爷说一声，我再睡一下嘛。”司玉挥了挥手臂，想将这闹人的声音赶走，可手臂却沉重得无法动弹。

“快起来吧。禁卫军正在城中搜索叛党。奴婢听见老爷对夫人说，这是奸妃的计谋。其实是在捕杀忠良。再不走，就走不了啊……”

“啊！”如同当头一盆冷水浇下来，还在混沌中呢喃的司玉刹那间神志清醒。

山高林密，四周静悄悄地，只有马车行走的哒哒声。密林之中，似乎有银光闪过。玉相忽然勒住马，示意车队停下。他凝神细听了一会，叫来管家，“你速速去后边告诉夫人和小姐，扔下箱笼细软，轻装行进。”

司夫人听后，招呼着小惠，“让小姐下车骑马，所有的箱笼都扔下。”

司夫人原是将门千金，骑射样样精通。司玉在母亲的教导下，也颇懂骑射。尤其是骑马，更是一把好手。母女二人闲来无事的时候，经常在郊外赛马。她听母亲如此吩咐，便知情况有变。当即绞断拉车的马缰绳，与小惠二人共骑一匹马，挥鞭策马前行。

玉相低估了林中山贼， 他误以为山贼求财，必不会伤及人命，所以才抛弃箱笼细软，轻装行进。不料这帮人却是杀人索命，对金银细软丝毫没有兴趣。

密林中突然传出打杀声，一群蒙面黑衣人冲了出来，飞快地拦住司玉的马头。司夫人见状，立即挽弓上箭，连续射杀多人。

玉相的马也被拦下了，他与黑衣人缠斗在一起，一面大呼，“夫人带着司玉先走……”

忽然，司玉的马痛嘶了一声！狂乱中竟然跌落山崖。此时，天空一个惊雷炸裂在天际，划过天空的蜿蜒电光竟然透着不同寻常的紫色，像是锋锐的紫晶利刃将漆黑的天幕划成两半，撕扯开的天幕隐隐透着金光。

司玉来不及惊诧，却见那道刺眼之极的紫光猛地在眼前放大，伴着轰鸣雷声，余韵阵阵，她瞬间全身失去知觉，思绪澄清成一片空白……

她是在做梦吗？司玉朦胧地感到自己的身体在一片黑沉沉的虚无之中沉浮，像要融化在一片黑暗之中，却偏偏还有一丝知觉。不知道究竟沉睡了多久，意识逐渐清醒，好像做了个噩梦般。

朦胧中，司玉觉得有些发冷，直觉地瑟缩了一下，身体却完全不听使唤。不知过了多久，隐约感觉身上一沉，似乎有什么东西在她胸口不停地蹭啊蹭啊……

什么呢？

好像很温暖，很湿润，还不停地在舔着自己的脸颊，又痒又滑……

身体慢慢恢复知觉，司玉费力地睁开眼睛，首先映入眼帘的是一片明媚的阳光，刺眼的光线让她情不自禁地呻吟了一声，逐渐适应之后，向前看去……

“啊——”一声尖叫惊起宿鸟无数。

这是什么怪物！司玉猛地仰起身来，一巴掌狠狠挥过去。

瞬间与她视线相对的竟然是一双黑亮亮的大眼睛，大到诡异的地步；还有两只大鼻孔，正“呼哧呼哧”喷着热气，怎么看都是一张恐怖到极点的怪兽脸孔。

随着司玉的剧烈动作，原本趴在她胸口的那个怪物立足不稳，“呜”的一声哀鸣，被司玉一巴掌抽飞，“砰”地摔在旁边。

司玉长吸一口气，定神望去，这才看清这只不明生物的全貌，圆滚滚的身体泛着玉石般的白润色泽，两只小扇子似的耳朵垂在两侧，打了个问号的小尾巴一翘一翘的，还有那刚刚因为距离太近把自己吓了一跳的大鼻子……

这……分明是一头猪！而且是一只迷你形的小猪。

看着那只比小猫大不了多少的小猪正在地上扑腾，四只短短的小猪蹄奋力刨着地面，挣扎着想从地上爬起来——刚才那一巴掌似乎把它抽得不轻。司玉大脑顺理成章地停滞了，在呆了足足数十秒钟之后，她才战抖着抬头看向四周。

眼前是一片广阔的湖泊，波光粼粼，水色荡荡，转身看向后面，是一片森林，绿意苍茫，郁郁葱葱。

极目眺望，水面和绿树的后面隐见暗褐色的峭壁。她记得自己随父母在回乡的路上，行至密林之时，一群黑衣蒙面人袭击了他们的马车。她乘坐的马车摔下了山崖。父母的马车应该也在这附近吧……

这是哪里？自己不是在做梦吧？司玉忍不住抬手揉了揉眼睛。抬手的同时，有什么东西顺着指缝零星撒落。

低头看去，是一种细微洁白的沙砾，有不少黏在了她的手上，阳光下散发着珍珠色的光泽。身下软软的，都是这种极细腻的白沙，难怪醒来的瞬间自己以为是躺在柔软的床上。

司玉随手捧起一掬，珍珠色的细沙沿着指缝撒落，折射光线竟如宝石般剔透琉璃，让她瞬间为之炫目。

马匹失控后，记忆中的最后一幕是那道诡异的紫色闪电，还有金色的云层……她看了看四周，静悄悄无一丝人声。

司玉爬上旁边一处高地，极目远眺。视线所及这里似乎是一个峡谷，整个谷地四周都是高悬的峭壁，环绕着一半翡翠森林，一半白玉湖泊，而她正站在湖边的空地上。

司玉勉强镇定了心神，现在当务之急是先找到人再说，这个峡谷似乎并无人类居住的痕迹。

不过在这之前……一阵风吹过，司玉忽然打了个寒战，感觉身上凉了不少。她低头一看，顿时变了脸色。身上的衣裙被荆棘划了好几个大口子，白晰的肌肤露在外面，怪不得冷风刺骨呢。一个难堪的危机摆在面前，她没衣服换了！

幸好附近没人，司玉心惊胆战地看向四周，却发现有一道灼热的视线正紧紧盯着她。

司玉心里一颤……是那只小猪。

它从地上爬了起来，正用一种……一种司玉不知道怎么形容的眼神盯着她。这眼神让司玉有种错觉，眼前的小猪是一只有灵识的生物，而不是一只简单蠢笨的猪。

算了，不要管它，只是一只猪而已。光天化日，赤身裸体地站在野外，这样的危机落到哪个女孩子身上也会疑神疑鬼。

司玉嘴角抽搐了一下，刻意别开视线，再一次打量起周围的环境来。

山谷中树木遍地，枝丫繁茂。走近了查看，这些树并不是单纯的绿色，中间的叶片竟然是纯粹的金黄，再往里更隐约透出点点成熟的火红。微风轻过，叶片轻摇，像是无数绚丽的蝴蝶展翅欲飞。

树木之下还有不少蔓藤状的植株附着而生，开着五颜六色的花，她试着撕扯了几下，细嫩的枝条意外地坚韧。

肚子里传来细微的咕咕声，不知不觉间，太阳已经落到天边了。马上就是夜晚，不仅吃饭，还有睡觉的问题。

司玉头疼起来，这荒山野岭里去哪里找吃的?

这里有吃的吗?

倒真有一只现成的!

司玉脑中灵光一闪，转过头。

她来这边查看环境，那只小猪也不知是对外来生物好奇，还是被她那一巴掌抽晕了，竟然亦步亦趋地跟在她身后，一直走到了树下。司玉察看树木植物，它就以一种端庄的姿态，乖乖地坐在石头旁，微斜着脑袋，认真看着她的动作。

此时接触到司玉“饥渴”的目光，小猪不自觉打了个哆嗦，本能地感受到危机，从地上爬起来。

看到小东西一副戒备的姿态，司玉赶紧将脑海中烤乳猪的形象打消掉，放柔眼神，换上一副笑脸，蹲下身，冲着它勾了勾手指头：“小猪乖乖，过来，姐姐给你吃的。”

小猪眨了眨眼睛，有点鄙视地看了眼前的“灰太狼”一眼，不仅没有上钩，反而后退了一步。

到嘴的肥肉要逃跑，司玉上前一步。

野生动物的反应格外机敏，一见司玉的动作，小猪撒腿就跑。

到嘴边的鸭子岂能容它飞走！司玉果断地扑了上去。

小猪以远远超出猪类极限的轻灵动作一跳，划过一道优美的弧线。可惜还是没有逃出司玉的“魔爪”，被司玉以饿虎扑食的姿态一把按在地上。

很好，一举擒获！看来凭自己十项全能的体育成绩，即是在野外，短期生活也不是问题。司玉带点儿小小自豪地想着。

现在怎么办？杀了烤来吃。一边按住四蹄不停挣扎的小猪，司玉费起了脑筋。

自己手里虽然有把小刀，可是这里没有火，总不能茹毛饮血吧。

她一手攥住猪尾巴，把它拖到树底下，扯出一根蔓藤来充作绳子，三下五除二把四只小蹄捆了个结实，还打上一个漂亮的蝴蝶结。

钻木取火这种活儿难度太高，肉食暂时是没法指望，只好先从素食上下手了。

峡谷里生长了不少树木，大多都结了果，司玉捡了根木棍，对着果子密集的几根枝丫一顿猛敲。七零八落跌下了一堆树叶和果子。

果子形状和苹果很类似，金灿灿的，头上还长了一朵红色的小花，像一顶小帽子，格外滑稽。

记得书里常说，野生的植物，越是颜色鲜艳的，越可能有剧毒。这种果子自己闻所未闻，万一要是有毒呢？

司玉犹豫片刻，看了看被她扔在地上的小猪。它正满脸怨念地瞪着她。司玉蹲下身，将果子递到了它面前。

看着送到嘴边的果子，小猪用鼻子拱了拱，张口吃起来，很快整个果子就进了肚子。

看来没有毒，司玉放下心来，野生动物在这方面有天生的本能。她拿起一个咬了一口，好吃！甘甜多汁，又香又脆。

一口气吃了三个，终于不那么饿了。司玉低头一看，却发现小猪正用期待的眼神望着她，似乎还在等着她喂果子。

本着不虐待动物又不污染环境的原则，司玉随手将手里吃剩下的果核递了过去。

小猪看了那几只果核一眼，拱了拱身子，把头一歪，显然是对这种侮辱性食物不屑一顾。

这真是一只猪吗？司玉越来越惊奇了，她伸出一根手指，挑着那只蝴蝶结，将小猪拎起来。

四只樱花色的小猪蹄被捆成一团，小猪拼命挣扎，无奈蝴蝶结扎得太紧，司玉轻而易举把它拎到眼前，左三圈右三圈地仔细研究起来。

黯淡的暮色里，圆滚滚的小猪白里透红，隐隐散发着珍珠色的光芒，堪称“珠圆玉润”。脑海中忽然冒出这个词，司玉“扑哧”笑出声来。

她用手指戳了戳小猪的屁股，还挺柔软的，又摸了摸他圆滚滚的小肚子，温暖细腻，手感真不错。司玉正摸得不亦乐乎，忽然发现，咦！这只小猪怎么变色了。

似乎越来越红，明明刚才还是白嫩嫩的。

眼看着手里的白玉团子逐渐变成粉红色。司玉禁不住睁大了眼睛，这只小猪……

难道……

盯着那越来越粉红的颜色，她实在难以置信，这个世界太神奇了，一只猪竟然也会害羞?

“喂，你不会真是在害羞吧？”明知道猪不可能听懂人话，她还是忍不住问道。

小猪毫无反应，但是身上的粉红趋势有增无减。

“你到底是公还是母呢？”她立刻又想到这个问题，就想把小猪举高，仔细观察一下它的性别。

可小猪也不知是否明白了司玉的目的，忽然剧烈挣扎起来，司玉双手都险些拿不稳它。

怎么好像是自己在非礼它一样，司玉嘴角抽搐了一下，竟然有一种罪恶感涌上心头。犹豫再三，算了吧，别把自己弄得猥琐狂一样。“明明只是一只猪而已嘛。”她小声嘀咕了一句，最终还是放弃了强迫小猪验明正身的举动。

“不过……你不会真的能够听懂我说话吧？”直视着小猪，司玉若有所思地问道。

小猪一脸天真懵懂地望着她，毫无异状。

“不想说实话吗？算了，反正你只是我的储备粮而已。”司玉捏着它软软的耳朵，轻声道：“总有一天会把你烤来吃。在那之前，先把你养肥一点儿吧。”

她解开捆绑它四蹄的绳子，改在它脖子上加了一道，绳子另一端牢牢系在腕上。这种宠物项圈式绑法显然比刚才的五花大绑人道多了，小猪只是很不满地蹭了蹭绳子，却没有像刚才那样挣扎。

司玉又打下几只果子，递到了它面前。小猪看了她一眼，低头吃起来。也许是没有抢食的，小猪的吃相完全没有平常动物的狼吞虎咽，反而透着一股子斯文优雅。

斯文优雅？

想到这个词，司玉忍不住笑出声来。自己今天真是受刺激太大了，满脑子尽是胡思乱想。

“储备粮啊储备粮，想不到你还是一只优雅的储备粮。嗯，以后你就叫这个名字好了。”她轻轻摸着小猪的脑袋。

待储备粮吃完果子，司玉站起身来，趁着天没完全黑，得赶紧找一个睡觉的地方。身后树林幽深茂密，不知有没有可供栖身的树洞。她正要抬脚往树林里走，却感觉一阵力气将她往相反的方向拉。原来是某只猪毫无身为俘虏的自觉，径自向相反的方向走去。

司玉用力扯了扯绳子，储备粮却像铁了心一样，愣是不回头。

双方僵持不下，司玉疑惑起来，它到底想去哪儿？眼前这只也算是山谷的原住民了，难不成知道什么栖身的地方？

虽然住猪圈这种事儿让司玉想一想都觉得很窘，但森林里的树洞只怕也好不到哪里去，尤其夜幕下的森林幽深叵测，万一隐藏着什么野兽之类……司玉打了个寒战，放弃进林子的打算，跟上了自己新收宠物的步伐。

这不就是自己来时的路吗？跟着储备粮没走多远，司玉又回到了醒来时的湖边。

这里？！看着眼前的情景，司玉忍不住惊讶地睁大了眼睛。

景物还是她醒来时的景物，银砂，湖水，岩石，花木……一切都没有变化，可是浮动在这一切之上的那层光晕是怎么回事儿？

那是一层极淡薄的光芒，柔和纤美，如同银白的月光，笼罩住眼前的空间，光晕的中心就是自己躺过的那一小片银沙。

难道发光的就是这沙子？

司玉弯腰掬起一捧，白天时珍珠般璀璨的银沙在夜幕之下更加华美，幽幽光芒如月亮碎片，色调冰雪，却带着奇异的温热。

感受着异样的温度沿掌心传来，司玉握紧了手里的沙子。身边传来“簌簌”声，转头一看，是储备粮正奋力挥动四蹄，银白的沙粒被它刨地满天乱飞，然后它在沙地上拱了拱，钻进了沙子里，闭上眼睛，只留下圆嘟嘟的团子脸和粉嫩的鼻子露在外面。

它这是在……睡觉？司玉愕然看着它的举动。一阵轻风吹过，带起森森寒意，山间的夜晚格外幽冷。衣物单薄的司玉打了个哆嗦，禁不住抱紧了胳膊，全身只有脚下是温暖的，源源不断的热度正沿着沙子传入。

用脚拨了拨身边的细沙，犹豫了片刻，司玉弯腰推开沙子，学着储备粮的动作将自己也埋进了这片银色的沙砾中。奇异的温暖立刻笼罩全身，整个人像是沐浴在温泉里。

这算什么？沙滩浴？

身体完全埋在沙里，只露出脑袋来的司玉无奈地看着天空。百无聊赖之下，又转头看向身边。出于某种生物嗜睡的本能，储备粮已经迅速进入睡眠状态了。粉嘟嘟的鼻子朝着天空，随着呼吸一撅一撅，滑稽又可爱。看得司玉直想发笑，但转念想到此刻的自己也是这副模样，她立刻笑不出来了。

抬头仰望越来越黯淡的天空，禁不住思绪万千：这里究竟是哪里？失落、彷徨、无助……统统涌上心头。心情刹那间空旷起来，强压下整整一天的恐惧，又涌上心头。这里究竟是什么地方？爹娘你们在哪里呀？那爹娘宠爱的温馨生活，再也回不来了……

不知不觉间，眼泪流了下来。

也许这一天实在是太疲倦了，也许是周围的水晶砂太过温暖，埋在沙里的身体竟是前所未有的舒服，整个人像是漂浮在云端，意识逐渐朦胧。

此刻的她自然不可能看见，身边发生着怎样奇妙的变化。原本发散的莹莹白光像是被什么东西吸引住了，逐渐收敛聚拢，变成伏在沙地上的薄薄一层，围绕着沙面，也围绕着司玉的身体，如有生命般弥合开散。

司玉无意识地轻吟了一声，那种感觉，就像是一个未出世的婴儿，又回到了母体的怀抱，正在贪婪地汲取着养分和生命力。

她的呼吸逐渐平稳，酣睡中的小猪忽然动了动鼻子，睁开眼睛。偏头看着司玉沉睡的身形，被忽明忽暗的白光映照，储备粮纯黑的眼神里有诡异的色彩在流动。

它的视线逐渐落到司玉脸颊上，那里隐约残留着晶亮的光芒，是梦中未干的泪痕。片刻之后，它眨了眨眼睛，转过头去不再理会她了。

睁眼的一瞬，刺眼的阳光猛地扎进眼里，双眸干涩生疼，她想推开被子起身，却听到身上一阵“哗啦啦……”

是流沙的声音，果然不是梦……

爹娘现下在何处呢？司玉记得小惠为了不拖累自己滚下马，她用发簪扎向马屁股，导致马匹受惊，东逃西窜之中，跌下了山崖。看着眼前的场景，深深的疲惫感涌上心头，司玉叹了一口气。

身边早已经醒来的小动物正在活动四肢，一边不耐烦地摇头摆尾，试图摆脱颈子上的枷锁。

沮丧的情绪持续了几分钟，司玉重新打起精神。她拍拍着脸颊，让头脑清醒过来。没有时间难过了，今天要干的事情还有很多。

拨开身上的沙子，从地上跳起来，司玉竟然感觉身体前所未有的清爽。回想起昨天那一觉，还真是难以置信地温暖舒服，就算新晒的被褥也不过如此了。一边想着，司玉向湖边走去。昨天的这一身黑灰还有沙子都没有来得及清洗，自己只怕比储备粮还要脏了。

凑近水面一看，果然整个儿灰头土脸，黑灰混合着白砂黏在脸上，堪比京剧脸谱了。幸好这附近没人，否则要把自己当怪物了。司玉摇摇头，伸手掬起一捧水，却猛地惊叫一声，将水远远抛开。

这是什么水？怎么这么冷？！

她再一次将手探入水里，肌肤接触水面的刹那，一股寒气像冬天的蛇顺着手臂蜿蜒而上，全身如坠冰窖，不一会儿牙关都开始打战了。

这也太邪门了吧！看看天上明晃晃的太阳，自己只穿着一件单薄的裙子都没有感觉寒冷，现在明明是夏天啊。可这片湖水却像是结了冰一样，寒气逼人。

相比司玉的诧异，她的同伴却淡定得很。储备粮探头到湖边，怡然自得地喝起水来。

没有别的水源，司玉咬了咬牙，勉强用湖里的水清洗了一遍。幸好太阳正烈，这冰冷的温度还勉强能够忍受。

洗刷完毕，司玉拢过头发，无意间低头看了看水面的倒影，她顿时睁大了眼睛。

这是……自己？

这张脸，虽然自己是有点娃娃脸，但也绝对没有幼稚到这种地步，眼前的分明是一张十三四岁小姑娘的容颜！

在这个山谷里遇见了无数诡异的事情，却都没有眼前的变化让司玉震惊。

变年轻当然是一件好事，可睡了一觉醒来就变成这个样子，这也太匪夷所思了！是雷电的功效？还是……司玉转头看向那片水晶砂，回想着昨晚睡梦中那种奇异的温暖感受，难道是这片沙子的功能？

难怪刚才洗澡的时候就感觉不对劲儿，似乎皮肤也变得光洁细腻了很多。这片沙子竟然有美容效果？要是能把它带回去就好了，绝对能发大财。

短暂地想象了一下开美容店的宏伟蓝图，司玉迅速转入现实中。这片沙子的功效不会是持续性的吧？返老还童固然很好，但是过犹不及，万一睡上三五个晚上，自己直接返成婴儿状态可怎么办？

好在这个担忧并没有变成现实，连接睡了几天之后，除了感觉身体更清爽之外，并无其他改变。这让司玉怀疑，第一天的变化也许只是雷电的功效，并不是因为这片奇异的水晶砂。

转眼间来到这个山谷已经十多天了，在这十多天里，司玉几乎翻遍了山谷的每个角落，为了寻找出路，她甚至花费了数天的时间沿着整个外围山壁走了一圈。却只得到一个让她绝望的讯息，这里是一处绝谷，四面都是坚硬的峭壁，完全没有任何通往外界的道路。

想要离开这里，除非自己变成一只鸟儿飞上去，或者变成壁虎顺着岩壁爬上去……仰望四面崎岖的山壁，司玉的心情阴暗透顶。

此时的她正仰面躺在沙地上，连一根手指都懒得动弹。发现这里是一处绝谷之后，一种潜意识的恐惧笼罩了她。

难道自己就这么在这个荒僻无人的地方过一辈子？！

运气好的话，几年之后，或者几十年之后，会有路过的人来到这个山谷探险，于是又一个鲁宾逊漂流记的野人传奇诞生了；而运气不好的话……

这样的未来让司玉忍不住打了个哆嗦，灼热的阳光也挡不住冒上心头的寒意。

腕上传来细微的拉力，她偏过头，是储备粮正朝林子走去，腕上的绳索随着它的移动而绷紧。这些日子的相处下来，这只小猪完全没有身为俘虏的自觉，经常无视绳索的存在，拉扯着司玉这个主人到处跑。但也多亏有它，才让司玉不那么孤单，没有因为生机渺茫而绝望。

已经是午饭时间了，司玉无奈地爬起身来，快步上前，一手抄起储备粮。

“你说，人家跌下悬崖，底下都是一个武林高手，等着把全身的功力和一辈子积攒的金银财宝交给你；运气好的，还能添上藏宝图之类的赠品。可我怎么就遇见你了呢？”她泄愤一样，用力揉了揉储备粮圆滚滚的小肚子，无奈地道。

其实还有一件让司玉大惑不解的事：她走遍整个山谷，竟然只发现了储备粮一只陆地动物，其他的动物呢？“不会是被你给吃了吧？哈哈。”司玉捏着它的耳朵，随意地玩笑道。

说起吃的，山谷里面倒真是不缺，各色各样的果子极多，尽是司玉闻所未闻的奇异水果。当然，勇敢的储备粮继续担当着试毒的角色，让司玉能够放心地大快朵颐。但是等到冬天来临呢？那时候自己吃什么？没有果子，除了自己怀里的这一小块肉之外，就只有……司玉的眼神落到不远处的湖泊上。平静的水面恍如世间最纯净的水晶，璀璨的阳光几乎直达湖底。

那个寒冷的湖泊里竟然有鱼，这个发现着实让司玉又惊奇了一把。

那是前天下午，彻底肯定这里是一处绝谷之后，司玉筋疲力尽地回到了湖边。夕阳西下，她坐在沙地上沉闷了一会儿，无意识地抓起身边的沙子，泄愤般恶狠狠地向着湖泊扔进去。

扔了几把，她很快停止了这种无意义的举动，起身去湖边洗脸。

然而就在接近湖面的刹那，澄清的湖水忽然浮起巨大的黑影，“哗啦”一声巨响，一个怪物破水而出，把司玉吓得倒退两步，跌坐在地上。

怪兽很快又沉进了水里，司玉惊魂未定地爬起来，凑到湖边察看。

湖里竟然有鱼，而且不止一条。鱼鳍和鱼头都是浓烈的火红色，宝石般闪耀的鳞片覆盖着躯体，到了尾巴处变得洁白如银扇。这些鱼外表绚烂华美，个头极大，其中最小的一条，也有成年人大小。

鱼群涌起的情景并没有持续多久，很快这些鱼就向着湖泊深处游去，消失在司玉的视线里。

这是什么鱼？前些天自己也在湖边洗涮，怎么从来没有出现过？司玉站在湖边，大惑不解地想着。

细细回想刚才的情景，难道是……她连忙又抓了一把银沙，往湖里远远扔进去。果然不一会儿，湖面波动，又是一群红头银鱼涌上来，争先恐后地抢食散落的银沙。

想不到这些奇怪的沙子还能吃，司玉拿起一粒放在嘴里咬了一下，呃……好硬，牙都硌疼了。

将沙子吐出来，司玉玩笑心起，又抓起数把沙子扔进去。很快，浮上来的银鱼越来越多。一条条簇拥着，争抢着，庞大的身躯游动起来格外敏捷。远远看去，水面银鳞流光，红浪迭起，澄清的湖泊绚丽溢彩。

被这意外华美的景象吸引，司玉兴奋地弯下腰继续抓沙子。可伸出的手还没碰到沙粒，就被一个急促的力道撞开了。

是那只圆滚滚的小猪，正用愤怒的眼神望着她。就算是被某个意外入侵的生物捕捉，捆绑，虐待，非礼……咳……从一个自由民沦落成某人的储备粮，小猪都没有这么清晰明确地表达过自己的不满。

接触到那明显愤怒的眼神，司玉小小地心虚了一下，虽然不知道储备粮为何会对这片银沙这么“吝啬”，她还是摊开双手道：“好吧，我不扔就是了。”

储备粮这才愤愤地收回视线。

没有了食物，鱼群徘徊了一阵子就沉下去了。

……

可惜了，那天的一幕真是惊艳啊。一边吃着手里的果子，司玉暗暗回想着。湖里有鱼，算是又为自己提供了一种食物，可这种鱼未免太大了，怎么捕捉呢？

正想得出神，外面传来一声奇异的长啸。司玉仰头望去。

半边天空都黯淡了下来，有什么东西遮蔽了正盛的太阳，极目远望，竟然是一只鸟。

那真是一只鸟吗？司玉震惊地看着遮天蔽日的羽翅。

那只巨鸟从外形上看来似乎是一只雄鹰，可是比起普通的雄鹰大上千百倍还不止，通体黑得发亮，双翼和尾端的翎羽却逐渐变成闪亮的金色，如同镶嵌着华丽的金边，巨大的两翼伸展开来，快半个足球场大小了，如同一架庞大的直升机般气势磅礴。

它在山谷上空盘旋了片刻，忽然利剑一样直冲下来。

司玉只见到一条笔直的黑影划过天际，投向白玉盘般静谧优美的湖面。一瞬间，静止如冰的湖面被惊动了，巨鹰的利爪打碎了镜子，水花四溅，飞散的水珠折射着阳光，幻化出各种迷幻的色彩，这动与静撞击的一瞬间所呈现的美让司玉目眩神迷。

一片银白的水花之中，有什么在扭曲晃动，是一条巨大的银鱼！被那只雄鹰的利爪紧紧抓住，正拼尽全力地挣扎着，扭动着。鱼尾扫过水面，溅起的水花到处都是，连隔得很远的司玉脸上都感觉几滴微凉。

很快，银鱼的挣扎变得无力，最终垂下尾巴。巨鹰衔着自己的战利品，得意地展翅飞走了。只剩下司玉抱着储备粮站在树下，目瞪口呆地看着这一幕。

整个捕猎的过程只持续了几分钟，却让一个极端不可思议的念头在她脑海里生成了。

第二天司玉就行动起来，困在这个山谷里的日子她一天都不想继续。记得金庸老先生曾经写过张无忌一个人在绝谷之中居住了五年之久，现在她完全可以大声地喊一嗓子，那纯粹就是骗人的！只靠野果过日子，一个月她就要抓狂了，不知道张无忌的胃神经是怎么构造的，反正她司玉是没有向猴子退化的欲望。

抱起自己的劳动成果，司玉试了试韧度。

在她手里的是一张网，一张用蔓藤编织的简陋却牢固的网，脚边还有一根削尖了的木棍。为了制成这两样工具，司玉这几天磨得手都起血泡了。

整整连续五天，那只巨鹰都会准时出现，捕捉这里的银鱼。每到这个时候，司玉都会去湖边潜伏，仔细观察巨鹰的每一个动作，从振动双翼的频率，到千钧一发的出爪。司玉从来没有这样聚精会神过，因为这是她最后的希望，她一定要牢牢抓住。

眼看工具已经大功告成，司玉来到湖边。她不能确定那只鹰会出现多久，所以行动越快越好。

来到早已选定的浅滩，司玉将简陋的渔网在湖边布置好，之后取了少许银沙，向湖里撒去。果然不出片刻，就有银鱼浮上水面，争相食用。

司玉小心翼翼地用沙子引导着数只银鱼向藤网这边游来。这片水域太浅，很快大多数银鱼不得不放弃了。只有两只体形较小的银鱼抵受不住食物的诱惑，继续向这边游过来。

等其中一条彻底进了陷阱，司玉洒下一大把沙子，趁那条鱼吃得正欢，猛地拉起藤网，同时举起手里的木棍，狠狠捅下去，削尖的木棍立刻插入鱼腹。银鱼受不住疼痛猛地从藤网中跃起，又重重摔下来。

司玉被扯得一头栽进水里，手里依然牢牢抓住蔓藤不放。一人一鱼的搏斗激烈进行着，随着时间渐长，司玉虽然会游泳也抵受不住这种折腾，更何况这里的水冷得像冰，只觉全身力量都在快速流失。

危机时刻，一道影子猛地跃起，是储备粮，它不偏不倚地正好落在鱼腹部的棍子上。因为这意外的重力，棍子狠狠地搅动了几下，鱼腹部的伤口顿时变大了。银鱼垂死挣扎了一阵子，终于抵受不住死掉了。

精疲力竭的司玉这才从水里爬起来，拽着藤网将死鱼拖回岸上，一头栽倒在地上。

幸好有这片神奇的沙子！躺在沙地上，感受着奇异的温暖包围住自己，仿佛生命力也迅速补满了。“简直就是游戏里无限补血的外挂。”司玉小声嘀咕了一句，又转头看了看身边的银鱼，心里一阵欣喜。

“今天可是多亏你了。”司玉揉了揉储备粮的小脑袋。想到那无比精准的一跳，她可不相信是意外。

这只小猪还真是神奇，其实不仅这只猪，这湖泊，森林，沙地……这整个山谷都很神奇。只是不知道这个世界是不是同样神奇。司玉遥想着，如果自己的计划成功，明天这个时候就能够离开山谷，去见识外面的世界了，但如果计划不成功……她叹了一口气。赌一把吧，她可没有当几十年鲁宾逊的决心和勇气。

无意识地用手指弹了一下小猪粉红色的鼻子，储备粮显然不喜欢这样的突袭，不高兴地甩了甩脑袋，向后跳开。却又因为司玉压住它脖子上的绳索而不得不退了回来。

看着它左右为难的动作，司玉轻笑一声，坐起身子，解开了拴在它脖子上的绳索。“这几天对不起了哦，你不要记恨我，我想明天之后你就不用见到我了。”一边说着，心里却有些不舍。

储备粮是她来到这个世界见到的第一个动物，更是这个死一般寂静的山谷里唯一发现的活物。这么多天的相处下来也有了一份感情。更何况它被自己这个外来侵略者虐待了这么久，还能坚持大无畏的国际主义精神，在危急时刻帮了她一把……

恢复了自由的储备粮晃了晃脑袋，却并没有跑开，反而安静地在司玉身边坐下来，似乎对司玉接下来的动作很好奇。

恢复了体力，司玉起身来到鱼旁，手里的小刀一划，银光闪过，银鱼立刻被开膛剖腹……

随着她的动作，储备粮眨了眨眼睛，像是有些明了，又有些惊异。

夕阳下，一人一猪就保持着一动一静的画面，直至夜色降临……

日光灿灿，澄清的湖水倒映着山色空濛；清风盈盈，悠远的山林涤荡着水雾绰约。在这一派幽静雅致的湖光山色中，却有一个极不和谐的音符——明净的湖边，竟然有一条鱼。

湖里有鱼很平常，但遗憾的是这条鱼不是游在水里，而是站在岸上，还不停地做着屈膝起伏各种诡异动作，身躯和尾巴不停摇摆着。

全套的预备动作完成，司玉感觉全身上下都充满了热力，厚重的鱼皮已经紧紧地绑在了身上。她抬头看天色，距离那只巨鹰出现的时刻不远了。至少连续六天以来，她所观察到的巨鹰捕食时间都分毫不差。

果然很快，司玉感觉头上一暗，似乎有一片乌云凭空凝集，遮蔽了日光。

来了！司玉紧盯着湖水中的倒影，咬了咬牙，闭眼往前一跃。

虽然经过这几天的磨炼，对湖水的冰冷有了深切的体会，可乍入水，司玉还是感觉全身都要被冻成冰块。

幸好事前的热身运动做得比较周全，短暂的僵硬之后，她缓过气来，奋力向湖中心游去。

生死成败，在此一线了！深入湖中，司玉立刻发现自己还是小看了湖水的威力。越往湖中游去，水竟然越发冰冷。司玉怀疑身边已经是冰点以下了，身体也越来越僵硬。

她拼命想挥动手脚游上去，可手脚完全不听使唤，终于无法维持动作，整个人开始下沉。水越来越冰冷，窒息的感觉让她头脑逐渐迷蒙。

难道自己就要这么难看地死掉了？冰冷的湖水灌入口鼻，就在司玉几乎绝望的时候，忽然感觉腹部涌起一团热流，有什么东西正沿着四肢百骸散开，那感觉，竟像是又躺回了那片神奇的水晶砂里。

澄清的湖水仿佛是一个水晶凝结的空间，湖心处，无数巨大的银鱼潜伏游弋，一眼望去，整个鱼群仿佛围绕着湖心一点，结成一个动态的圆，不停地盘旋游动。

天空的阴影越来越近，即使隔着粼粼的湖水，也能感受到头顶传来巨大的压迫感。有所感受的不仅是她，还有那些银鱼。连续经历了数天的捕食，通灵的鱼群早就明白了天上的阴影代表着什么，整个鱼群立刻像受惊的飞鸟，混乱地飞蹿起来。

整齐而极富规律的队伍被打散了，混乱的鱼群中，司玉继续往下沉，没有任何一条银鱼去关注这个诡异的“同伴”，只顾着四散奔逃。

随着鱼群散开，司玉隐约看见湖中心有什么东西流光闪烁，散发着温润的异彩。

刚才鱼群就是围绕着这个东西在游走盘旋吗？身体不受控制地缓缓下沉，司玉距离那个发光体越来越近。

那竟然是一个人！

体内的热流不断游走，司玉感觉四肢逐渐恢复活力。她努力调整着身体，这才看清，那并不是真人，只是一尊玉像！散发着幽幽光芒的玉石雕像。

隔着粼粼水波，她看不清楚玉像的面容，只依稀分辨出是个男子。

一种莫名的感觉涌上心头，她忍不住伸出手去，想要触摸那个俊朗的背影……

可刹那间水波翻涌，巨大的冲击力劈头盖脸扑下。是那只巨鹰入水捕鱼了！

被这巨大的力道冲击失衡，司玉身不由己地向前栽过去，正跌倒在玉像脚边。

她迷茫地抬起头，只是电光火石的刹那，她来得及看清楚的，不过是玉像伸出的一只手，像是要抓住什么般紧握着的手。腕上隐有一道朱砂色印痕，宛如新月的形状。

来不及仔细辨认，司玉感觉背上传来巨大的拉力。整个身体不由自主地向上飞起，急促变化的水压和波浪冲击让她全身疼痛。然而意识到发生了什么，司玉心头浮起一线狂喜。

她被那只巨鹰抓住了！计划成功了！

耳边水声巨响，司玉被震得头晕耳鸣，是巨鹰的利爪带着她破浪而出。

脱离了冰冷的湖水，接触到外界温暖的空气，她身体不由自主地战栗着。身体不断上升，视线逐渐开阔，司玉眼睁睁看着自己距离湖面越来越远，湖边还有一个熟悉的身影正向着这边跑过来。

咦？是储备粮！

它要干什么？

司玉吃惊地看着那白嫩嫩的团子跳起来，像是一粒弹起的乒乓球，在半空中划过一道弧线后，“啪”一声，撞进自己怀里。

胸口被撞得一窒，司玉低头看去，四只樱花色的小猪蹄紧紧抱住自己胸前的蝴蝶结，一副黏在自己身上就绝不下去的模样。

不是吧？明明都已经放它自由了，怎么还会跟过来？

难道仅仅这些天的相处就让它对自己这个从天而降的主人忠心不二了？又不是小狗……

算了，不想这么多了。司玉脸上浮起笑意，她勉强腾出一只手，将储备粮搂紧，温暖的感觉从胸口传过来。这个陌生的世界，她不是孤单一人了。

第二章

鲲隼展翼

双翼掀起呼啸的狂风，凛冽的锐意刮得司玉脸颊生疼。起初还可以看见下方绿意蔓延，山峦起伏的壮丽景观，可随着巨鹰越飞越高，视线所及之初尽是缥缈的浓雾云霞。

司玉腾出手来，将肩上的包袱取出。这是她用鱼皮和树藤简单缝制的原始降落伞。准备等巨鹰飞翔的高度降低一些，就解开绑在身上的鱼皮，用降落伞跳下去。

谁知巨鹰一个俯冲，司玉手一抖，那救命的降落伞竟然掉了出去。

“啊！”司玉惊叫一声，捞了个空，眼睁睁看着降落伞消失在茫茫无尽的虚空里。

司玉顿时呆住了，这下子怎么办？！等巨鹰到达目的地之后，鱼肉自己并没有完全掏空，够不够这只巨鹰一顿饭啊？不会把自己也吃掉吧？虽然在原来的世界是没有听过有鹰吃活人的，但这个世界的生物不能以过去的逻辑来考虑，尤其这只鹰这么大。

正心惊胆战的时候，头顶忽然传来一声高亢的长啸，双足剧烈摇晃起来。

糟糕！是刚才的惊叫声露馅了，它要把这只会说话的“鱼”扔出去？司玉被颠簸地头晕目眩，感觉像飞机要坠毁了一样。正满心恐惧，却感觉巨鹰的速度开始降低。云雾散开，下方的景色清晰可见。

原来是到家了！

眼前是挺拔缥缈的山峰，隐约可见山间伫立着无数亭台楼阁，清华高远，气象宏伟，宛如仙界宫阙。

令人惊讶的是半山腰上竟有一道银光直冲入空，而银光的尽头，是一座阁楼。远远看去，整座阁楼像是浮动在天上一般。

看到悬空阁楼，巨鹰发出两声清亮的鸣叫，仿佛看见了自己的巢穴，径直向那边飞过去。

这是个什么世界！被眼前的景象震惊得不能言语，司玉头脑几乎无法思考了。

巨鹰越飞越近，司玉也终于看清楚这座悬浮在空中的建筑物，是一座宏伟的宫殿，大殿之前是广阔的平台，而平台之上的无数个小黑点……

是人！

真的是人！自己终于从荒山野岭的原始生活里解脱出来了。司玉激动得热泪盈眶，差点儿就要放声高呼了。

巨鹰终于抵达大殿上方，锋锐的爪子一划，司玉只觉身体一轻，猛地向下坠落而去。

“啊！”她惊声尖叫起来，那只该死的鹰竟然就这么把她扔了下去，只带着厚厚的鱼皮飞走了。

“砰”的一声，司玉重重摔在地上，只觉得全身都要跌散了架子，疼地每根骨头都在叫唤。

咦！还能感觉到疼痛？自己从那么高的地方跌下来竟然没死？

身下软软的……司玉心头诧异，还没来得及细看，耳边就响起此起彼伏的尖叫声。

“你是什么人！”

“表哥！东仪表哥！”

“何方妖孽！竟然擅闯天源宗……”

…… ……

正茫然不知所措，一个绯衣女孩猛地冲上来，一把拉住司玉的胳膊，甩垃圾般用力向外一扯。

这女孩力气好大！司玉被她狠狠地摔了出去。

“表哥，你怎么样了？”绯衣女孩扑倒在某人身上，惊慌失措地喊着，对被她摔出去的司玉看都没看一眼。几个人紧跟着围拢上去，似乎对躺在地上的人颇为关心。

司玉结结实实摔在地上，眼冒金星。好大一会儿才看清楚，那绯衣女孩正扑在一个人身上，背对着自己，惊叫不迭。

不是吧！

刚才自己跌在了那个人身上！？那个倒霉蛋不会被自己压死了吧？从这么高的地方砸下来，虽然自己不算重，但好歹也是个大活人啊。

司玉心惊胆战，她可不希望一回到人类社会就变成杀人犯。惊慌地看向四周，刚刚在高空就发现这个平台上有很多人，此时身处其中，感觉更甚，尤其当所有人都在紧盯着你的时候。

那些眼神有震惊，有疑惑，有探究，还有……司玉条件反射地瑟缩了一下。

一道阴影从天而降，司玉一愣，是一件素锦长袍，犹带着余温，当头落下，盖在自己身上。

“姑娘，你没事吧？”随之而来的是一个温和清雅的声音。

司玉抬头看去，逆光的侧影勾勒出高挑出尘的身影，是个眉目清润的少年，虽然只穿着中衣，依然掩不住俊朗脱俗的气质，如一株空灵的墨兰，温雅内敛。

“我……啊……”司玉想站起来说声谢谢，却感觉脚踝一阵疼痛，像是扭到了。

这一动作，盖在她身上的外套又有下滑趋势，少年望了她一眼，无奈地低声劝道："姑娘……"

他明明对着自己说话，视线却刻意避开。司玉有些奇怪，向四周扫了一眼，顿时明白，只得拉上外套掩住身体。

不就是一件夏天再平常不过的吊带裙吗？她无奈地想着。

广阔的平台上林林总总站了几百人，全都是十四五岁的少年男女，个个生得挺拔秀气，气质脱俗，让司玉忍不住怀疑自己是来到了某少年明星的选秀现场。

"这是什么地方？"她忍不住问道。

"这里是天源宗的展翼阁。"只穿着中衣的少年弯下腰，温和地回道，又忍不住疑惑："姑娘是哪里来的？也是来参加今年天源宗入门考试的吗？"

"怎么可能？她明明是个妖怪吧。"身后一个粉色劲装的女孩尖声叫道。

"就是啊，看看她刚才穿的，多半是个妖怪！待会儿等道长出来，请他们灭了她吧。"另一个声音言之凿凿地响起。

"天源宗五年一度的纳新盛事竟然会有妖怪潜入，真是胆大包天，自寻死路！"

"对！正可以看看她的原形是什么？！说不定魔界的奸细妖孽！"

…… ……

十几岁的少年都是好奇的时候，众人对着司玉指指点点，议论纷纷，像一群吵嚷的麻雀。

司玉头都大了，却也从他们的议论中得到了不少信息。

天源宗？听起来像是什么武林门派的名字，而且……回想刚才所见的种种玄奇景色，只怕还不是普通的武林门派。如果猜测不错，自己是穿到蜀山那类的修仙世界来了！还正逢他们的招生考试，难怪有这么多少年男女。

“没见识就别瞎说！”一个清亮如珠玉的声音响起，打断了众人的议论，“展翼阁可是天源宗的镇教圣器之一，天生能够察觉妖气的。一旦有妖怪入内，殿内警钟早就自动鸣响了。”话音未落，说话的人上前两步，站到司玉面前。

司玉只觉得眼前一亮，好漂亮的女孩！五官精致绝伦，肌肤吹弹可破，眼睛俏皮地眨着，流光氤氲中带着三分活泼，唇角微微勾起，笑意流转间透着七分妩媚，一身朴素无华的青裙穿在她身上也透出意外的华美。

她凑近了司玉，直到两人几乎鼻尖对着鼻尖了，才压低了声音，故作神秘地问道：“你到底是哪里来的？为什么会被鲲隼带到这里呢？”

鲲隼！

纵然青衣女孩刻意压低声音，周围很多耳尖的少年也听到了，立即响起此起彼伏的惊叫声，看向司玉的眼神更加惊讶了。

司玉正不知如何应对，一阵悠远的钟鸣声打断了众人的议论，正殿闭合的大门缓缓开启。少年的注意力纷纷转向大殿，神情紧张起来。

随着殿门开启，数个仙风飘逸的身影缓步走出。

当先是个三缕长须，眉目慈和的老者，手里持着一柄拂尘，一派飘然出尘之姿。

他右边是个洒脱中透着几分精明的中年男子，背悬一柄长剑，眸中精光内敛。左侧却是个美貌女子，三十稍许年纪，鹅黄色道袍如她的神情一般严整洁净，一丝不苟。三人身后还跟着七八人，都目光灼灼地扫视着面前的众多少年男女。

注意到场中气氛有些不同寻常，黄衣女子眉头一皱，锐利的目光扫掠过众人，肃声问道：“怎么了？”

“姑姑，你快来看看表哥。”见黄衣道姑出现，一直伏在那人身上的绯衣女孩跳起来，声音里带着浓浓的哭腔。

“东仪！”看清楚躺在地上的白衣少年，黄衣道姑脸色大变，连忙上前两步察看。

绯衣女孩一转头，看到了旁边的司玉，立刻指着她，怒气冲冲地喝道："是她！就是她把表哥害成这样的！姑姑，你赶紧把这个妖女杀了……"

"丹妍！不得放肆！"黄衣道姑低声喝止道，并不去看司玉，径自将两指搭在少年腕上，不过片刻，道："东仪伤势不重，不过是暂时晕了过去。待会儿入医阁略作调息即可。"

"可是我刚才试着渡真气给他，也不见他醒来？"绯衣女孩着急地说道。

说话间，另一中年男子也走近躺在地上的白衣少年，略查看便道："东仪贤侄不过是因为受了重击，暂时闭气而已。他根基深厚，略静养片刻即可醒来。妄输真气反而冲击经脉，不利于伤势，贤侄女不必担忧。"

周围隐约浮动起笑声，也不知是嘲笑绯衣少女的无知，还是在笑这起乌龙事件。

司玉偷偷松了口气，没有变成杀人犯，已经是让她感激涕零的好消息了。

黄衣道姑皱了皱眉头，又问道："到底是怎么回事？"

叫丹妍的女孩狠狠剜了司玉一眼，低声将事情原委一一道来。

黄衣道姑神色冷静地听完，淡淡瞥了司玉一眼。

接触到她的目光，司玉不自觉地一颤。她挣扎着站起身来，却觉脚踝剧痛，险些跌倒，旁边立刻有一只手扶住她。

"小心。"温和的声音传来，是刚才援助她衣服的少年。

"多谢了！"司玉感激道。

当先的长须老者一直静看不语，此时抬头扫了场内一眼，慈和的眉目间隐含着难以言喻的威严。众人顿时噤声肃颜，不敢喧哗。老者方颔首道："如此，就先由何文你带受伤的弟子下去疗伤吧。"

“是，首座。”后方走出一个年轻弟子，长袖一挥，一团白雾凭空凝结在昏迷的白衣少年身下，云朵一般，很快两人消失在众人面前。

纵然已有心理准备，司玉依然看得目瞪口呆。

愣神的当口，长须老者来到她面前，和声问道：“请问姑娘从何而来？”

对上那双柔和明亮的眼眸，司玉心里一跳，只觉就要把自己所有经历，包括来自另一个世界的事统统和盘托出了。

“我是……”刚开了口，却感觉背上包袱一动，心里忽然升起一种抗拒来，口里说出的话就变成，“我家在山上，中午本来在河边打鱼的，不料一只巨鹰……”一番谎话娓娓道来，说得声情并茂，只是不知能否瞒过眼前的老者。

“惊扰了姑娘平静生活，是敝派之过。既然如此，就由老朽派人送姑娘回去吧，也免得姑娘的家人担忧。”老者听完司玉的说辞，柔声道。

司玉连忙摆手道：“我家里已经没有亲人了，而且那只鹰飞得那么高，那么远，我实在不知道自己家在哪边啊。”她偷偷抬眼看了老者一眼，继续道，“前辈明鉴，弟子虽然居住在山里，但从小也听说过不少神仙事迹，满心羡慕想要修仙求道的。此次机缘巧合来到贵派，正希望能够入门学艺……”

老者目光一敛，坦然笑道：“也罢，我天源宗弟子素来不计出身来历，姑娘既然是被鲲隼带上这展翼阁，也算是天命有缘。既有此意，留下也无妨。”

这么爽快？！司玉心头一喜。

“首座……”旁边黄衣道姑低声轻呼。

老者回视了她一眼，笑道：“鲲隼展翼，天源宗纳新。能上得展翼阁的，均可为我天源宗外门弟子。此事已定，不必多言。且时辰不早了，正事要紧。”

黄衣道姑躬身一礼，不再多说。

长须老者手中拂尘一甩，视线扫过众人，柔声道：“今日是我天源宗纳新大典，恭贺各位顺利过关。上得展翼阁，便已是我天源宗外门弟子身份。大道之行，行止艰难，求真之路，路存叵测。我天源宗素以天下苍生为职责，除魔卫道为己任，各位能登上展翼阁，均为心智坚毅。”他看了司玉一眼，继续道，“或机缘天定之人，日后修行当奋进图强，不可有丝毫懈怠。三日之后即正式入门，望诸君自勉……”

他的声音也并不如何高亢，却像是在每个人耳边般清晰温和。一番训诫，众人均低眉敛襟，恭恭敬敬地听着。

时间已近黄昏，橘色的阳光透过天际云雾投射在广阔的平台上，将满是朝气的少年男女身影镀上一层薄金。

老者将要紧事项交代完毕，笑道：“今日大家都劳累了，山上已安排了宿处，就请各位安心休息，待三日之后再见吧。”说完，老者领着众人回了殿内，留下一众新收的弟子在平台上吹着凉风。

山上宿舍？司玉忍不住疑惑，这座阁楼整个儿漂浮在空中，唯一通往下面的是那座盘旋的水晶阶梯。难不成要顺着楼梯走下去？

司玉来到平台边沿，只向下看了一眼，就觉一阵眩晕。

盘旋的水晶阶梯像是一道无尽的银链子蜿蜒而下，消失在视线尽头。阶梯极窄，仅供一人通行，更恐怖的是两边根本没有护栏扶手，走在上面万一一阵风吹过……司玉打了个寒战。

正犹疑不定，忽然感觉身体一轻，竟然是整个阁楼在缓缓下沉。

随着楼台下沉，水晶阶梯逐节逐阶炸裂开来，碎成无数的细小晶体，如樱花飘雪，散落在天空中，迎风下坠。

司玉伸手抄起一片，触手极凉，是一小片冰！不一会儿，随着温热的手掌，冰晶化为了剔透的水珠，在三寸掌心荡漾流转。

“展翼阁据说是三百多年前天源宗一位前辈高手的居所。这位前辈尤擅炼器，曾经无意中发现了一只鲲隼的卵，可惜里面的鲲隼已经僵化死亡。那位前辈使用秘法将鲲隼孵化，又配合多种天地罕见的材质，使其与自己居住的阁楼同化，才成就了如今可浮动水上，飞行空中的展翼阁。”声音清脆悦耳，说话的正是刚才的青衣女孩，不知何时站到了自己身后。

“我叫白郁，你叫什么？”青衣女孩嘴角一扬，眯起眼睛，自我介绍道。

“你好，我叫司玉。”司玉也笑着回道，对这个开朗美貌的女孩禁不住心生好感。

“说起来你可真是走运啊，今天为了登上展翼阁我可是累得半死。哪像你，轻轻松松就上来了。”白郁抬高双臂，懒洋洋地伸了伸腰，动作妩媚俏丽。

“登上展翼阁？”司玉疑惑，对了，刚才那位老者说过，鲲隼展翼，天源宗纳新，难道是指……

白郁点点头：“展翼阁自带护法结界，若无秘法，既不能御剑飞行，也不能动用法术。这么长的阶梯，爬上来真是累死人了。”

司玉震惊了，那么漫长又险峻的楼梯，这些人竟然是一步一步能登上来：“那岂不是要走上几天？”

白郁奇怪地看了司玉一眼，解释道：“不会啊，三个时辰之内登不上展翼阁，就要被取消资格，自动传送下山去了。”

“哼，连这个也不知道，哪座山里跑来的无知野丫头。”旁边随即传来一声嗤笑，正是刚才的绯衣女孩。

白郁没有理会她，继续说道：“术法虽不能用，但真气倒是运行无碍。高手的话，攀登起来并不费力，这次最快的那位……”说到这里，白郁瞥了绯衣女孩一眼，忍不住出声来，“最快的那位似乎只用了一个时辰就抵达了吧。可真是个天才，哈哈……”

“是不到一个时辰。”冷冷的声音传来，“表哥他天资卓绝，岂是你们这些资质平平，甚至愚顽驽钝的人能比的？”说到愚顽驽钝，绯衣女孩格外扫了司玉一眼，轻视之意不言而喻。

“哈哈，果然天资卓绝，不愧是祁连谢家的子弟。”白郁眸光一转，调皮地道，“只是这位谢大天才，竟然刚得了第一名就……唉，人生啊，果然祸福相依，时运难测！”

随着白郁的嘲讽，一阵低低的笑声在广阔的平台上回荡开来。绯衣女孩怒色更甚，厉声喝道：“住口！要不是表哥当时正在调息，又岂会被……”一边说着，她转头怒视着司玉，恨不得扑上去将她大卸八块。

原来这次考试的第一名就是被自己不幸砸中的那个倒霉蛋，司玉有些意外，又有些歉疚。

随着绯衣女子的辩解，周围嘲笑声反而越发明显，她气得直打哆嗦。想到从小如神仙中人的表哥，却偏偏在最重视的入门大典上出这种乌龙事件……越想越是愤恨，终于忍不住向司玉一掌击出。

司玉正想道歉，却觉一阵劲气袭来。不会武功的她毫无反抗之力，只觉得肩头一阵剧痛，随即整个人向后飞去。她原本就站在平台边上，立即飞出了展翼阁范围。

绯衣少女没想到司玉竟然毫无武功根基，一时间也呆住了。

电光火石的刹那，场中一片惊呼。唯有离她最近的白郁望着司玉飞出的身影，眼中闪过一瞬犹豫，终于身形变幻，冲上去一把拉住她。

场中几个眼光高的看着她幻影般迅捷的身法，纷纷轻呼出声，似乎是意料之外的高明。

被白郁拉住，司玉险险地停在平台边儿上，脸色变得煞白。

“你没事吧？”白郁挑眉问道，手往司玉腰间一揽，将她半抱半扶着带回安全地带。

“没……没事。”司玉心有余悸地道，声音和身体都在战抖着，肩膀处更传来阵阵抽痛。

“哼，简直是废物，你这样的人怎么能上得了展翼阁！”眼见只是虚惊一场，绯衣女孩放下心来，随即唾弃道。

司玉不置可否地看了她一眼，眼中隐含怒气。

绯衣女孩话音一滞，随即又拔高了声音：“我说错了吗？今年入门登阁的人数以万计，只怕连最没用的都比你强很多。别以为进了天源宗就是真正的天源宗弟子了，如今魔界猖獗，天源宗向来以除魔卫道为己任，你这种人，一旦对上强敌，自己丧命还是小事，到时候肯定会变成大家的拖累。”说罢不等司玉回话，就冷哼一声，转身回到自己的同伴中了。

在众弟子看不见的大殿深处，长须老者正在催动阵法，操纵展翼阁机关下沉归位。此时，他闭阖的双眸忽然睁开，缓声道：“这次纳新，倒是有不少天资过人的弟子啊。” 以他的修为，外面的一举一动自然都不可能瞒过他的耳目。

中年人颔首道：“正是如此。依我看若论资质，头一个便是谢东仪，不愧是祁连谢家子弟，名不虚传。还有丹妍侄女。”说着他的眼神转向黄衣道姑，笑道：“这次谢家几个直系旁系的子弟尽皆入选，谢师妹可以安心向家中报喜讯了。”

黄衣道姑不为所动，摇头道：“东仪这孩子我大哥也曾经说过，天资虽高，奈何孤僻冷漠，又自傲狂嚣，只怕将来进境未必及得上别人。若单论资质，依我看那个叫楚泓的弟子更加出众。还有……”说到这里黄衣道姑皱了皱眉头，“首座，容弟子多言。那个叫司玉的女孩形容古怪，举止诡异，弟子怀疑……怀疑只怕是魔界奸细？”

中年人也道：“此事确实不可不防。据前方弟子回报，魔界自上次失利之后便一直偃旗息鼓，弟子只怕这只是表象。毕竟只要那件东西还在我天源宗，他们必定狼子野心不死。”

“无妨。”长须老者微阖双眸，缓声道：“我观那女孩天性资质皆不像魔物。更何况，若真是魔界中人，潜伏入门只会低调内敛，断不会这般举止无措，凭空惹人怀疑。”

眼见首座已有定论，两人也不好再多说。说话间，展翼阁继续下降，终于接近地面。

接触到水面的刹那，万丈惊涛平地而起，如同绽放一朵巨大的银花，将展翼阁层层包围其中。待水波平息，司玉四面望去，展翼阁坐落在半山腰的一处湖泊正中心，绿意殷殷，远山含黛，千层水波映着斜阳，光华荡漾。

司玉醒悟，水晶阶梯就是整个湖泊的水凝结而成的吧？凝水成冰，结冰为梯……从今天开始，自己也要成为这个神奇世界的一分子了。

和煦的阳光从雕花窗格里透进来，洒下点点晶莹。司玉舒服地蹭了蹭枕头，簇新的被褥格外柔和。

真不想从被窝里爬起来，自己已经多久没在有天花板、有床铺的地方安安稳稳睡一觉了。你也是这样吧？司玉翻了个身，一把抱起睡在旁边的储备粮。

小猪向里面蹭了蹭，似乎对司玉打扰他睡眠的举动很不满。

司玉恶作剧心起，把凉沁沁的双手猛地伸到储备粮身下，往圆滚滚的小肚子上一按。

遭受突然袭击，储备粮挣扎起来，一边不满地哼哼唧唧着。看得司玉直发笑。

放过偷懒的小猪，司玉掀开被子，跳下床。桌上放着一身素白的衣裙，样式简单不失清雅，正是天源宗入门弟子的服饰。

这里是天源宗的弟子寝室。昨天通过测验的弟子共计二百一十四人，离开了展翼阁，很快便有专职的道生将众人安排入住。

女孩子都是两人一间寝室，司玉幸运地和白郁分到了一间。可惜隔壁就是那个绯衣女孩贺丹妍的房间，让司玉欣喜之余又小小地郁闷了一把。

“司玉，起床了吗？”白郁的声音隐隐传来。寝室中间有厚重的布幔相隔，几乎等于两个独立的房间。

话音未落，布帘子掀起，一个窈窕的身影出现在门口。

司玉穿衣服的动作一顿，虽然都是女孩子，还是有些不好意思，白郁神情也是一僵，随即掩去，笑道："你怎么才刚起床？"

"昨晚睡得太舒服了。"司玉七手八脚地想把衣服穿上，却发现了一个大难题，古代的衣服究竟应该怎么穿啊？尤其是这几个扣子……

察觉到司玉动作不对劲儿，看了半天终于肯定她竟然不会穿衣服！白郁难以置信地睁大了双眼，犹豫片刻，终于上前道："我帮你吧。"

司玉很是尴尬，低声解释道："多谢了，我不太习惯穿这种衣服。"

"哦。"白郁动作一顿，意味不明地应了一声。

两人距离极近。司玉低下头，正看见她长长的睫毛掩住黑曜石般的双眸，修长的眉梢带着说不出的雅致韵味，真是个大美人！司玉有点儿羡慕地想着。

"仔细看看，你生得还不错嘛。"看着穿戴完毕的司玉，白郁眯起眼睛，带点儿调笑意味地说道。

司玉干笑了两声，客气道："比起你可差远了。"

"那是当然。"白郁点点头。

"啊？"司玉迟了半拍才反应过来她说的是什么，抬头看着白郁一本正经的表情，忍不住怀疑是自己听错了。

"不过你也算是不错了。"白郁摸着下巴，满是品评意味地上下打量着司玉。

"咳咳……"司玉险些被自己的口水呛到。察觉谈话正在向诡异的方向进行，她赶紧换过话题，问道："呃，对了，我们隔壁住的人是贺丹妍吧？你以前认识她吗？"

"不认识。"白郁爽快地答道。

司玉惊讶了。昨天在展翼阁上的那段小摩擦，白郁似乎很讨厌贺丹妍，或者说很讨厌那个什么谢家。难道仅仅是因为自己？司玉还没有自恋到这种地步，昨天的事情真追究起来，还是她伤人在先，贺丹妍气愤也有理可循。

“我第一眼看到她就觉得不顺眼。”白郁悠悠说道。

“为什么？”司玉问道。

“看到她那张脸就觉得有气。”白郁耸耸肩，再自然不过地说道，“本来以为这届的新人，只有我美貌无双，谁知这个小丫头竟然长得不比我差……哼，那些混蛋……”说到后来，那语气甚至有点儿咬牙切齿的意味了。

“轰隆隆”，昨天才刚刚建立的爽朗仗义、美貌多才的女侠形象华丽丽地崩溃了。司玉越听越失望。

“哎，你那是什么表情？难道我不是最美的？”看着司玉的表情，白郁眼眸中闪过一丝狡黠，忽然逼近了她，一字一句地质问道。

这人简直……司玉倒退一步，勉强笑着：“白郁你当然是美人……”如果不这么自恋的话，她在心里暗暗加了一句。什么叫做人不可貌相，她算彻底领会到了，也许对这位舍友的理解，远远不能停留在表面。

“哦，可是说得好像有点儿言不由衷啊。”白郁眉头一挑，斜睨着司玉，又逼近了一步。

司玉继续后退，很快被她逼到了墙角上。

白郁明明并不比自己高多少，逼近的阴影却几乎把自己完全笼罩了。司玉郁闷，正要说话，这时窗户传来一阵“笃笃”的响动。

“别闹了，有人来了。”司玉趁势推开她，来到窗边。

窗台上停着一只翠鸟，修长的尾羽闪烁着碧玉般的色泽，双爪牢牢抓住一个小木盒，正用长长的喙敲击窗框。

“是早饭到了。”白郁跟着走近窗台。

司玉将窗户推开，翠鸟飞进屋子，在木桌上盘旋了几圈，将爪下的小木盒一扔，拍拍翅膀飞走了。

司玉上前打开盒子，果然是一份饭菜，包括一碟金菇炒青菜，一碟烩火腿，还有米粥和面饼。都是极寻常的食物，做得却很精致，清香四溢，看着就让人食欲大动。

“我已经吃过了。”看到司玉视线转向她，白郁说道。

司玉立刻坐下拿起筷子，笑道：“那我就不客气了，等吃完了再出门去。”

“今天准备去那儿？”白郁漫不经心地问道。

“还给人家衣服啊，天色都不早了。”司玉坦白道，视线落到桌旁那件墨蓝色长衫上。

白郁瞥了眼那件衣服，轻笑道：“我倒忘了，昨天可是有好心人英雄救美了。”

“什么英雄救美，救了我一命的人不就是你吗？”司玉哭笑不得地说道。想到那个温雅的身影，那个叫楚泓的少年将衣服盖在自己身上的体贴，心里却忍不住一暖。

“我和你一起去好了。”说完她自顾走到桌旁，拿起那件衣服。随即皱起眉头，“这是什么气味啊？”一边说着，玉葱般的两根手指将衣服拎着，像是拎什么脏东西似的摇晃着。

眼看衣服要被她扔出去，司玉赶紧一把抢下来：“我自己拿就好，不劳大小姐你了。”

抱在怀里，一阵暗香传来。司玉昨天就发现这衣服上隐约带着兰花般的香气，极清极淡，若不是贴近，根本闻不到，更奇怪的是浆洗过之后竟然也没有消失。

以前看书本里说世家公子有熏香的习惯，司玉只觉娘娘腔，但是配在他身上，与这香气倒是意料之外的合称。

“不过一件衣服而已，真当宝贝了。”白郁撇撇唇角，不屑地说道。

司玉也不反驳。用过饭菜，两人出了房门，却听见熟悉的声音从后面传来：“昨天的床铺真是硬死了，幸好从家里带来了狐皮褥子，换上后这才勉强能够睡觉。表哥，你若是没带，我那里还有几张呢。”

话音未落，七八个少年男女出现在拐道尽头，衣袂飘飘，神采飞扬，都是这一次入选的新弟子。

无论有多少人并行，司玉第一眼看去，却只见到中间那个少年。纯白的衣衫在一众华服肃冠中并不出众，却意外吸引着所有人的视线，素淡的色彩穿在他身上竟透出张扬凌人的气势，眉目精致得近乎女气，冷漠如霜雪的表情却恰到好处地硬化了过分俊美的五官。

有他站立的地方，仿佛天然就是众人瞩目的焦点。一袭绯衣的贺丹妍正站在他身边说着什么，双眸闪烁着璀璨的光彩。

白衣少年只是漠然地点了点头，一脸的生人勿近与少女的阳光喜悦形成鲜明对比。

对他这样的反应，贺丹妍却似乎习以为常了，继续唧唧喳喳说着，像只快乐的小麻雀。

眼看这一行人走近，司玉心头一紧，不用任何人介绍，她也能猜到，中间那个白衣少年就是贺丹妍声声维护的表哥，这次入门新人的状元，也是不幸被自己砸晕的倒霉蛋。

想要退回房间已经来不及了，而身边白郁丝毫没有后退的意思，径自拉着司玉向前走去。

贺丹妍终于发现了两人的存在，原本喜悦的表情刹那间蒙上一层乌云。

这样急剧的变化让司玉有些好笑，一大清早就这么破坏别人心情，自己真是罪孽深重啊。

“你们两个！还有脸出现在我们面前！”贺丹妍毫不客气地叫出声来。

“大路又不是你们开的，我们怎么不能走在这里？”白郁耸耸肩，轻声笑道，“这里是天源山，可不是祁连谢家的地盘。”

贺丹妍俏眉拧起，咬牙切齿地道：“无耻！你们伤人在先，不道歉不说，还这么嚣张无礼。没教养的野丫头就是野丫头。”

谢东仪视线扫过司玉和白郁，从贺丹妍的话里，他已经明白眼前就是昨天害得自己出丑的人。

接触到他满是厌恶的冰冷视线，司玉心里一颤。

“谁让某人太无能，连天上的袭击都躲避不开。别以为进了天源宗就是真正的天源宗弟子，如今魔界猖獗，天源宗向来以除魔卫道为己任，你这种人，一旦对上强敌，自己丧命还是小事，到时候肯定会变成大家的拖累。”白郁清亮的声音娓娓道来，竟然将昨天贺丹妍呵斥司玉的话语原封不动地还了回去。

贺丹妍口才远不如白郁，哪里说得过她，几句话就被气得直跳脚。

白郁犹不甘心，火上浇油地加了一句：“修行可不仅仅是爬楼梯，要时刻注意头顶上哦。”

谢东仪锐利的视线立即落在白郁身上，隐隐浮动寒光，闲搭在剑柄上的手不自觉地按紧了。

白郁却冲他甜甜一笑，妩媚横生。

谢东仪不禁一愣，不仅他，周围几个少年都有些脸红，偷眼瞧着白郁。反而作为事故原始责任人的司玉已经被彻底遗忘在角落了。

谢东仪视线瞬间就恢复清明，暗暗有些惊讶地望着白郁。

看着两人“眉来眼去”，贺丹妍哪里按捺得住，“唰”的一声，将腰间长剑拔出来，喝道：“修为好不好，剑下见真章。耍嘴皮子算什么功夫？”

司玉的目光不由自主落在那柄剑上，银刃颤动，光华璀璨，剑身周围仿佛浮动着一层薄薄的水雾。多看两眼，她只觉一阵炫目，仿佛要融化进那一片银白的炫光中。

“想以多为胜吗？你们这么多人欺负我们两个弱女子，真是无耻之极！”白郁故意掩唇，惊呼道。惊慌失措的模样楚楚可怜，后面几个少年都看得眼睛发直。

贺丹妍怒气更甚："谁说我们以多为胜，有本事和我单打独斗。接招！"说着剑花一挽，迅如闪电。

白郁却并不与她硬接，身形一晃，便轻巧地避开了这一剑。

白郁身后站着的就是司玉，贺丹妍一招刺不中，本想收剑变招，但不知为何忽觉小腿一麻，刹那间僵硬难动，收招不及，寒冰般的剑刃竟直直朝着司玉刺过去。

森森剑气逼近，司玉脸色一变，踉跄后退一步，却依然避不开剑气范围。

眼看就要被一剑穿心，左右一片惊呼，两道人影飞快地抢上去，却救援不及。

千钧一发之极，一道迅捷的黑影从天而降，恰好落在银蛇般逼近的剑光上，光影交错的刹那只闻"叮"的一声脆响，贺丹妍剑势一偏，擦着司玉脸颊，险险划过。

这时救援的两道人影才刚刚赶至，谢东仪一把拉回贺丹妍；跌倒的司玉只觉身后一道劲气揽过，助她稳住身形。

"黎姑娘没事吧？"

"我没事。"看着眼前温雅的身影，司玉感激地笑道。两次见面，他都救自己于水火之中。

"楚泓，用不着你来多管闲事！"贺丹妍瞪了眼前横插一脚的人，怒喝道。

"并非在下多管闲事，是你太过狠毒。"楚泓淡然道。

"是啊，那一剑下去，司玉只怕连性命都要没了。天源宗弟子严禁自相残杀，贺大小姐难道不知道？"白郁也在后面说道。

"我……"贺丹妍想要分辨自己不是故意的，却又不知如何开口。只怕在所有人眼中，刚才都是她故意不收剑势，想刺死司玉。抬抬脚，小腿已经恢复轻灵，那瞬间的抽痛麻木仿佛只是错觉。扫视四周，包括自己同伴在内，众人看她的眼神都多为批评。贺丹妍只觉一阵委屈，倔劲儿上来，索性喝道：“我就是要杀她，你们能把我怎么样？”

“丹妍，别忘了你手里拿着的是什么？！”说话的是谢东仪，语气格外严厉，“沧溟剑至纯之体，不可沾染凡俗杀戮。若你连这个都做不到，有什么资格拿它！”

被心仪之人说这种重话，贺丹妍心中愈发委屈，眼泪差点儿掉下来。视线扫过，沧溟剑还在地上，某只白玉团子正一本正经端坐其上。

她心头火起，一脚踢过去：“滚，什么妖魔鬼怪，也敢玷污我的剑。”

储备粮轻巧地一跳，直冲贺丹妍而去。

猝不及防之下，贺丹妍竟然没闪避开，被储备粮一脚蹬在脸上。她惊呼一声，手狠狠向储备粮甩去。

储备粮早有防备，及时跳开。可惜却没逃过另一边的袭击——一只手迅捷无论地欺入，一把卡住它的脖子，将他拎到面前。

谢东仪皱了皱眉头，看着这只呆头呆脑的小猪，又看了看地上的沧溟剑。

“表哥，快把它杀了！这是什么妖怪？”贺丹妍愤然喊道。

她这一抬头，周围顿时漾起一阵轻笑，少女粉嫩的脸颊上印着两只红红的樱花瓣，左右对称，玲珑别致，正是某团子留下的蹄印。

贺丹妍一开始并未察觉，随着她转身，越来越多的人望着她脸颊嗤笑。她终于发觉不对劲儿了，小脸涨得通红。

“还不赶紧把剑捡起来！”谢东仪扫了她一眼，冷冷道。储备粮在他手里四蹄挥舞挣扎，试图摆脱它的钳制。

司玉心中不忍，头疼地上前道：“请放开它吧，这只是一只普通小猪，并不是什么妖怪。”又道，“昨天因我之故，让你受伤，实在对不起。”

谢东仪扫了她一眼，隐含的戾气让司玉心中暗生警惕。

围观的人越来越多，谢东仪终于冷哼一声，随手一掷，将储备粮扔在地上。

司玉连忙上前抱起它，除了脖子上一圈红红的掐痕之外，并没有受伤，这才放下心。

扔下储备粮，谢东仪视线在楚泓和白郁身上略一停顿，转身离开，明显不想继续纠缠下去。贺丹妍心有不甘，但眼见谢东仪走远了，也只能狠狠瞪了司玉怀里的储备粮一眼，小声嘀咕道：“死猪，早晚要把你杀了炖汤喝。”一边赶紧跟了上去。

小插曲结束了。司玉松了一口气，却感觉心情沉重，这算什么？梁子结下了。谢东仪临去时的眼神，还有那个贺丹妍，天生是自己克星吗？两次都被她害得差点儿丧命，这次多亏了储备粮。

低头看着怀里的宠物，储备粮正呆呆望着谢东仪离去的方向。

在想什么呢？难道是听见了贺丹妍把它炖汤的威胁？看来以后不仅要注意自己的安全，还要时刻警惕着自己的宠物啊。

没热闹可看，围观的人很快散了，只剩下司玉，白郁和楚泓三人。司玉想起此行的目的，连忙将楚泓的衣服取出，却发现刚才闪避剑势时，衣服又掉到地上沾了灰尘。司玉脸上一红：“抱歉，本想还给你的，不小心又弄脏了。”

“没关系，一件衣服而已。”楚泓坦然接过，微笑着提醒道：“刚才你没受伤吧？沧溟剑是天下有数的神兵，剑气隐而不发，能伤人于无形之中。”

司玉吓了一跳。

白郁安慰道：“不用担心。要使用沧溟剑气，至少需要练气中期的修为，贺丹妍那小丫头的水平可远远不够。”

司玉这才放下心来。

楚泓略有感触地叹一声：“谢家竟然把沧溟剑传给了她。”

“冲动易怒又心性霸道，真是可惜了那把剑。”白郁也道，说罢转身看着司玉，“你倒是好脾气，险些丧命也不生气。”

“不是的。”司玉摇摇头，“她一剑刺到我面前时，神情很是惊骇，不像是故意，应该只是不小心剑势收不住。”

两次接触下来，她已经明白贺丹妍大小姐脾气严重，但要说她心性狠毒到要在光天化日之下杀自己，只怕未必。这次不过是个意外，司玉虽然气愤，也不想太过记恨。

听闻司玉的话，楚泓神色一动，视线落到白郁脸上。

白郁依然云淡风轻，只冷哼一声道：“这小丫头实力不济，却偏偏喜欢拿着剑乱晃，迟早要弄出事情来。”

“呵，什么小丫头，她不是和你一般大小吗？”司玉笑道。白郁的语气，有时候天真任性像个孩子，有时候却又出乎意料的老气横秋。

白郁被她噎得一滞。楚泓轻笑一声，道：“既然无事，我便先走一步了。”

“你准备去那儿？”司玉问道。

“去藏书阁转转。三天后就要正式入门授业了，想要先多了解一些东西。”

藏书阁？

对了！想要了解一个世界，最快捷、最方便的办法不就是通过书籍吗？

“我也去。”她连忙道，又转头问白郁，“你呢？一起过去吧。”

“我没什么兴趣，先回去了。”白郁却意兴阑珊，转身离开。

青石板铺成的路面平整洁净，两旁树林层层掩映，浓翠欲滴，袅袅水雾缭绕其间。司玉和楚泓并肩行走在路上，真如走入画中一般。

“这只小东西是姑娘的宠物吗？”楚泓开口问道。

顺着他的视线，司玉低头看向窝在自己怀里的储备粮，含糊道：“是啊，算是陪伴我最长久的同伴了。”

“真是奇怪的动物，这真是一只小猪吗？”楚泓好奇地凑近了，伸手想要摸储备粮的脑袋。储备粮却似乎并不喜欢，偏头错开了他的碰触。

司玉轻笑一声，解释道：“这只小猪太任性了，不要见怪。”

楚泓笑着点点头，收回了伸出的手。

气氛略有尴尬。司玉随口问道：“你刚才说的什么沧溟剑，是什么来历？”

“沧溟剑是祁连谢家的祖传宝剑。据说是一位前辈修为大成后，入海外万里天荒之境，将宝剑在沧溟之渊浸泡了九天九夜所成。剑内蕴含天下至纯至净的寒气，天生克制一切魔气，是世间少有的名剑。”楚泓详尽地解释着。

“祁连谢家？”司玉低声重复着。

“谢家是北方大国祁连的第一门阀，更是我修仙界的名门世家，历代出过豪杰俊彦无数，天源宗第十一代宗主就是出自谢家……”楚泓缓声说着，温和的音色听在耳中就是一种享受，“其实细说起来，我们楚家也曾经是谢家的远亲旁系，不过是很久之前的事情了。”

司玉有些惊讶，但想到世家大族之间联姻复杂，倒也释然。

藏书阁在天源山首日峰半山腰。走了两炷香的时间，终于看到前方巍峨的建筑。脚下的道路也越发崎岖，两边尽是怪石嶙峋，转过一处拐角，一座悬空的石桥横空出现，连接两侧山壁。

桥下浮着幽幽白雾，一眼望不见底，冰雪般的寒意翻涌而上，掩住了石桥大半。

楚泓抬脚走上石桥，司玉依然站在桥下。

虚幻的白雾中，墨衫少年转过身，向桥下的少女伸出手来，笑道：“这里山风太大，我带你过去吧。”猎猎寒风将他衣衫吹起，弥合开散的雾气中，少年的身影清晰又模糊，恍如一副清淡的水墨画徐徐展开。

司玉心神一阵恍惚，只觉眼前这一幕格外熟悉，仿佛很早以前就已印入脑海，却又偏偏遗忘了细节。

“黎姑娘？”楚泓低声呼唤。

司玉心神一颤，清醒过来。她拉住他伸出的手，登上石桥。

紧握着司玉的手，楚泓神态坦然自若，仿佛只是再平常不过的举手援助。司玉偏头看着近在咫尺的俊美容颜，眼前这个人，两次短暂接触虽然都是彬彬有礼，温文体贴，却总有一种难以逾越的距离感。她心中微微怅然，随即又抛开这些无谓的感情。

下了石桥不远就是藏书阁。司玉松开楚泓的手，笑道：“多谢你了。前面就是藏书阁，你想找什么样的书？”

楚泓笑了笑：“天源宗的藏书阁堪称当今天下最丰富的文库了，经史子集，道论术法无所不包。我想找入门道术一类的典籍。不知你想看些什么？”

司玉略一思索，她当前最需要了解的不是什么仙法道术，而是这个世界的基本常识，便笑道：“我想看一些风土人情，山野游记之类的书籍。”

“想不到你对这个感兴趣。”楚泓有些意外，建议道，“若要看山野游记，倒有一套《神州万里》最为推荐，是天源宗两百多年前的一位方然子前辈所著。他因道法走火入魔，丹田受损，从此功体再难寸进。心灰意冷之下，此后百余年间都在周游天下名山古迹中度过，之后回到天源宗，花费了十多年方著成此书，记载一路见闻……”

说话间，两人已经进了藏书阁。阁内人来人往，极为热闹，简直像回到了后世的学校图书馆。宽敞的大厅之后是广阔的通道，左右房间一眼望不到头，每个房间门口都立着一块青玉简。时不时有道生走近玉简，将手按在上面。闭目静立片刻后，或者推门进入，或者去找别的房间。

“每个书库的信息都记载在门口的青玉简里，只要将手按在玉简上，就可以查询自己想要的书了。”楚泓详尽地介绍道，“一楼书籍我们都可以任意查询，二楼以上就不是我们能进入的了。”

“多谢你，接下来我自己翻阅就好，不打扰你找书了。”司玉笑道。

楚泓点点头，自行入库搜索了。

依循他的讲解，司玉来到一间书库前，将手按在门前玉简上。

指尖触到清凉的玉石，刹那间一种难以言喻的感觉涌上脑海，仿佛无数信息蜂拥而至。司玉一阵头晕，静候片刻才慢慢适应。认真梳理着脑中忽然多出来的东西，她逐渐有了头绪。任何想看的书，只要她心里想到，脑海中就会自动浮现书籍的名字、位置、分类等信息。

真是神奇的设计！弄清楚程序，司玉很快找到了那套《神州万里》，在书库的一个角落里，洋洋洒洒竟然有几十本，占据了大半面书架。

推门进了书库，内中面积极大，上百排书架林立，满满的都是书籍。两边是宽敞的座位，供人静心阅读。库内只零星坐了十几个人，看来这种人文地理方面的书籍没有多少人感兴趣。

司玉这个新生的到来没有引起任何人注意。依循刚才的信息，她很快找到了《神州万里》的位置。拿了其中一本《山川地理》，又寻了一本《天源宗杂记》，一本《东洲异闻录》，司玉抱着书来到角落坐下，阅读起来。

这果然是个神奇的世界，人类、修仙者、魔族竟然并列在同一片大陆上。北方那片险峻的土地是魔族的大本营。据说这些魔族是上古魔神蚩尤的后裔部族，还有众多妖邪鬼怪拊膺。魔族的人口不多，但他们拥有强大的战斗力和不逊于天源宗的高深法术，因此在极北之地酷寒的自然环境中也能生存。因为垂涎于神州的丰饶物产与广袤土地，南侵之心从来不死。

数万年来，为了对抗这些魔族，护卫神州苍生，无数修道求仙之人奋起反抗。在漫长的战事中，逐渐形成了组织，然而魔族的力量终究太强大，战事反复起伏；最危急的时候，神州甚至几乎成为了魔的天下，人类被屠戮殆尽。

直到八千多年前，一位惊才绝艳的人物横空出世，以一身惊天修为，在天源山号召并领导众人对抗魔界，并终于将妖魔逐出神州大陆。紧接着他又在北方边界处设立威力庞大的结界，阻止了魔族南下，彻底结束了延绵万年的神州战火。这位先天高人便是天源宗的初代宗主，此后天源宗也就成为了神州修仙者的正统，更是对抗魔界的领袖。

这千万年来，魔界方面人才辈出，众多杰出的术法高手试图解开边境封印，甚至有好几次已经接近成功了。好在天源宗也在不停进步，每次都能够及时发现险情，力挽狂澜。

最近一次道魔大战出现在三百年前，也是格外惨烈的一战。

魔界也不知用了何种神通，侵入人界，连天源宗的护山大阵也被打破。局势最危急的关头，天源宗出现了一位天赋奇才，兵行险招，趁着魔界入侵人界的机会，逆转封印，带领一众天源宗高手反侵入了魔界。

没料到竟有人胆敢铤而走险，后方空虚的魔界惨遭重创。据说这一战杀得天地变色，日月无光，然而具体战况已经无法探究了，因为所有深入魔界的高手无一幸免，全部战死在了魔界深处，尸骨无存。

这一战使得天源宗高手尽丧，而魔界也是损失惨重。据说连皇城都几乎覆灭在这场战火中。也因此之后三百多年来，魔界再无大规模的行动，只是天源宗依然不敢放松警惕，每年都要修缮边境封印，警惕妖魔。

…… ……

司玉兴致勃勃地翻阅着书籍。时间过得飞快，不知不觉间，光线越来越黯淡。抬头一看，已经是傍晚了，书库里的人早已走得精光。手里的书还有几页没看完，她舍不得离开，可光线太过黯淡，书本模糊难辨，幸好发现角落一个不起眼的杂物箱里扔着半截蜡烛，仿佛很久没人用过了，上面积了厚厚一层灰尘。

司玉拿起来擦拭干净，翻出火折子点上，温暖的火光立刻笼罩大厅。

继续看完几本书，司玉长吁了一口气，心满意足地伸了个懒腰。

是回寝室的时候了，将书放回原位。眼见外面天色已黑，司玉索性拿起桌子上那半截蜡烛，出了藏书阁。

夜色渐深，四周漆黑一片，浓厚的云层遮蔽了月光，只余三两星子挂在天幕尽头，伶仃闪烁。

天源山上占据最广阔面积的莫过于广袤的森林，在一片幽深的林木中。一个轻灵高挑的身影正倚在一棵大树下，姿态随意慵懒。

“这么急着找我来，是对我今天的行动有什么意见吗？”人影悠然开口道，声音清冷悦耳。

“你不觉得自己太心急了吗？”一个沉稳的声音从浓密的树冠深处传出，带着明显的不悦，

“你就是这种事事求全责备的个性太烦人。以我的手法，你认为谁会起疑？”树下人影不屑地摇摇头，“再说，我们也不能再拖延下去了。沧溟剑天生能感应魔气，包括已经彻底封印的魔。贺丹妍她人虽然蠢，但天资还不错。一旦她能够使用沧溟剑，我的身份只怕……”

“沧溟剑至纯之气不能沾染杀戮，你的想法是不错，但如果第一天就闹出人命，无论怎样像是意外，也会引起天源宗那帮老家伙们的注意吧。”树上的声音轻笑一声，道，“而且就算现在，你真的觉得没有任何人起疑？”

树下的人影冷哼一声：“算了，反正这次失败了。随便你说吧，下次我还是要动手的。”

“下次啊，还要借着那个女孩动手吗？话说你白天与人姐妹相称，晚上却谋划着怎么害人性命，可真是太无情了。”树上的人轻声笑道，带着些许揶揄意味。

清风吹过，乌云渐散。银光透过树隙撒落大地，照亮了树下人影的面容。清丽如玉，俊俏绰约，遍地月华之中，更衬得身姿挺拔如谪仙一般，赫然是司玉的舍友白郁。

仿佛不习惯这突如其来的光，身影轻动，很快又融入了树下的阴影中，同时清冷的声音传来，在这初秋微寒的夜风里，带着格外冷寂的意味：“魔啊，本来就是反复无情的生物……”

第三章

春光梦魇

借着烛火，司玉分辨来时的路，加快了脚步。走了片刻，她忽觉得视线一阵恍惚，停住步子。

不知何时，她误入了一片花田。翠绿的嫩叶托起柔嫩的花朵，清冷的月光之下，莹莹光华回荡在花瓣上，像是流淌的水银铺满了地面。

这是哪儿？来的时候不是一片山路吗？根本没有这片草地吧。司玉迷茫了，什么时候走错路了？明明没看到有岔路啊。

一阵风过，满地月华纷飞。光影交错间，远处似乎站着一个人，

“是谁？”司玉心神一颤，忍不住上前一步。

那个人似乎被惊动，抬起头来……

那一瞬间，异样的感觉从心头涌起，仿佛很熟悉，又仿佛很遥远。她情不自禁地向前走去。

“司玉？！”没走几步，一声惊呼打破了虚幻的梦境。

司玉回过头，一个熟悉的身影正站在她身后不远处，皱眉看着她。

是白郁？她怎么在这里？司玉抬脚想往回走，却见白郁脸色一变，沉声喝道：“别动！”

她脚步一滞，转头看向周围，顿时脸色发白，哪里有什么花田月

色，自己分明是站在来时那座桥上，甚至只差一步就要踏出桥面了。往下瞥了一眼，她只觉天旋地转，漆黑的深渊像是一只择人而噬的猛兽巨口，吸引着她往万丈山崖下跌去。

她踉跄着后退一步，险些跌倒。

白郁上前扶住她，疑惑地问道：“你怎么了？幸好我经过这里，就看见你直愣愣地往桥下跑。”

“我……我……可能是书看得太多了，有点发晕，我们先回去再说。”司玉惊魂未定地说道，声音微微战抖。刚才的那一幕是幻觉吗？为何出奇的真实？简直像被鬼神迷失了心智。

有了伴，路上安心多了。终于回了寝室，司玉躺倒在床上，回想起刚才的经历依然心有余悸。辗转反侧到后半夜，一天的疲倦涌上来，才终于慢慢睡过去。

不知过了多久，她忽然感觉胳膊一动，像是什么东西在推搡她。她睡眼惺忪地抬起头，向四周一看，朦胧的烛火跃动闪烁，偌大的书房里静悄悄的。

咦？自己怎么还在藏书阁里？明明已经回房间了。

看着眼前一排排林立的书架，司玉揉了揉脸颊，自言自语道：“难不成是看书看得睡着了，刚才只是个梦？”

梦到自己回了寝室，甚至在回去的路上险些掉下桥……

司玉怔怔的想着，忽然感觉有些不对劲儿，这些书架的排布，桌椅板凳的样式，怎么都不是自己睡前看到的样子了？还有手里拿着的书……咦，这是什么书？

光线一阵黯淡，似乎有一片阴影凭空出现笼罩在头顶上，她诧异地抬起头。

近在咫尺的窗口立着一个虚影，青面獠牙，血盆巨口，混浊的黄灰色眼珠里清晰地映出她惊恐的表情。

两者对视了三秒钟，司玉终于尖叫起来。

“鬼啊！”伴着刺耳的惊叫声，她瞬间清醒，“呼”地坐起身来。

入目处是干净柔软的淡青色床帏。

自己还是在寝室里！

刚才是个梦？或者现在的自己才是在梦中呢？司玉心神战栗。更有尖锐的惊叫声无比清晰，萦绕在耳边延绵不绝。

等等，是真的有人在喊叫！不是自己在做梦。

是隔壁贺丹妍房里传来的！

掀开被子，她匆匆披衣下床，推开房门，立刻看到隔壁已经亮起了灯火。

“怎么了？”很快白郁来到院子里，望着贺丹妍的房间满是疑惑。

“救命啊，有妖怪！”带着浓浓哭腔的声音从贺丹妍房间里传来。

“不要喊了。”随即贺丹妍尖锐的呵斥声压过了惊叫。话音未落，“哗”的一声，门被推开，贺丹妍脸色苍白地跑出来，险些撞到站在门口的司玉。

她站稳了身子，看了司玉一眼，苍白的脸色立即泛起一阵潮红，怒喝道：“大半夜你们站在别人门口做什么？！装神弄鬼的。”

“这句话该我们问你才对，大半夜你们不好好睡觉喊叫什么？”白郁没好气地问道。

司玉越过贺丹妍的肩膀望向屋里，一个窈窕的女孩紧跟着贺丹妍的步伐快步走出，似乎不敢独自一人留在屋内，秀丽的脸上满是恐惧。

她认出这是贺丹妍的室友，一个名叫安小惠的女孩。

“怎么了？”司玉上前一步，柔声问道。

“我刚才看见鬼了。”安小惠泪眼婆娑地说道，身体依然在不可遏制地战抖着。

“鬼！”司玉心里一颤。

“鬼？”白郁眉头一挑，转而看向旁边的贺丹妍。

贺丹妍绯色的双唇紧抿着，脸色也有几分苍白。

“你们两个都看见了？”白郁低笑一声，“不是吧，我们可是在天源宗啊。”

“我没看见！是这个傻丫头自己睡昏了头。”贺丹妍倔强地道。这时，外面传来一阵敲门声。

新生宿舍里，每两间寝室是一个独立的院落。显然刚才的声响太大，连周围的院落也惊动了。司玉无奈，前去开了门。

“怎么了？刚才听到你们院子里有很大的哭叫声呢。”门口站着五六个女孩子，都是附近寝室的人，当先一个身姿修长的女孩问道。

“是啊，好像听你们在喊什么有鬼怪？”说话间，几个女孩已经进了院子。

“没什么。”贺丹妍脸色越发难看，冷冷地开口打断众人的议论，“只是小惠刚才做了个噩梦而已。”

“噩梦？什么噩梦能把人吓成这个样子。”高个子女孩挑了挑下巴，看着不停战抖的安小惠问道，“安小惠，你刚才梦见什么了？”

“没……没什么，就是梦见自己在一个摆满了书的奇怪房间里醒过来，然后……”战抖的声音低声说着，“然后抬头一看，窗前站着一只恶鬼。”

“就这么简单？”高个子女孩提高了声音，语气很是不屑，“只是做个噩梦，也值得这么大呼小叫，胆小鬼！”

贺丹妍抬头看了她一眼，没有说话。

“可是，感觉简直和真的一模一样……”安小惠的声音逐渐低落。

没有人注意到，司玉脸色刷地白了，安小惠所说的不就是她做的梦吗？两人怎么会做同一个梦？甚至，她看了脸色苍白的贺丹妍一眼，恐怕连她也……

“就是噩梦而已。”一个女孩打了个哈欠，睡眼惺忪地道，“没什么事儿我可要先回去睡觉了。”说着离开院子，几个女孩也跟着散了。

白郁看看天色，百无聊赖地道：“你们睡不睡觉？我要回去了。”

“哼！”贺丹妍冷冷扫了两人一眼，一把拉住安小惠进了屋子。

“砰”的一声，大门在两人面前关上了。

白郁伸了个懒腰，转身向屋里走去。司玉犹豫了一会儿，跟上她的步子，低声问道：“白郁，你……”

“怎么了？”白郁转身。

看着她平和自然的神情，司玉略一迟疑，终于摇头道：“没什么，赶紧睡觉吧。”

回了房间，司玉躺在床上，神思不属，慢慢回味一天的经历，忽然发觉身边好像少了什么重要东西。

咦？储备粮呢？！司玉猛地从床上坐起来。

一直当做抱枕的白玉团子完全不见了踪影，明明睡前还抱着的！怎么半夜醒来却不见了？

司玉心急如焚，翻遍整个寝室，却找不到丝毫痕迹。难道是有人趁夜将它……不会的，贺丹妍她们也受噩梦困扰，不可能有这个心情。或者是刚才的恶鬼……司玉激灵灵打了个寒战，这么想着，越发担忧起来。

睡意全无，司玉索性穿上衣服，准备出去寻找。正要推门，却听到一阵细微的轻响从脚边传来，司玉手一顿。

不一会儿，门开了一道细缝，圆滚滚的小东西探头探脑地爬进来。

被一双脚阻住了去路，储备粮一愣，抬头看去，却对上一双冒火的眸子，憔悴的脸上带着两个明显的黑眼圈。

它本能地向外一缩。

“不许跑！”司玉冲前一步，一把抄起意图畏罪潜逃的小猪。

看到这只笨猪平安出现，没有被人捉去炖汤，司玉总算放了心，转而又心头火起——前半夜噩梦闹鬼，后半夜宠物失踪，严重的睡眠缺乏让司玉眼里带着血丝。

“大半夜不睡觉去了哪里？从实招来！”拉住储备粮粉嘟嘟的圆脸

往两边拉，司玉逼供道。

严刑拷打之下，储备粮拼命挣扎，奈何某人的魔爪太长，而它的四蹄太短，始终无法摆脱蹂躏。

明知道储备粮不可能回答自己的问题，司玉依然怒气难消。直到青鸟把早饭送到了，肚子饿的司玉才出够了气，松开手，将储备粮抱上桌子，没好气地道："先吃饭。"

打开食盒，将饭菜拨了一半给储备粮，司玉拿起筷子吃了起来。

吃完早饭，将食盒放到窗台上，不一会儿，就有伶俐的青鸟飞过来将食盒拎走。

看着鸟儿蹁跹飞远的身影，司玉抱起储备粮："你什么时候能变得像这些青鸟一样乖呢？每天准时出现，不再乱跑乱爬。"

看着飞远的青鸟，储备粮意义不明的哼哼了一声。

司玉"扑哧"一笑，把储备粮放到床上，道："今天你先休息吧，我还要去一趟藏书馆。"

蹭了蹭被司玉揉红的地方，储备粮在温软的被窝里翻了个滚儿，四蹄按住被褥，望向司玉。

司玉摸了摸它的小脑袋，叮嘱道："睡觉的时候伶俐点儿，小心被人偷偷摸进来捉走变成烤乳猪。"贺丹妍虽然对储备粮有过口头威胁，但经过昨晚的变故，想必也没有心情来骚扰一只小猪，所以司玉放心地将储备粮独自留下了。

储备粮眨了眨眼睛，神情不明地看着她，似乎有什么话要说。

奇怪，自己怎么会这么认为呢？"你不会真的要说什么吧？"司玉贴近了储备粮，低声问道。潜意识里，她似乎真的把储备粮当做可信赖的同伴，而不仅仅是一只宠物了。

储备粮很快闭上眼睛，往被窝里拱了拱，将屁股对着司玉，仿佛那眼神只是个错觉。

司玉摇摇头，不再骚扰它，她还有更要紧的事情呢。她惦记着昨晚的梦，这种诡异的事情如果不弄明白，只怕以后都难以安心睡觉了。

梦中的她手里握着一卷书，清醒前低头看了一眼。惊鸿一瞥记不住多少内容，却记住了一个特殊的词语：盘古神玺。

听起来像是游戏里什么神器道具的名字，不知道书库里会不会有记载。虽然只有这么一点儿线索，无异于大海捞针，但总要试一试。

站在书库前，司玉将手放在青玉简上，查询这个名字。很快她发现自己白担心了，不是没有记载，而是相关的记载太多了。几乎每本介绍神器宝物，乃至天源宗历史的书籍上都有或多或少关于这件宝物的记载。

盘古神玺据说是上古创世之神盘古开天辟地时，天地间至纯阴阳之气凝聚炼化而成的宝玺，神通无数，有毁天灭地、炼化元神、操纵时空等无数威能，更是天源宗的镇派之宝……

等等？操纵时空？

司玉心神一跳，她连忙仔细翻找，可惜对于这项神通的介绍却不多。要是能够借来试一试就好了，说不定真能穿回去。司玉情不自禁地想着，可惜这只是异想天开。别说这盘古神玺是天源宗的镇派之宝，更是天源宗宗主身份的象征，最让这个心愿不可能实现的原因是：神玺根本不在天源宗了！

就在三百年前的那场道魔大战里，诸多正道高手为护神州安危，冒险逆反封印，潜入魔界，虽然大功告成，却也舍身成仁，无一人生还。他们随身所带的秘宝法器自然也不可能回来，盘古神玺就是其中之一。

这么说来，盘古神玺是失落在魔界了？

但也有不少人推测，神玺并没有留在魔界。因为那场战事临近结束时，魔界王城被近乎毁天灭地的爆炸夷为平地。据后人推测，一众高手所带法器中并无那般威力巨大的，多半就是神玺的力量。

所以说，神玺很可能已经在那场战事里毁了！

当然，也只是可能而已，毕竟魔界那边的消息天源宗不可能准确获得。而神玺失落最直接的后果就是这三百年里，天源宗宗主之位一直空悬。至今宗内大小事务，都是由五部首座会同诸位长老共同商议决定。

合上书卷，司玉发现天色已经不早。有了上一次的教训，她不敢再停留，趁着天亮赶紧离开了藏书阁。

等回了寝室，司玉才记起，自己这一天所翻阅到的东西，与那个古怪的噩梦根本没有任何联系。

本以为晚上会迟迟睡不着觉，可躺在床上没多久，极度缺乏睡眠的精神就开始昏昏沉沉，很快进了梦乡。

平稳的呼吸声中，被司玉搂在怀里的储备粮忽然睁开了眼睛。它动了动身子，小心翼翼地从司玉怀里钻出来。

司玉翻了个身，它动作一僵。发现她只是换了个姿势，这才松一口气，继续往外爬。

终于从被窝里拱出来，它站在枕头一侧，低头看着司玉的睡颜，眼神格外专注。

司玉动了动身体，储备粮视线一颤，光华闪过的瞬间，仿佛世间一切复杂的情感都融入其中，却也只是一瞬，那些难以形容的东西就掩去了。

它低下头咬住司玉的被子一角，帮她把散开的被子掖好，然后轻巧地一跃，无声无息地落到地面上。

轻车熟路地咬住门闩拉开房门，圆滚滚的身影很快消失在了月色下。

房里恢复了平静，微风从敞开又合上的门缝中透入，吹得桌上的蜡烛一晃，一个细微的小火星爆开，像是未燃尽的余韵。

司玉这一晚睡得极不安稳，朦胧中，她似乎感到储备粮正站在枕头一侧望着自己。

她无意识地动了动。每次看到储备粮这种眼神，总让她感觉格外别扭，别扭中又带着隐约的心惊，似乎眼前的小猪并不是一只有灵识的小动物，而是一个人，一个历尽沧桑的人。

费了好大的劲儿，她终于睁开眼，揉了揉干涩的眼角，转过头去……

咦？屋里什么时候点亮蜡烛了？是自己睡前忘了熄灭吗？

“睡醒了吗？”一个低沉略带沙哑的男声在耳边响起，暧昧的热度吐在她的耳垂上。

司玉刹那间僵化了。

“怎么了？”慵懒温雅的轻笑回荡在耳畔，真实又虚幻。如同这紧贴着的身体和炽热温度。

紧贴的身体？！

等等，现在是什么状况！

她动了动，意外的沉重，该死的！真的有一个男人压在自己身上？！

而且……她战抖地伸出胳膊。

竟然没穿衣服！

以自己都难以置信的自制力强压下尖叫的冲动，司玉抬起头。简单的一个动作，她几乎能听见自己脖子转动时发出的咯吱声了。

因为逆着光，司玉看不清楚他的容颜，只注意到他身后的背景很奇怪，竟然不是熟悉的床帏幔帐，而是一片青褐色的山壁。

他们是在一处山洞里？！

来不及思考自己是怎么被人弄进了山洞，并脱光了衣服，她咬着牙从缝隙里吐出一个字：“你……”

男子似乎察觉到她的不适，柔声问道：“怎么了？身体还不舒服吗？”说着，一边微微抬起身。柔和的橘色光线从他身侧透过，勾画出俊美的容颜轮廓。

那张脸……

“啊……”司玉终于受不了这个刺激，尖叫出声了。

猛地从床上坐起，她睁大了眼睛，抚着狂乱的心跳，好一会儿才定下心神。左右一看，还是在寝室，漆黑的房中只闻自己格外粗重的呼吸声。

哪里有什么男人、山洞……刚才只是大梦一场。

可就算是梦，也不可能做这种梦吧？而且就算是做春梦，又怎么可能是他？！想起梦中的那张脸，司玉激灵灵打了个寒战，盛夏的天气里如坠冰窖。

“喂！到底搞什么？”没等回过神来，清亮的声音从隔壁响起。帘子掀开，衣衫散乱的白郁揉着眼睛走进来：“怎么了？刚才叫得那么大声。”

司玉没有说话，她整个人精神还处在混沌状态。

自己什么时候花痴成这样了，不过见了一面而已，虽然他长得确实不错……

白郁皱了皱眉头，见司玉一脸呆滞相，她干脆凑近床边，提高声音问道：“喂，还没睡醒吗？还是身体不舒服？”一边伸手按在司玉额头上。

司玉长吸了一口气，按下她的手，勉强冷静道：“刚才做了个梦，受刺激了。”

“做梦？”白郁挑挑眉，奇道，“难道你今天也做噩梦了？”

“是！是个噩梦……”司玉忙不迭地点头。

“那梦到什么了？你脸色这么难看。”白郁好奇地追问道。

“这……”司玉嘴角抽搐了一下，那个梦简直清晰真实得可怕，但梦的内容却是万万不能说出口的。短暂的沉闷之后，她一把掀开被子，跳下床：“算了，别提了，反正很恶心的那种，先让我出去喘口气再说。”

司玉下了床，推开门，想呼一下新鲜空气。进了院子，却听见空气中传来一阵低低的饮泣声，隔壁房间竟然也亮起了灯火。

难道是？司玉愣了愣，快步走近贺丹妍她们的房间。

“谁！”贺丹妍的声音传来，带着明显的颤音。

“是我，你们怎么了？”司玉索性推开了虚掩的房门。

进了屋，司玉一眼就看到趴在桌上低声哭泣的安小惠，还有站在床边神不守舍的贺丹妍。屋里回荡着一种奇异的氛围，两人都只穿着中衣，贺丹妍手里还握着沧溟剑。

“你们怎么了？”　不会是……司玉心头升起一种不祥的预感。

“你们不会也做噩梦了吧？”白郁倚在门口，闲闲地问道。

贺丹妍神情一紧，警惕地看着她。

安小惠也从桌上抬起头，吃惊地望着白郁：“难道说你也……这怎么可能？！”

“我没有，看你们这么神不守舍，随口问问而已。”白郁耸耸肩，随意地道，“不过司玉也做噩梦了。”

贺丹妍和安小惠的视线立刻落到司玉身上。司玉神情有些尴尬，她们梦中的内容不会也是。而贺丹妍她们的眼神里似乎也带着同样的疑惑。

看看安小惠哭得梨花带雨的模样，再看看贺丹妍和司玉欲言又止的神态，白郁终于忍不住问道：“到底是什么梦？”

司玉她们三个刹那间红了脸，躲躲闪闪不敢看彼此的眼神。

谁也没有开口，白郁不耐烦：“这有什么说不出口的，难不成是春梦？”

“咳咳……”司玉一下子呛住了，贺丹妍和安小惠两张小脸都涨得通红通红。

白郁神情一滞，睁大了眼睛：“不会吧，难道我猜对了？”

室内的气氛越发尴尬，白郁却似乎全无察觉，越发好奇起来：“你们竟然会做这种梦，什么内容的？能够让你们三个都这么惊慌，该不会是认识的人吧？”

看白郁摸着下巴兴致勃勃的模样，司玉终于忍无可忍，开口低声道：“喂，白郁，你好歹是个女孩子。”

白郁轻咳了一声，似乎也感觉有些失态，意兴阑珊地转过头不说话了。

看着她修长的背影，司玉心思一转，有些奇怪：“白郁你这两天一直睡得很安稳吗？”

白郁眸中锐光一闪即逝，笑道：“我白天睡得太多，这两天晚上都在看书，几乎没有睡觉。”

司玉点点头，抛开疑惑，又问道：“我们三个为什么都会做噩梦，而且做的还是同一个梦？是不是……”略一迟疑，说出了自己的疑惑，“是不是有什么阵法妖魔之类的东西作祟？”来到这个世界没几天，她已经迅速接受了妖魔这种不合逻辑的存在。

“可是沧溟剑并没有反应。”贺丹妍咬着下唇说道，她也被前一天的噩梦吓得不轻，今天为了避邪，特意把护身宝剑放在了身边，想不到今晚还是起了梦魇。

“沧溟剑只有近身时候才有效果，而且它只对生灵魔气有反应，如果是死物成妖的话，并无用处。”白郁点醒道。

“难道我们院子里真有妖怪？”安小惠怯生生地问道。

“是很有可能。”白郁耸耸肩，无所谓地道。

安小惠打了个哆嗦：“那怎么办呢？要不找执教他们来……”

“不行！那岂不是让人看笑话吗，不过是个小小精怪而已！”贺丹妍提高了声音喝道。

“真是死要面子活受罪……”司玉小声嘀咕了一句。

贺丹妍耳朵甚灵，立刻转头瞪了司玉一眼，随即想起什么似地指着她喊起来：“对了，妖怪不就在你屋里吗？”

“我？”司玉愣住了。

“就是你！”贺丹妍言之凿凿地道：“你不是收着一只小猪吗，它一定是个妖怪，肯定是它趁夜动的手脚。”

“储备粮绝对不会是妖怪，就算是，也绝不会害我们。”司玉生气地打断她的指控，眼前女孩简直不可理喻。

“你怎么能肯定它不是？它是什么来历？是你捉来的，还是从小养大的？”贺丹妍气势汹汹地追问道。

司玉心里“咯噔”一下，她忽然想起，在那个奇怪的梦之前，自己依稀还做了一个梦，一个关于储备粮的梦，梦见它……对了，醒过来似乎没有见到它，明明临睡前还抱在怀里的。它又跑出去了？这该死的小东西，看来上一次的教训还不够！

“哼，说不出话来了吧？”见司玉沉默无言，贺丹妍以为她是心虚，越发理直气壮，一把抓起床上的宝剑，就要往门外走，“我去把它砍了！”

“你敢！”司玉回过神来，连忙拦住她的去路，喝道。

两人针锋相对地瞪着，正僵持不下，一旁的白郁头疼地按着额头：“好了，你们别吵了，不是那只小猪。多半是这院子里有什么镜子、珠玉、油灯、水盆之类的能发光反光的东西得了灵气，年久成精了。”

“你怎么知道？”贺丹妍半信半疑地问道。

“依照你们的反应来看，应该是施用幻术的妖怪。这类妖术需借助光线施为，小妖怪有此能力者，多半天生能发光。”

“你怎么能肯定是小妖怪？万一是很厉害的妖物作祟呢？”安小惠怯生生地问道。

白郁轻笑一声：“别忘了这里是天源宗，比较强大的妖怪，一定会引起高手注意的。当然，要是强大到一定地步，同样也发现不了。”说到最后，白郁唇角勾起一抹笑意，清淡冷漠。

“对了，要是小妖怪的话，用镇妖符就可以了吧。”司玉灵机一动，建议道。她白天刚刚在藏书阁看过关于镇妖符的介绍，属于天源宗术部的基础法术之一，能够炼化低级妖魔的一种道符。

安小惠也拍手赞成道：“这个主意不错。”

“镇妖符上的炼妖阵虽然是初级道术，但也需要有练气期以上的修为才能够制作。”白郁提醒道。

“只能去要一张了，如果有认识的前辈或者执教的话。”司玉道。

几个人的眼神落到贺丹妍身上，天源宗内有不少出众的弟子是出身谢家，或者与谢家有关的。像术部的现任执教之一谢婉就是谢家族长之妹，也就是入门那天的黄衣道姑。

贺丹妍咬了咬下唇，低声道：“要不我去问姑姑要一个，可是应该怎么说呢？”

几个女孩子开始讨论起如何讨要，如何使用的细节问题。时间过得飞快，不知不觉间，天边泛起白茫茫的雾气，天已经亮了。院子里响起一阵敲门声。

几人停下讨论，看向大门。是谁这么早来拜访呢？

“是我。”没等开口发问，来人已经自动表明了身份。

“表哥？！”熟悉的声音传入耳中，贺丹妍立即低呼一声。

司玉三人顿时变了脸色。想起那个记忆犹新的梦，一种尴尬的气氛在三人中间流转，竟然没有一个人肯去开门，连一向积极的贺丹妍都畏畏缩缩，表情尴尬十足。

白郁饶有趣味地在三人脸上扫过，仿佛明白了什么，低笑一声，起身出了房门。

打开院门，高挑俊逸的少年就站在门口，弥漫的晨雾中，衣袂翻飞，飘飘如仙，侵略性的俊美容颜在晨光水雾的浸染下分外鲜明。

可惜如此赏心悦目的画面落在司玉眼中却只是一阵心惊胆战。从来没有哪张脸，让她感觉如此刺眼。

“谢公子，不知大清早所为何来？”白郁站在门口，悠然问道。

看到前来开门的人是白郁，谢东仪眼中略有惊异，却依然彬彬有礼地笑道："打扰了，是前来还一样东西。"说着拎起手里一团圆滚滚的物件。

是储备粮！

看清楚他手里拎的是什么，司玉哪里还顾得了什么尴尬噩梦，连忙跑到门前。

储备粮正无精打采地挂在他手上，四只樱花蹄无力地下垂，玉雕般的耳朵被拎在修长的手指间，因为身体的重量，被扯成兔子状。

司玉看得心疼，上前一把将它抢下来。谢东仪也没有阻止，微微一笑就松了手。

将白玉团子抱在怀里，司玉暗暗心惊，落到这家伙手里，储备粮不会吃什么苦头吧？迅速检查了一遍，身上什么痕迹也没有，看来并没有受虐待，可是这萎靡不振的模样是怎么回事？

对司玉的举动，谢东仪只是含笑看着。这副高深莫测的模样让司玉更觉碍眼，犹豫再三，终于忍不住问道："它怎么会跑去你那里？"

"昨晚在房里练功，这只小东西不知为何偷偷溜了进去。想到是你的宠物，就送过来了。"谢东仪坦然道。

"是吗？"司玉有些意外。

谢东仪点点头，又体贴地交代道："可能被我练功时的气劲影响，有些精神不振。让它睡一觉就好了。"

一席话听起来毫无破绽，司玉心头却疑窦暗生，先不说储备粮闲着无事跑去谢东仪的房里干什么，单就谢东仪此时的态度来说，也未免太诡异了。他是这么彬彬有礼的人吗？上一次见面的经历还记忆犹新。逮住储备粮，不把它剥皮抽筋就算不错了，还会一大清早地送回来？

该不会暗中下了什么黑手吧？司玉阴暗地想着，也许自己一把储备粮抱回屋，它就会七窍流血，全身发黑，甚至直接变成烤乳猪……

"表哥。"一声清丽的轻呼从司玉身后传来，是贺丹妍终于克服了心理障碍，来到门前。

谢东仪无“嗯”了一声，视线又落到司玉身上，浅笑道：“既然如此，就请姑娘好好收着它吧，天黑时候可别让它再乱跑了。”

“多谢你了，我会注意的。”司玉客气地道，转头看了看贺丹妍，又道，“我先回屋里去，不打扰了。”说着转身往自己房间走去，她急着给储备粮做个全身检查。

“我也告辞了。”白郁看了谢东仪和贺丹妍一眼，漫不经心地道，跟上司玉的脚步。

进了房间，白郁忽然笑出声来，像是憋了很久，越笑越大声。

“你怎么了？”司玉转头瞥了她一眼。

“真是意料之外，你们春梦的对象竟然是谢东仪……”白郁终于收住笑声，低声道。

司玉脚下一个踉跄，险些跌倒。虽然白郁的声音放得很低，她还是忍不住心虚地回头看了一眼。

是错觉吗？站在院门口的谢东仪似乎也在看向这边。

不会听见了吧？明明隔得这么远！司玉心神一颤。

“不会听见的，他又不是狗，耳朵那么灵。”知道她在担心什么，白郁“体贴”地安慰道。

“不过，这小子究竟有什么好的？”随即她又大惑不解，“虽然脸长得确实不错，但也不是独一无二，像楚泓就不比他差。如果是贺丹妍那个小丫头发花痴也就罢了，不至于让你们三个都……难道是……”一边说着，她神色慢慢郑重起来，像是想到了什么，抚着下颚陷入深思。

走在前面的司玉没有注意这些，她已经忍无可忍，额头上明显暴起一根青筋。

长吸一口气后，她忽然转过身。

“干吗？”被她忽然放大的脸孔吓了一跳，白郁后退一步。

“白郁，你摸下巴这个习惯是什么时候养成的？”司玉的视线落到白郁手上，念头一转，笑眯眯问道，

“怎么了？”白郁不明所以地问道。

“你知不知道，女孩子这个习惯很不好看。”司玉郑重其事地道。

“不好看？”有点儿受不了这种跳跃性思维，白郁眉梢抽搐，条件反射地问道，“怎么不好看？”

“感觉像个人妖。”司玉一字一句，一本正经地说道。说完，不等白郁反应，就掀起帘子，快步跑回了自己房间。

“你……”留下白郁一个人愣在门口，抚在下颚上的手僵硬无比。

她神情有些郁闷，抬起手，视线莫测地盯着自己手掌。过了片刻，却又忽然笑起来，笑声清朗飞扬，像是听到了什么极其好笑的笑话。

这家伙，屋里的司玉听见外面的笑声，禁不住哑然。她只是小小报复一下她那张百无禁忌的嘴巴，有这么好笑吗？真是奇怪的人。

回了房间，司玉仔细查看储备粮。外表确实没有任何伤痕，只是精神萎靡不振，樱花色的小猪蹄抱成一团，昏昏沉沉的，整个儿就像霜打的茄子般无精打采。

难道是谢东仪对它施加了什么精神虐待？威逼利诱、恐吓要挟、十大酷刑……白玉团子在她手里蹭了蹭，打断了司玉的异想天开。它似乎想尽快拱进被窝里。注意到这一点，司玉摇摇头，也许是自己想多了，这只小猪只是两天两夜没睡觉，累坏了。

想到这里，她打了个哈欠，两天没睡好觉的人可不止一个啊。反正今天也无事可干，司玉索性抱起储备粮，爽快地往被窝里一拱。

温暖舒适的床铺融化了这些天的疲惫，两只小猪双双进入了梦乡。

第四章

罪魁祸首

橙色的阳光沿着窗格子斜斜照进屋里，淡淡的金辉在地板上绘出光影交错的图画。司玉恣意地伸了个懒腰，一觉醒来，已经是下午了。没有噩梦的困扰，这一觉睡得可真是舒服啊。

从床上跳下来，简单的洗刷完毕，正准备出去走走，就听见敲门声响起。

打开房门，安小惠窈窕的身影出现在门口。

再也无法忍受噩梦的困扰，贺丹妍以极高的效率把镇妖符要来了。

来到贺丹妍房间，司玉站在桌子前，好奇地看着自己来到这个世界所见的第一件法器，姑且将道符也算作法器吧。

只是一张简单的纸片，捏在手里却意外柔韧。司玉知道镇妖符是用银芯草的花汁渲染过，一张薄薄的纸片却能水火不侵，至于上面那些精巧的花纹，则是一个微型的除妖阵法……

“快点儿拿过来，这个有什么好看的。”那边贺丹妍已经等不及了，她正和安小惠合力抱着一个大箱子，一边催促道。

司玉连忙将镇妖符拿过去。

按照白郁所说，在房里作祟的应该是个会发光反光的小妖怪，所以贺丹妍和安小惠将房中能够发光反光的诸般物件尽皆列出来，琳琅满目，简直像要搬家一般。

镜子、花灯、水盆……数量最多的还是贺丹妍的首饰，好几大匣子的珠玉钗环、挂饰玉佩，都散发着莹莹的宝石光彩，其中还有两串夜明珠项链，颗颗拇指大小，一取出，满室光华流转，明艳不可方物。

可惜用镇妖符轮番贴了一遍，这些东西都无丝毫异状。

“怎么都没有反应？”将最后一件可疑物品放下，贺丹妍疑惑地问道。

“看来不是在这间房里了。”白郁说道。

难道在自己房里？司玉心里“咯噔”一下子，对妖怪这种未知事物，潜意识里她还是存在着一定的恐惧。

四个人很快又进了司玉她们的房间。

司玉的房间就简单多了，几乎没有任何珠玉首饰。白郁那边同样简洁明快，很快就用镇妖符贴了个遍。

“怎么也没有反应？”贺丹妍皱眉问道。

四个人面面相觑，显然连白郁也没有料到这个结果。

视线转了一圈，贺丹妍的目光落到司玉床上。低垂的幔帐掩映下，有什么东西正一颤一颤的。

“这是什么？”她凑近床边，一把掀开帷幕。

原来是储备粮正窝在暖暖的枕头上睡得香。贺丹妍眉角略一抽搐，想不到是这只小猪。仇人相见，分外眼红，想到那天这只笨猪让自己出的丑，贺丹妍火气渐生。

感受到她不怀好意的目光，储备粮动了动耳朵，逐渐清醒过来。视线有些迷茫地看着眼前的绯衣少女，显然不记得眼前的人是谁了。

贺丹妍冷哼一声，想也不想，立刻把手边的镇妖符当头按下去。

司玉惊叫一声：“你干什么？！”却来不及阻止了。

储备粮却意外地机警，镇妖符还没有贴上，它猛地往前一蹦，闪电般跳出被窝，往床下窜去。

贺丹妍却不肯罢休，手里高举着镇妖符，紧追不舍。

司玉连忙拦住她：“你要干什么？！”

“已经试过一遍了，我们屋里根本没有什么妖怪，作祟的肯定是这只小猪！你让开！”说着她一把推开司玉。

司玉被她推得踉跄跌在床上。贺丹妍一个箭步冲上去。储备粮自然不会傻等着她来捕捉，见势不妙，掉头就跑。

一时间整个房子鸡飞狗跳，储备粮像一只弹力十足的大号乒乓球，在座椅板凳、壁橱窗台之间来回蹦跳着，而紧跟着它的绯色身影同样灵活敏锐，可惜因为身形太大，行动不免受阻，一时间竟然追逐不上。

从床上爬起来，看着这一人一猪上演的生死时速，司玉又气又急。旁边安小惠同样着急，白郁却是一副优哉的看戏模样，仿佛眼前只是一场津津有味的闹剧。

实际上也确实是一场闹剧，看着满屋子被踢飞的板凳、被踹倒的衣架，司玉头疼地按住额头。

储备粮从衣橱上一个高跳，蹦到了桌面上。贺丹妍脚尖轻点，紧跟上它的动作，眼看手里的道符就要狠狠地粘到储备粮圆滚滚的小屁股上。不料储备粮早有准备，贴着桌子往前一滑，身子一扭就巧妙地避过了这一击。

贺丹妍却收势不及，一下子撞到桌子上。手里高举的道符也来不及收回，一把推到桌上那根未燃尽的蜡烛上。

咦？等等！她看到了什么？司玉眼睛瞬间睁大了。她吃惊地转头看安小惠，明显和自己同样的表情。再转头看白郁。白郁冲她点点头，显然也注意到了。

安小惠上前扶起跌倒的贺丹妍，四个人围到桌子旁。司玉捡起落在地上的镇妖符，咬牙对准蜡烛狠狠一贴……

没贴中？

不是，是那只蜡烛往右边扭了扭，避开了镇妖符。

司玉紧跟着往右边一贴，蜡烛又往左边扭了扭。左边，右边，左边，右边……随着司玉的动作，蜡烛像跳竹竿舞一般，灵活地左右扭动着，镇妖符怎么也贴不到它身上去。围住桌子的四个人都有些傻眼了。

在四人八道灼热的目光逼视下，即便是一支蜡烛也承受不了这样巨大的心理压力，沉默了片刻，它烛芯动了动，一滴大大的烛泪沿着身体滴下来。

众人："……"

"原来是这东西在作祟。"贺丹妍咬牙切齿。

"这支蜡烛，是你房间里原本就有的吗？"白郁略一思索，问道。

"不是。是我上次去藏书阁，在屋子角落发现的，回去的时候见天色已晚，就顺手拿着路上照明了……"说到这里，她又想起，自己在回去的路上还遇见幻象，险些跌下桥去。原来也是这只蜡烛在搞鬼！

那天如果不是凑巧遇见了白郁，她就要跌入万丈深渊，尸骨无存了！想起那胆战心惊的一幕，司玉看向蜡烛的目光也多了几分不善。

似乎察觉到司玉的态度，可怜的蜡烛往旁边扭了扭。看那姿势，如果桌子上有个洞，它绝对第一时间钻进去了。

"应该是以前在藏书阁使用过的蜡烛，不知何种机缘，得了一丝灵气，开始修炼了。"白郁笑道，"也算它走运，竟然都修炼出灵识了也没有被人发觉，至少也有几百年了吧。"

"想必是在没有多少人注意的库房里。"安小惠道，天源宗对妖气、魔气极为警戒，平常妖物哪里能够逃过众人耳目。

司玉点点头，山川地理书库里看书的人确实很少，而且众人都是使用照明术，除了她这个半点道术不通的新人，谁会去注意角落杂物箱里面的半截蜡烛。

"这种污秽的东西，赶紧用镇妖符灭了吧！"贺丹妍不耐烦地说道。一把从司玉手里抢过道符，闪电般往蜡烛身上贴去。

听到镇妖符三个字，蜡烛的身体明显抖了抖。眼见道符当头盖下，它灵敏地往后一跳，可惜却没注意到自己已经在桌子边沿，顿时一个骨碌滚下桌。

司玉伸手一抄，将它捞进手里。见贺丹妍要继续贴，她连忙将蜡烛藏到身后，阻止道："先等等！"

"怎么了？"贺丹妍没好气地问道。

"它好歹也是一条人命，呃……一条性命，既然已经有了人性，就不应该这么随意杀生了吧？"司玉迟疑道。镇妖符是专门克制这类修为浅薄的小妖怪的，一贴上去立即就要魂飞魄散了。

"你说什么胡话，妖怪怎么可能有人性？"贺丹妍很是不屑。

"可就算是妖怪也是性命，它又没有害人。"司玉反驳道。

"没有害人？那前几天的噩梦怎么算？"

"这……只是噩梦而已。"想到自己险些被这支蜡烛害得掉了性命，司玉有些底气不足了。

蜡烛在她手里抖了抖，司玉又有些心软，想了想便坚持道："也许只是恶作剧而已，毕竟没有真的造成什么损害。再说，留着它我还有用。"

"它不过是个小妖怪，有什么用处？"安小惠问道，似乎也并不赞成留下隐患。

"哈。"司玉勉强笑了一声，随口道，"妖怪也是有用处的嘛，像每天来送饭的青鸟。"那些青鸟拟人化的动作和钟点工般的勤勉，绝对不可能是平凡的鸟儿，应该也是经过修炼有所小成的。

"那些青鸟都是天源宗的人炼化收服了的傀儡，自然无害。可是这种未修炼成形的小妖怪，本身用处不大，而且与人相伴，修炼时多会吸取人的精气，实在是利大于弊。"安小惠解释道。

"啊！"这倒让司玉吃了一惊。

贺丹妍视线不经意扫过桌面，储备粮正懒洋洋地趴在桌子上，似乎刚才的剧烈运动消耗甚多。她睫毛一颤，漫不经心地道："随便你吧，你要是想用这支蜡烛就留着，不过以后它胆敢害得我再做噩梦，绝对要把它砍成十七八截。"说着将镇妖符收进怀里，不再坚持除掉那支蜡烛了。

她这么好说话，倒让司玉有些意外，条件反射地点头道："多谢了。"

贺丹妍无所谓地转过身，就在众人不注意的时候，经过桌旁的她忽然出手，迅捷如闪电般将一件事物猛戳到储备粮额头上。

储备粮正乖乖趴在桌子一角，毫无防备之下，被她一击得手。"啪"的一声，直直摔到地上。

"你！"司玉又惊又怒，她放过那支蜡烛原来是在打这个主意。

白玉团子趴在地上一时没了声息，四蹄缩成一团，鼻子上还挂着一张灰黄的纸片，要多狼狈有多狼狈。

"怎么没有变化？"眼看道符粘在储备粮鼻子上毫无反应，贺丹妍有些惊奇了。只要有一丝妖力，接触到镇妖符一定会烧起来的。

难道这只小猪不是妖怪？贺丹妍要再细看，司玉已经一把推开她，冲上去抱起了储备粮。

原本就无精打采的团子更加憔悴了，两只眼睛蚊香一样圈圈转，显然晕了过去。司玉看着心疼，一把将镇妖符揭开。

对上司玉满是怒气的视线，贺丹妍有点儿心虚，讪讪地道："我也只是试一试嘛，说不定真是个妖怪……"

"那试完了结果如何？"司玉冷冷打断道。

贺丹妍避开视线，不甘心地哼了一声："算了，反正也没什么好看的。"说着转身快步离开了屋子。

司玉随手将镇妖符扔在一边，将储备粮抱上床。

"只是晕了过去，不用担心。"白郁上前检查了一遍，笑道，"是贺丹妍的那一击力气太大，而且正好敲在它脑袋上，把它敲晕了而已。

睡一会儿就好了。”

司玉这才放下心来：“多谢你了。”

白郁微微颔首，视线扫过桌上，又问道：“这支蜡烛你留着做什么？”

“这个……”司玉略有尴尬。其实当时她不过随口一说，一来是有些同情，二来这是她来到这个世界见到的第一个妖怪，实在新奇，想趁机研究研究。

听了司玉的想法，白郁啼笑皆非：“这种小东西有什么好研究的，天源山上多得是。”

“天源山道宗正统，难道也有很多妖怪吗？”

“天源山占神州天脉，灵气充沛，四野山间自然天然育有很多小精怪，不过多为灵兽草木。这种死物成妖的倒也不多见。”

“对了，安小惠刚才说它会吸取人的灵气修炼，是怎么回事？”司玉依然有些担心。

“天道修行，是采天地日月之精华炼化自身，而这种天生无灵识的妖物修炼，多有借助歪门邪道，吸取他人精气灵性的。”明白司玉在害怕什么，白郁安慰道，“你不用担心。这支蜡烛看道行，也就是两三百年，顶多会使用些小幻术，让人做做噩梦，远不到吸人精气、炼化元神的地步。留下没什么害处。”

司玉这才放下心来。眼见事情完结，白郁告辞离开。只剩下她一个人，看着狼藉一片的房间，叹了口气，认命地起身收拾。

等将房间收拾停当，天色也已经黑了。司玉坐到床边看着储备粮，忍不住有些暗暗奇怪，这只小猪竟然不是妖怪！虽然她对妖怪并无太大偏见，但如此精明的小猪，怎么看都不像是平凡的小猪啊！

还有那支蜡烛……咦？蜡烛呢？

司玉这才发觉，被她随手扔在桌子上的蜡烛竟然不见了。

这东西丢了可不得了！她赶紧四处翻找，终于在墙角一个铜钱大小的孔洞里发现那红彤彤的身影。

蜡烛短短的身体弯成半月形，像是一只大龙虾，正孜孜不倦地往前拱着，企图将自己整个儿塞进洞里去。可惜那个孔洞太小，只是塞进去半截就再也无法前进一分了。

司玉看得又好气又好笑，她走上前，故意恶意地戳了戳它露在外面凸起的小肚皮。

蜡烛猛地一哆嗦，更加拼命地往里拱。

司玉忍不住笑出声来，不再继续耗下去，毫不客气地将它一把拔出来，

蜡烛入手，却发出“吱”的一声尖叫，把司玉吓了一跳，险些将它扔出去。

它会说话？！

司玉谨慎地打量着手里的半截蜡烛，刚才那一声不是错觉吧。犹豫片刻，她试探着小声问道：“你……你会说话？”

蜡烛在她手里战抖了两下，并未回答。

难道是刚才听错了？还是这洞里有老鼠？司玉捏着蜡烛，犹疑不决。看过藏书阁的资料，司玉明白这世间万物皆可修炼神通，只是根据自身资质和机遇的不同，修炼速度各不相同。但在这世间万物中，有一种存在无疑是修炼起来最慢最艰难的，那就是无生命的物件。像屋里的这些桌椅板凳，床铺被褥，它们非是生灵，天生没有灵识，所以不可能自主修炼，除非机缘巧合获得精气，渐生灵识，方能踏上大道。而且即使开始修炼了，它们的速度也很慢，想要修成人形，往往需要上万年时光，即使想要修成人言，也绝对不少于千年。

这只蜡烛这么大年纪了？刚才白郁说过它顶多两三百岁吧。司玉连忙呼唤室友道：“白郁，在吗？快出来看看。”

半晌不闻回答，掀开帘子一看，白郁房里空无一人，竟然出去了。

窗户敞开着，暮色渐浓，凉风吹拂，山野的风带着清冷入骨的寒

意，司玉激灵灵打了个哆嗦。低头看着手里的蜡烛，如果它已经上千岁了，那只怕就不是单纯的小妖怪了，说不定会有危险。手里的蜡烛开始变得烫手起来。正不知如何是好，慌乱间，地上一道金色的闪光映入眼帘。

对了，不是还有这个吗？司玉心下一喜，连忙上前将镇妖符捡起来。

道符入手，手里的蜡烛不易察觉地颤了颤。

原来它真的害怕这个东西啊！故意把镇妖符在它面前晃了晃，蜡烛明显抖动了两下。司玉心头大安，底气也足了不少，继续刚才的审问道："喂，你到底会不会说话？"

蜡烛没有吱声。

"不说吗？"司玉故意把手里的镇妖符抖了抖，"唰唰"的纸声在寂静的房间里格外有气势，"我要贴上去了哦，留着一只单纯的蜡烛照明也不错。"

感受到威胁，蜡烛在司玉手里左歪右扭起来，想要挣脱，奈何它力气太弱，根本逃不开司玉的五指山。眼看道符一寸寸逼近，终于忍耐不住出声了："喂，喂，别别别……"

"你真会说话？！"司玉大为惊异。

眼看已经无法隐瞒，蜡烛动了动，只得心不甘情不愿地道："本烛道行高深，当然会说话，哼，大惊小怪，举止无状。"说到后来，语气渐高。

它的声音尖细中带着童稚，语调却意外地老气横秋。司玉听得好笑，随口问道："哦，那刚才为什么不承认？"

蜡烛扭了扭："子曰'与不当之人言，谓之失言'，诗云'言之不当勿须言'。本烛何等身份，岂是凡俗之辈所能企及？自然应该谨言慎行，虚怀若谷……"

一支蜡烛竟然也"子曰诗云"，司玉不由惊了一身冷汗。

“喂，你快点放了我。”见司玉不说话，蜡烛声音逐渐拔高，很有气势地呵斥道，“这么拿着我成何体统？须知男女授受不亲……”

“你是男的？”司玉嘴角抽搐了一下。

“呃……”蜡烛似乎也被这个问题问住了，烛芯弯下挠了挠身体，思量片刻，才灵机一动道：“笨女人，男女同为人类，只因性别不同，就需避讳。你我非是同族，逾礼更甚，岂能如此肌肤相亲？”

肌肤相亲！

冷不丁听到这么有意思的回答，司玉终于忍不住暴笑出声。

蜡烛不自在地扭了扭身体：“你笑什么？没礼貌的家伙。”

“哈……”收起笑声，本着优待俘虏的原则，司玉将它放到桌子上，却没有松手，而是先威胁道：“先说好，松手之后你不许逃跑，不然小心我用这个。”说着抖抖手里的镇妖符。

蜡烛缩了缩脑袋，依然强撑着嘴硬道：“胡说什么，谁要逃跑了？”

“哦，那刚才是谁去钻老鼠洞了？”司玉故意不屑地说道。

烛芯摇摆，爆起一点火花，小东西似乎有些恼羞成怒了：“胡说八道，本烛年历久远，法力高深。怎么可能去钻老鼠洞这种污秽的所在。”言之凿凿，仿佛完全不记得自己刚才的行为了。

“真的年历久远，法力高深？”司玉眯起眼睛问道。

“当然，我比你大十倍，不，二十倍还不止……法力自然比你这个小丫头高深很多很多了。”蜡烛理所当然地说道。

二十倍？这么说来，这只蜡烛真的只有两三百年道行，可是为什么会说话呢？司玉大为疑惑，逼近蜡烛仔细观察起来。

蜡烛不自觉地后跳了两步：“你……你要干什么？”

明白它在害怕什么，司玉将手里的镇妖符揣进怀里，然后笑眯眯地问道：“我只是想问你，你为什么能说话呢？”

蜡烛放松下来，挠了挠身体，回忆片刻才说道：“我能说话，当然是因为我会说话啊。"

这跟没回答有什么两样？司玉皱了皱眉头，随即又换了个问法："那你记不记得是从什么时候开始会说话的？或者说你是怎么开始修炼的？"

"那么久之前的事，怎么可能记得。"蜡烛不耐烦地道，"反正从我记事起，我就开始修炼了。"

又是废话！在没有修炼之前，你只是一支蜡烛，当然不可能有记忆。

"至于会说话嘛，"蜡烛迟疑了一会儿，"也是从那个时候开始的吧。"

"怎么可能？"司玉难以置信。物件修行，最开始是凝聚灵识，顶多能够感应外物，不可能直接进化到会说话。

"啊，我知道了。"蜡烛跳了跳，像是想起了什么，很是兴奋，"是我的主人给我的能力。主人喂了我一滴神水，我就能够听见，能够看见了。对了，是主人！我记起来了。"

主人？神水？司玉略一思索，立刻想到，这只蜡烛多半是天源宗某位前辈的实验品吧。天源宗五部之一的丹部就是以炼丹研药为专长，辅以医理经学。也许是哪位前辈另辟新路，研制某种凝聚灵识的丹药，用这支蜡烛做实验了。只是……

"既然有了主人，为什么会被丢到藏书阁呢？"司玉问道。

"是主人把我放在那里的，好像是吧，主人让我在那里……咦，主人为什么要把我放在那里呢？"蜡烛费力想着，短短的烛芯挠着身体，在桌子上转着圈圈，好大一会儿才想到，"对了，主人是要看书，看书啊。"

司玉默然了。

"可是主人为什么一直没有回来拿我呢？"不用司玉发问，蜡烛已经想到了这个问题。

也许因为你只是他无数实验品中的一个，根本不重要吧。司玉暗暗想着，不过好心地没有把这句话说出来。也不知它的主人是否还在天源宗，修仙有成者寿命可达成百上千年，天源宗里很多高手前辈的年纪都数以百计。“你的主人什么样子？”司玉问道。

“我的主人啊，当然是天下间最天资横溢、最精彩绝艳、最风度翩翩、最文武双全……”连想都没有想，赞美的词汇从某支蜡烛嘴里一箩筐一箩筐地倾泻而出。

司玉忍无可忍，打断道：“我是问他叫什么名字？”

蜡烛顿时卡壳了，左扭右扭半天没话说。

“你根本不记得了吧，包括他长得什么样子。”司玉一针见血。

高扬的烛芯一下子垂了下去，刚才还兴致勃勃的蜡烛迅速焉了。

看着它可怜兮兮的模样，司玉有点小小的于心不忍，正想着是否应该说点儿什么安慰它，却见蜡烛猛地打了个哆嗦，迅速绷紧了身体，不再动弹了。

它怎么了？司玉大惑不解，这时听到窗台上传来一阵“笃笃”声。

暮色已深，是前来送饭的青鸟准时到达了。

司玉上前推开窗户，鸟儿扑棱棱飞进来，将饭盒丢下，却没有像平常那样立刻飞走，而是在房里绕了两圈，似乎在探查什么，过了好一会儿才清鸣一声，转头飞走了。在这个短暂的过程中，蜡烛一直僵立在桌角一动不动，完全像一根普通蜡烛一样。

看这情形，它似乎很害怕被青鸟发现异常。可真是胆小呢，难怪刚才被镇妖符吓成那样。

直到青鸟飞远了，蜡烛才伸了伸腰，恢复自由。探头看了看青鸟丢下的东西，吃惊地问道：“你还需要吃饭啊？”

“当然需要吃饭，我又不是蜡烛。”

“可是我记得主人是不需要吃饭的，还有见过的很多人好像都不用吃饭呢。”蜡烛摇了摇身体，恍然大悟，“我知道了，原来你连辟谷的境界也没有达到啊。”

司玉冲它翻了个白眼，懒得回答了。练气期结束后，修炼者会自动进入辟谷的境界，那时候采纳天地精华修炼己身，不吃饭也能够活下去。可如今的自己距离这一步还远得很呢，所以一日三餐必不可少。幸好天源宗的伙食不错，菜色清淡却鲜美可口，司玉满心期待地打开食盒。

天色越来越黑，看不清楚眼前，司玉起身想找照明的东西。这支蜡烛是不能用了，记得屋里还有一盏灯的。

“你连照明术都不会吗？”蜡烛摆了摆烛芯，语气有几分不屑。

司玉没好气地道：“要是会照明术，还留下你干吗？早送你和镇妖符做伴了。”一边说着，拿起灯台回到桌上。

不料没等她动手点亮，蜡烛“嗯”了一声，烛芯爆起一点火星，刹那间烛火摇曳，满室光华。

司玉一愣，这才想起，它是个妖怪，不是普通蜡烛。

“你吃饭吧，我来照明。”看着司玉吃惊的表情，蜡烛洋洋得意地道。

反应过来，司玉灵机一闪，问道：“能不能再亮一点儿？”

“好啊。”蜡烛闪了闪，火焰渐灼，光线逐渐变亮。

“好了，好了，这样就好。”等屋里光线变得和电灯差不多，司玉连忙喊停。

烛火跃动一下，停止变化。

看看耀目如白昼的房间，司玉第一次发现自己留下这支蜡烛是件很明智的事。这不是一只全自动电灯泡吗！而且还是声控的。想了想，她继续兴致勃勃地问道：“你还有什么能力？除了照明之外？”

“我还会点火啊。”蜡烛一本正经地说道。

“我知道，说点儿实用的。”司玉补充道。我知道你还能当打火机用。

“我还会幻化一些场景……”想了半天，蜡烛又说道。

司玉立刻想起，幻术才是这个小东西的专长，前些天的噩梦不就是因此而来吗？“变一个来看看。”她饶有兴致地吩咐道。

蜡烛的火焰跳了跳，司玉只感觉一阵恍惚。宛如镜花水月，海市蜃楼，眨眼间四周的情景就改变了——摆在面前的圆桌饭盒统统不见，变成一张长方形的大桌子，光滑的楠木桌面闪着银质的光芒，清晰地倒映着四周林立的书架。

“我明白你对这个地方印象最深刻，但……不要又是藏书阁好不好。”

火焰跃动，流光幻彩，四周的情景又变了。

是一处陈设精美的房间，素纱垂悬，金玉雕琢，恍如神仙居所。流云幔帐层层拖曳，掩映开合见隐见贝壳串成的帘子，下面缀着大粒儿的珍珠和玉石，光晕流转，美不胜收。清风吹过，云贝相互撞击，入耳恍如仙曲乐章， 地的珍珠滑过水色丝绸，带起梦幻般清冷的颤音。

鬼使神差，司玉伸手去拉那些流云般飘逸的轻纱，触手处横穿而过，一片苍茫。这才想起，眼前一切都是幻境。

“怎么样，我很厉害吧？”蜡烛摇头摆尾，得意洋洋地道，结束了幻象。

回到现实，司玉用手指轻弹了它一记，笑道：“是啊，想不到你虽然胆小，但还是有本事的。”

随着司玉的弹指神功，蜡烛晃了晃，立稳身形后立刻不服气地反驳道：“我哪里胆小了？”

“若不胆小，害怕那些青鸟干吗？你以为你是菜青虫啊。”

“我才不是胆小呢，那些青鸟身上都有灵犀环，专门感应附近的魔气妖气。我可不想被那些讨厌的家伙发觉。”蜡烛喊冤道。

“灵犀环，是青鸟腿上的玉环吗？”司玉吃惊地问道。

“就是那个，它是天源宗内部最普遍的法器之一，专门感应克制妖魔气息。若是有所感应，一定会有高手前来查看。”蜡烛挺起小腰板，“当然，本烛道行高深，也不怕那些小卒子们。但考虑到他们修行不易，无故伤人总不是一件好事……”

“哦……”自动过滤蜡烛的大话，司玉摸着下巴暗暗思量，想不到天源宗的巡查如此细致，日常穿梭服务的青鸟还有报警功能。不过这条警戒线应该并不严谨，像刚才就没有发现这支蜡烛，也许是那些青鸟的修为太弱了。

想了想她又问道：“如果你被他们捉住了会怎么样？”

“我这么聪明又法力高深，怎么可能被捉住？”蜡烛跳起来，对司玉的问题表示严肃抗议。

“好吧，那如果别的妖怪被他们捉住了，会怎么样？”司玉从善如流地换了个说法。

“这个嘛，就不一定了。有的可能会被用来炼丹，或者抹去意识，炼化为傀儡，像那些青鸟。当然，最没用的那种就直接消灭了。”说到这里，蜡烛不自觉地打了个哆嗦。

难怪它不想被发觉，司玉摸了摸怀里的镇妖符。

“不过如果有很厉害的妖怪，说不定会结下魂咒，收为灵兽呢。”蜡烛补充道。

“魂咒？”司玉好奇起来。

“是啊，算是血咒的一种吧。修仙者可以用自身功体与妖魔灵识契合，从而收复灵兽为己用，施行魂咒之后，主人会自动获得灵兽的一部分能力，不过灵兽的成长也需要耗费主人的功力，而且万一灵兽死亡，主人也会功力受损的……”蜡烛言简意赅地讲述道。

“想不到你懂得东西还不少。”听完详细的解释，司玉有些佩服。

“当然，我在藏书阁里待了几百年呢。”蜡烛洋洋得意地道，“不仅我自己的书库哦，晚上没人的时候，我也会跑去别的库房里看书。”

“那些书你都记得？”想不到这小东西还是个移动图书馆。又挖掘出一项新功能，司玉大喜过望。

“不过大多数好像都忘记了。”蜡烛挠了挠脑袋，“太久之前的事情了嘛。”

司玉沉默了，这个老年痴呆症的家伙。

闲聊中时间过得飞快，司玉打了个哈欠，这才发现已经是深夜，该睡觉了。

看着司玉起身收拾东西，铺开被褥，蜡烛好奇地跟着探头探脑。

被褥掀开，储备粮圆滚滚的身体露出来。

“这只笨猪是什么妖怪？竟然睡在床上？”蜡烛惊叫起来。

“它可不是妖怪，以后就是你的同伴了，叫储备粮。你们要好好相处啊。”司玉好心叮嘱道。

蜡烛摇了摇身体，满是厌恶地道：“怎么可能，本烛和这种笨猪？本烛何等修为，和这种一看连道行都没有的笨猪……”

一顿绕口令式的牢骚下来，司玉无语，真是本烛、笨猪，傻傻分不清。忽略它的抗议声，司玉忽然想起一事：“对了，你还没有名字吧！应该叫什么名字呢……”转头盯着蜡烛修长苗条的身体，脑中灵光一闪，她拍手道，“就叫五寸钉吧，反正看起来你就这么高。”

蜡烛一蹦三尺：“什么？！这算什么名字！你这个见识浅薄的家伙。不行不行，本烛怎么能够起这种又呆又傻的名字！换一个，换一个。”

“那你自己选一个有文化有品位的，说来给我听听。”司玉躺到床上，看着天花板，漫不经心地道。

蜡烛左思右想，直到她都快要睡着了，才终于灵机一闪，喊道：“我想到了，就叫玄华！”

玄华？你倒是够喧哗的。不过这个名字听起来还挺像回事儿。

“有什么来历吗？”司玉问道。

“玄者，是魔界王族玄龙一族的姓氏，为万妖之王，是我们妖族中至高无上的姓氏哦。”蜡烛得意地摇着芯子，说道，“至于华嘛，那是魔皇的封号，是魔帝蚩尤血脉后裔。哈哈，只有这样的名字才能够配得上我嘛，本烛果然聪明伶俐……”

司玉嘴角抽搐了一下，完全无言了：“我决定了，以后你就叫五寸钉。”

“不行，不行……”某蜡烛还想挣扎，司玉懒洋洋打了个哈欠，将怀里的镇妖符往外掏出半截，抗议声立刻自动消音了。

果然实力才是硬道理啊！满意地将镇妖符塞回去，司玉伸了个懒腰，闭上眼睛。

耳边隐约传来低低的唠叨声，是刚获得名字的小妖怪还在抱怨着。

这只蜡烛真是唐僧，司玉昏昏欲睡地想着，抱起储备粮很快进入了梦乡。

第二天，司玉从床上爬起来，发现脸上还是带着两只大大的黑眼圈。无奈地打了个哈欠，她端水准备出去洗脸。推开门就看到院子里的白郁。

“你怎么了？昨晚又做噩梦了吗？”打量着司玉的模样，白郁笑道。

“不是，只是睡得太晚了。”司玉笑道，转而看着精神飒爽的白郁，她奇道：“昨晚你去了哪里？出去那么久？”她和五寸钉聊天的声音并不小，白郁却全无所觉。说明在自己睡觉前，她都没有回来。

白郁眨了眨眼睛，笑道：“没什么，就是出去走了走，反正闲来无聊。”

“你的精力可真是好。”司玉无心地感叹一声。

两人回了房间，正逢青鸟送来饭菜，扑棱着翅膀飞进屋里。和昨晚一样，五寸钉继续装死，青鸟飞了一圈就走了。

司玉偷偷松了一口气。天源宗有明确的门规，为道生的安全，练气期以下修为的新生是不能豢养小妖怪的，自己如今也算是不大不小地违反门规了。

明白她在担心什么，白郁安慰道："你不必担心，死物所成精怪和生灵不同，本就不易察觉。这些青鸟道行又浅，灵犀环的功效也不过如此。"

司玉点点头，看着鸟儿远去的身影，她随口问道："这些青鸟都是从哪里捉来的？"

"后山就有很多啊，天源山是天下难得的灵脉，占山川地利，汇日月精华，山中飞禽走兽多有得灵性的，时常有道友入后山捕捉使用。"

"这些小鸟原本都是有灵识的吧，却被生生抹去意识，是不是太可怜了。"司玉忽然想到，脱口而出道。

白郁却大笑起来，爽朗地道："这有什么可怜，弱肉强食本就是天地至理，谁让它们太弱了呢。"说着指了指司玉的食盒，"像你吃的这些，不也是兽类的肉。那些青鸟也一样，被抓来吃和被抓来当工具有何不同？"

司玉想了想，点点头，是自己"玻璃心"了。

白郁继续道："被炼化为傀儡其实和死亡无异，这样总比被人捉来做灵兽要好很多吧。"

司玉奇道："当灵兽有什么不好的？"

"当灵兽有什么好？还不如炼化死亡呢，真正自傲的妖魔，岂有愿意当人类奴才的？"白郁漫不经心地说道。

司玉有些奇怪："签订灵兽是当自己的同伴吧？那些被收为灵兽的妖魔们都是这么想的吗？"

白郁睫毛微垂，迟疑了刹那，转而笑道："灵兽的心思我怎么可能知道，只是随便说说而已。倒是你，怎么会想起这些？"

"这几天在藏书阁里看到的。"司玉笑道，"我什么都不知道，总要多学些。"

“明天就正式入门修炼了，到时候各类学识都会教授，慢慢学即可。”白郁笑道。

司玉点点头，是啊，明天就是正式入门的日子，以自己一穷二白的根基，不知道会不会是吊车尾？那简直一定是了。

忐忑中，终于迎来了第二天的太阳。

第五章

天生废柴

天源山三十六峰，层层叠嶂，云雾缭绕，一峰比一峰险峻，一山比一山深远。新入门的弟子都住在首日峰山脚下，授课的地点却在鹫知峰。

沿山开辟的道路设计精巧，新月般环绕着山峰。一路翠竹掩映，绿叶茵茵，脚下的青石板早已被历代弟子踩得平滑光亮。

走了一个多时辰，司玉擦擦额头上的汗，开始觉得体力不支，想要休息了。

她依着路边的石壁喘了口气，一小会儿工夫里，数个身影从她身边经过，消失在道路尽头。

看着那些远去的身影，遥望无穷无尽的天青色石路，她苦笑不已。深知自己体力不济，路途遥远，所以天还没亮她就从床上爬起来，装点整齐出发了。可走了小半个时辰就开始有人超过她了，而现在……

废柴的悲哀啊，司玉仰天长叹。

休息完毕准备继续上路，却听见身后一阵喧哗，转头一看，一群人向着这边走来。

他们速度极快，衣袂翻飞间转眼已至眼前，司玉立刻看清当中格外抢眼的白衣少年正是谢东仪。

明明是在急速前行，整个人却气度洒脱，自有一种闲庭信步之感，一袭红衣的贺丹妍不出所料地伴在他身边。

见他们到了眼前，司玉往旁边靠了靠，让出道路。

经过司玉身边，谢东仪不经意地转头看了她一眼，身形微晃却速度不减；在他之后的贺丹妍看到司玉明显一怔，神色有些不自然地转过头。一群人很快消失在远处。

有根基就是不一样啊！自己什么时候也能够这么悠闲呢？司玉感慨地看着那群人。

“要努力！总有一天你也能行的！”伸了伸腰，司玉喊了一声，准备继续前进，至少第一天不要废柴到迟到的地步。却听到身后传来一阵低低的笑声，司玉转头一看，是白郁不知何时接近了自己身后。

“你什么时候跟上来的？”司玉有些脸红，问道。

“刚刚过来，就听到你这么有精神。”白郁笑道。

“我都快累死了，哪还有精神，自己打打气而已。”司玉叹道。

“要不我帮你吧。”白郁眯起眼眸，笑道，“我的功力带着你走还没问题。”

“多谢。不过不用了，你先走吧，我自己能行的。”司玉摆手谢绝道。路程只剩下三分之一了，她还是有自信及时赶到的。她已经注意到，来到这里之后，自己的体力出奇地变好了，走了这么长时间竟然也只是略微疲惫。究竟是天源宗的风水问题，还是以前在那个山谷的机缘呢，司玉说不清楚，但这总是一件好事。

白郁点点头，却没有离开，而是放慢了步子，走在司玉身边：“我和你一起吧，看看风景也不错。”

“你不怕迟到啊？”司玉随口问道，脚下的步子不自觉地加快了。

“时间还早呢。”白郁无所谓地道，“再说，那些无聊的课程，我也不想去。”

司玉偏头看了白郁一眼，像他们这些已有根基的弟子，课程肯定早就修习过了，难怪会觉得无聊。这么想想自己的压力好像更大了。

专心赶路，两人速度也不慢，很快接近目的地。踏上最后一处台阶，眼前的青石路却突然中止。

展现在眼前的是一处断崖，悬空栈道连通其间，栈道上的木板狭窄稀疏，只能供一人通行。细长的铁链悬在半空中，云雾翻滚缭绕其上，像是一条抛上半空的银链子。链子上还粘着几个小黑点，或快或慢地移动着。司玉定神一看，都是刚才超过她们的人。

想不到通往学院的最后一段路是这个，司玉只觉头皮发麻，连那些有根基的少年都走得这么慢，让她这个废柴怎么混啊？

白郁走近她身边，正要说什么，忽然神情一紧，转头看向身侧：“谁？”

司玉吃惊地转过头，原本以为她们两个是最后了，想不到还有别人。

云雾缭绕间，一个素白的身影从树丛后缓步走出，几乎要与氤氲的雾气融为一体。晨光初耀，雾气渐散，俊美的容颜意外熟悉，竟然是谢东仪！

他不是早就过去了吗？司玉看了看附近，没有贺丹妍他们的身影。

“同伴们都已先过去了，我因为有点儿小事略作耽搁。”谢东仪淡然解释道，“想不到在这里遇见两位同修。”

“谢公子真是贵人多忙碌啊。”白郁无所谓地耸耸肩。

“白姑娘实在太客气了。”谢东仪微微一笑，“大家既然已经是同修，这么称呼未免生疏，两位直接叫在下名字即可。”他谈吐文雅，举止洒脱，虽然只是个少年，却已有令人移不开眼的光芒。

“来而不往非礼也。你也直接称呼我名字即可。”白郁同样笑得彬彬有礼，温和谦让。

谢东仪颔首道：“正该如此。”

两人你来我往的对答下来，司玉在旁边只觉得说不出的别扭，这两人之间……在搞什么啊？都什么时候了，还在谈笑风生，你唱我随……咦，等等……

司玉好奇地看了谢东仪一眼，谢东仪凑巧也正看着她，却在视线接触的瞬间移开目光，落到白郁身上。

难道……猛地想到一个可能，司玉那为数不多的八卦之魂开始燃烧起来，难道谢东仪他是故意在这里等人的，而等待的人就是白郁。

他对白郁一见钟情了？！

多么轰动的八卦啊……呃，其实也没什么好轰动的，不就是普通的校园恋情吗？司玉小小地鄙视了自己一下。

白郁是美人，而且是很有个性的美人，如果自己是男人也要忍不住心动了。而谢东仪也是世家贵胄出身，芝兰玉树之质。眼前并列而立的两人，光是看着就如同一幅风姿绰约的画，灿烂的晨曦映衬下，几乎能耀花人的眼睛。

确实是很合称的一对儿，至少在外形上，司玉摸着下巴思量着，不知不觉间，她已经被白郁传染了这个动作。

“喂，司玉。”一个声音在她耳边响起，打断了她的臆想。

司玉一个激灵：“啊？什么？”

“你在想什么？这么出神。”白郁贴近她皱眉问道。

“啊，没什么。”司玉干笑两声，转过话题道，“还是赶紧走吧，我们要迟到了。”

白郁看了她一眼，问道：“你准备怎么走？”

“没什么准备，试一试再说。”司玉实话实说道。

“等你爬过去太阳都能落山了，还是我带你过去吧。”白郁道。

司玉摇摇头，这条路是上课的必经之路，总得有一个人走过去的时候。而且山风这么大，就算白郁有武功在身，她一个女孩子只怕力气也不够。

“山风太大，这条栈道又长，带着一个人的话，只怕白郁你也难以支撑。”谢东仪好心地建议道，“我有一颗聚云珠，正可以送司玉过去。”

自己的名字被他如此自然地说出口，司玉心中微感不自在，都是那该死的噩梦！但纷杂的情绪很快被谢东仪取出的东西吸引住了。

那是一颗弹珠大小的珠子，乍一看像是纯透明的，定神细看却发现里面有一丝银白的絮状物升腾漂浮，不停变幻着姿态。

司玉迟疑片刻，以她的实力，想在上课之前走过这条栈道绝无可能，可是要借助这种法器，岂不是投机取巧。

“你总不想第一天就旷课吧？想要自己过这条路，等以后修行开始，自然就有能力通过了。”白郁建议道。

时间快到了，司玉只好点点头，视线落到谢东仪身上。

谢东仪微微一笑，走近司玉：“你眼下并无功体，就先由……”

“就由我来催动它吧。”白郁爽朗地笑道，一边走上前去。素手轻点，滴溜圆的聚云珠就从谢东仪掌心滚落到她手里。

在手里掂了掂，白郁毫不客气地笑道：“这颗聚云珠的法力正好能够承载两人，如此我们就却之不恭了。”

“正该如此。”谢东仪脚下一滞，却依然风度极佳地笑道。

司玉看了白郁一眼，忍不住想笑，谢东仪是想用聚云珠把自己这个电灯泡打发了，然后和白郁双双走栈道吧。甚至半路上说不定还能来个英雄救美啥的，可惜却被白郁这家伙不动声色地推辞了，自己反而白白占了聚云珠的便宜。

事不宜迟。白郁凝神聚力，聚云珠散发莹莹白光，很快形成了一个若有若无的光球笼罩两人。那银线化为一缕云丝，围绕在腰间。

白郁向站在旁边的谢东仪嫣然一笑，挥手道：“多谢你，我们就不客气地先行一步了。”说罢催动云珠，眨眼间浮上半空，向悬崖对面飘去。

司玉只觉脚下一轻，整个身体就漂浮起来，骤然而来的失重感让她略有惊慌。白郁伸手扶住她，过了片刻定下心神，两人已经浮到栈道半途了。

凛冽的风声从耳边呼啸而过，身体却丝毫感受不到寒意，所有的寒风雾气都被这一层浅浅的光壁隔离在外面。司玉伸出手指，小心翼翼地碰触那层若有如无的物质。一圈圈波纹荡漾开来，像是水波，带着丝丝凉意，缠绕住指端。

借助法器就是走得快，转眼间两人已近对岸。一座宏伟挺拔的阁楼展现在眼前，气势恢宏，占地开阔，正是天源宗新生的授课地点应天阁。

白郁操纵着聚云珠向阁楼前的空地落下。尚未站稳身形，司玉眼前一闪，一道鲜明的绯色身影跃入视线。

是贺丹妍，她一脸吃惊地看着白郁和司玉，视线落到白郁手里——聚云珠刚刚被她收进掌心。

“你怎么会有这颗珠子，是从哪里来的？”贺丹妍终于按捺不住，开口问道。

“自然是有心人送的。”白郁眸中掠过一丝笑意，无所谓地道。

贺丹妍眼睛瞬间睁大了：“什么有心人？”

看着贺丹妍想要发怒，又犹豫不决的模样，白郁好笑，唇角微微勾起，曼声道：“也不是什么稀罕东西，你要是喜欢，送你好了。”说着，将珠子朝着她一扔，看也不看就转头向大门走去。

“你……”贺丹妍条件反射地将珠子接过，随即反应过来，气愤地想要扔出去，但手刚刚抬起，又想起这是谁的东西。一时间僵在那里，扔也不是，不扔也不是。

“白郁……”司玉在后面低呼一声，皱起眉头，对她这种无礼很不以为然。她转头向贺丹妍解释道：“我们刚才在对岸遇见了谢师兄，因为我根基浅薄，所以向他借了这颗珠子来过桥。既然你在这里等他，正好拜托你还给他，顺便向他说声多谢了。”

话音未落，身后响起一个清雅的声音：“同修之间，同气连枝，本就应该互支互援。司玉你不必这么客气。”

转过头，竟然是谢东仪俊逸的身影伫立在栈桥尽头，正缓步向这边走来。

他速度好快！司玉吃惊地看着，尤其行走之间，他发丝衣襟丝毫不乱，仿佛只是踏在烟雨空濛的青石板上，而不是走过惊险的悬空栈道。

白郁眼中锐芒一闪即逝，笑道：“谢东仪，你好快的速度啊。”

贺丹妍左看右看，终于忍不住道：“表哥……”

谢东仪却打断她道：“时间要到了，我们进去吧。”说着当先向应天阁走去。

司玉她们不敢耽搁，也匆匆进了阁楼。贺丹妍略一犹豫，跟上了众人的脚步。

天源宗内部分为五部，以武功为主的剑部、以法术为主的术部、以炼丹药学为主的丹部、以法器灵兽为主的器部和以玄学命理为主的玄部。各部都是由首座及数位长老共同主持部内大小事务。上次操纵展翼阁，主持纳新大典的那位长须老者就是术部首座柳无相。

像司玉这些新入门的弟子，其实并不算天源宗的正式弟子，只是外门弟子身份；只有等他们的修为达到练气期，并通过五部考核，才会拜入天源宗门下，成为正式的弟子。

不要小看这道关卡，实际上据司玉所知，天源宗每隔五年都会开启展翼阁招纳天资禀异的少年，每次入门的弟子数以百计，但能够在十年之内通过五部考核并达到练气期的，绝对不超过十分之一。

修仙是一件极靠天赋的事，天资有限，截留的天地灵气就有限，一辈子的成就就有限。如果在天下灵气最为充沛的天源宗，十年之内都无法达到这个境界的话，那么几乎可以肯定地说，以你的资质，一辈子都别想达到了。这样的弟子只能选择黯然下山。但这十年也并非虚度，实际上从天源宗出身的弟子，文才武略都格外出众，纵然他们限于资质注定无法在修仙一途上有所进展，但比起世间凡人还是要强很多。因此离开天源宗的弟子是各国争相招揽的人才，很多都入朝堂，不乏呼风唤雨的人物。当然，他们中更多的却还是选择留在天源山附近，继续努力修行。

十年的时间啊，不知自己能否成为那幸运的十分之一！

进了应天阁，宽广的大殿里数道盘旋的楼梯展现在眼前。四人停下脚步，司玉先问道："你们想听什么课？"天源宗五部都会派弟子轮流来应天阁授课，新入门的弟子可以任意选择听取，并无固定限制。

"我去听玄部的吧。"谢东仪开口道。

司玉惊讶，以谢东仪的个性，竟然不选最热门的剑部或术部，却要去听最冷僻的玄部？再看贺丹妍，明显是一副"夫唱妇随"的模样。

那白郁呢？没等她问出口，白郁也点头道："我也去玄部听听吧。"

见司玉一脸愕然，白郁忍不住笑了，道："傻瓜，这个时间，剑部和术部的课堂上早就坐满了人，你去了也找不到地方，我可不想站着听。"

司玉顿时醒悟，这就和以前的选修课一个道理，他们四个来得这么晚，那些热门的课程哪里还有位置？以这三人的个性，明显都不喜欢人多的地方。略一犹豫，她干脆道："那我也跟你们一起吧。"

玄部的课程安排在应天阁最高层，几个人沿着悬浮楼梯上了阁楼。

真不愧是天源宗五部中人数最少、最冷僻的一门啊，进了大厅，司玉不得不感叹。放眼望去，广阔的大厅里只零星坐了小猫十几只，静候着执教的到来。

司玉四人也寻地方坐了，等了不久，司玉感觉一阵寒风飘过，她激灵灵打了个哆嗦。门帘自动掀起，负责课程的人到了。

是个高挑清瘦的男子，穿着一身纯黑的天源宗道袍。司玉惊奇的目光里落在他的头发上，那竟然是一头银发，衬着他怎么看都不超过二十几岁的面容，格外奇怪。

入了殿中，他抬起头，空灵的视线扫过场内，司玉无端地感觉心头一寒。那眼神如无机质般生冷，仿佛所见一切都是死物，包括他自己，无丝毫活气。

任何开场白都没有，他在中央的高台上盘膝坐下，缓缓开了口："道者，本为万物之生，又为万物之灭，无名天地之始，有名万物之母。故常无欲，以观其妙；常有欲，以观其……"

一番讲述听下来，司玉觉得自己双眼要变成蚊香状了，这说的都是什么啊？转头看看，谢东仪和白郁一脸平淡地听着，也不知是否有所感悟。而旁边的贺丹妍情况就没那么乐观了，已经开始小鸡啄米式了，司玉看得暗暗好笑。

司玉的注意力渐渐转移，将殿内所有弟子观察个遍之后，逐渐落到四面陈设上，最终转向正中，看向正在台上侃侃而谈的执教。

执教似有所感，视线一扫，在司玉身上停顿了一下，吓得她赶紧收回视线，正襟危坐。

"……真幻之间，本就同源，生死荣枯，亦为同理，此两者同出而异名，同谓之玄……"执教一边说着，双手轻动，结出一个法印。

司玉眼前一花，身边的景象变了，不是在广阔肃穆的大殿里，而是在一处草地上。碧绿的小草嫩生生铺陈在脚下，素白柔黄的小花点缀其中，沐浴着温暖的阳光，一只蝴蝶正破茧而出……

又是一个恍惚，情景逐渐变化：草木继续生长，茂盛蓬勃，酷热的阳光下分外清新，蝴蝶翩翩起舞；不久之后，草木逐渐枯黄，凋零，变成无生命的黄褐色，充满生机与活力的蝴蝶也终于无力地跌落草丛；又不知过了多久，天上降下点点银白。司玉抬起头，脸颊清晰地感受到那份冰冷的酷寒，是雪花。之后又是雪融成水，大地回春……

一季荣枯是一番轮回，一番轮回是一脉生机， 唯一不变的只是天上的阳光，永远充满了生机与活力，普照这片生生不息的大地。恍惚间四周都变成了光，最纯粹的光，带着慈悲的温度，围绕着她。

那一瞬间不知此身在何处，那一瞬间不知此身为何物。

司玉仰望着天上的阳光，只觉精神一片空茫。也不知过了多久，忽然感觉一丝寒意如锐利的尖刀般生生劈进来，无迹可寻却又清晰无比，司玉一个激灵清醒过来。

虚幻的情景统统不见了，眼前又恢复成肃穆整齐的大殿讲堂。空灵平板的声音还在继续，执教闭着眼眸，神情端方。司玉忽然间捕捉到了什么，想要深思，却又摸不着头绪，思考了不久就觉头疼难忍。

难怪玄部是天源宗最生僻的一部啊！光看这玄而又玄的课程，哪里及得上真刀实枪学本领的。

等下午坐到了术部的课堂上，司玉越发体会到这一点。

台上的执教正在讲述五行相生相克的道理。好歹前世看过不少玄幻小说，五行的基本原理司玉还是懂的，尤其执教并不只是呆板的讲述，双手法印频结，不断讲解演示相关的基础法术给大家。一堂课声情并茂，形色兼备，原本艰涩的知识也变得生动有趣起来。

贺丹妍也听得聚精会神，尤其台上讲解的执教正是她的姑姑谢婉。

听完半堂课，休息时，她忍不住感慨道：“还是术法最好啊，比那些什么乱七八糟，四处点火的玄学好多了。”

“四处点火？”司玉有些不解。

“就是那个莫名其妙的幻境啊。”贺丹妍随口道，“最讨厌这些光怪陆离、中看不中用的东西了。”

可自己看到的幻境里并没有火呢？司玉纳闷，却也没有追问，也许玄部的课程就是这样，每个人因为本心不同，看到的景象自然不一样。

很快下半堂课开始了。一番深入浅出的讲述完毕，谢婉顿了顿，问道：“刚才传授大家的术法记清楚了没有？现在开始自行演示一下。”

原本寂静的台下顿时骚动起来，一众少年兴致勃勃地按照刚才执教传授的方法设印施术。

这只是一个最浅显不过的水系道法。谢东仪微微抬手，眨眼间一颗水珠就凝结在他的指端，瞬间又化为冰凌，反射着水晶般的光泽。白郁的速度也不比他慢，一遍就完成了这个小术法。其他的弟子也纷纷尝试，有人快一些，有人慢一些。贺丹妍连续尝试了五遍才终于结成水珠，形状却也不稳定，她用力咬着下唇，神情很是不甘。

“你怎么样？”白郁转头看向司玉。

司玉觉得有一滴大大的汗珠正沿着自己额头滴下来。她已经尝试十几遍了，始终什么效果都没有。

“怎么会这样呢？”白郁奇怪。看看周围，即便是最慢的少年，在努力了几十遍之后也终于成功了，可司玉反复尝试，指端连一丝凝结的雾气都看不到。

“也许是功体属性不合吧，司玉可能天生与水相克。”谢东仪道。

“可我也是与水相克啊，不也成功了？”旁边贺丹妍撇撇嘴道。见司玉急得满头大汗，她忍了忍，总算没有把“废柴”两个字说出口。

到底是哪个环节出了问题？司玉头疼地想着，手势完全没有错，口诀也对。至于所谓的属性相克，刚才执教也讲过了，每个人体内都是五行灵气齐备的，所谓的属性，也不过是某种灵气偏多一些而已。缺乏任何一种灵气到枯竭，人必死无疑。

难道是自己的潜意识里始终接受不了这些术法？

对她这个吊车尾，并没有太多人关注，因为台上的执教已经开始教授下一个法术了。

这个新的火系术法，贺丹妍完成的速度最快，举着跃动在掌心的那团火焰，她几乎要高兴得跳起来。闪亮的火光照得她红扑扑的脸蛋儿格外明艳。而谢东仪和白郁也只是慢了一瞬。

殿内亮起的火光越来越多，慢慢地大家都找到了窍诀。在一众闪烁跳跃的光芒中，司玉依然保持着废柴的状态，一事无成，急得她直想去挠墙。

接下来的飞逸术、聚土术、灵犀术……到最后连贺丹妍看司玉的眼神都带着些许同情了。

要说不受打击是不可能的，她又不是动漫主角的小强属性。更何况多次的失败之后，周围的同修也逐渐注意到这边了，看司玉的眼光有些好奇，有些惊异。到最后更隐约出现了低沉的议论声。

“她就是那个被鲲隼带上来的……”

“太走运了吧！”

“这种实力怎么能行……”

窃窃私语入耳，司玉更觉浑身不自在。

台上的执教似乎也注意到这边了，她威严的视线扫过场内，然后落到司玉身上。

这时，谢东仪忽然站起身来。

“表哥？”旁边贺丹妍有些惊讶。

“这堂课看得差不多了，趁还有时间，我们去看看剑部吧。”谢东仪缓声道。

他的声音没有拔高，却也没有刻意压低。周围顿时响起一阵不小的喧哗，纵然应天阁的课程对弟子并无硬性要求，但课还没听完就退席，这是很无礼的事情，尤其对台上的执教来说。然而众人也知道执教和谢东仪是何种渊源，纷纷将视线投向台上。

谢婉只是平静地看了谢东仪一眼，就径自将视线移开，丝毫没有阻止的意思。

白郁也随后站起身来，无所谓地伸了伸懒腰，向司玉伸出手，含笑道：“一起走吧。”

看着伸到自己面前的那只手，司玉只觉心头一暖，仿佛有什么东西融化在那片笑容里了。她低下头，不想让她看见自己被触动的表情，起身跟上两人的脚步。

“可是，等等……表哥……”跟不上形势变化，贺丹妍吃惊地喊出声，却发现谢东仪丝毫没有放慢脚步。回头看了台上的谢婉一眼，犹豫片刻，她咬咬牙，终于飞快地起身跟上谢东仪。

司玉他们四个相继走出大殿。身后谢婉平和清亮的声音继续响起，仿佛这小插曲根本不存在。

温暖的阳光洒在身上，司玉终于松了一口气，刚才的压力实在是让她感觉很难堪。

“接下来去哪儿？”白郁环抱双手，随意地问道。

“不是去剑部看看吗？”贺丹妍咬着下唇缓声道，视线莫测地看了司玉一眼。

谢东仪神色纹丝不动，平声道：“都这么晚了，剑部的课程也快要结束，不如直接回去算了。”

“可是……”贺丹妍还想要说什么，司玉开口道：“我想去看看。好不容易才走过栈道，总要过去看看。”

“也好。”白郁点头道，“只是剑部的课程正在进行，我们贸然打扰也不好，就在外面看看吧。”

剑部的场地最为广阔，走上楼梯，司玉眼前豁然开朗，竟是一处广阔的露天演武场。她抬头看向碧蓝一片的天空，按理说上面应该是术部大殿的地板吧，真是玄妙的法术！

剑部前来授课的弟子不止一位，场中少年三五个一组，有些围绕在执教身边请教问题，有些则自己围成一团切磋比试。

第一眼看过去，司玉心就凉了半截，其实想想也知道，自己和这些人之间最大的差距应该就是剑部了，因为他们都是从小修习武功，体力方面的差距绝不是短时间可以弥补的。

默默地看了片刻，司玉转身离开。万事开头难，她需要努力的地方还很多。

回了寝室，司玉筋疲力尽地躺倒床上。

院子外面不时传来飞扬雀跃的声音，嘁嘁喳喳像是一群春天的小鸟，兴致勃勃地谈论着第一天的功课。

“你看到那个法术了吗？果然还是术部最好。”

“怎么比得上剑部的课程呢，今天我看到……”

“那根玉簪形状的法器实在太厉害了。”

…… ……

司玉能够想象他们神采飞扬的模样，她长长叹了一口气，百无聊赖地翻了个身。

“喂，你怎么了？无精打采的。”一个小心翼翼的声音传入耳中，司玉转头一看，是五寸钉，正从桌子一角向这边探头探脑。

对了，自己差点儿把这只笨蜡烛给忘掉了。好歹它知道的事情也不少，不如问问它。

司玉略一思索，将自己一整天的课业经历简单讲述了一遍。然后问道：“天源宗以前有过这样的人吗？有没有书里记载过这种现象？”

“不可能啊。”五寸钉用芯子挠了挠身体，迟疑道，“虽然每个人资质不同，能够感应到的灵气数量不等，但不可能完全没有感觉啊，除非……”

“除非怎么样？”司玉连忙追问道。

“除非是它，而不是他，比如这些东西。”五寸钉向周围指了指。

司玉明白过来，今天谢婉也讲过，这世间但凡有生命的存在，必然有灵识，而灵识即为灵气之本源。除非是这些床铺桌椅之类的死物，没有灵识，自然也就不可能感应到灵气。

“难道我是个死人不成。”司玉嘴角抽搐一下。

“这个……”五寸钉也头疼起来，左思右想了一阵子，犹豫着说道，“记得书里也说过，有些天资太差的人反应比较迟钝，灵气少的话也可能完全感受不到。”

“那怎么解决？”司玉连忙问道，

“嗯，如果是因为你资质太差的话……不如找一个灵气旺盛的地方试试？”

“可是哪里有这种地方？”司玉问道。天源山不就是天下灵气最汇集的地方了吗，难道内部还有差别？

“灵气是感天时地利而变化无形的。从时间上来讲，一般月圆之夜最强；从地点上来说嘛，一般山水汇集，险峻巅峰之类的地带普遍要强一些。”五寸钉解释道。

今晚不就是月圆之夜吗？而山水汇集、巅峰之地……那不就是山顶吗！而且记得山顶正有一条河流蜿蜒向下。有山有水，真是天生的风水宝地！

事不宜迟，司玉立刻从床上跳下来。

“喂，干什么？你不会现在就要去吧。”五寸钉吃惊地问道。

“当然是现在。”司玉点点头，“错过了今晚，还要再等一个月呢。”一边说着，她飞快地穿上衣服。

“可是荒郊野外很容易遇到妖怪的，你现在的修为这么弱。”五寸钉提出反对意见。

“不用担心，《天源宗记事》上说过，天源山第一峰上妖怪不多，而且为保护新弟子，野外也有结界。再说，就算真遇到了妖怪，不是还有你吗？”司玉展颜一笑，一把将桌上企图躲闪的五寸钉抓到手里。

“不是吧。喂！等等，要去的话，把床上那个也带着。”

司玉转头看了看床上，储备粮正缩成一团睡大觉，似乎感受到凉意，向被窝里缩了缩。

“带着它干吗？”司玉问道。什么时候你们感情变得这么好了？

“如果遇到了妖怪，可以把它扔出去当诱饵啊。”五寸钉一本正经地道。

第六章

暗夜魔影

山风刮过怪石嶙峋的山野，发出呜咽般的呼啸。纵然是夏天，夜晚的风也带着丝丝凉意。

司玉用力扳住青石板攀上去，眼前是一片平缓的草地。她长吸了两口气，一屁股坐下来。这一路虽然脚下也都是铺陈整齐的青石板，但路途陡峭难攀，一开始还能用走的，到了后半段路，只能半爬半走了。

怀里的五寸钉还在嘀嘀咕咕说个不停，对于主人让自己大半夜出来吹凉风，而让另一只窝在被窝里睡大觉的差别待遇很是不满。司玉戳了戳怀里唠叨的小东西，让它安静一些。

距离山顶还有一段距离。她已经爬得很高了，从这个角度俯瞰下去，视线开阔放纵，云雾缭绕间，下面的景致一览无遗。借着明晃晃的月光，隐约可见规律散布的院落，火柴盒大小，掩映在丛丛深绿中，那是众弟子的寝室。

一天充实忙碌的课程下来，这个时候的他们都沉浸在安宁的睡梦中吧。抬起双手，看着因为攀爬而磨红的掌心，司玉苦笑一声。胸口忽然涌起一股冲动，仰望月亮，司玉高举双手，大声喊道：“总有一天，我要把你们统统甩在身后！”

回应她的是一片呼啸空濛的风声。

随着这一声高喊，一天的郁闷发泄出来，心情舒缓了不少的司玉向后倒去。细嫩的草叶压在身下，像是铺了一张柔软的地毯，意外的舒适。

一阵风过，将密布的云层吹散，天上的月亮露出来，又圆又亮，嫩嫩的颜色像是麦芽糖，真想咬一口。司玉将双手交叠垫在头下，闭上眼睛惬意地感受着月华光辉。

脸颊不经意地有些刺痒，似乎是野草，她将头偏了偏。

不一会儿，又有一阵刺痒传来，司玉顿时感觉有些不对劲儿。她猛地睁开眼睛，眼角的余光瞬间捕捉到一道绿光，似乎是一片嫩绿狭长的叶片，倏地从自己眼前消失了。

是妖怪？！

司玉连忙坐起身来，将怀里的五寸钉取出来："快照明！"

烛芯"啪"地爆起一串小火星，点亮了，一边问道："怎么了？"

橘色的火光弥散开来，司玉持着蜡烛四处探看。放眼望去，四周一片苍茫的深绿，随着山风，草叶纷纷摇摆，哪里有妖怪的影子。

刚才是自己看错了吗？不可能！

虽然遇见了妖怪，司玉却并未担忧，天源山有严格的结界限制，也只有一些修为低微的小妖怪能够不被发现。而对付这些小妖怪，她摸了摸怀里，镇妖符还在呢。

要隐藏一颗树木，最好的地方就是森林；同理，若是草木成精，在这遍地草丛中，自己根本没法发现。司玉继续找了一会儿，毫无所得，就索性熄灭五寸钉，揣进怀里，自言自语道："原来是错觉啊。"说着躺下闭上双眼。

过了不久，司玉觉得脖子上又传来一阵刺痒，她一动不动，装作睡着了的模样。

慢慢地那只小东西胆子大起来。又蹭了蹭司玉的脸颊，将长叶放到她鼻端挠了挠。

正玩得高兴，却不料一只手忽然从天而降，一把将这个闹人的小妖精抓住了。

司玉这才睁开眼睛，起身摸出五寸钉。

果然是一棵草，两只长长的叶片伸展着，头上开着一朵银蓝色的花朵儿，五颗花瓣环绕托起一颗蓝色的果子，烛光映照下，玲珑剔透，如水晶珠一般。

被司玉一把抓住，小草“吱”地尖叫了一声，拼命扭动身体挣扎起来。

“是冰心草！”五寸钉见了，大喜过望地喊起来，“可惜道行还太低了，只结了一个小果子。不过也不错了，喂，赶紧把那个果子摘下来啊。”

“有什么用吗？”司玉问道。

“冰心草结成的果子可以助人凝聚灵识，提纯灵气，是不可多得的良药啊。尤其是成熟的冰心果，放在口里还能静人心神，破解一切幻术……”五寸钉竹筒倒豆子般飞快地解释着，一边催促，“冰心草很难发现的，要想结成果子更是不易，赶紧把那个果子摘下来。”

一听有辅助凝聚灵识的功效，司玉立刻动了心，伸手去摘那只果子。

冰心草似乎也感受到危机，两片草叶扳住司玉的手指，用力一掐。司玉吃痛，手一松，竟然被它趁机挣脱了。

连忙伸手捕捉，可那棵冰心草甚是机灵，“哧溜”一下子钻进了草丛里。

司玉紧追其后，穷追不舍。

冰心草钻进草丛就如同游鱼跃进了湖水，左躲右闪，迅捷无比。可惜司玉手里举着五寸钉，无论它躲到何种地方，蜡烛的光辉总是及时将它照出来。凝聚的光束下，可怜的小草如同被警察追击的罪犯，时刻暴露在灼灼的探照灯下。只是它速度太快，司玉一时间也追不上它。

一人一草追逐着，不知不觉间，离原本的道路越来越远了。

拐过一块巨石，司玉眼前一暗，不同于刚才开阔的草地，眼前是一片怪石嶙峋的地带。有了障碍物，她行动起来更加不便，可那根小草却毫无阻碍，在石块间蹦蹦跳跳，不一会儿就隐入缝隙中不见了。

眼看是追不上了，司玉叹了一口气，停下脚步。五寸钉也悻悻然地摇摇芯子："太狡猾了。"

一阵风吹过，司玉隐约听见远处传来阵阵轰鸣声，像是什么东西激烈撞击。鼻端嗅到一丝凉意，仿佛清新的水汽。

好奇心起，她绕过嶙峋的石块，向声音传来的方向走去。拐了一个弯，眼前豁然开朗，竟然是一挂瀑布，如一条银龙沿着悬崖峭壁奔腾而下，狂野无羁，气势磅礴。瀑布下方汇成一片湖泊，水流撞击掀起惊涛，幻化成迷蒙的水雾，水珠溅得老远，司玉站在这边都能感受到丝丝凉意。

好美的景致！司玉看得入迷，走近瀑布边细细观赏。不经意间，忽然感觉脸颊一疼，是一块小石子打在脸上。

司玉向后退了一步，转头一看，竟然是那只冰心草，正站在身后不远处一块大石头上，两只修长的叶子抱起地上的小石子，朝着她扔过来。

小草力量甚小，能够抱起的也不过是弹珠大小的石子，打在脸上并没有多疼。但司玉依然不想被它打中，眼看小石子飞到眼前，她又向后退了一步。这一步恰好踩在一块凸起的石头上，那石头竟然是松动的，而且上面长满了湿滑的青苔。毫无防备的司玉惊叫一声，一脚踏空，栽了下去。

下面就是瀑布汇成的湖泊，湖水冰冷，幸好司玉会游泳，及时反应过来，浮上水面。

沿着湖边游了不久，她攀住一块岩石，从湖里爬出来。

一阵风过，司玉连打了好几个喷嚏，只觉全身上下像裹了一层冰，纵然是夏天，也禁不住这森森寒意。五寸钉也焉了，被水打湿的芯子软趴趴垂在身边。

这时，头顶上传来“吱吱”的笑声，司玉抬头一看，是那棵冰心草，正用两片叶子叉着腰，得意地抖动着冰蓝色的花瓣，小蓝果在月光下分外闪亮。

想不到这小东西这么狡猾又记仇！司玉抹了把脸上的水，无奈地苦笑了，自己追了它一整晚，也难怪它生气报复。

“这棵烂草，笨草，活该被人抓住吃掉，被人路过踩死……”五寸钉却忍耐不住，大骂起来。一边说着，它催动法力，想要点燃自己，奈何烛芯已经湿透了，再三努力，也只是冒起了几缕黑烟。

冰心草见状，笑得更开心了，两片叶子捧住细腰，几乎要打跌。

司玉无奈，作势往上冲了两步。小草甚是警戒，一看司玉动作，立刻从岩石上跃下，“哧溜”一下钻入草丛不见了。

赶走了幸灾乐祸的小家伙，司玉将五寸钉放在一边，开始脱衣服。这么冷的夜晚，穿着湿衣服非着凉不可。

司玉三下五除二将衣服脱下来，只余贴身的内衣。幸好是在没人的野外，看来今晚的爬山行动是没法继续了，将衣服烤干然后赶紧下山睡觉去算了。一边拧着衣服，她一边转头问五寸钉：“大概还要多久才能生起火来？”

“快了快了……”五寸钉正在左摇右摆，努力烘干自己的芯子。

这时，一阵风声吹过，司玉竟隐约听到断断续续的说话声。

“你……这件事情……”

不会吧？难道有人？！来不及穿衣服，司玉赶紧将衣服抱在怀里，一手抓起五寸钉。翻过灌木丛，躲到一块大石头后面。

侧耳倾听片刻，身边瀑布噪音太大，司玉没法断定，微微站起，向外面看去。

隔着灌木丛，一个苍白身影映入眼帘，轻飘飘如同幽灵一般，司玉吓得心脏瞬间漏跳一拍。

定神细看，原来不是什么幽灵，而是一个人，只是那头银白色的长发格外惹眼，月色下散发着莹莹白光。不正是今天玄部课程上的那位执教吗！吓死她了，还以为是贞子现形了！司玉暗暗想着，记得贺丹妍说过他叫岳冉，是玄部近几年来极出众的弟子之一。

他这是在……同另一个人说话？！

可惜另一边被凸起的岩石挡住，司玉看不见他的谈话对象。皓月当空，两人的影子清晰地投射到地面上，向着这边斜斜拉长。

凝视另一个人的身影观察片刻，司玉越看越觉得眼熟，似乎在哪里见过？而且这影子看起来应该是个女子。

难道是和女朋友出来约会？司玉突发奇想，暗暗好笑。

因为瀑布的干扰，两人说什么司玉没法听清楚。她扳住岩石往前探看，却不料手下一块小石头是松动的，被她一用力，从岩石上脱落下来，正巧砸在她脚上。

司玉轻呼一声，赶紧掩住口。

岳冉却似有所感，立刻转头向这边看过来，锐利的视线恍如实质化的刀剑。

司玉吓了一跳，条件反射地往后闪。

见岳冉满面狐疑地扫视远方，对面阴影下的人低声问道："怎么了？"

"没什么，就是感觉不对劲儿，似乎有什么东西盯着我们。"岳冉皱眉说道。

"什么人？"黑影也警惕起来，她功体被封印，对外界的警觉性降了不止一筹。

"不知道。此刻又失去感觉了，也许是我多疑了。"岳冉摇头道。

“放心吧，就算有人，瀑布声音这么大，也听不清我们说话。”黑影低声道，“正事要紧，出来一趟可不容易。”

岳冉点点头，不再分心。

黑影转而回到正题：“此次行动想不到如此顺利。纯阳元体的女子本就极为罕见，竟然一天就发现了两个，实在太意料之外了。”顿了顿，她笑道，“银騰元君办事效率如此高，果然不负族内期望。”

岳冉神色间隐有一丝得意，笑道：“此乃天意也。魔神要我族天脉回归，重掌大权，我等也不过是应天意行事。”

黑影点点头：“不枉你蜕尽本体，折损七成功力，潜伏天源宗这么久。此番功劳待我回禀玄王殿下，必定重重赏赐。”

“分内之事岂敢言功？”提到玄王，岳冉神色顿时恭谨起来，沉声道，“魔龙一族本就是魔界中流砥柱，此番若能成功，荣耀尽复，属下功体上的小小牺牲算得了什么。”

黑影满意地点点头，回到主题：“你说的两个女孩是哪两个？”

“巧了，这两人你都熟悉得很。”岳冉顿时笑了，“两人一者属火，一者属光，皆为纯阴之体具至阳属性，正是开启封印的好材料。”

“难道是她们两个？”黑影惊异起来。

岳冉点点头。

黑影不禁慨叹道：“她有纯火属性不意外，谢家子弟据传有凤凰血脉，本就多资质禀异者。只是她竟然是纯光，这倒稀罕了。”

岳冉犹豫着说道：“这也只是我的初步感应，其实细说起来，那个女孩的感觉很奇怪，简直……”他皱起眉头，像是不知道应该如何描述，“简直不像是人类，或者说不像是生灵。到时候若要用她，需得仔细探查方可下手，免得出娄子。”

黑影点点头，思索片刻方沉声道：“也罢，此时说这些还为时过早，等探查到了地点，那两人我来解决。只是……封印的位置还没有线索吗？”

岳冉无奈地摇摇头，面有忧色。这些年他已经多方打探，但此事在天源宗内部也属极端机密，任他费尽心机也无多少线索。只是确定了封印必需以纯阴至阳之体的灵血方能开启。

“看来此事还是要落到术部身上。”黑影若有所思地道，当年执掌封印的正是前代术部首座。

两人又低声交谈了几句，眼看时间已晚，很快分手了。

黑影消失在凸起的岩石中，岳冉却没有急着离开，身形一晃，跃上高岩。

他闭上眼睛，手中结起法印，刹那间，周围一切力量波动都了然于心。片刻，他神情一动，身形虚化，瞬间出现在司玉藏身的那块岩石上，冰冷的视线向着岩石下惊惧的身影望去。

瑟瑟发抖的小东西仰望着岩石上的庞然大物，相比起它娇小的身躯，岳冉无疑是属于庞然大物级别的存在。两片细长的叶子抱紧了身体，竭力想要整个儿缩进岩石缝隙里，小妖怪的直觉已经让它感受到眼前人的杀意和恐怖。

岳冉视线扫过，满地枝丫灌木掩映，除了这只小东西确实没有别的生灵了。“哼！”他冷哼一声，手一扬，一股强大的吸力随即产生，将冰心草牢牢笼罩。

冰心草双叶拼命攥住岩石，奈何仍然抵抗不了这股强大的吸力，眼看就要被他吸进手里，危急时刻，它一咬牙，头上的小花一抖，刹那间绽放莹莹银光，半成熟的小蓝果子“嗡”的一声脱离身体，化为一道蓝光向岳冉面门击去。

这一击凝聚了冰心草几乎全身的功力，又是顺着吸力，快逾闪电，眨眼就到了岳冉面前。同时冰心草摆脱了岳冉的控制，箭一般向远处窜去。

奈何有一道锐芒却比它的速度更快，瞬间就追上它，在它身前绕了一个诡异的圈，灵蛇般将其牢牢系住。

绳索夹起冰心草，将它拉回到面前。如果司玉此时在场，必会吓得尖叫出声，因为捆住冰心草的那根绳索，竟然是从岳冉嘴里伸出来的，仔细一看，肉色的尖端还带着分岔，而他的瞳孔，更是变化成诡异的竖瞳。

冰心草不停地战抖着，刚刚当做暗器击出的冰心果被岳冉轻而易举地闪避了过去。

看清楚眼前只是个修为不足百年的小妖怪，岳冉不屑地稍一用力，冰心草发出一声短促尖锐的惊叫，立即拦腰断成两截，无力地跌到地上。岳冉又随意地抬起脚，用力一踩，刚才还活蹦乱跳的小草再也没了声息。

处理完这个简单的小插曲，他袖子一甩，很快消失在茫茫夜色中。只余下凛冽的山风呼啸而过，和着瀑布的轰鸣，汇成天源山夜晚特有的悠远空濛。

司玉动了动脚，还好没有扭到，她双手支撑地面，费了好大劲而才爬起来。

自己这是跌进那里了？

真倒霉！谁能料到看着浓密厚实的灌木丛底下竟然是个洞。

刚才她被岳冉的眼神吓了一跳，条件反射地往后闪。却不料脚下一空，全身失去平衡，连惊叫都来不及就跌入一片黑暗中。

这一下子跌得她七荤八素，差点儿直接晕过去。半天才缓过气来，恢复知觉。所幸手脚都没有折断，只是触地的肌肤火辣辣地疼。

司玉将五寸钉掏出来：“能点火吗？”

五寸钉努力片刻，终于爆起火星，幽深的洞穴里顿时充满橘色光华。

司玉定神看向四周，与其说这里是洞穴，倒不如说是某个地道的出口。一条幽深的通道延伸向未知的黑暗，司玉举高五寸钉向里照了照，光线所及完全看不见尽头，只有黝黑的石壁无穷无尽。

这里是什么地方？天源山内部竟然还有这样的密道！而出口，司玉抬头看自己跌下来的地方，顿时吓了一大跳，这么高！

虽然跌下来的时候，就感觉这个洞穴很深，但也没想到这么深，这下子怎么出去？

四周石壁一片光滑，根本没有可借力的地方。以自己的本事爬上去是别指望了，而大声呼救……此时岳冉应该早已离开了吧。这种荒山野岭，被人发现的可能性几乎为零。而且岳冉这人行踪诡异，让他发现也未必是好事。

只能往前走了。司玉无奈，摸了摸怀里的镇妖符，握紧了五寸钉，自觉胆气壮了不少，沿着地道向前走去。

黑暗中，虽然有五寸钉相伴，依然有种潜意识的恐惧。而且越往地道深处，这份恐惧越重。她已经走了多久了？地道之中，无法判断时间，更无法判断路程，司玉真怀疑自己已经将山峰走穿了。走到后来，她只觉一股庞大的压力笼罩周围，整个心脏不受控制地狂跳。

不对！这份感觉，不仅仅是因为恐惧，还有别的什么……

似乎有梦呓般的呼唤声传入耳中，如海妖的歌声，若隐若现，诱惑着她不停向前。转过一处拐角之后，这种奇异的感觉终于实质化了——眼前出现一条岔路。司玉想停住脚步思考一下，可那呼唤声带着强烈的诱惑力，竟然引着她不由自主向其中一条走去。

自己是怎么了？明明想停下，可是身体完全不受控制！像是一只扑火的飞蛾，外来的强烈意念主宰了她整个身体。

“喂，你往哪儿走啊？”随着司玉的动作，五寸钉终于忍耐不住喊起来，“那边是墙壁啊！你要干吗？喂，喂！快停下。”

墙壁？司玉意念一动，眼前景色顿时变化，却为时已晚。

“砰”的一声，她捂住鼻子，眼泪差点儿掉下来。

好疼啊！鼻子不会撞塌了吧？

原本举在手里的五寸钉也掉到地上，烛火瞬间熄灭了。

真的是墙壁？奇怪，明明刚才看到是岔路的！

“痛死我了！喂，你想撞墙别拉着我一起啊！快点把我捡起来！”

没有理会五寸钉在地上的大喊大叫，司玉伸手摸了摸，虽然黑暗中什么都看不见，但坚实冰冷的触感告诉她，确实是崎岖嶙峋的石壁。刚才的错觉是怎么回事？那再也真切不过的呼唤和岔路……

难道自己遇到了传说中的鬼打墙？！

司玉打了个哆嗦，太恐怖了！她哪里还敢停留，拾起五寸钉就逃命一般向前跑去。

顺着通道不知跑了多久，精疲力竭的司玉才停下脚步，扶住石壁喘息片刻。刚才的感觉实在把她吓怕了，还好这一路都没有再出状况。

前方隐约有光亮传来，司玉一路悬着的心终于放下来。拐了一个弯，果然看见出口。依然是处洞穴，但外面生了不少植物，垂下的长藤充当了绳索。

爬到洞口，拨开层层掩映的蔓藤植物，司玉终于重见天日。

感受着柔和的晨光照耀在身上，她松了一口气。前半夜爬山，后半夜钻洞，她这次行动竟然持续了一整夜。看看四周，是一处树木繁茂，藤蔓织密的山壁，下山还不知要多少时间，今天的课程只怕要耽误了。一边沿着山路前行，司玉一边烦恼着。

谁知拐过一道弯，一座宏伟的阁楼乍然展露在眼前。

司玉顿时愣住了，这是？沿着漫长的围墙走着，越看越熟悉，终于绕到正门前。

“司玉？你今天怎么来得这么早？”熟悉亲切的招呼传来，竟然是安小惠，旁边是贺丹妍和几个看着眼熟的女孩。

转头看看气派的大门，果然是应天阁！想不到歪打正着，爬山没成功，倒是探索出上学的新途径了，司玉哭笑不得。

“我也是刚刚到。”收敛心神，她答应道，走向众人。

待司玉走近，安小惠吃惊地望着她：“你……这是怎么了？”

司玉顺着她的目光低下头，顿时红了脸，如今的她发髻散乱，形容狼狈，衣服又脏又乱，简直像是刚从难民营里爬出来的。

抵达应天阁的弟子不少，众人落在司玉身上的视线都难以掩饰的惊讶。

又看了一眼，安小惠指着司玉裙摆惊叫道：“还有血！你哪里受伤了？”

血？司玉低头看去，膝盖衣服上果然透出血迹，是自己跌下山洞的擦伤。

查看伤口，司玉忽然发现一件奇怪的事，记得刚爬起来的时候伤口疼痛难忍，可现在竟然完全没有感觉了？按了按伤口，似乎已经彻底痊愈了。这是怎么回事？

“你……刚才独自爬过悬空栈道了？”旁边贺丹妍忍不住问道，神色难以掩饰的惊讶，“难怪今天一早你就不见人影了。”

司玉回过神来，干笑两声，却不知道应该如何解释。

她的犹豫让贺丹妍误以为是默认，看她的眼神不禁少了几分不屑，多了几分怜悯：虽然是个最没天分的废柴，但好在肯努力上进，可惜看这光景，就算再努力，只怕进境也有限。

司玉不想在这个问题上纠缠下去，转过话题问道：“谢东仪和白郁他们呢？”

“表哥说有事情，留在那边了。”提起这个，贺丹妍语气隐有怨念。

“白郁也说有事。”安小惠补充道。

“两个人都有事？这个太巧合了吧。”司玉暗暗好笑，这么说来，对岸就是俊男美女的二人世界了。

说话间，抵达的同修纷纷进入应天阁。安小惠道：“我们也进去吧，不然寻不到好位置了。司玉你……”视线落到司玉身上，安小惠迟疑了瞬间。

“我看你还是先去医阁治疗一下伤口吧，而且你这身衣服也不能穿了。”贺丹妍难得好心地提醒道，别的执教不清楚，谢婉却是最讨厌弟子衣冠不整，形容放肆的。

司玉还想坚持，却感觉怀里什么东西动了动。她刹那间明白过来，点头道：“也好，我就先去趟医阁吧。”

她还带着五寸钉，进了应天阁，铁定会被高手发觉的。入门没几天，她可不想落下违反门规的罪名。

医阁距离这里不远，属于丹部的下设机构，作用就相当于后世的校医院。

司玉进了院子，满屋子弥漫着草药的气味，四处都是忙碌的身影，有的伏案奋笔疾书，有的埋头翻阅典籍，有的忙着看顾丹炉……

接待她的是一个丹部的新晋弟子。司玉没敢说自己受伤又莫名其妙痊愈的事，那位弟子只当她是功力低微，勉强过悬空栈道时不慎擦伤了，直接开给她一付提神的药草和治疗擦伤常用的清露就完结了。又见司玉的状态再走过栈道也难，便用法器将她送了回去。

回寝室梳洗了一遍，换上干净的衣服，明明一整夜没合眼，躺在床上却睡意全无。翻来覆去睡不着，司玉索性爬了起来。

“咱们不如趁机再上山看看。”见司玉没有睡觉的打算，五寸钉摆了摆芯子，建议道。

“你怎么又想去那里了？”司玉奇道。

“反正也没事可干，而且那个地方能生长冰心草，必定是个水灵脉充足的地方，说不定还有其他的珍奇药草的。”五寸钉说道。

司玉心中一动，同意了它的建议。

白天的路途远比夜晚来得顺利，司玉沿着青石板路，不到一个时辰就到了昨夜休息的地方。

循着记忆拐过巨石，轰鸣的瀑布映入眼帘。如一条银白的锦缎铺陈而下，掩映在黝黑的岩石与浓翠的绿意中，分外醒目。这般美景白天看来更觉赏心悦目，司玉走近瀑布，据五寸钉介绍，这边的灵气最是充足，找到高质量药草的可能性也最高。

翻开草丛细细寻找。司玉对药草基本上一无所知，不过有五寸钉这个百科全书在，成果还算丰厚，不一会儿，就已经寻到了一株钟灵草，两棵碧玉铃兰。

钟灵草有记录声音的奇异功能，一般炼制某些法器时候使用，而碧玉铃兰对解蛇毒有奇效。小心翼翼地将三棵小草收进怀里，司玉越发兴奋，翻找的速度也快了不少。

拨开一丛灌木，忽然五寸钉一声惊呼："那是什么？！"

顺着它指引的方向望去，一根干巴巴的小草粘在地上，大半身体都已经被踩进泥里了，只余零星两片残缺的花瓣露在外面。

这花瓣的颜色……不会吧！司玉连忙蹲下查看，虽然已经被泥土污染地看不出原形，但那熟悉的长叶还是让她一眼认出，竟然是冰心草！

它怎么会变成这个样子？司玉小心翼翼地扒开泥土，将小草挖出来，发现只有半截身体，找了半天，才在旁边草丛里发现另外半截。

司玉心下黯然，一棵草折断本来再也平常不过，但想到这棵草昨晚还对着她调皮恶作剧，心里总有些难过。

同为妖类，五寸钉更加感同身受，缩了缩身体，嘟囔道："是谁这么缺德啊，采了果子就好了，非得把它一起踩死。"

司玉这才注意到小蓝果不见了，昨天有人采了果子？

难道是岳冉？

可是以这只小草的警戒，尤其经过自己这个"居心叵测"的人追逐后，不可能故意跑到岳冉面前吧，而岳冉也不像是来采药的。

猜不透其中的关键，司玉不再多想。冰心草本来就是妖怪，若真是岳冉所为，虽然过分，她也没资格非议。

“只能怨你运气不好了。”司玉叹了一口气，将小草捧起。

谁料蜡烛猛地一个哆嗦：“不好！有妖气！”

“妖气？！”司玉一惊，“在哪里？”

蜡烛左右找了找，又像小狗一般在司玉手上嗅来嗅去，最终断定道：“在你手上！”

“什么？”除了冰心草之外，自己手上没有任何东西啊！

“不是这棵笨草，是更强大、更恶毒的……”蜡烛绞尽脑汁形容着，一边仔细搜寻，最后，它芯子直指冰心草的断口处。

司玉低头细看，那里果然残留着一些很奇怪的液体。

“这是什么？”司玉用手沾了稍许，看起来像胶水一样，色泽透明，带着奇异的粘腻感。

“不知道，反正像是很强大、很恶毒的妖气，沾到身上很不舒服的那种。”五寸钉扭了扭身体，刚才司玉拿过冰心草又握住它，显然让它很不舒服。

司玉心中生疑，从怀里掏出一方丝帕将冰心草裹起来。又去水潭边洗净双手，连带也给五寸钉洗了个澡。

发生了这种小变故，司玉也无心继续找药草，准备下山了。却不料五寸钉又发现了什么：“咦！好奇怪的石头啊。”

司玉转头一看，是背后一块岩石，本来岩石是山上再平常不过的东西，但这颗岩石奇的是它平滑的表面上竟然有一个孔洞，而且怎么看都不像是天然形成，因为实在太小了，简直像是一颗子弹射了进去。

司玉好奇地将手指伸进那个孔洞。不料随着她的动作，整个岩石迸出“嗡嗡”的颤音，紧接着“啪”的一声解体了。

看着“哗啦啦”碎了满地的石块，司玉目瞪口呆地，自己什么时候练成弹指神功了？！

蓝色的光芒从碎石底下散发出来，司玉用脚拨了拨石头，一颗滴流圆的果子滚出来，琉璃珠大小，晶莹剔透，晕光流转。

司玉俯身捡起，这不是冰心草的小蓝果子吗？而且看起来好像比昨晚更亮、更大。

五寸钉凑上前看了看，慨叹一声：“可怜的小草，肯定是遇见大敌了！不然也不会将全身功力凝聚进果子打出来，不过准头也太差了吧，全力一击打到石头上。”

或者是对手太强大，全力一击也被轻松躲过。想了想，司玉将果子收进怀里。这么说来，冰心草遇见的并不是岳冉，而是一只妖怪了，而且是修为很高的妖怪。

想到这个可能，司玉更不敢停留，快步下了山。

下了山，司玉向宿舍走去，正遇上三三两两的弟子从另一边山道上走下来。

看看天色，太阳只是刚偏西而已，怎么今天的课业结束得这么早？

几个女弟子从她身边经过，正谈论着下午的课程，掩不住的兴奋音调传入耳中。

“谢师兄太厉害了，真不愧是祁连谢家的弟子！”

“是啊，简直神了，你看到他那一招平沙秋雁了吗？真没想到这一招还能那么使？太神了！”说这句话的女孩脸颊红扑扑的，双眸闪烁着星子般的光彩，完全就是后世那些追星族的小女生提起自己偶像时的表情。

“不愧是世家贵族出身，只有谢家这种累世名门才能有这种教养修为吧。”

“那也要天资好才行啊，连执教都能打成平手，谢师兄这样的天才，恐怕在谢家也是百年难见了。”

…… ……

那群女孩子渐渐走远了，司玉放慢脚步，看来今天剑部的课程上，谢东仪大出风头了。他本就是世家子弟，入门就是第一，有这种表现也

正常。正想着，一个不太和谐的声音轻飘飘传入耳中，

“哼，不过就是剑法高一些，出身占了便宜而已。”

“就是啊，若我也是谢家人，从小有名师传授、灵药栽培，指不定谁打败谁呢。”

司玉转头看去，是落在后面的几个男孩子，其中一个圆脸的正愤愤不平地说着，他额头上还包着绷带，似乎受伤了。

“所以说，投胎可是个技术活儿。”另一个瘦长少年一边笑着，揽住他的肩头，“我们连人家三招都接不下来，第三招硬接还受伤了，哈。”

“哼，那是以前。如今大家都在天源宗，五部课程一视同仁，几年、几十年之后，我就不信他还能比我强。”

“说的好，有志气！”瘦长少年重重拍了他肩膀一下，调侃笑道：“不过就算是同在天源宗，我们和他也未必待遇一样。别忘了，这天源宗内部可有不少谢家故旧。”

“就是啊，”另一个矮个子少年也不满地道，“上次术部谢执教的课上，他想来就来，想走就在，把课堂当自己院子一般，结果谢执教不也什么都没说。”

“谢执教可是他亲姑姑，怎么舍得说呢……”几个少年义愤填膺地议论着，身影逐渐消失在远方。

司玉从树丛后走出，忍不住苦笑，上次术部课程上到半截，谢东仪率先离开，虽然她不想自作多情，但也隐约察觉为了照顾她的情绪。想不到他虽是世家公子，却也很讲义气，但因此给他招来这些非议，司玉心下微感歉疚。

终于回了寝室，司玉推开院门，不禁一愣。刚才话题的中心人物竟然就在自己院子里。修长的身影背对着自己，怀里抱着什么。

贺丹妍和安小惠都在他旁边说笑。白郁独自站在寝室前，双手交叉环抱，悠闲地靠着门框上，似笑非笑地看着这边。

见司玉进来，安小惠连忙招呼道："司玉，你去了哪里？伤势怎么样了？本来以为你在屋里睡觉呢。"

"只是一处小伤口，擦了药就不碍事了。倒是你们，今天下课好早啊。"司玉笑道，进了院子。

"是啊，下午是剑部的课程……"安小惠笑道。

她还没说完，那边贺丹妍就抢着开了口，喜形于色道："你今天没去上课真是可惜，没看到精彩的。"

"精彩的？"司玉的视线落到谢东仪身上。

"是啊，表哥他三个时辰内败尽剑部所有弟子，连执教都与他打成平手。可惜最后有人不自量力，受了伤，执教只好匆匆结束了这个课程。"红润的小脸蛋儿上满是自豪，好像败尽所有人的高手就是她自己一样。

谢东仪微叹了口气，道："只是去剑部听课的弟子，你这句话很容易引起别人误会。"

贺丹妍连忙小鸡啄米般点头，却掩不住地兴奋。

回来的路上已经听说过了，司玉并没有太惊讶，依然向谢东仪道了声恭喜。其实从踏进大门的第一刻起，她的眼神就盯住谢东仪怀里了——某只圆滚滚的团子正窝在那里舒服地伸着懒腰。

注意到司玉的视线，谢东仪解释道："昨天晚上它又不小心跑去我那里。天源山太大，我生怕它乱跑遇见危险，就带着了，本想早晨遇到你再交还给你的。"

又不小心！天源山这么大，怎么就不会"不小心"跑去别的地方呢？

这个叛徒，小猪蹄子往外拐！司玉嘴角抽搐一下，竭力不把自己的情绪泄露出来。她笑眯眯地道："辛苦你了，照顾它一天，现在交给我吧。"说着伸出手。

储备粮睡眼惺忪地睁开眼，立刻看到某人一脸"温柔贤淑"的微笑，禁不住打了个哆嗦，条件反射地往谢东仪怀里挤了挤。

“你……”照顾你这么久，都没注意到你还像个娇弱的“小姐”呢，司玉额头暴起青筋，“赶紧给我回来，不许给别人添麻烦！”

“也不算麻烦，这只小猪今天还算乖。”对低气压全无所觉的贺丹妍随口道。她对周围人事物的印象，明显受某人影响深刻，对这只几次三番结仇的小猪竟然也和颜悦色了。

纵然储备粮十二万分地不想离开怀抱，奈何敌不过某人的魔爪。司玉扯住它的耳朵，将它从谢东仪怀里硬生生拉出来。

储备粮哼哼了两声，往司玉怀里蹭了蹭。司玉愤愤然地揪住它的耳朵：“就知道睡大觉，越来越懒惰了。”

谢东仪笑起来。

司玉忍不住问道：“它怎么就和你那么亲热呢？”

“这个嘛，”他笑了笑，“可能你太虐待它，所以它想找个人倾诉一下。”

“喂，我怎么虐待它了？”司玉不客气地反问道。每天好吃好喝伺候它的人是谁啊？

谢东仪的视线落到司玉手上，她两根手指还拧着储备粮耳朵呢。司玉嘴角一扯，将手放下，算了，以后再和你算账。

小猪交接完毕，贺丹妍插嘴道：“表哥，时间还早，我们不如去藏书阁看看吧。你上次不是说想看《丛叶集》吗？”

谢东仪点点头，与贺丹妍一起告辞众人，离开了院子。

对司玉的伤势，安小惠颇为关心，拉住她不断询问。司玉进了屋里将膝盖露出让她看过才放下心来，笑道：“天源宗的药草果然神奇，连疤痕都没有留下。只是你伤势刚刚好怎么就出门去了？应该好好休息才对。”

“我上山采药去了，本来就不是什么重伤。”司玉笑道，“而且这一趟收获还不错。”说着将自己怀里几棵药草拿出来。

安小惠看着也是非常惊喜，叹道：“想不到你见识如此之广，碧玉铃兰也就罢了，钟灵草非常稀少的，不是有经验的丹部弟子还寻不到呢。”

“其实也不太懂。”司玉心虚地笑了两声，没说这都是五寸钉的功劳。

安小惠道：“听说丹部的课程也很有意思，不如你明天去听听。也正好学习一下这些药草的炼制方法。草木离根，灵气药效保存不了多久的，炼成丹药才能长存。”

司玉心里一动，学习一下炼药似乎也不错，自己怀里还有一颗冰心果呢。

想到冰心果，她又想到另一个问题：“对了，小惠，你认识术部的执教岳冉吗？”

“岳执教？听说过，不过不认识。我对玄部课程的那些什么天命啊、预言啊、轮回啊……统统没兴趣的。”安小惠笑道，“怎么忽然问起他？对了，你们第一堂课就是听了他的，你喜欢玄学？”

“哈，那是因为时间太晚，没座位了而已。”司玉笑道，“我只是好奇这个人，怎么会是白头发呢？”

“这个我倒是知道。”安小惠笑道：“岳执教是玄部上任首座的关门弟子，据说天资卓越，才华横溢。大概三十多年前吧，离国东部山脉里出了一条蛇妖，这条银蟒修为高深，残忍嗜杀，经常入村庄吞噬人类，而且蛇毒渗入溪流湖泊流入城市，一时间离国东部瘴气蔓延，十室九空。之后离王遣人来天源宗求助。当时宗内便派了那一代弟子中最出色的四名前去诛灭蛇妖，岳执教也是其中之一。可惜却出了岔子。”

“怎么样？”司玉听得入神，连忙问道。

“本来按照离国人的描述，那蛇妖顶多是千年的修为，却不料实际修为已经有近两千年了，实力远超估计，结果……”安小惠摇了摇头，“除了一开始就被击晕的岳执教之外，其余三位弟子都被那银蟒吞噬了。而岳执教能够逃得一劫，还是因为恰巧遇上了同修。也是那蛇妖作孽多端，天理难容。从北方边境修缮封印的术部高手们正巧返回，路过离国，感受到妖气波动，匆忙赶到才将那只蛇妖收拾了。”说到这里，安小惠微有黯然，“只是岳执教此战丹田受伤，多亏那些高手疗伤才保住修为，原本的黑发却变成了白色。而且此后天资受限，几十年里修为进展缓慢。如今，除了轮流前往应天阁授课外，大多数时候都隐居避世，潜心静修。”

修仙一途最重天分，原本引以为傲的卓越天资被生生毁了，难怪他意识消沉。只是真的这么简单吗？“银蟒……”司玉低声吟着，心中若有所感。

“怎么了？”安小惠疑惑地问道。

“不，没什么。”司玉甩开思绪，那只是她不着边际的猜测，毫无证据可言。她笑道，“你知道的事情真多。”

安小惠掩口笑道：“这在天源山又不是什么秘密，随便问一个人，大家都知道的。”

大家都知道？

这么多高手熟人几十年来都没有发现破绽，也许只是自己多心了。司玉点点头，很快告辞离开。

回到自己屋里，她将东西放好，拿出冰心果细细端详起来。圆润的果子如同一只海蓝色的水晶珠，折射着迷人的光彩。

“因为那只笨草把全身功力都凝聚进了果子，如今这颗果子功效和成熟的果子差不多，正好适合你用。”五寸钉在旁边说道。

司玉心满意足地将果子收进了怀里，又拿起钟灵草和碧玉铃兰来查看了一遍。“等明天就去听丹部的课程，研究你们的炼制方法。”一边美滋滋地想着，司玉将它们放到了娟帕上，准备包起来。

却不料“嗤”的一声，放到娟帕上的碧玉铃兰竟然有一株瞬间枯萎了。

司玉吓了一跳，刚才还碧绿的草眨眼间变成一根枯枝，这是怎么回事？

她拿起帕子，视线忽然落到旁边断裂的冰心草上，这只手帕刚才包过冰心草。而冰心草上面有……仔细一看，手帕上果然有黏液痕迹，像是烧过一样，已经变成了细碎的孔洞。

碧玉铃兰专克蛇毒。难道说这些黏液是蛇毒？！

这么说来，毁了冰心草的是只蛇妖！

但也不能因此肯定与岳冉有关，毕竟那地方本来就阴寒潮湿，适合蛇类生存，有修炼成精的也不意外。

思绪转了几圈，毫无头绪，眼看夜色已深，司玉也不再多想，收拾好东西上床睡觉了。

安小惠自得知司玉因为走栈道受伤之后，特意要求第二天的课程同行，又约了贺丹妍和白郁。司玉推不过她一番好心，连谢东仪在内，几个人干脆结伴同行了。

经过这几天的相处，几人之间，甚至包括司玉和贺丹妍之间，关系融洽了不少。最方便的还是司玉，有了高手法器护航，她这个小白也能够轻易过悬空栈道了。

进了应天阁，几人对丹部的课程都没兴趣，谢东仪和贺丹妍去了剑部，安小惠选择术部，而白郁说想去器部转转，司玉一个人进了丹部。

丹部的课堂也是一处广阔的大殿，不同于其他殿堂的是，每个座位前都摆着一张长桌，上面放着丹炉、砂锅、药匙、瓷瓶以及一大堆司玉叫不出名字的器具。

她选了一处靠窗的位置坐下，左右一看，时间快到了，来的也不过三十几个人。

丹部是仅次于玄部的冷门课程，想以炼药来改善体质，求得大道，只是传说中的途径。大多数弟子，尤其是资质过人者，在正式入门之后，多以剑部或术部修行为主，丹部、器部这些为辅修。

视线扫过，一个意料之外的身影映入眼帘。他正坐在旁边的座位上，凝视着窗外的风景，晨光给他俊逸的侧脸添上一抹柔和的光晕。

似有所感，楚泓转过头，看到是她，礼貌地笑了笑。

司玉也点点头，两人并未说话。

不一会儿执教来了，是个圆脸的矮胖老者，司玉觉得只要给他一对儿驯鹿和一身红衣，完全可以去装扮成圣诞老人了。

执教走上台，看了看台下静候的弟子，似乎很不满意地叹了口气，沉声道："第一天我就说了，炼药是一门精细的学问，更是一门顶尖儿的技术，不像那些打打杀杀、虚虚实实的。只有全心全意，聚精会神的人，才能在这一道上有所成就。唉，怎么大家就不懂呢。"说着满脸都是曲高和寡，可叹知音少的神情。

看来这位老先生对炼药很痴迷啊。司玉听得暗暗好笑，难怪今天来的人这么少，大多数弟子学习炼药是为了应付五部考核，也是为了通晓一些药草常识。都是十几岁的少年，除了少数真正对药草感兴趣的，谁会喜欢整天对着炼丹炉子烟熏火燎呢？记得以前化学也是自己最头疼的课程之一，想不到如今还要再经受一番折磨。

好在这个担忧并没有持续很久。执教开始讲课后，司玉就发现天源宗的化学课比起前世那些百无聊赖的分子元素强多了。

这堂课讲述的是炼药的基本常识之一——辅助药材的添加。

"炼制一种药材的时候，多需添加相关的辅助材料，使药草效力发挥到最好，并稳固药性……"执教摸了摸胡子，言简意赅地讲述道，"将两棵药草合二为一是其中最基本的。两者药性首先不能相克，其次也不宜相同。相克者，阴阳互抵，互相溶解；而相同者，药性无法互佐……"

将主要理论讲解完毕，执教指了指桌上，道："现在大家桌子上就摆着几种药草，分别是火麟草、云丹果、荣华草、苦藤和单叶丝，大家可以任意搭配，试着炼制自己想要的药材。”

司玉打开桌角放置的白玉匣子，果然里面放着执教所说的五种药材。绿叶碧翠，丹果朱红，看着煞是喜人。

应该怎么下手呢？将药材拿出，在桌上一一摆开，司玉看了看四周，不少同修都开始行动了。

回忆着刚才执教的讲述，司玉思索片刻，选择了云丹果和荣华草。正要放进丹炉，忽然“轰”的一声巨响传来，在一片寂静的大殿里分外刺耳。

司玉吓了一跳，手里的果子险些掉到地上。转头看去，原来是一个弟子的丹炉炸裂了。

长长一条裂缝延伸到炉底，露出里面几根焦煳的枯草。不过最惨的还是那位同修本人，被炸得灰头土脸，鼻子还向外喷着黑烟，像极了一个冒烟的茶炉，看得人忍俊不禁。

待了半晌，被炸愣的他才反应过来，连忙“呸呸呸……”吐出嘴里的黑烟。看着废弃的丹炉，他脸上抽搐不已，小声嘀咕道：“这丹炉真是劣质货……”

“什么劣质货？！大家丹炉都是一样的！”执教走过来，在他头上狠K了一记，教训道。他个子太矮，站在男孩旁边只到他肩膀，因此敲男孩的脑袋还得跳起来。

周围隐约浮动起笑声。纵然满脸黑灰，也掩不住男孩脸上的晕红。

“可是为什么我的……”他欲言又止。

执教探头向他炉里看了看，顿时痛心疾首：“我不是说过了吗？火麟草是属火，云丹果却生长在水泽边，天性喜水，两者水火不容，你竟然……”

“我以为云丹果也是属火的呢……”男孩小声嘀咕了一句。

“你以为红色的就是火属性啊？让你不好好听课！”气愤的执教又在他头上K了一记。

周围笑声越来越大，男孩赶紧告了个罪溜出去洗脸，执教这才停止抱怨。

小插曲结束，课程继续进行。

想不到炼药还有生命危险，司玉立刻感觉拿在手里的两根药草沉重了不少。她小心翼翼地将云丹果放进丹炉，又拿起荣华草，想了想，又放下它，转而拿起苦藤，却很快又感觉荣华草更恰当一些。

“苦藤更适合。”就在她犹豫不决的时候，一个温润的声音传来，“苦藤性阴寒，且天生带凝气之效，正可与云丹果互佐，结成的丹药有清心明目，去火消毒的功效。”

司玉向他投去一个感激的视线，依言选择了苦藤。可随后她看到楚泓自己选择的药草，禁不住睁大了眼睛：“难道你要用这两种？”

他手里拿着的，赫然是刚刚闯祸的火麟草和云丹果。

楚泓点点头，笑道：“云丹果虽亲水，但内蕴涩性，若先以微火将其烘干，水性尽去，然后再炼药，不会引起爆炸的。”

一番话虽然声音压得很低，依然逃不过执教的耳目，立刻就向这边看过来。他连看了楚泓多遍，终于忍不住问道：“你能知晓此事，见识倒是不错。但就算用这种方法，云丹果与火麟草搭配后，也不过是炼出几颗土丸子，药性低微，基本上毫无用处。”

楚泓笑了笑，继续道：“云丹果与火麟草所炼药物固然药性不大，但其性在温，亦在稳。之后与单叶丝配合，可成回气丹；与苦藤配合，可成养心丸；而佐之荣华草，可大大提升其药性，尤其可助练功至紧要关头的弟子平心凝神，以防走火入魔。”

执教听得连连点头，眼神越来越亮：“想不到你竟能想到如此深入契合的地步，就算我丹部修为多年的弟子，只怕也未必构思得如此细心合理。真是孺子可教，孺子可教，只可惜……”说到这里，执教咳了一声，神情微有一丝遗憾。

楚泓看了他一眼，似乎明白他在遗憾什么，接着笑道：“刚才我所说的方法，能够最大限度地利用药草，但炼制出来的丹药却都属平常。以这五种药材，若要求最大功效，其实不如以云丹果和苦藤配合，炼成之后再佐之以荣华草，可结成冰心丹。不仅方法简单，所成药物也精致，能够益气养神，巩固灵识，尤其有助于初学者灵气凝结。”

执教顿时大喜过望，他刚才略有遗憾，正是因为楚泓忽略了这最重要的一步。日常炼药，其实最讲求的不是数量多少，而是所炼药物的纯度和珍贵程度。养心丸、回气丹之类都属寻常药物，哪里能够和冰心丹相提并论。本以为他一个初学弟子，能够想到那一步已经是极罕见的悟性见识了，想不到此时又能把最关键的一环点出，简直高兴得他手舞足蹈。

“好好好……”他一边惊喜地搓着手，一边两眼发亮地紧盯楚泓，简直像看到了绝世珍宝。

“执教，我可以开始炼药了吧？”被执教如此“爱慕”的眼神盯着，楚泓也只能无奈地苦笑了一下。

“当然可以。”执教忙不迭地点头道。

“但是您还按着我的丹炉呢。”楚泓好意地提醒道。

喜形于色的执教这才醒悟过来，连忙站直身体，恋恋不舍地收回视线。

后面角落挤进来一个人，是刚刚出去洗刷完毕的男孩，正蹑手蹑脚地往里走，却没有逃过执教的眼睛，被他一把逮住。

不知是否因为楚泓的原因，执教此时心情甚好，和颜悦色地又给他安排了一个丹炉，详细指导他接下来的步骤。

司玉看了看四周，因为楚泓一番话的影响，殿内弟子大多数都选择了苦藤和云丹果，并准备好荣华草。只有楚泓还在继续用着火麟草。她不禁低声问道：“你为什么不用简单的方法呢？就像楚泓所说，炼出的丹药也好。”

楚泓顿了顿，才道：“那方法固然更好，但剩下的两种药材就要浪费了。白玉匣有冰封效果，药草从匣中拿出之后灵气不能持久。这些药草生长多年，草木亦有本心，岂能白白辜负它们？”

司玉点点头，虽然对他的想法感到奇怪，却也不再多说，继续手里的活儿。

一番折腾下来，司玉不得不承认，炼药确实是个技术活儿。不仅要靠理论上的优化组合，更要注重火候、时间、用量等诸多方面的掌控，甚至一切都精确无误了，还有很大运气因素在里面。

一天的课程下来，司玉拿着自己的成果，一颗土黄色的小丸子，心情也不知道是欢喜还是懊恼。

她的成果不是最好的，但也不是最失败的——有两名弟子直接出炉了一小堆黑灰。随着一阵风过，连痕迹都没有留下，把执教气得直跳脚。

一天的课程结束了，虽然成果不尽如人意，司玉还是感觉前所未有的开心。相比极其注重天资的剑部、术部，丹部的学习明显更强调努力和细心，也许更加适合自己这个一穷二白的废柴，司玉暗暗想着。

眼看周围的同修都收拾东西回去了，司玉也收拾起桌面，忽然记起一事，向旁边的楚泓问道：“这颗冰心……呃，药丸，我可以吃掉吗？”

“吃了无妨，但你这颗药只怕效果不大。”楚泓笑道。

明白楚泓是在侧面提醒自己这颗药的废柴程度，司玉犹不死心地问道：“大概有多少药效？”

“大概有普通的两成吧。”楚泓犹豫着说道。

两成啊！第一次就能有这个效果，已经算是不错了。司玉对自己要求向来不高，两成已经足够让她美滋滋了。“你刚才说这个药有益气养神、辅助灵气凝结的功效？”

楚泓点头道：“冰心丹之所以有此名号，是因为它的效能类似于冰心果。不过人工所炼，药物不纯，效果本就逊了一筹，而你所炼制的这颗又……”

明白他话里的意思，司玉并未介意。听他提起冰心果，她心里一动，连忙问道：“那如果是用冰心果炼制呢？”

“冰心果本身是纯度极高的水灵气凝结，可当做药物直接服用，炼制之后自然效果更佳。”

“那应该怎么炼制？”司玉接着问道。

“冰心果？”没等楚泓回答，一个意外的声音插进来，“冰心果这种小可爱娇弱得很，炼制起来可不能像这些凡俗药草这么粗鲁。”

小可爱！如此有个性的称呼，配上执教那笑眯眯的眼神，让司玉禁不住寒了一下。

说话间，执教走近司玉，上下打量半天，道：“我观你根基浅薄，灵气散而不聚，倒是正需冰心果这类的药物辅助，只可惜……”

“只可惜怎么样？”不愧是丹部资深长老啊，一眼就看出自己的废柴之处，司玉连忙追问道。

“只可惜此物甚是难得，部里有两个老家伙倒是有收藏，可惜都吝啬得很，要说动他们拿出来平白送人太难啊……”执教视线在司玉身上转了两圈，又扫了楚泓一眼，笑道，“不过，如果是我丹部未来的弟子需要，想来他们也不会推辞。我看你不如来丹部好了。”

司玉听得暗暗好笑，原来执教是在打这个主意。五部在应天阁授课，其中也有挑选人才的意思。外门弟子在通过考核，成为真正的天源宗弟子之后，会拜入固定的师门修行，也就是成为某一部的弟子。有点儿像那个世界的文理分科制度。

只是自己这种废柴连将来的五部考核都未必能通过，似乎没有被拉拢的价值吧？

执教犹自滔滔不绝：“人生在世，谁能不生老病死，所谓修仙，所求为何？不外乎大道，在我们丹部，纵然天资愚钝者，只要肯努力，亦可学得真本事，何况天资出众者。可谓前途不可限量……”一边说着，时刻关注着楚泓的神情。

原来他看中的是楚泓，司玉恍悟。可惜楚泓只是温和客气地笑着，不明真相的人也许会怀疑他已动心，但与他接触过几次的司玉却很清楚，他对谁都是这般彬彬有礼，温柔谦和的姿态。

眼看执教越扯越远，司玉干脆打断道：“冰心果固然难得，但弟子机缘巧合之下，凑巧得了一颗……”

“你有冰心果？”执教惊异了，“结成冰心果的植株皆已通了灵性，你是怎么捕捉到的？”显然对于以司玉的修为能够采到冰心果难以置信。

“是前些日子路过山上，凑巧捡到的。”司玉实话实说道，当然，这里的实话是有选择的实话。

“捡到的？”执教对如此巧合的机缘震惊了。楚泓亦忍不住多看了她一眼。

司玉从怀里将冰心果取出，冰蓝色的小果子在掌心熠熠生辉。

“果然是冰心果，虽然尚未成熟，灵气纯度却极好。”执教接过来仔细查看，“倒是正适合丫头你现在使用。”

司玉高兴地点点头，她摆脱废柴属性的希望就全靠这只果子了，笑道：“所以想请教执教，这颗果子应该怎么炼制才好？”

执教想了想，正色道：“我劝你不要炼制，直接吞服吧。”

司玉一时愕然了。

执教解释道：“冰心果本就是天然灵气凝聚，直接吞服也可，炼成药物虽然更利于灵气吸收，但冰心果炼制极不容易，尤其是纯度高的果子，就算是有经验的丹部长老，也极易失手。一旦失手，果子就化为乌有了。”说着，他叹道：“冰心果之所以如此珍贵，其实不仅仅因为冰心草狡猾敏锐，难以捕捉，更是因为它不易炼制的特性啊。所以我劝你还是直接服用为好。”

三人闲谈间天色已晚，执教很快离开。大殿内众人早已散去，司玉和楚泓结伴出了殿门，楚泓随口问道：“那颗果子你准备直接服用吗？”

“是啊，执教都这么说了。”司玉点点头，她准备今晚就将果子吞下去，试试有没有效果。

“可以将果子借我一观吗？”楚泓问道。

司玉将果子递给她。

楚泓举高果子，借着夕阳的余晖，凝视其中氤氲如冰雪的纯蓝光晕，片刻之后，他开口道：“我来帮你炼制它吧。”

“啊？”司玉有些不解，看着他。

“直接吞服虽然也可，但冰心果质属阴寒，这颗果子尤甚。入体后寒气迟迟不散，只怕你身体承受不住。”楚泓坦然说道，“贾执教他并不知你从未修习武艺，没有内力化开寒气，才会建议你直接吞服。”

听他说得有理，司玉不由得不信服，却又有些疑惑：“这颗冰心果内中的寒气特别重？”

楚泓点点头。

“为什么会这样？”司玉紧张起来，该不会被蛇毒污染了吧？

看着司玉迷惑又紧张的表情，楚泓安慰道：“你放心，只要服用得当，这颗果子对身体不会有害处的。至于为什么寒气过重，你可知道冰心果最好的采摘方法？”

“摘果子还能有什么好方法？”司玉奇道。

“冰心草天生狡黠顽皮，不易捕捉。头顶的果子是它精华所聚，也是它保命的良药。在遇到性命危急的时候，冰心草通常会聚集全身功力入果子，当做武器射出，一者攻击力大幅度提升，瞬间伤敌。二者可以借机金蝉脱壳，逃出生天。这种射出的果子不仅是天然精华所凝聚，更添了冰心草的毕生功力，功效自然更上一层楼。所以最好的采摘方法便是先将冰心草逼至绝境，使其不得不弃果求生，才能得到最好的果子。你手中这颗便是如此。”

司玉点点头，照现场看来，事情经过确实如此，只是那棵倒霉的冰心草并未逃脱成功。想到这里，司玉忽然注意到一点，若是普通的蛇妖攻击冰心草，必定是为了垂涎果子，可为何连果子都不捡。难道它只是为了除掉这颗无害的小草？

整件事情太过迷蒙，司玉也猜不着头绪，干脆不再多想，继续听楚泓解释。

“这种方法得到的冰心果虽然灵气纯度高，但其中也残留了冰心草危急时刻所感受到的恐惧和怨气，所以阴寒之气特别重。”

“这也是刚才执教所说的纯度越高的冰心果越难以炼制的原因吧？”司玉似有所悟，问道。

楚泓赞许地点点头：“草木亦有本心。本就内含怨气，却还要以酷热火毒灼烧之，以器皿丹炉炼化之，它岂能甘心？”

司玉有点儿冷汗了，怎么听起来这么别扭啊！好像这不是一颗果子，而是一个受尽了迫害的人。楚泓正一本正经地讲述它所受的苦难……不过它也确实挺命苦的。

司玉继续问道：“那果子里蕴含的怨气应该怎样解开？”

“心病还须心药医。”楚泓笑道，“最好的方法便是以柔和的药材调和安抚。我那里还有一棵相思草，倒是正可以调和阴寒之气，辅助炼药。等我炼制好了再拿给你吧。”

司玉心中微有感触，笑道：“如此多谢你了。”

楚泓颔首回礼，并未多言。

两人很快分了手，看着他远去的身影，司玉心中奇异的感觉迟迟不散。

倒不是因为恋恋不舍那颗果子，楚泓这人天生就有一种让人信服的魅力，司玉相信他不会骗自己。但刚才的他却给她一种很奇怪的感觉——似乎他是关心那颗果子更甚于关心自己，甚至可以说，他是为了那颗可怜的果子，才会提出帮自己炼药的。

这个人真是奇怪，初时看来温文和润，仿佛很好亲近；但真的接近了，就会发现无论如何努力，与他之间永远隔着一层彬彬有礼的膜。但你要说他冷漠，他对一草一木都这般细心怜惜……

修长的身影逐渐消失在道路尽头。司玉收回视线，算了，不必多想，无论是出于什么原因，他总是一番好意。

第七章

妖孽横生

三天之后，楚泓将果子交还给了她。

果子还是那枚果子，只是原本寒冰般的色泽不见了，取而代之的是一股温润光华，拿在手里也不再是森森凉意，而是沁人心脾的清爽。司玉越看越喜欢，简直都不忍心吞服了。

再三谢过楚泓，又详细问了服用方法，她揣着果子兴冲冲回了寝室。

匆匆吃完晚饭，司玉关上门窗，心情忐忑地将果子取出来。爱不释手地把玩了片刻，司玉终于鼓起勇气，将这颗意义非凡的果子吞了下去。

随着果子入体，胸口立刻弥漫起一股凉意，像是酷热的夏天喝下一杯加冰可乐般清爽怡人。司玉端坐在床上，竭力平心静气，体会果子入体所带来的丝丝感受。

过了小半个时辰，胸口的凉意消散了，反而有一股暖洋洋的温热从腹部丹田升上来，整个人都神清气爽，精力充沛。

难怪说冰心果是良药啊！司玉站起身来，伸了伸腰。现在的自己应该可以集合灵气，施行法术了吧。先试哪个呢？

心随意动，司玉手上立刻结出一个法印。

可时间过去好一会儿，什么反应都没有。司玉姿势僵住了，似乎有一只乌鸦正“嘎嘎”叫着从她头顶上飞过。

为什么还是不行？

对了，冰心果是水系灵药，而刚才自己使用的聚火术是火系道法，当然效果慢了。

司玉连忙换了一个术法。

竟然还是毫无反应，司玉愣住了。之后又反复尝试了无数次，不是自己的手势不对，也不是功体问题，可为什么就是不行呢？

难道自己天生就是这种废柴？一桶加冰的冷水当头浇下，司玉只觉透心凉。

一直在观察整个过程的五寸钉也忍不住喃喃道：“为什么还是不行呢？”

“你不是说冰心果能够聚合灵气，提高灵识的吗？”司玉咬着下唇，低声问道。

“是啊，就算是再废柴的人，吃了这种灵药之后，短期内借助药效，也能提升一些的。”五寸钉犹豫着说道：“除非……”

“除非什么？”司玉耳朵瞬间竖起，虎视眈眈地盯着五寸钉。

“呃……除非……”五寸钉向后跳了跳，小心翼翼地道，“除非你是个死人。”

“你才是死的。”司玉冲它低吼了一句，极度烦躁。

“我本来就是啊……”蜡烛小声嘀咕道，躲到角落不敢再说话了。

司玉简直气不打一处来，心情糟糕得无以复加。所谓生灵，便是指生而有灵识者，因此但凡这世间生灵，必定蕴含灵识，通透灵气。不过数量多少因人而异罢了。但绝不可能像自己这样，完全聚合不到灵气。

难道说，是因为穿越的原因？司玉脑中灵光一闪，瞬间想到了这个可能。对了，也许正是穿越过程中发生了什么意外，让自己体质特殊化，无法聚合灵气。

那该怎么解决呢？难道自己就这么一直废柴下去？

司玉烦恼地来回走着，而五寸钉也在墙角那边不停地转着圈圈。转了好一会儿，它忽然想起什么似的喊道：“对了，还有一个方法，还有一个方法啊。”

“什么方法？”司玉连忙问道。

“结魂咒啊？刚才怎么就没有想到呢，这个方法最快最简单了。”五寸钉兴奋地说道，“只要和有修为的妖怪定下契约，收为灵兽，就可以得到灵兽的部分能力了。”

司玉恍然大悟，这确实是一条捷径。

可是自己和谁结魂咒呢？

身边可选择的好像只有两只，看看将自己裹得紧紧的，埋在被窝里呼呼大睡的储备粮，经过上次贺丹妍的镇妖符测试，这只团子明显没有任何修为。

那么只剩下墙角这一只了……

要和一支蜡烛定契约！司玉只觉得前途一片黑暗，真想扑倒在地上，这种窘事想想就让她的泪滚滚而下。

可是凭自己的实力，要去捕捉别的妖怪根本想都别想。司玉看过典籍，想要收服灵兽，必需是自己亲手捕捉征服才行，或者是从小一手养大的。否则以妖物的高傲，是绝对不会甘心与弱者结定魂咒的。

于是只能选择这只笨蜡烛了，只希望魂咒这种东西不会影响到主人的性格。

“呃……你用这种眼神看着我干什么，你不会是想……”五寸钉倒是很有危机意识，看到司玉的眼神落到自己身上，立刻跳起来，“喂，等等，你要干什么？我警告你啊，不要过来！不然我要喊了，我真的喊了啊……”

这都是什么台词啊！司玉再一次深刻怀疑自己和这只蜡烛结魂咒的

想法是否明智。

“救命啊！非礼啊！”被司玉一把抓住的瞬间，五寸钉真的喊起来了。

“你给我闭嘴！”忍无可忍，司玉恶狠狠地冲它喊道。

“呜呜……”五寸钉做小媳妇哀怨状，用芯子抹了抹眼泪，“你要干什么，人家可是第一次……”

司玉激灵灵打了个哆嗦，只觉周遭温度瞬间低了不少。

好在五寸钉口里喊着“不要”，但暴力行动真的开始了，倒是颇为配合。因此两人……呃，一人一妖之间结魂咒的过程进行得很顺利。

具体过程因为涉及禁忌（此乃天源宗法术，非宗内弟子不得外传），我们就暂且不表了。

其实大多数高傲强大的妖怪都不屑于和人类定契约的，首先他们的自尊就不允许自己向人类低头。但是对于五寸钉这种小妖怪来说，和人类结下魂咒其实好处更大：首先它吸收化纳天地灵气的速度将大大提升，修行起来事半功倍，其次是妖身安全能够得到保障了，有主的妖怪自然不同于野生形。

魂咒本就是双方得利，契约定结完毕，司玉也能够使用五寸钉的一部分修为了。

笨蜡烛应该算是属火吧，舔了舔指头尖儿上的小血珠，司玉思量着，先试试聚火术。

尝试过无数次的术法在指间灵巧地结出，随着双手如兰花般展开，一朵璀璨的火花在指尖绽放。

终于成功了！

看着那团跃动的小火苗，司玉兴奋地无以复加，满满的成就感涌上心头，差点儿掉下眼泪来。

镇定下心神，她开始尝试更多。记得贺丹妍第一次用这个法术就在掌心结成了火焰团，显然比自己强得多。

是因为灵气份量不同吗？她试着增加更多灵气，可惜，刚刚接触术法的她明显高估了自己的操控能力。片刻的灵气凝聚之后，司玉试着放出，“砰”的一声，指尖的火焰猛地放大了十几倍。

司玉尖叫一声，条件反射地将那团火焰一下子甩了出去。

事情通常就是这样巧合，惊慌失措之下，司玉只是下意识地扔出，等到火球扔完了，这才注意到那颗火球竟然是朝着自己床铺扔过去的。

天啊，她的被褥啊！还有睡在里面的……

没等来得及上前抢救，一声痛叫传来，是储备粮化作一道光猛地冲出，尾巴上还带着一小团火焰。

睡得正香的团子被这突然袭击打懵了，尾巴上的剧痛更让它惊慌失措，在屋里上蹿下跳着，试图逃离那团灼热的火焰，可那该死的火焰却死死咬住在它的屁股。

司玉在它身后苦苦追赶。可是以贺丹妍的身手尚且追不上储备粮，更不用说司玉这种废柴了。

“别跑，别跑啊，我给你灭火。”她气喘吁吁地在储备粮身后无力地喊着。

惊慌失措的团子完全听不见主人的呼唤，在跳过衣架之后，头晕脑涨的小猪终于一头撞到了中间的帷幕上。

“哗啦”一声，帷幕被拉扯散开，后面的屏风被撞倒在地上。

不过因为这一撞，腾起的帷幕反而把火焰扑灭了。精疲力竭的小猪跌在地上，哼哼唧唧半天爬不起来。

帷幕扯开，屏风撞倒，原本被分割开的两间寝室瞬间联通了。

抬头看去，白郁正站在床前，手里拿着的外衣也不知是刚脱下，还是准备穿上。乌黑的长发披散着，赤裸的肩膀在烛光下散发着异样诱人的光泽。

司玉“腾”地一下子脸红了，连忙道歉：“哈哈，对不起，对不起啊，这只笨猪乱窜，害得你受惊了……”

一边说着，她赶紧将趴在地上的团子抱起来，然后以最快速度扶起屏风，拉上帷幕，回到自己房间。

一连串的动作电光火石间完成，对面的白郁都没有反应过来。

等拉上帷幕，司玉长吸了一口气。平静下来，却又感觉自己好像遗漏了什么重要的东西。

咦，等等，刚才她看见了什么？白郁没有穿衣服？！

是没有穿衣服，所以那肩膀，还有那胸部……

“哗啦！”力气大得像要把帷幕生生扯下，司玉猛地拉开幔帐，难以置信地盯着对面熟悉又陌生的人。

墨一般漆黑的长发垂过腰际，赤裸的肌肤在烛光下闪烁着健康的蜜色光泽，精致的锁骨线条在黑发掩映下若隐若现，五官充满侵略性的俊美，却又极端的赏心悦目。

没有丝毫视线障碍，司玉堂而皇之地盯着她……或者说是他，从赤裸的上身，一直到紧绷的腰，修长的腿……

白郁无所谓地拢了拢头发，动作洒脱，半晌，方漫不经心地问道：“看够了没有？”　一边说着，将手里的外套随手扔在床上。

司玉脸色一红，赶紧避开视线，却又压抑不住心中的惊艳。虽然只是赤裸半身，虽然更劲暴更直接的画面也看过，但眼前这一幕却还是太震撼太刺激了，简直要让人流鼻血了……

呃……等等，这不是重点吧？！此时应该疑惑的是……

“你，你，你，你是……”司玉指着那张笑得轻薄肆意的俊脸，语无伦次地控诉着她迟来的震惊。

白郁上前，一把拉住她的手，用力按下去，一字一句笑道：“不错，我是男的。”

“轰隆隆”一声惊雷在司玉耳边炸响，直震得她头晕目眩、四肢乏力。

拜托你不要承认得这么爽快好不好？给我点儿心理缓冲时间啊。

看司玉一副被雷劈得生不如死的表情，白郁于心不忍，火上浇油地问了句："要不要我扶你一下？"

"不用！"司玉"唰"地站直身体，同时赶紧把手从他掌心抽出。她后退两步，警惕地看着他，肃然问道："你有没有什么解释？"

"要解释什么？"白郁笑得人畜无害，理直气壮。

司玉瞪了他一眼，咬牙切齿地继续问道："少在这里装糊涂！你既然是男的，为什么会假装成女孩子，还住进女生寝室里？"

想到自己已经和他 "同居"了不少日子，司玉真有去挠墙的冲动。虽然两间寝室中间隔着屏风帷幕，虽然两人之间都恪守礼节，从未在夜晚相互打扰，虽然……但这些统统都不能改变两人住在同一间屋子里的事实啊！

"这个嘛，只是一点儿个人兴趣而已。"对于司玉的问题，白郁只是耸耸肩，无所谓地说道。

什么？个人兴趣！

你这个人妖！变态！易装癖！一大堆前世专有名词在司玉脑袋里手拉手跳起了圈圈舞，但因为涉及人身攻击，转了数圈，她始终没有忍心说出口。只是正色问道："你不觉得这样很无耻吗？我们都是女孩子，只有你是个男的。"

"有什么好无耻的？"明白司玉在担心什么，白郁笑得很邪恶，嘴巴里说出的话更是无良到极点，"你们长得还没有我漂亮，难道还指望我对你们做点儿什么？"

虽然知道他说的是实话，但如此赤裸裸的话语配上那猖狂又得意的表情，还是让司玉有对着这张精致的脸狠狠踹上去的冲动。

淡定，淡定啊，世界如此美好，我不能如此暴躁。长吸了一口气，司玉勉强镇定下心神，盯着他问道："你到底是谁？你真的是白郁吗？"天源宗收纳新生，不仅看重天资，更会严格考校弟子的出身来历，以防有魔界妖物混入。白郁如果是男孩，绝对瞒不过天源宗，除非她从小就开始扮女人了。

涉及关键问题，白郁也收了随意嬉笑的神态，点头道："我是从小就开始假扮女孩子了。"

"为什么？"司玉追问道，在这种礼法森严的时代，若没有特殊原因，正常人绝对不会将男孩扮成女孩的。

"是我心爱的人喜欢我这个样子。"白郁笑道，也许是提到对自己有特殊意义的人，他的声音逐渐低沉，如明澈的溪水流过细沙，"是那个人，喜欢看我穿女装的样子，说格外美好，所以我就开始穿女装了。小时候是那人替我打扮，替我选衣，后来长大了，虽然那人不再要求了，却也觉得这样没什么不好了。"

说到后来，白郁语调愈加低沉，他的声线本就清冷中略显沙哑，宜男宜女，此时压低了，格外动人心弦。

司玉听得心神一颤，脸又不自觉地红了，回避地扭过头，问道："那……他现在在哪儿？"其实她想说的是，你的那个"他"怎么这么变态啊，把好端端的男孩子打扮成女孩。虽然看白郁的容貌，长大了都不比女子逊色，小时候肯定可爱到逆天。话说这样洋娃娃般的小正太，自己也忍不住想要好好打扮他了，白郁小时候是什么样子呢？可惜没有照片……

咳……想到哪里去了？司玉赶紧收回思绪，端正态度。

对司玉的问题，白郁没有直接回答，只是笑道："我来这里修行，正是为了能够再见那人一面。"

"他在天源山？"司玉问道。

"是啊，在我高不可攀的地方。"白郁点点头，笑道。

"原来是一位前辈。"司玉暗暗想着。她能感受到白郁淡然的语调下隐含的些许沉滞，想不到其中还有这样的隐情。"你那个心爱的人对你好吗？"

"还算好吧，不过无论那人对我如何都没关系，只要我的心意不变就好了。”白郁无所谓地说道。

白郁你也未免太痴情了！对方明显是个变态啊！从小把男孩当女孩打扮，这种嗜好可不是正常人能有的。你要三思而后行啊！天涯何处无芳草，何必单恋一枝花？

本着拯救失足少年的圣母心态，司玉小心翼翼地问道：“那等你见了他，准备怎么办？”

“当然是嫁给他了。”白郁理所当然地说道。

嫁给他！

好直接啊！

呃，等等，嫁给他？这个世界能够男男结婚吗？也未免太先进了吧？

一大堆该有的、不该有的信息灌入脑海，司玉连忙问道：“他家里人允许娶你当妻子？”

“谁说我要当他的妻子了？”白郁冲着司玉眉梢一挑，笑得似魔似幻，风中凌乱，然后，他一字一句地说道：“我是嫁给他当、小、妾。”

“轰隆隆”又一记天雷滚滚而下。此雷威力之强堪比万吨核武，司玉当场灰飞烟灭，万劫不复。

她指着白郁，难以置信地道：“你，你，你刚才说什么？”

“我说……”白郁故意拉长了音调，笑道：“我要当他的爱妾。哈哈，到时候把他的正房，还有其他侍妾统统压得死死的，永远翻不了身。”一边说着，似乎还嫌对司玉的刺激不够大，干脆将婚后他打算如何压迫正房、独占宠爱的手段也一一讲出。其中种种计谋，什么下毒嫁祸栽赃陷害……五花八门，五颜六色，司玉听得格外熟悉，这不是前世看过的不少宫斗小说里面常用的桥段吗？

“……啊，对了，到时候再告诉大家真相，保证那个倒霉的家伙有苦说不出。”白郁又想到一招，拍手补充道。在司玉看不见的角度，他眼眸中调笑的神色一闪即逝。

诸般手段从他口中娓娓道来，司玉生生又听了一次宫斗教程现场版。只觉天雷不绝，滚滚而下，可怜她险些便要当场渡劫乘生，飞仙升天了。

“怎么样？”终于将未来的“宏图霸业”展望完毕，白郁得意地转过头，笑眯眯地询问唯一的听众感想如何。

妖孽……无力地扶住屏风，司玉心里头只剩下这一个词汇。

“哈哈，你真的相信了？”看着司玉一副大受打击的模样，白郁终于忍耐不住，大笑起来，“我是开玩笑的，想不到你真的相信了？”

司玉手一抖，抬起头来，颤声问道：“你说什么？”

“你不会当真了吧？”白郁笑得前仰后合，“什么心爱的人，谁会那么无聊啊，不过你的反应实在是太特别、太有趣了！让人忍不住想逗逗你。”

“你……你竟然骗人！”醒悟过来自己刚才被他耍了，司玉咬牙切齿，亏她还以为是真的，小小感动了一把。

看着她一脸愤愤然的表情，白郁眸中光芒一闪，忽然逼近她：“不过，司玉，你的思维方式真是奇怪啊，简直奇怪得可爱。普通人都不会相信这些说辞吧。我很好奇你以前究竟过怎样的生活，又是与什么人相处的？”

一边说着，他贴近司玉，伸出一根手指，眼看某风流恶少调戏良家小媳妇的标准动作就要出炉了。没等他指尖儿触到下颌，司玉敏捷地后跳一步，严肃警告道：“你要干什么？小心我喊人了啊。”

白郁若无其事地放下手，笑道：“好，我不干什么。”

这个妖孽，司玉狠狠地瞪了他一眼，咬牙切齿地问道：“如果刚才说的是假话，那你为什么要假扮女孩子？”

“这个嘛……真正的理由，等你能够记住的时候再告诉你吧。”白郁展颜一笑。

“我能够记住的时候？”司玉一愣。她抬头看向白郁，却在接触他视线的瞬间恍如触电，一阵奇异的感觉涌上心头，精神整个儿恍惚起来。

她听到白郁的声音悠悠响起，遥远得像是从天边传来，却又细腻地宛如贴身耳语：“回去睡吧，把今晚看到的统统忘记，知道了吗？”

“知道了。”司玉听到自己低声回答道，仿佛有什么东西正从脑海中生生抽离，让她精神一片迷茫。

“真是乖。”白郁笑了笑，吩咐道：“那么现在好好回去睡觉吧，明天起床又是新的一天了。”

像是牵线木偶般，司玉不由自主地向屋里走去。看到自己寝室的床铺，只觉得身体格外疲惫，正应该好好睡一觉了。

目送着司玉乖乖上床躺下，白郁这才悠悠然收回视线，旋即落到趴在旁边的团子上。他的目光随和依旧，瞳孔中心却多出一点星芒，让整个人都多了一种难以言喻的诡异气质。

视线相接的瞬间只觉庞大的压力迎面而来，储备粮不由自主地向后退了退，想要逃跑。锐利的视线扫过，挣扎中小猪抖了抖身体，立刻像被施了定身术一般僵硬。

用脚轻轻一挑，小猪翻了个四蹄朝天。记得这只小猪是她当做抱枕一样整天抱着的吧。白郁头疼地弯腰伸手，拎起储备粮，走到司玉床边。

略一犹豫，他掀开被褥。

感受到寒意的司玉瑟缩着身体。白郁视线扫过，将团子塞进她怀里。

司玉抱住送上门的抱枕，顺便也抱住了白郁的胳膊，无意识地嘟囔了一句“人妖”，然后翻身将团子抱紧，继续呼呼大睡了。

白郁动作一僵，站在床边，过了片刻却又忍不住笑了。

他俯下身，另一只手支撑在床边，将司玉笼罩在阴影下，端详片刻，恶趣味地捏了捏她的脸颊："越来越有趣，还真是舍不得杀你了。"

角落传来窸窸窣窣的声音，像是有老鼠在偷吃，又像是有什么东西在发抖。

白郁无奈地将手臂从司玉怀里抽出，站直身体，看向墙角某个铜钱大小的孔洞——那里有一只竭力想将自己伪装成老鼠的小东西正拼命往洞里拱。

"还有一只啊。"他头疼地按住额头，"卧底这种事情就是麻烦。"

一觉醒来，司玉挣扎着起身，只觉头脑一片混沌。

什么时间了？看看窗外，天边刚刚泛起晨曦。还不到起床的时候，自从与谢东仪他们结伴而行，她不用早起赶时间了。

司玉重新躺下，却感觉有些不对劲儿，自己是怎么了？头好痛啊，好像熬夜熬到很晚的感觉。

"五寸钉，我昨晚什么时候睡的？"司玉随口询问贴身管家。

蜡烛在桌上迷迷糊糊地应了一声，懒懒摆了摆芯子，说道："不就是和我定了魂咒之后吗。"

对了，自己昨天和五寸钉结了魂咒来着。经它这么一提，司玉才想起。

躺在床上，她伸出手，试着聚合灵气，很快一滴小水珠在她指尖儿凝结出现了。

果然是真的，可怎么感觉那么不真实啊！司玉按住额头，记得接完契约后，自己又试了几个小术法，然后就上床睡觉了。

司玉翻了个身，忽然感觉被褥不对劲儿，她连忙坐起身来，掀开被子。

洁白的被子一角枯黄干涩，明显是被火烧过了的样子，自己施法术的时候点着火了？

“呃……那个是我不小心烧着了，你还把我骂了一顿呢。”五寸钉在旁边小心翼翼地说道，“你说过不再跟我计较了的，今天再去领一床新的就好嘛。”

对了，是这样的，司玉记起来了，却依然觉得心里空落落的，仿佛少了些什么。难道是结定魂咒的后遗症？

算了，天都亮了，还是赶紧起床洗涮要紧。抛开不着边际的思绪，司玉起床穿衣。

门外白郁已经起床了，看到司玉出现在门口，他笑得风华依旧：“这么早就起来了。不多睡一会儿？”

“已经不早了，对了，昨天晚上我那边没有出现什么奇怪的动静啊？”

“什么奇怪的动静？”白郁好奇地问道。

“哈，没什么。”司玉笑了笑，没有再多想。

再一次来到术部的课堂上，依然是谢婉担任执教。这次教授的法术，司玉尝试十几次之后终于不孚众望地成功了。

对于她的成功，众人并未多疑，只当是苦练之后终于开窍了。安小惠他们都为她高兴，只有贺丹妍对司玉竟然也是火属性的术法更强感觉很奇怪，怎么看司玉都不像是五行属火的人啊。

司玉对此并没有任何解释，她甚至没有告诉别人她的法力从何而来。在任何时代，任何圈子里，一个异类，都是会被人指摘的。

五寸钉本就不是强大的妖怪，借了它的修为，司玉的法力也只是平平，在全部弟子中仅属于中下水平，这也让众人对她的“突然开窍”并未多心。剑部和器部的课程司玉根基更是浅薄，但仗着五项全能的体育成绩和灵敏的反射神经，好歹也能马马虎虎混过去。只有丹部的课程越来越让她感兴趣了。各种药材的搭配选取，每颗丹药的炼制保存，比起其他课程，虽然更加繁复难记，却也深深地吸引着她。因为每一次成功或者失败，都是她亲手获得，都是她付出努力的成果。而且在不为人知的内心深处，司玉也暗暗想着，是否能找到一种药材，改变自己这天生废柴的体质。

楚泓也是丹部的常客，不知不觉间，两人相处的时间越来越多。楚泓对炼药一途极有天分，丹部的执教贾万慎对他格外青睐，整日里围着团团转，想将他收做亲传弟子。

五部课程中，司玉唯一再也没有去过的就是玄部了，一想到岳冉那晦暗的银发和冰冷的眼神，就有隐隐的寒意从心头涌现，让她望而却步。好在玄部的课程向来是众新生都头疼的，也无人多心。

韶光花影，光阴荏苒。转眼间夏去秋来，天源山的风也一天比一天更清冷了。当第一片树叶打着转儿飘零而下的时候，司玉才恍然惊觉，原来她来到这个世界已经很久了。

第二卷

雾锁深山·暗潮之卷

第一章

暗夜杀机

远山含黛，凉风宜人。本是万物萧索的季节，天源山的深处依然是草木葱茏。仿佛有看不见的力量延缓了这个地方的衰老。

山间氤氲的雾气渐浓，司玉攀上一块岩石，喘息了几口气。正要继续攀爬，旁边的安小惠道：“这段路好难走啊。走了这么久了，我们先休息一下吧。”说着拉住司玉在旁边寻了一块干净的石头。

贺丹妍紧接着跳上石台，反对道：“他们都在前面了，我们已经很拖后了。”一个时辰的山路走下来，她的动作不仅没变慢，反而更加轻灵敏捷。晨曦自天际投射到她日渐窈窕的身段上，红扑扑的小脸蛋儿挂着几滴不慎沾上的露水，整个人如苹果一般甜美诱人。

“你的体力好，我和司玉可受不了了。”安小惠直白地叫苦道。这段山路走得甚急，她额头上也渗出晶亮的汗滴。

见司玉两人都是脸红气喘的模样，贺丹妍无奈，只好跟着她们到石头上休息。

司玉坐在悬崖边上，放眼望去，来时的小径如同细细丝线向山下曲折延伸，勾勒山势起伏跌宕。山风渐响，引来松涛阵阵；云雾苍茫，勾勒树影婆娑。身处这层峦叠嶂的浓翠之中，让人禁不住心旌荡漾。

贺丹妍甚是心急，坐了一会儿就按捺不住，好言催促道：“马上就能翻过这座山岭了，等到了我们再休息吧。”

司玉忍不住笑了，短暂的休息已经让她体力恢复不少，清爽的山风更让人精神倍增，便起身道：“那就动身吧，我们也不能太落后。”

安小惠也站起身来，却笑道：“丹妍你就是太心急，去得早又能怎样？月见草可不是摆在大路边上随便他们采的。”

“先下手为强啊。”一边说着，贺丹妍已迫不及待地跳上前面的石阶。

她们是来采集月见草的。那是一种在月光下会散发银白光晕的药草，花朵天生具有克制妖魔力量的功效，不仅丹部接下来的炼药课程，术部不久之后也需要以它为辅助来学习制作几种道符。月见草的花期甚短，只在中秋之前的三天内开花，过了中秋之夜就会迅速凋零结果。而且这种小草天生有一种灵性，格外厌恶人类的气息，只有在人迹罕至的地方才能开花结果，若是栽培在园中，虽能生长，却是绝对不肯开花的。

天源山深远辽阔，内部有无数未被探索开发的地方。正值月见草花期，这几天入山采集的弟子甚多，昨天已经有不少弟子满载而归，当然，也有更多的人白忙碌一场，连一片草叶子也未寻到。

以贺丹妍的性子，纵然谢东仪有事未至，她自己一个人行动最好。奈何贺大小姐对药草几乎一窍不通，去丹部听了三次课已经烧毁两个丹炉，摔坏五只杯皿，更荼毒药草无数，害得丹部贾执教一见到她就翻白眼。因此只得约了司玉和安小惠同行。

翻过脚下的山岭，眼前豁然开朗。软软的草叶如同绿茸茸的地毯铺在地上，间歇夹杂些许苍黄，织成辽远的花纹，凉爽的秋风吹来料峭寒意，迤逦的山脉被天际金色的阳光映得越发高远。

“终于到了！”贺丹妍抬高双手，爽朗地喊出声来。

“听说沈羽他们就是在对面林子里采到的月见草，我们也赶紧行动吧。”安小惠也笑道。

事不宜迟。如同投入山林的飞鸟，三人兴奋地奔下山坡，在岩石边、草丛中、灌木旁……细细搜寻起来。其间也碰到不少在这一带搜索的弟子，有些人已经有所收获，满面笑容地抱着怀里的玉匣，更多的则依然在苦苦搜索着。

司玉翻过一丛灌木搜索，旁边安小惠问道：“找到了没有？”

司玉摇摇头，月见草外形与普通小草并无多少不同，必需仔细分辨才能识别出来，这也是大多数弟子都一无所获的原因。

“要是能够晚上来就好了，看得一清二楚。”搜索了大半天，贺丹妍忍不住抱怨道。晚上是月见草开花的时刻，银白的光晕莹莹耀眼，即便隔得很远也能够看到，根本不用搜索。

“晚上你能够捉到它们才怪呢。”安小惠笑起来。月见草天性通灵，白天是它们的休眠期，所以能够任人采撷。一旦月亮升空，沐浴在月光下的月见草纷纷清醒，对人类的气息尤其敏感，一旦有人接近就会四处逃窜，行动敏捷，以他们当下的修为根本捕捉不到。更何况，夜晚的深山极有可能存在各种妖怪，天源宗的结界虽然周密，却主要防护众人聚居的地带，对这些深山老林就疏忽多了。

司玉记得典籍里记载，月见草天性尤喜洁净，眼看这边搜索无果，建议道：“不如去林子那边找找。”

“也好。”三人一边搜索着，向林子深处走去。

阳光穿过密林，树影斑驳，满目葱绿中不时有人影穿梭其中。

司玉拨开一丛灌木，惊喜地喊道：“找到了！”

贺丹妍和安小惠连忙凑过来，仔细看去，葱绿的叶子宛如碧玉，中心托着一个绿色的小骨朵儿，掩映在叶子中毫不起眼。正是书里记载的月见草白天的模样。司玉蹲下仔细清点数目，一棵，两棵……足足有七棵呢。

“果然是月见草。”贺丹妍兴奋地弯下腰就要采集。

“等等，先把玉匣子准备好。”司玉连忙拦住她，月见草一旦离土就会被惊醒，不断尖叫挣扎，只有放进玉匣里才能封住。

安小惠拿出玉匣子打开。

“我们采了一棵之后，其余的肯定会被第一棵的尖叫惊醒。所以恐怕没法全部采集。”司玉说道，“我们一起动手，能够采多少就多少。”

“好。”安小惠将玉匣子放在旁边，三人围住一簇小草，虎视眈眈。

“一、二、三！”司玉数到三，三只纤纤玉手迅捷如闪电般向着月见草伸去。

可怜的小草也不知是前世修来的艳福，还是这辈子作了孽，话音还未落就被相继连根拔起。

贺丹妍的动作最快，眨眼间收完了两根小草，未等尖叫声传出，就一把扔进玉匣子。“啪”的一声将盖子关上，还要将“毒手”伸向第三棵。

安小惠只成功拔起了一棵，轮到第二棵的时候被惊醒的小草有了准备，迅速躲过她的手指，“哧溜”一下子钻进灌木丛里逃跑了；

司玉也只拔起了一棵，就被那棵草发出的尖叫声震得头晕，险些将它扔出去。等收好准备找第二棵的时候，地上已经空空如也了。

众人将小草放进玉匣，尖锐刺耳的叫声立刻不见了。

司玉揉了揉耳朵：“这些草个头小，嗓门倒不小。”

三人正准备继续寻找，这时不远处传来一个意外的声音：“我就说嘛，谢东仪那家伙就是讨厌。”

三人顿时愣住了，隔着灌木丛向外望去，是几个男孩。看模样也是结伴来寻找月见草的，一边搜索，一边闲话，完全没注意到灌木丛后面有人。

“人家是天才，能和我们一样吗？你这种话被别人听见，小心说你嫉妒啊。”

“就是啊，人家可是马上就要直升剑部的人了。哈，半年不到就能成为正式弟子，天源宗千年以来还从未有过呢。等以后见了面，说不定我们还得叫他一声师兄。”

司玉眉头皱起。自从谢东仪在剑部第一堂课上技惊四座之后，五部高层，尤其是剑部就对他格外关注。听说，连首座长老在见了他的剑法之后也大为赞叹，甚至想要收他为嫡传弟子。

通过五部考核之后的弟子会正式进入五部之一修行，但同是修行，也是有差别的。若是被哪位高人看中，收为嫡传弟子，修行起来自然事半功倍，日后在天源宗的前程也毋庸置疑，远胜于数量众多的普通弟子。只是各部的前辈高人都忙于自身修行，极少收嫡传弟子的。

天源宗千年以来，最快的纪录据说是三百年前的一位前辈，只用了不到一年的时间就通过五部考核，进入剑部，而那位前辈凑巧也是姓谢，是天源宗都千年难得一见的天才，也正是三百年前那场正邪大战里，设计率领众人潜入魔界，舍身成仁的那位前辈。

而谢东仪如今入学还不满四个月，就有这种传言出现，很多人都议论着，他的资质已经胜过当年那位谢家前辈了。

典型的树大招风啊！司玉叹了一口气，顺手拉住旁边面有怒色的贺丹妍。

“别冲动，这些闲言碎语没必要计较。”安小惠也低声安慰道。

外面几个男孩犹未察觉，其中一个瘦长身材的继续笑道：“还敢说不是嫉妒，人家天分就是高，你能怎么样？”

“呸，谁嫉妒他了，天分高的人多得是。卫天峰、陈恬，还有楚泓他们，剑术上的造诣哪个不高？”一个圆脸男孩愤愤然说道，“谢东仪那人最讨厌的不是那副自命清高的嘴脸，而是他平时不加辞色，偏偏对女孩子那么殷勤。”

司玉觉得这人有几分眼熟，仔细一看，就是上次败在谢东仪手下，额头上受伤的那个男孩。

“就是啊，整天摆着一副高手高手高高手的谱儿，对我们同门不理不睬的，但对上女孩子却周到十足，整个儿狗腿。”另一人也附和道。

“靠着那个什么聚云珠，整天对女孩子献殷勤。”

几个男孩议论纷纷，高个儿的男孩顿时大笑起来：“你们还敢说不是嫉妒，就算不是嫉妒人家天分，也是在嫉妒白郁姑娘她们吧。”说着，他嘿嘿笑了两声，“那小子何德何能，整天一个人带着三四个美女，说实话连我都要看不过去了。”

司玉额头上挂下几道黑线，想不到这种前世男生寝室里常议论的话题会在天源山听到。可见无论哪个时代，当学生的心思都大同小异啊。

“其实贺丹妍也就算了，他们本来就认识。可白郁姑娘怎么会和他混在一起？”圆脸男孩颇为愤愤不平，“肯定是那家伙巧言令色，才会骗得她们整日里围着他转。”

“哈，你要是喜欢白郁，就直接说好了，何必这么遮遮掩掩。”另一个男孩调侃他道。

圆脸男孩“唰”地一下子脸红了，像只煮熟的大虾，嘴里却强辩道：“我什么时候倾慕白郁姑娘了？你们不要胡说，败坏人家女孩子名声，我只是……”

“好了，好了，不用害羞。”高个子的男孩在他背上重重拍了一记，大笑道，“全天源宗的男弟子哪一个不倾慕白美人的，这又不是什么丢人的事儿。”

这个圆脸的男孩竟然恋慕白郁……

“真可怜。”司玉脱口而出。

说完之后，她又觉得莫名其妙。这有什么好可怜的？不过是平常的校园暗恋而已。

“确实很可怜，这些人……”旁边安小惠接口道，满脸气愤，“只会在背后说人坏话，这种人最可怜，也最可耻。”

“呃……”好像不是因为这个吧，司玉话语一滞。

“都是贺丹妍的错，自己整天黏着什么表哥也就罢了，还要拖着同修，完全不顾女孩子脸面……”

外面的议论越来越放肆，司玉转头看去，安小惠一脸义愤地握紧了手中的树枝，而旁边贺丹妍更是火冒三丈，整个人像只愤怒的小螃蟹，红彤彤、气冲冲地挥舞着钳子。来不及阻止，她已纵身一跃，从草丛中跳出，大声喝道：“你们说什么？！住口！”

司玉叹了一口气，只好拨开灌木，和安小惠一起走了出去。

“你们这群卑鄙小人，只会在背后说人坏话……”贺丹妍气愤地喝骂道，语无伦次。

见到她们三人凭空出现，几个男孩脸色都变了，红一阵，白一阵。此时再听到贺丹妍的喝骂，更是满脸尴尬，几乎恨不得找个地洞钻进去。

贺丹妍喘了一口气，还要继续说什么，当中那个高个子的男孩左右看了一眼——贺丹妍声音甚大，已经有附近寻药草的同修向这边看过来了。

糟糕！他暗叫一声，视线随即落到贺丹妍手中的玉匣上，脑筋一转，立刻出言打断道：“贺同修也未免太激动了，都是来找月见草的。既然是你们先看到，就归你们好了，何必出口伤人？”

“什么月见草？！”贺丹妍声音拔高，打断他的话，“简直胡说八道，我们什么时候和你们争这个了？！”

关注这边的人越来越多，高个子少年干脆手一摊，无奈地道：“那贺大小姐生什么气啊？”

“我……你，你刚才说……”贺丹妍一时语塞。刚才几个少年议论的话题甚是无礼，众目睽睽之下，她如何说得出口。

几个少年也醒悟过来，刚才他们议论谢东仪尚不算什么，对出众的弟子羡慕嫉妒毕竟是人之常情，但是后来的话题扯得太远，涉及到女孩子名声。若是被告上一状，免不了要被执教狠狠教训，几人也要大大的丢脸，眼下只能抵死不认了。

围观众人视线纷纷落到贺丹妍身上。贺丹妍小脸憋得通红，却不知如何开口。

高个子少年趁机分辩道："刚才我们几个正在谈论一些私事，实在没有想到贺大小姐和两位同修竟然隐身在草丛后面。男子私事，总是于女子不便，若是知道三位同修在此，我们肯定会噤声不语，只是……三位也不提醒一声。"少年叹了口气，无奈地道，"唉，算了，是我们几个修为不精，没有及时发现三位姑娘，才污了三位的耳朵……"

这一番话表面上说得彬彬有礼，但仔细分辨，不仅把自己背后说人坏话的事情一言揭过，反而倒打一耙，硬掰成贺丹妍她们在背后偷听。

众人目光纷纷投向司玉他们身后，那里的灌木丛并不高，若不是弯腰潜伏，不可能发现不了。这么说来，她们三人是存心偷听……众人看向贺丹妍的神色都有些怀疑了。

贺丹妍银牙咬得紧紧的，手不自觉地按向剑柄。

司玉上前一步，正色道："这位同修真是好口才！只是这般好口才理应堂而皇之，当面谈论，而不是在背后窃窃私语吧。"

少年干笑了两声，道："同修所言差矣，男子之间也有隐私嘛，虽然污了姑娘清听，实在是……唉，算我们几个不对好了。"一边说着，他一副自认倒霉的晦气模样，反而让围观的众人更觉得是他有理。

"那阁下倒说说，你们的隐私与谢东仪有什么关系？"司玉毫不客气地质问道。

"谢同修？"少年话语一滞，继而露出恍然大悟的表情，"哦，原来是刚才那几句关于谢同修的话啊。在下羡慕谢同修的机缘天分，所以出言赞美了几句而已……"

"哪里是赞美？"贺丹妍立刻怒喝道，"还有你刚才说的白郁和我……"

安小惠连忙扯住她的衣袖，示意她不要再说了。

“对谢同修我有哪句出言不逊了？”注意到她的动作，高个子少年心中窃喜，却故作无奈地道，“他天资卓绝，出身又显贵，难道我们连羡慕几句都不行吗？贺大小姐何必如此维护。”

众人纷纷醒悟过来，想必是这几个人多说了几句关于谢东仪的酸话，才惹恼了这位处处以维护表哥为己任的刁蛮小姐。谢东仪本就是人人称羡的话题人物，众人倒也不觉得多么失礼，反而贺丹妍如此维护，倒有些小题大做了。

贺丹妍气得直打哆嗦，她最生气的其实还是几个男孩子涉及她的那些无礼话语。她出身名门，自幼尊贵，何曾被人这么当面说三道四过。越想越恨，手里的剑柄瞬间握紧了：“你们这些卑鄙小人！”

高个子少年看到她脸色变化，心中也有些胆怯，却已经无路可退，只得硬着头皮道：“是你太冲动了，我们可没说什么。”又笑道，“就算我们失礼好了。已经对三位道歉了，还要怎么样？”一边说着，向后迈步，眼看几人就要溜之大吉。

“不想怎么样？”贺丹妍终于按捺不住，长剑“刷”地抽出，“只是要教训一下失礼的人。”

这时，一个冷冷的声音传入，打破了僵局：“怎么了？在这里吵吵嚷嚷的。”

森林里弥漫着厚重的雾气，一个苍白的身影从林影中缓步走出，满头银发配着异常苍白的皮肤格外诡异刺眼。竟然是岳冉！

众人认出来人是玄部执教，纷纷躬身行礼。

岳冉随意地点点头，目光落到圈子中心，扫过几个少年，最后落到贺丹妍手里的长剑上。

凛冽的秋风中冰刃颤颤，氤氲化不开的雾气，恍如一泓秋水清冷。

岳冉眉梢蹙起，眸中隐有寒意：“你们这是在干什么？”

“禀执教，弟子们是来寻找月见草的。”高个子男孩连忙恭声道。

“找月见草需要动刀兵？”看了他一眼，岳冉的视线再次落到贺丹妍身上，十分不悦。

高个子男孩心中窃喜，连忙道：“是我们与贺同修不小心起了点儿误会，打扰执教清修了。”

贺丹妍愤然白了他一眼，辩解道：“是他们先出口伤人……”

“好了，不要再吵嚷了。”岳冉懒得理会这些，只厌烦地摆摆手，吩咐道：“都散了吧。既然是找月见草，都去东山那边，这里没有多少。”

几个少年大喜过望，连忙躬身行礼，一溜烟跑了。

围观的众人眼看已无热闹可看，又得了岳冉的信息，深恐去得晚了月见草被人拔光，也纷纷向东走去。

贺丹妍瞪圆了眼睛，却也无可奈何，只得低低嘟囔了一句：“走着瞧吧。”一边将沧溟剑收回了鞘。

似乎听到了贺丹妍的话语，岳冉的视线落到沧溟剑上，神情若有所思。忽然察觉到一丝异样，他抬头看向旁边。

乍然接触到他的视线，司玉悚然一惊，不自觉地后退了一步。

身后安小惠扶住她，奇道：“你怎么了？”

“没什么，只是有点儿头晕。”司玉连忙笑道，谢过安小惠，同时避开了岳冉的视线。心下却暗暗吃惊，这个人好敏锐的知觉啊！

岳冉很快离开了。场中只余下她们三人，司玉问道：“我们接下来怎么办？”

“要不……我们也过去找找吧，四根草只怕不够呢。”安小惠迟疑道，“后天就是中秋，很快花就要谢了。”

“去就去，还怕了他们不成！”贺丹妍赌气地道，当先向着东边走去。

司玉她们也跟上，路上她忍不住问道：“岳执教怎么会出现在这里？”

“他的居所好像离这里不远，可能被我们吵到了吧。听说这个人格外孤僻好静，居所周围都不许外人靠近的。”安小惠笑道。

东边山头的月见草果然比树林里丰富，翻找了不到一个时辰，司玉她们就收获了十几棵，满载而归。

下山的时候，夕阳已经沉落天际。上午的不愉快几人早已经抛在脑后，说说笑笑地下了山。

走近院子，司玉眼角的余光捕捉到一个意外的身影，竟然是今天与她们起了争执的那个圆脸少年。正抱着一个玉匣子从司玉她们院子方向走过来，轻手轻脚的。抬头看到司玉她们，他脸色一变，忙不迭地低头向旁边溜去。

“喂，你做贼呢？鬼鬼祟祟的！”贺丹妍看见他就来气，自然不会有好脸色。

受了这般挑衅，少年竟也没有反驳，只低着头径自跑开了。

“讨厌的家伙，总有一天要狠狠教训他们一顿。”冲着他远去的背影，贺丹妍愤愤然地挥了挥拳头。

安小惠看了她一眼，笑道：“这人真是奇怪，刚才不会是去我们院子了吧？”

“来我们这里干什么？也许只是路过而已。”司玉笑道。

三人并未多想，抱着各自的收获回了寝室。

夕阳余晖中，司玉推开房门，却见白郁正百无聊赖地趴在桌上。大门开启，金红色的光芒投射在她慵懒的身姿上，真像是一只精致到极点的猫。

视线落到她手里把玩的两棵月见草上，司玉好奇：“咦，你是什么时候采集的？”这几天并没有看到她出门啊。

“不是自己采的，是别人送的。”白郁懒洋洋地说道。她手里的月见草已经被惊醒，正用两只叶片扳住她的手指，想要逃离她的掌控。

白郁不耐烦地伸手弹了弹它的花骨朵儿，可怜的月见草立刻用叶片抱住花苞，动作很是滑稽。

“别人送的？谁啊？”司玉有些惊奇。

“谁知道呢，我又不认识。”白郁无聊地耸耸肩，一边说着，将小草扔进了匣子。

联想到刚才圆脸少年做贼心虚般的举动，司玉顿时醒悟，忍不住好笑。她视线扫过，立刻发现桌上的月见草竟然还不止一匣，看来向白美人献殷勤的“君子”不止一个呢。

司玉性格大而化之，素来不注意这些琐碎细节。今日在树林里不慎听了别人闲话，才恍然发现，白郁真的很受欢迎呢。只可惜每天和他们同进同出，那些男孩子找不到献殷勤的机会罢了。难怪谢东仪会被人嫉妒了。

日常朝夕相处，倒让她忽略了这张堪称绝世的容颜。此时仔细看去，白郁嘴角带着轻薄的笑意，天然有一种妩媚，不笑的时候，又有一种冷艳。也难怪那些男孩倾慕不已……

只是，只是……

“哈哈……”司玉忽然笑起来，不知为何，她总觉得这事儿很滑稽，虽然仔细想想，男孩子送心仪的女孩礼物这种事情很平常，而像白郁这样的美人会收到很多礼物更是再正常不过了。可是不知为何，她总觉得特别好笑。

“你笑什么？”白郁挑了挑眉。

“哈，是在笑我自己，都没有人肯送我。”司玉眨了眨眼睛，调侃道，“还是白美人受欢迎啊。”

“哦，这么遗憾？那……”白郁视线流转，眼眸微眯，“喜欢的话，我送你好了。”

司玉心神微颤，只觉那眼神格外曼妙，真如桃花般醉人。她定了定心神，方笑道：“送我什么？借花献佛？”

“若要送你，自然是我亲自去采了，不过举手之劳而已。”白郁轻快地笑道。

看着她的笑容，司玉忽觉心头一热，却又隐约有种说不出的别扭。她移开视线，笑道："不用了，我已经找到了。"说着，扬了扬手里的玉匣子，又冲着桌子扬扬下巴，"你那般心意，我可要不起。"说完，一边笑着，掀帘子进了里屋。

白郁若有所思地看着她的背影，半晌才收回视线。

遥看窗外日渐沉没的夕阳，她忽然轻笑一声："今晚可真是个好天气啊。"

吃过晚饭，将明日的课程略作准备，司玉就命五寸钉熄灯，上床睡觉了。劳碌了一天的身体格外疲惫，很快进入了梦乡。

随着夜幕渐深，整个寝室区都沉浸入甜美的酣睡中，四野悄然无声。然而，这个安宁的夜晚里却注定有人不得安定——临近午夜时分，一道诡异的黑影从司玉她们房顶闪现，迅速掠过高空，在房舍间纵横跳跃，动作轻灵敏捷。仔细辨别着方向，黑影最终落到一处寝室房顶上……

司玉正睡得香甜，梦中的她抱着满满一匣子的月见草在嘿嘿偷笑。正美得冒泡，忽然一阵歪风吹过，将盖子吹掉了。

刹那间满匣的月见草都尖叫起来，一个赛一个响亮，直震得她头晕耳鸣，险些将整个玉匣扔出去。

她手忙脚乱地盖上盖子，可依然挡不住尖叫声越来越清晰……

混沌了片刻，司玉终于清醒过来，揉揉眼睛，从床上坐起。

这是怎么了？真的有人在尖叫！听声音好像是从很远的地方传来。

司玉匆匆披上衣服，推门出去。贺丹妍她们房间也相继亮起了灯，一个个睡眼惺忪地出现在门口。

"怎么了？"安小惠揉了揉眼睛，问道。

"好像是男生寝室那边，刚才有人在惊叫。"司玉说道。

“不会也是做噩梦了吧。”贺丹妍打了个哈欠，懒洋洋地道。

“做噩梦也不必叫得这么响吧。”白郁皱眉。

几个人正疑惑着，却见天际闪过一道光芒，疾如流星，向着男生寝室那边落下去。

是有人御剑飞行？而且还不止一人。司玉仰头看着接二连三划过天际的光芒，来天源宗这么久，还没见过这么多高手一次性出动呢。

是发生什么大事了？几个人面面相觑。正疑惑着，门外传来杂乱的声响，似乎有人经过。

打开院门，果然有不少弟子正向着男生寝室那边跑过去。

“怎么了？”安小惠随手拉住其中一人问道。

“听说刚才寝室那边有人被杀了，详细情况也不知道，正想去看看呢。”被拉住的同修简明扼要地答道。

有人被杀？！四人互相看了看，都有些心惊，难道是妖魔？她们可是在天源宗啊，严密的结界不是摆设。难道是弟子间斗殴出事？

“我们也过去看看吧，反正也没法睡了。”贺丹妍建议道。

几个人都无异议，结伴来到了男生寝室区。

天边隐隐泛起鱼肚白，晦暗的晨雾给周边景致蒙上一层黯淡的色彩。不少弟子正围在那边探头探脑，脸上满满的都是震惊、紧张、恐惧……又夹杂着几分好奇。

司玉她们挤进人群。那是一间独立的院落，与她们寝室的格局一般无二，大门开启着，视线毫无障碍地落到院子里。

院中站了七八个人，术部执教谢婉、玄部执教岳冉、丹部执教贾万慎等都在，其他人司玉不认识，但看举止形貌，修为地位似乎并不比几位执教逊色。几人眉头紧蹙，正在低声谈论着什么。司玉仔细分辨，隐约能听到他们谈话。

“你是什么时候发现出事的？”

“之前他们都……”

“那时候……”

似乎是在盘问幸存者当时的情况。说话间，一人身形微侧，司玉透过缝隙，猛地看到了被他们围在中间的那三片苍白。

白色的帆布微微隆起，隐约可见边角渗出的鲜红，明艳地惊心动魄，底下是什么不言而喻。

司玉脑中“轰”的一声，激灵灵打了个哆嗦，她还从未这么近距离地接触过亡者，尤其想到他们都是和她同堂学习的少年……

她忍不住后退一步，浑身如坠冰窖。站在她身后的贺丹妍随手扶住她，问道：“你怎么了？脸色这么难看。”她的声音并不高，但在一片寂静森然的现场还是颇为突出。

院子里的几个人忽然动了，贾执教被人一把推开，一张满脸惊恐的男孩的脸从他们中间露出。

他看向这边，刹那间瞪圆了眼睛，如同看见了什么最恐怖的事情一般，他指向司玉她们立足的方向：“就是她！就是她！我看见了！凶手就是她！”

在场众人脸色都变了。

司玉悚然一惊，踉跄后退了一步。少年状若疯虎，朝着她立足的方向就要扑过来。几位执教连忙拉住他，一边神色疑惑地看向司玉她们。

“就是她，就是她拿着沧溟剑，杀了何寒。”被执教拉住，少年依然激动，语无伦次地说道，“我看到她红色的衣服了，肯定是她！”

红色的衣服？司玉低头看着自己一身鹅黄衣衫，难道他说的是……她难以置信地转头望去——贺丹妍那一身绯红衣装即使在晦暗的晨雾中也格外醒目。

贺丹妍惊奇地睁大了眼睛：“你……你说谁？”

“就是你……就是你。”男孩战抖的手指牢牢锁定她，恶狠狠地道，“因为白天的时候何寒说你坏话，所以你怀恨在心，趁着半夜下毒手……”

“陈垣，你冷静一下，将事情说清楚。”贾执教皱起眉头，低声安抚道。

也许意识到有值得信赖的执教在旁边，少年扭曲的面容逐渐平和。司玉这才认出，竟然是白天和她们在林中起过冲突的圆脸少年，甚至在回来的路上还碰到过他一次。她心里“咯噔”一下子，一种不祥的预感涌上心头。

随着执教的好言安抚，陈垣冷静下来。他看了贺丹妍一眼，将双方在林子里起冲突的经过详细交代了一遍。也许是涉及的事情太重要，连几个人私底下非议谢东仪，又议论贺丹妍和白郁的话语他也没有隐瞒，一五一十地交代了出来。

“……然后我们回了寝室。本来晚上都睡得好好的，半夜的时候，我起来解夜，忽然听到门外传来声响，似乎有人在敲门。我就开了门查看，结果外面空无一人。我本来以为是自己听错了，正想回院子，然后就听见屋里传来诡异的声音……”说到这里，陈垣打了个哆嗦，声音也越发战抖起来，“我赶紧往回跑，就看到一道红色的影子从房间里窜出来，快得几乎看不清楚。我愣了一会儿才反应过来，连忙跑回屋里，结果一眼就看到何寒他们已经……”说着，他的视线落到地上那三具蒙着白帆布的尸体上，眸中闪现悲愤的神色。

“你说只看到了一个红色的影子，也就是说并未看清楚凶手是谁？”略一思索，贾万慎问道。

陈垣迟疑着点点头，却又马上补充道：“那凶手动作太快，天色又暗，我实在是看不清楚，可是……”他怨毒地瞪了贺丹妍一眼，“喜欢穿红衣服的人本来就不多，而且白天的时候我们又……”

“你才是凶手！胡扯八道，我明明一直在房间里睡觉。”贺丹妍本就不是什么好脾气，见他处处针对自己，又气又急，立刻反驳道。

“你……”陈垣情绪也激动起来，就要反驳。贾万慎及时按住他的肩膀，又向贺丹妍举手示意，止住了她的话语，方缓声道：“仅凭借红色衣装，实在不能断言真凶是谁。”

“贾执教说的是，此事不可一时定论，不如先验看一下伤口吧。”发言的是一个长须飘飘、相貌威严的中年男子。

众人中似乎以他为尊，见他发言，均点头同意。其实他们也刚刚来到，只匆匆收敛了现场，正式的查看尚未开始。

中年男子略一示意，旁边立刻有弟子上前揭开帆布，仔细验看尸首。

司玉不敢细看，闪到一边。

里面不知进行了多久，她听到一个低沉的声音说道：“伤口狭长，穿心而过，凶手使用的是长剑之类的兵刃。”

又过了片刻，继续道：“伤口内部已经凝结成冰，而且周围血液内含阴气，必然是极寒的兵刃所致。”声音隐有一丝惊异。

周围顿时响起低低的议论声，不少人神色叵测地看向贺丹妍腰间。世人皆知，沧溟剑正是天下少有的至纯至阴的兵器。直到贺丹妍忍无可忍，愤愤然地瞪了回去，周围的议论声才稍减。

院内几位执教又商议了片刻，似乎犹豫不决，有几个神色逐渐不耐。岳冉转头看了贺丹妍一眼，建议道：“何必这般麻烦，既然有嫌疑，不如请来沧溟剑一观好了。”

贺丹妍抿着下唇不说话，视线却投向术部执教谢婉。

谢婉无奈地看了她一眼，她与贺丹妍有私人关系，自从陈垣指责贺丹妍是凶手之后，她便自持礼节，一句话也未曾多说。此时接触到贺丹妍的目光，她神色不动，沉声道：“既然如此，贺丹妍，你就将沧溟剑交过来一观吧。”

她格外郑重地称呼贺丹妍全名，便是表明了以一个执教的身份，而不是亲属。

贺丹妍脸色有些发红，似乎这种怀疑是对她是极大的侮辱，但见到四周的目光都落在自己身上，也无可奈何，只得冷哼一声，走上前去，将沧溟剑解下，交给了谢婉。

谢婉并未接剑，而是侧身让过，示意她交给那位中年男子。

中年男子礼貌地冲她点点头，接过沧溟剑。众目睽睽之下，他握住剑柄，用力一抽。

一道鲜明刺眼的嫣红乍然绽放在众人面前，如一道划过天际的霹雳，将贺丹妍潮红的脸颊映得一片苍白。

那是血的颜色！

“怎么可能？我……”贺丹妍难以置信。

周围的议论声更大了，院内几位前辈看向贺丹妍的神色都若有所思。

中年男子威严的视线扫过周围，待众人议论声稍减，他将长剑递给贾万慎，低声道：“烦请贾执教帮忙验看一下。”

贾万慎接过长剑，用手指在剑刃上一抹，又俯下身，在尸体上不知道摆弄了些什么，过了片刻，站起身来，神色凝重：“确实是这三位弟子的血迹。”

贺丹妍身形一晃，脸色惨白，喃喃道：“怎么可能？我明明是在睡觉的，不可能……”

外面的议论声越来越大，纵然以院内众执教之威也压制不住。

天色已经大亮，万道霞光冲破迷茫的晨雾，投射在这个喧嚣又寂静的院子里。早已是上课时间了，但无论执教还是学生都无一人离开。

眼看局面陷入僵持，岳冉上前一步，低声道：“此事繁复难辨，只怕一时也寻不到头绪。如今众弟子皆人心惶惶，依我看，不如先将贺丹妍禁入后山醒心洞，等与各部长老商议之后再做决定。”

中年男子看了看外面，众弟子神情惶惑，显然对这次凶案都极为紧张。继续拖延下去确实无益，只得无奈地点头道：“这样也好……”

“且慢！”一直保持缄默的谢婉忽然出声道，“此事已然闹大，众弟子若不得真相，只会更加惶惑难安，不可终日。依弟子之见，不如速战速决，让真相尽快水落石出的好。”

岳冉瞥了她一眼，淡然道：“那请问谢执教如何才能让真相水落石出？此事迷雾重重，若是以眼下的证据来论断，只怕反而……”他看了贺丹妍一眼，余下的话并未说出口，众人却也明白，以眼下这些指证定论的话，贺丹妍确实嫌疑极大。

谢婉没有理会他的言辞，径直向中年男子道：“听闻魏首座前一阵子得了一对琨兽内丹，正在炼制一件法器。”

这中年男子竟然是器部的首座魏振，难怪众人以他为尊。司玉禁不住多看了几眼。

“谢执教消息倒是灵通。”一听谢婉提起此物，魏振立即明白了她的意思，微微颔首，然后唤过一名弟子，低声吩咐了几句。

那弟子领命御剑而去。眼见周围众人都大惑不解地望着自己，魏振坦然解释道：“琨兽是生于天南孤岛的一种异兽，天生具有透彻人心的能力，极为难得。我前一阵子机缘巧合之下得了这对内丹，刚刚练成了一件法器。”提起自己最擅长的炼器，魏振侃侃而谈，颇为自得：“此物可在一定时限内逆转时空，借助媒介的记忆，将其周围曾发生的事情显现出来，虚实往返，妙不可言，因此唤名影虚镜，只是……”他略一犹豫，道，“琨兽天性凶残，魔气浓重，我数次净化方成此镜，依然法力不稳，对被施术者可能有一定影响，所以最好不要照到活人身上……”

听了这番讲解，众人顿时明白了谢婉的打算，暗暗叹服，这确实是最有效的法子了。

那弟子很快返回，手里捧着一面雕工精湛的铜镜。遥遥看去，那镜子不过巴掌大小，两只威猛的琨兽雕像上下环抱镜面，锐爪熠熠生辉，镜面氤氲如水波凝聚，如雾气弥散，宝光流转，玄妙难言。

魏振执起宝镜，命弟子揭开三人尸首上的帆布，肃然道：“以法器鉴之，此事迫不得已，亵渎了三位的尸首，魏振亦感歉然。”说罢微一躬身，催动术法。

刹那间镜面金光流转，笼罩三具尸首。

光芒交错闪烁，数个轮回之后，以三具尸首为中心，形成一处奇妙的空间。像是活的一般，影影绰绰，又过了片刻，影子凝聚成形。

司玉一眨不眨地望去，只见一道剑芒划过，恍如破空闪电，血花四溅，中剑的少年滚落到地上，脸上犹带着刚刚从睡梦中惊醒的迷茫，而他的身边已经有一具尸首了。

一切像是看电影般虚化，却又如发生在眼前般清晰真实。

另一个只穿着中衣的少年惊怒交加，光脚站在地上，怒喝道："你……你要干什么？"他的面容因为恐惧而扭曲，但司玉依然认出，正是昨天与她们巧言狡辩的高个子少年。

红衣人影冷哼一声，长剑一震，光华如练，赫然是沧溟剑："这就是你们今天惹怒我的代价！"娇俏熟悉的声音响起，司玉心头一颤。

红衣人影话音未落，少年扑向床边，想拔出挂在床边的佩剑。他动作快如脱兔，可惜红衣少女却比他更快，一剑刺入他后心。

少年挣扎着转过身，怒指着她，嘴唇动了动，却终于无力地跌倒在地上，被血浸染的双眼犹睁得大大的，死不瞑目。

短短一幕只持续了几分钟，明知眼前只是过去的幻象，司玉却看得心底发寒。

红衣人影行凶完毕，将手中长剑一挥，随即收剑入鞘。她转过身来，俏脸含威带煞，却依然掩不住那苹果般甜美可人的风姿。

真的是贺丹妍？！

谢婉身形一颤，脸色发白，却没有说话。

周围响起"嗡嗡"的议论声。听别人叙述凶案和亲眼目睹凶案是两个截然不同的概念，那一幕的血腥残忍历历在目，震撼了众人的心灵。慢慢地，落到贺丹妍身上的目光由原本的怀疑探究逐渐变成畏惧厌恶……

贾执教看了谢婉一眼，又看了看旁边花容惨淡、神情呆滞的贺丹妍，出言道："此事依我看，尚且存疑，不应立刻断定。"

"不错。"岳冉也赞成道，"易容换面之法并不稀奇，有心人假扮成贺丹妍借机嫁祸亦有可能。"

魏振叹了一口气，提高声音道："此事干系重大，疑窦重重，非一时所能决断，须由诸位长老共同商议才行。贺丹妍为凶案嫌疑人，现将其拘于醒心洞，待水落石出，再行发落。"

扫视着门外围观的众弟子，魏振神情却越发严肃郑重："大家入门不足半年，竟出此血案。我等为前辈者警戒不严，护卫不周，责无旁贷。对此事，我天源宗必要彻查明白，决不让任何一位弟子受冤，也绝不会让任何一位弟子枉死。"

一番话说得义正词严，掷地有声，配合他威严堂皇的仪表，确实有种让人不得不信服的魅力。

安抚了众弟子，魏振又转头向岳冉道："此事就要辛苦岳执教了。"

醒心洞是天源宗弟子违反门规后忏悔自省的场所，也经常用于囚禁犯错弟子，属于玄部管辖，贺丹妍是新入门的弟子，岳冉这个玄部执教自然当仁不让。他颔首道："份属当为。"

魏振又委托贾万慎照看情绪不稳的陈垣。处理完诸般事宜，众人逐渐散去了。

第二章

银萝珍露

贺丹妍完全被“自己”杀人的情景惊呆了。直到一名玄部的弟子上前，客气地提醒道：“贺丹妍，请随我们走吧。”她才清醒过来。

她惊慌失措地后退了一步，摆手道：“不，我不去，我不去，醒心洞那种地方……”

“丹妍……”谢婉眉头蹙起，低声喝道。

“不，姑姑，我不去！我要查明真相，这肯定是阴谋，是谁陷害我！那个红色的人影不是我……”她倔强地说道，声音里隐隐带着哭腔。无论平日里多么好强，她始终不过是个十几岁的少女，哪里尝过这种千夫所指、百口莫辩的滋味。

玄部弟子头疼地看向岳冉，岳冉却只是环抱双臂，神情自若，纹丝不动。

谢婉无奈，来到贺丹妍身旁，低声喝道：“丹妍，不可胡闹！”

这一声她暗含了清心镇魂的内功心法，贺丹妍神情一震，恍然醒悟过来。

谢婉扶住她，低声道：“你只管安心过去，只是住几天而已，姑姑一定会帮你查明真相的。”

“可是……”贺丹妍拉着谢婉的袖子，依然犹豫不决。仿佛陷入一个危险的阴谋中，这种完全失去掌控的感觉让她本能地恐惧。

“丹妍，你放心过去就好。”一个清朗的声音从身后传来，几人转头看去，竟然是一直未出现的谢东仪。

待他走得近了，司玉注意到他额间散发上带着晨间的露水，似乎一整夜都没有睡觉。

“你去了哪里？”谢婉不禁问道。

他微一躬身，道：“弟子刚才入山采集月见草了，回来得晚了些，不想竟出了这种事。”然后他转头对贺丹妍柔声道：“丹妍，此事一时间难以分辨清楚，你先安心去醒心洞。那里有岳执教负责，真相不明之前，绝不会让你受委屈的。我和执教会尽快查明真相，还你清白。”

清朗的双眸似乎天生就有安抚人心的力量，贺丹妍神情缓和下来。磨蹭了一会儿，终于恋恋不舍地跟着玄部弟子走了。

谢东仪又转向岳冉，彬彬有礼地躬身道：“执教，舍妹就拜托了。”

岳冉神情淡然地道：“分内之事。”说罢，向谢婉微一颔首，就离开了。

司玉她们三人在旁边从头看到尾，始终没有任何插手的余地，直到事情终结。眼看人已经走光光，安小惠才终于开了口，犹疑着说道：“这究竟是怎么回事？丹妍她肯定不会……”

司玉皱眉道：“可那个人影是怎么回事？”

白郁清冷的眼神落在她身上，又看了看安小惠，忽然笑起来：“魔界阴谋层出不穷。说不定是什么妖邪奸宄潜伏到了我们身边，设计杀人呢。”

司玉心里突地一跳，一种莫名的焦虑隐隐浮现。

“这怎么可能？”安小惠捂住胸口，眸中带着一丝恐惧，显然也想到了这个可能。

“怎么不可能？”白郁爽朗地笑起来，“所以说啊，我们睡觉的时候也要小心了，谁知道下一个会轮到谁呢。”

“白郁……”司玉低声喝道。她的话其实很有道理，但用如此冷漠直白的语调说出，却格外别扭。

白郁不再多说，摇头道：“反正今天的课是要泡汤了，我准备入山去采集月见草了。”说罢告辞而去。

安小惠也神色惶惶地寻找相熟的同修，只余司玉一个人走在回寝室的路上，刚才那血腥惊险还历历在目。若有人假冒贺丹妍行事，可沧溟剑是她的贴身佩剑，据说连睡觉都放在身边的。难道是梦游症？ 据说梦游症中的人心智全无，但是行动却与日常无异。贺丹妍的剑术在一众弟子中本就出类拔萃，尤其又趁他们入睡时偷袭，能杀掉他们并不稀奇。

…… ……

正想得入神，身后传来一声呼唤：“司玉，稍等一下。”

转头一看，竟然是谢东仪。

他想要询问的并没有出乎她预料之外——正是昨天她们与几个男孩起冲突的经过。在谢东仪的盘问提点之下，每一个细节都没有遗漏。他对细微之处的敏锐关注力让司玉禁不住惊奇，实在想不到他是这么细心的人。说到几个男孩在背后议论他的话语时，司玉忍不住多看了他一眼。谢东仪却神情平淡，仿佛被众人嫉妒、诋毁的那个人不是他一般。

“你说最后出现的人是岳执教？”听完所有经过后，他问道，神情郑重。

司玉点点头，想到岳冉出现的那一幕，她忽然想起他最后落在贺丹妍身上的视线，那时他是在看……沧溟剑，而且那种神情……

“你认为丹妍会是凶手吗？”见到她若有所思，谢东仪忽然开口问道。

“怎么可能？以她的个性，绝不会这么心狠手辣的。”司玉否认道，略一犹豫，迟疑着问道："你和贺丹妍从小就认识，她以前有没有什么……呃，比如经常做梦，然后……"

"你是说梦游之症吧？"明白司玉在怀疑什么，谢东仪道，"梦游之症我也看过典籍记载，发此症者在梦中行动，神志全无，所以不可能说话的。"

"啊！"司玉立刻想起，虚影镜所投射的幻象中，贺丹妍绝对是清醒的。

"若不是被人控制了心神，便是有人易容假扮成她了。"谢东仪沉声道。

司玉悚然一惊，若是被人假冒，那惟妙惟肖的模仿，不仅声音容貌体态剑法，甚至连她收剑前那一挥一颤的细节都一模一样，必是与她很熟悉的人才能做到。

两人一路同行，很快到了寝室门口，谢东仪告辞而去。司玉回了房间，心中依然忐忑不安。

"喂，到底发生什么了？"五寸钉问道，大清早被孤零零扔在屋里，它早已好奇得抓耳挠心。

司玉将事情讲述了一遍，一边走近桌旁整理起昨天采集到的月见草。

"琨兽内丹啊？那么稀罕的东西竟然也能够找到，这个魏振很厉害嘛！"五寸钉对凶杀案没多少兴趣，只关注奇珍异宝。

"是啊，已经被炼成虚影镜了。"一边将药草整理完毕，送上柜子，司玉心不在焉地说道。

她的视线扫过，无意中落到柜子一角上。那是一只玉匣，里面放着上次捡回来的断成两截的冰心草。

她一愣，一个突如其来的想法钻进脑海，心脏不可抑制地剧烈跳动起来。

虚影镜有借助亡者扭曲时空，重现过去场景的能力。冰心草不同于普通小草，是有灵识的，是不是也可以归属于亡者一类呢？

这颗小草究竟是怎么死的，身上残留的蛇毒与那天出现在瀑布边的岳冉到底有没有关系？

越想越纠结，像是一根挠心的刺，种进了心里头，就怎么也拔不出来了。

要不干脆借虚影镜来试试吧，反正失败了也没有害处。司玉暗暗想着，可是虚影镜是器部首座的法宝，自己与魏振毫无瓜葛，怎么开口相借？她还没自大到认为自己一个小小的初入门弟子就能随便向首座要东西。甚至别说借了，魏振这种身份的人，根本不是她这种初级弟子能够随便见到的。

对了，谢东仪！可以通过他找谢婉。由谢婉出面，相信魏振会给这个面子吧。转念又有些迟疑，真的需要试一试吗？会不会是自己太小题大做了，借来之后发现只是虚惊一场，岂不太丢脸了？

但若岳冉真有嫌疑，贺丹妍现在正由他看守……想到匣子里那棵断成两截的冰心草，司玉打了个寒战。人命关天啊！她不再犹豫，出门往男生寝室那边走去。

来到谢东仪院门前，刚抬起手，尚未触及大门，院内就传来熟悉的声音："请进吧。"

推开虚掩的房门，司玉看到一抹璀璨银光敛入墨色的剑鞘。

谢东仪正站在窗前，夕阳的余晖为修长俊逸的身影镀上一层薄金，他手里拿着的是……

"沧溟剑？"司玉好奇地看着那柄贺丹妍爱若性命的宝剑，怎么会到他手里？

"我刚刚去谢执教那里一趟，向她借来此剑，想看看能不能找到别的线索。"谢东仪收剑入鞘，解释道。

司玉点点头，却又发现，他每次提起谢婉，似乎总是称呼执教居多，而不是像贺丹妍一般，直接叫她姑姑。是刻意恪守礼节，还是习惯问题？

见司玉一直凝视自己，谢东仪微一挑眉，笑问道："怎么了？在想什么？"

"没什么，只是在想你怎么知道我来到外面的。"司玉笑了笑，换过话题问道。

"脚步声啊，你的脚步声和这里任何人的都不同。"谢东仪低声说道，沉和的语调中隐含着意料之外的认真。

司玉望着他，那墨玉般漆黑幽深的瞳孔恍如一泓看不见底的深水，清晰地倒映出她的身影。被这样一双眼眸所凝视，真有一种普天之下，当世之中，只有你一人入他眸中的错觉。

真是的，直接说全天源宗自己的脚步声最废柴得了，何必用这么委婉到暧昧的语调？司玉无奈地想着。她视线落到沧溟剑上，问道："从剑上看出什么来了吗？"

"没有。"谢东仪摇摇头，将宝剑递给司玉。

司玉接过来，握住剑柄向外一拔。

一股清冷的寒气扑面而来，刹那间如入寒冬。定神细看，整个剑身如水晶银霜，氤氲起淡淡的荧光，弥散流转，美不胜收。

"好美的剑啊！"司玉忍不住赞叹道。

谢东仪低低"嗯"了一声，视线沿着光华流韵的宝剑，落到她因惊叹而微红的俏丽脸庞上，他眸中闪过一抹不易察觉的异色。

"只是这光……"仔细端详片刻，司玉皱起眉头。她虽然没有拿过沧溟剑，但也见贺丹妍使过好几次，总觉得眼前的沧溟剑和以前有些不同，光华似乎有了细微的变化。

"沧溟剑是至纯之剑，因为经过沧溟之渊的淬炼，它除了锋锐无双、剑气通神之外，还有一项奇异的功能，就是它天生能够感应一切魔气，让任何魔物都无所遁形。只可惜这项能力有一个极严苛的限制……"凝视着她秀气的侧脸，谢东仪缓缓讲述道。

“什么限制？”司玉将宝剑收入鞘内，好奇地抬头问道。

“就是不可沾染无辜之人的性命。”谢东仪自然而然地避开视线，嘴角扬起一抹苦笑，“若用此剑杀戮无辜，便玷污了它至纯之气。之后虽还是天下难得的绝世神兵，但天生感应魔气的能力却没有了。所以现在你手中的沧溟剑已经不是以前的沧溟剑了。”

司玉心神一动，立刻明白了谢东仪的意思，她睁大了眼睛：“你是在怀疑……可是等等，你刚才说过它天生能够感应一切魔气？”如果岳冉真是妖怪的话，岂不是早就和贺丹妍接触过多次了。

“只有主人修为在练气期以上，才能催动这项能力。”谢东仪补充道。

“这么说来……”司玉脑筋转地飞快，岳冉嫌疑更大了。

谢东仪继续道：“所以我怀疑，动手的是妖魔，而且是潜伏在我们之中的妖魔。否则实在难以解释她为什么要杀害那三名无辜弟子，嫁祸丹妍。毕竟，丹妍她虽骄纵任性，也没有惹人恨到这种地步。而那三人我也探查过了，平日人缘还不错，家世也清白，并无与人结仇的事迹。”

司玉点头，正在思索着，忽然感觉光线一暗，抬头看去，却是谢东仪走近了她身边。他凝视着她，认真地道：“所以我很担心你……”

“啊？”司玉一愣。

“丹妍的身手我很清楚，能够潜入她房中偷取沧溟剑，必然是武功高明之辈。我怕这个人就潜伏在你们身边，否则他何必这么急着破沧溟剑呢？”

“嗯。”司玉点点头，这么一分析，岳冉的嫌疑好像又深了一层。

谢东仪沉声道，语调郑重：“这几天你不要单独行动，若有什么事情发生，别忘了叫上我。”

“没关系的。”司玉笑了笑，只要这几天自己小心些别遇到岳冉，应该不会有事。

“你啊……”见司玉明显没有把他的话当真，谢东仪不知所谓地叹了一声，语气有些无奈。

司玉诧异地看了他一眼，眼前的谢东仪似乎很熟悉，却又很陌生。自己和他只是普通的朋友交情吧？可为什么刚才说话的语气那么……亲切呢？

是错觉吗？如果这些关切的话语由楚泓口中说出，倒是很正常，那个人对谁都是这般彬彬有礼，温柔体贴的，可是由向来冷漠的他说出，只让人觉得有种奇异的违和感。

气氛正有些微妙，房间里传来一阵窸窸窣窣的声音，司玉望过去，顿时嘴角抽搐。

是谢东仪的床上，隆起的被褥正絮絮抖动着。没等她开动脑筋向歪处想，被褥已经被拱开，一只圆滚滚、白嫩嫩的小东西慢慢蹭出来。

果然是储备粮！

司玉这个气哟，难怪今天在寝室里没见到它。这些日子它经常不打招呼地跑出去，而往谢东仪这边跑已经是惯性了。

谢东仪轻笑一声，转身来到床边，将储备粮抱出来。

你这只不守妇道的小猪，司玉满是怨念地瞪着爬到别人床上的宠物。

团子瑟缩了一下。

“你这次来是为找它？”谢东仪轻轻拍了拍团子脑袋，安抚它平静下来，笑着问道。

“不是，我是想借……”提到自己的来意，司玉话语一滞，犹豫片刻才道：“我来想借影虚镜一用。”

“你借这个东西干什么？”谢东仪好奇，以他的聪慧，立刻明白司玉是想通过他拜托谢婉，只是想不通司玉为何要用这东西。

“这个……”司玉犹豫起来，事情尚未明了，岳冉未必是妖怪，自己贸然说出，岂不凭空污蔑他人名誉？

她斟酌着言语，含糊其辞道："是我有些线索，却不知道是真是假，需要借助虚影镜一试。"

"好。"谢东仪点点头。

"啊！"这回轮到司玉吃惊了：这么简单就答应了，连自己发现了什么线索都不问?

"我相信你。"明白司玉在惊异什么，谢东仪含笑望着她，"等今晚我去归还沧溟剑的时候请执教帮忙相借。"

"多谢你了。"司玉由衷道。

时间已经不早了，她不便久留，很快抱着储备粮告辞离开。谢东仪送她到门口，一直目送到她的身影彻底消失在道路尽头，才转身回了房。

谢东仪的办事效率高得出奇，当天晚上，他便将一只木匣交到了司玉的手上。

司玉惊喜地接过，匣子是桃木雕成，雕着细腻柔和的花纹。桃木匣有隔绝神力的作用，尤其适于放置内含魔气的法宝。

"影虚镜虽然经过魏首座炼制，但琨兽天性凶残，此镜内含煞气极重，并不是什么纯良的法器。对生灵影响极大，被照到的话轻则吐血灼伤，重则元神受损，所以使用时千万小心，别被它光芒射中……"谢东仪再三叮嘱道，然后又将影虚镜的使用方法教授给她。

法器的催动方法很简单，听过两遍就记下来了。司玉抱着木匣，兴奋地回到自己房里。

将木匣放在桌上，关好门窗，又拉上窗帘，司玉这才小心翼翼地打开盖子。

熠熠光华从匣中散发出来，流转弥散，如积年的蚌壳乍然张开，纯净的夜明珠冉冉现世。

"这就是影虚镜啊，果然是好宝贝！"五寸钉在旁边也满是赞叹。

司玉从柜子上拿下白玉匣，将里面断成两截的冰心草取出，小心翼翼地放在摊开的手绢上。

然后她取出虚影镜，催动法诀，宝镜的光华刹那间笼罩住小草。影影绰绰，光华万千，以桌面为中心形成一个虚幻的空间。

宛如轮回重生般，曾经发生过的情景在司玉面前缓缓展开……

她看见笼罩在阴影下的冰心草瑟瑟发抖，然后一个高挑的身影出现在岩石上，纯银的发色在幽暗的夜幕中格外冰冷……

蓝影闪过，冰心果凌空袭击，快逾闪电，却被他轻而易举地躲过，然后一道诡异的绳索从他口中吐出，在冰心草腰间绕了一圈，将其拉到面前。

定神细看，司玉禁不住惊呼出声。那一瞬间，岳冉的双眼竟然变成了竖瞳，脸颊上更是浮现出若有若无的银色光斑，那是鳞片！而那条绳索……是舌头，是他的舌头！

绝对不属于人类的狰狞脸孔映入眼中，司玉惊慌地掩住口，打了个寒战，真的是蛇！岳冉是个蛇妖！

猩红色的舌头一用力，冰心草发出一声短促尖锐的叫声，随即被夹断成两截，无力地跌落到地上。

司玉持镜的手忍不住一抖，镜中的光线随之晃动，将将扫过窗台。窗上似乎有什么东西一闪而过。

司玉心神一颤，有人？！

她赶紧将虚影镜收起来，推开窗户，向外望去。

视线所及之处空无一人，刚才是自己看错了吗？

也许是虚影镜光线投射产生的错觉，司玉将窗子重新关上。在使用镜子前，她专门探查过，白郁和安小惠都出门了。

忽略小插曲的干扰，司玉恢复了平静。这么说来，岳冉真的是妖怪了，他害怕被沧溟剑发觉身份，所以暗中下手，借着贺丹妍与几个男孩争执的机会，破坏了沧溟剑的至纯之体，然后嫁祸给她。

现在只要将冰心草交给谢执教他们，用影虚镜一照，就可以真相大白，贺丹妍也不必遭受冤屈，顺便还可以铲除岳冉这个在天源宗潜伏多年的妖魔。

司玉兴奋地想着，可视线落到冰心草上，她顿时傻眼了。

绢帕上哪里还有冰心草的身影，留在那里的只有两堆小小的黑灰！

“对了，虚影镜是用琨兽内丹制成，魔气极重，对被它照射到的事物有很大的灼伤效果。若是人类的尸身，尚且能够承受，但冰心草不过是一颗细微的小草，又死了这么久了，恐怕经受不起这种光线的……”侃侃而谈的正是向来喜欢充当马后炮的五寸钉。

司玉只觉头脑嗡的一声，险些晕过去。半晌她才扶住桌沿，从牙缝里蹦出几个字：“你、怎、么、不、早、说？”

“呃……我刚才不是没想到嘛。”见司玉面色不善，五寸钉明智地向后挪了挪，小声道。

司玉连找它算账的力气都没有了，跌坐到椅子上。其实她也没资格批评五寸钉，早在魏振使用影虚镜的时候，就说过此镜危险，让大家退避三舍。还有刚才谢东仪将镜子交给她的时候也反复强调过……

但伤害归伤害，司玉哪里想到它杀伤力这么大，照射那三名受害弟子的尸身时候明明没问题的。

这下子怎么办？好不容易发现了证据，证据又立刻灰飞烟灭了，她真想吐血去。

对着那一小堆黑灰绞尽脑汁，也想不出挽救的方法，无奈的司玉只好将绢帕包起来。怎么说冰心草也是一个小生命，又为自己“鞠躬尽瘁”“粉身碎骨”。若真无法挽救，寻个地方将它葬了吧。

将娟帕放进玉匣子，司玉躺回到床上。

已经能够确定岳冉是妖怪了，可没有证据，找执教坦白是不可能了。

那是不是应该先去找谢东仪，告诉他真相呢？

想起谢东仪临别时的叮嘱，还有那关切的眼神，他同样是关心贺丹妍的人，应该会相信自己吧？再由他去寻找谢婉，说不定能够说服她。至少也要把贺丹妍从岳冉的掌控中救出来才行，这可是性命攸关！

司玉翻了个身，慢慢思量着明天怎样才能说服谢东仪。

第二天清晨，安小惠前来敲门，司玉从睡梦中惊醒，睁眼看去，天色已经大亮了。她连忙从床上爬起来，昨晚她思绪太多，一直到后半夜才睡着，今天果然起晚了。

“司玉，快点啊，贾执教的课要开始了。”安小惠催促道。

“马上就好。”司玉一边迅速洗涮，一边答应道。

“别忘了带上月见草啊，今天的课上要用的。”安小惠又顺便提醒道。

司玉七手八脚地洗涮穿戴完毕，收拾起东西。见她忙乱，安小惠上前帮她拿起柜子上装月见草的匣子，同时又将手伸向角落的白玉匣。司玉看到了，连忙阻止：“等等，那匣子不是……”

安小惠一愣，手下不慎，玉匣子跌到地上，“砰”的一声，盖子跌开了。

看到里面跌出来的小绢包，她好奇地捡起来：“这是什么？”一边顺手捏了捏。

“小心！别碰！”司玉连忙喊道，一边从安小惠手里拿过绢帕。里面是冰心草的粉末，本就沾染着蛇毒，又经过影虚镜照射，说不定会对身体有害，所以司玉特别小心。

将绢包放回玉匣，司玉随口道：“是我前一阵子采集到的药草。”

“看你这么宝贝，是很珍贵的药草吧？”见她小心翼翼的样子，安小惠打趣道，又好奇，“可是我刚才捏着，好像不是成棵的药草呢，你已经把它炼化了吗？”

“算是吧。”被影虚镜照得灰飞烟灭，也算是人工炼化的一种吧，可怜的小草。

“可贾执教不是说过，珍贵的药材，成丹最好，炼化成药粉的话太浪费了，还不如直接吞服呢。”安小惠瞥了司玉放回柜上的玉匣一眼，按捺不住心中的疑惑。

司玉无奈地道：“这个……是有点儿失败，是我不小心，不过也没办法挽回了。”

“怎么没办法？”见司玉一副后悔的模样，安小惠笑道，“请高手帮你重新炼制一下好了。滴上几滴回春露，不就可以复原了吗？”

“啊？你说什么？！”司玉吃惊地问道，只觉心脏跳得飞快。

“我说你要是真觉得那棵药草可惜，可以用回春露重新炼制啊。”安小惠道。

“这药草可以复原？用那个什么回春露，能够彻底复原吗？”司玉激动地拉住安小惠的袖子。

“当然可以，回春露据说是以无根之水为引，以银萝树开花时花瓣上凝结的珍露为主料配成的，有枯木回春、草木重生的神效呢。”安小惠掩口笑道。

真是绝处逢生！司玉大喜过望。

安小惠看了她一眼，略一犹豫，提醒道：“不过回春露也是很珍贵的药材了，你这棵药草真的特别珍贵吗？”

司玉忙不迭地点头，性命攸关，能不珍贵吗？

“回春露哪里能够找到？”

“贾执教不就有吗，说起来，这种药水还是他早年发明的呢。”

两人一边说着，向外走去。谢东仪和白郁早已等候多时了，各自云淡风轻地欣赏着天边的风景。

见两人出来，白郁转过头，随意地问道：“刚才你们在屋里说什么要重新炼制？”

“是司玉的药草呢……”安小惠笑着将刚才的事儿说了一遍。

谢东仪看了司玉一眼，欲言又止。白郁视线叵测地转过头去，道：

“走吧。”

四人向应天阁走去。也许因为时间太晚了，也许是因为忽然间少了一人，大家都感觉有些别扭。众人脚下的步子不自觉地加快，一路上没有任何人开口说话。

巍峨开阔的高阁出现在眼前，四人终于放慢了脚步。

细微的汗滴挂在司玉因奔波而格外红润的脸蛋儿上。她调稳呼吸，偏头看了谢东仪一眼，暗暗思量着，既然冰心草有望复原，那么先不必急着向他说明岳冉的身份了，毕竟有了证据才更有说服力。

事不宜迟，趁着丹部的课间闲暇，司玉找到贾执教。

“回春露？”听闻司玉的来意，贾万慎吃了一惊，“你是要用它来修复药材吗？你可知回春露所用材质本就是天地间少有的珍贵，若不是特殊药草，实在是无需……”

“弟子知道，可弟子损失的那棵药草确实格外珍贵，只得厚颜来请执教援手。”司玉恭敬地道。

贾万慎望着她格外郑重的神色，再次提醒道：“使用回春露之后，药草虽能恢复，但其药效也将大大减少。无论多么珍贵的药草，只怕你到时候得不偿失啊。”

司玉正色道：“弟子斗胆说一句，当年执教配制出此种枯木回春的药材，不就是为了怜惜天地间草木精华成之不易，不可轻贱？草木亦有本心，岂能任凭其白白虚耗。更何况弟子这棵药草，确实是格外珍贵，非救不可。”

这番话倒是说到了贾万慎的心头上。回春露是他早年发明，以其功效之神奇来说，堪为创举，却偏偏有一项极大的限制——它虽能助草木重生，却无法完全恢复其效能，而回春露本身所需材质又特别珍贵。两相比较之下，使用回春露修补，反而不如再去寻一棵新药草划算了。所以试用过几次之后，便逐渐沦为鸡肋一样尴尬的地位。此后贾万慎也尝试过多次，都无法改良其药性，便逐渐放弃了。难得此时有一个真心需要回春露的人，贾万慎心中倒也有些欣喜，这项早年发明，总算不是虚耗白费。

他略一思索，便说道："你若真是需要，我帮你配置也无妨，只是你可知道回春露的配制方法？"

听他答应下来，司玉心中大喜，连忙道："正要请教执教。"

"回春露是用银萝树开花时，花瓣上采集到的珍露为主料配置的。银萝珍露离花即散，消弭无形，无法久存，就算是用法器封存也只能将其效力略作延长。回春露的其余辅助材料我手中皆有现成，只有银萝珍露需要新采集。而此物秉性阴寒，需女子之身才宜碰触……"

司玉立刻明白了他的意思，道："那就由弟子前去采集，等取药回来，再请执教帮我配制。"

贾万慎点点头，起身从柜子里取出一只玲珑别致的小银瓶，递给司玉："这是萃晶瓶，唯有用此瓶盛放，珍露的药效才不会迅速流失。"说罢又教给她银瓶的用法和采集时的注意事项，道："在应天阁的后山缥缈峰上就有一片银萝树林，也算你幸运，如今正是银萝花盛放之时。你这几天若有空闲，随时可以去采集。"

司玉答应下来，谢过执教，带着萃晶瓶回了寝室。

银萝珍露是在夜间凝结，一旦太阳出来，随即消弭于天地间。也就是说必需趁夜采集。事不宜迟，司玉决定当晚就行动。

半夜上山对她来说也不是第一次了，只是这次有些不同。想起上次在山里遇见岳冉的经历，思量再三，也许叫上谢东仪同行比较好。

可去了男生寝室，同舍的男孩却告诉她谢东仪出门去了。

只是一晚而已，而且如今她身上还有一个厉害的护身符。左思右想，司玉决定不再耽搁，半夜时分，一个人悄悄离开了寝室。

夜晚的天源山寂静幽深，只偶尔有秋蝉清冷的鸣叫声从远方传来，融入萧瑟的秋风中，听起来格外凄冷。

沿着石阶，司玉轻车熟路地往山顶走去。经过这些日子的课程磨炼，她已今非昔比，只用不到一个时辰就爬上了山顶。

缥缈峰在后山深处，地势不高却怪石嶙峋，崎岖难攀。司玉放慢了速度，又走了小半个时辰，终于来到贾执教所指点的地方。

险峻的山头上郁郁苍苍，满是葱茏茂密的树木。银萝树的枝叶躯干尽皆是银白色，放眼望去，每棵树都泛出银光，像一个个小月亮般，映得整个缥缈峰如梦似幻。站在树下仰望，月光与交错的树枝融为一体，如同在深蓝色的夜幕下铺开了一匹流光溢彩的织锦。

仔细看，银白中还有点点金色荧光闪烁着，仿佛有无数的萤火虫正绕着树木盘旋飞翔，那正是银萝树的花。别看银萝树生地高大，开出的花朵却极小，米粒般玲珑精致。贴近了细看，还会发现有丝丝银光围着那些小花朵萦绕不绝。正是盛放的银萝花在趁满月之夜凝聚光辉。

月华聚满就可凝成露珠，即为珍露。

采集珍露最难的一点就是把握时间：提早了，月华之力凝聚不全，珍露药效不高；晚了，珍露会掺入杂质，同样影响药效。更勿论还有不能接触到阳光，不能碰触人身等禁忌了。

司玉摸出怀里的萃晶瓶，分辨着珍露的大小和浓度，下手采集。

时间还太早，成熟的珍露不多。蜜蜂一样小心翼翼地寻找了大半个时辰，才得了二十滴左右。正忙碌着，一阵秋风吹过，司玉打了个哆嗦，山里的风真冷啊！忽然有一阵诡异的声音传入耳中。

“吵吵……”

湿滑又粘腻的声音，在寂静的夜空下格外诡异。如同冰冷的水刹那间沁透了每一个毛孔，司玉激灵灵打了个寒战。

这是什么声音？！

像是有什么东西贴着草皮滑过……司玉紧张地盯着四周。

不会是岳冉吧？他怎么会知道自己今晚行动？甚至知道自己怀疑他？难道只是凑巧路过的蛇类动物……

危机时刻，司玉也不敢多想，“唰”地拔出佩剑，摒弃杂念，凝聚精神关注四周。

就在司玉拔剑的瞬间，声音诡异地消失了。死一般的寂静笼罩住四野，司玉丝毫不敢大意，如果说以前的她还将天源山的修行当做比自己前世更加精彩实用的学校课程的话，在看到那三名同修的尸首后，她已经清楚地认识到这个弱肉强食的世界的残酷和真实。

手里是锋锐的长剑，背后是银萝粗大的树干，司玉警惕的视线扫过开阔的草地，一定有什么藏在那里！敏锐的直觉让她全身战栗。按住自己胸口，坚硬冰冷的触感传来，才让她慌乱的心跳略略平息。

时间在慢慢流逝，司玉只觉掌心沁出的冷汗几乎要将整个剑柄都浸透了，周围却一直没有动静。

难道是自己听错了，或者，真的只是一只单纯路过的爬行动物？凉风吹过，她强自压抑着身体的战抖，细腻的冷汗沾湿了发丝，刺挠着脸颊。

司玉终于忍耐不住，慢慢松开僵硬的手腕，抬手撩起头发。

就在偏头的瞬间，她视线落到树干上，一道晶亮的水线沿着树干滑落，黏稠的液体带着丝丝寒气。

连想都没有想，司玉猛地往前跃去，借着一个翻滚脱开了树荫笼罩的范围。

森冷的腥气几乎是紧挨着头皮擦过。回身瞬间，眼角的余光瞥见狰狞的血盆巨口正扑过她刚才站立的地方，锐利的牙齿在月光下森森生寒。

司玉飞快地站起身来，握紧长剑，一眨不眨地盯着敌人。

真的是一条银色巨蟒，细密的鳞片泛着金属质的冷光，金青色的竖瞳浮动诡异的色泽，水桶粗细的躯体紧紧缠绕住树干。

蛇身缓慢游动，树干摩擦发出刺耳的“吱吱”声。扑了个空，它似乎很不满意，竖起头颅，向司玉示威一般森森吐着信子。

司玉稳住身形，厉声喝道：“岳冉？！”

“嘶嘶……”回答她的是完全不属于人类的声音。

银蟒滑动身体，从树上游走而下。粗大的蛇身出奇地灵活，速度越来越快，很快拖曳至草地上。

司玉只得后退，缥缈峰山顶遍地都是怪石高树，她退了没几步，身后一硬，是抵到了一棵大树上。

银蟒借机高高跃起，直冲司玉扑咬下来。眼看就要成功地把这个碍事的丫头吞进肚子，却不料司玉猛地从怀里掏出一物，刹那间金色光华迎面照耀而上。

距离太近，又事出突然，银蟒未能避开，被金光照了个正着。

一股灼烧般的剧痛从被金光扫到的地方传来，银蟒高悬在半空中的身体骤然一抖，像是一条扬起的鞭子，被生生抽到了一边。

身体坠地发出沉闷的声响，银蟒在地上连滚了几圈，才缓过一口气。它抬起头，黄绿色的瞳孔里浮现出惊怒交加的神情。

这样人性化的表情出现在一条蛇身上，司玉只觉诡异阴森，遍体生寒，持着影虚镜的手也禁不住一颤。

这次她上山专门带了影虚镜，上次使用不慎后，司玉恶补了此镜的知识，才知道影虚镜不仅有往返虚实的特殊能力，还是一只攻击性极强的法器。此时一经施用，果然生效。

脱出影虚镜的光线范围，银蟒立刻扬起头颅，张口向着司玉的方向喷出一阵雾气。不用提醒，司玉也知道这不是什么好东西。调整宝镜，光线立刻对上那团雾气，如冰雪遭遇烈焰，“嗤”的一声，毒雾便被灼烧得一干二净。

眼看毒雾也被破了，银蟒阴狠的视线死死盯住影虚镜，却不敢靠近。此镜要说攻击力，在高阶法器中也不过中等而已，但琨兽天性属火，而且是专克冰雪寒毒的九真烈火，对它伤害无形中又加了一层。司玉所站的地方四面开阔，完全无法躲避光线。银蟒紧盯着影虚镜，一人一蟒顿时陷入僵持。

司玉持着宝镜，丝毫不敢放松，脚下缓缓移动。只要支撑到天亮就好，一旦天亮，必定有执教御剑飞行前往应天阁，缥缈峰可是必经之路。

银蟒显然也意识到这一点，眼看时间一分一秒过去，它终于按捺不住，再一次向司玉袭来。这一次它吸取了教训，没有腾空跃起，而是潜伏在草丛里游走逼近。

它游走的速度极快，如鱼儿进了湖泊般灵活，同时不停地曲折迂回，角度刁钻，试图避开金光的照射。

司玉操纵镜子，光线如影随形，每次照到银蟒身上，都会引起它一阵抽搐。

碧草被银蟒沉重的身躯压得“飒飒”作响，越靠近司玉，影虚镜的威力就越强，而可闪避的范围就越小。快到了近处，银蟒终于抵受不住伤害，一个翻滚避开光线，无奈地退回外围。

看着留在银蟒身上的红肿痕迹，司玉略松了一口气，看来仗着影虚镜，自己小命还是能保住的。

无法破除虚影镜，银蟒越发心急，在外围不停地翻滚游走，动作也越来越剧烈。尾巴一扬，狠狠地抽到一棵银萝树上。一阵小雨随即当头浇下，是银萝树上凝结的珍露，被它大力抽落，洋洋洒洒。

像是被这突如其来的“袭击”惊到了，银蟒猛地立起来，视线直直盯住银萝树上银光闪烁的珍露，刹那间瞳中浮现诡异的狂喜。

它转头狠狠地瞪了司玉一眼，随即游走忙碌起来，穿梭在银萝树中，不停地抽打树干，让珍露降下，淋到它身体上。

银萝树上的珍露已经凝聚了不少，重击之下，纷飞如雨，很快银蟒身上就湿透了。司玉心中暗叫不妙。没等想出对付的法子，银蟒又一次扑过来。连迂回都没有，直接腾空跃起，势如恶龙般要将这个让它吃足苦头的小丫头一口咬成两段。

司玉手里的影虚镜毫无遮蔽地照在它身上，却只是灼干了它体表凝聚未散的珍露，未等伤到它身体，狰狞的巨口便已扑倒眼前。

司玉一咬牙，长剑挥去，寒光直逼蟒身。

这几个月的剑部课程，她虽然比不上贺丹妍这些天资卓著的弟子，也一直努力不懈。

明晃晃的剑刃割到银蟒身上，划过细腻的硬鳞，发出刺耳的金属割裂声。全力以赴的一剑，竟然只是在它身上留下一个淡淡的痕迹，连血都没有流出一滴，难怪它避都不避。

眼看血盆大口当头而下，司玉调转影虚镜，朝着它吐出的信子直直照下去。

银蟒只觉一阵剧痛从口中传来，连忙闭口，偏头闪避。

趁它退避的空当，司玉飞身后退，却不料银蟒的尾巴早已经暗伏在身后，趁隙横空一击。

腥风逼近，司玉奋力用剑挑过，却依然抵不住银蟒强横的力道，被它抽打地踉跄向前扑去，跌倒在地上。

银蟒瞬间跟进，锐利的獠牙当头咬下。命在顷刻！司玉只觉心中一片空白。

千钧一发之际，却有一柄利剑横空插入，险险地挡住刺下的獠牙。

“快闪开！”一声低喝传来，惊惶中的司玉这才清醒，顺着长剑望去，立刻看到了熟悉的身影。

俊逸的面容上犹带着急速奔波留下的红潮，湛黑的眸子深邃明锐。谢东仪一眨不眨地盯着面前的银蟒，三尺长剑寒芒闪烁，凌人气度无风自凝。

将司玉挡在身后，他低声道：“你先后退，我来对付它。”

司玉站起身来，踉跄后退了两步。刚才银蟒那一击甚重，命危时刻尚未察觉，此时稍有放松，立刻感觉气血翻涌，胸闷气短。

那边银蟒已经和谢东仪交上手了。

即将成功之际，却被人横插一脚，银蟒怒不可遏，巨大的长尾凌空甩过，带起尖锐的劲风，同时长舌嘶鸣，不断吐出毒雾，不过片刻四周就聚起淡淡的一层。

毒雾环身，银鞭乱舞，谢东仪却纹丝不乱，敏捷地躲避开银蟒的追击，剑法稳重开阖，锐意如光，转眼间已经刺中银蟒数剑。

眼花缭乱的战斗中丝毫没有司玉插手的余地，她后退至一块峭壁处，凝神观战。

谢东仪剑法虽然锐利，内力却终究不足。银蟒天赋异禀，体表的鳞片早已刀枪不入。连接数十剑刺上去，竟然只刺破了表皮，就再难深入。

仗着乌龟壳厚，银蟒只避开要害，对剑刃加身几乎不管不顾，反而专心喷吐毒雾，围着谢东仪绕了一圈又一圈。

司玉在旁边看得心惊，此时谢东仪虽然不落下风，但若破不了银蟒这层乌龟壳，他终究有功力耗尽的时候。而且周围笼罩的毒雾越来越浓重，虽不知谢东仪是用了什么法子暂时不受侵扰，但时间久了呢?

性命攸关，司玉握紧手里的影虚镜，转身爬上山坡。借助地利优势，她提高镜子，趁隙高呼一声：“谢东仪！”

谢东仪立刻明白了她的打算，收剑变招，闪身后退。

机会稍纵即逝，司玉立刻调整镜面，明晃晃的金光照了过去。

被金光扫到，银蟒全身一颤，银萝珍露消散得极快，被影虚镜照到，立即火辣辣疼痛不已。

它怨毒地瞥了高岩上的司玉一眼，想要先去收拾这个丫头，奈何面前这小子却又再次逼近，死缠不放。他剑法凌厉十足，虽无法对它造成致命伤害，一时间竟也甩不开他。

谢东仪和司玉配合无间，剑法和镜子的威力相得益彰。纵然银蟒凶狠刁钻，在两个初入门弟子手上竟然占不到丝毫便宜。

双方又缠斗了片刻，天边隐隐泛起鱼肚白，再过不久就要天亮了。银蟒心急如焚。它狠了狠心，一击逼退谢东仪，猛地张开口，朝着司玉方向喷出一口毒雾。

眼见它故技重施，司玉立刻以影虚镜对付。

触及金光，浓重的雾气像是暴露在烈日下的冰雪，很快融化消散了。

可就在同时，一道星芒从消散的毒雾中猛地迸射而出，狠狠地击在镜子上。

竟然是银蟒的一只毒牙！

随即一股巨力传来，司玉连人带镜子被打飞了出去。她本来就站在山巅最高处，立即滚落悬崖。

“司玉！”谢东仪惊叫一声，想要抢上去救援。可银蟒岂会放他任意行动，一边死死缠住，一边趁隙挥动巨尾，狂扫对面山头。

巨大的力道撞击在山壁上，地动山摇，无数石块泥沙从山巅上滚落冲刷下去，它是铁了心要把那个讨厌的丫头置于死地了。

飞出山崖的瞬间，司玉眼明手快地抓住一根蔓藤，止住下落的身体，可没等喘一口气，刹那间山崩地裂，飞沙走石，无数石块从山顶呼啸而下。

她强忍着伤势，跳跃闪避，却还是无法完全闪过，终于脚下一滑，滚落下去。

司玉只跌得眼冒金星，连赖以保命的影虚镜都不知跌到哪里去了，在冰凉的地面上喘息了好大一会儿，才挣扎着爬起身来。

借着头顶的光线，她看向四周，竟然一处山洞，与上次躲避岳冉时候不慎跌下的洞穴离奇地相似。若不是缥缈峰与上次的瀑布相距遥远，她真要以为自己是故地重游了。

洞穴虽深，此时的司玉可不是数月前那个手无缚鸡之力的废柴，强忍着伤势疼痛，她跃起攀上一块岩石，准备离开洞穴。爬到一半，外面忽然传来一声爆炸巨响，瞬间地动山摇。

洞穴里无数石块泥沙纷纷砸落，司玉连忙从石壁跃下，后退闪避。

震动越来越大，整个洞穴开始塌陷，她只得不断后退。一开始还有缝隙落下的光线照射，越往洞穴深处，光线越暗，等大地终于安静下来，四周已经一片漆黑了。

是洞穴的出口被彻底封死了，司玉跌坐在地上，这一次她连苦笑的力气都没有了。

依靠在石壁上，感受着地面传来的丝丝凉意。不知过了多久，身上疼痛稍缓。不能待在这里，连续两次地震，只怕这附近的石壁随时都有坍塌的可能。记得上次入地道的时候，里面四通八达，别的方向应该有出口。司玉站起身，可眼前漆黑一片，根本辨不清方向，自己这是跑到哪里了？早知道应该把五寸钉带上。

扶着石壁，她慢慢向前走，适应了黑暗的环境后，脚下的速度逐渐变快。

走了不知多久，一种奇异的感觉浮上心头，仿佛与周围绝对的黑暗融为一体了，心神一片迷茫。是那种熟悉的感觉又来了，如同鬼神降临般，强大的吸引力主宰着她的心神，让她不由自主地向前走去，仿佛那里有什么东西强烈吸引着她，

四周依然是一片黑暗，却不必依靠石壁来分辨方向了，茫茫中道路已经清晰地铺陈在足下。

司玉觉得自己已经分裂成两半，一半的精神在惊声尖叫，可另一半却完全不受控制地向着未知的前方走去。

道路的尽头隐约有亮光传来，纯粹明净，仿佛天地开辟之初的第一缕光芒。

顺着光线的牵引，她走入其中。等神志清醒过来，她已经身处一片离奇的世界里了。

这是一个透明的世界，一个水晶般清澈的地方。

深远广阔空间里，如同融化的冰雪般挂下层层晶体幔帐，无数根形状各异的巨大柱子支撑住天顶，角落有数不尽的石笋状晶体涌出，最精

雕细琢的艺术品也没有这般优美流畅的线条。头顶上，脚底下，放眼四方都是晶莹剔透的材质，更有无数荧光浮动其中，熠熠生辉。

是凝结的冰雪？还是天然的结晶？司玉走近一处晶壁，忍不住轻轻触摸。

可就在她手指接触晶体的一瞬间，里面蕴含的荧光忽然动了，纷纷向着她指尖触及的地方汇聚。司玉吓了一跳，连忙收回手指，内中的光点这才停止汇聚，却依然荡漾不止，久久才恢复平静。

简直像活的一样，这个奇怪的空间究竟是什么地方？依照自己走的方向，这里应该是山腹内部了吧，竟然有这么美的景致。

随着她的深入，脚下晶莹的光点越来越多，并隐隐形成一种规律，像是某种古老的咒法图案。司玉仔细看了几眼，立刻感觉头晕眼花，仿佛整个灵魂都要被吸引进这繁复多变的图案里了。

她不敢再看，绕过冰柱，继续往里走去。

终于一抹异色映入眼眸，在这一片冰晶的透明世界里格外抢眼。仿佛有什么东西埋在大殿中央的冰晶之下，光点在其下汇聚成一片海洋，宛如一朵盛开的雪莲，更有无数晶亮的荧光浮动在虚空中，流转闪烁，飘逸不定。

司玉快步向那边走去，走近了才看清楚，那些并不是悬浮的光点，而是无数条银丝细线，从深远的顶端笔直落下，一直穿透下方的冰壁。

而冰壁下面埋着的……

是一个人！

第三章

误入宝山

深秋的风清爽宜人，徜徉在深远广阔的天源山间，随着浓郁苍翠的碧色延绵而过。

潜光峰后山深处，有一处山水相宜的谷涧，遍地奇花异草、浓翠修竹，清雅芬芳弥漫其中。清澈的溪流顺着山石潺潺而过，如泻玉流珠，泠然作响。溪流的边上，一座雅致的竹舍依山傍水，卓然而立。

此时一个清朗的声音从竹舍中传出：“首座这里真是好风光啊，更兼灵气充沛，别具玄妙，不愧是天源山十二灵地之一，难怪这些年不见，首座的修为越发精深了。”一身白衣的少年走到窗台前，欣赏着窗外的风景，由衷赞道。

“这话说得客气了。冰尘涧不过是天源山十二灵地中排名最末的一处，哪里比得上魔界帝都月城的华美。”对白衣少年别有所指的夸赞，坐在竹榻上的老者只是淡然应了一声。

“首座过谦了。其实以术部首座之尊，除了甄扬焕之外，这天源山上的灵穴资源，还不是予取予求。”白衣人耸耸肩道。眼前的长须老者正是天源宗术部首座柳无相，而他刚才所提到的甄扬焕，便是五部中唯一能够与术部相提并论的剑部首座。

“首座并非是天源宗主。”柳无相神情平静地点出其中的关键，不等白衣人回答，他继续道：“你我既然各有所求，何必在这些无畏的口舌上浪费时间，不如直言吧。”

“首座真是爽快人。”白衣人轻声笑了，勾起的唇角如昙花乍然绽放，充满侵略性的美。

司玉悚然一惊，后退一步，才定下心神。

难道这里是哪个天源宗前辈的墓地不成？

只是这般恢弘大气，绮丽玄妙，主人会是谁？好奇心起，她压下心头的恐惧，向前走了几步。

等看清楚下面的人，司玉只觉被人当头打了一棒，刹那间头脑里只剩下一个声音：

世上竟有这么美的人！

那是一张世间任何言辞都无法形容的容颜，隔着重重冰雪，依然挡不住璀璨的容光。乌黑的长发铺陈在身下，整个人似乎与冰雪融为一体，极端脆弱又精致的美，恍如朝露昙花，咫尺天涯。

司玉看得眼睛发直，暗暗感叹，也只有这样的人，才配得上这般冰清玉洁的恢弘墓殿。

想要看清楚些，她又上前一步……

“啪”的一声脆响传来，屋里两人转头望去，原来是窗台上一支冰晶雕刻的水仙花承受不住风力，掉了下来，晶莹剔透的冰晶碎了一地。

“真是可惜，这么精巧的东西，首座怎能将它放在窗台上呢？”客人笑道。

“寻常玩物而已。既然跌落，便是它天命有此劫数。”柳无相无所谓地道，挥了挥手，散落在地上的冰晶碎片立刻不见了。

收拾完这微不足道的小插曲，他继续刚才的话题：“我所想要的东西，你应该很明白，而至于你们所要的……只要能看到那样东西，我自然会尽力帮你们取得。”

“首座这话未免不公。首座所求的，可是千古难寻的宝物，而我……”

“你们所求的，难道比我所求的逊色？”柳无相淡然打断了他的话，道，“妖魔本性奸诈，若不能亲眼见到那样东西，让本座如何相信你的话？”

“首座的话可真是伤人啊。”被如此直白地讽刺，白衣人反而笑得越发欢畅，肆无忌惮的笑容带着亦男亦女的妩媚，“白郁如今身处天源山之内，生杀荣辱尽皆操纵于首座一人之手，何必如此小心翼翼。”

“此事干系重大，自然应该小心一些，更何况白公子前来寻我自曝身份，你的同伴可并未寻我啊。”柳无相云淡风轻地道。

白郁眯起眼睛，掩去隐含的锐光，长叹一声道：“首座这样说，可真让白郁寒心了。如今魔界改朝换代久矣，玄王霸业蒸蒸日上，哪里还能找到几个心念旧主的人。此番冒险孤身潜入贵宗，也不过是为了求得故主遗骸，以全旧日忠心，实在对贵宗无丝毫恶意。”

柳无相神色不动，白郁还想继续说什么，忽然蹙起眉头：“看来今日不是谈话的好时机，也罢，待改日再来拜望首座，只希望到时候首座的心情能够好一些，也好对我们这些飘零落魄之人宽容一些。”他爽朗地笑着，同时身影一晃，从屋里消失了。

房间很快恢复了平静，柳无相缓缓开口道：“幸好你来了，不然真要给这只妖魔耽误了正事。”

“首座已经知道了？”门外响起一个沉稳的声音。

柳无相摊开手掌，刚刚碎裂的冰晶水仙躺在他掌心：“照裂纹来看，是有人触动封印了。而且进入很深，只怕已经触及印核了。”

“也不知是什么人如此胆大妄为？”

“还能有谁？”柳无相叹道，“这些妖魔果然习惯了两面三刀，一边和我谈条件，背地里却已经开始下手了。”

“这些妖邪竟有此等修为！”外面的人低声惊呼道。

“等闲之辈岂敢来天源山送死？”柳无相摇摇头，“只是他们再狡诈也是白费心机，封印之力岂是他们所能够承受的。”

司玉摔在地上，全身如触电般酸麻不已，疼得她叫苦不迭。

半晌才缓过气来，她爬起身，走近刚才碰触到的地方。明明是虚空一片，怎么会阻拦自己？吃过一次苦头，她自然不敢大意，缓缓伸手触摸，果然，一旦到了某个距离，便凭空生出一股阻力。

司玉揉着酸麻不已的手掌，不死心地围着转了一圈。直到确定这层保护壳是全方位的，丝毫没有突破的余地，才不甘心地停下了脚步。

只能站在这里欣赏了，也许那位前辈不想让人随便亵渎其遗体吧。

她站在圈子外面遥望着，又细看了片刻，忽然发现那些笔直悬空的细线似乎直接贯穿了下面的墓地，像是无数根冰晶做成的钉子，将那人深深固定在冰晶之下。

司玉打了个寒战，隐隐觉得这里是坟墓的猜测未必正确。

她禁不住后退了两步，却觉脚下一硬，似乎是踩到了什么东西。低头一看，是一个鹅黄色的绢帕。

是冰心草的碎灰，下午她去向贾执教求银萝珍露的时候，特意带上的，刚才摔倒在地上的时候掉出来了。

门外的人犹豫片刻，低呼一声：“师尊……”

这个意外的称呼入耳，柳无相一怔，眉宇间浮起淡淡的怀念：“刑震，自从你出师之后，已经很久没有这样称呼我了吧？”

“弟子既已在部中担任职务，日常自当以公为先，不容半点私情。但在弟子心中，师徒之情，授业之恩从未忘怀。”门外弟子叩首道。

柳无相睁开闭合的双眸，叹了一声：“我知道你的意思了。”他并未称呼自己首座，而是改称师尊，便是要以一个弟子的身份劝谏了。

“师尊？”刑震低声呼道。

“与妖魔串通一气，实在非我所愿，但此举也是为了天源山万年基业着想啊。”柳无相语重心长地道，“自从盘古神玺失落魔界，我天源宗宗主之位空悬已有三百余年了。虽然五部首座共同理事，未出大的乱子，但邢震你有没有想过，我们之所以能如此安稳，不过是因为魔界在那一战同样损失惨重，所以这三百年来一直偃旗息鼓。这些年，没有了盘古神玺，没有了宗主，不仅十三峰上的秘库无法开启，连天源山十二灵地，有一半都无法破除外面的阵法，重新使用。”

邢震神情一黯，十三峰秘库、十二灵地等，都是天源宗最机密的内容，是只有宗主和核心弟子才能够接触。三百年前的那场魔界大战，这些弟子几乎全军覆灭，以至于天源宗这几百年来，空守着宝库而无法使用。柳无相等高手也研究过其上的阵法封印，却始终不得其法。

面对这样的窘境，后果也很明显。就以柳无相来说，二百年前他就已经迈入金丹期，却迟迟无法结婴登仙，若能够入天源山几处最好的灵穴修行，或者借助秘库中封存的万年灵药，早就能突破这一境界了。

据说天源山地脉运转与上古神器盘古神玺息息相关，各处灵穴秘库的封印均借助了神玺之力。

“魔界这些年来休养生息，只怕内中实力早已深不可测。一旦突破封印，我天源宗危矣。现在唯有寻回神玺，方能重振我天源宗神威。”柳无相神情肃穆地道。

“可是……”邢震依然犹豫，“盘古神玺据说已经在那一战中灰飞烟灭了，而且封印之力强大无比，魔界岂能……”

“那只是据说而已，神玺下落究竟如何，你我枯坐天源山，一辈子也不可能知晓。唯有与这些魔物打交道，才能得到线索。至于魔界如今的实力深浅也是如此。闭关自守，固步自封，将来如何有把握迎敌？”柳无相继续平心静气地道，“就以今日那个白郁来说吧，若不是他自曝身份，你我可曾猜得到他是妖魔？想不到短短几百年里，魔界竟又有人能将借体转生术修炼到如此精到的境界。”

“借体转生术？竟是用了这种残毒狡诈的法子，难怪他看上去无丝毫魔气。” 邢震惊呼一声，又迟疑道，“弟子就是害怕这些妖魔太过于阴险狡诈，只怕盘古神玺未能得到，反而白白让妖魔得利。”

“你放心好了，神玺本座志在必得，而封印却是绝不会替他们解开的。”柳无相安慰道。

听柳无相说得斩钉截铁，邢震终于道：“那弟子就放心了。只希望师尊能够得偿所愿，为我天源宗寻回至宝，重振声威。”顿了顿，又问道，“那这次封印被触动之事，是否应该替他们压下去？”

“让这些妖魔太过嚣张也无益处，你带人过去，寻个别的罪名将那奸细秉公处置了，不要落下话柄。”

“是！”邢震领命而去，房里很快只剩下柳无相一人。遥望着窗外飘逸如仙的风景，他忽然笑了，带着些许讽刺意味。他确实不可能替白郁他们解开封印，因为那个封印，就如同天源山最顶尖的秘库灵地一样，连他这个术部首座都解不开。

密林深处，一个人影正坐在一棵枝繁叶茂的大树上，手里持着一朵珍珠色的小花。

若走近了就会听到，从那朵花中，竟然传来若有若无的声音：“你放心好……神玺……必得……而封……不会……”随着这些话语传入耳中，树上的人影不时轻笑着。

一道白影在林间纵横跃动，很快奔至树下。衣袂飘飘，纤尘不染，正是恢复了男装打扮的白郁。

抬头看着端坐在树冠上的人，他问道：“听见什么有用的消息了没有？可别告诉我是白辛苦一场啊。”

“听你这么问，便知今晚的会谈一无所成了。”树上人影悠然道。

“哈，明面上确实是一无所成，不过，有你这个心思细密的军师大人在，怎么会真的一无所成呢？”白郁笑道，一边伸了伸懒腰，“去和那个假道学的伪君子虚与委蛇了大半天，可真是辛苦呢。”

“你算什么辛苦，我的耳朵受这种折磨才叫辛苦呢。”树上人影笑道，“你究竟把花放到哪里了？声音若有如无，几乎什么都听不见。”

“没办法，虽然你新炼制的这种小白花世上从未出现过，但若放得近了，以那个假道学的修为，必定会起疑。”

“它不叫小白花，叫做一线牵。”树上人影慢悠悠说道，“你要记好了，叫错了名字，她会生气的。”

“好好好，反正都是你家亲戚，我记住了。”白郁难得好脾气地道，“你还没有告诉我，刚才听到了什么，笑得那么开心。”

“正听到柳无相在说神玺志在必得，而封印绝不会帮我们开启。”

“这只老狐狸。”白郁笑骂道，脸上却无丝毫凝重。其实他们从一开始就很清楚，以柳无相的精明，就算用他梦寐以求的盘古神玺为饵，也绝不会轻易上钩的，“他是想空手套白狼，然后再来个斩妖除魔，可真是想得周到。可惜我们和他是半斤八两！”因为他们手中同样也没有盘古神玺。

树上人影看了他一眼：“刚才行动有没有引起注意？我早告诉过你在这种地方不要穿白衣，尤其还是夜晚。”

“你可真是唠叨。”白郁瞥了他一眼，无所谓地道。

“这里可不是遍地新人的应天阁，冰尘涧一带是术部管辖范围，高手无数，你还如此托大。一旦有失，岂不是让我们这些年的计划毁于一旦。”说到后来，树上的声音逐渐低沉严厉。

“我有分寸，绝不会坏了大计的。”白郁还是不以为然。

“你这种肆意妄为的性子，哪里适合这种细心的任务！”树上人影无奈地叹了一口气，“若出了事，可别指望我来替你收拾烂摊子。另外，这些天有没有引起怀疑？尤其是和你朝夕相处的那些人。”

“没有。”白郁理直气壮地说道，眸中却掠过一丝心虚。

树上人看了他一眼，忽然笑起来：“早知道我直接给你换一个女身，也让你真的尝尝当女人的滋味，免得整天穿了那身衣服祸害人。”

“哈，这就免了。你的借体转生术虽然玄妙，但逆转阴阳，是要折损修为的。不然我还真想试一试。”白郁爽朗地笑起来，又道：“既然无事，我先回去了，柳无相那里先静观其变。”

“等等，倒是有一个消息忘了告诉你。”树上人影慢悠悠地说道，“有人触动封印了。”

说的云淡风轻，听的却如雷贯耳：“你说什么？！”

“有人触动封印了！刚才邢震就是这么禀报柳无相的，想来不可能是谎话。”

“你怎么不早说？！”

“早说又有什么用，难道我们还能赶去助他们一臂之力不成？还是去阻止他们？”树上人轻笑道。

“你是说……是玄王那边的人动的手？”白郁冷静下来，立刻思索道，“除他们之外，也确实没有别人了。只是他们如此心急，只怕反而打草惊蛇，得不偿失。他们自己身死不要紧，若连累了我们的计划……”

“有盘古神玺这张护身符，我们怎么会被他们连累？”树上的人悠然道。

白郁立刻明白过来，看在神玺的面子上，哪怕不情愿，柳无相也会自动替他们摆平，绝不会让这件事打草惊蛇，坏了后续交易。他忍不住笑了：“只是以柳无相这人睚眦必报的个性，就算肯出力压下此事，只怕他们也要有苦头吃了。这倒也好，免得继续惹祸。”

“你这样说就未免不公平了。”树上的人笑道，“他们惹出的事，哪一次不是帮了我们大忙，这次也正可以借他们之力一探封印虚实。”

“你打得算盘倒是如意，只怕如此频繁行动，反而坏了大事。”白郁皱眉道，眉间闪过一丝厌恶，“哼，多半是那个小鬼在背后催促他们动手的，指手画脚，反而坏了计划……”

“哈，玄王殿下如今可执掌我魔界大权，诸城无不听令行事，恭谨侍奉。”树上的人“好心”提醒道。

“什么玄王殿下，小鬼就是小鬼，就算执掌权柄，也难成大事。”

树上人笑起来：“若论年纪，他似乎也不比你小多少吧。再者，若不是这次潜入天源山，我还真不知道早在几十年前，玄王殿下就已经开始在这里埋棋子了。”说到后来他忍不住抚掌赞叹，“李代桃僵，这一招可走得妙啊！难怪魔龙殿那边几十年都没见银朧元君现身了。”对于出色的计谋，无论是敌人还是朋友的，他都不吝于赞美。

“若不是你的借体转生术这些年才大功告成，我们也早就行动了。”白郁却似乎对那个玄王殿下心结甚深，不屑地说了一句。

树上人没有理会他的态度，继续道：“只是银朧元君心机颇深，又极能忍，以他之老谋深算，应不会这般鲁莽行事才对。除非是玄王殿下在背后催促？可他又何必如此心急？”

“我魔界正处于生死关头，哪个不心急？”白郁不以为然。

树上人影没有说话，他忽然想到，这次触动封印的，真是玄王的人吗？未必不是其他势力在暗中动手，想到后来，他眉间隐有凝重之色。

如今天源山看着风平浪静，内里却早已暗潮汹涌，各方势力云集，先不说他们这些外来的卧底，便是天源山内部也不平静。这些年宗主之位空悬，五部共同理事。头上没有了一言九鼎的宗主压制，日常为了法宝、灵地、人才这些资源，五部之间难免有争权倾轧之象，尤其以实力最强的剑部和术部为最。而其余几部首座，乃至诸位长老，对那个高高在上的位置也未必没有妄想。只是彼此相互制衡，又失了盘古神玺，迟迟未有人敢轻举妄动而已。

新入门的弟子身份低微，自然感受不到这其中的波澜涌动。在他们眼中，五部还是一团和气，如脚下的天源山一般欣欣向荣。

走到哪里，都免不了纷争权势，人也罢，魔也罢，有什么不同？

天边泛起白雾，青蓝色的曙光静悄悄透过险峻的山口，投射在葱茏的树木和静思的人影上。清凉的寂静中，白郁遥望着天际那一抹亮色，有些出神。片刻，他忽然轻声笑道：“这次若是失败，我就不回去了，死在这里也好，这里的风景不错。而且……至少能留在离那人最近的地方。”淡然的语气蕴含着决然的坚定。

树上的人望着他，神色微动，随即掩去，笑道：“好生痴情啊，若那人知道你这一片痴心，焉能不多怜惜你几分？”

很快敛去了苍茫的神色，白郁懒洋洋道：“我这也是为自己考虑啊。先不说我们一旦失败，逃离天源山的把握，就说魔界那边吧。屡次和他作对，玄王殿下可早就恨不得置我于死地了。反正也是死，与其死在那个小鬼手里，倒不如死在这里，也算是死得其所。倒是你，他一向对你青眼有加，多次招揽，尚可……”

“可惜这么多次招揽都被我这个不识相的拒之门外，我们那位玄王殿下可不是个宽容的人啊。”树上的人悠然道。

“哈，说的也是。那是生是死，就放手一搏好了！”白郁朗声笑道。一线亮得刺眼的红光冲破暗夜的笼罩迸射而出，朝阳之下，如火如荼，映红了树上树下两张如旭日般夺目的容颜。

相视而笑，莫逆于心。

司玉弯腰捡起绢帕，捏在手里，却禁不住一愣，手感似乎有点儿不对劲儿啊？

这是一团碎灰吗？她用力捏了捏，不料，绢帕里竟传来“吱”的一声尖叫。

声音不大，传入司玉耳中却如五雷轰顶，自己不会是幻听了吧？

“吱吱……吱……”

紧接着传来的声音彻底粉碎了她的怀疑，不仅声音，甚至整个绢帕都开始扭动起来，那棵灰飞烟灭的冰心草竟然……

诈尸了？！

脑海里猛然想到这词，惊吓之下，司玉就要将手里的绢帕扔出去。可绢帕却像是黏在她手上一样，怎么用力也扔不掉。

手指微痛，定下心神，才发现是两片嫩生生的小叶子正像树袋熊一样，紧紧扳住她一根手指头，拒绝被扔出去。

司玉停下甩手的动作，捏住绢帕将它扯下来。

身体大部分还包在绢帕里，只有两片叶子伸在外面。被司玉扯开，没有了依靠，嫩叶胡乱挥舞着，一边紧张地“吱吱”尖叫。

真的是冰心草！连头上的小蓝果子都分毫不差。

它怎么又活过来了？

难道是刚才掉在地上的缘故，看着璀璨无垠的冰晶地面，内中无数荧光如有生命一般，聚合弥散，熠熠生辉。

这到底是什么世界啊？看着在掌心扭来扭去的小草，司玉将绢帕解开。

冰心草兴奋地“吱”了一声，两片嫩芽扳住司玉的手指，探头探脑看向四周。

对这个神话般奇异的世界它似乎格外兴奋，从雀跃的叫声就能够听出，还不停地挥舞着叶子。

是感受到了什么？还是纯粹重生的喜悦？

司玉突发奇想，她蹲下身子，将冰心草放低，接触到地面。果然，诡异的情形再一次发生了：仿佛感受到召唤，地面下的荧光向这边急速靠拢，冰心草身体一颤，通体闪烁起银白的光彩。

司玉吓了一跳，连忙把它提高，地下的荧光失去目标，游动片刻，逐渐散去了。

再看冰心草，身上的光彩逐渐消散，看起来并没有什么变化，只是头顶上的冰心果似乎大了一圈。

果然是地下这些荧光的功能，司玉正想着，手里的冰心草却“吱吱”叫了一声，然后两片叶子指向地面，满怀期盼地望着司玉。

司玉嘴角抽搐一下，它的意思该不会是让自己再把它放下去吧？看来这些荧光确实对它有好处，不然小果子也不会生长得这么快。冰心果是冰心草一生的精华凝聚，要经过数百年才能结成一颗。

这边司玉还在想东想西，那边冰心草已经急不可耐了。刚才触及地面的瞬间，一股透心凉的纯净力量沿着脚下源源不断地涌入体内，又有一股热力沿着司玉掌心传来，两股力量如水乳交融，不断涌入体内。刚才司玉只见到它果子稍微大了一圈，却不知，就是这小小的变化，实际上代表着它的道行平白增加了数十年。虽不知是什么缘故，但这般天上飞来的洪福是可遇不可求。刚刚享受了没几秒钟，就被拉着离开了冰晶地面，冰心草自然着急了。

抓耳挠腮地暗示司玉赶紧将它放下去，司玉却沉入思索，迟迟不见动作。冰心草急了，两片嫩叶扳住司玉的手指一用力。正在出神的司玉手指一疼，顿时松开。

“吱”的一声欢呼，冰心草兴奋地跳到了地面上。

可等它接触到地面后，左蹦右跳，却迟迟不见有任何力量涌入身体。脚下的荧光浮动闪烁，丝毫没有向这边靠拢的趋势。

冰心草大惑不解，以它懵懂的心智，自然想不透其中的玄妙，只是直觉性地向荧光多的地方跑去，越跑越远。

这种诡异莫测的地方岂能随便乱闯！司玉连忙跟上它。

奈何冰心草身体娇小，动作又快，在光滑的冰晶地面上格外灵活，司玉一时间竟追不上它。

绕过一根巨大的冰柱，司玉眼看就要抓住那只惹祸的小东西了，却不巧脚下一滑，“扑通”一声跌倒在地上，

这边恰好地势倾斜，司玉惊叫一声，就沿着甬道滚落下去。

地面光滑地如同打了蜡一般，怎么也停不下身形，连不小心踏上此地的冰心草也是“吱吱”惊叫，跟着一起滑了下去。

不知过了多久，直跌得一人一草七荤八素，才终于稳住身形。

司玉挣扎着站起身来，却发现自己已经身处另一片空间了。

不再是冰晶世界，而是一处占地广阔的大殿，一眼几乎望不到边际。庄严朴素的黑色石壁上，间歇覆盖着块块冰晶，那感觉，就像是冰晶蔓延生长，覆盖了这座黑色巨石的建筑，从墙壁、地面到天花板……无处不在。

走到石壁前仔细观察，这些巨石材质十分特殊，非石非玉，闪烁着金属般的光泽。透过冰晶，司玉甚至能够看清其上复杂的花纹，带着古拙的韵律和神秘的纹路，让她忍不住想要伸手抚摸，但冰晶之内点点浮动的荧光却让她打消了这个念头。

“吱”的一声轻呼传来，是刚刚惹了祸的冰心草，正晕头晕脑的从地上爬起来。司玉无奈地上前将它一把捉住。

冰心草乖乖趴在她手上，探头看向四周，再也不敢轻举妄动了。

整个大殿庄严肃穆，似乎并无特殊之处。等司玉要离开，却发现，竟然找不到离开的路了。费了半天的时间沿着大殿四壁转了一圈，整个房间根本浑然一体，没有任何通往外面的道路。

那刚才自己是怎么进来的？！司玉觉得一滴冷汗从额头滑下。

天源山深处云雾缭绕，苍茫迷蒙，天边已经泛起白雾，密林深处依然凝聚着浓浓的夜色。

茂盛的深碧色植物环绕间，一间竹舍依山而立，几乎与碧绿的植株融为一体。透过敞开的窗户，可见一人正临窗而立，端详手中一块雕刻成小蛇形状的晶体。

过了半晌，一个俏丽的声音从窗外传入房中：“怎么样？人已经死了吗？”

“感应不到气息，应该是死了。”窗内的人抬起头来，银色长发在黯淡的暮色中格外显眼，衬得一张面孔妖异非常。竟然是岳冉！

“一个小丫头而已，若还是杀不死，岂不辜负了银螣元君的大名？”窗外的人笑道。

“哼，为了这个没用的丫头，我可是平白折损了一个分身。”岳冉语气不悦。一边说着，手一挥，蛇形晶体化做了一团粉末，随着一阵清风散落窗外。

“何必如此心疼？那分身连你一成的功力都没有，再找一个新的就好了。”

岳冉叹了一口气，却没说话。为了成功潜入天源宗，他自废躯体，牺牲极大。虽为了主君大业，心甘情愿，但到底还是有真正身体好。

天源山上灵物虽多，得了道行的蛇类也不少，但与他功体属性完全契合的却不多。寻了好久才在灵溪涧找到一只合意的，细心培育，如今已有两百多年的道行了，原本准备等过些日子将它挪到天源山外，寻机附体而上。如今却为了大计不得不牺牲，岂能不心疼？

罢了，好在牺牲也值得，那小丫头的气息已经不见，后患已除。还有那个碍事的谢东仪，以及那些闻声赶过去的老家伙们，想必也被它最后一招自爆弄得灰头土脸吧。哼，别以为只有二百多年的道行就微不足道。岳冉有些自鸣得意地想着，最后那一招同归于尽，只怕杀伤力不逊于自己全盛时期的招数了。

“对了，我来是告诉你，邢震行色匆匆，往苓泽禁地方向去了。”窗外的人提醒道。

“苓泽禁地？”岳冉语气微动，按照他这些年的探查，那里极有可能是连通封印的地点。邢震身为术部执事之一，深夜前往此地……略一思索，他沉声道：“我去看看。”话音未落，身影已经消失不见了。

“先是缥缈峰山头上出现蛇妖作乱，后是苓泽禁地另有玄机，今晚的天源山可真是热闹啊。”窗外的人似有似无地笑叹道，很快也消失在了茫茫夜色中。

第四章

百口莫辩

上天无路，入地无门。说的好像就是自己如今的状况吧？站在广阔的大殿里，司玉长叹。好在今晚她经历的乱七八糟的事情已经够多，足以让她泰山崩于前而面不改色了。多半又是什么阵法之类的存在，她仔细观察起墙上和地上的花纹。

这些日子的术部课程总算没有白学，查看片刻之后，司玉走向大殿中央。

这里应该就是阵眼了吧？试探着踏入一圈复杂的图纹中，忽然“腾”的一声，殿内高台上那座一人高的三足宝鼎忽然燃起火来。

不，那不是火，而是光，纯粹的金光，以鼎为中心散发开来，一开始如波动的水纹，随着光线越来越多，越来越浓，一时间光华乱溅，如雨纷纷。很快整个大殿都沐浴在这淋漓尽致的金雨之中了。

司玉禁不住后退一步。等雨过光收，四周果然起了变化。大殿依然是刚才的大殿，却多了无数林立的高架。整整齐齐延伸开去，一眼望不到头。上面林林总总，摆满了物件。

那些形形色色的物件简直无所不包，有丝巾，有长鞭，有印玺，有算盘……无数怎么看都不可能摆在一起的东西，却被堂而皇之地放在了同一个架子上。当然，其中数量最多的，还是刀剑之类的武器。

司玉就算再傻，也明白这些是什么了。

天啊，自己是怎么到了天源宗的藏宝阁的？！

库房这种地方，用脚趾头想也知道，必定是一个门派的防守重地。自己这种新入门的弟子，根本没有资格进入吧？怎么就鬼使神差地进来了呢？

竖起耳朵听了片刻，并没有想象中警铃一类的声音，司玉放大胆子，开始四处查看。

难得有这种入宝库的经历，以自己的资质，这辈子能否混上内门弟子还是个未知数，参观一下也好啊。

仿佛已经尘封了千万年一般，每一件法器都安静地躺在自己的位置上。有些似乎经过封印，宝光内敛，毫不起眼；有些却灵气焕发，五彩霞光莹然缭绕。想来它们也曾经有过辉煌的过往，有过叱咤风云的经历……司玉沿着一排排架子走过。

走了不一会儿，她发现每一件法器的下面都带着一小块青玉，想起藏书阁的设置，司玉将手随意按在一块青玉上。

果然，一道信息立刻钻入脑海：归墟剑，天源宗第五代剑部首座萧平涵之佩剑，为萧平涵金丹期之后，入火焰谷采炼晶石所成，内嵌千年火灵石一块，可净化魔气，然此剑煞气慎重，若无结丹期以上修为无法驭使，且功体非属火者，难以发挥其效力……

此后是一大段关于此剑的经历，都是某年某月，在某地斩妖除魔，或者于何时何地第几代主人坐化，将此剑传给了某弟子云云……

松开手，司玉又转向另一件法器，相关信息一一映入脑海。

连续尝试多次，全都是天源山名声卓著的法宝，连司玉这个孤陋寡闻的都听说过几件。然而看得多了，却发现一个奇怪的规律，自己所阅读的信息，都是到三百年前为止。难道说近三百年以来，这里的法器就再也没有过任何出众的经历？也没有经过任何一次转手？

那种感觉……就像这些年来从未有人动过这里的东西一般。

望着眼前几乎无穷无尽的宝库资源，就算司玉心态淡定如圣人，也忍不住心动了。

摇摇头，她努力压制住自己的想法。这只是自己怀疑而已，说不定只是这部分法器凑巧没被用过，这么大的宝库，这么多的法器，日常怎么可能没人巡查呢？除非自己不想在天源山待下去了，还是不要轻举妄动的好。

满心羡慕地继续参观。在一个角落，司玉经过一串项链，甚至说不上是项链，只是一条细绳上挂着一颗青色的指甲盖大小的珠子。她随手按到青玉板上，信息立刻传入脑中：“慧乐珠，为清灵玉所制，经极海之渊冰雪淬炼五百年而成，天然蕴含清灵乐音，可清心涤神……”

会唱歌的小珠子？司玉一时好奇，伸手对着它弹了弹。珠子翻了个滚，立即响起一阵清冷的声音，似乐非乐，如寂静夜空中的落雪，令人恍惚间如身处极海之渊的大雪原。

好美的音色！记得典籍上记载清灵玉有回音存录之效，想必是珠子中所凝结的千万年的冰雪之音吧。

听着这优美的乐声，连冰心草都按捺不住了，头顶的小蓝果子随着声音一颤一颤。等到音色渐止，它欢欣地跃上架子，两片叶子抱住慧乐珠。

“喂，这是人家的东西，不能随便乱动。”司玉用手指戳了戳某棵不自觉的小草。

冰心草却不以为然，嫩叶死死抱住珠子就是不放手了。这颗珠子与它属性相合，刚才它听到乐音的时候就感觉躯体灵窍开合，如沐仙露，显然常听此音，对它修为大有好处，自然舍不得放手了。

司玉心念一动，鬼使神差将珠子拿了下来，揣进怀里，却又忍不住做贼心虚地左右看了看。

一颗珠子而已，应该不会被人发现吧？而且在满殿的法器之中，这几乎是最不起眼的一个了，不然也不会被放在这种堆灰的角落里。

怀里的冰心草发出“吱”的一声轻鸣，仿佛是在鼓励她。司玉自觉脸皮厚度增加了不少，但这样不告而取的行为还是压不住心头忐忑。

匆匆离开这附近，司玉往大殿外围走去，得赶快离开才行，不然肯定要忍不住诱惑，在犯罪的道路上越走越远了。

她倒也没有那么洁癖的道德观，若这满大殿的东西都是无主之物，她自然恨不得全部搬回家去，可如今的她还是天源宗弟子，而这里却是实打实的天源宗宝库，万一被发现，后果简直不堪设想。

司玉加快了脚步，在走过一排架子时，一样东西映入眼帘，她脚下一顿。

那是一面镜子，镜子法器在这座广阔的大殿里虽不多，司玉也已看到过七八面了，但眼前这一面镜子实在太让她惊奇了。

影虚镜？！

简直一模一样啊！它不是被自己失手跌下悬崖了吗，怎么会出现在这里？

司玉伸手将它取下，入手立刻感觉出不对：它比影虚镜轻巧多了。

仔细观察，花纹更加玲珑雅致，上面的琨兽塑像栩栩如生，却无狰狞之象，反而隐带几分天然，待的可爱。

司玉查看它的相关记载，这才得知，这是天源宗第七代宗主所亲手炼制的法器之一，同样以琨兽内丹为材质炼成的，功能也是大同小异，想必魏振的影虚镜是借鉴了前人的手法所成的仿制品吧？但这面镜子所用琨兽内丹年岁比魏振的那一面更高，而且经过冰晶净化，不仅威力大，也更加实用。

想到那面影虚镜，司玉忍不住头疼，那可是拜托谢东仪从魏首座那里借来的法宝，跌下悬崖也不知能否寻回来。

正在想着，司玉无端地感觉身形一颤，失重般的眩晕感觉涌上来。等清醒过来，她还是站在大殿中央，周围林立的架子全部消失不见了。

仰头望去，高台上燃烧的宝鼎逐渐熄灭了，大殿又恢复初入时的沉寂肃穆。

看来这宝库是有一定时间限制的，或者是按照拿取的宝物数量来计算？

司玉低头看着手里的“影虚镜”，若不是镜子的触感无比真实，她真怀疑刚才只是一场梦。

可是这面镜子怎么办？算是第二件被自己损公肥私的法宝？司玉有些担心，却又隐隐窃喜，怎么说也是白捡了两件东西，虽然是否会东窗事发还是个未知之数。

先离开这里再说吧，反正这面镜子自己也不是非要不可。而且，司玉偷偷想着，若魏振的那面真找不到了，不知道能不能用这面赔偿给他？

秘库封闭之后，宝鼎旁边自动现出一条通道。想不到这库房的设备如此先进！司玉走了进去。

通道宽敞平滑，两侧都镶嵌着闪亮的晶石，亮如白昼。沿着向前走了不知多久，远处终于现出不一样的光芒，衣袂轻扬，是有风吹入。

司玉加快了脚步。不久，眼前豁然开朗。四面一片青葱，都是蓬勃茂盛的树林，灿烂的阳光笼罩整个世界。

这里是哪儿？这样繁茂的森林在天源山几乎处处可见。司玉挪动脚步，脚下传来清脆的声音，低头看去，茂密的绿草野花之下，掩盖着一座黑色的圆形石板，材质同那座大殿一样，非石非玉，闪烁着金属般的光泽。

看脚下陈旧却依然可辨花纹的石板，还有四周爬满了蔓藤植物的石柱子，这里似乎很久之前是有建筑物的，却损坏了，如今已经彻底变成了植株的乐园。

转头看去，自己来时的通道已经不见了。这并未出乎她预料之外，从头到尾这一场经历，进入地道是莫名其妙，离开同样摸不着头脑，其中都是高等级的术法吧，看来自己需要学习的东西还很多啊。

离开废墟，司玉寻找出路，却忽闻一声断喝：“站住！你是何人？！”

司玉吓了一跳，转头一看，是两位身穿赭砂长袍的年轻弟子。

认出那是术部记名弟子的服饰，司玉心中一安，总算见到人了！她连忙上前一步，行礼道：“两位师兄，我是新入门的弟子，刚才在这一带迷了路，不知这里是什么地方？”

左边那名弟子闻言，眉头一皱，右边那个却已冷笑出声：“迷路？你可知这里是什么地方？”看司玉的服饰修为，两人便知她是初入门的应天阁弟子。

我要是知道，还会问你？司玉心里暗暗腹诽一句，却依然彬彬有礼地问道：“请两位师兄指教。”

“哼，迷路迷到苓泽禁地里来，还胆敢振振有词地说不知道？”右边那人继续冷笑着讥讽道。

苓泽禁地！司玉心神一颤，自己怎么来到这个地方的？！

入门之初，就有执教专门提点过天源宗的各项门规禁忌。其中几处禁地，或者有极危险的妖兽存在，或者关系天源宗灵脉宝籍，尤为重要，决不能擅闯，否则一概按门规论处。苓泽禁地就是其中之一。但真正让司玉讶异的还不是这些，苓泽禁地位于天源山第九峰上，距离缥缈峰千里之遥，自己竟然在一夕之间……

那两名术部弟子见司玉一脸的难以置信，心中也纳闷，昨夜术部归理堂执事邢震忽然召集座下弟子，言有人擅闯禁地，责令紧密搜索。众人行色匆匆赶来，搜查了这么久，想不到找到的竟是这种小丫头。以他们的功力，司玉如今的修为水平还是能够看透一二的。先不说这年头，连这种水平的弟子也敢擅闯禁地了，她到底是怎么破开外围阵法进来的啊？

左边那名弟子按下疑惑，道：“擅闯禁地，违背门规。你先在这里等邢执事前来论处吧。”说着将手里明珠转动两圈。明珠立刻化作一道白光，围着司玉转了一圈，地上刻出深深的划痕。

司玉只觉身体一僵，像是被封进玻璃瓶子的蝴蝶般手脚禁锢，无法动弹了。

“此环有雷霆之效，劝你莫要轻举妄动。”见司玉眸中隐有怒色，那名弟子“好意”提醒道：“我刚才已经发讯息给邢执事，片刻既至。你就别妄想逃跑了。”

不一会儿天上接二连三闪过数道光芒，是有人御剑飞行，急速而至，为首的正是邢震。

落到地上，他视线扫过司玉，闪过一丝不易察觉的惊讶，面上却古井无波，沉声问道：“此次惊动封印，擅闯禁地的就是此人？”

两名术部弟子连忙躬身道：“正是此人。众师兄弟在附近巡视良久，只发现了她一人而已。”

邢震点点头，视线落到司玉身上，肃声问道：“你是何人？可知擅闯苓泽禁地，该当何罪？”同时手一扬，束缚在她身上的光环立刻解开了。这么多高手在周围，他也不怕司玉走脱。

听起来像是古代衙门审问罪犯一般，用不用喊一声青天大老爷，我冤枉啊……司玉动了动恢复自由的身体，暗暗抱怨一句，却依然恭声道：“弟子司玉，现为应天阁门下。至于擅闯禁地之事，请执事明察，弟子并非存心为之。”说罢，她整理思绪，将事情大概缓缓讲述了一遍。

“你说你前往缥缈峰求取珍露的时候不慎遇到蛇妖袭击？然后跌入了洞穴？”听完她的讲述，邢震皱眉问道。

司玉点点头：“之后弟子顺着石壁前行，也不知为何最终会在这里出现。”

邢震神色叵测地打量着她。缥缈峰上出现蛇妖作乱之事虽不在他管辖范围，但也有所耳闻，似乎也听说有一名新弟子坠入悬崖之下，正在挖掘寻找，难道就是这丫头？对司玉他还有些印象，毕竟在入门大典上如此“出风头”的弟子很少见。当时便怀疑过她是妖魔所化，但此后，谢婉对她专门关注过。发现除了资质愚钝外，并无特殊之处，便逐渐打消了怀疑。

他本以为触动封印的必是白郁的同党妖魔，但若真是他们所为，偷偷潜入就好，何必把事情弄得这么复杂？又是蛇妖，又是珍露的。听说缥缈峰那边因为蛇妖自爆，半个山头都平了，几位高手都吃了不大不小的亏。

难道自己和师尊一开始就想岔了？这完全只是个巧合？可是……邢震这边思绪转地飞快，旁边却已有人按捺不住了：“一派胡言！”

出言呵斥的是一名身材高瘦的中年人，他不屑地瞥了司玉一眼，道：“缥缈峰距此地何其遥远，就凭你之功体修为，怎可能一日千里？更何况天源山之内，哪来的什么密道？我在此修行四百多年，可从未听说过。”

“执事明鉴，弟子并无虚言。”司玉微微欠身，正色道。

她说的确实都是实话，只是有选择地隐瞒了一些事情而已。对于误入冰晶殿堂和藏宝库的经历，自然明智地略过不提。

“哼，胡言乱语，装神弄鬼，别是妖魔化体吧。”那名高瘦的中年人依然不屑。

“何必如此麻烦，是不是妖魔，用我的呈心涤一试便知。”另一身穿青色道袍的矮胖子道，手一扬，一道绿光击向司玉。

邢震蹙起眉头，却并未阻止。

绿光瞬息即至，如诡异的灵蛇，绕着司玉不停盘旋，眨眼间便将她整个人笼罩。

以司玉的修为根本避无可避。瞬间周围就变成了一片遮天蔽日的绿。还未等她有所行动，忽然从胸口射出一道白光，利箭一般直冲那层包围圈。

接触到白光，盘旋飞绕不停的绿光浑身一颤，速度顿时慢下来。司玉这才看清楚，原来那是一条绿色的长绫。

白光接二连三射到绿绫上，绿光越来越弱，到最后喝醉了酒一般晃晃悠悠，眼看就要落到地上了。外面那人大惊，连忙将长绫收回。拿在手里细看，法宝流转的绿光中隐带白芒，竟然像是被生生灼伤了一般。矮胖子心疼不已，又惊又怒："你怀里带着什么妖物？竟然伤了我的呈心涤。"说着不等司玉回答，手里拂尘一扬。司玉只觉怀里一空，东西已经飞了出去。

精巧的宝镜在空中翻了个滚，向他手中落去，却在接触到他手掌的瞬间反射出一道锐光，那人惊了一声，险险避过。

邢震蹙起眉头，手中法印一结，跌向地面的宝镜缓缓飞起，稳稳当当落入他手中。

这是……影虚镜？

对器部首座新炼制的法宝众人也有所耳闻，此时出现在司玉手里，再联想到刚才她说的话，倒是有七八分可信。毕竟法宝是没法骗人的，蛇妖作乱也确有其事，而眼前这名弟子的修为也实在不堪一提。

邢震转头向左右问道："魏首座如今在哪里？"

"今日一早就去了应天阁同几位执教处理蛇妖作乱的事情。"一名弟子答道。

这倒正好，司玉有没有说谎，只要去应天阁与魏振他们一对质就一清二楚了。邢震点头道："既然如此，我们也去一趟应天阁。"

以司玉的修为当然不可能御剑飞行，邢震吩咐一名女弟子带上她。腾云驾雾间，很快到了依山矗立的应天阁。

一行人缓缓落下，进了最顶端的议事大殿，早有得到消息的殿内弟子迎出。

殿内众人云集，正在商议着什么，见邢震带人进来，相互见礼。

司玉视线一扫，大殿中央坐的正是器部首座魏振，谢婉、贾万慎等几位执教都在列，却没有见到岳冉。

司玉心下稍安，再往后看，谢婉旁边站着的那个高挑俊逸的身影不正是谢东仪吗？他脸色苍白，精神倒还不错。注意到司玉的目光，向她微微一笑。

司玉兴奋地朝他点点头，那夜与蛇妖交战的最后，她虽未曾目睹，但从地动山摇的阵势就可以想象其中凶险。见他平安无事，心里一块大石头终于落了地。

只是他们知不知道蛇妖的真实身份呢？自己应该从何说起？想到即将面对的局面，司玉细细思量着，而那边邢震已将来意说明。

魏振的视线落到司玉身上，沉声道："你是今年新进弟子之一吧，方才邢执事说你无故出现在苓泽禁地，你可知擅闯禁地乃是违背门规？"

司玉回过神来，连忙道："弟子明白，只是此事另有玄机，实在是迫不得已。"说罢将自己寻找珍露时遭遇蛇妖，然后跌下洞穴，最后不知为何竟从苓泽禁地而出的过程讲述了一遍。

魏振犹疑不决，转头看向众人。

旁边的贾万慎坦然道："司玉前去采集银萝珍露确实是我所教，非是阴谋。"

谢东仪也上前一步，道："启禀首座，她所言确实非虚。就在那蛇妖自爆之前，司玉她不慎跌下悬崖，至今还正有弟子在那里搜寻。"

魏振点点头，这些遇到蛇妖的经过他们早已详细讨论过了，只是不知遇险的是眼前这个女孩而已。他视线回到司玉身上，颔首道："私闯禁地姑且不论。此番遇险，能性命无恙，平安归来，也算是幸事一桩。"

说罢，他又饶有兴趣地问道："只是原来谢执教向我借用影虚镜是因为你啊。我还以为是为了贺丹妍呢！"

司玉趁机接话道：“借取影虚镜正是弟子的主意，只是此事也确实是为了贺丹妍之事。”

魏振不解地“哦”了一声，问道：“此话何解？”

见众人的目光纷纷落到自己身上，司玉定了定心神，缓声讲述到：“弟子借取影虚镜，甚至前往求取银萝珍露，其实都是为了一件事，便是贺丹妍日前无故残杀同门之事。因为弟子曾经无意间得到了一株药草，恰好与此有极大的干系。”

“那一夜，弟子因迟迟学无所成，想要趁夜晚前往顶峰借月华修炼，不想在攀爬山峰的路上遇见了一株冰心草，弟子因为追赶它而误入……”

殿内一片寂静，只余司玉清亮的声音回荡不止，随着她条理分明的讲述，众人情绪跌宕起伏，惊异十足，想不到其中还有这般曲折内幕。尤其她讲述到用影虚镜照射冰心草残骸的时候，众人都竖起了耳朵。

魏振俯身向前，问道：“那个人是谁？”

司玉咬了咬牙，正想说出那个名字，忽然从身后传来一个冰冷的声音：“我来晚了，失礼。”

平淡的声音不带丝毫起伏，传入司玉耳中却如晴天霹雳。她身形一晃，转过头去。

发银如冰，面沉如水，岳冉漫步走入大殿，恍如一抹只存在于冬天的严酷色泽瞬间涌入了寂静的大殿，司玉生生打了个哆嗦。

岳冉漫不经心地扫了她一眼，眸中狠戾一闪即逝，只余不动声色的平和。

这是怎么回事？司玉的视线禁不住看向谢东仪，那天的蛇妖难道没有死？可刚才他不是说过蛇妖自爆了吗？难道蛇妖不是岳冉？

看着司玉明显紧张起来，一直注意她动静的谢东仪神色微动，向岳冉方向看了一眼，瞬间像是明白了什么，眸光闪烁，若有所思。

魏振与岳冉简单客套了几句，便入座了，注意力又转回司玉身上，紧张地问道："你刚才说那人是谁？"

司玉心神一颤，她本来以为蛇妖就是岳冉，已经死了，只要她说出内幕，众人再去岳冉居所搜查，很快就能够真相大白。可想不到岳冉竟然没死，若无证据，自己一个毫无根基的弟子如何能妄言指证一部执教？！

除非……司玉按住怀里。

感受到她的触摸，冰心草动了动，司玉心中大为不忍，冰心草好不容易复生，若再用影虚镜照射，岂不要害了它的性命，可现在还有别的选择吗？

"那人到底是谁？"见司玉迟迟不言语，魏振有些不耐烦了，催促道。

面对众人紧张迫切的目光，看着岳冉冰冷沉寂的身影，司玉心中忽然升起一阵不祥的预感。

谢婉眉宇间掠过一丝隐忧，皱眉道："此事干系重大。司玉，你可要谨慎指证，有凭有据才好。"

明白她在提醒自己什么，司玉动了动唇，终于狠下心，道："口说无凭，就请诸位亲眼验证吧。"说罢，将怀里的冰心草取出。

感受到整个大殿的目光，冰心草有些不自在，往她掌心缩了缩。司玉心神一颤，去拿影虚镜的动作禁不住一顿。

魏振抚掌道："原来这棵草已经恢复，如此甚好。你所言真假，一试便知。"

众目睽睽之下，司玉动作反而迟疑不决。谢东仪见状，忽然出言道："我来帮忙吧。"说着他走入殿中，手指轻拈，一道蓝光从他指端发出，萦绕冰心草一圈后钻入它体内。

冰心草轻轻"吱"了一声，透出几分意犹未尽的舒服。

谢东仪站在司玉身边笑道："这棵冰心草修为低微，影虚镜灼伤之力太强，万一诸位前辈没看清楚便灰飞烟灭了也大为不妙。先施冰封术，便可护住它躯体不受宝镜影响。”

司玉大为感激。殿中诸人虽觉他是多此一举，但也并未多说，毕竟冰心草也算是很珍贵的药草了，这些新弟子舍不得浪费也是常理。

眼见众人都已经迫不及待了，司玉不再犹豫，调整宝镜，对准冰心草。立刻一道金光从镜面发出，将其笼罩环绕。

冰心草明显很不舒服，却并未太抗拒。光影错落，影影绰绰，以它为中心，很快现出一副虚幻的画面。

瀑布，岩石，草丛，还有出现在巨石上的人影……

锐光闪过，冰心草被长舌卷起，随着画面逼近，那神秘人的容颜也出现在众人面前……

司玉只觉“轰”的一声，晴天霹雳！一时间连镜子也拿不稳了，“哐啷！”一声跌在地上。

四面一片悄然无声，众人都沉浸在震惊中，疑惑、忌惮、惊异……各种各样的视线投向僵立在场中的女孩。

司玉只觉手脚冰冷，看着银色鳞片出现在那张熟悉无比的脸孔上，让她浑身恐惧战抖。

为什么？那影子，竟然不是岳冉，而是……

难道刚才看到的是幻觉，可是，她勉强抬头看向四周，众人那再也明白不过的视线却告诉了她，她刚才没有看错。

影虚镜照出来的那个真凶，竟然是司玉她自己！

揭发凶手的人反而变成了凶手，世间竟有如此滑稽的事？！

“你……”魏振视线扫过，神色惊疑不定。绕是他心思深沉，此时也不免诧异。尚未开口，身边却“嗤”的一声冷笑响起：“素闻妖魔奸诈狡猾，想不到也有蠢如鹿豕者。”说话的正是岳冉。

司玉猛地抬头，他正盯着她，视线相撞的瞬间，冰冷中带着毫不掩饰的轻蔑和恶意。

司玉身形一颤，到底是哪里出了岔子？是影虚镜被人做了手脚？不可能！别人不知道，但司玉却明白，自己手里的“影虚镜”可不是那个影虚镜。那就是冰心草出了问题，难道是重生之后记忆混乱，还是在她看不见的时候被人做了手脚……她思绪一片混乱，一时间，连跌在地上的影虚镜也忘了去捡。

魏振叹了一口气，缓声道：“此事疑点是甚多，如贺丹妍之事般……”一边说着，随手一挥，影虚镜飞起来，落入他掌心。

看着镜子从眼前闪过，司玉猛地惊醒过来，连忙道：“等等……”却已经来不及了。

宝镜入手，魏振神情忽然一愣，立刻低下头仔细查看镜子，神色惊疑。

“怎么了？可是镜子有损坏？”旁边的谢婉问道，毕竟此物是经她之手借出的。

“啊……不，没什么……”魏振惊醒般抬起头来，对上谢婉的视线，连忙笑道。

他神色很快恢复如常，瞥了司玉一眼，笑道：“我炼制的法宝，哪里有那么脆弱的。”一边说着，将镜子收进了怀里，看向司玉的眼神却隐约多了几分叵测。

殿中众人早已议论纷纷，贾万慎皱起眉头，沉声道：“依我看此事古怪。”

“正是。”谢婉也点点头，“岂会有如此愚笨的妖魔，故意在大庭广众之下揭发自己。”

“那也未必，说不定是错估了影虚镜的法力，才害得自己真面目现于人世。”同样有人持反对意见。

“不错，此女行踪诡异，否则为何会凭空出现在苓泽禁地？”和邢震同行的瘦高个儿不怀好意地瞥了司玉一眼，出言赞同道，“依我看，她就算不是妖魔，只怕也脱不出干系。”

“咳……”魏振轻咳一声，打断道，“出现在苓泽禁地一事倒是正常。实不相瞒，我影虚镜另有一重玄机，可移位换影，缩地成寸。此弟子想必是跌下悬崖之后无意间触动宝镜，才会出现在千里之外。”

对影虚镜这项能力众人还是首次听闻，纷纷惊讶。但法宝是他的，他也没有骗人的必要，因此众人并未起疑。若真是如此，那司玉出现在苓泽禁地确实是巧合了。

司玉却是心思一动，抬头看向魏振。她在宝库里面仔细看过影虚镜的介绍，绝对没有这项能力，他在撒谎，为自己解围！

“宝镜映像一事又如何解释？”瘦高个儿冷冷问道，“这可是我们大家都眼见为实了的。”

邢震神色严谨地看了司玉一眼，追问道：“你当初所见若不是自己，究竟是何人？”

“哼，无论是谁，此妖孽不过是妄图污蔑他人，栽赃嫁祸，让我天源宗祸起萧墙而已。”不等司玉开口，殿内便有人轻蔑地说道。

司玉本想说出真相，闻言话语一滞。

岳冉正似笑非笑地看着她。司玉心中雪亮，此时她再指证他，无凭无据，只怕是笑话了，说不定还要有污蔑执教的罪名。

看着犹豫不决的司玉，魏振略一沉吟，沉声道：“此事以本座观之，疑点甚多，连同上次贺丹妍杀戮同门一事，只怕都内藏玄机，不可轻易断定。但我天源山内存有妖邪之辈，谋害弟子性命却已确信无疑。自今日起，诸位执教连同五部弟子，轮流巡视，严防再有此类事情发生！”

众人神情肃正，低头应是。

“至于弟子司玉……”魏振心念电转，缓声道：“身上疑点未除，不如暂且关押，待真相明朗，再做论处。”

旁边贾万慎也道：“首座所言甚是。依我看，不如与贺丹妍一样，暂且禁入醒心洞，待……”

什么？醒心洞！这岂不是送羊入虎口？司玉急了，脱口而出道：

“不行！我……”

“无礼！”立刻有人出言呵斥道，“你身上罪责未消，也敢在殿中放肆，违背首座与诸位师长之令！”

司玉目光转向岳冉，忍不住道：“明明是你……”

“司玉！”一声断喝传来，声音不大，却格外清越。司玉心神一震，转过头去，是一直站在她身边的谢东仪。

迎上司玉的视线，他低声道：“岳执教司掌醒心洞，职责所在，公正明了。你身上疑点未消，暂且归入也是正理。”一边说着，安慰性地伸手拍了拍她的肩膀。

修长的指尖传来微妙的触感，司玉心念一动，终于低下头，说道：“弟子愿意领罪。”

醒心洞是后山深处的一处天然洞窟，内里通道幽深复杂，据说天源宗第五代宗主还是普通弟子的时候，因为犯下大错，选择此处自省忏悔，二十年后大彻大悟，通透明慧。此后这里便成了犯错弟子反省禁闭的地方。

山洞四壁黑暗冰冷，墙角浮动的萤火珠散发出银黄色的光芒，照亮了房中简单的陈设。

司玉坐在石床上，看着墙角的微光出神。被关入醒心洞已经数天了，连人影都没见过一个，不知道外面的事情进行得如何了。

耳边传来清淡的水声，也许是这些天的等待太过疲惫，她打了个哈欠，觉得精神一阵困顿。慢慢地，她双眼阖上，依着墙壁打起了瞌睡，一只手还不经意地按住胸前的项链。

石洞内无风自动，墙角的萤火珠晃了晃，刹那间一个苍白的影子出现在室内。看着已陷入迷蒙状态的司玉，他冷笑一声，低声问道：“你叫什么名字？”声音带着丝丝凉意，回荡在狭窄的室内格外诡异。

司玉仿佛完全不受控制一般，低声回答道：“司玉。”

“你在那个瀑布边所见到的妖魔是谁？”

“……是岳冉”

“你从缥缈峰悬崖上跌下去之后发生了什么？”

…… ……

不知过了多久，人影离开了房内。走出石洞，凉风再起，通道尽头又多了一个身影。

“怎么样？问出什么了吗？”来人低声问道。

刚刚走出房间的岳冉点点头：“这丫头确实进去了。苓泽禁地是牵系封印的关键之一，她能进入，必是因为纯阳元体的特殊体质。”

“她真的触动封印了？”

“你不是亲眼见到那只冰心草已化为灰烬了吗？能够聚体重生，这般神奇的力量，除了那人，天下谁能做到？”说罢，又苦笑一声：“只是想不到这丫头这么命大，这次多亏了你，提前预留一招，才没有前功尽弃。”

来人神色闪烁，笑道：“当时只是顺手施为，在那棵冰心草灰烬上做了点儿手脚，以防止这丫头真的将回春露炼制成功，想不到竟然真派上了用场。”

“接下来我们如何是好？”岳冉蹙眉思索着，“魏振表面上粗豪，其实也是只老狐狸。邢震此人更是不简单。今日之事，他们心里必定已存了疑心。我们的步子应该加快了。今晚我想去缥缈峰探一探，看看那丫头说的洞穴到底是真是假。”

来人点点头，低声道：“也好，就辛苦你走一趟了。”

岳冉笑道：“都是为我魔界大业着想，如今已曙光在前，何来辛苦之说？只要能顺利达成目标，也不枉你我这些年的牺牲。”

来人身形微颤，随即恢复平静，笑道：“不错，一切为了魔界，为了玄王殿下。大业当前，本就没什么不能牺牲的。”

羽奇峰位于天源山西部，山势险峻陡峭，常人难攀。在山峰正南侧，一座瑰丽精巧的阁楼依山而建。

阁楼与整个山峰几乎契合无间，仔细分辨就会发现，整座建筑竟然未用一砖一瓦，一草一木，而是整个儿凿空了石壁而成。

这里正是器部首座魏振的居所。

此时的魏振正坐在书案前，对着手中那面宝镜细细端详。神态之专注，眼神之灼热，仿佛凝视的不是一件法宝，而是他久别重逢的恋人。

熟悉而陌生的花纹造型在琉璃灯闪耀的光芒下纤毫毕现。魏振爱不释手地抚摸着，动作轻缓细致，神情却越发缥缈深沉。

门外传来细微的响动。

“谁？”被打断沉思，他有些不悦。今夜为了好好思索一些事情，他特意将随侍的弟子全部屏退了，想不到还会有人来打扰。

“弟子谢东仪，前来拜见首座。”门外传来清雅的声音。

“谢东仪？”魏振神情一怔，“前来所为何事？”

“弟子有一物，想请首座过目；还有一事，想请首座赐教。”谢东仪不慌不忙，从容禀道。

夜色漆黑，冷冷秋风中传来秋蝉凄凄鸣泣。

经过上次蛇妖作乱之后，缥缈峰早已面目全非。原本挺拔俊秀的山峰如今只余碎石嶙峋，沙土遍地，而茂密苍翠的树木也被蛇妖最后的自爆毁去大半，枯枝败叶恍如荒山坟岭，格外凄凉。

子夜时分，一道银白的人影出现在峰顶，四下里眺望片刻，向着一块巨石奔去，行动敏锐轻灵，不一会儿就来到了司玉所说的巨石旁边。

那块巨石早已经因为蛇妖的自爆而炸裂成两块，但位置并未移动。岳冉仔细查看了片刻，果然在巨石之下发现了一条通道。

想不到此处真的别有玄机！他心中一喜，却也不敢放松警惕。四处查看了一遍，才放心地提气飞跃而下。

洞中一片漆黑，隐约有森森寒气从前方传来，似乎是一条很长的甬道。

伸手不见五指的黑暗中，岳冉双眸放出青黄色的光芒，毫无障碍地向前走去。

可不料转过一个弯，原本以为漫长的通道竟然就到了尽头。

难道是山崩的时候坍塌堵塞了？岳冉疑惑地伸手触摸挡在前方的石壁，却在接触石壁的瞬间，忽觉一丝凉意窜上。

不好!

他反应极快，立刻闪身后退，却还是慢了一步。石壁泛起白光，如盈盈水波，刹那间荡满了整个狭小的空间。

岳冉迫不得已，纵身上跃，“轰”的一声，冲破头顶的土层，重现立于夜幕之下。

黛色的天空下月华如洗，沾染的沙石从岳冉衣角簌簌落下，归于泥土，也归于寂静。四下里悄无声息，岳冉心中却已掀起惊涛骇浪——原本清冷荒凉的缥缈峰之上竟然凭空多了几道人影，将他围在中间。

绕是他心机深沉，见此情景也难以自持，尤其刚才在石壁上沾染的东西更是无孔不入，直抵肺腑……

强压下翻腾的气血，岳冉转过身，直视领头之人，沉声道：“想不到魏首座也会有时间来这荒山野岭？”一贯的冷漠中带着恰如其分的惊讶，仿佛只是惊讶于这单纯的偶遇。

“岳执教有兴趣来，我等自然不甘人后。”魏振笑了笑，眸中闪过一丝疑问，“只是不知岳执教趁夜来此所为何事？”

岳冉无所谓地耸耸肩：“听了白天那丫头的说辞，心中略有好奇。夜来无事，前来探视一番而已。”

“哦，那可得到了什么有用的消息？”魏振笑着问道，“这地道幽深难测，执教无本座的影虚镜相助，只怕难以行动呢。”说着满是怜惜地叹了一声，“岳执教何必如此心急？”

岳冉眼中闪过一丝锐芒，面上却纹丝不动，淡然道：“岳某行事从来随意而为，不必向任何人解释。倒是魏首座，今夜行动诡异，恕我不能明白了。”

懒得继续虚与委蛇，魏振长笑一声，断喝道：“妖孽，还想要装糊涂吗？！”说着，从怀中取出一物，森然道：“你看这是什么？”

青光缭绕，如玉如晶，在他掌心的是一枚玉珠。

岳冉眯起眼睛，神色叵测地盯着珠子。

魏振信手往珠子上一弹指，玉珠泠然作响，竟然逐渐化为人声：

“你在那个瀑布边所见到的妖魔是谁？”

“……是岳冉”

“本来我还不相信，毕竟岳执教多年来也算为我天源宗鞠躬尽瘁了。可惜啊，今晚有人送来了这个，事关大局，我就算不相信，也不得不前来一试了。因此专门布置了这处洞穴。魏某不才，又在其中设了一个简单的除魔小阵法……”

魏振得意洋洋的声音传入耳中，岳冉心中惊怒交加，面上却平淡自如，冷然道：“魏首座可真是费心了，岳某不过好奇之下前来探视，竟也要让首座劳师动众，实在滑稽。清灵玉能够记录声音是不假，但以首座之能，要假装我的声音岂不容易？”

他神色始终坦荡如一，反而反咬一口是魏振在污蔑他。

魏振神色越发冷厉。他得到谢东仪的消息后，便采纳他的计划，兴冲冲地前来布局谋划。此刻转念间忽然想到，用清灵玉为证据，作假确实容易。他瞥了站在自己身边的人一眼。

谢东仪镇定自若，显然信心十足。

魏振转念又想到，谢东仪何必诬陷他岳冉？如今证据确凿，自己怎能听信妖物狡辩？

魏振神色波动全被岳冉收进眼底，他微微一笑，道：“其实何必如此麻烦，首座执意认定我是妖物，真相如何，只要使用影虚镜一照，自然全部真相大白。”

魏振原本坚定的内心终于有了一丝动摇，岳冉提出的方法正是他所想的，本想着拿下他之后使用影虚镜摄取过往，便可使真相一清二楚，但岳冉却丝毫不惧地提出了这个办法，是他故作镇定，还是确实另有蹊跷？

魏振拿不定主意，岳冉反而进一步笑道：“如果首座带着影虚镜的话，倒不如现在就请试一试算了。岳某可不想背负妖魔的罪名太久。”说着摊开双手，很是无奈的样子。

魏振略一犹豫，他虽已相信岳冉是妖魔，但岳冉的态度实在太坦荡，反而让他患得患失起来。已经动手，断没有在这里收手的道理。魏振索性取出宝镜，随即一道金光从镜心燃起。

以岳冉的修为，短时间内自然不惧影虚镜的灼伤之力。他双手坦诚地摊开，似笑非笑地望着魏振。

魏振心中已经提起十二万分的警惕，若岳冉真是妖魔，动手就在顷刻之间。随他前来的几个亲信弟子，还有谢东仪也都聚精会神地盯着岳冉。

可直到宝镜照射到身上，岳冉竟然纹丝不动。

魏振心中讶异，宝镜光芒闪烁，刹那间过往影像一一现出，瀑布边，巨石上，直到岩石上那苍白的影子渐渐浮现……

正在关键时刻，却有一道暗影从后方袭来，无声无息，锐如闪电。当那张满是鳞片的恐怖面容出现在影像中的瞬间，暗影挟带厉风，狠狠抽在了魏振肩膀上。

魏振一个踉跄，脚下却毫不犹豫，行云流水般向旁边滑开，闪过了暗影的继续攻击。可岳冉岂会放过这千钧一发的机会，摆脱了影虚镜笼罩的瞬间，他银箭一般，眨眼间出现在魏振面前，阴狠的一掌击出。

幸好魏振带来的心腹弟子也不是摆设，闪身上前，替首座挡下攻势。

此时魏振才看清楚，岳冉上半身逼近了自己，但立足的双脚竟然纹丝不动。是他的双腿如弹簧般无限拉长，月光下格外诡异。而逼近黑影，是从后方土中伸出的半截白森森的骨架，形状如蛇尾的骸骨。

先失了主动，又被对方诡异的攻击逼得自家法宝无法施展，纵然魏振的修为比岳冉高一筹，一时间竟也屈居下风。

魏振心中大怒，肩膀虽然因为自己闪避迅速，受伤并不重，但隐隐传来的麻痒却让他明白，此妖物必然带有剧毒。

心知不可久战拖延，他手中划过一道法印，影虚镜收入囊中，同时手上凭空出现一对银环，光彩闪烁，皎如明月。

银光闪烁间，岳冉眼中闪过一丝惧色，不由得稍稍后退。

静立旁边许久的谢东仪忽然动了，人如利剑般，冰刃直逼岳冉而去……

第五章

烛影摇红

司玉保持着卧倒的姿势，只觉得身体都要僵硬了。

岳冉那家伙离开很久了吧？这地方没有更漏，完全算不清楚时间。像是快天亮了，又像是只过了一小会儿。患得患失之下，她只得继续保持昏迷的姿势一动也不敢动。

岳冉中计了吗？如果中计，那边是不是已经开打了？他一只妖怪再厉害，也比不上天源山上的无数高手吧。奈何醒心洞中自成结界，室外的一切声音景色都听不见、看不到，任她心急如焚也得不到任何外界的消息。

时间缓缓流逝，忽然听见门口一阵响动。不久，洞门缓缓开启了。

司玉坐起身。明晃晃的光线照耀进来，是通道里夜明珠的光辉。数个人影出现在门口，当先那人竟然是谢东仪。

他满身尘土泥沙，肩膀和腰部都洇出触目惊心的血迹。

司玉待了瞬间，三步并作两步冲上去：“你怎么样了？”

“没关系，这些都不是我的血。”谢东仪摆摆手，阻止司玉靠近自己，笑道，“若是重伤，哪里还有力气来这里。”

司玉停下脚步，却依然担忧地看着他的伤处。

“见到人，总算安心了吧？”旁边一名弟子调侃地说道，同时转头看向另一边，“记得还有那个叫贺丹妍的，也不知被关在哪一间……”

“放心吧，谢执教已经带人去寻找了。”另一名弟子说道。

谢婉也来了，事情果然成功了！

谢东仪略一沉吟，凑近她耳边，低声道：“岳冉已经事败，只是……魏首座被害了。”

“啊！”司玉大吃一惊，刚刚放松的心情顿时又提起来。

以岳冉的修为竟然能杀得了魏振？虽然她也听说过，天源宗五位首座中魏振过于醉心炼器，武功并不突出，但他以一部首座之尊，怎么想也不至于败在岳冉手中吧。

“那妖物潜伏我天源宗多年，一直隐藏实力，此番也是魏首座大意了。”一名弟子叹了口气，神色沉痛。

众人离开醒心洞，在外面停留片刻，又有数人从另一条通道匆匆而出，领头的正是谢婉。她眉头深深蹙起，怀中抱着一人，绯衣红颜。

谢东仪他们立刻迎上去，问道：“丹妍她怎么样了？”

谢婉神情沉重：“不知那妖物用了何种手段，丹妍一直昏睡不醒。”

“以执教的修为，解不开她身上的禁制吗？”谢东仪有些惊异。

谢婉无奈地摇了摇头。

司玉视线落到她怀里，贺丹妍苹果般的脸颊依然润泽，只是蹙起的眉头使容颜微带一丝憔悴。仔细聆听，她呼吸平稳有序，仿佛只是沉睡中。

“也许是魔界的手法另有玄机。”谢东仪细看片刻，安慰道：“执教不必多虑。天源宗高手无数，岂会解不开这些歪门术法？”

谢婉点头道：“事不宜迟，我这就带她去医阁。另外……”她视线在谢东仪身上转了两圈，又瞥了司玉一眼，“你伤势也不轻，需赶紧调息休养。”

“弟子伤势无甚大碍，还是表妹和同修的事情要紧。”谢东仪道。

“你若伤势无碍，几位首座那里，还等着你关于这一战的详述，更不能在这里浪费时间了。”谢婉淡淡地说道。

“弟子明白。”谢东仪继续礼仪周全地答应着。

担心贺丹妍的情况，谢婉没有再多说什么，吩咐了周围弟子几句，就匆匆催动法宝，向医阁那边御剑而去。

其余的弟子继续奉命搜查岳冉的居所，司玉自然没有插手的余地，伴着谢东仪往山下走去。

“你伤势怎么样了？”司玉首先问道。他举止行走进退有度，完全看不出任何受伤的迹象，若不是谢婉点出他伤势不轻，司玉真的要相信他身上的血迹都是别人的了。

“无妨，伤处已经医治过了，你不必担心。”谢东仪从容笑道。

“你有伤在身，何必急着来这里。”

“若不亲眼见你平安，我怎能放心。”谢东仪柔声道。

司玉心神一颤，禁不住转头望去。他神情平淡自如，仿佛刚才所说的只是再也平常不过的话语。

见司玉盯着自己，他唇角微扬，问道：“怎么了？”

初升的日光中，俊逸的笑容如这身边弥漫的晨雾般，让她有瞬间炫目，却又感觉一阵迷茫。

短暂的失神之后，司玉有些失措地躲开他的视线。“若不亲眼见你平安……”他不觉得刚才漏了一个字吗？怎么说也应该关心贺丹妍比较多吧。

在心里徘徊了数遍，这些话语终究没有问出口，她转过话题，问道：“到底是怎么回事？”

谢东仪略一沉吟，将一场惊心动魄的战争娓娓道来。

听完他的讲述，司玉惊讶地叹道：“想不到岳冉的修为如此高深。”

“那岳冉也够狠心，竟然使出那般同归于尽的法子。众人援手不及，结果……”谢东仪叹道。

天源宗五部，纵然器部的重要性和实力都远不及两大支柱的剑部和术部，却也是组成天源宗这块大拼图的五种主色调之一。首座的迅速陨落，无疑让这份色彩蒙上了一层黯淡。

千百年来，天源宗高手死在妖魔之手的不计其数，但死在自家门口的，还真是闻所未闻。

魏振从某种程度上来说，也算是被自己连累了吧。要是自己能激进一些，早将岳冉的真面目说出，或者谨慎一些，没有害得冰心草灰飞烟灭……司玉叹了一口气，这件事情到现在算是结束了，可这样的结果……

从之前三名弟子的无辜惨死，到现在一部首座死于非命，这一切会给已经平静祥和了三百年的天源山带来怎样的变化呢？

谢东仪也叹道：“此事太过突然，也是因魔界常年偃旗息鼓，天源宗安逸的太久了。不仅魏首座，只怕众人都有些轻敌大意。”

司玉沉闷地点点头，直到现在，虽然谢东仪讲述的整个经过合情合理，但她总觉得有些玄奇，那可不是寻常高手啊，堂堂一部首座，竟然这么容易就挂了？

正想得入神，两人已经走到了山脚下。路过一棵大树，谢东仪停下脚步，招了招手。

立刻一只圆滚滚的小东西从树后探出头来。

是储备粮？！

看着圆滚滚的团子向自己跑来，她心情瞬间开朗。弯腰抱起它，用手指弹了弹它的小脑袋，笑道：“这次可是多亏你了。”

“若不是它将清灵玉及时送出来，没有证据，单凭我一面之词，恐怕还真说不动魏振呢。”谢东仪笑道。

司玉好奇地转头问道：“你发现我身上有清灵玉，是在替冰心草施法的时候吧。只是储备粮它，怎么会有穿透醒心洞结界的能力呢？”

被岳冉带走前，谢东仪按住她的肩膀，只写了两个词：清灵玉和储备粮。

前者司玉略一思索便想到了用处，但后者却是直到白玉团子凭空出现在醒心洞里，她才明白谢东仪的意思。

谢东仪没有急着回答她的问题，反而问道：“我一直很好奇，你为什么要叫它储备粮呢？”

“呃……这个，因为它是一只小猪嘛。”司玉有点儿不好意思。

“你真觉得它是一只小猪？”

“啊……”司玉愣了愣，举高怀里的团子。怎么看都是一只迷你形小猪，但是回想自己遇到它以来的种种经历，那种智慧，举动，能力，绝对不会是一只普通小猪能具备的；而且，最离奇的是，明明每天吃那么多，竟然都不见长胖。司玉捏了捏它圆嘟嘟的小肚子，好奇地想着。

谢东仪笑了：“《异物古志》上曾经记载过，南山之巅，有兽狸力其状如豚，有距，成年则其音如狗吠，近土……”

司玉愣了半天，脑袋里慢慢把这段话翻译出来：古书上记载着，有一种名叫狸力的神兽，长得像猪，脚底下有凸起，成年后声音像小狗，有操土之能……她赶紧低下头，把储备粮肚皮朝天翻过来。

储备粮抗议非礼，四蹄乱挥，却被野蛮的主人一把逮住。

樱花色的小猪蹄底下，确实凸起着软软的玉色肉垫，薄薄一层像是小猫的爪子。司玉拇指反复抚摩着，难道说……

怎么看怀里的这只都是个天然呆。记得在悬崖底下的时候还精灵一点儿，但自从进了天源宗，每天好吃好喝伺候着，行动力和智商都急剧下降，每天的任务就是吃、喝、睡……当然，还有离家出走。唯一的功能就是给自己当抱枕暖暖床。

想不到啊想不到，这只又呆又笨的小猪竟然是神兽！自己真是捡到宝了！

司玉双眼放光，翻来覆去查看着怀里的白玉团子，连谢东仪之后的讲述都差点儿充耳不闻。

“狸力天性属土，能够在土中来去自如，成年之后实力强大，但幼兽却全无法力，如一只普通的小猪……”

难怪它能钻进醒心洞里面去，司玉恍悟。兴奋了一会儿，她问道：“你什么时候发现这些的？”

“前些日子在藏书阁翻阅典籍时无意间读到了这些资料，当时就有些怀疑。但狸力的幼兽并无法力，所以无法确定。也幸好前不久，这只小东西开始进化，有了在土中来去自如的能力，才确定下来。”

难怪这家伙最近行踪越来越诡秘了，司玉恨恨地捏了捏它的耳朵，又问道：“它大概多久才会成年啊？”

对上她满含期待的目光，谢东仪忍不住笑道：“按照典籍记载，再等个七八百年就好了吧。”

七八百年？！

司玉被这个数字震住了。

“很多高阶神兽都是有数万年寿命的。”看到她呆呆的模样，谢东仪终于笑出声来，“千百年对它们来说，也不过是刚刚度过幼年期而已。”

“算了吧，这辈子还不一定能指望上。”司玉抱起怀里的小猪，禁不住笑出声来。团子是不是神兽，其实她并不是很在意，反正无论如何，它都是她的同伴，是她的储备粮。

不知是不是听懂了她的话语，储备粮哼哼了两声。

看着她欢欣雀跃的模样，谢东仪略一沉吟，又低声提醒道：“这件事你不要告诉别人，神兽在这个世上本就少见，而狸力也已有千年未曾现世了。”

司玉点点头，怀璧其罪的道理她还是知道的，纵然她不在乎什么神兽，但一旦名声传开，必然有觊觎之人。自己又何必多生事端。

说话间，两人已经行至寝室门前。

明明离开没几天，司玉却觉得好像已经离开了数年般漫长，想到温馨的房间，舒适的被窝……连紧闭的院门看上去都格外亲切。

送至门前，谢东仪笑道："今天你先好好休息吧，我去医阁看看。"

站在门前目送着他远去的身影，司玉心思纷杂，百感交集。去医阁，是探望贺丹妍吧。不知为何，意识到这一点，她心中竟然隐隐出现一丝异样的感觉，像是凭空出现一丝微风，扰乱了清朗的天空，一时间迷茫了。

一人一猪立在门前怔了片刻，终于有人受不了了。团子动了动身体，小猪蹄按住司玉袖子，似乎不明白为何被窝近在咫尺，主人却要在这里吹凉风。

司玉回过神来，抛开这些莫名的情绪，她低头看向怀里的储备粮。储备粮也正在看着她。

水灵灵的大眼睛里慢慢倒映出主人狡猾的微笑，司玉笑眯眯地道："神兽大人，先别急着睡觉啊。既然有了新能力，不如这就去试一试吧。"

反正在醒心洞自己也睡得足够了，此时正精神着，有些事赶早不赶晚，魏振那面影虚镜可还埋在悬崖底下呢。

魏振的死对天源宗高层来说，影响是巨大的，但对于应天阁的新入门弟子而言，却远不如三位同修被杀来得震撼，而更让他们震撼的则是凶手的身份——竟然是与自己朝夕相处的执教之一。

纷纷攘攘的过程终于落幕，众弟子中的余韵风波却持续了很久才慢慢平息。玄部派了另一位得力弟子担任执教，前往听课的弟子越发少了。好在玄部课程本就冷门，也看不出多少差别来。

根据司玉之前的说法，岳冉曾与一名女子深夜会谈，邢震专门使用了影虚镜照射岳冉的尸首，寻求真相。结果发现，当日与他会面的人正是贺丹妍，幻象中的贺丹妍神情呆滞，双眸无神，显然是被岳冉使用邪法控制了。

于是一切真相大白，贺丹妍身上的冤屈也洗清了。

听到这个消息的时候，司玉心中隐约感觉一丝不对劲儿，她总觉得那夜看到的女子身影，不像是贺丹妍。但也只是她的直觉而已，并无证据。如今一切水落石出，正是皆大欢喜的结局，这份怀疑也只是略略冒出头来，就烟消云散了。

影虚镜之后被锁入了天源宗宝库之内，等待下一任主人，却没有任何人知道，这面影虚镜已经不是魏振所炼制的那一面了。

而魏振所炼制的这面……司玉坐在窗前，摆弄着手里的宝镜，阳光沿着格子窗照射进来，给宝镜镀上淡淡的金辉。

这只宝镜算是归自己所有了吧？虽然比不上从宝库里带出的那一面，但自己一个初入门弟子，就拥有了这种高阶法宝，已经是极幸运的机遇了。可惜暂时不能使用，甚至被别人看见还会引来不必要的麻烦。

随着镜面转动，精致的琨兽雕像闪烁着狰狞的金光，其实仔细想想，魏振的死亡，未必不是替自己去了一个隐患。那时候魏振的脸色她看得很清楚，明显已经发现手中的宝镜被偷梁换柱了。如果魏振没有死，之后必定要追索真相……

司玉没有继续想下去，反正妖魔已经除掉了，自己一个新进弟子暂时也没有使用这面宝镜的必要，她站起身来，将宝镜锁入壁橱深处。

自己的家底也算丰厚了……不仅拥有影虚镜、慧乐珠，还有一只预备役神兽。朝缩在被窝里呼呼大睡的团子看了一眼。司玉会心一笑。至于另一只……五寸钉被独自扔在寝室里好几天，没有人和它说话，已经闷得要发霉，见到司玉回来，比谁都高兴，蹦蹦跳跳缠着她询问这几天的事情经过。

可惜冰心草不在这里了，一边漫不经心地应付着五寸钉，司玉托着下巴想着，前些日子她察觉出冰心草越来越无精打采，询问过楚泓才知道，冰心草生长修行需水灵气充足的地脉，尤其修为低微的植株，长期留在人类身边不利用成长。她只好将它送回了那处瀑布边上。反正只要自己想，随时都能够去见它。

要是日子永远都这样波澜不惊地过下去就好了，仰望着外面晴朗无云的天空，司玉满怀希冀地想着。

纵然最近事故频发，应天阁的课程却没有丝毫松懈，而术部的课程也依然挤得满满的。坐在大殿中，认真聆听着高台上执教的讲述，司玉不时运用印法，将新知识转化为实践。广阔的大殿中满是少年男女，一个个都聚精会神，凝神聆听，没有任何走神说话。

这些日子里，司玉察觉，几乎所有人都更加努力刻苦了。前不久的那场风波已经让众人切实地感受到，传说中的妖邪魔物，其实距离自己并不遥远，而入门时所说的除魔卫道为己任，也并不是空口白论的场面话。连一部首座都会轻易死于非命，更勿论他们这些新弟子了。无论在哪里，实力才是保命立身的根本。

只是谢执教的压力很大吧，施法的间隙，透过火光，司玉遥看着高台上的谢婉。鹅黄色的道袍还是一尘不染，严整肃然的神情纹丝不动，眼底深处却带着不易察觉的疲惫。

贺丹妍一直没有醒过来！虽然生机不断，呼吸如常，但就是持续昏迷着，像是陷入了最深沉睡眠的睡美人。医阁的几位高手还在探讨对策，不知何时才能再见到那一袭活泼直爽的绯红出现在身边。

“……身化万千，不留形迹，但灵识不变，即本体不变，所差异者，不过是形色二字，这就是俗谚说的万变不离其宗……”

讲到化身变形的法术了。司玉精神一振，打起十二万分的精神，这可是期盼了好久的课程啊。

“变身之术消耗法力甚多，而且变身与还原皆要消耗极大法力。以你们现在之功体，一日顶多能变化一次……”将繁复的法术言简意赅讲述一遍，谢婉看着台下众多期盼的眼神，继续道，“今日暂且讲这些，明日继续。藏书阁里关于变身之术的典籍甚多，大家有空也不妨去参详一二。”

一天的课程到此结束了，众弟子一边兴奋地议论着新术法、新剑招，三三两两走出应天阁。

笨鸟先飞，司玉见天色尚早，决定按照谢婉说的去找些资料看看。于是告辞白郁他们，独自一人向藏书阁走去。

藏书阁内术法类的书籍多得惊人，层层书架一眼望不到头。不少弟子穿梭其中翻查着自己想要的典籍。

变身之术只是中阶的初级术法，但内中玄妙已经极多，选择变化成什么，化形之后的保持，本体化体之间的区别联系……司玉坐在桌旁翻阅典籍，看得入神。

一边看着，一边尝试照着书中所讲述的运转灵气，结出法印。

看了一会儿，司玉忽然感觉视线不太对劲儿，这种居高临下的感觉，自己怎么好像站在书边上了？而原本的座位上空空如也。

她难以置信地低头一看，红彤彤的身体，还有那流畅笔直的腰身线条……顿觉晴天霹雳。

天啊，无意间试试而已，她竟然变化成功了！这是怎么回事？

自己什么时候变成天才了，单凭看书就能通晓中阶法术？

可是刚才她选择变成什么了吗？为什么会自动变成一支蜡烛呢？

等等，蜡烛！

司玉灵机一动，她赶紧低头看书，果然找到了这样一段话；化身之术易受外界影响，与灵兽签订契约者，两者灵识契合，对化身之术有辅佐之用，亦有限制……

也就是，订立血契之后，主人受灵兽的影响，变身成灵兽的模样极为容易，但变身成其他则难度增加。

司玉一时间也不知道该哭还是该笑，这么容易就修成了变形化身之术，整个应天阁自己也算头一个吧，可是变成一支蜡烛……这种东西有用吗？

不过感觉真是好奇怪啊！身体明明还是自己的身体，灵活却远不及平常，可能因为蜡烛没有手脚，摇摇芯子探探头还能够办到，再进一步就难了。

左右看看，天色已晚，光线暗淡，书库里没有几个人了。这个角落左右都有书架遮挡，无人察觉这边的异状。幸好幸好！司玉松了口气，还是赶紧变回来吧。

照着刚才的方法试了试，身体却毫无变化。怎么变不回来了？！司玉心里一沉，猛地想起，谢婉白天讲述过，化形之术需要消耗的法力极多，以他们初入门弟子的功体，暂时不可轻易尝试。

运转体内，果然几乎感觉不到灵力，显然是刚才消耗光了。

糟糕，赶紧调息恢复才行，可是一支蜡烛怎么调息？

明明很清楚地感受到体内的经脉，却完全无法调动内息流转，司玉着急起来，五寸钉平时都是怎么修炼的？肯定和自己日常的方法不一样。等回去问问它才行。可是眼下怎么办？难道只能等待自动恢复？

就算不静坐调息，休息一段时间，消耗的灵气也会自动复原，可那得多少时间啊！司玉欲哭无泪，没办法，看来今晚得在这里过夜了，只希望明早能赶得及上课。

暮色渐深，夕阳橘红的光华化为黯淡的铁灰色，藏书阁里停留的人越来越少。司玉百无聊赖地在桌子上站了一会儿，干脆低头继续看书。广阔的书楼里，也没人特别注意一个角落摊开的书和蜡烛。

看了一会儿，忽然几个熟悉的声音传入耳中。

“我找到了，《意在心外》，谢执教说的就是这本吧？”

“就是这个，记得还有几本，《化形异物志》和《经脉逆通》。”

“去后面看看吧，应该在那里。”

原来是应天阁的同修，也来查资料，司玉无精打采地摇摇芯子。

之后传来几个女孩子翻动书本的声音，向这边越走越近，忽然又响起一声惊呼："啊，谢师兄，你也在这里？"

谢东仪温润清朗的声音传入耳中："是来找几本书。"昏昏欲睡的司玉顿时精神一振。

"谢师兄找哪本？也是化形之术的典籍吧。我们已经找到好几本了，有谢师兄需要的吗？"甜甜的女孩声音传来。

"多谢，不过不必了。我不是来找术法资料的。"谢东仪彬彬有礼地应道。

伴着唧唧喳喳的说话声，几个女孩子簇拥着长身玉立的白衣少年出现在司玉视线尽头。

盯着不断接近的人群，司玉站直身体，一动不动，她可不想被人察觉异状。

"谢师兄光凭剑法就已经足够除魔卫道了，术法之类，也只是辅助而已。"一个女孩子欢欣雀跃地道，"只是师兄最近好久没有去剑部了吧，我们还等着师兄指教剑法呢。"

"什么指教啊，你连谢师兄一招都接不下来吧。"旁边的女孩子笑着推了她一下。

几个女孩子兴致勃勃地说笑着，谢东仪不时回答几句，温和有礼。司玉在旁边看得百无聊赖，平时看不出，这家伙这么受欢迎啊！几个女孩连找书都顾不得了，一个个围在他身边搭话。而谢东仪也不见丝毫厌烦，风度洒脱，进退得当，仿佛甘之如饴。司玉微带酸味地想着。

过了好大一会儿，几个女孩子才慢慢散去了。谢东仪微微松了一口气，信步来到司玉不远处的书架边，端详片刻，抽出几本书，认真看起来。

从侧面看着他修长的身影，司玉心中浮起微妙的感觉。这么看着他，真像偷窥啊。不过藏书阁本来就是公共场合嘛，自己也不是故意站在这里的。

撇开心理障碍，司玉越发肆无忌惮地打量起那张熟悉的容颜。暮色之下，他头发带着淡淡的光泽，长长的睫毛投下蝶翼般的阴影，掩住了眸中深思的光芒，但蹙起的眉头却泄露了他稍许心情。

他在烦恼什么吗?

在这个四周静谧的夜晚这么看着他，司玉内心忽然涌起一丝悄悄的喜悦——这个空间里，就只有他和她，就只属于她和他……他的苦恼和认真，只有她一人分享，哪怕只是单方面的分享。

感动的瞬间总是不期而至，可惜也只是瞬间而已，残酷的现实很快粉碎了梦一般的气氛。

暮色已深，影影绰绰的蝇头小楷看不清楚，谢东仪向左右看了看，桌上一支蜡烛映入眼帘。

他抬手结印，一粒光球随即在他指端凝结。手指弹了弹，光球飞离指端，向着……

司玉吃惊地看着那粒光球摇摇晃晃却坚定执著地向着自己飘过来。喂喂喂！你要干什么？不是吧……

头顶一热，光球牢牢地黏在了烛芯上。

我的头发啊！你竟然敢……司玉狠狠地瞪着眼前镇定自若的修长身形。

而转过身去继续看书的谢东仪无端地打了个寒战，怎么瞬间感觉周围冷了不少啊。

谢东仪正疑惑着，却有一个清润的声音自旁边响起：“谢同修的聚光术用得好纯熟啊。”

说话间，一袭墨蓝色身影出现在书架之后，向这边走来。盈盈烛光勾勒出俊逸洒脱的身形，墨色长衫如春天杨柳般无风自动。

来人竟然是楚泓，难得见到他出现在藏书阁。司玉有些吃惊。只是，她又看了看谢东仪，这两人……有交情吗?

看清楚来人，谢东仪神情也是一怔，随即恢复如常，淡笑道：“微不足道的小法术，倒是让同修见笑了。”

“有时候越是简单的法术，越能看出一个人资质根基。”楚泓走近桌旁，纤长的手指轻弹，光球弥散开合，室内越发明亮。

这一下在旁人看来只是轻描淡写，但光球中的司玉却倒了霉。无辜挨了他一记弹指神功，敲得她头晕耳鸣，好一阵子才慢慢恢复。连眼前美男相对的画面也无暇消受了，只咬牙切齿暗暗道：“你们这两个家伙，我可是记下来了。”其实她心中也暗暗庆幸，幸好不是火焰，而是单纯术法产生的光，否则为了自己的头发，她也要跳起来呼救，不敢在这里继续装傻了。

光影错乱之间，黑白相对的衣衫在微风下恰似双蝶的羽翼微微浮动，楚泓转过身来，笑得如一片没有缺口的云：“久闻同修的剑术应天阁第一，想不到术法也如此有天赋，真让我等羡慕。”

谢东仪缓缓道：“寸有所长，不过是家传技艺，蒙众位同修谬赞，实在愧不敢当。我也听闻过，楚兄在医药方面的天赋让我等望尘莫及。”

楚泓笑了笑，不再继续这个话题，反而视线一转，落到谢东仪手中的书上，讶然道：“《天工开物》？这不是炼器方面的书籍吗？”

“近来正在修习剑器一道，所以前来这里找些资料。”谢东仪随意地笑道。

“难怪听说这些日子谢同修一直去器部进修，想不到你对炼器一道如此有兴趣。”

“五部课程皆为我天源宗命脉，岂可有所偏废。”谢东仪淡然道，“天色已晚，在下的书已经找全，就不在这里打扰了。”

楚泓颔首为礼，两人错身而过。谢东仪的身影很快消失在门口，只余楚泓若有所思的目光久久不散。

随着谢东仪离开，司玉视线收回，转而看着楚泓，你老兄什么时候走啊？走之前能不能替我把这团光熄灭了啊。

虽然聚光术产生的光线只是单纯的灵气凝结，对她并无伤害。但想想自己顶着一个光球傻站上一夜，这形象也让足够司玉郁闷了。

像是听见了她的心声，楚泓竟然真的转身向这边走来。

司玉只觉身体一空，愣了片刻才明白过来，是自己被他拿起来了。

感受着他掌心灼热的温度，司玉忽然感觉心脏漏跳一拍。

这是什么状况，还有这种诡异的感觉……她明明是穿着衣服的吧？可是为什么会有这种……这种类似肌肤相亲一般的感觉呢。

冷静，冷静……

淡定，淡定……

司玉，你现在只是一支蜡烛，顶多用来照照明而已，不要想那些杂七杂八的。

而楚泓接下来的举动仿佛印证了司玉的想法一般，举着她在书库里寻找起来，时不时抽出一本书来看看。

原来他真是来找书的啊？！跟着楚泓转了一圈，司玉有些失望地想着。

呃……这有什么好失望的？来藏书阁不是找书，还能找人不成？司玉暗暗好笑。也许是因为刚才他面对谢东仪时的态度，让她感觉有些不对劲儿。

说起两人刚才的对谈，气氛还真是有那么一点儿微妙。

难道他也是嫉妒谢东仪的人之一？不可能，楚泓在剑法方面的造诣虽说不及丹药之学出众，但也是顶尖儿的了。而且，长久接触下来，司玉相信他也不是那样的人。也许两人只是凑巧碰见，然后相互客气了几句……

脚下一沉，是楚泓将她放回了桌子上，然后就在她对面坐下来，将一堆书摆好，开始翻看。

看不出这位兄台这么努力啊。司玉瞥了眼身边那厚厚的一摞，全部看完要天亮了吧？难道他要熬通宵？

烛光交错，近在咫尺的容颜分外明晰，从这个角度看去，他柔和的五官线条意外带着些许刚毅，微微抿紧的薄唇和蹙起的眉头让他比起日常的温润平淡，更多了几分可爱。

司玉忍不住有点儿脸红，做贼心虚地移开视线，她将注意力放到他看的书上。

好像都是术法方面的书，还以为他又是来翻查药草资料的呢，不过草药资料好像也不在这个书库……司玉心猿意马地看着。可看了没几眼：封印、禁地、盘古神玺等一连串熟悉的词汇映入眼帘。

咦，这是什么？难道他对些感兴趣？

其实这也正是司玉关心的东西，虽然随着那件事情过去，之后她也没有再深究，但此时难得有机会看到，司玉也打起精神，跟着他看了起来。

楚泓翻书的速度极快，总是司玉看不到三两行，他就已经阅读完毕，翻到下一页了。

这一场追击般的阅读直看得她头晕眼花，但是长久下来，司玉也也发现了一个奇怪的规律，

上面出现最多的词汇不是封印、苓泽禁地、盘古神玺这些专有名词，而是一个名字——柳无相。

凡是有术部首座借阅记录或者批注的书籍，他总是格外关注，细心阅读，不时停下来蹙眉思索什么，神色凝重。

看得久了，司玉有些醒悟，他不是在看书，而是在看柳无相看过的书？

难道这位是柳首座的仰慕者？准备将来拜入他门下当术部弟子？可惜了贾执教的一片苦心啊……

胡思乱想之间，时间过得飞快，夜已经很深了。

楚泓疲累地按住额头，向后仰着。静了片刻，他站起身来，将书本收拾起来。然后回到桌上，随手拿起蜡烛，向外面走去。

司玉心中一惊，喂！这是什么情况！你不会是想用我来……

没错，楚泓就是拿着她照明的。

于是，本以为要在藏书阁过夜的某根伪蜡烛，就这样简单地被匆匆带出了门。

飒爽的寒风吹过，刚离开屋子的司玉顿觉精神一振。

楚泓这是准备回寝室了吧？自己要不要来点儿什么暗示，让他明白自己的身份，然后送自己回去呢？司玉开始认真考虑这个问题。

面对应天阁众弟子，面对谢东仪，她都从来没有想过揭露自己身份，总觉得心理上有些别扭，不愿自己的秘密被人发现。可不知为何，面对楚泓却没有了这层顾忌，因为他谦谦君子的举止，还是温柔体贴的个性？这个人仿佛天然有一种魅力，让人不自觉地信任亲近，甚至愿意与他分享自己的秘密。

一路司玉犹豫不决着，而楚泓又是一副心事重重的模样。走得匆忙，不一会儿就到了寝室。

算了，惊动别人就不好了，还是等夜深人静自己悄悄离开吧。司玉打消了自曝秘密的念头。

进了屋，楚泓将司玉随手往桌上一放，然后手指轻弹，上面的光球立刻消散了。房间里暗下来，只余静悄悄的月光从格子窗透进，为空气镀上一层暗银。

你就不能动作轻一点儿！司玉又领受了一记头晕眼花的弹指神功，迷糊了好一阵子才慢慢睁开眼睛。

睁眼的瞬间就是一块黑布当头蒙下，险险擦过她身边，落在桌子上。

这是……司玉看了看那绣着墨色锦纹的外套，又看了看继续宽衣解带的某人，忍不住睁大了眼睛。

他这是要……

清水般的月光盈盈洒满了有限的空间，仿佛一种兰花般的气息弥漫在四周，清灵之极，却又暧昧至极。

玉簪抽出，乌黑的发散落下来，随即又是一件衣服扔在身边，这次是素白的中衣。然后……司玉目瞪口呆地看着那白皙纤长的手指从眼前离开，按在贴身里衣的最后一个盘扣上……

终于，“轰”的一声，她只觉气血翻涌，头脑瞬间炸裂。

夜凉如水，四野沉寂，月光静悄悄投入房内。桌上的五寸钉无聊地用芯子挠挠身体，蹦蹦跳跳来到桌子边上，四处探看。

身后传来一声响动，回头看去，是那只圆滚滚的小团子在被窝里翻了个身。

真是无聊啊，这只笨猪只会睡觉，哪像是博学的自己，可偏偏那个不负责任的主人还整天宠着它。对了，主人呢，又去哪里了？扔下自己不管不顾，它可是她的灵兽啊！有主人这么对待灵兽的吗？反而是这个家伙，每天搂在怀里，像个宝贝一样。

对着储备粮圆滚滚的小屁股百无聊赖地看了一会儿，五寸钉忽然不怀好意地嘿嘿一笑，“啪”的一声，头顶上光芒四射，如超高瓦数的电灯泡一般，照得整个屋子恍如白昼。

沉睡中的储备粮当然不舒服了，哼哼唧唧两声，就想往被窝里拱。

五寸钉奸笑一声，跳到桌子一角，换个角度，探照灯般将光线牢牢锁定它。

正在为自己的恶作剧得意洋洋，忽然身后“哗啦”一声响，门一下子被推开了。

寒风涌入，毫无防备，站在桌沿儿上的五寸钉“骨碌”一声滚下桌，结结实实摔在了地上。

“哎呦”一声呼痛，五寸钉翻了个滚，从地上爬起来。难道是那个不负责任又偏心的主人回来了？

一看之下，它眼珠子差点儿瞪出来：滚进来的是一支蜡烛，而且是一根和它一模一样的蜡烛，一眼看过去和照镜子似的。

正惊疑不定，那蜡烛在地上打了个滚，竟然变成了一个人。

这是……五寸钉吃惊地打量着跌跌撞撞从地上爬起来的司玉。钗横鬓歪，青丝散乱，像是刚刚在泥地里滚过一圈似的，衣服上满是灰尘泥土，狼狈无比。而那张沾满泥土的脸蛋儿更是红得厉害，简直要滴出血来。最可疑的，还是她鼻子下面挂着的一道红线……她去干什么了？

司玉从地上爬起，连忙坐到桌旁倒了杯水，咕嘟咕嘟灌下两口。凉丝丝的水沿着食道滑下，这才感觉松了一口气。

静下心来，立刻感觉眼睛被耀得发花，低声喝问道："你没事点这么亮干什么？"一边心虚地侧耳细听隔壁。白郁她们都没有响动，想必已经睡着了。

"呃……"五寸钉连忙把光线亮度调低。等司玉缓过一口气，才犹豫着问道："你……你这是怎么了？"

"没什么，正练习变身化形之术呢。"司玉摆了摆手，故作镇定地道。

变身之术？有必要练到这么辛苦吗？五寸钉心里纳闷，但见司玉脸色不善，它也不敢多说什么。

低头看看自己身上狼狈的样子，司玉却忍不住苦笑了。

那尴尬的场面她实在是一秒钟也不想回忆。

趁着楚泓去屏风后面洗澡的空隙，她偷偷跳下桌子，沿着门缝溜了出去。原本并不遥远的路程，在一支蜡烛脚下，堪比万里长征。连滚带蹦的，总算回到了寝室。

幸好是三更半夜，这一路没有被人看见。不然如此诡异的蜡烛，说不定会被那位前辈当妖魔就地正法了。

这一夜的经历可够累，也够刺激的……脑中忽然又想起了某些不该看到的画面，司玉脸"刷"的红了。

不行，不行！

她赶紧摇摇头，想把这些尴尬的东西从脑海里驱逐出去。可是越是不去想它，某些景色反而越发孜孜不倦地蹦出来。

不过，还真的很养眼呢，尤其在朦胧的月下看去……司玉仰面靠在桌旁，胡思乱想着，　哈，这算什么？艳遇？哈哈……

“你笑什么啊？”五寸钉在旁边瞅着某人傻笑了半天，终于忍不住问道。

“谁笑了？”司玉赶紧恢复形象，白了它一眼。说起来，今天晚上的祸事还有它一份“功劳”呢，若不是跟这家伙缔结了魂咒，自己怎么会无端变成一支蜡烛，又怎么会发生之后的那一连串乌龙呢！

她这是倒了什么霉，怎么就把自己栓到一支蜡烛上了呢？

修仙之人可以收服很多灵兽，但除非修习某些特殊功法，否则一人只能与一只灵兽缔结魂咒。

当然，解除的方法也不是没有，那就是灵兽的死亡。只要灵兽死了，自然可以缔结新的魂咒了。因此有些修仙之人在遇到难得的珍贵灵兽之后，会将自己原有的灵兽杀死，然后再用新的。

原本在司玉看来，这也没有什么。但如今和五寸钉相处这么久，感情摆在那里，让她像使用消耗品一样把它以旧换新，想都不用想。

修仙之路，漫漫无期啊。司玉叹了一口气，心不在焉地走到柜子前。这一路连滚带爬的，身上的衣服是没法穿了，得换套新的才行。

随手拿起柜子里的几件衣服向外一扯，不料几件衣服带出一面镜子来。

震撼人心的画面还在脑海里盘旋骚扰着，此时的司玉完全处在神不守舍的状态，见到镜子，她想都没想，条件反射地拿起它照了照自己的样子。

指尖触及精美的琨兽头像，恰好按在口含的内丹上。瞬间宝镜开启，一道金灿灿的光线将司玉笼罩住。

如梦境般，司玉身边影影绰绰，往复轮回。

愣了几秒钟，司玉才反应过来照在自己身上的是什么，差点儿当场跳起来，甩手把影虚镜扔得远远地。

“哐啷”一声，镜子摔在墙角边。

自己是昏头了，竟然会犯这种低级的错误！影虚镜的灼伤力可不是闹着玩的，司玉赶紧查看自身。

旁边五寸钉也被司玉的“壮举”惊呆了，急忙问道：“怎么样？没有受伤吧。”

“还好，还好……”仔细看了一遍，并没有受什么伤害。回想刚才那一瞬间的灼热感，司玉心有余悸地抚着胸口，幸好自己反应快，及时调转镜面。

要是自己被灼伤了，那才丢人呢！司玉走到墙角，将无辜受难的镜子捡起来。

司玉抚摸着冰冷光滑的镜面，过了半晌，她忽然想起，刚才影虚镜照射自己的瞬间，好像出现了一些画面，那些都是自己过去的经历吧。

都是什么呢？没有太看清楚，好像是……

房间，人影……

那个房间好熟悉啊，床铺桌椅，屏风帷幕，对了，不就是白郁的房间嘛，而那个人影……

司玉思绪呆滞了三秒钟，忽然跳起来，冲过屏风，一把拉开中间的帘子……

第六章

旧梦初醒

水声清冷，静谧的气氛弥漫在黯淡的房间里。身体犹然浸在水中，楚泓闭上眼睛，静静思索着这些天来的线索和谜团。若不是蹙起的眉头流露出稍许情绪，一片云淡风轻的面容宁静到让人以为他已经睡着了。

忽然，一个清朗悠然的声音从窗外响起，打破了寂静的气氛：“月华映朝露，朝露自染花。真是赏心悦目啊。”

楚泓睁开眼睛，轻笑一声：“哪来的朝露？哪来的花？”

“花在眼中，朝露自然在花上。”伴着调笑声，一道白影敏捷地翻过窗台，跃入房内。黑发随意地扎成一束，衬得俊秀的脸庞倜傥不羁，正是恢复男装打扮的白郁。

“你最近越发不喜欢走门了，这可不是好习惯。”楚泓站起身来，毫不在意白郁的目光，随手拉起旁边的素色单衣披在身上。

“三更半夜，采花寻芳，自然要走窗户才合乎情理。”白郁故意揶揄道。

对这种意有所指的调笑，楚泓根本懒得理会，只提醒道：“出来得太频繁，小心被人知晓，你院子里的人没有察觉吗？”

“以我的身手，怎么可能被人察觉？更何况今晚隔壁也没有人。谁知道那个小丫头跑去哪里了。”白郁耸耸肩，“说不定是去寻那个姓谢的小子了，一番同生共死之后，正是一番英雄救美的佳话。”说到后来，语气微有些冷。

“没有。”楚泓懒洋洋地道。

“什么？”白郁不解。

“我说他们没有在一起，我遇见谢东仪了。”楚泓言简意赅地解释道，“今天在藏书阁，他一个人待到很晚，若不是我去了，说不定会待得更晚。”

“他不像是那么爱看书的人吧？”白郁无意地问道。

“尤其不像是会对炼器一道感兴趣的人。”楚泓别有韵味地笑道，“这个人，还真是越来越有意思了。”

“你什么时候对他感兴趣了？”白郁瞥了他一眼。

“就在最近，魏振死了之后。”楚泓爽快地答道。

“怎么？觉得这个人有问题？”白郁笑道，“那么这几天的观察，有没有看出什么特殊之处来？”

“什么疑点都没有，除了去藏书阁的时间变多了些之外。”楚泓无奈地说道。

“说到这点，我看有疑点的不是他，而是你吧。最近你怎么格外留恋起天源宗的藏书阁了？难道那里还能查出什么秘密不成？”

“只要细心，哪里没有秘密？”楚泓微微笑道。

“哦，既然这么说，就是有所发现了，说来听听。”白郁饶有趣味地问道。

“不是什么好消息。”楚泓坦然道，神色冷淡肃然，“我怀疑，柳无相根本没有能力解开封印。”

刹那间如冰雪般的寂静笼罩住整个房间，如寒流划过，白郁的眼神瞬间森然，森寒之下却又带着一丝无法压抑的恐惧。半晌他冷然道：“怎么知道的？”

楚泓缓声道："这些日子里，我翻阅了柳无相这些年几乎所有的借阅记录，才有了这个想法。不过也只是怀疑而已。"

白郁动了动嘴唇，却没有说话。他心里很清楚，以楚泓的个性，若没有几分把握，是绝对不会说出来的。"封印不可能解不开，这世上，本就没有打不开的锁。"沉默了片刻，他缓缓道，"当年天源宗的那批高手深入魔界，九死一生，本就有同归于尽的准备，不可能不为后人留下路。"

楚泓也点点头，沉声道："不错，当年必定留下了线索，只是这份线索说不定并不是由柳无相来掌握的。"

白郁不再说话了。当年的线索，最有可能掌握的人就是当时任术部执事的柳无相了，而且他还是天源宗宗主的亲传弟子之一，若是连他也没有，那会是在谁手里？

"或者，他所缺少的，并不是线索方法，而是某些关键的道具。"楚泓沉声道。"你有没有想过，柳无相如此急着要盘古神玺是为了什么？而天源宗又为何这三百年来迟迟未立宗主呢？"

"你是说……"白郁脑筋转得飞快，以柳无相术部首座之尊，却屈居天源山十二灵地中排名最末的冰尘涧。其余几处灵气最旺盛的灵穴封印他们无法开启，是显而易见的。而开启的关键……

"不错，我推测，开启的关键就是盘古神玺。"楚泓点点头。

也许柳无相知道开启的方法，但是必需以神玺之力为引。白郁蹙起眉头："可是，神玺我们也没有啊。"

"不用担心，封印解不开，有人比我们更心急。"楚泓低声道。

明白他指的是谁，白郁撇撇嘴："岳冉都死了，哪里还能指望他们？"

"怎么不能指望，玄王殿下比我们早动手几十年，在天源宗埋下的肯定不止一条路，而且，"楚泓笑了笑，"你不觉得，岳冉死得太容易了？"

一边说着，他披衣从屏风后面走出，来到桌前，随手点起一团亮光。然而视线扫过，却发现那里似乎少了什么。

他动作一顿。

“怎么了？”跟在他身后的白郁停下脚步，问道。

楚泓眨了眨眼睛，忽然问道：“你来的时候，有没有听见什么奇怪的动静？”

“没有啊，有什么不对劲儿吗？”白郁问道。

“没什么。”楚泓摇摇头，眉间却掠过一丝凝重。

房里空无一人，被褥折叠整齐放在床头，桌椅橱柜在月光下反射着宁静的光泽。

司玉忽然松了一口气，却又有更深层的忧虑浮上来。

眼前的这一切景物陈设就是刚才幻象中的地点，分毫不差，而那个人……真的是白郁吗？还是自己看错了？

司玉甚至忍不住有拿起影虚镜对着自己再照一次的冲动。她很清楚，影虚镜可没有制造幻觉的能力，那都是再也真实不过的记忆。可是，这也未免太离奇了。

白郁是男的？！

如果一切都是真的，可为什么自己脑海中没有丝毫记忆，难道……是她对自己施了什么法术，让自己故意忘记了？

司玉激灵灵打了个哆嗦，只觉得眼前这个熟悉的房间格外陌生，格外恐怖。

她猛地拉上挂帘，退回自己房内，心跳得要跃出胸口。

白郁到底是什么人？究竟是男是女？

仔细回想起来，夜晚她似乎经常出去。虽然没有刻意关注，但长期居住在同一个屋檐下，司玉也隐约有所察觉。本以为她是勤奋用功去了，并未多想。但此时联想开去，脑中竟忽然映出一个画面——那个深山瀑布边上，与岳冉深夜密谈的女子身影。

难道是……

仿佛有一只冰冷的蛇沿着脊背快速窜上，森然寒意瞬间笼罩心头。如果真是她，自己竟然和一只杀人无数的妖魔住了这么久？司玉忍不住恐惧战栗。

怎么办？

不如先去找谢东仪商量看看。

事不宜迟，决定了目标，这个房间司玉一秒钟都不想多待，转身就往外走。走了没两步，她又赶紧退回来，从柜子里翻出影虚镜。塞进了怀里。若是万不得已，只能用这个来当证据了。

拿着影虚镜推开门，空濛的夜色中，一道身影映入眼帘。

无巧不成书，正是她此时最惦记的人——白郁。

而且还是一身男装打扮的白郁。

司玉顿时僵住了。

白郁正心事重重地走进院子，没料到司玉会在这个时间出来，他也愣住了。半晌，问道：“你怎么了？这么晚要去哪儿？”

“我……我出去走走。”强压下翻腾的情绪，司玉竭力冷静地说道。

白郁皱起眉头：“三更半夜的，你要去哪儿走？”仿佛完全没有意识到自己也是三更半夜刚刚回来。随后注意到司玉的窘迫，他有些了悟，“你是要去找谢东仪吧？”

司玉吓了一大跳，险些跳起来，摆手道：“不，我……不是……”

她这一动作，怀里塞着的东西露出了半边，白郁立刻注意到了，睁大了眼睛：“影虚镜？”

司玉连忙把露头的影虚镜按回去，尴尬地笑了两声，脑中却灵机一动，顺口说道：“正是要去归还这个，前几天借来使用的。”

白郁心思微动，故意摸着下巴，不紧不慢地问道。“三更半夜，有必要这么着急吗？”

“这种贵重法宝，放在身边睡不安稳，还是早点归还的好。”司玉逐渐冷静下来，笑道。

“说到底，还是想去见见谢东仪吧，刚才我说你还不承认。”白郁眼中锐光一闪，视线向屋里扫了一圈，不动声色地调侃道。

“哈哈。”司玉干笑两声，这时候白郁说什么她都不敢反驳了，只要他别动疑心，让自己平安出去就好。

“想不到你们的感情变得这么好，果然是英雄救美的佳话。”白郁忽然笑起来，“小心那只小辣椒醒过来不依不饶啊。”

白郁不紧不慢地在这里与她闲话调侃，司玉已经心急如焚，却又不好推脱，索性顺势说道：“只是感激他的照顾而已，我和他约了今晚见面的，正要过去。”一边说着，一副迫不及待去约会的心急模样。

白郁嘴角漾起一抹笑意，悠然道：“既然如此，赶快去吧，可不要让他久等了。”说着又似笑非笑地补充了一句，“让人等太久的女孩，很容易让人失去耐心。”

终于放行了，司玉心头一松，勉强笑了笑，抬脚就要向外走。

本以为终于逃过一劫，可经过白郁身边时，他却闪电般出手，一把拽住她的胳膊。

司玉浑身一个激灵，猛地一挣，后跳两步。

“怎么了？”白郁似笑非笑地望着她，“这么害怕我？”

司玉心中暗叫不好，却竭力保持镇定，笑道：“只是吃了一惊而已，谁让你随便动手动脚的。还有什么事情吗？”

“没事，就是想问问你，我这身衣服怎么样？”白郁笑得越发人畜无害。

司玉脸色“唰”地白了，慌乱之中，她竟然连这个大破绽都忘了弥补。

被发觉了？她第一个念头就是如此。可白郁却只是笑着，没有任何别的表示。她咽了口唾沫，缓声道："你穿成这样也不错啊，简直和男孩子一样帅气。若是被同修们见到，只怕不仅男同修，连女孩子也要迷倒一大片了。"

"哦，那你感觉如何？"白郁走近一步，几乎将司玉逼到墙角边，贴近了问道。

他灼热的呼吸吹在脸颊上，司玉又惊又窘，只得刻意避开他的视线，低声道："还好。"

"嗯，还算有点儿眼光。"白郁笑眯眯地点头道，看着司玉的眼神像极了大灰狼看小绵羊。

"你靠这么近干什么？"司玉咬着下唇，终于忍不住问道，那眼神实在让她不爽极了。

"嗯，没什么，就是想问问。"白郁漫不经心地说着，眼神似笑非笑，"你用影虚镜照了什么？那根没用的蜡烛？还是……你自己？"

"我照什么关你什么事儿！"司玉终于忍无可忍，猛地推开他。

"哈，果然被发现了。"白郁大笑起来。若不是因为司玉看到他男装打扮时神色如常，只怕他还真发现不了她已经恢复记忆了呢。平常他进门之前都会略作探查，以免发生这种意外，但今天他心情混乱，一时疏忽，反而歪打正着了。

"到底是怎么恢复的？我的法术没问题才对，你不会真的用影虚镜照那只蠢蜡烛了吧，还是你自己？"白郁饶有趣味地问道，视线落到司玉身上，逐渐温和，"影虚镜的灼伤之力不可小觑，你的功体只怕防不住，有没有受伤？"

看他又要上前，司玉赶紧往后跳开，一边冷然道："别在这里惺惺作态演戏了！"

"哈，刚才演戏的人不是我吧，我倒是看得很愉快。"白郁倒也不再紧逼，环抱双臂，调侃道。

司玉心中怒气更甚，他是在讽刺她刚才的虚与委蛇。他早就看出来了，还故意和自己东拉西扯，这个恶魔。

“你这个男女不分的人妖，变态小人……”温情的面纱撕开，司玉直接怒气冲冲地骂道。

白郁斜倚在墙上，好整以暇地听着，无比惬意，好像司玉骂的人不是他一般。终于等司玉歇口气的时候，才笑眯眯说道：“出完气了吗？中气可真是足啊。顺便告诉你，这附近我一开始就布了结界，所以你骂得再大声，也不会有人听见的。”

司玉只觉胸口一滞，险些被他气晕过去。刚才她故意大声喝骂，就是希望惊动隔壁安小惠那些同修，想不到这狡诈的家伙一开始就布了结界，然后看她好戏。

怎么办？这家伙可是杀了不少人的凶手啊，而且和岳冉密谋，肯定也是混入天源宗的妖魔之一。他现在这么冷静，不会是想把自己灭口吧？

若是平时，就算武功不及，司玉还会努力一拼，但眼下她刚刚使用过一次化身之术，体内的灵气消耗地七七八八，哪里还是他的对手。心中寒意更甚，司玉按住怀里的影虚镜，冰冷的触感沿着指尖传入心田。

别怕，自己还有神器在手！就算武功不及他，一拼之力总是有的。等惊动了天源宗高层，不信他有三头六臂。

白郁打量着她的神色，嘴角掩不住地扬起。对他来说，司玉的顾忌和那点儿小算盘都一清二楚，她真的以为凭借一面镜子就能够克制他？不过，就算对自己的身法速度有信心，但真的打斗起来，灵气冲撞势必影响周围，万一真的惊动了那群老家伙，可就麻烦了。

“何必急着动手呢？”白郁双手摊开，笑道，“我确实是男的，可并不表示我就有恶意啊？天源宗可没有哪条门规说不许弟子男扮女装吧。”

这不是废话吗，会有这种门规才怪！

司玉后退一步，一边说道：“门规虽然没有这种规定，但男子擅闯女子寝室，就已经是……”她一边以说话分散白郁的注意力，趁他眨眼的瞬间，猛地取出影虚镜，向着白郁照过去。

出其不意，攻其不备，白郁整个人顿时笼罩在影虚镜的金光之下。

成功了？司玉心头一喜，同时飞身向后退去，眼看就要破门离开院子了。对面被金光笼罩的白郁忽然笑了，身体像是虚化的沙土一般，慢慢消散成一地飞灰。

被影虚镜灼伤至灰飞烟灭了！司玉大吃一惊，这怎么可能？

心中警戒忽起，却已经闪避不及，只觉腰间一痛，立刻浑身都酸软无力，向后倒去。一只有力的手臂在她身后稳稳当当地将她接住，搂进怀里，映入眼中的自然是那张怎么看怎么欠扁的笑脸。

司玉挣扎着想摆脱他的钳制，可身体软绵绵，连指头都抬不起来了。

顺便从她手里接过影虚镜，白郁看了两眼，啧啧道：“果然是阴火毒辣的法宝，可怜好好一株梅花树啊。”

司玉视线望过去，这才发现，刚才被她照射的地方，是院子里的一棵梅花树，已经被影虚镜灼伤得几乎灰化了。

是什么时候动的手脚？这个狡诈的妖魔！司玉愤愤然地瞪着他。

“这么恨我？我刚才可是什么都没干啊，反而是你一直喊打喊杀，连影虚镜这种阴毒的法宝都使出来了。”白郁笑着说道，一边坏坏地捏捏她的脸颊，“不过你气鼓鼓的样子很可爱，嗯……像是一只青蛙啊。”

“你才像青蛙，你就是只癞蛤蟆！”司玉又羞又气，干脆转过头去不再看他，心下却暗暗着急，拼命运转体内残存的灵力，可白郁也不知使用了什么妖邪法术，丹田空荡荡的，丝毫功体都感觉不到。

“我就算是只癞蛤蟆，也只是逮到天鹅的癞蛤蟆。”白郁长笑一声，手一揽，将司玉打横抱起，向屋里走去。

意外之下，司玉惊叫一声，这种公主抱的姿势实在太无品了。“你要干什么？”她喝问道。

白郁没有回答，径直走进房内，绕过屏风，将她放到床上。

后背接触到柔软温暖的被褥，司玉却如坠冰窖，条件反射地打了个哆嗦。

白郁自然察觉到了，低头坏笑着提醒道：“哎，你可是躺到我床上的第一人啊。”一边不怀好意地打量道，“嗯，好歹还算是个美人，也不亏了。”

司玉恶狠狠地瞪了他一眼：“搞清楚，这是我的床。”

“哦，那我也是第一次当别人的入幕之宾，你也足够荣幸了。”白郁笑着，素色的纱帏在他身侧随风轻动，掩映满室春光。

司玉气得胸口发闷，半晌，她抿着唇，低声问道：“你到底要干什么？”

“你说我想干什么？”白郁在她身边坐下来，指间绕起她一缕长发，不紧不慢地调笑道。

“当然是杀人灭口了。”不想与他废话，司玉冷哼一声，沉声道。

没等白郁说话，被那句“杀人灭口”刺激到，桌子底下的五寸钉先跳起来：“什么！杀人灭口！你……你要干什么？！”

这种小妖怪白郁根本懒得理会，弹了弹手指，一道白光闪现，立刻将五寸钉击飞出去，同时顺手将床上的团子一起扔了下去。

“你，你把它们怎么样了？”司玉又惊又怒，挣扎着要起来。

“放心吧，这种连人形都未修成的小妖怪，我才懒得理会呢。”白郁按住她的肩膀，笑道，“倒是你，先关心一下自己不好吗？”

“你到底要怎么样？”司玉长吸一口气，问道。其实她很清楚，以白郁的角度来说，现在最好的解决方法不是杀人灭口，而是再一次改变自己的记忆。

明白她心里在想什么，白郁笑着缓声道：“同样的法子，我可不想用第二次。”

修仙者不同于五寸钉那些心智低下的妖物，人类的思绪神志本就复杂，对同一个人，同样的记忆，再次施用摄魂之术，极有可能影响到心智。而且，既然已经解开过第一次，难保不会解开第二次，再有一次这样的突发事件，他可不信自己还有这样的好运气。

司玉心里一沉，那最好的方法岂不就是……

“杀你灭口倒是个好法子……”看着司玉瞬间睁大的双眼，白郁不紧不慢地笑道，“可惜啊，如今院子里就我们三个人，岳冉也已经死了，事后应该栽到谁的头上呢？”一边说道，他一边皱眉叹道，“这样也不行，那样也不行，真是头疼啊。”

要解决这个问题还不简单，你自己去死好了。司玉愤愤然地想着。

白郁忽然灵机一动，拍掌笑道：“要不这样吧，只要你保证不要把事情说出去就行。”

司玉愣了瞬间，冷哼一声：“我保证的话，你会相信？”

“不会！”白郁也回答得很爽快，笑道，“所以啊，我得用特殊方法保证才行。”一边说着，他俯下身。

“你……你要干什么？！”看着俯身压下来的白郁，司玉脸色“腾”地红了。想要伸手推开他，奈何身体一点儿力气都没有。

白郁径自压倒在她身上，笑得怎么看怎么不怀好意。

司玉只觉那张近在咫尺的俊美容颜格外可恶，肢体接触的地方更是热得让人心悸。而白郁接下来的举动更是得寸进尺——直接将爪子伸到了她胸前。

忍无可忍，司玉正要开口怒喝，忽然感觉胸口一凉，随即一阵针扎般的刺痛传来。

“你干了什么？！”她又惊又怒，刚才那种感觉，像是有什么东西突破胸口，钻入了心脏。

“不用担心，就是一只可爱的小东西而已，叫做心心相印，不知你是否听过？”白郁笑道。

司玉心神一颤，她在书里看过。在南疆雾海，有一种稀有的树木，花、叶均是成对而生，成对而落，所以有个别名叫做心心相印，而这种树上成长着一种金色的小虫，也是成双成对的。千年之前，南疆曾有一位极擅炼蛊的女子，捕捉这种树上的小虫，炼制成一种神奇的蛊。母蛊所寄体的人，时刻能够察觉子蛊的想法。这个女子为了保证爱人的忠诚，偷偷对她即将远离的爱人下了蛊，可惜那男子还是在外面移情别恋，百般手段都无法挽回。万念俱灰之下，在那名男子成亲前夜，女子催动蛊虫，咬破了他的心脏，自己却也随后死在那男子亲友们报仇的刀下。之后这种蛊虫便被人称之为相思蛊，又名心心相印，却早已经失传千余年了，想不到白郁手里竟然会有！

“所以说啊，从今之后，你我即便是分隔两地，也是心心相印，至死不渝了。”白郁一边执起司玉的手，调笑道。

司玉只觉心口一阵剧痛，随即疼痛又戛然而止。看着眼前谈笑自若的白郁，明白他是在警告他。没错！以后只要她一动出卖他的念头，他马上就会知道，催动相思蛊咬破她的心脏只是瞬间的事儿。

她没法揭穿他的秘密了，除非她想同归于尽。

看着这张熟悉又陌生的面容，司玉忽然感觉心里一疼，难以言喻的沉滞感涌上来。这些日子的相处，她真的是把白郁当朋友来看待的。还记得来到天源宗的第一天，似乎只是一个短暂的清晨，两人就熟稔得像是老朋友一般。出众的相貌，爽朗的举止，不拘小节的个性，都让人不自觉地亲近。她从来没有想过，他们会有这么一天。

心脏隐隐发痛，是蛊虫在啃噬，还是因为眼前之人的冷酷？

也许，被自己所信任的人背叛，就是这种感觉。

见她忽然面色不善，白郁心中微微有些忐忑，问道：“怎么了？”一句话出口才发现自己问得很蠢。

司玉也懒得理会，直接道：“完事了没，完事了就立刻滚下来！”说完之后却发现这话很不妥当。

白郁却并未趁机调笑，翻身轻巧地跃下，然后扶起司玉，替她解开了禁锢。

恢复了行动能力，司玉跳下床，对白郁看都不看一眼，径自来到桌底下，翻出里面的昏成一团的储备粮和五寸钉。

过了半晌，两只小东西才逐渐清醒过来，“怎么了？咦？你回来了啊。”五寸钉迷糊地问道。

司玉立刻明白，刚才白郁那一击又动了手脚，这两只小东西都不记得刚才发生的事情了。

转头望去，白郁已经不见了，只剩屏风后面的厚重帷幕还在轻轻颤动。

他回自己的房间了，而自己应该怎么办呢？司玉迷茫地想着。

第七章

暮雪寒刃

微风吹过，撩起额前细碎的散发，司玉托着下巴，呆呆地望着远方出神，忽然一声呼喊将她从臆想中惊醒：“司玉！”

“啊，怎么了？”司玉回过神来，映入眼帘的是楚泓温和关切的神情。

“你的丹炉火候已到，该添回梦草了。”楚泓好意提醒道。

司玉这才注意到桌上的丹炉已经冒起幽蓝的细火，她连忙揭开盖子，将药草调配添加进去。

看她手忙脚乱的样子，楚泓上前帮忙，一边好奇地问道：“刚才在想什么？我叫你好几遍都没有听见。”

“哈，没什么，有点儿走神而已。”司玉打了个哈哈掩饰过去。

转眼间，距离那该死的蛊毒事件已经十几天了。这十几天来，任凭司玉绞尽脑汁，也想不到任何能够瞒天过海将消息平安传递出去的法子。

甚至当她想得太入神的时候，心脏里的某只小东西就会特意蹦 两下，提醒她自己的存在。于是，事情一直拖延到现在，甚至看样子，还会继续拖延下去。

那只死狐狸、变态人妖、讨厌的偷窥狂……司玉在心里暗暗诅咒着，骂得正爽快，心脏骤然传来一阵细微的刺痛。显然是某人听见了她的咒骂，表示抗议。

司玉按住心口，悻悻然停下来。对这种诡异的被别人偷窥思想的窘迫处境，司玉一开始极不适应，更有一种隐私权被侵犯的愤怒和无力感，使得她这些日子里，整个人都无精打采的。

这种精神状况持续了这么久，熟悉她的人不可能没有察觉，比如眼前的楚泓，

“你这些天怎么了？好像很没精神的样子？”他试探着问道。

“没什么，就是觉得很累。过些日子就会好了吧。”司玉掩饰道。

“是哪里不舒服吗？我看你经常按住胸口。”楚泓关切地问道。

“呃……”司玉赶紧将按在胸前的手放下，笑道，“最近是感觉有些累，心里也有些烦躁，郁闷，睡觉也不安稳……”说了半天，听起来怎么像是更年期到了啊，司玉郁闷地想着，慢慢住了口。

看到她郁郁不快的神情，楚泓笑了笑，道：“是因为白郁吧。”

“啊？！你说什么？”司玉吓了一跳，手里的丹炉盖子险些扔出去。

“是你们之间闹别扭了吧？明眼人都能看得出，这几天你们几乎不说话。”楚泓继续说道，“其实朋友之间，有摩擦也很正常，尤其同住在一个屋檐下，还是相互体谅一些的好。”

相互体谅？！可惜现在的重点不是两人间的沟通体谅问题，而是从同修变成了受害者和加害人的关系。

那个死人妖，总有一天要把他撕碎了。鬼才和他是朋友呢！明白他能够清楚地听见，司玉在心里狠狠骂了两句，面上却不敢流露分毫，点头笑道：“我知道了，谢谢你。”

一天的课程很快结束了，司玉收拾起东西，与安小惠结伴返回。

路上，安小惠看着远处一个人渐渐走远的白郁，忍不住问道：“你

这几天和她是怎么回事？吵架了吗？”

“没……嗯，算是吧，有点儿不愉快。”

“我就知道……”安小惠叹气道，然后又是一番苦口婆心地规劝，什么朋友之间要互相忍让，多多体谅，让司玉禁不住狠狠剜了白郁的背影一眼。幸好谢东仪这些日子因为贺丹妍的事情，一直留在谢婉那边，不然可能又要忍受一番“开导”了。

回了寝室，司玉无精打采地推开门，却猛地被人一把拉住。

会干出这种事情的肯定没别人。“你怎么又跑到我房间里来了？”司玉不高兴地问道。

“我们和好吧。”没有理会她的不愉快，白郁径自宣告道。

“啊？！”司玉足足愣了三秒钟，才醒悟过来，

这都什么跟什么啊！“我们和好吧”？这不是幼稚园小孩子吵架之后的必备台词吗？竟然会从眼前这个狡猾的妖魔口中说出来，真是滑稽可笑。

她在想什么白郁显然感受到了，而司玉也丝毫没有掩饰的打算，她冷笑问道：“我们和好什么？”

“继续这么冷战下去，迟早会被人察觉的。”白郁冷静地阐明现状。

“那是你的事儿，和我有什么关系？”司玉脱口而出道。

“你我既然心心相印，生死与共，岂能没有关系？”白郁微微笑道。

他不提这个还好，一提起来，司玉心情更是烦躁，冷哼道：“白大美人儿，你倒是告诉我，我们应该怎么和好？你的大恩大德，我可是时刻感激涕零！”

听着她话语里泛着浓浓的敌意，白郁有些无奈，缓声道：“其实你不必这么尖锐，只要你答应不说出去，我不会做什么的，更不会随便窥探你的思想。”

“哼，我怎么知道你说的是实话。”司玉不屑地撇撇嘴。

“无论你相信不相信，谢东仪马上就要回来了。这人精明得很，如果你不想事情往最坏的方向发展，就小心一些。”白郁沉声道，停顿片刻，又补充了一句，“另外，你离楚泓也远一点儿。”

不错，谢东仪和楚泓都是精明十足的家伙，继续和白郁冷战下去，迟早会被他们看出破绽来的。白郁被揭发那是他活该，可自己的小命还捏在他的手里呢。司玉头疼地想着，她可不想真的与他“同生共死”。

“和好可以。”掂量片刻，她板起面孔，沉声道，“只是，你得答应我几个条件。”察觉自己似乎并没有多少谈条件的本钱，司玉又补充了一句，“这也是为了不引起他们的怀疑。”

“你说。”白郁今天脾气好得出奇。

“第一，以后不许随便进我房间；第二，别随便窥探我心里想什么；第三……嗯，等我想到了再说。”司玉皱着眉头说道。

“好。”白郁爽快地答应道。

司玉忍不住有些惊奇了，她刚才也只是信口说说而已，想不到白郁今天这么好说话。

“不过你也要答应我，在谢东仪……和楚泓面前收敛一点儿，不要让他们看出破绽来。”略一犹豫，白郁也低声要求道。

“好。”司玉点点头，心里却暗暗思量，这只坏狐狸这么忍气吞声，又害怕被别人发觉，是单纯为自己性命着想，还是因为他另有图谋呢？

“你还有什么事情？”见白郁迟迟没有挪动脚步的意思，司玉忍不住提醒道。没别的事情，就回你自己房间去吧。

“哦，对了，还有一个问题啊。”白郁走了两步，忽然想起来，转头一脸认真地问道，“什么叫更年期啊？”

司玉：“……”

经过一番讨价还价，和白郁算是勉强恢复了表面上的和谐。至少在不熟悉的人眼中，两人的关系还是一如既往的亲密。

半年多的课程下来，大多数弟子都慢慢有了倾向性的重点课程，主攻自己喜欢并且擅长的一门，也为将来进入五部之一做打算。像是司玉，待在丹部的时间就比其他四部加起来还多。当然，其余的课程也不能放松，毕竟五部考核摆在那里。

白郁却依然懒散地四处闲逛上课，若是以前，司玉自然要关心一下，问她将来打算如何，但自从知道了他的真面目，自然明白了这家伙所谓的上课，只是一个幌子。

管他去哪里呢，只要他少碍她的眼就好了。

而白郁也不知是听到了她内心的想法，还是对丹部的课程本就毫无兴趣，一直很少露面，让司玉松了一口气。演戏，还要时时刻刻演，实在是一件儿辛苦活儿。

“悬胆草主要生长在阴寒潮湿的地带，据我所知，东山瀑布那边就有不少，形状也很好辨认。这个季节正是果子成熟期。成熟者状如鸡卵，其色墨绿，倒悬枝上，不过采集的时候需要注意不可用手碰触……”

台上贾执教正在滔滔不绝地讲述着。马上就要大雪封山了，他正在指导众人如何往山内采集，为将来的课程做准备。

司玉听得格外仔细，这个冬天她无处可去，正可以留在天源宗多学一些。既然打算将来往丹药方面发展，药草自然多多益善。

“……这种草天生克制蛊虫，尤其性质阴寒的蛊类……”听着听着，冷不丁冒出这么一句话来，司玉顿时竖起了耳朵。

贾执教讲述的是云萝根，一种天然克制蛊毒的药草。蛊毒医药本属同行，中了蛊之后，司玉专门去藏书阁翻阅了这方面的典籍，可惜找到的资料不多。难得此时执教专门提到，司玉听得聚精会神。可惜一直听到最后，也只是简单提了几句而已。

“蛊毒真是头疼的事情！”司玉禁不住叹了一声。

“是啊，这种东西不是现在的我们能触及的。”旁边楚泓笑道，“等通过五部考核，正式入门，才会学到这种复杂的课程。”

“难怪我在藏书阁里找不到多少有用的资料。”司玉恍然大悟。

“蛊毒历来是丹部的重要内容之一，天源宗藏书阁里关于这方面的收藏很丰富，只可惜不是现在的我们能够看到的。听说在藏书阁高层，有专门存放这种典籍的库房。”楚泓笑着说道，随即又有些好奇，“只是，司玉你最近怎么对这个感兴趣了？”

“偶尔看到了一本，觉得很喜欢。”司玉笑道，一边暗暗动起了歪脑筋，藏书阁高层啊，那里确实不是自己这种应天阁弟子能够进入的。可是……她脑中灵机一动，上次变身成蜡烛在藏书阁和某人房间里偷窥的经历立刻冒出头来。

不想还好，一动这个歪脑筋，尤其当事人之一如今正在眼前，司玉的脸“刷”地红了。某些已经被她打入冷宫并一连加上十七八道锁的景象，竟然有脱离禁锢的兆头，开始一幕幕浮上来。

“怎么了？你脸色不太对劲儿，是身体不舒服吗？”楚泓眸光一闪，上前问道。

“没……没什么，可能屋里太热。”见他走近，司玉连忙后退一步，闪烁着避开他的视线。

好在贾执教还在堂上讲着，楚泓也没有多说。司玉慢慢镇静下来，却始终不敢往他的方向多看一眼。

终于熬到下课，走出应天阁大门，飒爽的寒风凛冽吹过，让积攒一天的尴尬烦闷一扫而空。司玉重新振作精神，向同行的安小惠打了个招呼，就向藏书阁那边走去。

她可是行动派，什么计划都比不上实地考察来得有效率。

进了藏书阁，冬天的夜幕本就降临得早，这个时间藏书阁里已经一片晦暗，没有多少人了。

司玉走进宽敞的大厅，在书库了消磨了一阵子，看看时间差不多了，她悄悄溜出门，摸到后面的楼梯下。

来藏书阁这么多次，她早就注意到每天下午都有负责打理应天阁的弟子来这边，将几箱玉简搬上去，这些都是上面存放的典籍，弟子刚刚归还的。

眼看左右无人，司玉赶紧催动法力，变成一支蜡烛，然后钻到箱子底下。重重玉简压下来，凉凉的感觉让司玉忐忑不安。

好像有点儿太铤而走险了，不知道会不会被发现！如果被发现了会怎么样？记得上次有同修擅闯楼上的书库，好像也只是被训斥了一顿，并未多做责罚，自己就算被发现，应该也不会是什么重罪吧？

心里正七上八下的，司玉忽然感觉身体一轻，连同箱子被人一起提了起来。

负责工作的弟子使用一个简单的浮空术，装满了玉简的铜箱立刻轻若鸿毛。轻松带上二楼，将箱子放在一边，对照清单，他开始将玉简逐一归档。

趁他离开的空当，司玉赶紧从箱子里爬出来，躲到一处柜子后面。

竖起耳朵倾听外面的声音，等到完全平静，确定人已经走远了，司玉这才跳出来。事不宜迟，虽然暂时还没有力量恢复原身，司玉还是跳到一个个书库前，挨个仔细看过去。

二楼开始，书库就不同于下面，房间分类更详细，而每个房间的规模则变小了。司玉明白，这其中所存储的信息却远远比一楼的要多出几十，乃至几百倍，因为里面没有一本纸质书籍，全部都是用玉简记录信息了。

一排排玉简安静地躺在架子上，散发着莹莹润光，一只笨笨的蜡烛在它们面前跳来跳去。

终于找到了目标，玉简下面的架子上写着清晰的“蛊毒类”三个大字。司玉等法力凝聚，恢复真身后，迫不及待地拿起玉简来读。

信息浩瀚如海，成排的玉简司玉只看了两三只就头晕眼花。从书山题海中醒来，看看窗外，不知不觉间竟已过了好几个时辰。夜色已深，应该离开了，不然明天的课程可起不了床。

至于这里的东西，回头看看那一眼望不到头的玉简，这个任重而道远的活儿，还是慢慢来吧。

小心翼翼下了楼，司玉离开藏书阁。刚走出大门，一滴凉凉的东西落到了脸颊上。

好冷啊，她激灵灵打了个哆嗦。仰头看向天际，无数银白色的星星落下来，闪烁着莹莹光芒，像一只只翩翩飞舞的蝴蝶，舞动在纯黑的天幕上。

下雪了！

司玉惊喜地望向天空，来到这个世界，还是第一次看见雪呢。她禁不住伸出手，接纳这天地间最纯净的精灵。

正沉浸在心神俱醉的美景中，却有一个极不和谐的声音阴阴传来：“再磨蹭下去，就回不了寝室了。”

司玉转头，竟然是白郁，就站在离她几步远的地方，一身白衣劲装几乎与这天地同色。

“你怎么来了？”司玉脱口问道。还这么大胆地穿着男装。说起来，自从被她识破了真面目，这小子越来越嚣张了，尤其在寝室里，经常直接穿着男装走来走去，也不管有多么扎眼。

“路过这里，正好看见一只呆头鹅。”白郁冷然道，风吹起他漆黑的发丝，几滴纯净的雪花零星飘落其上，“天源山的雪蕴含阴气极重，你刚刚体内灵气消耗过剧，与凡人无异，哼，若不是我正好路过看见，继续待下去，说不定明天就能看到一座冰雕了。”

“胡说八道，一点儿雪而已，又不是没见过。”司玉不服气地嘟囔了一声，转过头去。她并没有把白郁的警告放在心上，反而被那句“你刚刚体内灵气消耗过剧”给惊到了，他已经知道自己刚才去干什么了吧？

虽然一开始就不认为会瞒过他，但被如此赤裸裸地揭发小动作，司玉还是觉得很不舒服。而白郁显然也没打算让她多么舒服，嘴角一勾，笑道："直接告诉你吧，别白费心思了，相思蛊可不是靠你这种笨鸟翻翻书就能够解除的，你若真是想解开，倒是有一条路……"说着他停下来。

明白他是故意的，司玉偏偏不如他所愿地问下去，径自歪头欣赏天边的雪景，做出潇洒状。哼，爱说不说，随便你。

可惜潇洒了没多久，一阵凛冽的寒风吹过，她连接打了好几个喷嚏。

好像真的很冷呢，算了，先回去再说吧。一边打着寒战，司玉紧了紧衣襟，抬脚向前走去。而白郁也微微一笑，没有说什么，跟在她身后。

想不到这场雪这么大，不过一小会儿，地上已经积了厚厚一层，寒风吹起地上的碎雪，与飘落的雪花混合在一起，整个天地间灰蓬蓬一片。崎岖的山路上，走了没多久，司玉就发现路途确实不好走。这一路多悬崖峭壁，狭窄的道路上一个不慎，很容易跌下去。若是平常还好，但如今的她连续使用两次化形之术，体内根基几乎消耗殆尽。

她走得很慢，白郁也不着急，在她身后静静地跟着。司玉心头忽然涌起一种奇妙的滋味，这样天地一片的孤寂中，陪在自己身边的竟然是这个家伙。他怎么会出现在这里？不会是专门来找自己的吧？算了，别自作多情了，说不定又是进行什么阴谋诡计呢，或者联络什么别的妖魔鬼怪……

正胡思乱想着，一不小心，司玉脚下一滑，惊叫一声就向旁边跌去。

白郁抢上前，拉住她的胳膊，笑道："说你这点儿本事走不回去，你还不相信。"

心头稍微涌起的那么一丁点儿感激立刻烟消云散了，司玉不服气地转过头，却没有反驳，毕竟确实是他帮了自己。

抬头看向远方，难怪脚下地面出奇地光滑，原来是到石桥了。

司玉立刻想起自己第一次来藏书阁的那个夜晚，就是在这个石桥上，因为五寸钉的恶作剧，险些掉下去。

那时候，也是他救了自己吧。越想起这些，司玉心中隐隐浮动起说不清、道不明的滋味。

白郁已经先一步上了桥，听见后面没了声响，转头问道："怎么了？"看到司玉正在怔怔地看着他，他忽然笑了，伸手道："上不来就不要逞强了。"

司玉瞪了他一眼，就算现在状态不佳，也用不着他来帮忙。一边轻巧地一跃，登上石桥。

白郁收回落空的手，哂然一笑，转身继续向前走去。一边问道："你就不好奇，你那体内蛊毒的解法？"

"你会这么好心才怪？"司玉撇了撇嘴，"就算方法是真的，也绝对是现在的我没法做到的。"

"哈哈，不错，所以说，你去寻那些不着边际的方法，倒不如好好在我身上下工夫得了。"白郁笑眯眯地说道。

"你……"司玉满是不屑地哼了一声，表示对他的建议完全不予置评。过了一会儿，却又忍不住问道："你就这么堂而皇之地穿成这样，也不怕被人看到？"

"这算是关心我吗？"白郁笑起来，"凭我的本事，被看见了又怎么样？"

忽然想起这家伙还擅长摄魂暗示的法术，倒确实有点儿自傲的本钱，司玉依然忍不住讽刺了一句："你就说大话，等着阴沟里翻船吧。"

两人就这么一路吵闹着，一边向寝室走去。这么纷纷攘攘的一路，反而不觉得冷寂了。高耸的藏书阁楼台已经被远远甩在了身后，不知不觉间，两人越走越远。谁也没有注意到，身后阁楼上，就在司玉刚刚待过的房间，一扇关闭的窗户忽然“吱呀”一声，无风自开。

黯淡的阁楼中一个修长的身影宁静伫立，深邃的双眸凝望着远处一前一后的身影，直到两人终于完全消失在视线里，才轻叹一声，关上窗。

司玉忽然莫名地打了个哆嗦，仰头看向漆黑的天幕，暗暗想着，今年的雪也来得太早了些吧，原本还打算明天入山采药呢。希望那些可怜的药草们能够熬得过这场雪，等待自己的光顾……

雪下得急，停得也快。第二天清晨，推开窗，司玉险些被银晃晃的光线耀花了眼。地上厚厚的一层，又白又软，毛茸茸的，窗前的树上挂满了玉花银串儿，太阳高悬，日光被雪色反射，带着纯净的冷意投射入房内。

真是个好天气！清爽又晴朗，她禁不住伸了个懒腰。这样的天气最适合待在温暖的房内，捧着一杯热茶，拿一本最爱的书细细品味。

可惜啊，日子不能这么悠闲了，她这个冬天的药材还没有准备好呢。虽然地上还有雪，但药草不等人啊，第一场雪还能熬得住，第二场之后只怕就更难寻找了。

一夜酣睡，自觉神清气爽，功力充足，入山一趟不成问题。司玉收拾起东西，准备趁着太阳正好，入山采药去了。

不同于采集月见草时候的热闹，打算冬天留在天源山，并且向丹药方向深造的弟子可不多。所以沿着山道一路走来，遇到采药的人很少，但路上却绝不寂静，三三两两，尽是赏景游玩的弟子。都是十几岁的少年，见到了天源山的第一场雪，难免童心未泯，还有些人专挑险峻的地方攀爬，观赏诡奇的雪景，顺便也验证一下自己这些日子的修行成果。一路上时不时可见翻腾跳跃的人影，远看像是一群刚出笼的小猴子。

越往深山，人就越少，四周安静下来。一道清澈的溪流蜿蜒流淌，上面浮动着点点碎冰，折射着朝阳瑰丽的色彩。司玉一边欣赏着美景，背着她的小药锄，往山上走去。

抵达后山深处，按照贾执教的讲述，司玉选择可能有药草的地带，开始逐一探查。不一会儿就收获颇丰，看着玉匣里逐渐增多的药草，司玉满心欢喜。

走过一处断崖，极目远眺，一株火红色小草映入眼帘，修长的草叶在凛冽的寒风中摇曳生姿。司玉目测高度，踩着一块岩石纵身跃起。可惜差了一点儿，手指擦着草叶过去，没有摘下。

司玉深呼一口气，准备继续努力，忽然有一道银光闪过。

小草在风中摇了摇，从崖上跌落，不偏不倚地正落在她摊开的掌心里。

司玉转身望去，一片银白的天地间，衣袂翻飞，墨衫少年翩然走近，如寂静冰原上乍现一份晴朗的光。

司玉冲他感激地笑了笑，一边扬手招呼道："楚泓。"

"刚才看到脚印，我还奇怪是谁趁着大雪入了山呢？"楚泓一边走近，一边说道，笑容一如既往的温润温雅。

司玉举起刚刚收获的朱红色小草，道："多谢你了。"

"举手之劳而已。"说着，楚泓瞥了司玉手边的玉匣一眼，笑道："收获不少啊。"

司玉点点头，问道："你也是入山采药吗？"

楚泓与司玉沿着山路并肩而行，一边道："我需要的药材，大多数前几天都采集好了。不过还缺一味龙芯果。今天趁着空闲，过来转转。"

"龙芯果！我也想采集这个呢，不过一直没有找到。记得上次贾执教也说，这东西很难找的。"司玉说道。为方便众弟子采集，贾执教介绍药草时，将药草特点和可能生长的地方都一一交代清楚，唯有这一味龙芯果，实在是可遇而不可求的珍贵药材，适宜生长的地方稀少不说，因为它天性灵气霸道，一块地方只能生长一株果树，所以极难寻找。

“我翻阅典籍，找到一处极可能有龙芯果的地方，就在前面的玉青峰下。你若闲暇，不如一起去看看吧。”楚泓建议道。

司玉大为心动，如果把这个采集全，今天的工作就可以完美收工了。可是……她看了看天色，时间已至下午，随着太阳西坠，天色逐渐阴沉下来，凝聚的乌云预示着今晚可能还有一场风雪。

能赶得回去吗？司玉放慢步子，转念又想到，玉青峰距这里也不算太远，采集之后立刻往回走就好。龙芯果畏寒，若真是再下一场雪，果子说不定就要全掉光了。权衡利弊，她跟上楚泓的脚步，道：“我跟你一起去吧。”

时间不早了，两人沿着崎岖的山道快步攀爬，逐渐进入山脉深处。

一边走，司玉随口问道：“楚泓，你采集龙芯果是为了什么？今年冬天也要留在天源山吗？”

“也许会留下吧。”楚泓淡笑着道，“还有很多事情要做呢，容不得一丝松懈。”

“你将来是准备去丹部吧？”虽然有点儿探听别人隐私的八卦嫌疑，但司玉还是忍不住问道。

“丹部？为什么会这么想？”

“贾执教那么看重你，而且你在丹药方面又有天分。”司玉笑道。说起这个问题，她一直很好奇，像谢东仪在剑法上的突飞猛进很容易理解，世上本就有天赋异禀的奇才，但药草一道，并不是天赋好就能够造诣高的，这一行主要是靠着丰富的知识和经验积累才能达到一定境界。

“你从小就很喜欢药草吧？”司玉问道。

“不，我小时候很讨厌药草的。”楚泓出人意料地摇摇头。

“啊？为什么？”司玉好奇地问道。

“因为造化不公，这种天生又蠢又笨的东西，连修行起来，也比别的生灵慢很多。”楚泓忽然笑道。

这样的答案让司玉有些摸不着头脑，但楚泓却并未多解释，转过话题提醒道：“我们到了。”

司玉回过神来，仰头看向那高耸入云的山脉，天生诡奇的地形，使得玉青峰一带常年无法照射到阳光，冰雪毫无融化的迹象，厚厚地堆积在头顶，带着森严的压迫感。

“这里好冷啊！”寒风吹过，司玉忍不住打了个哆嗦。不过，正是传说中适宜龙芯果树生长的地方——这种树木天生畏光，却也不耐寒，所以很难生长结果。

楚泓领着司玉绕过一处断崖，笑道：“如果我所料不差，就是这一带了。”

司玉连忙跟上前，两人分头搜索起来。

攀着岩上的枯藤，司玉跳上岩石，一棵孤零零的树木映入眼中。树身扭曲，盘旋生长，一粒粒金黄色的果子在纯黑枝叶的掩映下熠熠生辉。

司玉又惊又喜，纵身从岩石上跃下，一边高声喊道：“楚泓，快过来，我找到了。”

脚下刚刚接触地面，司玉却身体一颤。

好冷啊！这种无法形容，无法描述的感觉……

只是一瞬间，心口像是被硬生生塞进了一块冰，却又变得滚烫灼热，像是全身都要燃烧起来。

她战抖着低下头，就看到那截亮得刺眼的薄薄冰刃，正透过自己心脏，带着这世上最刺眼的红，穿透而出。

夕阳最后的余晖从天际投射入房内，镀上温暖的金色，白郁懒洋洋地斜倚在窗前，手边摊开一本书。

百无聊赖地扫了几眼，他的视线投向窗外。天边凝聚起黯淡的阴云，又要下雪了！这天源山的冬天还真是讨厌，而那个笨丫头还在山里采药吗？不会连天色变化都注意不到吧……

正想着，胸口忽然传来一阵刺痛，像是有一把尖锐的锥子，毫无防备之下生生扎进了心脏。

“哗啦！”手边的书被扫到地上。他难以置信地按住胸口。竭力催动相思蛊，感应遥远的联系，可所及之处只是一片苍茫，一种纯粹的空弥漫在整个心脏里。

怎么可能！这种感觉……是子蛊死了？！

她不是在山里采药吗？难道是乱吃了什么克制蛊毒的药草……或者是……

没有任何迟疑，他纵身跃出，快得宛如一道白影，瞬间消失在远方。

冰刃一点点抽离，失去了最后的支撑，司玉整个身体向前无力地扑倒，鲜艳的花朵在她身下绽放开来，浸染出这个冬季最鲜活的色彩。

有什么东西正从身体里快速流逝着，她什么都听不到，什么都看不到了，意识先是化为纯粹的剧痛，然后就是一片空茫，四顾苍凉，天地皆无的空茫……

耳边仿佛传来轰鸣巨响，又像是回归最纯粹的寂静，

好冷啊，为什么会这么冷？有东西可以暖暖她吗？好怀念家中温暖的被褥啊，带着新晒阳光的味道，软软地盖在身上……

朦胧中，好像真的有东西盖下来了呢，身体越来越沉重，黑暗一重重压下来，她闭上眼睛。

墨衫少年的动作冷酷精准，仿佛是世上最完美的机械，三尺青锋缓缓抽离前面之人的心脏，带出刺眼的血花。

看着前面的少女缓缓倒下，昭示着一个熟悉的生命的完结，他有瞬间失神。几滴血花飞溅，落到了他的手上。

他后退一步，随即稳住身形，狂风呼啸而过，凄厉如扯裂的弓弦，

凝聚了一个下午的阴云终于化为风雪降临，瞬间便笼罩住辽阔的大地。

他抬起手，那几滴血鲜艳夺目，冰冷的雪花飘落下来，红白两色混合在一处，交织沾染在修长有力的手腕上。

好奇妙的感觉啊，这么热，又这么冷。

心弦的波动只是瞬间，冷静自持的他随即恢复如常。抛开杂念，立刻行动起来。

背上长剑出鞘，清越龙吟。一时间剑气纵横，连接数道劈在高耸入云的玉青峰上，威力惊人，恍如雷击。

不一会儿，轰鸣巨响从遥远的山巅传来，如一只潜伏的巨龙从山巅上抬起头来，整个山脉都开始战抖，越来越剧烈，如同一只看不见的手在抖动地幔，让整个庞大的山峰向着这边倾然倒下。

积雪沙石翻涌而下，楚泓脚不沾地地闪身后退，飞沙走石之间，身形如惊涛骇浪中一叶飘零的孤舟，惊险却又平稳十足。

轰鸣声隐隐传来，雪地里急速窜行的身影戛然而止。白郁仰头遥望远方，那一重重滚落的雪色，一层层跌落的沙石……

是雪崩！

回忆起最后感应到的相思蛊的位置，他脸色变了。

正要继续向前，却有一个意料之外的身影出现在视线尽头。

墨色衣衫沾染了风雪，带着些微凌乱，却依然掩不住清雅从容的气度，仿佛这世上没有任何变故能够让他动容。

白郁呆呆地看着他走近，仿佛这个最熟悉的伙伴变成了素不相识的陌生人。直到视线落到他手腕上，才瞬间睁大了眼睛。

“你身上有杀气。”来到他面前，楚泓停下身影，淡然道。那口吻淡地仿佛只是在说今天下雪了，“好久没见你真正动怒了。”

“你刚才干了什么？！”白郁一字一句地问道。

“解决了一个潜在的麻烦。”

“什么麻烦？！”白郁一眨不眨地盯着他。

“何必明知故问？”楚泓冷静地回望着他，视线中隐带一丝怜悯，“还是你根本无法相信？”

得到这近乎肯定的答案，白郁眸中暴起锐利的锋芒，掩在袖中的手不自觉地握紧了。

凌厉的煞气扑面而来，尖锐得像是离弦的利剑；而身后则是翻涌的雪崩沙石，带着毁天灭地的轰鸣。急剧的前后气势冲击中，墨色身影却依然是一派空灵静谧，仿佛一切纷扰都发生在另一个世界，而他的身边，只余空谷幽兰般的静好。

“你要因为这个和我动手吗？”他盯着他，微偏头，认真地问道。

白郁身形一颤，袖中的拳握紧了又放开，又握紧……也不知重复了多少个轮回，他终于听见自己艰涩的声音缓缓传来：“理由？”

楚泓眸中闪过一丝欣慰。他明白，自己的同伴已经冷静下来了；或者说，已经做出了抉择。虽然这个结果早已在他预料之中。

没有浪费任何时间，也没有多余的言辞狡辩，楚泓平淡直白地解释道：“我的房间里，曾经丢失过一支蜡烛……”

白郁身形一颤，刹那间便捕捉到他话中的关键。不必再有别的理由，单是这一条，就足够让楚泓动杀机了。“可是……我记得以你的谨慎，即便是在寝室，也从来不会露出任何疑点。”

“不错，可是那只蜡烛，是我从藏书阁带回来的。前去探查资料的那天晚上。”楚泓继续说道。司玉化形之术的秘密从未向任何人吐露，其实他也只是怀疑，所以故意用言语引导试探她，想不到她当晚就前去藏书阁探查。尾随在她身后，亲眼见到她变成蜡烛，楚泓这才相信自己的判断。

“即便如此，你完全可以用摄魂暗示之类的法术。”白郁挣扎着问道。

“不错，可是我需要一个契机，来打破这个僵局，验证我的推断。”楚泓沉声道。

“什么推断？”白郁冷然问道。

楚泓默默凝视着他，片刻后，忽然摇头道：“现在的你不行。这个问题，等你冷静下来，再来问我吧。”一边说着，抬步向前走去。

白郁没有追问，他只是静静站在他身后，看着他逐渐远去的步伐，直到那个身影快要消失在风雪中，他忽然冷冷说道：“她一直拿你当朋友。”

楚泓转过身，隔着重重弥漫的风雪看着他，忽然展颜一笑，轻声道：“魔啊，本来就是反复无情的生物。”温和依旧的语调中蕴含着的是最冷漠的事实，是最残酷的真相，却也是最尖锐的讽刺。

白郁身形晃了晃，像是承受不住这冰冷的霜雪，盯着眼前这张熟悉又陌生的面孔。他怎么忘了，眼前这人是多么的冷酷和无情。

终于，雪越来越大，掩去了他留下的脚印，仿佛从来没有人在此经过。

而远方崩落的大雪沙石尚未完结，一重重银白掩埋下来，化为天地间最宏伟的墓冢。

白郁孤零零站在雪地上，按住胸口。心脏深处传来啃噬的剧痛，像是有什么东西，被生生割裂了，或者……那只是自己的幻觉。那些让他莫名沉落的心情，其实从来没有，也不应该存在过……

天源山深处一处幽静的山谷里，一座精致的阁楼小院卓然而立，清净得与世无争，纷纷扬扬的雪花又给它增添了一份静谧。

谷中寒气骤降，屋里却温暖如春。但屋里人的心情，却感受不到丝毫温暖，反而如窗外的寒冰，迟迟看不到融化的希望。

谢婉看着静静躺着床上的女孩，眉宇间带着深深的疲惫。良久，终于叹了一口气。

站在一旁的谢东仪望着床上的女孩，眸中古井无波。听到谢婉叹息，方劝慰道：“执教何必心急，本家又不是没有法子。”

谢婉苦笑一声：“如此别无他法，只有回本家途借用凤凰木了。只是……唉！”她头疼地按住额头，凤凰木可是他们谢家的镇族之宝啊，她那位当了族长后日益威严的大哥，会同意将法宝给予贺丹妍吗？丹妍再亲，也不姓谢啊！

“执教放心，我会修书一封，给……父亲大人的。”谢东仪缓声道，“更何况丹妍这次在我天源宗出事，以天源宗与谢家的渊源，岂能不负担一份责任。以父亲之精明，自会权衡利弊。”

谢婉心中一动，立刻明白过来，贺丹妍身上的禁制迟迟无法解开，天源宗确实责无旁贷，而丹妍出身名门，她的身份也不同于寻常弟子。大哥若是出手为丹妍解禁，也算是让天源宗无形中欠下了一份人情。

想到其中微妙之处，谢婉心中多了点儿底气，却又忍不住有些惊异，自己这个侄子，不过半年多的历练，心思似乎变了不少，不再是以前那个冲动傲慢的少年了。这种变化，究竟是好还是坏？

回想起大哥时常来信叹息这个儿子被宠坏了的抱怨，再看看眼前芝兰玉树般的少年，简直判若两人。谢婉竟有瞬间的迷茫。

就在这时，忽然一阵奇异的震动从远方传来。

“怎么了？”谢婉回过神来。

她身后的谢东仪却脸色一变，快步来到窗前，推开窗眺望远方。

“好像是雪崩。”谢婉神色也郑重起来，从床头站起，“我得去应天阁看看，丹妍就先由你照看了。”

谢东仪点点头。待谢婉离开之后，他手指轻划，布下一个简单的结界，立刻闪身出了阁楼，化为一道迅捷的清影，消失在远方。

司玉传

Si Yu Zhuan

下

张伟华 / 著

金城出版社
GOLD WALL PRESS
北京

第五卷

前尘如梦·比翼之卷

第一章

身困地火

一片混沌中，司玉只觉自己身入炼狱，四周炽热的火焰焚烧如万蚁俎噬，无孔不入，几乎将魂魄生生撕裂成千万碎片。

这样的状态也不知持续了多久，迷蒙中略有片刻清醒，映入眼中的是铺天盖地的火红，几乎占据了视线的全部。唯有一线清明的眼神，正焦急地落在她身上。

是谁？来不及思考这个问题，司玉很快又陷入昏迷中。

然而痛苦到了极点，却有一股清澈的泉水从心头弥漫出来，身体逐渐恢复活力，漫长的时间后，终于再一次睁开了眼睛。

一张清秀的面孔映入眼帘。

“颜旭？你怎么……”司玉吃惊，略动了动，立刻感觉全身酸痛。

“总算醒过来了。”颜旭神情轻松下来，扶起司玉靠在石壁上，一边道，“那天的情况太危险，连我自己都差点儿魂飞魄散。”

记得最后一幕，他被火焰甩出去了，也不知是怎么又来到自己身边的。司玉感激道：“多谢你了，我昏迷了多久？” 放眼望去，他们正在一个山洞里，四面都是赤色的石壁，灵气混乱不堪。难道……她艰难地转动头颅，视线尽头洞口处是一片火红的海洋。

“我们如今还被困在地火裂缝里。”颜旭证实了这个万恶的猜测。“这里分不清楚昼夜，估计至少六七天了吧。”

已经过了六七天，难道卓隐他们没有下来救援吗？！司玉记得昏迷前明明看到卓隐已经将魔龙救上去了。

猜到了司玉的心思，颜旭道："我们现在并不是在紫金阁之下。那天消耗过大，我功体一时难以支撑，被火焰卷入冲击，只能随波逐流。幸好两天前见到此处岩洞，攀附过来，才暂时安稳。只是火焰狂猛，瞬息千里，这岩洞已经距离紫金阁不知多远了。上面的人就算想要救援，短时间只怕也寻不到我们的位置。"

司玉心里一沉，那岂不只能靠自己的力量上去了？

可就凭她这点儿功力……要还是魔龙身体就好了，至少皮厚，不惧地火，现在的她，连躺在山洞里都感觉窒息，更不用说出去了。

转念又想到，那天晚上颜旭怎么会出现在这里？卓隐明明安排他去处理公务了。她瞟了他一眼，总觉眼前这个人，和记忆中服那个青涩少年大不相同。

难道……他就是那个逆龙的奸细，那晚一直潜伏在周围，所以见到紫金阁变故，才能第一时间赶到！

这个猜测虽然并没有全中，但距离真相也不远了。

想到这个奸细还是自己亲手提拔起来的，司玉不免有些尴尬，她自然不好意思直接开口，问他是不是逆龙旧臣，转而道："被困了这么多天，紫金阁那边的情形不知道怎么样了？"

"紫金阁应该全毁了，魔龙殿也凶多吉少，只是不知道龙城有没有受影响。"颜旭叹道。

司玉震惊了，只是地火裂缝的偶尔爆发，就引起这么严重的后果，若真是全面爆炸，岂不是灭世之灾！

颜旭安慰道："不必担心，有卓隐他们在上面处理，应该不会造成很大伤害。况且早在多年前，魔龙殿就已发现地火裂缝不稳，对此也有一套压制方法，虽然只能压制一时。"

他这么淡然的语气提起卓隐，司玉心里有些小小的别扭，从"卓隐大人"到"卓隐他们"，他果然是逆龙那边的人。

想到逆龙，立刻想起最后一幕，他化为千万星芒，归入虚空的情形，司玉暗暗忧心，也不知他如今怎么样了？

恢复了稍许力气，她试着想要运转功体疗伤。

颜旭却按住她的肩膀："不要运转功体，否则会引起再次爆炸。"

司玉一愣，什么意思？

“那天之所以会引起爆炸，就是因为你体内的力量吸引了地火。”颜旭苦笑一声，“也是我失察，移魂之后未仔细查看你的功体，就将凤凰木取出了。”

司玉愣住了，这语气，这讲述，眼前这个人……她终于醒悟过来，

“是……逆龙前辈？”

颜旭笑着点点头，气度沉稳和蕴。

司玉恍然大悟，难怪刚才就感觉不对劲儿啊，气质差别这么大！

“我魂魄险些消散，正好看到他闯入地火救你，地火威力强大，他魂魄抵受不住，晕了过去，倒是方便了我。”逆龙微笑着解释道，神情温雅。

司玉点点头，立刻又紧张起来：“和他一起的墨澈心呢？”

“他受创也不轻，不过我坠落之前，勉力一掌将他送回了岸上。应该平安无事。”

司玉松了一口气，随即问道：“前辈刚才说，这次地火裂缝暴发是因为我体内力量吸引了地火？”

“没错，是我大意了。”提起此事，逆龙神情有些异样，最终，却只能苦笑道，“想不到除了凤凰木，你竟然还身怀那件宝物。”

“什么宝物？”司玉睁大了眼睛，难道她体内还有别的法器？

“先别忙着说这个，凤凰木我那天还给了你，还带在身上吧？”逆龙打断了她的疑惑，反问道。

司玉摸摸怀中口袋，一颗金色的光球随即出现在掌心，微小的红翼火凤翱翔生动，正是天下无双的神器——凤凰木。

“谢家有秘法，可将凤凰木融入体内，你修习过吧？”

司玉点点头。

“我助你一臂之力，将它重新归入体内。”逆龙简单交代道。

司玉疑惑，但想到逆龙没必要害自己，便依言而行。她体内灵气几乎无法运转，逆龙接过凤凰木，指端轻点，灵珠立刻浮动起来，停在司玉额前，随即一缕功力灌入她体内。

司玉顺势施展术法，片刻，凤凰木便消失不见了。同时司玉感受到丹田处传来熟悉的温暖，这次融合意外的迅速，也许是刚刚从体内分离不久吧。

行功完毕，司玉呼出一口气，抬头望向逆龙，静候他的解释。

逆龙神色凝重沉默，却又有些缥缈，像是在思考极重要的问题，却又难以抑制地有些恍惚。片刻，他迎向司玉的目光，缓缓开口道："上次你说过，你是天源宗弟子，那么能告诉我，你的真实来历吗？"

真实来历？司玉心神俱震，他是什么意思，难道看出自己来自另一个世界了？

"前辈……"她犹豫起来。

"是我问得唐突了。"看出司玉神色不安，逆龙一笑，道，"如果不方便，不说也无所谓，其实，我只是好奇，你体内的那件东西究竟是怎么来的。"

"我体内的究竟是什么？"司玉忍不住追问道，"与这次地火暴发有关吗？"

逆龙点点头，缓声道："这世上唯有一种力量，对地火有如此强烈的吸引力，就是盘古神玺。"

盘古神玺？司玉愣了数秒钟才反应过来他这句话是什么意思。

盘古神玺在她的体内？！

"这怎么可能！？"

"并非完整的神玺，只是一部分力量而已。否则，刚才地火只怕要全面暴发了，龙城也将不复存在。"逆龙苦笑着补充道。他曾经亲眼见过神玺引动地火的景象，那是天地间任何力量都无法与之抗衡的毁灭。

"可是神玺明明在皓玥女帝的体内，而且皓玥女帝也已经回到皇城了……"说到一半，司玉话语一窒，她忽然想起，在最后一次进入天源宗宝库的时候，她被安小惠所杀，倒在冰晶地面上，当时就感受到一股奇异的联系，在她与地下女子之间。

难道说，就是因为那次死亡，使得她吸取了皓玥女帝体内的部分力量？

司玉将疑惑说出。

"皓玥女帝……"逆龙低低念着这个名字，却依然摇头，"你体内的神玺之力，并非魔界历代传承的力量，而是属于另一半的。"

司玉震惊了，另一半？是说阳极神玺，那是天源宗历代宗主才有资格拥有的吧。

"那半边不是已经在魔界毁了吗？"司玉忍不住问道。

逆龙神色一变："你说什么？盘古神玺在魔界毁了？"

司玉这才想起，逆龙是五百多年前被镇入地火裂缝的，自然对发生在三百年前的战事一无所知。想必连皓玥女帝这个名字，也是第一次听到吧，难怪刚才神色有异。

司玉便将三百年前的变故简略地说了一遍："……所以说，神玺已经在那一战之中爆炸了，据说连皇城都毁在那一战里。"

听完当年的变乱，逆龙面沉入水，摇头道："神玺没有毁，至少不是这样毁的。皇城的毁灭是因为那一半神玺引动了地火，而非是神玺自身爆炸。"

"啊！"司玉愣住了。这和天源宗的记载似乎不一样啊。而且逆龙的语气为何这么肯定？那时他正被囚禁在裂缝里吧。

静默了片刻，逆龙又问道："她是何时死的？"

司玉一怔，立刻明白他是问重霄女帝："已经三百二十多年了吧。"

逆龙没有说话，沉默之后，轻叹一声。

传入司玉耳中，不免有几分伤心的意味了。司玉偷偷瞥了他一眼，是为重霄女帝而失落，还是为了魔界危机而担心？

犹豫片刻，她终于忍不住问道："前辈，您刚才说的我体内的力量，是真的吗？"这实在太难以置信了。传说中已经毁掉的神玺，竟然莫名其妙进了她体内。

"盘古神玺的阳极之力，我曾经亲眼见过，自然不会有错。"逆龙回过神来，沉声道。

亲眼见过，在哪里？司玉好奇，但见逆龙神色不愿多谈，她也不好多问。

"这部分力量在你体内隐藏极深，平时被凤凰木的力量压制住，难以察觉。方才我替你取出凤凰木，失了制衡，盘古神玺的力量便显现出来了。"逆龙仔细解释起那天的变故，"盘古神玺的两极，宛如地磁两极，天性相互吸引，地火裂缝被魔界以阴极镇压万年，其中已融入了部分阴极之力，对阳极之力极为敏感，你又偏偏站在地火之上。感受到你体内的力量，便失控涌出了。"

原来是这个原因。司玉忽然想到，自己那奇异的伤口愈合能力，甚至死而复生，也是因为神玺吧？

来到山洞口，放眼望去，万丈深渊，无边无际都是火焰的海洋，间或传来刺耳的暴裂声，空气温度瞬间上升，原本就酷热的洞内更加难以忍受。

“是附近的地火在喷涌。放心，周围我设了结界，冲不进山洞的。”逆龙来到她身后，“这样的爆发，地火裂缝中每天都有千百次。”

司玉暗暗心惊，这惊天动地的骇人气势，却只是最普通的爆发，就像海洋中掀起的风浪，再寻常不过。若真是整个地火裂缝爆裂，那将是怎样的威势啊！

抬头望去，漫天红光的顶端，隐隐可见一条漆黑的影子，任火焰如何咆哮狂舞，都冲不破那层迷雾般的窒碍。

“上面是冶突山脉，力重万钧，又有始祖魔皇万年前设下结界加持，寻常的地火力量不可能逾越。”逆龙解释道。

地火尚且无法穿透，凭他们两人想打破地层冲上去更不可能了。

“前辈，那我们怎么回紫金阁？”

“地火焰流太过狂猛，我们随波逐流了这么多天，只怕紫金阁已是万里之遥，如今与其逆流而上，反不如顺势向下，另寻出口。”

顺势而下……遥望着几乎看不见尽头的火焰洪流，司玉脸色发白，却也别无选择。休息完毕，两人立刻动身。

地火常年喷发，两侧峭壁经反复灼烧，参差断裂，有些地方开阔易行，有些地方却光滑陡峭。这一路走地极艰难，数次险些滑落入火海，幸有凤凰木护身，更有逆龙援手，才一路有惊无险。

走了几个时辰，司玉气血翻涌，难以支撑。逆龙抬头看去，前方有一处洞穴，便建议道：“先休息一下吧。”

气喘吁吁的司玉总算松了一口气。

逆龙带着她纵身一跃，落到洞口，脚下也微有踉跄，

司玉察觉，偏头看去，逆龙的脸色竟也有些苍白。他现在是在颜旭的身体里，功力不足，而且之前又带着昏迷的自己走了这么远，任你多深的功力也要消耗殆尽了吧，想到这里，司玉心下歉然。

逆龙将司玉放下，径自往洞穴深处走去。

司玉依靠着山壁坐下，发现此处洞穴竟然极深，延绵曲折，一眼看不见尽头，更隐隐有一股阴森之气从深处传来。

不一会儿，逆龙出来，在司玉面前摊开手掌：“把这个吃了，可以平息气血。”

看着他掌心数粒鲜红可爱的小东西，司玉惊讶：“这是……”形状极像她在极地冰原上见过的雪菩提，只是一个洁白，一个血红。

“是菩提子。”逆龙笑道，“灵气纯净汇聚之地，经年累月，便可生成此物，只是地火裂缝中灵气太盛，过犹不及，菩提子在长成不久就消亡融化了。唯有这种洞穴深处，方能存留少许。”

果然是这个。司玉接过来，道谢之后，拿起一粒放到口里。像是吞吃了一团热气，入口即化，随即丹田处升起一团温热，疲劳全消，气血翻涌的情况也大大好转。

“想不到地火裂缝中还有这种宝物。”司玉叹道。

逆龙也略作调息，笑道：“地火裂缝中的宝物可不止这一样。”一边说着，他视线望向司玉身边，“你身边的红色石头是燃晶石，是锻造神兵利器的绝佳材料；而地面上的这些黑色沙子，是晶石残陨，禀性阴寒入骨，将其碾碎制成墨汁，书写咒符，威力倍增；而你脚边的那块……”

司玉视线落到脚边，连这块不起眼的小石头也是宝物啊！她顺手捡起那块灰蓬蓬的石头，然而逆龙的下一句话却让她后悔了这个举动。

“这是火灵龟，耐性极强，在炽热的岩浆中也能生存。”

龟？活的！

司玉还未反应过来，就觉手指一疼。竟是那只乌龟被司玉惊动，咬了她一口。

司玉条件反射地甩手，那只乌龟受惊，反而越咬越紧。逆龙笑着上前，指端在龟壳上轻轻一弹。火灵龟立刻跌下来，缩成一团。

逆龙笑了：“这只火灵龟尚未成年，只能留在山洞里。若是成年的火灵龟，可以入岩浆游泳。只是这种灵龟生长极其缓慢，往往数百年方能成年。”

司玉看着手指尖儿上的牙印，大为讶异：“想不到地火裂缝里竟然还有生物存在，这样恶劣的条件。”

“这世上何处没有生命的痕迹。”逆龙淡笑道，“甲之蜜糖，乙之砒霜。地火裂缝对我们来说酷烈，但对火灵龟却是天然。倘若将其带入上界，反是灾劫，即刻毙命。”

司玉心有所感，人类也罢，魔也罢，说到底，不过都是天道之下卑微的生物，挣扎求存而已。

畅谈间，司玉自觉体内真气恢复得差不多了，两人继续动身。

在这个暗无天日的地方，根本无法分辨时间。就这样走走停停，也不知道过了多久，司玉只觉这段漫长曲折的旅程几乎耗尽了一生的耐心。地火裂缝中危机四伏，惊险处处，要不是有逆龙相助，她只怕连一半的路途也坚持不下来。

逆龙被封印在裂缝中数百年，对周围的景物分布早已了如指掌。路途的间隙，他会寻找血菩提等灵物，以补充两人流逝的体力和灵气，休息时，还会指点司玉这里的奇异之处，间或谈到魔界的历史人文。

时间久了，司玉慢慢察觉出，逆龙看似闲聊，但实际上一言一行都意有所指。指导着她这里的地势灵气，魔界的纳气修炼功法，乃至更深一层的道理。

醒悟到这点，她聆听越发仔细，遇到困惑，也会主动询问。逆龙的见识之丰富远胜她之前接触过的任何前辈，相处日久，司玉越发感佩不已。偶尔也会诧异，自己怎么说也是天源宗弟子，逆龙把这么多魔界秘密告诉她，不怕她日后危害魔界吗?

无论如何，这一段路程的磨炼之艰辛，堪比之前极地冰原的那段旅程了，但那时可没有良师益友在旁边指导，收获自然远远不及现在。

这一日调息完毕，司玉睁开眼睛。

旁边逆龙问道：“感觉如何了？”

“果然有精进。”司玉语调兴奋。她刚才以逆龙传授的功法纳气吐息。

视线扫过，发现逆龙手中拿着十几颗火菩提。显然是趁着自己调息打坐的时间，入山洞深处采集的。司玉有些疑惑，这些天她修习逆龙传授的功法，已经不必借助这些灵药来补充功力了。可逆龙每到岩洞，还是会例行搜索一遍，采集成熟的灵药。甚至几次下焰流捕捉成年的火灵龟等，取其甲壳内丹。

注意到司玉的目光，逆龙笑着解释道：“这些算是储备粮吧，以后会有需要的时候。”

储备粮……听到这个名字，司玉有一瞬的恍惚，那只白玉团子现在怎么样了？她好像已经很久没有想起它了，它现在应该和谢东仪在一起吧，是不是还是那么能吃又能睡？还有五寸钉和冰心草……

“在想什么？”看到司玉神不守舍，逆龙问道。

“是想到了以前陪伴在身边的同伴，明明有很多，可到最后，总是会变成自己一个人。”一种伤感的情绪漫上来。

逆龙微微一怔：“是想起重要的人了吧？”

司玉无声地点点头。这些日子的相处下来，眼前人已是良师益友般的存在，不知不觉间，便将心事坦白了出来。

“在天源宗吗？”

“嗯，也不知道现在怎样了。”

司玉说得模糊，逆龙却听得清楚，凝望远处的赤色洪流，他低声叹道：“人的一生，就像是河里的游鱼，奋力游动，却也随波逐流，究竟游到了哪里，又遇到了哪些人，本就不是自己能够完全掌握的。有相遇，就会有别离。可是只要还都存在这世间，彼此惦念，那么终究会有再见面的一天。”

终究还会再见面吗？司玉凝视着他的背影，一片火红焰流的映衬中，愈发显得风姿隽爽，清贵超逸。现在的他想到了谁？重霄女帝，还是那个人类女子，可是她们都已经不在人世了吧。

“相聚别离，便如日月交替一般，终究有轮回过来的一天。只要坚定地向前走下去就好。”逆龙缓声道。

一瞬间，她忽然发现，眼前这个背影，竟然像极了她记忆中的那个人！是自己魔怔了吗，怎会有这种感觉？

司玉错开视线。没错，她要活下去，走下去，只要活着走出去，总有见面的机会。短暂的休息之后，两人继续踏上旅途，路上遇到山洞，逆龙总是会去采集灵药。又走了数日，司玉终于明白逆龙为何说这些要当储备粮了。

看着眼前铺天盖地的洁白，她几乎不相信自己的眼睛，这是在地火裂缝中吗？为什么会有冰川？

入目处一片苍茫的雪白，厚厚的冰层覆盖在狭长沟壑上，隐隐可见冰层之下的火红跃动闪烁。这是怎样的情形啊！火上结冰？

司玉俯下身，手掌贴合在冰层上。

好冷！　一丝寒气沿着手心窜上去，不过片刻，半边手臂都冰冻麻木了。以司玉现在的功力，寻常寒冰不可能有这种效果。

“这就是盘古神玺的力量。”身后传来逆龙的声音，“成千上万年的压制，阴极力量积累，使得皇城之下的地火都被阴气冻结了，形成这延绵千里的冰川。”

难怪地火裂缝会喷发，看着眼前冰火两重天的胜景，司玉恍悟，这千万年来，地火根本没有被消融过，只是强行压制，力量积攒，已经浑厚无比。一旦喷发，天下将无可抵挡。

司玉站起身来，忽然一阵轰鸣声从地底深处传来，冰层震动，她险些一个趔趄滑到在地上。

“这些年魔界失去了神玺压制，冰层越发不稳定了。”逆龙叹道，“皇城旧址之下有地火裂缝的出口，只要赶到，我们就可以出去了。”

走在光滑如镜的冰面上，转头望去，火红的炽热焰流已被远远抛在身后，遥远地仿佛另一个世界。

周围的温度越来越低，阴寒刺骨，每一步都像是赤脚踏在冰面上，寒气直冲入体。不得已，司玉运起凤凰木的力量，才觉稍好一些。

又走了数个时辰，逆龙眼见司玉越发吃力，寻了一处避风的所在，递上了一粒火红的菩提子。

司玉连说谢的力气都没有了，连忙接过吞下，逆龙又按住她的后背，内力传入，司玉只觉一股热流沿着丹田流转，身体逐渐缓和过来。

“想不到这里的寒气如此阴森。”

“盘古神玺是上古圣物，力量之霸道，天下无可匹敌。”逆龙沉声道，“若不是这样霸道的阴气，又怎么能压制住地火呢？”

休息时两人寻了一处避风的角落，逆龙从怀中掏出一物，颜色暗褐，看着只有拳头大小，铺展开来，却变成了三四米见方的布料。逆龙将其铺到地上，笑道：“到这上面休息吧，可以隔绝寒气。”

司玉小心翼翼地走了上去，像是踩到暖洋洋的热水里，立刻一股暖意浮上心头。这是什么东西？触感远不如布料柔顺，却意外的温暖。

“这是火灵龟的甲壳里层，以术法破开，连接成片，可隔绝寒气。”逆龙笑着解释道，又递过两片同样的材料，“这两片你安置入鞋中，行路可以方便不少。”

地底不分昼夜，两人休息片刻，感觉体力恢复，就继续上路了。

再往前走，司玉终于意识到，为何逆龙说这会是一段漫长的路途了。阻碍他们前行的不仅是阴寒，还有无边无际的黑暗。不同于地火洪流之中有火焰照明，冰原的天空只是黑沉沉一片，厚重的冰层将压制在下方的地火光芒彻底吸收，四面伸手不见五指。

逆龙摸出火灵龟的内丹，微弱的光芒驱散了附近的黑暗，司玉紧跟在她的身边，生怕落后一步就要失去踪迹。

在这样困难的环境中，纵是逆龙也难以清楚地把握前进的方向，两人前行的速度自然慢了下来。而伴着寒气越来越重，丹药的消耗速度却越来越快。积攒的菩提子还有各色灵药很快消耗殆尽，连火灵龟的内丹，都被司玉吃掉了大半。

没有了丹药支撑，两人不得不就地取材。

嘶吼声震得耳膜发痛，司玉飞速后退。眼前的猛兽却不肯放过打扰者，箭一般窜上，然而就在它要扑上司玉的刹那，冲势忽然一顿。猛地直立起来，几乎将山洞顶端撞出洞来，同时响起的是狂猛的嘶吼，山洞顶端的冰块碎石被震得簌簌落下。

短暂的爆发之后，野兽终于倒在了地上，一动不动了。

司玉松了一口气，旁边出手偷袭的逆龙从山壁跃下。

野兽幽蓝的眼睛慢慢失去光彩，直到最后一缕光芒消失，庞大的躯体也随之分解，化为虚无，最终地上只留下一颗晶莹耀眼的钻石，闪烁着墨绿的光泽。

阴气冰川中不可能有真正的活物，这种阴兽是阴气凝聚而生，寄居此地，又不停的吞噬阴气，滋养身体，强悍者甚至可化为实体。一旦杀死，就会很快消弭于无形，不过阴兽体内的晶核，却是少有的珍稀材料，对两人受损严重的功体大有好处。

逆龙上前捡起晶核，递给司玉。

司玉却没有接过，反而道："前辈，你的伤势也不轻吧？"

进入地火裂缝的这些日子里，逆龙一直对她处处照顾。但他用的是颜旭的身体，司玉可不相信这个少年有多么厉害。这些天来，她明显察觉到，逆龙的动作越来越慢，甚至脸色也开始异样地苍白。自然明白，他也到了极限。

"我尚能支撑，剩下的路程没有多少了。"逆龙笑了笑，将晶核递给司玉。

司玉没有接过，眼神坚持。

逆龙静看了她片刻，终于无奈地笑了："好吧，我来炼化这颗晶核。这些天赶路太急，你我功体都损耗严重，今天就在这个山洞里休息一晚吧，你也可以自行疗伤。”

司玉自然没有异议，两人进了洞穴深处，逆龙盘膝而坐，晶核浮动在他面前，发出莹莹彩光。其中的灵气正一点一滴被吸纳入他体内，补充消耗的功体。

司玉也没有闲着，在一旁打坐运功。经过这些日子冰火两重天的磨炼，又有逆龙在旁指导，她功力突飞猛进。内息行走在经脉中，和缓平滑，同时催动凤凰木的力量。本来一切正常，可过了不久，内息窜行忽然变得越来越快，猝然一道阴寒真气从丹田直冲向心脏，全身如堕入冰窖。

耳边响起猛兽的嘶吼声，意识中那只刚刚被灭掉的阴兽竟然又向她扑过来。到了近前，倏然又变成巨大的蟒蛇，森森银牙闪着锐光，一口咬下，血腥横生。

四面一片漆黑，万籁俱寂，幽幽哭泣声传来。她四顾茫然，她已经死了吗？可是这声音是哪里来的？

她顺着声音跑去，这条路似乎无穷无尽，寂静的空间里，只闻自己的脚步声，伴着阴森的哭泣，形成诡异的旋律。

终于，她到了尽头，光影交错的边缘，有一个小小的绯红衣装的背影，正蹲在地上哭泣着。

一瞬间恍如雷击，司玉呆呆站在那里。

是谁？

一声厉喝炸裂在耳边：“你这个叛徒！奸细！妖魔！”

转头望去，是谢婉不知何时出现在身边，锋锐的杀意如她手中的宝剑，锋芒毕露：“今日我要替天行道，诛杀你于剑下！”说罢，狠狠一剑砍下来。

“我不是……”话没说完，一剑砍入身体，鲜血喷涌出来。

血花飞溅，痛的却不是自己，定神一看，是那个熟悉的身影挡在面前，谢东仪正向她温和地微笑：“别担心，没事的。”

那笑容温暖和煦，可是伴着他躺在地上身首异处的景象，却让司玉几乎魂飞魄散……

…… ……

第二章

前尘如梦

心魔突生！

冷静下来，一切都是虚幻！

司玉额上有冷汗滑下，脑海中最后一线清明告诉她这一切都是虚幻，只是心魔。可随着丹田越来越灼热，司玉只觉浑身如遭火焚，意识也越发模糊。

恐惧，悲伤，彷徨，生死，离别……司玉只觉自己身在无间，沉沦苦海。四面是看不见尽头的海洋，狂风怒吼，寒气贯体，滔天巨浪中，她的魂魄正一点点沉下去。

眼看苦苦维持的一线清明也要被这激烈的狂风骤雨吞噬了。这时，一个清丽绝尘的声音从遥远的地方传来。

最初只像是古琴撩拨几下，简单寂寥，随即音色连接成片，曲调逐渐高昂，穿云破月，直冲云霄。终于云开雾散，一线阳光从天空中透出，投射在她冰冷的身上。无论风浪怎样摇摆，那缕光始终执著地停留在她身边，温暖着她，抚慰着她。也不知过了多久，光华直泻而下，洒满了天地间的每一个角落。

司玉心神安稳下来。她睁开眼睛，还是冰川洞穴中，身上却带着一丝暖意，是火灵龟外皮制成的毯子，正包裹在身上。

逆龙将笛子从唇边放下，清雅的余音犹自徘徊不散。

这首曲子，好像很熟悉。

“是什么曲子？”司玉听见自己问，声音低哑地不像是她发出的。

“是祁连的民间曲调，天上来。”逆龙缓声道，“你刚才练功太心急，走火入魔了，幸好我发现及时。”

果然是走火入魔。司玉苦笑。她挣扎着想要爬起来，却觉全身酸软无力，只略动了动就难以支撑。精神更是恍惚不安，显然是刚才留下的后遗症。

“你精神损耗太大，先好好睡一觉吧，养足精神再动身。”逆龙上前按住她的肩膀，低声安慰道。

睡一觉？司玉却迟疑了，想起刚才梦中的情形，她害怕自己一闭上眼睛，就要继续那场噩梦。

“心魔是人心灵中潜藏的最恐惧，最深沉的念头，修行之人，越是修为精进，心魔也越深。这一关，却是只能由自己本心克服，无丹药，无神器，非任何外力所能辅助。唯心而已。”见司玉并无睡意，逆龙指点道，“要解心魔，先解心结。心魔一生，心念过了，便过了，过不了，便难以逾越。”

“心结……”司玉低低重复着，一时失神。原来那些记忆，让她这样彷徨恐惧。

逆龙站在洞口处，微弱的光华映照他侧脸，深邃漆黑的眼眸如暗夜中的星辰，玉华澄清。

司玉抬头望去：“前辈，你也有过这样的经历吗？”

“当然有过。”

“是什么？”脱口而出，司玉才发觉自己失礼了，随即道，“是我逾越了，前辈不必回答。”

逆龙转头看着她，眸中浮动着难以辨识的光华。短暂的沉默后，他转过头，看向外面漆黑一片的虚无：“我最深重的心魔，是自己。”

“也许是因为我所亏欠的太多了。身为君王，我背弃了自己的责任；身为同伴，我抛弃了重霄；身为丈夫，我欺骗了青菱；甚至我都没有尽过一个当父亲的责任。这世上我最重要的，到头来，竟然一个也周全不了。这样无能为力，又一事无成的我，怎么能不恨自己。”一片黑暗中，逆龙的声音带着一丝沙哑，伴着外面呼啸的冷风，遥远得像是来自天边。

山洞内一片寂静。

丈夫，甚至父亲？司玉静静品着这两个词，心中惊讶，也有艰涩，他所爱的人，果然是那个人类女子，甚至两人还有了孩子。

那么那个孩子呢？想到这个问题，司玉暗暗苦笑了，以重霄女帝的威势手段，连逆龙夫妻都无法保全，那孩子又怎么可能活下来呢。

青菱，便是那个谢家女子的名字吗？

不过这名字听起来好熟悉啊！司玉忽然想起。在她还是贺丹妍的时候，谢婉曾对她提起过，沧溟剑之前的主人是谢家一位前辈，虽是女子之身，但修为通天，在天源宗学艺不久便学冠五部，技惊四座。也正是这位主人，深入沧溟之渊，将原本只是普通神兵的沧溟剑炼化为绝世神兵。而她的名字，就叫做谢青菱。是谢家五百多年前族长的嫡亲妹妹。谢婉说到最后，惋惜追思，“可惜她出师不久就身死邪魔之手……”之后便是感叹魔界为祸之烈，吾辈当奋不顾身云云。

“原来，谢青菱前辈是……”传说果然无法尽信。

“你知道她。”听到这个名字，逆龙身形一颤，转过身来。

他的眼神沉静深邃，经历了这么多年，那曾经惊天动地的感情已经沉淀为一泓清泉，静水无波，寂静深远。

司玉低“嗯”了一声：“在天源宗的时候，听那里的前辈们提起过。”

“我第一次见她，就是在天源山下。”逆龙神色惆怅，“那时候她是天源宗主的初入门弟子，与几个师兄一起下山办事……”说到这里，他忽然笑了，“逆龙在度过雷劫之后，前往人界游历，机缘巧合，遇到了当时的谢青菱，两人一见钟情。哈，这便是魔界所记载的内幕。”

司玉一愣，刚才逆龙所说的，正是她从天渊楼典籍里看到的纪录，逆龙在魔界自幼尊贵无比，天资禀异，便是在历代玄王中，论文才武略，才智修为，也是数一数二的。度过雷劫之后，他前往人界游历，第一站便选择了天源宗，去见识能与魔界抗衡万年的圣地景观。不料遇到了当时的谢青菱。逆龙为了她盘桓人间，迟迟不归，甚至数年之后，迫不得已回到魔界，也一直推迟与重霄女帝的婚期。更另筑密宫，妄图与谢青菱双宿双飞。这是龙啸殿内的记载，应该正确无误吧？

可为何他的笑容中竟然带着一丝讽刺。

“前辈……”她唤道，忧心不已。

提起往事，逆龙素来温雅的神情难得地有了变化，眉间蹙起，像是承受着什么痛苦。

“其实，有时候这世上美好的感情，剥除华丽的外衣，只是赤裸裸的算计。”他终于低低开口道，“我接近她，一开始便有所图谋，是为了盘古神玺。”

司玉吃惊地睁大了眼睛。

“昔年，我与重霄一起长大，相互之间与其说是情侣，更像是至交亲人。重霄她才智高绝又精细入微，也是第一个发现地火裂缝出现变故的人。为安民心，我们并未将此事公开，而是与数名重臣秘密商议，我们思量推演了各种方法，发现只有将两半盘古神玺合二为一，以真正的开天辟地神力，镇压地火，方能彻底消弭此劫。”

“所以，我前去人界游历，便是为了魔界夺取神玺预先探路，寻找线索。”

“在天源山脚下，我遇见了他们。当时我伪造身份，自称散修，刻意接近。有心之下，不久就与他们混熟了。”说到这里，逆龙声音逐渐和缓，像是想起了什么重要的记忆。

这是他与谢青菱的第一次见面，当时肯定发生了什么让彼此都印象深刻的事情吧。司玉暗暗想着。人界除了天源宗之外，还有一些散落的小修仙门派世家，但实力比之天源宗，几乎可以忽略不计。甚至其中很多都是应天阁淘汰的弟子，不肯放弃修仙之路，自行修道而传承的。这些人在天源宗眼中，均视为散修。

“我伪造的身份，便是当年应天阁一名淘汰弟子的后人。借着与他们接触，我被引介入天源宗，拜入应天阁之内，成了天源宗的一名普通弟子。”

司玉震惊了，想不到应天阁还有幸接收过魔界的玄王殿下，也不知道天源宗诸位前辈听了会作何感想。反正她想到逆龙还曾经是自己的“学长”，只觉难以言喻的神奇。

“我自创一门易容化形的术法，正可克制天源宗法门，自封龙脉，化为人形，短期内无任何破绽。”逆龙缓缓讲述道，“潜入之后，我暗中打探盘古神玺的下落，可行动并不顺利。”

司玉点头，以他一个低等级的弟子，肯定不可能接触到如此高级的秘密。

“我继续接触青菱他们，毕竟他们都已经是正式弟子了。来往之下，我与她逐渐相熟起来。”

“在天源宗，想要接触到真正的秘密，必需提高自己的地位，我不敢展现太多的修为，便另辟蹊跷，刻意在炼器上表现出天分。”

司玉记得，当时那一代的宗主就曾经是器部首座，身为他的亲传弟子，谢青菱自然也精通炼器之道。

“青菱对炼器也极为爱好，甚至当年若不是为了家族考虑。她便会选择器部进修，而不是剑部了。”

“那段日子是难得的平静，她是个敏锐又细心的女子，除了重霄，我从未见过天赋这般好的女子。而且她总是能够体贴别人的心意……”逆龙的声音逐渐低哑，几乎不可闻，“熟悉之后，她越来越喜欢出现在我的身边，而我竟然也并不讨厌这种感觉，那时候，我还安慰自己，是在为了盘古神玺，毕竟她是宗主的亲传弟子。接近她，机会大很多。”

“但是，在我们接触太久之后，我却逐渐感觉到危险，她实在太聪慧，太细心了，时间久了，很多我的行动，都被她压制阻隔。”

“终于，在当了她三年的‘好师弟’之后，我终于狠下了决心，杀了她，永绝后患，也断绝自己那虚妄的念头。”

司玉惊讶，却并不意外，以她和白郁楚泓相处的进经历，他会这样决心，再正常不过了。只是之后发生了什么，又让他改变了主意呢?

“她向来念旧，而她的贴身佩剑，是她自幼便带在身边的，虽然后来修为长进，又成为宗主的亲传弟子，天源宗无数神兵利器尽可挑选，但她却一直舍不得更换。所以，我便提供给她一个炼制佩剑的绝佳主意。”

“沧溟之渊距离天源山千里之遥，而且路途凶险难测。死在那里，绝不会引人怀疑。”

“炼制沧溟剑的那天，我有很多机会。可是看着她在沧溟之渊兴致勃勃又聚精会神的背影，我竟然无法下手了。那一瞬间，我才知道，原来，她对我已经如此重要。”

“炼器的过程很短，也很长。终于明白自己的心情，我只觉得自己也变成了被她放置入湖中的那柄剑，不停地被沧溟寒冰和三昧真火淬炼着。层层湮没，难以解脱。直到她炼器完成，转过身来的第一句话。”

逆龙唇边扬起一抹笑意：“她问我，刚才为什么没有下手。”

司玉忍不住“啊”了一声。原来，谢青菱早已经发现了。

“她本来就是个聪慧绝顶的女子，而我那些天心思混乱，终究被她发现了端倪。”逆龙低笑出声，“她只一句话，就让我无言以对，就让我苦苦维持的平衡彻底崩塌。在那样直白的质问和清亮的眼眸前，我甚至没有辩驳的机会，也没有了反驳的心情。”

“甚至直到她扑上来，我也没有躲闪。”

“那时候，我竟然是心甘情愿受她一剑的，无关身份，无关立场，甚至忘记了自己背负的责任。我是真的愿意还她这一剑。”

“可惜，她却没有刺下来，新炼制的沧溟剑被她远远扔到了一边，她扑上来抱住了我，然后哭起来……”

“那个片刻，那个夜晚，我们忘记了一切，也抛开了一切，毫无算计地为对方交付彼此。”

司玉抱着膝盖，依靠在墙壁上，走火入魔的虚弱还持续着，可翻涌的心绪却将她从这个寂静的夜晚带回了数百年前。

“沧溟之渊的那一夜，一生难忘。但是第二天醒来，我立刻后悔了。我想起了自己的身份，还有责任，沉重到不容推卸的……”

“她并不知道我的真实身份，魔界曾向天源宗派出过不止一次卧底，虽然多半都以失败而告终，她以为我也不过是其中之一。她要我答应，绝不危害天源宗，放弃魔界的身份。与她一起归隐，再也不管这些纷争。”

“那时候我笑着答应了，并且发誓，如有违背，愿日日身受火焚，直至魂飞魄散，永不超生。”

司玉一怔，望向逆龙，他的神情一如既往的平淡温雅，带着深远的怀念。

“我们回到天源宗，她开始筹备退隐，她是谢家的小姐，兄长即将继任为族长，自应回去观礼。她趁势向师门辞别。天源宗已经和平了数百年，这样的情势下，没有任何人怀疑我们。也是在这段时间，我终于得到了自己梦寐以求的消息，盘古神玺那一半的下落。”

“阳极神玺虽然由历代天源宗主执掌，但其实无人能够真正彻底掌控它，千万年的漫长时光里，它已化为龙脉，镇入整个天源山。想要将其唤出，必需有天源宗宗主掌握的秘术，或者用另一半神玺的吸引力。”

“得到了想要的情报，不久之后，我与她一起下山。”

“我与她相识了整整七年，而回去的路只走了七天，这七天，却是比那七年更加漫长，更艰难的一段路。”

“一路上，她欢欣雀跃，向我说起她的兄长，她的家族，同我商量着，未来要到哪里去退隐，甚至想要什么样的房子，房门前应该种什么样的花木，都在兴致勃勃地谈论着。我从来不知道她对未来，原来已经规划了这么多。可惜，这一切都只能在臆想中实现了。”

“在临近谢家的一座城市里，我从她的生活里消失了，不留丝毫痕迹。”

“至今我都记得，客栈床上，她沉静甜美的睡颜。只是，却再也看不到她醒来的样子了。”

经历了漫长的时光冲刷，提到离别，他眼中依然有深深的伤痛。

司玉心里一痛，这样的表情，让她似曾相识。

“回到了魔界，我去见重霄，并告诉她盘古神玺的消息。一番长谈之后，重霄并没有提起青菱，但我知道，她是知道的，知道青菱的存在，也知道我与她之间发生的事情。只是以重霄的高傲，是不会对青菱动手的。何况她现在急着思考怎样将盘古神玺弄到手，压制地火。”

“之后我返回了龙城，依旧尽我玄王的责任。很快秋去冬来，冰期临近，臣属前往边界巡视，竟发现极地冰原一处地界天降火云，炎气腾空，常人难近。”

“这玄妙的征兆回禀到内殿。我一时好奇，亲自前去探查，结果，竟然在那里见到了离别快一年的青菱。”

“难以置信吧？她竟然一个人走过了整个极地冰原，孤身来到魔界。”

纵然早有心理准备，司玉还是震惊了。孤身一人走过极地冰原，这简直难以想象。那地方她也走过，但却是被术法传送到接近魔界的位置，所走路途不过整个冰原的十分之一。就这样，那一路也让她吃足了苦头。

“看到几乎力竭濒死的青菱，我忘了一切，再次见面的狂喜和生怕她出事的恐惧填满了全部心神。”

“我小心翼翼地将她带回殿内，为她疗伤医治，但她长途跋涉，历经艰险，已近油尽灯枯，始终昏迷不醒。要不是她体内的凤凰木勉强保住一线生机，早已埋骨寒冰之下。”

“我暗中遍寻天下灵药，足足耗费了三年多的时光，方得以将她性命挽回。这三年是提心吊胆日夜难安的三年，却也是心满意足心甘情愿的三年。”

“想到她竟然会来到在我的身边，这一切真如梦中一般。无论怎样艰难的未来，只要能够看到她的睡颜，便已心满意足。”

“终于等到她醒来的那一刻，我本已想好了千言万语，向她坦白自己的身份，也向她道歉，并竭尽所能地弥补。这三年的时光，我已经明白，自己不可能放弃这段感情了。”

“可是，她醒过来的那一瞬间，目光所看的却不是我，而是旁边。”

“她的神情慌乱失措，茫然无助，因为她找不到，找不到她的孩子了。”

“这时候，我才知道，在三年前临别的那一夜，她已经有了我们的孩子。”

逆龙的笑容充满讽刺，讽刺之下蕴含着的却是深深的伤痛与自责。

漫长的路途，叵测的魔界，茫然的寻找，还有腹中的孩子……是怎样深刻的感情，才能支撑着她克服一切艰难，去寻找那个连真实姓名都不知道的人。

司玉一颗心提到了嗓子眼，那个孩子呢？难道就这样死在了酷烈的寒风中？他只是刚刚出生吧？

“得知了那个孩子的存在，我同样震惊失措，已经过了三年的时光，若是因为我的疏忽，害得那孩子死在冰原上，我只怕万死难赎已罪了。”

“我抱住她，低声安慰，终于让她平静下来，并告诉她这三年时光的存在。”

“她向来聪慧坚强，很快镇静下来。”

“然后她告诉我，发现我不见之后，她立刻前往族内，取得了凤凰木，往魔界赶来。而孩子的生产就在接近魔界的极地冰原边界，也就是我发现她的地方。”说到这里，逆龙神色中浮起一抹苦涩，“可是我却明明记得，现场只见到了力竭濒死的她，并没有任何孩子的存在，甚至……”他忽然笑了，“甚至没有任何生产的痕迹。”

司玉惊呼出声。

“那一瞬间我只觉心寒如冰，我终于意识到，也许自己坠入了一个巧妙的局内，却恍然不知，足足蹉跎了三年的时光。”

“我压下心中的寒意，立刻追问青菱，是谁告诉了她极地冰原的道路。”

“而青菱回答，是我临别的那一夜，无意间留下的口袋里，夹杂着一张旧图纸，标识了极地冰原的路线，才让她顺利走过这漫长的一路。”

逆龙低声笑了起来：“那一夜，我消失得绝情又彻底，完全没有留给她任何痕迹。更何况，人界通往魔界的道路，是当年魔祖率领部众历经艰险方才探索出来，是魔界的极端机密。我怎么可能将它画在纸上，随意丢弃。”

司玉明白，当初她走过极地冰原，也是借助了魔龙指点。若不知道正确的路途，断不可能在短时间穿过极地冰原。而对冰原内部路径的掌握，也是魔界的一大优势，所以这千万年来，只有魔界向人界派出高手暗探潜伏，人界对魔界的内部情势却难以及时掌握。

那么是谁将图纸故意丢给了谢青菱？难道是……司玉心神一颤，想到了那个可能。

但是以重霄女帝的心性傲气，会这样做吗？逆龙肯返回魔界，便表示将这场感情了断，她又何必多此一举，再将她引入魔界呢？

“能够如此清楚地把握我的行踪，并胆敢将路线图泄露，这世上除了她不做第二人想。我立刻去了皇城，质问重霄。”

“我知道以重霄的为人，绝不会做无意义的事，在冰原的边境，她甚至没有杀青菱，却刻意将她生产的痕迹抹去，必有内幕。”

“重霄见到我，像是早已料到了这一天，她没有回答我的质问，只是冷冷告诉我一个消息，地火裂缝爆发在即。”

司玉吃了一惊，早在五百多年前，地火裂缝竟然就到了如此危难的时刻。

“我震惊之下，脱口问道，为什么没有早告诉我。而她却只是讥讽地笑着．并不回答。”

“我不禁惭愧，这三年里，为了青菱的伤势，我几乎无暇分心，将全部的重担都压在了她一个人身上。更想不到地火裂缝竟会演变如此迅速，原本预计还有百年才会爆发的地火，转眼就到了命悬一线的时刻。”

“重霄轻叹了一声，神情缓和下来，她告诉我，是五年前，地火内部异变，她生怕引发地脉震动，为了不惊动百姓，便下去强力镇压。虽压住了地火，却也火上浇油，加速了喷发的时间。而我返回魔界之后，见我精神不振，便没有以此事打扰我。”

“她越是平静，我越是惭愧，几乎无言以对，只得又问道，可有挽回的方法？”

“她略一沉默，说道，‘我与几名重臣密议，苦思良久，方得了一个法子。以双极灵体为本，以丹云地宫为鼎炉，再配合同源之力辅助，锻造接天链，可暂时镇压住地火，可保魔界千年安稳。只是千年之后，仍需盘古神玺才能彻底化解。’”

司玉知道，双极灵体是世间少有的天生灵体，体俱双灵脉，千年难得一见。据说昔年领导天下群雄抗击魔界，并创立天源宗的那位前辈就是天生的双极之体，他也是天源宗的第一任宗主，但这般天赋禀异者极其罕见。倒是三百多年前，那位率领众高手闯入魔界的前辈，有传闻说他也是双极之体，只是没有实证罢了。

“双极之体被世人传地玄之又玄，但其实，与其说是双极灵体，倒不如说是道魔之体。”

司玉心神一颤，抬头望向他。

“双极之体，无论是人类还是妖魔，都不可能天生拥有。唯有道魔混血，而且父母皆天赋异禀者，方能天生有此异能。”

这么说来，难道当年天源宗的创始人也是……司玉被这个消息彻底震住了。

“我是真龙之体，而青菱体内带着凤凰木，所生下的孩子，自然天生就是双极灵体。”逆龙笑得苦涩，“以双极之体为本，再配合同源之力辅助，便是要以我儿骨骼血脉为材，以龙珠和凤凰木的力量相辅。来锻造接天链，换取魔界千年平安。”

司玉真的要同情他了，这对任何一个父亲来说，这都是无比痛苦的抉择——在自己的亲骨肉和子民的安全之间抉择。

重霄女帝应是早就知道了玄王与谢青菱相恋，一直派人注意两人的动静。而同时又得到了接天链的锻造方法，于是在玄王离去之后，故意留下极地冰原的路线图，甚至连凤凰木能够克制冰原寒气的消息，说不定也是重霄刻意设法透漏给她的。让她就这样，带着接天链的锻造材料和法器，往魔界一路而来。

只是，没有在冰原边界杀死产后的谢青菱，是因为帝王的傲气，不屑于做暗杀情敌的事？还是因为谢青菱已经濒死，一时大意呢？

逆龙低声道："面对如此坦白的重霄，我只觉心头一片茫然，便是这世上最严酷的刑罚，甚至这五百年来的业火焚身，都比不上那一瞬间的沉重痛苦。"

"这三年的憧憬，果然只是镜花水月，而这幻象却是建立在魔界重重危机之上，这一切将我压抑得喘不过气来。

"最后，我提出，想要见一见他。那是我第一次见到他，在丹云地宫的一处密室里，他正在沉睡着，小小的身影窝在被子里，我甚至无法询问重霄，这几年他过得好不好，是不是很顽皮……

"可是只是看了一眼，我就后悔了，我不应该见到他的，不应该见到那个沉睡着的小小身影，让他动摇我的意志。我真的犹豫了。重霄紧接着又告诉我，在我离开魔龙殿之后，她已经派人去取凤凰木了。 她一向都是雷厉风行，算无遗策。

"我被困守在皇城，度日如年，而数日之后，她的心腹果然带着凤凰木回来了。据他声称，暗中施用迷魂术法，使谢青菱昏迷，然后以术法召唤出了凤凰木，整个过程谢青菱并未察觉。

"然后，我神不守舍地回到了魔龙殿，只觉心如刀绞，这一路我走得极慢，因为我根本不知道用何种面目去见青菱。我失去了她的孩子，却只能眼睁睁看着这一切发生，无能为力。

"等我终于返回，却发现青菱她竟然不见了踪影。四处寻找也没有任何踪迹。回想起重霄心腹的话语，我猛地想起，青菱她自己对摄魂迷魂之术也颇有造诣。难道她根本没有中招，反而……

"震惊之下，我再也按捺不住，立刻向皇城赶去。却还是晚了一步。"

"算无遗策如重霄，也终究小看了青菱的个性和坚韧。"说到这里，逆龙唇角扬起，带着一丝宠溺的无奈，"她暗中假装中招，故意让使者将体内的凤凰木唤出，然后暗中跟在他身后，竟然一路到了皇城。"

“而凤凰木有一种世人不知的神通，可以与主人灵魂相通。她正是凭借着这个法子，附身凤凰木之上。找到了我们的孩子，并且将他带了出去。”

司玉低呼一声，皇城机密重地，守卫何其森严，借助凤凰木，她进入还可以理解，可怎么会让她一个病弱的女子随意带走了孩子呢？

“很吃惊吧？实际上，甚至连当初的重霄和我，都难以理解，她是究竟从何种途径离开皇城的。短短的十几天内，重霄派出无数人马搜遍全城，也没有找到她的行踪。”

“直到被镇入地火之中，我才终于明白，她当年走的，就是这条路。”

司玉一愣，随即恍然大悟，谢青菱是从地火裂缝离开的！

丹云地宫就是借助地火而形成的灵地，那几年地火震动不稳，内中必然有了细小的空间裂缝，让谢青菱逃走。

想到自己这一路的九死一生，司玉就不能不佩服她。甚至她想到，自己与那位遥远的谢前辈还真有一丝奇妙的缘分呢！同样都是跑到魔界的天源宗弟子，同样都走过了极地冰原和地火裂缝。只是她一路走得轻松多了。

“重霄花费了很大力气都没有找到她的行踪，可我却知道，无论她是怎样离开的，她一定会到那里。那个让我们魂牵梦萦，一生难忘的地方。”

司玉也立刻想到，谢青菱的伤势肯定不足以支撑她重新走一遍极地冰原，而沧溟之渊位于东海之滨，不属两界，周围山脉奇险，地形诡谲，森林浓密，常人难近，确实是藏身的好地方。

逆龙说：“我果然在那里见到了她，她力竭倒在沧溟湖畔，甚至在昏迷中，怀中也紧紧抱着我们的孩子。一切就如同当年那个夜晚一般，我将她抱起来。

“极地冰原中受创严重的身体尚未痊愈，又经历了地火裂缝的艰辛，她的脸色苍白憔悴，整个人轻得像一片雪花，不经意间就会消融在怀中。

“那一刻，我终于明白，自己亏欠了她多少。无论是过去，还是现在，我总是在责任和感情中犹豫，难以决断。而这一切造成的恶果却要让无辜的她来承受。

“所谓的自责，没有任何用处，如果我还能为她们母子，还有重霄和魔界的子民做点儿事的话，那么也只剩下这个选择了。

伴着逆龙的讲述，司玉只觉心跳如鼓擂，她已经能猜到结果了。

“我将他们母子远远转移，布设结界，又以内力调息她体内经脉，数个时辰之后，她就会醒过来。

“而整个过程里，我们的孩子一直是清醒着的，乌黑的大眼睛好奇地看着我。我将他抱到青菱身边，几乎不忍松手。这是他第一次见到我，也许，在他的眼里，我只是个陌生人。就让他这样认为也好，毕竟，此生再也难有相见的机会了。

“我狠心将他放下。安置好他们母子，回到了沧溟之渊。不久之后，重霄就找到了这里，她向来都是这么聪慧能干。于是，一切又回到了原点，唯一不同的是，我已经有了抉择。”

司玉黯然低下头，之后应该就是历史中记载的那样了吧，逆龙死在了重霄手上，然后以魂魄之力镇压地火。只是……

“这一切都是我自愿的，我终究能够为他们做些什么了，等待这么多年，一切都值得了。更何况，想不到五百年后，竟然还有幸，有幸能再见到他，长大之后的他……”逆龙低低道，声音被呼啸的寒风吹散，湮没在一片黑暗里。

这就是五百多年前，那段历史的真相了。纵然史册能够记载他们每日的行为，可那些激烈的情感，痛苦的抉择，又岂是那三言两语所能尽数书写的?

司玉倚靠在山壁上，望着逆龙侧脸，那薄薄的轮廓像是透明的一般，她忽然有一个念头，也许下一秒钟，他就要彻底消失了。

“前辈！”被这个念头吓到，她情不自禁地惊呼了一声，挣扎着想要爬起来，却因为全身无力，险些跌倒。

逆龙转过脸来，柔声道：“你走火入魔的内伤未愈，不可轻动。”他走入洞内，将司玉身上的火灵龟毯子掖好。

依然是温雅和煦的笑容，可是却有什么地方不同了，像是卸下了重担，又像是沉浸在另一个虚幻的世界里。司玉情不自禁地抓住他的衣袖，问道：“前辈，你不会离开吧？”

逆龙并不在意，笑了笑：“我能去哪里？你早些睡吧，刚才一番唠叨，说得太多，反而耽误了不少时间。”

"没有。"司玉摇头。逆龙的经历曲折离奇，短暂的讲述中，她仿佛回到了五百年前那段爱恨纠结的时光，甚至忘记了身边的寒冷和走火入魔带来的苦痛。

逆龙拍了拍她的肩膀，柔声道："早点儿睡吧，等休息好了，我们还要继续赶路。"

"给前辈添麻烦了。"司玉松开手，感觉实在惭愧，练个功都会走火入魔，需要逆龙援手搭救，自己真是废柴到家了。

"怎么会？遇见你，是我的幸运。"逆龙笑了，低声道，"若非有你，我也难以达成这毕生的心愿。本以为今生无望了的。"

毕生的心愿？是说她帮忙传话，警示地火裂缝吗？

他在地火裂缝中苦苦支撑了这么多年，都是为了魔界子民，为了谢青菱母子。司玉忽然心有所感，脱口问道："前辈，这么多年，你从来没有后悔过吗？"

"后悔？是曾经有过一次。"

只有一次？司玉微感诧异，望向逆龙。

"是在三百多年前了，那时，是有瞬间的后悔，后悔自己的无能为力……"逆龙的神色浮动着淡淡的怀念，却只是一闪即逝，"不过一切都过去了。无论怎样，我从未后悔遇到青菱，她是如此美好，与她相伴的那些时光，即使被烧成灰烬，也永远不会忘怀。上天已待我不薄了。"

三百年前？司玉脑中一闪，顿有所悟。

逆龙凝视着她，片刻，忽然低声道："其实，他也很重视你。"

"什么？"司玉正想得入神，这句话不解，抬起头疑惑地看着逆龙。他在说谁？

逆龙却笑而不答，道："距离皇城旧址已经不远了，好好休息吧，再过一两天，我们就可以出去了。"一边说着，按住她的肩膀，让她躺下。

"啊！真的吗？"司玉惊喜地问道。这段艰险的旅途终于要到尽头了。

逆龙点点头："方才我在洞外察觉风向有异，仔细辨别，应该在不远处，有一道缝隙。"

司玉放下心来，乖乖躺下。

可翻来覆去怎么也睡不着，脑中想的尽是逆龙刚才所讲的一切。

之后呢，逆龙被封，谢青菱和那个孩子怎么样了呢？

对了，凤凰木和沧溟剑都重归谢家，他们应该已经回去了才对。只是，为何之后再也没有过谢青菱的消息呢？甚至连谢婉提起谢青菱，都说是死在邪魔之手。

还有那个孩子？会是三百多年前那位横空出世的前辈吗？传说他也是双极之体。

司玉越想越有可能，翻了个身，明天再问问前辈吧。

她终于迷迷糊糊睡了过去。

也许是逆龙的故事太刻骨铭心，让她连做梦都萦绕不散。

梦中是一片迷茫的白雾，月影沉迷，晨光依稀。空白的世界里，唯有一条漫长的路向前延伸着，几乎看不到尽头。

而路的中间，伫立着一个熟悉的身影。

是逆龙？

司玉向前走去，迷雾渐散，逆龙的身边逐渐现出另一个身影，青衣玉簪，宛如谪仙。

她愣住了。

逆龙转过身，温然一笑，向她摆了摆手。

“前辈！”司玉惊呼一声。

逆龙却径自转过身，与身边的青衣女子十指相扣，两个身影逐渐消失在一片迷雾中……

司玉悚然一惊，随即醒了过来，只觉脸颊微凉，也不知自己睡了多久。因为走火入魔产生的不适消减了不少，她挣扎着站起来。

逆龙正站在洞口，一片黑暗中，一点细微的光浮动在他身边。

是他掌心托着一粒火灵龟内丹，在深无止境的夜里闪烁着微弱的光芒。

司玉神情一怔，总觉得眼前的逆龙有什么地方不一样了，带着一丝悲伤的气息。

她呆呆望着他。在这样阴寒的风霜中，那一点儿光泽逐渐被寒气削弱。终于，像是夏日的萤火般，湮没在时光的流逝里。

四下里一片黑暗，寂然无声。

“怎么出来了？”过了良久，熟悉的声音响起，司玉松了一口气。

“刚才睡醒了。”她走出洞口，来到他身后，却感觉气氛陌生，小心翼翼地问道，“是我打扰到前辈了吗？”

虽然看不见，但司玉隐约感到逆龙身体一僵。

她诧异中，逆龙已经转身走到她身边，低声问道：“感觉怎么样了？要不要再休息一会儿。”

司玉摇摇头：“不必了，剩下的路程不多，我们继续走吧。”

逆龙点点头，鸦翼般漆黑的睫毛掩去了眸中的神采。他掌心翻开，又一粒火丹燃烧起来，给深沉的黑暗带来一线生机。

两人向山洞走去，慢慢地，司玉的脚步越来越慢，越来越沉。

逆龙脚下停滞，片刻，转过身，低声问道：“怎么了？”

萤火升起，秀气的容颜上平静依然，只是那平静下却带着深深的疲惫和伤痕，那是完全不同于逆龙的神情。

司玉忽然感觉心脏被一只冰冷的手攥紧了，她神情恐惧，声音战抖：“你……是谁？”

一瞬间，洞内死一般寂静。

他没有回答，只是静静地望着她，深邃的眸中满是伤痛。

微弱的星芒浮动在两人中间，脆弱不堪。

司玉蹲下身，全身无力，与其说是疼痛，那更像是一种空，

一种什么东西被从心底挖空了的，空荡荡的难受。

原来，所谓的生离，与死别，真的是全然不同的疼痛。

她甚至还没有对他说一句：“前辈，多谢您一路的照顾了。”

第三章

神鸟原形

荧光闪烁片刻，终于耗尽了最后一点热量。四周又恢复为无边无际的黑暗。

沉浸在静默冰冷的空气里，司玉只觉整个人都要随着自己的心情一起沉下去了，只剩空茫茫一片……

不知过了多久，终于，陌生又熟悉的声音低低响起：“我们走吧。”

他俯下身，将她拉起来。

司玉任他拉住自己的手，站起身。

两人谁也没有说话，在一片黑暗中慢慢向前走着。一点荧光在前方微弱地闪亮，映照近在咫尺的道路。

寂静的冰面上，只闻两人的脚步声，在呼啸的寒风中间歇回响。

速度比往日慢了不少，也许因为身前这个人已经不再对此地了如指掌。两人摸索着前行，每走一段路，他都会停下来，侧耳聆听，辨别风向。

越向前走，风中和缓之气渐增，阴寒消减，明白出口近了，两人都情不自禁地加快了脚步。

拐过一道弯，颜旭手中那点亮光忽然闪烁了一下，瞬间消散在寒风中。

骤然一片黑暗，走在坡地上的司玉脚下一滑，险些摔倒。

颜旭立刻上前一步，拉住她的胳膊。

碎冰石块簌簌往下直掉，稳住身形，司玉问道：“怎么了？这颗火丹不是刚刚点燃吗？”火丹发出的荧光是不会被风吹灭的，只有其中的能量耗尽，才会自动消散。

颜旭神色凝重：“似乎是周围气息有异。”一边侧耳倾听。

司玉心中一凛，也提高了警惕。

两人凝神屏息，过了片刻，司玉忽然感觉周围的空气有了变化，她脸色微变，颜旭已经拉着她跳下去，两人压低了身子。

是有什么东西在接近！

怎么可能？这片冰原中阴气极重，几近苛毒，生灵根本无法承受。也只有阴气凝聚生成的阴兽存在。但此地接近出口，阴气大为稀薄，怎么还会有阴兽呢？

寒风吹过，隐隐带着一丝腥气。

不多时，低沉的嘶鸣声传来，竟似雷霆霹雳，声震云霄，伴随着越来越尖锐的狂风，仿佛是被巨大的羽翼煽动。

是什么野兽？这么强大的威力。

司玉微微抬高身体，聚神双眼，终于看清来的竟是一只怪鸟，两片羽翼伸展开，几乎遮天蔽日。而头颅却生的如阴兽一般狰狞可怖。爪子上似乎戴着什么东西，散发莹莹白光，在一片黑暗的地底，如星辰般抢眼。

这是什么怪兽？一路阴兽司玉也见过不少，还没见过有翅膀的呢，而且阴兽天生能够御风而行，根本不必翅膀。

纳闷中，那怪兽却在离两人不远处的峭壁上停下来，收敛双翼，似乎那里就是它的巢穴。

司玉大急，这不正好守在了出路上吗？转头望去，颜旭也皱起眉头，神色有异。

“怎么办？”她低声问道。

“先静观其变，它不可能永远停在这里。”犹豫片刻，颜旭小声回答。

等了一小会儿，司玉发现周围空气流动有异，竟是空气中那一丝和缓之气消失了，恢复为冰原深处的阴寒刻骨。

难道是被那只怪兽截去了？司玉遥望那庞大的身影，要知道，阴兽并无智力，只有天性吞噬阴寒之气的本能，阴寒之气积蓄多了，才会慢慢凝化为实体。可从来没听说过吸纳阳和之气的阴兽，那还叫阴兽吗？

空气中寒气越来越重，司玉内伤未愈，感觉胸口发闷，忍不住催动凤凰木的力量。

忽然，那怪兽转过头来，竟似有所感应。

司玉一惊，颜旭却已经反应过来，拉她向后急退，一边喊道："捂住耳朵！"

同时，鸣啼声响彻云霄，将这个封闭的空间震得四面崩塌。

司玉及时捂住了耳朵，还是被震得眼前发黑。等回过神来，发现脚下的冰川甚至被震出尺宽的裂缝，看得她胆战心惊。

已经被怪兽发觉，两人也顾不得隐藏身形，在一片山洞巨石中飞速逃窜起来。

怪鸟伸展开两翼，几乎瞬间就笼罩到了两人头顶上。莹莹白光从爪子上投射下来，像是清晰无比的探照灯，让两人无处遁形。

目标虽然发现，想要捕捉却不容易。

巨大的羽翼在满地冰碴，怪石嶙峋的环境中实在难以伸展开，而两人又尽往刁钻古怪的狭道窄路上跑。怪鸟虽然牢牢占据着空中优势，一时却也难以碰触到两人。

一路无数碎石冰块簌簌滚下，都是被巨鸟的羽翼扫落的。两人连滚带爬，将将躲过。

本来就真气不济，跑了不一会儿司玉就精疲力竭，全靠颜旭拉扯支撑。幸好前方看到一处山洞。两人想也不想，直接冲了进去。

进了山洞，没等松一口气，那只巨鸟也跟着落了下来。

它试着将头伸进洞穴，显然不想放过这两只送上门的点心。

司玉扶着洞壁，踉跄后退，几乎坐倒在地上。拜托，我们两只还不够你塞牙缝的，何苦来着。

山洞太窄，怪鸟无奈地将头缩了回去，想了一会儿，又将爪子伸了进来。

用得着这么执著吗？她苦笑了，一边又后退了几步。好在山洞虽短，总比怪鸟的爪子长得多，司玉稍稍放下心来。

探照灯伸进了洞，立刻将洞内耀地恍如白昼，在冰原上走了这么久，司玉所见的最亮的光，也不过是火灵龟等野兽的内丹，此时骤然见到这般亮光，一时目眩。定神看去，这才发现，怪鸟爪上带着一个银环，正是此物光华闪耀，在一片黑暗的环境中分外耀眼。

被银环吸引了注意力，司玉并未发现身边的颜旭脸色忽然变得很古怪。

发现不够长，怪鸟失望地将爪子缩了回去。

它爪子一动，司玉发现那银环上似乎还铭刻着什么字迹，她禁不住上前一步，想看清楚。颜旭却猛地冲前，拉住她："小心！"

司玉一愣，立刻发现，洞外的怪鸟正伸直了脖子，像是在吸气，然后低下头，对准山洞……

她条件反射地捂住耳朵。

可是完全没有用。强大的音波利剑般刺入山洞，回荡在狭窄的山壁间，每一个空气份子都在战抖着，包括司玉和颜旭，麻涩的感觉沿着耳朵传到全身的每一个细胞。

司玉眼前发黑，胸闷欲裂。她将全部功力凝聚至耳朵上，还是封闭不住这尖锐的声音。噪音竟然能达到这种地步，她真怀疑下一秒自己要和整个冰原一起震碎成齑粉了。旁边的颜旭也脸色苍白，身形摇晃。

一边鸣叫，怪鸟高昂起头颅，显然是一口气即将呼尽，准备换气，进行第二轮超声波攻势。

一道黑影从洞口冲出，是颜旭忍无可忍，趁着它换气的当口冲了出去。

外面尖叫猛地拔高，司玉想上前帮忙，却觉双脚酸软，未及冲到近前，那怪鸟巨翼一煽，狂风大作，她直接摔在地上成了滚地葫芦。

全身的骨头好像都被震酥了一样，司玉苦笑，抹去唇边的血迹，原本就未愈的内伤又复发了。

眨眼间那一人一鸟已经打到天上了，山洞内的司玉只听到嘶鸣声不断，间歇有巨大如扇面的羽毛跌落下来，落在地上声如金铁交击。

司玉缓过一口气，连忙扶着山壁冲出洞口，抬头望去，炸毛的怪鸟正被五花大绑，僵立在空中。颜旭站在一处峭壁上，手中印法不断，数条银线从他手腕发出，牢牢束缚住怪鸟。

白光顺着银线，像是流窜的闪电般抽到怪鸟身上。那畜生被电地嗷嗷直叫唤。然而光华流转间，却有一道道黑雾从怪鸟身上蒸腾散开，随着黑雾散去，怪鸟的形态也在逐渐变化着，原本狰狞庞大的头颅逐渐变小，像是腐烂的表皮剥除，露出里面依然完好的果核。

四处逃散的黑雾融入空气，阴寒阵阵。司玉看了不久，就发现了门道，他应该是在强行拔除这只怪鸟体内的阴气吧？不过对这只怪鸟来说，这显然不是什么舒服的经历，庞大的身躯不停地战抖扭曲着，拼命挣扎。

不过在颜旭的术法下，这只怪鸟，还真变得顺眼了不少，甚至还有点儿眼熟……

术法施展到一半，忽然光华一黯，银线一阵战抖。距离太远，虽看不清颜旭的脸色，司玉也能想象，是功力耗尽，要支撑不住了。

发现对手变弱，怪鸟趁势昂首厉啸，挣扎剧烈起来，峭壁上的颜旭险些被它拉扯下去。

他强力稳住身形，继续催动功力。司玉看得心急如焚，手边没有趁手的兵器，干脆捡起尖锐的冰笋，对着怪鸟猛刺下去。

传入耳中的却是金铁相击一般的脆响，冰笋破碎，司玉双手被震得酸麻难当，这畜生满身羽毛几乎刀枪不入。

这一击虽未入肉，却也吃痛，怪鸟越是挣扎，银线捆束越紧。

两人一鸟相持了不知多久，怪鸟终于先熬不住了，叫声越来越弱，而全身的黑雾也消散地差不多。

黑雾终于彻底散开，怪鸟仿佛完全换了一个模样。

跌坐在山脚下的司玉仰起头，从后面看着这只怪鸟的原形，吃惊得睁大了眼睛。

这……这不是鲲隼吗？

虽然只是数年前见过，但司玉对这种巨鸟的印象极为深刻，毕竟就是一只鲲隼带着她上了天源宗，开始了这段曲折离奇的人生。

传说中鲲隼是极其稀有的神兽，虽然略逊与苍龙火凤，但也是少数存留至今的上古神兽之一了。据说这种生物三百年方能从卵中孵化，三百年方能由幼鸟成长展翼。一旦舒展双翼，遮天蔽日，旦暮不息，遨游四海，日行万里。

天源宗的那只鲲隼镇守展翼阁，每五年才会醒来一次，展翼翱翔，是天源宗有名的神兽。而眼前这只，看起来竟然比天源宗的那只还要大好几倍。记得白郁说过，天源宗那只鲲隼是数百年前一位前辈捡到了一枚石化的鲲隼卵，对其催化后诞生的，应该只是幼年期，而眼前这只，应该是一只成年鲲隼了吧。这样的神兽，为何会潜伏在这种不见天日的地方？

恢复了原形，天上鲲隼也不再挣扎，反而歪着头，呆呆望着颜旭的方向。

颜旭却已油尽灯枯，神志恍惚。一个倒栽葱，直直从峭壁上跌了下来。

司玉惊呼一声，想要上前，却只迈了一步又跌倒在地上。眼睁睁看着颜旭向乱石堆里跌下去。

千钧一发之极，鲲隼长啸一声，身上的银丝立即崩散，两翼猛地展开，颜旭正跌在它背上。

那边司玉看得目瞪口呆，鲲隼已经载着颜旭飞到了她面前，收敛两翼，然后伏低下身体，微微一倾，颜旭就顺着它的羽翼滑落到司玉面前。

她连忙查看，发现他只是昏迷过去，这才松了口气。

不过这下子，他的伤势只怕比自己还重了。尤其是这双手。刚才拽了那么久的银线，被割裂地血肉模糊，惨不忍睹。

一片阴影遮过来，是那只鲲隼往前凑了凑。

靠近来看，这只鲲隼更显巨大，立在自己面前像是一座巍峨的小山，羽翼反射着金属般的色泽，青色的眼珠闪着灵动的光，当视线投到你身上时，更有一种无言的冰冷质感。

而此时鲲隼正凝视着司玉，眼神里满是紧张期盼。

紧张期盼？为什么会有这种感觉。司玉微一错愕，但也看出它没有恶意。

顾不上研究鲲隼的态度，她撕下衣角，小心翼翼地抬起颜旭的手，粗略包扎了起来，如今缺衣少食，也只能如此了。

寒风吹过，地上昏迷的颜旭身体一颤。

鲲隼立刻靠近过来，庞大的羽翼伸展开。司玉吓了一跳，过了片刻，才发现鲲隼并未有下一步的行动，只是以双翼护在两人周围，一边低头看着颜旭，视线里竟带着些许焦急。

它是在替他们两人遮蔽寒气！或者说，是替躺着的这位遮挡。司玉醒悟过来，忍不住嘴角抽搐，这算什么？难道这只鲲隼被颜旭揍了一顿之后就驯服了？这也太容易了吧！又不是种马小说里的王八之气！

倒不是她小看颜旭，鲲隼这种神兽，以常识来讲，绝不可能这么轻易就被人驯服，尤其眼前还是一只成年鲲隼，哪怕是逆龙亲自出手，也无十成的把握。

心中纳罕，司玉手上却不停，简易的绷带灵活地绕过赤红的手背，顺便将碍事的袖子往下一拉。视线扫过，司玉动作忽然一顿，手上的绷带也不自觉地收紧。

带子勒紧入肉，被疼痛刺激到，昏迷的颜旭低低呻吟了一声。

司玉却恍然未觉，手紧紧地攥住带子。旁边的鲲隼却看不下去了，急忙低头去叨绷带一角，但巨大的头颅哪里伸得进去，急得它咕咕直叫，只能用头轻抵司玉。

司玉这才如梦初醒，抬手推开鲲隼，低头望向依然昏迷着的那个人。

鲲隼低低鸣叫了一声，视线望向颜旭。声音颇为焦急，显然是在催促她。

呼出一口气，司玉强压下心中狂乱的情绪，低头继续包扎起来。无论多么强行压抑，相比起刚才的冷静，她的手还是不自觉地战抖起来。甚至连一个简单的结也系不上，几次失败，鲜红的血浸湿了大半绷带。司玉动作顿了顿，鼻子一酸，忽然有种想哭的感觉。

颜旭依然昏迷着，受伤的刺痛让他低低呻吟出声。

这低微的声音昭示着生命的存在，他还活着，活生生地躺在自己面前。

不是臆想，也不是幻觉，此时此刻，在这个冰冷黑暗的地方，她并不是一个人。

眼前沉静的容颜慢慢平息了司玉纷乱的心情。终于包扎妥当，她向后倒在一旁，仿佛刚才的包扎抽空了她仅存的全部精力。每根骨头都在叫嚣着疲惫，要不是有身后的石壁阻挡，她真要直接躺下去了。而最让她感觉深深无力的，还是刚才所见到的。她的视线落到颜旭身上，静静地看着昏睡中的少年，时间仿佛停止了流动。

为什么每一次，当她以为自己接近了真相的时候，总是会有新的意料之外。

逆龙的旧臣，龙啸殿的卧底侍卫……他还要给她多少惊奇。

司玉茫然躺在地上，仰望着漆黑一片的天幕，只可惜，此时头顶上却不是幽深一片的漆黑，而是一个硕大的头颅，那双青光眼正大煞风景地凝视着她，一边咕咕叫着。

是了，还有这一只。用膝盖想也知道，鲲隼这种神兽不可能是地火裂缝里的原住民，它是怎么进来的？而且刚开始见到的那副狰狞模样，明显是阴气入侵，导致神志错乱，已经接近阴兽了。能侵袭地如此深，只怕是停留在这里数百年的时光了吧。

以鲲隼的实力，这么长久的时间，不可能找不到出口，更何况出口就在离它不远的地方。

它是自愿留在这里的！甚至宁愿日日忍受寒气的折磨。

为什么？

身边传来细微的动静，司玉转头看去，他眉头蹙起，脸色正因失血过多而苍白着。

司玉一怔，立刻起身从身边的包袱里取出逆龙所制的简易毯子，铺到地上。然后将他半拖半抱地弄了上去。鲲隼配合着围拢了翅膀，周围温度逐渐上升，司玉明白鲲隼是在以自己功力相助。

隔绝了地面的寒气，周围又有坚实温暖的墙壁遮挡，这可以算是司玉在这个冰原上最温暖的一次休息了。

司玉抱膝坐在毯子一角，负伤的少年就躺在身边。她却感觉难以言喻的沉重不安。

这种不安来自未知。

对这个世界，对这个人，甚至对所有经历的不安。

她把头埋进膝盖，头顶传来咕咕的叫声。

“你以前认识他吧？”司玉忽然抬头问道。

鲲隼歪着脑袋，看着她。

它听不懂自己说话吗？神兽应该都是高智商生物吧。就连自己身边那只整天吃了睡、睡了吃的储备粮，危急时候，反应也挺伶俐的。

于是，她不客气地道：“你听得懂吧，听得懂就别假装了。”

鲲隼继续一脸不知所谓地望着她。

“好吧，我知道要你说话还是有点困难。这么着吧，如是，你就点点头；如不是，你就摇摇头，这总行了吧？”

在这个孤寂的地方，黑夜几乎永无止境。而在这个夜晚，司玉却比之前的任何时候，都渴望有个人说说话，哪怕对方只是一只鸟。

可惜这只鸟却完全不肯配合，任司玉怎么发问，都是一副呆呆傻傻的模样，只有在看向颜旭的时候，眼神才会有变化。

“什么都不肯说吗？”司玉有些失望，“那让我看看你脚上的东西总可以了吧。”她视线落到唯一的光源，鲲隼的脚上。

察觉到她的视线，鲲隼却条件反射地向后缩了缩脚。

“你果然是听得懂的。”司玉挑挑眉，真是小气的家伙。

“它是真的听不懂。”一个低低的声音传来，带着些许笑意，随即被急促的咳嗽声打断了。

司玉身形一僵，他醒了！

“侵入脑部的阴气虽然被我强行拔除，但它在这里停留地太久，神志被阴气损伤，短时间难以痊愈，需得……”话没说完，他又咳嗽起来，片刻，方继续道，“需得等离开之后，慢慢辅助炼化，方能彻底恢复。”其实，若不是鲲隼神志尚且维系一线清明，知道停留在出口附近，截留阳和之气，这么多年下来，只怕早就彻底变成阴兽了。

一口气说了这么多，他脸色越发苍白。鲲隼正一眨不眨地盯着他，眼神紧张关切，

他笑了笑，仰头道：“我没事，不必担心。”

“既然它听不懂，那你还和它说什么？”司玉没好气地问道，一边走到他身边，扶他坐起来。

“虽然听不到，但心意总有想通之处，驯兽之道，就在于此。”他笑道。

司玉动作一顿，随即如常地扶着他靠上身后的石壁，然后坐在旁边。一时间，两人都没有说话。

静默了片刻， 颜旭轻咳一声，缓缓道：“这一路很累吧，有它帮忙，相信很快就能够出去了。”

司玉“嗯”了一声，遥望着远处虚空一片的黑暗，继续静默不语。其实在那视线的尽头，她什么也看不清楚，只是一片单纯的黑暗。

在这个完全没有光的地方，她经历了一生最漫长的黑夜，而这条路终于要走到尽头了，也许明天，她就能回到地面上，见到久违的阳光。这是一件值得欣喜的好事，不是吗？可心底深处却有一种茫然。

时间静悄悄流逝，颜旭低声道：“已经很晚了，你走火入魔的伤势

尚未痊愈，今日又受了内伤，不如先休息吧。”

司玉忽然转头凝视着他，视线平静中却蕴含着深深的激流。

颜旭心里一颤，瞬间明白了那眼神的真正含义。

他觉得嗓子发干，一种难以言喻的感情让他说不出话来，半晌，他低声问道：“什么时候发现的？”

“刚才，看到你手腕的印记了。”司玉实话实说道。那弯新月形的印记，还有那紧紧拉住她不肯放开的坚持，是足以让她刻骨铭心的记忆。

“对不起，我又瞒着你。”颜旭，或者说谢东仪移开视线，苦笑道，“我曾经说过以后绝不对你说谎的。”

“东仪……”司玉轻咬着下唇，不知道怎样开口。想到这些日子自己思念良久的人，竟然会突兀地出现在身边，或者说一直就在她身边，其中的百般滋味，实在难以言喻。对于谢东仪没有坦白身份，她倒并不介意，毕竟，一开始她是在魔龙的体内，而换回身体之后，他又同时被逆龙附体，直到前不久才真正恢复。

可是她实在有太多的问题想要问他了。

“天源宗现在怎么样了？”沉默良久，最先提起的，却还是这个。

“伤亡不少，但并未动及元气。而且战后还获得了四颗芥子珠。”谢东仪简单讲述道，“前不久我用了其中一颗来到须臾芥子树下。然后沿路打探你的消息，得知不久前魔龙带着一个昏迷的女子回到龙城。我便设法混进了新入宫的侍卫中，潜入宫内。”

司玉无语，按照时间推算，谢东仪一路就跟在她身后，直到在龙啸殿相见。一念至此，她忽然想到，“在龙啸殿的时候，你早就发觉了吧？”

谢东仪神色一黯，坦白道：“是在去天渊楼的时候，你对重霄女帝的纪录历史有兴趣，便动了疑心，而之后又看到……看到你因为逆龙的旧事哭泣，我才想到了这个可能，立刻偷偷去以术法验看你体内的魂魄， 发现果然不相符合，才肯定了此事。”

司玉脸颊发红，想到当初失态并非因为逆龙，而是因为他。偏偏掉眼泪的时候，他就在身边，心中又有些气恼。

谢东仪也有所悟，眸中闪过一丝愧疚，继续低声道：“我本想立刻坦诚身份，可那段时间墨澈心停留在龙啸殿，我担心露出破绽，且又另有所图，所以迟迟未敢坦白。却不料只是晚了一步，又发生了这么多波折。”

司玉心情一滞，虽然谢东仪没有动作，但她还是被墨澈心试探出破绽了。这么一想也真够郁闷的。

“芥子珠我还带了两颗。”谢东仪接着说道。

芥子珠催动，瞬移万里，那他们岂不是现在就能回天源宗了？！可谢东仪下一句话就将司玉刚刚冒出的小念头彻底打消了。

“不过我将它留在了龙啸殿。”

司玉无奈，却也知道，殿中侍卫都有严格的限制，决不能随身携带未经验明登记的兵刃法器。

知道不能立刻离开，她倒并未沮丧：“反正也不能这么轻易走掉，还有地火裂缝之事呢。”一路走来，她得逆龙相助极多，心中早把他当做前辈恩人看待，自然要助一臂之力。更何况地火裂缝不仅是魔界的事，甚至牵扯到人界。

听她提起此事，谢东仪略一沉吟，道：“这件事让我来处理吧。等离开这里，你先找地方隐藏形迹，我去见墨澈心。”

司玉皱眉：“你去皇城，能平安离开吗？就算你是去报信，也是魔界的敌人，而且受伤又不轻。”

想到受伤，司玉忽然想到，当初在天源宗与魔龙对战时，他也受了不轻的内伤，之后立刻潜入魔界，也不知伤势痊愈了没有。而更让她耿耿于怀的还是他在那一战里表现出的奇迹一般的实力……

“以墨澈心的个性，不会做没有意义的杀戮。”谢东仪沉声道，一边抬头望向鲲隼，“更何况如今有它相助，即便是翻脸，我也有全身而退的把握。”

鲲隼低低叫了两声，像是在回应他的话语。

其实，你早就认识它了吧？司玉很想这样问一句，却终于没有问出口，只是坚持：“我想去见墨澈心，我与他有过约定。”

面对司玉的决心，谢东仪说不出任何阻止的话语，他垂下视线，长长的睫毛掩去了眸中的神采，最终只能轻声道：“好，我陪你一起去。”

决定了下一步行动，历经波折的两人终于能够躺下休息，却没有一个人能睡得着。

司玉缩了缩身子。内伤未愈的身体明明疲惫不堪，精神却像是燃烧的火焰般跃动不止。也许是刚才短暂的谈话，让她心神太过激荡。

心中的诸多疑惑，她并没有追问谢东仪。究竟是因为两人伤势太重，不宜多谈？还是因为心神错综，根本不知从何问起？她无从判断，甚至也许只是因为，在她意识深处，有一个念头，是想要逃避的，逃避那未知的未来，逃避那些叵测的真相。进入魔界的这些日子里，她已经触摸到了秘密的冰山一角，而隐藏的巨大部分，却依然是她难以承受的陌生。

这漫长的路途即将过去，前去见楚泓他们，告知一切，又会有什么样的事情发生？她无法想象，却已隐隐预感到其中的沉重，一种她竭力想要避免却又无法逃避的沉重。

不知过了多久，身边传来舒缓的呼吸声，带着让人安心的韵律。不知不觉间，司玉逐渐静下心来，疲惫如深沉的海洋，将她渐渐湮没。

听到身边传来细微平和的呼吸声，谢东仪睁开了眼睛。

半晌，他悄然无声地转过头，司玉纤细的背影映入眼帘。两人相隔得如此之近，却像是隔了一层看不见的迷雾，横跨了绵长的时间与空间。

刚才的对话结束地如此之快，让他甚至来不及说出，其实，对这个阴沉的地方，他也同样不陌生。阴寒的冰川、炽热的地火，险峻巍峨的巨石、叵测迂回的地势……这里是他无数个日日夜夜都牵挂在心中的地方，伴随着一生都难以忘怀的疼痛、碎裂、寒冷，还有无止境的绝望……这一切都曾经在漫长的时光里深深折磨着他。

她什么都没有问，却也什么都问过了。

没有人比他更清楚，隐藏在她随波逐流的性格中的那份柔韧。她没有主动要求什么，但在她的心里却有一杆尺子，默默丈量着所有发生的。

虚假的谎言吗？没有逼迫他立刻坦白，是给他，也给她自己留下了一份缓冲的余地。

轮回了这么一大圈，原来要面对的，终究还是要面对。

谢东仪，你真是个虚伪的家伙！他自嘲地笑着。

天空中，鲲隼正在歪着脑袋，刚才的一切它都看不明白，但心中却有一种本能，让它对眼前这个人有着莫名的亲切和爱护。

“傻瓜，这些年就一直在这里等着吗？”谢东仪对着它伸出一只手，低声笑了。他的视线落到鲲隼脚上，银光流离，璀璨如月。经历了漫长的时光，当年沧溟剑刻下的字迹宛然如新，

谢远殊、白露……

谎言吗？

当日刻下这两个名字的时候，他们有没有想到过，这两个名字都是虚假呢？

第四章

朱鸾翔天

鲲隼震动双翼，冲天而起。司玉身边狂风呼啸，几乎睁不开眼睛。此时两人正坐在鲲隼背上，借助这架天然飞机，走完剩余的道路。

鲲隼不愧是一日万里的神兽，飞行不过片刻，司玉就觉身边的风越来越暖和，再次睁开眼睛，映入眼帘的已经是久违的阳光，

它从狭窄的裂缝里照耀下来，像是开天辟地的第一抹，穿破重重黑暗，给这个阴冷无边的地方带来一线生机，也给长久奔波的旅人带来了希望。

“到了！”司玉高呼出声，音调因为狂喜而战抖着。谢东仪也禁不住站起身来。这段冰火交加的漫长旅途终于看到了终点。

靠近了才发现，这片裂缝极狭长，鲲隼巨大的身形无法带着两个人钻出去。

鲲隼在其下盘旋了数圈，然后缓缓靠近裂缝，伸展开羽翼。

司玉和谢东仪足尖儿轻点，跃出裂缝。

刹那间全身沐浴在阳光下，久违的温暖感让司玉几乎掉眼泪。只有在黑暗的地方生活过，才知道光的可贵。

闭上眼睛，伸展开手臂，贪婪地汲取着新鲜的空气，直到狂喜的心情缓缓平复，司玉才睁开眼睛，转身看向四周。

一片青葱翠绿，郁郁苍苍。浓翠之中还掩映着零星的白色石块。司

玉走近了，发现碎石上竟然有精美的花纹，雕工异常细腻。这些都是建筑物的残骸？

司玉转过身，发现他们刚才钻出的地方是一处石壁下方的裂缝，被青翠的蔓藤植物遮掩着，不易察觉。

一个硕大的头颅从里面探出，是鲲隼试图扒开裂缝钻出来。

谢东仪笑了笑，向着它伸出手，也不知用了什么咒术，一道银光从他手腕发出，鲲隼低低鸣叫两声，身形不断缩小，直到最后，幻化为一个影子般，缩进了那枚银色的环中。而银环跌落在草地上，已经缩为一枚戒指。

谢东仪捡起，原本平滑简洁的指环上多了一样东西，一粒像是黑曜石雕琢成的精致的小鹰隼。

谢东仪微微一笑："你带着它吧，可以防身。"一边说着，拉过司玉的手，将戒指套在她指上。

司玉一愣，这个有着特殊意味的动作让她条件反射地手一甩。戒指无声无息地跌落在草地上。

谢东仪有些错愕。

司玉这才反应过来，这个世界可没有戴戒指意味结婚这种规矩，他只是简单地想帮助自己而已。

心中微微有些失落，借着俯身捡起戒指的动作，掩去了复杂的情绪，她笑道："它是你的契约兽，我又无法催动，何必浪费资源。"

"只要掌握口诀，短时间内也可以使用。"

司玉摇摇头："此去只怕你比我更危险，还是留着你身边吧。"上次见墨澈心的态度，并不像对她怀有恶意。而且此时魔龙应该清醒了，好歹还有点儿交情。相比之下，反而是私自潜入又曾经和魔龙打过一架的谢东仪更危险。

将戒指还给谢东仪，司玉岔开话题，问道，"也不知这里是什么地方，看着像是什么遗址。"

查看周围，谢东仪神情忽然闪过一丝异样："这里应该就是昔年的魔界皇城。"

皇城！纵然心中早有预料，司玉还是压抑不住地激动。

这里就是三百年前被盘古神玺所毁掉的魔界皇城！而自己正身处传说中的地方。

她爬上陡坡，站在高地上，终于将这座曾经宏伟的城市遗迹一览无遗。

昔日辉煌的帝都早已经化作平地，甚至找不到一处完成的房子，遍地只有间歇露出的断壁残垣，掩映在生机勃勃的绿意中。

可就是这样残破与生机并存的地方，依然有一股庄严，随着视线扩展，笼罩在整个天地间。让人无比清晰地感觉到，这里是曾经统治魔界千万年的权利中心！

司玉心脏剧烈跃动，一种无法压抑的冲动涌上来，让她想要高喊出声，又想要跪倒在地上，痛哭流涕……

她按住胸口，竭力压抑自己的呼吸。这种莫名的激动是从何而来，竟像是感受到一种深埋在血液中的呼唤。

谢东仪站在旁边，遥望眼前苍凉的景象，他有些震惊，又有些茫然，随即又像是想到了什么，向来平静的神情终于出现一丝裂缝。

“这里以前是什么样子……”司玉喃喃说道。

“它是个很美的城市，恢弘磅礴，庄严典雅。成千上万年的扩建，让它成为无论魔界还是人界，都无法企及的奇迹之城。而且利用地火灵气，这里的气候永远四季如春，美景常在。”谢东仪低声说道。

司玉痴痴望着眼前的城市残骸，忽然感觉窒息般的剧痛，什么都没有了，那种苍凉空茫的感觉，像是曾经存在一个让她心心念念的伟人，当她终于有机会见面时，却发现早已人去楼空，只剩断壁残垣，让人倍感凄冷。

司玉抚摸着身边一块洁白的石壁残骸，上面的浮雕经过这些年的风吹日晒，早已经消磨地差不多了，只能依稀分辨出是弯月的形状。

魔界皇城以前就叫做月华之城吧。听说月城灭亡后，魔界又在附近建立新城，重整旗鼓。

惦着脚尖儿遥望远方，似乎能看到一个漆黑的影子，只是隔着遥远的晨雾，影影绰绰，并不分明。

司玉向前一步，身后的谢东仪忽然拉住她的胳膊：“小心，有人来了！”

司玉一惊，两人来到一堵断壁后躲藏起来。

不多时，便听见天空中闪过翅膀振动的声音，不止一个。

她偷偷探出头去，发现天边黑压压一片，竟然是一群鹰隼。待离得近了，才看清楚，并不是鹰隼，而是背生双翼的人，或者说是一群化为人形的羽妖。

除了领头的两人，后面众人盔甲兵刃都一模一样，泛着银光的黑，连翅膀都是一袭银灰。应该是皇城的巡逻兵吧。在魔龙殿周围也有羽翼卫队巡视警戒，司玉并未惊异，只是不知他们为何来到这个荒凉的地方。

疑惑间，众人已经从空中降落，距离司玉他们藏身的地方不远。

“按照军师大人的计算，应该是这里没错吧？”当先那个蓝衣人开口道。

而另一个白衣人点点头：“循气息推测，应该就是此地。”

一句话入耳，司玉猛地捂住口才没有惊叫出声。

纵然相隔了很久，但曾经朝夕相处的声音还是在传入耳中的瞬间就反应过来。

竟然是白郁!

熟悉的身影就在离她不远的地方，从这个角度只看到漆黑至腰的发拢成一束，发梢的碧玉角坠垂到腰际，衬得身姿颀长挺拔。

就在同时，像是感受到身后的视线，他猛地转过身，一双凤眼凌厉如剑光，直向司玉两人藏身的方向射来。

司玉心跳瞬间漏跳一拍，身形微颤。一只手立刻搭上她的肩膀，坚定的力量传来，是谢东仪。

“怎么了？”蓝衣人有些诧异白郁的动作，也跟着转过身，修眉俊目，神采精蕴。

白郁却并未答话，蓝衣人瞥了他一眼，禁不住一愣，从这个角度看上去，白郁的神情竟然是……紧张?

他挑了挑眉，视线随之落到不远处的断壁处，难道那里有人?可凝神聆听，却并未察觉有异。

心中不免惊异，他的修为与白郁只在伯仲之间，若是白郁察觉有人，他不可能一无所觉。

正想询问，对面的断壁却已有了动静。细碎的声响传来，两个身影从断壁后走出。

是一对陌生的年轻男女，风姿隽爽，清新脱俗。蓝衣人神色一愣，随即修长的眼眸眯了起来，方才他竟然未曾察觉两人的存在。

这样直白地出现在他面前，司玉忽然有些紧张，她微微抿着唇，望向白郁。

白郁明澄的眼眸却如浓稠的墨砚，深沉得化不开。也许承载了太多，所有的情绪都化为一泓泉，静静倒映着她的身影。

长衫在夜风中轻微拂动，犹如一副久违的画卷，一时竟无人愿意开口打破眼前的宁静。

掌心一紧，是谢东仪轻握她的手掌示意。司玉错开视线，心下惘然，也曾经设想过离开地下之后怎样与墨澈心见面。本以为还要前去皇城，却不料故人相逢是如此之快。快得措手不及，直至刚才谢东仪拉着她站起身来，还有些难以置信。

将这一来一往都看在眼中，蓝衣人唇角扬起一抹玩味的笑意，他打破沉寂，笑着上前一步，洒然拱手一礼："想必两位就是左丞大人所说的贵客了吧，果然是气度非凡，天人之资。在下景凡，已恭候多时了。"

"劳墨先生与将军费心了。"谢东仪坦然回礼，笑道。

"哪里，这些日子我们奉令在魔龙殿与皇城之间的地带搜索寻找，可惜一直未得结果，怠慢了客人。"景凡笑着，"直到今日左丞察觉此处灵气溢冲，火元映日，极有可能是贵客将在此地现世，特令我等前来迎接。"

司玉眨了眨眼睛，这些日子恐怕魔龙殿和皇城的人都一直在冶突山脉附近搜索吧。可地火裂缝延绵万里，哪里是短时间能够找到的。直到昨天他们与鲲隼打斗的时候动静太大，导致灵气外溢，被墨澈心他们察觉此地可能有裂缝存在。所以才派人前来探查。

"两位风尘仆仆，一路辛苦了。不如入皇城休息，让我等略尽地主之谊。"景凡客气地笑道，完全一副有朋自远方来，不亦说乎的模样。

没有喊打喊杀，也没有盘查询问，反而像长久未见的老朋友邀请前去拜访一般，司玉真觉有些别扭。谢东仪倒是镇定自若："此番前来，就是想入皇城见左丞大人一面。那就有劳诸位引路了。"说着，他视线落到白郁脸上，笑道："白城主也久违了。"

白郁的视线终于落到他身上，微微一笑："谢公子，你我好歹也是同修之谊，何必如此客气。叫我白郁就好。"

司玉身形一颤，白郁怎么知道的？谢东仪此时还是颜旭的外貌，并未变幻回来。只因化形术变幻时太消耗灵力。两人此时外表看着云淡风轻，其实都是内伤沉重，灵气耗尽的状态。若无调养，短时间内难以恢复。

这种状态下，还贸然深入魔界，也不知是吉是凶。一念至此，一种不安感顿时涌上心头，随即司玉觉自己掌心一紧，是谢东仪的手握紧了。

明白他是在安慰自己，司玉垂下视线，心思微宽。

白郁视线扫过，落在两人紧握的双手上，视线中掠过一丝不易察觉的异芒。

谢东仪却笑着道："城主客气了，之前同是天源宗门下求学稚子，自然不分身份。但此时立场有别，岂能逾越。"一句话说得不卑不亢，客客气气，同时也承认了自己的身份。

"呵，想不到谢公子是这般循礼重节之人。"白郁随口笑道。

"不敢当，说起来，前些日子我与司玉经过青丘城，可惜路途匆匆，未来得及探望城主，一叙故人之情，倒是我们失礼了。"谢东仪笑得云淡风轻。

明知道两人并未同行，只是相继经过，白郁眸中还是闪过一抹阴影。

"你的伤势怎么样了？"司玉忽然插口问道。记得在冰原上遇到的那位老者就是替他寻药材的。仔细看去，白郁的脸色还真有几分苍白。

白郁久违的明澈笑容瞬间绽放在唇角，璀璨如映在雪上的朝阳："已经没事了，多亏了你指点雪菩提的方向。"他柔声笑道，

"也只是举手之劳，不足挂齿。"司玉摆摆手。

仔细查看她的脸色，白郁问道："这一路阴气极苛毒，走得很累吧，你脸色不好，有没有受伤？"

"还好，毕竟不是我一个人。"司玉笑道。这段路，多亏了逆龙和谢东仪相助，否则她一个人还真坚持不下来。

白郁视线转到谢东仪身上，忽然展颜一笑："这一路多谢你了。这个人情我魔界记下了。"

"分属当为，岂敢言谢。"谢东仪眉梢一挑，正色道。

司玉在旁边听得诧异，谢东仪帮她，白郁何必牵挂人情，还是魔界

的人情。这语气，简直好像谢东仪是外人，而白郁反而是自己人一般。

未及深思，景凡上前一步，笑眯眯打岔道："几位要叙旧情也别在这荒山野岭之上啊。皇城之中，左丞大人想必已经泡好香茗，等着我们了。"

四人说话的间隙，早有跟随的侍卫回去报讯了。

决定了回城，景凡立刻取出一颗元珠，施展法术，眨眼间珠子便幻化为一只数米高的巨鸟，虽不如鲲隼威武，却更显神骏华美。青蓝色的羽翼如青玉晶石，拖曳的尾羽流动着紫色光芒，恍如无数的星辰闪耀其中。白郁也取出一颗珠子，同样幻化为一只巨鸟。通体银白，嘴爪皆嫣红如玉。

一蓝一白两只巨鸟伫立在眼前，光芒顿时耀地人眼花缭乱。

"两位长途奔波劳顿，不如就以此禽代步吧。"景凡笑道，一边做了个邀请的姿势。

谢东仪唇角扬起："想不到此生竟有幸能以朱鸾代步，实在让我等受宠若惊啊。"

"让两位见笑了，是左丞唯恐两位贵客身体有恙，特意备好的座驾。"景凡笑道，顿了顿，意味深长地道，"更何况，以两位的身份，也当得起这般招待。"

这两只是朱鸾？司玉惊讶地看着两只神骏的巨鸟，难以置信。

朱鸾她在典籍上见过记载，传说中于太古时候诞生于九天之外，是雨后七彩霓虹所化，共有七只，后被蚩尤收服，成为其座下神兽，之后为历代魔界帝王驾驭御车。据说七只并行时，天际浮现七彩霓虹，宝车金雨，光耀天地，美不胜收。

传说中的禽鸟竟然出现在眼前，司玉真有上前好好观察一番冲动。眼前的是青色和白色的两只，魔界应该还有另外五只吧，也不知道七只并列是怎样的绚丽光景。

只是这七只应该是魔皇专属的坐骑才对，竟也能用来招待客人？也许魔界的等级观念并没有自己想象中森严。司玉暗暗纳闷。

刚才白郁他们都是直接飞翔，并未动用朱鸾代步。司玉和谢东仪也能御剑飞行，但太消耗力气，既然有代步工具，自然乐得节省力气。

只是这两只鸟应该怎么骑呢，直接跳上去？司玉正犹豫着，景凡已体贴地走上前，抚摸着朱鸾的脖颈儿，道："这朱鸾不识外人，只好暂且委屈两位与我们同行了。”说着，视线扫过司玉，又落到谢东仪身上，笑道：“在下听闻谢公子之名久矣，一直未能得见，不知此次可有幸同骑？”

谢东仪看了他一眼，淡笑道：“既然如此，就恭敬不如从命了。”视线转到司玉和白郁身上，“司玉就劳烦白城主了。”

“分属当为。”白郁简洁地回道。

司玉来到银白的朱鸾之前，正犹豫着直接跳上去会不会被这只大鸟啄啊，忽然腰间一紧，是白郁揽住她的腰，一阵腾风，就已稳稳坐到了朱鸾背上。转头一看，谢东仪和景凡也已经在另一只上面坐稳了。

两只朱鸾长鸣一声，伸展开双翼，瞬间飞上了天空。银青两色光芒绽放开来，如长虹贯日，光耀无边。

不一会儿司玉就适应了这种腾云驾雾的感觉，朱鸾的飞翔速度虽快，但其实尚不及鲲隼。她睁开眼睛，四面探头看着，难得有从天空俯瞰魔界的机会，自然不能错过。

“这么不老实，小心滑下去。”白郁的声音传来，听起来心情甚好。

“那就得劳烦你这个主人多劳动一次，把我再拉上去了。”司玉笑道，一边调整了一下姿势，让自己看得更方便一些。

白郁双臂正环住她的腰身，笑道：“以前没见你这么喜欢看风景的。”

“因为难得有机会看到魔界的风光啊。”司玉实话实说。

“放心吧，以后的机会多得是。”白郁轻松地笑了，一边环紧司玉，“想看的话，每天都可以带你来。”

只当他是在开玩笑，司玉不置可否。从高处俯瞰，昔日的魔界皇城终于完全映入眼帘。

这座皇城果然宽广地出奇，虽然大部分已经被遍地的绿色笼罩，但宽广坚实的道路还是能够依稀分辨出，四通八达，延绵无尽。偶尔有建筑地极其坚固的房子，有幸保存了下来，零星分布在遍地翠绿之中，或者宏伟，或者精美，亭台楼榭，不一而足，昭示着昔日这里曾是一个多么繁华昌盛的城市，如今却只余一派苍凉。

雄伟的城墙残骸像是一条曲折迂回的银线，环住了这份曾经的辉煌，如今的荒凉。

司玉只觉一股苍茫凄冷溢满胸腔，坡顶时感受到的激动又一次涌上心头。

察觉她情绪有变，白郁立刻放缓了速度，问道：“怎么了，飞得太快不舒服？”

“没有。”司玉轻轻摇头，随即问道，“西南角上的那是什么啊？”她指的是皇城西南角上的一处雄伟的宫殿。整个皇城依山而建，而那处宫殿正建在山壁前，楼台瑰丽精美，鬼斧神工，尤其相比起满场遗迹荒凉来，它竟然毫发无损，显然是战后又经过重建了。

“那里就是丹云地宫。”白郁解释道，“原本建筑在皇城西南角上，依山而建，冰川流过，又借助了地火裂缝中蒸腾而出的火灵气，五行齐备，水火交融，是魔界最顶尖儿的灵穴之一。三百年前大战的时候，也受到爆炸波及，幸好地宫的主体建筑都在地下，很快又重建起来。可惜时至今日也未曾动用。”

“为什么？”司玉随口问道。

“这里是历代魔皇闭关修炼的地方。岂是我等臣子所能擅动。”白郁笑着解释道，“这些年也只有墨澈心有权自由出入其中。”

一边说着，朱鸾已经飞至地宫上方，白郁特意放低了，盘旋数圈。让司玉看个分明。

整个宫殿是由黑色的巨石建成，分成五座主楼，建筑式样各有不同，上面镶嵌着五彩晶石。坚固雄伟，典雅瑰丽。多看了几眼，司玉发现其中的建筑分布错落有致，隐含玄机。

“整个地宫依照五行分布而建，五座主楼分别对应着五行灵气变化，这里的建筑分布也是一套完整的上古阵法，其中主楼便是火系为主……”白郁继续心情大好地解释着。

从楼顶飞过，司玉清晰地看到其上火红色的晶石在阳光下熠熠生辉。忍不住叹为观止，照白郁的说法，这还只是地上的部分，地下的主体建筑只怕更加宏大，也不知有没有机会进入一观……

这边白郁和司玉正说着丹云地宫，那边谢东仪和景凡也在聊着。

“黎姑娘他们好像聊得很开心。”景凡颇为怀念地道，“说起来，很久没见白郁这么轻松了。”

谢东仪淡然道：“他们本来就很熟悉。”

“是啊，听闻白郁还曾经有幸与黎姑娘共处一室。”景凡打趣道。

谢东仪只是不在意地笑了笑："景将军果然消息灵通，竟连天源宗闺阁之内也知之甚详。"

这是在讽刺他太八卦了，景凡倒也不生气，反而朗声笑道："既然黎姑娘对丹云地宫这么有兴趣，不如我们也过去看看，谢公子意下如何？"

见谢东仪不置可否，景凡便径自驾着朱鸾飞了过去。

"丹云地宫我也好久没来过了。说起来，家父曾经是皇城禁军统领，这丹云地宫的守备还是他的职责之一呢。"

"想不到将军是羯罗族人。"谢东仪似乎有些意外。

"公子也听过我们羯罗一族？看来对我魔界也知之甚详啊。"

"知之甚详称不上，只是天源宗的典籍之内，也记载过昔年重明将军的战绩。"谢东仪客气道。

羯罗一族与青丘白氏，益州滕族一般，都是魔界传承千年的名门，其祖先羯罗重明曾是魔祖蚩尤座下大将，对魔皇忠心耿耿，随侍入魔界。其封地在东方舜城，族内千年来人才辈出，子弟多为皇城侍卫，丹云地宫便是由羯罗一族世代守护，

景凡驾着朱鸾，围绕丹云地宫飞了两圈，转头观察谢东仪表情，不禁笑道："谢公子似乎对这座地宫一点儿兴趣都没有。"

"君子知礼，当避则避。"谢东仪淡然道，视线扫过雄伟瑰丽的宫殿，神色间有些不易察觉的疲惫，像是长久压抑的伤势不经意流露了出来。

景凡盯着他略显苍白的脸，笑道："谢公子倒是君子。"

谢东仪却苦笑了一下，摸了摸鼻子："其实，不瞒将军，我对魔界这千年第一灵脉很有兴趣，只是，恐怕秘密知道得越多，将来越难离开啊。"

"哈哈。"听他说得如此直白，景凡大笑起来，"谢公子未免太多虑了，我魔界这点气量还是有的，瞧黎姑娘就无这么多顾忌。更何况，这也不是什么重要机密，地面的建筑不过是魔皇行宫。地宫真正的主体，都隐藏在山体之内。当年为了开凿这座地宫，魔界耗费人力物力无数，数十年方才功成，为历代魔皇所用。可惜经历了五百年前的逆龙之乱，又经历了三百年前的大战，损耗不轻。地宫对我魔界意义特殊，这些年魔界元气渐复，第一件事就是重建这里。"

“魔界万众一心，确实值得钦佩。”谢东仪礼貌地应和道。

“哈哈，其实我们的军师大人一直怀疑两位会从地宫内部出来呢，毕竟其中也有地火裂缝的入口。还特意将其中的阵法改变，又布设警戒。”景凡眨了眨眼睛，笑道，“这座地宫重建的部分，都是由他一手负责，现在的我进入其中，只怕也要迷路了。”

谢东仪神色不变，道：“将军对地宫以前的布局很熟悉？”

“这处地宫并没有那么神秘，昔年家父镇守此处，我也经常跟着过来，蒙重霄女帝恩赐，还曾经入内修行过一段时间。”景凡笑道，眸中异彩闪烁，“那都是很久之前的事情了。可每次记起来，总是格外怀念。”

“想必是一段很特殊的经历，才会让将军记忆深刻吧。”谢东仪淡然道。

“是很特殊。”景凡看着他，缓声道，“其实，后来家父也是死在了这里。”

谢东仪神色一颤，转头注视着景凡。

景凡忽然笑了，错开眼神：“拿这些陈年旧事来谈，让谢公子听得心烦了吧。倒是黎姑娘那边谈得明度畅快，白郁这家伙的口才可真比我好呢。”

视线望去，白郁和司玉正说得热闹。谢东仪也恢复如常，笑道：“她向来好奇。”语气中又是宠溺，又是无奈。

景凡却似笑非笑地看了他一眼，转而高声笑着招呼道：“白城主，让贵客劳顿太久，可非待客之道。”

白郁无奈地瞪了他一眼，驾起朱鸾，重新回到路途上。见司玉还有些恋恋不舍地望着下面，他低声笑道：“可惜今日太忙，不然带你进入一观。”

司玉翻了个白眼：“免了，我可不想害得你被人骂。”刚刚还说除了墨澈心，闲杂人等不得擅入，马上又说起大话了。

“哈哈。”白郁朗声笑起来，“为你挨骂也是心甘情愿。你可对我有救命之恩呢。”

“早说了不过是偶尔路过。”司玉瞪了他一眼，道，“说不定早知道是为了救你，我就秉承除魔卫道的职责，不告诉他了。”在朱鸾的背上，两人仿佛又回到了往昔共处一个屋檐下的感觉，玩笑不忌。

“我有这么招人厌吗？”白郁一脸无辜，“还是你一路太辛苦，受了别人的气撒到我身上了？”

“我能受谁的气？”司玉随口道。

“当然是我们的玄王殿下啊，和那个骄纵蛮横的家伙相处，可是一件费力的事儿。你一路没被他为难吧？”

“没那么糟糕。他的脾气是直爽了点儿，不过并不讨厌。”司玉笑道。当然，最重要的是，当时魔龙力量受限，压根儿没有蛮横的资本，反倒受了她不少排揎，日子过得颇为憋屈。一边想着，司玉脸上浮现怀念的笑容，这么久没见，还真有点儿想念那只笨龙呢。

“看来不仅没有吃亏，反而占便宜了。”看她的表情，白郁就知道是怎么回事，笑道，“我们那位玄王殿下本来就比较笨，若伤势太重，还真只能任人宰割了。”

司玉回过神来，瞥了他一眼。玄王怎么说也是你上司吧，虽然不是直属，但有这么公然非议上级的吗？想起以前赤燃提到狐狸的时，也是一副咬牙切齿的模样，似乎和白郁真有过节。

想起这个，司玉立刻联想到一个长久困扰她的谜题。白郁的原形，应该是狐狸吧？

“喂，干吗这么看着我？”被她看得浑身不自在，白郁忍不住问道。

“哦，没什么。”司玉遗憾地收回视线，可惜从这个角度看不见狐狸尾巴。话说之前和他在一个房间里过了那么久，好像也没有见过呢，是藏得太深？还是压根儿没有？

见她心不在焉的模样，白郁干脆贴近了问道：“又在动什么歪脑筋？”

“谁动歪脑筋了。”司玉向后闪了闪，说道。

“一听到提起玄王殿下就这副表情，很可疑啊。”白郁笑起来，“不过你很快就能见到他了。”

“什么？”司玉惊呼一声，看向白郁。

“玄王殿下如今正在皇城呢。干吗这么意外？刚才看表情不是挺想念他的吗。”察言观色，白郁有点儿酸意地问道。

“他怎么来了？”

“几天前刚刚抵达，名义上是为了见皓玥女帝而来。”

名义上是为了皓玥女帝，而实际上是为了地火裂缝之事吧。纵然皇城和龙城依然有芥蒂，但生死存亡之际，也顾不得这么多了。那只笨龙虽然任性，但并非不分轻重之人。

只是……想到马上要在皇城见到他了，还有墨澈心，司玉就开始头疼："只有他一个人吗？"

"随行侍卫由赤燃带领，卓隐留在龙城主理内政，同时平息紫金阁爆炸留下的混乱。"白郁言简意赅地交代道。

很好很强大，让自己头疼的一股脑全来了。也不知道那只笨龙见到自己会是什么表情。她怎么说也鹊巢鸠占了他身体好长一段时间。虽然会导致这种后果，本来就是这只笨龙妄图吸取自己的灵力，自作自受的结果。但以魔龙的脾气，可不会考虑这些。

还有那只火暴的松鼠，可别一见面就拎出镰刀来喊打喊杀啊。唉，为什么来的不是卓隐呢。

想来想去，最安全的竟然还是墨澈心。

还有皓玥女帝，照墨澈心的说法，她应该已经醒了吧。

出神的功夫，司玉并未发觉，环在她腰间的手臂越来越紧了。终于，耳边的声音打破沉思："那只笨龙需要想这么久吗？"

司玉回过神来，直接问道："那只……呃，玄王殿下已经见过皓玥女帝了吗？"

"算见过了吧。"白郁似是而非地答道，眉宇间扬起一抹别有意味的笑，"不说这些无聊的了，这么久没见，有没有想我啊？"

"有什么好想的？"司玉白了他一眼，一边有些尴尬地拍了拍他的手臂，"放开点儿。"

"真让我伤心，我可是每天都在想你。"白郁笑起来，环在司玉腰间的手臂却毫不放松。

司玉有些脸红，只是以前与他花花口口调笑惯了，也并未觉得多么出格，微微嗔道："开什么玩笑，快放开，不然我踢你下去！"一边瞥了旁边一眼，谢东仪和景凡正在说话，并未注意这边。

司玉松了一口气，随即又蹙起眉头。也不知两人在谈什么，谢东仪的表情竟有些神不守舍？是内伤太重，身体支撑不住了吧？

白郁神色间掠过一丝阴影，松开手臂，望着她的身影静默片刻，忽然道："我可不是在开玩笑！"

司玉微一错愕，望向他。

他却径自避开了视线，望向远方。

夕阳碎成细细的金屑，薄薄撒在他的睫毛上，被阳光浸透的双眸宛如剔透的琥珀，可司玉却没有忽视那对清眸中难得的认真。

她愣住了，一瞬间有种微妙的滋味涌上心头，可尚未来得及分辨，白郁忽然笑了，扬声道：“我们到了。”

“啊！”司玉转过身，地平线的尽头，一座巍峨的城池傲然矗立，雄伟的气势扑面而来。

这就是魔界皇城！司玉睁大了眼睛。越过高耸的城门楼，朱鸾飞临城池上方，赤金色的阳光下，街市房舍鳞次栉比，楼台亭榭瑰丽难言，瞧得她目不暇接。

“这里本来是魔皇的一处猎宫旧址，三百年前的那一战，皇城毁于一旦，便以此处为基础，另建了新城。规模虽不及往昔万年的积累，但这些年来不断雕琢革新，也已有了气象。”白郁简单地介绍道。

说话间，他们已经飞至城市北端，一座典雅瑰丽的宫殿依山而建，宫室曲折连绵，一眼望不到尽头。晶石铺就的道路散发着莹莹彩光，无数奇花异草掩映在典雅华美的建筑中，飞檐流瓦，炫目迷离。

未及司玉细看，天际忽然异变，一道五色虹桥自宫殿最高的那座阁楼顶端现出，仿佛被无形的力量牵引着，横跨了整个天空，直至两只朱鸾的足下。

虹桥凭空生成，流光溢彩，美不胜收，同时耳边响起了清丽的鸟鸣，两只朱鸾兴奋起来，迎着虹桥飞翔，雀跃应和。一时间声震天际，响彻云霄，恍如上古神乐，令人闻之心神俱醉。

“这是……”司玉睁大了眼睛，五色虹桥中隐隐出现的五只凤凰般神骏的影子。竟然是七只朱鸾同现。汇合成一座七彩虹桥，仿佛雨后的彩虹，身处其中，目眩神迷。

心动神摇之极，一个清朗的嗓音传来，明明相隔遥远，却如近在耳畔：“贵客驾临，皇城上下荣幸之至。”

遥遥望去，虹桥尽头，有一人正高冠博带，卓然而立，越发衬得整个人神采清俊，温雅无双。他仰头望着客人，笑意和煦，气度中自有一股谦谦之态，令人如沐春风。

白郁笑了，低声道：“摘星阁是皇宫最高的阁楼，也是寝殿所在。

为这一天，这家伙可是准备了好久。”

惊讶中，朱鸾已经施施然降了下去。阁楼前是一片广阔的平台空地，堪比天源宗的展翼阁。

白郁扶着司玉跳下鸟背，脚下是雪玉一般的石块铺就，浑然一体，触之鞋袜生凉，灵台清明。

虹桥散尽，化为灵雨飘落。七只朱鸾昂首并立。整个广阔的高台上，只见墨澈心一人临风而立，洒脱不羁。

第五章

故人新逢

“虹桥灵雨，朱鸾开道，墨先生当真有心了。”谢东仪随后而至，跃下鸟背，从容笑道。

“一别良久，谢公子风采依旧啊。”两人相互见礼完毕，墨澈心彬彬有礼，视线转到司玉身上，笑道，“黎姑娘一路辛苦了。”

司玉眉头抽搐一下，黎姑娘……对着这张熟悉的脸，这个称呼还真是说不出的别扭。却只礼貌地笑道：“让墨先生费心了。”

视线落到谢东仪身上，她微微一愣，不知什么时候，谢东仪竟然已经恢复真容了，久违的风采与记忆中白衣飘然，洒脱不羁的模样重合起来。与墨澈心相对而立，一黑一白，真如棋盘上的黑白子般对垒分明。

以他现在的内伤，其实不应这样浪费灵力。只是想来他并不愿意用颜旭的容貌对着墨澈心吧。是在朱鸾背上时变回来的吗？……司玉瞥了身后的景凡一眼，他只是笑眯眯地看着谢东仪，神情无丝毫异样。

不知为何，司玉心中忽然生出一丝别扭。

那边墨澈心也不知动了什么机关，七只朱鸾周身爆起灿烂的光彩，化为虚影腾空而起，直达天际，七色霓虹光耀万丈，复又熄灭，最终落到摘星阁顶端，化为七尊栩栩如生的塑像。

见过谢东仪的鲲隼变戒指，对眼前的情景司玉并未吃惊，却有些意外，这个原理，似乎和天源宗的展翼阁很像啊。

未及深思，墨澈心已柔声道：“两位长途劳顿，请先入殿内休息吧。”说着，亲自引两人向大殿走去。

进了殿内，视线所及一片明丽，通体四壁皆是白玉雕琢，镶嵌着水晶石的窗户，丝丝阳光透入，空气中洒落一片金辉，桌椅板凳皆是朱红的珊瑚石制成，光彩缭绕，铺陈着不知什么野兽的皮毛，如堆了一团莹白的雪。

只是这偌大的宫殿，竟然没有一个伺候的人！想来是刻意回避了。

墨澈心引着几人入座，摆开茶具，烧水沏茶，动作洒脱从容。不多时，一股清幽的香气自茶壶中缓缓溢出，流淌在周围，让人只觉灵台一片清澈明净。

“久闻墨先生的香茗是皇城一绝，今日得见，果然名不虚传。只是茶香，便让人有齿颊生香之觉。”谢东仪笑道，却并不是客套，而是发自内心的赞叹。

墨澈心动作不停，一边笑着问道：“不知这名声谢公子是在魔龙殿听闻，还是在天源宗呢？”

“在哪里，有分别吗？”接过墨澈心递来的茶杯，谢东仪抿了一口，笑道，“只可惜在天源宗未曾尝到，今日有幸，实在不枉费这些日子奔波之苦了。”

“这么说可真要让我自作多情，误以为谢公子是为了我这一杯清茶，千山万里前来我魔界的了。”墨澈心笑起来。

“天下倾慕左丞大人茶艺的多矣，若真是所求而来，只怕我至今还未能有这个荣幸吧。”谢东仪淡然笑道。

“谢公子客气了，有朝一日若能与君单独对饮谈心，也是一大快事。”墨澈心微微一笑，神色中隐有认真，“我极少佩服什么人，偏偏谢公子却总让我出乎意料。”一边说着，他视线扫过旁边的司玉。

司玉并未察觉，她正在打量手里的茶杯，青玉雕琢的杯子上浮动着淡淡的天然云纹，随着茶水轻轻摇动，折射着半透明的色泽。

倒不是这杯子有多好看，而是一听这两个人彬彬有礼，她就满身不自在。幸好有此想法的并不止她一个。白郁略皱眉头，懒洋洋开口道：“有必要这么吹过来，捧过去吗？听得我发困呢。又不是没见过，何必什么墨先生、谢公子的，牙都酸了。”

墨澈心和谢东仪不约而同地笑起来。

“说得也是，反正无外人，不如照大家以往的称呼就好。”墨澈心爽朗地笑道。

司玉忍不住又看了景凡一眼，殿内五人中，最陌生的就是他了。

景凡却像是感受到了她的目光，向她挑了挑眉梢，说不尽的风流洒脱。

司玉嘴角抽搐一下，赶紧收回了视线。

“谢兄行事总是出人意表，实在让我佩服之极，还有黎姑娘。”

司玉一愣，怎么又扯上她了？抬头望去，正迎上墨澈心别有意味的目光：“黎姑娘每次行动，总是在我意料之外，让人无奈之至。”

什么意思，是说她太乌龙还是总在状况外，司玉在心里撇撇嘴角。谢东仪轻笑起来，接口道：“说到行事出人意表，又缜密严谨，应是我们向墨兄说一声佩服才对。”他顿了顿， 又道，“例如，我至今还想不透为何这么快就被你确定了身份。”

说完，他灼灼目光投向墨澈心。司玉也禁不住望向他，这也是她的不解之处。

墨澈心也并未推诿，直爽地道：“紫金阁当夜，我们就去查了颜旭的来历。结果，得知颜旭此人在入龙啸殿任职之前，曾亲自入极地冰原为其病重的祖母采药，回来之后不久就入宫为侍卫。”

他话语顿了顿，谢东仪神色如常。紫金阁的那一夜，他扑出去救司玉，两人同时摔下裂缝，他就明白墨澈心事后必会将“颜旭”的十八代祖宗都彻查个清楚。

事实上，他确实是在极地冰原边境发现了这个刚刚死亡的年轻人，对面是两只成年赤角兽的尸身。颜旭所要采集的药材正是赤角兽的本命角。按照现场，应该是成功采集之后，又被另一只野兽偷袭。事后虽仗着武功杀了野兽，自己却也力竭身亡了。

借助通灵术法，谢东仪从残存的灵识上读出了他的身份。然后假冒他，一路深入魔界，畅通无阻。将药材送至他家中后，紧接着参加武试，潜入了龙啸殿。

一切都顺利得出奇，甚至入宫不过数日，他就成功接触到昏迷中的司玉，本想试着唤醒她，然后用芥子珠一起回去。却不料偏偏那晚来了个不速之客，扰乱了他的计划。而紧接着当头一棒打下来——躺着的竟然不是自己要找的人了，而活蹦乱跳的那个才是。至今每想到这个令人震撼的事实，谢东仪还觉得满头黑线。

“我们又派人探查了颜旭此人日常的性情爱好。虽然入宫前后并无大的异常，但总有蛛丝马迹可循……”

仅凭着这点儿线索，就猜出颜旭有假，然后猜测是他假扮？谢东仪继续望着墨澈心，但以他的缜密，不可能仅凭着猜测就确定一件事。

而墨澈心也没有让他失望，径直取出一物，放到桌上：“事后我们搜查整个龙啸殿，发现了这个。”

看着被推倒面前的那只玉匣子，司玉伸手打开。两颗圆珠映入眼中，色泽青碧，银雾缭绕，仿佛冰雪凝成，室内温度顿时低了不少。

这是……芥子珠！

谢东仪坦然笑道：“左丞大人果然细心如发。”

墨澈心却摇了摇头：“非是我细心，此物其实藏得极其隐秘，就算我亲自动手，也不会寻到更巧妙的地点了。可惜……”

谢东仪挑了挑眉梢，望着他。

“可惜在下天赋禀异，与此珠同属木性，再施以搜神秘法，自然手到擒来。”

天赋禀异，同属木性？司玉神色一震，难道说……墨澈心竟然是草木之妖？

记得曾经在天源宗看过典籍记载，草木之物虽有性命，但无灵智，成妖需要极大的机缘，更需经历长年苦修，方能脱离本体，修得真身。以墨澈心的功力神通，只怕不仅仅是苦修能达到的，必定还有罕世奇遇，方能得此成就。

他的本体是什么呢？司玉脑中忽然映入一物：他在假死脱身前，插入自己发髻的那支雕工精美，栩栩如生的墨兰玉簪。也正是因为这只墨兰簪，让她当夜做了一个离奇的梦……

她抬头望向他，而墨澈心也正笑吟吟地望着她，眸中闪过一丝灵动的狡黠。司玉一瞬间竟像是把握到了什么，可来不及细细琢磨，就已转瞬即逝。

草木之妖修成后，为防止弱点泄露，比其他普通的妖怪更加忌讳自己的本体，他竟然这么坦白地当众说了出来。

墨澈心将玉匣往前一推，两枚芥子珠出现在司玉和谢东仪面前：“此物既然已经被谢兄所得，便物归原主吧。”

这么大方？司玉皱了皱眉头，难道他不怕两人接过芥子珠就直接催动法力，跑回天源宗？要知道，芥子移动，只在瞬间，就算在座墨澈心三人联手，也未必能把握住那千钧一发的机会拦下两人。但看墨澈心气定神闲的模样，却无丝毫担忧。她随即恍然大悟，若他们两个想跑路，也不必千里迢迢主动来皇城了。

墨澈心大方，谢东仪也不客气，将芥子珠接过，直爽地笑道："多谢墨兄了。"

"哪里，你我也算神交已久，就算恭贺谢兄得首座之位的一点儿迟到的贺礼吧。"墨澈心笑地彬彬有礼"说起来，天源宗立宗万年，还从未有过谢兄这般年轻的首座吧。就算三百多年前的那人，想来也不及谢兄大才啊。"

谢东仪瞳孔瞬间收缩，随即恢复如常："墨兄过誉了，在下实在愧不敢当。"

司玉听得心神俱震，忍不住望向谢东仪，他什么时候成首座了？是哪一部的首座？明白他本来就是天资卓越，任何别人不可能的奇迹在他身上都会变成可能。但这么快就担任首座，成为天源宗最有权力的人之一，司玉还是觉得很别扭。

心情无端烦躁起来，眼看东西交接完毕，她干脆轻咳了一声，直奔主题："墨……墨兄，此次前来皇城，其实是为了一件要事。"

墨澈心爽快地接口道："地火裂缝一事确实需要两位的大力协助，两位有此心，魔界深感盛情。"他口里说的是两位，眼神却始终放在谢东仪身上。

谢东仪并不急着表态，倒是司玉有些不对味儿了，正在和你说话的人是我吧，难道我就这么没用？喝了一口茶水，她继续道："地火裂缝的现状如何，墨兄应该已经探查过了吧？"

"司玉。"墨澈心视线落到她身上。

"啊？"

墨澈心顿了顿，语重心长地道："你要是叫不惯墨兄，直接叫我澈心就好。"语气很正经，很严肃，可配着内容，却让司玉一口茶噎在喉咙，上下不是，剧烈咳嗽起来。

坐在旁边的白郁连忙拍了拍她的后背，替她顺平气息，一边笑道："与其叫澈心，不如直接叫楚泓好了。"

司玉心里一颤，却满不在乎地笑道："墨兄说笑了。入乡随俗，有什么叫不惯的，多叫两声不就习惯了嘛。"

墨澈心尚未来得及答话，忽然外面响起一个爽朗清亮的声音："什么习惯了？"

这声音极其耳熟，司玉心神一动，未及反应，殿门"哗"的一声被推开，少年熟悉的身影挟着万顷阳光出现在视线尽头。

朝气十足的容颜映入眼中，似乎比上次见又长高了一点儿，司玉恍惚想到。

视线扫了一圈，经过司玉那里，少年脸上现出竭力压抑的神情，却匆匆挪开。司玉甚至来不及分辨那神情代表的意义。

等视线经过谢东仪时，少年却神色一怔，略一深思，像是想明白了什么，眸中立即闪过怒色，紧盯着谢东仪，气势升腾。

墨澈心无奈地站起身，招呼道："玄王殿下。"

依循礼节，景凡和白郁也起身相迎。礼仪虽然恭谨，但某人的嘴巴可毫不客气："这么不请而入，不知大门踢破了没有？"

玄王瞪了他一眼，也不答话，气冲冲走了进来。

墨澈心指端轻弹，一把椅子凭空添在桌旁。

玄王落座，景凡率先开了口，笑道："殿下不是前往孤云山脉一带搜索去了吗？想不到这么快就回来了。"

"哼，比不上诸位的效率。"他视线落到司玉身上，顿了顿，又飞快地挪开，望向墨澈心，隐含怒意，"左丞大人前天信誓旦旦说孤云山脉一带气息有异，像是地火外泄，冲破裂缝……"

"哎呀，殿下切莫误会，我等也是在巡视皇城旧址时候，凑巧遇见了黎姑娘和谢公子，想不到机缘巧合，两位已经自行寻找到出口脱身了。"墨澈心一脸无辜，"正想着派人通知殿下，却不料殿下已经回来了。"

听完墨澈心的解释，魔龙眉头依然皱着，怒意却慢慢收敛起来，道："原来如此，倒是本王误会了。"

"殿下宽宏。"墨澈心笑道，"如今皇城和龙啸殿亲如一家，岂能为这等细枝末节伤了和气。"

魔龙没有说话，眉间的不悦却逐渐压下。

司玉忍不住多看了他一眼，就连她这个外人也知道，墨澈心刚才纯属睁着眼睛说瞎话。朱鸾开道，声势盖天，哪是一时三刻能准备好的，而且白郁也说过，他早就感应到皇城旧址有裂缝了。之前说孤云山脉有异，应该是刻意将魔龙支开吧。

以这只笨龙的火暴脾气，早就该掀桌子了。此时却能强压下怒气，坦然而坐。

好像真是长大了……司玉心中忽然涌起一种异样的感觉。

她这样不停地打量着魔龙，魔龙被她看得浑身不自在，又想到之前某段尴尬无比的乌龙，更是坐立难安。

司玉察觉到他的异样，略一思量就明白了，想想也确实挺尴尬的。她体贴地收回视线，本来还想说两句话缓解缓解气氛，但想想还是算了吧。眼前正事要紧，小孩子的心事等以后再找机会宽解。

回到了正题上，司玉问道："墨兄刚才说地火裂缝需要我们两人相助，可是真的？"

"事关重大，岂敢妄言。"墨澈心正色道。

司玉脸上闪过一丝意外，问道："这么说来，已经找到压制地火裂缝的方法了？"

"方法还谈不上，只是有一个设想而已。"墨澈心也没有隐瞒，坦诚道，"解铃还须系铃人，既然是盘古神玺的神力积累所致，自然还得靠神玺的力量来化解。只是神玺之力太过霸道，尚需别的法器辅助。而且地火裂缝中的地脉已经不稳，只怕承受不住剧烈的冲击。还得需要以……特殊的神器固定两岸。"

"墨兄果然才智过人。"司玉不由地衷心赞道。这也是逆龙在地下向她提起的方法。以这世间最纯净的阴阳之力轮流施为，便可逐渐化消地火裂缝中积累万年的阴气。

"整个方法应该不会错，只是其中尚有几个难点，短时间内只怕难以克服……"墨澈心说道，视线落到司玉和谢东仪身上。

未等他开口，谢东仪坦然道："墨兄不必客气，只要能做到的，我们自然愿意效力。"

司玉有些讶异地望着谢东仪，难得他会对魔界的事情这么积极。

不过想到地火裂缝爆裂的后果，就算不管魔界，人界也会受影响。谢东仪这般反应，倒也在情理之中。

墨澈心笑道："如此就多谢两位了。"说着，话题一转，"此事关系重大，倒也不急在今日。两位长途跋涉，一路辛苦，不如先好好休息一晚。还有玄王殿下，劳顿数日，也应休整了。”

斜阳清辉洒落满地，如镀了一层薄金，天色确实不早了。谢东仪也不再客气，起身道：“那就劳烦墨兄了。”

依然是墨澈心亲自引路，司玉和谢东仪紧随其后，本以为魔皇的寝殿必定处处金碧辉煌，可穿过大殿，映入眼中的却是一片碧绿，丛丛花木掩映着玉石铺就的道路，银白的花朵点缀其中，夕阳下浮动着淡淡荧光，走入其中，只觉暗香弥漫，晕光灿然。

走不多时，水声传来，竟然是一处人工瀑布，清澈的水流从青石壁上倾泻而下，落到碧玉铺就的湖底，飞花溅玉，水雾迷蒙。一座精巧的阁楼伫立在瀑布旁的花圃中。

还没走进阁楼，一个头上梳着双髻的小丫头就蹦蹦跳跳迎了出来，见了墨澈心大喜过望：“墨先生，您来了！”

打完招呼，小丫头才发现他身后还跟着两人，惊讶地睁大了眼睛，似乎墨澈心很少往这里领人。

而司玉也颇有好奇地望着她，小丫头看起来只有十二三岁，生得娇俏可爱，头上戴着一朵冰晶珠花，中心那颗水蓝色的宝珠晶莹剔透，一看就非凡品，却有一种莫名的眼熟。此时她水灵灵的大眼睛正在司玉和谢东仪身上打量着，看了两眼，忽然捂住了口，格外震惊：“啊……”

墨澈心毫不客气地一个暴栗敲在她额头上：“啊什么，客人来了，还不快去收拾房间。”

“是。”小丫头跳起来，连忙向阁楼跑去。

墨澈心转过身，笑道：“两位若不嫌弃，就先在此地暂且歇息吧。”

司玉两人自然不会有异议，进了屋子。阁楼正面看不大，内中却别有玄机，布设雅致，巧夺天工。

墨澈心告辞而去，屋内只剩下了司玉和谢东仪两人，那收拾房间的小丫头也不知跑去哪里收拾了。见四周无人，司玉终于放松下来：“跑了这么多天，总算能在房檐底下睡个安稳觉了。”一边用老百姓参观皇宫的典型眼神打量着四周，“想不到这里的皇宫这么漂亮。”

谢东仪笑起来：“龙啸殿你又不是没住过。”

“那不一样，龙啸殿可没有眼前的房子合胃口。”司玉凑到桌上，那里放着一瓶花，或者说，是一盏灯。整枝花形似铃兰，碧绿纤细的枝上挂着七个银白的花骨朵儿，晶莹的光正从薄如蝉翼的花瓣中散发出来，照亮了整个房间。

司玉用手轻触，花枝颤动，蕊芯摇摆，宛如跳动的火焰。同时一股淡淡的幽香散发出来。

“好奇怪的花啊！竟然天生就能发光。”司玉忍不住感叹，若不是亲手触摸，还以为是假的呢。

“这是上古传说中的异种铃兰，香气有提神明目之效。本来已经绝迹很久了，想不到魔界还有存留。”谢东仪解释道。

略一调整，屋内的光线更加明亮，司玉放开花灯，转身问道：“地火裂缝的事，你准备怎么做？”

“尽力而为。”谢东仪顿了顿，神情有些黯淡，“这也是他的希望。”

他？司玉略一迟疑，立刻醒悟，这个“他”是指逆龙。

微风吹入，铃兰轻摇，室内一片馨香。

沉默片刻，谢东仪又开口道：“司玉，等此间事了，你愿意和我回天源宗吗？”

司玉有些意外，不回天源宗她能去哪里？正想要开口答应，谢东仪忽然按住了她的唇。

“先不必急着回答，等过了今晚再说。”他笑道，眼底深处闪过一丝复杂的挣扎。

司玉惊讶起来，怎么了？

接到司玉疑惑的目光，谢东仪将手放下，岔开话题道：“没什么，只是想到了将来。想要平安回到天源宗，也许并不是一件容易的事。”

他担心事情有变？司玉宽解道：“我们已经有了芥子珠，如果事情不对，也完全可以一走了之。”一阵倦意涌上来，她打了个哈欠。

可就算是神奇如芥子珠，也带不回失去的心。谢东仪错开视线：“你也累了，今晚早些休息吧。我就在楼下，若有事，别忘了叫我。”

司玉点点头，回了楼上的寝室。

推开房门，陈设精美的房间映入眼帘，素纱垂悬，金玉雕琢，恍如神仙居所。一个声音传入耳中：“姑娘回来了。”

身穿浅蓝色纱裙的纤细身影从云母石屏风后蹦蹦跳跳转出来，头上的蓝色珠花一颤一颤，格外可爱。“姑娘累了吧，房间刚刚收拾好。”她笑眯眯地问候道，眼睛弯弯像两轮新月。

司玉这才发现刚才她是在替自己铺床，连忙道：“辛苦你了。”

“没事，应该的。姑娘现在就睡觉吗，要不要先热水沐浴？”小丫头体贴地问道。

“多谢你了，告诉地方我自己去就好。”司玉笑道，这么小的女孩子来照顾自己，实在太别扭了。虽然她也知道，眼前小女孩只是看着像十二三岁，实际年龄说不定已经几百岁了。

浴室就在隔壁，小丫头带着司玉进入白玉铺就的莲花浴池中，又替她找来衣服搭在屏风上。任司玉怎么推辞，还是坚持服侍在她身边。

踏进热水，司玉只觉通体舒畅，长久旅途的疲惫都在这氤氲的水雾中弥散了，空气中荡漾着淡淡的花香，闻之令人神清气爽，司玉舒服地眯起了眼睛。

在浴池中泡了好大一会儿，才恋恋不舍地爬出来，司玉只觉全身灵气充沛，精神振奋，再也无丝毫疲惫了。

必定是池水有异，司玉掬起一捧，清澈灵动，天然带着一股异香，只怕也是千年灵泉般的存在吧。

小丫头将素色衣裙展开，递到司玉面前，俯身要帮她穿衣服。

“我自己来就好。”司玉摆手道，拿丝巾擦干净手，接过了衣服。在这个世界生活了这么久，她自然不会像第一次那样，连穿衣服都需要别人帮忙。

不过这衣服样式还真是挺眼熟的，很像自己在天源宗穿习惯了的款式。难道魔界的流行和天源宗这么和谐一致？还是墨澈心特意准备的呢。真是细心！

“和以前一样漂亮，还是这身衣服适合主人。”看着穿戴完毕的司玉，小丫头忍不住拉着她的袖子道，神态依恋怀念。

以前？主人？司玉一愣，看着眼前蹦蹦跳跳的小丫头，总觉得她很眼熟，尤其头顶上那颗一颤一颤的蓝色珠花，似乎在哪里见过。

她视线往下，落到小丫头脖颈上，一颗珠子吊坠正垂在胸前，青光萦绕，入目明心。

慧言珠！

熟悉的法器唤起了久违的记忆，司玉震惊地望向小丫头，脱口而出：“冰心草？”

小丫头忙不迭地点点头，随即又有点儿小委屈：“主人现在才认出来啊？”

“呃……是我疏忽了。”司玉不好意思地道。她哪里能想到，不久前连灵窍都未全开的冰心草这么快就化形成人了。还以为它在天源宗的哪个深山旮旯里继续苦修呢。

想不到墨澈心在诈死脱身后还将它带回了魔界，他既是草木之妖，自有修行妙法，所以冰心草才能这么容易化形吧。否则以它一棵法力低微的小草，还不知要修炼多少年才能有这种成就，而且期间很有可能被人当药材炼了，百年积累进了别人肚子，灰飞烟灭。

“墨大人给了我一颗天恒果，又以化形灵泉助我脱胎换骨，我才能变成现在的模样。”小冰心草喜滋滋地说道，髻侧的小辫子一翘一翘，“墨大人还说，我要是能在十年内参悟透他传给我的初级功法，就把我收为记名弟子呢。”

看来她在这里的日子过得很不错，司玉也为她高兴。此地灵气充沛，不用担心外敌骚扰，最重要的是还有名师指点，也是她的造化了。

“对了，这座宫里没有别人了吗？”进入这座摘星阁，除了眼前的小丫头，还没见到一个侍从，龙啸殿那边仆从侍卫遍地都是。

“有很多啊，有照顾花草的瑶姬姐姐，有打扫房间的梅颜姐姐，还有负责看守大殿的冬文哥哥，还有……”小丫头扳着手指，数了一大堆名字。“不过前几天墨大人让他们都退下了。只留下我，因为和主人有机缘，所以正好服侍。”

是怕地火裂缝的机密泄露，还是担心两人的来历被人所知呢？毕竟和天源宗的人合作，传出去不知会在魔界民间引起怎样的轩然大波。司玉暗暗揣测着。

沐浴完毕，两人又回了寝室，看着眼前柔软的床铺，司玉却感觉不到丝毫睡意了，精力格外充足。那灵泉恢复休养精神的能力真是神奇。

本来还想问问小冰心草魔界的事情，但想到她劳顿了一天，自己反正还会在这里住不少日子，便让她早些下去休息了。

一个人在床上百无聊赖地躺了半天，既然睡不着，索性起身四面查看，皇城的房间不同于龙啸殿的恢弘大气，也许因为历代魔皇均为女性的缘故，贵气中更显精巧别致。

墙角有一处书橱，司玉随手抽出一本，正准备回到床上，忽然听到窗外传来“笃笃”的声音。

有人在敲窗户？她好奇地走近：“谁？”

“是我。”声音温和清雅，竟然是墨澈心！“方便的话，想见一面。”

司玉愣了一下，道：“请进吧。”

窗子“吱呀”一声被推开了，墨澈心翻身跃入。

动作还挺熟练的嘛，司玉有点儿郁闷地看着他，自己是客人，而墨澈心是主人，有必要深夜翻墙进来吗，直接走大门不更好？

站在房里，墨澈心依然从容贵气“深夜求见，实在情非得已，只因有人想要见你一面。”

“谁？”司玉挑了挑眉。

“皓玥女帝。”

“……啊？”司玉半天才反应过来他话中的意思，顿时睁大了眼睛。三更半夜，魔界重臣翻墙而入，只是为了传达主君的旨意，召见自己这个外人？

就算魔界行事向来任性而为，不讲俗套，这也太诡异了吧！

“不知女帝深夜召唤，所为何事？”司玉犹豫着问道。

“陛下因为被封印时间太久，阴寒入体，所以近来闭关修炼化真秘诀，尚未成功，每日空闲时间有限。”墨澈心从容解释道，“刚刚陛下行功完毕，醒来后，听闻了两位的义举，便想要一见。”

这倒也合情合理，司玉略一盘算，魔界没必要在此时害他们，就算要害，也不必女帝亲自动手。两人既然决心帮魔界度过此劫，对皓玥女帝总要见一面的。而且那个冰下的美人活过来是怎样的风华绝代，司玉还真的很期待呢。“既然如此，我去叫谢东仪。”

“这就先不必了。”墨澈心轻咳了一声，“女帝此次只传召你一人。”

“只有我？”司玉顿时警惕起来，“为什么？”

“身为臣子，岂敢妄自揣摩陛下的意思。”墨澈心一本正经地道，“也许只因当初在天源宗，陛下与姑娘也有过数面之缘。所以想叙叙旧吧。”

叙叙旧？司玉眉梢抽搐一下，数面之缘倒是真的，可是她当时是……死的吧？这句话司玉没有说出口，这个突如其来的邀请，她总觉得别有玄机，可心中却升不起拒绝的念头。

理智告诉她，也许应该和谢东仪商量一下，可一股冲动却催促着她立刻答应下来，仿佛冥冥中她等待这个机会已经很久了。

她有种预感，一切让她困惑的，迷茫的，失措的，甚至让她恐惧的，都会在这一面之后揭开。

“好，我去。”她听见自己的声音答应道，带着微不可觉的战抖。

他们走到窗边，入目处是一匹紫色的锦缎铺陈开来，华丽的色泽耀亮了深沉的夜色。是那只紫色的朱鸾，正将羽翼伸展到窗下，等待接引两人。

难怪他从窗口跳进来，原来是骑着朱鸾来的。

司玉和墨澈心沿着羽翼跃上鸟背，朱鸾震动双翼，无声地飞翔起来。

有了上一次的经验，司玉已没有了太大惊奇。俯身向下望去，视线尽头，静雅的阁楼很快彻底消失在苍茫的夜色中。司玉心中又有些不安，谢东仪还在睡着，她擅自行动，不会引来麻烦吧？

朱鸾消失在天际的同时，原本寂静的阁楼忽然亮了一盏灯。半晌，“吱呀”一声，窗户被推开，莹白灯光从窗中透出，撒落在窗前繁盛的花木上。寂静的空气里弥散着铃兰花的香气，一个身影静静伫立在窗前，凝望着朱鸾消失的方向。

逆着光，看不清他的神情，只是寒冬的夜晚里，一个人的背影显得有些冷寂。过了片刻，他身形微动，视线落到窗外的一棵大树下：“如此寒夜，白城主好雅兴啊。”

“彼此彼此，谢公子不也同样深夜无眠，灯下赏景吗？”一个人身影从树下漫步而出，眉目含笑，正是白郁。

谢东仪微微一笑：“有景无茶，未免寂寥，既然难得相逢，不如共饮一杯可好？”

白郁欣然颔首：“既然谢兄盛情，在下就却之不恭了。”

两人进了房内，桌上本就放着一套青花细瓷茶具，谢东仪摆开，煮水冲茶。片刻，和煦的茶香缓缓溢出，给清冷的房间带来一丝暖意。

“白天澈心还说若有机会，要与你共饮叙旧呢，想不到却被我抢先了一步。”白郁笑道，一边取过茶杯。

“能得两位如此看重，着实有幸。”谢东仪客气道，替他斟上茶水。

饮了一口茶水，白郁神色微动：“味苦而淳，清怡淡远，实在应该让澈心尝尝，也省得他整天拿自己的茶当宝贝一般，请他泡一杯都要看他心情。”

对他的评价，谢东仪只是笑了笑：“雕虫小技，实在不敢与墨兄的手艺并提。”

白郁看着手中的杯子，慨叹道：“我以前并不相信，世间会有任何技艺都一触即精的绝世天才，可你每次总让我惊异。”

谢东仪手上动作不停：“若论全才，勿论墨兄，便是城主也不遑多让吧。”

“这怎么能相提并论呢？”白郁摇摇头，笑起来，“别忘了，我们修行多久了。尤其澈心那家伙，最喜欢装嫩骗人。”说着，他深深凝视着谢东仪，嘴角轻扬，“可是谢公子今年尚未满二十岁吧。实在让我等自诩天才者无地自容啊。若要仔细论起来，只怕三百年天源宗那位纵横天下，绝世无双的谢远殊也未必能有如此天分。”

谢东仪神色不变，眼眸却不易察觉地眯了起来。

“谢远殊此人，虽是我魔界生死之敌，但私底下我却很佩服他，能以一人之力将魔界掀得天翻地覆，万年基业毁坏殆尽，此人之能为实在是让人叹服。”手里捧着茶水，白郁由衷地叹道，“说起来，他不仅是你们祁连谢家子弟，与我魔界还有些机缘。不知谢兄可知？”

“愿闻其详。”谢东仪帮他续上茶水，平静地道。

“仔细说起来，他也算是半个魔界血统，而且在我魔界住过很长一段时间。只因他便是当年的逆龙与谢家族长之妹谢青菱所产之子。”一边说着，他仔细看着谢东仪的表情，“昔年谢青菱万里寻夫，来我魔界，此事虽然是机密，但重臣之内，也知晓一二。”

这样惊天动地的秘闻，谢东仪却只是轻叹一句：“情之一字，陷人深矣。”

“不错。”白郁似有所感，低声道，“所以有时候我很庆幸，所爱之人并不是命中注定为敌的立场。”

谢东仪手一顿，室内沉寂下来。

“也不知当年的逆龙之乱后，还是一个孩童的谢远殊是如何逃得大难，回归谢家的，只是此人天分之高，旷古绝代，恐怕也只有天源宗的初代宗主可堪与之相比。”

“这世上再绝代的天分，也不过是一个人而已，世间之事，轮回无常，纵然修为通天，还不是灰飞烟灭……”谢东仪却只是摇摇头，无所谓地道。

“呵，这可未必了。”白郁笑了，“照三百年前的记载，谢远殊当年是在皇城力战之后身亡的，可这些日子里，我们时常在想，既然当年魂飞魄散的皓玥女帝能有一线生机，安然回归，那么三百年前的另一位呢？”这话已是开门见山的试探了。

片刻的沉默后，谢东仪神色很快恢复如常，不置可否：“世事轮回无常，其实我等所能预料。”

看着他镇定自若的神色，白郁无奈地摇摇头，忽然笑起来：“谢兄，你最让人讨厌的，就是这种高深莫测的距离感，实在让人无奈。”语气半真半假，像是开玩笑，又像是发自内心的抱怨。

谢东仪忍不住笑出声来：“心事太多，不招人喜欢。多谢白城主指教，在下记下了。”玩笑的应对，将尴尬的对话轻轻带过。

正说着，忽然上面传来细微的声响，两人动作一僵。是小冰心草，谈得太入神，竟然都忘了这只小电灯泡的存在。

从沉睡中惊醒过来，她睡眼蒙眬地看了看窗外，并无异状，便翻了个身继续睡觉了。

发现楼上并无进一步的动静，两人才放下心来，谢东仪抬手布下简单的结界。

房内的气氛逐渐和缓下来，断开的话题却没有人再继续，饮了一杯茶水，白郁望向窗外：“其实，我本以为，你不会让她去呢。”

睫毛微垂，掩去了眸中的神色，谢东仪道：“我并无阻止的权利和力量。”

白郁笑了，对这个人来说，后者才是重点吧。

将手中的茶杯放下，谢东仪苦笑：“我确实曾试着阻止过，却发现这只是愚蠢的挣扎，甚至，对彼此是一种伤害……”说到后来，语意微有苦涩。

白郁忍不住脱口而出：“那么，你所爱的，究竟是她，还是她。”

“谢东仪眼中所见，唯司玉一人而已。”几乎无需任何思索，他坦然答道。

白郁盯着他，想从那眼眸中看出什么，却只是一片清亮。

长久无人触摸，铃兰的花瓣逐渐闭合，光线暗淡下来。相对而坐的两人谁也没有动作，像是沉浸在这片黯淡的海洋中，寂静笼罩四周，只余茶香弥散。

为什么会问出刚才那个问题，白郁忽然感觉一阵迷惑，他本不会这样直白，尤其面对一个让他有心结的人的时候。也许因为这个夜晚，注定要发生一些变化。

既然已经问了，那么……

如果，她不再是她呢。

这个问题，白郁却始终没有问出口。这个事实，无论是对他，还是对自己，都是一种折磨，却又是一种解脱。

“很久之前，我曾经侍奉在皓玥公主身边，作为她的伴读。上一代的玄王殿下，也有我们青丘天狐的血统，算是我的姑丈。我五岁那年，被召入宫中，见到了公主殿下……”

幽深的夜幕中，铃兰花的香气和光芒一并敛去，室内一片黑暗。莹莹月光透过敞开的窗户撒落进来。

为什么会说起这些，白郁也不明白，也许他知道，眼前这个人是能够体会他的心情的，或者说，他也是有同样心情的。

当一切揭开之后，所谓的选择权，本就不在他们手中，甚至也不在她的手中。

第六章

百年一梦

似乎比来时走得更快，寒冷的风吹过脸颊，司玉闭上眼睛，其实周围张开着结界，那风并不会吹到身上，可呼啸的声音却让人感觉格外森冷。

察觉司玉瑟缩了一下，墨澈心立刻问道："冷吗？"

"还好。"司玉摇摇头，可这种阴冷感觉却如跗骨之蛆，挥之不去。

一件鹤氅落了下来，司玉也不推辞，谢过一声便将衣服裹紧，毛茸茸的边刺挠着脸颊，心头的压力缓和了不少。

"马上就要到了。"墨澈心低声道，目光投向前方。

遥遥望去，夜色中的丹云地宫像是一只蹲伏着的巨兽，大半个身躯隐藏在山壁中，探出庞大的头颅，无声地望向天际，两只火红色眼睛在夜幕下格外清晰。司玉明白那只是火元宫殿中的红色晶石，白天还曾经见过，可心中还是涌起一阵恐惧，一种对未知事物的惶惑，仿佛眼中所见的是一个神秘莫测的深渊。

别担心，所谓的皓玥公主，不就是一个小女孩吗。看她身体的模样，应该比自己大不了多少。虽然她实际年龄已经几百岁了，可是大多数时间都在沉睡中度过……

正胡思乱想着，两人已飞至地宫上方，墨澈心驾着朱鸾，缓缓落到殿前的平地上。

几个人影闪现，司玉压根儿看不出他们是从哪儿冒出来的。来到朱鸾前，众人单膝跪下，整齐划一地道："大人。"

墨澈心扶着司玉下来，吩咐道："将大门打开，我们要入宫一趟。"

几个黑衣侍卫看着他身后的司玉，目光中隐有疑惑，却也不敢多问，连忙按吩咐去开门。

司玉拢了拢衣领，跟着墨澈心走入大殿。

外围的建筑与一般宫室无二，亭台楼阁皆恢宏典雅，灯火通明，只是气氛更庄重肃穆，沿路都是精锐的黑甲武士，看到两人行至近前，静默地行礼，却无一人多言。少数定力不足的，见了司玉，免不了在视线中流露出几分疑惑。

记得白郁曾说过，这里是皇城禁地，只有墨澈心有权自由出入，自己一个外人，也难怪这些侍卫好奇了。

两人自火元之殿向后，穿过雕栏玉砌的花园，一直来到山壁前。也不知启动了什么机关，山壁一分为二，露出幽深的地道。

墨澈心转身吩咐随行的侍卫："你们在这里候着。"便带司玉沿通道而下。

身后传来沉闷的响动，是地道入口合拢。司玉脚下一顿，继续向前走去。

走廊建得华美精奢，拳头大小的明珠将道路映得恍如白昼，却依然有一种压抑感从四面涌来。这一路出奇地漫长，司玉甚至怀疑是不是要将整座山都走通了。住在这样深远的地方，皓玥公主不嫌烦闷吗？

转过一个拐角，眼前豁然开朗，无数宫室延绵，奢华精致，小桥流水，巧夺天工。仰头望去，天空中闪烁着无数星辰。他们已经走出深山了？这里是一处峡谷？

可多看了两眼，司玉立刻发现不对劲儿，天空星辰闪烁间竟似蕴含着一种神秘的规律，不像自然形成。

这里竟是整座山脉凿空形成的巨大空间！凝视上方漆黑的天幕，司玉终于辨认出，那些星辰都是晶石镶嵌而成，应是一个极高明的阵法。

"建立这处地宫，肯定费了很大工夫。"司玉忍不住叹道。这样广阔的范围，几乎一眼望不到尽头，工程之浩大，简直难以想象。

“建的时候尚好，只是后来因为战事，毁过两次，重建才让人头痛。”墨澈心笑道。一边抬手招了招，一盏莲花玉灯飘过来，悬浮在两人身前，“公主正在里面等着，我们进入吧。”

伴着玉灯，两人走过悬浮小桥，向主殿而去。

一路行来，司玉逐渐感觉不对劲儿，自进入地宫后，竟然没见到一个活人，按理说，就算丹云地宫是魔界禁地，如今皓玥公主在此地休养，也应该有服侍的人吧？

正疑惑着，殿中适时迎出了四个女子来，气度高华，衣着典雅，玉冠金簪皆古拙雅致，似是有品级的女官。

见了两人，女官神色平淡，一齐上前行礼，其中一人道：“一切已经依循大人的吩咐，准备好了。”说着目光落到司玉身上：“就是这位小姐吗？”

墨澈心点点头，转头向司玉笑道：“你先随与她们去一趟吧。总不好以这身衣装去见陛下。”

什么？半天才反应过来他话中的意思，司玉嘴角抽搐，见你们家公主，竟然还得沐浴更衣！

这么大的规矩，早知道她就不来了！司玉愤愤然地想着。然而在拂袖离开和老实配合之间犹豫了两秒钟后，她还是屈服了。

别看墨澈心笑得温文儒雅，但是没人比她更清楚这家伙那张无害脸庞下的酷狠手段，一旦违背他的意思，还不知道会用什么法子折腾她呢。别的不说，只要把她一个人扔在这里，就够她头疼的了。

自己压根儿就不应该来，简直是送羊入虎口！对今晚的草率行动，司玉简直后悔地想挠墙。却已经悔之不及，磨蹭了两下，她狠狠瞪了墨澈心一眼，老老实实跟着两位女官入了后殿。

转过屏风，便是一处浴池，白玉铺就，华纹天成，满池氤氲荡漾，似水非水，如水晶杯中盛满了盈盈月光。

两人上前帮司玉脱下衣装，将预备好的衣服一一展开。

沐浴完毕，司玉伸直了双手，配合着任她们摆弄，一边低头打量着，禁不住啧啧称奇，好华贵的装束啊！素净的月白色光绸在灯下隐隐生蓝，上面绣着七只鸾鸟的暗纹，自胸前一直迤逦至裙尾。也不知是用什么线刺绣而成，平常看只是暗银色，身姿转动时，却有七彩眩光时隐时现，恍如流波。宽大的银红色绶带束在腰间，垂下的玉穗盈盈荡荡，飘摇多姿。

从屏风后绕出，墨澈心眸中闪过赞赏的光芒，点头笑道：“这样一打扮，倒也有尊贵的气度了。”

说得好像自己是个土包子一样，司玉嘴角抽搐一下，不以为然。

几位女官躬身告退，墨澈心上前，执起司玉的手，引着她向后殿走去。

这架势还真是别扭，轻咳了一声，司玉试探问道：“不知公主殿下休养了这么久，身体恢复地如何了？”

“尚未有起色。”

“啊？”司玉大吃一惊。

“公主尚未清醒，自然也就无法恢复。”墨澈心笑着解释道。传入司玉耳中却如晴天霹雳。

“你不是说她已经醒了吗？！”

“我是骗人的。”墨澈心爽快地承认道，直白到让司玉连指责的脾气都没有了。

“那你带我来干什么？”她甩开他的手，瞪着他问道。

墨澈心也不着急，跟着停下脚步，悠然道：“自然是去见陛下了，她等待你已经很久了。”

司玉真想立刻转过身拂袖而去，但墨澈心的下一句话却彻底打消了她的冲动。

“我们去见重霄陛下。”他微笑着补充道。

如同在寒冷的冰峰上被人当头浇下一盆冷水，司玉顿时僵住了，转过身来，难以置信地看着墨澈心。

墨澈心唇角含笑，神态温雅，眼中却闪动着一种光彩，一种她全然陌生的光。

司玉忽然打了个哆嗦，那眼神锐利如寒冰，让她接触的瞬间就心生寒意。

人最恐惧的，莫过于你已经深陷其中，却茫然不知这是怎样一张庞大深沉的网。此时的司玉就是这种感觉，仿佛有一张粘腻绵长的网，正从无形的空间里笼罩下来。

“重霄女帝……”她惊疑地重复着这个对她来说，只存在于历史中的名字。难道……

“你既然回来了，自然先要去见她。”墨澈心恢复了温文清雅的姿态，放缓声音，“她等待你已经很久了。”

“可是重霄女帝不是已经……”司玉忍不住道。

短暂的沉默后，墨澈心抬头望向远方：“不错，她确实已经死了。”

幸好！最惊悚的预料没有变成现实，司玉这才稍稍放下心来。可随即又想到，魔界的历代女帝不都葬在皇陵吗？重霄女帝的陵墓早在几百年前就落成了，与玄王合葬在落云山皇陵中。怎么会留在丹云地宫？

“因为重霄女帝曾发誓，若不能看到公主的回归，就永远不可将她下葬。”像是知晓司玉的疑惑，他坦然解释道。

“什么？”

“魔界历代女帝皆秉承盘古神玺而生，生而神威，天资绝伦，但是在生下继承人之后，神玺离体，几乎都会功体尽废，性命难以长久。”墨澈心没有直接回答她的问题，反而说起了不相干的历史典故，一边拉着她向前走去。

他的步伐并不快，却带着任何人都无法动摇的坚定。司玉身不由己地跟着他向前，路途越来越深，越来越黑暗。四周的光都熄了，只余漂浮在身前的莲花玉灯，散发着莹莹碧芒，指引着两人的道路。

一片寂静地黑暗中，司玉听到自己的心脏急促跳动，伴着墨澈心轻缓的声音：“逆龙之乱后，魔界政局不稳，女帝为了延长寿命，强修化神之术，硬生生恢复了近半的功力，之后又强撑着主理朝政多年，与玄王殿下一同抚育教导皓玥公主……”

在龙啸殿的时候，墨澈心也曾经提起过这些。此时为何要再说一次？司玉迷惑不解。

“化神大法是魔界秘术，修炼之后功体速成，威力极大。但以魂魄之力为本源灵气，将会导致灵肉合一，魂魄不入轮回。一旦死亡，将魂魄散尽，永不超生。”

司玉身形一颤，望向他。墨澈心缓缓道：“也就是说，一旦死亡，这世上再也没有了她的存在。”

莲花玉灯漂浮起来，化为一点暗夜中的星芒，仿佛浮世轮回，开天辟地，瞬间四周光芒大作，然后消散，他们已踏入了另一个世界。

要怎样神奇的造化，才会形成这样星辰之力奔涌的壮观景象！眼前是一挂瀑布，星辰和光组成的瀑布，仿佛无数星子从遥远的天际坠落，形成了这道实质化的光瀑。这里应该是整个山谷的最中心地脉所在，也是天顶星辰大阵的阵眼所在。

瀑布笼罩的中心是大殿的青玉高台，上面正静静躺着一个人。在漫天星芒笼罩中，虚幻而又迷离。

看到她的第一眼，司玉就再也无法移开视线，即使是在沉睡中，她的容颜依然带着迫人的威仪，连耀目的星光也黯淡了下去。

如果那双眼睛睁开，会是怎样的龙章凤质，风华绝代。周围明明一片寂静，司玉却听到了暗涛涌动的声音。

只一眼，便是沧海桑田，茫茫轮回中沉浮无数年。

“昔年公主擅自离开，潜入人界。女帝本欲追回，皇城监天司的祭祀却禀报说，命星轮转，皓玥公主此去，将会引动盘古神玺的另一半回归魔界。于是陛下一直在等待，可惜直到最后，也未能有幸看到这一天。”墨澈心轻缓地道，在这个虚化的空间里分外不真实，“不过今日，陛下终于可以瞑目了。”

他转过身，眸中闪动着她从未见过的光芒，然后缓缓单膝跪地：“殿下，我们等待您的归来，已足足等了三百年。”

一句话传入耳中，只如当头雷霆重击。司玉大脑完全僵住了，看着跪倒在面前的身影，她踉跄后退，逃一般躲避开来。嘴唇动了动，却始终无法问出那句，你说什么？

她实在没有勇气重复听一遍那句话语，感受那暗夜雷霆般的轰鸣震撼。

“你……你骗我，这怎么可能？”她难以相信。

“殿下，魔皇血脉代代传承，世间唯有一人能与皓玥公主的身体产生共鸣。当初在天源宗冰晶地宫，难道您从未感受过自己与原本躯体之间那种血脉间的联系吗？”墨澈心缓缓道，每一句话都重重敲击在司玉心头。

“还有您数次死而复生，难道从未怀疑过这个身体的特殊之处？”

“那是因为凤凰木……”只一句话，司玉就说不下去了，如果凤凰木有这种玄妙神通，那谢家历代当家夫人岂不都是不死之身了。

“天源宗以其天下无双的山脉灵气镇压皓玥公主体内的盘古神玺血

脉，冰宫内阵法机关重重，复杂无比。您以为，以一个应天阁弟子的修为，能顺利走入冰宫深处，却不触动任何警戒机关？进入一次是巧合，那么连接进入两次、三次呢？”墨澈心摇头，“这世上其实并无这么多的巧合与运气？一切冥冥中自有天数，从你踏足天源宗的那一刻起，就已注定了这份联系和羁绊。注定了冰封三百年的冰晶大殿将会因此而开启，沉眠了三百年的天源宗宝库会因此而现世，而僵持了三百年的魔界与天源宗，也会迎来转机。”

司玉脱力般依靠在墙壁上，若不是背后的支撑，她几乎要跌倒在地上。

震撼到了极点，内心竟然再也无一丝波澜，无数光影在她脑海中机械式轮转，她想起第一次跌进地道时候，感受到的那种神秘的召唤；还有在冰宫中血流遍地时，与冰下之人那种血脉鼓动的相和。她的身边发生了太多离奇的经历，玄妙地让她百思不得其解，干脆放弃思考。还有这个身体……

可是，这一切让她怎么接受？简直像个滑稽的梦！只是几句话的工夫，她就从天源宗的一个普通弟子，变成了魔界的皓玥公主。这个依稀熟悉却又无比遥远的名字。

“不对，一定有什么地方弄错了，我怎么可能是……”她抱着头，挣扎道。

“殿下，这星辰大阵的尽头汇聚成一脉灵泉，名唤轮回，有缘者可阅尽三生。”墨澈心走近，执起她的手，拉着她向大殿中央走去。

奔涌的星辰之力化为晶莹剔透的泉水，凝聚着高台的四周，流淌回旋。

刻意避开高台上躺着的身影，司玉低下头，泉水中清晰地倒映出了她的影子。倏然变化，光影错乱，茫茫中化为一个阳光灿烂的女孩形象，穿着吊带裙，扎着马尾辫，但还没来得及看清楚，这熟悉的一幕又倏然消逝，波光粼粼，如走马观花，最终，乌发迤逦，容光绝尘，锦衣华服的熟悉身影宛如一轮霜莹皎洁的明月凝聚在碧水池中，茕茕孑影，幽冷如霜。

记忆中仿佛掠过看不见的光影，交错纷杂，快得来不及捉摸。她骤然一震，踉跄后退，不敢再看池水中栩栩如生的容颜。

究竟是在何地，何处，何时？难道茫茫中真的存在命运这种看不见的东西，将这一切的因果循环一一摆布。

她已无法琢磨，站在此时此地，很多事情，忽然变得浅易明白，却有更多的事情，沉沦迷雾，挣脱不得。

“怎么会这样？”她喃喃道，这句话，她甚至不知究竟应该问谁。

“殿下，您所有的功体修为，前世记忆，皆在身体之中，只要恢复本体，自然明白这一切的轮回因果。”

“不！”连想都没有想，拒绝的话语已脱口而出。冥冥中有一种直觉，仿佛回到那个陌生的体内，就会变成一个陌生人，让一切再无挽回的余地。

“殿下。”墨澈心却没有留给她一丝喘息的余地，步步紧逼道，“您不想恢复本体？是因为心中依然有疑惑？还是因为有不舍？”

司玉猛地转过身，灼然的目光盯着他。

而墨澈心毫不退让：“女帝和魔界的臣民对您期待至深，为何还要耽于情爱，困于假象之中呢？”

如同一击重锤，生生敲击着最内心最柔软的部分，司玉身形僵硬。否认这份责任，是因为什么？逃避，疑惑，还是因为……

“我不相信。”司玉摇着头，后退一步。这一切来得太过突兀，将毫无准备的她冲击地七零八落。

墨澈心却猛地拉住她的手，力气之大司玉完全挣脱不开。没有任何术法，也没有任何凭借，两人就这么踏进了轮回三生的灵泉。

水波翻涌，星光点点，尽是破碎的虚像。溅起的水花浸湿了裙裾，沾湿了发丝，司玉觉得全身一片寒冷，双腿在冰冷的水中僵硬地难以挪动分毫，像个木偶般被他一路拖到了碧玉台前。

高台上的女子正宁静地躺在那里，凤目薄唇，神态威仪，这样近的距离，连密而翘起的睫毛都看得分明。

司玉战抖地挪开视线，只怕再多看一眼，就要无法承受这一切。

“你知不知道，她一直在等着你。”墨澈心却硬生生扳住她的肩膀，让她面对着那张沉眠的容颜，不留一丝逃避的空间。

电闪雷鸣，似乎永无休止。

“她一直等着你，等到死。为了你，为了这个魔界，把一切都赌注在渺茫的希望上……”

尖锐的言语像是一把锋利的刀剖进心扉。司玉从未见过这样的墨澈心，这样激烈的感情波动竟然会出现在他脸上，疯狂的视线带着强烈的压迫，只是一瞬间，就几乎要把她彻底吞噬。

一切都是为了她吗？为了眼前沉入永眠的女子，永远彬彬有礼，从容不迫的坚冰表层终于破裂了。

“你不知道，你们都不知道，她这一生究竟背负了多少，现在你所见到的，这就是她在这个世上唯一仅存的。再也没有了任何灵魂的痕迹，没有了希望……”

冰凉的水滴溅到她的脖颈上，她动作瞬间僵硬。

那是什么？

是剧烈动作溅起的灵泉水滴，还是……

早在天源宗的时候，她曾经以为理解过这个人，可是很快又发现理解的不过是一个浅薄的表象，然后她开始接触到他温雅表象下的冷酷，可她却从未想过，会在他的眼中看到这种光芒。

澎湃的感情潮水般涌上，沿着战抖的双手传递到她的肩上。肩头一阵剧痛，是他不经意间双手太过用力。

司玉闭上眼睛，静静体会这种疼痛，等待着这沸腾翻涌的火焰渐渐沉静下来。她知道，墨澈心的心中，只怕比她更痛。

可是为什么这些激烈的东西，这些本应该遥不可及的东西，却需要她来承受呢？

她忽然感觉很想笑，所谓的命运吗？或者说责任。

冰冷的泉水在四周飞溅成点点晶澈的星芒，然后又归于池中，化为盈盈泉水。两人的倒影破碎又凝聚，倏尔闪烁成华冠锦袍的绝世容颜，倏尔凝聚为挺拔俊秀的墨玉幽兰……

不知过了多少个轮回，一切慢慢沉寂下来，

“我们回去吧。”司玉低声道。

身后人动作一僵：“殿下。”

“回去再说，时间已经不早了。”司玉打断他的话，语气中带着一丝不易察觉的焦虑。

“殿下！”

“够了，墨澈心，你要逼我吗？”司玉猛地提高了声音。

墨澈心身形一颤，终于平静下来，低头道：“是臣逾越了。”他已经恢复了平时清贵出尘的气韵，仿佛刚才激烈的冲突只是错觉。

高阁之内，帷幕重重，焚香袅袅，角落插着一瓶火红色的植株，长叶如舒，金花珠蕊，蕊上跃动着火焰般的光芒，散发着源源不绝的热量，整个室内温暖如春。

“他承认了吗？”无意识地拨动着叶片，墨澈心沉声问道。

略一沉默，白郁道：“没有直接承认。”

“那就是间接承认了。”墨澈心笑了，长叹一声，“想不到啊，谢远殊，你可真让我佩服了。魂飞魄散，命星陨落，三百年后，竟然还能一切从头再来。”

望着他似笑非笑的神情，白郁嘴角动了动，却没有说什么。脑海中映出那个人，那场谈话，还有暗夜中两人寂静的等待。在那个玄妙的时刻，对那份感情，竟然有了些许了解，和同情。

从一开始就未得到过，和得到了却只能眼睁睁看着失去，究竟是何者更为痛苦？

“在想什么？”墨澈心抬眼问道。

白郁回过神来，岔开话题：“她怎么样了？”

“不知道。但可以想象，此时应该很矛盾吧。”墨澈心低声道，“有些事，注定不可能逃避，但去承担又是难以想象的沉重。”

白郁沉默，忽然道：“我本以为，你不会留给她选择的机会。”

墨澈心转过身，深深凝视着他：“白郁，我要提醒你一件事，君臣有别。我知道在你眼中，依然习惯将她当成天源宗的那个简单女孩，但你别忘了，她身上流的是历代魔皇的血脉，她魂魄中刻印的是魔祖蚩尤的印记。这是无可扭转的力量。”说着，他笑了笑，语重心长地道，“若她不愿意，这个世上，有谁能强迫她，强迫魔界的帝王呢？”

白郁眼中锐光一闪，脱口道：“你已经在强迫她了！”

“强迫她的不是我，是她自己，是这份注定不可扭转的天命。”墨澈心冷然道，然后视线放软，“更何况，即便是魂魄归体，她依然是她，只是多了一份过去的记忆而已。司玉还是司玉，就像……谢远殊依然是谢远殊。”

意味深长的话语传入耳中，白郁骤然一震，思绪中一片混乱。

望着沉默不语的他，墨澈心叹了一口气，道：“有一件事，还要拜托你。”他笑着，“也是为了你和她。”

第七章

斗转星移

又是傍晚，残阳如血，天边凝聚着暗红浓紫的火烧云，汹汹翻涌。寒风绕着高阁呼啸而过，传入房中化为单调的音符，在过分寂静的屋里听来格外凛冽。

司玉凝视着窗外，静默不语。这是一间装饰典雅的卧房，高楼之上，一片寂静，只要她不出声，没有任何人来打扰，正适合现在的她。

“我想独自一个人待一会儿。”那天回去的路上，司玉低声道。

墨澈心立刻调转方向，将她送到这里。

他没有逼迫她，也没有任何阴谋设计，只是将这一切最原始地、最本色地呈现在她面前，等待着她的抉择。

夕阳沉落，房内逐渐暗淡。司玉倒在床上，映入眼中的是高挑的天花板，黑曜石打造的底色上镶嵌着散乱又规律的晶石，雕琢成夜幕星空的模样。四周陈设精致华美，典雅贵气。更有一种特别的气息，无形无色，却无处不在。哪怕闭上眼睛，也能感受到那种强烈的存在感。是属于那个人的气息。

抬手遮住眼睛，司玉苦笑起来，墨澈心考虑得可真是周到啊！

虽然什么都没说，但进入的瞬间她就已明白，这里曾经是重霄女帝的居所……

意识昏沉，门外忽然响起了“笃笃”的敲门声，司玉立即警醒过来："谁？"

进了这个房间似乎已经不止一天了，迷茫中她懒得去计算日子，但只要她不主动，便不会有人来打扰。想不到这个时间竟会有人求见。

"是我。"传入耳中的声音有些意外。

司玉坐起身："进来吧。"看着推门而入的白郁，问道，"怎么了？"

"你在房内待了好几天，我不放心。"

"我没事，就是心里不舒服，想一个人静静。"司玉站起身来，精神格外疲惫。与其说是疲惫，倒不如说是逃避，可她却也分不清自己究竟在逃避什么，那些虚幻的前世责任，还是不愿接受的事实，抑或者，只是单纯想要逃避他……

"觉得头疼的话，就别想了。"白郁笑道，"我们出去走走吧。"

司玉一愣。

"皇城的夜晚，你还没有见过吧。"不等司玉抗议，白郁已经取过搭在屏风上的鹤氅，替司玉披上，然后拉着她向外走去。

踏出门，清爽的空气扑面而来，带着丝丝寒意，让人精神一振。

可是他们来到窗台上干什么？司玉纳闷，未等她发问，白郁拉住她，足尖儿点在窗栏上，潇洒地跃了出去。

竟然连门都不走，就这么直接跳了下去！

纵然早已习惯了飞行，这样急剧的下落还是让司玉心脏抽紧。

两人身形逐渐减缓，复又高升，在空中平稳地飞翔起来。司玉这才舒了一口气，一边裹紧了身上的衣服。来的时候，她就知道这里是整个宫殿的最高点，却想不到有这么高，广阔的皇城几乎一览无遗。

"这是什么？"左顾右盼间，司玉视线被白郁身后的东西所吸引，那竟然是一对洁白的翅膀，伸展开来，洁白如雪，配着他那一身白衣，真可以去装伴成天使降临了。

羽翼带动两人飞翔在天际，平稳迅捷。

"这是羯罗一族特制的法器，以前从景凡那里弄来的。"白郁笑着解释道，声音在寒风中飞扬。

"这么逼真，我还以为是你天生的呢。"司玉忍不住伸手摸了摸，竟然是温暖的，像是天然生长的羽翼。

"哈哈，你见过能飞的狐族吗？"白郁笑起来，"羯罗一族羽翼末端的长翎具有神力，可制法器，不过根据功力修为不同，法器效果也是天差地别，我这对儿可是当初费了好大的劲儿才从景凡那里磨来的。”

原来如此，不过，司玉瞥了他一眼，还真是只狐狸啊。

接触到他的视线，白郁忽然笑了，伸手到背后一按，司玉尚未反应过来，就觉背后一沉，竟是白郁将翅膀转嫁到了她的背上。

司玉惊叫一声，失去控制的羽翼垂在身体两侧，两个人直直向下跌落。

“拍打翅膀，飞上去。”白郁在她耳边叮嘱道。

“我不会……”司玉尖叫起来，眼看距离地面越来越近，她猛地闭上眼睛，拍打起翅膀。

身体忽然变轻了。

羽翼瞬间平展，战抖，那种感觉奇妙地难以形容，竟像是背上真的长出了一对翅膀，完全就是肉体的一部分。

好一会儿司玉才适用这玄妙的感觉，扑腾着飞上半空。

月亮从天边探出头来，幽暗的夜空中闪烁起星辰点点。耳边寒风潇潇，银光璀璨，如同翱翔在无尽的星之海洋里。

她好奇地试着将左翼倾斜，飞翔方向立刻偏转，险些控制不住，两个人在半空中连翻了几个滚儿才将将收住。

白郁差点儿被掀翻下去，大笑起来。

头晕之余，司玉也忍不住笑出声来。

翱翔在天际的感觉是如此爽朗，胸中的郁闷一扫而空，虽然实际上那些问题丝毫没有解决，但至少在这个夜晚，让她自由自在地飞翔吧，将一切沉重的，统统抛在脑后。

飞够了，两人在一片山坡上降落。

枯黄的草叶如厚重的毯子，踩在脚下软绵绵的，四面林影绰约，隐有溪流泛着银光静静流淌。

遥遥望去，远处灯火通明，隐隐还能听见喧嚣的人声。

“今天带你去逛逛夜市。”白郁笑道，收起法器，又不知从哪里拿出了两个斗篷，递给司玉一个。

司玉接过，好奇地问道：“魔界也有夜市？”

“当然，只是魔界的夜市可不同于人界。”白郁说着，替她将斗篷戴上，“市上鱼龙混杂，可不能让人随便瞧了去。”

司玉笑出声来，自己也就罢了。白郁的相貌太过出众，只怕皇城中不乏见过他的人，才是应该戴斗篷的。

在天源宗的时候，司玉也曾经听同修们谈起过家乡，繁盛的大城市里，物华天宝，商旅云集，昼夜不息，通宵达旦。听着便令人心生向往，可惜一直没机会亲身见识一番，想不到这个遗憾在魔界得到了补偿。

沿着波光粼粼的河道，两边人流逐渐增多，越到后来，已是人声鼎沸，摩肩接踵。无数的摊子、铺子，沿着河岸的雨花石堤坝摆开，上面的商品五花八门，形色各异。各商贩别出心裁地招揽着顾客，有的在摊前竖起了高高的竹竿，上面挑着的旗帜也不知施了什么术法，颜色不停地变幻，霓虹灯般看得人眼花缭乱，还有不少摊贩直接摆在了河面上，花灯精巧雅致，璀璨灯火映着粼粼波光，满目一片繁华。

司玉看得目不暇接，这里的东西虽不见得多么珍贵，但胜在精巧别致。看得出，这是真正属于魔界普通民众的集市。大多数都是正常的生活用品，无任何法力。而附带法力的那些，也多用于日常生活范畴，例如，可以盛放食物永不变质的软木匣，闻一闻有醒酒作用的天罗叶，敲一敲就响震如锣鼓的笃笃果，这些东西在天源宗也可找到，只是未曾这么济济一堂，摆放着市场上买卖。

人群拥挤，白郁拉着她的手，在街市上穿梭，经过一处商铺，司玉被这家挂着的旗帜吸引了注意力。它不仅颜色变化，竟然还能动，一会儿将自己叠成一朵花儿，一会儿将自己展开成丝带飘摇，简直变魔术一样。

“客官想要买什么吗？”见有客人上门，个子矮小的摊主立刻招呼起来，嘴边小胡子一颤一颤的，像极了猫须子。

司玉低头一看，这摊子上卖的是绢花首饰，丝带披肩等小物件，以她的修为，自然一眼看出，只是单纯的饰物，大多无法力附着。唯一特殊的就是这招牌了。

“姑娘不如看看，我们家的披肩做工可是顶尖儿的，看这刺绣，还有这珠子。”看出两人衣着不俗，摊主拿起一条披肩大力推销起来，“这条浅碧的与姑娘衣服正相配，如今天寒，在外面逛久了岂能不冷，买一条披着暖和，价钱也便宜，还有这支簪花，是真正的扶桑花腊化制成，香气怡人……”

司玉略看了两眼就移开视线，她虽并不看重衣饰外物，却也知道这些衣饰簪花比起墨澈心为她准备的天差地别，唯一吸引她注意力的只有上面挂着的这条了。

随着摊主介绍，那布幔也变成一条浅碧色的披肩，从她眼前撩过，像是在勾着她购买。她随手扯住：“这条怎么卖……”话音未落，手里的披肩竟然尖叫一声。

司玉吓了一跳，赶紧手一松。

“喂，动手动脚干吗？非礼啊！”披肩不满地扭动身子。

竟然是活的！

司玉后退一步，立刻意识到，这位同五寸钉一样，都是属于有意识的。

“咳。”摊主清了清嗓子，“这位兄台是在下雇来帮忙的，姑娘要是有兴趣，如果价钱和工作合适，也可以雇佣。”

一只猫妖和一条披肩称兄道弟……司玉不好意思地干笑了两声，竟然忘了这里是魔界市场，不能以常理度之。

白郁也笑起来，拿过摊主大力推荐的浅碧色披肩，道：“这条我们要了。”说着递上一枚圆圆的小水晶，随口道，“不必找了。”

摊主大喜过望，连声称谢。

白郁将披肩一展，披到司玉肩头：“天寒风冻，先披上吧。”

司玉心里一暖，谢了一声，将披肩拢紧了。

两人继续走着，司玉忍不住道：“那条挂着的披肩竟然是被雇佣的？”

白郁笑道：“你若是喜欢围那条，也未尝不可啊。”

想起刚才摊主也说过，只要价钱合适，工作称心，也可以雇佣，司玉就想笑，雇佣一条妖怪当自己的围巾，那我还不如把五寸钉带上呢，不过五寸钉来这里能干什么？当电灯泡照明？司玉忍不住笑出声来：“我可没有那份银子。”

“哪里需要银子，这万里河山，一草一木，遍地生灵，哪样不是你的。”白郁半是正经，半是玩笑地道，“只是那披肩的原形不过是方普通绢帕罢了，哪里配得上呢。”

不想提起这个话题，司玉微偏过头，岔开道：“一条绢帕，这种东西也能修炼成精。魔界的风水果然与天源宗不同。”

白郁却摇头道：“若论风水和灵气纯度，普天之下哪里能及得上天源宗呢？只是天源宗设有结界，魔界则无这方面的限制，所以成精更容易一些，但纵然如此，无极大造化，这些无灵识的小东西要开灵智也是极难。”

司玉点点头，器物成灵，远比任何都看重机遇，五寸钉的走运堪称异数了。“对了，那条披肩受雇佣来招揽顾客，也是为了赚银子吧？”魔界的钱似乎和人界不太一样，一条毛巾难道还有用钱的地方。

“当然，行走世间，衣食住行那样不需要银子，便是想要进一步修行，最基本的资源也需要银钱。难道你以为魔界的修行者都是隐居深山老林，不问世事吗？”白郁笑着解释道。

司玉好奇心被提起，想起困扰她许久的问题：“天源宗的典籍上记载，魔物本性，总是吞噬他人，以强欺弱。当然，其中可能也有偏见，但……”

明白她的意思，白郁坦然道：“吞噬抢夺，也是生物本能的一种，无论人类还是妖魔，尽皆如此。当然，无可否认，妖魔天生在这方面自制力远远不如人类，而且妖魔生于乡野之间，修于荒僻之地，不像人类生而得教化，明礼义，往往习惯了恣意妄为。倘若妖魔也是生而有灵智，训之以教化，驭之以律法，那么和人类又有何不同？”

司玉点点头，其实反过来想想也一样，倘若人类生下来没有得到礼义教化，被野兽饲养，那么心智灵魂也与野兽一般无二了，以前看过的狼孩，猪孩不都是如此吗。

“而且在人界一旦出了魔物，人人喊打喊杀，更有修道者必欲除之而后快，这样危险的境界，也逼得妖魔不得不尽快增强实力，越发奸诈狡猾，不择手段。”

两人沿着溪流走下山，白郁继续讲述着：“当年魔祖带领着族人，历经艰险，来到这里开辟新天地。魔祖积威之下，自然不敢有异心者。后来魔祖驾崩，银宸女帝幼年继位，朝纲着实混乱了一阵子。为了灵穴宝地等资源，纷争频起，连几个大家族都卷入其中，民间更时有强者吞噬弱小。”

“昔年，我们白家的祖先也是最早追随魔祖的人之一，魔祖建立皇城，开万世基业，分封十二城，我们青丘城便是其中之一。”

"因世道纷乱，银宸女帝十六岁那年，在皇城召集了十二城城主与玄王，共同参详商议，颁布出了一部严格缜密的律法，规定灵气地脉资源，皆登记造册，由官方统一管理，轮流使用，而兵役赋税，也是按律分摊。凡冒犯天威者，杀无赦！如此铁腕之下，魔界的统治才真正步入正轨。"

"其实，大家修炼，所求的无非是增强自身，今日你杀我，明日我杀你，哪里还有工夫修行过日子。这样和平的环境，对大家都好。银宸女帝不久又下嫁玄王，皇城与魔龙殿亲如一家，四野臣服，再无异心。从此天下大治，四海升平。"

两人已经走到了一处坡地上，放眼望去，集市上熙熙攘攘，客似云来，有的是标准的人类形象，有的却化形未整，更有甚者直接就是野兽外形，不远处就有一只银狼正用爪子摆弄着摊子上的货物，和摊主讨价还价，锱铢必较。

司玉看得出神，倘若妖魔与人类之间并无敌视，是不是也能和平安乐如眼前一般呢?

将这句话说出，白郁闻言一愣，随即笑道："非我族类，其心必异，人类连不同的部族之间都有纠纷，更何况是人与妖魔，传承千万年的观念岂是轻易能改变的？而魔界之内也是一样，十二城之间纷争纠葛不断，皇城和魔龙殿更是时有摩擦。"

司玉哑然失笑，自己刚才太过理想主义了，只因被眼前难得一见的繁华触动了内心。

"不过，你倒是可是试试。"白郁忽然话锋一转，遥望天际，低声道，"若说这世上还有谁有这个尝试的机会和权利。就只有你了。"

他转身凝视着她，笑道："改变这个天下，凭你和他，有生之年，也许能达成这个目标。"

我和他?

司玉骤然一震，望向白郁。

白郁却错开了视线，看向不远处："走得累了吧，不如去那边歇息片刻。"

顺着他的视线望去，左边角落有一处高台并几个竹椅竹凳，竹竿上挑着的金葫芦里流泻出紫红的美酒，香气怡人，不少人将几片铜子状的东西投入葫芦旁的小布袋里，然后拿一只竹筒，盛了酒水饮用。

两人走近，卖酒的是一个佝偻着背的老者，昏黄的灯光下正忙碌着。

白郁将钱币投入，也取竹筒盛两筒，递给司玉。

两人寻了僻静的地方坐下，司玉捧着竹筒浅浅尝了尝，甜美中带着浓浓的酒香，喝一口舌尖儿都洋溢着甘醇的滋味。

白郁一边喝着，感叹道："这里的酒还是一如既往的爽口。"

"你以前常来喝吗？"

"我小的时候，经常偷偷溜出宫。这里的酒很对胃口，时常过来喝一碗，只可惜后来回到封地，机会就少了。"说起旧事，白郁兴致勃勃，"这是猴儿酒，用崖山上特产的浆果酿制，滋味甘醇。今年崖山一带气候偏旱，果子就比往常甜了些，酒里也尝得出来。"

听闻这话，那老者禁不住转过头，向这边多看了一眼。两人都戴着斗篷，自然无法辨认，他很快转过身继续忙碌了。

白郁将手里的竹筒放下，神色间微有怅然，司玉看得心里一动，未及说话，旁边插入一个声音："诸位客官要灯吗？"是一个提着木箱前来推销的人，木箱顶上挂着一物，赫然是一枝会发光的铃兰。

棚屋下歇息喝酒的人不少，有人见了便道："这盏灯样式倒别致。"不少人围上去询问价钱。

那人一边演示着产品，一边卖力推销道："这灯可不是平凡货，如今宫里用的都是这一款呢，这上古铃兰可是左丞大人亲自培育的，质量有保障啊。"

司玉听得扑哧笑了，也拉着白郁凑上前。

这铃兰花自然比宫中使用的差远了，一枝上面挂着六七个半开的花苞，花蕊颤颤，光线也弱，却有一桩好处，能变幻颜色，司玉看着新奇，随口问道："多少钱一盏？"

那人连忙道："三个银毫……"

"什么，这么贵？"未等司玉反应，周围已有人喊出声来。有几个本欲买的也恋恋不舍地将灯盏放了回去。

最终只有白郁和另一人掏钱，各买了一枝。

在这个平民化的市场里，这算是高价格的东西了吧，司玉摆弄着灯盏，她挑选的这一枝上面正好挂了七个花苞，七种颜色，让人禁不住想到那七只威风凛凛的朱鸾一字排开。

铃兰花闭合又展开，光影绰绰。司玉忽然想到，魔界也有平民贵族之分。其实在魔界这种讲究实力的地方，有阶级之别最正常不过。遥遥望去，远处也有无数鳞次栉比的商店，明显比起这里的小摊小贩气派多了。

这天下岂能有绝对的公平，人间天源宗一家独大，占据天下修真者的九成，五年一度的展翼大典，更是揽尽天下英才。对于山外修真者交易行走的坊市，天源宗的人提起来，往往带着不屑一顾的高傲，很多宗内日常发放的物品，在坊内都属稀有，而满山遍野的灵药在山下的修真者眼中，更是可望而不可即。

司玉正想着，一个声音打断了思绪。

“听宫里传出消息，皓玥公主的伤势快要痊愈了。”

“咦，我怎么听说，公主功力损耗严重，只怕还需要一段时间方能出关。”

讲话的是邻桌几人，显然这个话题是大家关注的焦点，周围几桌也跟着议论起来，

“希望公主能早日恢复，继承大统，也免得我魔界无主。”有人接话道。

“是啊，公主为我魔界大业，亲身赴险，潜入天源宗，可惜功亏一篑。如今好不容易盼得皇血回归，可千万别再出岔子了。”

“那天源宗着实可恶，若有朝一日，定要杀的他片甲不留。”

…… ……

周围议论纷纷，司玉有些意外，记得魔龙说过，皓玥公主在民间的声望并不高，毕竟她尚未正式继位，便意外身死，使得魔皇血脉断绝。民间对她遇难的内情虽不完全明了，却也略知一二。比起她光芒万丈的母亲，自然失望居多了。但现在听众人闲谈议论，对皓玥公主似乎也充满了期待。

“魔界失去主君已久，这些年来民心动摇，根基不稳，听闻公主归回，自然喜出望外。”明白她心里在想什么，白郁低声解释道，“更何况，又听闻昔日公主是为了替魔界扭转战局，才会亲身赴险，陨落天源宗的，自然更加拥戴。”

司玉无语，想来又是墨澈心动的手脚吧，制造舆论优势，扭转她在民间的声望。

议论了片刻，众人话题逐渐偏转。

“说起来，没有了帝气镇压，这些年我们魔界的风水都不好了，尤其最近……”一个常年奔波在外的男子说道。

“哈哈，你知道什么风水啊。”有人笑起来。

“哎，你别说，我前一阵子去西边进货，结果那里天气热的要死，明明是大冬天。而回了家，天气反而格外冷，这都几月份了，早晨起来竟然还会结冰。”那人摇摇头。

立刻有人响应：“说起来，今年的地震好像也特别多，不知道怎么了……”

司玉听得心头一颤，她自然知道，这一切变化都是因为地火裂缝。整个魔界只有极少数掌权者知道这个秘密，绝大多数人都还被蒙在鼓里。

心情忽然郁闷起来，烦恼地拨弄着手里的铃兰。

一阵寒风吹过，一丝凉凉的东西落在脸颊上，她抬眼望去，禁不住一愣，无数白茫茫的细小晶体飘散在空中，竟然下雪了！

天气虽冷，但已经开春，竟然还会下雪！纵然对魔界的气候并不了解，司玉也察觉出异状了。

白郁神情也郑重起来：“我们回去吧。”

雪花飘落，市集上的众人纷纷开始收拾东西，行人逐渐减少。

两人漫步走在回去的路上，雪花盈盈洒洒，伴着寒风飘散在四周，司玉伸手接了片雪花，接触的瞬间，肌肤一阵寒栗。不知是否心理作用，比起记忆中的冰雪，似乎更加冰冷。

“魔界以前这个时候，一般不会下雪吧？”司玉问道。

白郁点点头，神色沉重：“应该是阴气外冲，引动气候变化了。”

“难怪这雪花也特别冷。”

“魔界的雪花，一向比人间寒冷。”

司玉一愣，随即恍然：“是因为极地冰原？”

“不错，冬天是魔界最难挨的季节了。”白郁点头道，“皇城中的还只是小雪，我们白家的封地青丘是西部最靠近极地冰原的城市，每年深冬，从冰原吹来的寒气几乎要把整个城市冻住，大暴雪来临时，甚至会与外界完全隔绝，任你多高的修为，御空之术都难以施展。而冰原上更甚，以前有一年，我一个人被困在冰原深处足足一个月，大雪掩埋，连食物都难找……”

“困在极地冰原？”司玉诧异。

“我们白家子弟，成年之前，都得入冰原修行磨炼，合格了方能得到家族承认，而且白家祖传的几种绝招，都需借助冰原寒气方能修炼而成。”

“真是严格。”司玉低声道，魔界以力称尊，实力是决定一个人地位的关键，就算是出身高贵，天赋禀异者，也需要后天的刻苦磨炼，才能得到尊重。

“其实不仅我们白家，每年冬天，都会有不少年轻高手深入冰原，锻炼自身。还有北方的火龙窟，西方的狂沙荒漠，边境的沧溟之渊，也都是锻炼意志，修习武道的好去处。”

“沧溟之渊……”

“沧溟之渊位于东海之滨，蛮荒之地，内中地形复杂，峡谷参差，树木藤蔓遮天蔽日，毒虫野兽遍地横行，而且内中冰湖天生寒气逼人，是淬炼兵刃的绝佳材料。不过三百多年前逆龙之乱后，那里受到波及，原本万顷之广的冰湖干涸了大半，变成无数零星的小湖泊，散落在群山峡谷之间。”

听着他的讲述，司玉心中升起一种异样的感觉。

两人已经行至高岭上，雪花逐渐变大，地上积了薄薄一层，漆黑的夜幕上星辰隐没，四野悄无声息。

两人并肩站在高处，寒风萧萧，飘雪飒飒，一股天地皆无的荒凉气息压抑在四周。

司玉一阵恍惚，仿佛又回到了天源宗的冬天，与他在苍茫的雪中并肩而行。

白郁转身望着她，她的脸颊泛红，也不知是因为酒水，还是寒风。手里依然拿着那支铃兰灯，双眸凝视着远方，七色光芒映照光彩如玉。

“对不起。”

低沉的声音传入耳中，司玉一愣，转头望向白郁，是为了……

白郁却偏过头，径自低声道：“记得小时候，我曾在典籍上看过逆龙的故事，那时候有人问我，如果是我，面对那样的困境，会怎样选择？”

“那时候的我没有丝毫犹豫，当然是以魔界大业为重。身为臣子者，岂能背叛自己的主君和责任。更何况，我自信也根本不可能去恋慕一个凡人女子。”

他低声笑着，凿凿之言，犹在耳畔，时光冉冉，物换星移。

“可是后来，我在天源宗遇到了你，我终于真正了解逆龙的痛苦和挣扎。”

“在天源宗的那段日子，我是真的幻想过，放任自己的感情，无论结果如何。可这种动摇，只不过是一瞬……”

孤高的背影静静伫立，他的语声极轻极淡，司玉默默听着，是歉意，是坦白，也是最真挚的倾诉……

其实很久之前她就明白白郁对她的感情，却一直选择视而不见。她安心地享受着他带来的快乐和安全感。相比起别人，他是简单明朗，真挚自然的。与他在一起，没有任何压力。也许是她太自私了，自以为所谓的友情也是同等的回报，却不知，有时也会是一种伤害。

“但是这个愿望不可能实现，你我终究殊途各异，于是，我希望你平平安安，与世无争。”白郁继续道，眸中隐隐多了几分自嘲之意，“但是连这个愿望也不行，你终究还是被卷进来。”

世间之事，彩云易散，琉璃易碎，一切终有尘埃落定之时。

逆光中，他长睫低垂，却掩不住眼底那丝苦涩和痛楚：“也许，我应该庆幸澈心的仁慈，他未曾让我真正面对那个艰难的抉择，将一切血腥的，沉重的，不堪的，都一个人默默完成了。”

“事后，我曾经深恨他，矛盾，纠结，可是，彻底平静下来后，我明白我根本没有资格责备他。因为如果是我，也会是同样的选择。”他转过身，凝视着她，缓缓道，“选择完成自己的任务，为了脚下的这片土地。”

“所以，刺出那一剑的人是澈心，也是我。”

夜色黏稠，如潮水般淹没一切。司玉后退一步，闭上眼睛。

她明白他这番话的意思，一切为了脚下的这片土地，这份安宁。

因为这个世上，总有比生命，比感情更重要的东西。

暮色缓缓而来，夕阳之下，周围的花树随风荡漾成极美的浅紫，云雾缭绕间，淡漠如烟，苍茫似海。林间小道铺陈着金沙，长长宛如透明的金色丝带。

谢东仪脚步渐缓，已经多久没有见到她了，自从那晚告别之后，她还在高塔内犹豫着吗?

明白迟早要面对这一天，可真正来临时，还是忧虑不已。偏偏那条路，却只能由她一个人走，一个人选。

谢东仪漫步向前，骤然身形一震，不经意间，意料之外的身影出现在视线尽头，淡金色的暮光晕染着，让他呼吸为之凝滞。

谢东仪忽然感觉眼睛发烫，像是被这刺眼的光芒灼伤了一般。他错开视线，竭力压抑住涌动的心情。

走上前，两人并肩而行，谁也没有开口。

暮色中，不知从何处传来的悠远箫声散落风里，隐隐断断，风吹落两侧的花树，姹紫嫣红，飘落如雨，这样的环境中，并肩漫步无疑是一种愉悦的享受，司玉恍惚失神。

这段感情是怎么开始的呢?

最初在天源宗，她就是一个异类，一个很废物的异类。而他同样也是异类，却是处于另一个极端的异类。

他是光芒万丈的，而她是黯淡无形的。

可是从他出现在她身边开始，似乎每一次都是在她最需要帮助，最需要支持的时候，事无巨细，总是会第一时间出现在身边。

慢慢地，她开始习惯于这种依靠，这种帮助，习惯了有他在身边。

极目望去，天际仿佛被一分为二，上方是微暗的云色，下方却是雪白绛紫的花海。走了不知多久，黯淡的云色终于化为点点飞雪飘散下来，落到皇宫上方的结界上，倏然化为白雾，归于深沉的夜色。

“逆龙前辈的那些话，其实，也是讲给你听的吧。”司玉忽然开了口。

谢东仪身行一颤，转过身来。

“前辈他并不是那么多话的人，哪怕是即将逝去。那些儿女私情，以他的性子，只怕也宁愿深埋在心里。”司玉缓缓说道，望着他的眸光晶莹清透。

沉默了片刻，谢东仪低声道：“他很感激你，我也一样。本来已经绝望，以为这一生再也没有相见的机会。天人永隔，魂飞魄散。”

果然是这样……司玉闭上眼睛，所有人都是明白，只有她，在这条路上懵懵懂懂，踉踉跄跄，一路前行。

“我那个身份，你一开始就知道吧，从第一次见面开始。”司玉轻咬着唇，问道。

“比你想象的还要早。”

司玉一怔，比第一次见面更早？倏然想起湖底那座熟悉的玉像，难道说……

“足足被困在那里三百年，我本来已经彻底绝望，不会有奇迹发生了；实际上，我的神志也确实在慢慢消退，再过不久就将魂飞魄散了。”谢东仪缓缓讲述着，“然后，你终于从天而降。”

原来……原来真相是这样。

司玉只觉胸口堵地难受，纵然早有准备，纵然墨澈心已经向她反复暗示提醒，可事实还是让她难以接受。

从一开始，她抱起的那只软嘟嘟粉嫩嫩的团子，就是眼前这个与她一路相伴相许的人。甚至不是墨澈心所推测的保留记忆轮回转世。

从踏入这个世界，甚至从那道惊雷开始，她就落入了这张名叫命运的大网中，包括在那个世界的另一段人生。

如果从来都不知道，就那样单纯地生活下去，是不是也算一种幸福？

司玉身形微微战抖。谢东仪略一犹豫，按住她的肩，却什么话也说不出。

“她是个什么样的人？”

谢东仪一愣，才反应过来她问的是谁：“她……很开朗，也很任性……”只是简单几个字，却再也说不下去了。那遥远记忆中的女孩，和遥远记忆中的感情……

司玉默默凝视着他，她在他的心里究竟算什么？那份令人安心的温暖与触感，究竟是属于谁的？她，还是她？

酸甜苦辣，百般滋味涌上心头。

那一瞬间，啃噬着她内心的，竟然是嫉妒！嫉妒谁？那个虚幻的她自己？司玉只觉现实无比的嘲讽。

他总是无微不至地将她照顾地太好太好，以至于让她慢慢懈怠起来，习惯于走他为她安排好的路。却忘了每一个人的路，都需要自己来找。

两人已行至留居的阁楼，司玉转过头，低声道：“其实，在天源宗的生活真的很快乐，很充实。以后也许无法再有这种日子了。”

谢东仪骤然一震，唇角动了动，终于艰难地问道：“决定了吗？”

司玉点头：“我想知道这一切，不是从别人口中，而是用我自己的眼睛。”她望着他，眸光清澈沉静。她想走自己选择的路，而不是别人替她安排的路。

那一瞬间的光彩谢东仪几乎无法逼视：“对不起。”

天空中银白一片，莹莹闪耀。司玉忽然上前一步，紧紧抱住他。

一点温润掩在了唇上，只是蜻蜓点水，那温暖又甜美的感觉却深深刻印在心里。

谢东仪闭上眼睛，他明白，这是真挚的告白，也是决然的告别。

无论将来如何，那个曾经全心全意爱他的，那份因他而悸动的心意再也不会重复了。他曾经竭力挽留，用尽一切方法想要抓住的，终于还是失去了。

胸口疼痛如沸如煎，他闭上眼睛，抬起双臂，却只是环了一个空。

再一次睁开眼睛，那个身影已经远远站在身前，仿佛刚才的亲密接触只是一个梦。

转瞬间，黄粱梦醒，斗转星移，一切重归于起点。

夜色残光中，冷风呼啸，如寒冰下呜咽的流水，在视线的尽头，那个身影转过身，慢慢远去。

夜风吹乱了翻飞的衣袂，有什么渐渐模糊了视线……

当他再一次见到他，她还是她吗？还会想起那段彼此信赖，并肩作战，相互依存的日子吗？

时间究竟是一种什么样的存在？三百年的封印仿佛只是一瞬，重逢相识的短暂生活却如此漫长，漫长的宛如一生都在这里耗尽。

宁静的黑暗中，他静静地伫立在那里，世间仿佛只剩下他一人，也许，原本便也只有他一人而已。

云卷云舒，漫无天际。

“殿下现在感觉如何？”高台前的墨澈心问道。

“还好。”已经躺平的司玉随口答道，虽明白眼前之人魂魄之术的造诣天下无人能及，心里却还是压抑不住地紧张。

“殿下放心，只是一个短暂的梦，醒来就能想起一切了。”

说得简单，司玉望着躺在不远处的皓玥公主，忍不住又问了句：“我说，你确定不会弄错人。”

墨澈心低低笑了：“澈心再胆大妄为，也不敢在此事上欺瞒主君啊。”

司玉依然怀疑地瞥了他一眼，自己的合法权益一定得保障，这家伙的前科太多了。

“醒来之后若有何不妥，殿下随时可斩杀属下。”墨澈心正色道。

“我不需要你的命。”司玉笑了笑，凝视着他，“楚泓，我只希望，你所说的一切都是真的。”

久违的称呼让墨澈心神色微震，随即静静地笑了：“当然，醒来之后，你依然是你。”

话音落下，灵泉自下升腾而起，光芒溢满了视野，天地一片空灵。

第六卷

日月同天·因缘之卷

第一章

镜花水月

“皓玥，皓玥，怎么了？”

耳边传来熟悉的呼唤声，视线却一片模糊，头脑中仿佛充塞了无数陌生的信息。我勉强转头，却只见到一片模糊而遥远的光晕。

迷茫中身体一轻，我被人抱了起来，然后有一只手按在额头上，清凉的感觉传入，逐渐远离了那片幻境。睁开眼睛，是墙上跳动的火把，映照满殿光明。

我终于清醒过来，凝神望去，是一张清俊无双的面容，正满含担忧地注视着我。

“父王……”我做贼心虚地笑了笑，随即牵动一阵头疼，是刚才沉沦幻境的后遗症。

父王眉头蹙起，一边按住我的额头，内力源源不断传入体内，精神顿时为之一振。

“我没事，父王。”我调整了一下姿势，在他怀里躺得更舒服一些，“我听人说这面星辰水镜有通彻天地之能，可洞晓前生来世，所以……”

“所以就过来试试。”父王叹了口气，“你又是从哪里听来的这个消息，若被你母皇知道，少不了又要挨骂。”

想到母皇严厉的眼神，我立刻缩了缩脖子。

“这面水镜发自上古灵泉，下接地脉之源，上引星辰之力，不属三界，不入轮回，如有机缘者，可在镜中阅尽三生，只是内中瞬息万变，心智不足者极易迷失其中，便是以你母皇的修为，都无法完全使用自如，何况是你。”父王沉声说道。

“可是，我真的看到了呢。”我抱住父王的脖子，撒娇反驳道，“我看到了一个很奇怪的世界，铁皮盒子在地上滚来滚去，爬得很快，还有样子很别扭的房子，长长的，高高的，像个直愣愣的方形盒子，连飞檐和廊柱都没有，却有很多人住在里面……”

“这都是什么乱七八糟的。”父王笑起来。

我撇撇嘴角，继续描述着梦中的情景，那个神奇的世界：“对了，我还看到一个人，可惜没来得及看清楚相貌，好像距离很遥远，又很近。”

父王打趣道：“不会是看到未来夫君的样子了吧？”

我大为窘迫，捶了他一拳：“胡说八道，才不是呢。”

“这就知道害羞了啊。”父王大笑起来，“不过我的女儿，岂是随便来历不明的人能觊觎的？”

他爽朗的笑容如映在雪上的朝阳。如果让殿中那些侍女见了，肯定又要偷偷脸红了吧？我放肆地想着，父王是我这辈子所见过的最俊美的男子了，当然，我今年才五岁，说这辈子似乎还有点儿太早，也许以后我还会见到很多漂亮的人，但我相信，再也不会有人有父王这样举世无双的神采了。

他俊美无双的容貌来自青丘，我的外祖母是青丘一脉的嫡女，据说是我魔界昔年公认的第一美女。父王是天狐一族与龙族的混血，而这份天赋也遗传到了我的身上。没错，虽然我今年只有五岁，但是每一个见过我的人都说，我是最魔界有史以来最美的一位公主，将来也一定会是最美的女帝。

每次听到这句话，我都忍不住有点儿小小的得意，当然，面上可万万不能表现出来，因为母皇对这种赞美并不喜欢。

扯得远了，反正将来我要是嫁人，一定要找个和父王一样温柔又俊美的人才行。而梦中的那个人……说起来，那个人，好像真的是个男子呢。我摸着下巴，一边想着。

可惜啊，只看到一个背影，幻境就消散了。

“又在想什么呢？”父王在我额头上轻轻敲了一记，“我先问你，今天的功课做完了吗？就偷偷跑来这里。”

我一个激灵，糟了，这下惨了！

“爹爹……”我抱住父王，九转十八弯地喊了一声，声音之甜腻连自己都一阵恶寒。

“看来是没有完成了，又想让我给你求情吗？”父王无奈地看着我，“每次换这个称呼的时候，就是在打坏主意了。”

“可是我总是练习不好。”犹豫了片刻，我低声道，“听教习的师傅说，母皇四岁那年就已经把陨星诀练到第五层了，我今年已经五岁，却连第二层都迟迟……”

父王的目光微微闪动，似是歉疚，又似是伤感，他声音温和下来：“皓玥，你的母皇是举世无双的天才，这世上自然无人能与之相提并论，你不必和她相比，只要好好努力，无论是我，还是你母皇，都会满意的。”

我点头，心里却不以为然，母皇的个性我很清楚，绝不是这么好满足的，而且，真正让她失望的恐怕是，历代的女帝修炼起来，还未曾有我这样缓慢的。

“先去武殿吧。”

“好。”我点点头，拉住他的衣襟，“可是一个人很没意思呢，那些侍卫武官都不敢太接近我，父王陪着我吧。”

父王满是歉意地摇摇头：“父王还有北疆的军务要同你母皇一起商议，过会儿再和去找你好不好？先让澈心陪你……”

“不要。”想都不用想，拒绝的话语已脱口而出。

“皓玥不喜欢澈心吗？他是你母皇的弟子，你们……”父王有些无奈。

“好了，我不用他陪。只要父王赶紧忙完军务，过来指导我就好。”我赶紧打断了他的话，这些日子里，我实在听够墨澈心这个名字了。

“好吧。”父王点点头，将我放下。然后传进侍从，送我去隔壁的武殿。

可是在武殿的渡星台上一直修炼到太阳落山，父王也没过来，也不知是什么军务让他忙碌到现在。我跳下汇聚灵气的石台，伸了伸胳膊。

今天冲击内窍时，丹田所能运转的星力比上次略强了点儿，可最关键的四大灵穴却总是难以突破，我头疼地想着，当年母皇是怎么做到一个月连接突破四层境界，星力通转全身经脉的呢？

一路想着，我回了内宫。遥望着灯火通明的正殿，父王还在忙碌吗？心念一动，屏退左右侍卫，我一个人往正殿走去。

刚走到窗外，就听到里面传来说话声，清朗如珠玉，却带着不可抗拒的威严，是母皇！

“每次都是这样，迟迟不见效果。她今年已经五岁了。”

是在说我！我身形一颤，停了下来。

“重霄，不要以你的标准来要求她，这对她太严厉。”是父王。

我不敢走近，生怕被发觉。很少见父王和母皇争执，这算是争执吧，而且声音还这么大，难怪附近都没有侍从呢。

“可她所将要承担的远远比我多。”母皇的声音坚定，不容一丝动摇，“而偏偏她的资质还这么……”

声音放低下去，后面的话没有听清楚，但我依然能想象得出是什么，只觉心里堵得难受。我也是魔皇血脉，为什么会这么没用，有时候我真的怀疑，自己究竟是不是母皇的亲生女儿。

我后退到回廊里，蹲下身，殿内的对话已经离我远去，两侧的花园里一片沉寂，天完全黑了下来，阴沉沉压得人心里又憋屈，又难过。

上午偷偷去星辰轮回那里，其实也是想要验证那个隐秘的怀疑，自己的资质为何会这么差劲儿。难道真的……可惜完全并没见到自己想见的，反而看了一堆乱七八糟、不着边际的景象。

不知过了多久，忽然一个声音从头顶上传来：“殿下，您在这里干什么？”

我猛然惊醒，转过身，竟然是他！

我立刻跳起来，脸色也阴沉下去，心里却有一丝庆幸，幸好刚才没有面对着他。

定了定神，我咳嗽一声：“我在花园里赏景。”

他低笑着：“刚才远远看到殿下肩头战抖，还以为在哭呢。”

我火气腾地冒起来，这家伙，哪壶不开提哪壶，不会看人脸色吗？

没错，这个叫墨澈心的家伙，是整个宫里，不，整个魔界，我最讨厌的人了。

“我只是走累了而已，你又来干什么？”我没好气地问道。

“是陛下传召臣觐见。”

我皱了皱眉头，往大殿那边看了一眼：“有什么事情吗？”

“这个就非属下所能知了。”看了我脸色一眼，他又补充了一句，“为臣子者，岂敢妄自揣摩主君。”

我只好强压下未出口的追问，然后将语气放得尽量严肃：“父王正在殿内。”

他却只是应了一声，仿佛完全听不出我话中的意思，笑道：“那臣就不打扰殿下赏景了。”说罢径自往前走去。

这个讨厌的家伙，我恶狠狠地瞪着他，真想对着那个背影一脚踢上去。

墨澈心是母皇的弟子，但在我看来，这人不过是个伪君子罢了，仗着几分天资和那张脸，整天一副自命风流的模样，招蜂引蝶。偏偏大家还都被他那副假模样骗了过去，使得他在宫中口碑极好，众口一词地赞他天资卓绝，儒雅谦和。

侍女们整天发花痴，说他目光温暖似春水，气质清雅如幽兰。更有甚者，还编撰了个什么“青兰公子”的雅号，流传甚广，连我身边的侍女都整天念叨不止。

我真怀疑这些女人脑子是不是被门板夹了，这只明明是个狡诈阴险的狐狸……不对，我不能侮辱狐狸，想到自己身上四分之一的血统，赶紧收回前言。

哼，等着吧，等我将来继承了皇位，一定把他贬得远远地。不！这样不解气，干脆直接发配到大牢里。

我狠狠地踢了廊柱一脚。

“皓玥，在干什么呢？”一个无奈的声音传来，竟然是父王，不知什么时候来了我身后。

满腔郁闷一扫而空，我立刻扑上去。父王将我抱起来：“我的小公主，刚才是谁惹你生气了？”

我不满地扭了扭身子：“先别说这个，父王，你下午明明答应去找我的。”

父王歉然一笑：“下午被杂务缠身，没有来得及过去，害得你空等一场了。”

“好吧，这次原谅你，下次可不能了。”我故意板着脸孔说道。

父王刮了刮我的小鼻子，笑道：“好，我答应你。”又道，“怎么，刚才就是为了这件事生气？”

“没有。”我摇摇头，却不想将刚才的事情说出来。

父王抱着我走在漫长的回廊里，在温暖的怀抱中，身体轻盈得像是要漂浮起来，大殿的灯火逐渐抛在了身后，影影绰绰，看不分明。

现在殿中的是母皇和墨澈心吧，我忽然一阵心烦意乱。

“怎么不和母皇多待会儿呢？”我趴在父王肩头，闷闷地问道。

父王微微一怔：“今晚你母皇还有要事。”

我撇撇嘴角：“什么要事，还不是那个墨澈心。”

父王无奈地摇摇头：“皓玥，你应该叫他师兄才对，他被你母皇收为弟子，身份已经不同寻常。”

又是这千篇一律的提醒，早已锻炼出免疫能力的我自动忽略父王的话。

追根究底，墨澈心最让我厌烦的就是这一点了。虽然我年纪小，宫中侍女私底下的议论却没少听。身为一国之君，若非极特殊的情况，是不可能收弟子的。这种魔界历代都少见的殊荣竟然落到了一个来历不明的少年身上，不免让人多疑。墨澈心入宫后，很多世家都暗中打探过他的身份来历，却全然成迷，甚至连他的原身也难以把握。只有隐约的消息，说他是自丹云地宫而生。

丹云地宫是魔界禁地，历代魔皇有风流不羁者，也会在这里私会情人，于是关于这个神秘出现的墨澈心，私底下不免有些闲话了。

我不相信英明睿智的母皇会一无所觉，她却毫不在意。

而父王呢？母皇与他在一起的时间原本就少，现在竟然连与墨澈心在一起的时间都不如了。

“皓玥这么不喜欢他吗？”长篇的劝导说完，父王又问道，“他是秉持天命而生，你母皇对他期望甚深，想必他也不会辜负所托。”

我撇撇嘴，没有回答。

父王叹了一口气，表情看起来有些头疼，欲言又止。

当时的我还不明白这个表情的深意，但很快，我就知晓父王欲言又止的原因了。

七天后，母皇自朝阳殿颁下旨意，原殿前侍从官墨澈心调配九霄殿，任左殿司，赐号“青兰公子”，居衡文阁。

我只觉晴天霹雳，眼冒金星。九霄殿就是我的宫室，而衡文阁就在我所居正殿隔壁。

阳光顺着半掩的水晶窗透进来，一派明媚。视线尽头，一枝花树正肆意伸进窗下，嫩绿的枝上托着点点碎花，我几乎能嗅到淡淡的清香了，这样的天气真让人心情爽朗，如果没有坐在对面的这个人的话。

这个一身墨色的家伙，在我色调明快的宫室里还真是刺眼。

没错，眼前这位，就是我殿中新上任的左殿司，“青兰公子”墨澈心。话说这恶俗的称号究竟是从哪条渠道传入了母皇耳中？竟然还被光明正大地颁赐了下来！想想就让人火大。

他正低着头，翻看案上的文书，书页翻动的哗哗声传入耳中，惹得人越发厌烦。

其实收到母皇诏令的时候，我第一个念头就是立刻冲进朝阳殿，请母皇收回成命。随便安置他在什么位置，只要离我远远地就好。但转而想到，若他在这里，至少不会整天围在母皇身边了。凡事有利有弊。这样一想，就勉为其难，暂且收下他吧。

若他识相，别在我面前晃来晃去，我也就看在母皇的面子上，不与他计较了；可没想到，只是上任第二天，他就一大早跑来，说要阅看我这个月的功课。

哼，你以为你是谁啊。我的功课都是由宫中的太傅指导，你才几年的道行，也敢大言不惭地参阅我的功课？

可偏偏母皇所下的诏令上说了，左殿司不仅执掌一殿礼仪，也有监督服侍公主功课武学之责。于是，大好的春光，我只得百般不情愿地坐在这里出神。

从窗外的风景看到室内的摆设，转了一圈后又落回到他身上。

束起的乌发流泻在肩头，凝视文书的眼眸认真而清澈，从这个角度看去，那张侧脸真是精致地没有任何瑕疵。

也许侍女们的倾慕也有点儿道理。不知他本体是什么，竟有这般清贵的容姿。我正打量着，他忽然抬起头来。

视线相接的瞬间，我有点儿小小的心虚，随即又释然，这里是本殿下的宫室，当然是想看什么就看什么。

他笑了笑，将最后一本卷册合上，道：“殿下，方才我已经看过您这个月所书写的功课了，不妥之处，已经一一标注点明……”

不妥之处？我撇了撇嘴角，未等他说完，随手拿过一本翻开。

“君道无为，臣道有为。这算什么理论？”只翻了两三页，我便冷笑一声，“你可知《本论》所载，我魔界与人界不同，人间治下，唯人类一族，讲究君臣大道，无为而治。但我魔界部族融合，以力称尊，贵贱天生，为君者自当倾覆天下，岂能一概而论。”

“弱肉强食，物竞天择，本为生物本能，但朝政一道，处处以强驭之，非明君之道，岂不闻自古强弩铉先断。为君之道，也当恩威兼施，刚柔并济，不必事事躬亲……”他缓声道。

我皱了皱眉头，可反驳的话语尚未想出。他却笑了笑，继续道：“如要以强者为尊，殿下尚且不如我强，那么我何必尊殿下为主，我为臣呢？”

“你……大胆！”我脸色一变，这种话语，几乎是以下犯上了，

他立刻俯身道：“是臣逾礼了。只是方才的话语，殿下也说无礼，那便应当明白，以力称尊，事必躬亲，非为君之道。”

我一时气结：“听你这么说，本殿下将来只需以仁政治天下，无需刀兵武道了。”

“殿下所言差矣，仁爱虽重，但威压亦不可缺。”

我冷笑一声：“只怕本殿下之威压，压不住殿司大人啊。”

他笑了，俯身道：“魔皇血脉本就是天下无双的强，殿下将来的成就，自然远胜臣下。”

他身姿放得谦卑，笑容却隐隐带着一抹挑衅的意味，极为刺眼。说什么魔皇血脉，这是在讽刺我史无前例的差劲天赋了，我怒极反笑：“久闻青兰公子人才卓绝，当世无双。今日本殿下总算见识到了。”

“承蒙公主过奖，臣愧不敢当。”他躬身道，彬彬有礼，儒雅谦冲，仿佛完全听不出我话语中的讽刺之意。

看了我的脸色一眼，又继续柔声道：“臣秉承陛下的旨意来此，侍奉公主学业，若有心急失礼之处，望公主海涵。”

又拿母皇来压我！我真想将桌子扔到他头上去。一股子怒气在胸口窜上又压下，最终，我勉强一笑：“无妨，既是母皇派你来，我岂能不知你的一片苦心。”

墨澈心眼中漾起一抹笑意，由衷赞道：“殿下气量见长。”

刚刚压下的怒气险些又被这句话刺激起来，我竭力压抑，却见墨澈心又拿起了文书：“殿下所学其实……”

我连忙打断道：“够了，尽说这些理论，听得人头疼，不如等武课完后再议吧。”

“也罢，马上就是习武的时辰了，不可让教习武官等太久。”墨澈心看了看更漏，从善如流地道。

心中忽然闪过一个念头，我笑了笑，将手中的卷册搁下：“那这些就等今晚再向你讨教吧。”如果你今晚还能活着回来的话。

魔皇武学的基础篇章陨星诀需借助丹云地宫中的星辰大阵，连通星辰之力，方能取得最佳的修炼效果。殿外早有侍从备好车驾，驾着飞不过片刻我们就到了丹云地宫。

穿过高大宏伟的宫门，进入山脊深处，我与墨澈心一前一后拾阶而上。

“听说母皇一直指导你武功，说起来，你我应是师兄妹才对。”我笑眯眯地开了口，“不知你修行到了何种地步。”

“臣于武学之道并不擅长，只怕要让殿下失望了。”

“怎么会？母皇可是我魔界当世无双的高手。”我有些惊讶，“你跟在她身边那么久，所学的应该比我多才对。”说起这个我就有气，母皇指导我的时间连指导他的都不如。

“臣不敢虚言。这些年来，陛下所指点的，主要在于术法玄学，并非武道。而殿下所学之武艺，才是我魔界精髓。”略一犹豫，他又继续道，“陛下之所以指点公主的时间有限，是因为政务繁忙，与另有机密要事，实在脱不开身。非心中所愿。”

我撇撇嘴，尽是狡辩，什么机密要事你这个臣子知道，我这个正牌公主却不知道的？不过刚才我只是脸色略沉，心思就被他揣摩地一清二楚，真是狡猾的家伙。

这样想着，我脸上越发不露分毫，岔开话题道：“既然如此，待会儿我们比试一下吧。”

“殿下……”他声音微沉。

“只是相互切磋而已。”我笑道，“再说，母皇命你来也是为了指点督促我修行吧？”

墨澈心架不住我坚持，只得应下。

我领他来到承武殿后花园，笑道：“在殿内一帮人看着，束手束脚，反不如在这里畅快。”

园中一派寂静，兰草含芳，不远处的小河潺潺流过，层层叠嶂的假山遮蔽了周围的视线。因为我不喜欢殿中气氛压抑，修习武艺的时候常来这里，园中的凉亭里也摆设着兵器架等物。

屏退左右随侍武官，我招呼他从兵器架上选取。

墨澈心却有些失神，看向四面，皱眉道：“此地灵气，似乎有些变化。”

我不以为然：“马上是望朔之日，灵气自然有偏转。”丹云地宫承灵脉之利，又有星辰大阵笼罩，宫内任意一处灵气稠密都远胜外界。平日里依循太阳月阴轮转，灵气也会有所变化，这些都有宫内监天司的官员记录。

墨澈心见我已经拿起一柄长剑，道：“臣便空手吧。”见我脸色一沉，他立刻道，“并非小看殿下，只是因为臣日常所修习的便是掌上功夫，以掌对剑，并不吃亏。”

哼，既然你这么说了，到时候可别怪我占你便宜。我在心里冷笑一声，道：“既然如此，那就请指教了。”

语音未落，手中挽了个剑花，是最常用的流星飞斩起手式。

我本以为，墨澈心入宫侍奉，也不过是这几年的事儿，就算他天资无双，又有母皇教导，也不会强到哪里去。哪知一交手却完全不是这么回事儿。

“叮”的一声，又一指弹在我剑尖儿上，手腕被震得一阵酸麻。

越打越是心惊，他虽只是空手，但指掌间蕴含的剑意却锋锐十足。而交手间隙，那从容淡定的神色更让人窝火。

还说自己不擅武道，或者只是我太没用，比不上你这种天才。

手腕已经酸软不堪，几乎握不住剑，只凭一股毅力撑着。本来还有一丝犹豫，此时却彻底狠下心肠。

既然你这么讨厌，就别怪我无情。

交手之间，我已退至溪流边上，一招焚天锐电，剑势快若闪电，直奔而去。

墨澈心自然不会硬接，身形一闪躲了过去。

我却因为用力过大，收不住势，脚下一滑，惊叫一声，整个人向溪里扑倒。

墨澈心立刻冲上前，拉住我。

防守严密的他终于露出了破绽，千钧一发之际，我一剑快若闪电，直刺下去。

他神色一怔，却也只在瞬间就反应过来，脚下迅速移动，将将避过。

本就没指望这一剑能刺中，我等的就是这个机会，立刻一脚横扫过去，狠狠一击踢中他的膝盖。

任他下盘再怎么稳，也受不住我全力一击，隐有骨头碎裂的声音响起，随即整个人摔进了溪水里。

一切只发生在瞬间，溪面水花四溅，我转身窜入亭子，一把拿起兵器架上的天罗地网，信手一撒。亮晶晶的银网立即飘散开来，覆盖整个溪流。

哼，这下就算这家伙会游泳，短时间也别想爬上来了。

我走近溪流，谁会知道这明净清澈的水面下其实暗藏杀机呢。

就在不久前，我在这里习武，无意间发现溪水出现了一种奇怪的变化，每天到了固定的时辰，会变得奇寒无比，持续不到半个时辰后就会恢复如常。

我好奇心起，一个人偷偷潜入了水中探险。进入溪流深处，发现原本铺满了珊瑚沙和明珠的溪底竟然裂开了一道诡异的缝隙，深不可测，阴寒刺骨。更有一种庞大的吸力传来，要不是我事先留了个心眼，用五相锁缠住腰间，另一端固定在外面的亭子里，几乎要被吸入其中了。

我不敢久留，顺着五相锁爬了上去。

丹云地宫位于地火裂缝之上，地脉不稳，虽有庞大的阵法镇压，但偶尔也会出现地脉变动之象。本想将此事告诉父王，派官员彻查，可惜这几天有事耽搁，没来得及，不想却还有这种用处。

等了好一会儿，水面依然平静，是被吸进去了吗？

如果母皇问起来，该怎么回答呢？嗯，就说比武的时候他自己不小心跌下去了，反正没人知道这里的溪水有异。

升腾的怒气渐渐平息下去，心里不免有些后怕，又有点儿担心，他会死吗？记得以前，也有宫人跌入地脉变动引发的漩涡里，好像多半是有死无生。不过那几次都是寻常的宫女内侍，修为低微。以墨澈心的功力和机变，应该不至于有性命之忧吧。可倘若万一真的死了……

心里反复纠结着，一时间也说不清楚是什么滋味。半晌，我摇摇头，反正已经做了，有什么好后悔的，谁让你碍了本殿下的眼呢。若是真的死了……也只怪你自己运气不好。

我俯身想收起天罗地网，忽然一股巨大的拉力传来。我大吃一惊，挣脱不及，整个人倒栽葱跌进了溪流里。

水温冰冷，呼吸凝滞，视线尽头，竟有一只半透明的长爪，如章鱼足一般从溪底的裂缝里伸出，捆束在我的身上。

长剑疾挥，斩之不断，我被拉着不断下沉。

遥遥望去，只是几日光景，那裂缝竟比上次所见扩大了十倍不止，如择人而噬的猛兽巨口，幽深难测。我心中大骇，运起全身功力，抗拒身上的束缚，却如泥牛入海，全无反应。这究竟是什么力量？！深宫之中，竟会有这种怪物。

眼前一暗，我终于被拖进了裂缝。紧接着被狠狠摔在了地上，眼冒金星，血气翻涌，半边身子没了知觉。

未等反应，一股大力猛地将我拉扯开。

“轰”的一声巨响，一条章鱼状的长足抽在了我刚刚立身的地方。冰石碎裂，砂粉四溅，留下一条深深的长坑。要是我刚才还躺在那儿，后果简直……

我打了个哆嗦，仰头看去，那东西终于露出原形。它头部浑圆，覆盖着细密的长毛，四只巨爪柔软绵长，带着尖锐的吸盘倒刺，散发着莹莹蓝光，真如一只长了毛的大章鱼般，却比章鱼丑恶百倍。

魔界奇珍异兽无数，我却从未见过这般诡奇的东西。

“小心，这是阴兽。”墨澈心的声音从身后传来，刚才正是他拉着我离开章鱼兽的打击范围。转头看去，他长衫破碎，肩头一抹深深的血痕，脸色前所未有的凝重。

我难以置信地转过头，这是阴兽？堂堂魔皇行宫，竟然有阴兽这种东西！？

阴兽是阴寒之气所凝结生成，生无灵智，只有吞噬的本能。一般只在极地冰原深处，或者不见日光的深山老林里才有可能存在。这里可是丹云地宫啊！而地宫下面还是地火裂缝呢！怎么能住着一只阴兽。还有这四面，我左右望去，入目处尽是冰雪巨石，如身处冰川深处一般。难道说那脉泉水有瞬间移动功能，我们两个被送到了极地冰原？

我脑中一片混乱，偏偏墨澈心一脸淡定，像是一切在意料之中：“应该是别处还有裂缝，否则这一只不会窜入这里。” 一边说着，他拉住我后退。

听墨澈心这口气，好像阴兽还不止一只？我越发头晕，隐隐中，似乎有一些我不知道的秘密正在缓缓揭开，内心直觉性地恐惧着。

来不及细想，那只阴兽已冲了上来，嘶嘶的声音，毒蛇一样刺耳。墨澈心将我挡在身后，拿过我的长剑。一剑挥过，风雷之势。

攻击被阻，阴兽勃然大怒，四只巨爪一并挥舞着冲了上来，墨澈心转身抱起我，在四处峡谷山石上纵横跃动，四面八方地绕起了圈子。

他速度极快，阴兽却如影随形，巨爪不时进擦着身边抽过，碎石乱窜，飞沙弥漫。这场追逐战看得我心惊胆战，不时有细碎的小石子打到脸上，刺心地疼。

跑了不久，他脚步忽然微有踉跄，依然硬撑着不肯减速。我一怔，立刻明白是膝盖上的伤，无论他骨头多硬，也受不了我全力一击啊。

躺在他怀里，忽然感觉全身发烫，又是心虚，又是恐惧。短暂的生命中，我从未遇到过这样紧迫的危险。

追逐时间拖久了，他的速度不可避免地越来越慢，有几次长足都几乎要缠到身上了，全仗着两人身小的优势在狭窄的缝隙中险险穿过。

穿过一道峡谷，眼前豁然开朗，竟然是一片要命的平地。我大惊失色：“快回去！”在曲折迂回的山道里身躯庞大的阴兽施展不开，我们还有一线生机，在这种平地上比速度，岂不是送死！

墨澈心却恍然未闻，他脸色苍白，额头全是冷汗，急速奔跑几乎耗尽了他全部功力。我大急，却也不敢擅动，唯恐加重他的负担。

到了平原上，他忽然手臂一舒。

我只觉身下一空，风声呼啸，擦身而过，竟然是被他远远扔了出去。

同时墨澈心脚下一滞，硬生生停了下来，转身对上追来的阴兽。

我被毫无防备地摔在地上。尽管墨澈心这一抛用了柔劲儿，碎石依然硌得我生疼。我拼命地爬起来，睁大眼睛看向身前。他疯了不成？竟然想一个人单挑阴兽!

阴兽已近在咫尺，我几乎能看见阴森的巨口裂开，禁不住高声喊起来："快跑，别干傻事！"

对我的呼唤置若罔闻，墨澈心径自将剑挥起，却不是对着阴兽，而是狠狠地插入了地下。

这一击如雷霆贯空，连剑柄都几乎一并没入地底，冰冻的岩石瞬间炸裂开来，长长的裂纹向外延伸，同时喷薄出一股浓烈的色彩。

竟然是火焰!

我霎时睁大了眼睛，一眨不眨地盯着眼前这一幕。

阴兽将将赶至，一时收不住前冲的势头，一头栽进了火焰里。霎时间刺耳的嘶鸣声响起，震得我全身发麻，险些又栽倒在地上。

那声音充满了怨毒挣扎，我隔得这么远都受不了，何况近在咫尺的墨澈心。火焰升腾的瞬间，他竭力向后跳跃，却依然未能完全避开，顿时衣袂鬓角都是火星。紧接着又是噪音攻击，他踉跄后退了好几步，才硬撑着没有跌倒。

我连忙跑上前，一个水灵术施展出来，灭了墨澈心身上的小火花。

阴兽在火焰里不停地挣扎，却怎么也挣脱不了火焰的束缚，一层层诡异的白雾从火焰中蒸腾弥散，阴兽的形体越来越小，像是一只被捆束的柴火，只等在这烈火中燃烧殆尽。

我放下心来，想要察看墨澈心伤势，忽然被他一把挥开："小心……"一句话未说完，他猛地弯下腰，一口血喷出来。点点鲜红的血迹落到碎裂的冰石上，触目惊心。

就在这时，异变突生，本已经被烧得奄奄一息的阴兽忽然飞蹿而起，狂啸着向这边扑过来。

它是想同归于尽!

墨澈心脸色一白，想要勉力支撑，却已气空力尽，长剑都险些拿不稳。

我拉着他急退，却依然躲不开阴兽的笼罩范围。只得接过他手中长剑，拼命地一剑砍出。

这一剑几乎拼尽了我的全部功力，剑光如雷霆般砍在阴兽一只被烧得将断未断的长足上，衰弱的阴兽抵挡不住，哀鸣一声，长足立即断成两截。

可扑上来的架势却丝毫未缓，眼看着就要蹿到眼前。千钧一发之际，墨澈心忽然低声道：“殿下，得罪了。”飞快地执起我放在他肩头的手。

我只觉手腕微微一疼，墨澈心已经抬起头，一口血雾向外喷出。

是我的血？

那阴兽竟像是受到召唤一般，猛地向那团血雾扑上去，贪婪地扭动着身体，焦黑残破的身体融入血雾里，嗞嗞的声响传来，紧接着……

本来已经被烧地七零八落的阴兽竟然开始重生！我眼珠子险些瞪出来，这是怎么了？上天要绝我们两个的活路不成？！

墨澈心却摇摇头：“没事了。”

他是被吓傻了吗？我惊慌失措地望着正在迅速恢复原形的阴兽，拉着墨澈心就要向后退。

眼看伤势恢复得差不多，连断掉的长足都开始长出，可阴兽忽然尖叫一声，声嘶力竭，四只爪子疯狂挥舞着，不停挠动抽打自己的头颅。

我看得目瞪口呆，这演的是那一出啊？

它力气大得惊人，不多时头部便被抽打得支离破碎，伤痕累累。残肢碎肉落到地上“嗞啦”一声便化为阴气消散了。

何曾见过这般残毒的自残行为，血肉横飞的场景直看得我心惊胆战：“它是怎么了？”难道是因为刚才那团血雾？

后退两步，墨澈心缓过一口气，低声道：“殿下是魔皇血脉，血液中蕴含纯净的至阴之力，更具重生之能，对阴兽，以及一切修行阴寒功体者皆是天下无双的补药。刚才这只阴兽隔着溪流也感受到了殿下的气息，才会冒险捕捉。”

我脑筋飞速转动，他是说神玺血脉。难怪刚才它一见到血雾就不要命地扑上去吞噬。生物本能使然。可既然是补药，怎么会补成这种效果？别告诉我它是虚不受补啊。

墨澈心低声笑了：“我在血里混了毒。”

是趁着刚才吸血的时候？好快的动作！我几乎全无察觉。

看着眼前自残至疯狂状态的阴兽，我悄悄打了个哆嗦，忍不住问道：“什么毒药这么狠？”

“只是平常的烈阳属性丹药而已。”墨澈心轻描淡写地道，“阴兽的外皮太厚，若非它主动吸收，是无法进入体内的。此次迫不得已，本以为地火就能收拾此獠。却还是害得殿下受伤。”

原本以为他只是个巧言令色的花瓶，不知用什么手段讨得母皇欢心，想不到还真有点儿本事，心中对他的印象稍稍改观。

对面的阴兽已经自残至支离破碎，奄奄一息了。犹豫半晌，我咳了一声，想说点儿什么，忽然感觉肩膀一沉。

偏头看去，是他正无知觉地靠过来，脸色苍白如纸。

我顿时慌了神，你可不能在这里昏迷啊！

肩膀上的负担越来越重，是他陷入昏迷了。

我连忙扣住他的肩膀摇了摇，一边喊道：“喂，墨澈心！墨澈心！”

“殿下……”半晌，他才低低地回了一声，微弱得像是刚出生的小猫，随即又昏迷过去。

随着我的动作，温然的液体沿着他的肩膀流到我身上，一片刺眼的殷红。刚才我竟然没注意到他受伤这么重，对了，在我被阴兽拖下来之前，他就已被打伤了，而刚才的奔波和挥剑又让伤口扩大。

我拖着他来到石壁前，让他坐好，努力回忆着日常学过的功课，运起功力，手指疾点，先封住他伤口周围穴道，又以寒冰术冰镇。一番折腾后，血终于暂时止住了。

擦了擦额头上的汗，我终于稍稍松了一口气。

只是体内灵气的枯竭却不是短时间能恢复的，我与他功体不合，也不敢擅自替他运气疗伤，只能等他自己恢复了。

将他稍微挪动，让他躺地舒服些，剩下的我也不知还能做什么了。

他脸色依然苍白着，整个人看上去格外脆弱，双眸紧闭，鸦翼般的睫毛投下精致的剪影，我还从未见过他这般狼狈的样子，倒是比平时那副雷打不动的淡定模样顺眼了不少。

抬头四面看去，低沉的天幕一片阴暗，这里其实应该是地底吧。

话说我们这一路急奔，究竟跑到哪里了？四面八方都是无尽广阔的冰川巨石，根本分辨不出方向。如果不是他对付阴兽时插入地底的那一剑，我还真要以为这里是极地冰原了呢。

望着不远处喷涌而出的地火，我有些失神。

地火裂缝的存在本就是魔界的秘密之一，普通民众只知道，魔界北方冶突山脉一带存在一道地火之灵，威力狂猛霸道，常人难近，经魔祖盖世功力镇压才平息下来，并成为魔界可利用的一大灵脉，造福天下。却并不知这地火真正的威力绝非任何力量所能彻底镇压的，哪怕是功力盖世的魔祖蚩尤。虽然现在地火裂缝对魔界有利无害，连魔皇闭关所用的丹云地宫都是借助其灵气，但是一旦利用不慎，将会引动整个地脉震动，甚至可造成山崩地裂，赤地千里的灾难。

魔界历代帝王，都肩负着监督地火的职责，但我还从未亲身下过地火裂缝之中。本以为，所谓的地火裂缝，必是遍地火焰熔浆，恍如炼狱。却怎么也想象不到，竟会是这种冰封千里，阴寒刺骨的景象，甚至还有阴兽这种传说中的存在。

为什么会这样？我们真的不是被瞬移到了极地冰原吗？我百思不得其解。

周围的景物越发黯淡，我的目光落到不远处的地火喷泉上，随着时间流逝，火光越来越弱，片刻，地火闪了闪，终于彻底消失了。

四周陷入一片黑暗中，我挽起袖子，手镯上镶嵌着几颗花生粒儿大小的夜明珠，本来只是无用的装饰，此时却意外得力。

莹莹光晕散发在周围，我打了个哆嗦，没有了地火，周围的空气越发寒冷。而夜明珠的光线有限，只能照亮一小片儿地方，四周都是深沉无尽的黑暗，一种恐惧感油然而生。

刚才墨澈心好像还暗示过，阴兽不止一只。万一再有一只冒出来怎么办？想到这个可能，我缩了缩身子。从小都是前呼后拥，鲜花着锦，想不到会有这样孤单无助的时候。若是母皇在这里，会怎么做？

母皇从小功体修为不凡，更兼智计百出。若是她面对阴兽，就算不敌，也能从容退走吧。我好歹是母皇的女儿，就算不及，也不能这么胆怯。

我暗暗给自己打气，竭力镇静下来，视线扫过，忽然发现有一物在地上闪闪发亮。

我凑近了捡起，是一枚巴掌大小的菱形晶体，莹光闪烁，阴寒刺骨。是那只阴兽的魔核。这可是难得的炼器的好材料。也算是这一次冒险的收获吧。将魔核收入口袋，我定了定心神，去看墨澈心伤势恢复得如何，只求他早点醒来，离开这里。

可偏偏事与愿违，墨澈心的脸色不仅没有好转，苍白中反而透出一股黑气。

我随即醒悟，在这个四面封闭，灵气匮乏的地方，一个重伤员很难吸收到足够的灵气。

怎么办呢？我将手掌抵在墨澈心后背，试着将功力输入。可只输了稍许，他就身躯战抖，一抹血迹沿着唇角溢出。

我连忙停下，他的功体果然与我不合。

正束手无策，忽然又想到，皇族初入门所修习的几种功法皆偏阳和，照他这么剧烈的反应，所修习的应是阴寒一脉的功法吧？我视线落到手腕上。记得他说过我的血液灵气充沛，对于功体偏阴寒者，是绝佳的补药。

犹豫再三，墨澈心脸色越来越难看，再拖延下去，就算有药，只怕也难以回天了。终于下定决心，低头咬破食指。

一开始也不敢多用，挤着指肚儿向他嘴里滴了两滴。

鲜血入口，他脸上霎时浮起一层诡异的殷红，像被那两滴鲜血沾染了。

半晌，红光渐褪，他虽未醒，脸色却不再有黑气了，我放下心，又喂给他一些。

低低的呻吟声响起，片刻，他的神志终于清醒过来。一开始视线蒙眬，逐渐拉近，停在我的脸上，才如梦初醒，挣扎着想起来。

我扶住他，问道："感觉怎么样了？"

他想要答话，嘴唇刚动了动，却像是感觉到什么，身形一颤。

"怎么样，现在能行动吗？"我继续问道。

墨澈心闭上眼睛，眉头紧紧蹙起，像是极为苦痛，片刻，方松懈下来，低声道："有殿下的灵丹妙药相助，自然已无大碍。"

是吗？可这声音听着怎么有点儿发颤啊？我心下忐忑。

顿了顿，他又继续道："是臣失职了，不仅让殿下受伤，还舍血相救，实在让臣无地自容。"

任我如何厚脸皮，此时也只能干笑两声："不过是几滴血，哪有这么严重。"幸好他不知我早就知道溪流底下有裂缝，我暗暗庆幸着。

"殿下血脉珍贵，岂是我等臣子所能轻易亵渎。"他咳嗽了一声，"此番有愧职责，墨澈心必向陛下领罪。"

我无奈地道："我说没事就没事，我不会告诉母皇的。"

"其实若要论及责任，宫内也是失职。"他继续道。

现在是追究是谁的责任的时候吗？我不耐烦地挥挥手：“是我不喜欢习武的时候有人打扰，多日未让宫人靠近，与监天司他们无关。”

墨澈心却长叹了一口气：“殿下果然是欲置我于死地。”

“啊？！”我手一顿，望向他，而他正望着我，神情似笑非笑。

我顿时醒悟，若非早知道有裂缝存在，必然会以为是阴兽刚刚破开的，哪里扯得上监天司。他所说的宫内失职，也可以理解为救援不及。是我自己心虚，供了出来。

已经被抓住尾巴，再狡辩也没意思了，我低下头，心里不免有些郁闷，又有些尴尬。

“或者，”他优哉地道，“是殿下认为属下功力过人，必能平安逃脱。想不到殿下对属下寄予如此厚望，实在让人受宠若惊啊。”

我嘴角抽搐，却没有说话。好歹也受了人家救命之恩，就算被他不轻不重地刺两句，也只能忍了。

好在墨澈心也没有多说，静坐调息片刻，站起身来：“我们离开吧。迟迟不归，陛下与玄王殿下只怕都要着急了。”

我也站起身来：“你知道离开的路吗？”

“臣观周围气流散而不凝，应该另有出路。”墨澈心道，一边闭上眼睛，静心感受着周围的气息，“就在不远处，殿下跟我来吧。”

我们两人向冰川深处走去，路上，我忍不住问道：“我们现在究竟身处何处？”

“自然是地火裂缝之中。”墨澈心道。

“可地火裂缝中怎么会变成这般景象？”

这般情景……墨澈心身形一缓，凝望着四面参差横生的冰川巨石，神情中竟有种怀念的意味。视线转过一圈落回到我身上，却又神色微敛，道：“此事非臣所能详述，待离开这里，陛下必会与公主详说。”

看他神情便知必然另有内情，但我也知道现在不是多说的时候。

走了不久，风中的阴寒之气逐渐消减，吹在身上不再那么刺骨了。明白快到出口了，我精神大振。

拐过一处狭道，果然前方透出一线光明，我们两人都情不自禁地加快了脚步。

沿着巨石攀爬时，墨澈心却脚下一个趔趄，险些摔下去。幸好我在后面，一把推住他的后背，

“多谢殿下。”他低声道。

他这一偏头，我立刻注意到他的脸色极其难看，苍白中透着诡异的红，像是血液全部涌到了皮肤底下。

我吓了一跳，这简直像是传说中走火入魔的情形了。连忙跳上前：“你没事吧？”

墨澈心摇摇头：“我们快点儿上去吧。”说着，勉力向前走去，竟然片刻也不肯耽搁。

我也只得暂压下心中的不安，跟上脚步。

终于爬到顶端，我扳住两侧岩石，用力一跃就跳了上去，又将墨澈心拉上来。

离开阴暗的地下，眼前豁然开朗。我们已经置身于一处精致典雅的宫室里。

桌椅壁橱，床铺被褥，一概不缺，皆精雕细琢，简洁雅致，且带着一种我描述不出的奇特风格。四面都是晶莹剔透的水晶窗，窗户意外的大，阳光透进来，照得人暖洋洋的。靠窗的檀木桌上放着盛水的大琉璃瓶，没有养金鱼等活物，只有几片洁白的木兰花瓣静静地漂浮在水面上。

掀起垂下的云纹轻纱幔帐，我走入内室。屋里弥漫着一股疏冷荒凉的气息，像是长久没有人居住过了。但家具陈设却一尘不染，应该是有人定期打扫过。

这里是哪一处宫室？丹云地宫占地广阔，殿宇连绵，后面有不少暂时用不到而封闭的宫室。看这富丽华美的陈设，该不会曾经是哪位侍君的居所吧，我恶趣味地想着。历代魔皇也有风流多情的，在丹云地宫中安置情人侍君陪伴，甚至更有甚者，广设后宫，三君四侍，等级分明。看眼前这宫殿，极有可能是这般用途。

绕过暖玉屏风，是一张床榻，茶色帐幔用银钩挽住，露出颜色微微泛黄的衾褥和锦被，像是很久之前的物件了。

床榻入眼，我暗暗诧异，这张床也未免太小了点儿吧！实在难以想象会有成年人能躺下，难道这里居住的曾经是个孩子？

抬头再看向四周，终于明白这个房间的风格为什么让我感觉不对劲儿了，四周的陈设虽然精美，却隐隐带着一股童趣韵味。这里难不成真的住过小孩子？可丹云地宫怎么会有普通的孩子居住……

来不及细想这些，身边的墨澈心已经有些支撑不住，身形晃了晃。我连忙扶住他来到床边坐下。

“你先稍稍调息，我去叫人来。”

墨澈心双眸紧闭，点点头，他脸上的血色已经褪去，又变为雪玉般的苍白，额头上遍布冷汗。

我看得出他是在凭功力硬生生压下伤势，分毫不敢耽搁，立刻跑到门前。

可双手一推，门竟然是锁着的。来不及多想，我直接拔出利剑，一剑向大门斩下。

我手中所握虽不是绝世神兵，但也是顶尖儿的宝剑了，心急之下，这一剑也用了四五分的内力。却不料剑气击中大门，竟似泥牛入海，毫无反应。

我大为惊异，立刻运足十成功力，一剑挥下，势如惊雷，可打中大门后，依然是无声无息地被化消了。

会有这种效果，必定是有咒法加持。可谁会浪费力气去封禁一个多年不用的房间呢?

耽搁片刻，墨澈心已经陷入昏迷了。我心急如焚，又转向窗户一剑挥下，见鬼了！看似脆弱的水晶窗竟然也有术法加持！我对着大门敲击呼喊，希望能引人过来，可喊了大半天，没有任何回应，也不知是有隔音的术法，还是这一带格外荒芜。

宫里怎么会有这样该死的房子！火气上来，我挥舞起宝剑，对着门框全力砍下去。一剑、两剑、三剑……剑剑狠戾、招招不停，直砍得我手软力乏，依然毫无效果，就在几乎绝望的时候，门猛地开了，刺眼的光芒照射进来。

我眼前一片白芒，剑收势不住，一剑砍了出去。

眼看着就要砍在开门的人身上。却见人影一闪，来人将将避过剑锋，同时伸手在我身前一挡，缓住了我前冲的势头。

我揉了揉被耀花的眼睛，看清楚来人形貌，顿时大喜过望：“温衡将军。”

眼前之人形容俊逸，气度温和，一身标志性的银甲，正是丹云地宫侍卫统领温衡，以前还曾经指导过我的剑术。

见到是我，他神情震惊，随即掩去，立刻单膝跪倒：“殿下。”

“不必多礼了。你怎么过来这里？是父王命你来找我们的吧？”

“不，是……”

“对了，先别说这个了，先去看看墨澈心吧，他伤势太重，只怕要撑不住了……”我急匆匆地打断他的话，一边拉住他的衣袖，往屋里跑去。

一把推开暖玉屏风，我急道：“墨澈心，你……”视线落到床上，我却猛地愣住了。

床铺上已经没有了那人的踪迹，只余一株墨色的花，以一种静美的姿态，躺在柔软的雪丝被褥上。

一种恐惧感漫上来，我慢慢走上前，那是一朵兰花，精致素雅，柔嫩的花瓣上绘着几道细微的红色，像是妙笔勾勒的血丝墨玉。

它就那么安静地躺在那里，躺在尘封许久的背景中，仿佛一张历久弥香的水墨画。

或者说，是他……

原来这就是他的真身，他竟然真的是朵兰花……一片混乱的思绪中，第一个念头竟然是这个。

“殿下……”温衡的声音打断了我的思绪。

“怎么办？他，他怎么样了？”我一把抓住他的衣袖，像是溺水的人抓住浮木，“你赶紧救救他啊！”

温衡眉间蹙起，似有不忍，却只得继续道：“殿下，青兰公子是灵气耗尽，伤势太重，被打回本体了。非一时可救，需得慢慢休养，方能恢复生机……”

我骤然一震，难以置信地望向床上，灵气耗尽，被打回本体，那岂不是意味着百年修为毁于一旦！一切都要从头开始！

第二章

狐狸本色

细风吹拂枝头，树叶的飒飒声传来，格外冷寂。春天的夜晚，风竟然也这么凉，早知道应该多穿点儿才好，我垂头丧气地跪在地上想着。跪了这么久，膝盖又酸又麻，像是有无数小蚂蚁趴在上啃啊啃。

这里是西祭殿，平日里魔皇祭祀先人，感应天脉的地方，殿内气氛肃穆地让人一踏进来就不自觉地压低了呼吸。可跪了这么久，再庄重的气氛也压不住身体的疲惫。

我偷偷看向周围，殿外侍从都背对这边。我向后挪动重心，坐到了小腿上。过了片刻，觉这个姿势也不舒服，干脆伸开腿，一屁股坐到了蒲团上。反正这里规矩严，侍从没有传唤也不敢随意走动。

外面漆黑一片，跪了一整天，也不知道母皇的气消了没有。

想起昨天母皇的震怒，我条件反射地瑟缩了一下。

母皇一向对我很严厉，但被惹火到昨天的境界也很少见。无需言语斥责，她只是冷冷看着我，那眼神就是力抵千钧的压迫。

“你干的好事？”她强压怒气的声音传到我耳中。

我乖巧地低下头：“儿臣知错了。”

“知错了？”母皇沉声问道：“那说来听听，你今天究竟做错了什么？”

“我……我不该明知不敌，还擅自与墨澈心比试，甚至打斗不过，还偷袭将他踢进水里。”我偷偷看着母皇的脸色，低声道。

母皇深深看了我一眼，不动声色地道：“为君王者竟与臣子争功斗气，毫无上位者气度，此为君王大忌。这是其一。”

只是第一……那就是还有第二、第三了，我连忙开动脑筋。“在跌入裂缝之后，面对危险，我力有未逮，应对失措，只能依靠他人相救。”

母皇眉头蹙起，冷冷道：“我魔界以力称尊，为帝王者，更应该以身表率，你现在可知自身武功不及的坏处了吧？”

我连忙道：“儿臣日后一定加倍努力，不让母皇和父王担心。”这倒不是在说大话，我是真的下了决心，今后一定要努力修炼。那种危险我可不想再遇到第二次，尤其未必有第二个墨澈心替我挡灾。

偷偷瞥了一眼，母皇脸色依然阴沉，我只好硬着头皮继续道：“还有……墨澈心受伤后，我不该随便给他滴血……”说起这事，我简直郁闷到极点。

墨澈心灵气耗尽，现成的补药不就是那只阴兽的魔核吗？我却先用自己那点儿微薄的功力尝试，害得他伤势加重不说，之后千不该，万不该，又给他喂了自己的血。

皇血中所蕴含的力量何其激烈，身体强韧的阴兽都得稀释后再吸收，何况本体只是一株兰花的墨澈心，甚至我还喂给他不止一滴。直接后果就是他体内灵气冲突经脉，走火入魔了。

“……多亏得青兰公子心志坚毅，修为精纯，才硬生生将冲入的外力压下去，保得一线生机，否则极有可能当场就爆体而亡了。”匆匆赶至的医官查看了他的伤势后，说道。

我简直无地自容，难怪他功体尽废，被打回了原形。

听我提起此事，母皇脸色又冷了几分：“他连本体都被你折腾出来了，这些年积攒的化形之力几乎毁于一旦，你可知草木之物修行何其艰难！而且澈心对我意义重大，此次被你一搅，也不知要耽误多少要事。”

意义重大？我耳朵刷地竖了起来，什么意义？可惜母皇却没有继续说明，反而盯着我，不再言语。

我和母皇大眼瞪小眼地瞪了半天，终于醒悟过来，她这是在等着我继续认罪呢！

可是还有什么呢?

我赶紧开动脑筋，继续编制罗列自己的罪名，可绞尽脑汁却也想不出还有哪里做错了。

站在殿中期期艾艾，母皇那恨铁不成钢的眼神看得我胆战心惊，只恨自己平时缺德事儿干得太少，难以罗列出个十大罪状来，让母皇狠骂一顿解解气。只得硬着头皮道：“请母皇教导。”

寂静了好大会儿，终于，母皇冷冷开了口：“你最大的错误，就是明明要杀他，却没有斩草除根。”

“啊！”我猛地抬起头，是墨澈心供出来了？！

不对，他现在还是朵花儿，能说什么话。呃，难道母皇与他功体特殊，心意相连，能心电感应？我胡思乱想着。

像是知道我心里想什么，母皇冷冷地看着我，那眼神看得我又是一阵自卑，赶紧乖乖低头等着挨批。

“他什么都没说。只是我要教你一件事，为君者，最忌瞻前顾后，犹豫不决！你若是想杀一个人，就要一击必中，永绝后患！”

“可是，他不是母皇的弟子吗？”我脱口道。

“你还知道他是我的弟子！”母皇瞬间提高了声音，怒色一闪而逝，“如此人才，你不能用，却想杀；想杀也就罢了，却又狠不下心，做不到斩草除根。你可知道，若是杀不了，只会让他心生疏离，后患无穷，你以为你那点儿小伎俩能瞒得过他？”

平整的金砖地面倒映出我垂头丧气的面容：“儿臣知错了，此事确实被他发觉……”

不料话未说完，母皇神情微微一怔，眉梢挑起：“你说什么？”

不明白母皇为何这样问，我赶紧将被他套出实情的经过说了一遍。

殿内一阵静默，我小心翼翼地抬头望去，母皇正神色莫测地想着什么，神情依然凝重，却隐有一丝释然。

看这个样子，应该不是墨澈心告密了。母皇是怎么发觉的？心中纳闷，脸上却不敢显露分毫。只得老老实实站在殿中，苦恼着这番训斥应该到何时才能结束。

母皇不言不语地看了我半晌，直看得我心虚不已，才叹了一口气：“算了。”

我如蒙大赦，刚想谢恩，却不料下一句话又让我如坠冰窖。

“你给我去祭殿跪着吧。”说罢，直接唤来殿外侍从，押着我送入西祭殿。

于是，我就孤零零一个人从昨天一直跪倒了现在。

唉，都这么长时间也不见人过来，母皇不会将我忘了吧？还有墨澈心的情况如何了？医官说他仍有一线生机，应该是性命无碍，只是不知那一身修为……

我坐在殿中想得出神，忽然身后传来整齐划一的响亮声音：“参见玄王殿下。”

是父王过来了，我立刻从地上跳起来，又觉得不对，赶紧重新跪倒在地上。却因为动作太急，撞得膝盖发疼，倒抽一口凉气。

身后传来低低的笑声，我转过头，果然是父王站在殿门口。

只是他一个人，母皇没有过来，我偷偷松了口气。

挥退随从，随手掩上殿门，父王走上前：“身体还受得了吗？这一天一夜也够累了吧。”一边说着，俯身将我抱起来。

我点点头，随即又摇摇头。虽然感觉很累，但想到墨澈心，就感觉这劳累有些心虚，更何况我刚才还不守规矩地偷偷休息了呢。

“谁让你闯出这么大的祸乱呢，这次可知道教训了吧。”

我轻咬着下唇，低声道：“知道了。”

“怎么变得这么乖了？”父王微有讶异。

“这是什么话，难道我平时不乖？”我赌气地道。

父王笑起来：“好好好，我的宝贝女儿是全魔界最乖巧可爱的。”一边拉着我向外走去。

禁足就这么结束了？惊讶中我们已经跨出了殿门，春日清爽的气息夹杂着青草的香气扑面而来，让人精神一爽。我转头问道：“父王，母皇消气了吗？”

“墨澈心已经脱离险境，你母皇自然差不多消气了。”

“墨澈心没事了？”我大喜过望。

“性命无碍了，但是，”父王接下来一句话又将我打回深渊，“可惜那身修为，没有全废也差不多了。”

我一颗心沉入谷底，挣扎着问道：“难道，真的没法挽回了吗？”

“唯今之计，只有从头修行了。”父王说道，望着我的脸色，忍不住揶揄道，“你不是一向很讨厌他吗，怎么又这么关心？”

怎么说他都救了我的命，虽然保护我是他的职责，但这事从头到尾都是我害了他。我垂头丧气地道：“这次是我不好。”

“呵呵，不用担心。”父王笑起来，“虽然是从头重修，但以他的天赋和机缘，只怕不用多少时间，就能够恢复元气，甚至更胜一筹了。”

“什么？”我抬起头。

“他也算因祸得福吧。气空力尽的时候得到了皇血滋养，又是在神玺力量凝结而成的至阴冰层上，让他得以压制住皇血。他原本的修为就是借助了神玺之力，与皇血力量契合。若不是因为灵气太过猛烈霸道，也不会险些走火入魔了。”父王从容解释道，似笑非笑地看了我一眼。

知道他是在笑我什么，我小声嘀咕了一句：“早知道就少喂两滴了。”

父王顿时笑出声来：“得到多少，也是他的造化。他既然凭借着自身力量和意志压了下去，就过了最危险的那道坎，此后潜心修炼，不出数年，就可修为尽复，甚至更胜从前了。”

父王的话我还有些疑惑，但最关键之处却已听得明白：墨澈心虽然要重新修炼，但这次修炼却不必耗费几百年的时光了，只需数年就可重新修成人形，甚至更上一层楼。

终于放下心来，几年的时光在魔界子民漫长的寿命中几乎可以忽略不计，以他的天分和努力，相信很快就能够重新见到那个墨色的身影了。

不过回味着父王刚才的话语，我诧异道：“墨澈心的修为是借助了神玺之力”？！神玺是魔界皇权的象征，怎么可能随便让人借助。

“墨澈心的本体是一株兰花，遭遇却极为离奇。也不知是从哪里飘落的一粒种子，恰好通过裂缝，落在了丹云地宫之下的冰川上，从而生根发芽了。你也知道，草木之物想要修成人身何其困难。他却不过百年就能修得，正因他是盘古神玺的力量滋养而生的，天赋异禀。”

我听着，越发惊异，　“我们跌下去的地方，那一望无尽的冰川，就是地火裂缝？”　地火裂缝顾名思义，不应该是遍地火焰才对吗，怎么会万里冰封？

父王沉声解释道：“这千万年来，累积下来的神玺之力，生生压住了地火，才形成了这种火上封冰，冰下燃火的奇观。”

我恍然大悟，却没有注意说起此事时，父王眸中掠过的沉重和苦涩。那时候的我还太天真，只是单纯地惊叹着，原来神玺的力量这么庞大啊！等我知道这片冰封将会给魔界带来什么样的后果时，那已经是很久之后的事了。在母皇和父王的宠爱纵容下，我度过了一个无忧无虑的童年，几乎没有任何压力，更从来没有意识到这片富饶的大地有致命的危机存在，并且迫在眉睫。

“你母皇看重他，将他收为弟子，带在身边亲自指点，正是因为他机遇不凡，将来极有可能是解决……魔界局面的关键人物。”父王沉声道，“而他心智天赋也确实出众，将来辅佐你也是难得的人才。”

“谁要他辅佐啊。”听到父王夸赞他，我习惯性地贬损了两句，但心中却畅快了不少，纠结了许久的一个疙瘩终于解开，母皇看重他原来是因为这个啊，那些无聊的谣言果然是无中生有。我就说嘛，以母皇的眼光，怎么可能看上那家伙，虽然他长得确实不赖。

走过花园，天刚破晓，晨光的尽头，九霄宫出现在眼前，绿树掩映中分外耀眼。

踏上台阶，角落一丛兰花开的正盛，生机勃勃，幽芬暗送。我的脚步缓了缓。想起记忆深处那个阳光下，静静低头看书的侧脸，心中微微柔软了一个角落。

等他回来，向他说一声谢谢吧。

夕阳余晖斜斜投入殿内，照在人身上暖洋洋的。看着一下午的劳动成果，我满意地伸了伸胳膊，终于写完了，明日拿给教辅阅看。

距离地宫那件事已经半个多月了。我又恢复了日常的生活，早早起床，习文练武。若要说有什么变化，那就是我让教辅们头疼的几率大大地减少了，母皇也不用每次见到我都板着面孔了。

微风吹过，摊开的书页被风翻乱，哗哗轻响拂动着心神。想起那个坐在对面的墨色身影。也不知他伤势恢复地如何了？前几天问父王，说他已经恢复灵识，就要开始修炼了。可惜此次闭关，母皇明令不许任何人打扰，连我也没机会去看看他。

正想着，殿外传来侍从官的通禀声：“玄王殿下到！”

我站起身来，父王推门而入，行至近前，看到我书案上厚厚的文书卷册，不禁笑了："看来我们的小公主真是大有长进啊。难怪几位教辅最近都不去你母皇座前诉苦了。"

我稍稍有点儿脸红，问道："父王这么晚来有事吗？"

"是你母皇有件事情，想要与你商议，所以我来带你过去。"

"什么事？"我仰头问道。

"是想给你安排一个同伴。"父王笑道，"原本有墨澈心陪伴督促你习武读书，可他这次闭关总要两三年才能大功告成，自然得另行安排人手替代了。"

安排人手替代？想到会有另一个人坐在他坐过的位置上，翻看我写成的文书，指点我的功课……忽然有种说不出的烦躁，我攥紧了父王的手，撅着嘴："才不要呢，我的功课岂是随便谁就能督促的。反正……墨澈心不过两三年就能回来了。"

"放心吧，这次给你找的人只是陪伴你读书，免得你一个人太过孤单。"

"只是伴读？"我仰起头。

父王笑着点点头："也是我们思虑不周。当初你母皇选择墨澈心，他学识虽好，但终究与你不是同龄，少了沟通，才会让你心生憎恶，甚至刀兵相向。所以，此次给你找个同龄的朋友如何？"

"好啊好啊。"我大为兴奋。早就不喜欢一个人上课的日子了。伴读这个职位，简直是我梦寐以求的存在啊！别的不说，单是"皇子犯了错，所受惩罚由伴读代领"这一条，就让我对这个职位的存在抱了十二万分的期待。当然，这都是我平日偷偷翻藏书阁的闲书知道的。也不知这些人界的规矩在我们魔界是不是通行。不过没关系，反正也没有哪个教辅胆敢惩罚我，到时候只要他能替我挨训，替我分摊讨厌的功课就好了。

说话间，我们已经到了紫宸大殿的门口。灯火辉煌的殿内，母皇正坐在桌案后阅看玉简奏折，闻言抬头看了我一眼："你就这么想要个同伴？"

我赶紧规规矩矩地行礼道："儿臣参加母皇。"又答道："儿臣也觉得一个人修习文武功课，没有同伴，太过冷情，而且也不知自己的深浅进度，难免懈怠。我魔界良材无数，若能相互印证学习，也可督促儿臣。"

母皇微微颔首："果然长进了不少，难怪今日有教辅赞你知礼明义，勤奋刻苦。"

我心里乐开了花，面上还是乖乖低头谦虚道："儿臣受之有愧。"

"不必多礼了。"母皇将书案上一卷文书翻开，道："这是宫内呈上的各家子弟的名录，过来看看吧。"

我兴奋地跑了上去。名单并不长，眼神一扫就知大概。能入宫为我伴读的，自然都是魔界一等一的世家子弟，可选择的范围其实很窄。

"申冉是翔家的子弟，为人诚实勤奋，倒是不错的人选。"父王与母皇也一起商议着。

什么啊，这家伙我也见过几次，待头待脑的，一点儿意思都没有，我才不要和这种人做伴呢，欺负起来都没有成就感。

"矢图是膳家这一代的嫡子，据说才华绝顶，今年才七岁，就已经将家传武学修至第五层境界了。"

才七岁就……这种比我还厉害的人要来干什么！刺激我啊，坚决否定！

视线扫过，忽然落到一个名字上，景凡……

"景凡是羯罗一族的人。"父王注意到我的视线，道。

是温衡的儿子。我立刻意识到，羯罗一族是魔界传承千年的名门，族内人才辈出，子弟多为皇城侍卫，丹云地宫便是由羯罗一族世代守护，现任族长温衡，就是前些日子将我从那间封闭的宫室里救出来的人。

想到温衡儒雅稳重的性格，我有几分意动。

父王却皱了皱眉头："这个景凡今年七岁，天资过人，可据说性格……太过活泼了些，只怕并不适合陪伴读书。"母皇也点点头。

我诧异，一个七岁的小孩子能有什么过分活泼的名声？却也没有多问，继续看了下去。

母皇若有所思，忽然道："我似有耳闻，温衡去年曾收养了一个儿子，也不知资质如何。"

父王随口道："此事我也听说过，据说是在巡查边界时，从荒野中捡到的，连名字都还未取，更不打算列入族谱，应该并不如何看重。"

对着名单我挨个看下去，一个名字忽然映入眼帘。

白郁！

是青丘白家的人！一见这个姓氏，心中便多了一份亲近。当今的白家族长与父王是表兄弟，算起来，我与这个叫白郁的孩子也有一份血缘关系。我立刻满含期待地抬头望向父王。

父王却皱了皱眉头："小白郁虽然乖巧可爱，可今年刚满四岁……"

"年纪小没关系，有不会的我可以教他嘛。"我连忙拉住父王的衣襟。以前也听宫人谈起过这位年幼的青丘少主，被提起最多的是他的相貌，据说生得极好，玉雪可爱，可惜一直无缘得见。青丘一族本来就以容色著称，再想到青丘出身的祖母传说中天人一般的美貌，此时有机会，当然要将人请来看看。

父王却笑道："教他就不必了，他年龄虽小，文武课程可都是顶尖儿的。"

有这么厉害？不过再厉害也只是个四岁小孩子罢了，我都快六岁了，难道还会比不上他。我立刻道："那更好了，我们一起学习，相互印证，将来进步岂不更大。"

见我坚持，父王与母皇也不再反对，第二天就将宣召的谕旨发了下去，数日后，满怀十二万分的期盼，我终于见到了未来的伴读。

我穿着繁复的礼服端坐台上，隔着屏风，只见到一团白绒绒的小东西，正乖乖坐在紫色华服举止倜傥的男子身边。是青丘城主亲自将人送了过来。这位城主大人可是我们魔界出名的风流人物，迷倒了无数名门闺秀，各色风流韵事数之不尽。他眉目与父王有几分相似，虽及不上父王的无双风采，却另有一种洒脱，一身紫衣更显英武贵气。

依礼觐见过，略坐了片刻，青丘城主便与父王一起往正殿找母皇商议政事去了。临走前，父王叮嘱道："皓玥带着小白郁在九霄宫转转吧，要好好招待客人啊。"

我乖巧地点点头。等父王他们的身影彻底消失，我迫不及待地推开挡在身前的屏风，跳下高台，正落在他面前。

他似乎被我的动作吓了一跳，身形后仰，长长的睫毛颤了颤，却很快平静下来，躬身道："殿下。"

俯仰之间，已将人看得一清二楚。真是好漂亮啊！五官精致得像是晶玉雕琢，配着一身白衣，整个人坐在那里，就像是一只小白兔，毛茸茸，软嘟嘟的一团。

“你叫白郁是吧，今年几岁了？”我忍不住凑上前摸了摸他的头发，手感真好！

他往后缩了缩：“臣今年满四岁了，殿下……”声音细颤着。

“比我小嘛，叫我皓玥就行了。不，应该叫我姐姐才对，快叫一声姐姐。”我笑眯眯地看着他，继续用手揉啊揉。

“可是，殿下，这不合规矩。”他怯生生地道。

“什么不合规矩，我就是规矩。”我满不在乎地道，“反正这里也没人，叫一声姐姐来听听。”

“殿下……”温润无害的大眼睛望着我，却依然不肯叫。

这样的表情，实在是太……太让人想欺负了。我故意板起面孔，凑近了：“赶紧叫，不然我……”视线一转，落到他粉嫩粉嫩的脸颊上，立刻伸出狼爪子捏住，向两边一拉，“不然我捏你了。”

温润的大眼睛顿时湿漉漉，有晶莹的东西在里面转啊转。被这样的眼神看着，差点儿要弃械投降，自动松手了。

不能心软！第一步就失败可怎么行啊。我硬下心肠，压低了声音，森森地道：“赶紧叫，不然不放手了。”

“呜呜呜……皓玥姐姐。”受不了邪恶势力的压迫，小白兔终于认命了。

“哈哈，这才乖嘛。”我满意地松开手，然后拍了拍他的肩膀，“放心吧，以后你就是我的弟弟了，有什么委屈，只管来找我说。”魔皇血脉一向单传，我想要个兄弟很久了。

他捧着自己的脸颊，委屈地点了点头。

嗯，记得教辅常说，为君之道要恩威并济，大棒之后得有蜜糖，我拉着他的手，来到桌前：“好了，别难过了，姐姐给你糖吃。”说着拿起一碟蜜糕，笑眯眯端到他面前，“这种蜜糕很好吃，是我最喜欢的了。”

他却皱了皱眉头，怯生生地望着那一碟糕点。

真是娇气的小兔子，难道还要人喂不成。我难得体贴地捻起一块糕点，送到他嘴边。

推辞不过，他只好接过来，两手捧住，小口小口地咬着。

吃个点心都这么慢，真是娇弱的小东西，我坐在旁边托腮看着，兔子就是兔子，呃，不对，这只是狐狸吧，竟然也这么弱。从头打量到尾，还真看不出任何狐狸的样子，顶多能算一只小白猫。

他真是只狐狸吗？对了，记得书上说过，狐狸化形之后，很容易露出破绽，尤其是尾巴，这只才四岁，化形术不可能修炼完美，我探头向他身后望去，似乎没有，也许藏在衣服里面，这么宽大的衣服，就算九条尾巴都能藏起来了。

“喂，你有没有尾巴啊？”我干脆直接问道。

他猛地呛住，咳嗽了好一会儿才缓过气来。“没有。”也许是点心没咽下去，隐隐有磨牙的声音。

“真的吗？”他脸上的红云很可疑啊，“你在说谎，都脸红了。”

“那是因为被呛的。”他声音有些提高，随即低下去，解释道，“我们白家先祖融合上古神兽天狐，天生就拥有化形能力，根本……啊，你干什么？！”

长篇大论戛然而止。是我趁着他说话的工夫，猛地扑了上去，直接把他压在身下。

“我才不相信呢，让我检查一下。”我拽住他的衣服下摆就要往上掀，想看看狐狸尾巴到底长什么样。

“不行！”他死死拽住衣襟。

这小子好大的力气啊，竟然拽不动？相持了好久都没有进展，我脑筋一转，去挠他的夹肢窝。

他身体一僵，忍耐不住笑出声来，手顿时松了。

我立刻以迅雷不及掩耳之势掀开了他的外袍。

咦，没有！是在里面吗？我紧接着拽住他的腰带向下拉。

他挣扎着想翻身，却被我用膝盖狠狠顶住，抵抗不得。

抓住他腰带向下一拉，眼看着就要知道到底有没有尾巴了，忽然一阵天旋地转，后背传来撞击的疼痛。我竟然被人摔在了地上！同时一个身影猛地扑上来，压得我险些喘不过气。

“臭丫头，你别太过分，小爷我忍耐力可有限！”

他……刚才说什么？要不是那张可爱的脸蛋儿正怒气冲冲地瞪着我，我真的要以为自己是幻听了。

乖巧又可爱的小白兔眨眼间变成了大灰狼，我这是在看故事书吗？身上沉重的压迫感却昭示着这不是幻觉——我未来的伴读，刚刚还一脸好欺负模样的四岁小表弟，正恶狠狠地压在我身上，叫我臭丫头……

我用力推了他一把，他却纹丝不动，脸上反而浮现一丝异样的笑。

那时的我还从未见过这种名为嘲讽的表情，却依然感觉如一根冰刺扎入内心，很不舒服，很生气。不就是想看看你的尾巴吗，你不让我看，今天我偏要看。

倔劲儿上来，我一把拽住他的衣襟，手上暗运内力。他没有防备，被我推得身子一歪，摔了下去。

我猛地翻身扑上去，他却反应极快，就地一滚，躲了开。

我想要跟上，可一身繁复无比的公主礼服成了阻碍，足尖儿点地的瞬间，被飘带绊住，重重摔在了地上。

好疼！撞到膝盖了。虽然地上铺着厚厚的毯子，依然痛得我龇牙咧嘴。

“哈哈。”头顶上传来爆笑声，“你好笨啊。听闻公主殿下又笨又蠢，文武两道均一事无成，今日一见果然名不虚传啊。”他跳得远远地，一边嘲笑，还冲我做了个鬼脸。

“臭小子，你竟敢……”我俯身按住膝盖，心中的怒火腾地暴发了。强压下扑上去揍他的冲动，只伏在地上战抖着。

那家伙见我迟迟不动作，笑声逐渐停住，他不安地向门外望了一眼，这里随时可能有宫人经过。

“喂，你没事吧？我可没有动手啊，都是你自己摔的。”他在远处吆喝道。

自己摔的？！我鼻子都要气歪了，从来没有人敢这么对我说话，你要是不躲，我会摔着吗？

我继续不动，趴在地上，只是微微呻吟了一声。

他终于放不下心，凑近了查看。

等的就是这个机会，趁他在我面前蹲下身的瞬间，我猛地扑了上去，全力一击。

他跳起来向后退，却已来不及了，被我一把拖住双腿，摔在了地上。

我们两个在地上滚作一团，一会儿我占上风，一会儿他胜一筹。翻来覆去，骑上压下，盛装丽服乱成一团。

一拳头打在他后背上，我趁机骑了上去：“臭小子，竟然敢骂我，打死你。”一边骂着，我拳头雨点儿似的劈头盖脸落下去。

可她没打几拳，冷不丁又被白郁一脚踹倒，翻身压了回来。

“死丫头，就凭你？”他恶狠狠地吼道，“敢捏本少爷的脸，现在我就捏回来。还敢逼我吃蜜糕，我最讨厌那些甜得腻死人的东西了。”一边说着，他拉住我脸颊拧起来。

这一番打斗下来，我已累得气喘吁吁，无力反攻，只能挣扎着扭头闪避，一边恶狠狠地骂道：“等着吧，我让父王抓你进大牢，一辈子都别想出来……”呜呜，都怪这身沉重的衣服，要不然怎么会输给他……

我抬腿踢他，却被他闪过，反而腰上又挨了一拳：“这是还给你的，臭丫头，谁要服侍你这种废物，我今天就和父亲一起回……”说到一半，他耳朵忽然动了动。

见他分神，机不可失，我趁机狠狠一脚踢在他膝盖上。

他应声而倒。

这么轻易就成功了？我吃了一惊，随即大喜过望。哼，你不是很厉害吗！

扑上死死压住，正要好好收拾他，忽然头顶传来一声轻咳。

恍如天外霹雳，我连忙抬头，殿外的阳光勾勒出再也熟悉不过的身影，表情却是我从未见过的严肃。而旁边的青丘城主则是一脸的似笑非笑，看得我浑身不自在。

我心里“咯噔”一下子，挥到半空中的手缓缓垂下来。

父王迈步踏入殿门：“还不快起来！成何体统！”

我连忙从那家伙身上爬起来，看了父王一眼，小声道：“是他先推倒我的。”

那臭小子趴在地上的身体颤了颤，父王眼神放柔，上前将他抱起，柔声问道：“白郁，你怎么样了？有没有受伤？”

那小子一直趴在地上装死，被父王抱起来好半晌，才怯生生道：“是我先推公主殿下的……”

我一愣，他竟然承认了？然而他下一句话就让我恨不得找个地缝钻进去。

“因为殿下要看我的尾巴，还要，还要动手脱我的衣服……”一边说着，低低的啜泣声传来。

父王视线落到他散乱的衣服上。

槽糕，他裤子还被我扒下来半截呢，露出白色的小底裤。

父王看我的眼神顿时冷下来，我心神一颤，头顶却传来一声轻笑：“没事的，小孩子玩闹而已。”

“就算是玩闹，也太过分了。”父王皱起眉头。

我乖乖地低下头，作认罪伏法状。

“呵呵，小孩子好奇也情有可原嘛。”青丘城主站在父王身边，风度翩翩地笑道，视线落到他儿子身上，神情却闪过一丝古怪，似乎在忍着笑。

父王沉默不语，似乎正在掂量对这件事的处理。

我偷眼瞧着，那臭小子正把头埋在父王胸前，一边断断续续地小声哭泣着，一边偷眼瞧向这边。视线对接，他眨了眨眼睛，在只有我看到的角度，嘴角扬起一个胜利的弧度，啜泣声却丝毫不变。

我顿时醒悟，他是装的！这个臭小子，刚才肯定早就听到父王他们走近的声音了，然后故意被我踹倒，装出一副纯洁无辜的受害者模样来。

我真是笨啊！怎么会以为他是只小白兔，明明是只阴险狡诈的狐狸！

心里恨得牙痒痒，却无奈形势比人强，父王的威压之下，只能乖乖低头认错：“儿臣知错了。刚才儿臣见到白郁表弟这么可爱，玩闹的时候一时忘了分寸，是儿臣的错，日后一定谨记教训。”

父王是最吃我这一套的。果然，叹了一口气，父王神情逐软下来。

赖在他怀里的白郁却又抽了抽鼻子，声音说不出的委屈。父王神色一顿。

我听得头上青筋直冒，算你狠！无论父王怎么罚我，除非你躲回了青丘城，否则日后一定让你加倍偿还。

父王正犹豫不决，青丘城主上前一步，笑道：“好了，殿下只是和你开玩笑而已，怎么能这么娇气。”说着，手中不知何时多出了一柄折扇，不轻不知地在臭小子头上敲了一记：“日后和公主相处的时间多着呢，今天这点儿算什么，看公主殿下脸都红了。”

那臭小子身子一僵，终于慢慢收住了哭声，抬起头，弱弱地道：“郁儿知道了，今后一定和殿下好好相处。”

这对话我怎么听着有点儿不对劲儿啊。不过不管了，看来这小子是要留下来了，留下来就好，哼，等着瞧吧。

父王隐隐松了一口气的模样，城主将儿子接过，笑道："陛下召见这孩子，就先不耽搁了，回来再与殿下详说。"

父王点点头，传唤侍女进来，替白郁整理衣冠。然后两人跟随礼官往正殿走去。

殿中只剩下父王与我，见我一副不甘心的模样，父王忍不住笑出声来："这次吃亏了吧。"

"啊？"我抬起头。

父王蹲下身，揉了揉我的脸颊，柔声道："疼不疼？这么红，小白郁的力气也不小啊。"

我这才感觉到脸颊火辣辣的，是刚才被那个臭小子捏的。回想起来，刚才打架，好像他占上风的机会比较多呢，此时一松懈，立刻感觉全身酸痛。那家伙……"哼，卑鄙小人，太坏了，狡猾又……"

"先告状的人可是你哦。"父王笑道。

我一时语塞。

看我神情，父王不在意地道："你要是不喜欢他，就换别家的好了。我魔界良材无数，总能找到合你心意的。"

我脱口而出："不行。"

"怎么，舍不得了？"父王满含笑意地看着我。

我别扭地拉住父王的衣襟，支吾半天却说不出个理由来，终于道："父王，我可是你的女儿啊，这个亏可不能白吃。"

"哈哈，想要不吃亏，就好好努力。"父王替我整理衣装，一边正色说道，"白郁的年龄虽比你还小，但文武功课都绝佳。将来你们一起读书习武，身为主君，可不能输给未来的臣子。"

我用力地点点头："我才不会输呢。"

父王欣慰地点点头，却又板着脸添了一句："还有，以后记着，不许看什么尾巴了。"

…… ……

"殿下手臂请举高，不要太过用力，否则难以精准。"教习武官抬高我双臂，辅助动作。

我双眼眯起，紧盯前方的靶子。精神集中到顶点的瞬间，手一松，箭矢飞射而去，疾若流星。

“啪”的一声，一箭狠狠钉入靶子，却只在边缘，我有些失望。

绷紧的弓弦颤动着，连续不断的射箭让双臂酸软，我放下弓箭揉了揉。

“殿下无需心急，弓箭之道本就偏重技巧娴熟，今日殿下首次练习，就已有此成绩，已是非比寻常了。”教辅安慰道。

非比寻常？我看了旁边某人一眼，如果没有这只存在的话，我也许真的会满足于今天的成绩吧。

两只靶子并立着，刚开始的那些同样都是杂乱无章，还有射到靶子外面，插到墙上去的。但最后那几支箭，他的精准度已经明显高于我了，还有两支命中靶心的。

心里有些失望，这就是差距吗。我知道，若要论及全魔界，我的资质也算是极优秀了，但比起真正的顶尖儿天才来说，还是逊了一筹。我不是平民百姓，不能和那些普通人相提并论，我有义务比任何人都更优秀更强大，因为我将是他们的王，魔界历代的王都是无与伦比的优秀。

教习武官察言观色，笑道：“殿下这般成绩，已是上佳，禀报陛下，陛下也会满意的。”

我点点头，收敛起失望的情绪。喜怒哀乐不可轻易现于人前，尤其不应在臣子之前，这是母皇反复告诫我的，而现在的我，这方面好像还差得远呢。

“今天就到这里吧，请殿下先好好休息，晚上还有民治之道的功课。”时间已是傍晚，教习武官相继告退。殿内只剩下我与白郁，气氛安静了不少。活动手臂，已经恢复力气，还没到晚膳的时间，我拿起弓箭，继续练习起来。

而白郁却没有动作，只环抱双臂，好整以暇地看着我。

“你不练习吗？”射箭的间隙，我随口问道。眨眼间，我们相伴学习已经一个多月了，临别前，听说青丘城主专门训诫了他一番。不知说了些什么，这些日子的相处，他倒是乖巧了不少，而我也被父王严重警告过，所以暂时也没有动手报复他的打算，两人之间，勉强也算相处得当，虽然这臭小子惹我生气的次数越来越多了，比如现在。

“哼，我若是再练习，只怕有人表情要更难看了。”

有这么说话的吗？我嘴角抽搐，狠狠地瞥了他一眼：“别以为稍微射中了几箭就得意洋洋，不过走运而已。”

这些日子里，这样的拌嘴已经习以为常了，经过上次的教训，在人前我们还是一副和睦相处的模样，而在无人的空间里，比如眼前，就……

“走运？那就请殿下也走运一次给属下看看吧。”他寸步不让地讽刺道。

我火气上涌，手一颤，箭矢飞出，结果这一箭连靶子都没射中，直接钉在了墙壁上。

身后传来“嗤”的一声轻笑，我越发恼火，你不练习也就罢了，还要打扰我。

可他偏偏还不知收敛，小声嘟囔道：“哼，在这里学习，还不如在青丘城呢，真是无聊。”

我终于忍无可忍，搭弓疾射，箭如流星：“铛”的一声，擦着他的耳郭，钉在他旁边的墙壁上。这一箭也宣告一个多月来的相互忍让化为乌有。

“你……”他又惊又怒地望着我。

“不好意思，手偏了。”我笑眯眯看着他，“谁让我箭术不好呢。”

看着他要炸毛的样子，我心里一阵爽快，让你小子嘴巴毒。这些日子里，他但虽不敢再对我无礼，却时不时用各种方法撩拨我的神经。虽然我也没有让他好过。但偏偏这小子牙尖嘴利，斗嘴总是我吃亏比较多，连墨澈心都没有这么可恶！

现在想起来，就不应该和他争辩，真刀实枪才是本事。

我挑衅地冲他扬了扬下巴，有本事上来打啊，谁怕谁！

他不服气地瞪着我，而我也瞪着他。

可我们两人瞪了半天，谁也没有先动手——经过上次的教训，先动手的人肯定要挨训斥，尤其殿外还有不少侍从武官。

我们两人斗鸡似的瞪了半天，他忽然笑了，收回视线，摇头晃脑地道：“听说昔年重霄陛下也是六岁时候修习的箭术，不过只一日就已百发百中，真不愧是我们魔界尊崇的皇族血脉啊。而且……”他顿了顿，视线落到我的手持的弓箭上，“当时陛下用的可不是这种轻便的练习小弓，而是宫中侍卫所习惯的硬弓哦。”

说完了，还特文艺腔、特杞人忧天地加了一句，“唉，魔界未来前途堪忧啊。”

我眉梢抽搐一下，魔界的未来用得着你这个四岁的小鬼来操心！

“够了，用不着冷嘲热讽，我是比不上母皇，但不信比不上你。不服气的话我们就比试比试。”我向他扬起手里的弓箭。

“我才不呢，有人又要去告状是我先动手的。”他偏过头，满脸不屑地说道。

我被他气得发晕，脱口道：“我会先禀明父王，公平竞争，有本事就别推诿！”

“好啊。”他转过脸来，“那就一言为定。”

“好。”

“不过……只是比试太无聊了，不如加个彩头如何？”他眸光一闪，又说道。

“什么彩头？”

“如果我赢了，你就答应我一件事。当然是在你能力范围之内的。”

“好，不过若是你输了，也一样。”我痛快地点头道，“等三天以后，我们就在这里比试。”

无论输赢，做一件能力范围之内的事情，对我来说根本无所谓，这天下还有我堂堂魔界公主办不到的事情吗？可看到他脸上瞬间浮现的喜色时，我还是有一种自己上当了的感觉。

一箭飞出，狠狠钉在靶子上，却依然没有命中靶心。愤愤然地将手里的弓箭扔下，我一屁股坐到了草地上。暖洋洋的阳光照在身上，带着初夏的炽热，心里却烦躁不安。按照约定，明天就是比试的时间了，我的箭术却一直没有太大长进。

现在的白郁也在宫中某个角落苦练吧。这两天见面上课，他都是一副优哉的模样，但有些细节却瞒不过我的眼睛，昨天写文章的时候，他握笔的手臂略显僵硬，便知这几天的努力程度绝不逊于我。

出于某种别扭的心情，我们两人都不愿在演武场练习。我来到了日常习武的丹云地宫，他却不知选了哪个地方。

休息片刻，起来又射了几箭，却都只是在靶子边缘徘徊，心情越发烦躁。我的天分真就这么差？当年母皇用的还是硬弓呢，而我所用的不过是练习的小弓箭。

低头看着手中的弓矢，忽然想到，要不也换一副弓箭试试?

正要传唤侍从，却又犹豫，实在不想让人知晓。视线落在平静的溪面上——上次出事之后，这里的裂缝很快被修补上了。念头一闪，忽然想到，在那个房间里不是有一副弓箭吗。

我与墨澈心从地火裂缝逃出的那个房间里，墙壁上就挂着一副弓箭，当时情况危机，也没来得及细看，只记得极为精巧，一见便知不是凡品。

就去借来用用好了，反正那个房间也没人居住，东西都是无主的。

那件事情之后，我也曾问过父王，那是谁的房间。父王只简单说，是以前一位贵族之子，因身体不好，借了此地养病居住。

我有些诧异，丹云地宫是什么地方，堂堂帝王行宫，魔界禁地！怎样尊贵人家的孩子，才能求得这样的恩典。再询问那孩子的下落，父王却只是轻描淡写地说，已经故去多年了。

见父王脸色不太好，我也不敢多问，只能将疑惑留在心里了。

穿过后花园，来到一座巍峨参差的假山边，我弯腰进了山洞，沿着假山内的通道向下，走了片刻，就见到一片开阔的平地，扳动机关，原本空无一物的平地上立刻现出一道裂缝，我轻身跳了下去，眼前豁然开朗。

当初被困在房里时，只见到外面春光明媚，视野开阔。但等温衡领着我离开了院子，才恍然惊觉，视线所见的春光灿烂，花鸟虫鸣，不过都是虚幻，周围竟然是一个极其高明的阵法，幻化出阳光灿烂的好景致。实际上整个房间都坐落在地下深处。难怪当日我喊破了嗓子，都没人听见。

院子虽小，却布置地极有趣味，或开阔疏朗，或幽然静谧，一步一景，变幻精妙。推门进了房内，陈设依然如记忆中一般，弓箭也照旧挂在墙边上。

我兴冲冲跑过去，惦着脚尖儿将弓箭取了下来。

入手轻便灵动，很是趁手。再仔细看，整张弓箭制作的也极精美，弓臂银白，线条流畅优美，雕琢着羽翼的图纹，弓弦也不知是什么材料，恍如流淌着一抹蓝光。

正看得入神，身后传来细碎的声响，我吓了一跳，连忙转头：“温衡将军？”

来人一身素色劲装，温文清雅，正是丹云地宫的侍卫统领温衡，这是我第二次在这里与他见面了。

“殿下？”见我在房内，他意外有些慌乱，随即掩去，恭敬地行礼，问道：“殿下为何会在这里？”

“将军不必多礼。我来……其实只是想借这张弓用用。”我有点儿不好意思地说道。

温衡视线落到我怀抱的弓箭上，意外问道：“殿下最近在修习弓矢之术吗？只是库内神兵利器无数，何必来寻这里尘封已久的东西呢？”

“那些我用着都不合适。”我摇头道。宝库中是不乏弓箭名品，但多是成人所用，这么精致的小孩子用的弓箭，还真是不多见。包括现在我所用的，虽也是宫内作坊为我量身特制，但总觉不如眼前这张费心思。

拿着弓箭犹豫片刻，虽觉不必征询他的意见，但礼貌上还是问一句好，我便开口道：“这张弓应该没人用了吧？”

“这里尘封已久，弓箭放着也是白费。能被殿下所用，也是此弓的荣幸。”温衡笑了笑，上前将墙上的箭袋也一并取下，递给我。

我接过来，仔细抚摸着箭上光洁的白羽，随口问道：“这弓箭是谁所制呢？”这副弓箭每个细节都精致无比，足见制作的人花费了极大的心思。

温衡犹豫片刻，方缓声道：“是臣昔年玩笑之作，不足挂齿。”

“是你制作的？”我惊讶地看了他一眼。立刻想起，羯罗一族不就是以弓箭之术著称的吗？我真笨，竟然连这个都忘了。随即兴奋起来，这不就是现成的师傅吗？自从和白郁定了比试的约定，我和他都有一种默契，不去找教习武官请教，只靠自己苦练，但此时我明显遇到了瓶颈。

我连忙将困扰已久的疑惑问出。

温衡却只是笑道：“弓箭之术本就注重积累，修为再高，也不可能完全的百发百中。殿下若对箭术有兴趣，平日多加练习就好，无需心急。”

这不是和那些教习武官说的一模一样吗？我直接问道：“这世上有

没有能够快速提高箭术的途径呢？”

“快速提高？殿下，欲速则不达……”

“胡说，当年我母皇为什么能够短短时间内飞速提高，还不是和天分高低有关！真正的天才，当然能够打破常理。”我不满地道。

温衡望着我，正色道：“箭术为君子六艺之一，日常修炼注重修身养性，殿下心态过分急躁，自然不及当年陛下从容不迫。”

我心中不悦，我问的是技巧问题，谁让你说什么心态了。明天就是比试时间，都火烧眉毛了，我能不急吗？万一输给那只臭狐狸……

咬咬牙，我索性将与白郁之间的约定说了出来。

温衡略一沉吟，道：“臣虽不才，对弓矢之道也略知一二，不如与殿下略作切磋。”

我心下大喜，肯指导我就好。羯罗一族能以箭术著称，必定有些不传之秘的技巧。我也不是觊觎他的秘术，只要能胜过白郁就好。

我们来到院子里，角落处也有竖起的箭靶。按照他的指点，我射了几箭，开始两箭还不错，但后来几支全落在靶子边缘。

他上前纠正指导我的动作，但他所教的，与宫中教习武官所教授的并无不同，练习了片刻，进步也不大。

我耐心逐渐失去，羯罗一族闻名魔界的弓箭之道难道就这么点儿本事？还是真正的技巧他不愿意随便传授呢？这也能够理解，可是……

心神动荡，下一箭险些射到了靶子外面。我烦躁地将弓箭放下：“这样哪能成，明天岂不是输定了。”

温衡深深看了我一眼，忽然笑道：“若要百发百中，其实也不难。”

我一愣，抬头望着他。他却从我手中接过弓，搭上箭，瞬间利箭射出，如一片飞翔的羽翼伸展开翅膀，银光划过，正中靶心。

我睁大了眼睛，刚才那是……拉弓的刹那，我好像看到有蓝光闪耀。

“其实这张弓里含了一片羯罗族的长翎，只要运转灵力，注入弓内，即可百发百中，绝无虚弦。”温衡解释道。

难怪这张弓特别精致，原来是件法器！羯罗一族的原形其实是仙鹤，生具飞天之能，其羽翎更有玄妙的法力。

可是如果使用这个……岂不是作弊吗？我一下子愣住了。

手却不由自主地接过弓，搭上箭，刹那间灵气流转，那种神奇的感觉，就像冥冥中有种神秘的力量牵引着，让你精神瞬间凝聚到顶点。

全神贯注的一箭射出，流星划过，一箭正中靶心。

果然百发百中无虚弦。我抚摸着手中的弓箭，一时失神。

温衡含笑看着我，道："若不注入灵力，这张弓与寻常弓箭也没有任何区别。"

如果用这张弓来比试？那我岂不是赢定了？！可是，使用法器，那还是真正的箭术吗？心绪纠结难解，一时只觉握在手中的弓箭分外灼热。

我转头望向温衡，希望他能给我一点儿建议，可他却满不在乎地转过了话题："殿下将来为我魔界帝王至尊，万金之躯，不可能亲冒矢石。日常修炼弓箭之道，其实并非为了武学，而是为了练心，所以一切依照本心就好。"

我似懂非懂地听着，一切依照本心？我的本心就是不想输，尤其不想输给那个臭小子。但我也不想使用这个……

正纠结着，旁边温衡提醒道："殿下，时间已经不早了，在这里久留，只怕陛下会担心，不如早些回去吧。"

我默然点头，跟着他向外走去。不久之后，便重新站到了阳光下。

这里是丹云地宫西北角，本就荒僻，四周寂静无人。温衡略一迟疑，转身道："殿下，此地废弃尘封已久，以殿下尊贵之身，不应轻易涉足，日后少来为好，以免两位君上担心。"

我忍不住问道："这里究竟是什么地方？里面的东西，都是小孩子使用的吧？"

"是以前一位贵族之子。很久之前的事儿了。"温衡似乎也不想多说，只含糊道。

"是吗，那孩子真的已经死了？"问不出什么，我失望地道。

温衡的表情瞬间沉寂，变化快得我几乎无法捕捉，就已恢复如常，笑道："是故去很久了。"

我不想为难他，也没有继续追问，内心却暗暗好奇，这个孩子与温衡是什么关系？两次都在这里遇到他，说是偶尔就太自欺欺人了。

视线不经意落到手中的弓箭上，含着羯罗一族长翎的弓箭……我悄悄瞥了他一眼，修长的身影在夕阳余晖的映照下分外俊逸。

那片长翎，是他的吧？

羯罗一族的羽翼有限，从来只赠给最亲密的人，

无论那孩子是什么身份，想必都是他极关心的人吧？

我抚摸着手中的弓箭，银白色的羽翼弓臂流畅清冷，心神逐渐沉静下来。

周围是教习武官和侍从，都兴致勃勃地望着我们，还有侍卫统领温衡，一向公务繁忙的他竟然也抽空过来了。

比试开始，白郁先射。

箭矢如流光，一箭连着一箭，向靶子飞去。

全中了！

随着最后一声轻响，我心里“咯噔”一下子。

轮到我了！我走上前，搭上箭，拉开弓，冰凉的触感传递入心里，脑中回忆着教习武官和温衡的指导，精神提升到最高，冰蓝色的光芒闪耀着，洁白的羽翼在弓上腾起。紧握的手松开，再抽紧，箭矢连接不断飞射出去。

也是全中！

一气呵成，放下手中的弓箭，我才惊觉额头微微发凉，竟出了一层薄汗。

转头看向白郁，他神情依然冷静，只是唇抿得更紧了。

又轮到他了。

我们之间的比试，是连续的，直到有一方出现失误，算作失败为止。

不知不觉一个上午的时间过去了，我们已经进行到第十四轮了。我精神也疲惫到极点，但只要想到白郁的表现，就觉得有一口气憋在胸口，不想示弱，不想输给他。

侍从匆匆上前将插满了箭矢的靶子换下。我从场中退下，松了口气，揉了揉酸痛的胳膊。瞥了旁边的白郁一眼。又轮到他了。

白郁脸色有些发白，神情却越发倔强。走上前，拉弓射箭，射到第七箭，他手一颤，终于出现了第一次失误，箭矢落到了靶心外面。流畅的动作顿时一颤，再继续射击，手已经不稳了。就像是坚固的堤坝终于耐不住冲击，泄开了缺口。

我一颗心提到了嗓子眼上，终于，他这一轮射完了，却有三支箭落在了靶心外。

从场中走下来的他神情竭力保持平静，但手却在微微战抖着。

然而在看不见的角落，我却比他战抖得更厉害，机会终于出现了！胜利就在前面，只要这一轮我胜过他，就能结束这场漫长的比试了。

站在场中，长吸一口气，搭弓射箭，射到十五箭的时候，手却偏偏不可遏制地抖了抖，弓弦震颤，箭矢立刻偏了稍许，钉到了靶子边缘上。

怎么会这样？！我难以置信地望着靶子，也许我们两人的水平本就在伯仲之间，他濒临极限，我也气空力尽。

一箭失误不要紧，我长吸了一口气，安慰自己，还剩下最后三箭，只要别继续出现失误……

可有时候人精神越是紧张，越容易出岔子，接下来的一箭竟然又射偏了。

若是再失误一次，我和他就是平局，若是失误两次，我输定了！

心脏跃动如擂鼓，额头上凉凉的尽是虚汗，最后两箭必需全部射中，不容许有任何失误！

将弓箭挽起又放下，我一眨不眨地盯着眼前的靶子，真的能射中吗？刚才连续射击尚未感觉，此时停顿下来，立刻感觉到手臂又酸又痛，手正不自觉地战抖着，这样的状态怎么可能射得中？！

除非……

只要用那个法子，就绝对不会输……

用？还是不用？

矛盾的声音充斥在脑海中，塞得满满的，千头万绪，最终却凝聚成那句似懂非懂的话 “一切依照本心就好……”

依照本心……

脑海中一片空白，我缓缓举起弓箭，刹那间两箭飞射而出，弓弦震颤，回荡着淡淡流光。

射中了！

都射中了！

“我赢了，我赢了！”我兴奋地欢呼，转头望去，白郁脸色发白，正死死盯着场中的靶子，最后两只箭还在靶上战抖着，发出“嗡嗡”的细微轻响。

侍从走上前，正要接过我的弓箭，这时，身后传来清脆的声音：“等等，殿下的这张弓样子好别致，是哪里得来的？”

是白郁走上前，紧紧盯着我手中的弓箭。

我心里一紧：“当然是库房里找来的。”

“是吗，可以借给我看看吗？”他问道。

我动作僵住了，犹豫片刻，递上去。

见了我的举动，白郁脸上疑惑之色更甚，接过弓箭，仔细打量着，终于问出：“这个……是法器吧？”

一言既出，众人皆惊，目光纷纷落到我身上。

我心神激荡，脱口反驳道：“不！我，我并没有使用……”

“真的是法器！”白郁立刻抓住了我话语中的漏洞，狠狠瞪着我，“你是作弊！”

“我没有！”我心急地分辩道，它确实是法器不错，但是在场中我却并未使用，甚至关键的最后两箭，我几乎要忍受不住诱惑使用它了，但最后一刻终于放弃，撤回了法力。

可是，这句话说出来有人信吗？至少眼前这个义愤填膺瞪着我的少年是不会相信的。甚至连我自己，回想起刚才场中的紧张压迫，都难以置信自己竟然直到最后都没有动用这张弓的力量。

一时间，我心急如焚，却百口莫辩。

这时，一直站在旁边的温衡却开口了：“这张弓确实是法器，但是殿下方才并未使用。”

我惊讶地抬起头。

“你怎么知道？”白郁视线转向他，脸色明显就是不信。

温衡没有回答，从他手中接过弓箭：“这张弓制作的时候使用了一根羯罗族的长翎，所以具有法力，但是后来长翎被取走，法力早就烟消云散了。”一边说着，他动作娴熟地将弓臂拆开，内中果然有一片羽毛形状的印痕，却空空如也。

这是一件废弃的法器？！我愣住了，白郁和周围旁观的武官侍从也都愣住了。

温衡将弓箭恢复如初，递到白郁手中，柔声道：“这张弓现在并没有法力，不信可以试试看。”迎着我讶异的目光，又笑道：“箭术所需要的技巧，其实公主已经练习地极精准了，所缺乏的，不过自信罢了。”

原来，这就是他所说的本心……我似有所悟，抬头望着他。

白郁握紧手里的弓箭，脸色红了又白，终于，瞪了我一眼，将弓箭狠狠扔下，转身跑了。

那又委屈、又气愤的眼神，不会去偷偷哭了吧？我有点儿坏心眼地想着，弯腰捡起弓箭，谁让你刚才诬陷我呢。

视线落回温衡身上，我真心实意地道：“这次多谢将军了。若非得你指点，我也赢不了他。羯罗一族的箭术果然非凡。”

温衡摇头笑道：“对殿下的箭术，臣并未指教多少，还是各位教习武官的功劳。”说完，又补充了一句，“若论技巧，殿下与白侍读相差仿佛，这次他会输，只是在心态上。”

“心态上？”

“因他有所求，而殿下无所求罢了。”

我点点头，说到底，还是本心决定技巧的发挥，自信，放松，都是决胜的关键要素。

不过，有所求？被这句话提醒，我立刻想到，白郁那小子还欠着我一个赌约呢。

让他答应什么事情呢？嗯，日后听我的话，从此不许和我顶嘴，还是每次见了面都要叫姐姐……我越想越得意，终于有机会整治这小子了，这些日子所受的憋屈气一扫而空。

“殿下，”温衡犹豫片刻，低声说道，“白侍读年龄尚稚，就离家入宫，难免不适，殿下日后还请多担待一些吧。”

有什么不适的，宫里不好吗？我不解，未等我开口，身后传来一个爽朗的笑声：“温衡，想不到你这么体贴孩子。”

我兴奋地转过头：“父王！”

温衡恭敬地低头行礼道：“殿下谬赞，臣不敢当。”

“不是在朝堂上，不必多礼了。”父王笑道，视线落到我手中的弓箭上，“这把弓倒是精巧，你是从哪里寻来的？”

“是温衡将军给的。”

“是臣早年所制作，难得殿下喜欢，便赠与殿下了。”温衡上前一步，低声道。

也不知是不是我错觉，在父王面前，温衡总是格外的严肃规整，甚至透着一种距离感，连在母皇面前都没有这样拘束。为什么呢？明明父王是这么亲切的人。宫中臣子内侍都是在父王面前比较放得开，对威严的母皇比较畏惧。

父王抚摸着弓箭，淡笑着问道："听说你前不久收养了一个孩子？"

"让殿下费心了，是臣去年巡查边境时所见，一时怜悯心动，便收养了。"

"这是好事，羯罗一族素来人丁单薄，那孩子有你教导，必是可造之材，将来也是我魔界栋梁。"

两人又闲谈了片刻，温衡将军便告退了。父王领着我向九霄宫走去："皓玥，白郁他年龄比你还小，凡事多宽容一些，不要为难他好不好？"

这些日子是谁欺负谁啊？我无语地想着。

"更何况，现在他是你的侍读，将来必是你的肱骨重臣。与臣子做意气之争，实非君王之道……"

我打了个哈欠，心不在焉地应了一声。

第三章

舜城之行

“今天就到这里吧。”温衡收了剑，笑道，“殿下的剑术进来大有长进。”

“今次又打扰你了。”我也收了剑，欢欣地道。从那次箭术比试之后，再遇到武学上的疑难，我时常来找温衡讨教。宫中教辅武官也不是没有武学比他强的，但教导时都恪守礼节，尽忠职守到近乎呆板的地步。远不及这人温雅如玉，相处起来如沐春风。可惜他身兼要职，无法分身当我的教辅，只能偶尔请教一二。

“怎么今日不见白侍读？”温衡问道。

“他啊，出宫回别馆去了。”我随口道，一边传唤侍从来收拾兵器架。

皇城内也有青丘的别馆，内中都是青丘臣僚，还有上次城主入宫所带来的侍卫，也都一并留下侍奉少主了。因为他年龄小，父王特许他随时可以出宫到别馆暂住，以解思乡之情。他倒也不客气，时常跑出宫去。

转眼间距离上次比试已过三个多月，输给我之后，他收敛性情，不再如往常一般动辄言语挑衅了，但练功却越发努力。日常相互拆招比试时更是寸步不让。他年龄虽比我小，但悟性天分却分毫不差，步步紧逼，压得我几乎喘不过气来。而我也被他激起了斗志，文武两道功课都不敢有分毫懈怠。这些日子过得又繁忙，又充实。

告别温衡，我带人驾着朱鸾，返回了皇宫，

已是傍晚时分，退了侍从，我独自往九霄宫走去。经过一处偏僻的凉亭时，忽然凉亭边的栀子花丛动了动。

有什么东西吗？

我脚下一顿，凑过去，拨开花丛。只看了一眼就愣住了。

一只毛茸茸的小团子正蜷缩在花丛深处，睡得正香，发出温驯的呼呼声。通体银白，如一只雪球落进了碧玉丛里，黯淡的暮色中光彩闪烁。

这是什么？我大脑一时转不过弯来，宫中侍卫仆从也有妖族，但极少会在人前现出原形，这不仅失礼，而且妖物皆有天敌，一旦被人知晓了本体，就相当于被人知晓了天生的弱点。所以妖物化形之后，若非重伤或作战便利，极少主动现出原形。

眼前这只睡得又香又甜的小狐狸一看年龄就不大，还是只幼狐，难道是……仔细想想，宫里好像也没有别的小狐狸了。

可是他不是回别馆了吗，怎么会在这里睡觉，还睡得这么“原形毕露”？

我弯下腰，仔细查看，他睡得极沉，这么近了都没有感觉。恶作剧心起，我偷偷拽了拽他的尾巴。丝毫没有反应。

这还是狐狸吗？简直是头猪啊！我无语，不过这可是难得的好机会，脑中坏主意闪过，我伸手拽住它的尾巴，直接倒着拎起来。

哈哈，可惜没有影水晶，若能把现在的画面记录下来，等这小子清醒了，看他是什么表情。

提着尾巴掂量了掂量，挺轻的嘛，没有几两肉，又晃了晃，绒毛团发出不舒服的呜呜声音，四只小爪子无力地挣扎着。

哈哈，让你一个人出宫去玩，丢下我一个人这么无聊。

可能是被我折腾得狠了，片刻，他动了动耳朵，睫毛战抖。

不好，要醒了？！

注意到这点，我赶紧变换动作，将它抱进了怀里。

不料他却只是在我怀里蹭了蹭，寻了个舒服点儿的姿势，又迷糊了过去。

我松了一口气，接下来怎么办，把他扔回花丛，让他继续睡着？还是拎回寝殿？好像太便宜他了。

我正犹豫着，一个细微声音响起："爹爹。"

我一惊，低头看去，怀里的小狐狸正眯着眼睛，似醒非醒。

"谁是你爹！"我随手捏住他的耳朵拧了拧，不悦地想，我哪点儿像是那风流城主了。

"娘亲。"他又继续叫着，继续往我怀里蹭。

我无语了，他娘亲不是早就死了吗。

不过他这是怎么了？像是中了迷魂术一般。仔细闻闻，亭中好像弥漫着一种异香，这种味道，我循着望去，是栏杆上放着一个竹筒。我拿起来拔开塞子，一股酒香扑鼻而来。

这小子喝酒了！难怪睡成这样。他才四岁吧？竟然就敢喝酒，真不知道青丘城主平日是怎么管教他的。

不过看他睡得这么香，这种东西好喝吗？宴席上常见母皇和父王饮用，却从不让我沾唇。对酒的味道，我也一直很好奇。

竹筒里还剩下一半，浓郁晶莹如紫水晶，香醇的气息勾引着我。偷偷看看四周没人，我凑到嘴边，一仰头。

"咳咳咳……"我呛得直咳嗽。好刺喉的味道啊！不过等平息下来，仔细砸了砸舌头，却又觉这味道似乎不赖，舌尖儿麻麻的，香香的，又带着点儿甜味。

一不做二不休，我一口气将剩下的酒喝了个精光。意犹未尽地抹了抹嘴唇，可惜只有半筒。也不知他是从哪里找来的。

先回九霄宫再说吧，正要迈步，却觉一阵眩晕涌上，眼前的东西都变成了两个影子。

我摇了摇头，真是累啊，好想睡觉，凉亭里微风吹拂，掀动轻薄的幔帐。蒙眬中，我仿佛已经回到了寝殿的凉台上。

似乎在这里休息一下也不错。

把怀里柔软蓬松的"白色枕头"往栏杆边上堆了堆，舒服地一头枕了上去。

这一觉却睡得极不安稳，寝殿的床铺什么时候变得这么硬了，还有枕头，仿佛变成了活的，不停地想要从我头底下钻出来。

我翻了个滚，狠狠捶了那不听话的枕头几拳，用力抱紧了，一头压下去。

梦中好像划过一道电光，紧接着脸颊火辣辣地疼。

迷蒙中我睁开了眼睛，是一张放大的脸，正怒气腾腾地瞪着我，说着什么。

是谁？竟敢打扰本殿下睡觉，我一巴掌拍了上去，“啪”的一声，世界安静了。我呼呼大睡起来。

然而安稳了没多久，一股冰凉的东西劈头盖脸浇下了，刹那间冰冻彻骨，我猛地清醒，跳了起来，

动作太猛带动一阵头晕，我扶住旁边的柱子，定了定神，这才看清，我还是在凉亭里。眼前站着白郁，衣衫不整，脸颊泛红，两只眼睛发光似的狠狠地瞪着我。

这是怎么了？我一时反应不过来，自那次比试之后，我们相处说不上融洽，也算和平，很久没见他这样剑拔弩张的炸毛姿态了。

头还是发晕，视线转过，落到扔在一边的竹筒上，我一愣，立刻想起，刚才我喝酒了！

不过是半筒酒而已，竟然就这么厉害，方才那种感觉……是喝醉了吧，原来酒醉是这种滋味，简直和中了迷魂的咒术一般。我感慨着，一边咂咂嘴，不过味道还真不坏。

摸了摸湿漉漉的头发，是这小子刚才用冰水术把我浇醒了吧，真是粗暴，我打了个喷嚏。抬头看白郁。

白郁却一脸不善地瞪着我。

哼，瞪什么瞪，你拿冰水浇我还没有跟你算账呢。别以为我不知道，你也喝了。喝得酩酊大醉，连原形都露出来了。我毫不犹豫地瞪回去。

还是小狐狸的时候可爱一点儿，躺在怀里乖乖的，忽然想到，刚才喝醉之后直接躺下了，睡着的时候好像还抱着一团暖暖的枕头，不会是……我动作一僵，脸上有些发烫，还有些发痛。

咦，发痛？

我连忙摸自己脸颊，果然隐有红肿的痕迹，被挠了几道爪印，还好没有流血。

我又惊又怒：“你竟敢挠我！”

“谁让你先压我的。”

“让母皇和父王知道你偷喝酒，一定把你撵出去。”

“别以为我不知道，剩下的那一半哪去了？！”

“我……”我一时语塞。

“有本事就去告状，哼，走就走，我还巴不得呢。”他不屑地道。

我脱口讽刺道：“我不过喝了一丁点儿，比不上你喝得糊里糊涂，刚才还冲我叫娘亲。”

他的脸腾地红了，神色有些慌乱，分辩道：“胡说八道，我怎么可能？”

“怎么不可能，还往我怀里蹭，”这句话说得好像有些不妥当，不过不管了，“又叫爹爹，又叫娘亲的，你都几岁了，还整天只知道哭爹喊娘，羞不羞啊！”我冲他扮了个鬼脸。

他沉默不语，脸色又红又白的，神情意外脆弱。

仔细看去，他脸颊也有些发红，形状像是个巴掌手印，好像也是我的杰作。我有点儿心虚，又有点儿后悔，刚才是不是说得太过分了啊？万一被父王知道，又要挨训。

远处传来熟悉的呼唤声：“殿下，殿下……”是九霄宫的内侍，夜色已经完全笼罩四周，迟迟不归，宫里出来找人了。

犹豫了片刻，我决定不和小孩子计较了，开口道：“喂，我们回去吧。”

他却瞪了我一眼，转身跑了。

喂，你跑什么啊？我追了两步，只能眼睁睁看着他的身影消失在花丛深处。侍从们已经寻到了这边，迎了上来。

“殿下，听驻守宫门的侍卫说您早就回宫了，怎么一直不见回去呢？”贴身的宫女问道，一边疑惑地看向白郁消失的方向，“刚才那是白侍读吧，行色匆匆要去哪里？”

“没什么，刚才与白侍读遇到，就在这里切磋了两招。”我无所谓地道，一边悄悄将脚底下的竹筒踢进了草丛里。

已经习惯了我与白郁之间的“切磋玩闹”，侍从们并未疑惑。

圆月当空，遍地银光，跟随侍从回去的路上，我望向苍茫无尽的宫阙深处，皇宫这么大，那小子也不知跑去哪里了？又在干什么呢？

不知为何，脑海中忽然忆起了温衡曾经说过的话：“白侍读年龄尚稚，就离家入宫，难免不适，殿下日后还请多担待一些……”

静谧的月光下，我慢慢醒悟到，这个对我来说无比亲切熟悉的地方，对他来说，其实是全然的陌生吧，所以，刚才喝醉了才会在睡梦中喊爹亲。他很想家吧，想念家中的亲人，无论这金彩琉璃的宫殿有多好，终究不是属于他的地方。

好像有点儿了解他别扭的脾气了，今晚说得似乎有点儿过分，明天见了面要不要道歉呢？我悄悄想着，还有那个酒，下次拜托他多带一些。

高远深邃的天空一碧如洗，飞翔在这冰蓝色的底幕上，心情格外爽朗。俯瞰而下，一座座连绵起伏的高山无限延伸，幽深的碧绿中透出斑驳的黄，昭示着寒冷冬季的到来。

“想不到冶突山脉冬天的景色这么美。”飞翔在空中，我忍不住赞叹道。

“现在只是初冬，风景尚好，等到暴风雪来临，这里都会变成冰雪的天地，遍地银白，飞翔在空中，很容易迷路呢。”说话的是负责这次出行护卫的总军领华烨。

我们一行正走在前往东部舜城的路上，驾着重翼鸟的侍卫队围绕着高翔的赤色朱鸾，凛冽的寒风呼啸在耳边。

转眼间我已经快满十二岁了，按照魔界惯例，历代公主都要在这个年龄开始接触政务，出门历练。而此行就是我第一次尝试——陪同父王前往东部边境巡查。

我们又飞了片刻：“天色已晚，这一路还长，先去车上休息吧。”旁边白郁建议道。时光荏苒，他已成长为俊秀挺拔的少年，不再是那个整天闹别扭的小孩子了。

前方有七宝云车，银白的云上是巍峨精美的宫殿，光彩琉璃。身处其中如在陆地上一般平稳，也无寒风侵扰。

进了云车，跃下朱鸾，我与白郁双双进了正殿。

父王正在殿内处理政务，见我们进来，合上书卷，笑问道：“外面看得开心吗？”

我点点头，随即又有点儿不好意思地望着桌上那厚厚的书案，今天的文书功课好像还没有完成呢。

“这一路走来，有什么感想？”

“冶突山脉可真是长啊，不愧是我们魔界的王脉所在！”我直白地感叹道。一路飞来，城镇乡村连绵不断，更有无数繁盛的大城市，甚至包括皇城和龙城，也是坐落在此地。还有即将抵达的舜城也是，可惜这一路行色匆匆，都来不及细看。

父王笑了："前面舜城是温衡的领地，他行事素来稳重，想必一应事务已经筹备完善。倒可以省去我不少工夫。而且舜城是此行的最后了，到时正可以陪你好好逛逛，你不是早就想见识海边的风光了吗？"

我大喜，抱住父王胳膊："一言为定啊。"

七宝云车飞翔速度极快，第二天下午，我们便到了此行的最后一站——舜城。

夕阳正好，云淡风轻，云车的七彩光华熠熠生辉，穿过弥散的薄雾，直达巍峨高耸的城墙。而城外的高台上，温衡早已率领麾下文武官员迎了出来。

舜城是冶突山脉最东部的城市，属于羯罗一族的领地。温衡身为城主，每年的冬天，都会暂时卸下丹云地宫的职务，回城内主持大局，年祭之后才返回就任。

算算已经快一个月没见他了，遥遥望去，相比起在宫中的静默温文，此时站在云端衣袂翻飞的他更添了一种意气飞扬。

依礼将我们一行人迎进了府邸，短暂的休憩之后便是接风的宴席。

觥筹交错，彩绣辉煌，宾客远比我预料中的更多。舜城北部的山脉中分布着无数温泉，内含地火灵气，充盈纯净，无论修炼、疗伤均有奇效。不少贵族世家在此地都建有别馆，冬天来此旅居，不仅有利于提升实力，更是一种享受。因此这一顿宴席格外热闹，不但有城内的官员贵族，还有不少恰逢其会的贵族子弟，前来觐见父王。

我素来不喜这些场面，进行了没多久，就心不在焉起来。直到父王爽朗的笑声召回精神："素日里也曾听闻舜城少主文采风流，武艺精湛，今日一见，果然气度不凡。"

温衡的儿子？我抬头望去，站在温衡身边的少年已经跪下行礼道："臣参见玄王殿下。"

他生得俊秀挺拔，眉目依稀有温衡的影子，少了一份温文隽和，却多了一种风流蕴藉。似乎感受到我的注视，他视线一晃，一双桃花眼便在我身上转了一圈，一边冲我眨了眨眼，洒脱不羁的笑容让人一看便心生好感。

我也冲他笑了笑。

见礼完毕，他起身退到一旁。父王手指轻敲着座椅把手，询问了他一些文武学识方面的问题。景凡皆回答的滴水不漏。

父王眸中闪过赞许的神色，又向温衡道："你府里不是还收养了一名义子吗？怎么不见他出来？"

温衡笑道："他身体不佳，又不识礼仪，不敢让他出来冲撞了圣驾。"

我也曾听说过，温衡收养的这个孩子似乎因为幼年受了寒气，一直身体不好，极少在人前出现。

父王点了点头，不再多问，与温衡说了几句闲话，很快又有别人上前觐见了。

宴席进行到后半段，我无聊地直打哈欠，白郁也无精打采，寻了个机会，我们两人从宴席上溜了出来。

殿后就是花园，建得精巧别致，踏着珊瑚珠铺就的小路，风吹过垂下的白色花树，金色细蕊轻轻战抖，金粉簌簌，沾染了肩头。

"想不到舜城这么漂亮。不愧是十二名城之一。"我由衷赞道。

"说到风景，我们青丘也不差啊。"白郁笑道，"有机会带你去看看。"

青丘也是十二名城之一。当年魔祖蚩尤立国，开万世基业，册封十二城，均是追随他一路征战的重臣驻守，扼守魔界的十二处要地。之后千万年里，魔界日新月异，又发展出无数繁华昌盛的大城市，但十二城的地位却始终无可替代。这些家族传承至今，也都是魔界顶尖儿的世家贵族。当年我选侍读，就是以这些家族为中心挑选。

想起来，那个景凡还差点儿变成我的侍读呢。我禁不住道："那个景凡倒是不错，听说武艺极好，也不知道比我们如何？"

白郁却笑了一声："他出名的可不仅仅是武艺。"

我也忍不住笑了，景凡虽然比我大不了几岁，但性情却出名的风流洒脱，据说，舜城之内不少贵族少女倾慕他，甚至连来此旅居的贵族小姐，都有他的倾慕者。而他也来者不拒，周旋花丛中应对自如。很多人都以收到他的情信为荣，据说辞藻华美，雅尚风流。

温衡将军这般儒雅谦和的人怎么会有这样轻佻的儿子，这种作风，真应该去当青丘城主的儿子才对。我暗暗想着，忍不住瞥了白郁一眼，不知不觉间，他也长大，不再是初见面时软嘟嘟的绒毛团了。再过几年，想必也是宫中侍女们为之倾心的人了吧。想到这里，心里忽然有点儿不舒服。

“在想什么？”白郁丝毫未觉，问道。

“没什么。”我摇摇头，抛开这些不着边际的念头。

又走了片刻，眼前豁然开朗，竟是一处湖泊，夜空之下，幽蓝的湖水将月色筛成点点碎金，异彩流转。湖泊中心有一处象牙白的亭廊，玉光莹然，月色中看去，幽丽绝伦，恍如仙景。

清爽的风夹着柔润的水汽吹拂在面庞上，我和白郁向亭廊走去。走得近了，才发现亭子里已经有人了。

湖面弥漫着浓白的雾气，只能从身影上依稀分辨出是个少年。他正依着廊柱，遥望灯火辉煌的正殿。身影隐没在雾中，衣袂飘飘，时隐时现，恍如一帧虚无缥缈的水墨画卷。

随着我们接近，那人似乎听到了声响，转头看过来。虽隔着重重白雾，那眼神却通透得恍如实质。

一时间，四下里悄无声息，唯闻湖面波涛涌动不休。

我微微一怔，那种眼神气势，不像是下位者会有的。仿佛印证我的猜测一般，远处传来隐约的呼唤声：“二公子，二公子……”不多时，林中现出细碎的光点，是侍从持着灯笼接近。

少年很快收回视线，穿过回廊，步履匆忙地消失在花园深处。

“他就是那个温衡收养的义子？”我好奇地道，可惜看不清相貌。

“应该是吧。”白郁无所谓地道，“宴席快要结束了，我们还是回去吧。”

我们返回正殿，这个小插曲很快被遗忘在脑后。

之后几天，父王一直忙于政务，直到这一日，有龙城来使觐见，我终于寻到空闲，约了白郁一起，出了城主府“体察民情”去。

走在道上，我左顾右盼，舜城之繁华远超我想象，街市两旁店铺鳞次栉比，也许是年祭将近的缘故，行人摩肩接踵，热闹非凡。

我和白郁戴着斗笠，遮掩了形貌。如今天气渐寒，路上以斗篷帽子遮寒的不少，我们的打扮并不引人注目。

逛到街市中心，我们进了一家店铺，饶有兴致地看着架上的货物。

“姑娘好眼光，这佩饰可是用纯正的火雨钻雕成，冬天佩戴，不仅美观，更可驱除寒气，保暖护体。”见我拿起一件，立刻有店内伙计上前介绍。

我放下这件火红色的佩饰，又看向另一只紫晶手镯。

“这晶镯可不是普通的紫晶啊。是以千年寒冰制成，又在紫音草汁液中浸染一年，方得这般色泽，不仅精巧别致，更有祛毒的奇效。”小伙计不遗余力地推销着，将手镯取出递给我，“姑娘您看，普通的紫晶中可没有这种裂冰纹……”

仔细看去，紫晶中确实分布着规则的花纹，如冰封着片片雪花，触手清凉通透，是上佳的材质。这家叫金玉堂的店铺还真有不少好东西，虽比不得宫中的珍贵，却也精巧别致。

旁边白郁忍不住疑惑：“紫音草性属温，与寒玉相冲，用之浸泡一年，岂不损了原本纯净的寒气？”

“这个姑娘大可放心，我们店内的匠人有独家秘法，冰玉内的寒气绝对无丝毫折损。”

那一声的姑娘叫得实在太喜感了，就算隔着薄纱，也能看到白郁黑了脸色。我忍不住笑出声来。

听到我的笑声，白郁狠狠瞪了我一眼，那小伙计却以为我是在嘲笑他，着急地辩解道：“我们金玉堂的货，绝对童叟无欺。不是我自夸，我们金玉堂可是整个舜城最有名的玉器灵石店铺了，这手镯是我们的招牌货之一，两位姑娘生得这么漂亮，若戴上了这个，更显……”

白郁冷哼一声：“我是男的。”

滔滔不绝的声音顿时卡住了，小伙计张大了嘴，那表情像是被硬生生塞进了一个馒头，噎得上气不接下气。半晌才惊醒过来，忙不迭地躬身道歉。

不想再刺激白郁，我岔开话题问道：“这只镯子什么价钱？”

小伙计结结巴巴地报出：“三……三百晶铢。”

我将镯子放下，对这些首饰其实没多少兴趣，不过随口问问，并没有购买的意思。

白郁却吩咐道：“包起来吧。”见我诧异，又道，“第一次陪你逛街，总要留点儿东西当纪念。”

接过他递上的镯子，我戴在腕上，紫色晶石衬得手腕修长如玉，白郁赞道：“果然好看。”

“说不定你戴上更好看。”

他白了我一眼，没有理会，问道：“你们店里还有什么上等的货色？”

做成了一笔生意，小伙计心神大定，道：“客官这句话可问对了，要说贵重的，只怕全舜城都找不到比我们店里货物更贵重的了。尤其前些日子我们东家购进的一颗宝石，可惜这样东西不能卖。”

“什么东西这么贵重？”我被勾起了兴趣。

小伙计正要回答，门帘声响传来，又有人进了店里。

来人也戴着斗笠，见了我们，略一迟疑，随即恢复如常，走到柜台前问道：“听闻贵店前不久收购了一颗棱光砂，请问什么价格可以出让？”声音出奇的清朗，似乎是个比我们大不了多少的少年。

这家店里竟然有棱光砂？那可是个稀罕东西。刚才小伙计说的就是这个吧。

“客官可真是消息灵通。不过棱光砂是极端贵重的珍宝，尤其本店这一颗，可是长了几千年的，当世难得一见啊。”

“我知道。”来人从容道，“无论什么价格，请掌柜的明示吧。”

棱光砂可以说是矿产，也可以说是植物，或者说，它是一种类似矿石的植物。这种东西平日极难寻找，因为大多数时候，它都是无色透明的，只有每年结果的季节，会从固定角度折射出七彩眩光。棱光砂最神奇的是它内部具有均衡的五行灵气，对于炼器，还有制作阵法都有奇效。年份越久的棱光砂越珍贵，千年以上的尤其不多见。

“非是在下小看客官，只是这颗宝石如今未在店内。”掌柜的笑道，“因为它已经被选作今年幻月祭的庆典祭品了。”

“什么？”来人声音发急，“难道是幻月祭比武的奖励？”

“没错，今年我们金玉堂可是荣幸。”提起此事，掌柜的笑不拢嘴，“连城内奇石坊、万宝居的珍藏都没有我们金玉堂的这颗棱光砂珍贵……”

来人不耐烦听掌柜的闲扯，告辞一声，转身离开了。

看他出门远去的身影，我心中忽然升起一丝异样的感觉，

“怎么了？”白郁问道。

“那个人，好像在哪里见过。”我百思不得其解。算了，不想了，

“幻月祭是舜城有名的节日，难得来一次，可不能错过。”

“听说还会有比武呢。到时候我们也去试试。”白郁也赞同道。

离开金玉堂，眼看天色不早，我们返回了府中。换下衣装，我往父王房间走去。

走近窗下，房内传来陌生的声音：“此事干系我魔界万年基业传承，还望殿下体谅臣等的苦处。”

龙城来使还没有离开吗？我脚步一缓。

“臣等也知道以臣子之身份，提出这种请求实为逾礼，但如今公主殿下已经十二岁了，却迟迟未见下一任龙主现世，实非吉兆啊。”

我皱起眉头，又是这件事。龙城的这些人真是烦人。魔界以往的惯例，公主诞生后，玄王体内的龙珠会自动离体，归于虚无，重新挑选下一任主人。而这个时间一般都在十年之内。但如今我已经十二岁了，龙族内这些年降生的婴儿也不少，却未曾有一人秉承龙珠而生。从去年起，就不断有龙城臣子前往皇城觐见，或者请母皇示下，或者请祭祀祈天预言，令人烦不胜烦。

“我也知道你们的苦心，此事会考虑。”父王的声音传来，带着些许疲惫。

“若龙主能降世，陪伴在公主身边，也可从小培养感情，免得一些无关人等趁隙而入……”

无关人士？他们在暗示谁呢。我火气上来，不再犹豫，立刻推开房门：“父王，您看我今天买来的紫晶手镯。”一边兴冲冲地跑进去。

房中站着数人，见我进来，吃了一惊，齐齐躬身行礼。

我挥了挥手，道：“不必多礼了。”然后跑到父王身边，“父王，你看，漂亮吧？”

父王握住我的手，唇角现出一丝笑意：“是很漂亮，从哪里寻来的？”

“这可是白郁送给我的。”我故意瞥了那几人一眼。

龙城臣子中当先的那人嘴唇动了动，像是要说什么，犹豫了片刻，终于还是躬身道：“殿下事务繁忙，臣等就不打扰了。”

父王挥了挥手，几人鱼贯而出。

碍眼的家伙终于走了，我舒了一口气，打听道。“父王，他们又来说什么了？”

“没什么，只是一些城内公务，我很久没回去了，过些日子也该回去看看。”父王道。

我拽着父王的衣角：“龙城那边还能有什么事情啊。这帮老头子翻来覆去不就是计较下一任龙主为什么还没有诞生。可这个和父王有什么关系？！明明是他们龙族这些年诞生的婴儿资质太差，龙珠瞧不上罢了。再说，龙族的寿命那么长，晚几年也没什么。”

父王有些出神，摇头叹道：“若是龙主能早出生，也许就能陪在你的身边，和你一起读书习武……”

“我才不要呢。有白郁在我身边就足够了。”我不满地嘟囔道。我知道这一代龙主将是我未来的丈夫，可是丈夫，那是什么样的存在啊？真是太遥远了！

父王无奈地笑了笑：“白郁再好，也不能替代玄王啊。拖延了十二年，也实在太久了。”说着这句话的他，神情有着我从未见过的怅惘。

虽然新任龙主的诞生并不会影响到父王的地位。按照魔界惯例，直到这一任玄王驾崩或者退隐，下一任龙主才会正式继承玄王名号，入主龙啸殿。这个过程通常至少是几百年之后。可是，父王此时的神情，却让我有一种不祥的预感。为什么呢？我分辨不出这种感觉的来源，却对那个尚未诞生的新任龙主本能地抗拒着。

幻月祭是舜城年祭之前最后一个节日，是为纪念一个古老的传说演变而来，每年的这一天，城里都格外热闹。白天有花车，夜晚有烟火，各家店铺也会挂出晶石串成的花形珠串，驱除一年的霉气。而中心的广场上，还有每年惯例的比武夺彩。

从拥挤的人群中挤过，我和白郁好不容凑近了比武台。比武已经开始了，场中搭建了五处高高的台子，上面正打地热闹，招来拳往，周围聚拢了大批的围观者。

比武的规则很简单，以连胜场次计分。连胜十场者，为三等优胜，可以到奖台上任意挑选一件下品的宝物；若是连胜二十场，可挑选中品奖励；若是三十场连胜，那么就可以挑选最顶尖儿的宝物了。武斗中不得随意伤害性命，否则按罪责论处。

真正的高手是不会参加这种比武的，台上的多半都是年轻人。我和白郁兴冲冲凑了上去，这可是考验自己武功的大好机会啊。但等挤到了报名处，我们却傻眼了。必需是一男一女，才有资格报名？

幻月祭的诞生来源于一个传说，古时候舜城地脉震动，险些带来灭城之灾，必需布设一种阵法方能压制，而此阵法所需的一种珍奇的晶石却在极地冰原最深处。当时正值寒冬，城主派出众多高手前往寻找，却不幸在途中遭遇阴兽袭击，几乎全军覆灭。只有一位少年幸被一位美貌如冰雪的姑娘所救，才捡回性命。姑娘劝少年留在冰原随她隐居，少年却挂念故乡，不肯停留，要继续深入冰原寻找晶石。最终，姑娘被少年的心志所感动，随他回到了舜城，其实那位姑娘正是一块水晶石修炼成精所化，自愿舍身，废去一身修为，保住了舜城。

而幻月祭就是由这段典故演化来的，所以比武需要一男一女方可报名，男方下场比武，比武的奖品都是城内各大店铺提供的各色名贵晶石。赢得奖励的男子，会将其送给自己的搭档。获此殊荣的女孩可以佩戴晶石，登上花车，环游城市。

我愣住了，这么说来，只有白郁能去参加，我能做的，就是充当一只花瓶。

“不行！我一定要参加。”

“算了吧，反正我上去也一样。有什么看上的东西，我替你赢过来。”白郁盯着台面上，没心没肺地笑道。

“要不，我女扮男装就好，反正用了易容的术法，也没人能认出来。”我突发奇想。

“啊，女扮男装？”白郁偏头看了我一眼，“那谁来充当你的搭档？”

“你啊。”我脱口而出。

“什么？！”白郁险些跳起来。

“反正你都被人叫姑娘了，说明群众的眼睛是雪亮的。”越想这个计划越可行，我兴奋起来，拽住白郁的衣袖。

“开玩笑！我才不要穿女装呢！”白郁的声音里隐有磨牙的响动。但在我百般威逼、利诱、恳求、要挟……用尽一切招数，甚至连数年前第一次比试弓箭时的那个赌约都搬了出来之后，终于让他艰难地点了头。

寻了个僻静的所在换了外衣，没空理会他极难看的脸色，我兴奋地冲上了台。

比武的过程实在乏善可陈，若要说有什么收获，那就是我对自己的武功前所未有的自信起来。台下不断传来喧嚣的喝彩声，打到最后，几乎没人敢上前挑战了。终于，会场的管理者迎上前，赞道：“公子果然厉害，您可是本届第一个一等的呢。”

我竭力压下欢呼的冲动，郑重地点点头。虽然知道真正的高手是不可能参加这种娱乐活动的，还是忍不住沾沾自喜。

“请公子挑选一件晶石给您的女伴吧。公子的成绩，可以在那五块极品晶石中任意挑选其一呢。”侍从领着我向颁奖的高台走去，言语中不乏羡慕的意思，这里每一块晶石可都是价值千金的宝物。

其实要论晶石，宫中什么样的没有，眼前这些虽然珍稀，却也不到绝世无双的地步。我随手选了其中体积最小的一块，正是上次金玉堂掌柜所提的棱光砂。

跃下高台，白郁上前一把拽住我　“反正先把衣服换过来再说。”说着便拖着我往人群外走去。

七拐八折，到了一处无人注意的后巷。

我先进了巷子里，正要准备脱下外衣，忽然，一道锐利的风声传来。

我一惊，直觉地向旁边闪避，却晚了一步，后脑一阵剧痛，便觉眼前一黑，昏了过去。

第四章

祭典风波

醒来的瞬间，头痛欲裂，全身更是酸痛不已，像是从早到晚不停地练功打斗，一直没有停歇。

对了，我确实参加了比武，还连接打足了三十场呢。然后……

想起昏迷前发生的事情，顿时惊出一身冷汗。我被袭击了！堂堂的魔界公主，竟然在自己境内的节日祭典上被人敲晕。是谁动的手？！

强压下起身的冲动，我静心倾听四周的动静。确定没有任何声响，才小心翼翼地睁开了眼睛。

入目是突兀参差的褐色石壁，这里是一处山洞，而我正躺地上。低头看了看拷在手脚上的金色光圈，我无声地苦笑了一下。

翻过身，立刻发现白郁就躺在我身后。我连忙凑近了查看，他呼吸虽弱，但心跳总算正常。

是谁袭击了我们？比武之后，我几乎气空力尽，但白郁的修为与我在伯仲之间，也被擒，显然那人的武功在我们之上。

袭击我们的目的是什么？衣物佩饰都还在，难道是被我打败的那些人之中的某个故意报复？或者……直接冲着我们的真实身份来的？

想到后一种可能，我心里一沉，也许是我们把舜城想象地太过安宁，连最基本的警惕都忘记了。

外面传来细微的声响，我连忙翻过身，恢复醒来时的姿势，闭上眼睛，装作依然昏迷不醒的样子。

片刻，一道身影阻拦了洞口的光线，阴影投到我身上。

是谁？我压下心中的疑惑，放缓呼吸。

黑暗中那人进了山洞，约莫距离我们三四步远的地方停了脚步。

然后是死一般的寂静，也不知过了多久，就在几乎忍耐不住的时候，一个声音传来："既然醒了就不要装睡了。"

我心神一颤，却依然没有动作，因为无法确定他是否在刻意试探。

"地上有你翻身的痕迹。"来人慢悠悠地继续道。

竟然是在这里露出了破绽，我大为懊悔，只得睁开眼睛，转头望向他。

终于看清楚来人形貌，却是全然陌生。是个十五六岁的少年，眉目普通，属于走在人群里最最不起眼的那种。

我收回视线，沉声问道："你究竟想干什么？"

"放心吧，我不会干什么，只要你们两人老老实实待在这个山洞里等三天，之后自然会放你们平安离开。"

说得好听，谁知道你是不是想要杀人灭口。无缘无故把我们抓来关闭三天，你吃饱了撑的啊。

也许是我眼中的不信任太过明显，他又补充道："无论你们信不信，这个山洞外围我设了结界，若是擅自行动，不过是白吃苦头罢了。"　他手一挥，我身上的禁止立刻解开了，"不信你也可以去试试。"

我会去试，但不是现在。我揉着手腕，皱眉问道："我们在这里留三天，对你有什么好处？"

"只是不希望你们碍事罢了。"他轻描淡写地道，"此次特意来告诉你们一声，不过是希望你们少费点儿力气，老老实实等三天就好。你我都可省心省力。"

我没有回答，眼神却看向洞口，寻常结界未必能困得住我。

他笑了笑，像是已看破我心中的打算，道："我不杀你们，是不愿意在这个城市杀人。但若你们举动太出格，我也顾忌不了那么多了。"

说这句话的时候，他语音依然淡漠，但眼眸中却一片冰冷，摄人心魄。

心生寒意的同时，我忽然萌生一个奇怪的念头，这张脸，是他的真面目吗？那双眼睛和他的容貌实在太不合衬了。

寒意转瞬即逝，他恢复常色，道：“所以说，这三天你们老老实实待着就好。” 简单交代完，他转身离开，丝毫没有把我们放在心上，甚至连我身上的禁止都没有重新施加，

等他走远，我立刻爬起身，跑到洞口。

外面是浓密的绿树，视线所及皆是一片荒芜，难见人迹，呼救肯定是白费力气。我又仔细查看外围的结界。

比我日常所学的复杂一些，也不是不能解开。但却需要静心钻研数日才行，解开只怕也是三四天之后了。

失望地回到洞里，再俯身察看白郁，他衣角破碎，手臂和后颈都有明显的淤青，又中了昏迷术法。我看得火冒三丈。这下子怎么办？真的要等三天？

虽然没有任何证据，我却有种感觉，那人刚才说的是实话，三天之后他确实会放我们走。也就是说，他的目标不是我们两人。

我摸了摸脸，易容的法术还在，他应该不知道我们的真实身份……对了，要说我身上少了什么，就是原本被我塞进口袋的棱光砂不见了。不会是冲着这个来的吧？

我郁闷了，若不是挑选战利品的时候顺手选了这个，也不会遇到这种无妄之灾了。

三天之后离开，开玩笑啊，我和白郁失踪一天，只怕整个舜城都要被掀翻过来了。

我们出门逛街，本来周围也有侍卫跟随，但今日的幻月祭太过热闹，加上连续几次出门都很安全，我便命令侍卫只在外围守候。此时我失踪的消息应该已经回报城主府了吧。

不行！不能等父亲和温衡他们救援！连这种小事都摆不平，怎么配当魔界未来的君王，那少年看着也不比我大多少，又是孤身一人，斗不过就太丢脸了。更重要的是，被父王他们救回去，以后别想在这么随便出来玩了。

静心分析整件事情，若是平常图谋财物的小贼，打晕我们抢了东西之后，肯定溜之大吉，哪里会特意将受害人带到这里。他说三天之后放我们走，应该是在这三天里图谋什么事情，生怕我们报复寻仇，甚至报官，引发意外的变数，所以干脆将我们关上三天。我和白郁报名比武的

时候，自称是兄妹两人从外地前来舜城游览的。这时的舜城外地游客无数，失踪几天根本无人注意。

他想借助棱光砂干什么？虽然暂时无法离开山洞，但并不妨碍我探查真相。

想到这里，我忍不住小小得意了一把，幸好被打昏前留了一手……

我盘膝坐在地上，按照书上记载的方法，运气灵力游走全身，血脉的鼓动逐渐传入脑海。

再一次睁开眼睛，映入眼中的景象已不再是狭窄阴暗的山洞了。

成功了！

移神换体的术法真正使用这还是第一次，想不到就成功了！

被打昏前，我手里正握着那颗棱光砂，当时灵机一动，随手将一丝灵气贯注其中，以这一丝灵气为牵引，正可以施行移神换体之术。

灵魂钻进了一粒宝石中，感觉好奇妙啊！

这个术法有时间限制，不敢耽误，我压下心中的波动，立刻开始打量周围的环境。

一看之下，却有些发愣，这里好像是地下某处，上面是玲珑剔透、姿态各异的钟乳石，下方石笋遍布，四面是曲折迂回的通道，如同蜘蛛网一般，四通八达，耳边传来滴答的水声。

听说舜城的东北方是一片陡峭的山地，植株茂密，蔓藤横生，地下遍布溶洞，深邃幽深。进入其中极易迷失道路，就连本地人，也不敢轻易深入。难道就是这里？

正疑惑着，忽然一片黑暗，四面压力传来，我被人握进了手里。

握住我的正是那个形迹诡异的少年，透过手指缝隙，看得出我们正往溶洞深处飞速掠去。

奔行良久，眼前豁然开朗。竟然是一片广阔的平台，纵横数里之遥，高耸万仞的钟乳石柱撑起上方的地层。平台的中央是一个浮空法阵，无数星子般的晶石漂浮着半空中，组成形态各异的符号，熠熠生辉。银光穿插游走其间，丝丝缕缕，氤氲飞舞。

我吃惊地看着眼前这一幕。舜城的地底下竟然有这么庞大的法阵？这副景象实在太神秘，太玄妙，若隐若现的银光像是一个从亘古流传至今的神话。

少年向着阵法走去，我感觉身形一轻，被他高举了起来。紧接着有一股奇异的力量灌入了棱光砂体内，霎时全身炽热无比。我几乎能够看到，身体正在散发出璀璨的光彩。

被这光芒碰触，沉眠已久的阵法像是被惊醒了一般，发出深远的鸣动。

少年行至阵法中心，那里是一处平整的高台，雕琢精美的石台上存放着一颗拳头大小的宝石，上面蒙了一层黯淡的灰尘，不对，那不是灰尘。我凝神细看，是这颗宝石本身的色彩已经褪去，显得灰蓬蓬的。

这应该是一颗耗尽灵力而废弃的宝石。难怪整个阵法看起来处于休眠状态，我回望空中若隐若现的丝丝白芒。这种威力庞大的复杂阵法，若是全力开启，会是何等惊人的威力啊。

不过舜城之下为何会有这种东西？从这颗宝石看来，已经废弃很久了吧。

百思不得其解，脑中忽然灵光乍现，莫非是……

幻月祭的来源不就是为了纪念上古时候一段关于舜城的传说吗？而那段传说中，灵石所化的女子自愿献身，补足阵法，化解了舜城的一大危机。

难道就是眼前这处阵法，我激动地看着这一切，越觉自己的推测正确。那已经是千万年之前的事情了。而眼前这些灵石的排布方式，正像是典籍中记载的上古阵法样式。

正想着，少年已经走上高台。

我终于看清楚高台上的灵石模样，虽然因为灵力耗尽，早已褪去了光华，但特殊的纹路还是让我一眼认出，竟然也是一颗棱光砂！

不过比起我寄体的这一颗，那颗棱光砂大了几十倍还不止，只怕是数万年方可凝聚形成，难怪能得道成精，化为人身呢。

“终于等到这一天，所有的材料都齐集了。”少年自言自语道，一边伸手抚摸着那颗光华尽失的棱光砂。

咦？他声音变了？我惊讶，略一思索，立刻醒悟，好狡猾啊！刚才在山洞里和我说话时，根本不是他真正的声音。

然后他也不知从哪里掏出了几颗宝石，将我也放了进去，托在掌心。

我看了看周围，好家伙，都是棱光砂！也不知他从哪里搜集来这么多，大大小小七八颗呢。

“虽然还是远远不及，但加起来总算能够勉强应付了。”少年低头凝视着掌心，自言自语，“父亲，我一定能救你出来……”他抬头望向远方，眸中隐有光芒闪烁。

那声音极压抑，却又蕴含着丝丝深入骨髓的战抖，听得我心里一颤。

忽然眼前一黑，我和另外几颗棱光砂被他一把揣进了兜里，少年转身向外走去。虽然看不见景色，却能感觉速度比来时更快。

树叶的簌簌声传入耳中，离开地底了！不多时，又有喧嚣的闹市声音传来，是回到舜城了！我精神一振，机会来了。

身体一空，这感觉，似乎是跃起翻墙？紧接着是推门的吱呀声。

他将我们掏了出来，放到一只水晶盏里，掩上盖子，幸好是个透明的杯盏。我放眼望去，这是一处布设精致的房间，家具器皿都很符合时下贵族少年的流行爱好。

若是这人的房间，看这光景，说不定还是个贵族子弟呢。

那人将外衣脱下来，搭在屏风上，然后水声传来，同时隐隐有灵气波动。

我立刻意识到，他是在解除易容的术法。我顿时精神大振。赶紧出来啊！让我看看你这个小贼的真面目。可惜，我热切的呼唤毫无效果，他竟然在屏风那边的书案前坐下了，紧接着是书册翻卷的声音。

我大为沮丧，这时，一个意外的声音从门外传来：“二公子，有急事请您过去一趟。”

他闻言站起身来，走出屏风的遮掩。终于能看清楚他的真面目，我霎时睁大了眼睛。

一个修长的身影映入眼帘，同一时间，我眼前一黑……

头晕目眩了好一会儿，等我再一次睁开眼睛，映入眼中的已是陡峭的石壁，狭窄的空间。

我又回到了山洞里。移神换体的时间到了！

我懊恼地简直想吐血。就差那么一小会，竟然没来得及看清楚那人的真面目。

不过转念想到，也不算一无所获，那一声“二公子”就足以让搜查的范围缩小不少。如今城里的富豪贵族少年虽多，但一家一家排查，不信找不出人来。而且我已经听过他的真实声音了。

只是不知那人想借助阵法干什么？那阵法能够压制当时毁灭全城的暴雪和地震，必定威力惊天撼地。他不会是人界潜入的奸细吧？我突发奇想到，以前和人界大战的时候，时常有各方势力潜入探查，但这几千年来战事渐息，往往几百年都不见争端，双方互相刺探的人员也逐渐少了；抑或是温衡有什么政敌，想要在舜城搞破坏？

想了片刻，始终摸不着头绪，我索性休息，一边静待功力恢复。

阴暗的夜色渐渐褪去，曙光从洞口透进来。一整夜过去了。

我运转内息，发现功力已经恢复地差不多了，正想着是不是再使用一次移神的术法去试探情报，外面却匆匆闯进一个人。

我吃了一惊，本以为这三天之内，他不会再出现在我们面前了。

他的脸色苍白阴沉，极其难看。

我身体动了动，不易察觉地摆出了戒备的姿势。昨天我可没触动山洞外的结界，确实按照他的吩咐，做到了“老老实实”。可为什么他落在我们身上的眼神却格外冷戾，甚至……隐隐含着一股杀意。

而这种杀意……是我错觉吗？好像不是针对我，是针对躺在地上依然身穿女装的白郁？

我咳了一声，干脆开口道：“你要干什么？”

他收回视线，落到我身上，忽然笑道：“没什么，就是忽然改变主意了，还是杀了你们灭口比较保险？”

“什么？！”想不到他这么直白，我跳起来警惕地看着他。

“当了冤死鬼别怪我，谁让你们运气不好呢。”说着，他冷笑一声，拔出剑来。

我自然不会束手待毙。但他武功确实胜我一筹，交手不过片刻，我被逼得左支右绌，步步后退，眼看后背就要抵在岩壁上了。

我脚下忽然一滑，竟然被遍地的碎石绊住了，那少年毫不犹豫，趁机当头一剑劈下。

若这一剑挨实了，不死也要重伤，危急关头，忽然一颗尖锐的石子无声无息地想着少年后背袭来。

少年察觉，反身一剑挥去，金石交击，发出刺耳的声音。

动手偷袭的是一直躺在地上的白郁，一击不中，他紧接着扑了上来，同时身后的我也缓住跌倒的势头，一剑向他后背削去。

前后夹击，又是出其不意，任他武功再高也难顾全。但他应变也是不俗，竟硬生生拧身一剑，挡开了我的攻击，同时左手一掌击出，和白郁在半空中硬碰硬对了一掌。

长剑被荡开，震得我手臂酸麻不已，当机立断地扔了剑，同时脚下发力，猛地窜了上去。同时白郁也返身攻了上来。

那人来不及回力，被我撞到了身上。他身体悚然一僵，难以置信地望着我。我手中握着的是一柄短刃，已经深深扎入了他的胸口。

鲜红的血顺着我的手流下来，这是我第一次杀人，虽然杀得理直气壮，但温热的血流淌在手上，还是觉得很不舒服。

如此近距离地看着他死不瞑目的双眼，我心里一颤。慢慢松开因为用力过度而僵硬的双手，我后退一步。那人失去支撑的躯体倒在地上，震起薄薄的沙雾。

是你先要杀我们，也怨不得了。我暗暗道，别开视线。

连续几次攻击也几乎耗尽了白郁的全部力气，依靠着山壁慢慢坐倒在地上。

“什么时候醒过来的？”我上前扶住他，问道。

“快天亮的时候。”白郁苦笑道，“那术法真是厉害，精神虽然慢慢醒了，但身体还是迟迟无法动弹。直到刚才方积攒了点儿力气。要不是你见机快，我还找不到机会出手呢。”

我松了一口气：“也是好运。”刚才快退到山壁处，瞥见原本以为昏迷的白郁竟然动了，还捡起石块预备偷袭，我便立刻配合着他假装跌倒。那人心急杀我，一招劈下，背后便露了空门。才让我们有机可乘，合力击杀了他。

想不到整件事就这么轻而易举地解决了，对这少年的身份我始终存疑，还有他的真面目。我凑上前，想要仔细查看。可手刚要碰触他的脸颊，忽然一股怪异的灵力波动传来，我悚然一惊，白郁也脸色剧变，一把拉住我，急急后退。

“蓬”的一声，一团火焰猛地从少年身上爆起，迅速吞噬着周围。

幸好少年死后，结界已经解除，我们退到山洞外，心有余悸地看着烧成一片的山洞：“这是火系法器吧，他刚才怎么不用呢？”

“是轻敌了吧。”

我们互相对视了一眼，心中均油然生出一股庆幸来。

可惜，那少年的躯体被烧光，就无法判断身份了，不过只要回城里暗查谁家的“二公子”最近失踪了，依然能确定他的身份。

整件事情就这么结束，松了一口气的同时，我却隐隐有些失望，本以为是多么复杂的经历呢，最终却如此虎头蛇尾。

我们启程下山，可越往外走，我心中莫名地升起一种荒谬感。

真的就这么结束了？

顺顺利利杀了劫匪，平平安安离开山洞，轻而易举找到出路。

这一切，真的是这么轻易吗？

见我停下脚步，白郁转身疑惑道：“怎么了？”

“觉得不太对劲儿。”我犹豫着说道。

“有什么不对的？”

我低头沉思片刻：“要不你先走，我再回去看看，等会儿再跟上。”

“何必这么着急，等我们回去之后再派人前来探查吧？”白郁建议道，见我神色不为所动，索性道：“若是真的不放心，那我陪你回去看一趟好了。”

我摇头：“我们被擒已过去一天一夜，府中必定着急，要尽快回去报平安，而且你现在的状态，也不适合行动。”白郁昏迷了一天一夜，药性未散就妄动真气，已经受了内伤，需要尽快返回城里治疗才行。

“你放心，只是回去看看，我自己会小心的。”

见我坚持，白郁无奈，只得叮嘱了几句，我们便分头行动。

离开白郁，我飞身往回赶，一边仔细回想和那人交手的经过。

昨天那人第一次露面时，对我们确实没有杀意。可为什么一天之后就改变主意了呢？而且他想要杀人灭口，随身的法器却没有使用，我们前后夹击的行动简直顺利地出奇，真的是因为他太大意了？偏偏在死后法器又爆发，将尸身痕迹全部焚烧干净，一丝证据不留……

这一切，若是昨天没有使用移神的术法，也许我不会怀疑，但昨天我已经见到了他阴谋的冰山一角，那神秘的地下古阵，来历莫测的二公子……都让我有种预感，这件事不可能这么轻而易举结束。

赶回到山洞旁，火焰已经熄灭，狭窄的山洞被焚烧地坍塌了一半，几簇小火苗零散跳跃着，碎石沙土遍地。

我用御风诀吹散黑烟和沙土，山洞内一片焦黑，满目凌乱，根本找不到任何痕迹。

莫非那人被烧成飞灰了？

那火焰威力甚强，尸身被烧得灰飞烟灭也不稀奇。可这样要从何探察呢？灵机一动，我想到，不是还有那颗棱光砂吗。

静心感受那一丝留在砂里的念头，我惊喜地发现，真的还在！那颗棱光砂没有被火焰焚化。

立刻寻了一个僻静的所在，使出移神术法。短暂的头晕之后，再睁开眼睛，是一片黑暗。身体一阵晃荡，周围四面八法有东西不停撞击着。我恍然，是被人揣在了兜里。

一片黑暗中我仔细分辨这人的脚步和轻功身法，片刻之后，发现和第一次的经历几乎毫无差别。他果然没死！

是死而复生的特殊能力，还是他一开始就准备诈死？为什么要这么做呢？

正想着，头顶上裂开一线光明，一只手伸了进来，将所有棱光砂一把掏出。

眼前正是昨天来过的地方，黯淡的阵法如同漂浮在半空中的蜘蛛网，古旧而绵密。他将我和众位“同伴”一起放到高台上，神态郑重，动作小心。

我们被摆成一个圈儿，围绕着那颗拳头大小的旧棱光砂，光彩交相辉映。然后他举高一只手在我们上方，另一只手虚空一划。

我还未了解他这个动作的含义，就觉一股热流铺天盖地洒了下来。

半晌才醒悟过来，竟然是他的血！

我强忍住躲避的冲动，大觉晦气。情报没探到，先洒了一身的狗血，真是倒霉！

然而那些血碰触到身体，却立刻化为一股热力，像是威力极大的补药融入体内，全身灵气暴涨。血迹很快被吸收干净，看看四周，“同伴”越发明彩耀眼，油光满面，连我自己都觉体内灵气充沛十足。

这种增加晶石灵力的能力绝不是普通的血液能有的，这人是从小服食过某些顶尖儿的奇药吧？

将棱光砂的威力催至最高，他又从怀里掏出玉符法器等物，布设在阵法外围，手法娴熟，迅捷精炼，必定是准备了很久。我看得出，他所做的不仅是修复阵法，似乎还在对它进行一些改变，那种布设方式，竟像是上古时的传送阵法。

随着他的动作，地底深处传来隐约的轰鸣声，沉眠了无数岁月的上古阵法终于要被唤醒了。他神情也越发紧张，连结法印的手都开始微微战抖起来。

眼看着阵法被逐渐补完，我暗暗心急，他要用这个阵法干什么？

轰鸣声越来越近，像是一只猛兽，从亘古的长眠中惊醒过来，光芒绚丽迭爆，照得四面皆白。银光凝聚成一道雷电，嗞嗞作响。

雷电当头，我只觉全身灵力飞速流逝。“啪”的一声，身边个头儿最小的那颗棱光砂已经支撑不住，直接爆成粉末了。我大惊失色，无论他想要干什么，再继续下去，我寄身的这颗棱光砂也要支撑不住了，紧接着又有两颗小粒的棱光砂耗尽灵气，碎成粉末。心急之下，也顾不得隐藏身形，我拼命往旁边一滚。

“砰”的一声，昏头昏脑的我撞到了旁边一颗棱光砂上，撞得它飞弹出去，又撞到了另一颗。

都是滴流圆的晶石，这一活动，连锁反应，立刻满盘皆动，四散滚落。

雷电缺了本源，顿时力量大减。

见雷电忽然变得断断续续，少年大惊失色，一步冲上前。

这时高台上最后一颗棱光砂也炸碎成粉末，失去了中心的阵法顿时失控，雷电化为疯狂的巨蟒，在空间里翻滚回荡，轰鸣连连，最终汇成一道惊雷，当头劈下。地面裂开了一道巨大的口子，像是猛兽张开巨口。

我躲避不及，跌了下去。而那少年也惊叫一声，一头栽了下去，同时电光散成的烟雾如旋风般涌入地下，笼罩住我们。

深远的轰鸣中，头顶的光芒越来越遥远，终于，裂缝如巨大花瓣慢慢合拢，最后一道光线隐没，周围只余深不见底的黑暗。

这场下坠几乎无穷无尽，直到剧烈的撞击传来，司玉只觉全身都要被撞散了，连灵魂都要震成碎片。幸好棱光砂材质坚硬，不然真是有死无生。

这里是什么地方？四面一片黑暗，唯一的光源就是她自己，棱光砂天然发光，虽然微弱，在这无丝毫光线的地底却格外抢眼。被那道闪电击中，又经历了这么久的下跌，这里应该是地底很深处了吧。

幸好我本体还在上面，我立刻默念移神的口诀，片刻之后，睁开眼睛，竟然还是一片黑暗的地下！

怎么可能？我继续尝试，可不管多少次，都是一样的结果，我竟然被困在了这粒晶石中。

怎么会这样？我顿时慌了心神。难道要困在这石头里一辈子？等等，白郁已经返回城主府了，只要他将消息带回，父王肯定会派人前来寻找，只要父王找到我的身体，一定有方法将我的魂魄唤回的。

意识到这一点，终于慢慢静下心来。先看看这周围是哪里吧，还有那个少年，好像也和我一起跌下来了。在哪里呢？

一想到他，忽然心神一动，立刻感应到他好像就离我不远。真是奇妙的感觉？我心中纳闷，还是依循着直觉向那边蹦蹦跳跳而去。

变成晶石真是不方便，笨拙地跳了好一会儿，才走完这小段路。

他正躺在地上，生死不知。

一念至此，心中忽然又生出一个念头，他还活着！

我愣住了，跳到他面前，他头脸都是血迹，混合着沙土，狼狈不堪，却还有一线若有若无的呼吸。

真的活着呢……我漫不经心地想着，但视线落到他满头满脸的血迹上时，整个人忽然僵硬了。

我终于想到，这诡异的心灵感应因何而来了，还有我为什么无法脱离这颗晶石，返回本体了。

这个推测实在太过恐怖，我只觉眼前一阵发黑，恨不得直接晕过去算了。

该死的，我成了他的血契灵兽！

一方若是死亡或者受伤，另一方就会有感应，这种奇妙的灵魂间的牵绊，正是缔结血契之后才有的效果，随之而来的还有契约双方灵力的分享，难怪至今我的灵力都未彻底耗尽。

血契只有在生灵之间才能缔结，一颗无知无识的石头是不可能成为灵兽的，偏偏机缘巧合，我寄身在石中，使得这颗棱光砂暂时变成了类似小妖怪一般的存在，符合了缔结契约的条件。

难怪刚才移神的术法失效了，也是因为契约的捆绑作用。

简直是奇耻大辱！堂堂的魔界公主，未来的魔界帝王，阴差阳错之下竟然出了这种乌龙，变成了卑贱之人的血契灵兽。我气得头脑发晕，半晌才清醒过来。

当务之急是赶紧解除这该死的状态。血契是一种以血为媒介的咒法，刚才他把血滴到我身上，再加上阵法中的雷电同时击中我们两人，无意间连通了双方灵魂，才会造成这种后果。想要解除……对了，只要血契一方身亡，就会自动解除。

只要他死！我立刻跳起来，怎么弄死他呢？

看他这副模样，似乎也活不了多久，但这种丢人的事儿，我一刻也不愿拖延。四面一看，我们正身处凸起的峭壁上，下方就是漆黑的深渊裂缝，把他推下去，不信摔不死他。

这辈子第一次这么迫切地想要杀一个人。我立刻行动起来，跳到他的肩膀处想将他撞下去，奈何现在的身体只是一颗小石子，撞了几次，也不见成效。

正竭力蹦　着，忽然一只手伸过来，一把将我拍进了土里。

黑暗笼罩中，细微的呻吟声响起，他醒了！

想跳起来，奈何他压得死死的，一点儿也不像刚醒过来的人。半晌，手指在我周围扒拉了两下，将我捏在指尖，举到眼前。

尘土簌簌落下，落在那张比鬼好不了多少的脸上，赤血合着黑泥，满脸狰狞，那双原本明朗的眼睛也只余一片昏蒙。

他看了我一眼，眼神半死不活，像是根本没意识到自己在看什么东西。

他不会是摔傻了吧？

然后他的视线茫然地落向远方，那里只是一片黑暗，无穷无尽的黑暗，四面八方上天无路入地无门。

他忽然笑起来，低沉的笑声回荡在这个压抑的空间里，听得人浑身寒气直冒。他笑得上气不接下气，忽然，扬手一扔……

我顿时尖叫出声，那方向正是万丈深渊！幸好他用力不小，我一下子撞到了对面石壁上，头晕眼花地又弹了回来，落到了一块凸起的岩石上。

紧紧趴在那一小点儿地盘上，我心惊胆战，这该死的混蛋，等回去了，一定把他扒皮抽筋……新仇旧恨一齐涌上来，恨不得用所有知道的恶毒诅咒痛骂他。

那人却全无知觉，对我一颗石头竟然会尖叫也毫无探索的兴趣。将我扔出去之后，就一头栽倒在地上，人事不知。

但我知道，他还活着，真是命硬啊！他怎么还不死呢。等他死了，我正好回去。而你就烂死在这里吧，我狠狠地想着。

可偏偏事情不尽如人意，也不知过了多久，他竟然又爬了起来，然后俯身到崖边，掏摸起来。

我恨不得将自己缩到地缝里去，奈何作为这个黑暗世界中唯一一点儿光源，实在太引人注目了，怎么也没逃过他的毒手，又被他捡起，捏在了手心里。

将我放到眼前，他端详了片刻，视线已经没有了刚才的万念俱灰，总算透出一丝亮色。看得出他的伤势刚才也处理过了。

“我还没死不是吗？”他对我说着。

我暗叫不好，要算账了，他知道刚才阵法崩溃是我暗中动的手脚吗？

却见他并未看我，反而径自说了下去：“没死就还有机会，就算不成功，也许我已经离那儿不远了，也许这里就是那里的地下，我还有机会，我一定能到达……”

他喃喃自语道，我听得惊讶，他要去哪儿？

却见他并未多说，摘下领口的一颗扣子扔掉，将我别了上去。然后顺着峭壁开始徒手攀爬。

这个蠢货竟然想要向上爬！

不过除了这条路，他也确实没有别的选择了，除非真的甘心死在这里。我幸灾乐祸地想着，反正结果也差不多，区别不过是在这里生生困死，或者半路上活活摔死。

我冷眼旁观他的垂死挣扎。这千万里之遥的深渊，你要是真能爬上去，才是奇迹了呢。

可让我郁闷的是，每次以为这家伙快要摔下去的时候，他总是能坚持下来，而每次以为这家伙会摔死的时候，他总是还能再一次爬起来。

看得我也渐渐不舒服起来，每次从希望到失望，实在不是什么愉快的感觉，更别提他摔下来的时候，我也连同被摔得头晕眼花。

又攀上一处峭壁，他躺在地上半天没反应。我终于忍不住开了口：“死了没？”

一片寂静，就在我以为不可能得到回答的时候，他低声道：“还没。”

我翻了个白眼，还真是命硬。

在黑暗的地下无法计算时间，只知道我们离出发的地方越来越遥远，而距离地面也越来越近了。原本的不屑逐渐变成了惊讶。

攀爬的过程中，他的伤势逐渐痊愈，之后速度大大加快，甚至每当精力耗尽的时候，他身上都会浮起赤红的光芒，灵力仿佛源源不断一般，连附在他身上的我也能感受到这股充沛的力量。

我这才知道他有极高明的法器护身，否则在跌下来的时候就摔死了。对他的身份越发好奇，但之后我再开口说话，他却极少回答，仿佛要积蓄每一分力气，连一个字都不愿意多浪费。而我也逐渐心急，都过去这么久了，父王应该早就找到我的身体了吧。为何还没有将我弄回去？

不知过了多久，终于，我们抵达了地面。

四面八方是一望无际的银白，寒风呼啸着亘古不变的漫长音调，吹到身上的感觉如刀割一般。晶石的身体明明不可能感觉寒冷，急剧的降温还是让我有种要被生生冻裂成齑粉的错觉。

在这个被银色彻底统治的世界里，我们甚至分不出东西南北，只看到漫天满地的白色无限蔓延，一直延伸到世界尽头去。

看到的第一眼，我就认出了这个无数典籍记载过的地方——极地冰原。

舜城位于魔界东南边境，距离极地冰原少说也有万里之遥，那个阵法果然有空间转移之能。只是因为我的打扰，偏转了方向。

他茫然地转动身体，我的视线也随之移动。冻结一切生命的寒冷，晦暗空濛的天空，这是一个生机尽绝的世界，除了寒冷什么都没有。没有任何生物能在这种环境中存在，哪怕是最耐寒的虎纹熊和冰漪地苔。

我看不见他的表情，只注意到他的喉咙在战抖，像是强行压抑着什么。是死里逃生的呼啸？还是又落入另一个陷阱的悲鸣？

就算是顶尖儿的高手，借助玄妙的神器，带着详尽的地图，走过极地冰原也要历尽艰险，而他，什么都没有！

他慢慢跪倒在地上，压抑的声音响起，如同受伤野兽的嘶吼，混合在呼啸的狂风里，充满了挣扎的痛楚。

一种渗入骨髓的压抑感传来，我强忍住尖叫的冲动，即便是缔结了契约，不可能如此清晰地感受到对方的情感波动，除非，这份感情已经危及生命。

巨大的力量排山倒海地压下来，这是我十二年的生命中从未感受过的陌生情感。

是悲恸，或者，这就是所谓的绝望？

奔涌而入的剧烈情感让我茫然无措，我只看到他跪伏在地上的身体战抖着，如同一只最卑微的蝼蚁。

我的视线落到他支撑的手上，因为长时间攀爬而磨损见骨的手指上，翻卷的血肉已被冻结，变成黑褐色的硬块，满身鲜血混合着污泥，肮脏不堪。

我移开视线，望向迷蒙的天空，最致命的是这里完全没有一丝灵气，像是一条温暖河流中的鱼，扔进了干涸的沙漠里，找不到一滴可以补充生命的水源。

曾经无比期盼着他的绝望和死亡，可是真的面临这一刻，却是茫然。甚至有一丝不忍，为这个害得我前所未有狼狈的罪魁祸首。

不想看到他在这里活活冻死，我低声提醒道："喂，先找个避风的地方吧。"

片刻后，他摇摇晃晃地站起来，天空一片空濛，微弱的光隔着重重阴云。

他向着逆风的方向走去。一直走到黑暗降临，来到一处偏僻的山洞里。扶着石壁，他忽然一口血喷出来，然后是剧烈的咳嗽，几乎要将心肺都咳出来。

"你怎么样了？"我忍不住问道。坠落地缝所造成的内伤一直强行压制，而如今，恐怕再也没有痊愈的机会了吧。

他躺倒在冰冷的地面上，片刻的沉默后，忽然开口道："阵法失败，是你动的手脚吧？"

这是与他相处的这段日子里，第二次回应我，虽然答非所问。

我没有回答，到如今这个地步，再否认也没有意义了。

他也没有再追问，抬手遮住眼睛，转了话题道："如果我死了，你的契约也可以解除了。只是留在这个地方，继续修炼不易。"

我无言。

"你既然已经修炼成精，之前为何不出声提示呢？"

我信口胡诌道："我虽有了灵智，但也刚刚具备了说话的能力。"

"那么刚刚开启灵智，是一种什么感觉？"

什么样的感觉？

"也许，就像是忽然从迷梦中醒过来一样吧。"

"梦中醒来啊。"他低声道，"其实，我曾经在这里做过一个很长的梦，就在这个寒冷的地方，很长很长，大概有一百多年吧。后来醒过来了。"

他已经开始说胡话了。我暗暗想到。

"也许，之后我要在这里继续沉睡了。只是不知道这一次，他会不会再一次找到我，将我从沉睡中唤醒。"他低低笑着，声音仿佛在梦中。

他在说什么？我试着问道："是谁将你唤醒的？"

"父亲啊。他抱着我，将我带回城中，然后教我读书识字武功术法，他还拉着我的手，教我弓矢和剑法……"

"你的父亲是什么人？现在在哪里？"

"他在舜城。"

我有些惊讶，记得上一次听到他布设阵法时候的私语："你的父亲不是在龙城吗？"

"对了，他是在龙城。"他声音逐渐放低，像是要渐渐睡过去了，"我一定会见到他的，我一定要救他出来……紫金阁……"

这是什么胡言乱语，毫无头绪。我继续发问，他却再也没有回答，像是昏睡了过去。

从契约上，我能感受得到，他还活着，生命依然跃动在他的体内，却在寒风的侵蚀下越来越弱。

这就是终点了吧。能走到这里，以他的年龄和修为，已经是奇迹了。

等他死了，这乱七八糟的契约也要解除了，这段头疼的旅程终于可以结束。

可是这个人到底是谁？他所做的一切都是为了什么？我发现自己竟然一无所知。甚至我都不知道他的名字。

他就这样满身尘埃地死在这个地方，连同他的悲恸和伤痕，连同他的渴望和挣扎，与他疲惫的躯体一起埋葬在了这里。

我低声问道："你叫什么名字？"

没有回答，只有空茫的风声呼啸在洞外。

我从他的衣领跳下来，一直待在地下，甚至没有看清过他的容颜。

这时，一种发自灵魂的战抖忽然传来，如同水波荡漾，这种熟悉的感觉，正是灵魂转移的征兆！

这个瞬间来得如此巧妙，我甚至分不清楚，是父王他们找到还魂的方法了，还是他微弱的生命残烛终于彻底熄灭了？

站在他面前竭力望去，视线尽头，却只是一个模糊的影子，然后就是一片黑暗。

再一次睁开眼睛，明亮的阳光中，绣着藤萝花纹的紫纱幔帐在袅袅香雾中轻轻颤动。

视线逐渐清晰，数道人影映入眼帘。有人低声问道："殿下，感觉如何？"

熟悉的清雅声音传入耳中，大脑停滞了数秒钟才恢复运行，我瞬间睁大眼睛："墨澈心！"

墨澈心笑道："殿下，久违了。"

真的是他！不是在做梦，恍惚了一阵子，我才清醒过来："你怎么会……"

"臣前不久功体有所突破，才得以出关，面见殿下。"他笑道，风姿气度一如往昔。

想想已经数年未见面了，此时骤然出现，实在意料之外的惊喜。

我转头看向四周，黑曜石柱挑起晶石镶嵌的天花板，身下的青玉台无比熟悉，这里是丹云地宫的聚灵殿，我正躺在平日里练功的青玉台上。

"这里是丹云地宫？！我怎么会回来这里，不是在舜城吗？"

"距离殿下昏迷至今，已足足过去二十日了。"墨澈心解释道，"那日白侍读回府禀报后，玄王殿下便立刻派人前往接应，可行至半途，却遇到地震，一时间山脉塌陷，泥石横流，地脉剧变，费了不少力气才寻到殿下的身体所在……"

我顿时冷汗，竟然忘了这一点，当时阵法失控，引发了剧烈的地震，而我隐藏身体的地方正好是一处山洞，巨石嶙峋……

我连忙低头查看。还好，没有缺胳膊少腿。

“因为深埋土中，又无阵法防护，殿下的躯体生机受损。幸好玄王施法为殿下护住命脉，又迅速回了丹云地宫，以百脉灵泉浸润，方使殿下身体恢复如初。之后陛下令渊恒元君设下七窍夺神阵，为殿下解除了移神的术法，魂归本体。而臣正巧出关，也适逢其会。”

“墨殿司太谦虚了，也多亏了殿司巧手布设才能如此顺利。殿司对魂魄一道极有慧根，再过几十年，只怕老朽也是望尘莫及啊。”

说话的是墨澈心身后的一位青衣老者，面容古拙，正是渊恒元君，他是母皇座下颇为倚重的高手之一，修为精湛，对魂魄类术法更是别有研究。我颔首道：“辛苦元君了。”

“分属当为，不敢当殿下谢。”他连忙躬身行礼道。

也许是离开身体太久了，简单的起身竟也一阵头晕，墨澈心上前扶住我。

渊恒元君也提醒道：“殿下魂魄滞留外物太久，精神力几乎耗尽。这几日还请好好休息。”

我笑着点头应了，暗暗运动心神，果然，回归本体之后，那丝微弱的牵绊已经彻底消失了。

只是，究竟是回归之后自动失效，还是因为他的死亡而解除的呢？

突如其来的离别为那场短暂的变故画上了句点，生活回到了原本的轨迹上。可惜直到最后，我都没有看清楚他的容颜。

对我这般轻率的行为，母皇狠狠训斥了一番，之后这件事被无声无息地压制了下来，父王继续东部的巡查工作，而我和白郁提前返回宫里。对于那人的来历和目的，我始终存疑，短暂的休养后，也试着手调查，却一无所获。

入冬之后不久，舜城传来了温衡养子病故的消息，温衡将军因此上表请暂时隐退，却被母皇下旨驳回，命温衡年后依旧返宫任职，不得耽于私情。但旨意严苛之余，也体谅到温衡丧子之痛，暂名紫薇殿侍卫统领车融调任丹云地宫副统领，辅助温衡处理一干事务，同时，我九霄宫中又多了一位侍读。

蓝衣的贵公子轻摇折扇，踏上九霄宫的白玉阶，晨光中一派自信从容，一双顾盼生辉的桃花眼也不知让周围多少侍女眼前一亮。

看着这熟悉的身影，再看看旁边的墨澈心和白郁，我忽然感觉，未来九霄宫的日子也许会格外热闹。

隐隐地，对母皇这格外“体贴”的安排，我也领悟到了什么。也许这正是一个帝王真正应有的手腕。

然而，一切未来得及深究，一个天翻地覆的变故，却让我再也没有精力去关注这些细枝末节。

我从来不敢相信，我牢不可破的世界竟然会这么轻而易举地崩塌。

年祭结束后，整个魔界尚未从新年的庆典气氛中脱离，魔界的玄王殿下突然驾崩了。

窗外有细细的雪飘落，湿凉的寒气带着深入骨髓的凄冷。

恐怕是这个冬天的最后一场雪了吧，我站在半掩的窗台前发愣，木然的大脑中一片混沌空濛，转动一下都觉得生涩。

生命的消散，死亡，永恒的离别，这些只在书中见过的伤痛，原来距离我并不遥远。从最美好的梦境中骤然惊醒，我第一次意识到肩头深重的责任，比任何一位先辈更加沉重的责任。这十三年，父王和母皇付出了多少心血，才让我拥有这样美好纯粹的童年。

父王的死亡是因为龙珠，他并不是天命所选择的王，强行改变命数，融合龙珠之后虽然也能拥有不逊于历代玄王的力量，却始终没有改变内在的本质。我出生之后，龙珠并没有如往常一般，自动从玄王体内离开，归于虚无。这也正是下一任玄王为何迟迟没有降世的原因。

强行融合的法器需要同样的手段分离，而父王，他没有撑住这个过程。

一切就是这么简单，简单到让我无法接受，也无法相信。

然而现实终究是现实，无论我多么想逃避，时间还是一如既往地流逝着，深沉的悲恸，盛大的葬礼，天下哀悼，龙气衰微……躺在玉榻上的父王，沉静俊雅的容颜一如往昔，这一切尘世的纷扰都离他远去。可是我知道，内心深处有一部分最光明的存在永远地失去了，那里只余一片黑暗。

珠帘微响，墨澈心缓步而入：“殿下，天气阴寒，小心身体。”他走近了掩上窗户。

水珠冰雪打在透明的晶石窗上，外面的景象很快模糊一片。

“殿下这些日子都未曾好好休息，白侍读他们都很担心，还有陛下……”

我有些烦躁地转过身，对父王的亡故，母皇表现地一如既往地坚强，坚强到甚至冷硬的地步。我没有见到她流下一滴眼泪，也没有任何哀戚的容颜。只是沉默地在父王的灵柩出神片刻，便交代宫内臣子循例操办葬仪。

“殿下，对于玄王的亡故，陛下她……”

“我知道。”我打断他的话，沉声道。其实我也明白，尤其在得知了地火裂缝的真相之后，我已经明白母皇的肩头负担着怎样的重任。每想到自己身为继承人，这十三年来总是习惯于让她失望，就惭愧不已。

但是内心深处，还是隐隐有一丝失望。从小，我就记得父王看母皇的眼神，其中蕴含着多少炽热的温柔，直到长大了我才渐渐明白，那是真正看着自己深爱之人的眼神，而母皇看向父王的时候呢？在她的心里，是心怀天下而没有了情感存在的空隙，还是因为隐藏着另外的存在……

“我只是在难过，父王本来明明还有千年的生命。”我低声道。

“玄王殿下是为了魔界千万年的基业，我等皆感其恩。”墨澈心上前一步，道。

我嘴角扯动，千万年的基业？其实不过是为了另一个生命的降世，来维系魔界权利构架的平衡。这个平衡在魔界已经维持了千万年，之后还要继续维持千万年。

“倘若当初他没有选择成为玄王呢？”我望着窗外。龙族的寿命是妖魔中最为漫长的，他完全有足够的时间，就算不成为玄王，也同样可以追求母皇。而这个玄王的职位其实并没有多少好处，仔细回想起来，日常龙城的臣属对父王并非全然信服，而宫中的舆论对他的文武治世都格外严苛。

“若是真正爱一个人，自然会希望竭尽全力替她分忧，为她付出。玄王的心意，对陛下，还有对公主您，都是一样。在他的心里，你们的幸福远远比千年的生命更重要。”墨澈心柔声道。

“可是我却只希望父王能够平安。”

“那么如果有一天，这种平安，必需要公主殿下牺牲自己呢？”

我沉默不语，若是为了父王和母皇，甚至为了白郁，还有眼前的墨澈心，我会心甘情愿地赴险牺牲吗？

“这世上也必定有一种存在，是让公主殿下为之牺牲性命，也甘之如饴的吧？”墨澈心缓缓道，低沉的声音分外柔和，“玄王殿下也一样，若只是庸庸碌碌，千万年的生命又有何意义，旦夕生死，千年如梦。听说龙族在死亡之后，会化为云雨，也许，他依然停留在这个世上。不过是更换了一种形式，遥望着殿下。”

我将手按在窗上，隔着透明的水晶石，薄薄的水波流动而下，淌进心里，静默片刻，我问道：“若是你呢，你会怎么选择？”

他有些意外，却坦然道：“臣若能死得其所，必甘之如饴。”

我将视线移开，那么母皇呢？在她心中会有这样的人吗？也许，能让她心甘情愿为之付出的，只有这个世界，这片土地吧，所以连伤心的时间也没有。而这正是一个王者所必需拥有的，自始至终，我还差得太遥远，所做的还太少。

遥望着天际，就是在这一刻，一个大胆的念头在脑海中朦胧浮现，为了母皇和父王，也是为了这个魔界。

一年后的冬至，溯生雷霆，日月并起，新的玄王在龙城诞生了，一时间万众欢腾，举世皆庆。

依循旧例，母皇以墨澈心为使，前往祝贺。月余，与龙城臣子一起带着新诞生的玄王殿下归来皇城。

对这个未来的夫君，我心中只是一片冷然。想到这个生命是以父王的性命换来的，便无丝毫亲近之意。本来按以往惯例，玄王应该与公主一起长大，也算是培养感情。可想到要和这只只会呜呜哭叫的小东西朝夕相对，我就厌烦，真担心自己哪天忍不住把他拎起来扔到地上踩死，他的本体与幼年时在花田里玩耍刨出的某些软体动物还真挺像。更何况，此时的我有真正的大事要准备，怎么能为了这个小东西而拖延呢。

最终，在母皇委婉的安排下，玄王殿下暂居龙城修炼，一切容后再议。而一年之后，我人已经不在皇城，甚至不在这个魔界了。

第五章

初入天源宗

仰望着澄清的天空，我微笑着，这就是人界的圣地天源宗啊，果然是风光无限好。

寝室里一片喧嚣，将简单的行李放进壁橱，我终于松了一口气，

入门的过程没有想象中严格，也许平静了太久的时光，天源宗之内的警惕心不似战时那般警惕，而我也做了万全的准备。

三两下将寝室简单收拾好，身后传来脆生生一句问候：“你好”。抬头望去，一张俏丽的容颜出现在帷幕旁，是同寝室的女孩子，叫什么来着……

“我叫秦蓉，就住在你的隔壁，要不要帮忙啊？”未及反应，女孩已经含笑招呼道。

我客气地笑了笑：“你好，我叫白露，已经收拾地差不多了，多谢你了。”

“没什么，以后我们就是一个寝室的人了，请多多关照啊。”秦蓉热情地道。

说话间，又有隔壁寝室的女孩子过来打招呼，我们礼貌的应对着。都是十五六岁的年纪，相处起来也容易。入门一个月之后，我很快习惯了这里的生活。

这一个月的时间足够我将附近的地形打探清楚，这天晚上，待秦蓉

熟睡，我换上随身携带的匿踪法衣，轻轻推开了房门。

四野一片寂静，茂密的森林将月光筛得细碎零落，绕过狭窄的山道，高耸的阁楼出现在视线尽头。

亲自潜入天源宗的目的自然是盘古神玺。虽然知道它在天源宗主的手中，但对于详细的情况还是了解太少，所以今晚我的目标是藏书阁。

天源宗的藏书阁分为九层，越往上所藏的典籍资料越珍贵。第一层早已经轻车熟路，但第二层开始就有术法结界限制。幸好白天我偷偷观察过，片刻之后就破解，潜入其中。

翻看资料玉简，绝大多数都是术法典籍，并无用处。继续向上，结界布设地更加高明，破解第三层的结界足足用了我快两个时辰，踏入楼上，却依然未找到需要的资料，不禁暗暗头疼，第三层的结界就已经如此麻烦，第四层只怕是我短时间内无力破除的。

距离盘古神玺还遥遥千里，难道第一步的行动就要卡壳?

这一日功课结束，进了藏书阁，拐过一楼通道，却见几个箱子摆放在角落里。好奇地凑近一看，是明珠灯盏之类的器具。藏书阁的四壁上虽然镶嵌着明珠，但书架林立，光影错落，因此高台上摆放着不少烛台，便于有人夜晚查看使用。

一个念头立刻在脑海中浮现，看看四周没人，我迅速从箱子底部翻出一支蜡烛，咬破指尖儿，滴上了一滴血。

赤红的蜡烛上浮现一道光晕，随即隐没。我匆匆将蜡烛塞回了箱子。不多时，便有人将箱子取走了。

不知那支蜡烛会被分配到哪层楼上。到了深夜，我迫不及待地施展移神的术法，短暂的黑暗后，睁开了眼睛。

入目处是赤金色的书架，上面摆放着整齐的玉简典籍，青玉质地在明珠照耀下荧光闪闪。眼前陌生的情景，绝不是曾经去过的下面三层。我心中暗喜，动了动身体，正要从桌上跳下去，却听到一个意外的声音响起：“师兄，怎么了？”声音清脆，是个年龄不大的少年。

被称作师兄的那人回答道：“好像听到那边有奇怪的声响。”

这一声不啻晴天霹雳，我吓了一跳，连忙僵硬了身子。

寂静了片刻，第一个声音道：“没有啊？”同时响起脚步声，不多时，一个十七八岁的少年身影从书架中探出头来，四处查看。

后方那个师兄也走上前，两人粗略查看了一圈，并未发现可疑之处，很快转身离开了。

我暗暗心惊，刚才倾听时并未有呼吸响动，想不到竟然会有人。是我大意了，上得藏书阁高层的，都是嫡系弟子，修为自然不同凡响。

我小心翼翼地站在桌上，只希望这两人不会在这里熬通宵。

“师兄，听说宗主不久就要出关了。”

“是听衡纹师兄提起过。”那个师兄道，“听说宗主这次闭关二十年是为了参悟上古法诀冰星道，也不知成就如何。”

我精神一振，想不到会在这里听到关于天源宗宗主的消息，实在是意外收获。

“冰星道是我们天源宗的镇派功法之一，玄妙深奥，以前第九代宗主连续闭关二百余年都未能参悟透彻，何况区区二十年呢。”

“师弟慎言。宗主修为高深莫测，其实我等能够妄自揣测的。”师兄谨慎地打断道。

少年声音有些提高：“师兄，难道你就不着急吗？我可是听说了，宗主此次出关多半是为了他。甚至……”少年压低了声音，“甚至听说，宗主极有可能收他为关门弟子呢。”

那个师兄似乎沉默了片刻，方沉声道：“他本就天资卓绝，也难怪引人瞩目。”

“什么天资卓绝，别人佩服他，我可不服。”少年的不满立刻暴发了，声音也不自觉地提高，“我就是看不惯他那副伪君子模样，在长辈和首座面前彬彬有礼，对我们就冷淡傲气。”

“何必呢，终究也是我们谢家的血脉，他若得了造化，也是我们的福气，说不定将来也能照看一二。”师兄调侃着笑道，明明是劝解，在我听来，却更像是挑拨。

“谁要他照看了。”少年果然不悦，反驳道，“什么谢家的血脉啊，说是旁系远亲，说不定是从哪里冒出来的骗子呢，舅父怎么就认下了呢。若论血统，师兄你才是谢家的嫡系……”

说话间，两人从书架后面绕出，少年义愤填膺，旁边的师兄却云淡风轻，眉目含笑，只是漆黑的眸子里不时闪过一丝阴沉。

这两人是谢家子弟？祁连谢家我也听说过，是人界修真名门，与天源宗更是有千丝万缕的联系。不过相比起这两人，他们口中提起的那人更让我好奇。

两人不一会儿就离开了。

我松了一口气，开始今天的行动。

这一层中的玉简典籍都是高阶术法和阵法，据我的推测，应该是在第六、七层左右，没看多久就到了天明时分，我匆匆解除移神术法，返回本体。

古井无波的日子又过了十余日，一件意外打破了平静。

闭关二十年的天源宗宗主正式出关了！

这件事虽然重大，但对于初入门的应天阁弟子来说，也不过是茶余饭后的谈资，但这一次却别有不同，据说宗主此次闭关，参悟星辰玄学，上感天命，偶有所得，准备在璇玑阁讲道十日，与众弟子共同参悟。

“这可是百年难遇的好事啊，可惜我们没有听道的机会。”

“别说我们应天阁了，我看正式弟子都未必有机会，至少也得是嫡传弟子才行。”一个少年叹道。

夕阳时分，应天阁内刚刚结束课程，众人三三两两地围拢在一起说话，话题中心自然是刚出关的宗主大人和即将召开的论道盛会。

一位少年忽然压低了声音：“这次论道大会，我还听说了一个小道消息呢。”

“什么消息？”众人来了精神。

“听说这次宗主他老人家出关，不仅要讲道，还很有可能收亲传弟子呢。”

“什么？”周围几人都张大了嘴巴，这消息确实够震撼。

“不会吧，宗主这些年来都是闭关居多，连几位首座都不再指点术法了，怎么会在这个时候想起收亲传弟子呢？”一人不信道。

天源宗如今的宗主娄玄尘修行六百余年，早年收过三名弟子，一个是现任的器部首座，一个是术部长老之一，还有一个最小的关门弟子据说早年死在了魔界之手。这名弟子之死让娄玄尘痛彻心扉，之后闭关隐居，潜心参悟天道，已有百余年未曾收过弟子了。此时忽然要出关收徒，也难怪众人意外。

“若真要收徒弟，那多半是谢师兄了。”一人叹道。

“肯定是。”众人纷纷赞成。

“宗主的上一位弟子不就是谢家的谢青菱前辈吗？据说仙姿无双，

修为绝顶，可惜命丧妖邪之手，我们不能目睹其风采。”一个女孩满脸向往，“也许宗主是念及谢前辈，才动了再次收徒之念吧。”

谢青菱与前代玄王之事我已经知道内幕，听这话不免漠然，若是你们知道事情的真相，还会这样一脸崇拜地谈起她吗？

“就算没有谢青菱前辈，远殊师兄那般天赋，也只有宗主配将其收入门下了。”另一个女孩子补充道。这话说得其实不妥，但众人却无一反对，都是一副理所当然的表情。

天色渐暗，闲话片刻，众人渐渐散去了。我和秦蓉结伴走在回去的路上，不经意地问起：“如今天源宗内有不少谢家子弟吧？”

秦蓉道：“那是自然，谢家可是当世名门，直系、旁系族人在天源宗的，少说也有近百人。不过若要论资质，还是谢远殊师兄最高。”素来冷静的脸上浮现一层红潮，这个谢师兄好大的魅力啊。

“可听说谢远殊是旁系，并非谢家嫡系呢。”我漫不经心地说道。

“那又如何，这一代的谢家嫡系，论资质，论天赋，论为人，没一个及得上他的。谢师兄可是在不到一年的时间里就通过了五部考核，晋升为正式弟子了，在我们天源宗这是从未有过的。其实他入门至今不过三年，听说已经元灵大成了。”

我挑了挑眉梢，入门三年就能有此修为，确实惊人。只是木秀于林，风必摧之，回想起前些日子在藏书阁偷听到的谈话，只怕那些“资质平凡”的谢家嫡系，不会甘心被这样一个来历不明的旁系子弟抢了风头吧。

本以为所谓的论道盛会与我们无关，但几日之后，上面传下消息，筹备盛会，杂务繁多，人手不够，寻了我们应天阁弟子前去帮忙。

众人大喜过望，虽然只是干些杂活儿，但亲耳听宗主讲道的机会谁不想要。

一个月的忙碌转眼即逝，论道大会的日期就在明天了，今晚我和另外几名女弟子领到了采集芜仙草的任务。

芜仙草是一种银白色的六瓣花，其香气有驱除魔念，醒神明目之效。用以布置会场最为合适。只是此花天性特殊，只能夜间采集，白日里一旦摘下，立刻灵气尽散，光华不复。

天源宗有大片的芜仙草花田，我们十几个女孩子合力，很快采集够了明天需要的分量。秦蓉褪下指环，往地上一扔，圆圆的指环立刻化为一叶扁舟，我们跃上去，不需驾驶，扁舟便自动飞行起来，这是宗内为我们干活儿专门配备的法器。

璇玑阁建在玉青峰和易生山交界的峡谷口上，广阔的谷底一眼望不到头，清澈的河流沿山石蜿蜒汇聚成一泓月牙湖，围绕着璇玑阁，一派山水秀丽。

璇玑阁前是一处高台，此番论道盛会，不仅能亲耳聆听宗主讲道，还有五部杰出弟子的比武。

赶到的时候夜色正深，驾着扁舟，众人打开乾坤袋，向下抛洒，无数芜仙草闪烁着荧光随风飘落，像是无数的星辰浮动在空中。

“真是美啊。”众人惊叹。

我也被这一幕景象吸引了视线，目不转睛地看着，这时，视线余光却瞥见一个黑影倏然划过，意外有些熟悉。我神色微动，转头看旁边女孩，都被美景吸引了视线，并无一人注意。

完成了任务，我们驾着法器返回。走了不久，扁舟忽然一阵战抖，乱晃起来。众人心惊，扳住边沿：“怎么了？”

秦蓉惊道：“只怕是法器坏了！”

“先降落吧，不然摔下去可不妥了。”

秦蓉无奈，只得操纵法器降落。寝室距离遥远，四周都是漆黑的森林，众人心下惴惴。

“去找找看，也许能找到哪位前辈帮忙呢。”我建议道。

“也好，我们就以这里为中心，去周围看看。一个时辰后还在这里集合。”众人也没有别的法子，只得如此行事。

分散开来，我悄无声息地退了出去。夜幕中的森林为我提供了遮掩，很快回到了璇玑阁附近。

隐身在暗处，我攀上左侧山壁。附近刚好有一处狭窄的山缝，简直是天然设置的监视场所。我凑近了猫着腰钻进去，居高临下，会场和璇玑阁都一览无遗，

耐心等待片刻，下方果然又有人影闪动，是两个人，只可惜天色太黑，看不清容貌。我偷偷用了一个顺风术。夜风无形地加大了几分，将断断续续的对话送入耳中，

“谁知道他这么大胆……竟然敢……这次一定让他原形毕露……魔界……”

我听得一惊，与魔界有关？！不自觉又将风力催动，忽然，正在说话的一人抬起头，锐利的视线直射过来，我立刻向后一缩。

遭了，被发现了！我正要溜走，忽然身后传来细微的声响，同时一股大力从背后推过来。

我身体不受控制地冲了出去，凌空向悬崖下摔落。

及时使出浮空术，总算稳住身形，但形迹已经彻底败露。而更让我胆战心惊的是，刚才那突如其来的一推，我的身后竟然有人，而我却一直没有发觉！

来不及思考这些，真正头疼的问题到了。

看着我从空中缓缓落下，那两人抬起头来，一眨不眨地紧盯着。

这两人，我心里一怔，竟然就是上次在藏书阁看到的那两位。此时他们正全神戒备地盯着我，眼眸中隐有冷意。

我心里一寒，脸上却迅速堆起惊喜的笑容："是两位师兄吗？太好了！我们可有救了。"

我从空中跃下，欢欣地跑向他们，在三四步的距离停下脚步，气喘吁吁地弯下腰。

见了我的举动，两人眉头一皱，一人冷冷问道："你是何人？在这里做什么？"

"我是应天阁的弟子白露，今晚本来布置会场的，但回去的时候我们的浮空舟也不知怎么，出了故障，从天上摔下来。我们没办法，只好返回，想看看璇玑阁这边有没有哪位前辈师兄可以帮忙……"我伶俐地解释着，一边合掌笑道，"幸好遇到了两位师兄，请一定要帮帮忙啊！"

"你们是今晚过来布置芜仙草的人？"

"是啊。"我忙不迭地点头，又补充了一句，"几位同修都还在那里等着我呢，就拜托几位师兄了。"知道还有同伴在，想必不会什么杀人灭口的心思吧。

也不知是否相信了我的说辞，年纪稍长的那位神色放缓，柔声道："既然是同门，自当援助。"吩咐同伴道，"孝恒，你先回去吧，我去送几位师妹一趟。"

"多谢师兄了，不知师兄是哪一部的弟子。"我欢喜地问道，一边同他一起往回走。

“剑部，谢静声。”他淡淡地回到。

我笑道：“原来是剑部的师兄啊……”

一边闲聊着，我眼神无意地扫了悬崖一眼，嶙峋的山壁上已经无丝毫异状。究竟是谁呢？

这一日，璇玑阁前热闹非凡，整个山谷中人来人往，熙熙攘攘。万里碧空之上，无数光点疾若流星。据说有很多闭关多年，久不现世的老前辈都闻声而动，前来赴会了。

“好多前辈呢，也不知宗主是何等仙风道骨，要是能亲眼见见就好了。”

“想得美吧，能让我们在这里听听已经是法外开恩了，想要见宗主，至少得入璇玑阁才行呢。”另一人笑道。我们这些应天阁弟子虽不能正式列席，但念在帮忙干活儿的份上，总算占据了谷中一处偏僻角落，静候开场。

正等着，数道光点接二连三落在离我们不远的地方，随即掀起一阵喧哗。

来人走近，当先一人风姿秀雅，正是昨晚刚见过的谢静声，正与旁边一人相谈甚欢。走到近前，见了我们，他神色一怔，秦蓉和几个女孩子已经上前行礼道：“静声师兄，远殊师兄……”

这人就是谢远殊！凝神望去，果然秀逸非凡，一群人中，连最出众的谢静声都被比了下去。不过我见过的俊男美女多了，也并不觉多么稀罕。

他转过头来，含笑看着众人，目光温润如春水，被他看一眼，竟是说不出的舒心。

我眉梢一挑，这眼神……真有点儿像，墨澈心那家伙见外人的时候，都是这般儒雅温和的姿态。

“昨晚多亏谢师兄援手了，否则我们还不知何时才能返回寝室呢。”

“举手之劳，不足挂齿。”谢静声笑道，见同行师兄弟们疑惑，又将昨晚事情简单说了一遍。

“静声师兄果然细心。那么晚了还在璇玑阁内忙碌。”一个剑部弟子笑道。

“师弟谬赞了。首座将阁内布置的任务交付下来，我岂能不尽心竭力。”谢静声笑道，

“也幸好静声认真负责，否则几位师妹那一晚岂不是要在林子里过夜了。”谢远殊开口道，“天黑雾寒，几位师妹夜晚出行小心为好。”

“远殊师兄的教诲我们记下了。”几个女孩子笑道。我心里一动，向谢远殊望去。他面上却是一片温和，完全是关心师妹的兄长模样。

“时间不早了，不打扰几位师兄，先在这里预祝几位师兄今次论道会上大放异彩了。”秦蓉笑道。话语虽说得客气，眼神却不自觉地瞟向谢远殊。

谢静声注意到她的视线，嘴角挑起一抹别有意味的笑：“若要论比武，必定是远殊技压群雄了。”

“师兄谬赞了，宗内人才济济，哪里有我技压群雄的机会。”谢远殊笑道，“更何况本次论道盛会我已决定不参加了。”

周围顿时一片喧哗，众人都难以置信地望向谢远殊，包括谢静声。

我若有所思地望着他，回想起昨晚听到的只言片语，又看向谢静声。

这时，一名弟子御剑飞至：“几位师兄，首座急事传召！”

众人闻讯，不再停留，立刻御剑往璇玑阁飞去，只留下满地议论。在这一片喧嚣中，论道盛会正式开始了。

论道盛会先是各部弟子间的比试较量，不仅有比武术法，还有道法辩论等。身为应天阁弟子并没有多少时间听道，不时有差事落到头上，四处奔波。而谢远殊也确实没有参加，带着一众弟子巡查会场，几天下来，彼此又碰面数次。

数日后，各部弟子间的比试终于完结，马上就是宗主讲道了。我们又领了巡查谷地周围隔音结界的任务，以免有山野精怪前来偷听。

众人四面巡视，我往树林深处走去，绕过一处山崖，却听到前面传来熟悉的声音：“是我疏忽，忘了恭喜师兄技压全场，得此桂冠。”是谢远殊。我脚步慢下来，屏息静气。

随即一声冷哼传来：“别以为我不知道你心里在想什么。”果然是谢静声，此次论道盛会，他以剑术称冠。

“哎，师兄多心了，日前师兄为了此次盛会，通宵达旦，彻夜不

眠，布置会场尤为尽心，这般辛苦，实在让师弟深感惭愧。正是因此我才禀明首座，愿意与外门众师兄弟一起承担杂务，尽一份心力。”

“师弟可真是用心良苦啊。”谢静声笑道，声音里带着毫不掩饰的讽刺。

“还是多亏了师兄的教导。”谢远殊淡然道，

谢静声却话锋一转：“只是师弟退出比试，真是因为顾全大局吗？还是因为你内心有愧，唯恐出风头变成出丑。”

“恕我愚昧，不知师兄所言何事？”谢远殊缓缓道，“我与师兄不仅是同门，更是血脉相通的同族子弟，今次师兄夺冠，也是扬我谢家名声，我自然衷心高兴。”

“哈哈，同族，我们谢家可没有你这样来历不明的天才，更没有妄修污秽禁术的族人。”谢静声冷然道，“等我禀明父亲，迟早要将你逐出谢家。”

我听得震惊。谢远殊却依然冷静：“师兄言重了，远殊是否是谢家子弟，自然由伯父决定，有些话，还是等日后师兄继承族长之位再说吧。”

谢静声还想说什么，谢远殊又含笑提醒道：“宗主讲道即将开始，师兄再不走，只怕要迟了。”

谢静声冷哼一声，一道剑光拔地而起，瞬息消失在璇玑阁方向。

人已走远，我正犹豫着，却听谢远殊的声音悠然响起：“我们二人在此说话，打扰师妹路过了。”

我一怔，方才我已使出独门心法封闭呼吸心跳，寻常高手都难以察觉，想不到竟会被他发现。我大方地从岩石后站出，赞道：“师兄真是好修为啊，连静声师兄方才都没有察觉。”

“果然是师妹你。”他含笑看着我，眼神依然温和，却带给人一种无形的压力，“只是应天阁的弟子里，可没有能逃过静声耳目的高手。”

我心里一紧，随即展颜笑道：“再高的修为，还不是逊了师兄一筹，不然怎么会从高处栽下来。”我一语双关，不仅是指眼前，更是试探他是否是山洞里那人。

“谁让师妹与我有缘，总是在我意料不到的地方出现。这里也是，那晚山洞里也是。”他摸了摸鼻梁，笑道，“可惜那晚情势紧急，只好

送客出去了。”

他竟然承认了？我吃惊地看着他。我本来只是猜测，没有任何证据的，

“很意外？”他耸耸肩，“其实我也一直纳闷，师妹那晚是去布置芜仙草的吧？为何去而复返，又钻到山洞里去了呢？”

心念电转，我惭愧地低下头：“不瞒师兄，此次论道盛会，我们应天阁弟子不能列席，实在是一大憾事。只因太想聆听宗主教诲，我私底下便动了歪脑筋，趁着那晚浮空舟出故障的机会，偷偷返回，想寻一处隐秘的地方……”后面的话我没有说出口，但意思却已经很明白了。“可惜不知道那山洞已经被师兄先入为主了。”

“哈，这么说来，我贸然逐客，实在是失礼了，竟然坏了师妹的好事。”谢远殊大笑道。

不管他信不信，反正这个理由毫无破绽，我抬起头，笑眯眯反问道：“不知师兄那天去山洞是为了何事？”

他笑了笑，道：“其实，我去山洞与你一样，也是为了寻个听道的位置。”

无耻，连编个谎话都懒得吗？直接用别人的。我在心里狠狠鄙视了他一把，却也没有戳穿，只感慨道：“可惜因缘际会，你我此时都无法聆听宗主教诲了。实在是人生之憾啊。”

说罢，正要顺势告辞，却不料谢远殊伸手拦住我，笑道：“那可未必啊。”

我一愣，他却拉住我的手，脚下电光一闪，一柄长剑横空出现，他拉着我跃上宝剑。

猛地飞上半空，我险些摔下来。飞剑疾如光电，山风呼啸，吹得睁不开眼睛，我只得扶住他的肩膀，大声问道：“师兄要干什么？”

“当然是弥补师妹的遗憾了。”他转身笑道。

难道他是要去那个山洞……等等，这样岂不是要当着全谷弟子的面飞过去，那还算是偷听吗？

“放心吧，我们不是去山洞。”像是知道我的心思，他转头说道，一边给我一个安慰的笑容。

我顿时毛骨悚然，真像！和墨澈心那家伙，每次他要陷害人的时候，都是这样一副表情。

眨眼间已经飞到璇玑阁。脚下一空，他环住我的腰，向前一跃。腾云驾雾的感觉传来，我们两人轻飘飘落在了房顶上。

他顺势按住我肩膀，低声道："小心。"

纵然惊怒交加，我也只得压低身体。对面谷中坐着成千上万的天源宗弟子，正紧盯着这座阁楼。

中间隔着飞挑的屋脊，挡住了他们的视线。但也只是在我们趴着的时候，一旦抬起身子，面对的将是成千上万道天源宗弟子的目光。而这还不是最头疼的，隔着身下这层青玉琉璃瓦，是整个天源宗最顶尖儿的高手，其中还包括宗主本人。

"师妹看起来很紧张啊。"旁边始作俑者毫无压力地调侃道。

转头看着他似笑非笑的表情，真恨不得一脚把他踹出去。"师兄可真是别出心裁啊。"终于，我强压下怒气，低声道。

他温和地笑道："上次对师妹无礼，坏了师妹听道的机会，身为师兄，自然应该有所补偿。"一边说着，他一翻身，"师妹便在这里静心听吧，你的差事自然有我代劳。"

想走，没门！我一把拉住他的衣襟："师兄，机会难得，岂能错过。"

那温雅的笑容此时看起来分外可恶："唉，我也想与师妹同享此荣耀，可惜身负要职，等我完成任务，再回来与师妹一同聆听宗主教诲吧。"说着他手一挥，看似轻易的动作，我手腕却立即乏力，不由自主地松开了衣襟。

他顺着房檐一滚，落地瞬间，剑光浮空，载着他飞快远去了。

只剩下目瞪口呆的我，一阵风过，无比凄冷。

怎么办，也跟着跳下去？璇玑阁周围布有结界，他的飞剑畅行无阻，我一个应天阁弟子的修为却不可能随意穿过。

长叹一口气，反正已经被发觉，静观其变好了。我索性躺下来，今日天气还不错，太阳晒在身上暖洋洋的。就是身下的琉璃瓦太硌人，要是有床垫子就完美了。

天空中浮云懒懒飘过，我神思游荡。谢远殊这人也太小气了，就因为我两次撞破他的形迹，就这么报复。真要追究失礼的罪名，他也逃不了。不过他是核心弟子，顶多训斥一番，而我一个无关紧要的应天阁弟子，摊上这个失礼的罪名说不定会被逐出天源宗呢。要真是害得我这么多日子白白浪费，我眉梢一紧，一定要将他砍死出口气再走。

一个沧桑清亮的声音缓缓响起，平和沉稳，闻之静心，我精神一振，这就是天源宗宗主的声音？

对天源宗主的讲道，我也极感兴趣，此时能静心聆听，也算因祸得福，且让我好好听听这天源宗第一人究竟有什么神通。

“天地固有常矣，日月固有明矣，星辰固有列矣，天道运而无所积，故万物成……”开宗便是天道之续存，伴随着悠长的讲道声，整个璇玑阁祥云渐生，五色光照，更隐有异花绽放吐香，让人只觉如沐春风。趴在璇玑阁上的我心神俱震，完全没有感到任何术法波动，也就是说，这位宗主大人是仅凭着声音就达到了这个境界，真正微言大义，舌灿生花的境界。

惊讶之余，我对这些深奥的理论依然头疼，想到是天源宗主讲课，勉强多听了一会儿，还是忍不住走神。太阳暖洋洋的，晒在人身上说不出的舒服，耳边音调舒缓悠长，如同亘古存在的玄妙乐音，飘荡在周围，脑海中翻涌的思绪渐渐平静，放松的结果就是逐渐眯起了眼睛。

直到肩膀一阵刺疼，似乎正被什么东西戳，迷蒙的意识才逐渐清醒，立刻感觉全身又酸又痛，忍不住哎呛了一声。

“师妹啊……”一个无奈的声音响起。转头一看，某人讨厌之极的脸孔就在眼前，正笑眯眯地看着我：“师妹听道好生认真啊，师兄来了这么久都不见你反应，只得提醒你一下了。”

刚才竟然睡着了！在这种地方也能睡着，而且还被这家伙看到……心里不免尴尬，面上却不露分毫，只板着脸问道：“你又过来干什么？”

“讲道已经结束，唯恐这璇玑阁太高，师妹你下不来。”

“那可真是多谢师兄了。”我咬牙切齿。

“不必客气，只是方才委屈师妹了，早知道为兄应该替你送床被褥过来才对，万一着凉了怎么办。”他继续笑道。

我竭力压住怒气，转头望向四周。天幕被夕阳余晖染成赤红色，已是傍晚时分。难道论道就这么结束了？自始至终竟没人上来指着我的鼻子呵斥一顿，我诧异不已。

谢远殊也没有纠缠不放，道：“讲道已经结束，我送师妹下去吧。”

我一把挥开他的手，既然已经结束，哪里还用得着靠他，一边站起身来，然而这个动作进行到一般我就僵住了。

寂静中，仿佛有只乌鸦从头顶上呱呱叫着飞过。不是说结束了吗？眼前这漫山遍野的人是什么？

下面传来无奈的声音：“我只是说结束了，可没说人都散了啊。”

“你……”我口角发苦。旁边谢远殊狡猾得很，就要向下溜，我眼明手快地一把拽住，一个人溜走，想都别想，死也要拉着你这个罪魁祸首垫背。

一个想要挣脱，一个死不放手，相持之下，一时用力过大，我们两人一下子向后摔倒，顺着倾斜的房檐滚了下去。

及时攥住房檐，我们没有摔下去，却像两片肉干似的悬挂在那里，随风摆荡着，身后传来此起彼伏的惊呼，不用回头也知道，几万道目光正齐刷刷仰视着我们。那一瞬间，我真连想死的心都有了，这辈子还没这么出丑过。

“不必这么用力吧，这棵树快被你用扫帚捅死了。”

我转头，是谢远殊从璇玑阁走出，手里托着一只青花瓷钵，笑看着我。

将扫帚一扔，我甩了甩酸涩的手，道：“阁里茶碗杯盏你都收拢好了？”

“都收在天清钵里了。”他将手中的青花瓷钵略举高示意。

我略扫了一眼，一钵清水中浮动着细小如米粒的器皿：“我这些天可是累得够呛，这些可就归你洗刷了。”

“喂，难道这些天我不是……”

“别忘了，是谁惹出的祸事。”我环抱双手，毫不客气地冷笑道。

那天的事情，我们理所当然地挨了训斥，执戒院和剑部的前辈轮番上阵，听得我耳朵都起了茧子了。好在最终并未深究，只是罚我们两人整理散会后的璇玑阁和山谷。

虽然借助术法，省了很多力气，但这么广阔的地方，也足足忙碌的我们三天。

“呵，火气这么大，好吧，我洗就我洗。”他认命地道，将天清钵收入囊中。见我不以为然，忍不住笑道：“你这种脾气，真不像是落魄门第出身的人。”

我心里一紧，他暗中打听过我了？面上却故作轻蔑道：“怎么？落魄门第出身的人就应该卑躬屈膝，小心服侍你谢家大少爷啊。”

“我可不是什么大少爷。” 他看了我一眼，道。

“对了，真正的大少爷是今次论道盛会夺冠的那一位。”我恍然大悟，笑起来，“今次被人抢了先，难道你就真没有什么想法？”被人威胁着退让比赛，想必这家伙心里也很窝火吧。

“能有什么想法，同为谢家子弟，血脉相连，他能得此荣耀，我也替他欢喜。”他淡然道，语音坦诚自若。

让倒我意外了，他不会真这么以为吧？还是他脸皮太厚，我看不透呢，于是讥笑一声：“你看起来可不像这么淡泊名利的人。”

“彼此彼此，这一身精炼的修为，你看起来也不像是落魄出身的孤女。”

我心里一沉，正欲辩解，他却话锋一转：“无论你想打什么主意，暂时我都没有兴趣知道。今次的事情演变成如此，有你行差踏错之处，也有我思虑不周之处，反正你我各不相欠……”

我额头上青筋冒出，这句话明明应该是我的台词好不好，怎么听他说的，好像我像块狗皮膏药贴上去似的。一口气堵在胸口，我索性道：“既然如此，就一言为定，你我各不相欠，以后永不……”

“哎，话可不能说得太满啊，毕竟是同门，何必弄得仇敌一般。”

算了，和他说话就是给自己找气受，我果断地转身离去。

天空一碧万顷，阳光温和中微带寒意，站在高耸的山脉上放眼望去，起伏的原野已开始透出浓淡相间的绿，心情不自觉地爽朗起来。

转眼已是开春，正是入山采药的好时机，今次上山，是为了采集几种接下来丹药课程会用到的药材。

去年冬天的五部考核，我只通过了丹部一门。因为权衡利弊，进入丹部是我最佳的选择。既不太出风头，也不会太受忽视，尤其需要经常入山采药，行动范围广阔，还可以随时失踪而不会引起任何怀疑。

一边采集着药草，我往深山走去，此次入山的目的，是察看天源宗的地脉分布。

这些日子通过移神的术法，我将藏书阁内关于神玺的典籍翻阅了不少，一个意外的线索引起了我的注意。一本秘典里也记载，在一千二百年前，天源宗曾有过一次灵气失衡的现象，险险才逆转过来。若我推测不错，必定是神玺之力了。神玺源自天地，可调和阴阳，扭转地脉，以其维护天源宗的灵脉，最恰当不过，就如同魔界以神玺镇压地火裂缝一样的道理。此次入山察看天源宗内的地脉分布，也许能找到神玺力量的根源。

树影婆娑，阳光被浓密的枝叶筛成零碎的光点，春日的寒意在浓密的林中蔓延。

行至玉青峰的半山腰，我停下脚步，取出一面玉盘，上面托着一枚滴流转动的钩形灵玉。这是地源精华所凝结的天罡玉，能探测四周灵气。

循着玉石的指引，我往深山走去。绕过山崖，是一处狭长的山谷，人迹罕至，路径几乎被杂乱的植物掩盖。空气中浮动着森森寒意，我打了个哆嗦，好阴冷的气息啊，如今已是开春，怎么会有这么冷的风。

越走越觉诧异，这股寒气绝不是寻常的天然阴寒灵气，那种森寒刻骨，生机禁绝的韵味，竟像是极地冰原所出一般。难道有什么灵器阵法布设在这里？

峡谷七拐八弯，到了尽头，眼前豁然开朗，是一处天然湖泊，飞瀑从四面峭壁奔涌而下，落入湖中，飞花溅玉，声震日月。

瀑布中，竟有一人赤着上身，站在水幕之后，像是正在修炼什么功法。

我不敢逼近，远远站在一块巨石后，此地阴寒之气更甚，偶尔有水花溅到身上，冰得人直打哆嗦。看四周草木，果然尽数凋残。

这种冰寒功体，已近乎妖邪了，难怪刚才就觉得周围灵气流动频率格外熟悉，这种修炼法门，绝非天源宗一脉，更像是魔界所有。

这人是谁？难道是成了精的妖魔，藏在此地偷偷修炼？天源山内灵气充沛，鸟兽花草极易成精，不过山内设有严密的结界，法力低微的小精怪尚且无碍，一旦修为精进到一定程度，必会引动结界示警，所以天源宗内不可能有大妖魔存在的。

我正看得入神，忽然脚边一动，是一只圆滚滚的小东西，正在对着我的脚拱啊拱。

这是什么动物？这种生机禁绝的寒气笼罩下，竟然还能生存。也不知瀑布中那人察觉了没有，我脚轻轻一动，将它掀翻过来。

竟然是只小猪，粉色的身体肉嘟嘟的，此时四蹄朝天，向上挥舞着，像只翻了盖的乌龟。

我悄悄俯下身，将那只小东西一把拎起来。小猪挣扎着，发出扑哧扑哧的声音。

“师妹可真有闲情逸致啊。” 一个懒洋洋的声音从头顶上传来。

我大惊，仰头望去，一个人影逆着光，站在我隐身的巨石之上，虽看不清形貌，但这声音却极其熟悉。“怎么是你……”

“为什么不是我？”他失笑道，从巨石上跃下，站到我面前。正是久违了的谢远殊，自那次事件之后，一方面我刻意避开，另一方面他也从未提起，之后形同陌路，已有近半年没见面了。

此时他优哉地看着我，漆黑的湿发垂在腰间，上身袒露在金色的阳光中，沾着透明的水珠。

他可真是不避嫌，我扯了扯嘴角，招呼道：“师兄，好久不见了。”

他目光落在我腰间的小药锄上，笑道：“原来师妹是入山采药来了。”

“是啊，想不到会打扰师兄练功，失礼了。”我客气地应付道，同时心念电转，难怪当日谢静声嘲讽他修炼污秽禁术，原来就是指此事。身为正道弟子，却私下修炼魔族功法，确实是违逆犯禁。

“不知师妹今日收获如何？”他问道，一边走上前。

我警惕地后退一步，笑道：“托师兄的福，已经收获不少，只剩几样未能采集到。”

撞破了他的秘密，可得提防他杀人灭口。我原本一直自信以自己的实力，就算及不上他，也差不多了。但刚才见了他的功力，才明白此人修为之精湛，只怕还远在传言之上。此地又荒僻无人，若他动手，还真不好应付。

好在他并没有进一步的行动，只是上前一抬手。

我手里一轻，是那只小猪跳出去，蹦到了他怀里。

小猪在他怀里蹭着，极熟稔，一边发出舒服的哼哼唧唧声。谢远殊弹着它的脑门道：“怎么跑到这里来了，难不成是惹祸了，所以前辈又要将你烤着吃？”

“这是你的猪？”我忍不住问道。

“不是，是一位前辈的。”他笑道，摸了摸它的耳朵，“而且，这可不是一只猪。”

“那是什么？”

他笑而不语，道：“师妹不是要采药吗？不如一起过来吧。”说着，也不理会我答应不答应，径自跃起，身形直飞上去。

我一愣，跟过去吗？终于还是好奇心占了上风，飞身跟上。

见我赶上他的速度，他转头笑道：“师妹修为果然不凡。”

反正隐藏实力的事儿他也知道，我懒得遮掩，只笑道：“些许家传技艺，让师兄见笑了。”

飞上悬崖，他落到山头上，手一勾，摆放在青石板上的衣服飞了过来，然后旁若无人地穿戴起来。

我在一旁看着，脸上淡定，心中却暗暗诧异。天源宗弟子大多都出身名门贵族，虽然修了仙道，不用再死守那些礼法规矩了，但从小出身养成的生活习惯在日常行为中还是看得出。眼前这人好像全然不把礼法规矩放在眼中，就这么坦然自若地在我面前穿衣服，这种行为，同门弟子恐怕很少有人能做得出吧。谢家不是名门吗，竟有这般形容肆意的子弟。

我正纳闷，身后传来一阵笑声：“功夫练得怎么样了？今次怎么带了个姑娘上来，还是个这么水灵的小姑娘。”

声音竟就在我身后三四步远。这么近的距离，竟然未能察觉有人接近！

按捺震惊，我转过头。是个老头，满头银发，佝偻着腰，一只手里还拎着酒壶，正笑眯眯打量着我，那张脸勉强也算鹤发童颜，却偏偏配着一个红红的酒糟鼻，就显得极滑稽。

老者走过我身边，打了个嗝，一股酒气立即扑鼻而来，笑道：“小丫头年龄不大，修为还不错嘛。”

我心里莫名地一紧。旁边谢远殊无奈地道：“前辈，您又喝多了？”

“哈，好山好水，好酒好心情，正该多喝上几杯。”老者眯着眼笑道，将手里的葫芦提高，摇了摇，“远殊你的性子就是太呆板了，平白辜负了这些美酒。”

“多谢前辈好意了。”谢远殊回道，一边安抚着怀里的小猪。自老者出现后，这小东西就开始暴躁，不停地挣扎着想跳出去。

老者勾了勾手，小猪啪的飞起来，不轻不重地摔在地上。“这只小东西又打扰你练功了吧，最近一惹了祸就偷偷跑去找你，实在该打。”老者也不知从哪里摸出了一根拐杖，戳着小猪屁股道，“刚刚把我珍藏了六十多年的猴儿酒打翻了，留着实在是个祸害，正趁着今日没有下酒菜肴，不如烤着吃了，小丫头也一起过来吧，正好好歹是养了两三百年的东西，想必味道不会太差。”

两三百年？我吃惊地看着这只猪，怎么看都不比一只猫大多少，竟然活了这么久？

不过更让我吃惊的还是这个老人，究竟是什么来历？与谢远殊之间似乎极熟稔，修为更是深不可测。

“前辈，您就别吓唬它了。”谢远殊俯身将小猪抱起来，笑道。

老者不置可否地哼了一声，没有再继续为难小猪，目光落到我身上，摸着胡子笑道：“小丫头是干什么的？怎么会来这里？”

“弟子入山是为了寻找药草，不想凑巧遇到了谢师兄。”我从容道。

“寻什么药草寻到这么偏僻的地方？不会是来寻人的吧。”老者嘿嘿一笑，意有所指地问道。

那表情甚是讨打，我眉头抽搐，忽视那别有意味的笑容，道：“弟子前来是为了寻找龙鳞枝，因为何执教说今年的课程会用到。”

“何敏之那小子啊，你是应天阁弟子？”他眉梢挑了挑，昏沉的眼眸中霎时闪过一道精光，我只觉自己是块透明的晶石，瞬间被人一看到底了。

那种不舒服感一闪即逝，快到我无从把握。我暗暗心惊，刚才必定是极高明的探查之术，若非来天源宗前，我对这类术法格外关注，只怕根本感觉不到受过探查。

老者哈哈笑道：“今次应天阁弟子的水平很高嘛，比那些不成器的五部弟子强多了。”

他果然看出了我的修为，既然他说得直白，我也没有必要掩饰：“入门前也曾修炼过一段时日，让前辈见笑了。”天源宗弟子很多都是世家出身，有家传功法。

“哦，你是哪家的孩子？”

“晚辈是北朔白家之人。”

一时间四面皆静，只闻山风吹拂树叶的哗哗声掠过耳畔。谢远殊的脸上现出毫不掩饰的惊讶，随即又有几分了悟。而一直眯缝着眼睛的老者也终于睁开双眼，精光四射的眸子直视着我。

让两人如此吃惊，只因我准备的这个身份实在太特殊了。

北朔白家，同样是人界传承千年的修仙名门，在四百年前，它的威名甚至超越了如今的祁连谢氏，岭南贺氏这些世家。可现在提起，很多后辈弟子甚至不知道有这个家族的存在，而在天源宗，它更是一种特殊的禁忌。

一切皆源于四百年前，当时白家最杰出的子弟白千秋拜入天源宗，为宗主座下的大弟子，风头一时无双，可惜在挑选下一任继承人的时候，却输给了自己的师弟娄玄尘。生性争强好胜的他愤然离开天源宗，返回白家。对此次失败他一直耿耿于怀，偏激之下，竟然与魔界暗中勾结。

魔界自他那里得到了破除人间结界的方法，不久便大举入侵。此事泄露，白千秋自然不容于人类，只得投向魔族，白家人一下子成了过街老鼠，被天下人唾弃。

可笑的是，闯下这般弥天大祸，偏偏这人却又良心未泯，投身魔界后深为自责，战事最紧要的关头，他又暗中勾连天源宗，试图将功赎罪。因他之出卖，魔界连受数次惨重折损，终于发觉此人首鼠两端，之后自然不会心慈手软，将其满门灭绝，一个传承千年的世家便从此消失了。

“想不到白家还有血脉流传人世。”老者的脸上浮现出一种怅惘，良久的沉默后，也只低声慨叹了一句。视线落回到我身上，又道：“难怪你年纪轻轻，武功就这般出众，方才你使用的浮空身法，是白家的蜉蝣仙踪吧？”

果然被他看见了，我点头道：“正是。前辈好眼力。”

“只觉得眼熟，若不是你提醒还真想不起来。”老者摇头叹息，“一转眼这么多年了……”

“前辈以前曾见过……”我试探着问道。

“呵，前尘往事，不堪一提，不说也罢。”老者岔开话题道，“你既然是过来寻药草的，这里倒是个好地方。”他抬手指了指后面茂密的山林，“你所要的龙鳞枝，内中就有，自由采集便可。只是……来过此地之事勿要外传。”

我连忙点头。老者又交代了谢远殊几句，便飘然远去。

老者走后，我依言进了山林，果然奇花异草甚多。生长这么多灵药，此地灵气肯定格外丰沛，不会是天源宗的几大灵脉之一吧。

出了山林，发现谢远殊依然站在崖上。本以为他已经离开了呢，可看这光景，竟像是在等着我一般。

“谢师兄。”我只好硬着头皮招呼道。

“师妹找齐药材了吗？”他漫步走到我身边，问道。

“已经找到了。”我点头，又试探道，“刚才在林中感到，这附近的灵气好像很特别呢。”

“此地是天源宗十大灵脉之一的地阴之泉，自然灵气丰沛不同寻常。”他淡然道。

“难怪那里的湖水异乎寻常的冰冷。”我恍然大悟。

谢远殊别有意味地看了我一眼，嘴角勾起，似乎在笑我的言不由衷。他明白我已发觉他修炼魔界功法了？

我索性不再遮掩：“师兄修炼的是什么功法？威力似乎很大。”

“这门法诀叫做灭生轮回诀，是很久之前一位前辈所创，威力极大，正适合我的体质修习。”

我“哦”了一声，流露出稍许羡慕神情。

“其实这门功法还是昔年道魔大战时，那位前辈受魔界功法启发所创立的。师妹出身白家，对魔界法诀想来也很熟悉吧。”

白千秋当年投身魔界，魔界曾给他不少好处。我摇头：“颠沛流离，连我们白家祖传的功法都失落了不少，哪里还顾得上这些。”

“魔界灭了白家满门，实在可恨。若有机会，师妹也希望为家族报仇雪耻，重振门楣吧？”

这话问得也太直白了点儿，我内心诧异，却正色道：“除魔卫道是我辈己任，白露投身天源宗，不仅为家族，更是为大道。”一句话说得慷腔有力，掷地有声。

说话间我们已经行至山脚下，他停下脚步，笑道：“今日一谈，获益良多，日后若有机会，还要向师妹多讨教。”

我也笑着应了。回到寝室，回想一天的经历，我不禁纳闷，谢远殊的态度好奇怪，听闻我是白家的人之后，态度温和了不少，甚至，那种口气，更像是一种示好，出身皇族的我对这种行为格外敏感。可是我有让他感兴趣的价值吗？

还有那老者和那只小猪，那只小猪……我猛地睁大了眼睛，对了，我想起来了，那种形貌，那是一只幼年的狸力。

第六章

驭兽而归

湖水悠闲地拍打着堤岸，夕阳给万顷碧波镀上金红的色泽，高耸的山崖上覆盖着浓绿的植物，幽静的林中不时传来清亮的鸟鸣，一切美好得像是一幅画。

片刻，一阵犀利的狂风吹过，天空骤然多了一块黑幕，阻隔阳光，四周顿时陷入一片阴暗。

“天啊，这玩意儿真大！”微带战抖的声音传来，我转头看去，是埋伏在我旁边的贾万慎，正目瞪口呆地盯着天空。

也难怪他震惊，此时翱翔在空中的存在确实太过庞大了，几乎遮天蔽日。

“异兽来了！大家小心埋伏，听我号令。”谢远殊的声音传来。

见了这般威势，不用他提醒，众人早已伏下身，小心翼翼地戒备着。我也躲藏在一处灌木丛里，望着远古魔神般凶悍的巨鸟自远方飞来。

转眼间我在天源宗已经三年了，去年我已通过了五部考核，成为丹部的一名正式弟子。天源宗的弟子日常不仅是修炼进取，还要定期入世，斩妖除魔，造福天下百姓。数日前有人往宗门求助，说海州北部的深山老林里来了一只异兽，庞大无比，更生性残暴，不仅猎食山林猛兽，找不到猛兽的时候，还会去附近村子抓人充饥。附近村落苦不堪言，一合计，便派人前往天源宗求助。

宗内前辈根据村民的描述推测，多半是只鹰隼之类的飞禽得了道行，便命谢远殊带着我们十几个新晋弟子一起出来历练，斩除此妖。

可这真是一只鹰隼吗？什么鹰隼能长得这么大！妖魔原形我也见过不少，鹰隼之类成精，原形自然比正常的庞大，但也不可能无限生长。

“这下子麻烦大了。”旁边谢远殊压低的声音传来。

他也意识到了。我转头道：“只怕这不是寻常飞禽吧。”

谢远殊点点头，一眨不眨地盯着上空。

“怎么办？接下来行动还要继续吗？”我扫了一圈四周，同来的弟子正分散在林中各处，紧张地盯着天空，握武器的手紧张地骨节发白。

那妖物飞行速度极快，眼看就要到达头顶。谢远殊咬咬牙，提高了声音道：“诸位，此次行动先放弃，回去禀报各位前辈再……”众人隐隐松了一口气，可他话音尚未落下，一道锐光突然从树丛后射出，闪电般直刺天空。

是一只破魔箭，挟着呼啸的锐音直刺巨鹰肋下。

众人顿时愣住了，闯了祸的那位师妹正呆呆望向天空，紧张过度而僵硬的手臂还维持着射箭的姿势，根本没听清刚才谢远殊说了什么。

那巨鹰身形庞大，行动却颇为灵巧，双翼振动，身行略一偏转，箭矢就擦着它的羽翼尖儿飞过。虽未受伤，但临近巢穴却遭遇袭击，显然惹恼了巨鹰，它高昂起头颅，发出一声惊天动地的尖锐鸣叫。

如当头炸裂一道雷霆，我只觉气血翻涌，修为浅的弟子更是不堪，一个个脸色发白，而失手射出破魔箭的那位师妹更是踉跄后退数步，摇摇欲坠。

巨鹰终于发现了我们的存在，羽翼狂猛煽动，霎时狂风大作，飞沙走石，根基浅薄的树木直接被拔出了土，四面横飞。

“大家退！”谢远殊一声断喝，惊醒了众人。也顾不得隐藏身形，纷纷跃出森林，往山下退走。

巨鹰却不肯放过，一声利啸，俯冲而下，巨大的阴影笼罩头顶，众人心头都浮起一阵恐惧，这是什么妖兽啊，竟有如此威势！

眼看躲不过，谢远殊落后一步，长剑猛地挥出，一道银光平地窜起，抽打在巨鹰身上。被这一剑扫了个正着，巨鹰前冲的势头顿时一滞。有些性情沉着的弟子也冷静下来，纷纷缓下身形，一时间剑光法宝，咒符箭矢，五光十色向着巨鹰砸去。

遭遇痛击，巨鹰发出震天一声怒吼，双翼猛地煽动，翻卷起肉眼可见的罡风，攻击到近前的飞剑武器像是遇到一堵透明的墙，纷纷无力地跌落下来，少量打到它身上的，也如隔靴搔痒，只零星打落几根鸟毛。唯有谢远殊的剑光，雷霆闪电般，每次都准确地击中妖兽，抽得它一颤一颤。

巨鹰被他抽打地恼怒，索性不顾众人，只朝谢远殊扑过去。

这畜生俯冲的力道惊天撼地，谢远殊稳若磐石的身形晃了晃，不敢硬撼，急速后退。生死攸关，众人围攻愈急。我一扬手，玉织流光网脱手而出，向巨鹰笼去。这是白家传下的一件法器，自带雷霆之力，正适合对付这种身形庞大的妖物。

被光网笼罩，羽翼无法施展，这畜生立即向地面跌落，同时网中雷电噼啪声不断，如此密集的雷击，绕是它身躯庞大也难以承受，只得蜷缩起身体。

眼见妖兽受制，大家终于松了一口气："白师姐的法器好厉害啊。"一个小师妹赞道。

"小心！"后面突然响起谢远殊惊叫。话音未落，原本倒伏在地上的巨鹰忽然发出震天嘶鸣，双翼猛地撑起，竟要破网而出，刚才的低伏只是为了积蓄力量。

一圈乌黑的光影犹如火药般爆开，急风骤雨打向四周。

轰！轰！轰！

竟然是将羽翼当做箭矢射了出来！那些羽毛尖锐如刀剑，所过之处，树木横扫，山石碎裂。以为巨鹰束手就擒而松懈下来的众弟子闪避不及，顿时惨叫连连，血光遍地。我挥剑急挡，剑光交织成网，勉强将射到面前的数片羽翼击落。周围弟子就没这么好运了，瞬间伤亡惨重。情急之下，谢远殊剑光开阖，不退反进，银光纵横，金铁交鸣，竟将羽箭挡下了大半，生生扫出一片真空地带，使后面的弟子得了一丝喘息之机。

嘶，嘶……玉织流光网被连接射断数处，巨鹰展翼一挣，从网中挣脱出来。

这件法器是彻底毁了，再被它飞上天，我们又要剩挨打的份儿。眼看这妖兽就要高飞冲天，谢远殊纵身一跃，跳到了巨鹰背上。

巨鹰一声嘶鸣，展翼高飞，同时剧烈地挣扎起来，显然察觉背后有人，想要将谢远殊摔下来。

“谢师兄！”众人看得胆战心惊。

巨鹰在空中不停地翻腾，引动狂风大作，山崩地裂，四野一片狼藉。可谢远殊像是长在了鹰背上，死死扣住巨鹰脖颈就是不放手。相持不下，巨鹰越发愤怒，羽翼猛地爆开。

不好，它又要使那一招！

我一把夺过旁边弟子手里的破魔箭，搭弓激射，数道箭影朝着巨鹰飞去。躲闪之际，巨鹰始终寻不到暴羽的机会。

终于忍无可忍，巨鹰飞蹿而下，我急速后退，却依然觉得后背一凉，竟是躲避不及，被它一爪抓住。

“白师姐！”众人又是惊呼。

它一只爪子抓着我，另一只当头向我挠过来，显然是想将我这个碍事的撕成碎片。我哪里会让它如愿。身影一窜，抱住了它的腿。

一爪落空，它还不死心，又往腿上挠来，我暗暗叫苦。可动作到一半，鸟爪忽然僵住，我明白是谢远殊在上面帮我，连忙趁机躲避。

就这样，我和谢远殊两相配合，纵然杀不了巨鹰，巨鹰一时也奈何不了我们，相持了不知多久，巨鹰飞行的速度逐渐变慢，鸣叫声有气无力。而我的情形也好不到哪里去，发髻衣裳全散了，身上被这只畜生抓出十几道血痕，双臂更是僵硬疼痛难忍。上面的谢远殊虽不知情况如何，只怕也好不到哪里去。

带着我们两人，巨鹰越飞越高，直冲云霄。下方的声音渐渐消失，只余寒风掠过耳畔。飞了不知多久，巨鹰终于下降。那是一只巨大的巢穴，建在悬崖边上，无数枝繁叶茂的大树被连根拔起，交叠参差，构成了这个巢穴的主体。

当视线落到巢穴内中的时候，我视线一顿，里面那个圆圆的，白白的东西，不是一只鸟蛋吗？

巨鹰落到巢中，我赶紧跃到一旁，叫了声：“谢师兄？”

视线落到巨鹰身上，我顿时愣住了，这还是刚才那只威武雄壮的鹰吗？它怎么整个儿脑袋都秃了？还被敲出了好几个大红包。

难怪刚才越飞越慢，还不时有鸟毛从身边飞过，想不到上头的“战斗”也如此激烈。

勉强飞到巢穴，秃毛巨鹰脑袋歪在一边，神情萎靡，终于支撑不住，晕过去了。

看到这滑稽的一幕，虽然疲惫不堪，我还是弯下腰，笑的喘不过气来。

“咕咚”一声，谢东仪从上面翻滚下来，我吓了一跳，勉强凑到他身边。看他这副狼狈不堪的模样，显然也被这扁毛畜生折腾地不轻。“你没受伤吧？”我问道。

他摇摇头，脸色略缓和了些。

我望向巨鹰，又是一阵好笑。

“情急之下，也顾不得这么多了。”谢远殊也忍不住笑了，“这只畜生也不知是什么异种，羽毛硬如金铁，脑袋更是顽固不化，我飞剑偏偏又被它扇飞，只好动手了。”

我这才注意到，他两只手鲜红一片，血肉模糊。想到刚才尖锐如刀剑的羽毛，心下一紧，“你的手……”

“我没事。”他摇摇头，“倒是白露你身上的伤不少。先处理一下吧。”

我点了止血的穴道，又帮谢远殊包扎起伤口。一边包扎，我警惕着旁边巨鹰的动静。好在这畜生被揍得不轻，一直没有醒来。

包扎完毕，我们起身围着鸟蛋转了一圈。

“这只鹰到底是什么妖兽，竟有如此威势？连蛋都这么大。”我惊叹道。

“它刚才攻击性那么强，可能也是因为这只蛋。”谢远殊道，“抚育幼仔的野兽大都比平常更暴躁。”

“要是这只鹰再攻击我们，就干脆把这只蛋给推下去。”我伸手摸了摸，坏心地道。掌心触及蛋壳的瞬间，一道寒意猛地蹿上，“好冷啊！”我忍不住惊叫一声。

谢远殊也伸手抚摸：“怎么这么冷？”我们对视一眼，眉间都露出震惊的神色。这么冷的蛋，显然是被冰封了。

他又仔细查看了蛋壳，惊讶道：“看这蛋壳的光泽，只怕有好几百年了，应该是很久之前遇到寒冰冻结，如今已濒临石化了。”换而言之，这早就是个死蛋了。

一阵细弱的咕咕声传来，我吓了一跳，转头望去，正对上两只漆黑浑圆的眼睛，这只巨鹰什么时候醒过来了！

见我们两人围着鸟蛋转，它眼中爆起怒火，身形颤动，挣扎着要爬起来。

我后退一步，摆开防御的姿势。谢远殊却上前一步，扬声问道：“你想要这只蛋孵出来吗？”

我吃惊地转头望向他，他想要干什么？

谢远殊凝望着巨鹰，目光清澈坚定，甚至还隐隐带着一丝同情，又重复了一遍话语。“你是想要让这只蛋活过来吗？”

“你孵了它很久吧，可是这样它不能出生。”

巨鹰听不懂他在说什么，只呜呜嘶叫着，想要爬起来。它的伤势也不轻，摇摇晃晃像是喝醉了酒一般。

谢远殊也不心急，转头指了指蛋，又做了几个手势，他两手伤势颇重，这几个姿势做起来难免牵扯伤口，意思却还是清楚的。一只小鸟从沉眠到破壳而出，唧唧叫唤着。

“我有办法让它复生。”

连说带比划，那只巨鹰竟然像是明白了他的意思。慢慢地，眸中流露出疑惑的神情，瞪着我们的眼神逐渐不再充满敌意。

它凑到近前，蹭着那枚蛋，哀哀鸣叫了片刻，又望向谢远殊。

谢远殊伸出手，一开始巨鹰还有些僵硬警惕，但终于柔软下来，任谢远殊抚摸着它的脑袋。

也不知这一人一鸟交流了什么，终于，谢远殊转头道：“好了，它愿意与我们一起回去。”

就这样驯服了？我在旁边看得惊讶不已，他是怎么做到的？我也修习过驯兽之道，明白收服灵兽，不仅在于折服强悍，也在于心意相通。方才谢远殊将巨鹰一顿狠揍，已折了它的傲气，但这种神骏异兽，绝不可能这么简单就服软的。

“我可没有收服它。我只是与它缔结了一个契约，所以它肯送我们回去。”

“契约？”我的视线落到旁边多出来的同伴身上，此时我们正骑在巨鹰的背上，两个人连同这枚圆滚滚的鸟蛋。

谢远殊点点头。

“你不会是当真……”我压低了声音，这只蛋明明已经死了，怎么可能孵得出来。

“冰封不等于死亡，我方才接触这只蛋，察觉内中还存留一线生机。”

“用不着这么麻烦吧。”我惊讶道。本以为谢远殊只是想用这个理由把这只笨鸟骗回去，天源宗内高手无数，到时候或者宰杀，或者圈养，还不是任意处置。难不成他真想孵化这只蛋？冰封确实能存下一线生机，但想要恢复极其困难，尤其是冰封了几百年之后，需要有顶尖儿高手冒险将自身修为打入其体内，驱除寒气，更不用说还要消耗无数珍惜药材。为了这么一只蛋，实在大大地不值。

“只是我的心愿而已。”

“那万一失败了呢？”

“那我就杀了它。”谢远殊一只手轻轻抚摸着鸟蛋，淡笑着道，“没有被冰封过的人不可能知道，无止境的寒冷，其实是这世上最痛苦的折磨……”

我一愣，看着他轮廓分明的侧脸，忽觉有些刺眼，转过身不再理会，只低低哼了一声，一只笨鸟和一只笨蛋。

巨鹰飞行极快，我们返回的时候，宗内派出紧急救援我们的队伍正要出发。在山门口遇到我们驾着异兽飞回，众人目瞪口呆。尤其是见识过这只巨鹰威武模样的人，此时看到它这般光秃秃的滑稽形象，一个个神情震惊惶恐，又强忍爆笑，面色扭曲，极为古怪。

见了这只巨鹰之后，天源宗的前辈执事惊叹之余也暗暗后怕，仅凭山民描述，以为是只普通精怪，谁能料得到这只作孽的妖兽竟是只千余年未曾在人间现世的上古奇兽鲲隼呢。幸好我们平安归来，还将神兽收服，实在意外之喜。

而此次行动另一位立下大功的弟子就是贾万慎，原本众人被鲲隼那一轮暴羽伤了不少，幸有贾万慎的法器天圣灵雨，可短时间修复伤口，总算护住了众人性命。之后丹部的前辈及时救援，只可惜还是有数人修为尽废，再也无缘仙道了。

这件事在天源宗哄传了很久，不仅因为战斗一波三折的激烈和上古神兽离奇现世，更因为传说中神兽那光秃秃的滑稽造型，连带着我和谢远殊在众人眼中的形象也变了不少。甚至由此衍生出“谢师兄冲冠一怒为红颜，笨鲲隼突遭横祸变烤鸡”等数个流言版本，让人听得哭笑不得。然而，无论如何，这件事算是顺利落幕了。

漆黑的天幕上零星点缀着几颗星子，一轮弯月悬在天边，寒风吹过树梢，发出断续的呜咽声。这样的夜晚更适合躺在床上舒舒服服睡一觉，尤其在经历了一场精疲力竭的冒险之后，可惜我却只能待在这个阴暗的藏书阁里，耐心地翻找着。

这里是藏书阁，此时的我正以移神术化身蜡烛的形象，在一排书架前快速穿梭着。

找到了！

《灭生轮回诀》。

上次谢远殊向我提起这个名字的时候，我就打听过，这部法诀是天源宗初代宗主所创，据说威力极大，可修炼方法另辟蹊跷，玄妙难言，后来几代弟子想要修习，都始终无法得其门，渐渐便废弃了。可惜这本法诀虽长久无人修炼，却始终存放在藏书阁最高层，不是我的身份能拿到的。今次鲲隼一战，谢远殊那让人惊骇的实力，实在让我疑心，绝不是普通功法能有的，今日才冒险一试。

金线织成的书页薄得像一抹光，小心翼翼地翻开，这种蝉翼金绢有同玉简一样的记叙功能，薄薄一页不但记下了功法秘诀，还有后来修炼者补充的对此功法的感悟。我聚精会神，却越看越是惊讶，这本功法对别人来说玄妙难言，对我却诡异地眼熟，有些地方类似于魔界功法，有些又类似于道门秘诀。竟像是博采两家之长，更有糅合创新之处。难怪天源宗历代人才无数，都无法修炼此法。

时间紧迫，我匆忙记下开头几章，就返回了本体。

我盘膝坐在床上，开始试着修炼第一步引气入体。可连续尝试了数次，始终不得其门而入，只好睁开眼睛。连最开始最简单的引气入体都无法做到，就是根本无法修炼了。

重新拿起这本法诀，细看其中的运功方式和经脉注解。别人无法修炼也就罢了，我自己身兼道魔两家真力，怎么也完全无法修炼呢？

除非……我心中倏然浮起一个念头，自己也吓了一跳，如果这个猜测成真，那岂不是说……我心脏怦怦直跳，一时间睡意全无。只想着迫不及待认证这个猜测。

可怎么认证呢？对了，那个地方！若我的猜测成真，那个地方必然有迹可循！

看外面的天色，距离天亮还早，我当机立断，换上深色的衣服，从窗口跃出。成为正式弟子后，就可以在山内自行开辟洞府居住。我刻意将洞府选择在人烟稀少的提娄山附近，此地三面环山，一面临水，让我行事方便了不少。

茂密的林中，我凌空飞跃，御剑前行。云海翻涌，雾气蒸腾，穿过森森雾海，挺拔的山峰逐渐出现在视线尽头，那是一座漂浮在空中的岛屿，如一只黑色的珍珠，在银白的水雾蚌壳中闪烁着幽深的光泽。

这是天源宗历代宗主前辈的埋骨之地——天眠山。飞至山峰，我放低了速度，警惕地扫视着周围。

仙道一途，并不似凡间重视宗祠祭祀，这里向来清冷，只有定期打扫轮值的弟子。所以此地虽然庄严肃穆，却无多少警戒。

黑色的琉璃门高耸伫立，两把巨形飞剑雕塑交叉挡在门前，森严耀目。我绕过祭殿，小心翼翼地往后面的墓穴潜入。

周围石壁参差不齐，荧光闪耀，历代天源宗主墓葬皆朴实无华，崇尚自然。踏入其中，一种压力隐隐传来。那是一种庄重的氛围，让人不自觉放低了呼吸。

绕过曲折的山道，眼前豁然开朗，是一片圆润的空地，光线从天顶上撒落，笼罩着中央的青石台，初代宗主的棺木就放在台上。但看清洞内情形的瞬间，我整个人都僵住了。万万没有想到，此时台前竟然站着一个人，而且是一个此时我最不想见到的人。

谢远殊正背对着我，仰望着高台上的棺木出神，修长的身形纹丝不动。

四面皆静，我却明白他必已发觉我的到来，索性不再隐瞒，放沉了步子上前。

“师兄怎么会在这里？”

“每次心神不宁的时候，就喜欢来这里静思。只要站在这里，仿佛一切烦恼就都不是烦恼了。”良久，他转过身来，裂缝中透入的月光沐浴着他温润宁静的神色。望着我，他忽然笑了笑，“想不到这个隐藏多年的小秘密，竟然被师妹发现了。”

我讪讪笑了一声，暗骂他神出鬼没，更骂自己太心急，面上却叹道：“想不到师兄对祖师宗主有这么深的景仰之情。”

“景仰，”他摇头淡笑道，“也算是一部分吧，不过更多的可能还是因为亲近。”

若是在平时听到这句话，我不免要嗤笑他自大妄想了，但此时听了，却只觉心惊胆战，难道我所怀疑的是真的？其实他会出现在这里，已经是一种证明，可他为何这么坦白？

正在惊疑不定，他又开了口：“修炼灭生轮回诀已有三年，我也曾设想着会有人发现疑点，甚至寻到线索，但想不到会是师妹你。”他缓步走下高台，“其实师妹不必如此复杂，偷盗功法的罪名一旦坐实也不是小事。”

他知道我今晚的行动！难道当时他也潜伏在藏书阁？不对，以他之谨慎，必然在秘籍中多留了一份警戒，一旦有人取阅，便能心生感应。是我大意了。“我也知此事不妥，只是见师兄修习这门法诀，威力庞大，实在羡慕得很，只好冒险拿出来看看。”

“其实师妹的疑惑，直接问我即可，以你我的交情，何必这么迂回曲折。”他低笑一声。

被他这样坦白的态度搅乱了全盘计划，我只得干笑道：“大道不可轻传，唯恐师兄误会，只得暗中行事，倒是我小气了。”

谢远殊笑了笑，直接问道：“你已经试过了吧？”

我点头叹道：“也许是我资质不足，无法修习。”

“呵呵，师妹又在诳我了。”他笑着摇头，“若是因此，师妹何必深夜千里迢迢，来此荒山野岭呢，难道这墓葬里有什么能补足师妹资质的东西？这里有的，不过一副枯骨而已。”

被人揭穿心机，我只得坦白道：“魔界的修炼功法，我白家也略知一二……”见谢远殊沉默不语，又硬着头皮继续说下去，“此功法兼具道魔两家之长，偏偏我无法修炼，想必是有什么限制。”

“以师妹的冰雪聪明，想必已经推测出这个限制条件了吧。”谢远殊低低笑道，“没错，我是混血，兼有人类与妖魔的血统，所以能修行此法。”

果然如此！是体质，唯有这个天生无法改变的条件，才可能限制得住我。可谢远殊是混血，那岂不是说，同样能修炼这功法的……我的视线投向他身后的棺椁。

“躺在这里的这位前辈也一样。”谢远殊淡淡道。

这消息简直是骇人听闻，上古无双的仙道奇葩，开创天源宗万世基业的正道先天，竟然有妖魔血统！可既然是混血儿，他为什么会站在人类的那一方呢？万年前的道魔之战，若不是有他这个精彩绝艳的人物横空出世，说不定魔界已经胜了。背负着阴暗的血脉，从一个籍籍无名的小辈在战争中成长为天下无双的道门宗师，救世仙者，这其中又隐藏着怎样曲折的故事……

“师妹在想什么？”

谢远殊的声音打断了我短暂的失神，他正望着我，目光深邃。

“在想……如此秘密也轻易说出，师兄不会是打算杀人灭口吧？”

像是听到了极好笑的笑话，谢远殊大笑出声：“师妹的想象力实在特别。其实这也不算什么秘密。”他眼神中闪过一丝光芒，别有深意地道，“毕竟，只是我片面之词，空口白话而已，不是吗？”

我一愣，立刻明白，这么多年过去，早已没有了任何证据，就算把这个秘密说出去，也只会被当做居心叵测，散播谣言而已。

“那师兄为什么要对我说实话呢？”

“一个秘密若只有自己知道，总是藏在心里，其实是一件很不舒服的事。也许在很久之前，我就期待着有人能够察觉这件事吧，虽然明知道不应该……”他想了想，才给出这个模棱两可的答案。

这回答实在匪夷所思，偏偏他语气诚恳，丝毫不似作伪。我讶然：“倘若来的人不是我呢？”

“我不知道。”他摇摇头，随即看着我笑道，“所以我很庆幸，来的是师妹你。”

我一愣，是我就特殊了？什么时候和他交情这么好了。

他继续道：“方才我坦白自己血统的时候，师妹眼中没有丝毫鄙薄厌恶。能有这种反应的，整个天源宗，只怕也不会有几个。也许在这里，唯一能真正了解我的人就是师妹你了吧。”

我恍悟，是因为我的出身，北朔白家曾经投效过魔界，是人人唾弃的无耻叛徒。连自己的身世尚需隐瞒，又怎么会去歧视谢远殊呢，说得难听一点儿，我们蛇鼠一窝。

忽然觉得很好笑，任谢远殊才智高绝，也万万想不到，我之所以没有歧视他妖魔血统的真正原因吧。好笑之余，却又有种异样的感情涌上心头，冲动之下，我脱口问道："你很介意自己的血统吗？"

他神情一愣，显然没想到我会这么问。

我盯着他的唇，万分期待答案的揭晓。

他展颜一笑，沉声道："我之血脉，是此生最让我骄傲的存在。"语调缓慢，眉宇间却是毫不掩饰的张扬傲气。

连我也能感受到那抑扬顿挫的语气中蕴含着的自豪，这个答案确实让我意外，却又莫名地欣慰。"可惜这世上大多数人都拘泥于道魔之分，正邪之别，反而忽视了本心。"我叹了一声。

谢远殊却摇头笑道："那是以前，而不是将来，若是有一天，这世上再也没有了道魔之分，又何来偏见与歧视呢？"

我身形一颤，他说什么？"这怎么可能？"

"怎么不可能，上古之时，何来道魔之分？不过是后来战争延绵，才有了两地分隔，既然是人为生成，自然也能人为消失。"说着，他目光落在我身上，"说不定，这样的未来，就要由你我来创造。"

霎时间我心神俱震，这就是他的理想吗？他就站在那里，寥寥数语，侃侃而谈，消弭道魔之分这样狂妄的理念竟也能说得如此理所当然。

夜色隐没，天边透出薄薄的曙光，初升的朝阳通过上方裂缝照入山洞，带来新鲜的光芒。我看着他，就像看着一个陌生人，头一次，我开始接触到他的理想，他的目标。内心深处，似乎有什么闭塞的地方豁然通畅，带着刺痛的畅快。

动身返回的时候，天边已经泛起鱼肚白，有勤快的弟子早起修炼，路上遇见我们并肩同行，纷纷露出诧异又了悟的表情。谢远殊对此坦然自若，而我却是神思不属。

是啊，这世上为何非要强分什么道魔，仔细想想，魔界和人界之间，真正的纷争也就是在通道开辟的前些年。天源宗说魔界苦寒之地，觊觎人界的资源，所以经常入侵人界，其实我们魔界面积虽然比人界小，但同样灵气充沛，物产富饶，人口又少，根本不必觊觎什么人界资源。早先侵略人界与其说是魔族残暴本性，倒不如说是为了祖先争一口气。后来日子久了，谁还记恨那些陈年旧事啊，于是战火渐熄，最近已有千余年未曾有过真正的大战了。母皇和父王皆是雄才伟略之主，都从未表示过对人界有任何兴趣。而等我继承了皇位，更加不可能干这种费力不讨好的事儿。没兴趣没好处也没精力。这些年对天源宗行动频繁，只是因为盘古神玺关系魔界生死存亡，不得不为之。否则我堂堂公主，干吗亲自跑来这里找罪受。

在天源宗待了这么久，虽不想承认，但长久相处下来，也逐渐有了一份感情。日常相处的同修，真让我下手杀灭，确实不愿。

若大家能坦诚相见，和平相处，有朝一日，也许真的能够消弭道魔之分，正邪之别。

到时候，再也没有了偏见歧视，有的只是两个平等共存的世界……

不过在这之前，必需先取得神玺，解决了地火裂缝之患才行。

…………

躺在床上，我透过天花板，遥望着远方。无数念头纷迭而至。一时间，患得患失，时喜时忧。无论如何，谢远殊的一番话，带给我一个全新的理念，一条我从未想过的道路豁然开朗。虽然这个目标听起来很遥远很虚妄，更需要耗费很多很多年，很多很多精力，但是如果是和他一起，一起努力……

一丝不易察觉的笑意慢慢浮上嘴角。

很久之后回想起起来，那时候的我实在太过天真，竟然完全没想到，要让这个世上再也没有道魔之分，不一定要靠和平来软化消弭，其实还有另一种方法，一种更快捷，也更冷酷的方法。

碧空万里，云海茫茫，翱翔在天空上，清朗的风吹拂而过，令人神清气爽，尘心涤荡。

“这鲲隼飞到好快，古书上记载它能瞬息万里，四海遨游，果然不虚。”我忍不住叹道。

此时我和谢远殊正坐在鲲隼背上，迎着朝阳向东方飞去。

“山景已经看得发腻，幸好快要到东海了。这沧溟之渊实在太远了。”我收回视线，靠着身后圆滚滚的鲲隼蛋上，伸了伸懒腰。

“早知如此，何必非要跟来。”谢远殊摇摇头，笑道：“真到了东海，满目都是碧波万顷，只怕你更要叫无聊了。”

我拍了拍身后的蛋壳儿：“这小东西好歹我也有点儿缘分，怎么能不来亲眼见它破壳呢？”

距离收服鲲隼已经过去三个月了，这段时间里，谢远殊锲而不舍地收集药材，筹备阵法，连日常修炼都耽搁不少。在耗费无数精力之后，竟然真的将这只半石化的蛋给救了回来。此时抚摸上去，蛋壳已不再冰寒刺骨，周身泛着温润的光泽，如玉似银。

“只要再用沧溟之渊的湖水淬炼，它就能破壳而出了。”谢远殊也抚蛋壳，感慨道。

沧溟之渊的湖水至纯至阴，灵气充沛，本是修炼的好环境，可惜普通人根本受不住水中寒气。湖水大多用来淬炼兵器，极少有人敢用之修炼。这只鸟蛋久经冰封，已是冰寒属性，必需以充足的寒冰灵气滋养，方能有希望破壳而出，用沧溟之渊的湖水倒是正好。

“若我说，哪里用得着这么麻烦，直接用三昧真火烧，说不定能直接破壳而出呢。”我弹指敲了敲蛋壳，笑道。

“胡闹，那岂不要炸裂了。”

“那我们就直接吃烤鸟蛋好了。”

一声咕咕的鸣叫传来，显然是飞行中的鲲隼听了我的话，提出抗议。

我笑出声来，也不知谢远殊怎么调教的，这只笨鸟比以前聪明了不少。

漫长的旅行实在太过无聊，飞行到海上，果然连景物都没得看了。就在我耐心就快要彻底耗尽时，海天一色的尽头终于现出了一道鲜明的绿。

终于到了！我激动地探身望去，谢远殊也站起来。

转眼间鲲隼已经飞翔至陆地上空，放眼望去，漫山遍野尽是浓绿金红，无数小湖泊点缀在山脉峡谷间，仿佛颗颗璀璨的明珠镶嵌在艳丽的锦缎上。

现在正是龙鳞果成熟的季节，望着那漫山遍野的浓烈金红，我忍不住道：“据说这种龙鳞树是魔界逆龙死亡之后的血肉鳞片所化，所以叶片金灿如龙鳞，果实殷红如血玉。”据魔界典籍上记载，剿灭逆龙的那一战就是发生在这里。那一战打得天昏地暗，魔火涂炭，致使沧溟之渊的湖水硬生生蒸发了大半，原本碧波万顷的广阔湖泊变成了如今散落在林中的众多小湖泊。

不知是否听到了我的话，谢远殊紧盯着漫山遍野的金色大树，身体微微战抖，双拳握紧。

我有些惊讶，他怎么了？

片刻，他身体慢慢放松下来，指着一个方向，平静地道：“湖心在那里，我们过去吧。”

冰玉般的湖水拢在四面都是峭壁的峡谷中，随风轻荡，这里是沧溟之渊最深处，整个蛮荒地脉的灵气中心，湖水最为纯净剔透。透过深深的湖水望去，甚至能看到沉在湖心的白影，正是那只鲲隼蛋。很多湖中特产的红头银鱼围拢在周围，显然对这只不明物体很好奇。

浸泡在其中已经三天三夜了。我察觉地出，灵气正在慢慢地向鸟蛋聚拢，它在为自己的生存积蓄着力量，只是不知多久才能破壳。

回到岸边，谢远殊躺在湖畔的沙滩上，竟然睡着了，想来是这几天太累。

夕阳金红的光泽勾勒出精致的轮廓，长长的睫毛在他脸颊投下蝶翼般的阴影，微微蹙起的眉头意外地柔和可爱。

难得见他这么不设防的时候，我坐到他身边，低头细细描摹着他的容颜。

似乎是睡得不舒服，他微微蹭了蹭，低低呢喃着什么。

刹那间，内心深处最柔软的一个地方被轻轻碰触了一下，一种奇妙的滋味涌出，溢满了整个心扉。

夕阳下金红的色彩越发浓烈，像是灼烧的火焰，迎风望去，我忽然就理解了当年逆龙的心情，为了一个人甘愿舍弃生命……这种纯粹而疯狂的感情，如火如荼，也许……

我的视线停留在他微抿的唇上，水润的色泽竟让我有种低下头的冲动。

也许那一瞬的气氛太惑人也太微妙，才会生出这种莫名其妙的念头，清醒的瞬间，我发现自己竟然真的距离他不过数寸之遥了，

我这是在干什么？！动作瞬间僵住了。

阳光照在身上，龙鳞树上的金色叶片哗哗作响，四周一片寂静，时间静静地流逝着。望着近在咫尺的睡颜，他低低呢喃着什么，这一次我听清楚了，是两个字“父亲……”。怎么会说这种梦话呢？不是说他早已经父母双亡了吗。他的母亲是谢家的旁系女子，那他的父亲，他是混血，那他的父亲岂不是……我身形一颤，一股寒意猛地蔓上心头。

据说逆龙和谢青菱当年也有一个孩子!

心脏刹那间停止了跳动，死一般寂静。片刻，我哑然失笑，逆龙的事情都过去多少年了，真的有孩子也应该一百多岁了，虽然修道之人能保持容貌年轻，但用内查之术还是能看得出，谢远殊的骨骼确实只成长了二十年没错。我摇摇头，甩开这些不着边际的想法，其实以母皇的手段，那个孩子怎么可能活得下去。

正俯身凝视着他，远处忽然传来细微的一声“咔嚓”，我一愣。同时谢远殊身形轻颤，醒了过来。

我慌忙起身，糟糕，刚才没有被他看到吧?

“师妹……”

“呃，刚才我正要叫你起来。”我急忙打断道，话一出口又后悔了，有什么好分辩的，简直是欲盖弥彰。

好在谢远殊并未多说，起身快步往湖边走去：“听声音，好像快要破壳了。”

我这才回过神来，也跟着走上前。

哔哔的声音从湖底传来，蒙蒙白光透出湖面，照亮了整个山谷，暮色渐深，白光渐强，映照四面山壁亮白如银。水汽蒸腾，弥漫谷中，同时传来一种淡淡的异香，萦绕不去。

终于，一声清亮的啼鸣自湖底传来，湖面水波开了锅般急剧涌动，一道黑影自中心破水而出，如鱼跃龙门，飞向高空。可惜雄伟的英姿只保持了一半，飞到半空，那黑影又一头栽了下来。

急促的鸣叫声传来，带着丝丝战抖，是鲲隼急匆匆扑上前，横出一只羽翼，接住跌落的雏鸟，缓缓放到地上。

我和谢远殊上前，这才看清楚，这只雏鸟羽毛竟然还未曾长全，又全身湿淋淋的，一双眼睛也未能睁开。

谢远殊查看过后，皱眉道：“是冰封阻断了发育，如今它体内经脉凝滞，脏腑不全，好在并不妨碍性命。”

说白了就是先天不足，我走上前，怜惜地摸了摸它的头颅。它颤了颤，睁开了眼睛。

“咕咕。”低低叫了两声，雏鸟向我凑过来。

这是怎么了?我一愣，立刻想到，糟糕，正好被它第一眼看到，不会是被认作母亲了吧，雏鸟都有这种情节，就算鲲隼是神兽，也终究是一只鸟。

雏鸟咕咕叫着凑过来，湿淋淋的羽毛扑腾着，直往我身上蹭，像只刚出壳的小母鸡，只可惜这只小母鸡个头太大了点儿，不一会儿就扑腾得我满身湿透。

谢远殊在旁边看得好笑："它与你倒是有缘。"

而它的母亲却在旁边低低嘶鸣着，声音里隐隐带着几分委屈，显然对自己这个正牌母亲被忽视而感到不满。

我好笑地将小母鸡推了一把，送到母鸟身边。鲲隼趁机伸开羽翼，将雏鸟揽进怀中。

我们在这边推来拉去，谢远殊已走到湖边。一扬手，数片银白的物件破水而出，浮在半空中，是破碎的蛋壳儿。

"这倒是珍稀的材料。"我赞道，"可惜材质太脆，打造兵器是不成了。你想用来打什么？"

谢远殊回望我一眼，笑而不语，掌心一束深红的火焰腾起，映得湖面诡异地艳丽。

四野为炉，山风为促，红莲真火炼器，沧溟之水为佐，冷热交替中，破碎成片的蛋壳逐渐融合一体，体积不断缩小，数个时辰之后，终于缩小至极限，火光水汽中隐隐透出形体，竟然是一枚精巧的指环。

炼制这些小东西不用耗费多少时间，少顷，便大功告成，谢远殊凌空摄取一团晶水，笼罩指环，血般的赤火色泽逐渐褪去，恢复了通体银亮的本色，晨光下泛着玉质的光泽。

谢远殊手指摩挲着指环，轻轻划过内壁，也不知在上面篆刻了什么。

然后转身，将指环递给我。

鬼使神差的接过来，我低头看去。

谢远殊，白露……

两个并排的名字刻得很近，心跳瞬间加快了，这算什么？表白，或者承诺……他刚才看到我的动作了吧……一时间我觉得脸颊火烫，患得患失。

"给它戴上吧。"

"啊？"我茫然抬起头。

谢远殊抬抬下巴，示意鲲隼。

我嘴角抽搐，搞了半天，原来不是送给我的，而是给这只笨鸟准备的，刻上两个名字，是因为是两人共同收服的吗？

“好……”我听到自己磨牙的声音，实在太丢人了。

谢远殊笑出声来，向鲲隼招了招手，飞鸟凑近，识趣地将巨大的爪子伸出。银环大小可变化自如，牢牢套进了鲲隼爪上，扣地严丝合缝。

谢远殊念动咒法，结了几个法印，一道银光忽然从银环中闪现，鲲隼竟然急剧缩小，随即消失不见，只剩下那只精巧的银环落在地上。旁边雏鸟莫名其妙地鸣叫着，不明白为何头顶遮风挡雨的半壁天空不见了。

将炼器与收服灵兽契合，是天源宗的秘术之一，这种术法必定需要与灵兽心灵相通，契合同步才能做到。不仅能增加法器的威力，更能给灵兽提供一个休养生息的所在。用蛋壳儿来炼制这种法器，确实最适合不过了。

谢远殊拾起指环，指环正中心，已经多了一个栩栩如生的鹰隼标志。他转头看向我。

我忽然之间心跳加快，他走近一步，拉起我的手，动作轻缓地将指环套在我手上。

刹那间涌起的是难以言喻的复杂情感，小小的指环上似乎还带着刚才炼化的余温，我的手轻轻战抖着，他却握地极紧。

凝视着我，他正要说什么。忽然一声清响，两道白光同时从我和他的腰间窜出，银光浮上半空，化为两句相同的话语：魔界来袭，天源宗弟子速返！

第七章

爱恨两殇

回到天源宗时正是傍晚时分，残阳如血，映照着激战过后的山门，凝成一股肃杀的气氛。放眼望去，遍地断壁残垣，似乎是被强烈的飓风和雷电袭击过，甚是凄凉。

外表的建筑损伤不过是皮毛，真正让人诧异的是远山之上，那如同白色巨龙般始终盘旋的浩瀚白雾似乎比平时淡了不少，我闭眼感知，果然，天源宗的护山大阵比以往弱了，三百六十处穴眼竟然有十数处完全失了知觉。我不禁讶然，一战便有此威势，不会是母皇亲自动手了吧？！天源宗的护山大阵名为四象须臾幻阵，是天源宗第二代宗主汲取天源山脉的天地灵气所运化布设，巧妙无比，立宗这么多年，随着山脉灵力的滋养，愈发牢不可破。

飞至上空，无数弟子行色匆匆，脸上带着大战之后的疲惫。跃下鲲隼，谢远殊往主殿方向走去。目送他步入殿内，我停下了脚步。这种高层次的会议，不是现在的我能够参与的。

一个人回了居所，一路所见，无数华美的宫殿建筑被粉碎成齑粉，遍地残破。幸好我的洞府位置偏僻，有幸逃过了一劫。

躺在床榻上，我暗暗忧心，魔界这次行动，我早就知道消息，刻意跟着谢远殊出门就是为了避开此事。但也想不到行动会这么成功。刚才我已问过别的弟子，此次来犯的不过十几人而已，并无母皇在内，一战之内竟然有这种成效，难道是魔界新炼制了什么克制四象须臾幻阵的法器？

从枕头边摸出一枚小镜子，犹豫片刻还是放了回去。如今天源宗上下风声鹤唳，高度警戒，用潜龙镜联络虽然灵力波动极为隐秘，也难保不会被人察觉，非常时期还是谨慎些好。

第二天，谢远殊前来拜访，我趁机问起了他事情经过。

“此番魔界也不知用了什么阵法，以一种奇异的火焰为引，威力奇大，冲击护山大阵，硬生生将阵法冲破了一个缺口。宗主亲自出手，合几位闭关前辈之力，才将火龙击退，保得山门不失。只不过昨天出去巡查的弟子来报，火龙并未消失，退去之后栖息到了北方钟彤山脉附近，使得当地一片火海，生灵涂炭，居住在那里的百姓更是苦不堪言，方圆千里，尽皆赤地。”

我听得睁大了眼睛，若不是知道这不可能，真要以为是地火裂缝被转移到人界来了。难道母皇见我久久带不回神玺，索性直接把地火裂缝扔到了人界，让别人头疼去。

这个想法实在太离奇，我定了定神，问道：“什么火龙竟有如此威势？”

“这火焰实在奇怪，威力奇大不说，竟像是有生命一般，有弟子不慎触到，用尽法器也无法熄灭，直至燃烧化为灰烬，残毒无比。”谢远殊叹了一声，“不过术部的程首座已经亲自前往探查了，想必不久就有消息传回。”

越听越像是地火！我若有所思，难道我不在的这几年，魔界已经有法子将地火提取出来了？提取出来倒也不稀奇，可他们是怎么把这么庞大的东西弄来人界的呢？地火为纯灵气凝结，几乎可融化一切法器，根本无法携带，尤其照谢远殊所说，火龙在北方钟彤山脉延绵千余里，这可是个大工程。

“对此事你怎么看？”谢远殊忽然问道。

我定了定神，道：“魔界此举必定早有预谋，程首座此去会不会有危险？”

“他与数位高手同行，还有宗主亲赐的法器，就算魔界设了埋伏，想必也能平安撤回。”

我点点头，神思不属。

谢远殊继续叹道："史上记载历年魔界入侵，未曾有危害如此庞大者，火焰肆虐，钟彤山脉附近的顺国、北怀两个小国都已经直接灭国了。继续下去，只怕整个北方，甚至人界都要沦为烈火地狱。魔界竟然掌握了这种毁天灭地的法器，只怕不用费一兵一卒，就能搅得天下大乱，生灵涂炭。"

你实在太抬举我们了，魔界如今可是比人界更头疼这该死的火焰呢！通过谢远殊的讲述，我几乎肯定，这必是地火无疑了，只是不知母皇是如何做到的。

"如今只能按兵不动，一切等程首座回来再说了。"

谈了几句，谢远殊转过话题道："对了，我已经想到办法帮那只小鲲隼恢复了。"

想不到他忽然提起此事，我愣了一瞬才反应过来，好奇地问道，"什么法子？"那只笨鸟先天不足，魂魄损耗，这样生长下去只怕活不了多久。

谢远殊将他的构思仔细讲述，我越听越觉惊讶，又忍不住赞叹。谢远殊提出的法子其实很简单，同样是将炼器和灵兽结合起来。只是这次要炼制的不是什么法器，而是整个房子。谢远殊的居所坐落在丽影湖畔，景致风雅不说，难得的是灵气充沛，鲲隼与其居所融为一体，正可以借助地脉，汲取灵气，修补自身。

"最多几百年，它就可以补足先天缺憾，自由成长了。到时候再解除禁锢……"

几百年对普通人来说是不可逾越的天堑，对修道人来说也同样是段漫长的时光，但对鲲隼这种神兽来说，却不过是沧海一粟。

"你对这只鸟蛋实在是体贴啊。"我很清楚，他并非无端仁慈之人。

他笑了一声："也许是想起自己童年的经历，同病相怜吧。"

我惊讶地望着他，谢远殊还从未对我提起过他的过去，只知道他是谢家的远方旁系，幼年曾在外面漂泊过一段时间，之后才认祖归宗。

他与这只蛋有什么可以相怜的共同遭遇？

"其实，我小时候也曾经被冰封过，而且是很多年。"他缓缓道，"那是一段长久到我几乎无法想象的时光，生命几乎没有任何意义，只余漫长无止境的寒冷，直到我被那个人救出……所以，我一直相信，奇迹是可以产生的，只要有人肯为他付出。”

我睁大了眼睛，想不到他竟会有这样离奇的遭遇：“你为什么会被冰封？”

“因为我……”一句话未说完，外面传来一阵喧嚣。

“是妖魔！”

“别让他跑了！”

我和谢远殊面面相觑，一起出了门，立刻看见一道白影窜入山洞，后面跟着几个天源宗弟子，大呼小叫着。

“怎么回事？”谢远殊飞身跟了上去，一边询问追逐的弟子。

一名弟子气喘吁吁地招呼道：“谢师兄，白师姐……我们刚才奉命在回春谷巡逻的时候发现……发现了这只妖魔，也不知是什么妖孽，速度好快啊！”一边指了指前方，那白影已经消失不见了。

谢远殊立即脚下发力，快逾光影，追了片刻，前方隐隐出现一个小白点。我跟在他身边，待看清楚那白影，顿时心神大乱。

谢远殊已经捏了个法诀，运起飞剑，眼看雷霆一击就要出手，千钧一发之际，我想都没想，条件反射地从乾坤袋里掏出弓箭，抢在他前面搭弓激射。

一箭穿云破月，呼啸着直奔那白影而去。

白影闪避不及，“吱”的一声惨叫，重重摔在地上。

我与谢远殊赶至，看到碧绿的草丛上躺着一只通体银白的雪狐，那一箭正好穿过狐狸头颅，从双目中刺出，沾染满地鲜血。

这时后面众弟子也赶到了。一个弟子上前，拎起狐狸尾巴，叫道：“原来是只狐狸啊！难怪这么狡诈！”

“我们巡逻时正碰见这妖孽顺着回春谷破碎的阵眼溜进来，之后追了这妖孽一路，想不到还险些追丢了。还是师兄和师姐厉害。”

“自从护山大阵破碎，什么牛鬼蛇神都敢来闯山门了。”

…… ……

几个弟子气喘吁吁地赶到，缓过一口气就开始七嘴八舌地议论起来。

“想不到白师姐的箭法这么厉害，一箭破颅呢！”一个弟子摸了摸尖锐的羽箭，笑道。

我面上笑着应付，心中却急躁不安，只盼这几人赶紧散去。

旁边谢远殊忽然道："白露，你的弓箭……可以借我看看吗？"

我一愣，低头看去，咦，方才一时情急，竟把这张弓拿出来用了！略一犹豫，还是将弓箭递了过去。

"这张弓箭好精致啊。"一个弟子好奇地问道。

我从容一笑："是小时候用过的，雕工很精致，只可惜款式小了些。"

"果然是一张好弓。"谢远殊缓缓说道，语气淡漠，却带着不易察觉的战抖。

有弟子打量弓箭，指着内中道："这里似乎少了什么东西啊？"

"那里原本嵌了一根羯罗一族的长翎，不过后来遗失了。"我笑道。

"羯罗长翎啊，那可是珍惜的东西。"旁边弟子啧啧可惜道。羯罗一族的羽翼人界虽然稀少，但也并非不可得，天源宗也存有数张这种硬弓。

谢远殊忽然开口吩咐道："又有妖孽来犯，此事干系重大，你们不要耽搁，尽快将此事禀报上去吧。"

几名子弟不敢违拗，扔下狐狸，纷纷告辞而去。

"师妹，这等精致的东西，要慎用才是。"一边说着，他将弓箭递过来，手指按在弓背上，骨节隐隐发白。

我匆匆接过，心中急得如热锅上的蚂蚁一般，哪有空隙注意他的神情。

低头看着地上的白狐尸首，他声音嘶哑："我先去一趟正殿，你我改日再叙吧。"

"等等，这个你不带走？"我忍不住指着地上的白狐尸首问道。这个算是证据吧，应该呈到诸位首座前辈面前才对。

"不过是只小妖魔，是师妹射死的，自然归师妹所有了。"谢远殊轻笑了一声，转身离去。

不知为何，这口吻竟让我觉得格外疏冷，我愣了片刻，弯腰拎起那只惹祸的小东西，叹了一口气："都是你害的。"

拎着那只死狐狸回了居所，推开房门，如意料之中，清朗熟悉的声音传来："怎么才回来，我可是等了你好久。"帘帐开合间，一个人影正懒洋洋趴在桌上，丝毫不顾及形象。

我微微一愣，才几年不见，想不到他竟也长大了，心中泛起莫名的感慨。已经有三年未曾回去魔界，未曾见过他们了，此时乍然出现面前，竟有种近乡情怯的感觉，亲切又惘然。

“这地方这么简陋，你竟也住得惯？”打量四周，他啧啧两声，毫不客气地评论起来。

我忍不住笑了，个性还是这样，毒舌又挑剔。手一抬，死狐狸飞了出去，正砸在他的怀里。

他叫了一声：“你把这东西扔过来干什么？”一边拽着狐狸尾巴提起来。

虽然是分身，可看到他拽着自己尾巴提来甩去的姿势，还是莫名地好笑：“我可是特意给你带了回来，你不要我就扒了皮做外套。”

白郁瞪了我一眼：“想要做外套还下这么狠的手，几年不见，你的箭法倒是越发精准了。想必这几年在天源宗收获不小啊。”

听得出他对这致命一箭有点儿怨念，我瞥了他一眼：“若不是我这精准的一箭，你现在早就被人逮住扒了皮做帽子了。”

白郁摇头，微笑不语。

我知道他自持身法极快，狡计又多，只叹了一口气道：“你是能瞒过那些巡逻弟子，却未必瞒得过谢远殊。”说完这句话，我心里“咯噔”一下子，最后离别的时候，谢远殊有没有发觉这只狐狸是个分身呢？整个过程中，他并未触摸狐狸尸体，应该发现不了才对，可是最后那莫名的疏离感是怎么回事？

“谢远殊？就是刚才那个穿青衣的男子？”白郁眉梢一挑，神色终于变化，“我也听说过他的名声，是这一代天源宗主的关门弟子，也是百年难得一见的奇才，单看他刚才的速度，倒也名不虚传。”

仔细看着我的脸色，他试探着问道：“你好像和他挺熟悉。刚才你和他是一起过来的吧？”

“凑巧遇上了而已。”我随口搪塞道，心中有些不自在，索性岔开话题道，“你来这里是为了什么？还有前不久的攻击是怎么一回事？谁有这种神通，竟然能将地火裂缝凭空挪动到万里之外的人界来。”

一股脑将心中的疑惑说出，白郁眨了眨眼睛，笑道：“是陛下命我前来的，为了商议接下来的行动，只凭着潜龙镜说不清楚，说不定还会引起天源宗的注意。所以少不得我亲自走一趟了。”

“你自己跑来就不会引起注意了？”我眉梢抽搐一下。听他说得乖巧，我却很清楚，必定是他向母皇主动请缨。

“情势所迫，只好冒险了。也没料到从阵法裂缝钻进来的时候，正遇上那队巡山的弟子。”白郁笑道，“至于地火之事嘛，此番这跨越万里的乾坤大挪移，还有你我的功劳呢。”

我一愣，什么意思？

白郁笑了笑：“还记得当年在舜城地下的上古阵法吗？”

我点头，怎么会记不得呢，那是我童年印象极深刻的一段经历，精巧的棱光砂，神秘的少年，还有那威力庞大的上古阵法……

对了，那古阵似乎拥有突破空间、瞬移万里的能力！我霎时想通了其中关键，惊讶道：“母皇将古阵彻底修复了？”

“不错，而且还将阵法与地火裂缝相连，借助此阵的威力，将地火源源不断地移至天源宗，前几天那一战才会胜得那么轻易。”

虽未亲眼所见，但想到源源不断的地火烈焰冲击到天源宗的护山大阵上，天地间赤红一片，日月同焚的情景，也禁不住心底一寒。

想不到当年的事情还带来这样的后果，我感叹着，往复循环，果然奇妙难言。不知为何，回忆起此事，第一个想到的竟然是那个死在冰原上的少年身影，随着时光早已渐渐模糊的影像又一次清晰起来，他的尸身应该还在冰雪中吧？等回了魔界，去极地冰原一趟，将他安葬了吧！以我现在的功力，入极地冰原应该足够了，只是不知能不能找到那处洞穴……

说到冰原，立刻又联想起白天时谢远殊说的话，他正谈到紧要关头，就被这个家伙给打断了，只好改天再问他了。

白郁一直盯着我，眸中灵光闪烁，抬头对上他的视线，我微微一愣，刚才想得入神了。

我指了指桌上的死狐狸：“先把这个分身收回吧，再过几个时辰就要失效了。”凝结分身，需要消耗的功力不少，至少也抵几个月的苦修，能不浪费还是不要浪费的好。

白郁点点头，拎起狐狸往胸口一拍，银狐连同地上的血迹化为一道银光窜入他体内，不留分毫。

“你好像变了不少？”将分身收回，白郁低声道。

“怎么变了？”

“比起以前的样子，更像是一个天源宗弟子了吧。”

我顿时笑了：“若不像，岂不早被人发现，然后消灭了。”

“其实，这三年我一直期待着你出现在分光殿，想不到你竟然坚持下来了。”他摇摇头，说道。

我眨了眨眼睛：“原来你一直盼着我的失败啊。”为保安全，我身上不仅带着数件威力庞大的法器，还带着须臾芥子珠，一旦有危险，可以直接瞬移回魔界皇城的分光殿，万无一失。只不过真的动用这个逃生，也说明行动失败了。

白郁只是望着我，没有回答。

竟然没有和我抬杠，真有些不习惯，还有这眼神，不就是三年没见吗？明明上次用潜龙镜传递消息时，还说过话的，犯得着用这种好像几百年未见的眼神盯着我吗？

我轻咳了一声，道：“这几年在天源宗，我一直暗中探查神玺的下落，却始终未得到确切的消息，但这几年我统合天源山的各处灵脉，却发觉一件怪事，这千万年来天源宗的灵脉分布，竟然从未变化过。”灵气是自然凝结的东西，也会随着风水格局，气候变化而有细微的变化，而最影响灵气的，则是众多修道之人的修行汲取。天源宗历代弟子无数，占据这处灵脉修行，纵然天源山为天下灵脉之巅峰，灵气浑厚无比，也应该有些影响才对。

见我提起正事，白郁也严肃起来，仔细聆听着。

“天源宗历代宗主传承盘古神玺，最初的几代经常使用神玺的力量来锻造法器，布设阵法，后来使用逐渐减少。尤其近些年来，几乎销声匿迹。会发生这种变化，一方面可能是神玺作为宗主信物的地位越来越尊崇，不敢轻易动用，但我却倾向于另一种可能。神玺被禁锢在某个功能上，难以分身了。”

“这么说来，你的推测是？”白郁一边思索，问道。

“没错，我怀疑，天源宗如今也遇到了与我们魔界一样的麻烦。”我缓缓道，“所以盘古神玺禁锢难出。”

天源山与魔界皇城同属于两界灵气的巅峰，不过天源宗幸运的是他们地底并没有地火裂缝这种灵气过度凝结所造成的致命危害。但千万年来天源宗的灵气从未变化，想必是以神玺镇压调节才能这么稳定。凡事有利必有弊，魔界以神玺镇压地火，如饮鸩止渴，使得地火危害加倍爆发。而天源宗的这种行为，同样也会留下弊端。

白郁面上泛起喜色，随即又忧虑道："若此事为真，陛下的计划岂不是难以实施。"

"放心吧，就算天源宗需要依靠神玺维持天地灵气平衡，也不会像我们魔界一般危急，真正需要神玺的情况下，应该还是能够动用。"我推测道。

本以为谢远殊第二天会再来找我，正愁着怎么隐藏白郁的行踪，却不料连接数日，一直未见他的踪迹。庆幸之余，却又有些失落。

十余日之后，一片沉寂的天源宗内掀起新一重波澜，术部首座程挽新返回了！同时带回消息，魔界此次动用的是一种奇异的灵火为主要攻势，随同前来的高手却并无多少。所以此行虽中了埋伏，也能及时杀出重围。

为对付魔火，众位前辈紧锣密鼓地商量起对策。我只趁着护山大阵尚未被完全修复的时机，与白郁商定好下一步行动细节后，将他送了出去。不几日，谢远殊飞信传讯请我前去他的居所一会。

他的住处是一座精巧的阁楼，在半山腰的一处湖泊中心，四面远山浩渺，碧波荡荡，是个景致清雅、灵气充沛的好去处。

谢远殊神情平淡，却有种意料之外的憔悴，像是耗费了极大的精力，我禁不住诧异："这些日子巡守很劳累吗？"

"没有，日常巡守还轮不到我，最近是在忙另一件事。"谢远殊摇摇头，脸色虽然苍白，目光却出乎意料的明亮，透着冰砂般的冷光。

他带我来到阁楼顶端，看到上方玉石雕刻般的鲲隼，我立刻明白过来，惊喜地问道："你成功了？！"

"没错，从今往后，它会这里和我一同修行，一同吸纳天地灵气，我终于有一个真正的同伴了。"一边说着，他上前抚摸鲲隼的头颅。为休养方便，鲲隼暂时进入了休眠的状态，却似有所觉，低低咕了一声。

最后一句话莫名地有些刺耳，我刻意忽略，问道："耗费了很多功力吧？怎么不说一声让我来帮忙。"

"我一个还能应付。"谢远殊笑了，"再说，如今还是战时，你还是尽量保存实力的好。"

"也不知这场仗什么时候才能打完。"谈了片刻，我叹了一声，

“不知诸位前辈对灵火的钻研进行地如何了。我来时听说程首座又前往求见宗主了。想必已有了头绪吧。”

谢远殊却黯然摇头道：“只怕没这么容易，昨天我得到的消息还是毫无进展。”

当然是毫无进展，魔界钻研了几千年都束手无策，天源宗再厉害也不可能在短短十数日之内有成果。我忧心道：“这么困难？！那岂不……”

“放心吧，上次五部公议，宗主和诸位前辈已经决定，一旦危机不可解，就动用那样东西。”谢远殊安慰道，“这次程首座前去拜见宗主，想必就是为了此事。北方火焰持续蔓延，每拖延一日，就有万千生灵涂炭。”

“什么东西？”我惊讶地问道。

“自然是我们天源宗最坚实的屏障，盘古神玺了。”谢远殊笑道，“按照程首座所查看的情况，那灵火不仅暴烈，更蕴含着一股极残毒的阴寒之气，诡谲无比，非是平常法术所能抗衡，必需得有浩大的天地元气方能压制。能调动这么多天地元气者，世上唯有盘古神玺了。”

一切都如预料之中，心脏怦怦直跳，我发自肺腑地笑着拍手道，“那太好了。我们可省力了。”

“护送神玺的这一战我也准备参加。”他低声说道。

心神一颤，难以言喻的滋味涌上心头，脱口问道：“你决定了？”一旦动用盘古神玺，天源宗就是决定一战定胜负了。此行之危险，必然尽起顶尖儿高手随同。他不仅是天源宗年轻一辈的翘楚，还是宗主的关门弟子。无论从哪个方面来讲，都是义不容辞。

“这些日子，我闭关不出，也想通了一些事情，得失之间，有些心情，真的只能放下。”他凝视着我，一字一句地道，“所以此次请你前来，也是为了道别。不知道能不能活着回来，还有再见面的一天。”

前所未有的沉滞感涌上来，一时间心思纷乱，同时也想到，这一战，无论结果如何，我在天源宗的生活也将要到终点了。

可是就这么回魔界吗?

“上次见面，你曾说起过你的过去……”

谢远殊身形一颤，错开视线，缓缓道：“等这一战结束吧，等我如愿以偿的那一刻，若你我还能相见，到时候，我就将我的故事原原本本地告诉你。”

“一定会有再见面的时候的。”气氛忽然压得人喘不过气，我摇摇头，甩开这莫名繁杂的心情，道，“等这一战完结，我也有些话要告诉你。” 这些秘密刻印在心里，始终沉甸甸的，坦白说出，不仅是为了彼此，还有道魔并存的和平理想，以及更久远的未来……

暮色渐沉，他送我走出阁楼，晚风带着丝丝凉意吹过水面，一片湖光山色的幽雅娴静，我们并肩走出门。

我转头望了阁楼一眼。他也随之转身，顺着我的目光落在门楼顶上，忽然笑道：“我这里还一直没有名字呢。今日此情此景，倒是想到了一个合适的。”

说着，手一挥，“展翼阁”三个字凭空出现在匾额上，龙飞凤舞，苍劲有力，如一只蓄势待发的雄鹰，更如他的人，已积蓄了许久的力量，就要鼓舞羽翼，冲天翱翔。

那一刻，我忽然感觉离他很遥远。

湛蓝的天空上无一丝云彩，一片寂静中偶有飞鸟路过，或是御剑而行的巡山弟子？站在山顶的我没有心情分辨，神不守舍地收回目光。

这些日子天源宗依然沉浸在紧张的气氛中。自从上次魔界来袭，短暂的忙乱过后，各部迅速应对，修补破损的护山大阵，抽调防御人手，加强巡逻……沉寂悠闲了许久的天源宗前所未有地忙碌起来。如今防御阵势和四象须臾幻阵都修补完善，众弟子正紧张地等待着魔界的下一波攻势。

就在今天清晨，术部和剑部两位首座带领着天源宗内最精锐的弟子秘密出发了。同行的还有这次行动的主角——盘古神玺。安全起见，这次行动并未向所有弟子公开，却并不妨碍我探听消息。

昨晚就已将探听来路线细节传回魔界。可回想起整个计划，总觉得有些不安，仿佛遗漏了重要东西，却又想不透究竟是哪里。

最初的消息是从谢远殊那里得来，又从几位前辈口中旁敲侧击，还用循声虫在可能参加行动的弟子间秘密打探了一番，相互印证，确信消息和路线没有虚假，我才传讯给魔界。

魔界早已在地火那边布下埋伏，等天源宗的人靠近之后，苦战一番，佯装败退，让天源宗有时机灭掉钟彤山脉的地火，再趁着众人为灭火而元气大伤之际，出手抢夺神玺。

凉风吹过山巅，隐有寒意，一晃就是秋天了，再过不久，这漫山遍野的浓翠也将渲染成遍地金黄。而那个时候，我已经离开这里了。

我跃下玉青峰，此番一个人悄悄潜入山里，是为了一个特别的任务，一个我自己交付给自己的任务。

天源宗一直以神玺维系周围天气灵气变化，长年累月，地脉已有失衡之象，若失去了盘古神玺，短时间尚无大碍，一旦拖延，极有可能引发天地异变，导致天源山灵脉崩坏。

进入山腹深处，我停下脚步，四面浓翠茵茵，寒气逼人，这里玉青峰灵气最凝聚的地方了，我抬起手腕，尖锐的指尖划过，一道血痕出现在腕上。

用术法使血珠浮空，打入四面山壁。有术法隔离，血珠现在不会起作用，但五六个月之后，失去神玺的天源宗就将开始灵气紊乱，到时候这些血珠就是救急的良药。

不过这十几滴血蕴含的力量，也只能再维系半年左右，想要真正化解天源山的危机，或者将阳极的神玺夺回，以之镇压；或者得到阴极的神玺，以之化消。

这么做，一方面是为了偿这三年的学艺之恩；另一方面，是为将来的冲突留下一丝和平的余地。在天源宗的这些年，我已明白，神玺一体两面，单凭其中一半，虽也有毁天灭地之能，吞噬日月之力，却终究不圆满，无论是魔界皇城，还是天源宗，长年累月地依靠神玺违背自然，都逐渐造成了不可扭转的危机。对于这些，想必这些年天源宗内的高层也有所察觉。虽然现在还能支撑，但再过数千年，此地将变成第二个地火裂缝，同魔界一样，迫切需要另一半神玺的调和。

彼此需要，就有了谈判的条件，也就有了和平的余地，如果魔界愿意首先释出善意，相信天源宗也不会拒绝。道魔并存的未来，也许并不遥远。

这条漫长的道路，就从此时此地的这十几滴血开始吧。

一晃眼十数天过去了，白郁透过潜龙镜传来消息，一切筹备完全，只等送礼的“客人”上门。而天源宗的人也已抵达钟彤山脉，不过行动很谨慎，线路捉摸不定，时隐时现。

回望居住了整整三年的小楼，是离开的时候了。待天源宗战败归来，必然猜到内部有奸细，到时候想走就危险了。

这次离开，也许再也无返回的机会了……一念及此，心中难免惆怅。离开居所，来到藏书阁。自从大战开始，这里查阅典籍的同修比以往更少。随意漫步在林立的书架中，我身形忽然一顿，角落的桌上，曾被我寄入元神的蜡烛正孤零零躺在那里，身上浮着一层薄薄的灰尘。

我哑然失笑，物体成精本来极难，但这只蜡烛内中含了我一滴精血，若百年之内未被损坏的话，必能修成灵识。也算是此番天源宗之行留下的一个纪念吧。

走过去将它扶起，犹豫片刻，又转身把它扔进了角落的杂物箱，比起孤零零摆在桌上，这里应该更安全。

离开了藏书阁，行至应天阁，向来人声鼎沸的应天阁今日并没有多少人，因为战事，暂时停了课程，而无所事事的众弟子自发地聚集在演武场等地方，努力提升着自己的实力。

将素日里熟悉的地方统统逛了一遍，最后，我向展翼阁走去。

离开前，谢远殊特意将禁制的破解法诀告诉了我。解除阵法，我推开大门。失去了主人的展翼阁徒留几分萧瑟，虽然往日里也不过只有一个人而已。

顺着楼梯向上，那只小鲲隼还在休眠，如一尊精美的玉石雕刻。它的母亲随同谢远殊去了钟彤山脉，出征前，我将指环还给了谢远殊，有鲲隼护身，就算身陷险境，想必也能平安返回。更何况，我已经嘱咐过魔界众人，此行目的只是神玺，得手之后尽快返回，对天源宗众人不必赶尽杀绝。

正想得入神，窗外传来意外的响动，竟然是某只似曾相识的团子，粉嫩的鼻子费力地拱着水晶窗，胖嘟嘟的脸挤成一团。展翼阁外面设了禁止，哪里是它能破开的。我上前推开窗子，它一头栽了进来，在地上滚了好几圈才停下。

我弯下腰，将它抱起来。这只狸力好像特别爱粘着谢远殊。忽然又想到，狸力也是上古神兽，五行属土，天然可稳定地脉灵气。它会出现在天源宗，不会是凑巧吧？

不过神兽的生长时间极长，这只狸力一看就还处在幼年期，想要它起到稳定地脉的作用，少说还得养个七八百年，失去盘古神玺的天源宗只怕等不到这一天了。

天色渐晚，抱着小狸力正要离开，视线扫过桌上，却看到一件意料之外的东西，一个木匣放在我上次拜访时坐的地方。

在一个收拾地一丝不苟的房间里，这个随意摆放的盒子显得格外突兀，似乎是故意留在那里的。

我走上前，打开盒子，里面是一封信，上面写着“白露亲启”四个字，苍劲有力的笔迹一眼就认出是谢远殊笔迹。

他竟然给我留了信！难道料到我会一个人来这里？所以连展翼阁的禁制法诀都告诉了我。

他为什么会这么想？信里写了什么？心脏瞬间漏跳一拍，莫名地竟有些期待。

将信封拆开，抽出来，铺展开，却是一张白纸，整整齐齐地折叠着放在信封里。

我拿着白纸愣住了，这算什么？欲说还休？笔下无言？抑或只是单纯的一场空白？

心中渐渐浮起不祥的预感，好一会儿才回过神来，手指捏了捏，信封里好像还有东西。往下扣了扣。意料之外的东西飘落出来。

是一片羽毛！亮丽的纯银色，如月光般轻盈，逸散出淡淡的法力波动。我一眼就认出，这是羯罗一族的长翎。

羯罗一族实际上是仙鹤脱胎化人，人界虽少，但也并不特别罕见。只是这片长翎的形状，还有法力波动，诡异地熟悉。

鬼使神差，我从乾坤袋中掏出自幼随身的弓箭。

我翻过弓背，连试了几次，手竟然因为战抖而难以揭开扣盖，心中翻涌而起的那个想法实在太恐怖，让我无论怎样安慰自己，都无法安静下来。

答案很简单，只要用这张弓箭试一试，马上就能真相大白。长吸一口气，我用力将扣盖揭开，那里有一片清晰的羽毛痕迹。从我得到这把弓的那一刻，这里就是空着的，只留下这个深深的痕迹。

将长翎拿起放入。

严丝合缝，

我忽然觉得全身的力气都失去了，坐倒在椅子上，头脑混乱地几乎无法思考。

这怎么可能？

记得用弓箭取胜之后，我曾经向温衡索要一片翎羽，想让这张弓恢复原貌，温衡却告诉我，就如同世上不存在两片完全相同的树叶，这世上也没有两片完全相同的羽毛，羯罗一族制作的弓箭，一张弓只能配一枚羽毛，就像一把锁只配着一把钥匙，严丝合缝，无法修改。所以他能重新给我做一张弓，附带着完美的长翎，却无法将另一片羽毛重新嵌入这残缺的弓中。

几个月之后，他将崭新的弓箭送了过来，不过习惯使然，我还是更喜欢这张，作为童年的一份宝贵记忆。

我也曾问过那枚长翎的下落，温衡只模糊地回答不知道，但从他落寞的表情我猜得出，应该是被这张弓原本的主人带走了，也就是那个曾经居住在丹云地宫深处的神秘孩童。

他是谢远殊！

一个今年二十岁的谢家旁系子弟，曾经在百余年前，居住在魔界的丹云地宫里？

他究竟是谁？

地宫中那个素未谋面的孩子，在了解魔界某段隐秘的历史之后，我已经隐隐猜到，他应该就是被母皇挟持的上代玄王和谢青菱之子。后来又被谢青菱潜入盗走，在逆龙叛乱中生死不知。

他就是谢远殊？逆龙和谢青菱的儿子。所以他是道魔混血，是谢家旁系……

可是时间不对，谢远殊的骨骼年龄确实只有二十年没错。

是冰封！

我猛地记起，他曾经提起过，小时候有很长一段时间被冰封，如同那只鲲隼雏鸟，停止了生长，所以才会对雏鸟的遭遇感同身受。

可是他怎么活下来的？甚至来到了天源宗。

我的内心一片混乱，震惊、恐惧、失落、伤痛……种种极端的感情四面涌入，复杂的线索纠结成一团。

童年的他被囚禁在丹云地宫，那时温衡正是丹云地宫统领，负责看守他。以温衡的性格，想必待他很好，甚至专门为他制了这张弓箭解闷。而他在离开的时候特意带走这片翎羽，可见两人感情之深。

所以在看到我拿出这张弓的那一刻，他就已知道了我的身份……

我低头看着手中的弓箭，只觉格外讽刺。相隔百年之后，分隔两界的长翎和弓箭再次契合到一起，环环相扣，如同这一路走来的无数因果循环。

原来，从我误入地宫深处，拿起这张弓的那一刻起，命运就开始朝着这个诡异的方向转动了。

他和魔界之间，他和我之间，相隔的，不仅仅是道魔之分，两界之隔。对我来说，他是叛逆之子，对他来说，我是仇人之女，杀父杀母之仇，他对魔界应该充满了恨意才对。

我猛地站起来，他既然知道了我的身份，那么当初透漏给我的路线情报，甚至这次进攻钟彤山的消息……顾不得引起天源宗注意，我立刻取出潜龙镜呼唤布设埋伏的众人。

“天蜥尊者，天源宗的人有行动了吗？”

“回禀殿下，一直没有动作，似乎还在试探……”

谢远殊曾亲口说过，灵火一日不灭，人界生灵涂炭。天源宗的战略应是速战速决才对，如今却一直试探游走，不肯露面。我心脏突突直跳，一个难以置信的念头浮现出来，难道他真的敢这样铤而走险？

以谢远殊的智谋和胆量，还有他对魔界的恨意，只怕……

用潜龙镜吩咐魔界众人立刻回头截断极地冰原的通道。我当机立断地取出须弥芥子珠，长吸一口气，手中用力，一团水雾蓦然爆开，模糊了四面的景物。

展翼阁外传来隐约的呼喊声，

“是这个方向吗？”

“就是这边，刚才好像传出魔气波动……”

这便是我在天源宗最后听到的声音，

下一瞬间，我回到了阔别已久的故乡。

记忆中的分光殿有着浅碧色的玉窗，窗框上雕着成串的玉萝花，透过窗子看外面的风景，总是蒙着一层浅浅的碧色，恍如春光。

可此时睁开眼睛，入目却只是一片残破，让人难以置信的残破，失去了所有原本的辉煌和奢美，甚至连脚下精雕细琢的白玉阶石也变成了残破漆黑的碎石堆。

放眼望去，层层叠嶂的亭台楼阁，枝繁叶茂的树木花枝，统统消失不见了，视线几乎毫无遮蔽地落在遍地焦黑废土，断壁残垣上。

这里是……皇城?

我难以置信，惶然四顾，难道是母皇将我原本设置的转移点从分光殿移到了城外？可四面的残破痕迹却在提醒着我，这里曾经是一座怎样华美的宫殿。

后退一步，被身后的瓦砾绊到，半堵残破的墙壁应声而倒。乱石中，一团漆黑的东西隐隐现出，那是一具枯骨，已被烧至残破不堪。而更远处，还有更多这样的尸骸，弥漫着焚烧过后的刺鼻气味。

眼珠刺痛难耐，仿佛有一团火在熊熊燃烧着。无法承受地窒息感堵在胸口，有什么东西叫嚣着，翻涌着，要从那里碎裂冲出。

这就是富饶美丽的魔界皇城？整个平原上最璀璨的明珠，世所无双的国度中心？那曾经富丽繁华的宫殿楼阁，喧嚣密集的店铺街坊，摩肩接踵的道路桥梁，统统像是一张最浅薄的画，被人信手一抹，只余一片焦黑。

我不相信，我不相信这个世上有任何人，任何力量，能够击破戒备森严的皇城，将它毁到如今这个地步。皇城日常也有结界防护，不逊于四象须臾幻阵，除非……

“谁在那里？！”

一声严厉的呼喝传来，转头望去，是一队巡逻的士兵，正匆匆往这边飞来，神情戒备。飞得近了，我蓦然睁大了眼睛。

这些士兵的胳膊上，赫然系着白色的绢布。

脑子轰然鸣响，霎时天崩地裂。

未等那些士兵落地，我猛扑上去，攥住当先一人衣领：“发生什么事了？母皇呢？”嘶哑的声音带着难以掩饰的战抖和恐惧。

未及反应便被我一击得手，众人大惊，围拢上来，纷纷兵刃出鞘。

为首者打量着我，满是惊疑不定。

我蓦然醒悟，自己还是白露易容后的容貌，立刻念动法诀，恢复本貌，我迫不及待地继续问道：“快告诉我，皇城究竟怎么样了，母皇现可安好？”

“是……公主。”为首者这才反应过来，眼睛睁得老大，顿顿卡卡地道。

“是我！快回答我！”

众人醒悟过来，匆匆行礼，回禀道："日前皇城受到袭击，已经……"

"先告诉我母皇呢？"我战抖着打断道，不敢去看他们胳膊上那抹刺眼的白色。

"陛下已击退来犯之敌，目前移驾至丹云地宫，正在休养。"

"休养……"喃喃着这几个字，我半天才反应过来，身体晃了晃，松开士兵的衣领，后退一步。

那一刹那，眼泪险些掉出来，那是我想一想都无法承受的悲恸。

所幸，这最可怕的没有发生。

扶着断壁喘息着，我提起精神问道："那你们手臂上……？"

"是……是我们族长。"几人黯然道。

他们族长？我一打量，这才发现，他们都是羯罗一族的人。

我难以置信地问道："温衡将军他？"

"日前敌人闯入丹云地宫，将军他护驾身死了。"

温衡死了！那个温润温雅的男子，曾经握着我的手教导我弓箭和剑法的人，竟然就这么再也见不到了。猝不及防的感伤，内心霎时失落了一个角，而转头看看这遍地骨枯，满目狼藉。我所失去的，母皇所失去的，甚至整个魔界所失去的，又何止一个温衡。

悲伤太多，伤痛太多，已经多到麻木。

我长吸了一口气，缓缓问道："究竟是谁？"

"是天源宗的人，就在昨天，也不知他们是如何能穿越极地冰原的，竟然一路杀到了皇城边上。"为首之人口齿灵便，一边护送着我往丹云地宫飞去，一边将变故一一道来。

就在昨天！原来只晚了一天，只差了一步而已。我唇角战抖，终究什么也说不出。

"他们带着一种威力庞大的神器，冲撞护城结界，竟然在不到一刻的时间里硬生生撞破结界，杀入宫内，之后战况激烈，所幸来犯之人尽数被歼灭。"

尽数被歼灭？我愣住了："来犯之人，全部死了？"

"是啊，据说陛下亲自出手，才将那些人尽数诛灭，可那些人也不知用了什么法子，最后竟然使出玉石俱焚的手段……"

后面的声音我忽然听不到了。

他死了！

迎面的太阳光耀地人眼花，带着炽热的刺痛感。

就这么死了，一切都结束了，如此简单明了。我曾经的憧憬的未来，道魔并存的理念，还有那曾经萌生的甜蜜心情，一切尚未开始，就都戛然而止。

丹云地宫的轮廓出现在远方，我闭上眼睛，放慢了呼吸，将胸口翻涌沸腾的感情一点一滴压下去，将它们统统压进一个光照不进的阴暗角落，等待它们在混沌中慢慢腐烂、彻底消失。

地宫上升起一道绚丽的赤红色，一队人护着朱鸾迎出，领队的是久违的墨澈心。素来沉静的脸上也带着罕见的凝重：“公主，您回来了。”

谁都没有心情寒暄，跟着墨澈心匆匆步入地宫深处：“母皇呢？怎么样了？”我急着问道。

“陛下受了伤，如今正在地宫深处闭关疗伤，甚是凶险。”

“伤势这么重？”我脚步一顿。刚才巡逻士兵明明只说功力受损，并未受伤啊。

“昨日正逢陛下修炼功法至关键时期，不能分心。而天源宗之人出其不意，又以威力庞大的神器为引，众人抵挡不住，本来臣等想护着陛下先行撤离，可陛下却不肯后退。”墨澈心缓缓道。

我默然，母皇素来心高气傲，被人杀到家门口，是千万年来未曾有过的奇耻大辱，怎肯未战先退。

“更何况，此番来犯，他们所带的神器正是盘古神玺，若能一举擒拿，正可解我魔界隐患。”墨澈心眼底隐有苦涩，“因此陛下不顾功力损耗，亲自出手。本来已经成功压制住众人，将他们或擒或杀，可没料到，他们竟能狠下心，选择玉石俱焚。”

进了密室，墨澈心一挥手，房门关闭，他神色肃然：“公主，五天前白郁还传来消息，说天源宗的人已如计划中一样，带着神玺赶至钟彤山脉，为何又会出现在此地？”

我神情一黯，将其中因果关键道出：“此番折损，是因我轻信中计，才会铸成大错。”

“果然是他。难怪能如此熟悉宫中地形，出其不意，竟能利用地火偷袭陛下。”墨澈心语调含着一种阴冷，如万年不化的冰霜，“想不到陛下当年一念之仁，留下心腹大患。”

“什么？”我神色微变。

“本来天源宗的人想要玉石俱焚，陛下拼着消耗功力，众臣合力，已经及时阻止下来，并未造成多大危害。”墨澈心冷然道，“天源宗之人尽皆伏诛，我们也伤亡惨重，未免再有其他余孽潜伏，只得先护着陛下退至丹云地宫休养，打算回头再搜寻神玺。不料，刚入地宫，地火却意外爆发，陛下不顾内伤耗损，前去压制，那谢远殊竟然埋伏在地火之中，趁隙偷袭，陛下才会受此重伤。若不是温衡将军率众赶至，后果不堪设想。饶是如此，也同时被他以神玺之力引爆了地火，冲击皇城地脉，导致整个皇城被地火吞噬。”

我心乱如麻，其中竟然还有这样曲折的过程，他从小就生长在丹云地宫，对宫内的密道地形自然了解。可潜入地宫内中，只是为了狙杀母皇，毁灭皇城吗？

“殿下，情势危急，刻不容缓，陛下的伤势我已看过，是地火之力反冲入体，性命攸关，必需有谢远殊手中的盘古神玺方能有一线生机。”墨澈心又急道。

“那神玺呢？难道……”

墨澈心眸光闪烁：“温衡将军重伤而回，临死前，只说谢远殊跌入地火裂缝。神玺尚在他身上，必需尽快取得。”

“我下去一趟。”我立刻道。地火之力非是普通人能承受，尤其被神玺引动爆发后，更加湍急不稳，只有同样身怀盘古神玺的我，才有把握从裂缝中寻找到神玺的另一半。

事不宜迟，开启密道入口，我与墨澈心率领几人入了地脉深处，地火滚烫，扑面而来，几乎难以呼吸。走了片刻，墨澈心他们就已面色苍白，难以支撑，我问明方向，命众人守在入口处，自己往内中寻找。

越往深处，奔涌的地火越发疯狂，遍地飓风骇浪，轰鸣震动，我暗暗心惊，若无法尽快将地火镇压下去，只怕随时都有再次爆发的可能。到时候魔界生灵涂炭，何止一座皇城。

来到墨澈心所说的地点附近，我跃下高崖，仔细寻找。

他已身受重伤，地火裂缝之内遍地烈焰焚烧，以他之功力，就算当时没死，跌下去只怕也支撑不了多久。可在崖底仔细找了一遍，竟然未见踪迹。

难道他还没死?

意识到这一点，心神纷乱如麻，也不知是什么滋味。

若是他已死，我此行只要寻找到神玺，若是他未死，不仅要找到神玺，更要……亲手杀了他。

没错，在昨天之前，我们之间尚有转圜的余地，可在今天，我们之间所剩下的，不过生死两字而已。

一路搜寻，在地火中这么久，饶是我身负神玺，也开始感觉气血不稳。他伤势更重，想不到还能支撑这么远！谢青菱！脑中灵光一闪，我瞬间想到，当年的谢青菱，不正是沿着地火裂缝，带着自己的孩子逃了出去吗？而当时她走的路通往……

我毫不犹豫地往左侧道路上冲入。心里隐隐有种预感，他还没死，他一定就在那个地方，在一切的终点等着我，等待着所有故事的落幕。

千里之遥瞬息即过，极快的御空飞行带起的炽热的气流和骇浪，火花贴着脸颊擦过，心中一片澄空，只剩下一个念头，一定要再见他一面！

可是见到他之后呢?

再一次冲出地火裂缝，看到的是满地月光，夜幕盈盈映照满地清碧湖水。

而他就坐在月光下，睡着了一般，静静依靠着湖边的岩石。

急躁的心情忽然就平静下来，我慢慢走上前。

他安静地躺在遍地银沙中，闭着眼睛，呼吸微弱却带着玄妙的韵律，如果不是满身狼藉的焦黑赤红太过刺眼。

那是凝结的血污，一重重压得几乎看不出衣服的底色。

这些血，有多少是他自己的？是天源宗同修的？又有多少是魔界子民的，甚至是母皇的?

我放轻了脚步，这一瞬间，竟然不想惊动这份宁静美好的睡颜。

咫尺之间，他睫毛微颤，清醒了过来。

抬头看着我，他神情没有任何意外，唇角绽放笑意，低声道："你来了。"

我无声地点点头。

"这就是你真正的容貌？果然很美，比我想象中更美。"他微微偏着头，凝视着我。

沧溟之渊的月光，还是这样明净安详。清风拂面，细碎的沙沙声传来。

被这澄明的眼神刺伤，我避开了视线。追逐在他身后的时间里，脑中设想过无数见面的情景，拔剑相向？抑或者愤怒质问？可是到头来却只余一片平静。

我闭上眼睛，再睁开，已经没有了分毫动摇。

“神玺呢？”

“在你脚下。”他笑了笑。

我一惊，低下头，脚下是一片细碎的白沙，在月光中闪烁着水晶般璀璨的光芒，盈盈荡荡如一泓水波。

这是神玺？

“神玺已经毁了，两次引爆冲击，哪怕上古神器也承受不住这种消耗。”

“不可能！”没有人比我更了解神玺的本质，神玺应天而生，秉持天地灵气，近乎生命体一般，可自动休养生息，恢复力量。

“这些年，天源宗一直在利用神玺调解天地灵气，本就损耗过大，此番动用，又彻底耗光了它的残存力量。”谢远殊缓缓说道，望着遍地碎砂，面无表情，“不过神玺本源仍在，也许几百年之后，也许几千年之后，它能够重新聚拢形体，重新复生吧。可惜啊，”他忽然笑起来，“我是看不到这一天了。”

我心里一沉，母皇的伤势，用这些残骸，不知能否痊愈。

沉默了片刻，我低声道：“你就这么恨我们。当年母皇的一念之仁，反而换来……”

“一念之仁？”他忽然笑起来，片刻又化为刺耳的咳嗽声，血沫顺着嘴角溢出，“好个一念之仁，仁慈地将功体尽废的母子抛在极地冰原上，母亲被活活冻死，临死前用术法将我冰封，方留下一线生机，这就是父亲用毕生苦难换来的一线仁慈？”

“乱臣贼子，罪有应得。”我竭力冷然道。母皇曾说过，一个人若不能背负自己的责任，他枉为王者。

“他背负的还不够多？被那个暴君镇压在地火之下百余年，身受烈焰焚身之苦，他所付出的代价还不够大？”谢远殊冷笑一声，“就因为他是玄王，便没有了选择的权利，可有没有人问过他，是否愿意生为玄王？天命选择，对魔界来说，也许他罪有应得，但对我来说，他只是我的父亲！我要救他出来……”

“什么？”我如闻雷击，逆龙还没有死？听他话中的意思，竟然是被镇压在地火之下。

“那个恶毒的女人，怎么会让他轻易死。”他捂住唇角，血从那里溢出来，同时溢出的还有恶毒的诅咒：“既然魔界不给我们留下一线生机，就要承受残酷的代价，就算天翻地覆，我也要将他救出。”

他对母皇的诅咒我已无心计较，稳下心神，我摇头道：“就算你要救他，可又与那些无辜之人有什么关系。皇城万千百姓，还有温衡。他从小对你很好吧？你却能狠心杀他。”

他身体猛地抽搐起来，抬起头：“你说什么？！”

惊怒交加的神情看得我心里一颤：“温衡死了，你还记得他吗？小时候为你锻造那柄弓……”

“不可能，他不可能。我那一剑明明没有……”他挣扎着想要站起来，却徒劳无功地摔在地上，血流地更快了。

“你……”我上前一步。

“我没有，我没有……我没有杀他……”仿佛丝毫感觉不到疼痛般，他喃喃重复着，“我只想要见他一面，为什么这么难，为什么，连你也要阻止我，父亲……”原本咄咄逼人的他此刻像是个做了错事的孩子，惊慌失措，躲避着审判的目光。

就算落魄狼狈至此，我也从未想过他会有这样脆弱的一面，眼前这个战抖癫狂的男子，还是那个意气飞扬、温雅俊美的谢远殊吗？

这样的他，我几乎不忍目睹。

遥远的相处时光中，我所见的，永远是他阳光灿烂，沉稳自若的一面，却从未想过他的痛苦和负担，也许，我从未了解过真正的他。

脆弱，绝望，痛苦，挣扎……霎时间脑中竟然浮现出另一个影像，那个在极地冰原上垂死挣扎的少年，诡异地与眼前的男子重合起来，

瞬间，一条凛冽的电光从我心中窜过，丹云地宫中囚禁的孩童，极地冰原上冰封的少年，温衡收养又早夭的二公子，这三者之间，竟然诡异地与眼前的影像联系起来。

我茫然望着地上挣扎的人，这一切都只是我的推测，无论多么浑然一体，也仅仅是推测而已，那么真相如何呢？想要询问，却终于没有问

出口，现在追问这些，已经没有了任何意义。那个曾经囚禁我和白郁的狡猾少年，那个在冰原深处濒死挣扎的身影，还有眼前失去一切希望的谢远殊，终究都过去了，马上都要过去了。

心中忽然柔软下来，我俯下身，扶起他，用手轻轻擦过他沾满血迹的嘴角。马上，一切爱过的，恨过的，都要烟消云散了。可还有一件事，我想要他知道。这本是迫切想要和他分享的心愿，曾被我当做可以为之奋斗一生的目标。

“其实，我曾经以为，我们之间，天源宗和魔界之间，能有和平的空间。”

待愣了片刻，他才缓缓反应过来：“彼此欺骗的和平？还是生灵涂炭的和平？”他嘴角扬起一抹嘲讽，带着残存的血迹，说不出的凄厉。

我摇头：“千万年结下的仇怨，魔界有罪，天源宗亦然。钟彤山脉生灵涂炭，皇城的万千子民亦然。这样彼此战乱厮杀，有什么意义？人的一生无论长短，可仇恨不能支撑一生。为何不能静下心来谈一谈。”

“这太虚妄……”

“是很虚妄，但并不是绝望，只要有人肯为这个目标而努力，就总有实现的希望。”我低声道，“我一直以为，与我一同努力的那个人，会是你。”

他身形一颤，眼神终于落到我身上，复又低下头，片刻，他笑起来：“很好的理想。这一点，我不如你。”

“可惜，这一切都只是理想了。”我在他耳边叹息着，就如同那曾经萌动的心动和期望，永远只能在幻想和记忆中存在了……

他身形一颤，然后在我怀里逐渐安静下来，温热的血沿着我的手流下来，原来，这个人心中的血，是这么滚烫，比起曾经接触过的任何温度都更灼热，更激烈。

我将他紧紧抱在怀里，越过他的肩膀，视线的远方，遍地金黄。那些传说中逆龙的血肉所化成的果子，正如火如荼地绽放着最后的光华。而如今他的儿子又要在这里流尽最后一滴血。千百年之后，会不会又有一片花树，在这里绽放记忆中的绚烂？

就这样一切都结束吧。

他挣扎着抬起头，在我耳边低低喘息着：“道，或者魔，其实，对我来说，没有任何意义，我所要的，只是一个家，我也曾经认为，白露，你会是……”

视线逐渐模糊。一切都晚了，一切都完了。

“对不起，我本来就是个自私的人。但是，我不能自私到连天源宗一并毁灭。”

未及我对这句话反应过来，他忽然抬手抱住我，重复着低声道：“白露，对不起，对不起……若是还有传说中的来世，我就和你一起，为那个目标努力吧。”

霎时间，璀璨的光芒从身下爆开，天地为之变色，细碎的晶砂浮动炸裂，凝结成一股银白的气浪巨柱，金蛇狂舞，直通天际。

是盘古神玺残存的力量！神玺本就有穿越时空的能力，他所布设的，是曾经在舜城见过的上古阵法！

我霎时醒悟，他要带我回天源宗！带着另一半神玺，补偿给天源宗！

是我大意了，谢远殊终究是谢远殊，就算穷途末路，也不会脆弱地束手待毙。选择用神玺孤注一掷，又怎么会不为天源宗留下一条后路呢？从我踏入这里的那一刻，就已经踏入了他最后的这一局。

我猛地一掌击在他胸口，顿时鲜血狂喷，他整个身体向后跌去。

同时一道白影从乾坤袋里窜出，是那只狸力，哀鸣着扑向他，却被我的掌风带到，跌在他身边，生死不知。

这一掌也让我失去了脱身的机会，四面阵法已经凝结完成，如铜墙铁壁。

无力地跌倒在远处，他眼眸中最后一丝光落在我身上。

那是什么？怜悯，挣扎，痛苦，解脱……我分辨不清，可若是让我这样回到天源宗，我宁愿直接死。

死亡……

原来，我和他之间的结局，竟是如此。

爱也空茫，恨也空茫，只余神玺狂猛的力量伴着阵法不断涌入体内，身体和灵魂好像被生生扯裂分开，漂浮在空中，终于，一切陷入黑暗之中，仿佛恢复到开天辟地的原点，再也没有了任何知觉。

第八章

昔我往矣

睁开眼睛，四面一片黑暗，潺潺流水声萦绕在耳畔，片刻，视线慢慢恢复，映入眼中的是晶石镶嵌的天花板，身下传来温润清凉的触感，这里是丹云地宫的聚灵殿，自己正躺在平日里练功的青玉台上。

发生了什么？一想到这个问题，无数念头蜂拥而入，遍地残破的皇城，轰然爆发的地火，还有最后沧溟之渊的生死……鲜血，离别，痛苦，死亡……一幕幕冲击着她脆弱的神经，司玉终于低低呻吟了一声，挣扎着想要爬起来。

“殿下。”一个人上前扶起她。

那人炽热的血脉好像还残留在手上，将匕首刺入他胸口的感觉让人心颤的冰冷，还有身陷阵法中灵魂撕裂般的痛楚，司玉一把抓住那只手，战抖着问道：“怎么样了？皇城，母皇呢？”

“殿下，那都是三百年前的事情了，都已经过去了。”一边轻拍着肩膀，那人柔声说道。

温和的声音让司玉慢慢静下心来，转头看去，墨澈心俊雅的容貌映入眼中。

他递上一杯晶莹碧翠的饮品，司玉就着他的手抿了一口，沾唇立刻化作一股灵气，钻入四肢百骸，顿觉心神舒畅，灵台清明了不少。

抬头望着近在咫尺的熟悉容颜，却又有些迷茫，她究竟是从哪一个梦境中醒来？头脑中多出的那部分记忆与情感，又究竟是……

她抬起手，纤细修长，近乎完美的形状，还有细腻光泽的肌肤。哪怕不用照镜子，司玉也已经明白，如今的自己，已经不再是那个普通少女了。

想起冰晶大殿中所见的近乎完美的容颜，那世所无双的惊人美貌，竟然变成了自己。意识到这一点，涌上心头的竟然不是喜悦，而是惶恐。

也许只因为梦中的经历已经让她清晰地意识到，这个身体，意味着将要负担怎样沉重的责任，面对怎样叵测的未来，几乎生命中不能承受的重量。

她下了玉台，记忆中，聚灵殿旁边就是她休憩的偏殿。

所有陈设一如既往，一尘不染。连她最喜欢的那面昆山碎玉屏风也依然摆在床榻上。碧霞罗纱的垂花帷幕后面便是梳妆台，晶石雕琢的镜子占了一整面墙。一片水幕般的光华中，她盈盈而立的身影如蚌壳中最圆润的明珠。

“殿下依然风华无双。”墨澈心的身影从后面缓步走近，音调中隐有笑意。

这个身体，就是魔界最后的皇血，蚩尤最终的遗脉，更是开天辟地的无上神器化身！

“这些年殿下被镇压在天源山内，汲取元气，养护天源山灵脉，血脉损耗甚重，幸好并未伤及本源，再休养一段时日，即可完全恢复了。”

司玉回过神来，被镇压在天源宗内……他最后的布局还是成功了，只是没有料到，两半神玺合二为一，本就有穿越时空之能，最终只是将这个躯体送回了天源宗，而她的魂魄，因为承受不住神玺阴阳合一的力量冲击，结果脱离身体，被送至了另一个世界。

而三百年之后，神玺汲取天地灵气，终于恢复重生。已经转世的她的魂魄，也再一次被召回到了这个世界，回到沧溟之渊那一片银白色的残骸晶砂之上……

又或者，这个结果也在他的意料之中？想起最后留在耳畔的那句话，司玉心神一阵恍惚。

今生，来世……

“殿下。”墨澈心低呼了一声。

司玉回过神来：“我睡了多久了？还有我原本的身体呢？”

“殿下只沉眠了十二个时辰。”墨澈心微一躬身，道：“殿下的身体神圣高贵，臣等岂敢轻忽，暂且安置在偏殿内，以上古冰玉载之，又有聚灵阵法护持，万无一失。”

司玉噗嗤一声笑了：“神圣高贵的是盘古神玺吧。”说着她转头望着他，视线灼灼，“其实，你早就发觉了吧。”

墨澈心微微一笑：“殿下，恕臣僭越了，确实早在天源宗的时候，得到殿下的一滴血，属下就已发现其中的与众不同，只是不敢确定。不过，臣万万没想到殿下魂飞魄散，竟然还能重生。更将另一半神玺融入体内，可谓因祸得福，天佑我魔界了。”

没错，她的身体就是另一半盘古神玺。经历了这么多波折历险，最终，两半盘古神玺，分别融入了她的两个身体，牵连着前世和今生。她两世为人，生死轮回，始终都牵系在这阴阳两极的分分合合之间。可这一切究竟是简单的因祸得福，还是那人的刻意布局？毕竟他被困在谷中足足三百年，这漫长的孤独时光，足够他布设任何计谋了。

望着镜子中熟悉又陌生的容颜，司玉忽然问道：“你怎么能够确定，我一定是她？”说不定，我只是被天雷击中的路人甲，一缕陌生的魂魄，机缘巧合，从遥远的异世飘落到此地。

墨澈心一愣，随即笑道：“我相信谢远殊的判断。”一句话说得斩钉截铁，自信满满。

司玉无语了，这算什么？

转过身去，她沉默片刻，低声道：“他在哪儿？我想见见他。”

墨澈心眸中瞬间闪过一丝冷意，却依然恭敬有礼地笑道：“殿下，日前臣已经将殿下痊愈出关的消息颁告天下，十二城城主与各地的领主皆相继赶来觐见殿下，如今大家都在含光殿内等待着殿下驾临，不如殿下先换身衣服，接见诸位臣僚，再……”

司玉转头凝视着他：“楚泓，我是谁？”

久违的称呼让墨澈心身形微颤，他避开她的视线：“您是皓玥公主，我们的主君，亦是未来的帝王……”

司玉摇摇头：“那只是曾经而已。”

墨澈心身形一僵，片刻，才低声问道：“那么，殿下是准备放弃这个‘曾经’？”

司玉继续摇头，缓声道：“我不会放弃，但是，请给我接受的余地。”

墨澈心抬头望着她，司玉也毫不退让地对视。终于，墨澈心收回视线，低头道：“谢远殊就在偏殿内，彻夜未眠，等待殿下醒来的消息。”复又躬身道，“只是殿下，十二城主都已在殿内苦候良久，万分期待觐见殿下凤颜，百年皇座空悬，光阴虚掷，如今殿下归来，魔界上下万众期盼，也请殿下不要让众臣失望。”

“我明白。”司玉点点头。

墨澈心引着她出了聚灵殿，往偏殿走去。

依然是那座掩映在绿树花丛中的精致阁楼，再一次站到门前，恍如隔世。其实，她只不过睡了一天而已，短短十二个时辰的日升月落，却漫长得像是经历了一辈子的生死轮回。

门前侍卫见了司玉，纷纷跪倒在地，无人胆敢抬头，司玉却注意到，众人却并未露出惊讶的神色，看来墨澈心把一切都安排得很周到。

吩咐众侍卫退下，墨澈心也躬身道：“那么臣等就在含光殿恭候殿下御驾了。”

待所有人都远去，司玉独自推开了房门。

他就站在门前。

眼眸中带着难以言喻的复杂，静静凝望着她。

司玉想要说什么，却发现准备好的言辞一句也用不上，最终，她只是踏进门，笑了笑道：“这张脸，有没有感觉很陌生？”

谢远殊移开视线，低声道：“无论什么容貌，你始终是你。”

“这个你，是指皓玥，还是司玉？”问出这句话的瞬间，司玉便后悔了，这样残酷的问题，不留一丝缓冲，却又隐隐有些期待。

谢远殊眼神刺痛了一下，复又直视着她：“这很重要？”

司玉认真地想了想，终于说道：“在恢复记忆之前，我曾经下定决心，等醒来之后，一定要问你。可是真的醒来了，看到你，却又觉得这个问题也不是那么重要了。”

谢远殊笑起来，缓缓道：“在我眼前的你，是司玉，是今生最重要的人，也是皓玥，是前世曾经的牵挂。只是，三百年前的我，也许还能放下，可三百年后的我，已经放不下了。”他说得很慢，很认真，仿佛自己也不知道应该怎样去表述这份得而复失，又失而复得的感情。

司玉心绪一阵波动，本以为她会介意，却只是一片释然。

对谢远殊和皓玥来说，那些没有来得及倾诉的心情，都已化为虚无残念，而这一世所重新面对的，是崭新的人生。虽然那份曾经有过的萌动，依然存留心中，但她并不排斥。若没有他的放不下，今生的她也不会重回这个世界。

既来之，则安之，一切顺其自然。该承担的，她愿意承担；该放下的，她也不介意放下。

昨日种种，譬如昨日死；今日种种，譬如今日生。

她踮起脚尖儿，凑近了，在他尚未来得及反应的时候，在他唇上轻轻一吻。她是司玉，在她眼前的，无论是谢远殊，还是谢东仪，都是她心目中唯一的那个人，自始至终，从未改变。

唇齿相触的瞬间，谢远殊身形一颤，反手紧紧抱住她。

这一刻，无需任何言辞，所有感情都已坦诚相对。

时光悄无声息地缓缓流动，身影分开的瞬间，谢远殊眸中光彩闪动，他想要说什么，司玉却伸手按在他的唇上："先回答我一个问题，你曾经发过誓言，算不算数？"

谢远殊一愣，随即释然笑道："自然算数。"

司玉笑起来："只要这一句就足够了。"

白露，对不起。若有来生，我就和你一起，为那个目标努力吧。

门外传来笃笃的敲门声："殿下。"

是白郁的声音，司玉身形微颤，转身应道："请进。"

白郁推门而入，阳光从他的身后投射进来，模糊了那一瞬间的视线，却消磨不去那份复杂的光泽。落在司玉身上，最终一切只化作最简单的问候："你回来了。"

低低的声音拨动着心弦，司玉默然点头。

短暂的沉默，白郁敛去神情，沉声道："含光殿那边已经准备就绪，澈心让我来请殿下移驾。"

"啊！"司玉回过神来，"好，我们这就过去吧。"

白郁招手，内侍鱼贯而入，手中玉盘上托着衣着饰品。

白郁的视线又落到谢远殊身上，神色恢复平静："方才景凡将军在殿中提起，天源宗有贵客陪伴公主归来，诸位同僚闻讯极为期待，纷纷邀请贵客相见同贺，不知谢兄意下如何？”

司玉忍不住看了谢远殊一眼。

“能有幸一睹魔界英才云集之象，帝脉重归之礼，谢远殊自然不能错过。”他坦然一笑，毫不避讳地说出了那个会让魔界咬牙切齿的名字。

白郁眸中闪过一丝异彩，叹道：“谢兄果然直爽。”

“既要求非常之目标，必要有非常之行动。”谢远殊毫不介意地耸耸肩，说道，视线落到司玉身上，给了她一个安心的笑容。

白郁的视线也跟着落在司玉身上，闪过一丝痛楚，随即恢复平静，

司玉却明白，谢远殊所说的非常之目标，并不是指自己，而是更加遥不可及的，也是他和她共同的心愿。既然他们立志要化解这份几乎不可能化解的仇恨，终结道魔双分的历史，就要有勇气直面这一切。

那个遥远的目标，就从今日的第一面，脚下的第一步开始吧。

换上繁复的朝服，跟随礼仪官行至大殿门口，墨澈心已在那里等候良久了。

进了大殿，踏在层层铺设的白玉冰砖上，回身俯瞰，司玉只觉一阵眩晕。

檐台历历，峨嵯入云，金殿两侧的祥翼银鹤吐出袅袅白烟，缭绕着殿中衣着光鲜的众人。云霞蔚蒸，芬芳远送，恍如置身云路天宫之上。乍一看去，人人眼中都带着难以解读的复杂，但在接触到司玉目光的瞬间，却又都恭顺地低下头去。

刹那间，一种芸芸众生尽在掌中的错觉涌上心头。

这俯瞰而下的风景，太过惊心动魄，却又让人目眩神迷。

司玉竭力冷静，回想起曾经的记忆，魔界诸城主及众多臣僚的面容还都历历在目，不过视线扫过，站在阶下的，却并无多少熟悉面孔了。三百年的漫长时光，果然物是人非。

视线经过高台一侧，鎏金御案后，一双熟悉的眼睛正紧盯着她。是那只笨龙，被她注视，先是一愣，随即得意地冲她笑了笑。

熟悉的笑容让司玉心里一松，殿中不仅有这只笨龙在，还有白郁和景凡，站在十二城主之列，分外抢眼。

感受到她的注视，景凡抬头扫了一眼，依然是那副懒洋洋的笑意。

司玉忽然隐隐觉得有些不妥，未及多想，墨澈心已经松开她的手，将她送上御座，然后从容退至她身后。

众人齐齐躬身："参见公主殿下，参见玄王殿下。"

墨澈心朗声道："诸位不必多礼，请平身入座吧。"

众臣这才起身，依次排开入座。

无数视线注视下，司玉脑海中浮现的，竟是自己第一次出现在天源宗的情形，被那只小鲲隼抛在了展翼阁前的广场上，乍然出现在几百个陌生面孔之前，慌乱惊惧，手足无措。幸好一件衣服抚去了她的慌乱不安。而那时第一个对她伸出援手的人，如今就站在她身后。

心情慢慢平静下来，这便是魔界的权势中心，也是她未来将要面对的世界和挑战。

视线仔细扫过，司玉认出，十二城城主中，除了白郁和景凡，只有两三个亲身而至，其余都只是派了来使。看来，自己这个公主，威望有限啊！毕竟，先是闯出弥天大祸，又生死不知地失踪了三百年。皇城的权势和威望已经失落太久，想要恢复，非一朝一夕之功。

倒是副座上端坐的玄王，气鼓鼓的脸颊像是在替司玉对众人的怠慢不满。

司玉暗暗长吸一口气，含笑扬声道："皓玥日前身体不适，闭关良久，让诸位费心了。"复又沉声道，"昔年皇城一战，枝节横生，导致与诸位阔别良久，也使得魔界百年无主。期间多亏了诸君群策群力，方保得我魔界政通人和。此番先灵庇佑，平安归来，日后也希望诸君能与皓玥同舟共济，弘我魔界神威。"

她声如珠玉，沉稳自若，带着别样的意味传入耳中。

场面话谁都会说，殿中诸人虽然各自心怀叵测，面上也礼仪规整，纷纷行礼高呼殿下万安，一派普天同庆之象。

待恭贺完毕，片刻的沉寂后，左侧一人上前一步，略一拱手，高声道："臣等恭贺殿下康复归来，此为我魔界百年未有之喜。只是臣等尚有一事不明，听闻近年殿下受困于天源宗，不知真相如何？"一边说着，视线若有若无地瞟向一侧的谢远殊。

果然来了！司玉心里一沉。这个问题她若回答是，那么必定与天源宗有不共戴天之仇，若说不是，又如何解释这三百年的失踪？

发问之人一身赤红长衫，满脸粗豪，正目不斜视地盯着台上，司玉注意到他虽在十二城主之列，所站位置却自动比白郁、景凡几人退后半步，显然并非城主亲至，只是所派的使者。

不少人视线灼灼，都在等待着这个问题的答案。

未等司玉回答，身后墨澈心却开口道：“百炼赤君对殿下当真关注备至，只是既然知晓殿下受困于天源宗，为何万象城这百余年来未曾有过任何救援之举。连数年前澈心为追索殿下魂魄，向星洪城主请托叱魂珠，都不肯相借。”

百炼赤君神色一滞，随即诚恳地道：“臣等并非有意推辞，实是因为叱魂珠已被城主练功时炼化了。更何况，当年……当年听闻殿下因私情耽于天源山，因而魂飞魄散，万象城上下唯恐亵渎清名，不敢轻易行动。”

若说刚才只是试探，这句话便极为失礼了。一旁的玄王勃然变色，反倒是白郁几人坦然自若。

司玉咳了一声，截住话题：“百年未见，诸君难免存疑，其实皓玥也无意隐瞒，当年入天源宗，并非私情，乃是因为一件关乎魔界生死存亡的大事。虽然耗时长久，波折横生，如今终于大功告成，可谓天佑我魔界。此番召集诸君前来，也是为了商讨此事。只是，料不到不少城主并未应召而来。”

墨澈心微微一笑，劝谏道：“想来未至的几位城主都是事务繁忙，不得已拖延了，殿下不必心急，属下已昭告天下，筹备殿下的登基大典，待殿下正式登基继位，再与众位城主共议大事也不迟。”

两人一唱一和，做主明臣贤状，将话题转得一丝不漏。

台下百炼赤君一派不甘之色，还要说话，墨澈心却冷然道：“既然殿下已经解答清楚，那么臣也要代殿下询问一事了。百炼赤君，你可知罪？”

百炼赤君一愣：“什么？”

“方才殿下并未允准你说话，你便擅自发言，对殿下大不敬，此为其一。”一边说着，墨澈心缓步下了高台，“其二吗，你看这是什么？”掌心现出一物，竟是一颗鸽蛋大小的珠子，雾影萦绕，虚实难辨。

百炼赤君顿时变了脸色，后退一步：“叱魂珠，怎么可能？”

墨澈心神色变冷：“当庭欺君，满口胡言，此为其二。至于其三嘛……”一个清朗的声音紧接着响起：“其三便是数次前往龙城，挑拨龙城与皇城之间的关系，首鼠两端，妄图从中牟利。”说话的竟然是一直沉默的玄王，正厌恶地望着百炼赤君。

墨澈心含笑转向旁边：“三项大罪，皆罪大恶极。数罪并罚，又该当何罪？”

白郁微微一笑：“罪大恶极，自然其罪当死。”

从头到尾，两人一答一应，完全不给百炼赤君说话的机会。

“你……”百炼赤君怒视白郁和墨澈心，心中提起十二万分的警惕。

不料出手的却不是白、墨，而是站在他背后的人，上一秒钟还是懒洋洋的事不关己，下一瞬间却化作一道蓝色虚影。身形交错的刹那，百炼赤君重重摔了出去，血溅当场，脸上还留着难以置信的惊惧。

在场诸人无一不是顶尖儿高手，自然看得出，是站在他身后的景凡出手，一掌打在他背上。身手快得惊人，不留丝毫余地。

墨澈心衣袖轻扬，尸首立即腾起一股烈焰，瞬间化为飞灰，不留痕迹。如此干净利落的手段，殿中诸人纵然见惯杀戮血劫，一时也噤若寒蝉。

毁尸灭迹完毕，墨澈心沉声道：“万象城星洪城主这近百年来，以闭关为名，拖延每年的皇城朝贺，实则已隐然自立为王，形同叛乱，幸而玄王殿下明察秋毫，及时发现其不轨形迹，日前已亲自出手，将这班乱臣贼子擒杀。”说着望向众人，温雅谦和，“也多亏在座的诸君协助，方能及时剪除大患。殿下新近归来，百年未曾理政，对这些乱党，难免有所疏漏，我等臣子更应竭尽所能，防患于未然，以安我魔界民心。”

司玉竭力保持脸色平淡，实际上却已看傻了眼。当然，她再傻，也明白是墨澈心和玄王联合替自己立威。这个百炼赤君倒霉地撞在了枪口上。

只是，想不到皇城的威信已低落至此，需要动用这样血腥雷霆的手段来树立，或者，这本就是魔界的一贯传统？

景凡一击即中，墨澈心更是身手迅捷，甚至烧灭尸首的同时，还特意撒出一阵疏冷花香。殿内依然清爽整洁，不染片尘，可司玉还是感觉到若有若无的血腥味飘上来，撩拨着神经。

放眼望去，殿中有些人噤若寒蝉，有些人却惊异地看向玄王方向，似乎对龙城如此爽快地捐弃前嫌，支持皇城一脉而感到不解。大多数却都是不动声色。一个个心知肚明，自己被当做了杀鸡儆猴的那只猴，但无论心里如何打算，面上还是一派恭谨。

司玉忽然感觉一阵烦躁，冲动涌上心头，她提高了声音：“如今地火裂缝爆发在即，正当魔界生死存亡关头。正需要诸位携手同舟，群策群力，共济难关。”

众人一愣，地火裂缝的危机是魔界的一个秘密，未免引起民众惶恐，一直隐秘不宣。但在座诸人无一不是魔界权势之人，自然都心知肚明。却不料会被公主殿下摆上了台面。

墨澈心眉梢微挑，司玉这番话出乎他预料之外，却也并未反对，从容退至她身后。

既然司玉将事情摆在了台面上，众人也慎重起来。

“殿下，恕老臣失礼。”一个鹤发童颜的老者上前一步，“臣想斗胆问一句，既然殿下欲平地火之患，昔年地火失控，便是因天源宗余孽潜入破坏，致使地火爆发，形成弥天大患，更连皇城也毁于一旦，我等与天源宗之仇可谓不共戴天，不知此番天源宗之人前来，有何贵干？”说话的是十二城主之一的云赫生，在诸城主中年纪最大，修为也高，当年重霄女帝在时就担任紫微宫令尹。他出面说话，可不同于方才的百炼赤君。墨澈心面色也凝重起来。

“地火之患，并非源自天源宗，而是始于魔界，始于盘古神玺。此番天源宗派人前来，正是为了消弭祸患，助魔界一臂之力。”司玉回道。

一直冷眼旁观的谢远殊上前一步，微一欠身，笑道：“诚如公主所言，谢远殊来此，一是为了恭贺殿下重归之喜；二来，自然就是为了助魔界平息地火之乱。”

四面忽然一片寂静，像是生生被冰封了一般，不是因为那匪夷所思的目的，仅仅是因为一个名字。

对魔界来说，这个名字所代表的是最危险的敌人，也是最仇恨的对手。千万年来，从未有任何一人，能像那人一般，给魔界带来如此刻骨铭心的伤痛。

几乎在话音落下的瞬间，惊天一声嘶吼，数道电光携风雷之怒，向谢远殊劈去。竟有人按捺不住，当庭翻脸动手了！

谢远殊闪身躲避，只守不攻，奈何动手的几人都是高手，又是联手攻击，他闪避不及，肩头立即挨了一掌。

“住手！”司玉断喝一声，急急站起身来。

动手的几人将将停下，却依然恨意横生地瞪着谢远殊。情势急转直下，墨澈心也忍不住头疼。动手的几人年纪甚轻，都是当年一战中埋下血仇之人。

“谢远殊……”

“是当年那人？”

“不可能是同一个名字吧……”

“前不久听人界那边传来消息，他确实未死，还在日前担任了天源宗的首座……”

窃窃私语中，一时间，震惊、敌视、仇恨，无数目光化为刀剑，刺到他身上。

无人注意的角落，景凡嘴角浮起一丝笑意。

对众人的震惊敌视的目光恍若无睹，谢远殊抬手擦去嘴角的血迹，笑了笑，道：“众位少安毋躁，谢远殊今日站在这里，难道还能飞上天去不成？不如先听在下一言，若不合意，再动手也不迟。”

殿中一片沉寂，他径自说了下去：“魔界地火之患，沉疴至今，积重难返，已非一界之责，一旦爆发，魔界固然毁于一旦，连人界亦要受到牵连。昔年两军敌对，钟彤山脉延绵千里的地火，已使人界深受其害，千里赤地，至今仍然杳无生机。之后皇城爆发，魔界也同样受其苦楚，谢远殊来此，不仅是为地火之患危机魔界，也是为两界子民着想。”

这番话说得委婉，却也点得明白，当年先动用地火伤人的是魔界，人界深受其害，生灵涂炭，之后报复皇城，也不过是礼尚往来而已。

“其实不仅魔界受地火之苦，天源宗三百年前也有灵气失调之害，幸而这三百年来，得魔界皇血镇之，调和天地灵脉，已然消弭大患。”谢远殊语气放缓，陈恳地道，“礼尚往来，既然魔界已经对天源宗释出‘善意’，天源宗亦当投桃报李。”

这番话出乎众人意料之外，登时引动议论纷纷，墨澈心蹙起眉头，心思电转。

想不到他如此坦白地将事情交代了出来，话语谦和中带着威胁——反正我们天源宗的大患已经解除了，至于你们魔界的，还悬在头顶上呢，怎么选择，就看你们自己了。司玉顺势开口道：“大祸当前，岂能再计较昔日旧怨。”

有人冷笑一声，道：“要相助也要有资本。殿下勿要受其蒙骗，昔年神玺与皇城同归于尽，已然化为齑粉，天源宗失了神玺，又失了陛下真身，哪里能够相助？难不成此人修为盖世，能以一击之力逆天不成？”

谢远殊坦然一笑：“谁说相助地火之患，必要神玺之力。谢远殊既然敢来此，自然有相助的本钱。”略停，他又缓声道，“谢远殊虽非魔界之人，但对两界兵燹，感同身受。更有重要之人，多年来因地火之患殚精竭虑，魂飞魄散，却依然心心念念，只希望有生之年能消弭此患，造福天下。为达成前人心愿，谢远殊也当尽一份心力。”这番话他说得很慢，语调却是前所未有的诚恳。

魔界众人并不知晓他的身份，只以为他是在说当年对战时阵亡的天源宗同修。司玉却明白，他说的是他的父亲。在地火裂缝中的最后一面，逆龙对他说了不少吧，所以才会这么果断地放下仇恨。甚至坦白地站在这里，以一己之力，直面几乎整个魔界的仇视。

魔界的民众，甚至这殿中的诸人，相信没有多少人知晓，昔年选择背叛，被万众唾弃的逆龙，曾经为魔界牺牲至此，日日承受地火焚身之苦，才将灭国灾劫延后了数百年，换得一线生机。而今日谢远殊的举动，也是为了让逆龙这数百年的牺牲不要白费。

一番话说得入情入理，一时间殿内寂静下来。众人看向谢远殊的眼神复杂，魔界素来轻生死，重实力，对谢远殊当年的“功绩”，众人也隐有佩服，但刻骨的仇恨岂是那么容易化解的，更多的，还是冰冷的敌视和轻蔑。

眼看又要起争执，墨澈心趁隙开口道：“远来是客，谢公子此次不远万里前来，恭贺公主康复之喜，我魔界岂能失了礼数。”说着目光落在刚才动手的几人中间，语气冷淡，“霄澈，娄云，横澄君，你们方才殿前动手，犯上失礼，可知罪？”

被点名的几人愤愤然低下头，含糊道：“臣等僭越了。”

司玉也无心计较，任由墨澈心训斥几句便将此事带过。

墨澈心又道："今日诸君前来，是为恭贺殿下康复之喜。地火之事虽十系重大，也不必急在一时，不如日后从长再议。谢公子受伤了，先由医官查看一下吧。"

司玉松了一口气，明白谢远殊继续留在这儿只会让局面更加激烈，于是点头同意。

白郁立刻转身道："谢兄，请！"

后殿便有医官，谢远殊点头，跟着他往后面走去。

此番觐见的目的已经完成，墨澈心建议道："殿下刚刚痊愈，身体尚弱，晚上还有宴席，不如先去休息。"

早就被这满殿的气氛压得难受，司玉点点头："也罢。"

话音未落，景凡忽然上前一步："殿下，臣还有一事相请。"一边说着，他迈步上前，一边扬起衣袂，众人本以为他是要跪地禀奏，却不料，天蓝衣袂翻飞的瞬间，一道冷光猛地从腰间窜出。

整个人快得如一丝虚影，比方才击杀百炼赤君更快，更冷，也更加措手不及。凛冽的剑光带起刺耳的呼啸声，扑向近在咫尺的目标，在任何人都未及反应的瞬间，寒光尽头没入了那人的胸口。

司玉以为自己在看一幕诡异的虚影。

在那幕虚影中，一柄长剑正刺入谢远殊胸口，带着刺眼的鲜红，从他背后透出。

遥不可及，虚实难辨。没有人能预料得到。

一切只发生在瞬息之间，景凡的下半句话才施施然传到耳边："……臣想向殿下请罪，君前失仪，当庭杀人之罪。"

话是说给司玉听的，自始至终，他的眼神却只落在谢远殊一人身上。仿佛天上地下，唯此一人存在。

司玉已经什么都听不到，什么都看不到了，只有那个身影，鲜红的血沿着他的后背流淌下来，将整个大殿染成刺眼的赤红，眼睛疼痛得像是要燃烧起来，

紧握长剑的手轻轻战抖着，因为用力太大，虎口渗出点点血迹，沿着他青筋暴起的手腕不停地向下滴落。

"我等待这一天很久了。"他低声说道。

谢远殊微微后退一步，长剑已经被染得赤红，湮没了兵刃机械质的

冰冷色泽。望着景凡的眼神，他脸上浮现笑意，带着些许苦涩：“我知道。”他后退一步，赤红的剑刃顿时从他体内抽出。

司玉踉跄着扑下去，接住他缓缓倒落尘埃的身体，鲜血止不住地从伤口中流出，滚烫地落在手上，痛得她全身发颤。

“哐啷”一声，长剑从景凡手中跌落，仿佛刚才的一击耗尽了他的全部力量。

“立刻救他！”她抬头冲着墨澈心嘶吼着。

墨澈心脸色却苍白如纸，魔界几乎人人皆知，景凡所持的是上古神器戮灵剑，斩杀魂飞魄散，再无生机。

他握住她的手，竭力抬起头。她的眼眸中浮动着深不见底的恐惧迷雾，遮住了原本阳光般清朗明亮的眼神。他想要伸手拂去那些滴落的泪滴，却已经没有了丝毫力气。他想要说什么，可胸口传来的剧痛却让他几乎窒息。最终，他只能竭力牵动嘴角，露出一个淡薄的笑容：“别难过，其实，这样也好……”

整个世界一片寂静，只剩下刺眼的鲜红在不停蔓延，像是要把整个世界都吞噬进去。司玉抬起头，周围的一切，都是那么陌生。

白郁走出殿内，已是日暮时分，虚掩的殿门外传来细微的说话声，他停下脚步。

“……墨大人本就是先帝指给公主的辅佐重臣，这三百年来更是忠心耿耿，为皇城殚精竭虑，如今受重视也是理所当然。”

“可不只是臣子，今日瞧着，与陛下站在一起，那般美好的容姿，真如一对璧人一般。”轻快的声音感叹着。

“呵呵，这话可不是我们能说的……”嬉笑的女官掩住了口。

初秋的季节，庭院中已经有了飘落的枯叶。白郁不想继续听下去，放重了脚步。

外面传来带着惊慌的细微声响，随即一片沉寂。白郁缓步跨出殿门，问道：“左丞呢？”

“墨大人正在长春宫与陛下议事。”几个侍女恭敬地回禀道。

白郁转身往长春宫走去。

一晃之间，时间竟过得这么快。经过了春日的光辉，夏日的璀璨，转眼间又是秋日的凄美。其实对他们来说，三五个月的时光，在千百年的漫长生命中只如一瞬那么短促，却让他觉得像是过了两辈子那么长。

登基大典终于在上个月完成了。

白郁的记忆中，魔界未曾有过这般辉煌的典礼。那天的日光格外璀璨，将纵横数十里的宫殿亭台映得恍如琼阁仙阙。玉带缭绕，冠盖云集间，自迤逦悠长的水晶回廊中缓步而出的身影让无数人终生难忘，仿佛全世界的光芒都集中到了她一人的身上，她就是这个世间最辉煌的存在。

端坐在赤红如血玉的珊瑚台上，高髻华佩，盛装丽服，她端庄含笑望着台下跪伏的众臣。一个世界臣服在她脚下，无论是为了那无与伦比的高贵血统，还是因为延绵千万年的历史，无可否认，自这一刻起，她就是这个世界的中心，他们的主君，他们的王。

从公开筹备到正式登基，再到现在日日留居长春宫处理政事，一切按部就班，繁忙有序，无丝毫偏差。久违归来的公主殿下，也许在天分上稍逊了一筹，但端正认真的态度，让朝中不少老臣都欣慰地松了口气。

可面对这正常到诡异的情景，白郁却只感觉到强烈的压抑。

寂静无人的时候，他有时会生出一种莫名的想法，眼前这个皓玥真的是曾经的那个她吗？皓玥？还是司玉？然后就是接踵而来的焦躁烦恼。记忆中的她，似乎不应该被困在这座巍峨幽深的宫殿里，纵然她明白自己应该肩负的责任。

还有那个人的死。

他死了，死得出乎所有人意料之外，除了动手的景凡。

没有人料到他会在朝堂上公然下杀手，但事情发生后，所有人却又觉得理所当然。谁都知道，景凡的父亲死在三百年前的那一战里。杀父之仇，不共戴天!

回忆起那天的情景，白郁常怀疑自己是做了一场梦，血花飞溅，然后那人在自己身边倒落尘埃。他看见她从殿台上踉跄奔下，将那人抱在怀里。那人似乎在她耳边说了什么。纷乱嘈杂的大殿里，光怪陆离，一切都模糊不真实。还有墨澈心近乎气急败坏的呵斥，他从未见过自己好友这样失态。命侍卫将景凡下狱，屏退众臣，传唤医官，虽然大家都知道这只是徒劳无功。

一切混乱的终结是沉寂，她在他的尸首旁静坐沉思。这样静默的姿态让墨澈心一度心急不已，却又无法规劝，好在数日之后，她自己走了出来，神色已经恢复如常。

然后一切都结束了，只余下两个并排而立的躯体，失了魂魄，躺在寒玉台上。她坚持将他们放在一起，曾经的司玉，和曾经的谢远殊。

那屋里的情景，白郁只看过一眼就不愿第二次踏入，之后每次想起都会觉得心脏抽痛难忍，好像他们真的已经远去，永远走出了他的生活。

事情结束了，然后他们在一起了。

这个认知让他感到绝望，明明如今的女帝正在长春宫里认真地处理着政务，他却觉得，似乎有什么被永远地留在了那个冰冷的房间里。

之后的日子里，对那件事，大家心照不宣地三缄其口，若不是凶手至今仍被囚禁在大牢里，那场突兀的刺杀好像从未发生过。

谁都知道，谢远殊是个麻烦，而现在这个麻烦被痛快地解决了，虽然意外，但皆大欢喜。

只是，真的过去了吗？

画廊曲折穿梭，迤逦环合，白郁缓步走过长春宫畔的玉阶，遥遥望去，灿若织锦的晚霞中，碧玉砌成的宫殿映着盈盈湖水，清澈纯净，一碧万顷。

将最后一份奏呈批阅完，司玉终于松了一口气：“这样日复一日的工作，历代帝王真是神仙一样勤勉啊。”外面天色已经完全黑了下来，坐在台前足足看了一天的奏呈，她已经头晕眼花。

侍立在旁边的墨澈心动作娴熟地收拾起摊在桌上的书册玉简，笑道：“陛下初掌这些，自然生疏，待看得多了，速度会变快的。”

这样平凡的对话，繁忙之余偶有无伤大雅的笑语抱怨，正是初掌政权的君王与得力臣子之间最恰当不过的姿态。但是以墨澈心这般坚韧的神经，自信对一切环境变化都能适应自如，站在这个殿堂中，也会隐隐感觉有些不自在。

这一切诡异地不像话，尤其当他的视线扫过墙上时，那柄剑还悬在那里，剑刃上的血迹已经擦干了吗？

谢远殊死了。尸体正摆在侧殿的寒玉台上，本着对敌手的尊敬和警惕，墨澈心前去检视过好几遍，确实魂飞魄散，再无生机。他是魂魄之术的高手，若这种情况下谢远殊还能死而复活，除非他已修炼至登仙羽化的境界。

“记忆中母皇在时似乎并未这么忙碌过？”司玉随口道。

墨澈心回过神来：“陛下三百年未曾理事，积累的事情自然比平常多。且……先帝在时，政事多有玄王殿下帮忙分摊，自然比一个人省心省力。”

司玉瞥了他一眼，意味深长地道：“有你帮我，岂不比什么玄王都更力。”

墨澈心眉梢动了动，神色如常：“臣岂能与玄王殿下相提并论，陛下失言了。”

这样迂回曲折的试探实在不是她的强项，司玉索性摊开来说：“历代魔皇与玄王联姻，只是为了皇血的传承和盘古神玺，如今两半神玺都已经在魔界手中，何必再执著于婚姻这种形式？”

“两方执政，必要的联系是一种保障。”墨澈心沉声道。

“传统只是传统而已。”司玉笑吟吟地望着他，缓缓说道，“这么多年过去，难道你从未想过，无论人界还是魔界，都已到面临变革的时刻了吗？”

墨澈心一愣，眼前的司玉，熟悉又陌生。她渐渐成熟，并且有了帝王的风范气度，不再是那个随波逐流的小女孩了。也许，当一个人真正意识到自己的责任的时候，才会真正地长大。

他张口想要说什么，却觉一阵茫然，这是从未有过的情形，眼前的人，竟然让他有了一丝无法把握的困惑感。

迟疑的瞬间，司玉已经挥手笑道：“这些以后再说吧，我们还有的是时间，现在需要考虑的，只是地火裂缝。”

墨澈心收敛心神，微微躬身，又问道：“殿下的移魂之术修炼的如何了。”

“正要问你，只到了第二层便卡住了。”司玉皱眉道，然后将自己近来修炼的疑难之处一一提出。眼前之人不愧是魔界最精擅魂魄术法的行家，传授给她的这门移魂术法是以他自身修炼的借体转生术为基础，精简改进而来。简单速成，修成后能在不同的身体间自由穿梭，分神寄念，哪怕相隔万里，也可随意转移，也就是说可以达到一魂双体的目的。

修炼这门术法，是为了尽快着手接合地火裂缝。两半盘古神玺，两个身体，必需同时操纵，不容有分毫偏差。

墨澈心一边思索，一边解答着。司玉静心聆听，时间就在两人的功法探讨中缓慢流逝。暮光褪去，月色盈盈洒在殿前的水晶窗台上，恍如积了一层清净的白雪，空气中弥漫着静谧的氛围。

功法的疑惑解开，司玉接过侍女送上的茶水，稍稍沾唇，问道：“这套功法我再有一个月就可修炼圆满。接天链也应该开始打造了吧？”

接茶盏的手一颤，墨澈心抬头望着她。这般平淡的语气，他真要怀疑，她是否知道，接天链是要用什么来锻造。

“不必用这种眼神。”司玉苦笑一声，视线遥遥看向窗外，“既然是他心甘情愿留下来的，自然要好好利用，方不辜负这一番苦心。”

明月当空，湖面倒映着弯弯一轮弦影。晚风吹皱水面，月影在水中破碎散开，不久又归于圆满。

墨澈心低头掩去了复杂的神色，道：“殿下为百姓着想，实是魔界之福。”

“不是我，是他。”司玉放下茶盏，正色强调道，随即又失笑，“不过算了，反正他也不在乎。”

秋风飒飒，房檐下的碧玉风铃传来泠泠乐声，房内一片沉寂。他想着，待他的骨骸被锻造成接天链，逆龙最后的血脉也就断绝了。

白郁踏进长春宫的时候，正遇到墨澈心往外走。两人随意地点点头，他推门进去，就看到司玉正拿着一柄剑出神。

白郁心里条件反射地“咯噔”一下子，未及想好说些什么，司玉已经抬起头来，出乎他预料，却只是一派云淡风轻。

“景凡还在牢里吗？”

想不到她一开口问的是这个，白郁略愣，方点头答是。

自出事到现在，景凡也被关了不少日子了，一开始众人都以为司玉会愤而杀掉景凡报仇，白郁与墨澈心都急得不得了，但这几个月下来，却未见她再提起，仿佛完全忘了有这个人一般。对自小一起长大的同伴好友，他有心求情，却又不知怎样开口。

“他原本并不是这样鲁莽的人。”想了片刻，白郁只得迂回地道。

几百年的同僚相处，景凡这个人向来率性随心，不拘小节，甚至让他完全忽视了，这个平日开朗的朋友心中也怀着刻骨的仇恨。

“我知道，杀父之仇，弥天之恨，足以让任何人不顾一切。”司玉笑了笑，一边弹了弹手里的剑，缓声道，“若是墨澈心，断不会用这样直白的法子来杀人。”

白郁心里一动，未及细想，司玉紧接着的问题又吸引了他的注意力：“这柄戮灵剑据记载，早年曾经是帝王的佩剑吧？”

白郁点头道：“这把剑四千多年前曾经是银湖女帝的佩剑，后来转赠当时的玄王殿下，之后便归属龙城所有。两位帝尊逝去之后，在龙城库房里封存了数千年，直到六百多年前的玄王，也就是逆龙入主龙城之后，将其赐给了他的伴读，当时的舜城少主温衡。”

温衡当年曾经是逆龙的伴读，两人从小一起长大。后来谢青菱事件中，逆龙叛乱，被女帝斩杀，温衡等人并未随同乱党。事后重霄女帝为收服安抚逆龙麾下旧臣，封赏颇厚，对世代负责守护丹云地宫的羯罗一族格外优容，至少在表面上，对其极为信任，恩赏不断。直到那件事情发生，才遭贬斥。说起那件事，还与自己有关呢，就是童年时候自己与眼前这位爱闯祸的公主殿下在舜城被一个来历不明的人擒拿，险些丢了性命……

电光火石的刹那，白郁忽然捕捉到了什么。他惊愕地抬头望向司玉。

这么怎么可能？

司玉正笑吟吟地望着他，然后将剑递过来：“替我把这柄剑拿给景凡，然后替我告诉他一句话。”

她上前一步，贴近白郁耳畔，绯色双唇中低低吐出不啻晴天霹雳的话语。

低绵的音调缭绕在耳畔，白郁脑海中一片空白。

……原来如此，原来如此！我就说，一切怎么可能这么简单。

死死盯着递到眼前的剑，白郁觉得全身僵硬，无伦怎样努力也无法伸手接过。无数个念头在心口纠结翻涌着，堵得他难受。可是她既然选择相信他，他又怎么忍心辜负她的信赖。

司玉也不着急，只是静静望着他。

心神一片混乱中，他终于机械式地接过了佩剑。

抬头对上那算计成功的含笑眼神，白郁忽然意识到，她就是吃定了他不会拒绝她。

他确实无法拒绝她。从两人并肩站在那个山头上开始，不，甚至更早，更久远之前，他就已经无法拒绝她的任何要求了。有过惨痛的伤害，他已经不会再奢求更多。可以和她站在同一片土地上，不用背道而驰，已经是上苍的眷顾幸运。就算违背心愿，也甘之如饴。

“真是上辈子欠你的。”白郁咬牙切齿地想着。

“呵呵，我就知道你会帮我。”某人还毫无自觉地火上浇油。

“究竟是谁的主意？”他怒火升腾。

“谁的也不是。”司玉笑吟吟地摇着手指，“这是每个人的选择，对所有人都好。”

“所有人？”白郁表示不屑一顾。

“别想那么多，我依然是我，依然是这个皇城里的一分子。”她调皮地眨了眨眼睛，调笑的语调中却透露出意料之外的认真，“难不成你以为我会放弃这里？”

白郁身形一颤，神色惊讶：“难道你……”

“难不成你真以为我会抛下这一切？这个皇位我还没坐热乎呢，当然舍不得离开。而且，那天我不是说了吗？”她依然笑着，眼神却已是全然的郑重，“我也有自己的理想，我不会放弃的。”她从未忘记在那座小山头上，冬天的最后一场雪飘零而下，迎风站在山巅，遥望着灯火绰约的集市，那一刻，她心中浮起的理念和决心。眼前的离别，正是为了日后更好的开始。

“你……”刹那间百感交集，白郁当然记得那一刻。那时，他站在她的身边，就如同现在，甚至更久远的未来。

“喂，小声哦，墨澈心的‘耳朵’向来很尖。”司玉竖起一根手指在唇边，低声笑道。

“你……”百般无奈，最终只化作一声苦笑。

望着眼前久违的笑靥，心中有气愤，有不甘，有嫉妒，也有失落……可是这一切负面情绪却都抵不过内心深处隐隐浮现的轻松和释然。她还是那个她！无论容颜怎样变化，始终都是那个固执天真，有点儿理想主义，又有点儿天然呆的司玉。

白郁终于忍不住笑起来。也许，这样真的，对所有人都好。

不久，宫外的侍从听到殿内女帝清晰的声音：“传我的口谕，将景凡逐出宫去，永世不得再踏足皇城。”

冰峰林立，寒气刺骨，高空漆黑一片，暗无天日，脚下的大地却隐隐透出红光，隔着不知积攒了几千几万年的冰霜，透地而出，恍如天地倒悬，阴阳颠反。

这里正是丹云地宫的地下，地火裂缝的冰封中心。

三百六十颗定灵神珠悬空飘摇，发出五彩光芒，相映生辉，冲天光柱拔地而起，支撑起巨大的空心漩涡，旋涡中心，高逾三十丈的楼台巍然矗立，通体赤金，十八道银色的光芒自漩涡中心泠然绽放，那是巨大的银色锁链，蛛网一般悬空延伸，光芒消失在遥不可及的远方。

这便是接天链了。司玉略一失神。随着她魂魄术法修习完毕，接天链也锻造成功了，这场扭转两界存亡，攸关万民生死的行动终于万事俱备，只欠东风。

“今日便是望朔之日，地火走向偏北怀阴，正是天赐良机。”

没错，就是今日，东风也等到了，便是接合地火裂缝的日子。司玉转头，目光落在说话之人的身上。

素来温雅的神情格外郑重，脸色带着一丝苍白。这些日子连续筹备登基大典，锻造接天链，辅佐新帝政务……诸多繁忙几乎榨干了他的每一分空闲，绕是精力过人，也要撑不住了吧。

她记起，童年时候他们来过这里，因为一个恶作剧，她和他双双陷入险境。面对阴兽的袭击，正是他奋不顾身，才护得她周全。

已经是几百年前的事了，现在想起，却依然历历在目。

这么想着，一阵心虚浮上来。

“殿下在想什么？”

司玉回过神来，微微叹了一口气：“想不到数百年不见，已变成这般情景。”

“毕竟已经三百多年了。”墨澈心随口道。

三百年的沧海桑田，无论人，还是环境，都在不停地变化之中。

“可是，你却几乎没有变化。”望着他，司玉低声道。

“殿下。”墨澈心语气纹丝不动，尽职尽责地提醒道，“危急时刻，切勿分神，此番责任重大，不容有分毫闪失。”

这个人啊……看着他郑重的神色，司玉忽然笑了，不再多说，飞身跃上旋涡中心的高台。

时辰将近，站在冰峰崖上的墨澈心神色凝重地望着四面寒气逼人的冰峰和下方张狂肆意的地火。魔界地火之患，沉疴至今，积重难返，谢远殊这话倒是说的入木三分。不过如今两半盘古神玺都已归属魔界所有，而接天链也顺利锻造完成。遥望四周，远处冰峰上影影绰绰，是负责支撑此番阵法布局的众位魔界高手。修补地火裂缝的方法，经历了数百年的推敲计算，无数高手殚精竭虑，每个细节都已思虑完善，可为什么心中还是有些不安呢？最终，他的视线投向旋涡中心的祭台，也许只因为，决定整个行动成败关键的，只有那一个人而已。

祭台上放着白玉冰榻，躺着她久违的另一个身体，同时还放着数个水晶玉匣，墨澈心已经反复讲解过行动的每一个细节。想到接下来的计划，司玉还是一阵紧张。

随着时刻临近，张扬狂嚣的地火逐渐呈现弱化趋势，司玉开启玉匣，取出法器。接下来，是她一个人的舞台和战场了。

金光自祭台暴发，深深砸入地面，瞬间炸纹四散，裂缝中传来惊天动地的轰鸣，仿佛整个魔界都震动起来，四周山峰巍巍颤动，轰然巨响，巨石崩落，如银河奔泻，白浪翻涌，又如千万骏马齐头并进。

接天链似有感应，发出冷然银光，竟将周围翻涌冲上的地火硬生生压制了下去。

墨澈心几人早有准备，侍立周围的众高手一起出手，全力压制地火，维持各方地脉。此番地火裂缝修补，必会引动天地异变，他们要做的，就是力求将损失降至最低。

冰壳破开，司玉不停地将玉匣中的火晶元抛入地火裂缝内，火舌吞吐，涟漪四起，上一瞬间还是火焰腾空，下一瞬间又化为雪雾，漫天飞舞，这是内中积攒千万年的冰寒之气正在被消弭磨损。

烈焰寒冰之气相互冲撞，愈发激烈，密闭的空间里忽而酷热如烈焰地狱，忽而阴寒如万古冰窖。这正是最关键的时刻，以两半盘古神玺分别汲取逸散的冰火双极灵力。烈焰寒雾被旋涡带动，顺着接天链的气流方向旋转，旋涡的中心已被寒雾烈焰吞噬，目不视物。身处旋涡中心的司玉却觉灵台一片清明。这是一种玄妙难言的感受，明明是一个人，却拥有两个身体，睁开眼睛的刹那，是两片截然不同的风景。

她能感受到冰火双极的灵力正在源源不断地流入体内，越来越快。火苗在万丈高空上跃动吞吐，舔着漆黑的夜幕，熊熊火柱，红光冲天，仿佛整个天地炸裂开来，寒气被腾空的火焰灼烧，冰火交融，银雾蒸腾，夹杂着万千火光，金蛇乱舞。

这样的情景，实在是千年难得一见，不过也幸好难得，否则就算魔界家底再厚，也支撑不住了。墨澈心遥望四周，负责维系阵法的众人一个个东倒西歪，显然都已气空力尽了。他禁不住苦笑，却也欣慰，就在他眼前，翻涌的地火正在以肉眼可见的速度渐渐平息下去，沉入地底，这是即将成功的情景。

四面温度逐渐和缓，终于大功告成了！

墨澈心迫不及待地跳上高峰，遮蔽四面的迷雾越发浓厚，带着无数粉尘弥漫在四周。一时间如回到了开天辟地之处，皑皑茫茫，混混沌沌……旋涡中心的祭台上，那窈窕的身影依然伫立在那里，她终于成长到能够为这个魔界遮风挡雨的一天了……

念头未及落下，那身影忽然晃了晃，墨澈心顾不得自身力竭，连忙强提真元，跃上祭台，正将将接住她倒落在地的身体。

秀美的脸庞苍白着，双眸紧闭，他连忙握住手腕，探察脉象。还好，只是冲入的灵气过于庞大，真元一时难以承受。可也不至于昏迷过去啊……心念一动，他立刻发现，祭台上还少了一样东西，一样决不能少的……未及他反应过来，一声清亮的鸣叫自下方传来。

漆黑身影自下方浮现，巨大的羽翼霎时冲破遮天蔽日的迷雾，往那片碧蓝的天空飞去。

纵然被重重浓雾遮蔽，墨澈心也能猜到这该死的鲲隼背上此时坐着谁。

追之不及，也无法可追！除非羯罗一族的景凡在这里，可是……

究竟为什么？她要去哪里？

谢远殊已死，死得连骨头都不剩！天源宗已经没有了让她留恋的……

等等，难道说……

霎时一个难以置信的想法涌上心头，他站起身来，望着怀中重新陷入沉睡的躯体，头一次感觉到惶恐和无助。

难道说，费了这么多心机，最后的结局还是一切回到了原点。

鲲隼振动双翼，箭一般冲向云霄，狂风呼啸而过，吹乱了发丝。高耸的皇城，辽阔的地宫，城郭荒野，山脉河流，一一被遗落在身后。暮色降临，然后褪去，数个日夜轮回之后，曙光初现的尽头，海天一色的对岸，终于出现了记忆中的景色。

晶莹透彻的湖畔，漫山遍野的龙鳞果依然灿烂如金，空气中流淌着淡淡的清甜，而让她牵挂至今的身影正靠在一棵龙鳞树下，遥望着这边的天空。

满山火红的果实与绚丽的朝霞争相辉映，沐浴在晨光中的笑容却比这漫山金红更加灿烂辉煌，那是一个千山万水跋涉的人终于见到自己心心念念的家的笑容。“你回来了。”她听到他的声音。

那一瞬间，司玉微笑，眼睛却湿润了，心头有一种温暖的感觉流淌着，她用力点点头，跃下鲲隼。

“这里的伤口痊愈了吗？”她的手轻轻划过他的肩膀，为了救她，这里曾经被谢婉的长剑砍入，几乎将整个身体砍成两半的力道。

种种情景，一如昨日。

没错，眼前这个身体，是谢东仪的！

“已经差不多了。”谢远殊握住她的手，笑道，“那一次换回本体之后，将这个身体留在湖中，本来想等修补完善，还给谢东仪的。”

“没关系，完整的盘古神玺有再造之力，等我以这个为你再造躯体。”司玉将掌心摊开，露出一块白玉般的物件，那是一小截洁白的骨骸，真正属于谢远殊躯体的骨骸，锻造接天链的时候她偷偷收起的。

“那就先委屈东仪的魂魄在预备粮体内再沉睡几天吧。反正已经睡了那么久，也不差这几天了。”

鲲隼腾空而起。空气中传来隐约的笑声，

“等回了天源宗，你要怎么解释这段时间的经历？”

“这就得看你了。”

“我记得，能将盘古神玺带回去的，就是下一任宗主了吧。你这次也算是将一半神玺带了回去。”

“宗主啊，这个位置可不好做。”

“总比魔界女帝要强多了吧。”

…… ……

执子之手，与子同归，随着鲲隼飞远，终于渐不可闻了。

站在崖上的蓝衣男子收回视线，转身离开。

“你要去哪儿？”身后传来熟悉的声音。

“回舜城啊，永世不得再入皇城，女帝的旨意可是刚刚颁下，总不好现在就阳奉阴违吧。”蓝衣男子身形顿了顿，转过身来，依然是那副自在的笑容。

白郁望着他，半晌，摇摇头：“其实，这整个过程中，最让我看不透的就是你了。连墨澈心都没有想到，你那一剑竟然不是为了报仇，而是为了成全和救他。”

成全他留下阴阳骨的心意，也给他留下一线生机。

景凡笑起来，没有回答，只是反问道：“难不成你真的期待着我杀了他？然后抱得美人归？”

白郁摸了摸鼻子，苦笑道：“也许曾经幻想过吧。可是真的实现了，却又觉得，那样的结局，未免太过遗憾。”

“哪个遗憾？舍不得我这个朋友获罪，还是舍不得情敌？”

思索片刻，白郁也笑起来：“也许，两者都有吧。”

这个答案让景凡眉梢一挑，笑道：“其实，我也有点儿不明白，你竟然会这样帮她，你是真的放弃了？”

“谁说我放弃了？”白郁微微一笑，“套用某人的一句话，现在的离别，是为了更好的开始。”

“哈哈，先不说开始不开始，只提醒一句，皇城里留下的那一位，现在可能炸毛了吧？”

白郁额头上青筋一跳，何止可能，那简直是确定、一定以及肯定的。

“幸好女帝英明，暂时不用回皇城见他。”景凡幸灾乐祸地说了句，手一挥，一只蓝色巨鸟出现在空中，“先走一步了。”说罢，跃上巨鸟，头也不回地飞走了。

望着远去的蓝色身影，再回头看看已经彻底消失不见的另一边，白郁低低叹了一口气，又剩下他一个人了。想想被留在地宫里的那一位此刻的心情，他是不是也应该找个地方躲一躲啊。

沧溟之渊很快又恢复了寂静，像是未曾有人来过，遍地摇曳的金色枝丫，一如时光轮回的最初，纪念着那些在这里曾经发生的故事，惨烈的，凄美的，婉转的，或者是幸福的……

尾声：春光正好

踏着青石板铺就的山道，司玉自林中走出。春天的清晨总是生机勃勃，欢快的鸟鸣声回荡在山涧里，潺潺水流带来冰清似的凉。

如此大好春光，推开房门的司玉却只觉乌云罩顶，

“这么晚才回来？我等了你好久了。”熟悉的声音传来，依然是那么慵懒随意。

“你怎么过来了？”

某人伸了伸懒腰：“今年新进的应天阁弟子，前来拜望传说中的学姐啊。”

新进应天阁弟子？对了，今天又是五年一度的天源宗纳新了。

“伪装成新进弟子，这样装嫩好吗？”这张祸国殃民的脸，还是个男的，对今年的新弟子们刺激很大吧。

“唉，没办法，本来还想试着穿女装的，可惜啊，同样的招数不能用第二次。”某人毫无自觉地厚着脸皮说到。

司玉按住额头：“先回答我为什么过来？”

“最近墨澈心那家伙压迫人太过分，所以我决定离家出走，叛逃到这边来了。”

“说正经的！”司玉提高了声音。

“好吧，说正事。不是说好每月的下半月回魔界去处理政务的吗？今天都十七号了，怎么还不见回去。”

“呃，已经十七号了啊，我都忘了。哈哈，因为最近这边比较忙……”司玉打着哈哈，搪塞道。好吧，其实是上次回去，被还处在阴沉状态中的墨澈心狠狠压了一大堆的政务，实在吓怕了。唉，不就是被骗了一次吗，用得着这么小心眼，这都过去多久了，还记仇。

那一次的离家出走被墨澈心以女帝元气大伤，闭关静修的名义遮掩了过去，听闻新登基的女帝如此为百姓尽心竭力，民间遍地歌功颂德，原本对皓玥公主不信任的谣言也都烟消云散。只是，多少民心归属都压不下向来算无遗策的某人中了圈套的怒火。不仅司玉，连同配合计划的白郁和景凡都被低气压的“怨念”持续折磨着。

听了司玉实在不算高明的理由，白郁郑重地点头道：“哦，我们的

左丞大人果然英明，早就料到是陛下记不清时间。所以觉得有必要在天源宗设立一个人，专门负责提醒记不清时间的女帝陛下。”

司玉的笑容凝固了：“喂，不是吧……”

“不用喂了，这就准备准备回去吧。再迟到，小心墨澈心那家伙哪天研究出锁定魂魄的术法，让你再也无法自由转移啊。”

“我总得和他打个招呼才行啊。今早是剑部的论道会，他马上就回来了……”

“不用了，我来替你打招呼，早就想拜会一下新任的宗主大人了。”

“喂……”

…… ……

两个身体分别留在两界，倒是方便了司玉，眼睛一闭，一睁，就可以自由在两界来往。

两个身体，两种身份，听起来似乎有点儿玄妙，却又是如此的真实。人的适应力确实惊人，她很快习惯了这样的生活，并且乐此不疲。有时候，在天源宗的间隙，她会偷偷在另一个世界睁开眼睛。她看过灯下墨澈心熬夜替她处理政务的背影，也看过白郁和景凡相对饮酒谈笑的身姿，在魔界的时候，她也会偶尔回来，看着那人坐在她的木屋河畔，静静聆听他吹幽美的笛音，流光交错，清音悠长。

一个人，两种身份，三世人生。

她是司玉，也是皓月。她不会放弃过去，也同样期盼着未来，

他们还有足够漫长的人生，还有无数个灿烂的春，无数个静美的秋，无数个可期盼的日日夜夜。

天不荒地不老，明月当空。

这悠长美好的时光，才不过刚刚开始。

篇外　微雨

窗外弥漫着蒙蒙细雨，天气有些意外的凉。兰花却开得正好，细密的雨滴沾湿了叶脉，顺着弯曲的角度缓缓滑落，欲滴未落，

随手扶起青色的一株，花苞还只是半开，究竟需要多少岁月，才会让这一脉兰香得了机缘，不会随着风吹日晒凋零枯萎，又需要多少岁月，才会让它积累起足够的灵气，凝结一缕魂魄，学会感知这个世界，

又需要多少岁月，才能灵智通透，脱胎换骨……

“在想什么？这么入神？”一个声音从身后传来，他如梦初醒。

转过身，不期然对上一双漆黑的眼睛，朦胧的烟雨洒在长长的睫毛上，掩去了其中的锋锐。

“陛下。”他连忙躬身行礼。

“不是朝堂，就不必多礼了。”她长袖一挥，抬步迈入凉亭，转身问道，“方才观你若有所思，在想什么？”

“臣只是见了这遍地的兰花，想到也许数百年前，自己也是这里的一粒种子，于是有些感触。”这里是丹云地宫偏殿花园的一处凉亭，平时少有人迹，栽培的兰花生得格外欢畅，风吹过，花种四处散落。也许就是从这里，散出了一颗，落到了那个与众不同的地方。

她看着他，无奈地一笑：“你自开灵智化形以来，也不过才数年光景，怎么就这么老成，比起那些修行了几千年的也不遑多让。”

“让陛下见笑了。”他脸颊微微发烫，“曾闻昔日人说，‘人之生譬如一树花，同发一枝，俱开一蒂，随风而坠，自有拂帘幌坠于茵席之上，自有关篱墙落于粪　之中’，便是这般道理。思及这些年来，真如身在梦境中一般。”

“梦境？”她笑了，然后摇摇头，语重心长道，“澈心，你秉承神玺之力而开灵智，机缘万年难得一见，天赋之异，远胜常人，切不可动摇心志，荒废良才。而且你所修炼的功法，尤重需秉持本心，不可因外物所动。”

这样的眼神注视下，是任何人都无法抗拒的魄力，他连忙低头称是。

没错，他是秉承神玺之力而生。

正因为这样，他才对她有了不同的意义吧。能被魔皇收为弟子，这是传承千万年的世家贵族子弟也不可能拥有的殊荣。

一粒普通的墨兰花种子，不知被哪阵风机缘巧合地吹进了地火裂缝里，落到了神玺千万年极阴之力所凝结的冰川上，竟然在那个万物死寂的地方生根发芽了。

后来她说，他落入地火裂缝的时候，应该正逢地火跃动百年一遇的高峰期，所以才能在极阴之力中秉持一线生机。这种巧合千万年难得一见。

本能让他不停地汲取着每一分能索取的营养和灵力。直到阴气灌体，灵智顿开。

在他有灵智之后的很长一段时间，他能感觉到的唯有寒冷，无穷无尽的寒冷，而那时候的他甚至不知道那种滋味叫做寒冷。

山中无岁月，彻骨的寒冷究竟陪伴了他多少年，他无法记清，直到第一缕温暖的降临。

而带给他温暖的那个人，就是她。

“想不到神玺凝结的冰川上，竟然能生长出兰花。”她的指尖触摸在他的叶上，如雪中火，冰中炭。

等待了无穷无尽的时间，只是为了这无可抗拒的命运。他忽然全身战抖不已，仿佛在这个孤寂的地方等待了千万年，就是为了这一瞬间的触摸。他听不懂她在说些什么，却能感觉那片眷恋的温暖。

怕她离他而去，他忽然动了，伸展开叶片，想留住她，可只是徒劳，他不过是一株兰花，他的根还扎在冰里，他的叶片还太短小。

“竟然已经开了灵智？”她眉峰微蹙，语气略有变化。

然后，她取出一个宝光缭绕的玉匣，俯下身。

他贪婪地凝视着那张秀丽的容颜，随即感觉身下一轻，竟然整个儿被她托起来，放置到了玉匣中。

眼前陷入一片黑暗，他却感觉前所未有的安心。他就这样离开了这个不知蹉跎了多少岁月的地方，从此侍奉在她的身旁。

亭外的雨幕渐渐稠密，他执起茶壶，白烟袅袅升起，散出沁人心脾的清香。

“世事浮云莫测，也许万里山河，雄图霸业，也真的不过是一场梦境呢。”

意料之外的话语传入耳中，他执茶杯的手一颤，抬起头。

她正望着亭外的雨幕出神，逆光中，凤目微阖，鸦翼般的长睫微微战抖着。那一瞬间，她似乎已卸下了帝王的威仪，整个人犹如一脉细腻的雨。

耳边响起渺渺笛声，如烟如缕，一种看不见的东西将自己紧紧缠绕着，几乎喘不过气来。

可只是瞬间，她便感受到他的注视，转过身来。

视线相接的瞬间，他低下头，心下踹踹。

雨滴打落叶片的沙沙声弥漫在周围。

“可就算只是在梦中，我也要保得这个魔界四海靖平，万民安泰。”那个声音缓缓说道，带着无法违逆的决然。

他一愣，抬起头，耀眼的笑容在她唇角绽放，转眼间，她又是那个君临天下的帝王了。

“既然上天把你送到了我身边，便是昭示地火之事的一线生机。澈心，你可要好好帮我。”她望着他，满是帝王对臣子的期待，也是师长对弟子的嘉勉。

“好。”他低下头，听到自己答应道。

话语落下，眼前的身影倏然消散，宛如灰飞烟灭。依然是雕梁画栋的凉亭，四周开着肆意茂盛的兰花。不知何时，簌簌雨声已然停歇。手中的兰花上依然挂着晶莹的水珠，欲滴未落。

梦境吗？

松开手，墨澈心忽然笑了，已经很久没有想起过去的事了。

他转身迈入凉亭。

石桌上那套紫晶砂的茶具已经很久没用过了，积了薄薄的灰尘。指尖扫过，带着微微的凉意。

只一瞬，归去来兮，沧海桑田；

只一瞬，画尽春风，凋尽朱颜。

司玉传

Si Yu Zhuan

中

张伟华 / 著

金城出版社
GOLD WALL PRESS
北京

第三卷

冰雪轮回·寄心之卷

第一章

黄粱梦醒

死亡究竟是一种怎样的经历？

尤其对于死过不止一次的人来说……

犹记得那道惊雷闪电打在身上的战栗，然后就是深沉的黑暗和无尽的虚空，一直到最终的觉醒，仿佛一切只是个梦，甚至连梦都算不上，只是在战栗中沉眠，然后又自黑暗中觉醒……

可是这一次呢？

现在的她是什么状态？整个人轻飘飘的，马上就要浮起来，却又好像无比沉滞，仿佛有什么东西正在身后束缚着她，让她无法自由地漂浮。

朦胧中，她正身处一处森严庄重的大殿，跃动的火焰闪耀，光华散落如雨；转眼间，又躺在了一处精巧纤美的闺阁中，风吹起重重轻纱幔帐，带起银铃玉钩轻摇碰撞；恍惚中闺阁又化为一排排森严的书架，上面摆放着一排排的法宝，是记忆中那座神秘的宝库……

这一切，是曾经的记忆？还是她最后的灵魂正在四处游荡？

听说人死之后，会沿着自己曾经走过的路，一步一个脚印，将曾经发生过的一切再重复一遍。只是会不会回到那个世界呢？

迷茫中，司玉已经分不清时空，辨不清记忆。

孤桥之上，墨衫少年向她伸出手，清风吹过，温雅的笑容宛如一卷清淡的水墨画在月下徐徐展开。指端接触的刹那，却又变成白衣少年亦男亦女的俊美容颜，张扬的笑意挂在嘴角。他握紧了她的手，温热的气息拂过脸颊，两人明明距离很近，却又依稀相隔遥远。

最终，这一切都化为虚空，化为黑暗。有什么让她恐惧不已的东西，正在她身后追逐着，她想要抬腿奔逃，可双腿像是灌了铅一般，怎么都抬不动。狭长的阴影已经逼近身后，锐利的獠牙闪烁着森森寒光，当头咬下……

最危急的关头，一道闪亮的银光横空出世，替她挡下背后的袭击。

依然是他挡在她身前，在最危险的时刻救了她。

司玉松了一口气，跌坐在地上，仰头望着从天而降的身影。

他转过身来，冲她笑了笑，一如既往的让她感觉心安。她张开口，想叫他的名字，可是发现，她竟然想不起他的名字了，那个明明无比熟悉的名字……

这怎么可能？她望着眼前亲切的笑容，只觉头脑中塞满了混沌的思维，一片混乱。自己竟然会想不起他的名字？

“司玉……”他低下头，在她耳边轻轻呼唤着，声音温柔悦耳。

司玉心急，可越是着急，头脑越发混乱，仿佛有什么东西刻意掩盖了那个本应该呼之欲出的名字。

他俯身扶起她，肌肤相触的感觉带着若有若无的暧昧，司玉觉得自己脸红了。

就在这时，蜷伏在他身后的巨蟒忽然动了，重新扬起头颅，狭长的青绿色眼眸闪烁着寒光。

“危险！”顾不上深思，司玉喊叫起来。

就在同一瞬间，他扬眉一笑，手里的长剑猛地挥起，划过一道锐利的光，却不是朝着身后的巨蟒，而是向着……

司玉低下头，呆呆看着自己胸口，那柄锐利森寒的剑刃，还有沿着利刃滴落的鲜红。

她是在做梦吗，可为什么这份疼痛会如此真实？

为什么会这么痛……为什么！

司玉挣扎着抬起头。他脸上的笑容依旧温和俊雅，却多了一分似笑非笑的讥诮。那熟悉又陌生的表情，让她只觉彻骨寒意蔓延上来。

“你……你究竟是谁？”她呢喃着，闭上了眼睛。

他笑了笑，贴近她耳边，轻声说出自己的名字。

原来是这个名字……终于想起来了，司玉解脱般松了一口气：“远殊……”

之后就是无尽的黑暗。也不知过了多久，她感觉身体涌入一股奇异的力量，恍如久旱的树木重逢甘露，疲惫的肢体伸展开来，每一个细胞都在喧嚣欢呼，肆意汲取这难得的养分。

好奇异的感觉啊！积蓄着力量，身体慢慢恢复了生机，司玉终于睁开眼睛。

有光从远处透进来，眼前白茫茫一片，司玉视线迟钝而又迷蒙地转过，一张熟悉的面容映入眼帘。

“你醒了！”那人就坐在床边，神情中蕴含着无限惊喜。

司玉动了动，身体好像不是自己的，呆板疲惫。

“你放心，执教已经取来了凤凰木，相信不久你就能痊愈了。”低头凝视着她，他轻声安慰道。

温雅的声音悦耳动听，一如梦中，司玉迷茫地问道：“你究竟是谁？我呢……”

“什么都不用想，先睡一会儿吧。等睡醒了，一切都会好的。”他温和地笑着，安慰道，一边伸出手。

温柔的掌心抚在额上，仿佛带着催眠的魔法。司玉温顺地闭上眼睛，再一次陷入了黑暗中。

这一次睡眠不同于以前的昏沉，而是一种说不出的舒服，整个身体像是浮动在温暖的水中，轻柔和顺。这种感觉依稀曾有过……对了！是在那个神奇的峡谷里，在那片神奇的银沙之中睡眠的感觉！

彻底清醒，已经是黄昏时分了。

已经过去多久了？司玉偏着头望着窗外透进来的那一缕晚霞，催动迟钝的大脑思考着。虽然长期处于浑浑噩噩的昏迷中，她也隐约感觉，自己睡了不止一天。而身体的感觉更加证实了她的猜测——明明每一个细胞都充满了活力，可四肢却僵硬酸麻得像是躺了几百年。

这是个雅致素净的房间，鹅黄色轻纱绣花幔帐掩映着简单而不失贵气的陈设，昭示着主人应该是个很有品位的女子。

这里不是医阁吧？司玉眨了眨眼睛，房里一片寂静，看来还没有人发现自己已经清醒了。

她慢慢爬起身，自己这算是怎么回事？被救了？记得朦胧中清醒的片刻，见到的人……是谢东仪！而且他好像说过什么“执教”、“凤凰木”。

凤凰木？那是什么东西，不过听起来好像很厉害，难道就是它救了自己？

这么说来，自己真的没有死！

哈，她可真是福大命大啊！劫后余生的喜悦洋溢在胸口。

对了，楚泓，天源宗已经知道他的真面目了吗？那个狡猾的家伙，肯定不会留下破绽。不过没关系，你的好日子到头了！我司玉又活着回来了！楚泓，还有白郁……想到这个名字，司玉有几分犹豫，但念头一转，哼，他们肯定是一伙的，不能放过！

自己躺了多久，这附近也没有个人。强忍着身体酸痛，司玉慢慢蹭下床，然后扶着墙边的博古架向外走去。

快走到门口，正巧路过一面铜镜，司玉有意无意地扫了一眼。

明晃晃的镜面倒映出一张如花似玉的容颜。她瞬间睁大了眼睛，那是什么？！

这是……她的脸！？

呆立了半晌，司玉惊恐地伸手抚摸脸颊，镜中人与她一同动作起来。

那个人……真的是自己！

司玉惊叫一声，一把推开镜子，失足跌倒在地上。

哪怕自己的脸孔忽然变成妖怪，变得毁容般不堪入目，她也不会如此震惊失措。可镜中倒映出的容貌实在太不可思议，那分明是……

“哗”的一声，房门被人一把推开，一道鹅黄色身影急匆匆冲进屋里。看着摔倒在地上的司玉，她激动地扑上来。

“丹妍，你醒了？！太好了！”

司玉呆呆看着扑倒自己身边的女子，鹅黄色道袍整洁素净，平日里总是板着的面容此时充满了惊喜，亲切到陌生的表情让司玉几乎认不出她。

无论平时多么冷静自持，见到自己长久为之奔波牵挂的人终于清醒过来，谢婉心中难以抑制地激动：“苍天有眼，凤凰木果然名不虚传，这次多亏了大哥……”

而司玉整个人已经陷入呆滞状态了。

她？贺丹妍？

她是在做梦吗？一定是在做梦！司玉激灵灵打了个哆嗦。

谢婉立刻察觉了，连忙扶起她向床边走去，一边抱怨道：“真是的，你刚刚醒过来，怎么也不呼唤一声，就这么下床了？小心身体撑不住。”说着，不由分说将她按进被窝里，扯开被褥替她盖上，动作坚定却极轻柔。

然后，她坐到床边，笑问道：“刚刚醒过来，感觉怎么样？凤凰木是上古神器，灵气充沛且纯净之极，你的功体不足，融入体内后可能一时难以适应。”

“凤凰木？”司玉喃喃问道。

“是啊，想不到大哥此次答应得这么爽快，也多亏了东仪那封信。”谢婉欣慰地笑道。

见司玉神情迷茫，谢婉只以为她是欢喜得痴了。凤凰木是谢家的家传至宝，为上古神兽凤凰涅槃所留下的精华，也是谢家威名千万年不坠的保证。

世人都传说谢家有凤凰血脉，其实就是得益于这一秘密法宝。

凤凰木作为当世无双的神器，谢家却从来不会使用它在战场上对敌，哪怕在最危急的关头，因为它在谢家有着另一重隐秘的功效。凤凰木属性虽然纯阳，却只能与处子之身的女子融合，方能发挥威力。历代的谢家族长，都会以秘法，在成亲前夕，将其融入自己的未婚妻子体内。将来怀孕生子之后，所产下的孩子天赋禀异，体带凤凰之力。

这就是谢家直系子弟中，每代都会出现天赋奇才的秘密所在，也是世人所传说的谢家祖上有凤凰血脉流传的真正原因。

但凤凰之力毕竟不是普通女子所能承受的，纵然历代所选的族长夫人都是功体不凡的修仙奇葩、剑仙侠女，最多也只能承受凤凰木十年左右。十年之后，必需再以秘法将凤凰木取出，归于族长保管，等待下一任族长的承接。

这隐秘的流传，正是谢家血脉得以昌盛不绝、人才辈出的关键。而这一重隐秘的功效，也让凤凰木有了特殊的意义。

谢东仪写给家里的密信，以谢婉的人品自然不会擅自翻阅，但素来严厉的大哥在看了信之后，能如此轻易将凤凰木交给她，那么信中的内容，她自然能够料想一二。

眼前的贺丹妍，只怕也是想到了这一点，所以欢喜得痴了吧。谢婉欣喜地想着。

谢婉在想什么，司玉根本全无察觉，如今的她还陷在震惊中迟迟难以自拔，过了半晌，终于试着问道：“我……这是怎么回事？”

“还不是因为岳冉那奸贼！”提起那可恨的妖魔，谢婉隐有怒气，“他设计陷害你，将你囚禁在醒心洞中，幸好东仪那孩子警醒得早，及时联络魏首座，设计除掉了他，这才将你救出来。那妖魔不知用了什么法子，害得你始终昏迷不醒，医阁诸位同修都束手无策，我只得前去求助柳无相首座。”

“幸好首座见多识广，指出你所中的妖法是魔界的镇骨锁心术。只是要解此法，需要有至纯至阳的灵气才行。以术部几位前辈的功体修为，本也能做到，但偏偏你昏迷日久，身体虚弱，只怕他们功力太霸道，你承受不住。我反复思量，只有回本家借来凤凰木一途了……”

细细讲述着这些复杂的经过，转头看到司玉呆呆的表情，谢婉停下讲述，问道：“怎么了？是昏迷太久，有些头晕。要不先睡一会儿？”

昏迷太久？

“我昏迷了多久？现在是什么时候了？”司玉如梦初醒般问道。

“你啊，足足昏迷了快半年呢。”谢婉叹道。

半年！

对了，在她还活着的时候，贺丹妍就已经昏迷近四个月了。一加一减，也就是说，她自己昏迷了足足两个月！

“这么久……”她喃喃说道。

换句话说，她死了足足两个月了……

“也算是命中注定有此一劫。”谢婉叹息，一边拉住她的手安慰道，“既然已经醒来，就不要多想了，反正都已经过去了。”说着，又笑道：“还记得你小时候，你母亲带你去闺中至交的火云居士那里相面批命的事吗？当时，居士就说你十几岁上有一次大劫，若是过了，自然一生平安和顺，若是过不了……哈，我说这些干什么？好在如今已是云开雾散，雨过天晴了。你也不必多想……”

如果不是亲耳听到，司玉还真不相信素日里严肃到近乎古板的谢执教会有这样一面。只是，这些亲切到唠叨的话语，都是说给贺丹妍这个她关心爱护的子侄听的，如果她知道现在这个身体里的人是她司玉……

司玉抬起头，第一次这样近距离地看谢婉的面容。清秀的容颜上带着深深的疲惫，那是一种经历了长期奔波愁绪才会残留的疲惫，纵然再多喜悦的光芒也掩饰不去。为了贺丹妍这次劫难，这半年来，她肯定很辛苦吧。纵然不是为了自己，司玉心中也有几分感同身受的感动。

转念之间，她忽然想到一个很严重的问题：自己占据了她的身体，那贺丹妍哪里去了？还有自己为什么会变成她？

感觉握在掌心的纤手忽然变得冰冷，谢婉停了口，仔细观察司玉的脸色：“丹妍，你怎么了？哪里不舒服吗？”

“我……”司玉心神波动，摇摆不定。正犹豫着是否应该说出真相，忽然一声响动，房门又被人猛地推开了。

司玉从未想过谢东仪也会有这样紧张慌乱的表情，虽然在踏进房内的那一刻就恢复成镇定自若的贵公子气度，她依然不会错过他眼眸中异样的光彩，尤其那眼神落在自己身上的时候……

这份紧张和关切应该也是给予贺丹妍的吧！司玉心中微微有些不自在。

“东仪，你来了。”谢婉招呼道。

“执教。”谢东仪颔首示意，看了司玉一眼，视线又落回到谢婉身上，道：“方才邢震执事派人前往应天阁寻您，似乎有急事的样子。”

谢婉有些意外。这些日子她忙着救贺丹妍，天源山众人皆知，所以除非是重要的事情，否则绝不会特意来劳烦她的。

“邢震有说是什么事吗？”

“并未提起，只是让弟子带话给执教，速去术部大殿议事。”

谢婉犹豫地转头看了“贺丹妍”一眼，司玉连忙点头道：“我已经没事了。”

仔细查看，此时的她除了脸色苍白之外，确实没什么大碍，内息也很平稳，谢婉才放下心来，道：“也罢，东仪你在这里照看一下丹妍。我去术部走一趟。”

谢东仪自然不会推辞。房间里很快只剩下了他们两人。

关上房门，谢东仪转身走近桌案，倒了一杯热茶，端到床边，问道：“感觉怎么样？刚刚醒过来，精神很疲惫吧，要不先睡一会儿……”

“我很好……”接过茶水，司玉摇摇头。

她确实很好，如果单指身体健康这方面的话，此时的她全身灵气充沛，虽然体力还有些欠缺，那也只是睡得太久所致。可是这个身体，这个刚刚恢复了生机与活力的身体，根本不是她自己的啊！

她的身体呢？不会还埋在地下吧？！

司玉打了个哆嗦，连忙问道：“对了，前些日子，天源山发生雪崩了吧？”

话一出口，她又察觉不对，自己一个昏迷不醒的人，怎么可能知道有雪崩？马上补充了一句：“刚才谢执教说起过，却没有细说，到底是怎么回事？”

谢东仪神情如常，似乎并未起疑：“不错，一个半月前，玉青峰那里发生了一场雪崩，气势骇人。因为冲击太大，连山峰都坍塌了一角。不过那边本来就人迹罕至，众位前辈赶到的又早，事态并未扩大。”

“那就好。”司玉故作镇定地叹了一声，随即问起最关心的问题，“那有没有伤亡？”

听到这个问题，谢东仪神情有些沉滞，司玉心中一紧。

沉默片刻，他方低声道：“是有一位弟子失踪了，那天她恰好入山采药，所以众人都推测她是在雪崩时候遇难了。几位前辈也搜索过，只是玉青峰范围实在太过广阔，山势曲折，积雪又厚，阴气森寒，难以搜索。若动用法宝，法力碰撞，有可能引起第二次雪崩，得不偿失。因此五部执事商议的结果是等天气好转再说。”

司玉打了个哆嗦，这么说来，自己的身体还被埋在雪底下了！那多惨啊！

比起自己一个微不足道的小弟子，当然是天源山内部的地势安危更重要，也难怪五部执事并不急着找她……

咦？等等！这么说，也没人能够确定自己已经死掉了。只要找回身体，然后偷偷穿回去……

可是身体被埋在雪下，虽然知道大概的方位，厚重的雪层沙土却不是她一个人能够挖开的。而且怎么样才能穿回去呢？甚至还有另一个更紧迫的问题，她怎么揭发楚泓他们的真面目？

她做不到！这一切，绝不是一个睡了半年多、刚刚醒来的人能够办到的，哪怕她是贺丹妍！

必需找人合作帮忙才行，一个值得信赖的人，一个能够为自己保守秘密的人。

司玉抬起头，望向站在床前的修长身影。

“怎么了？”谢东仪正看着她，自然注意到了她异样的神情。

“我……”司玉犹豫着，心思徘徊不定。

谢东仪神情微敛，笑道：“事情既然已经过去，就不必多想了。丹妍，房里准备了调和内息的药，我去端来……”

那声“丹妍”听得司玉一哆嗦，终于下定决心，一把扯住他的衣袖，道：“等等！”

“怎么了？”谢东仪转过身来。

司玉咬着下唇，终于低声坦白道：“我……我不是贺丹妍！”

谢东仪神情一怔，眼眸中闪过一丝异色，随即掩去，笑道：“说什么胡话？你刚刚醒来，难免感觉不适，应该好好休息……”

“不！我说的是实话，我是司玉！”坚定的语气揭露出最直白的事实，终于成功地让谢东仪停下脚步。

司玉抬头望向他。他也正紧盯着她，神情中充满毫不掩饰的震惊。

果然如此，司玉在心中无奈地苦笑了，她很清楚，也很理解，这个消息绝对超出正常人的承受范围。

像是刻意留下缓冲震撼的时间，也为整理混乱的思绪，沉默片刻之后，司玉才缓缓讲述起来："那天我在玉青峰遇到雪崩，本以为自己已经死了，朦胧之中，像是经历了大梦一场。想不到醒过来之后，就变成了这样。我也不知道这是为什么……"

一鼓作气说完这段离奇的经历，司玉抬起头，见谢东仪的神情若有所思。

生怕他不相信，司玉又提起了几次两人以前相处的点点滴滴。这些细微之处贺丹妍绝对不可能知道，也是为了证明自己不是在胡扯八道。

谢东仪神情几度闪烁，终于沉静下来，缓缓道："我相信你。"顿了顿，又问道，"这些事情……你没有告诉执教吧？"

"没有。"司玉摇摇头，"不过我想，还是和她说清楚的好。"

"不行！"谢东仪立刻喝道。

司玉吃惊地抬起头："为什么？"这种灵魂移体的诡异现象，凭谢婉和诸位天源宗前辈的修为，说不定能够用术法解决。

察觉到自己的失态，谢东仪睫毛轻颤，神态和缓下来，道："你可知道？借体重生又称夺舍，损人利己，违逆天道，是修仙一途的大忌。千万年来，只有魔界少数奸邪之辈擅长此术，钻研出诸如借体转生、移魂换体等术法。像上次的蛇妖，便是使用移魂换体之术借入岳冉体内。正道对此一向深恶痛绝！你的经历太过妖异，难以解释。若让众位首座长老得知，只怕后果难测。"

"若是由你向谢执教说明呢？"

谢东仪摇摇头："关心则乱，谢执教太过牵挂丹妍……"

后面的话他没有细说，司玉却也明白，她本就是个来历不明的黑户，加上天源宗刚刚出了岳冉这个例子，难保不会草木皆兵，把自己当妖孽给"咔嚓"了。而谢婉关切贺丹妍，更不会对自己这只占据鹊巢的斑鸠有好感了。

将利害关系一一挑明，谢东仪又劝道：“这件事本就急不得。你好好养伤，等伤好之后，我们先将你的身体找到，再想办法换回去。”

司玉只好点点头，除此之外，好像确实别无他法了。可是换回去之后呢？自己的身体受了剑伤加冰冻，她倒并未担心，以天源宗的医术，身体的外伤尚可挽回。可自己回去之后，这个身体里贺丹妍的灵魂还会回来吗？

这个问题，她根本不敢深思。而谢东仪也有意无意地，对此事只字未提。

沉默的气氛在两人之间浮动，司玉心里沉甸甸的。终于，她忍不住开口问道：“你不怪我吗？”

谢东仪愣了愣，问道：“我为什么要怪你？”看到司玉低沉郁闷的情绪，他立刻明白过来，柔声道，“你本来就没有任何错，这一切又不是你能够选择的。”

“可是……”司玉还是感觉很不妥当，也许是换了身体，身心都有种别扭的感觉。

谢东仪走近床边，替她拉上被子，柔声道：“不要想这么多，你刚醒来，又经历了与凤凰木的融合，只怕身体承受不住，还是先睡一会儿吧。”他双手按在她肩上，动作轻缓地将她按进柔软的被褥中，笑道，“诸事有我在，不必烦恼。”

司玉有点儿脸红了，乖乖顺势躺下，却又感觉这个姿势，这些动作，还有这番话语……好像太暧昧了吧！可他偏偏做得自然贴切，熟极而流畅。

他们什么时候变得这么亲密了？难道，是因为如今这张脸，司玉心中又有些不自在了。

“在想什么？”敏锐地察觉她的异样，谢东仪问道。

“没什么。”司玉轻咬着下唇，躺到枕头上。从这个角度看去，那张俊美的容颜近在咫尺，带着体贴的微笑，赏心悦目。心中有种温暖的感觉漫上来，困意浮动，马上就要沉浸入睡梦中一般，却还舍不得闭上眼睛，留恋着眼前的微笑。

微笑！

脑中灵光一闪，忽然就想起了那场漫长而又离奇的梦，那似笑非笑的嘲讽表情，还有那穿透心脏的冰冷剑刃……

突如其来，心脏深处传来锐利的疼痛，司玉脸色“唰”地白了，她按住胸口。实在无法想象，眼前这张一直温柔凝视着她的笑脸，也会变得冰冷肃杀，如同那背后穿心一剑，冰冷绝情……

她不知道自己是否应该庆幸，她并没有看到楚泓那一刻的表情。可是在梦中，她却在另一个人的脸上生生看到了。无比清晰，无比真切，让她更加难以忍受。

在自己梦中刺自己一剑的人竟然变成了谢东仪，为什么？

心脏疼痛得无法形容，仿佛剑伤依然清晰地刻印在那里。是因为现实中的那个人，还是因为梦中的这个人？抑或两者皆有？

记得最后，她还呼唤了他的名字……不对，那个名字不是谢东仪！而是个完全陌生的名字……是什么呢？是什么呢？

看到她脸色发白，谢东仪吃了一惊：“怎么了？是内息不稳？”一边说着，拿起她的手，两指贴在腕上感受脉象。

温热的触感传来，司玉逐渐从臆想中清醒，自己这是怎么了？刚才那一瞬间，诡异的思维和心疼，仿佛更换的不是身体，而是灵魂的一部分。

算了，不要再想了，那只是一个梦，一个梦而已。

看到谢东仪紧张的表情，司玉心神稍安，道：“我没事。”

“刚才你脸色不好，气息波动剧烈，几乎有走火入魔的前兆了。”谢东仪神情严肃。

“这么严重！”司玉吓了一跳。

“你刚刚与凤凰木融合，这个时期最忌情绪波动过剧。”

“等等，你一直说的凤凰木，到底是什么啊？”司玉拉住被子，询问道。

“凤凰木是谢家的镇族神器，世代相传，对我们来说，它更有特殊的意义。”谢东仪睫毛轻颤，掩去了眸中跃动的光彩，笑道，“此时已经融入你体内，与你精神灵体相互感应。你功体尚弱，所以暂时封存了它的大部分力量。不过有了凤凰木的灵气底蕴，日后你的进境必然一日千里，也算因祸得福了。”

那也是贺丹妍因祸得福，不是自己！司玉暗暗反驳道。又加上一件谢家的祖传神器，更让她痛下决心，一定要把身体换回来！她穷人一个，可承受不起这么贵重的身体和神器。

谢东仪还不放心，叮嘱几句，出去拿调养内息的药了。

一个人躺在床上，想到那些潜伏的妖魔份子，司玉又头疼起来，怎么才能揭发他们的真面目呢？如果自己需要当一段时间“贺丹妍”的话，岂不无法指证他们了！

对了！刚才谢东仪说过，什么借体转生、移魂换体，都是魔界的妖邪法子。难道，自己这次穿越，也是他们在暗中捣鬼？！

越想越有可能。身体还埋在雪底下呢，一切的转折，都需要先找回身体才能确定。司玉重新躺回被窝，闭上眼睛。暗下决心，明天就去玉青峰找身体去！先想法子变回来，然后再找方法把贺丹妍救醒！

月光洒了满地，昏暗的室内泛起点点银光，空气里带着凉薄的气息。

折角屏风之后，一个身影正对着桌案，聚精会神，不知在摆弄什么。动作轻缓，寂静无声。

素淡的轻纱窗帘忽然无风自动，一道银色身影闪入房内。

清冷的空气沿着敞开的窗户流入，刹那间带起一阵凉意，墨色衣衫被风吹动，屏风后的人动作一顿：“我说过很多次了，你这种习惯很不好。”

“你又在摆弄药草了，好刺鼻的味道。”白郁皱了皱眉头道。空气里弥漫着一种清冷到刺鼻的韵味。

“今天怎么有空过来了，有什么事吗？”

“这句话应该我问你才对。”白郁冷然道。

楚泓看着他，缓声道：“心情平静下来了？”

白郁神色无丝毫波动，平静地看着他：“已经这么久了，我很想听听重点。”

你心中还有芥蒂……楚泓仔细盯着他，却没有把这句话说出来。他心中微微浮起一丝阴霾，他知道，白郁依然信赖他，可以并肩作战，可以生死交托，这点从未动摇。但曾经破碎过的镜子，就算黏合得浑然天成，内部也终究会有裂纹的存在。

波动只是瞬间。他随即抛开这些无谓的情绪，沉声道："前不久，曾有一个意料之外，也在意料之中的人，前来找我。"

白郁眨了眨眼睛，心照不宣地问道："是她？"

"不错？"楚泓笑道，"很惊奇？"

白郁摇摇头："如你所说，意料之中，失去了岳冉，又没有别的同谋，她自然需要找我们合作。在意料之外的是，她若肯和我们合作，早就来找我们了，何必等到现在？"

"说的好。"楚泓抚掌笑道。

正说着，白郁忽然一怔，锐利的视线扫过窗外，嘴角扬起一抹嘲讽的笑意："只是，我很想知道，她前来联络我们，是自作主张，还是魔龙殿的那个小鬼终于想通了，肯放下面子来求助我们了。"

"白城主，请注意你的言辞。"冷冷的声音从窗外传来，"玄王殿下入主魔龙殿日久，天威难测。做臣子的理当谨言慎行的好。"伴着声音，一个窈窕的身影出现在窗外，阴影下隐见清丽的唇角。

"臣子？我可不记得我有向魔龙殿称臣过。"白郁耸耸肩。

窗外的女子冷哼了一声："白城主可真是心怀故主啊！"那个"故"字咬得分外重些，方继续道，"其实，对白城主的忠心，殿下也时常感佩不已，所以才对皇城遗脉处处留情。只是，殿下最厌恶尊卑不分，恃宠生娇之辈，所以白城主还是小心些的好。"

白郁哈哈一笑，道："玄王殿下的本事在下向来佩服得很。只是岳冉都死了那么久，迟迟不见你来联络我们，害得我还以为神通广大的玄王殿下早已在天源山埋下了别的底牌，不需要我等微末之辈了呢。"

"天源山的事情，殿下自然胸有成竹。"

"哦，那就请指教一二。"

"堂堂十二御城之一的青丘城主面前，我这个小卒子可不敢当指教二字。前些日子，关于合作一事，我已经与墨先生反复商议过了。可惜啊！那时候白城主正忙着与天源宗的美人玩你依我依、情深意切的恋爱游戏，自然顾不得这等微末小事了。”

语气里充满了浓浓的嘲讽，白郁神情一冷，却难得的没有出言反驳。

窗外人一笑，还要继续，楚泓却已打断两人的争执，笑着调解道：“好了，同为魔界同僚，何必如此斤斤计较。”

似乎对楚泓颇有几分顾忌，窗外女子没有继续说下去，转而正色道：“今晚前来，只是想询问一声，玉青峰已倒，苓泽禁地迟早会有反应，不知先生后续的事准备得如何了？”

“万事俱备，只欠东风。”楚泓自信地笑道。

“那我就放心了，日后就等先生的好消息了。先告辞一步。”窗外的人轻笑一声，说罢身形一晃，如出现时一般突兀，消失了茫茫夜色中。

室内一时冷寂下来。

白郁神色笼罩在阴影下，看不出什么表情。

楚泓首先打破了沉寂，缓声道：“玉青峰风水格局奇特，我早就怀疑它是封印的关键之一。前几天她来找我，提出合作，并告诉了我一个消息，要开启封印，必需有纯阴至阳之身的鲜血为祭，而人选有两个，贺丹妍和司玉。联系之前的推测，我便行险一试。其中贺丹妍一直留在谢婉那里，寻不到下手的机会，便只有用她了。”言简意赅地将事情经过一一道来。

清冷的语调传入耳中，白郁身形一颤。似乎是在咀嚼这份难以言喻的现实，沉默片刻之后，他终于缓缓开口：“是我失职，这些日子辛苦你了。”

楚泓神情不易察觉地一松，笑道：“过去的事情就不必提了。马上就是封印开启的关键，你我同心协力，方不负这些年的心血和族人重托。”说到后来，语调郑重。

白郁亦点头，两人之间早已无需多余的言语，默契自成。

又商讨片刻，白郁很快告辞离开了。

看着他的身影消失在窗外，楚泓终于松了一口气，身体晃了晃，仿佛支撑不住一般，扶住桌子。

快步回到屏风后，他拉开掩在手腕上的衣袖。纤长有力的手腕上，三个指甲盖大小的圆点带着诡异的红色，像是溅上了三滴鲜血般醒目。

接触到空气中的凉意，楚泓身形微颤。长吸一口气，他拿起刚刚配制好的药水，正要涂抹，动作忽然一僵："怎么又回来了？"

"我忽然想起，刚才你身上的味道实在是太刺鼻了。所以很想问问是什么药材。"不知何时，重新出现在他身后的白郁低声道，"若不回来，怎么会看到你这副样子？"

"哈，真是瞒不过你的狐狸鼻子。"楚泓苦笑一声，道："是前些日子炼制一种危险的药材，不慎受了伤。不必担心，我自然会照顾自己。"

"炼制药材？什么药材能有这种威力。若不是功体受创，岂会我进了屋子你才察觉？"白郁上前一步，一把拉住他的手。

毫无防备之下，楚泓身形一晃，竟险些摔倒。白郁连忙将他扶住。感受到怀里强压战抖的身体，白郁真正吃惊了，他很清楚楚泓坚韧隐忍的性格，若不是真正痛到极致，绝不会如此失态。

刚才他议事的时候就闻到楚泓身上隐有药味，但他表面上谈吐自若，显然不想让自己知道。所以白郁也没有当面点破，而是离开之后又偷偷折返回来查看。本以为他只是意外受伤，却想不到这么严重。

扶他坐下，白郁执起他的手，扯开袖子，腕上刺眼的血印立刻映入眼帘。

"这是什么？"他疑惑地看着楚泓。

"一时大意而已。"楚泓缓过气息，苦笑道，"是那天溅上的血迹。本来是擦去了的，只是不知为何，几天之后就又重新出现，时隐时现，疼痛不已。"

"那天……这是她的血？"白郁动作一僵，怔住了。

楚泓将手腕从他手中缓缓抽出，低声道："不必担心，以我的功力，还能够压得下。"

白郁摇摇头："就算是纯阴至阳的血脉天生带有纯净灵气，也绝对不会有这种效果。除非是天生血中带毒，或者有符咒，或者是……"

"可能的推测太多了。"楚泓打断他的话，叹道："没有验证，这些不过是凭空揣摩。”

沉默片刻，白郁低声道：“我今晚去一趟玉青峰，将她的身体寻回，也许……”

楚泓闻言神色一变，抬起头来：“你说什么？！你之前没有替她收敛？”

“没有，她不会希望见到我的。”白郁黯然摇头，转而看见楚泓震惊的脸色，他刹那间醒悟过来：“你已经去找过了！难道，身体……不见了？！”

“这怎么可能？除了你我，有谁知道她的位置？谁带走了她的身体？”白郁难以置信。

楚泓神色依然平静，心中却已掀起惊涛骇浪，他从未如现在这般深切地感受到，有一股他无法推测，也无法捕捉的力量，正在看不见的地方，缓缓推动着整个事态的发展。

到底是谁？是哪只手？在拨弄这一局，让暗潮更加汹涌……

寒冷的雪夜之下，有两人正挥汗如雨，勤奋于某项极原始的劳动……锄地。

一锄头敲在地上，司玉语气带着十足的烦躁不安：“找到没有？”

伴着她的呼唤，灰头土脸的团子土拨鼠一般从地里拱出来，大耳朵耷拉着，无精打采地摇了摇头。

“怎么会没有？！你仔细找过了吗？”司玉难以置信地问道。

感受到主人庞大的怨气，团子往后面缩了缩。

“司玉，你不要为难它，储备粮不会撒谎的。”谢东仪从旁边的岩石上跳下来，“这方圆十里的范围我们都已经挖遍，肯定是没有了。”一边说着，他弯下腰。储备粮“哧溜”一下窜到他的怀里。

“雪崩不可能将身体移动太远，如果此地没有，就必然是被人带走了。继续找下去也是徒劳。”谢东仪冷静地分析道，“你刚刚痊愈，就这么不眠不休地翻找，身体会承受不住。不如先回去，慢慢想办法。你看，储备粮也受不了了。”

司玉转头看去，原本粉嫩的团子已经变成了一颗灰头土脸的小泥球，正缩在谢东仪怀里，可怜巴巴地望着自己。这几天彻夜不眠地在地里翻找，它也累坏了。

司玉灰心地把手里的工具一扔："可恶的楚泓，肯定是被他带走了！"

"也许是生怕尸体被发现后，留下的剑伤被人看出破绽。"谢东仪点点头。

"那怎么办？"万一被楚泓给毁尸灭迹了……想到这恐怖的可能，司玉打了个哆嗦。

"先不用着急。他们苦心潜伏天源山，必然别有所图，只要时刻关注行踪，总是能够找到破绽的。"

"也只能这样了。"司玉叹了一声，又想到，身体被楚泓带走，自己灵魂转移这件事看来多半也是他动的手脚了。只要能够制住他，将来还原还是有希望的。不过，苍天庇佑，千万别给她丧心病狂地毁尸灭迹啊！

第二章

月下知音

冬雪未及消散，枝丫上就已抽出点点新绿，鲜嫩的色彩昭示着充满生机与活力的季节的到来。

不过短短两个月，再一次站在寝室的大门前，却恍如隔世，司玉脚步慢下来，一时间心绪波动感慨。

“吱呀”一声，大门开启，一个俏丽的少女走出。迎面看到司玉，见鬼一般吃惊地睁大了眼睛。

“安小惠？”看到朋友，司玉兴奋地招呼道。

“丹妍？！天啊，我简直不敢相信自己的眼睛了！你怎么回来了？伤势已经痊愈了吗？也不提前打声招呼。”安小惠一步冲上来，兴奋地拉住司玉的胳膊。

与谢婉这些日子的相处，司玉早已经习惯了“丹妍”这个称呼，笑道：“是前几天才痊愈的，这就回来了。”

“那些日子可真是让人担心。妖魔的法术竟然那么厉害，害得你蒙冤不说，还睡了那么久。”长久不见自己的舍友，安小惠攒了一肚子的话要说，嘁嘁喳喳问个不停：“对了，听说这次还是谢执教回了你们本家，取来很稀奇的药物才替你解开妖术的？”

“也多亏了医阁的诸位前辈……”司玉含糊说道。临回寝室前，谢婉专门叮嘱过她，凤凰木攸关谢家秘密，不可轻易透漏。

两人拉着手进了院子，熟悉的场景映入眼帘，司玉条件反射地就想往自己房间走，幸好及时刹车，才没有误入歧途。

隔壁的屋子里寂静无声，白郁不在吗？幸好，她现在还真不知道自己应该用何种表情来面对他。

正想着，“吱呀”一声，门被推开，竟然是白郁走了进来。

司玉动作一僵。

看到站在院中的两人，白郁神色微怔，视线落到“贺丹妍”身上。

那明亮清朗的视线让司玉心脏瞬间漏跳了一拍，她压下心神，笑着招呼道：“白郁，好久不见了。”

白郁神色漠然地点点头，什么也没说就转身进了自己房内。

什么啊？这副表情，好像自己欠他几百万似的，司玉撇撇嘴，这么久没见，也不知道打声招呼！贺丹妍又怎么让他看不顺眼了？

“这些日子白郁的心情一直不太好。也许是因为司玉的事情吧。”安小惠黯然道，“真是太不幸了。”

说完，抬头看向司玉，有点儿担心地问道：“对了，这件事你知道了吧？”

司玉僵硬地点点头，她当然知道，她简直太知道了。

见她脸色不好，安小惠连忙转过话题：“不说这些了。你身体终于恢复，是件可喜可贺的事！你可不知道，你不在的这半年多，可发生了不少事情呢……” 走入贺丹妍的房间，两人坐在桌子前说起闲话。

听着安小惠的讲述，若是平常的司玉，早已兴致勃勃地与她交谈起来，但此时却只能小心翼翼，偶尔回答一两句，生怕露出破绽。

安小惠也是个机灵女孩，说了片刻，眼见司玉神色恹恹，精神不振，立刻醒悟过来：“你刚刚痊愈，理应好好休息才对，我实在不应该拉着你说来说去。不如先睡一觉，这些事情慢慢再说。”

司玉顺势答应，安小惠告辞出门去了。

真正开始了贺丹妍的生活，这才发觉，生活中想要彻底伪装成另一个人，实在是一件很不容易的事。言谈举止，行走坐卧，每个人都带着自己的风格，尤其对贺丹妍这种从小养尊处优的大小姐而言，更不是司玉这种草根阶级能够了解的。

一段日子的生活下来，司玉终于磕磕绊绊上了轨道。也多亏半年多的真空期，让她有了一个很好的变化理由。虽然很多人感觉，那个原本骄纵任性的大小姐，病愈后变得文静冷僻了不少，但想到她经历的变故，倒也无人起疑。而且另一场盛事的到来，也让众人无暇分心于一个回归的同修。

司玉他们入门之后的第一次五部考核开始了。

五部大考每年春天都会定时举行，采取完全自愿的原则——你想不想参加，想参加其中的几门，都是完全自愿。通过其中任意一门，都会计入成绩。等待五部考核全部通过，就可以升入成为天源宗入门弟子，正式拜师修行了。

各人资质不同，有些天资高的，短短三五年之内，就能够将五部考核完全通过。而有些人天资受限，哪怕努力上三五十年，也无法完全通过，就只能选择黯然下山了。

“真有千军万马过独木桥的感觉啊。”弄清楚整个程序，司玉忍不住感叹道。

“千军万马过独木桥？哈，这个比喻说得好。”安小惠拍手笑道，“不过丹妍，你这次不准备试试吗？说不定能够过一科呢，像你最擅长的剑术。”

剑术！司玉嘴角不易察觉地抽搐一下，连忙摆手笑道：“不用了，我今年不打算参加。”

“也是，你刚刚痊愈，还是身体为重。”安小惠点头道。

“你呢？准备试试吗？”司玉问道。

“嗯，我想选择术部和剑部的课程试试。”安小惠道，转而又有些犹豫，“不知道分心两部课程，会不会拖后腿啊。”

“怎么会？这次同时报考两门的人不少啊。”司玉鼓励道。大多数弟子在第一年都会选择自己最擅长的一门或两门试试，毕竟这是极好的验证自身实力的机会，虽然只有极少数弟子能通过。

安小惠也点点头，随即笑道：“不过，听说谢东仪这次准备五部均入呢，现在已经有人偷偷讨论，他能够通过几门了。”

司玉点点头，她也听说了。天才就是好啊！如果她还是司玉，这次顶多也只能参加丹部的考核吧？而且通过的希望也不大。真是人比人气死人！

“他这次说不定能够五部都过，直接升入呢，像三百多年前那位谢家的前辈一样。”安小惠感叹道。

“哪有那么神奇啊，和传说中的人物相比。”司玉随口道。

“怎么不能相比，听说那位谢远殊前辈只是谢家的旁系子弟，在本家一直籍籍无名，到了天源宗才大放异彩。修行短短几年，就功力突飞猛进，术剑双修，又精擅炼器……”

“好了，好了。这样惊才绝艳的天才几千年才能出一个呢。”司玉心不在焉地打断安小惠满怀憧憬的描述，“时间不早了，决定了就去应天阁报名吧。”

安小惠离开后，司玉看看天色，是该去见谢婉的时候了，她禁不住叹了口气。融合了凤凰木之后，贺丹妍功体太低，所以谢婉专门以秘法封印了凤凰木的力量。每隔三天，司玉都得去向她学习炼化灵气之道，以便尽快将凤凰木收为己用。

这实在是让她头疼的差事，谢婉和贺丹妍的关系非比寻常，每次她都得打起十二万分的精神来应付。

来到谢婉居住的峡谷，已是傍晚时分。夕阳余晖照射在玲珑别致的阁楼上，映衬青山万里，碧色如倾，一派云光空濛的旖旎美景。

推开虚掩的房门，一个熟悉的身影意外映入眼帘。

“谢东仪？你怎么在这里？”

“我来找执教归还东西。”谢东仪将手里的沧溟剑略一抬高，笑道。

“执教呢？”司玉左右看了看。

“是姑姑。”谢东仪客气地提醒道，“她刚刚出去了，稍后再回来。”

“我知道了。”司玉无奈地答道，听到谢婉不在，隐隐松了一口气。

谢东仪立刻察觉了，低声笑道：“这么紧张？”

司玉瞥了他一眼，问道：“你就不关心一下？哪怕是为了贺丹妍，我们也得尽快把身体换回来才行。”

“丹妍是我表妹，她的事情我岂能不操心？”谢东仪正色道，“只是如今凤凰木融合的事情刻不容缓，一旦有所差池，凤凰木的威力不是你能够承受的，需认真学才好。”

“我知道。”司玉点头道，一提起这个话题，她心情就烦躁不安，索性岔开话题问道：“今年五部大考，你准备都参加吧，有把握吗？”

“有。”谢东仪言简意赅地答道，平淡简洁的语气里蕴含着十足的自信。

这么爽快！天才这种生物的存在意义，简直就是为了打击我们这些普通人啊！司玉小小腹诽了一句，调侃道：“话可别说得太满哦，天源宗历史上，不到一年的时间内就通过五部考核的天才已经很久没有出现过了吧？不过，上次那位通过的前辈，好像也是你们谢家的人……”

谢东仪神色微动。

“还是名门弟子好啊。”司玉随口叹道。

“这与名门子弟有何关系？”谢东仪笑着摇摇头，“那位……谢家前辈，可从未有过任何名门子弟的待遇。”

“他不是你们谢家的子弟吗？”司玉问道。就算是旁系，以谢家的势力，从小能够得到的教育，也绝对远胜普通人家的子弟。

“他从小流落在外，生活波折，并未在谢家长大。”谢东仪淡然道，“直到很久之后，才认祖归宗的。”

“这么坎坷？”司玉吃惊了，她也在天源宗的典籍上看过关于这位前辈的记载，一掠而过，似乎都是称赞他名门弟子，天资卓绝，智勇双全，最后更是为了斩妖除魔而舍身成仁云云，想不到还有这样的经历。

“那他是怎么……”司玉想要追问详情，却忽闻门外传来细微的响动，是谢婉回来了。

推门看到两人相对而立的情景，谢婉微微一怔，随即浮起笑意，道：“东仪今天怎么也过来了？”

谢东仪微一躬身，道：“是前些日子从执教这里借来的剑已经使用完毕，正要归还。”说着将沧溟剑递上。

“你这次要参加剑部的考核，怎能没有趁手的兵器？”谢婉略一迟疑。

“若是需要借助神兵利刃才能通过，如何让人信服？”谢东仪坦然道。

“也罢。”明白他的骄傲，谢婉收回宝剑，谢东仪很快告辞离开。

谢婉的视线遂转到司玉身上，笑道：“沧溟剑回来得正好，你佩上吧。”

“不必了，我用不到的，还是姑姑留着吧。”司玉条件反射地推辞道，已经占据了身体，如果连人家的贴身宝剑一起据为己有，任司玉多么厚的脸皮也要心虚了。

“我留着它做什么？”谢婉好笑地摇摇头，“你的剑迟早要拿回去，身边没有东西防身怎么行。”

司玉无奈，只得伸手接过，佩在腰间。

看着司玉的动作，谢婉忽然开口道：“这把沧溟剑是谢家的不世神兵之一，本是非谢家子弟不得动用的。你可知道，为何会传给外姓的你？”语气中有些期待，也有些怅惘。

司玉一愣，立刻紧张起来，她最担心的就是谢婉拉着她话家常了，好在谢婉为人爽利寡言，这些日子的相处下来，从未提过谢家往事，才让她平平安安混到现在，可为何会在这个时候提起？

紧张之下，司玉只得以沉默来应对，好在谢婉并不需要她回答，径自讲了下去：“谢贺两家本是世交，你父亲早亡，跟随母亲从小在谢家长大，大哥他们看待你与谢家亲生女儿无异。当年将沧溟剑传给你，却非是为情，而是为了你的资质。以纯阴之体，却秉承至阳至纯的灵气属性，这般天赋禀异者，千百年难得一见。唯有这样的资质，方能将沧溟剑的威力发挥到极致。如同数百年前沧溟剑的上一任主人一样。”

数百年前？司玉条件反射地想到那位三百年前的前辈，但随即又想到，沧溟剑质属阴寒，更适合女子使用，那位三百年前的前辈可是男的啊。

见司玉隐有不解之色，谢婉叹了一口气，道：“也难怪你不知道，都是三四百年前的旧事了。沧溟剑的上一任主人，是我们谢家当时族长的爱女，虽是女儿身，却武功术法无一不登峰造极，天资卓绝，堪称当世无双。”

“可偏偏……”说到这里，谢婉神情中透出一丝冷意，并未继续说下去，反而叹道：“这世间的妖魔最可恨之处，尚不是他们生性残酷杀戮，而在于魅惑人心，亵渎天道，常害得一些涉世未深的人败德沦丧，身败名裂。”

这是什么意思？沧溟剑的上一任主人曾经……司玉前世好歹也看过无数言情玄幻小说，对某些敏感桥段充满了狗血的想象力。那位前辈应该是在某个魅惑人心的妖魔手里吃了亏吧？

没等司玉开口询问，谢婉已转了话题：“罢了，这些陈年往事不必再提。如今你不仅有沧溟剑，更身带凤凰木，只要勤勉不息，将来成就必定远胜于前人，也不枉费我谢家沧溟剑斩妖除魔之盛名了。”

一晚的学习结束，回到寝室里，司玉首先将沧溟剑高高挂起。这神器留着镇宅就好，贴身佩戴总觉得别扭。而且就凭她那点儿三脚猫的剑法，沧溟剑在手也发挥不出多少威力来。

不过，自己确实应该找点儿东西防身才行。身边潜伏着这么多危险分子，手中没有点儿实力怎么行呢？

影虚镜！

首先映入脑海的就是这个陪伴她数次冒险的老伙伴了。

安小惠和白郁一大早就出门去了，趁此良机，司玉小心翼翼地推开久违的房门。

熟悉的陈设逐一映入眼帘，司玉心头一黯。

什么时候才能够光明正大地躺在属于自己的床上呢？司玉坐在床头，抚摸着被褥，黯然想着。

扫视四周，她发现一件奇怪的事，离开这么久，屋子里不仅被褥折叠整齐，整个室内都一尘不染，似乎经常有人打扫。

谁这么好心？司玉暗暗纳闷，难道是白郁？这家伙可不像是会干家务的人，而且也不会这么无聊吧。一边想着，司玉爬到床上弯下腰，上次被白郁发现，她撒谎说镜子是借来的，白郁自然不会扣留。之后，司玉趁他不在，将影虚镜藏到了床内的暗格里。

趴在床上，司玉竭力伸长胳膊，指端果不其然地传来熟悉的触感。

找到了！司玉心头一喜，正要把它拿起来，身后忽然响起一声惊叫：“抓贼啊！有贼啊！救命啊！”

像是入室盗窃的小偷不慎触动了报警装置，司玉吓得一哆嗦，刚拿起来的影虚镜“哐啷”一声又掉了下去。

顾不上拾镜子，她手忙脚乱地从床上跳下来，难道是白郁回来了？

不对啊，这个声音！

司玉一把掀开垂下的幔帐，绕过屏风，冲进了隔壁白郁的房间。

不出预料，一只红彤彤的蜡烛正在桌子上起劲儿的叫嚷着，一边蹦蹦跳跳，充当着警铃的角色。

可就在司玉冲进房内的瞬间，叫声戛然而止，五寸钉身体挺地笔直笔直，好像眼前只是一只再也平常不过的蜡烛，摆在一张再也平常不过的桌子上。

由动转静的过程是如此迅速，要不是太过熟悉，她真要以为刚才的叫嚷声只是幻觉了。

哼，小样儿，才几天没见面，就改弦易辙了，在自己屋里的时候可没见你蹦 得这么卖力。还抓贼呢，谁是贼？！

司玉愤愤然地想着，盯着“叛徒”的眼神越发不善。

“你，你要干什么？”司玉步步逼近，五寸钉终于装不下去了，往桌子沿儿上蹭了蹭，一边色厉内荏道：“你别过来，我警告你啊，我可是很厉害的！你……”

司玉冷哼一声：“是吗，我怎么不知道。”说着冲前一步，一把将五寸钉攥进手里。

“救命啊……啊？你……你是谁？”

被司玉抓到手里，五寸钉条件反射地扭动起来，可挣扎片刻，它动作一僵，像是感受到什么奇异的召唤般，停住了。

它动了动芯子，弯下腰，往司玉手背上蹭了蹭，像是小狗在嗅啊嗅啊。

“喂，你干什么？”司玉不解。

“你是……主人，司玉？”嗅了半天，五寸钉终于迟疑地开口。

司玉吓了一跳。

五寸钉望向她的脸孔，显然非常难以置信：“不对啊，你明明是那个坏家伙，拿着剑要把我砍成十七八截的……”

它还记得恶作剧被揭穿之后，贺丹妍找它算账时的情景啊。

“可确实是主人的气息没错。”随即五寸钉又摇了摇头，“不对不对，又有些不一样，好像多了什么东西？”

司玉大惑不解，五寸钉竟然能够察觉到？难道是因为两人之间缔结过魂咒的关系？据说主人和灵兽之间冥冥中存在着一种联系，可是这种联系在变换身体之后还能继续吗？对魂咒了解不多，司玉无从推测。

“到底是怎么回事？你到底是谁？”五寸钉百思不得其解，烛芯挠了挠身体，问道。

“我是司玉。”司玉承认道。

“真的是你？”五寸钉吃惊地竖直了芯子，随即声音里充满了得意，“我就说本烛的判断从来不会出错。”

转得真快，司玉顿了顿，故意问道：“哦，那刚才喊着抓贼的人是谁？”

“呃……刚才打了个瞌睡。”五寸钉顾左右而言他地转移话题，“不过白郁说你出门去了，很久之后才会回来呢，让我先住在他这边。”

这个无耻的家伙，堂而皇之地霸占自己的“遗产”，还企图欺骗自己的灵兽收归己用，司玉愤愤然地想着。

带着五寸钉回了房间，拿起影虚镜，又将房内收拾妥当，完全看不出有人来过的样子。司玉顺口问道：“这些日子我房间是你打扫的吧？”

“这个啊……是他在打扫。当然，我也有帮忙……”

司玉一怔，是白郁在打扫自己的房间？仿佛心里头某个不易察觉的角落被轻轻撞了一下，尤其视线落到那张熟悉的床铺上，一时间说不清楚是什么滋味……

“对了，主人，我有一个秘密要告诉你。”忽然响起的声音打断了她的思绪。

“什么秘密？”司玉连忙问道。

五寸钉神秘地压低了声音：“白郁那个人，他好像是男的哦。”

司玉：“……”

“我可是好不容易才打探出来的。”五寸钉得意地扬了扬芯子。

司玉长吸一口气，问道：“除了这个，你还发现了什么？我不在的这些天里，白郁他有没有说过、做过什么特别的事情？”

五寸钉冥思苦想，半晌才道：“什么都没有啊，回到房间多半就是躺在床上，盯着天花板出神。不过他晚上经常不在，一天见不到几次人的。”

司玉略一沉吟，道：“你以后继续留在这里，见到我，就当是见到贺丹妍。还有，今天遇到我的事情也不能向他透漏……”一边仔细地叮嘱着，她返回白郁房间，将五寸钉放到桌子上。

“为什么？”五寸钉大惑不解，“你要去哪儿？把我带上吧！白天没有人陪我说话，很没意思啊。现在屋子里整天没人……”

“别吵了。我就住在隔壁，因为一些原因，暂时不能带你走，你先乖乖留在这里。白郁的动向，你给我好好注意着点儿，有什么情况立刻向我报告。知道吗？”司玉板起面孔，严肃地吩咐道。

抗议无效，五寸钉只得无奈地点了点头，依然委屈地问道：“那你以后会带上我吗？”

“放心吧，我会经常过来找你的。”司玉笑眯眯安慰道。哼，白郁啊白郁，让你随便乱动别人的东西，这下子给我逮到机会了吧，正好在你身边安插一只全自动监视器。

正得意的时候，却有一个冷淡的声音从背后响起：“擅闯他人房间，似乎不是贺大小姐这般名门淑女该干的事情吧？”

司玉身形一僵，为什么这家伙总是在自己最不想见到他的时候冒出来呢？你就不能改改神出鬼没的习惯？

可能司玉的表情过于震惊，或者因为她迟迟没有反应，白郁瞥了她一眼，重复一遍道：“陋室独居，贺大小姐来我这里干什么？”清冷的声线里蕴含着浓浓的不悦。

司玉眉梢抽搐一下，以贺丹妍的性格，这种时候会怎么办？

什么都不解释，直接走人？还是刁蛮到底，不服气地大吵一架？

白郁的视线落到桌子上，皱起眉头："我的灵兽又怎么得罪你了？"

什么你的灵兽？厚脸皮！司玉在心里偷偷冲他翻了个白眼，但是白郁的话倒是提醒了她，这确实是个好借口。

"哼，谁让它大白天吵吵嚷嚷的，我早就说过，它再打扰我睡觉的话，直接砍成十七八截。"说着不屑地挥了挥袖子，"你既然回来了，就好好教训它，不要老是给人添麻烦！"

白郁没有回答，只是神色阴沉地盯着她。

司玉心神一颤，却依然毫不退缩地瞪了回去；然后冷哼一声，往门口走去，十足的大小姐做派。

从白郁身边经过的时候，他忽然出手，一把攥住她的胳膊。

怎么又是这招？司玉暗叫一声不好，手一甩，喝道："干什么，放手！"

白郁拽住她胳膊的力道反而更重了，手腕一用力，将她拉到面前，冷冷说道："只是想奉劝一句，贺大小姐如果不希望自己也变成十七八截的话，就少到我的房间里来。"

"你……"司玉这次是真的震惊了。这种暴躁易怒的脾气，这种赤裸裸的威胁语气……我知道您老人家是妖魔，但是贺丹妍可不知道，你好歹遮掩一下啊！

而白郁对眼前的"贺丹妍"，似乎连看都懒得多看一眼，更懒得计较自己的态度，手一甩，直接把司玉推出房门。

退到院子里，司玉一个趔趄才站稳了脚步，愤愤地向着关上的房门挥了挥拳头。等转过身，却庆幸地松了一口气。刚才真是危险，幸好没有露出破绽。不过以后去找五寸钉问消息可得小心了，这家伙真不好对付。

夕阳缓缓西落，徘徊了一天的乌云终于化为雨滴飘洒而下。

一个人走在入山的路上，司玉单手结了个简单的法印。

法术就是方便啊！司玉带着小小的成就感看着雨滴沿头顶那层透明

的弧形滚落，在青石路上溅起点点晶莹的水珠。她跃上石阶，透过雨幕遥遥望去，被雨气洗过的山峦碧色更浓，起伏间带着无限美好。

距离谢婉所居的小谷已经不远了，正欲继续上路，忽闻一阵悠远的笛声传来，若隐若现，清雅幽冷。仔细分辨，正是自己要去的方向，司玉心中一动。循着声音向前，走近了，音色越发清幽，如一泓清泉流淌过心胸，郁气尽散，遍地皎洁。

绕过一丛花树，进了山谷。果不其然，在楼畔林中，熟悉的身影卓然而立，笛音正是从他手中的青笛发出。

没有穿一贯喜好的白色，今天的他只是一袭简单的青衫，几乎要与这遍地浓翠化为一色。

司玉止住步子，细心聆听这悠长的笛音，越仔细品味，越觉曲调不凡，清雅中隐含江山万里般开阔的气势，气势中又蕴含着山水田园的平淡自如。矛盾而又和谐的感觉带来奇异的熟悉感，一时间，笛声，雨声，一片清澈空灵。

不知何时，笛声缓缓停止，谢东仪转过身来，笑道："都淋湿了，也不怕着凉。"

司玉蓦然惊醒，这才发觉，聆听的时候，自己的避雨法术竟然失效了，身上已经湿了薄薄一层。

谢东仪好笑地摇摇头，指端轻弹，一个简单的小法术帮她烘干了衣服。

感受着环绕周身的温暖，司玉脸颊微红，笑道："难得听你吹笛子，想不到吹得这么好？平常怎么不见你吹奏？"

"乐曲怡情，不过偶尔为之。"

"骗人的吧？要是偶尔为之也能吹得这么好，那我早就……咳……"司玉就想起自己上学时候，曾经羡慕人家弹琴的风度翩翩，也去报了辅导班，可惜不到一周就受不了那些枯燥的课程和日复一日的练习，当了逃兵。

"若真是偶尔为之，怎么可能吹得这么好？一定练习过很久了吧？"

"也不算久。"谢东仪摇摇头，"旁门左道难登大雅之堂。我等修道之人当然应该以术法武学为要……”

“这话我可不同意。”不等他说完，司玉反驳道，“乐曲不仅能怡情，也是一种本事。比如刚刚你的笛声，不就把我的术法给破解了吗？”

谢东仪忍不住笑出声来，道：“若是只能破解你的术法，我这门技艺可真得好好苦练了。”

司玉有点儿脸红，笑道：“谁让你的笛子吹得太好，我听得都入神了。要事能录下来就好了。”

说到录音，司玉立刻想起她具备全自动录音功能的法宝——慧乐珠。移植冰心草之后，她特意将慧乐珠留给了它，当然也是因为冰心草死死抱住珠子不放，便索性帮它埋在根下，助它吸收灵气修行。也不知道那小东西现在修行得怎么样了？改天找个时间去看看它。

谢东仪问道：“你是来找执教的吧？下午她就出去了，是今次术部考核成绩的事。”五部考核已近尾声，谢婉身为术部执教，这些日子自然忙得不可开交。

想到五部考核，司玉笑道：“对了，差点儿忘了恭喜你，顺利过关，如今已经是天源宗的正式弟子了。”

长达一个月的繁忙考核，众位应天阁弟子各有收获，而其中风头最劲的莫过于谢东仪了。他果然不孚众望，五部皆过，顺利在不到一年的时间内成为正式弟子，打破了天源宗三百余年未曾有过的纪录。消息传来，包括司玉在内的众多同修，虽然吃惊，却也并不意外。毕竟天才之名已经深入人心，这次胜利，也不过为原本闪耀的光辉再添一层亮色而已。

“多谢了。”面对司玉的恭喜，谢东仪笑了笑，“迈上这一层，也不过是大道之行的第一步而已。”

“可就是这第一步，已足够让很多人折戟沉沙了。”司玉叹道。

“何必心急？你不过是起步比别人晚些，才会进展迟缓。”明白她在心急什么，谢东仪柔声安慰道，“以你的资质，如今又有凤凰木之助，将来成就必不可限量。”

“凤凰木可不是我的东西。”司玉摇头道，“而且你刚才不也说了，大道之行，行止艰难。岂能只靠这些外物？当然要凭自己努力才是真本事。”

换成以前，这些话她未必肯说出口，可刚才听了谢东仪的笛声，心情豁然开朗，一直耿耿于怀的身体烦恼虽然仍在，却没有了那种紧迫的压抑感。

“你有这个志气就好。”谢东仪爽朗地一笑，继而又道，“只是何为外物，何为自身，没必要分得那么清楚。我等修仙求道，采纳天地之气孕化灵识，难道不是求的外力？天地之气如此，何况其他。这世间的实物者，如灵兽、神器、兵刃等；虚幻者，如机缘、运气、命数等，皆为外力，皆可为我所用。”

司玉听着，深思之下，深以为然。只是道理归道理，她可没打算接受贺丹妍这种天降横财的机缘和神器。

两人并肩向阁楼走去。雨不知何时停了，雾气弥散，天地间一片空旷畅凉。月色静悄悄升上了半空，将两人的身影拉得悠长。

司玉问道：“正式入门之后，你要入剑部吧，准备拜入何人门下？”

天源宗的正式弟子之间，也是有分别的，有记名弟子，也有亲传弟子。其中多半的弟子都是记名弟子身份。修行之人日常忙于自身求道，很少有时间和精力去教导弟子，甚至很多前辈高人，为了专注一心地提高自身修为，一辈子未曾收过一名亲传弟子。偶尔动心想要收一名，机缘所至，也常常无法遇到天资与性情皆合乎心意的。

作为亲传弟子，所能够得到的指导自然远胜于普通的记名弟子。这是精英教育与普通教育的不同，也是重点培养与遍地撒网的差距。

听了司玉的问题，谢东仪微一沉默，道：“我准备入器部。”

司玉顿时愣了，他最擅长的不是剑术吗？而且以他的资质，听说连剑部首座都赞不绝口，有收他为关门弟子的意思。

看着司玉吃惊的表情，谢东仪忍不住笑了：“很意外？”

司玉压抑下震惊的情绪，点点头。

“既然大道之行，无论在那一部，皆可通神。那么去哪一部又有何分别？”谢东仪淡然解释道。

“哈，这话说得言不由衷吧。”司玉带点儿讽刺地笑道，“大道之行尽皆通神是不错，但先后难易，皆有分别，否则，为何大家都希望入剑部和术部，而不是玄部呢？”

对上司玉不服气的眼神，谢东仪笑了笑，坦率地道：“好吧，说这些场面话是我不对。其实我不想去剑部和术部，是因为不喜欢其中的环境，修行之路本就艰难，充足的灵脉，缤纷的法器，恰当的指导，都不如平淡的心态更重要。当然，其实最重要的还是，我喜欢去器部。”

这个理由倒是够简单，够直爽了。“你同别人说起过吗？”

“没有，你是第一个知道的。”谢东仪道。

司玉有些讶异，本以为他至少会同谢婉商议商议呢。转念一想，又好奇地问道：“如果入器部的话，准备拜谁为师呢？”

自从去年魏振意外身亡后，器部内中一直乱糟糟的。却不是因为有人争夺首座之位，而是恰恰相反，是根本没人想要担任首座。器部自魏振之下的几位长老，都是完全不管事的主儿，只想着埋头苦修。当年他们的实力人望其实未必逊于魏振，却让魏振这个实力稍次的人得了首座之位，也是因为这个缘故。既然连首座之位尚且打动不了他们，对收徒弟的兴趣就更加可见一斑了。

“我不准备拜师了，当个记名弟子就好。”谢东仪爽快地回答道。

司玉又一次震惊了。对他的选择，以司玉的立场，自然无法说什么，可是心中的好奇却难以压抑。

她偏头看着他，眼前的人近在咫尺，冷月之下，清辉之中，如一抹最纯粹的光，飘然出尘。

这个人，真是奇怪啊！明明好像很执著，却又好像很超脱，这种矛盾的特质集中在一个人身上，还是一个世家子弟身上，实在让人难以理解。以他的出身天资考虑，力争上游，领袖群伦才是最正常的吧。可是现在看来，完全不是那么一回事儿。回想起第一次与他见面的情形，司玉还真是难以置信，自己会有与他并肩而立，谈笑自如的一天。

“你，究竟想要什么？”她脱口而出。

谢东仪闻言微微一怔，转过头来，神情带着一丝讶异：“为什么会这么问？”

“不，就是忽然间想到。”司玉回过神来，笑道，“是我唐突了，这种私人问题。”

“人生在世，谁会没有理想，我也不过是俗人一个。”谢东仪笑道，“我很清楚自己想要的是什么，虽然现在看来，它还太遥远，太虚幻，不过我很清楚，自己正在一步步接近这个目标。”

那你想要的究竟是什么？司玉很想接着问一句，却终于没有问出口，那毕竟是太过于私人的问题。

“你呢，想要的又是什么？”没等她发问，谢东仪反而先开了口。

司玉一愣，随即想到，自己所渴望的，当然是仙法大成，然后顺利穿回去，舒舒服服地过日子了。最好是在那个世界，这一身本事也能够施展，到时候自己……哈哈哈哈，日子爽啊！

呃……这个心愿现在好像不能宣之于口吧。

面对短暂的沉默，谢东仪径自笑道：“现在没法说吗？”

“我……”司玉一时语塞。

“那么，如果有一天，你肯将你的秘密告诉我的话，我也将我的秘密告诉你。怎么样？”谢东仪含笑问道，语气像是认真，又像是调侃。

“好，那我们一言为定。”司玉精神一振，条件反射地伸出手来。

谢东仪微一错愕，随即反应过来。“啪”的一声轻响，两人双掌交击在一起，细微的声音敲击在心头。

碧空皓月，白露银霜。千里清辉照耀在相对而笑的两人身上，仿佛时间也悄悄放慢了流逝的脚步。

司玉心头弥漫起淡淡的暖意。以后的日子里，无论是相伴还是别离，是亲密还是生疏，这一夜的清风皓月，谈笑风生，都值得她和他一生铭记。

清晨雾气弥漫，经过昨夜的雨水冲刷，青石台阶明净如玉，司玉爬到半山腰，循着记忆往深山走去。

翻过怪石嶙峋的山野，轰鸣的水声遥遥传入耳中。

到了！她兴奋地跃下巨石。

五部考核结束后，应天阁课程重新开始。司玉准备入山采集几种药草，为接下来的学业做准备，顺路来这边看一看冰心草。

绕过一处凸起的山崖，眼前豁然开朗，瀑布挟带万顷威势翻涌而下，水花四溅。

司玉跳过潭边的湿地，来到一处巨石前。略一探查，结界还在，司玉放下心来。

她双手结印，灵气运转，刹那间光影变幻，石块如融化了一般逐渐消失，眼前现出一片平整的草地。

解开结界，司玉一眼就看到了冰心草水灵灵的小蓝果子，正急不可待地摇曳着，迎接主人的到来。可等司玉的容颜出现在眼前，它欢乐的姿态却瞬间定格了。

司玉苦笑一下，她俯下身来，冰心草像是受惊一般，闪身往后退，想要逃离这陌生人。

司玉眼疾手快，一把拽住它的叶子："喂，别跑啊，我是司玉。"

冰心草一只叶子用力地扳住司玉的手指头，想把自己受禁锢的另一片叶子解救出来。完全没有听司玉说话。

"喂，不用这么害怕吧，我又不会吃掉你。"司玉无奈地摇摇头，干脆捏着它的小细腰，将它整个儿拎到自己眼前，然后伸手轻轻弹了弹它的小蓝果子，道："别紧张了，我说我是司玉啊。唉，我就知道你认不出来了。"

冰心草总算听懂了她的话语，挣扎的动作一僵，果子一颤一颤地，仰头看着来人，似乎不能理解。

司玉也在打量着它，嗯，这些日子不见，果子越发圆润晶莹了，看来修行进展得不错。对了，慧乐珠呢？司玉上前一步，探头向"草窝"里看去。

咦，好像没有啊？司玉伸手往土层里拨了拨，还真的不见了。

见到司玉的动作，冰心草明显不乐意了，又一次剧烈扭动起来，两片草叶用力扳住司玉的手指，抗议她擅自翻动它隐私的举动。

算了，谁知道被这只鬼精灵藏到哪里去了！只要它自己用着舒服就好。

司玉本来还想问一问，好歹慧乐珠也是一件难得的法宝。可看到冰心草生疏甚至敌对的姿态，显然还没有相信自己的身份。

这也难怪，自己现在这副脸孔，仅凭说两句就让人相信也太不现实了。这次她只是来看看冰心草是否安全，没有必要打扰它的生活。

想到这些，她将冰心草放回窝里，仔细叮嘱道："你先在这里继续修行吧，慧乐珠要好好保存。知道吗？那可是我好不容易得来的东西呢。"说着戳了戳它的小脑袋，松开了手。

冰心草有些奇怪地仰头望着这个陌生又熟悉的主人，以它现在的心智，还真无法判断司玉的话语是真是假。

长叶片挠着冰蓝果，呆呆的样子格外可爱。司玉看着好笑，忍不住蹲下身来，继续道："我只是不小心穿越成这副模样了。唉，虽然变成了大美女，不过还是喜欢以前的样子啊，你也这么认为吧？哈，不用着急，总有一天我会变回去的。可恶的楚泓，等我拿回自己的身体，一定要你好看！"

充满朝气地喊了一嗓子，司玉自觉心情好转了不少，至于冰心草是否听懂了她的解释和抱怨，那就不在她考虑范围之内了，反正现在这株小草日子过得很宁静，等自己恢复身体了再来找它也不迟。

一边想着，司玉重新结印，将幻术结界仔细封上。

沿着曲折的山路，她的身影很快消失在一片葱绿浓翠中。这时，冰心草后方的石壁忽然颤动起来，像是平静的水面投上了一块石子，幻影虚化。一个身影缓缓呈现，望向司玉消失的方向，黑曜石一般纯粹的眸中闪动着异样的光彩。

第三章

宝库现世

“你说的是真的？”

“我亲耳听到的，当然不会有假。”五寸钉言之凿凿地说道，“前天回来，我听到他和另一个人在外面房间谈话，提到什么苓泽禁地，还有封印，还有……”

“还有什么？”司玉心急地问道。今日趁着白郁不在，她偷偷潜入，询问五寸钉消息。

“这个……他们的声音实在太小了，我听不清楚，反正谈了很久。而且这几日三更半夜，他都会换上衣服出门去，也不知去了哪里。”五寸钉小声道。

司玉略一沉吟，问道：“和他说话的人是谁？”

“看不清楚，不过应该是个女的，而且声音好像有点儿熟悉。”五寸钉长长的烛芯挠着身体，犹豫不决地说道。

“女的？”司玉惊讶，她以为和白郁密会的人肯定是楚泓呢，难道还有别人？！

“啊，对了！我想起来了，他们还提到过柳无相这个名字。”五寸钉摇摆着芯子，说道，“好像说，他那边准备好了什么的。”

司玉微一错愕，术部首座？

…… ……

白郁他们是不是又在暗中筹划什么阴谋了？司玉暗暗思量着，叮嘱五寸钉这么久，这还是第一次得到有用的情报。

正想着，一个和婉的声音打断了她的思考：“丹妍，在想什么？”

司玉回过神来，对上谢婉疑惑的目光。她连忙道：“没什么，姑姑您继续说吧。”她此时正在谢婉房内进行凤凰木的课程补习。

“这几天你似乎精神不太好？”谢婉却没有继续讲述，而是蹙眉问道，“是不是有什么心事？”

“没有。”司玉掩饰地一笑，道，“只是刚才姑姑说的那些，我有些不解，不觉陷入深思之中了。”

谢婉叹了一口气，道：“这些道法对现在的你来说确实过于艰涩了，尤其你爱好剑术多于这些，只是此事关系你切身利益，不可轻忽……”

听到剑术一词，司玉又小小地心虚了一下。这些日子她打着身体未愈的旗号，剑术造诣的变化尚未有人注意，但是继续拖延下去，迟早会被人发现破绽。不想再谈这些，司玉打断道：“姑姑，这些日子我看你精神也不佳，是术部公务繁忙吗？”

“唉，是天源山灵脉最近波动奇怪，大量涌入地下，继而集中在几个地点涌出。”谢婉心事重重地说道。

司玉惊讶，天源山被世人誉为圣山，便是因它地处天下灵脉之巅，是整个天地间灵气汇聚凝结的中心，其中更有灵气最为纯净的十二处地方，被称为十二灵穴，是修仙者梦寐以求的风水宝地。内中所蕴灵气之纯厚，在其中打坐潜修一天，可比在凡俗间的一年。

“难道是……是灵穴那里？”司玉试着问道。

“不止是灵穴，尚有数处不可测的地方。”谢婉摇摇头，叹道：“自从三百余年前我天源宗镇宗神玺失落魔界，栋梁之才亦消耗殆尽，十二灵穴多半封存难开，此时发生这等变故，也不知是吉是凶。”

难道是楚泓和白郁他们搞的小动作？不过这种大手笔，已经不能用小动作来形容了。司玉暗暗纳闷，那两人向来谨慎低调，这种举动难道不怕泄露了身份?

“其实，若单以灵气汇聚的迹象来看，反而像是仙府灵穴开光之兆。”谢婉皱眉道，“只是一无盘古神玺，二无天时辅佐，何来这等变故?”

开光?仙府开光不可能的话，难道开的是封印?

司玉立刻问道：“若是封印解开，是不是同样的预兆?”

谢婉顿时惊讶了：“你怎么知道封印一事?”

“我……”司玉话语一滞，脑筋转得飞快，“好像听岳冉提起过，脑中隐约有点儿印象。而且同修之间也常有议论，说天源宗之下镇着什么妖魔之类……”她说的倒是实话，应天阁弟子都是刚入门的十几岁少年，时常凑在一起嘁嘁喳喳议论一些小道消息、歪门传言什么的。

“也罢，世间本无不透风的墙。这么多年过去了，也难怪大家有所议论。竟然连你们应天阁的小孩子们都知晓一二了。”谢婉无奈道。

“姑姑，到底是怎么一回事?”司玉趁机打听。

“我天源宗地下，确实镇压着一位大妖魔，此事一直未曾对外公开，仅是高层弟子知晓。”

“什么妖魔?又为什么会被抓来天源宗呢?”司玉连忙问道。

“详细我也不清楚，此事甚是机密，也只有首座和几位长老他们才知晓细节。”谢婉道，“只是听闻三百年前的那一战之后，魔界皇血断绝，想必与此事有关。”

那个大妖魔，就是自己曾经见过一面的地下美人吧?那种几乎不存在于世间的美貌，难怪人人都说妖魔是魅惑的种族……司玉浮想联翩。

“这些妖魔，连死了也不让人省心。”谢婉叹了口气，道，“魔界皇血妖异，不得秘法，无法消灭，否则天源宗早将其彻底炼化，归于尘土了。”

“皇血?”司玉好奇地问道。

“据说魔界之中等级分明，尤其注重血统尊卑。魔皇一脉为上古魔神蚩尤留下的直系血脉，天生蕴含神力，无可匹敌，一直执掌魔界大统。”

“这么厉害?那万一封印解开活过来怎么办?”司玉吓了一跳。

“不必担忧。”谢婉闻言笑道，“那妖魔已经魂飞魄散，不在三界五行之内。而且自三百年前皇血断绝之后，魔皇一脉再无后人，魔界如今的王权才会逐渐落到玄王一系手中。”

“虽然死了，可是魔界妖法层出不穷，只怕死而复生也有可能。要不然前些日子，岳冉那些妖怪为何要潜入天源宗呢？既然这人如此重要，会不会是有人在暗中捣鬼，企图解开封印，救那人出去呢？”记得白郁第一次被揭发身份后，向自己提起过来这里的目的——是为了寻人，应该就是那只被封印的妖魔了。如今她不能直接揭发他们，但也可以旁敲侧击。

谢婉摇头道：“你有所不知，前些日子岳冉之事过后，为防天源宗内部再有妖魔寄体，术部专门以秘法搜索了一遍，并未发现异常。想来再有妖魔的可能性不大。”

司玉吃了一惊：“啊！已经查过了？可是……”明明楚泓和白郁都还在那里啊？

谢婉略一沉吟，又道：“只是魔界法术确实厉害，不可不防。尤其这么多年未曾与他们交手，只怕有了新的厉害妖法也未可知。明日我便去禀报首座，提高警惕。”

司玉心头一喜，有了警惕就好，到时候她和谢东仪再见机行事，推波助澜，一定要将楚泓他们的真面目揭发出来。

只是，记得白郁与人密谈时候提到过柳无相的名字，是否应该提醒一声呢？以术部首座的武功，应该不必担忧危险才对吧？

她正犹豫着应该如何开口，远处忽然传来“轰”的一声巨响，威力之强，连坚固的阁楼都震得簌簌发抖。

司玉吓了一跳，怎么了？！

谢婉掠到窗前，映入眼中的是一束白光，纯黑的夜幕下极光般绚烂璀璨，如一道笔直的剑刃直冲云霄，划破黑暗的笼罩。那一瞬间，相隔遥远的阁楼里都恍如白昼。

光华只持续了瞬息，便如同它的出现一般，毫无征兆地消逝了。夜幕又恢复一片宁静。不久之后，周边开始亮起点点星光，是有反应迅速的天源宗前辈，御剑飞行，向那边赶过去了。

“似乎是豁远山一带。”谢婉蹙眉低声道。

“姑姑，您过去看看吧。我不会有事的。”司玉连忙说道。谢婉职责所在，断不能因为顾忌她而有失职守。

谢婉点头道：“也罢，我这就过去。今晚你先回去吧，明日再来。”

司玉走出阁楼，听到头顶上簌簌作响，那是衣袂翻飞的声音。而仰望天际，出现在遥远夜空上的“流星”越来越多，闪烁的寒光逐一划过沉静的天幕。

豁远山那边到底发生了什么？不会与白郁他们有关吧？心事重重地想着，司玉回了寝室。

第二天来到应天阁，五部执教竟然无一人到场，据说是天源宗内部发生紧急事故，全部高层都集中到议事大殿去了。更有甚者，据说连好几位闭关闭了几百年、完全不理外事的老前辈们都被惊动了。五部首座更是齐聚主峰大殿，从昨晚一直商议到现在。

这个消息让司玉越发疑惑不安，众弟子也无心上课，对昨晚的异象议论纷纷。

相比起惊人的异象和天源宗高层的异动，一个再也普通不过的弟子的失踪，变得微不足道起来，甚至没有引起任何人注意。但是当他重新回到应天阁的时候，却在整个应天阁，乃至整个天源宗掀起了轩然大波。

因为他带回来了一柄剑！

“听说了没有，前几天晚上那场变故是陈垣那家伙闹起来的呢！”一大清早，一个少年就凑到朋友身边，刻意压低了声音说道。

“他？怎么可能？你可别骗人。”少年疑惑道。

“我怎么可能骗你？前几天晚上的异象，确实是这小子弄出来的。要不你看他这几天怎么没过来上课呢？”

“可能是因为什么事情耽搁了吧，他最近不是痴迷炼药吗？说不定是入山采药去了。”

听到有人暴料，周围的人纷纷关注。司玉想了好大一会儿，才想起这个有点儿耳熟的名字是谁，不就是当初被岳冉害死的三个天源宗弟子的舍友吗？也就是指证贺丹妍的圆脸少年。记得他那晚受了很大的惊吓，过了很久之后才重新出现在课堂上，而且整个人都变得沉默寡言了不少。

“你听我说，陈垣那小子为了炼药，前一阵子向贾执教借了几个玉瓶你记得吧。前几天晚上他正要去贾执教那里归还，结果就在路上出了事。”说到这里，暴料的少年故意停顿了瞬间，看到四周同修纷纷瞩目，才得意地一笑，继续道，“听说他走在路上竟然跌进了一处地洞里，然后，嘿，也不知是走了什么狗屎运，竟然被他捡到了一柄剑。你说，这样的好事怎么就没有轮到我头上呢？”

“什么？你说那天晚上发出的光，是他捡来的剑发出的？瞎吹吧，什么宝剑能够有那么大的威势？你当神器出土呢？”后面一个少年不信，反驳道。

“刘郧你别不信，我可是从我大哥那里得来的消息。”报信的少年言之凿凿地说道。

反驳的少年不说话了，众人都知道，这个叫罗豪诚的少年有一个大哥，拜在剑部一位颇有威信的长老门下。

众人顿时议论起来。

“走在路上也能捡到神器，哪有这种好事？”

“对啊，贾执教的居所，我也去过好几次了，可从来没见过什么地洞。”一个少女也疑惑道。

“罗豪诚，还有什么别的消息没有？”

“这个……就听说他莫名其妙进了一个地洞，后来就捡到宝剑了，详细的情形我也不清楚。”罗豪诚摸着脑袋道，继而一拍掌，“啊，对了，我听大哥说，那把剑叫湛清剑，是几千年前一位天源宗前辈用过的呢，厉害得很，不然也不会有那么大动静了。”

“哗啦……”司玉一颤，手里的书险些掉到地上，面上不动声色，心中却已经掀起滔天巨浪。

湛清剑！这个名字她记忆犹新，在天源宗的地下宝库里面，她亲眼见到过这柄剑。

难道说陈垣也进入那个神秘的宝库了？

既然她能够进入，那么别人当然也可以进入。而且听罗豪诚刚才的描述，陈垣是先跌入一处地洞，然后才发现的宝剑，前后过程也一样。

心中疑惑不止，司玉走出殿内，在应天阁后面的小树林漫步而行，一边静静思考着。

如果出现的只是单纯的宝库，她并没有什么可焦虑的。可是以她上次误入的经历来看，宝库与那处妖魔封印似乎存在某种神秘的联系。这次无端开启，很有可能就是封印被触动的前兆。

她应该怎么办呢？ 或者说，她怎么才能在不暴露自己身份的前提下，把楚泓和白郁的伪装戳破呢？手中没有任何证据，更何况她还有一层顾忌，自己的身体还在他们手里呢，万一把他们逼急了……

冥思苦想了半天，始终毫无头绪，无意中脚下一绊，司玉歪了个趔趄，连忙扶住旁边一株小树才站稳身子。

手心处传来细微的刺痛，司玉抬起手，掌心沁出一滴血珠，情急之下抓住的树枝是带刺的。

真倒霉，司玉抬脚踢了踢，甩开不知何时绊住脚踝的蔓藤，转身离开。

在她身后，却有一个身影静悄悄出现在树旁，默默凝视着她消失的身影。直到司玉彻底走远，他才向刚才她扶住的树木伸出手。

修长的手指抚过树枝尖刺，一滴殷红的血珠立刻出现在洁白的指端，恍如点缀在白玉之上的血水晶。

珍重地将这一滴血收入随身携带的玉瓶，身影很快消失在林中。

第二天，陈垣的归来引起了明星般的轰动效果，尤其他腰间悬着的长剑更是吸引了所有人目光，碧色的剑鞘古拙素雅，寒气内敛，一看便知不是凡品。

几个与他熟悉的少年立刻围拢了上去，七嘴八舌。

“陈垣，到底是怎么回事？”

“这把剑真的是湛清剑吗？我查过典籍，那可是一千八百年前，天源宗第十九代剑部首座云阳子的佩剑啊！”

“你是怎么捡到它的？在哪里啊？”

陈垣神色窘迫，手忙脚乱，显然不知如何应对。

“喂，你们……”终于，一直被这些少年选择性无视的执教受不了了，额头上隐隐暴出青筋：“统统给我回座位上坐好！这像什么话，上课时间哪能如此放肆？！”

面对执教的呵斥，为首的罗豪诚摸了摸脑袋，嘿嘿一笑道：“贾执教，我们是看到陈垣回来高兴着呢，这不是这么多日子不见了吗。”

“高兴？我看你们是醉翁之意不在酒吧。”贾万慎无奈地摇了摇头，这几个小子平时对丹部的课程没有兴趣，根本看不到人，今日却争先恐后跑来上课，分明是冲着陈垣来的。其实也是因为他日常为人和蔼，罗豪诚他们才敢这么放肆，若换成谢婉，一个冰冷严厉的视线扫过，几个少年早就自动噤声了。

贾万慎暗暗叹了一口气，转头吩咐陈垣道：“你先回座上去吧。”

陈垣低头称是，回了自己位置。自从发生了寝室杀人事件之后，他变得内向了很多，几位至交好友都已惨死，平日孤独一人的他在人群中显得落落寡合，只有对负责照顾他的贾万慎越发敬重起来，连带丹部的课程也突飞猛进。

贾万慎走上台，看着台下前所未有的数量众多的弟子，咳嗽了一声，正色道：“既然大家都迫不及待，我便先说一下吧。此事五部已有公议，陈垣捡到了湛清剑纯属机缘巧合，而且湛清剑性情通灵，已经认其为主。各人福缘所至，心性所归，机缘自不相同，是强求不来的……”一番话说得语重心长，然而台下都是心高气傲的少年才俊，哪里是这种论调能够应付过去的。

台下一片哗然，司玉的视线也落到陈垣腰侧，凭空得到这种等级的神兵利刃，对这个少年来说，也不知是福是祸……

贾万慎头疼地按住额头，连连喝止，终于压下了众人的议论，却阻止不了他们的好奇心。一天的课程结束后，眼见执教走远，众弟子纷纷围住落后一步的陈垣，开始问东问西。

在众人的再三追问下，陈垣不得不仔细讲述起自己离奇的经历：他确实是跌入了一处诡异的地洞，在洞中走了不知多久，就见到了一处神秘的宝库，然后取得了湛清剑。

当听到陈垣捡到宝剑的地方不是一处荒山野岭，而是一整座宝库的时候，整个人群都轰动了。一个无主的、任意捡取的、放满了各色高阶法宝的秘密库房，这是每一个修仙者都梦寐以求的，对应天阁这些身家浅薄的新人来说，更是连做梦都不敢想的。

群情激奋中，依然有人理智地提出了疑问："难道那不是天源宗的宝库？"

"肯定是啊。不过误入宝库，取出的东西理应归还才对吧，怎么可以随便留下？"

陈垣神色一紧，咬着下唇不知该如何说明。

"是因为宝剑已经认主了吧？"一个女孩子满是羡慕的视线落到陈垣腰间。

"究竟是哪里的宝库啊？怎么会没有人看守，让人随便拿取呢？"又有人提出疑问。

"难道是传说中的第十三峰秘库？"一个少年脱口而出。

众人一片沉寂，显然是被这个猜测震撼到了。半晌，另一个少年结结巴巴地问道："可传说那座宝库不是坐落在天源宗第十三峰吗？那么遥远，怎么会到应天阁附近……"

"哼，没见识。"罗豪诚不屑地反驳道，"难道你不知道，十三峰秘库被誉为天源宗第一宝地，就是因为宝库整体已经被人以盘古神玺炼制成一件庞大的法器，天性通灵，哪里会固定在某个地方。"

"对了，记得炼制宝库的好像是天源宗第二代宗主吧。"一个女孩子拍手道，"他老人家好像还留下过一句话，说宝库是'有缘人见之，有缘人进之，有缘人得之'。"

"可天源宗秘库似乎已经很多年没有出现了，也很多年没有人进入了吧。"

"听说是因为盘古神玺失落，秘库无法定位的缘故。"

"听说，里面藏着无数厉害的法宝……"说这话的少年声音都忍不住战抖起来。

"也就是说宝库无主了，也难怪……"

一时间众人议论纷纷，宝库的存在带着无穷的诱惑力，尤其那柄寒气森然的湛清剑在眼前晃来晃去的时候，更让众人倍添自信——连资质平庸的陈垣都有机缘开启宝库，我难道会没有一丝机会？

但是当众人问起最关心的问题——在哪里发现宝库的时候，陈垣却摇摇头，说不出来了。

他跌入宝库之前的那一段路，当时感觉自己很清醒，但是等他从宝库出来，事后去寻找地点时，却始终想不起自己究竟是在哪里捡到这块馅饼儿的了。

这样的答案当然不可能让众人满意，不少人都以为他是在藏私，看他的眼神不免多了几分不屑。也有人认为是天源宗的首座长老们向他叮嘱过什么，毕竟宝藏这种东西放到哪个门派都不可能随意公开。反正已经知道是在通往贾执教居所的路上。

陈垣迟疑了片刻，又开口道：“前几天前辈们在附近仔细搜查了一遍，并未找到任何通道。”

联想到陈垣数日之后才回的应天阁，五部前辈必定早就详细探查过了，众人不免有些气馁。罗豪诚却道：“这算什么？宝库这种东西，自然是有福缘的人才能见到。诸位前辈修为高，可不一定代表他们福缘深厚啊。”

“说得也是，我们也去找找看吧，反正找不到也没什么损失。”

“是啊是啊。”几个少年纷纷点头。

一直在旁边聆听的司玉忽然插嘴问道：“陈垣，你当时是怎么从宝库出来的？”

陈垣转头看了她一眼，神情有些不自在，低头道：“拿起了湛清剑之后，本来还想继续看看，可一阵天旋地转，浑浑噩噩间，就发现自己出现在野外了。”

司玉看他的表情不似作伪，心中暗暗纳闷，听陈垣描述，确实是同一处宝库，但他的经历似乎与自己有些不同，他并没有见到之后的冰晶世界，和那只美得惊人的妖魔。而最重要的是，他出来之后竟然被模糊了关于地道位置的记忆。两次跌入通道的地点她可都记得一清二楚。

缥缈峰上的那一处，已经因蛇妖作乱而破坏殆尽了，但瀑布边上的那一处还是好好的，自己要不要去看一看呢？

当她还在犹豫不决的时候，众多的天源宗弟子已经迅速投入行动了。上山下野，过河爬树，一时间，天源山上处处都是年轻人精力充沛的身影。连课堂间隙，众人议论的焦点也是，今天去了哪里哪里，昨天又探查了哪里哪里。

对此，天源宗高层都是睁一只眼闭一只眼，对众人的探险完全不置可否。而唯一明确提出抗议的就是贾执教了，因为从应天阁到他家的那段路成了众人“关怀”的焦点，贾执教甚至苦中作乐地说，哪一天他如果御剑飞行回家时不小心掉下来，肯定会砸到人，而且还不止一个。

天源宗的这个春天，注定是喧嚣吵扰的。

司玉走出应天阁的大门，清凉的山风依旧清新宜人，太阳已经开始昭示初夏的灼热。长吸了一口气，她漫步往山下走去。

其实她一直很纳闷，为什么天源宗高层迟迟不出面平息这场风波呢？是充分尊重学生的自由权，还是另有目的。为此她特意询问了谢婉，可连谢婉也不知道众位长老们到底是怎么想的，甚至言谈之中透露出一个让她错愕的消息——不仅应天阁弟子，连五部的正式弟子中，都有很多人在暗中搜索这座宝库。

宝藏的吸引力，果然对每个人都一样啊！司玉暗暗感慨着。又有点儿后悔，早知道宝库无主的话，当初自己就多拿点儿了。

“其实首座已经再三告诫过了，得宝与否全凭福缘，不是强求能够得来的，可惜啊……”谢婉忍不住叹了口气，“毕竟已经三百年未曾现世了，如今再现尘寰，也难怪众人动心。”

“宝库难道连几位首座都无法随意进入吗？”司玉好奇地问道。

谢婉点点头，道：“这座宝库是天源宗的重中之重，要想进入必需得到宗主的同意，而钥匙就是宗主的信物盘古神玺。自从三百年前神玺失落后，各部高手也不知为此耗费了多少心血，始终无法将宝库定位开启。”

“那如今怎么会再次出现呢？”越想越觉得是楚泓他们的阴谋。

“也许是神玺失落，导致三百年前的封印逐渐失去法力了，毕竟年代太过久远。”谢婉道，“前几天对地下封印的事情，我特意与首座谈过了。五部如今也格外警惕，此事太过玄妙，反常为妖啊。”

司玉稍稍放下心来，对于封印，天源宗众位前辈肯定比自己更清楚，只要他们加强警戒，单凭着白郁、楚泓，还有那个不知道存在于何处的女子，绝不是众位高手的对手。

几个月后，迟迟找不到线索，众人寻宝的热情慢慢平息下来，应天阁也恢复了往日的秩序。可就在这时，寻宝事件却又一次风起云涌，让本已冷寂的众心再次沸腾起来。

“这就是长春绫啊？”一个女孩子小心翼翼地拉起一条淡青色的长绫，新奇又羡慕地问道。

“是啊，这可是一千多年前的术部长老甄茹前辈赖以成名的神器！”长绫的另一端被一个身材高挑的蓝衣女孩牢牢系在手腕上，她正面带得色地望着四周围拢过来的同修。

“阮小清，你又拿到了什么？”看过长春绫之后，众人又转向另一个同行的女孩。

“我只拿到了这个。”女孩脸颊有些发红，将腰间垂着的玉佩拾起来，老实交代道，“听谢执教说这个有助于日常修行时候安静心神，提纯灵气，是由浸在灵脉中千年以上的美玉雕刻而成……”

这种辅助性的法器虽比不上长剑、神绫吸引人，但也是不可多得的宝物了。众人兴致勃勃地传看了一圈。

“真是可惜啊，宝库里面应该还有更多更好的东西吧。”一个女孩恋恋不舍地将玉佩还给阮小清。

“那是自然，宝库里神器无数。”收起长春绫，蓝衣女孩田萱郑重地点头道，“不过啊，就看你有没有那个福分进去了。”

“那你们去了怎么不挑更好的？”

“这个得看个人机缘，谁知道哪一件和你有缘啊。”

“要是我有幸进入……”

…… ……

就在众人对寻宝探险的游戏逐渐失去兴趣时，应天阁出现了第二个、第三个从宝库里取出东西的人。如果说出现一个是偶然，是特例的话，那么接二连三出现这种状况，在很多人的眼里，宝库这是在热情地向他们招手了。众人寻宝的热情再一次被调动起来。

而第二次取出宝物的田萱和阮小清两人，同样被模糊了得宝前后的路途记忆，只记得是在逐凡峰中瞎逛的时候，跌入了地洞深处，之后的经历与陈垣如出一辙。

于是，逐凡峰又成了众人探查的焦点，被众人翻了个遍，可传说中的地道却始终无人得见，连田萱不死心地再跑了一趟，同样毫无收获。

很快，这样大规模探险的负面效果终于开始彰显了。这天下午，三名往后山去的女弟子在搜查一处山洞时，发现了一只无人看管的小熊幼仔。见它生得圆嘟嘟极为可爱，几个女孩子爱不释手，竟试图将它抱回寝室。结果刚离开山洞，就遇到了归来的母熊。那只母熊本就已有近百年的道行，平时潜藏深山，并不伤人，此次见到幼仔被劫，自然怒不可遏。

三个女孩一时慌了手脚。这时小熊响应母熊，挣扎欲逃，转头咬了一个女孩子一口。那女孩当场高声尖叫，慌乱之下，竟然一剑将小熊给砍成了两段。

见到幼仔的尸体，母熊顿时陷入疯狂。纵然三个女孩的武功加起来胜于对方，奈何她们从未见过如此凶狂的野兽，胆怯之下，三人先自乱了的阵脚。

结果混战之中，三人都被抓成重伤。幸好居住在附近的一位前辈听到了呼救声，及时赶到，才没有出人命。

这件事情如同当头浇下一盆冷水，让沉浸在寻宝热潮中的众人冷静了不少。

夜深人静的时刻，房里静悄悄一片，桌椅在月光下反射着淡淡的晕光。

白衣少年翻身从窗台跃进屋子，脚刚落地，立刻皱起眉头："这是什么味道？"

漆黑的房间里弥漫着淡淡的兰花香气，而香气中又隐隐带着一丝灼热的血腥味儿，混合成诡异却又诱人的气息。

不等屏风后的人回答，他径直绕过去。屏风后的景象一览无遗。

大桌子上满是瓶瓶罐罐，水晶器皿中装着五颜六色的固体、液体。桌子后的人只披了一件素色轻衫，墨色的长发束成简单的一束。白郁目光落到他手中的水晶瓶上，璀璨透明的晶体里镶嵌着一滴嫣红刺眼的血水晶。

刚刚他所闻到的血腥气，难道就是这滴血？不会吧，一滴血而已，虽然他的五感敏锐，远胜常人，但也不至于到这么敏感的地步。

这般浓重……甚至刺激的血腥味，对了，就是刺激！这种气息，当他注视着这滴血的时候，这种感觉更加明显了，仿佛有无穷的热力正从这滴血中散发出来，带给他一种灼热刺激，却又甜美诱人的感觉，让他浑身燃烧般燥热难安……

“这是什么血？”

仔细察看他的神色变化，楚泓将水晶瓶塞拧紧，沉声叹道：“渗入了凤凰之力，想不到威力竟然可以强至如此地步。”

“凤凰之力？”白郁迟疑地问了一句，立刻想到：“这是贺丹妍的血？”

“算是，也可以说不是。”楚泓模棱两可地回答道。

“什么意思？”听出他话里别有玄机，白郁追问道。

楚泓嘴角扬起一抹笑意，却没有直接回答，反而道：“只是个推测而已，容我先保密。不过，如果这是真的，无论对你，还是对我来说，都是个好消息。”他的笑容轻松而满足，疲惫的脸色掩不住眸中晶莹的光彩，像是长久在黑暗中跋涉的旅人终于看到昏黄的灯火。

白郁心神微颤，低声道：“难得见你有这么轻松的表情。”既然楚泓不愿意说，他心中纵有疑惑，也未再追问。长久的至交，两人早已心有默契。

楚泓竖起一根食指，压在唇边，笑道：“你错了，我可丝毫没有感到轻松，现在压力大得很呢。”口上说着压力，神态却是毫不配合，洒脱又带点儿孩子气。

知道眼前这个人，越是到了紧张挑战的时刻，神情反而会越轻松。白郁无奈地摇摇头，他的视线顺势落到他手腕上。

“你的伤怎么样了？”

“已经痊愈了，前几天一位小朋友借给我一件法器，疗伤有奇效。”

白郁点点头，暂时放下担忧，问道：“接下来打算怎么办？如今外面沸沸扬扬了好几个月，事情应该掩不住了。”

楚泓道：“以柳无相他们的智谋，应该早就发现封印被触动的事了。”

“还有我们的身份，泄露也是迟早的事。”白郁蹙起眉头，“五部的那些老家伙可都不是省油的灯。这次事情太大，纵然有柳无相暗中帮忙，只怕也遮掩不了多久，更何况此时他也未必肯再为我们遮掩了。”他倒不怕被揭穿身份，来此冒险本就抱着赴死的决心，但若经历九死一生，最终还是功败垂成，那就太不甘心了。

“而且这次也没有岳冉这个挡箭牌了。”白郁缓声道。

“那可未必，不是还有一个吗？”楚泓伸了个懒腰，站起身来。

“哈，你是说她，凭她的修为？”白郁有些好笑。

楚泓看了他一眼，神色逐渐肃然：“白郁，仅凭你我，就算我们身上没有封印，全力施为，也必是身死事败之局。若没有她提供的线索，我们也走不到这一步。”

白郁沉默了片刻，忽然问道：“难道你就没有一丝怀疑，她知道的似乎太多了吧？前些日子我暗中探查过，并未发现天源山有别的玄王部属。”

楚泓眸中闪过一丝锐芒，轻笑道：“放心吧，纵然她背后另有动作，此时也不必多虑。至少到现在为止，她所做的一切，对我们并无害处。”

白郁看了他一眼，没有说话。对这种近乎走钢丝的行为，其实他并不赞成，但他们两人势单力孤，若不借助外力，因循导势，根本不可能完成任务。

沉吟片刻，他重复刚才的问题道：“接下来我们怎么办？”

“还能怎么办？等啊。该做的我们都已经做了，剩下的就看柳无相了。”楚泓双手一摊，笑道。

白郁瞥了他一眼道：“你不是说他不知道封印开启的方法吗？”

“堂堂术部首座，又研究了这么多年，总会有些成果吧？我们已经替他把前面的路铺好，接下来自然该轮到他出力了。”

看着他一派轻松的神情，白郁沉声提醒道：“你想过没有？如果他真的掌握了解开封印的方法，首先要干的是什么？”

“当然是除掉我们这两只碍眼的黄雀了。”楚泓笑道，“所以我们如今所要做的，就是好好活下去，在封印解开前，可不要真的被他给解决了。”

“哈，天下想要取我们性命的人多了，只怕还轮不到他柳无相。”白郁满不在乎地笑道。他嘴上说得轻松，心中却未有丝毫大意，以柳无相的武功和势力，要解决他们两个功体处于封印中的魔，实在是轻而易举。

明白他外松内紧的性子，楚泓也不再多言提醒，只是笑道：“你有分寸就好。过几日我可能有行动，到时候需要你帮忙？”

“准备干什么？”

“入库内一探。”

“有把握吗？”

“近来我观察宝库出现的天时、地理，基本上能摸出一个大概。”楚泓正色道，“想要在事后活着离开天源山，我们至少得知道，距离封印彻底开启还需多少时间。如今已经过去数月了，裂缝也只容功力低微者进入，练气期以上的修为进入的话就会遭遇反弹。”

白郁略一沉吟，点头道：“这些日子，天源宗的那帮老家伙们也算有心了。故意放任应天阁的弟子乱闯乱搜，就是为了收集更多的线索，为宝库定位做准备。我们正可以趁此时机混入。只是……”他笑道，“一旦我们行动，只怕首座大人也闲不住了。”

“所以啊，我需要你的帮忙。”楚泓笑道。

白郁会心一笑，两人配合默契，片刻就敲定了行动的细节。眼看事情已定，白郁起身告辞。

夜深人静，初夏的夜晚，山间的风带着清新的香草气息，白郁走到窗边，转头笑道：“小心啊。”

明白这是同伴发自内心的关切，楚泓笑着点点头。那道鲜明的白影在月光下逐渐远去，他禁不住将手伸进怀里。隔着冰冷的水晶，那滴血仿佛带着惊人的穿透力，将灼热的温度沿着指尖传递入心田。

变数，总是意料之外的多！如果这一次依然是失望，那只有我一个人失望就可以了，何必再由你来承受。

司玉坐在位上，一边听台上讲解，一边不时对照着手中的术法典籍，凝神思索。最近术部事务繁多，谢婉脱不开身，应天阁的课程暂时由另一名弟子代劳。这位新执教修为不错，学识却不及谢婉，一个复杂的法术，在台上反复讲解了数遍，台下众弟子还是有些迷糊。

一堂课很快结束，司玉合上书，多亏谢婉这些日子里因为凤凰木的缘故，教了她不少艰涩的术法理论，此时听起来，竟然大半都听懂了。至于不懂的几个小地方，等会儿去藏书阁找找资料，或者直接请教一下谢东仪。

心满意足地收拾好东西，正准备回寝室，身后忽然传来一声呼唤："贺丹妍，等等。"

司玉转过身，竟然是素无交集的罗豪诚。

"刚刚课程听得怎么样？哈，我可是一头雾水。"来到司玉面前，罗豪诚先爽朗地打了个招呼。

"还好吧。"司玉微一颔首，等着他说明来意。

"还是谢执教的课程深入浅出，简洁易懂啊。"罗豪诚哈哈两声，笑着问道，"你知道谢执教大概什么时候才会回来吗？"

"这个我也不清楚。"司玉摇摇头，最近术部出奇地繁忙，已经数天没有见过谢婉了。

"看来最近术部很忙啊。对了，你知道吗？柳首座为感应宝库位置，开启了天玄寰宇车，据说已经能将宝库定位了。"

"这怎么可能？"司玉不相信。若柳无相真有本事将宝库定位，早就下令制止应天阁众弟子漫无目的探宝行动了。

"就算不可能，估计也不远了吧。我们天源宗高手无数，唉，一旦宝库定位，可就再也没有机会了。"罗豪诚叹息道。

司玉暗暗好笑，原来这小子是来打听消息的。可惜他找错人了，对此事她确实一无所知。她恳切地道："这些我确实不知道，不过谢执教已经很多天没有回居所了，想必术部最近很忙吧。"

见司玉神情真挚，罗豪诚也不再多问，笑道："你就不着急吗？这些日子大家都在翻天覆地地寻找，我看你好像完全不为所动啊。"继田萱和阮小清之后，应天阁又有几位同修有幸进入宝库，得了神器。虽然有这个荣幸的人，至今全部加起来也只是个位数，也足够让人震惊了。

"宝库本就随缘嘛，强求不来的。"司玉搪塞道。

"想不到你心态这么超然，我原本还以为你脾气火暴呢。"罗豪诚调侃道，"不过也是，你已经有护身的宝剑了，只怕放到宝库里，沧溟剑也是数一数二的。"

司玉掩饰地笑了笑，正要告辞，罗豪诚忽然问道："对了，我们准备明天入山再探查一次，你要不要跟我们一起去啊？"

司玉本想推辞，罗豪诚却继续道："时间紧迫，也试试机缘嘛。这次去的人多，很安全的。同行的还有陈垣在，他是去过一次的人，老马识途。还有楚泓这个医药高手，不用担心受伤医治什么的……"

楚泓也要去？！司玉心神一颤，原本推辞的话语立刻咽了回去，改口问道："一共几个人？"

"暂时就我们三个，不过还想多找几个人。毕竟人多安全嘛。"

自从发生那次母熊袭击事件之后，众弟子入山的行为谨慎了许多，每次都是结伴而行，少则五六个，多则十几个。不过罗豪诚的这个组队理念……司玉暗暗好笑，他如果去后世玩网游，一定很吃得开。这种组队方法，近身搏斗的，远程攻击的，医疗的，探路的，一应俱全啊。他来找自己，是因为沧溟剑和自己在剑法、术法方面的造诣吧，哪里知道眼前只是个冒牌的。

"那我也一起去吧。"司玉答应道，"另外我想再找几个同伴，你不介意吧？"楚泓那家伙肯去参加这种无聊的活动？肯定有所图谋。就凭自己的实力，恐怕不是对手，等晚上去找谢东仪。

"好啊，人越多越安全嘛，不过不是高手可不要啊。"罗豪诚笑道，"这次我们准备走远而一点，去孤风崖那里。"

孤风崖？！难怪要带高手。孤风崖那边奇峰峻岭，瘴气弥漫，算是危险地带了。

“怎么会想去那边呢？”司玉顺口问道。

罗豪诚笑道：“是楚泓建议的，近的地方都被人走遍了，那里可从来没人去探过呢。”

楚泓建议？更可疑了！

两人约好了碰面的时间地点，司玉告辞走出应天阁。

初夏的太阳璀璨耀目，映衬漫山遍野浓翠欲滴的树木，整个天源山满是蓬勃的气息。

等着瞧吧，无论你在打什么坏主意，这次一定要你栽跟头，还得把我的身体弄回来。司玉朝气蓬勃地想着。

第四章

寻幽探秘

清晨的阳光被浓密的树林筛成细碎的光点，一阵山风吹过，满地金光交错闪烁，掩映在浓浓绿荫中。

凉爽的风带走了热意，司玉擦擦额头上沁出的一层薄汗。

这一片林地是通往孤风崖的必经之路。林子里瘴气浓重，清晨时分皆潜伏于地表，如水波一般极易惊动，聚云珠之类的法器都不能动用，更不要说御剑飞行了。徒步行走了片刻，众人已经行至林子最深处。

“快到了吧？可惜我们没有利害的祛毒法器，不然也不必走得这么慢了。等会儿去了宝库，要不先找件避毒的东西？”罗豪诚兴奋地说道。他一路甚是心急，接连催促众人快走。

“哈，等你有幸进了宝库再说吧。”同行的田萱打趣道。

“田大小姐既然能进去一次，当然也能进入第二次了。”罗豪诚笑道，视线落到系在她腰间的青色长绫上。

田萱笑了笑没有回答。取得长春绫之后，她也曾不死心地试着入山探寻，却再也没有第二次进入宝库的机会。

“大家走慢一点儿，惊动了地面的瘴气对身体不好。”陈垣好意提醒道。虽然众人入山之前都服用了避毒药剂，但入了深山，瘴气越来越浓厚，还是小心些为好。

司玉转头看向楚泓，他正一脸平淡，脚步不快也不慢地向前走着。另一边的谢东仪也是如此。三人组成了格外沉默的队尾。

司玉、谢东仪、楚泓、田萱、罗豪诚和陈垣六个人组成了这只简单的探险小队。队伍里面有两个，或者说三个曾经进入过宝库的人，还有谢东仪、楚泓这些剑术强人，更有长春绫、湛清剑、沧溟剑这些神器同行，实力在诸多探险队伍中绝对顶呱呱。所以罗豪诚才这么自信满满。

走过一段路，前面的陈垣“咦”了一声，停下脚步。司玉顺着他的视线望去，左边的山崖上，一根火红的树枝从那边探出头来，金色的树叶在阳光下熠熠生辉。

“是碧霄树？”凝神细看，司玉忍不住惊叫一声。

碧霄树是一种极其罕见的神木，无根无种，只感应天地灵气而生长结果。此地能够出现这种树木，说明必定是一处灵气充沛的灵穴。更神奇的是，因为地脉灵气的不同，它还会结成不同的果子。

“这就是传说中的碧霄树啊。”田萱上前一步，睁大了眼睛。听说服用其果子，对修仙者的功体修为大有裨益。

“这棵树结果子了没有？想不到宝库没遇见，先捡到了宝果。”罗豪诚兴奋地搓搓手。

“看树木的形状，应该已经成熟了。”楚泓在后面道。

田萱闻言，立刻动手，手指轻弹，一道锐光直射树木。树干受不住力，金黄的叶片簌簌直落，藏在枝叶深处的两颗土黄色果子显露出来。

“真的结果了！”罗豪诚兴奋地叫了一声。

陈垣也忍不住上前一步。

随着树叶飘零，一阵风过，司玉莫名地打了个寒战。那边田萱却迫不及待，脚下一顿，身姿飘逸如仙，向崖上掠去。

“等等！”谢东仪忽然一声断喝，身影飞速向前掠去，一把抓住了田萱的胳膊，将她硬拽了回来。

“你……你干什么？”被拉扯回地上，田萱神色一沉，不悦地问道。一边恋恋不舍地看了崖上的果子一眼。

“上面还有别的东西。应该是猛兽之类，我感觉到不同寻常的气息了。”谢东仪言简意赅地道。

“什么？”几个少年吃了一惊，纷纷往崖上看去。金黄色的叶片飘零中，一片寂静的美，周围幽静祥和，并无任何异状。

“似乎没有什么问题吧？”罗豪诚试探着问道。他深知谢东仪的修为在几个人中是最高的，他既然出言警惕，必是有所发现。但耐不住果子诱人啊。这种天地间灵气凝结的宝物，百年难得一遇。

陈垣也转头望着谢东仪，显然大家都不可能放弃。比起虚无的宝库，眼前的果子更实在、更诱人。

“我也感觉到不对劲儿了。”司玉补充道。

众人犹豫，田萱看了看四周，忽然自信地一笑，素手按住腰间，原本系在她腰间的青色丝绫立刻光芒大作。

田萱捏着法印，一声“去！”瞬间青色的长绫如有了生命一般，往悬崖上卷去。

长春绫系在腰间时只是普普通通的三尺长绫，施展开来却猎猎生风，鼓舞拉长，一瞬间铺天盖地满目青光；层层飘落的金黄落叶中，如青色灵蛇一般往碧霄树翻卷而去。

眼看青光就要将整棵树笼罩住，田萱不免得意，这还是她第一次在众人面前施展长春绫的神威。却不料异变突生，原本飘落的半空中金黄色树叶忽然动了，叶脉发出金光，直刺长春绫而去。

同时，叶片形状逐渐变化，两边颤动起来，如昆虫的羽翼，不再随风落下，而是振翅高飞？

司玉目瞪口呆地看着落到她面前的一片叶子折出翅膀，伸展开腿脚，这是……一只蜜蜂？

伪装成叶脉的身体比普通蜜蜂稍大一点儿，生着蜜蜂的斑纹，两翼却光华璀璨如金色的蝴蝶。

“大家快后退！这是玄蜂！”谢东仪脸色变了。

“玄蜂？！”司玉脑中尚未来得及反应出玄蜂是什么东西，那只漂亮的蜜蜂已经“嗡嗡”向她扑过来。

一道锐光闪过，是谢东仪一记凝冰术直射玄蜂。

刚刚结束拟态的玄蜂躲避不及，一击即中，身体立刻结了一层薄冰，可冰层未及扩展到两翼，玄蜂猛烈地震动翅膀，将冰层抖了下去。

司玉大吃一惊，谢东仪的功力她很清楚，一击竟然杀不死它。她后退一步，拔出沧溟剑，趁着那只玄蜂尚未恢复活动，狠狠一击劈下去，将它削成两段。

掉在地上的玄蜂尚未立刻死去，挣扎了片刻，才终于不动了。

司玉这才想起玄蜂是什么。它是一种形似蜜蜂的妖虫，酷爱拟态。两翼本为纯黑，故名玄蜂，但在日光下可以变幻不同颜色，方便其伪装成树叶等物。玄蜂生长在瘴气浓重的地区，尾针天生带有剧毒，毒性剧烈无比。记得书中曾经记载过，有一名修仙者上山采集药物，遇到了一只玄蜂，将其斩落丢在了水中。他下山之后路过一村庄，发现全村居民竟然尽皆死亡，身体更变成诡异的灰色。就是因为他在山上随手抛下的玄蜂尸体，融入溪流之后使得水中带毒，而不知情的村民饮用了溪水，全数毒发身亡了。玄蜂毒性之剧烈，可见一斑。而且玄蜂喜好群居，就算是功力深厚的修仙者，遇到了大群的玄蜂也很危险。

飘落的树叶停滞在空中，慢慢化作密集的金色昆虫。“嗡嗡”的振翅声越来越响亮，混合在一处，带着让人毛骨悚然的节奏。

众人纷纷后退，唯一让他们欣慰的是玄蜂并没有注意他们，它们全部的精力都放在长春绫上了。

数只玄蜂领头，往长春绫上撞去。好在长春绫是天蚕冰丝织成，布料这种东西本就软不受力，一时也未见有影响。

“怎么会这么多？”陈垣声音战抖，熟知药草的他很明白玄蜂是一种多么危险的生物。

“是因为有碧霄树的果子吧，周围瘴气浓厚，灵气也充足，正适合玄蜂生长。”罗豪诚紧张地道。

“单凭这里的环境和几只碧霄树果，还不至于让如此多的玄蜂集合。”谢东仪摇摇头。玄蜂虽强，但生长不易，极少能聚集如此之多。

司玉忍不住看了楚泓一眼。他正目光灼灼地盯着悬崖，神情与陈垣他们一般焦虑，并无异状。

那边田萱惊叫一声，扑向长春绫的玄蜂越来越多，每多一只，长春绫的光芒就弱小一分。不一会儿，整条长春绫几乎变成暗金色，光华萎靡。

田萱咬了咬唇，双手结出法印，一声“变！”。长春绫瞬间缩小成一根细线，无处凭依的玄蜂纷纷跌落下来。

“起！”随着又一声召唤，长春绫激烈翻滚起来。上面残留的玄蜂纷纷跌落。

田萱又是一声：“破！”长春绫青光大作，化为一条细细的鞭子，向四面蜂群猛烈地抽打起来。

神器威能果然名不虚传，青光所到之处，玄蜂纷纷躲避，而避不过被抽中的，跌落到地上，羽翼散落，身躯断裂。

司玉稍稍放下心来，原来还是有克制方法的。

谢东仪反而皱起了眉头，低声喝道：“别抽了，小心……”未等他说完，数只玄蜂已经“嗡嗡”叫着，往田萱站立的地方扑过来，显然发现她是催动长春绫的罪魁祸首。

田萱尖叫一声，女孩子天性害怕虫豸：“回！”她连忙手一招，长春绫在半空中打了个转儿，急速向她归来。

她这一动作，原本没有注意到这边的玄蜂也发现了她的存在，黑压压一群向众人直扑过来。

“玄蜂属土，兼带火性，以水木两种属性的法术对付效果最佳。”谢东仪喝道。

几个人连忙行动起来，凝冰术，木叶鞭等术法层出不穷，无数银色、绿色的光点向蜂群迸射而去。奈何架不住对手实在太多，众人只能且战且退。

谢东仪和楚泓剑法高明，司玉和陈垣手中都有宝剑护身，蜂群虽多，一时间尚奈何不了他们。危险的是罗豪诚和田萱，尤其是田萱，虽有长春绫护身，但袭击的玄蜂至少有一半聚集在她那边，不一会儿就险象环生，全靠谢东仪和楚泓不时支援，才勉强支撑。

但玄蜂越来越多，根本杀之不尽。几个人都已手脚酸软，这样下去，迟早会支撑不住。

“快到中午了，瘴气会蒸腾扩散，我们不能久留。”陈垣和罗豪诚背靠背站在一起，一边挥剑砍飞几只来袭玄蜂，一边提醒道。

“后面……山头后面有水潭，玄蜂……畏水，我们可以先躲进那里面去……”罗豪诚气喘吁吁地说道。为了行程顺利，他详细钻研过这一路的地形。

几个人精神大振，一边小心翼翼砍杀玄蜂，一边向罗豪诚所指的方向挪动。

绕过山头，果然看到一处水潭，奔涌的河水流过高岩，在山壁前方汇集，水质清澈，凉意沁人。

“丹妍，你和田萱先进入！”谢东仪喝道。

司玉犹豫了瞬间，而那边田萱已经退到水潭边，迫不及待地纵身向里一跳。

“哗啦”一声，水花四溅，田萱隐入湖底。失去了目标的蜂群围绕在她落水的地方盘旋轰鸣，迟迟不肯散去。

“贺丹妍，快点儿！”一边挥剑抵挡蜂群，陈垣也催促道。

眼看留在岸上也帮不上忙，司玉转身正要往水里跳，湖面忽然翻涌起水花，竟然是田萱又浮了上来，挣扎拍打着水面。

看着她诡异的动作，司玉一惊，难道她不会游泳？可是以她的修为，就算不通水性，暂时在水中闭气总能做到吧？

蜂群一见她露头，立刻蜂拥而上。田萱却也顾不得了，惊声尖叫道：“水底下有东西，在拖着我！有东西……”一边喊着，她手臂挥舞挣扎，往岸边伸过来。

一边挥剑挡开玄蜂，司玉前冲一步，拉住她的手。正要用力，却猛然感觉一阵巨力传来。猝不及防之下，连她自己也被拉扯入湖中。

身后传来数声惊呼：“贺丹妍！”

纵然已是盛夏，山间的湖水依然寒气侵人，浑身被冰凉的湖水笼罩，司玉打了个寒战，刚刚入水她就感觉下面传来一股巨大的力量，将她硬生生往下拽去。

她伸展开手脚，想要向上游动，可那股吸力像是一根看不见的绳索，牢牢捆住她的手脚。

她勉强向下方看去，湍急的漩涡中明明没有任何怪鱼野兽，这股巨大的力量是从何而来？

因为水流冲击，田萱也和她失散了。就这样被水流拉扯着，推搡着，司玉昏昏沉沉跌入水潭深处，不知过了多久，眩晕的感觉消失，她清醒过来。

她正躺在一片平地上，或者说是一处洞穴里，四周是黝黑光滑的石壁，带着丝丝凉意。

已经有过两次经验，如果说此时司玉还不明白自己身置何处的话，那就是笑话了。

可是这里是湖底吧？司玉仰头望去，一汪碧蓝的水光，如同有一层看不见的玻璃，将水挡在外面。昏暗的晕光透过湖水折射下来，不时随着水波晃动荡漾。

湖底下竟然也有通道？！这些密道，当年究竟是人为的，还是天然形成？

似乎只有自己一个人跌下来。心系上面的战况，司玉纵身跃起，想回到湖里。可撞到水面，竟如撞到了一层海绵，软绵绵的力道传来，将她弹了回来。

出不去！怎么回事？司玉连接试了几次，连沧溟剑都用上了，上方那层无形的墙壁始终无法突破。

自己刚才是怎么进来的？难道这层防护只能单向进入？谢东仪他们敌不过玄蜂，一定会往水里跳，可过了这么久，却迟迟不见有人下来？

司玉心急如焚，却也无法可想。又等了片刻，始终没人下来。她只得沿着通道，向里走去。

已经来过不止一次，司玉堪称轻车熟路。沿着通道走了不知道多久，头脑眩晕的感觉涌上来，眼前一晃，司玉发现自己已经身处一座恢弘深远的大殿中了。

果然是宝库！

重见这熟悉的情景，司玉已经没有了第一次的震撼。依循记忆中的方法，走近大殿中央，不一会儿，宝鼎生辉，光雨降临，无数高架如幻影移行般出现在她周围。

架子上五彩绚烂，宝光流转，都是天源宗千万年来的积累。

司玉穿梭在神器法宝的海洋中，走过一排架子，眼角瞥见左手边的位置上空空如也。她停下脚步，依稀记得，这里正是放置湛清剑的地方。曾经在这个位置沉睡数百年的宝剑如今已经找到了新的主人。

她抬头望向远方，宝库还是那座宝库，法器也还是那些法器，可是却有种不对劲儿的感觉，究竟是什么呢？

这种诡异的感觉……她嗅了嗅鼻子，对了，是味道！

空气里弥漫着一种血腥味。

终于分辨出来，司玉打了个寒战，寒意涌上心头。在这个空无一人的大殿里，她隐约感觉还有另一种存在，一种近乎怨灵般充满血腥和憎恨的存在。

她仔细辨别味道的来源，往大殿一侧走去。

一直走到石壁前，庄严朴素的黑色石壁上依然覆盖着块块参差不齐的冰晶，像是从远方蔓延生长到了这里。可是这些冰晶却不是上一次见过的样子了。

剔透的晶体中多了一些东西。那是一种细细的血红色脉络，纤细到如果不仔细分辨几乎看不清楚。而其中浮动的光点如有了生命般，正围绕着血红的丝线盘旋不止，以一种兴奋乃至疯狂的节奏。

这些冰晶真如同活的血肉一般，还有这若有若无的血腥味。难道里面的红色真的是血？为什么会变成这个样子？冰晶大殿里面呢？

想起那个晶莹剔透的水晶世界，如果整个大殿都长满了这种红色的脉络，司玉打了个寒战，那种景象，想想就让人不寒而栗。

她不禁望向大殿东南角，上一次从冰晶世界跌落到宝库，就是在这个角落。这段时间的术法知识恶补已经让她明白，那里必然有一个阵法联结点，联通这两个诡异的所在。

要不要去看一看？那个冰晶世界如何了？还有那个神秘的美人妖魔……

正犹豫不决，忽然一声呼唤从身后传来：“贺丹妍。”

司玉吓了一跳，猛地转过身，一个熟悉的身影不知何时出现在高架之间，正含笑望着她。

是楚泓！

司玉强压下心头翻涌的震惊，问道：“你怎么下来的？他们呢？”

一边向他身后望去，空无一人。

楚泓简单地解释道：“刚刚我们都跳下水了，当时只觉得一阵眩晕，等清醒过来，就发现自己身处一条地道里了。沿着通道往里走，就到了这里。我猜这就是传说中的宝库吧。”

“你们都入水了？那其他人呢？”司玉着急地问道。

“不知道。”楚泓摇摇头，反问道，“田萱不是和你一起吗？她人呢？”

“跌入湖里之后，我们被水流冲散了。”

楚泓点点头：“想不到湖面上风平浪静，下方水流竟如此湍急。不过你不必担心，谢东仪根基深厚，陈垣他们也有宝器护身，应该无恙。也许湖底的地道不止一条吧。”

纵然心中怀疑楚泓的说辞，司玉也没有流露分毫。眼前的人可不是那个曾经熟悉的少年，温润清雅的外表之下，是冷酷肃杀的妖魔本质。

司玉调整心态，好在贺丹妍与楚泓之间本就交情平平，不用太担心露出破绽。

而楚泓似乎也没有多余的精力注意她，径自转过身，望向恢弘广阔的大殿和数不清的奇珍异宝：“想不到真的有幸进入宝库！”一边说着，他走到一排架子前，顺手拿起一把宝剑，细细端详起来。

看他的举止，完全就是一个普通弟子发现宝藏的正常反应。如果不是早知道这家伙的真面目，还真要被他的演技骗过去了。

幸好自己刚才慢了一步，没有触动进入冰晶大殿的机关，司玉暗暗庆幸。只是，她瞥了一眼墙壁上那些诡异的冰晶血线，封印会出现这种变化，只怕与他们脱不开关系吧？他知道冰晶大殿的存在吗？

正犹疑不定，楚泓忽然转过身来。司玉的视线来不及收回，两人瞬间对视，司玉心神一颤。楚泓却神情自若，笑道：“贺丹妍，在想什么呢？”

“在担心东仪表哥他们。”司玉若无其事地错开视线，坦然道。

楚泓忽然笑了，低声道：“你和谢东仪的感情真是好。”

司玉一愣，他什么意思？贺丹妍和谢东仪之间的感情好，那是全应天阁都一清二楚的吧？

“青梅竹马，又同入天源宗，将来必然也是琴瑟和鸣的神仙眷侣。”楚泓悠然道。

这种话，从眼前这个人嘴里说出来，真是诡异！

“那又如何？”揣测贺丹妍此时的反应，司玉只撇撇嘴，冷然道。一边走到另一排架子前，随手拿起一只形状别致的玉尺。以自己的行动表明——我没兴趣和你废话，没看见我正忙着挑选宝物呢！

楚泓的视线落到她手中的玉尺上，睫毛一颤，笑道：“听说，谢家代代相传一件灵气纯净罕见的至宝，叫做凤凰木，而且每一代族长夫人必需以自身与凤凰木融合修炼……”

司玉动作一颤，他说什么？

族长夫人……

难道说，凤凰木是类似谢家主母身份标记的东西？谢婉也向她反复强调过凤凰木的重要性，但从未提起过它还有这一层意思啊！如果凤凰木真的这么重要，那谢东仪为什么要给自己？他明明知道她不是贺丹妍……

等等！司玉虽然不是贺丹妍，但身体却是，凤凰木是与身体融合，又不是与灵魂融合。等日后司玉和贺丹妍换回身体，凤凰木不还是她的嘛？

想到自己并没有强占谢家的宝物，司玉心头一松，随即却又涌起一阵莫名的沉重，谢东仪是什么意思？

贺丹妍有了凤凰木，迟早要是他的妻子吧。也对，他们两人都出身世家，家世外貌无一不匹配。

一种酸涩的滋味涌上来，司玉忽然感觉格外烦躁，对这个尴尬的状态，对这个错乱的身体都充满了烦躁，偏偏耳边某人还喋喋不休，

“据说，谢家嫡系子弟代代天资过人，就是因为有凤凰木的神力助其改善提纯血脉……”

温柔清和的音色此时听起来格外刺耳，司玉终于忍无可忍，打断道：“楚泓你知道的可真是清楚啊？”声音高扬，带着明显的不悦。

楚泓停下讲述，风度依然不减，笑道：“是我多言了，其实只是想提醒你，凤凰木灵气至纯且属火，这柄秋水凝冰尺只怕不适合你用。”

顺着他的视线低头看去，司玉这才注意到自己手里的法器，她不动声色地将玉尺放回原位，心中越发警戒。

“我只是随便看看而已，不过楚泓你知道的可真是详细呢？”

“楚家毕竟与谢家是远亲，自然知道一二。”楚泓笑道，一边说着，他脚下不停，在高架中来回穿梭，仔细查看着其中的法器。

谁跟你这个妖魔是远亲？司玉暗暗鄙视了一把。她也装作挑选法器的模样，跟在不远处来回走动着。空旷的大殿里只有两个人衣袂穿梭响动。

楚泓不时拿起法器蹙眉查看，很快，司玉就发现他似乎格外注意那些玉瓶玉罐之类的东西。他是在找什么药材吗？

司玉故意跟在他身后，时不时对他的选择品评两句，同时也就自己拿起的法器征询他的意见。楚泓风度极佳，品评起司玉选择的法器，往往言简意赅而直切要害。不考虑刚才的失态，一时间气氛意外的和谐。

只是他越是彬彬有礼，温文谦和，落在司玉眼中，越是危险。

放下手中的法器，司玉望着他的背影，这种无缘无故的危机感究竟是从何而来？自己变成贺丹妍之后几乎从未与他接触过，怎么可能露出破绽？

而两人之间最后一次接触，就是漫天大雪中的并肩寻药。

想起那寒意彻骨的穿心一剑，司玉到现在都感觉深深的恐惧，那是一种深入骨髓的对死亡和孤单的恐惧，还有被背叛的痛苦……

可惜啊，自己偏偏打不过他，刚才在外面他怎么没被玄蜂咬中呢？要是他现在身受蜂毒，功力散尽，重伤濒危就好了。

欠我的一剑，迟早要还回来！

正想着，前面楚泓的背影忽然晃了晃。

司玉一愣，问道：“你怎么了？”

楚泓伸手扶住旁边的架子，半晌才缓缓转过身，勉强笑了笑，道：“刚才在外面不慎中了蜂毒，眼下功体弥散，内息紊乱……”

室内气氛有瞬间的凝滞。

你该不会有读心术吧？短暂的沉默之后，司玉真的很想问一句，可话到口边却变成了：“伤势怎样？严重吗？”

楚泓点点头，苦笑着道：“暂时还能撑得住，不过时间拖久了只怕会严重损害功体。”

真的有这么严重吗？司玉面上不动声色，心中却暗暗怀疑，毕竟刚才两人行走在宝库中，他言谈举止没有流露半分异状，现在忽然变成重伤状态，实在可疑。

不过看他苍白的脸色，又不像是假装的，而且他也没必要在贺丹妍面前假装受伤吧。

难道真是天助我也？刚刚想着机会，机会就自动送上门了。

“难怪我看你一直在架子上翻找药材之类的东西。”司玉缓声说道，一边走近他。

“玄蜂的毒需以五百年以上的冰心果为药引方能解之。冰心果本来就难求，远水救不了近火。不过好在我们身在宝库，天源宗千万年来灵丹妙药无数，库中必存留有药性相近的。”

以冰心果为主料的药材，好像还真的在宝库里看过。对了，就是那个角落！司玉悄悄瞥了远处的高架一眼。

说话的工夫，楚泓已经缓过气息，继续寻找丹药，流畅的动作中多了几分虚弱。

若以同修之谊，自己现在应该上去帮忙才对，可惜啊，司玉不怀好意地盯着他的身影，那眼神完全就是大灰狼盯着小白兔。

趁他受伤，不如先出手制住他！封印也在附近，正好可以作为谈条件的本钱，至少先把自己的身体找回来……

司玉一边假装上前帮忙，一边不怀好意地问道：“伤处很难受吧？现在功力如何了？”

“还好，还剩下三成左右吧。”楚泓小兔乖乖地回答道。

三成？自己应该能行！司玉大灰狼眼中锐光闪烁，两人此时已经隔得极近了，只要一招，司玉虎视眈眈地盯着他的脖颈，只要能够制住他……

“楚泓！贺丹妍！原来你们在这里啊！”一声突如其来的呼唤突兀地打断了司玉绑架行凶的计划。

伸出的手颤了颤，无奈地在半空中转了个道，往高架上探去，随手拿起一瓶丹药。

而在她看不见的角度，楚泓也同时蹙起眉头。

“你们没事，真是太好了！”伴着声音，一个熟悉的身影跑了过来。

“陈垣？你也进来了？”司玉招呼道。

“是啊，我是被水流卷进来的。醒过来就看到自己出现在地道里了。”来到两人身前，陈垣停下脚步，高兴地解释道，“想不到还能第二次进入宝库啊，真是好运气。真该谢谢那群玄蜂，让我们因祸得福了。”一边说着，他向四面望去，眼神中满是雀跃兴奋。

你是好运，我却被你打断了难得的好机会。司玉暗暗抱怨。

“咦？贺丹妍，你脸色不太好啊。”凑巧陈垣转过头来，立刻注意到了。

“我没事。只是刚才被你吓了一跳。”司玉笑了笑，掩饰道。

陈垣的视线落到她手上，奇怪道：“你在找宝物吗？这些玉瓶里面装的大多都是丹药。”虽然宝库里的药材都很珍贵，但贺丹妍怎么看也不像是会对这个感兴趣的人。

“是楚泓受伤了，我正在帮他找药材呢。”司玉随口解释道。

一直被司玉挡在身后，陈垣这才发现，楚泓的脸色格外苍白。他吓了一跳，问道：“你怎么了？”

“我中了玄蜂的毒。”楚泓笑了笑，道。

“什么？你中了蜂毒？”陈垣吓得险些跳起来，“那可是剧毒啊！十二个时辰之内若无解药，有死无生！”

这么严重！司玉暗暗咂舌，却也有些奇怪：“你们不是都留在岸上的吗，楚泓中毒你不知道？”

“我和罗豪诚先跳下去了。他们坚持让我们两个先走。”陈垣惭愧地说道，

也就是说，最后留在岸上的是谢东仪和楚泓。这个诡异的组合让司玉瞬间升起一种不好的预感。

“幸好我还带了解毒药剂，暂时应该能够缓和一下。”陈垣手忙脚乱地从身上掏摸起来，“怎么会中毒呢？难道你们没有接着跳下来？”

“功力耗尽，一时不慎。是我们不小心。”楚泓笑道，除了脸色有些苍白之外，神态平淡和缓，仿佛中毒濒死的人不是他一般。

我们？“难道谢东仪也……”司玉连忙问道。

“好像也被玄蜂蜇过了吧。”楚泓漫不经心地道。

“你……”司玉心下大急，却也诧异，玄蜂数量虽多，行动却并不敏捷，以她的武功尚能抵挡一段时间，谢东仪和楚泓为何反而会被蜂蜇了呢？

两人之间发生了什么？不会是动手了吧？

取出药剂，交给楚泓服下，陈垣这才松了一口气：“只能暂时缓和一下，要解毒得出去再说。希望贾执教那里还有冰心果。”

“这宝库里面应该有不少珍惜药材吧，说不定有能解玄蜂之毒的。”司玉建议道。既然谢东仪也中了毒，自然不能藏私了。

司玉和陈垣翻找了一通，很快找到几瓶丹药，一瓶紫晶丹，一瓶香江散，其中的配料都有冰心果。盛放在玲珑精致的青玉瓶中，一看便知是价值不菲的珍稀药材。

但看过药性，楚泓却摇了摇头：“这些都是提升功力，补足灵气的，对解毒没有太大效果。”

想到谢东仪也中了毒，而且此时还不知身在何处，司玉心情越发沉重。冰心果她倒是有一颗，可那只冰心草的道行远远不足五百年吧。

同伴中了毒，他们自然不能久留。三人抓紧时间寻找合意的宝物，准备到手之后就立刻离开。

匆匆走在宝库中，陈垣看向四面高架，忽然嗅了嗅鼻子，疑惑地问道：“怎么有一股奇怪的味道呢，好像是……血腥味？”循着味道，他视线落到宝库的四壁，忍不住低低惊呼了一声，“这些冰晶！”

“怎么了？”司玉问道。

“我明明记得上次进来的时候，看到的冰晶还没有这么红。”指着墙上的冰晶，陈垣犹豫着说道。

司玉心神一动，问道：“你上次进来就已经有血丝了吗？”

“有啊，不过没这么多。”陈垣肯定地点点头。

司玉走近墙壁，贴近了闻，血腥味之中带着若有若无的香气。

陈垣也好奇地走近了观察："这到底是什么东西？

"也许是血吧。"身后楚泓的声音响起。

"什么？"陈垣吓了一跳，"这些冰晶里怎么会有血？"

"听说宝库开启需要以血为祭，怎么会没有血。"楚泓好笑地反问道，"而且据说要以纯阴之体的女子之血呢。"

"啊，有……有这种说法吗？真的吗？"陈垣结结巴巴地问道，"可是，宝库是怎么开启的来着？难道不是因为封印时间太久，法力流逝的缘故……"

"当然有这个原因。只是盘古神玺的封印，就算法力失效了，也不是平常人能够解开的，必需使用一定手段才能进入。"楚泓不紧不慢地说道。

陈垣愣了愣，作为第一个进入宝库的人，他自然没有解开封印的本事了，禁不住喃喃道："那宝库是怎么开启的？"

"这个嘛……就要问开启它的人了。"楚泓笑了笑，视线落到司玉身上。

而司玉对此毫无所觉，她已经完全震惊在刚才楚泓的那句话里了。

"宝库开启，要以血为祭，而且要以纯阴之体的女子之血。"

以血为祭！

难道说……她忽然冒出一个不祥的念头。天源宗这些日子里可没听说过有人失踪啊。

难道说，是自己的身体，被用来开宝库了？！

想到这个可能，司玉只觉五雷轰顶，一颗心直落落跌下去，万劫不复。

如果这家伙敢用我的身体去当那个劳什子祭品……

陈垣忽然打了个寒战，感觉四周空气沉重了许多。他咽了口唾沫，道："楚泓的伤势要紧，咱们还是赶紧离开吧。"对这个阴森的宝库，瞬间多了一丝说不清、道不明的恐惧。

三人正要行动，宝库突然光芒大作，地底深处传来巨大的轰鸣，恍如虎啸龙吟，同时一阵天旋地转，司玉几乎站立不稳。

每一座高架都发出青色光芒，其上的法宝更是被催动般嗡然作响，一时间光华交叠闪烁，耀地人眼花缭乱。司玉扶住旁边的架子，头晕目眩，恍如失重一般。已经有过数次经验的她立刻明白，这是要被送出宝库的前兆。

可是预料中的场景转换却迟迟没有出现，反而身体越发难受。如同有万吨巨力压下来，要把人压碎成齑粉。

旁边陈垣也已承受不住，半跪在地上满头大汗，话都说不出来了。

楚泓无力地依在架子上，脸色越发苍白。片刻，他长吸了一口气，猛地上前一步，拉住司玉，同时扶住旁边的陈垣，低喝道："屏住呼吸，收敛灵气！"

话音未落，一圈银白色的光晕以三人为中心荡漾开来，随即陷入漆黑。身边仿佛狂风骤雨一般，满是凌乱的气息和力量，司玉竭力闭住呼吸。一片混乱虚无中，身体像是飘飞的风筝，唯有牢牢拉住她的手臂是唯一的支撑。

再次睁开眼睛，才感觉到阳光是如此的珍贵，清凉的山风和脚下坚实的地面告诉她，她已经离开了宝库。

司玉松了一口，只觉全身酸软无力。明明只是短暂的时间，却经历了重重杀劫。说是杀劫一点儿不夸张，她很清楚那些乱流是多么危险，每一道都蕴含着不可预知的恐怖力量。身处其中，只要稍微偏差，就会被撕扯成碎片。

陈垣跌坐在一边，身体战抖不已，表情竭力压抑着什么，终于还是没忍住，冲到湖边干呕起来。

楚泓站在司玉身边，脸色异常苍白，拉住她胳膊的手还没来得及放下，司玉敏锐地察觉到他手掌冰冷。

"刚才是怎么了？"她心有余悸地问道。

楚泓长吸了一口气，脸色稍稍和缓，苦笑道："应该是天玄寰宇车的力量。"

"什么？"司玉吃了一惊，立刻想到，罗豪诚向她提起过，术部开启了神器天玄寰宇车来为宝库定位。

"天玄寰宇车是天源山镇派至宝之一，拥有突破空间的力量，刚才的乱流应该就是试图强行定位宝库引起的。”楚泓简单解释道，一边支撑不住地依靠着树木坐下，刚才的术法几乎耗尽了他的全部力量。

司玉暗暗咂舌，他们的运气也太坏了吧？刚要挑选宝物，竟然遇上了术部的人定位宝库，引起时空乱流，害得他们选宝不成，还险些丧命！转而又想到，术部强行定位宝库，应该事先考虑到这种危险了吧。为什么一直不阻止应天阁的弟子们探险呢？“难道术部的人就没有想过会发生这种巧合？”

楚泓一直闭着眼睛，闻言顿时笑了，道：“想要定点，必先有线。若无人进入宝库，建立起两个空间之间的联系，天玄寰宇车是无法定位的。”

司玉一愣，他是什么意思？是说天源宗的前辈们为了定位宝库，故意罔顾他们的性命，甚至就是利用他们入库的时间来催动寰宇车？

想到楚泓的真实身份，这句话的可信度似乎应该打个折扣！可是，司玉心里忽然有点儿不舒服，一种直觉告诉她，楚泓似乎没必要说谎。

此时的楚泓正依靠着树木，双眸闭合，脸色苍白如纸，似乎连站立都很困难。刚才他带他们离开，也是强行突破空间吧？在不同的空间之中穿行，是一种高深艰涩的法术，极耗精力，他又中了毒，正方便自己下手。可是他这次也算是救了自己，趁机偷袭似乎不太厚道……司玉无奈地咬着下唇。

看向四周，熟悉的景致映入眼帘，和风绿树，花草馨香，只是遍地的玄蜂尸体覆盖其上，看着实在瘆人。司玉打了个哆嗦，这才发现，自己脚下踩的软绵绵一片，竟然全都是玄蜂，她条件反射地惊叫一声，跳了起来。

楚泓一愣，问道：“你还好吧？”

听出他话里有些好笑的意味，司玉不免一阵尴尬。被蜂拥而至的玄蜂攻击时，她精神高度紧张，哪里还顾得了这些，此时看到遍地的蜂虫尸体，实在是触目惊心。

“我们有杀了这么多玄蜂吗？”冷静下来，司玉不禁疑惑，她很清楚自己下水前砍杀了多少，顶多百十只而已，田萱、罗豪诚他们也一样，都是以剑气护身躲避，而不是杀敌。可是看这遍地尸体，司玉抬头望向林子，这片树林里还有玄蜂这种生物存在吗？

那边陈垣天昏地暗地吐了一通之后，终于恢复了精神，走过来问道：“你们刚才说什么呢？”视线落到地上，也惊呼一声：“这么多玄蜂啊！我记得没杀这么多？不会都是你们两人干的吧？”

楚泓笑了笑，尚未来得及说话，陈垣又惊呼一声：“啊！这是什么？！”

司玉望过去，是一只体形巨大到诡异的玄蜂。通体金黄，只有尾端黑得发亮。绚丽的金色翅膀如大雁一般，可惜已经被劈成了两半。

“这……这应该是玄蜂王了吧……”陈垣结结巴巴地说道，“记得书上说，玄蜂之王是很厉害的妖兽，你们怎么杀掉它的？！”

“当然是谢东仪剑法无双……”楚泓一本正经地解释道。

信你才有鬼呢，司玉不满地从背后瞥了他一眼。

陈垣不知所谓地点点头，也不知是否相信了楚泓的话。自从发现蜂王之后，他的眼神就死死盯住了巨蜂的尾巴。

“据说玄蜂之王的尾针是罕见的剧毒？”司玉忍不住问道。

“当然了，不仅尾针，玄蜂翅膀上的磷粉可以制作幻术药粉，体内胆囊聚集有纯净的灵气，对炼制丹药有辅助之效，而尾针更是……”陈垣搓着手，激动地不知道怎么形容了。

“还真是全身都是宝啊。”司玉感叹道。看着满地玄蜂，这么算算，这一趟收获也不小，而且，她摸摸自己怀里，还有从宝库里顺手牵来的一瓶紫晶丹呢。

楚泓皱起眉头，道：“玄蜂剧毒，蜂王的尾针和体液尤其危险，若无工具是没法取的。你若想要，把翅膀摘了即可，尾针就别冒险了。”

司玉也赞同道：“我们赶紧寻找他们三个，然后下山去医阁解蜂毒吧。”

陈垣却舍不得这难得的机会：“我带了避毒的取药工具了。要不，你们先去找人。待我取了蜂毒，马上就到。取了这些材料，大家回去分了，也不枉费跑这一趟。”一边说着，他眼巴巴看着楚泓和司玉，征询意见。

楚泓无奈道：“也罢，你自己小心。”

陈垣高兴得跳起来，拍拍他的肩膀，笑道："放心吧，以我的技术，半个时辰就可以搞定，然后再和你们一起下山找贾执教要冰心果。"

楚泓的身体不易察觉地一颤，司玉一愣，她的视线落到陈垣刚刚离开楚泓肩膀的手掌上，难道……

离开湖边，两人沿着湖岸向森林深处走去。葱绿的树木环绕着水晶般的湖泊，四面看不到一个人影。谢东仪他们究竟去了哪里？可千万不要在这个时候误入宝库啊！

前面楚泓走得甚急，司玉紧跟其后。若是平常的楚泓，她还真不敢这么跟他走入林子，但此时的楚泓，司玉有绝对的把握不会在武力上吃亏的，尤其他的肩膀，那里的剑伤应该不轻吧？

是谁伤的他？玄蜂可不会用剑，是谢东仪？看着他修长的背影，司玉思索着。

"这处湖泊表面风平浪静，下方却满是激流，四面有很多支流河道连通……咳咳……"一句话没说完，楚泓又咳嗽起来。

司玉听着实在刺耳，忍不住问道："要不你先休息一下？我自己去找就好。"

"不必，林深雾重，留在这里反而危险。"楚泓道。

我看你再走下去才会危险呢。司玉瞥了他一眼，却没有说出，既然他想要逞强，随便他好了。

"湖中暗流是往东南方冲击，如果所料不差，那边必有水流从湖中泻出。"楚泓简单说道。

如果田萱他们没有被卷入湖底密道，那么多半是被水流冲下去了吧？　不一会儿两人行至湖泊北岸，果然湖岸处有一缺口，湖水从那里奔涌而下。

跃上高崖，司玉沿着湖泊缺口向下望去。下面竟然是陡峭的山壁！奔涌的湖水翻滚而下，形成一道瀑布。满目葱绿掩映中，宛如一条奔腾的巨大银龙，气势磅礴，水花四溅。

好宏伟的景致啊！纵然此时心急如焚，司玉也禁不住感慨赞叹，只是这景象好像有些熟悉。

遥遥望去，瀑布在山下汇聚成一个湖泊，可惜距离太过遥远，看起来只有水晶球般大小……她正要探身细看，忽觉腰上一紧，竟是楚泓不知何时欺身上前，一只手环上她的腰。

“你干什么……”司玉又惊又怒，掌心立刻运上内力。

而楚泓对她的呵斥恍如未觉，那只不规矩的手臂反而越发收紧。对上司玉气愤的视线，他微微一笑——不再是常见的贵公子般清雅温润，反而带着恶作剧的狡黠。

头一次在他脸上见到这种生动的笑容，司玉不禁一愣。

楚泓低声笑道：“抱紧了。”司玉还未明白这句话的意思，他已经上前一步。刹那间只觉身体轻飘飘一片，像是湖边失足的白鹭，两人相拥向着万丈深渊跳了下去。

司玉对自己的心脏承受力一向很有自知之明，所以上辈子从来不涉足蹦极飞轮等高危险游戏，实在想不到这辈子竟然有幸体会这种惊险刺激的经历。

失重的危机感让她尖叫出声，整个身体完全失去重量，身边是轰鸣翻涌的瀑布，清冷的水珠飞溅到身上，带来丝丝入骨的凉意。

不知过了多久，司玉只觉身体一滞，利箭一般下冲的势头瞬间止住了。由动至静的转变是如此突兀，让她一阵眩晕。

楚泓单手结印，两人向着岸边漂浮过去。等脚下接触到地面，司玉立刻跳开。

楚泓笑了笑，火上浇油地问道：“刚才感觉不错吧？”

不错你个大头鬼！司玉恨得牙痒痒，转头看向四周，不禁吃了一惊，这里不是……

映入眼帘的是再也熟悉不过的寒潭，瀑布，山壁……而山壁一侧的巨石，司玉心虚地扫了一眼，正是她隐藏冰心草的地方。

沿着山上的湖泊倾泻而下竟然会抵达这里？难怪人说天源宗十三峰，山脉水流尽皆相通。

她抿着唇，望向楚泓，而楚泓只是含笑看着她，像是在等待她的询问。这熟悉又陌生的笑容，让司玉心中忽然升起一种不妙的预感，似乎有什么东西，他已经尽在掌握，她却还懵然无知。

“我们来这里干什么？”她问道。

“当然是为了救人。”楚泓笑道。

“这里并没有人。也许谢东仪他们并没有被卷入水流。”

“那可未必，说不定寒潭之下另有暗流，被卷入更深处了呢。”没等她开口，楚泓继续笑道：“有没有人经过，不如问问这边的小朋友。”

小朋友？司玉心念一动，而楚泓已经跃过山涧，来到石壁旁的一块大石前。

司玉心脏不受控制地剧烈跳动起来，犹豫片刻，她缓步跟上。

楚泓行至石块前，手随意一挥，结界立刻被破解了。

正在结界里发愣的冰心草立刻警惕起来，“唰”地竖直了叶片。待看清楚来人，它欢快起来，小蓝果子抖动着，像是见到了主人回家的小动物，直接窜出地面，“啪”的一声粘到那片雅致的墨色衣袖上。

楚泓轻笑一声，捏住它的颈子将它取下来，动作轻缓怜惜。

狭长的叶片抱住纤长的手指，楚泓顺势将它提高，用招呼老朋友般熟悉的语调问道：“这些天过得好吗？”

冰心草明明心智未全，与他交流起来竟然全无滞碍，“吱吱”轻叫了两声作为回答。而更奇的是楚泓对它的话语似乎也全然了解，笑着点头回道：“是吗？那就好。”说着，他从袖中取出一物，道：“这次是来归还你此物的。”

出现在他掌心的是一颗指甲盖大小的青玉珠子，宝光缭绕，凉意沁人。

看着那颗熟悉珠子，司玉只觉脑中轰然一声，惊惧、疑惑、愤怒，无数感情交汇成一个念头，不断在她心头交叠翻涌，

他发现了！？

“多谢你了，若不是有它相助，我的伤势还真难以痊愈。”楚泓道。

冰心草“吱吱”叫了两声，长叶却没有急着去拿珠子，而是探向楚

泓的手腕处，想要揭开他腕上的衣袖。

“不用担心，我说痊愈就是痊愈了。”楚泓手指轻弹，将那片不规矩的草叶弹开，柔声笑道。

冰心草微带不甘地叫了一声，却也不敢造次。它歪着小脑袋看着楚泓。

楚泓却微带责备地摸了摸它，道：“真是矫情的小东西，自己主人来了也不打声招呼吗？”一边说着，他转过身，俊秀的面孔上满是温雅的笑意。

这一声“主人”，叫得司玉一颗心向着万丈深渊坠下去，最后一丝侥幸也灰飞烟灭。

冰心草这才看到一直被他挡在身后的司玉，轻轻“吱”了一声，声音里带着亲切，却又有几分不确定的疑惑。

璀璨的阳光下，熟悉的少年手里捧着活泼的小草，清雅的笑容宛如映在水上的朝阳，满是温暖和煦的气息。司玉却只觉身坠冰窖，一股从心头冒出的寒意笼罩全身。她比任何人都更清楚，这温雅的笑容是如何单薄脆弱，瞬间就会变为冷酷凛冽的杀气……

可事到临头，原本急剧的心跳竟然慢慢平息下来，心境异常澄明，司玉的手缓缓按到剑柄上。

注意到司玉满是敌意与戒备的动作，楚泓苦笑一声，道：“我们就不能先不动兵戈，好好谈谈。”

“好好谈谈？”司玉嗤笑一声，“你会和一个杀你的凶手心平气和地谈心？”

“有何不可？只要有利可图，我不介意和任何人谈心。”楚泓坦然自若。

司玉话语一滞，她差点儿忘了，眼前之人本就是个冷酷无情的妖魔。她冷笑道：“那么如今的我身上还有何等利益，能让你这般费尽心机，还特意寻来这个地方。哦，我倒忘记了，上次你也是专门寻找了玉青峰那般风景别致的……”

说到这里，司玉心中一动，她忽然想到，上次和楚泓入山，其实在路上很多地方他都有机会下手，甚至毁尸灭迹也更方便，为何一定要引自己去玉青峰呢？

楚泓轻叹一声，道："这世间的一切，皆有其存在的价值，衡量之下，其轻重缓急自然就会有所取舍。"

"那我就一文不值，合该为你的阴谋诡计送命？"司玉冷然道。她的性命只属于她自己，谁也别想拿走。一边说着，她状似无意地往右边迈了一步，眼神瞟过他受伤的肩膀。

而楚泓对她的小动作视若无睹，神情依然平静，尤其看着司玉的眼神格外温和，甚至带着一种不易察觉的欣喜，仿佛在看着什么最珍贵的宝物。

司玉被他看得从心底里发毛，这家伙肯定又在打什么坏主意。既然已经撕破面皮，她也不再迂回客气，直接问道："先告诉我，我的身体呢？"千万不要说用来做祭品开封印了。

"你的身体？"楚泓摇摇头，反问道，"你的身体不是好好地在这里吗？"

司玉狠狠瞪了他一眼，声音里带着毫不掩饰的烦躁："别以为我不知道，我已经去过雪峰之下。我的身体不见了，难道它还能自己走了不成？"

"也许，它确实是自己走了。"楚泓笑了，忽然道。

司玉心神一颤，瞬间像是捕捉到了什么，却又难以置信："你胡说八道些什么！"

伴着一声呵斥，她抢先动手了——出鞘的沧溟剑如月下银蛇，光耀璀璨，瞬间的弥散后聚合成笔直的一束，直取楚泓胸口。

这一剑几乎是司玉所能达到的剑术最高境界，出剑，提气，运功，发招，一气呵成，可当一招至末的时候，司玉却愣住了——楚泓竟然完全没有躲避！

锋锐的剑尖刺破肌肤，直抵心脏，只要稍微一用力，就能贯穿整个心房，就像她曾经经历过的一样。可这个时候，司玉不可避免地迟疑了。

刺下去？司玉一眨不眨地盯着他，紧握在手中的剑柄传来他心脏跳动的频率。

只在剑刃入体的瞬间稍稍蹙起眉头，楚泓神情很快恢复了平静，仿佛沿着胸口流淌而下的鲜红不是属于他一般。

“为什么不躲？”刚问出这句话，司玉就后悔了，这不是无数狗血剧本里最常见的场景吗？自己还偏偏问出了这句最俗套的台词。幸好楚泓没有给她来一段：曾经有一段真挚的感情……

“中了玄蜂之毒，又经历宝库逃生，如今的我早已气空力尽。与其耗费精力和你敌对，倒不如挨你一剑试试运气。”楚泓实话实说道。

拜托，你这种侃侃而谈的模样，像是气空力尽的样子吗？

“现在你肯好好听我说一说了吧。”楚泓摊开双手，笑道。

司玉愣住了，他自愿挨她一剑，就是为了这个？

“或者，你还可以刺得再深一点儿，如果还不放心的话。”楚泓体贴地补充道。

司玉眉梢动了动，这家伙是妖魔，该不会有什么特异功能吧？比如心脏长在正中央，或者……正在考虑楚泓提议的可行性，却有人上来搅局了。

冰心草“吱吱”叫着从楚泓的袖子里钻出来，两片长长的叶子摊开挡在楚泓前面，

“它对你倒是很好。”司玉语气不自觉地带了点儿酸味。这棵笨草明明是属于她的吧，不仅冰心草，还有储备粮，怎么她的宠物都是向着外人的呢？

“妖物与妖物之间，自然比人类更加心有灵犀。”楚泓一边笑着，将冰心草从自己衣袖上扯下来，然后在它头上弹了弹，滴流圆的冰蓝色果子颤了颤，如成熟了一般跌下来，落进他的掌心里。

而冰心草竟然没有抗议，这是它一身精华之所在吧？司玉吃惊地睁大了眼睛，而更让她震惊的还是楚泓接下来的话语：“这颗果子，正可以解玄蜂之毒。你拿去给谢东仪用吧。”

如果她记忆不差，中毒的人还有一个吧？司玉疑惑地看着他，而且玄蜂之毒需要五百年以上的冰心果。

“冰心草修行五百年之后可第一次脱胎换骨，提纯灵气。慧乐珠对冰心草的功体有特殊效果，这颗果子力量虽不足五百年，但其纯度已经

足够了，正可解毒。”楚泓淡然解释道，“至于我，只怕是用不着这东西了，自然只能给谢东仪了。”

“是吗？不会是下毒了吧。”司玉冷笑。

楚泓朗声笑道：“放心吧，对值得佩服的对手，下毒这种雕虫小技，岂不是侮辱他的智慧。”说罢，叹了一口气，“潜入天源宗以来，我所见者如柳无相之辈无一不是心机深沉、修为通天的高手，但能够让我真心说出‘佩服’二字的，还只有他一个。”

司玉心中“咯噔”一下子，一种诡异的感觉涌上心头，似乎有一重看不见的迷雾正在渐渐消散，她感觉危险，像是走在纤细的钢丝上，却又身不由己，

她不该听他胡言乱语，可是……鬼使神差，她还是问了：“他究竟做了什么？”她听见自己的声音在微微战抖。

楚泓的视线落到她的脸上，细细凝视着，低声道：“比如……”

这时，身后忽然传来细微的响声，是有人在接近！司玉一惊。

就在她分神的瞬间，楚泓出手了！

他的动作快得出奇，同样是拔剑，成招，刺出，简单利落如同笔直地一划，甚至连剑刃的光辉都来不及散开，冰凉的触感已经到了胸前。

纵然分心身后，司玉却并未放松对他的警惕，在眼角余光捕捉到他动作的瞬间，司玉同时剑上发力，刺了下去。

剑刃刺入肉体原来是这种感觉，司玉手一颤，几乎要握不住剑柄。

掌心深处传来颤动的感觉，有温热的东西渗入其中，是他的血，顺着银青色的剑刃流下来，浸染了剑柄，也浸染了她的掌心。

她真的刺下去了！

她杀了他？！

纵然眼前是个她深深恨过、恐惧过的妖魔，可是，这种温热又冰冷的血的感觉，还是让司玉惶惑不已。这个人曾经杀过她、害过她，却也曾经帮过她、救过她……她瞬间有种弃剑而逃的冲动，如果不是因为同一时刻，胸口也传来尖锐的刺痛的话。

她低下头，楚泓的剑刃之下，紫色晶体反射着刺眼的光彩，是她放在胸前的紫晶丹！脆弱的玉瓶承受不住尖锐的剑气，已经碎裂成片，露

出里面紫光缭绕的丹药。

同一时刻的两柄剑，她的，贯穿了楚泓的胸口，而楚泓的，却只是刺中了她胸前的药瓶。是简单的巧合？还是……

“哐啷”一声，楚泓的长剑跌到她脚边，转而握住她的手，然后用力往前一送，长剑彻底没入他的胸口，同时司玉也踉跄着跌入他怀里。

鲜红的血喷涌出来，溅上了她的脸颊，刺眼的色调像是这个季节开得最艳丽的花。这浓烈的色彩唤醒了她一直强行压抑的记忆，让她刹那间想起了同样冰冷的那一剑，在那个漫天风雪的黄昏……

她打了个哆嗦。这一次，剑刃明明是刺进了他的身体，为什么还是感觉那么冰冷、恐惧呢？心脏在抽搐收紧，像是被什么强烈挤压着，难道这就是杀人的感觉？如同被刺中的是自己一般疼痛难忍……

迟疑间，他却已伸手抚上她的脸颊，笑道：“比如，这精妙无比的易容术法，我就佩服不已。”

他在说什么？佩服什么？对了，他刚才是在说谢东仪来着！而易容术法……

混乱的大脑迟缓了片刻才反应过来，司玉打了个哆嗦，“易容”这个词带来一种全新的恐惧，她觉得自己心脏要跃出胸口，如同遮掩的真相破茧而出。

司玉仰头望向他。

楚泓也正仔细看着她，像是在审视什么艺术品，终于笑道：“这张脸虽然精致，不过还是本来的容貌更顺眼一些。”一边说着，他自顾抬起手，将什么东西插入她发髻，然后笑道：“马上就要结束了，这个就留给你吧，有空可以慢慢看。”

这是什么鬼情形啊！这是一个心脏被贯穿的人该有的表现吗？司玉实在忍不住怀疑，可他已经苍白到几乎透明的脸色，明确地昭示着生命力正在急速流逝。

司玉想要后退，离这个危险的家伙越远越好，可他的手臂如此有力，紧紧钳制着她的肩膀，让她难以脱离半步。

一种熟悉的气息弥漫在身边，是兰花的香气，浓郁得像是要燃烧起来。两人的动作诡异地和谐，从远处看，仿佛是情侣相互依偎。

身后的声响逐渐变大，来人已经近在咫尺！

他忽然笑了。阳光下，清润的声音低低传来，纠缠在她耳畔："我把这一剑还给你了，以后可不许再记仇了。"

司玉心神一颤。迟疑的刹那，他已经松开她的手，向后退却。剑刃从他身体里慢慢抽离，连带抽离的是最后的生命力，一切像是电影中的画面在这一刻定格，他终于脱离了与她的最后一线联系，踉跄后退着，跌下了湖泊。

司玉觉得有些恍惚，刚才一切发生得太急太快，仿佛只是一个短暂的梦，可满手的鲜血和冰冷的感觉却告诉她一切都是无比真实。

重物落入湖中，带起水花四溅，水面上迅速翻涌起鲜红的色彩，看得司玉一阵心悸，

她真的杀了他？！

身后的响声逼近，数道身影围拢了上来。

司玉惊觉，转头望去，谢婉、刑震、谢东仪……一张张熟悉的面孔，间或夹杂着几个陌生人，看衣着似乎都是术部弟子……众人围住她，正神色迥异地望着她，也望向水面。

他们都看见了吧？从刚才出现在树林后，到接近这里的片刻之间，正是她与楚泓拔剑互刺，然后楚泓跌入湖中的过程。他们看见她杀人了！

"刚才怎么回事？"首先开口的是谢婉，同时上前一步，看到司玉身上并无伤口，鲜血只是对方的，她神情才稍稍缓和。视线又落到她的手上，惊疑道："冰心果，你找这个东西干什么？"

"我们……"司玉视线一转，看到了谢东仪，忽然别过头去。

后面谢东仪接话道："我和楚泓都中了玄蜂之毒。"

谢婉立刻转身，神色震惊："你刚才怎么不早说？你可知玄蜂之毒十二个时辰之内必需得到解药，否则就算性命有救，功体也会大受损伤！"

谢东仪微微躬身，道："弟子知道，只是时间尚早，执教不必担心。事情完结后弟子自会去医阁那边寻药。"

“糊涂！医阁纵然药材丰富，也未必一定有新鲜的冰心果！万一来不及找寻，岂不后悔莫及！”谢婉跺脚道，视线一转，落到司玉手中那颗沾染了鲜血的果子上，才松了一口气道，“幸好丹妍已经采到了一颗，不会铸成大错。”

这一声“丹妍”入耳，司玉生生打了个哆嗦，明明已经习惯的称呼，此时却让她感觉格外别扭。

一直注视着她的谢东仪错开视线，若有所思。

那边邢震继续追问道：“贺丹妍，刚才是怎么回事？你们为何会拔剑相向？”

不等司玉回答，谢婉挑眉问道：“难道是为了抢夺这颗果子？”

“我……”司玉略一迟疑，这确实是个迅速解释一切的好理由，可是，想到要用这种说辞，司玉心头有种说不出的别扭。或者应该彻底戳穿楚泓妖魔的真面目？可这又是个复杂的说辞了，而且必然会牵扯到自己的真实身份，她和贺丹妍之间……想到两人之间千丝万缕的联系，还有刚才楚泓留在耳边的话语，司玉思绪错乱混杂，一时难以决断。

“是谁先动的手？”谢东仪忽然沉声问道。

司玉心神一颤，明白了谢东仪的意思。她轻咬着下唇，不再迟疑，低声道：“是他突然动手。”

“果然是因为这颗果子。”谢婉摇摇头，叹息道，“真是人为财死，鸟为食亡。不过，这颗果子性命相关，那难怪他会……”

而邢震心中依然存疑，问道：“详细的过程是怎样的？”

司玉心情平静下来，将刚才的经过大略说了一遍，不该说的重点自然掠过不提，但楚泓中毒力竭的状态却特别点了出来。

邢震蹙起眉头，没有说话。他依然半信半疑，两人结伴寻找同伴和冰心果，发现果子只有一颗，楚泓断然出手抢夺，却不料贺丹妍已有防备，相持之下，反而是抢夺者落败，跌入湖中。

整件事情表面上合情合理，但总让他觉得有些诡异。楚泓会出手抢夺冰心果并不意外，楚泓的妖魔身份柳无相已经告诉了他。但一个有本事潜入天源宗的妖魔，竟然会这么容易死在贺丹妍这种小女孩手里？

也许是自己想多了，邢震自嘲地笑了笑。在路途之中设下的玄蜂和宝库中刻意催动天玄寰宇车这两场布局，虽然没有杀死他，也足够让他重伤了。之后狗急跳墙，死在贺丹妍手里，也不过是机缘巧合罢了。

无论如何，楚泓死了总是一件好事。他此次带人以救援学生的名义进入森林，就是想趁机除掉这些已经没有利用价值的妖魔。当然，前提是他真的已经死掉了。

邢震若有所思地看着水面。他已经吩咐弟子下去打捞楚泓的尸身了。

一名弟子手持一张渔网状的法器，对着水面撒下，不一会儿，银网逐渐收拢。

司玉也紧张起来，楚泓到底死了没有？！此时的她心中矛盾难言，也说不清楚是期盼见到他的尸首，除掉心腹大患；还是希望他就此消失，再也不要出现在她面前的好。

银网绷紧，慢慢浮出水面。

司玉只觉得头脑“嗡”的一声，眩晕的感觉涌上来。她后退一步，谢东仪在后面扶住她。司玉身形一错，避开了他的扶持，才低声道：“我没事。”

谢婉看了两人一眼，略一沉吟，开口提醒道：“东仪，你们先回去吧，你的伤势不可拖延，速去寻贾执教以冰心果配置解毒的药剂。至于丹妍……”谢婉转头看了邢震一眼，道，“你也暂且退下，若再有事，我会派人叫你，不必在这里了。”

前面的邢震眉梢一动，却也没有反对，径自走向银网，仔细查看起网中的猎物来。

司玉“嗯”了一声，直到谢东仪拉她一把，才动身离开。转身前，她向网中最后望了一眼。

少年的容颜依然俊雅如玉，只是整张脸，甚至整个躯体都透出一种冷漠的苍白，那是只有死亡才会有的彻骨寂静。

原来，他真的死了！

第五章

此心何寄

太阳西坠到天际，橘红色的光辉透过树枝细密的缝隙投射下来，在浓绿的阴影中交错闪烁。天源山的黄昏总是这般绮丽秀美，司玉的心情却一片苍白，所有千头万绪，都凝结成一个词，

易容法术！

如果它是真的，那将带给她一个翻天覆地的真相，一个让她几乎无法想象，也不堪面对的真相。

抬头望去，谢东仪就走在她前面，修长的背影挺拔俊逸，脚步沉静有力，带着她熟悉的规律。

这熟悉的脚步声入耳，司玉恍然惊觉，自己竟然已经和他走过这么久了。长久到就算闭上眼睛，也能够清晰地辨认出他的脚步声。

从进入天源宗，第一天去应天阁上课的日子开始，她就与他结伴同行了吧。而死而复生之后的这些日子，他更是唯一值得她全心全意信赖的人，也是唯一与她分享全部秘密的人。

她从来没有想过，他会隐瞒她，欺骗她……

心脏剧烈抽痛起来，一种难以形容的滋味涌上心头，酸涩、苦痛、愤怒、惊疑……一切纠结着、翻涌着，让司玉只想愤怒地大喊，只想上前拦住他的脚步，让他把一切说个明白……

谢东仪忽然停下脚步。司玉心神一颤，从短暂的梦魇中惊醒。

他转过身，提醒道："前面是索道，我们用聚云珠过去吧。"

越过谢东仪的肩头望去，翻涌的云雾中果然掩映着一条纤细的绳索，如一道银丝悬在山脉两端。以两人现在的功力，要过索道其实轻而易举，但是谢东仪中毒力竭，而司玉自己精神不振，这种情况下，还是借助法器的好。

司玉点头应允。谢东仪取出聚云珠，正要催动，司玉上前一步，低声道："你中毒已久，功体受限，还是我来吧。"

谢东仪微微颔首，将珠子交给她，后退一步，贴近了她站稳。

司玉催动法器，很快水晶般圆润透明的光球环绕住两人，缓缓浮动起来。狭窄封闭的空间里，两人挨得极近，身后温暖坚实的感觉传来，司玉心脏缓缓悸动。

头顶青云弥散，暮光开阖；身下云烟缭绕，雾气朦胧。在这样天地间的一片寂静中，谢东仪忽然开了口："刚才，你和楚泓是为什么争执？"

在邢震面前，他故意将话题引向抢夺药材，只是为回护司玉。以他对事情的把握，自然不会认为楚泓与她争执的真相只是一颗冰心果。

司玉沉默了一阵子，道："他认出我来了。"

一句话出口，司玉敏锐地察觉到身后谢东仪身形一僵，显然这个消息在他预料之外。

"他怎么认出来的？"谢东仪低声问道。

"我怎么知道？"司玉搪塞道。其实从楚泓与冰心草熟悉地打招呼开始，她就知道是这棵不听话的小草出卖了她。而更笨的人是她自己，竟然以为冰心草隐藏地万无一失，冒失地向它吐露了秘密。

"这人实力难测，你没有受伤吧？"谢东仪问道，一边仔细打量着她。

"我没事。"司玉不自然地躲避开他的目光，"他中毒在先，又消耗功力突破宝库，刚才已是强弩之末，更何况……"司玉迟疑了瞬间，沉声道，"他身上还受着剑伤。"说完，她抬头望向谢东仪，目光清明灼然。

谢东仪神色一滞，迟疑稍许，方低声道：“那时候，我比他先一步跳入湖中，临末似乎看到有剑光袭来，应该就是针对他的。我急着寻你，在水中也来不及回头。”

不是他动手？司玉惊异起来，禁不住看向身后：“剑光！难道是……”

谢东仪点点头：“也许，他的形迹未必如我们想象的那般隐秘。”

司玉若有所思，也许是天源宗高层已经发现了他们的踪迹。要不然，这次救援几个应天阁弟子，何必由邢震，谢婉带着众多高手亲自来到呢？而楚泓会那么决绝的选择死亡，只怕也是因为发现了身后的眼线吧！

继续推测，那么在宝库中的震动，难道也是术部刻意为之？如此罔顾普通弟子的性命，就算是为了诛魔，司玉心中浮起些微不舒服的滋味。

“发现身份之后，他和你说了什么没有？”谢东仪又追问道。

提到这个话题，司玉立即烦躁起来：“没有！”感觉自己语气有些不对，干脆岔开话题问道，“田萱他们没事吧？”

“他们都已经被邢执事派人护送回去了。田萱和罗豪诚受伤不轻，好在都未中蜂毒，还有陈垣，一起送去医阁了。”谢东仪缓声说道。

“你中了玄蜂之毒，何必再过来，跟他们一起去医阁才对。”司玉心烦意乱地道。

“我担心你遇到楚泓，无法对付。”谢东仪笑了笑，安慰道，“你放心，玄蜂之毒虽然霸道，但十二个时辰之内是不会毒发的。”

司玉”嗯”了一声，却没有说话。

谢东仪看着她苍白的神情，问道：“刚才看到的，让你感觉很难过？”

明白他是在说临走时看到的楚泓尸首，司玉摇摇头：“也不是……”复又点点头，“是有点儿吧。”

“那个人虽然表面温和，但实际上心狠手辣，上次更亲手杀了你，此番他死在你手上，也是因果循环，更何况，妖魔狡计百出，只怕未必一定死了。”谢东仪开解道。

“我知道。”司玉点点头，其实真正带给她震撼和难过的并不是楚泓的死亡，虽然第一次杀人的滋味确实不好受。真正蒙在她心头的，是另一重未知的恐惧和担忧，像一层浸透了水的棉花，又湿又冷，沉甸甸覆盖在她心头。

她忽然有种冲动，将一切坦白出来，用最直接的语气来质问他是不是真的。

可未等她积攒起勇气，谢东仪忽然提到了这个话题：“楚泓死了，也算暂时解决了心腹之患。只是你的身体……”

司玉心神一颤，抬头凝视着他，谢东仪的眉头微微蹙起，语气清淡中微带沉滞。长久相处下来，她知道他每次面对难题的时候，都会是这种神情，这种语气。

没有丝毫破绽！

难道楚泓在撒谎？

脚下一沉，两人已经落到了对岸，司玉失衡的身形微晃，谢东仪伸手扶住她。

他温暖的掌心贴在腰间，坚定而有力，清凉的山风缭绕在身畔，慢慢抚平了烦躁的心情，司玉低下头掩饰道：“我的身体我自己会想办法，纵然楚泓死了，未必线索就断了。”

收起聚云珠，谢东仪拉住她的手走到林中，一边说道：“他还有同党在。这次楚泓死得突然，只要仔细搜索，应该能够寻到线索。”

司玉不置可否地点点头。

“可是，司玉，不要再这样冒险了，好吗？”谢东仪忽然转过头，凝视着司玉，一字一句地说道，“无论如何，我只希望你平安无事。”

少年的神情郑重，那双纯黑的眼眸中蕴含的光彩却让司玉不敢直视。她逃避一般闭上眼睛，低声道：“我知道，我会小心的。”

看着她躲避的姿态，谢东仪无声地叹了一口气，有眷恋，也有无奈。

司玉转过头，这一切此时的她都无心感受。萦绕在她脑海的，只有一个问题：

她应该怎样判断，楚泓与他，两者话语的真假呢？

也许，是有一个方法……

暮色逐深，凉风渐起，清澈的水流浸染了夕阳金红的余晖，浓艳地流淌在一片深碧浅绿之中。

而绿荫成云的江畔，一个人影正斜倚在一棵大树下，素白的衣衫被深沉的暮色镀上流离的金光。意态神情一派悠然，仿佛只是闲暇观赏黄昏的景色，双眸却始终明晰锐利，正一眨不眨地盯着江面。

不知过了多久，他眸中锋芒一闪，如同一只捕猎的鹰扑出，足尖在河面上一点，身影掠过江心的刹那，敏捷地弯腰一抄，随即飞身回了岸边。

这一来一去瞬息之间，一气呵成，再展开手掌，已经多了一朵花，

一朵含苞待放的墨色兰花。

玉石雕成般雅致清润，纤细的花瓣迎风轻颤，夕阳下飘逸淡然馨香。

“你啊，只会把乱摊子留给别人。”白衣少年无奈地叹了一声，身影很快消失在碧绿的丛林深处。

司玉凝视着镜子里的那张熟悉又陌生的脸孔。水灵的眼睛，娇俏的鼻子，红润的唇如樱桃般甜美，飞扬的眉梢灵秀可爱。

从一开始的震惊，别扭，到现在的习惯成自然，不知不觉间已经有半年多了吧。习惯真的是一件很可怕的事！司玉忽然发现，她对这张脸竟然已经没有了当初的排斥，甚至有时候，她睡眼蒙眬地坐在梳妆台前，还会下意识地感觉，这就是她本来的面貌！还有这个房间，这张床铺，这漫长的时间里都变得再亲切不过。

司玉苦笑了一下，说不定现在换回原本的容貌，自己也会大吃一惊呢，如同当初在镜子里看到贺丹妍这张脸一般。

昏黄的月光从窗外透进来，铜镜上以法术渡了一层水膜，泛着幽幽的光芒。司玉轻咬着唇，脱下了衣服。

银白色的月光照耀在玲珑浮凸的少女躯体上，司玉对着镜子仔细查看，果然，如同脸孔一般，没有丝毫破绽。这半年多来她沐浴更衣的时

候，也曾经仔细查看过，虽然她不可能知道贺丹妍的身体细节，但这个身体，确实与自己原本的不一样，所以她从未动过疑心。

易容的法术吗？在藏书阁似乎看过相关的记载，是一种高深艰涩的法术，能够将一个人从外貌到身体完全变成另一个人的模样，需要以两者的鲜血为媒介施行。除非将法术破解，否则是无法变回来的。其余的记不清楚了，只是有一点，这种法术，是极高的修为才能够施行的。

现在的自己显然不可能有这个本事，不过要证明这是否是自己的身体，她还有一个更简捷的方法。她转头看向衣柜。

易容的法术只是一种幻术，能够蒙蔽所有人眼睛的幻术，但任何幻术都无法直接影响本体的记忆，如果她的身体还是司玉，那么，借助那个法宝就能够让它说实话。

翻开衣橱，从角落取出埋藏已久的法器。

手捧宝镜的那一刹那，司玉却有些迟疑了。

“无论如何，我只希望你平安无事。”莫名地，竟然是这句话涌上心头。

如果真相果然如楚泓所言……司玉惶惑，因为她明白，从玉青峰的山石下，到谢婉小楼的床铺上，能够完成这整个过程的，只有一个人而已。

手中的宝镜翻起又放下，始终难以对着自己照下去。

原来，对于真相，她是如此恐惧！如果可以选择，她甚至希望自己什么都不知道，不必面对这艰难的抉择。

片刻的犹豫后，司玉还是将宝镜翻转过来。需要一个真相的不仅是她，还有贺丹妍！

琨兽雕像环绕着光洁的镜面，月光下幽幽的光彩竟带着几分狰狞，司玉催动法力，默念口诀。刹那间光影交错，身边闪烁起无数似真似幻的场景。

阳光下密林中几个少年探宝的惊险历程，黄昏时阁楼中谢婉殷切的法术指导……一幕幕如倒叙的剪影，飞速呈现，终于到了她醒来后推开镜子跌倒在地上的那一幕。

然后是……

冰晶般的剑刃穿透了心脏，昔日温雅少年骤然冷漠的眼神和漫天飘散的雪花。

整个视线刹那间被刺眼的红色充斥着，窒息的感觉涌上来，像是有一只冰冷的手把心脏攥住，生生扯出胸膛。是因为这冰冷残酷的记忆？还是因为这一幕所昭示的更冰冷更残酷的真相？

是真的！楚泓所说的一切都是真的！

看着眼前一幕幕虚影晃动，将这些日子里她无法忘怀的记忆一一重现，司玉只觉可笑又可悲。她闭上眼睛，只觉浑身火烧般疼痛，抑或者更伤痛的是她的内心。

再睁开眼，眼前已变成第一次过应天阁索道的场景，谢东仪取出聚云珠，白郁拉起她的手……

原来，真相，是这样难以忍受。

“哐啷”一声，影虚镜跌落到地上，司玉闭上眼睛，躺倒在床上，抬手遮住自己眼睛。

究竟是在什么时候？

又究竟是哪一句话，哪一个眼神，甚至哪一个体贴的动作，让她动了心呢？

她想起深山密林的并肩，他专注细致的眼神；想起画楼西畔的相遇，他月下清音渺渺，更想起面对银蟒，杀劫临身时，他一剑挡在她身前……从一个陌生人，到最信赖的朋友，再到内心浮动的情愫。

原来，被他欺骗，是这样残酷的一件事。原来，不知不觉间，他竟然已经走入她心中。而自己已经沦陷得这么深了。

司玉苦笑，她是太傻，早在五寸钉认出她来的时候，不，甚至早在玉青峰下找不到身体的时候，她就应该动疑心了，可是，却一直像个傻瓜一样，被他耍得团团转。

也许，是因为她潜意识里总是想着依赖别人，总是害怕孤单一人，太过软弱，才会将一切不利的线索都自动忽略。司玉默默想着，来到这个世界已经很久了，可她却总是处在被动失措的环境里，从岳冉，到白郁，到楚泓，再到谢东仪……每一次信赖，每一次全心全意的交托，面对的都是更深层次的背叛和伤痛。

心中有愤怒，也有悲伤，思绪混乱错综，甚至连房门被推开，司玉都未能发觉。直到来人走入房内，她才恍然惊觉，转头看向门口。

出现在房中的，是她此时最不想看到的人。

推开房门，谢东仪猛地看到司玉躺在床上，神情顿时有些尴尬，错开视线，低声道："抱歉，刚才敲门许久，院内一直没有声音。我以为你伤势发作昏迷过去，就不请自入了。"

司玉冷冷望着他，没有说话，此时的她连起身的心情都欠奉。

帷幕的掩映下，谢东仪看不到她的表情，见她衣着完好，还以为只是暂时休息，便进了房间，取出一瓶丹药，道："先别急着睡，这是活血化瘀的药。你今日挨了楚泓一剑，他内力锋锐，只怕有暗劲侵入胸肺……"

正说着，他视线不经意地扫过地面，月光下，一面银晃晃的东西映入眼帘。

"影虚镜？！"他脱口而出，神色惊诧不已，"这面镜子，不是在魏首座死后被归入天源宗库房了吗？"

"库房里的那面镜子不是影虚镜，是我从宝库里拿来。而这一面才是货真价实的魏首座所制。"司玉疲惫地说道，她已经没有力气在这个人面前编造遮掩的谎话了。

生硬冰冷的语调入耳，谢东仪平和的神情刹那间绷紧了，以他的聪明才智，几乎是在刹那间就已明白司玉刚才做了什么。

他一步抢上床前，掀开帘子。

司玉转过头去，不想看到他。她长吸了一口气，竭力以最平静的语调说道："这件事我一直瞒着你，其实我曾经进入过宝库，还在陈垣之前。影虚镜就是……"

"先别说这个，刚才你照了多久？"谢东仪粗暴地打断她的话，急问道。

"这与你有什么关系？"司玉冷冷道，谢东仪的态度让她更加烦躁，她猛地坐起身来，"随便我照多久是我自己……"

谢东仪一把拉住她，喝道："你不知道影虚镜是什么能力？！阴毒至极就算是千年银蟒都承受不住，你以为自己是钢筋铁骨吗？”

拉扯住的手腕传来一阵刺痛，司玉打了个哆嗦。刚才她照射影虚镜太久，身体自然受了灼伤，只是心中混乱伤痛更甚，一时间也顾不得身上伤痛了。此时被谢东仪提起来，心中怒气更甚，大声喝道：“我若不是有影虚镜，你还想要隐瞒我多久？！我自然不是钢筋铁骨，所以受不了这种欺骗！说到底，你和楚泓白郁他们有什么分别？”

谢东仪身形微晃，眸中伤痛的光芒一闪即逝。

月色下，两人一时相对无言。清冷的风从敞开的大门吹过，撩动轻薄的纱帷，将两人的身影掩映得越发模糊。终于，谢东仪开口打破沉寂：“你说得没错，是我骗了你……”

“我承认自己有私心，这件事，我本来并不想隐瞒你。只是有些事情，我实在不知道应该怎样开口。”谢东仪低低的声音缭绕在房间里。

司玉继续沉默着，等待着他将这一切离奇的故事从头到尾细细说来。

“那天傍晚，玉青峰倒塌，天源宗震动。想到你曾经说过近日要入山采药，我一时担心，也随后赶了过去。幸好及时得到消息，也幸好有储备粮在，我才能带着它将你的身体从深渊沙石之下挖掘出来。”

“等挖掘出来，我才发现，你身上虽无伤口，但在雪峰之下深埋了这么久，却已经呼吸全无，幸好身体一直暖着，心脉不绝……”

什么？身上没有伤口？！

司玉心神一颤，不易察觉地将手按在胸口上。除了记忆中的刺痛，那里似乎已经痊愈地不留一丝痕迹了。实际上，她早就注意到了，自从第一次跌下洞穴，擦伤不治自愈之后，她就发现这个身体有一种神奇的能力，痊愈的速度远超常人。

她虽然心中生疑，但对自己的特殊体质，始终讳莫如深，不敢声张，以免被人当成异类。只是没想到这种自我修复能力这么强，连被人一剑穿心都能够自动痊愈。

“这种昏迷不醒状况与丹妍极为相似，我匆匆带着你回了谢执教的居所，想同执教商议一并救治。可是，等我返回小楼，却发现，原本躺在床上的丹妍不见了。”

司玉瞬间睁大了眼睛，这确实出乎她预料之外，贺丹妍竟然不是他动的手脚？抬头望去，谢东仪的神情平静中微带苦涩，不像是说谎的样子。

注意到司玉的目光，他微微摇头，沉声道：“是我失职了，执教她离开之前，明明将她托付给我照看，但我急着察看玉青峰的变故，擅自离开，才会……”

“……发现丹妍不见，我将你暂且放到床上，然后立刻去寻找，但现场竟然没有留下丝毫痕迹，任我翻遍周围，她就像是凭空消失了一般。”

司玉心中凛然，谢婉居所周围有阵法护持，妖邪野兽之类不可能侵入。若不是谢东仪，也必然是知晓术法口诀的人。

“我立刻就去找谢执教，可当时玉青峰倒塌，引来天源宗极大震动，术部为了修补灵山防护阵法，维护地脉灵气，日夜不休地忙碌，不容打扰。当天晚上，求见不得，我只得独自回到小楼，看到躺在床上的你，我忽然萌生了一个念头……”

一瞬间空气凝滞了，有什么冰冷沉重的东西压了下来，生生堵在心头，司玉嘴唇战抖着，却始终无法说出任何话语。她应该说什么？后面所发生的一切，不必谢东仪开口，她也能够猜到。

短暂的沉默后，谢东仪忽然单膝跪在司玉面前，将一只手放在她膝盖上。他的视线郑重而真诚，低声说：“对不起，司玉。”

对不起？

苦涩的味道在舌尖蔓延开来，她能承受得起这个词吗？如果真的陷入贺丹妍那种深度昏迷的话，没有谢东仪救助，她未必能清醒过来，甚至早在玉青峰之下就死掉了。而如今她不仅取代了贺丹妍的身份，连凤凰木这种神器也机缘巧合地进入了她体内……

“我知道这种行为很自私，很冷酷。我更对不起丹妍。可是司玉，我害怕，害怕失去你，害怕你从此再也不能醒过来。”凝视着司玉的眼睛，谢东仪缓缓说道，“我本就是个自私自利的人，只要有一丝希望，我更希望先救自己心爱的人。”

司玉心神一颤，茫然中脱口而出：“你说什么……”

“我说因为我喜欢你，所以我不希望见到你受任何伤害，为此，哪怕让我去伤害别人。”

“也许以我的立场，没有资格这么说，可是，我不想欺骗自己，也不想再欺骗你了。”

司玉只觉心神一片茫然，这算什么？在这个错综复杂的时刻，她竟然意外收到了人生的第一个告白。明明是期待已久的感情，可是放在这个特殊的时刻，却带着一种冷酷，一种自私。

“你……什么时候？”经历了今晚的大起大落，心中充斥的满是狂风暴雨，羞涩甜美这些稚嫩的小儿女心态根本无处立足。可是她不得不承认，她心中，在那些冷酷自私之下竟然真的有一丝喜悦，那是发自内心的感动和喜悦，纵然司玉明白自己这种心态有多么自私，却无法抑制自己的心情。

“也许比你想象的更早，甚至在你没有出现在我面前的时候。”谢东仪缓缓道，“那时候，你在近乎绝望的逆境中都从未放弃过希望，努力寻找一切出路。我想那时候我就喜欢上你了。靠着自己一个人的努力，乐观而且积极，比起某个被困住漫长时光的傻瓜不知道强多少……”说到后来，他的声音逐渐压低，连近在咫尺的司玉都听闻不清。

我什么时候遇到过那种逆境？她大惑不解，除了初到这个世界，落到那个倒霉的四面绝壁的山谷里。难道他说的是缥缈峰采集珍露时候遇到蛇妖狙杀那次？

可是，为什么？天源宗有无数出色的弟子，她还记得在藏书阁里初次尝试变形之术的那个黄昏，几个女孩子谈论起他的语气和表情。她很清楚，如果不是因为有贺丹妍这个才貌双全、家世卓越的出色女孩一直陪伴在他身边，会有更多的女孩子趋之若鹜。

贺丹妍，想起这个名字，司玉一阵心虚，那是一种比占据了她的身体更沉重的罪恶感。

“那么，我又有什么地方让你喜欢……”司玉平视着他，问道。谢东仪对自己很特殊，她能够感觉得出，但是，她从未想过会是这样直接的感情。司玉很有自知之明，资质中等，相貌在精英云集的天源宗，也只是平常而已，个性好像也没什么特别的地方，可是谢东仪却对自己一开始就另眼相看，不错，从一开始就若有若无地特别着。意识到这一点，司玉心头忽然浮现一丝异样。可深思之下，究竟是哪里不对劲儿，却又说不出。

“我喜欢的，就是现在的你，就是这个再也平凡不过的你，将来无论怎样变化，我只希望你记着，我所喜欢的就是这个最单纯、最本色的你。”谢东仪的视线落到司玉脸颊上，片刻，忽然错开了视线，“不需要美貌……我曾经见过这世上最美的女子，那是颠倒众生的美貌……可是她不是你，我从未喜欢过她，是的……”说到后来，他视线有些错乱，但心情烦躁的司玉并未察觉。

“可是贺丹妍她……”

“丹妍是我的表妹，我自然不会放弃。哪怕有一丝希望，也会竭尽全力希望能让她平安归来。”

“那么，我身上的易容之术应该怎样解除？”司玉轻咬着下唇，继续问道。想到以这个身份欺骗了那么多人，还包括谢婉这种关心自家子侄的长辈，实在让司玉无法接受。以前她还能以身体迟早会还给贺丹妍来安慰自己，但现在已经不能自欺欺人了。想起楚泓曾经说起过的凤凰木的特殊意义，更觉烦躁不安。

“易容之术解除不难，我将术法秘诀教给你。”谢东仪毫无迟疑，仔细讲述口诀，司玉一一记下。

可得到了口诀又能如何？天源宗如今变故迭起，潜伏在暗处的敌人尚不知有多少，在此时揭穿身份，糟糕的还是她自己。

贺丹妍究竟去了哪里？莫名地想到了宝库里所见到的丝丝血线，纠缠在水晶中，如细密的蛛网。她心中顿时升起一种不祥的预感，短暂的犹豫后，她低声道：“先让我独自静一静吧。”

凝视她片刻，谢东仪站起身来，说道：“好吧，不过先和我一起去医阁好吗？你身上的灼伤必需尽快医治，阴毒之火可直接灼伤功体。”

“不必了，慧乐珠还在我手上，它的力量对火系伤势有治疗效果。”司玉摇头道。

谢东仪微一迟疑，司玉继续说道："更何况，我的伤势也不宜让医阁的人看到，以免引起不必要的怀疑。"

见她神情坚定，谢东仪唇角轻颤，最终还是什么都没有说，只低声道："好，你先休息吧，我明天再来看你。"

他的身影慢慢消失在门外，房内很快恢复了寂静，月光透过窗子缝隙照射进来。司玉沉默地坐在床边，也不知过了多久，她卷起衣袖，火烫的灼伤已经完全不留痕迹。

自己何尝不是在欺瞒他。心中不知是什么滋味，司玉紧紧攥住衣袖，像是在撕扯自己的思绪。他刚才所说的一切都是真的吗？怀疑的种子一旦种下，尤其在最牵挂的人中间，像是平滑纯净的镜面多了一丝裂痕，这世上最精妙的法术的都难以弥补。

当晚司玉躺在床上，翻来覆去总是睡不着，已是半夜，不知不觉间，一种淡淡的香气弥漫在空气里，宛如幽静的兰花。

伴着香气，她精神逐渐松懈，好奇怪啊，这种味道，自己房间里是从来不用熏香的，不过闻起来好像很熟悉……

头脑越来越沉滞，终于进入了梦乡。

正酣睡中，却忽闻一个刺耳的声音在耳边响起，持续不停，越来越响亮，越来越迫近。宛如成千上万人在怒吼，又如成千上万人在悲鸣，又如万千兵器刀枪碰撞……

司玉从迷蒙中惊醒过来，凉风吹拂过身上，她睁大了眼睛，周围一片浓郁的绿，长长的草叶随风低伏。她什么时候躺到野外来了？！

匆忙爬起身来，四面望去，她正站在一处小山头上，脚下是苍茫一片的大地，映衬残阳如血，两队人马正在下方的平原上厮杀着，喊杀声振聋发聩，整个大地都为之震动轰鸣。

仔细辨别，不仅有人类战士，还有似人似兽的生物，甚至还有无数巨大的猛兽在狂奔撕咬。

这是……上古时代的战场？可这些似人非人的生物，还有这些闻所未闻的凶暴野兽是哪里来的？

高空中一片阴影掠过，司玉抬头望去，是一只巨大的飞禽，双翼几乎遮蔽了半个天空，是鲲隼？！上面好像还坐着人。放眼望去，这样的巨鸟整个战场上竟然不止一两只，而是成群结队的存在，将绚丽的天空染上铁灰的颜色。五颜六色的流星闪烁在天地间，不时落到地上，暴发出刺眼的光芒，那是威力庞大的术法。

兽群嘶吼，战士高昂，箭矢如雨，火光交叠，天地间一切都浸染着血与火的颜色。波澜壮阔的血腥厮杀让司玉一瞬间呼吸停滞。

她向前一步，想再看清楚一些，眼前的一切忽然变了。

镜花水月，影像逐渐虚化、破碎，同时又一层影子从深渊中浮动、具现。

眨眼间，漫天风雪取代了遍地青翠，出现在眼前的是挺拔险峻的山峰，覆盖着层层银霜，呼啸的北风卷起鹅毛般的大雪花，以摧枯拉朽之势扫荡在天地间。

司玉感觉自己也是漂浮在半空中的一片雪，她随风摇摆着，抬起手，想要托住一片雪花。那银白的精灵却穿过她的手掌，径自飞舞而去。

果然是虚幻的！只是虚化的究竟是自己，还是眼前的一切？

司玉放眼望去，视线穿过厚重的大雪，发现险峻的山路上竟然有什么东西在移动，如一群挪动在雪原之上的蝼蚁。

心念微动，她的身体向着那个方向飞翔过去。

司玉终于看清楚，那是一支衣衫褴褛的队伍，漫长而沧桑，正沿着蜿蜒狭窄的山道艰难缓慢地移动着。队伍里面有老有少，有男有女，还有更多的让司玉看着胆战心惊的种族，简直像是人类与野兽的结合体。

极寒的冰冻让所有人的脸孔都变成了青紫色，却没有任何一个人停下来休息。司玉能够预见，这漫天风雪中，队伍里的人必然会越来越少。

她心生不忍，正想贴近了细看，这时队伍前面，一个白发银须的老人忽然跌了一跤，滚落下方的斜坡。

沉闷的碰撞声传来，司玉捂住嘴巴，她吃惊的不仅是老者的失足，更因为刚刚还是人类的老者，竟然在落地瞬间变成了一只巨大的白头翁。

一道黑影掠过眼前，是有人从道路上飞跃而下，他来到白头翁身边，蹲下身子，似乎是要查看他的伤势。

司玉也跟着漂浮到他的身边，因为背对着，她看不见他的容貌，但那魁梧挺拔的身形却让司玉从内心深处生出一种莫名的亲切感。她忍不住伸出手去，想要触摸他宽厚的背……

就在这时，那人却似有感悟，忽然转过头来，神情带着警惕。

那双眼睛！

司玉禁不住后退，那一瞬间，她只看到那双眼眸，满是摄人的光芒，竟让人不敢与之对视。

身形继续后退，身边的一切如虚幻的光影急速崩溃，眨眼间，司玉眼前的景象又变了。

好美的地方！等看清楚眼前的景象，司玉忍不住赞叹。

碧色的草原如铺到天边的地毯，上面点缀着生动的色彩，那是遍地野花在随风摇曳。远处无数浓绿的阴影带来勃勃生机，那是郁郁苍苍的森林沿着山势连绵起伏。漫长的旅途之后，每个人的脸上都露出喜悦的光彩，掩去了所有疲惫的风霜。

房屋，道路，工具，器皿……所有一切在这个神奇的地方飞速重生着，像是在变一场魔术，不，这本来就是一场魔术！借助着术法，一切快得出奇。短短的时间内，巨石拔地而起，宏伟的城墙，巍峨的祭台，坚固的房屋……一一出现在她的面前。

司玉飞快地穿梭在崭新的道路中，没有任何人看到她，听到她，她像个虚幻的影子，感受不到时间，也感受不到距离。

一直来到最宏伟的建筑面前，她停下身形。

这是曾经见过的那个男子的居所吧？没有任何缘由，单凭第一眼的直觉，司玉就已经认定，雪原上那个挺拔的男子必定是所有人的领袖。

她略一犹豫，漂入其中。

新建成的宫殿简单却不失恢弘，在房间与回廊中穿梭，茫茫中似乎有什么指引着她。一直漂浮到一间精巧的侧殿前，在一挂垂下的青萝珠帘之后，她停了下来。

被术法固化的青萝花散发出玉石般莹莹光泽，一阵风过，司玉几乎能够闻到那丝丝甜香了。很快，花帘之后传来的说话声吸引了她的注意力。

“陛下，昨晚地脉再次震动，已经有不少族民心生疑惑，地下震动如此频繁，迟早会发现端倪，只怕到时候会引起大规模的混乱啊。”

“就算恐慌难安，我们还有别处可去吗？”一个硬朗而极具磁性的声音传来。

是他！司玉立刻意识到。

短暂的沉默后，男子轻叹了一声：“这世间果然是祸福相依。”

老者也叹息道：“本以为在神州极北之地，竟能发现此等乐园，是我们黎族无上福祉，正适合我族休养生息，等待恢复力气，再向轩辕一族那些卑鄙奸诈的家伙报仇。可想不到竟然地下还有此等隐患。”

男子摇摇头，道：“此地位居幽冥之北，是天地寒气汇聚之所，若不是有这个隐患，怎可能造成如此温暖宜人的天气和肥沃的土地。是威胁，也是契机。”

“可是陛下，据臣前往观测，只怕顶多再有百十年，这隐患就要变成……”苍老的声音顿了顿，颤声道，“到时候可如何是好啊？”

男子沉声道：“无需多虑，此事我已有计较。以我之功体，尚可一搏。”

苍老的声音带着一丝惊讶：“陛下，那地火为天地精华凝聚，地脉运转数十万年所积，又秉幽暗之力而生，纵然陛下神功盖世，只怕……”说到这里，他话语一滞，猛地惊醒到，“难道您是想用那个东西？”

“不错，天地之力，唯有借天地造化之能，方可压制。它既然落到了我们手里，便是天意不亡我族。”

“可是，陛下，我们手中的盘古神玺只有一半而已啊！还是属阴极的那一半，到时候臣只怕……”

“剩余的力量，可以我血脉功体补足。”男子的声音响起，平静而坚定。

外面的司玉心神一颤，禁不住贴近了花帘，她想要亲眼看一看那人的容颜。

可就在这个时候，青萝散落，珠帘成空，她身边的景象又变了。

是光！

几乎要将整个灵魂都照耀地灰飞烟灭的光！

睁开眼睛的一瞬间，司玉看到了一条龙，通体纯银，双眼却如黑曜石般深沉，盘旋昂扬，势态威猛，在一片天地皆无的纯光中回旋游动，首尾相接。

视线猛地向后拉，银龙逐渐变小，直到最后……那是，一枚戒指？

司玉睁大了眼睛，接着一道金光破空而起，笼罩住那枚鬼斧神工的龙形戒指。而金光中还有一个人，就在戒指的正下方。

是他！

司玉想贴近了看，可似乎有一层无形的墙壁挡在中间，让她无法靠近。

他正站在一座恢弘广阔的大祭台上，整个祭台就是一件法器，暴出冲天金光。将他和银龙戒指笼罩了一起。刹那间整个天地都变成茫茫金色。

台下有无数子民在俯首膜拜，如叩拜最崇敬的帝王，又如膜拜最伟大的神灵。

伴着祭台上翻涌的光芒，司玉心脏怦怦狂跳，一种无法形容的战栗从内心最深处传来，似乎全身的血脉都在战抖着。她终于看清楚了那男子的真面目。

为什么？明明是一张陌生的脸孔，却是无比的熟悉。

银龙盘旋，放大，下旋，逐渐融入他体内，他闭着眼睛，拧起的眉梢却泄露了此时身体承受着的巨大痛苦。

刹那间，司玉甚至有一种冲动，想要立刻跪倒在地上，如同那万千子民一般顶礼膜拜，她呆呆盯着这一幕，呼吸窒堵，目眩神迷。

直到他的双眼忽然睁开，逼人的光芒刹那间照射到司玉身上。那一瞬间，他的视线仿佛穿越千万光年，落到这个虚幻的影子身上。

他向她伸出手，她听到他浑厚的声音回荡在天地间："我蚩尤子孙，必将世世代代承受神玺之力，守护这片大地与我黎族子民！"

……

惊雷在耳边响起，司玉猛地坐起身来。

天边白光闪烁，将原本漆黑的房内耀地恍如白昼。司玉惊慌失措地看向窗外，直到轰鸣的雷电声传入耳中，才醒悟，是下雨了。

夏日的雷雨总是这样突如其来，她向来是不怕雷雨的，可此时窗外的霹雳一声连着一声，一声响似一声，像是铁锤生生敲击在心头上。

她擦了擦额头，那里隐隐沁出一层冷汗。回想起刚才的噩梦，只觉心跳如擂鼓。

真是诡异！刚才的梦，她明明从未见过那些人，可为何看起来，每个场景、每个细节，甚至每一个面孔，都带着难以割舍的亲切熟悉呢？

短暂的一个夜晚，她目睹了血腥杀戮的战争，经历了风雪艰难的跋涉，更见证了一个种族奇迹般的崛起……一切如此真切，甚至醒来的瞬间，她以为身边的一切都是虚幻，而梦中才是真实。

长吸了几口气，司玉心神逐渐平静下来，她准备下床去关上窗户。可身形一动，被什么东西硌了一下。

低下一头，是一支玉簪，应该是无意间掉落在被褥上的。

将簪子举起，她诧异，记忆中她并没有这支簪子啊？

玉质的兰花精雕细琢，虽然只是个半开的花骨朵儿，却娇艳非常，还带着淡淡的幽香。

这香味……司玉猛地想起，这是楚泓临死前留给她的东西，当时他插在她发髻上，难怪味道闻着这么熟悉！

不过，记忆中在碧水寒潭边惊鸿一瞥，这只玉簪上的花骨朵似乎是完全合拢的，可是此时却呈现微微绽放的姿态，细腻的幽香从半开半掩的花蕊里幽然溢出。这真的是一朵假花吗？司玉忍不住碰了碰花瓣，冰凉而又温润的触感，像极了它的主人。

今晚那个诡异的梦，难道就是这支簪子的功劳？

司玉顿时有种将这支簪子远远扔出去的冲动，扬起手臂，却又迟疑了。心中似乎有一种强烈的直觉在呐喊着，不要扔！它很重要！而理智却告诉她，楚泓那家伙会留给她什么好东西？还是扔了的好！

再三犹豫，她终于跳下床，将玉簪置入一方白玉匣中，放得远远地。

第二天清晨，司玉顶着两只大大的黑眼圈去了应天阁。进了殿内，立刻发现昨晚没睡好的不止她一人。陈垣他们几个尤其严重，脸上的表情也是悲恸难安，而放眼其他弟子，神情也多有悲意。

“贺丹妍，昨晚你也没睡着吧？”田萱招呼她，神色沉痛，“想不到楚泓竟然会失足跌入悬崖，都是为了找我们……”

“应该是我的错。他不仅中了毒，功力损耗又大，竟然还让他去寻人，都是我太大意了。”陈垣深深自责道。

对楚泓的死亡，邢震他们只交代说是搜寻同伴时候不慎跌落悬崖，剧毒加内伤，终于让这个杰出的弟子不幸殒命。有陈垣他们一路见证这场惊险的路途，自然无人怀疑。

平日里楚泓对人温和有礼，很多人都很有好感，此时听闻他意外丧生，不免难过。众人为之消沉了好一阵子，喧嚣一时的寻宝也终于冷寂下来。

而司玉在表面的随波逐流之下，却开始准备着下一步的行动了。

第六章

血祭冰殿

夜色浓郁，秋蝉鸣泣，幽静清冷的月光下，司玉独自一人走在山间道路上。飒飒秋风如同那个初入天源宗的夜晚般，路边的一景一物也都格外熟悉，可走在路上的心情却是截然不同了。

沿着记忆中的方向，绕过怪石嶙峋的山地，眼前豁然开朗。瀑布轰鸣，寒潭清冷，空气里弥漫着凉凉的水汽。

司玉先来到山壁一侧巨石边上。

冰心草不见了！

周围没有被人动过的痕迹，它是自己离开的？去哪儿了？

算了，纵然冰心草投向楚泓的“叛变”行为让她有那么一点儿怨念，但它只是一只灵识初开、蒙昧无知的小草而已，而且前后两次结成的冰心果都被她这个贪心的主人取走，也算是鞠躬尽瘁了。司玉暗叹了一声，缘起而聚，缘灭而散，只希望它离开之后，在这个山里平安修炼，不要再被别有用心的人找到。

对着空荡荡的地方轻轻说了一声再见，司玉转身来到灌木丛边。这里是记忆中通往地道的入口。有一件事，她必需亲眼去证实。

拨开灌木丛，隐秘的入口显露出来，幽幽寒气弥漫周边，司玉敏锐地察觉到有什么东西不一样了。看来封印的变化已经影响到周围的地脉了，只是不知宝库内部是否也发生了变化。

来之前司玉特意向谢婉打听过消息，上一次天玄寰宇车定位宝库失败，力量损耗过大，暂时不会有行动了。但是以天源宗的实力，宝库封印重开只是时间问题，自己的行动必需尽快了。

在幽深的地道里穿梭不知多久，眼前景物一变，她已经身处熟悉的大殿中了。金雨缤纷，玉鼎开光，宝库又一次出现在她面前。

高架显现的刹那，司玉忍不住闭上眼睛。经过上一次天玄寰宇车的强行定位，力量互冲，宝库中尘封千百年的宝器纷纷被惊醒，此时架子上彩光缭绕，耀地人眼花缭乱。

适应了库内的光线，司玉穿过宝库，来到墙壁前。原本间歇分布的水晶，此时已经铺天盖地，几乎要将整个宝库笼罩起来，光点莹莹，血丝脉脉，隐隐流淌着生命的气息。

来到记忆中阵法布设的地方，司玉依循记忆中的方法，一阵眩晕之后，再一次感受到脚下冰雪般的寒意。

睁开眼睛，光华绚丽的冰晶充斥在视线的每一个角落，满是宁静幽雅的美，如果没有其中多得刺眼的细密血丝的话。越向大殿深处走去，红色越发密集，仿佛整个大殿都变成了活的，而这些血丝，就是它流淌的血脉。

一直走到高台之侧，如雪莲一般精致的冰晶围绕着地下的睡美人。可原本洁净的花瓣上，却似乎多了什么东西。

心跳如鼓擂，司玉慢慢走近，等她看清楚那是什么，纵然早有心理准备，还是禁不住惊叫一声。

是人？不，不是，那只是一身衣服！

强压住狂乱的心跳，司玉仔细查看，那是一身轻便的绯红色女装，放在地面上，摆成了身体的形状。不仅衣服鞋袜，甚至连簪子、耳坠、玉环，这些细微的东西都分好不差地摆在它应该在的地方。更贴切地说，像是原本有一个人躺着，然后她的身体忽然不见了，只留下所有的衣服首饰。

司玉心中冒起一股寒意，千万道血线像是盛夏季节的蔓藤植物，正以这里为根，肆无忌惮地向四周延伸扩展着。终于结成一张细密的网，缠绕住整个大殿。

犹豫片刻，她压下战栗的心情，伸手拾起一枚耳环。

翡翠雕琢的爪形钩饰下，小粒的珍珠散发着盈盈光泽，她记得这是贺丹妍最喜欢佩戴的耳环。

那么她整个人去了哪儿？真的已经化为……司玉打了个哆嗦。

冰晶雪莲环绕中，绝美的白衣人依然在沉睡着，栩栩如生，像是下一秒就会苏醒过来。那赏心悦目的完美容颜，此时落进眼里，却只让司玉倍感胆寒。

这个阴森诡异的地方，她一刻也不愿多待。正想离开，背后忽然响起一个冷冷的声音："想不到已经被人捷足先登了啊。"清丽婉转的音色格外熟悉，打破了冰雪的寂静。

司玉猛地转过身，一个窈窕的身影不知何时竟然出现在了大殿角落，正向着这边缓步而来。

"安小惠！"熟悉的面容映入眼帘，司玉大吃一惊，"你……你怎么来了？"

同寝室的好友正笑吟吟地看着她，眸中闪烁着不易察觉的惊异，她笑道："当然是想进来，就进来了。不过会在这里见到你，倒真是让我吃惊了。"

她是因为寻宝而误入这里吗？不对，这种坦然自若的神情态度，难道……司玉心中打起十二万分的警惕，面上却不动声色："我也正好奇，不知怎么自己就进了这个古怪的地方呢。"

"哈哈，不知怎么就进来了？"安小惠嗤笑一声，转头道，"如此轻易就被人进了封印之内，看来你先前所说的'宝库虽开，但封印万无一失'有些言过其实了吧？"

司玉这才注意到，她身后竟然还有一个人，全身都裹在暗色的斗篷里，像是个灰蓬蓬的影子，看不出形貌。

"她能轻易进入，不过是因为血脉特殊。封印对纯阳元体不仅不会抗拒，反而有自动吸引之效。"灰衣人上前一步，冷冷说道，声音沙哑，像是在刻意压抑。

"呵，这么轻松就进来了，可真是羡慕啊。"安小惠的视线回转到司玉身上，笑道，“要知道，我每次来这里，仅是穿越力量乱流，都要经历九死一生啊！”

司玉没有说话，只是一眨不眨地望着她，视线转冷。听了两人的对话，她岂会还不明白。想不到自己最熟悉的另一个舍友，竟然也是别有居心的妖魔！而最让她心惊的还是两人谈话间全无顾忌的神态……

安小惠对她的戒备视若无睹，继续笑道：“不过，司玉，你总是这么好运气，连受伤濒死，都有人帮你求来凤凰木洗骨重生。”

司玉！

这个名字骤然入耳，司玉心神一颤，除了他，已经有多久没有人这样称呼过她了。听到的瞬间，甚至升起一股陌生感。

“你怎么会知道？”她轻咬着下唇，问道。

“我当然知道。那天见你回来，我可实实在在吓了一大跳，还以为诈尸了呢。”她摸着鼻子，有点儿不好意思地说道，“那个人为了救你，竟然想出这种偷梁换柱、瞒天过海的法子。”

司玉心念电转，刹那间明白过来，“是你！那天是你偷走了贺丹妍！”

“没错，是我。”安小惠耸耸肩，爽快地承认道，旋即神色一敛，故作神秘地压低了声音，“不过，若不是有贵人相助，我可无法在那么短的时间里做到这一切哦。”

有人相助！不错，若没人帮她，以她一个和谢婉非亲非故的初入门弟子，怎么可能知晓阁楼的防护阵法，而且将入侵的时间把握地那么精准呢！她视线落到旁边的灰衣人身上。

灰衣人冷冷提醒道：“你说的未免太多了。”

安小惠转过身，笑道：“有吗？依我看，是您老人家太谨慎了吧。”清脆的笑声中带着一丝得意，原本秀雅的面容透出别样妩媚。

她正环抱着双手，影子侧面投在地上，这熟悉的一幕触动司玉深埋的记忆，蒙尘已久的弦骤然被拨动，她脱口而出：“你……是那晚和岳冉见面的人！”

安小惠神色微变，旋即恢复正常，看向司玉的眼神却多了隐隐的寒意：“看来，你知道的比我所料想的还要多呢。”她无奈地摸摸鼻子，一如既往的娇俏可爱，“不过，我很好奇，你究竟是哪次看到的？岳冉竟然会有这么大意的时候。是入门仪式后，在应天阁后山那次；还是杀死那三个倒霉的废物之后，在寝室门口那次；还是在醒心洞里那一次……”安小惠好奇地说笑着。

陈垣那三个舍友也是她杀的！司玉心中寒意更甚，想不到就在自己身边，一团和气的寝室和朋友都是居心叵测的伪装者，表面平淡温馨的生活下暗潮汹涌。

这些妖魔！不仅安小惠、楚泓他们，还有这个人，司玉视线落到那个形态神秘的灰衣人身上，刚才说话的声音刻意压低扭曲，只怕也是熟人吧。

心冷到极致，竟然升起了一种滑稽感。这算什么？这么久以来，那些温柔的笑脸，那些无私的帮助，那些体贴的话语……竟然全部都是假的。那还有什么是真的？从楚泓，白郁，到谢东仪，还有现在的安小惠。想起自己来天源宗的这些日子，司玉只觉得可笑又可悲。

其实她又有什么资格抱怨，不仅他们，自己不也是假的吗？用这张面容，她已经欺骗了谢婉，欺骗了几乎所有人。而真正的贺丹妍……

“你究竟将贺丹妍怎么样了？”司玉挣扎最后一线希望。

“你不是看到了吗？”安小惠摊开双手，坦白道，“其实，我也想顾念点儿同袍之情，可谁让她偏偏血脉特殊呢。”

果然如此，司玉退了一步，对眼前这些狠毒的妖魔，她心中只剩厌恶与恨意。

单论武功，安小惠本来并不比她强多少，但既然是妖魔，必定隐藏了实力，再加上她身后那个神秘人物。司玉很清楚自己根本不可能是对手。而安小惠坦然自若的态度，也说明她有把握绝不会让自己活着走出这里。

可是她还有一个机会。她不需要通过他们所说的封印乱流，就可以穿梭在宝库与冰殿之间，这是她唯一的逃命机会！

司玉身形微动，安小惠立刻警觉，上前一步，笑道：“无论你知道多少，都无所谓了。刚刚我们还在担心封印开启的速度这么慢，贺丹妍一个人的血是不是不够用，想不到你就送上门，果然是天意如此。”

司玉冷哼一声，拔出剑来。安小惠嘴角浮现一丝嘲讽的冷笑，显然在笑她自不量力。

时间越拖延，对她越不利，司玉索性先发制人。剑光疾若流星，向逼近的安小惠横切过去。

安小惠身形微晃，轻而易举就躲开了司玉的剑锋，同时拔剑还招，迅捷无论。

司玉一招不中急速后退，冰晶地面光滑无比，像是一只滑翔的天鹅。

安小惠岂能容她走脱，眼见她急着逃跑，更不放在心上。只冷笑一声，身影如同幻影般，刹那间出现在司玉面前。

司玉一惊，来不及做出任何反应，剑刃已经刺进了心脏。

可下一瞬间，变了脸色的却不是司玉，而是安小惠——传入耳中的竟然不是熟悉的利刃入肉声，而是一声清脆的“叮当”。

刺眼的光芒从司玉的胸口涌现，沿着剑刃划破的地方迸射而出，灼热耀眼地几乎要将精钢打造的兵器融化。受到强烈的刺激，被金光扫过的晶体尽皆“嗡嗡”作响。安小惠首当其冲，立觉全身灼烧般剧痛，她心下大惊，但明白此时若是后退，反而脱不开金光的笼罩范围。她当即不退反进，剑上瞬间发力，对着司玉全力直刺下去。

司玉只觉胸口刺痛，竟然是她的剑气透过影虚镜防护，直透入体！

她不敢迟疑，借着安小惠的剑劲儿，急速飞身后退，卸力也是借力。

借着这股力量，司玉后退的速度快得惊人，像是一只掠过大殿的虚影，肉眼几乎无法捕捉。而她的身后，就是上次离开的秘密通道。

眼看司玉就要撞上冰壁，却没有做任何防护，敏锐的安小惠忽然明白了过来，厉叱一声，飞身上前，可她的速度又如何及得上借力飞翔的司玉。

就在这时，一直隐藏在角落的灰衣人忽然动了。他抬起一只手，司玉只看到他指端现出一丝微光，还未来得及分辨那是什么，就觉胸口一凉。像是有一只冰冷的手，生生攥住了她的心脏，后退的脚步戛然而止。

司玉挣扎着低下头，鲜红的血正从胸口翻涌而出，如同有一截看不见的冰刃刚刚从那里穿透。“叮”一声脆响，数片黯淡无光的铜片从她怀里跌出来，是影虚镜！破碎得像是一面脆弱的玻璃镜。

怎么可能？那一瞬间她几乎无法相信。

明明只差最后一步了！身后就是出口，咫尺之遥却如天涯海角，她连挪动一步的力气都没有了，生命力随着涌出的鲜血奔涌流逝。终于，她无力地跌倒在地上。

最后的一眼，她看到虚影一晃，是那个神秘的灰衣人出现在安小惠的身边。

他是谁？

“幸好你发现的及时。”安小惠心有余悸地道，“想不到这个丫头这么狡猾。”

“命在顷刻，人的潜力不可小觑。”灰衣人冷然道。

“什么样的潜力及得上您？轻轻一弹指就连器部首座的法器都不能抵受。”安小惠扫了地上的影虚镜残骸一眼，笑道。她眸中闪过困惑不解，但更多的还是对身边之人的震惊警惕。他的实力竟然到这般惊世骇俗的境界了，果然不愧是……相比之下，影虚镜为何会出现在司玉身上，只是微不足道的小节了。

“力量运用，非但看其强，更要观其巧。影虚镜不过是魏振拙劣的仿制品而已，力道虽强，但其破绽太明显了。”灰衣人随口说道。

他的声音已经不是刻意压抑的沙哑，而是威严中带着……一丝熟悉。

没错，她听过这个声音！

倒伏在冰冷的地面上，司玉朦胧中意识到。可究竟在哪里听过，枯涩的大脑却偏偏无法想起了。

这是怎样的情况？她明明被人一剑穿心了，可神志竟然是清醒的，甚至能够清晰地感受到这个身体细微的变化。

全身的血液像是在被什么力量吸引着，奔涌向心脏，顺着残破的缺口流出体外。可丹田深处却浮动起一丝暖意，古老的力量在那里搏动起伏。有东西缓缓流出，填满了失血的经脉，让她的身体不至于因为失血过多而枯死。

是凤凰木！

身下越来越热，原本冰冷的晶体逐渐变得温暖，像是有一只小火炉在烘烤着，血液流逝的速度越来越快。

耳边传来安小惠的一声惊叫：“这是怎么了？”

放眼所及，整个冰晶大殿如同活过来一般，晶体中浮动着无数莹莹的光点，都像是看到了饵食的鱼，疯狂地向着这边游动过来。光点越聚越多，不一会儿司玉的身下已经是一片纯光了，纯净的血色从她身下蔓延开来，像是盛开了一朵妖艳的曼珠沙华。

“这是怎么了？”安小惠紧张的握紧了手中的剑，她敏锐的感觉到周围灵气波动急剧混乱起来。

灰衣人悚然道：“是封印终于要开启了！”素来冷静的声音里蕴含着难以压抑的战抖，那是期盼了千百年才有的战栗。

安小惠猛地转过头，大殿中央，雪莲花般的晶体花瓣宛如活了过来一般，围绕着中心那个若隐若现的影子，迸放出璀璨的光华。

封印要开启了？！

“不是说至少还有一个月吗？”安小惠难以置信地喃喃道，一边目不转睛地望着大殿中央。她清晰地感受到，远古相传的灵力笼罩住整个大殿，正以惊人的速度流转着，身处其中，仿佛置身纯灵气凝结的海洋。这正是封印开启的前兆！面对这一变故，绕是她狡诈如狐，瞬间也有些失措。

“可能是血量增多？或者是因为增加了凤凰木的力量。”灰衣人低声道。他的视线落到伏倒在地面的司玉身上。血迹还在蔓延扩展，仿佛抽不尽一般，花朵绽放地越发艳丽，让人一看之下几乎要被吸进那无穷无尽的血色蛛网中。

“这些血……”安小惠忍不住弯下腰，血中仿佛蕴含着一种诡异的力量。

可她手指尚未碰触到血迹，一道锐利的气流直冲她划过，她连忙躲闪。一道血珠沿着白玉般的脸颊划下。封闭的大殿竟开始刮起狂乱的风，像是有什么无形的东西生生压了下来。

“是灵力乱流，已经实体化了。”安小惠变了脸色。

“不能在这里久留！”灰衣人也紧张起来。封印一旦开启，周边地带都要被乱流卷入，时空破碎，到时候任你多强的功力都难逃生天。

一边说着，他准备离开。安小惠紧随其后，可刚迈出一步，心中警戒忽生。想要躲闪，却还是晚了一步。

胸口一阵剧痛，铁锈般的血腥味传来，她艰难地低下头，一截冰冷的剑刃从她胸口透出。

她嘴唇战抖了一下。剑刃一颤，如同刺入般突兀，迅速抽离了她的身体。

安小惠踉跄前冲一步，挣扎着转过身来。对面的灰衣人整个面容都掩盖在斗篷下，恍如一个灰蓬蓬的影子，连手中沾满了血迹的长剑都染上了一层黯淡的银灰。

安小惠忽然笑了：“你……你真是比我们妖魔更狠毒，更虚伪。”

“你应该明白，封印已开，留着你们也没用了。”灰衣人冷冷看着她，淡然道：“而且我若不动手，难道要等着挨你手中的毒针吗？”

安小惠惨然一笑，手里暗暗扣住的银针无力地跌落到地上。她很清楚封印一旦开启，就是双方合作破裂的时刻，可没料到封印会是在这样意外的情况下开启，让她甚至来不及准备一条退路。刚才假装查看司玉血液的时候，她已暗暗扣下银针，可惜没等找到出手的机会，他就比自己更早动手了。

她输了，而输的结果就是死！

身体无力地跌倒在地上，安小惠挣扎着抬起头，恨然道：“就算封印开启了，你也捞不到任何好处，盘古神玺绝对不会是你的。”

她最后望向大殿中心，那里原本璀璨的冰晶雪莲已经转化为一团灼热的火焰，宛如炫目的太阳。

“它一定会回到我族，为了玄王殿下的大业……魔界……修补地火……”血沫从她的嘴角溢出，后面的话语渐渐模糊，最终完全消逝在唇齿间。

司玉趴在地上，只觉全身如坠冰窖。刚才的变故虽然无法亲眼目睹，但耳朵还是听得清楚，安小惠死了！这个灰衣人到底是谁？

杀死安小惠不过片刻工夫，殿内的乱流已经越发狂乱。整个大殿就要完全崩溃，化为齑粉，灰衣人不敢停留，他迅速来到司玉身后。

照那个小丫头的举动，这里应该有一条通道。手捏法印，他动作快得出奇，很快一个术法印在水晶壁上，身影随即闪烁进地道不见了。

留在殿内的司玉清晰地感觉到压力越来越沉滞，自己整个身体都要被压成肉饼了，还有乱七八糟的风刃，呼啸着擦过身体，锐利如刀锋。

而最糟糕的还是身体的失血，司玉自己都难以置信，她竟然会有这么多血？被吸了这么久竟然还没有吸干！甚至还能够保持清醒的神志！

全赖丹田的热量源源不绝，才能供养着身体不死。可就算凤凰木的力量再强，也有穷尽的时候，一旦力竭，自己迟早要被吸干。

身下晶体水蛭一般，胃口似乎无穷无尽。身体越来越沉重，司玉甚至感觉，源源不断地被吸出的，不仅是血液，还有更朦胧的，更重要的，整个精神，甚至灵魂……

而灵魂流逝的方向，正是殿中！

那个妖魔？！

神志混沌中，司玉感觉好像有一条遥远的线，牵在她与那人之间。一时间，她仿佛变成了另一个人，变成了那个妖魔……正躺在冰下，等待着醒来的那一刻。

自己是怎么了？

大脑一片空白，心脏鼓动，应和着遥远的呼唤，神志逐渐迷茫，我是谁？我来自哪里？

在彻底沉沦下去的瞬间，倏然灵光掠过，司玉神志有片刻的清醒。

抓住这最后一线生机，她默念术法，灵气流转，顿觉身体一轻，血液的流逝也停止了。

幸好还有这一招！喘息了片刻，她低下头，看着自己红彤彤的身体，苦笑了。

蜡烛其实也不错！至少受再多伤口，也绝对不会失血，司玉从未如此赞叹自己魂咒签地英明。而且因为体积变小，大殿内越来越密集的灵气锋刃也容易躲避了。

对面的安小惠就没这么好运气了。一眼看去，司玉打了个哆嗦，原本娇俏的少女被无数锐利的锋刃分割划过……支离破碎的身体流出凄艳的色彩，唯有睁大的眼眸中还带着深深的不甘和恨意。

司玉低下头，不敢再看第二眼。无论多么深沉的恨意，也被这样的景象磨平了。

殿内乱流越来越剧烈，必需立刻离开，就算自己现在是支蜡烛，迟早也会被这狂乱的气流给切成蜡烛段儿的。

司玉竭尽全力向身后的通道翻滚过去，这一步之遥真如千万里一般艰难。幸好变成了蜡烛后身体很轻，终于滚进了通道，下面就是光滑的陡坡，司玉松了一口气，顺着翻滚而下。直转得她七荤八素，也不知过了多久，终于撞到了一堵墙壁上。

再一次庆幸蜡烛的结实耐摔，司玉头晕眼花地抬起头。因为视角关系，林立的高架如巍峨的高山一一映入眼中。

果然回到了宝库！

可没等她松一口气，身下又传来持续不断的轰鸣震动，是冰殿那边的封印已经影响到宝库了！

地脉震动不止，仿佛有一条潜伏在地下的巨龙怒吼翻腾着，随时可能破地而出。张狂的力量使整个宝库都在战抖，摆满了法器的高架子左摇右摆。

自己得尽快离开！司玉勉强直起身体，正想行动，一样东西“哐啷”一声，砸在她身边。转头一看，竟然是一柄长剑！司玉胆战心惊。

等等，不对啊，就算架子摇晃的再厉害，这些法器都有术法固定的。

透过高架缝隙，司玉很快看到了一个熟悉的身影。

是那个灰衣人！他双手正如花枝般绽放，数个法印从他指端飘落，高架发出蒙蒙青光，上面的宝器“嗡嗡”作响。解开束缚，灰衣人左手凭空出现了一只小口袋，金线织成，宝光灿烂。他一挥手，无数宝器像是受到召唤的飞鸟，离开高架，向着他飞去。

司玉只看到他的身形在高架间穿梭不止，如一个黯淡的影子掠行在宝库中，所经之处，高架瞬间空空如也，速度让人叹为观止。

无数宝器被收入袋子，司玉灵机一动，这不正是自己离开的最好机会吗？她咬牙用力一跳，跳到高架的最低一层上，一动不动地躺好。

刚刚躺好，灰影掠过眼前，司玉只觉一股巨大的吸力当空落下，整个身体飞了起来。

“砰”的一声，跌得她头晕，还没清醒过来，又是无数法器如雨般劈头盖脸砸下来。连滚带翻，司玉赶紧往旁边躲，才没有被这些乱七八糟的东西活埋。

耽搁的这片刻间，封印的影响范围更大了，整个宝库灵力密度达到一个恐怖的程度。哪怕身在乾坤袋里，司玉也能够感受到那股强大的威压，几乎要把身体生生撕裂。

一片黑暗中，司玉只能紧张地祈祷：灰衣人可千万不要贪得无厌，没死在冰殿，却搂着一大堆宝物死在这里……

乱流越来越剧烈，灰衣人无奈停了手，他恋恋不舍地扫了满殿的法器一眼。刚才一番努力所收集的，连宝库里的十分之一都不到。

器具属性不同，能承受的压力也不同。这一场浩劫之后，只怕这大殿里有一半的法器都要承受不住急剧的地脉灵气冲击而损毁了。这都是天源宗千万年来的精华积蓄啊，岂能不心疼。

他心中不舍，脚下却不敢有丝毫停滞，飞快地窜到出口前，结出法印，身影如倒映在水上的幻影般，虚晃片刻，便不见了。只余殿内越来越狂乱的气息呼啸而过，清脆的暴裂声不时响起。再晚上一刻，神仙也逃不出去了。

头上的“法器雨”终于停止，司玉放下心来，看看周围，她头上横着一把明晃晃的宝剑，左侧一枚金铃，右边一面青铜算盘，腰上还挂着一只玉指环。随着灰衣人走动，众多物件晃动挤压下来，简直苦不堪言。

司玉也只能苦笑，她一动也不敢动。虽然化为物件，但她依然是活的，与这些无生命的法器截然不同。一旦脱离混乱的宝库，灰衣人冷静下来，极易察觉内中有不同寻常的气息。

小心翼翼地收敛自己的气息，不一会儿，司玉敏锐地察觉到周围的环境变化了。新鲜的空气沿着袋子缝隙透进来。

终于逃离那个九死一生的地方，她松了一口气。温暖的阳光透过斑驳的树影投射在身上，灰衣人也长长叹了一口气。

他低头看向身上，原本飘逸的灰色长袍已经残破如乞丐装，横七竖八几十道伤口触目惊心，都是冰殿和宝库里灵压乱流的杰作。这件长袍看着不起眼，实际上是他一件极为得意的护身法宝。

不过灰衣人心中无丝毫可惜，牺牲这件法器所换来的短暂时间，让他得到了无数更精深，更强悍的法器，足以抵偿损失了。

手中紧握乾坤袋，纵然他的修为早已达到道心悠然、波澜不惊的境界，此时也不免喜忧参半。

喜的是此行的收获，而忧的是……他抬头望去。

地脉深处的震动越来越广阔，遥遥看去，整个山峰都在撼动着，金光迸射，而与它相对的苓泽禁地和玉青峰都发出冲天白光，遥相呼应。

这番惊天动地的变故早已让整个天源宗震惊，天空中划过无数道璀璨的流星，那是修仙者正在御剑飞行，赶往几个出事地点。

略看片刻，灰衣人眉头皱起，不仅天源宗五部，连那些闭关几百年的老家伙们似乎也不甘寂寞了。

他也必需尽快，意识到这一点，灰衣人立刻行动，但奔走的方向却同天上的流星截然相反。他如今这狼狈的形态自然不敢让众人看到，必需先回居所略作收拾。顾忌头顶上的同修，他也不敢御剑飞行，只能在林中急速奔走。

奔行片刻，经过一条溪流边，他心中警戒忽生，脚步一滞。凝望着密林深处，冷然道："谁？"

这一声呵斥语音低沉，在寂然无声的森林中却格外刺耳，乾坤袋里的司玉忍不住精神一振。

片刻，一个低低的笑声传来："被发现了啊。"声音清朗润泽，凉意沁人。

这再也熟悉不过的声音入耳，司玉大惊，他怎么会出现在这里？

霜莹皎洁的冷月在草地上投落斑驳的光影，一个身影从密林深处缓步走出，精致的容颜在月色中掩映不定，正是久日不见的白郁。

灰衣人冷冷望着他，神情古井无波。直到他走近，方冷然道："夜深露重，暗道难行，有些人行事还是收敛一些为好。"

白郁闻言，低笑一声："前辈对我等的'关照'，可真是无微不至啊。只是夜色虽深，今晚月光却好，大路通畅，哪里的危险呢？"他神情一派坦然，仿佛只是趁夜出来赏月游玩一般。

灰衣人淡然道："正因为天源山的夜路太亮，才不是妖魔鬼怪能横行的地方。多事之秋，总是识时务者，方能及时保住性命。"

"保得性命？"白郁无奈地叹了口气，摊手道："前辈的金玉良言弟子如何不知。只是我这人偏偏有个坏毛病——最爱看热闹。一旦有热闹了，有时候连性命都顾不得了。今晚偏偏又这么热闹，弟子实在是按捺不住啊！"一边说着，视线落到灰衣人凌乱残破的长袍上，"而且，连前辈您不是也不甘寂寞了吗？"

他们不是一伙儿的？！

听到两人你来我往地打机锋，司玉有些诧异了，她本以为白郁是在这里接应灰衣人的。对了，安小惠临死前似乎讽刺过他比妖魔更虚伪更狡诈，而白郁又叫他前辈，这么说来……这人是天源宗的！

灰衣人脸上不动声色，凌空翻飞的衣袂却泄露了他波动的心神。纵然刚才在地宫里功体消耗极大，但以他的修为，还是有十成的把握杀得了功体封印中的白郁。但是他不敢动手。两人一旦动手，灵气暴冲，势必惊动天上那些行色匆匆的天源宗高手。而眼前这只狡诈的妖魔也正是看透了这一点，才会肆无忌惮地出现在他面前。

终究还是封印开得太突兀，他只来得及收拾掉一个楚泓，却在紧急时刻被眼前这只漏网之鱼坏了大事。

略一沉吟，他暗叹了一口气，语气缓和下来："既然不甘冷寂，那么倒是说来本座听听，你一个小小应天阁弟子，想如何看热闹？"他素来拿得起放得下，既然无法达到全功，立刻顺势而行，谋求最大利益。谈条件的言语中，也不忘提醒白郁别忘了自己如今的功体和身份。

白郁哂然一笑，他的视线落到灰衣人腰间宝光流转的金丝囊袋上："听闻首座有一金蕊乾坤袋，内中容量无穷尽，更有一绝妙之处，任何宝物法器放入其中，都可隔绝气息，不为外动。弟子入天源宗以来，久已仰慕，一直想借来把玩观瞻……"

袋中的司玉只觉心神俱震，却不是因为白郁索要乾坤袋的举动，而是因为那个简洁明了的称呼，首座！

在天源宗，只有五个人有资格使用这个称呼。联想到刚才灰衣人那玄妙无论的术法造诣，还有隐约熟悉的声音，难道他是……想到这个答案，司玉只觉深深的寒意从心底冒出来。

灰衣人皱起了眉头，他万万料想不到，白郁竟然会提出这种条件。他原本以为，封印骤开，白郁是想要从他这里打探封印的消息，或者是干脆提出条件要求带他进入。

可没想到竟然是看中了这个乾坤袋。他要这些法器干什么？

天源宗法器，炼制时多以清灵之气洗涤，就是为了防止落入妖魔手中为祸众生，而魔界的法器也同样。想要吸取转换其属性，需要耗费极大的工夫。这袋子法器对正道弟子来说是梦寐以求的巨额财富，可对妖魔来说，却是食之无味，弃之可惜的鸡肋了。

“宝物法器不过身外之物，便是舍了也无妨。”灰衣人索性笑道，“只是我倒好奇了，封印开启在即。白城主不担心贵主，反而来这里拦路打劫？”

“首座客气了。自入天源宗以来，从您这里受益良多。尤其上次首座特意送了那么贵重的大礼与我们，总要礼尚往来才好。”

灰衣人笑了笑，他知道白郁是指他在山道上设伏，以玄蜂害死楚泓一事，却并不相信白郁真的是因为这个理由来报复自己。

对灰衣人的态度置若罔闻，白郁摸了摸鼻子，继续道：“至于封印嘛，在下虽然也很希望首座能够大公无私，带我进入，但我向来很有自知之明，更明白量力而行的道理，只好各凭本事了。”

灰衣人神色微敛，白郁这一招确实出乎他预料之外，若是向他打探消息，或者要求带路的话，他正可以先答应下来，路上再趁机杀掉他。可此时索要乾坤袋……

这时，天空中划过一道璀璨的光，疾若流星，五彩斑斓，向着封印之处急速掠去。

那是……灰衣人眯起了眼睛，神色渐冷。

白郁抬头看了，笑起来：“剑部甄首座的速度可真是快啊，武陵剑果然名不虚传。”

灰衣人眸中掠过一丝杀意，下一瞬间却又是云淡风轻，笑道：“你我相交已久，这乾坤袋送你又如何。”说着，将腰间的袋子解下，递了过去。眼前的妖魔他没有一击杀灭的把握，就只能放弃。至于乾坤袋，反正还有拿回来的机会，他不相信白郁能够从自己眼皮底下逃离天源宗。

宝袋轻晃，金丝流离，白郁上前伸手，动作轻缓自然。灰衣人手指松开，乾坤袋不偏不倚落入白郁手中。

简单的交接，双方都暗蕴了十二万分的小心。

袋中的司玉只觉身体一晃，落入一处坚实的地方，应该是白郁的掌心吧。

这算什么？传说中的打劫？封印即将开启的紧张时刻演出这么一场，让她感觉莫名地滑稽，白郁出场的时候怎么没说“此山是我开，此树是我栽”呢。

外面传来灰衣人的声音：“时间不早，本座就先告辞了。”

“好走不送。”白郁彬彬有礼地道。

灰衣人衣袖一挥，瞬间消失在了密林深处。

白郁终于松了一口气，秋风吹过，背上一阵发凉，那里的衣服已经被冷汗沁透了。刚才气氛看似融洽，但只要他稍露一丝空隙，灰衣人势必雷霆出手，斩杀他以绝后患。好在一切顺利，而自己想要的也到手了。白郁掂着手里的袋子，向前走去。

这个无意识的动作却害苦了袋子里的司玉，一时间，袋中地动山摇，四面崩塌，在铺天盖地的法宝神器堆里爬过来，躲过去，苦不堪言，就知道遇见他没有什么好事，真想把那只乱捏乱掂的狐狸爪子给剁了。

一路晃得她眼冒金星，也不知过了多久，周围终于平静了下来。可还没等司玉喘口气，就觉头重脚轻，刹那间天翻地覆。“哗啦啦”伴着无数法器，她从袋子里一头栽了出来。

白郁来到安全的地方，立刻解开乾坤袋，向下一倒，准备清点其中的数目。

好家伙，幸好自己设了结界，想不到东西这么多。看着从乾坤袋里源源不断流出来的法宝，白郁暗暗咂舌。直到一个身影从袋子里掉出，那红彤彤的熟悉造型让他动作一顿，睁大了眼睛。

司玉在地上翻了个滚儿，撞到一处障碍，昏头昏脑地停下来。

趴在地上，只觉全身快要散架子了。直到温热柔软的触感包围了她，才恍然惊觉。

“五寸钉？”白郁皱起眉头。自己临走前，它明明是待在房里的。怎么会出现在柳无相的乾坤袋里？　饶是他聪慧绝顶，此时也觉脑筋有些不够用。

糟糕！现在装死好像来不及了……司玉暗急，一边摇了摇身子，白郁握地太近，她满身不舒服。

察觉她想逃的意图，白郁反而握地更近了，将她拉到眼前。

果然是活的！宝库里灵气虽然充沛，但设有特殊结界，内中器皿不可能自行成精，更别说和五寸钉长得一模一样了。

被那道视线盯地全身不舒服，尤其当他的视线从探究，到疑惑，到深思，最终暴起一丝星芒时，司玉更觉头皮发麻，若这世上有人能够从一支蜡烛身上发现端倪，那就只有白郁了，因为他是唯一知道自己与五寸钉之间秘密联系的人。

不仅是宠物，更加缔结过魂咒的灵兽！

难道……白郁睁大了眼睛。显然想到了这个可能，一时间，激动，兴奋，震惊……无数情绪翻涌在那双纯黑的眼眸中，闪烁的光彩让司玉不敢逼视。

她低下头，一时间心绪混乱难言。

神情在犹豫与决然中挣扎了许久，白郁终于抬起手：“破！”一声低喝带着微微战抖，他指尖点到司玉身上。

司玉顿觉全身如沐清露，有一层看不见的东西从自己身上迅速抽离。再低下头，映入眼中的已经是白皙的手脚。

“贺丹妍？！”白郁愣住了。

他本以为这支蜡烛是司玉所化，毕竟玉青峰地下连通封印，而事后又找不到尸身。司玉如果幸运地逃过了一劫，那么濒死的她极有可能进入了宝库，留在那里，直到刚才被柳无相带出来……

可是怎么会是贺丹妍？而贺丹妍又怎么会变成五寸钉？白郁上前一步。

司玉坐起身来，两人对视，司玉激灵灵打了个哆嗦，那一瞬间，白郁的眼神寒若冰雪，是疑惑，是失望，甚至有隐约的杀意。

司玉暗叹一口气，默念法诀，刹那间娇艳华贵的牡丹凋零飘散，素淡清丽的丁香绽放如初。

一时间森林里寂静地出奇，只余风吹过两人发丝衣角，带起轻轻涟漪。

他凝望着她："真的是你！"最终，千言万语都只化作最简单的一句话。失而复得之后，才发现她是如此珍贵，那一刻，所有的疑惑却都抛在了脑后，使命，任务，甚至近在咫尺的封印，都化为虚无，只剩下最简单的喜悦充斥满心胸。

但动摇只是瞬间，满地的宝光缭绕和天上呼啸而过的身影，都在提醒着他如今的形势和肩头的使命。

司玉无暇顾及他矛盾的心情，她现在全身疼痛，过量失血和灵气耗尽使得每一根骨头都在叫嚣着罢工。

白郁上前扶她坐到一块平整的石头上，然后抽出一条丝巾。

两人贴得极近，蝶翼般的睫毛几乎能一根根数清，司玉有些别扭，抬手接过，低声道："我自己来就好。"

白郁松开手，司玉拿起丝巾擦擦额头上的冷汗。而白郁已经半跪下身，轻抬起她的脚踝。司玉忍不住叫了一声，疼地最厉害的就是这里了。

白郁将脚放在他膝上，又抽出一条丝巾，动作娴熟地绕过一圈，帮她包扎起来。

两人之间持续沉默着，司玉心中升起一种奇异的感觉，说不清是什么滋味，似乎有什么东西正挠着她心头，想视而不见，却又偏偏挥之不去。

眼前这个人是妖魔，论立场，他们应该是敌人。可为什么和他在一起，竟然没有一丝违和感呢？完全升不起抗拒的情绪，司玉轻咬着唇，这个人，凭什么让她这么信任。

低垂的睫毛压下眸中错综的光芒，月光照在他身上，像是细碎的金屑，薄薄洒在他清冽的眉目上。

不想再看下去，司玉视线错开，落在他娴熟的包扎手势上。

好像很熟练的样子，就是这方丝巾太扎眼了，竟然是纯红色的。说起来，他哪来的这么多丝巾啊，一条接一条地。再看手里刚才擦汗的那一条，呃，这不是……视线落到眼前那堆五光十色的法器上，原来是从那里摸来的。

可是用这个包扎伤口，司玉看了看手里，淡雅的紫色中闪烁着星子般的光芒，四个角落绣着精致的银白色羽毛，记得这方丝巾叫萍踪之翼，似乎是天源宗术部某前辈的得意法器。

想到刚才自己竟然用它来擦汗，司玉嘴角抽搐了一下，犹豫再三，终于开口打破沉寂："我说，这好像是法宝吧？"

白郁抬头瞥了一眼："是啊，法宝不就是用的吗？"

是用的，可不是这么用的吧？司玉无语了，不过倒真像是他的行事风格。

很快包扎完毕，白郁站起身来，转身向河边走去。司玉将丝巾折叠好，放在膝上。

不一会儿白郁回来，手里捧着一只碧绿的荷叶，确切地说，是只碧玉雕成的荷叶状的容器，内中盈盈荡荡，盛满从河边取来的清水。

又是法宝吧，司玉瞟了一眼。

"放心吧，没有毒的。"白郁柔声道，将精巧别致的水杯递给她。

我倒不是担心你毒害我，只是这么暴殄天物，滥用法器，小心遭天谴啊。司玉仰起头，将水一饮而尽。

"还喝吗？"

"不必了。"司玉摇摇头，将杯子递回去。

白郁随手将碧玉荷叶往那堆法器上面一扔，然后坐到她身边。

司玉条件反射地往旁边蹭了蹭，却牵动脚上的伤口，只好不动。

白郁轻笑一声，向旁边挪了稍许。

司玉低下头，问道："不想问什么吗？"

"是有很多疑问，不过看到你活着我很高兴。"白郁低声道，"至于事情的经过，见到你，我也能够猜到一些。"他略一停顿，沉声道，"是谢东仪吧，也只有他能做到这一切了。"

楚泓曾经对他说过，谢东仪这个人不简单，只是想不到会这么不简单。白郁微偏过头，看着司玉，楚泓还曾经说过，继续留在这里，他一定会有惊喜，想不到是这样的惊喜。

回想这些日子，和"贺丹妍"相处的点点滴滴，他只觉懊恼又欣喜，恍然如梦。懊恼的是，他竟然没有发现，甚至没有过丝毫怀疑，而欣喜的是，原来，她从未远离过他的身边。

对白郁的心思全无察觉，司玉这边只是暗暗后悔，她应该变身的同时解除易容术的。以白郁的聪慧，见到她从贺丹妍变化成司玉，不难猜到其中内情。

暂且抛开这些无谓的情绪，司玉问道："楚泓……他真的死了吗？"

白郁点点头："楚泓已经死了。"

司玉心中一阵松懈，却又有些沉滞，转过头，却发现他眼眸中闪烁着异样的光彩。司玉心神一动："'楚泓'死了，但是……他还没死，是吗？"

白郁笑了："那个家伙啊，若是那么容易死，在魔界早不知死掉多少次了。"

果然，她竟然忘了，他本是个狡诈的妖魔，司玉心中一阵失望，却又有些莫名的轻松。

真是矛盾的心情，她轻叹了一口气，不过也好，就算没死，应该也不会再相见了。

不过，他既然没死……

"那安小惠也……"说到一半，想到冰殿里支离破碎的尸身，司玉打了个寒战，不敢说下去了。

"安小惠？"白郁眉头蹙起，"她怎么了？"

司玉略一迟疑，将在冰殿里见到的情形说了出来，一边观察着白郁的神态。

白郁却完全没有她预料中失去同伴的伤心，只是轻描淡写地说了一句："她背着我们去和柳无相那只老狐狸合作，又不早做撤身的准备，这次偏偏又遇上封印提早开启，只能算她运气不好了。"

柳无相！那个灰衣人果然是术部首座！司玉心中一沉，转而奇怪："背着你们？她不也是你的同伴吗？"

"我和她并非同源，只是合作的伙伴，就如同我们和柳无相一般，双方各取所需而已。"白郁笑道，"其实彼此都心知肚明，一旦封印开启，不仅柳无相要杀我们灭口，只怕我们也不得不要和安小惠反目动手了。"

"你们和她不都是魔界的吗？"

"虽然同出一界，但我们是皇城一脉，而岳冉、安小惠他们都属玄王麾下。"白郁缓声道。

两人并肩坐在石头上，眼前是静静流淌的小溪，水波反射细碎的银光，月华下的森林一片静谧。白郁凝望着溪水，细细讲述着另一个世界的故事。这一刻，明明是封印开启的生死一瞬，却宁静地仿佛时间已经停滞。

"玄王？"司玉好奇地问道。她曾经看过藏书阁的纪录，玄王是万妖之王。魔界以身具蚩尤血脉的魔皇为尊，而玄王次之。魔皇虽说是魔，但究其本源，其实也是人类血脉，而玄王才是真正不折不扣的妖魔，其本体就是魔龙。万年前，初代魔龙曾统帅万妖，助蚩尤与轩辕黄帝决战，败亡后也随同蚩尤前往魔界。

"三百年前那一战，皇室血脉断绝。此后魔界就以玄王一脉执掌权柄了。"白郁低声道。

"魔皇……"司玉低低重复了一遍，脑中立即映出冰晶下绝美的面容。

"你见过她了吧？"白郁凝望着溪流，轻声问道，"她是不是依然那么美？"

司玉沉默地点点头，不得不承认，那是她两辈子所见过的最美的容颜了，一种无法描述的美，超越一起种族性别的耀眼光华。若不是亲眼目睹，她根本无法想象世上会有如此完美的容颜。

记得第一次发现白郁是男子的时候，他曾经说过，他牵挂惦记的人在天源山。正是为了他，才易装前来。可笑当时她还以为司玉口中的那人是个男子，却想不到原来是这般惊艳的绝代佳人。

“难道她就是你们的王？”司玉试探着问道。很难想象，魔王竟然是一个妙龄少女。

白郁点点头。

“想不到魔王竟然会是女子。”司玉忍不住感叹道。

“因为某个特殊缘故，历代魔王均为女帝。”白郁低声道。

均为女帝！司玉脑海中灵光一闪，脱口而出道：“是因为盘古神玺！”

她立刻捂住唇，为什么一瞬间会想到这个原因，好像答案冥冥中就刻印在她脑海里一样。

白郁转过头，眸中有毫不掩饰的惊讶：“你怎么知道？”

“我……”司玉思绪纷乱，是什么让自己想到了这个？对了，是因为那个梦，那个关于魔界的奇异的梦！

司玉没有回答，而白郁也不急着逼问，反而径自讲述起来：“天下人皆以为盘古神玺是天源宗的镇派之宝，宗主之印，却并不知道，天源宗的盘古神玺，其实只是神玺的一半而已。盘古神玺传说中是开天辟地之初，盘古之身所化，凝结天地本源之气。上古时候，黄帝蚩尤战于涿鹿，这一仗打得天地俱灭，万物重生，结果促动神玺现世。黄帝与蚩尤围绕神玺相持七日，终于两败俱伤。战场上的神玺也被一分为二，双方各夺得一半，流传后世。其中魔族所拿到的，是阴极的那一半，俱毁灭与重生之力。而流传至天源宗的则属阳极，秉持生机与陨落。受神玺属性的影响，魔皇蚩尤遗留下的血脉，均为女子之身……”白郁简单地说道。

司玉咬着唇角，回想起梦里的情景。北迁之后，魔族虽然越过极地冰原，找到了春暖花开的福地，可却有地火裂缝的隐患存在。于是，魔皇蚩尤为了为压制地火，强行与神玺融合……

至纯至阴的力量本就只适合女子之身承受，蚩尤能够强行融合神玺，是仗着他功体深厚。盘古神玺与皇血融合之后，其后代孕育胎儿，受神玺影响，会自动选择阴体。所以蚩尤后裔，传承皇血的均为女子之身。

“世人都传说魔神蚩尤带领残部如何在冰原上经历了数百年的殊死搏斗，才开辟出一线生机。而魔界又是如何的冰冷恐怖，人畜难生。其实，魔界并不是那么可怕的地方……”

司玉点头，如果她梦中所见的景象是真，魔界所处的那片地域温暖如春，灵气充沛，几乎不亚于天源宗了，绝不是典籍上记载的穷山恶水，冰封万里。

“……而魔祖，他在魔界北上没有几年就亡故了。”

“啊！”司玉低低惊呼了一声。蚩尤竟然这么短命？对了，是因为盘古神玺的力量吧！如果典籍记载没错，蚩尤功体刚猛霸道，与阴极神玺截然相反。强行融合神玺，而且还要以神玺之力镇压地火，性命哪能长久？

“自魔祖蚩尤去世之后，公主继位，以玄王辅政。而女帝的夫君，也是自玄王一脉中选择。之后历代均是如此，所以玄王一脉也算是魔界皇族一系。”

“原来如此。”司玉心中满是惊叹。

魔界，一个全部都是妖魔组成的神奇世界，似乎很遥远，又似乎很贴近。玄妙之余，她竟然升起一种近乎依恋的亲切感觉。

想什么乱七八糟的！司玉摇摇头，抛开这些不着边际的情绪。她问道：“封印就要开启了吧，你怎么一点儿都不着急？”

“着急又有什么用？如今那里高手云集，我去了只是送死。”白郁笑道，“封印中的乱流至少要持续十二个时辰，现在去了也是束手无策。”

司玉低低“嗯”了一声。魔王复活，自己身为正道弟子，应该全力阻止才对吧，就算没有阻止的力量，也应该紧张义愤。而现在是什么情况？她正在和一只妖魔促膝长谈，而且在她心中，对魔王的复活，期待竟然大于恐惧。

“等封印开启，她会活过来吧？”司玉试探着问道。

白郁身形微颤，沉默了半晌，方低声道：“不会了。三百年前，她就已经魂飞魄散，永不超生了。”

“啊！”司玉心头一松，却又有些茫然，“那你们为什么……”难道他们冒死前来搞无间道，就是为了一具尸体？这牺牲也太大了吧。

剩下的话语虽没有说出，白郁却也能够猜得到，他低声道：“我们的王，是必需存在的，对于魔界来说，她有无可替代的价值。无论生死，魔皇血脉必需留在魔界。”

这句话贸然听起来，像是在表达无与伦比的忠诚，但落在司玉耳中，略一思索便明白，还是因为盘古神玺！

纵然是尸身，那也是神玺所化，或者说，她本人就是一只神玺，蕴含着无穷尽的力量，是所有修行之人梦寐以求的，也是魔界的地火裂缝所必需的。

她怎么会被囚禁在天源山？三百年前的那一战，似乎是正道打进了魔界吧？而且同去的高手无一幸免，怎么魔王反而死在天源宗了呢？实在忍不住心中的好奇，司玉终于把这个问题问了出来。

白郁却只是淡然一笑：“只是因为一个很傻的理由，不说也罢了。”

司玉只好不再追问，今日白郁的坦率，已经远远超乎她预料之外，让她禁不住有点儿后怕。“那个……说了这么多秘密，待会儿不会杀我灭口吧？”她偏着头，貌似认真地问道。

白郁笑出声来：“我所说的这些也不算秘密，天源宗高层都是知道的。只是应天阁弟子一无所知罢了。而且，司玉……”他盯着她，视线逐渐柔软。

司玉被他看得有些不自在，避开视线，小声问道：“怎么了？”

“我马上就要离开了。”白郁低声道，月光照在他清润的侧脸上，恍如薄薄的清雪堆成。

司玉心神微颤，蓦然意识到，一旦封印开启，就是一切矛盾的终结了。

“你……想要怎么办？”忍不住脱口而出。

“封印中的乱流会逐渐消减，到明晚应该就可以进入了。而且明晚是月圆之夜，天玄寰宇车的力量也恰好在月圆之夜能达到顶峰，所以，明夜封印必定能够开启。”白郁淡然道，“已经等了这么多年了，当然要行险一搏。”清淡的语气却带着决然的信心。

“行险一搏？”司玉皱起眉头，以他单枪匹马的实力，根本不可能是天源宗五部的对手，何况还有柳无相这种知道他底细的高手，想要浑水摸鱼都不容易。除非天源宗还埋伏着别的妖魔，否则能活着离开天源宗就是万幸了，哪有进入封印的机会。

“你……”犹豫再三，司玉还是劝道，“如今局势复杂，依我看你还是放弃为好。想要夺回尸身，不如以后再寻机会？”以自己的立场，似乎不应该说这个，但想到他可能会死在柳无相那些人手中……

白郁展颜一笑，那一瞬间，比身后高悬的红月更璀璨夺目。他贴近司玉，低声问道：“这算是关心我？”

静谧的夜幕下，他的声音带着奇异的诱惑力，司玉迟疑了瞬间，竟不知道怎样回答。而短暂的空隙里，白郁已经逼近身前。

抬手将她拢在巨石和自己之间，白郁笑得像是一只偷腥的猫，

这个家伙，才正经了没多久就立刻原形毕露了。司玉愤愤然地推开他：“让开！”

白郁却纹丝不动，半是认真，半是玩笑地道：“真想把你装在乾坤袋里带走算了，可惜啊……”他摇摇头，凝视看着司玉。

司玉心神一颤，今夜过后，无论生死，只怕今生都没有再相见的机会了吧？她心中忽然升起一丝不舍，眼前这个人，让她捉摸不定，又新奇万分。仔细想想，来到天源宗，相处最长久的一个人就是他了吧。朝夕相伴，日夜共处……司玉脸颊浮起微微红润，记忆莫名地回到了那个冬日的夜晚，从藏书阁走出时，遇到的第一场雪，冰天雪地中，他为自己撑起那片狭小的空间……

“对不起。”白郁轻声道。就在司玉尚未反应过来时，他低下了头。

司玉只觉额头上一点温热，却只是浮光掠影的一瞬，随即那人放开了对她的束缚。

司玉后退一步，抬头看去，白郁笑得云淡风轻，她听见他低声说：

“不过，我不后悔。”

…… ……

她站在树下，默默凝望着，那个身影就这么消失在了清辉之中。

刚才话语的余韵似乎还徘徊在耳畔，

对不起，和不后悔……

对不起，是因为这些日子里的欺骗与伤害？

而不后悔呢？是因为重来一次，他依然会这样选择，抑或者是不后悔那份暧昧的心情。

夜凉如水，司玉只觉百般滋味涌上心头，一时间心旌动摇，迷茫难辨。

天边透出白茫茫的清辉，这个充满混乱的夜晚终于过去，天源山一如既往地迎来清晨的曙光。

抬头望去，青灰色的天幕上已看不见多少御剑飞行的身影了。既然白郁说封印中的乱流要持续十二个时辰，应该不会有错。此时去了也是束手无策，更何况那里也没有自己这个应天阁弟子立足的地方，先回寝室休息吧。司玉正想离开，远处忽然传来细微的声响。

有人接近，她吃了一惊，条件反射地想要躲避，可她的动作远远不及来人迅速，身形微动，树林那端已经传来一声呵斥：“谁在那里？！”

伴着声音，数道身影出现在河边，衣袂飘飘，神情严谨，都是天源宗术部弟子。

众人凌厉的视线望向司玉，刹那间神情各异。

“司玉！”熟悉的声音响起，带着难以置信的震惊。

司玉身形一颤，顿时变了脸色，竟然是谢婉！

易容化身已经来不及了，现在的她正用最本质的容貌对着他们。

司玉？！听到这个名字，原本各异的神态纷纷转化为惊讶，大多数人虽不认识司玉这个籍籍无名的小辈，却也听说过曾有一名弟子意外身死丹青峰的事情。

“难道……就是那个司玉？”谢婉旁边一个身形丰腴的女子疑惑

道，“不是在丹青峰出了意外吗？”

“而且是年前的事情了吧，这么久了……”

几人议论着，看向司玉的眼神越发惊疑不定。

怎么办？说实话？不行！事情经过太复杂离奇，难以分辨清楚，尤其凤凰木一事，而且现在贺丹妍又已经……稍有不慎，只怕跳进黄河也洗不清了。

心念电转，司玉索性微一躬身，坦白道：“正是弟子司玉，其实我未死，幸而逃得大难。”

“真是司玉？你说你逃得大难，是怎么回事？”一名中年男子问道。

司玉心里飞快地转着念头：“弟子当日遇到玉青峰山崩，当时天崩地裂，就在巨石砸下来的时候，地下忽然裂开了数道缝隙，弟子慌不择路，只能跳入裂缝躲避……弟子本想着，躲避片刻，就能等到前辈们来救援。哪知道，那处裂缝竟似深不见底，无穷无尽，弟子跳下去就觉自己身体不受控制。到了后来，更飘到了一处奇异的地方……”

“什么奇异的地方？”丰腴女子性格甚急，连忙问道。

“这个……因为当时弟子功体耗尽，神志不清，也只记得身边高架林立，似乎还有无数奇珍异宝……”司玉偷偷扫视，发现众人眼中闪烁起几分了然。

一番惊心动魄的历险，司玉将自己几次入封印的见闻掺杂进去，半真半假，眼前一众术部高手虽然心有疑惑，却也有几分相信。毕竟封印宝库都是最近刚刚开启，司玉一个修为浅薄的弟子，不可能知晓这么多秘密。

“这么说来，这些日子你一直待在宝库里？直到刚才才趁隙逃出。”最后，谢婉蹙眉问道。

“弟子这些日子只觉混混沌沌，恍如梦游，直到不久前，忽然被一阵巨响惊醒，才发现自己竟然不是在做梦，而是真的身处那个奇异的地方，上下左右都是宝光粲然的法宝。”避开谢婉的视线，司玉低头道，“宝库震动，弟子慌不择路，想不到就这么逃了出来。”

见众人还有疑惑，司玉索性抢先问道：“刚才前辈说已经过去这么久了，是什么意思？”一边满是困惑地望着众人。

“你可知道，距离你在玉青峰出事已经过去近一年了。”听完司玉这番离奇的经历，一个青年男子笑道。

“快一年了？”司玉喃喃道，满脸难以置信。

术部众高手没空理会她一个应天阁弟子的疑惑，一个中年男子道：“原来玉青峰竟然真的如苓泽禁地一般，是封印结点之一。”

丰腴女子仰头望向玉青峰方向，通天光柱与苓泽禁地遥相呼应，照耀地整个天源宗恍如白昼，她禁不住叹道：“可惜啊，若早知此事……”

众人显然相信了这番说辞，司玉稍稍放下心思，视线扫过，却见谢婉视线冰冷，接触的瞬间，心神俱颤。

她发现了什么吗？

自己刚才一番话虽然过于离奇，但正因为太过离奇，反而难以判断真伪了。而且自己身上穿的只是最普通的应天阁弟子衣饰，并未像往常去见她那般，刻意穿戴贺丹妍的衣物，应该不会有破绽吧？

对于谢婉，她是满心愧疚的。假借贺丹妍身份生活的这些日子里，自己欺骗最深、伤害最深的人就是她了，以前尚可以打着“这个身体迟早会还给贺丹妍”的旗号来自欺欺人，而此时却已经不可能了。

倘若贺丹妍未死，自己尚能有所挽回，可如今那个活泼好动的绯衣女孩已经身死冰殿，若谢婉知道这一切，会怎么想？

也许，回去应该和谢东仪商量商量，不能继续隐瞒下去了……

就在她心神不定的时候，谢婉忽然动了，衣袖轻挥，地上一颗闪烁着水光的星子浮动起来，落入她掌心。

司玉凝神望去，那是一枚精巧的耳环，弯月银饰上镶嵌着米粒大小的珍珠。司玉心神一颤，这是贺丹妍的耳环！在冰殿中，她发现贺丹妍衣饰的时候拿起来查看。之后安小惠突然出现，她来不及放下，就顺手塞进了衣袖。是刚才从乾坤袋出来的时候，滚落出来吧。

谢婉凝视着这枚耳环，神情冰冷：“这是从哪里来的？”

司玉咬咬牙，低声道：“是我在宝库里捡到的。临逃出之前，慌不择路，随手捡了几样东西。”

见了满地法宝，任谁都不愿意空手而归了。众人倒也理解，丰腴女子问道："你还捡了什么？"

司玉暗暗叫苦，那满地的法宝刚才都被白郁打包带走了，正愁着，视线落到叠放在石头上的紫色丝巾上，大喜，连忙道："还有这个。"说着将丝巾拿过来，交到丰腴女子手中。

女子定神细看，神色略显惊异："是萍踪之翼，记得这是第九代术部首座的法器。你果真是从宝库里出来的。"

谢婉脸上寒意微缓，抬高掌心的耳坠，急问道："这也是你在宝库发现的？"

司玉心里一紧，点点头："是从一个角落顺手拿的。"

"当时你还发现了什么？"

司玉狠了狠心，说道："似乎还有一身衣服，摆在地上，还有钗环首饰什么的，也没来得及细看，很像什么人在那里留下的……"

谢婉身形一晃，脸色苍白，显然想到可怕的事了。

司玉心下不忍，可真相终究要面对。

丰腴女子有些惊讶，问道："这东西有什么不妥吗？"她一眼就看出那耳坠并无法力附属，只是普通首饰而已，

"这是丹妍的贴身东西。"谢婉低声道，声音里隐约带着一丝战抖。

"丹妍侄女的首饰？怎么会出现在宝库里。"众人都有些惊异，看向司玉。

司玉却低着头，一无所知的样子。

谢婉神色莫测地扫了她一眼，不再继续询问，道："此时容后再议，今晚事态紧急，不容拖延，我们先出发吧。"

众人点点头，动身向前走去。

似乎暂时逃过一劫，司玉松了一口气。

可谢婉经过她身边的时候，却闪电般出手，一把扣住她的肩膀。

司玉大惊，条件反射地挥手挣脱，可她的武功哪里是谢婉的对手，何况又被她占了先机。眨眼间，谢婉就已经扣住她手腕脉门。

事出突然，众人纷纷停下脚步，不解地看着谢婉。

司玉心里一惊，未等开口，忽然一道冰冷的力量沿着手腕经脉逆冲入体。那股内息极强，像是一条油滑的蛇，左冲右突，锐不可当。司玉只觉全身酥麻刺痛，冰寒入骨，片刻间就全身冻僵。

眼看司玉牙齿打战，身上结起了一层薄薄的冰。众人惊讶，难不成谢婉要杀这个应天阁弟子！为什么？

丰腴女子心下不忍，道："谢师姐，你这是……"话未说完，司玉体内忽然迸放一片红光，闪烁流转，缭绕全身，体表的冰雪刹那间消融干净，不留一丝痕迹。连谢婉扣在她腕上的手指都被生生弹开。

谢婉连退了两三步，才消去反冲入体内的力量。

死里逃生，司玉心中却无丝毫轻松，抬头望去，谢婉正站在三步之遥的地方，脸色一片苍白，看向她的眼神杀意凛冽。

任她百般遮掩，还是露出了破绽！司玉忍不住苦笑，此时只怕她跳进黄河也洗不清了。

心中有懊悔，有慌乱，却也有些怒气，刚才谢婉出手极重，若不是有凤凰木护主，此时她纵然不死，也必身受重伤。形势未明，她就下此狠手，显然已经认定自己是居心叵测的歹人了。

"刚才是……"中年男子凝视着司玉身上逐渐消去的红光，神色闪烁不定。

"那是什么法宝吗？"丰腴女子也禁不住问道，"看法力波动，竟然强悍至此。"

谢婉视线一眨不眨地锁定司玉，冷冷道："为什么凤凰木会在你身上？"

此言一出，众人皆惊。凤凰木不是谢家的祖传法宝吗？怎么会在这个小丫头身上？

司玉在心里叹息一声，已经不可能瞒得住了。凤凰木与女子融合，需要特殊的谢家秘法，而这秘法全天源山恐怕也只有谢婉一人精通。继续编造谎话，那就纯粹是笑话了。

她索性直视着谢婉，坦白道："正是执教亲手为我融入体内的。"

谢婉身体一晃，纵然这个答案已经在她预料之中，却仍然是无法承受的沉重。"一直是你，一直都是你……"她喃喃说道，语气逐渐上扬，尖锐刺耳，一边抬头望向司玉。

被她眼中蕴含的杀意惊得后退一步，司玉心绪慌乱，道：“执教，此事事出有因……”说到一半，她却不知应该如何说下去了。难道自己能说是谢东仪暗中动了手脚？这岂不是害了他。他虽然暗中操纵这场偷梁换柱的阴谋，可一切还不都是为了她。

而且，说与不说，又有什么分别！眼前的谢婉神色悲怆，显然刚才她说的话，根本没有听进去。

此时的谢婉心中满满的尽是悔恨，这些日子里，她与“贺丹妍”朝夕相处，也曾发现她资质性情皆有变化。可想到她经历那番大劫，又沉眠日久，有变化也是正常，竟从未往深处想，或者是她潜意识里根本不相信有这种匪夷所思的事情。

惊惧，悔恨，自责……一切都化为浓浓的恨意，她紧紧逼视司玉，冷然道：“丹妍呢？你把她怎么样了？”

司玉后退一步，她实在不知应该怎样回答。

而她的迟疑无疑证实了谢婉的猜测：

丹妍已经死了！

刹那间再无任何留情的理由，怒气和恨意化作江河，汹涌撞击着胸口。长剑抽出，剑光如虹，向司玉直劈下去。

深恨之下，这一剑锐不可当，瞬息既至。

司玉睁大了眼睛，眼看来不及躲闪，就要毙命于剑下。却猛地有一道身影闪过，将她推到身后。

剑刃刺入肉体的声音让人全身发冷，司玉恐惧地看着骤然出现，挡在她面前的身影。

剑刃从他肩头深深劈入，嵌在胸口的骨头里，鲜红的血沿着半边身子咕咕流下，仿佛涌出的泉水，红地刺心剜骨。

“你疯了？！”凄厉的嘶喊声响起，谢婉手臂战抖着，眸中满是恐惧，压下了原本刻骨的恨意。刚才那一剑凝聚了她全部力气，几乎将眼前之人生生劈成两半。

四野里一片寂静。谢东仪沉默地抬起手，奇迹般握住剑刃，将它从自己体内一寸寸拔出来。鲜血顺着他握剑的五指关节流淌下来，洁白的衣襟一片鲜红。

一时间，谢婉战抖着，几乎握不住手中的剑。而让她更加无法承受的，却是他之后的话语：

“是我干的，与她无关。”他语气平静地说道。

第七章

魔龙战祸

室内一片昏暗，石桌上的蜡烛静静地燃烧着，烛光映照在石壁上，反射出黯然冷色。

滴答滴答的水声传入耳中，已经过去多久了？也许并没有多久，却像经历了漫长的时光，每一分钟都是苦涩的煎熬。

他怎么样了？司玉抱膝坐在地上，混乱的脑海中，只余这一个问题。

…… ……

“是我干的，与她无关。”

一句话掷地有声，却换来满场死寂。

“哐啷”一声脆响，长剑跌落到地上。谢婉的脸色几乎变成透明，无数情绪翻涌着，就要冲破那层薄薄的面皮，可眼眸中却只余一片深不见底的死寂。

司玉惊叫着扑上前，手足无措，她甚至不知如何扶住他。那伤口长地骇人，深深嵌入体内，大半边身子都被血浸透了。

司玉从来没有这么怨恨过自己的无能，治疗的术法连续施展，竟然毫无效果。

倒在她怀里，谢东仪挣扎着抓住她的手，摇摇头。因为过度失血，他脸色也苍白地骇人，神情却依然温和。

阴影覆盖下来，“你在骗我？”谢婉的声音冷得不似人间所有。

“是我干的。”谢东仪微弱地重复道，低低喘息着，“从那天晚上开始，是我……暗中动的手脚。你应该明白，凭她不可能……不可能办到这一切。”

司玉忽然觉得鼻子发酸，仿佛经历了长期酝酿的东西在这一刻暴发出来，滚烫地沿着脸颊滑落。

这个傻瓜，何必站出来承认？！

泪珠落到手背上，谢东仪颤了颤，握住她的手更紧了。

他的手冷得像冰，身体也逐渐发凉，可握住她的手却一直是坚定的，就像这悠长的时光里的无数次一样，温柔而坚韧。

…………

司玉无力地将头埋在膝盖上，疲惫如潮水般涌上来，之后呢……

异变迭起，谢婉身后的那些术部同修们面面相觑，如坠云雾，直至柳无相的讯号送至，众人眼见不能拖延，将她暂时押入了醒心洞囚禁，而昏迷的谢东仪和失魂落魄的谢婉一起被送进了医阁。

他现在怎么样了？

谢婉的剑另有玄机，内含极刚猛的煞气，非是一般方法可以治愈，他又伤得那么重，纵然天源宗灵丹妙药无数，只怕也……司玉赶紧打消这个念头，不会的，他是谢家嫡子，又是天源宗奇才，宗内高手前辈无数，一定会尽力救他……想到这个，司玉心中又有说不出的难受，他明明是千年难得一见的天才，是出身名门的天之骄子，却因为她落到如此境况。一旦真相揭发，到时候他如何在天源宗，在谢家立足？

还有她自己，她还能留在天源宗吗？有封印开启这种大事在前，谢婉此时尚未说出真相。但林中的那场变故，只怕围观的术部众人也能够猜得到一二吧。等封印的事情完结，会怎么处置他们？

司玉苦笑一声，依靠着冰冷的石壁，混乱的思绪逐渐澄清。强压下心头的担忧，她又想到，距离自己这个“行踪叵测、疑点甚多”的弟子被关入这里，已经有五六个时辰了吧？阴暗的石室内难辨昼夜，只能推测大概时间，若白郁所说的十二个时辰不假，封印应该马上要开启了。

外面已经喧嚣一片了吧？而醒心洞里依然一片寂静。

司玉忽然感觉心头一阵不安，是因为今日的遭遇而烦躁？不对，是真的有什么东西在逼近！

司玉睁开眼睛，凝视着桌上的蜡烛，原本笔挺的烛焰忽然无风自动，闪烁几下之后，骤然熄灭了。

室内一片漆黑。寂静的空间里，司玉只听到自己心跳声越来越急促。

忽然，心中警戒突现，是房间里多了什么东西！

纵然黑暗中无法视物，司玉却能够强烈地感觉到，就在身边不远处。

侧耳倾听，四周依然是一片死寂。未知的黑暗中，司玉毛骨悚然。醒心洞可是完全封闭的空间啊！不仅仅是物理意义上的封闭，洞内每一个房间都附带结界，属于一个独立的空间。会被扔进这里关禁闭的多是误入歧途的高手，极少有司玉这种菜鸟，对他们，当然要有极严格的防范措施。

而此时，却被人无声无息地潜入！来人是谁？

短暂的时间，司玉却觉格外漫长，就在她快要按捺不住的时候，一个声音打破了满地寂静："好气闷的地方啊，竟然还有人？"那声音极柔媚婉转，乍一入耳，让人只觉浑身酥麻。

来人竟然是个女子？

那人继续笑道："银滕这家伙，在这里潜伏了这么多年，结点竟然选了这种阴森的鬼地方。"一边说着，清脆的弹指响起，一个光球当空照亮了整个石室。

猛地见到光亮，司玉只觉双眼刺痛，条件反射地闭上眼睛。紧接着下巴一疼，竟是被人抬了起来。

映入眼中的是一袭刺眼夺目的火红，如果说贺丹妍的红是飞扬活泼，那么眼前女子就是十足的魅惑妖艳，尤其配合她的身材，司玉的眼神不经意落到近前那傲人的挺拔上。

察觉到司玉的目光，红衣女子咯咯笑着，眼波流转，媚态横生："哎呀，想不到是这么水灵的小妹妹。"说着往司玉脸上摸了一把。

司玉打了个寒战，赶紧偏过头。

这女子是谁？还有她刚才提起的“银朧”，还说“潜伏多年”……难道是岳冉？

司玉心里一颤，醒心洞附近地脉凝滞，灵气匮乏，除了负责管理的岳冉，周围几乎没人居住，确实是暗中布局的好地方。

见司玉躲避，红衣女子笑得越发甜蜜：“哎呀，别这么见外嘛。天源宗的这些人真是狼心狗肺，竟然把一个娇滴滴的女孩子关到这种地方。”一边说着，她弯下腰，凝视司玉，问道：“你是什么时候进来的？”

对上她眼神的刹那，司玉只觉一阵恍惚，脱口道：“今天早晨。”

“哦，因为什么？”

神志明明清醒着，可口齿却完全不受控制：“因为我欺瞒师长，侵吞他人法器，还有谋害同修丧命之嫌……”

“哈哈，真是有前途。看你的修为，连练气期都不到吧。看来这些年天源宗也不太平，连应天阁弟子都能进醒心洞了。”红衣女子妩媚地笑道，对司玉所说的并未起疑。

正想继续问，忽然察觉一丝异样，红衣女子站直身体，望向墙角。

空气水波般漾开，顷刻间，一个银白色的身影凭空出现在那里。

一身素白长衫，银色长发披散至腰间。入目的瞬间，司玉心头一寒，差点儿以为岳冉又活过来了。

仔细一看，才发现这人容貌比岳冉更精致，眉目间少了几分阴沉，多了几分冷峻。他视线落到红衣女子身上，皱起眉头：“离绯，你在干什么？还不快准备术法。”

名叫离绯的红衣女子环抱双手，道：“我刚才试过了，银朧教给我们的法子不管用了。想必是天源宗的那些家伙们在他败露之后，修改了这里的阵法。”

这种情况也在预料之中，白衣人闭上眼睛，司玉立刻感觉一种无形的压力以他为中心散发开来，阴冷逼人。

这人属冰柜的吗？司玉暗暗叫苦。

好在没多久，白衣人就收敛气息，睁开了眼睛。

“怎么样？有把握吗？”离绯连忙问道。

“比预料中的要复杂，能够解开，但至少要三个时辰。”白衣人蹙眉道。

“三个时辰？！离封印开启还不到三个时辰呢！出去之后，岂不黄花菜都要凉了。”离绯急道。

司玉暗暗窃喜，醒心洞的空间阵法可是天源宗顶尖儿的严密，这下子看你们怎么出去！又暗暗心焦，要是他们不滚蛋，自己这条碍事的小鱼怎么办？

矛盾了没几秒钟，一道冷冷的视线落到她身上。司玉打了个哆嗦，赶紧正襟危坐，低头俯首。

顺着白衣人的视线看去，离绯撇撇嘴：“没用的，刚才问过了，是个连练气期都不到的废物，不可能知道阵法机密的。”

白衣人收回视线：“既然如此，等人到齐了再说吧。”

说话间，墙角波纹再现，很快又有人出现在房内。一个身材魁梧的中年汉子和一个带着血色耳钉的金发少年。

偷眼瞧着，来的人越来越多，司玉暗暗叫苦，难道整个醒心洞就这一个房间吗？

魔界众人坦然自若，仿佛司玉这个缩在墙角的原住民完全不存在一般。而司玉也竭力向旁边缩，只祈祷着众位高手能把自己彻底遗忘。

房间本来就不大，不一会儿，满屋都站满了。司玉暗中数了数，一共七个人。

这些人都是魔界的高手吧，他们是怎么过来的？魔界和人界之间，相隔千万里之遥，而且中间有沧溟之渊、极地冰原这些顶级高手也难以逾越的天堑，再加上天源宗布设的结界。瞬移之法司玉在典籍上看过，受距离和空间磁场的限制极大。想从魔界精确瞬移至天源宗，几乎不可能。

波纹荡漾，最后一人出来后，墙角的空间裂缝恢复如初。那个带着红色耳钉的金发少年开口问道：“卓隐，我们接下来怎么办？”

众人视线都望向中间的银发人，显然以他为首。

卓隐左右看了一圈，道：“既然人已经到齐，立刻行动吧。”

“可是封印变化，我们怎么离开这里？”离绯皱眉问道，“刚才我试着联络安小惠，一直没有回应，可能也已经身亡了。”

“既然没法偷偷潜入，就光明正大好了。”卓隐坦然笑道，“封印难解，就直接打破。难得有机会见识一番天源宗这三百年来积蓄的实力，岂可错过。”

“这样最好！”听到卓隐的话，别人尚未表态，那金发少年已扬眉赞同，“我早就想会会传说中的天源宗高手了。”

离绯微微一笑，道：“既然如此，就由我来吧。”

卓隐点头，转向众人安排道：“我和离绯负责破开结界，其他人尽快调息，恢复功力。”看向四周，他神色肃然，“此次借助法器，传送我们八个已是极限。银塍元君和安小惠都已身亡，此次行动，只能靠我们八人合力了。天源宗高手无数，众人切记按计划行事，只能巧取，不可力敌。”

顿了顿，他又缓声道：“只是无论遇到何种变故，都记住了，此次行动，只许成功，不许失败。纵然我等全部身死此地，也定要达成任务！”

几人神色郑重，齐齐点头应是。

司玉诧异，他说八个人，可明明只有七个啊？还有一个在哪儿，难道是指白郁？

离绯略一迟疑，低声道：“要不要联络他？按照安小惠传来的消息，他此时应该还在天源宗。”

卓隐尚未回答，金发少年却先嚷嚷起来：“不行不行！那只死狐狸又狡诈又阴险，还数次对玄王殿下失礼，求谁也不能求他！更何况，凭我们的实力还奈何不了天源宗的话，再加上他顶什么事儿……”

卓隐冷冷扫了他一眼，金发少年立刻闭嘴了。他这才转头道：“此时先不必，安小惠与他有过接触，他必能猜到我们今日行动。若有心，自会有动作，若无心，联络他无用。”

离绯点了点头，不再多说。她转身走到房门前，卸下腕上的银环，刹那间，司玉清晰地感到一股张扬的气势散发开来。

她视线悄悄扫过，七个人手腕上都带着同样款式的银环，应该是限制功体之用。

时间紧迫，众人也纷纷除下银环，开始静坐调息，争取在敌人来到之前，恢复最佳状态。

离绯将银环往地上一扔，然后一拳打在石门上。

刹那间地动山摇，整个房间都晃动起来。一拳竟有这么强大的力道！司玉简直难以置信，这是什么怪力啊！

一拳震动未止，紧接着又一拳打上去，数拳之后，再精巧的封印也经不住如此冲击，法力附着的大门尚能支撑，周围的石桌石床却都被反冲之力震碎成齑粉了。

离绯毫不停歇，又是数拳击出。石门摇摇欲坠，周围透明的空间荡漾起一圈圈波纹，那是空间撕扯的征兆。

卓隐趁机出手了。

银袖飞扬的瞬间，一条银色丝线破空而出，利箭一般打在石门上，生生钉入其中。

像是被银针戳中了痛处，封印震动鸣叫不已，周围的景色开始扭曲变形，

封印要破了！司玉悄悄往角落挪了挪。

卓隐脸色苍白，显然功体损耗极重，而离绯也好不到哪里去，嘴角溢出一线血迹。不过在两人联手破坏下，封印终于濒临极致，像是一层透明的气球，“轰”的一声爆破了。

久违的阳光从头顶上照射下来，伴着无数碎石泥沙。整个房间，乃至整个醒心洞都被狂野的力道击碎了，周围再无滞碍，司玉本想趁乱躲进碎石之后，可竟然还有人惦记着她这个无关紧要的小卒子。

刚迈出一步，一道锐利的银线直射过来，刹那间胸口一凉。

抬头望去，那个名叫卓隐的银发男子甚至都懒得多看这里一眼。只是弹指一挥，沾血的银线收回手中。

司玉缓缓倒下。就在同时，半空中响起惊雷般的怒吼：“何方妖魔鬼怪，胆敢来我天源山撒野！”

诸位前辈，你们来的真“及时”啊！尘土飞扬，掩去了司玉无奈地苦笑。

来人的呵斥声还未落下，一声冷哼响起，地面暴起一团金光，是原本静坐调息的金发少年第一个按捺不住，冲了上去。

两人刹那间交上了手，清脆的兵刃撞击声连成一片，瞬息的交错之后，纠合的身影分开。

天源宗那人身形晃了晃，勉强站稳，又惊又怒地瞪着眼前的金发少年。一招之下，他竟然吃了不小的暗亏。

金发少年手一扬，金色锁链哗啦啦缠到臂上，末端一对飞镰落回手中。他笑吟吟道："也不过如此嘛。"一边说着，视线落到天源宗另外几人身上，抬手勾了勾，十足的挑衅。

魔界众人都已调息完毕，纷纷站起身来，将刚刚因破解阵法而负伤的卓隐、离绯围在中间。

天源宗之人惊怒不已："你等究竟是何人？胆敢擅闯天源宗！"

金发少年却没有理会，把飞镰挂到身后，转身冲着下面的同伴扬声道："怎么样？要不要先擒下这几个家伙问问情况啊？"

"算了吧，这种小虾米，想来也不知道内幕。还是等大鱼来了再说吧。"

这种旁若无人的傲慢态度气得几人直想吐血，却不敢轻举妄动。这些妖魔实力太过强悍，单凭几人硬碰硬那是送死。天边流光不断，迅如惊鸿，是无数高手正向着这边赶来。几人稍稍心安，这些妖魔再狡诈，也抵不住天源宗千万高手。

眼看就要深陷重围，下面七个妖魔却无丝毫焦急之色，只是抓紧时间调息功力，等候一战。

同样等待时机的还有司玉。刚才卓隐一击射到眼前，她本想躲避，但躲得开这招，也躲不开下一招，干脆认命地挨了这一击。她趁机调整姿势，倒下时正好沿着坡地滚了下去，消失在众人的视线里。

滚到石后面，她立刻默念法诀，变成了五寸钉的模样，伤口出血停止，同时开始慢慢愈合。

死里逃生，司玉却很郁闷。想起自己第一次死在楚泓手里时，足足昏迷了好久才醒过来。而现在呢，死亡的瞬间就能调整姿势，选择逃亡方向，然后变身恢复。

果然是死着死着，就死习惯了。

没有人会注意一只满是灰尘的蜡烛。司玉轻手轻脚爬出坑，正想偷偷溜走，忽然一道红影闪过眼前，是一股热腾腾的鲜血当空抛洒，司玉吓了一跳。

眼看着鲜红的血迹渗入土里，她抬头望去，战况越发激烈了。

天源宗高手纷纷赶至，仗着人多势众，把魔界七人团团围在中间。而七人也不知催动了什么法宝，一层五彩斑斓的光环笼罩在周围，天源宗众人的攻击打到光环上，大多只溅起一蓬火星，就消失不见了，少数攻入光环的，也力量大减，被七人轻松接下。

双方相持，天源宗众人倒也不心急。这层五彩斑斓的乌龟壳虽不知是什么法器，但催动这种全面防御的法宝最耗功力，魔界这些人必然撑不了多久。

魔界不会只有这些手段吧？司玉缩在石头后看得正紧张，后方突然响起一声凄厉的惨呼，转头望去，是最开始赶到的那几个弟子，他们已退到众人中间，此时面容忽然变得极可怖，头上青筋暴出，双目凸起，双手拼命地扼住喉咙。

片刻之后，几人全身皮肤诡异地红肿鼓胀，整个人像是充了气一般，轰的一声，暴裂成一团血雾。

这惊人的变故只发生在片刻间，周围弟子很多还没反应过来。血雾飘散，升腾起数片红云。很快，像是病毒一般，被血雾沾染到的弟子相继惨呼出声，惊骇欲绝地爆裂为血雾，尸骨无存。

“血雾有毒！”一个声音响起，满是惊惧。

根本不用提醒，众人都已后退闪避，同时祭出护身的法宝，一时间漫天彩光暴射，真气流窜。

可血雾扩散极快，竟像是有生命一般，追随人影而去。立刻又有数名弟子躲避不及，被沾染到身体，个个惊恐万状，拼命催动功力，想要将毒雾排出。毒素却如跗骨之蛆，祛之不去，撑了不多片刻，也相继化为血雾。

好残毒的法子，故作高傲地放过最初那几名弟子，其实是暗中下了毒。司玉看得心惊。

魔界之人等着就是这个机会，彩光开阖，转瞬之间七人便冲了出来。

天源宗众人躲避血雾，一时施展不开手脚，而魔界七人却是蓄势待发。交手不过片刻，就有十数名修为低微的天源宗弟子丧命在妖魔刀下。

一截断臂从半空中落下来，恰好跌落在眼前，司玉打了个哆嗦，这是真正的生死相搏！

刀光闪烁，红雾弥漫，眼看魔界七人就要突破重围逃走了，忽然，一道剑光挟雷霆之威凌空袭来，如滚滚怒潮。

七人中速度最快的那个金发少年立即挥镰抵挡，刺耳的兵刃撞击声传来，身影交错的刹那，金芒冲天炸散。金发少年连续后退了七八步，方稳住身形，神色依然冷静，但握飞镰的手却渗出一线血迹。

另一边剑光如虹，潇洒地收合。来人一身青衣长衫，眉目俊雅如画，气度脱俗翩然。

天源宗众人大喜，尤其剑部弟子，纷纷高呼："首座。"

那就是剑部首座甄扬焕？司玉瞪大了眼睛。本来以为是个和柳无相一般的老头子呢，想不到这么年轻。不过他的实际年龄应该和柳无相差不多吧，修炼到他们这种等级，对于外貌年龄，早就可以随心所欲地控制了。

一招阻退魔界诸人的去路，甄扬焕却不敢有丝毫大意，两道白光从他双袖冲天怒射而出，宛如两道电光直直射入血雾之中，刹那间光芒暴涨，气焰迭起，银光游走盘旋，硬生生将血雾收拢起来。

这血雾极妖异，虽然被困在银光之中，犹自不肯罢休，四面冲撞。银光激荡开阖，险些收拢不住。甄扬焕指端连弹，又是数道银光射入，才终于成功地将血雾收拢成一团。

银光缩为一个光球，回到甄扬焕手上，他凝神分辨，顿时皱起眉头："焚尸蛊！好阴毒的东西！"看向魔界诸人的眼神多了几分寒意。

被甄扬焕一招逼退，魔界众人倒也识相，立刻退回原地，重新祭起七彩光罩护身。

剑部首座亲临，天源宗众人心神大定，重新祭起法器，对魔界众人四面八方轮番猛攻，可惜一时奈何不了那七彩光罩，局面又陷入僵持。

司玉看了片刻，暗暗诧异，魔界这些人究竟在打什么主意？甄扬焕的武功固然惊人，但以刚才卓隐他们表现出来的实力，几人合力对付，也不是不能一战，而他们却乖乖退了回去……而且刚才打破封印之后，天源宗众人还未及赶至，若是想走，早就可以趁机离开了。难道他们是在故意拖延时间？

而甄扬焕在解了血雾之患后，也并未出手，只是站在半空中观战，凝视魔界七人的神色分外凝重。

魔界来了八个人？另一个人究竟在哪里？

战况越发激烈，漫天法器如银蛇乱舞，魔界众人也并非全然防守，每次寻隙出击，必有天源宗弟子伤亡。司玉看得胆战心惊，忍不住往下面缩了缩。

不知不觉间，半边身体都缩进土里了，司玉忽然感觉一丝奇异的波动传来。像是地脉在战抖，嘶嘶声音沿着沙石传递到自己身上，让她毛骨悚然。

她瞬间醒悟过来。

是在地下！有什么东西在移动？！

想要跳起来，身边忽然龟裂开巨大的裂缝，她连呼喊一声都来不及，瞬间湮灭在一片黑暗中。

天上甄扬焕顿有所感，视线犹如两道锐电直视过来，嘴角却扬起不易察觉的冷笑。

无数碎石泥沙滚滚而下，司玉夹杂其中，数次想停都被碎石砸了下来。终于在经过一处凸起时，她眼明手快地弯起了身子，牢牢抱在。

没等松一口气，身体忽然又被一股庞大的力道带动，向上冲去。转瞬之间，天日乍现，是她离开了地底，重新出现在太阳之下。

被一路飞溅的沙石砸地灰头土脸，司玉好一会儿才睁开眼睛，呼啸的寒风擦着身体刮过，她这是在哪里？

探头往下一看，司玉一阵眩晕，刚刚还近在咫尺的巨石已经变成米粒大小，隔着下方密密麻麻的人群……她竟然飞上了空中！

而带着她飞上来的是……

转头望去，细密黝黑的鳞甲，昂扬修长的身形，尖锐锃亮的爪子……一切都在提醒着她眼前是一种多么不可思议的动物。

龙！

竟然是一条龙！一条真正的巨大的龙。

如神话中描述的一般，威猛的身形缭绕盘旋在云雾间，俯瞰着下方芸芸众生，刹那间广阔的天源山内群鸟惊飞，万兽悲鸣。

真的是一条龙！粲然若星辰，高贵如日月的龙。来到这个不可思议的世界之后，司玉已经见识过无数神奇的动物植物，但都没有这一瞬间的震撼和激动。

真的是一条龙啊！中国渊源流传了不知多少岁月的神兽，传说中最神秘最尊贵的生灵，自己竟然能够有幸亲眼目睹，而且还这么近距离接触……

呃，近距离接触？司玉低下头，这才意识到，自己是趴在他身上，或者说，是挂在巨龙头顶峥嵘的长角尖儿上。

一阵冷风吹过，司玉激灵灵打了个哆嗦，激动的情绪瞬间冷却了不少。

巨龙舞动，意态狰狞，下方激烈的战斗不约而同地停止了，众人震惊地望着这破土而出的意外来客。

龙首高昂，长啸一声，刹那间气浪怒舞，惊雷澎湃，一圈巨大的紫色光漪急速扩散，整个天源山都震颤不已。

黑龙威势让人叹为观止，趴在龙头上的司玉却苦不堪言，拼命抱住犄角才没有被甩出去。从这个高度掉下去，就算是一支蜡烛，也要被摔成十七八截了。一剑穿心能活过来，变成十七八截还能吗？司玉可没胆子尝试。

甄扬焕眸中异彩频闪，最初的震惊过去，嘴角扬起一抹胸有成竹的微笑，朗声道："玄王殿下亲临鄙山，天源宗可真是蓬荜生辉啊！"

玄王殿下？司玉心神一颤，这条龙就是玄王？记得谢婉说过，魔界玄王的本体是魔龙，力量强横，无与伦比。想不到魔界的第八个人竟然就是玄王本人！这本钱可投大了！

魔龙没有理会甄扬焕的招呼，冲着下方吐出一口气息，紫色气流划过半空，窜起无数火花，荡漾横扫。天源宗众人闪避不及，被龙息扫过者，顿时皮开肉裂，焦黑如焚，一时间惨呼处处。

司玉看得胆战心惊，魔龙气息天生就是三昧真火，至纯至烈，凡人只要擦着一丝就要魂飞魄散，寻常修仙之人也难以抵挡。

甄扬焕长剑一挥，万道银光迸射而出，冰雪寒气直逼龙息烈焰，不过片刻，就将火焰熄灭，逃过一劫的弟子这才稳住身形，惊魂未定地望着天上的魔龙。

七道流星划过，是魔界七人飞速浮上半空。

围在魔龙身边，卓隐脸色有些不对劲儿，低低问道："殿下，不是让您先别管我们，直接去封印那边吗？"

魔龙却没有回答，须发张扬，怒目圆瞪，冲着甄扬焕又吐出一口气息，同时身躯游走，向着苓泽禁地方向游去。

甄扬焕不敢大意，背后宝剑出鞘，十成功力的一招呼啸着劈入龙息，火焰倏然炸散成无数碎星。

同时天外一道光芒凌空射入，直取魔龙头颅。

穷戾前冲一步，挥刀挡下。

交手的片刻，前方出现数名天源宗弟子。为首的那人长须飘飘，一派仙风道骨，正是术部首座柳无相。

司玉目光扫过，谢婉竟也在其中，脸色还有几分苍白，却已恢复冷静，望向这边的眼神前所未有的郑重。

此时甄扬焕击破龙息，也已从后方赶了上来。魔界八人立即陷入天源宗两大首座的前后包围中。

连续硬接两次龙息，甄扬焕自觉真气有些紊乱，不禁暗暗心惊，魔龙威势，竟至于斯，若不是他们早有准备，此次尚不知鹿死谁手呢。

陷入重重包围，魔界诸人却不见丝毫慌乱，狠戾之色更盛，卓隐傲然道："两位首座认为单凭诸位就可以阻拦我们了吗？"八人都是如今魔界顶尖儿的高手，再加上玄王亲临，实力可丝毫不逊于眼前的天源宗众人。

"魔龙为天下至强的神兽，连昔年我天源宗第七代宗主都曾经败亡其手上，我等修为又岂能与前人相提并论。"柳无相神色依然平淡，“只是幸好前人早留下了克制你等妖魔的法宝，就等着诸位送上门来。”

卓隐心中一凛，天源宗能够克制魔龙的法宝只有两样，除了盘古神玺，就是天玄寰宇车了。天玄寰宇车被用在宝库上，怎么可能拿来这里？

甄扬焕却似笑非笑地看着魔界诸人，继续道：“是什么法宝，想必玄王殿下刚才在地下的时候，已经感受到了吧。”

他话音未落，一圈巨大的金色光圈从地底缭绕升起，整个天空瞬间变成了金色，大地猛烈地摇晃起来，震耳欲聋的轰鸣传入耳中。

巨大的金色阵法将魔界八人困在阵中，卓隐神色渐沉：“天玄寰宇车！”

“不错，正是天玄寰宇车。”

柳无相带着六个术部高手分坐七处，镇守乾坤七星，催动宝车阵法。

而甄扬焕站在外围，望着被困阵内的人，扬声笑道：“诸位也未免太小看我天源宗了。早在岳冉身份暴露之后，我们搜查他日常起居之所，就已发现醒心洞有异常，虽然不知其内情，却也能推测一二。便顺势定下了这引蛇出洞之计。只是……”甄扬焕的眼神落到魔龙身上，面露得色，“只是料不到此计不仅引来了蛇，竟连真龙也一并引来了，真是天意！”

卓隐神色越发冰冷：“从一开始，天玄寰宇车就被布设在了这里？”

“不错，所谓的催动天玄寰宇车开启阵法，不过是个引你们出洞的饵。其实封印那边，是靠着我们天源宗剑、术两部合力才开启的。所以……”甄扬焕笑得越发轻松，“封印不是两个时辰之后开启，而是在十二个时辰之后才能完全开启！”

听闻这句话，卓隐脸色终于变了，纵然遇到埋伏，哪怕是天玄寰宇车的埋伏，他们深入险境，也早做了万全的准备，尚可一搏。可倘若封印根本没到开启的时辰，纵然他们能全身而退，此次也注定无法完成任务了。除非拖延十二个时辰……

“十二个时辰，足够收拾掉诸位，然后再去封印那边了。”说话的是刚刚赶到的丹部首座陆清风，神态间一派悠然自得。

卓隐强压下担忧，视线扫过，落到柳无相身上，笑道：“柳首座果然好心机，故意放任安小惠临死之前传递消息给我们。”

“不与汝等虚与委蛇，怎么能够引蛇上钩呢？”柳无相平静地道。

甄扬焕神色微微一动，瞥了柳无相一眼，却没有说话。

司玉在内中听着暗暗心寒，柳无相简简单单一句话，就把他与魔界勾结的罪证一笔勾销了，日后若真有人揭发此事，也只会以为他是在与魔界虚与委蛇，故布疑阵。谁能分得清真假？

说话的工夫，布阵七人催动秘诀，周身真气鼓舞。

卓隐还想继续出言挑拨，却觉一阵头晕目眩，是天玄寰宇车的威力生效了！他刚才强开封印本就受了内伤，此时阵法一开，首当其冲。

而同样察觉情况不妙的是司玉，阵法一开，她便感觉周身真气流转窒碍，只怕再过一会儿，连变身都无法维持了。如果自己在阵法里面现出原形……

司玉打了个寒战，魔龙巨大，战况紧张，尚未有人发觉挂在龙角上的她，一旦原形败露，司玉可不认为自己重要到能让诸位首座大人更改计划，舍身相救。

就在她进退维谷之际，魔龙忽然行动了，龙尾甩起，紫光滚滚如怒涛，重重抽打在空中。半空陡然亮起刺目的光芒，照得天地皆银，万物如霜，是天玄寰宇车的阵法光壁硬生生挡下了这一击。

甄扬焕冷眼看着，扬声道：“如果在下记得不错，玄王殿下尚未成真龙吧，如此催动内力，也不知能在这阵法中支撑多少时辰？”

魔龙猛地咆哮一声，连续又是数尾抽出，一时间光芒激暴，天地轰鸣，寰宇车的阵法虽未破，魔龙力量四面溢出，周围山脉高岭尽被抽打地轰鸣塌陷，残破不堪。

这条龙很生气！难道被人揭短了？距离极近，司玉似乎能够感受到它的情绪。

“殿下！”眼看魔龙狂暴，卓隐索性咬咬牙，从袖中摸出一颗圆珠，手结法印，圆珠向魔龙射去。

离绯惊呼一声，却无法阻止了。

圆珠落到魔龙头顶上，瞬间弥散，如一道雨幕光晕，包裹住魔龙。

阵法外面柳无相凝神细看，神色忽然变了："是芥子珠！"

甄扬焕神色一震："什么？怎有可能？"

传说中极地冰原深处，有一棵神奇的树，名唤须臾芥子，万年才开一次花，万年才结一次果。其花名唤须臾，其果名唤芥子。此物不仅是稀有的药材，更有一种特殊能力，以须臾花为引，以芥子果为线，可穿越一切空间之限制。

难怪魔界之人能凭空出现在醒心洞，原来就是借助了此物的力量！而此时再动用芥子珠……

果然，水幕晃动，魔龙从阵中消失了。下一个瞬间，已经化为沙石的醒心洞中暴发出一声长啸，魔龙再一次破地而出。

司玉只觉一阵头晕目眩，眼前漆黑一片，短暂的昏迷后，又是云霄飞车般地腾空。再一次睁开眼睛，她和魔龙都已经在阵外了，功力的快速流逝也停止了。

魔龙凌空扑下，凛冽狂风呼啸而过，甄扬焕早有防备，自然不会硬接，闪身退避。可不料魔龙只是虚晃一招，转头直扑天玄寰宇阵而去。

他的目标是……在阵法最末尾的谢婉？！

镇守摇光位的谢婉正是术部七人中功力最弱的一环。

眼看魔龙就要冲到眼前，连另一边的柳无相也变了脸色。众人距离太远，根本无法支援。

谢婉想要闪避，可阵法正催动到关键时刻，一旦她离开位置，阵法立破。一瞬间心中闪过无数个念头，谢婉身形微晃，却终于坐定不动，神色满是决然。

司玉大急，胸口一热，一股真气流窜而出，赫然是五寸钉的看家绝活——喷火。

她正盘在龙角上，一低头，这股火焰正喷在魔龙的左眼上。

若是喷在别的地方，这种小火苗魔龙只当是被蚊子叮了一记，偏偏却是在毫无防备的眼睛上。刹那间痛彻心扉，魔龙一个翻滚，吐出的龙息一偏，将将擦着谢婉甩了过去。

满场众人都被这个变故惊呆了，距离遥远的天源宗弟子甚至不知道发生了什么事，只看到魔龙原地打了个滚儿，谢执教死里逃生。

魔龙终于意识到自己头顶上有东西，怒不可遏，连续翻滚摇摆，想要把司玉摔下来，司玉死死扳住龙角，被颠得七荤八素，就是不肯松手。

众人正看得目瞪口呆，忽然天地陡亮，雷声滚滚，遥远的天际闪烁起无数道闪电，如银蛇狂舞，鞭挞大地。

宏伟广阔的天源山恍如狂风怒涛中的一叶扁舟，在天地翻覆的剧变中摇摆不止。

柳无相转过头，一向淡定自持的他也震惊了。

这景象……竟然是封印真的完全开启了？！

月色如霜，星辰闪烁，斑驳的树影静静摇曳，掩映着风华雅致的宫室。

一片寂静中，有水声隐隐传来。少顷，一个修长的身影自屏风后走出。昏暗火光映着他完美的侧脸，犹如盛开的幽兰，一派精妙华美。湿漉漉的黑发随意地搭在肩头，走到屋中，他头也不回道："景凡，什么时候你也学会白郁他不请自入的风格了？"

窗畔一个人影笑道："不是我不规矩，实在是你这里连一个服侍的人都没有，一路走来，不自觉就登堂入室了。"一边说着，他慢步走入内室，眉目清俊如含雪之梅，嘴角似笑非笑一抹勾起，恍如俊美非凡的贵公子，偏偏一双蓝眸却如寒潭冰水，配着一身蓝衣，一眼看上去，冷彻心扉。

"话说澈心，好歹你也是我们皇城的堂堂军师，这般疏忽，万一要是有刺客进来可怎么办？"

"皇城有你这个顶尖儿高手率兵驻守，我的安全哪里用得着自己操心？"主人径自坐到窗前，执起白石茶几上的梅花壶，倒了两杯茶水。正是曾化名楚泓，潜入天源宗的墨澈心。

来人也不再客气，长笑一声，在对面坐下，道："好久没有品尝你的茶艺了，谁料你一去就是这么久。"

淡淡的茶香弥漫开来，沉静地充盈着殿内的每一个角落。景凡微微抿了一口，看着对面一派悠然自得的动作，忍不住叹道："沐浴更衣，赏月品茶，你最近的日子倒是优哉。留下小白一个人在群狼环伺的天源宗，不担心？"

"有什么好担心的，狼再多，也奈何不了狐狸，不是吗？"楚泓略一挑眉，笑道，"再说，他运气一向好，我相信他。"

"哈，也就是小白受得了你这个脾气，不知道他听了你这句不负责任的话，会作何感想。"景凡爽朗地笑出声来，片刻，却笑声一敛，正色道，"算算时间，玄王他们那边也应该到了吧？"

"正打得火热吧。"楚泓一派置身事外的悠然。

"只是不知道这一战下来，有几个人能够活着回来。"提起深入天源宗的诸位同族，景凡略有感慨，"听闻玄王殿下日前功体大成，刚刚出关。也不知究竟达到了何种境界，竟然亲身涉险。"言语间，对玄王的冒险之举明显不赞成。

"没关系，有卓隐在呢，他翻不了天的。"楚泓笑道。

景凡点头道。"芥子珠只要使用一次就会消失，玄王那边统共得了十六颗，此次全部用上，恰好够他们八个跑一趟来回。"

楚泓敲着桌子，道："纵然局面不利，凭着芥子珠，他们也能够全身而退，但就怕玄王殿下不肯退啊。"

"唉，想想卓隐这些年也够命苦的，平日里替那个不负责任的主君收拾残局当全职保姆也就罢了，此次说不定连性命都要搭上。"景凡摇头叹息，神色间却一片凉薄。

"这样岂不最好？"楚泓执起茶壶，替他续了一杯，道，"只是若他们回不来，芥子珠便在战场上用掉好了。千万别落到天源宗手里，我可不想哪一天敌人突然出现在身后。"

"好冷酷的人啊！好歹也是同僚。虽然已经翻脸多年，面上的交情总要保持嘛。"蓝衣人错开折扇轻摇着，笑地没心没肺。

楚泓轻笑不语。不是他冷酷无情，自从三百年前那一战之后，魔界皇血断绝，皇城一脉日渐式微，玄王执掌大局。这些年来，屡次想要招揽吞并皇城了，双方日渐离心。此次若不能趁机削弱其势力，将来魔皇归来，也难以收服。

魔皇啊……

想到自家将来的那位主君，楚泓忽然开始有些头疼了，也许他不应该把卓隐的遭遇当笑话看的。

“被玄王殿下知道，只怕要恨死你了。亏他还一直对你青眼有加，竭力招揽呢。”看着同僚熟悉的算计笑容，景凡忍不住摇摇头。

“若不让他们多接受点儿教训，日后怎么收服呢？碍眼的人，当然越少越好了。”楚泓平淡地说道。

“只是澈心……你真的有把握吗？”短暂的沉寂后，景凡放下手中的茶盏，神色郑重，“魔界已经失去了皇血，万万不能再失去魔龙血脉了。”

“灭破之后才有新生，我有分寸的，无论与魔龙殿那边如何不合，也不能伤了魔界的元气。”楚泓点头道，“此次亲身走了一趟，才知道不仅是我魔界，这三百年来，天源宗也早已式微，内部钩心斗角得厉害。”

“三百年前的那一战，实在是两败俱伤啊。”景凡轻叹一声。

“涣散失落的不仅是力量，还有人心。”楚泓摇摇头，“只是……”

“只是什么？”

“只是天源宗的复兴，只怕不远了，所以，我们魔界也要快了。”楚泓笑着叹息道。

景凡眉头一挑：“怎么？听你这意思，在天源宗遇见对手了？这天下竟然有被我们目下无尘的墨大军师放在眼里的人？”

“是对手。”楚泓举起茶盏，笑道，“而且单论智计，这一局我已经输了。若不是因为运气好，只怕连自己都要死在天源宗了。”

景凡神情郑重起来，刚要追问，一道细微的“吱吱”声传来，打破了室内略有沉滞的气氛。景凡转过头，竟然是一棵小草正扳住门框，探头探脑地向这边望过来，头顶的小蓝果子盈盈欲滴。

楚泓招了招手，小草乐颠颠地跑进来，跳到楚泓宽大的袖子上。

“你这里什么时候多了这个小东西？这不是棵冰心草吗，它从哪里来的？”景凡看得目瞪口呆，明白同伴清冷至极又有洁癖的性子，实在难以置信会对一只小草这么亲切。

“它是我的恩人。”楚泓笑道，点着冰心果的小脑袋，“详情等白郁回来，我们再细说吧。”

“也罢，既然你心有定论，我也不打扰了。”景凡爽快地点点头，从容起身，告辞道，“魔龙殿那边的动静我会派人盯着。”

楚泓颔首，起身相送。

两人并行至门口，景凡转过头，忽然笑道：“这次谢过你的茶了。只是，你的茶，味道似乎变了不少呢。”

凝视着同伴洒逸远去的身影，楚泓脸上浮起一丝苦笑：“这个世上，谁能不变？”

“吱吱”声传来，是冰心草在拉扯他的衣袖。

明白他的意思，楚泓笑道：“输了就是输了，何必要赖呢。只是这次我的运气比他好罢了。”若不是因为误入封印宝库，察觉到开封印的力量不是真正的天玄寰宇车；若不是因为动手杀她，那溅到他手腕上的血；甚至若不是因为遇到了它……楚泓低下头，弹了弹冰心草的小脑袋。笑道，“我的好运气，你也是一部分啊。”

冰心草抱住他修长的手指，似懂非懂地望着他。

天际一轮霜莹皎洁的凉月，楚泓仰头望去，心中有压力，也有更多的雀跃与期盼：“有你在，天源宗的复兴指日可待吧。这一次，我可不会再输给你了。”

狂风鼓舞，天色黯淡，乌云遮蔽了太阳，仿佛黑夜骤然降临，只有封印三地光华耀天，像三串光芒夺目的珠链高悬在漆黑的天幕中。

“怎么可能，明明还有十个时辰的……”甄扬焕喃喃道，没有天玄寰宇车镇压封印中的气流，乱流至少要持续二十四个时辰才能消退。转头望去，柳无相也是同样难看的脸色，完全不似作伪。

“封印怎么会无端开启？”丹部首座陆清风惊疑不定地问道。

没有人能回答他。

一瞬间，众人都被遥远的封印分了心神，连半空中翻滚的巨龙都无暇顾及。

激烈的翻滚波动中，司玉被颠簸得七荤八素，只觉体内气脉暴冲，真气凝滞，胸口剧痛无比。终于忍无可忍，身形开始变化。

远处传来一片惊呼，魔龙身上竟然挂着一个人？！

是什么人！

卓隐震惊中上前一步，却不慎触动阵法，电流飞窜，碧光涌动，连接退了两三步才停下，右手已被光电之力灼烧地焦黑一片。

天源宗一方的震惊丝毫不亚于魔界众人。

柳无相蹙眉望着魔龙，以他的眼力，自然将司玉形貌看得一清二楚，是个有几分眼熟的天源宗弟子，却已想不起在哪里见过了。

这场意外的变故明显有利于天源宗，众弟子在短暂的惊讶之后纷纷反应过来，无数法器剑光涌向魔龙。

魔龙发出风雷般的咆哮，长尾甩过，涡旋飞转，狂暴的龙卷风将几个逼得极近的弟子卷入，刹那间骨骼突出，鲜血激射，被绞杀地血肉模糊。而魔龙的情况也好不到哪里去，身上又添了数道伤痕，虽然现在还占着上风，但蚁多咬死象，继续下去，迟早会被众弟子围攻至死。

甄扬焕指令连发，指挥众弟子围攻魔龙。眼看局势逐渐扭转，他回头看了柳无相一眼，眸中闪过一丝异彩，狠下心道："大局已定，封印那边恐有异变，柳首座，这里就先交给你了，我去去就来。"

说罢脚下剑光一闪，人已在万里之外了。

柳无相额头抽搐一下，眼神愈加冰冷。以他的精明，岂不知甄扬焕在打什么主意。但他和几个术部心腹高手分列七星之位，一旦离开，天玄北斗阵立破。

他眉间冷光一闪，对旁边心不在焉的陆清风道："封印那边，甄首座一人未必足够，陆首座不如一起过去吧。"

甄扬焕离开，陆清风自然也明白他的意图。面上一片淡然，内中早已急得抓耳挠腮，只是他势力不如甄扬焕，擅自离开，日后难免会被术部"惦记"。甄扬焕可以不怕，他却着实有些担心。

此时柳无相发话，正中下怀，眼见战场上局势虽乱，但天源宗已经稳占上风，他叮嘱丹部几位长老率领弟子奋力搏杀，本人立刻化为一道白光，消失在天际。

一片混战中，司玉竭力抱住龙角，已经濒临极限。天源宗众弟子的法器虽然尽力避开她，但肩膀仍然中了一剑，而剧烈的翻滚和怒吼声更震得她心神溃散，几欲晕厥。

不知过了多久，迷茫中，仿佛有无数的流星闪烁着从她身边擦过，

天源宗众人对魔龙的攻击好像忽然变弱了？！

那是什么？她抬起头来。

场中已经一片混乱，战斗正在最激烈的关头，竟然有无数诡异的东西从天而降。

“玉阳剑！”一个弟子随意接住其一，立即惊呼，众人都愣住了。

外敌入侵，魔龙现身，天源宗众弟子的道心在这一战中可谓屡经考验，但都没有哪一重考验，如眼前这般震撼人心。

无数天源宗千万年来传说中的法器宝物，竟然像是下雨一般从天上掉了下来。很多弟子都怀疑自己是在做梦。

短暂的迟疑后，众人纷纷醒悟过来，一拥而上，刹那间围攻魔龙的攻势大减。甚至连保持天玄寰宇车北斗阵的几人都分了心神。

柳无相脸色尤其难看，仰头怒目而视，这些都是他从宝库里带出来的东西。想不到白郁竟然会用在这个时候，动摇人心。

更有无数法器砸在北斗阵的光壁上，荡起一圈圈涟漪，天玄寰宇车的阵法动摇闪烁。

天空中那抹闪烁的银光……是他吗？

司玉转动迟钝的大脑想着。然而这一切都与她无关了，身体的疲惫已经达到极限，酸麻到失去知觉的双手终于松开，司玉从魔龙头顶跌落下去。

呼啸的风掠过身边，魔龙一声怒吼，向她扑过来，恨不得把这个坏他大事的蝼蚁一口咬碎。

赤红狂怒的双眼近在咫尺，她就要死了吗？死在魔龙手中，是不是也算是死得其所呢？

万籁俱寂，神志空旷，司玉缓缓闭上眼睛。却有一个声音如利箭般刺入她耳中：“司玉！”

疲惫的精神有瞬间的清醒。

是他！

睁开双眼，映入眼中的是一道璀璨的剑芒，如霓虹贯空，朝霞流舞，直击魔龙而去。魔龙躲避不及，正中龙腹，霎时翻腾狂啸，带起赤红色的龙卷涡旋。

司玉手腕一热，已被牢牢抓住。他拉着她穿梭回旋，急冲而下。

在做梦吗？眼前这个熟悉的身影。

那一瞬间，天地皆无，万神俱灭，只余下他与她紧扣的十指，坚定执著。

眼泪不受控制地涌出来，明明命悬一线，心中却满是说不出的喜乐安宁，就这样拉住他的手，永远也不松开，还有何求？

魔龙一个翻滚，紧接着怒吼一声，前所未有的愤怒已让他理智全失，只想将眼前亵渎他威严两只蝼蚁撕成碎片，威猛的身形贯空而下。一口金紫龙息夹杂雷电霹雳，当头击下。

眨眼间已经追至两人身后。谢东仪回身一剑击出，光焰飞窜，金蛇四舞，竟然硬生生挡下这雷霆一击。

剑芒吞吐，龙息翻涌，司玉只觉胸口如被重锤所击，身形一滞。刹那间双肩剧痛，是魔龙利爪一把钳住了她的肩膀，将她硬生生向后扯。

剧痛难当，司玉只觉身体几乎被生生撕裂成两半，拼尽最后一丝残余的力量，右手向后猛地一掌击出。

掌心剧痛，击中的却不是魔龙身体，而是一颗极硬的珠子。

细微的碎裂声传来，来不及收回的掌心一片冰冷，是那颗珠子被自己打碎了？

刹那间一层光波水晕荡漾开来，将司玉和魔龙笼罩其中。

谢东仪神情骇然，一剑挥出，剑光纵横破空，魔龙登时被滔滔巨浪推得冲天抛飞，却还是死死钳住司玉毫不放松。

半空中，司玉全身疼痛欲裂，也许自己的身体已经被撕裂成粉碎，只余手中的那片温暖，固执地包围着她。

恍如梦中，她看向两人交叠的双手。

水晕波动不止，她和魔龙的身体已经逐渐模糊，光波扩散，沿着自己的手，他修长有力的手指也开始模糊不清，还有腕上那片似曾相识的月牙形印记。

活下去，至少要让他活下去！

司玉松开手，拼尽最后一点力气，将那固执的不愿放松的手指扳开。

“司玉！”最后一声呼唤回荡在天源山上，如同受伤野兽的嘶吼。

而司玉已经什么也看不见，什么也听不见了，冰冷的水波包围着她，清晰地感到，有什么东西，正生生从体内剥离出去。

那一瞬间，痛彻心扉。

第四卷

长空万里·入魔之卷

第一章

患难与共

冰冷的感觉笼罩住全身，血脉筋骨，甚至连伤痛好像都被冻住了。也不知过了多久，腹部升起一团温热的暖意，司玉灵识微动，清醒过来。

映入眼中的是一片泠泠银光，耀得她几乎睁不开眼。满目晶莹璀璨的白，让司玉以为自己又回到了冰晶大殿。而让她瑟瑟发抖的冰冷触感却提醒着她，这是实实在在的冰雪，不是大殿中的晶体。

冷风吹过，彻骨的森寒如冰冷的蛇蜿蜒而上，司玉打了个哆嗦，连忙默念心诀，丹田热流回转，才缓过一口气。

手脚僵硬酸麻，司玉挣扎着爬起来，依靠在身后的山壁上。

自己竟然没死？司玉抱住双肩，被魔龙利爪钳制的剧痛仿佛还停留在那里。

查看身体，伤口似乎都痊愈了。她昏迷了多久？这里又是哪儿？谢东仪他们呢？

司玉向前走了两步，遥遥望去，四面一片冰天雪地，群峰环绕，山峦起伏间，一湾冰湖在月光下明亮如镜，而她正站在湖边。

转过身，司玉顿时睁大了眼睛。她刚才依靠的地方是并不是山壁，而是一棵树，一棵极大的大树。

怎么可能有这么庞大的树！枝干仿佛冰晶雕琢，雄伟矗立，几十个人都未必合围地起来，剔透的树叶中流转着金线叶脉，在朝阳下折射着刺眼的光芒，郁郁苍苍遮蔽了大半个天空。一阵风吹过，树叶在寒风中呼啸如浪，仿佛无数白玉风铃叮当做响，清寒旷远。

冰峰，晶湖，还有这孤独伫立的大树。

天源山有这么奇异的风景吗？司玉惶惑地回想着。

记得最后一刻，她似乎捏碎了魔龙身上的什么东西……魔界诸人被困在阵中时，卓隐曾经用一个奇异的水晶珠将魔龙瞬间移出了北斗阵。珠子破碎之后幻化的光晕水雾与当时很相似。

难道自己无意间捏碎的也是那种珠子？那么她被瞬移到了哪里？而魔龙呢？

想起“共患难”的同伴，司玉跳起来。四面静悄悄一片，完全没有魔龙的踪迹，她松了一口气，也许是在移动的过程中分开了。分开最好。

可是她被瞬移到了哪里？先离开这里，找到人再说吧。司玉立刻行动，刚迈出一步，却不知踩到了什么东西，脚下一滑，摔倒在地上。

这一摔痛得她龇牙咧嘴，但远远比不上同时传来的尖叫声让她震惊。

谁在叫唤？她猛地跳起来，低头望去，刚才走过的地方正粘着一条黑漆漆，软趴趴的小东西，被她一脚踩进了土里。

司玉蹲下身，用两根指头尖儿把它捻出来。

这是什么？一条蚯蚓？

强忍着对软体动物的天生恐惧，把它拎到眼前细细观察。怎么看都像是一条蚯蚓，除了身体黝黑了一点儿，细腻了一点儿，额头上那块微微鼓起的小包奇怪了一点儿，还有那扁扁的身形……呃，这个好像是刚才被自己踩的。

司玉心中升起一个不好的念头，还未仔细查看，那条蚯蚓动了动，醒了过来。

“大胆！竟敢非礼本殿下！”首先传入耳中的是一句中气十足的呵斥，语气傲慢至极，可惜声音清朗悦耳，犹带着几分童稚，大大削弱了威胁的效果。

见识过冰心草，五寸钉之后，对一只蚯蚓能开口说话，司玉已经很淡定了。不过它话中的“本殿下”还是让她心里一突。

看来猜对了，她可真是“走运”啊！

不过一条细小的“蚯蚓”，应该没有那么恐怖的杀伤力了吧？司玉暗暗想着。

蚯蚓扭动身体，想要从司玉指头间窜出，抬头的瞬间却望见了头顶的大树，刹那间身体一僵：“须臾芥子！”

须臾芥子？司玉一愣，她记得在典籍中看过这个名词，是传说中一种神奇的树木，花为须臾，果为芥子，拥有突破空间限制的能力……

“你这个蠢女人！你知道你干了什么！我怎么能跑到这里？战场上！天源宗！现在……”看到须臾芥子树，蚯蚓，或者说玄王殿下终于想起昏迷前发生了什么，顿时急怒攻心，语无伦次。

使用芥子果瞬移，如果不设定位置，会被默认传送至母树边上。

而司玉也想起，须臾芥子树，是传说中生长在极地冰原上的神树。

也就是说，这里不是天源宗，而是……魔界！

刹那间天崩地裂，司玉无力地扶住树木，这是怎样滑稽的玩笑啊！她一个小小的天源宗弟子怎么开得起！

“你这个垃圾，还不快把我放开！”被人倒提在手里摇来晃去，魔龙终于忍无可忍。

“再骂一句，我把你切成碎片吃了！”心情暴躁到极点，司玉声音吼得比他还大，把魔龙震得一愣，回过神来却更加愤怒，张嘴一口龙息便冲着司玉吐出。

眼看紫色烟雾缭绕成形，司玉眼明手快地把他调转方向，龙息“扑簌”一声吐在旁边的冰上，冰块被打散了薄薄一层，

就这点儿杀伤力……

司玉冷哼一声，心神大定，本来还怕魔龙的法力不受身体变化影响呢，这下子可放心了。

“喂，你的珠子还有吧？”司玉掐着他的脖子拎高，毫不客气地问道。

蚯蚓却对她的疑问恍如未闻，半垂下的身体一动不动，似乎刚才一口龙息耗尽了它的全部体力。

“喂，别装死！听见没有？！”司玉恶狠狠地摇着他。

被粗暴地摇晃了半晌，魔龙终于咳嗽一声，一口鲜血喷了出来。

看着冰面上那点儿梅花瓣大小的血滴，司玉无语了，它这是内伤发作？还是被自己摇的？

缓过一口气，魔龙的声音有气无力：“芥子珠我只带了一颗，却让你这个蠢货给……咳咳……”

司玉心里一沉，对他后面的辱骂都无暇计较了。没有了芥子珠，她怎么回去？

典籍上记载，极地冰原位于魔界边境，因为地脉特殊，其中气候恶劣，灵气极度匮乏，根本无法御剑飞行。再加上内中无数残暴狂猛的妖兽，是连一流高手都难以逾越的天堑。

放眼望去，四面山峦起伏，苍茫孤寂，司玉只觉心里寒意无边蔓延。

沉默中，冷风吹过，她默默运转功力，取暖祛寒。

蚯蚓顿时有所感应，挣扎着抬起头：“蠢货，不要运转内功啊！你想找死吗？！”

司玉一怔。一声狂猛的咆哮从远处传来，振聋发聩，司玉顿时明白了他的意思，却为时已晚。

大地震动不已，冰雪簌簌抖落，凉凉地落在身上。司玉惊慌地看向四面，这声音明显是巨大的野兽在接近。往哪里逃？对了，爬到树上去！

司玉踩着石块，就要往树上跳。

“蠢材，虎纹熊是会爬树的！”某只蚯蚓叫起来，“你这不是找死吗？”情绪一激动，立即催动伤口，魔龙只觉丹田剧痛如绞。

司玉动作一顿。

“到冰湖上去，虎纹熊怕水。”咽下涌上喉头的血，他低声提醒道。

冰湖！看着月色下泛着森冷光泽的湖水，司玉打了个寒战。这只死蚯蚓不会想害自己吧？瞬间的迟疑，地平线尽头已经出现了巨兽的影子。

司玉别无选择，只得转身往冰湖跑去。

“等等，摘两片树叶，含在口里！”魔龙又想起一事，忙不迭地提醒道。

司玉随手拽下一把叶子，而巨兽已经发现了她的踪迹，向这边飞扑过来，硕大的身形格外灵活，在雪地里像只飞蹿的猎犬。

司玉拼尽全身力气，连滚带爬终于一头栽进了湖里。

见巨兽没有追上，司玉这才松了一口气，使用浮空术从湖里浮起。却又想到，运转功力很容易招来更多猛兽，立刻内息一滞。

魔龙有气无力地提醒道：“把须臾戒指的树叶放到嘴里。”

司玉依言放入，立刻感觉身体化为羽毛般轻盈，无需运转内力，就能够浮空了。想不到树叶还有这种用途！

暂时脱险，司玉冷眼细看，眼前巨熊直立起来足有三四人高，遍体黑黄相间的毛发，狰狞狂猛，难怪叫做虎纹熊。要是被它那蒲扇大的利爪抓实了……司玉打了个寒战。

到嘴边的肉逃了出去，猛兽自然不肯罢休，围绕着冰湖团团转。

僵持时间一长，司玉身体寒冰难耐，忍不住稍微运转功力取暖。

被她握在手里的魔龙身体一僵，只觉一股热流传入身体，刹那间通体舒泰，沉重到极点的内伤竟然恢复了一丝丝。

好奇异的力量啊！这个废柴一样的天源宗弟子，怎么会有这么精纯到极点的内力，如天下间至高无上的美味。只怕连柳无相那些老家伙们都没有吧。而且她的功力怎么会传递到自己身上，又不是刻意替自己疗伤？

对了，她身上的伤呢？连自己都因为那一战力量耗尽，变成如今这个样子。她明明受了很重的伤，竟然还能活蹦乱跳的？

越想越惊诧，魔龙看司玉的眼光瞬间不一样了。

见虎纹熊不肯走，司玉四面看了看，向一处避风的山崖飘去。身体轻飘飘的感觉真是舒服，要是同时能够运转内息，温暖身体就好了。为防止再招来野兽，司玉运功只敢浅尝辄止。

眼看食物越飘越远，虎纹熊不甘心地吼了两声，垂头丧气地走了。

脚下一稳，司玉已经站到了悬崖上。登高远望，视线更加开阔，看四面景象，至少百里之内是别想有人烟了。

司玉暗暗发愁，忍不住低头道：“喂，如果想要回天源宗，最快是往哪里走？”他刚才指点自己脱险，虽然明白他只是为了自救，司玉对他的态度还是缓和了不少。

眼见魔龙软趴趴没有反应，她以为是内伤沉重，晕了过去，试着催动内力，向它体内输送稍许。

又是这种感觉，全身触电一般，舒服到了极点，尤其这次是刻意向他体内输送，而不是泄露的一星儿半点儿。魔龙低低呻吟了一声，忍不住在她手心里蹭了蹭。随即反应过来，顿时脸上一红。

“喂，早告诉你别胡乱运行内力，你这个蠢女人，想要再招来野兽吗？”他不自在地扭了扭身体，喝道，“还有，别把我捏这么紧，太无礼了！听到没有？！”

对这只变成了“蚯蚓”还要颐气指使的魔龙，司玉也无话可说了。摊开手掌，将他放到掌心，没好气地问道：“魔龙大人，请问天源宗怎么走？想必你也不喜欢和我纠缠在一起吧。”

魔龙盘曲起身体，不屑地说道：“你想怎么回去？就凭你这两条腿？”

司玉心里一沉，如果典籍记载没错，这里是魔界边境，想要回归天源宗，万万里之遥，而且旅途无数艰难险阻，根本不是自己能够应付的。长吸一口气，司玉问道：“芥子珠你们魔界还有吗？”

魔龙抬起身体，刹那间心念电转：“芥子珠魔界当然还有。”

“既然如此，我们谈个交易吧。我送你回魔界，你给我一只芥子珠。”司玉正色道。

“笑话！本殿下难道需要你这种废物护送？”魔龙不屑一顾。

“总比你强点儿。”司玉也不生气，耸耸肩道。从刚才的逃命上，司玉就知道，这家伙现在一丁点儿力量都不剩了。否则以魔龙之威，岂会容一只无神志的野兽欺凌。

“答应，还是不答应？你只要二选一就好。”司玉沉声道。

“哼，这是你求人的态度吗？”魔龙高傲地甩了甩尾巴，“从这里去魔界的路你根本不知道，我若不答应，你必定要死在这里。”

“你也一样。别告诉我你能以这种状态爬回魔界去。”司玉伸指头戳了戳他，眼前的魔龙变成迷你形倒是有几分可爱。

“干什么！”魔龙愤怒地用尾巴甩开那根不规矩的手指，“只要我养好了伤，还不是海阔天高任我行。别以为……”

“据说极地冰原灵气低微，养伤很难吧。”司玉毫不客气地打断他的话，“而且，你要是不答应，我会让你有机会养伤吗？”

“你……”听出这句话里赤裸裸的威胁，魔龙气得脸都绿了，以他的尊贵，何曾受过这种气。

司玉依然气定神闲：“而且，谁说去魔界的路我不知道，别以为天源宗的人和你想象的一样无知。”

魔龙冷哼了一声，他并非鲁莽无智之人，身陷险境，也明白只有两人合力，才能走出这片地方。讽刺司玉，只是为了出一口气。

见魔龙沉默不语，司玉明白他已经答应，只是拉不下脸来承认。笑了笑，道：“既然殿下也觉得这个提议不错，我们就缔结契约吧。”

“缔结契约？”魔龙一愣。

“双方合作，当然要缔结契约。”司玉理所当然地道：“我与玄王殿下又不是朋友，若是你中途反悔，或者到了魔界拿不出芥子珠，我到哪里喊冤去？”司玉可没有当冤大头的兴趣。

眼见魔龙似有不悦，司玉连忙补充一句：“当然，我若违约也一样，咱们这叫买卖公平。除非……殿下有什么苦衷？”

魔龙心一狠：“好，就和你定下契约。”

司玉这才放下心来，伸出一根手指，略一迟疑，按到了魔龙尾巴上，然后默念咒诀：“顺天为誓，吾以此言为枷，立誓……”

誓言说完之后，一个小光点从两人接触的地方升起，在半空中延伸成长线，打了个结，钻入两人体内不见了。

魔龙冷哼了一声，尾巴一甩，将司玉指头挥开。

司玉也不与他计较，笑眯眯地道：“暂时合作，以后就请殿下多关照了。”

翻过山巅，映入眼中的景象已不像先前那般荒芜，一望无际的雪原上点缀着杂乱的黑色，是凹凸参差的岩石和墨绿的苔藓。

司玉松了一口气，他们已经走了十几天了。虽不能使用术法，但司玉的武功也没白学，遇到天堑，就借助须臾叶。此时站在山巅回看来时路，不禁升起一丝成就感。可惜须臾叶只持续十二个时辰就会消散无形，不然还可以走得更快。

沿着山路往下，她放慢了速度，就算身体素质再好，也受不了这样的奔波，双腿酸痛不已，得找个地方休息了。

察觉到司玉速度变缓，魔龙从口袋里探出头来，望着四面风光，他终于将忍了数天的疑惑问出了口：“你是怎么认识道路的？”他本来以为司玉所说的‘知道去魔界的路’只是口头上说大话呢，想不到几天下来，很多地方，司玉竟然不用他指点，就可以自己选择正确的方向。

“这个……当然是秘密了。”司玉笑道。

她当然不会说出，这条道路是她在梦里见过的，那个诡异的关于魔界历史的梦。可惜梦中只是浮光掠影般的片段，细节处还是需要魔龙的指点。

但这些已经足够让魔龙吃惊了，这条道路是当年魔族牺牲无数才探索出来的，天源宗的一个初级弟子竟然能够知晓，那天源宗高层岂不是知道得更多？

没有注意魔龙纠结的心情，司玉找到了一处避风的岩石洞，脱下外套挂好，然后拍了拍口袋，道：“今晚我们就先在这里休息一晚。不过先得把晚餐准备好。”

以司玉现在的境界，短期辟谷也能达到，但此地灵气极少，白天体力损耗又大，所以一有机会，还是会捕猎吃饭，补充体力。

而准备晚餐的方法也很简单。司玉凝神屏息，运转功力，很快停下，然后跃起到洞边一处崖头上，伏下身形。同时收敛全身毛孔，闭锁精气。

不久，一声嘶吼声传来，地面震动不已，是野兽在逼近。

旅行这些天，司玉琢磨出一套短暂运功的法子，瞬间收发自如，被她戏称为三秒钟运功法。一则暖身，二则可以勾引野兽，填饱肚子。短暂运功，就算是雪原上最敏锐的野兽也无法定位。

这不，下面这只猥豚就正犯迷糊，围绕着刚才司玉走过的地方嗅来嗅去。徘徊了片刻，它兴奋地叫了一声，向着岩洞撒蹄冲过去，显然嗅到那里的味道最浓。

长长的獠牙闪烁着银芒，“哧”地将布料刺了个对穿，可布料之下却不是预料中的血肉，而是坚硬的石块。还没等猥豚反应过来，一道锐光直刺后背，将它扎了个对穿。

猥豚哀鸣一声，挣扎片刻就不动了。

司玉从岩后跳下，兴奋地捡起猎物。这种动物她吃过一次，肉味细腻可口。

“哼，没脑子的蠢货，这种白痴到极点的陷阱也会中。”看着地上猥豚的尸首，魔龙对其智商表示严重鄙视，顺带被鄙视的还有司玉的陷阱。

司玉却懒得理会他，看着衣服上被撕扯开的洞，叹了一口气。几天下来，已经破破烂烂，必需换一件了。她的目光落到猎物上，冰原上因为气候寒冷，动物皆长着厚厚的皮毛，正适合拿来做衣服。

在洞口设下封印，司玉将倒霉的猥豚剥皮抽筋，拆骨卸肉，点起火来，不一会儿就烤的外酥里嫩。

魔龙毫不客气地霸占了一只猥豚腿，张口咬下去。

看他吃得飞快，司玉忍不住好奇，这家伙身体变小了，饭量似乎并没有变小，可他吃下的东西都到哪里去了呢？司玉的眼神落到他依然苗条的小肚子上。那条猥豚腿可是他现在身体的几十倍啊。

吃完晚餐的魔龙打了个饱嗝：“把床铺好，本殿下要睡觉了。”

司玉额上挂下几条黑线，真把自己当侍女了啊。不过今天看他行动已不像前几天那么迟缓了，显然伤势正在复原，不知道功体有没有跟着一起恢复？

万一要是恢复，自己可得小心他翻脸了，就算有契约在，谁知道魔龙会不会有破除契约的秘法呢？司玉心中暗暗警惕。

吩咐了一句，司玉却迟迟没有反应，魔龙有点儿诧异，抬起头，发现司玉正盯着自己，目光灼然。

他有点儿不自在了：“你看什么？”一边盘起身体。

“呃……没什么，就是发现殿下的身材不是一般的好啊，哈。”司玉打了个哈哈，随口掩饰道。

这次轮到魔龙额头黑线了：“胡说什么呢？污言秽语，不守妇道？”

“啥？不守妇道？”司玉吃惊了，接着暴笑出声。想不到随便一句调侃，会招来这么义正词严的反驳。话说眼前这只笨龙知道这个词的意思吗？还是真以为自己是在调戏他——一条蚯蚓。

“笑什么？”魔龙的语气越发不自在。

听他的声音，似乎年龄不大吧，而且甄扬焕也说过玄王未成年，望着眼前神气扬扬的未成年龙……司玉恶作剧心起：“哈哈，我是在笑殿下现在的样子，其实，这副模样可比第一次见面时顺眼多了。”

“你……”魔龙火气腾地上来，两腮气得鼓鼓地，司玉一句话直戳他伤口，要不是受了伤，他怎么会变成这个样子，都是可恶的天源宗……

“哦，记得甄首座说过，殿下还尚未成年吧，难不成……”司玉摸着下巴，“这才是殿下真正的形貌，而那具威武的魔龙躯体是用了幻术？”

最厌恶别人对他的年龄揭短，魔龙终于忍无可忍，一口龙息冲着司玉吐出。

司玉早有防备，头一偏，紫色光流擦着脸颊擦过，打在山壁上，一层细小的碎石跌落下来。

嗯，比前几天有长进，不过距离恢复还远得很呢。司玉放下心来，笑眯眯道：“别生气嘛，算我见识浅薄，失言了，哈哈。”

伤势虽有缓和，但功力根本没有起色，强行吐出一口龙息，魔龙立刻感觉胸口凝滞疼痛，气血翻涌。

看他恹恹的形态，司玉就知道是内伤复发了。心中暗暗庆幸，对魔龙那强大的攻击力，她可是心有余悸，刚才故意调侃，就是为了试探他伤势的恢复速度。

看来，以后得多挑拨他生气，让他伤势好的慢一些才行，司玉坏心眼地想着，一边替他铺好床铺——选个平坦的地方将外套放好。作为赔礼，司玉又在下面垫了一层毛茸茸的兽皮。

“过来休息吧。”布置好，司玉招呼道。

魔龙却对她的话置若罔闻，显然还在生气。

真是小孩子脾气，司玉暗暗好笑，对他的敌意稍稍消减了几分，道：“殿下怎么了？难道是伤势加重？该不会还在为小女子刚才几句话而生气吧？身为魔龙，好歹应该有一国之主的气量……”

“好了好了，本殿下知道了。”魔龙条件反射地打断她的话，直起身体。瞬间才想起，对他说话的人不是卓隐，而是眼前这个讨厌的女人，心情更加糟糕了。本以为只有卓隐那家伙会这么唠叨呢。

想到身陷天源宗的属下，魔龙心情越发沉滞。

必需尽快赶回魔界，还得养好伤。

磨蹭了好一阵子，终于不情不愿地蹭了过来，窝到口袋里盘曲起来。

司玉看得好笑，却不露分毫。她坐到一边，拿起刚才剥下来的猸豚皮。兽皮已经被她用积雪和法术处理过，正好制作一件外套。

山洞里寂静一片，偶尔篝火的噼啪声传来。

玉簪尖儿在兽皮上比划着，正犹豫是制作外套好，还是马甲好呢。忽然一个声音打破了寂静：“他是谁？”

“啊，谁？”司玉奇怪地转过头，这么久不出声，还以为这只笨龙已经睡着了呢。

“那个人，最后拉住你的手的那个人……”魔龙缩在口袋里，声音闷闷的，带着微微的不甘。

司玉手一晃，玉簪跌落到地上。

他……

谢东仪……

司玉只觉胸口一滞，像是心脏被一只无形的手攥住了。这些天她根本不敢想这个名字，也不敢去想天源宗安宁舒适的日子，否则这孤独一人的感觉就会越发难耐，几乎无法支撑这漫长无尽的旅途。

一切都是因为这只笨龙，怨尤之下，对魔龙升起的些微好感立刻又消耗殆尽。

迟钝的某龙自然不会察觉到司玉的心思，缓缓开口道："他修为只怕不在甄扬焕之下了，尤其最后那一剑，否则我怎么会……" 这些天来，他对那一战念念不忘，谢东仪最后的那一剑，正中他腹部，几乎破了他丹田，严重的内伤使得他身体变成如今的模样。偏偏之后又流落到灵气匮乏的冰原上，迟迟无法痊愈。仔细想想，这辈子还真没这么憋屈过，竟然事事都要依靠一个小丫头。

这些日子他苦苦思索，这样的高手竟然在天源宗从未听说过名字。尤其让他不安的是，那个人身上，带着一种熟悉的气息，好像在什么地方曾经见过一样。

司玉心里一沉："你说什么？他的修为与甄首座……"谢东仪确实是剑术天才，可武功怎么可能与成名数百年的剑部首座相提并论？

而且，他之前刚刚重伤濒死！想起挡在自己身前那刻骨铭心的一剑，谢婉的剑是罕世神兵，纵然天源宗灵丹妙药再多，那么严重的伤势也绝不可能短短一夜就痊愈。

可那时的谢东仪，行动之间流畅自如，根本毫无伤势。

这怎么可能？除非他和自己一样，也有那种莫名其妙的痊愈能力？

司玉心里"咯噔"一下子，总觉得有什么重要的东西，被自己忽略了过去。慢慢地，一种失落感涌上心头。

你究竟还有多少秘密，是我不知道的？

看着司玉发愣的表情，魔龙不耐烦起来："喂，笨蛋，我在问你话呢，他到底是谁？"

他到底是谁？

"是啊，他？到底是谁？"司玉喃喃重复道。

他真的是那个自己熟悉的谢东仪吗？回忆起两人相处的点点滴滴，从第一次见面的针锋相对，到日后的回护相伴，再到后来的携手共渡难关。原来他一直站在她身边，不知不觉间，她就已经习惯了他的存在和保护，习惯了对他的依赖和信任。

随风潜入夜，润物细无声。

可是，她真的了解他吗？他想要的是什么，他的过去，还有他一切举动的目的，甚至……他真的爱她吗？司玉依靠着山壁，手里的兽皮跌落在地上都不自知。

越想他，越是泥足深陷，仿佛有层层的迷雾笼罩在眼前，心神却坠入无尽苍茫的大海。蓦然，一只手透过这一切，拉住了她，手腕上一轮弯月形的印记赤红如血。

司玉一个激灵清醒过来，一片寂静的石洞里，只闻自己急促的心跳声。她究竟在哪里见过那个印记呢？仿佛只在梦中，记忆很深刻，却又偏偏想不起来了。

身上有些发冷，是刚才失神的时候，洞中的火势变小了。

司玉定了定心神，上前添了几块火石，然后将兽皮铺好，意兴阑珊地道："睡觉吧。明天早晨还要早起呢。"

等了好半天，只等来这莫名其妙的一句搪塞，魔龙心头火起，却也无计可施，气呼呼地瞪了司玉背影一眼，缩回口袋了。

时间慢慢流逝，火势变小，司玉的呼吸声也逐渐舒缓下来。

昏暗的石洞里，魔龙悄悄从口袋里探出头来，仔细倾听了片刻，它无声无息地蹭出口袋，向着司玉身体爬去。

停在司玉背后，它犹豫了好久，心理斗争反复进行，终于咬咬牙，顺着她的衣袖爬了上去。

生怕惊醒她，魔龙动作小心翼翼，直到爬上她肩头，看着脖颈儿那一片裸露在外的洁白肌肤，魔龙悄悄咽了下口水。

随即又觉这动作太没格调了，脸上不免一红，好在也没人看见。当然，就算有人看见，也没法从一条蚯蚓大小的魔龙身上看出脸红来。

魔龙闭上眼睛，往下一跳。

身下一软，是接触到了那片温润的肌肤。

刹那间如落入温泉般，全身的毛孔都在一瞬间舒展开来。

感受到那奇异的力量无孔不入地钻入体内，虽然只是流泻出来的一丝一缕，依然让此时的魔龙感受到久违的灵气充沛。对比这些日子灵气枯竭的痛苦，简直是天堂般的享受啊。

这个蠢女人，空有一身灵力，修为却低得可怜，无法使用，真是明珠暗投！

可惜脖颈这里离丹田太远了，效率还是不够高啊。魔龙无声地探起头。腹部那里有衣服，还有兽皮遮盖，想要肌肤接触，除非……魔龙视线落到她因为沉睡而开散的衣襟上，从这个角度望进去，一大片风景一览无遗。

忽然觉得鼻子有点儿发热，好像有什么东西要流下来了。

要钻进去吗？

…… ……

还是算了吧，魔龙悄悄转过头。继续越看下去，不仅脸，全身都火烫起来，自己这是怎么了？

他偷偷放了一个简单的寒冰术，替自己降温。距离极近的司玉有所感应，睡梦中蜷缩起身体。

传入体内的热量和灵气瞬间增加！魔龙立刻敏锐地察觉到，顿时大喜，寒冰术还有这种好处！对此时的他来说，一丝一毫的灵力都是无价之宝啊。

他立刻加大寒冰术的强度，睡梦中的司玉只觉如坠冰窖，体内丹田不自觉地流转加剧。

嘿嘿，让你对本殿下无礼！把堂堂魔龙拎来拎去，还置若罔闻。哼哼，这就是下场。让你顺便帮本殿下恢复灵力，算是赎罪了。魔龙得意洋洋地翘着尾巴。山洞里司玉布设了封印，也不必担心会招来野兽。

内伤开始有了起色，魔龙兴奋地四面看着，视线不经意地落到司玉脸上，动作一僵。

绯红的脸颊上带着一道若有若无的亮色，像是半干的水痕。那个，难道是……

泪痕？

难怪她刚才一直背对着自己。

有什么好哭的？女孩子就是麻烦！

魔龙心里忽然有些不舒服，只觉那道水色格外刺眼，他咬着下唇，看着她睡梦中依然蹙起的眉头。

忽然，司玉嘴唇动了动，似有似无的梦呓传入耳中。

她在说什么？不是在说本殿下坏话吧。魔龙立刻竖起耳朵，可惜声音太低，听不清楚。

魔龙不自觉地向前探出身躯。忽然一片水润的感觉传来，抬头看去，是刚才接触到那两瓣樱花色的唇了。他一时失了心神。

下一秒钟却是天翻地覆，是司玉梦中翻了个身。

不要啊！魔龙在心里惨叫一声，啪嗒一声，从司玉身上掉了下来。不等他逃开，头顶上一片阴云，巨大的压力当头罩下。

第二章

深山遇狐

好冷啊！

司玉揉揉眼睛，从梦中醒来，一边拢紧了盖在身上的兽皮。明明点了篝火，山洞里也避风，怎么夜里还是这么冷呢？

咦，好像有什么东西硌在身下。低头看去，一道被她压得扁扁的黑色身影映入眼帘，司玉吓得险些跳起来。

“喂，你……你怎么样了？”司玉赶紧俯下身，心惊胆战地问道。

奄奄一息的魔龙颤了颤，没有说话，已经完全没有力气回答了。

司玉小心翼翼地将他从地上揭起来，放到手心，托在眼前仔细观察。随着细微的战抖，扁扁的身体逐渐鼓起来，恢复原状。

魔龙长吸了一口气，终于重见天日，死里逃生。想起这一夜的遭遇，他简直欲哭无泪。险些成为史上第一只被人活活压死的魔龙，简直是整个魔龙一族，不，是整个魔界空前绝后的耻辱啊。而且还是被眼前这个笨丫头压死的……

“你这个蠢女人，又重又笨……”

“呃，我不是故意的。”司玉小声道。听到魔龙怨念十足的呵斥，她稍微放下心来，虽然声音还是有气无力，但总算没死。

“都怪你！”受害人继续饱含血泪地控诉道。

司玉好脾气地点点头，这种程度的责备，根本不痛不痒。

“还有，不准说出去！说出去天打雷劈！”魔龙阴森森地叮嘱道。要是被人知道这种糗事，他直接撞死算了，没脸见人了。

明白他的心情，司玉体贴地点点头，用再纯良正直不过的小白兔表情保证道：“绝对不会说出去的。”

“你知道就好。”魔龙哼了一声，甩了甩尾巴。

“不过……”司玉话一转，纳闷道，“你是怎么跑到我这边的？”

心虚的魔龙话语一滞：“呃……这个我怎么知道。”

难道是睡梦中滚过来的？司玉瞥了魔龙的床铺——外衣口袋一眼，是距离挺近的，睡着了从里面滚出来也有可能。

司玉不疑有他，笑道：“这次只是意外嘛，我以后会注意到的。”说罢，将魔龙塞进了口袋，“没事的话，我们继续赶路吧。”

落进口袋里，魔龙盘曲起身体，调动内息。昨晚吸取的灵气，让伤势略有起色。丹田受损的内伤，本就极难治疗，若是在龙啸殿，自然有无尽的灵丹妙药辅佐，此时却是在荒山野岭。

粗略估计，照这个速度，几个月后，自己的伤势就能够痊愈了。这种速度，几乎不亚于服用顶级的药材了。她身上到底带着什么？竟有这么大的治疗功效。放在她身上纯属浪费，不如等伤势好转，夺过来好了。

刚刚打起坏主意，就觉胸口一阵疼痛，魔龙呻吟一声，被压了一晚上，全身筋骨都痛得厉害。看来要在今后几个月里平安地吸取灵力，也是个辛苦活儿啊。

狂猛的嘶吼声振聋发聩，虎纹熊整个儿直立起来。

司玉灵敏地后退一步，纵身跃上大树。

虎纹熊却没有继续追赶，发疯一般，蒲扇大小的熊掌不停的挠着自己的胸腹，利爪很快将皮肉抓得血肉模糊。

司玉叹了一口气，她还是发发慈悲，别折腾人家了。脚尖在树干上一点，飞蹿出去，手里的利器对准熊口猛地捅进去。

虎纹熊闪避不及，尖锐的木刺扎入喉咙，剧痛无比。庞大的身躯再也承受不住，轰然倒地。

司玉跳下树，走到熊躯身边，随手拿根木棍捅了捅，真是死透了。

“喂，你现在明明可以打过它了，何必还要用这种手段呢？”一个闷闷的声音从口袋里传来。

“这叫智慧。既然有取巧的法子，干吗要费力气呢？”司玉一边笑着，弯腰捡起地上拳头大小的肉球。“怎么样？要不要也来一颗尝尝啊？”

爬上她肩头的魔龙立刻厌恶地转过头：“把这东西拿远点儿！”

肉球是用猳豚肉制成，里面包了弯曲尖锐的晶鱼刺，放在雪地里冻得发硬，然后被这只贪吃的熊吃掉……看着腹部被抓挠地血肉模糊的虎纹熊，魔龙条件反射地感觉肚子疼。这女人哪来这么多鬼主意？

万里冰原，千山连绵。越往北走，冰雪逐渐消融，从数天前，眼前的景象就不再是生机尽绝的冰天雪地了。黝黑的石块上泛着青苔，未被冰雪掩映的地面上生长出耐寒的植物，

司玉两人已经在这片大雪原上走了整整两个月了。雪原上遍布着无数人力不可逾越的天堑，一开始还可以借助须臾叶的力量，后来须臾叶用尽，就只能靠自己了。

这段日子里，司玉遭遇过狂暴噬人的猛兽，经历过严寒极致的暴雪，一路走来，剑术和功力都前所未有的长进。原本遇到虎纹熊这种猛兽，司玉连逃都来不及，但此时，就算不用陷阱，她也可以从容收拾掉一两只了。

果然逆境才是最佳的磨炼啊！在天源宗，苦练几年也未必有这个效果吧。

司玉弯腰捡起地上剩下的肉球。

“喂，这些东西还要干什么？”魔龙问道。

“可以下次再用啊。”司玉理所当然地说道。

“别减了，顶多再走十几天，我们就能进入魔界了。”

司玉直起身子，这段风雪兼程，跋山涉水，她身上衣服消耗极快，已经换过数次了。杀这只熊，就是为了夺取熊皮制衣服的。

“等回了魔界，直接去店里买就好了。”魔龙理所当然地说道，而

且，你穿这个也不好看。这句话他当然没有说出口。

司玉点点头，正准备离开，眼角的余光忽然瞥见一颗肉球晃了晃，翻了个滚。

咦？那是什么？

是一只拳头大小的雪白团子，毛茸茸的，滚在肉球之后，将肉球往森林方向推去。

她一步冲上去。

小东西立刻不动了，若不仔细看，简直和满地的白雪融为一体。

过了好大一会儿，也许认为危险已经离开了，小东西动了动，粉嫩粉嫩的鼻子尖儿露出来。

司玉忍不住笑出声来，弯腰一抄，准确将那只小团子捉进了手里。

手感真不错，毛茸茸，软绵绵的，司玉捏了捏。

粉嫩的小鼻子上面是两颗黑葡萄一般湿润的大眼睛，洁白蓬松的尾巴甩在身后，几乎占了半个身体大小。

是一只小狐狸？！

“狐狸这种东西，最讨厌了！”看清楚司玉手里的东西，魔龙嘴角抽搐一下，某些不好的记忆涌上来。

小狐狸往司玉手心里缩了缩，抖了抖尾巴，身上的积雪簌簌飞出，

魔龙厌恶地甩甩尾巴，扫开掉到额头上的雪粒子，嚷嚷着：“赶紧把这只脏东西丢出去！真是讨厌死了。”

也许正是他甩来甩去的尾巴触动了小狐狸的某根神经。

“这么可爱，怎么能……”司玉一句话没有说完，小狐狸忽然从她手心里窜出来，而目标正是司玉肩膀上的魔龙。

魔龙毫无防备，竟然被它一口咬了个正着。

意料之外的变故顿时把司玉吓呆了，直到魔龙的惊叫声传来：“快松开，蠢东西，本殿下宰了你！凌迟处死！灭你九族！”

他被小狐狸一口咬住了尾巴，想要转过头去对着狐狸喷一口龙息，奈何露在外面的半截身体太短，转不过头去。前半截身子挂在狐狸嘴边，晃来晃去，说不出的滑稽。

司玉手忙脚乱地扑上去，双手将小狐狸拢住，硬生生掰开它的嘴

巴，才把魔龙从狐狸口里抢救出来。

狐口逃生，魔龙抱起尾巴，看着上面清晰的两排牙印子，先欲哭无泪，后咬牙切齿："快把它宰了！今天的晚饭就是它了，扒了皮，还正好够做一条围巾。"

望着怯生生的小狐狸，司玉大为不忍："呃……上天有好生之德，而且你也没受伤，别这么计较嘛。"她试图安抚狂躁的魔龙。

就算没了功力，魔龙身体也有坚不可摧的鳞甲，修为稍差一点儿的妖魔想伤他都是白日做梦，更别说一只奶牙刚长全的小狐狸了。

手里的小狐狸身子瑟缩了一下，一对湿漉漉的大眼睛望着司玉，格外无辜。

魔龙看得心头火气，狐狸这种东西，就喜欢伪装诈骗，想他堂堂魔界王者，何曾受过这种屈辱。真想一口龙息喷过去，把这只狐狸烤成渣渣。但左思右想，还是硬生生咬牙忍住了。

这些天他借着司玉的特殊体质，内力已经恢复了不少，却一直小心翼翼地维持着衰弱的"蚯蚓"形象，自然不肯在这些小事上露出破绽。

小狐狸看了司玉片刻，忽然低下头，一口咬住她的手指头，吮吸起来。

司玉吓了一大跳，但感到小东西并没有用力咬，这才放下心来。

看来是饿坏了啊！怪不得去偷肉丸子吃。

司玉弯下腰，捡起一颗肉丸，用内力融化表面的冰冻，又剔除鱼刺，送到小狐狸嘴边。

小狐狸嗅了嗅，狼吞虎咽地吃起来。野外生活日久，司玉也琢磨出不少改善生活的小窍门，这肉丸烤得又脆又嫩，还放了不少采集的佐料，虽然是冰冻过的，依然不减美味。

不过，这是哪来的狐狸呢？司玉看看周围，虽然已是冰原边界，环境好了不少，但依然人迹罕至，这种柔弱的小动物，独自一只，根本不可能生存下来吧。

不一会儿，一个拳头大小的肉丸就被吃得一干二净。小狐狸还以意犹未尽，蹭着司玉手腕，哀哀鸣叫，显然是想继续讨东西吃。

司玉心下不忍，正要继续给它提供粮食，忽然肩上的魔龙一动，唰的一声，窜回口袋里。

怎么了？司玉正纳闷，一个意料之外的声音在身后响起：“咳咳，这位姑娘……”

司玉吓了一跳，什么时候荒山野岭有人了。转身望去，竟是一位鹤发童颜的老者，一身青衣，颇有仙风。

万籁俱寂的森林里无声无息出现这样一位老者，纵然看上去慈眉善目，司玉心中也十二万分的警惕。要知道，这几个月的冒险，她反射神经敏锐了不少，就算称不上眼观六路耳听八方，但修为低一些的人接近，还是会有所感应的。

她脚下的小狐狸兴奋地叫了一声，飞快地窜上去，跳进了老者怀里。

“老先生，是这只狐狸的主人？”司玉试探着问道。

老者神情一愣，继而笑着摇了摇头：“小九稚龄幼子，尚未修得人言，倒是让姑娘见笑了。”

司玉愣了片刻才明白过来，这仙风道骨的老者竟然是个狐妖，和这只小狐狸八成是什么亲戚。

“失礼了。”司玉不好意思地笑道，一边不着痕迹地后退一步。几个月没见人，忽然同一个妖怪打交道，她心里稍微有些别扭，但转念一想，自己在天源宗遇到的白郁他们不都是妖怪吗，再看眼前的老者，和人类也没什么不同，心下渐安。

“不知姑娘是何方人氏？为何来此森林呢？”老人笑着问道。

“在下久居山野之中，此次进山，是打猎来了。”

老者哦了一声，视线扫过司玉身上的兽皮衣装，又落到离她不远的虎纹熊尸身上：“看来姑娘入林已久，收获颇丰啊。”

司玉干笑两声，她确实是入林够久的了。

“我观姑娘年纪轻轻已修得人身，修为精纯，想来师承必是名师了。”老者出言试探道，

司玉暗暗冷汗了，她想起，典籍上记载过，妖魔修为人身，是修行路途上极为重要的一环蜕变，也与妖魔的天赋有关。像魔龙这些神兽，天生就可化为人身，根本不必修行。而草木死物，像五寸钉那类型的，

想要修成人身，至少得苦修上千年吧。

这老者是在试探自己的来历了！也许是发现她的功体远没有达到这个境界。司玉心下警惕，笑道：“只是从小有些机缘而已，要说修为，比起同门的师兄弟，我可差得远了。”说着，转过话题道，“老先生您进山是为了什么？”

提到来意，老者神色一沉，问道：“不知姑娘在林中日久，可曾见过雪菩提没有？”

“雪菩提？”司玉有些诧异，记得在典籍中见过这味药材的记载，是传说中的疗伤圣药，“原来先生是入山采药的。”

“家中有人修炼不慎，内伤发作，需此味药物压下血气。”老者点头道，“雪菩提生长在千年寒冰之中，浴雪而成，状似蘑菇，色泽晶亮，是治疗内伤的圣药。只是此物不能久存，摘下不到一个时辰即化为烟雾。不知姑娘这一路行来，可曾见过此物？”

生长在千年寒冰之中，状似蘑菇，色泽晶亮……

司玉一愣神，在来这里的路上，她还真见过这位老者描述的东西呢。看着玉雪可爱，本来想采点儿当烤肉的佐料，谁知道一放到火上就化为蒸汽了，始终没有吃成。原来那东西就是雪菩提啊。司玉心中大为后悔，早知道多采集一些，不过转念一想，就算采集了，自己也没法保存。

“姑娘可有线索？”见司玉神色有异，老者精神一振，追问道。

司玉回过神来，倒也没有藏私，将曾经见过雪菩提的地点详细交代出来。

老者大喜，躬身一礼：“多谢姑娘指点，着实让老朽省了不少心力。”

司玉连忙摆手推辞，并道：“如此就不打扰老先生。我也要准备离开了。”

“不知姑娘欲往何方？容老朽多言一句，纵然姑娘修为高深，此地靠近极地冰原，处处危险，而且马上就是冰雪期了，暴风雪越来越多。姑娘一人，还是小心为好啊。”老者提醒道，“小九就是昨天遇到了一场暴雪，才不慎失散的。”

司玉点点头，笑道："多谢老先生提醒。我马上就要离开了，准备进城去见识见识。"

"既然如此，老朽倒是能助姑娘一臂之力。"老者拈着长须，笑道。

天际丝丝雪花飘落，司玉坐在一片澡盆大小的金叶子上，半空中凛冽的寒气擦过脸颊。

这金叶正是那位老者的法器。可乘风万里，自在飞翔。

司玉本想推辞，奈何那位老者说得恳切，先是小九白吃了一顿，后又有指路之恩。此番送司玉一程，也算是作为回报。

司玉推辞不过，只好应下。本来这一路就已走得不耐烦，有此捷径，正好省心省力。

飞行了不到半天，下方已经不是荒凉的山野森林，逐渐有了人家，司玉好奇地探头观望。河流山脉，村庄田地，乍一看上去，和人界几乎没有任何分别。

低空掠过，又飞行了不远，一座数十丈高的城楼映入眼中，雄伟辽阔的城墙一眼望不到边，城门处，"青丘"两个半人高的大字刚劲有力，意态飞扬。

"这就是魔界了！"司玉睁大了眼睛。

"当然，你不会以为魔界就是穷山恶水，山林野兽吧。"口袋里传出魔龙的声音。

"当然不会。"司玉拍了拍口袋，笑道。她在梦中见过魔界风光，自有一番风流繁华，却也没料到，竟是这般鼎盛，几乎不逊于人间的大城市了。

"青丘城是魔界西部最大的城池之一，自然有其非凡之处。"魔龙闷闷地说道，语气有些不甘。

没有注意到魔龙的异样，此时的司玉已经看得目不暇接了。

繁华的街道鳞次栉比，房舍建筑精美别致，当金叶掠过他们头顶，没有一个人多看一眼，似乎对司玉这种空中过客早就习以为常了。

放眼望去，也确实习以为常了，天空中处处可见飞翔掠行的身影，乘着形形色色的法器，有的神色匆匆，有的闲庭信步。

观察片刻，司玉发现，飞在空中的众人，方向似乎都沿着几条固定的线路。

思索间，金叶已经带着司玉飞到城中一个空旷的角落，轻飘飘落到地上。司玉跳下来，叶片缩小，落入她掌心。

司玉看了看四周，是一片占地广阔的空地，收拾地干净整洁，而像她一样，从法器上走下来的人也不止一个。

落在她右边的是一只麋鹿，脚下踩着两个虎虎生风的轮子，刚刚从天上飞下来，轮子立刻化为两粒明珠耳钉，飞到耳朵上。司玉看得目瞪口呆。

注意到司玉的目光，麋鹿偏过头，似乎对司玉的无礼视线很不满："看什么看？"

"没……没什么。"司玉赶紧摆摆手。

麋鹿哼了一声，身躯一晃，化为一个十七八岁的女孩，一身黄衣勾勒着玲珑浮凸的身材，额点碎花钿，耳坠冰月珰。

"老土！"看着司玉身上简陋的兽皮套装，麋鹿姑娘掷地有声地吐出一句话，拍拍屁股转身走了。

"呃……"司玉足足呆滞了三秒钟才反应过来，想不到她竟然被一只麋鹿给鄙视了。

"哼，无礼的家伙。低等妖魔也敢口出狂言。"口袋里的魔龙不屑道，一边用尾巴戳了戳司玉，提醒道。"还愣什么，我们也走吧。"

"哦，我知道了，不过，这里是什么地方啊。那些人……呃，那些妖魔都是准备干什么的？"

"只不过是路过的行人而已。"魔龙解释道，"城中有结界防护，除了固定线路，是不能随便施用飞翔法术的，落地也只能在几个固定的地点。"

这不就相当于后世的车站吗？司玉恍然大悟，看向四周，而这些炼成法器，能御空飞行的，就是混到有私家车的妖魔了。想到这里，司玉忍不住笑出声来。

"你笑什么？"魔龙大惑不解。

“没什么。”司玉止住笑声，道，“接下来我们去那儿。”

“把这片金叶子扔了，离城往东……”

“什么，离城？”司玉一愣，打断道，“你好歹是魔界的王吧，为什么不……”

在司玉的考虑中，入了魔界之后，他们只要直接去官府之类的地方，把这只笨龙的身份一亮，立刻就会闪现无数高手侍卫，舒舒服服护送着他们去王城。然后拿到芥子珠，她也可以顺利回家了。

“你小声点儿。”魔龙低声打断了她的话，语气有些着急。

说话间，两人已经走出了驿站，正站在热闹的大街上，身边人来人往，好不热闹。

看着这繁华的光景，司玉脑中灵光一闪，明白过来：“这座青丘城是属于魔皇一脉的？”

口袋里的魔龙身躯一颤：“你知道啊。”

“当然知道。这又不是什么大秘密。”谢婉曾经说过魔界这几百年来的权利更迭，而白郁也提起过，魔界如今的势力中，魔龙一脉和魔皇一脉有点儿不对盘。

“怪不得在森林里，你一遇到那位老先生，就缩回口袋里了。”司玉轻声笑道。

“哼，那个死老头子是青丘城的左尚论，名叫钟虚，已经有五千多年的修为了，曾经见过我好几次。”提起林中的老者，魔龙颇为不满，“青丘城的这一窝子狐狸，都不是什么好东西。”

这只笨龙的怨念似乎很深啊！司玉嘴角抽搐一下：“那我们怎么办？”

“往东走啊，等离开了青丘城，过了雾月森林，就是我的地盘了。不过得先找个地方把这金叶子扔了，那老头子眼光毒辣得很，多半也已经察觉到我的存在了，只是无法判定而已。以他多疑的性子，叶子上必定留了印记。”

印记吗？司玉掂着手里精致的金叶法器，略一沉吟，计上心头，问道：“揽月轩在哪里？” 那个钟虚说过，用这片金叶当信物，可以住进青丘最好的客栈揽月轩。

“什么？还要去客栈？我不是说过……”

司玉拍了拍口袋，打断了魔龙的抗议：“我知道了，你安安静静跟着我就好。山人自有妙计。” 几个月的风餐露宿，怎么说也得休整一晚吧。而且第一次到魔界的城市，她也实在好奇。

揽月轩位于城东湖畔，落日余晖中，花木掩映着玲珑别致的七层阁楼。

难怪是最贵的客栈，光看这周边风景，还真值回票价。司玉左顾右盼。

朱红的大门前，两尊栩栩如生的石狮正襟危坐，庞大的阴影笼罩下来，威势万千。如果不是高悬的门匾上揽月轩三个金粉大字璀璨耀眼的话，司玉真以为是到了某家贵族府邸。

走到近前，一侧的石狮子忽然动了动耳朵，司玉吓了一大跳，石狮子却只是懒洋洋瞥了她一眼，转过头去，继续打瞌睡了。

“没事，请进吧。”一个尖锐的声音出言安慰道，“它只是睡久了，活动活动脖子。”

“谁说的，它刚才明明没睡觉。”

“胡扯，我看到它闭着眼睛，足足半个时辰都没有睁开。”

…… ……

说话的是挂在左侧的大红灯笼，一串七个，挤在一起，大红的脸颊鼓鼓的，一个比一个能嚷嚷，正在为石狮子睡没睡而争吵，看着分外滑稽。

这一路走来，见识过种种奇形异状的存在，司玉早已面不改色了，全当是看到了一串五寸钉，她抬脚踏入店门。

穿着黑底金丝缎袄的掌柜看着像个富态的生意人，司玉却眼尖地注意到他耳朵尖尖的，还有棕色的绒毛，不知原形是什么。见司玉进来，他殷勤地招呼道：“客官您是住店还是吃饭呢？”

司玉将怀中的金叶片掏出。那掌柜视线扫过，神态顿时恭谨起来：“原来是贵客到了。不知姑娘是尚论大人的……”

“山野之人，只是路上偶遇，蒙大人不弃，施以援助而已。”司玉谦虚地含糊其辞，一边将金叶子放到掌柜手中，“这个劳烦掌柜的归还给尚论大人。”

“原来是大人的忘年之交。”掌柜笑道，收下金叶“这么说姑娘是准备住店了？”

“住一晚上吧。”司玉点头道，顺便点了晚饭和沐浴。

“好，小的这就吩咐准备去，只是……”掌柜的眼光扫过司玉口袋，“贵宠需要准备什么粮食？”

“你才是宠呜……呜……”

隔着口袋，司玉眼明手快地一把攥住魔龙脖子，笑道：“给他准备点儿烤肉就好了，别放辣椒啊。”

掌柜点头应是，一声招呼，一只青鸟飞过来，司玉跟着青鸟走上阁楼。

推开房门，踩着脚下柔软的驼毛地毯，扑倒在那张数人宽的大床上，司玉忍不住舒服地呻吟了一声。

身下传来细微的抗议声：“喂，你想压死我啊！”

司玉坐起身来，兴奋地拍拍口袋：“别生气嘛……啊，竟然还准备了衣服，服务真周到。”视线落到旁边的桌上，一身素白的轻装折叠整齐，显然是供她洗完澡更换的。

真是天堂啊，比起前些日子的辛苦来。躺在温热的水中，司玉险些舒服地睡着了。

夕阳晚风吹过宽敞的大殿，掀起天蓝的轻纱幔帐，墙边紫檀架子上悬着一挂紫藤，浓丽的花穗堆成紫色的瀑布，清风流转，暗香浮动。那人正立在窗边，凝望着万顷碧绿的湖水。

老者走入大殿，正看到这幅画面，禁不住急道：“城主，你伤势未愈，不可轻易走动啊。”

那人转过身来，乌黑的长发简单地束在脑后，脸色有些苍白，却衬得那张容颜越发精致。“无妨，这些日子调息静坐，已好了不少，而且澈心明日便到，有他相助，我伤势不必担忧。”

“墨先生要来了？”老者脸上一喜，道，“墨先生医术绝顶，有他出手，老朽也能放心不少。”

白郁视线落到老者风尘仆仆的衣装上，叹道：“钟老又为我出去寻药了吧。这样下去，只怕不用澈心，我的伤势就可以痊愈了。”

钟虚摆摆手：“只是略尽属下绵薄之力而已。”说着取出一只玉匣，笑道，“今次收获倒不小，采到了十二株成形的雪菩提。配合墨先生的针药，城主功体定能恢复如初。”

“钟老又去冰原了。”白郁却没有急着接过玉匣，眉头皱起，“我不在的这些日子，多亏钟老替我打理政务，如今刚回来，却又要劳烦替我伤势奔波……”

钟虚心头一热，摆手道：“城主不必担心，我这把老骨头闲着也是闲着，本就是分内之事，哪有什么辛苦的。若论辛苦，怎能及得上城主亲身涉险，潜入天源宗的这些年？”

想起这些年来的提心吊胆，钟虚心中百感交集。白郁此番亲身涉险，他本来是不同意的，奈何他铁了心要去天源宗走一趟。他也只能留在城中，一边处理政务，一边日夜忧心着。

“好在如今大功告成了，那……那位的本体也已经顺利取回……”想到这里，他也释然了，笑道，“倒是老朽多虑了，以城主自幼的天资禀赋，自然成功无疑。”

乍然听人提到天源宗的那段日子，白郁神情有不易察觉的阴影掠过，微微出神。

钟虚只当他是担心自己伤势过重，功体难以恢复。毕竟天源宗最后的那场大战，双方都死伤惨重。据说侵入的玄王属下几乎全军覆灭，而白郁能活着回来，也是九死一生，功体尽废。

他不愿白郁忧心，连忙岔开话题道：“说起来，今次入林，倒遇到了一件趣事儿。”

月上柳梢，星光闪烁，寂静的夜晚里，揽月轩一片平和，门前的石狮子鼾声此起彼伏，而那串迎宾的大红灯笼也睡得正香，时不时嘟囔两句梦话。

掌柜背着双手，在院中来回走了一圈，楼内一切安宁，属下各司其职，正想满意地熄灯回去睡觉，忽然，他耳朵一动。

远处有疾风掠过的声音！

是高手在接近！

侧耳聆听片刻，他神色一动，连忙跑过去打开院门。未及完全推开门，数个身影已经出现在门前。

“尚论大人……”掌柜连忙行礼。

“不必多礼，今日持着我信物的那女孩子可住进了这里？”钟虚匆匆问道，一边踏进院内。

原来是要找那位姑娘，掌柜连忙点头：“是住进来了，还给了属下这片金叶，说让属下归还大人。”

金叶的月光下粲然闪烁，正是自己的法器。钟虚神色一松，既然人在，这就好办了。

踏上楼，掌柜引着众人行至司玉门前，道：“就是这间房。进去还不到两个时辰，听服侍的青鸟说，沐浴完毕，刚刚睡下。”

立刻有跟随的属下要上前推门，钟虚却挥手阻止。想起城主听到消息时心绪激动，内伤复发的情形，他叹了口气，亲自上前敲了敲门。

“姑娘，睡着了没有？山中老朽，前来求见。”彬彬有礼的话语被他用内力送进屋内，吵扰不到别的客人。

等了稍许，房内无一丝声音。钟虚暗叫一声不好，立刻推开房门。

屋内果然空无一人。

烛火摇曳，映照满室馨香，兽皮制成的简单衣服搭在架子上，白石茶几上那壶碧茶犹有余温。而敞开的窗户却在随风摇摆着，昭示着已经人去楼空的事实。

钟虚走上前，撩起衣服一角，自己暗中留下的印记果然还在上面。看来是沐浴之后，更换了客栈提供的衣服，就从窗户离开了。

那女孩的武功尚可，揽月轩虽是城内最大的客栈，却并无高手驻扎，被她无声无息走脱也有可能。

“大人，要追查吗？”一名属下上前提醒道。

钟虚点点头，凝视着敞开的窗口，心绪微动，吩咐道：“先将这间房仔细搜查一遍。”

属下心领神会，点头领命。

立刻，门窗衣柜，床底帷后，各处都被一一搜索完毕，一个侍卫尤其细心，执起窗台上的一只缠龙纹蜡烛，跃上高梁，连帐顶梁上都细细照了一遍。

“没有。”跃下来，属下回禀道。

钟虚神色凝重，略一沉吟，道：“全城搜索，就以暴风雪将临，查巡城防之名，不要惊动百姓。”

属下纷纷领命，各自忙碌去了。钟虚在屋内来回走了一圈，视线停留在敞开的窗户前。也不知在想些什么，出神片刻，才转身离开。

司玉提心吊胆好半天，终于松了一口气。

“好了，那老头子已经走远，你可以下来了。”松懈下来，她立刻对缠在自己身上的迷你龙抱怨道，“缠得这么紧，我都快要窒息了。”

“不缠紧一点儿，能瞒过那些人吗？”

若此时房内还有人，定然目瞪口呆。窗台上那根毫不起眼的蜡烛上的缠龙纹正扭动身体，从烛身上滑落下来。

魔龙活动了一下僵硬的身体：“刚才那些家伙真讨厌，竟敢把爪子放到我身上。”

司玉正竖起耳朵聆听附近的声音，确定都走远了，才笑道：“已经不错了，至少平安瞒过他们，好歹休息一晚上。”被人无意中拿起的时候，司玉也险些尖叫出声，不仅怕被人发现，更担心这只笨龙发怒咬人。然而他竟忍下来了，看来也没有自己想象的那么冲动嘛。

“喂，休息之前，先把我身上这层金粉洗掉。”魔龙厌恶地甩了甩尾巴，忍不住打了两个喷嚏。

“哈哈，黑龙变金龙，多威风啊。”司玉嘴上调侃着，仍然捻动指诀，将魔龙身上一层金光褪去，恢复本相。

“不过你究竟用了什么法术？以钟虚的修为，竟然没看透你的变身术！”魔龙有点儿庆幸，却也有点儿郁闷。他本来是反对司玉这个计划的，因为变化之术依据功体不同，效果也不同，功体浅薄者，很容易被识破。以司玉与钟虚之间的功力差距，只要钟虚略加注意，应该能看破才对啊。

司玉嘿嘿一笑："山人自有绝活。"主人和灵兽之间有魂咒在，几乎相当于化外分身，所以以她的功力变为五寸钉，连柳无相、钟虚这些顶尖儿高手都无法识破。

魔龙自然想不透其中玄机，只当司玉真的藏了绝招，对她不免又高看几分。再联想到她体内那股神奇的力量，心里像是有只小猫在挠爪子一般。

这样的力量，放在这笨丫头身上真是浪费，还是偷偷抢过来好了，等去了雾月森林……

难得能在有床的地方睡一觉，司玉已经迫不及待地跳上床，柔软的触感包裹住全身，真不想再起来了。好怀念天源山的寝室啊！自己的小窝也是这么温暖又舒服，还有床头上这只……

司玉偏过头，不用她招呼，魔龙已经很自觉地爬到了枕头边上。

这个位置明明应该是储备粮的才对，现在却换成了这只笨龙。司玉不无怨念地想着。

躺在床上，看着窗外星辰闪烁，司玉心绪波动起伏，这个夜晚，天源宗的天空，是否也是这般清朗呢？自己拖着魔龙撤出战场。失去最大战力，魔界七人应该不是天源宗的对手吧。

也不知道白郁怎么样了？最后关头，他似乎也出现在战场上了。已经过去这么久，如果平安无恙，他应该已经回到魔界了吧？如果万一……司玉心里一颤，赶紧甩开这些不祥的念头。白郁在天源山潜伏多日，必然给自己留了后路，连楚泓都能死里逃生，他也应该无碍才对。

想到楚泓，司玉心里一动，问道："对了，魔界有一个叫楚泓的吧，魔皇一系的臣子。"

"楚泓？没听说过。"魔龙在枕头边翻了个滚，随口答道。

看来不是真名，那么白郁也应该是假名了。一念及此，司玉没有继续问，转头看了昏昏欲睡的迷你龙一眼，忽然又想起一事，笑问道："对了，你是魔皇的丈夫吧。"

魔龙一个激灵，神志刹那间清醒过来："你胡说八道什么？"

"玄王为魔皇夫君，不是你们魔界的传统吗？"

“那是以前，哼，现在魔皇一脉都死绝了，本王迟早会统合整个魔界，到时候纵横三界，开疆扩土……”

“野心还不小啊。”司玉调侃道，“不过，你们魔皇我曾经见过，真是大美人。”

“哼，空有容貌算什么，蠢货一个。魔界要不是她，怎么会落到今天这个地步。”提起魔界最后一代帝王，魔龙似乎颇有怨言。

司玉一愣：“为什么？”

“那个笨蛋女帝，竟然喜欢上人类，还是你们天源宗的人，哼，真是可笑，结果不仅害得魔界损失惨重，自己也死无葬身之地。活该！”魔龙不屑地说道。

司玉心中轰然一声，难怪她以前问起魔皇为什么死在天源宗，白郁闪烁其词，想不到其中还有这样的内幕。魔皇爱上正道！好像一般都是男魔王爱上正道女侠吧，这次竟然换成女魔头爱上正道少侠了。

那个少侠，等等，三百年前……该不会就是三百年前那位带领天源宗反败为胜，以身殉道的前辈吧！

嗯，很有可能。司玉摸着下巴，能入魔皇之眼，必是不凡之人。要说那一代中最惊才绝艳的人物，自然非那位前辈莫属了。她继续八卦道：“这到底是怎么回事，那个被魔皇爱上的人是谁？”

“我怎么知道，被那蠢女人爱上的，肯定也不是什么好东西。”魔龙生气地答道，扭过头。

看着魔龙一副义愤填膺的模样，司玉恍然大悟：“这么说来，你被人甩了啊。”

“什么被人甩了？！”魔龙蹭地跳起来，像颗蹦豆，“别胡说八道！那种笨女人，我才不稀罕呢！”

“嘘……”司玉笑眯眯地竖起一根手指在唇边，然后指了指外面。

魔龙怒气一滞，额角青筋抽搐，最终还是忍了下来，低声道：“那时我才出生没多久，根本没见过她几次。”

“竟然还是娃娃亲！姐弟恋！”司玉又一次惊叹了。

“你……”魔龙忍无可忍。

眼看这只迷你龙要被自己调戏得暴走了，司玉及时刹车，安抚道：

"好好好，我知道了。你和她根本没关系。不过……"司玉话锋一转，还是忍不住问道："她是什么样的人？你应该知道，说来听听嘛。"

深埋在冰晶中的那个身影，司玉从第一眼看到，就深深地震撼了。不仅因为那绝美的容颜，还有更遥远，更隐秘的，一种连司玉自己都无法描述出的情绪在隐隐作祟，让她对那个身影时刻难以忘怀。刚刚又得知她是死于感情，那张绝美的容颜在司玉心中忽然哀伤起来。

那样美的容貌，依然打动不了人心，可悲又可怜。

或者，也许那位前辈也是爱她的，只是碍于道魔之分，理念有别……

"那个女人啊，我还真没什么印象了。"魔龙心不在焉地道，"可能是重霄女帝太厉害，害得她存在感薄弱吧。"

"重霄女帝？"猛地听到这个名字，司玉心神一颤。

"是魔界前一任女帝，也就是那个女人的母皇。"提起这位帝王，魔龙语气郑重了不少，隐含崇敬，"那样的皇者，才是真正的魔界帝王。"

重霄，原来历代女帝是有名字的？"那……最后那位女帝的名字是什么呢？"她又追问道。对魔界的历史司玉还真知晓不多，天源宗关于这方面的典籍也有，可惜都锁在藏书阁高楼上，不是她有资格翻阅的。

"她的名字，叫皓玥。"

这个名字！

司玉一时失了心神。

"喂，别再说那个女人了，真无聊。"魔龙道，左右甩着尾巴。

司玉回过神来，算了，自己想这些干什么？抛开这些莫名的玄妙情绪，司玉笑道："好吧，我们睡觉。"一边说着，却没有急着闭上眼睛，反而坐起身来，伸出两根手指，夹住躺在枕头边的某龙。

毫无防备之下，被她夹了个正着，魔龙立刻挣扎起来："你要干什么？快放开我！"

司玉却没有理会他的抗议，径自走到屏风边，拿起衣服，然后将魔龙塞进口袋里。

眼前一片黑暗，魔龙怒气冲冲地钻出口袋，刚露头，就被一只手阻挡了，春葱般的手指正点在魔龙尖俏的小鼻子尖儿上。

“警戒工作就交给你了。”司玉把衣服挂到门上，一边笑眯眯地叮嘱道，“如果有人接近，你要记得‘吱吱’叫啊。”

“吱吱叫？你当我老鼠啊？！”魔龙头一顶，甩开她的手指，继续要往外爬，“我也要睡床。”

“不愿意，那就‘喵喵’叫好了。”司玉继续按住不放。

“你……”魔龙真的生气了，

司玉见状，赶紧道：“我们在这里这么危险，总得有个人时刻警惕着，你也知道，我的武功太差，远不如你的警觉性高，这样光荣而艰巨的任务，当然得靠你了。别忘了这一路走来，可都是我在布置封印，警戒四周，如今好不容易进了城，总得让我睡一觉吧。”司玉又是摆事实，又是讲道理，一边安慰，一边吹捧，同时还体贴地替他将衣服铺好。“其实在这里也很舒服嘛，和睡床有什么不一样。”

做完这一切，司玉也不理会怒气冲天的魔龙，飞快地溜回床铺，一把掀开被子，钻进了温暖宽敞的被窝里。

“你……”魔龙想抗议，却没有了对手。他心思一转，也不再纠缠，乖乖钻回了司玉替他布设的小窝。

看着魔龙难得听话的举动，司玉悄悄松了一口气。话说还是第一次意识到，这只笨龙是只公的啊！而且还有过未婚妻……

其实也没什么好介意的，以前储备粮和五寸钉也都是公的……呃，五寸钉这个存疑。算了，不想了，劳顿的身体抵挡不住睡眠的诱惑，她很快陷入沉睡。

听到她呼吸声逐渐平稳，魔龙悄悄探出头：“哼，你不让我睡床，我偏要睡。”

此时的他已经不用像山洞中那样，一步步爬到司玉身边了。一道黑光闪过，魔龙就已出现在枕头边上。

速度比昨天还快了稍许，魔龙心下雀跃。多亏自己找到了这个秘方。厚脸皮的某龙沾沾自喜地想着，虽然已经离开了灵气匮乏的极地冰原，他却依然选择靠司玉体内那神奇的力量来恢复功体。有这么一个宝库，谁会再去费力吸纳天地之气啊！效率低不说，光是风餐露宿，就比不上这样舒服。

感受着身边温软的肌肤，魔龙真想永远赖在上面。一转头，就是那片樱色的唇，温暖的气息萦绕着他，百爪挠心。

不能分心，正事要紧！察觉心神走岔，魔龙连忙闭上眼睛，聚精会神地吸取灵气，修补功体。

片刻，试着运转体内真气，功力已经恢复快一半了。

念头一动，魔龙从司玉肩上离开，落到枕边。充沛的灵气包裹住全身，真气流转，恍如一层银色的光芒笼罩全身。

慢慢地，魔龙身形逐渐变化，光晕收敛后，已不再是蚯蚓大小的魔龙了。而是一个少年，一个精灵般俊秀的少年。

修长的眉峰给过分秀美的五官增添了几分英武，绵密的睫毛下是黑白分明的眼睛，眸中隐隐有奇异的金光闪烁，挑起的嘴角满是飞扬跳脱的少年气息。

想不到这么快就能化形了，少年雀跃兴奋，多亏眼前这只毫无察觉的“补药”！

他抬起手，指尖儿上灵光闪烁，不一会儿，光晕成形，竟是一只微小的金色鸽子。恢复一半功力，就能够使用传讯了。他闭上眼睛，默念片刻，光鸽如活过来一般，伸展开双翅，穿过墙壁消失不见了。

干完这一切，少年视线落到近在咫尺的容颜上，他得意地笑了，你不让我睡床，我偏要睡。不过想想这一路，你对本王呼来喝去的行为，还有今晚，竟敢把堂堂魔龙挂在门上，替你守门，还有……

魔龙伸出魔爪，奸笑一声，今晚就让你付出代价！

这是把我挂门上的仇……

沉睡中，司玉只觉呼吸越来越不顺畅，像是有什么东西捏着自己鼻子。朦胧中，她意识有片刻的清醒，勉强睁开眼睛，视线所及，明明什么都没有，难道是感冒了？

将温暖的被子裹紧，司玉翻了个身，很快又陷入沉睡。

枕头底下的魔龙这才松了一口气，小心翼翼地爬了出来。

让你刚才吓我的代价……

自己是怎么了？耳朵又忽然抽痛，睡麻了吗？疲惫的司玉实在不想睁开眼睛，翻了个身，干脆用被子蒙住头。

魔龙还想继续捏，却找不到下手的地方了。灵机一动，一小团火焰在指尖点燃，屋内温度很快升高了不少。

好热啊！司玉无意识地掀开被子一角，翻过身，正对着魔龙。

魔龙一怔，视线落到司玉露在外面的肩膀上，有些慌乱地错开，今晚先算了吧，被她发现就惨了。反正自己已经恢复不少功力，日子长得很，以后慢慢来。

这么想着，黑光一闪，魔龙化为原形，依然是迷你龙的形状。打了个哈欠，钻到枕头边，理所当然地呼呼大睡了。

“大人，就是这间屋子。”揽月轩的掌柜推开房门，闪到了门边。

他身后的年轻人微微颔首，步入房内，问道：“之后有人进来过吗？”

“昨晚钟虚大人离开后，房门一直关着，没有任何进入。”掌柜仔细禀报道。

“我知道了，你退下吧。”来人笑道。

掌柜连忙关上房门离开，心中却有些纳罕，这人是谁？看样子身份极高，法力也不俗。陪他来的是钟虚大人身边的心腹亲信。只是为何要看这间房子呢，钟虚大人昨晚不是已经搜过一遍了吗？

只剩下一人的房间里，他走到窗边，微风吹拂起墨色的衣袂，空气里散发着不易察觉的淡淡花香，仔细分辨，能看到细腻的茶色粉末飘散在空气里，像是阳光下飞舞的尘埃。

来人闭目静心，片刻，睁开眼睛，眸中闪过一丝苦笑：“果然如此。”他摇摇头，走到桌旁。

那里闪烁着一个淡淡的茶色光晕，只有蜡烛直径大小，还有曾经悬挂着司玉衣服的门，而光晕最多的当然还是那张床榻。

看这些痕迹，离开应该有五六个时辰了。分辨光晕亮度，他叹了一声，还是晚了一步，过了这么久，足够让她出城去了。

第三章

渡劫重生

深秋的风冷地刺骨，一辆马车行正驶在城外的小路上，拉车的却不是高头大马，而是一只皮毛棕红的鹿。

还真像是圣诞老人的雪橇啊，司玉探头看了看四周，离城已经很远了，前面就是岔路。她轻巧地往下一跳。

驾车的只是个小妖怪，对后方车辕上跌落一支蜡烛全无察觉。

马车一走远，司玉立刻从地上跳起，恢复人身，拍了拍身上的泥土。而魔龙很自觉地跳进了口袋，懒惰地一步路也不愿多走。

明明是这几个月里再平常不过的动作了，司玉忽然感觉有些不对劲儿。

“喂，还不走吗？”司玉半天没有迈步，魔龙诧异地探出脑袋，问道。

司玉打了个哈欠：“这就走，昨晚睡得真不好。”一边迈步向小路走去。

“呃，那今晚早点儿找个舒服的地方好好睡一觉吧。”魔龙有些心虚地搪塞道。

司玉不置可否地“嗯”了一声，心中的疑惑却越来越大，昨晚她睡得很沉，却隐约感觉有什么东西在不停地骚扰她。难道是这只笨龙不甘心被发配去守门，在报复自己？

也有可能，可还是有点儿不对劲儿，一边向前走着，司玉暗暗想到，和这条笨龙相处这么久，他最近好像有些变化，身体越来越黑，越来越亮了，不像是自己刚捡到时候那么焉焉的，虽然大小一直未变。

“你的伤势最近怎么样了？”

正窝在口袋里补睡眠的魔龙骤然听到这么一句话，心里一颤，赶紧答道：“没什么起色，不过已经开始好转了。”

“是因为离开冰原了吗？”司玉随意问道。

“嗯。”魔龙模糊地答应道。

这只笨龙在说谎？！司玉皱起眉头，他外表变化，似乎是从很久之前就开始了。可是冰原之上灵气缺乏，他应该很难吸纳才对。

无论如何，现在已经离开冰原，自己得小心了，一只她随时可以欺压的蚯蚓和那只横暴的魔龙可不是一个概念。想起天源宗的那一战，司玉又觉得肩膀隐隐发疼了。

最后一抹晚霞点缀在天际，茂密的森林里一片昏暗，恍如夜晚。

“这条路对吗？”司玉拨开一丛灌木，问道。柔软的枝条上生长着尖锐的刺状叶片，让她速度不得不慢下来。进了雾月森林，一开始路途还算平坦，但之后越来越难走，四面都是参天大树。

“当然没错。”口袋里的魔龙肯定道，一边催促着，“快点儿，天都要黑了。”

“你倒是舒服。”司玉不满地哼了一声，真想把这只笨龙扔到地上让他自己爬着走。

“只要越过森林，就是我的地盘。前面就是雾月湖，到那里休息一晚好了。”察觉到司玉语气不善，魔龙赶紧补充道。

“好吧。”司玉无奈地叹了口气，脚下加快了速度。想想这一路翻山越岭，风吹日晒，还要伺候这只小祖宗，司玉真要同情自己了。只希望赶紧越过这片森林，让她顺利拿到芥子珠回去。

绕过一棵大树，司玉眼前豁然开朗，是一弯月牙形的湖泊，湖水清澈见底，月光下宛如一泓水晶，盈盈荡漾在林中。

好美的景致啊！走到湖边，脚下一片柔软，是遍地摇曳的芳草，青翠欲滴的草叶托着银色的五瓣小花，月光下仿佛遍地星子闪烁，散发淡淡清香。

这是……司玉心中微动，好像是银星草。

“今晚就到那边住下吧。”魔龙从司玉口袋里探出脑袋，左右看了一圈，视线落到一棵大树下。

倒是挺干净舒适的，司玉看了看四周的环境，点点头：“今晚就住这里了。”

野外生活早已轻车熟路，烧烤了几只蘑菇当晚餐，司玉铺了温暖柔软的干草当床铺，又拿出从冰原中携带的兽皮盖在身上，当然不忘在周围布设防备野兽的简单结界。万事俱备，两人很快陷入沉睡，只余身边燃烧的篝火跃动不止。

夜深人静，月亮升上天空，光华透过树梢，笼罩着森林。不知何时，湖面竟像是有所感应，发出莹莹白光。过了不久，白光逐渐实体化，整个湖面就像是升腾起一层白雾，笼罩住整个湖面。

白雾的范围越来越大，逐渐蔓延到岸上。四周银星草欢欣雀跃地伸展开嫩叶，尽情地沐浴在这一片白雾中，一时间花瓣草叶都发出莹莹银光。

魔龙身体一颤，从沉睡中醒来，或者说，他根本没有睡着。

睁开眼睛，看着弥漫的白雾，又转头看了依然在沉睡中的司玉一眼。他心念微动，化出人形。

月上中天，白雾更加浓重，少年轻咬着下唇，视线落到司玉身上。

怎么办？真的出手抢夺？借助雾月湖的玄阴之力，倒是可以办到，可是……

若是以前的他，根本难以置信，自己竟会去偷别人的力量，毕竟以魔龙的高傲和强大，普通力量根本看不上眼，更不屑出手强夺了。而要治疗伤势，回到自己地盘，闭关或者借助药材都可以。但司玉体内的力量，却让他难以自制地想要吸取，回想那种感觉，像是中了蛊毒一般。而且吸取这么久，魔龙暗中查看自身修为，竟然发现了一件惊人的事，他的修为有突破界限的迹象了！这是他长久闭关都无法达到的效果。

若是能将这份神奇的力量全部吸取，极有可能突破现在的瓶颈，一举跃升到梦寐以求的那个境界。

低头看去，躺在草丛上的人睡得格外香，似乎感觉有些冷，她翻了个身，无意识地拢紧了兽皮。

犹豫了好一阵子，白雾轻晃，似乎有飘散的迹象了。魔龙终于下定决心，他手一招，白雾飘扬，竟向着两人身处的草地移动过来。

湖面银光闪烁，宛如一弯新月，与天上月亮相映生辉。白光与月光交错，凝结成雾，笼罩住岸边两人。

魔龙略一犹豫，俯下身，轻轻按住司玉肩膀。吸取力量需要身体接触，除了直接通过丹田之外，最快捷的方法就是……他视线落到司玉嫣红的唇上，顿时脸上一红，却情不自禁地低下头去……

细微的破空声连接划过，数道银光从帐内飞出，叮当不止，落到一个银盘中。一袭墨衫的年轻人捻起其中一根银针，仔细分辨片刻，笑道："毒火驱除地差不多了。现在感觉如何？"

"已经好多了。"一边说着，帐内的人迫不及待地掀开帷幕，走了出来，"你去看的结果怎么样？现在能告诉我了吧。"

"这么着急？"

白郁皱眉，坐到桌旁："我能不着急吗？"都是眼前这家伙，明知自己着急知道消息，还非得拖到施针之后才肯说。

"现在急也没用了。"面对好友急不可待的样子，墨澈心却不紧不慢地将银针收回玉盒，笑道，"人都已经走远了。"

白郁身形微晃，脸色刹那苍白："真的是她？！"

"是她。"墨澈心老实坦白道，一边体贴地补充，"别激动，你内伤还未完全恢复。"

"我……你……能不着急吗？"白郁瞪着眼前气定神闲的人，真想拎着衣领把他从椅子上拽起来，在他耳边大吼一声，"怎么能不着急！"不仅因为她是她，还因为她竟然是她……

他忽地站起身来，墨澈心却眼明手快地按住他的肩膀："我发现的时候人已经走远，根本追不上了。"

“关心则乱，在天源宗的时候我没有告诉你真相，就是怕你知道了此事按捺不住。”墨澈心将他按回座位，正色道。

白郁默然，前不久他才重伤返回了魔界，这一趟，付出的代价虽大，波折虽多，但总算完成了任务，将那人身体带了回来。

可紧接着好友却告诉他一个难以置信的消息，那人竟然没有死绝，甚至魂魄已经转世了。

明明已经魂飞魄散，竟然还能转世重生，也许是魔皇血脉有他们不知道的秘密，或者是盘古神玺的力量，抑或者只是凭着一丝不甘放弃的执念……

可轮回重生也就罢了，怎么可能是她！

白郁至今无法接受这个消息。

“可见冥冥中自有天意。”墨澈心笑道。

“天意。”白郁低低重复着，“可是她和她明明是不同的……”说到这里，他话语一滞，明明是两个人，两段记忆，两种性情，却有一种熟悉的感觉，若有若无，牵连其中。一时间白郁也分不清楚是什么滋味，只如打翻了一坛陈年的梨花酿，甘醇却也酸涩。

“当年她的魂魄为什么没有完全消散？这三百年又是如何轮回转世的？而她又是如何出现在天源宗的……”

“这些除了她自己，恐怕没人能够回答，也许她所在的不是这个世界也说不定，所以当年我们才感应不到她魂魄的任何痕迹。”墨澈心慨叹一声，低声道，“可无论在多么遥远的地方，相隔多少障碍，只要那一缕幽魂仍在，她还是会回到天源宗，会回到魔界。”

看着有些失魂落魄的白郁，墨澈心上前拍了拍他的肩膀，半是安慰，半是调侃地笑道：“所以说啊，时也，命也，要不是你内伤突然发作，前天晚上亲自赶去揽月阁的话，以你对她的熟悉，岂会看不透那点儿小把戏。”

白郁摇摇头：“是我之过。可现在怎么办？就这样眼睁睁看着她离开？”

墨澈心还想说什么，看白郁的脸色，却咽了回去，改口道：“钟老说过，遇到她的时候察觉到口袋里面有活物，当时只以为是灵宠之类，并未多想。如今想来，应该就是玄王殿下了。”

白郁心里一沉，最后的时刻，她确实是和魔龙一起消失的。

“你不用担心魔龙会对她不利。以那位殿下的性格，会乖乖缩在口袋里，状态只怕不佳。”

白郁依然忧心忡忡：“天源宗一战，他功力损耗极大，极地冰原灵气缺乏，所以伤势没什么起色。可一旦回了魔界，必会好转。”而司玉的本事他再清楚不过了，魔龙哪怕只恢复了一成的功力，她就绝对不是对手。

“若是想要伤害她，玄王早就下手了，就算功体尽废，魔龙也有自己的神通。再说，两人好歹一路同行了这么多日子，总有些情分。这一世她别的本事没有，驯些小宠物的本事倒还有一些。”说到最后一句，某人笑得别有深意。

白郁瞪了他一眼，没有说话。明白好友说的在理，可转念想到两人一路同行这么久，心里又有些别扭。

墨澈心笑道：“如今人已走到雾月森林了吧。反正拦也来不及了，既然如此，不如去准备一些更有用的事情。”

“更有用的事情？你又在打什么主意？”白郁挑了挑眉，看着他。

“当然是为魔皇回归做准备了。”墨澈心重新坐下，端起茶碗，一派悠然地笑道。

长长的羽睫在脸颊投下细碎的剪影，嫣红的花瓣就在咫尺之间，随着沉睡中的人吐出温暖而富有韵律的气息。

眼看就要采撷到那份温润柔软了，玄王殿下只觉得脸颊火烫地要燃烧起来。不敢看眼前那抹春色，他条件反射地闭上眼睛……

低头的那一刻，迎面而来的却不是预料中的芬芳，而是狠狠的一记痛击。

未及睁眼，又是狠狠一拳打在脸上，魔龙被打得飞起来，摔倒一边。只觉天翻地覆，一圈金星围着他直打转。

爬起身，映入眼中的是还是那张熟悉的容颜，可脸色却难看之极。

魔龙大脑有瞬间的短路：“你干吗？”

司玉眉梢抽搐一下：“你还敢问？”

吐出的每个字带着一挂冰碴子，劈头盖脸砸得魔龙透心凉，也让他一个激灵醒悟过来。“你刚才……没睡？！”

“我当然没睡！”司玉一字一句地说道，恶狠狠地瞪着魔龙，眼眸深处却浮起一丝惊异。

眼前这个少年，真的是那只笨蚯蚓？

早在临睡前，看到遍地的银星草，她就动了疑心。她曾在天源宗的典籍上见过，这种草极其罕见，只有在灵气充沛的地脉上才会生长，而且必需是玄阴属性的灵气。这里竟然有这么多，眼前这个湖肯定有古怪。

联想到白天的疑心，司玉便故意假装熟睡。她本来以为，这只笨龙顶多是偷偷练功疗伤，恢复了稍许功力，却没料到竟然已经到化形的境界了。当看到睡在自己身边的“小蚯蚓”逐渐变成一个陌生的人类少年时，司玉险些叫出声来。

谁知化成人形还不算，这臭小子更胆大包天，竟然还敢……想起刚才那一幕，司玉只觉额头上青筋直冒。要不是最后一刻反应及时，险些因为过度震惊而被他得逞了。

腾腾怒气恍如实质化的火焰，魔龙心里忍不住瑟缩一下，心虚道：“我刚才只是……”话说了一半，却不知道说什么好了。

“只是什么？”司玉寒气森森地问道。

这时，周边空气骤然一变。司玉一惊，是原本飘逸在湖面上的银雾，刚才被这只笨龙召唤到了身边，正缭绕在两人身边翻滚不停，而且越来越浓重。

司玉立刻警惕起来，若只是想要偷偷亲自己一下，何必选择这个地方，难道就是为了这股银雾？

看着身边的气流变化，魔龙脸色也变了。

雾月湖是魔界设立的结界点之一，此地位置特殊，灵脉汇集，而湖水天性冰寒彻骨，魔界凭此布设阵法，用以净化月华，可形成至纯的玄阴之力。也算是玄王与魔皇两派势力的分界点。夜晚阵法开启时，等闲修为的妖魔都不敢靠近。刚才魔龙将这股力量吸引到身边，就是想凭借此阵将司玉体内的力量引出体外，想不到却被她发觉，但是湖面的阵法已经开启了。

“赶紧给我一部分力量，不然破不开阵势。”魔龙着急地道，玄阴之力越聚越浓，凝结在两人中间，若没有引线导出，迟早会爆炸。

司玉也察觉到身边灵气运行异常，但是要给他力量……想起刚刚某人所谓吸取力量的举动。这死小子，有色漫画看多了吧！面对扑上来的某人，司玉条件反射地一脚踢上去：“你想得美！”

可惜恢复实力的魔龙轻而易举就躲过了司玉的必杀技，虚影逼近身边。

经过这些日子的锻炼，司玉的身手也早非吴下阿蒙，灵敏地闪避开来，同时一掌横切，想把这只笨龙敲晕。

魔龙的速度却更快，眨眼间逼近司玉身边，扣住她的手腕，司玉向后一退，却因他拉扯住，一下子跌倒了地上。魔龙顺势扑倒她身上。

司玉气得要爆炸，立刻一拳头挥出去，“砰”的一声，打了个正着。

魔龙眼冒金星，却仍死死压住司玉。

司玉还想再打，手腕立刻被他紧紧攥住，扣在身边。

这种暧昧的姿势，司玉真气得要吐血了。

手脚都被压制住，此时司玉也只能用唯一具有杀伤力的武器，眼神来反击了。

面对“你小子敢亲下来，我就咬你”的眼神，魔龙也毫不客气地用“就算你咬我，我也要亲”的眼神瞪回去。

你瞪着我，我瞪着你，两人谁也不肯退让半分，

噼里啪啦，空气中隐约有火花闪过，视线交汇竟然如此激烈……

呃……等等，好像真的有火花在闪！魔龙一愣，却见火花正从司玉的指尖冒出来，是初级的法术引雷诀。

“别……”魔龙大惊失色，可惜阻止的话语还没说完，司玉的法术已经成功了。

引雷诀只是平常的法术，以司玉现在的功力，顶多能够电麻魔龙手腕一小会儿，趁机摆脱钳制。可火花闪烁的瞬间，周围的银雾却骤然加

速，铺天盖地向两人聚拢过来。

司玉一愣，立刻感觉全身如坠冰窖，寒气无孔不入，只一个瞬间就把全身的血脉都冻结了。下一刻，腹部却升腾起一团火焰，冲击寒劲儿。是凤凰木自动护主，想要驱逐入侵的寒气。

可这一次却不像以前那样顺利，玄阴之力似乎无穷无尽，周围银雾流转也越来越快，阴冷的气息从每一个毛孔透进来，冰火交融，司玉只觉全身痛苦难言。要不是手脚都被人死死压住，忍不住要打滚痛叫了。

压在她身上的魔龙神情反复纠结，迟疑了瞬间，终于低下头……

混乱中司玉只觉得有什么温润的东西接触到唇上，像是沙漠中干涸的旅人饮下清凉甘甜的泉水，一股生机沿着唇齿交合的地方传递过来。

蚀骨入肺的寒气沿着这条线快速流出，而同时流逝的还有体内升腾的热流，身体的疼痛骤然减轻了不少。

真的被这只笨龙得逞了，等着吧，迟早把你打成麻花，做成蝴蝶结，司玉有气无力地想着。

司玉舒服了，魔龙却开始叫苦了，本来他想以玄阴之力为辅，引出司玉体内的力量。可机缘巧合，阵法被司玉引动，从原来的主动吸取，变成了被动承受，魔龙承接此力，也剧痛难言。而司玉体内那股神奇的力量，竟似无穷无尽一般，怎么也吸不完。这种冰火交汇，简直胜过世间任何酷刑，就算魔龙身体坚韧，时间一长也要忍耐不住。可想要移开，竟然无法挪动，仿佛有一股无形的力量牵引着两人。

这是自己的初吻吧，竟然没有任何浪漫情怀，在这个漆黑的森林里被一只“笨蚯蚓”霸占了。没有察觉魔龙的危机，暂时摆脱了身体剧痛，司玉心思反而活络起来。

对自己的力量被吸取，她并未太担忧，凤凰木并非普通法器，自带生机，能自行生长，其灵气源源不绝，除非取出体外，否则是不可能被彻底吸干的。而这股银雾应该是借助月华之力形成，只要天一亮就会自动消散。只是经过这番损耗，自己短期内都难以恢复实力了。

可这个夜晚却分外漫长，银雾之下，魔龙身体越来越亮，一重银红色的火光缭绕在他身上，明明还是人形，却恍如升腾的飞龙。

这是……司玉睁大了眼睛。

魔龙对此一无所觉，他全部的精力都用在压制自身混乱暴冲的灵气上了，这种剧痛，不仅是因为冰火交融的力量，更有一种深入骨髓的疼痛，像是抽筋剥皮，洗髓重生一般，冲击着每一道经脉，每一块肌肉。

而隔着浓重的银雾，两人谁也没有注意到，司玉刚才发出的电火花，正缭绕在银雾顶端，闪烁不已。而天空中已经阴云密布，轰鸣的雷光时隐时现。

天际乍现一抹曙光，冲破层层掩映的枝丫，投入幽暗的森林。

原本缭绕在两人身边的银雾变得淡薄，雾月湖逐渐恢复清明的本色。

天终于亮了，司玉敏锐地察觉到身边玄阴之力正在快速流逝，同时体内翻涌的凤凰木力量也逐渐平静下来。她心头涌出劫后余生的庆幸，只是真元损耗剧烈，估计得调息很久才能恢复。

天空破晓，另一边的魔龙却感受不到丝毫轻松，全身经脉几乎要炸裂的疼痛一波连着一波涌上来。那种感觉，仿佛体内的每一个细胞在反复破灭重生，剧烈的灵气冲击让他神志迷蒙。

没有察觉魔龙的异状，司玉正想着等银雾消散后，怎么和这只笨龙算账，忽然，她眼角的余光瞥见天空。

银雾散去，黯淡的天空中竟布满了层层低沉的乌云，遮天蔽日，宛如翻滚涌动的巨龙，中间还夹杂着闪烁的雷电。

难道……不会吧！

眼看着阴云越来越低，向着这边直压下来。司玉惊得魂飞魄散。勉力想抬起手推开魔龙，可真元耗尽的身体没有丝毫力量。

终于，伴着狂野的雷声，璀璨的白光划过天空，挟着毁天灭地的气势直击下来。

司玉只觉眼前一片空白，电流划过身体的刹那，万籁俱寂。连最先的剧痛都感觉不到了，只一个瞬间，肉体和灵魂都回到了最原始的状态。

朦胧中升起一个念头，难道这就是魂飞魄散的感觉？

振聋发聩的雷鸣声传入耳中，司玉一个激灵清醒过来，立刻感觉全身酸痛难当。

视线扫过四周，洁白的墙壁，洁白的被褥，旁边的吊瓶传来滴答滴答的水声。手腕上微微有些刺痛，抬起一看，是细针刺入血管。

这里是……医院？

“醒过来了啊！”房门打开，身穿白大褂的女医生走进来，一脸严肃地道，“打雷下雨的时候竟敢站在树下，简直不要命了。幸好没事，只是被电晕了过去。”

我晕了过去？是了，我本来想去参加面试的，路上遇到大雨，然后经过一棵大树，然后就被雷电劈晕了，再然后……就是在这里醒过来了。

司玉有些不好意思地笑了笑：“是我太不小心。”

可是，好像还遗忘了什么重要的东西？什么呢？……司玉觉得头越来越痛……

女医生走近，看到吊瓶里的药已经快打完了，便伸手拿了下来，然后抬起司玉的手腕，揭开胶带，将针拔了出来。一连串动作简洁又迅速。

“多谢了。”司玉礼貌地道。

“已经没事了。你的课程拉下这么多，恢复之后得赶紧去上课了。”女医生一脸严肃地训斥道。

“我不是已经毕业了吗？”司玉愣住了。

女医生却没有理会她的诧异，继续道：“这次天源宗的五部测试，以你的资质，至少得……”

天源宗？

天源宗！

陌生又熟悉的名字传入耳中，恍如一个雷霆炸裂在耳畔，司玉晃了晃身，再定神一看，眼前的女医生……

“谢执教！”

一个惊雷炸裂，司玉猛地睁开双眼，映入眼中的是参差浓密的枝丫，一望无尽的森林，和孤悬在天边若有若无的弯月。天空中的乌云还闪烁着雷电的余韵，却已经淡薄了不少。曙光透过密林，参差缭绕在身边。

她还在森林里。

原来是梦啊！已经好久没有梦到那个世界了吧。司玉抬起手，遮住视线，忽然感觉前所未有的疲惫，不仅是身体上的，还有内心深处的……

不知不觉间，原来那个世界，已经距离她那么遥远了……

身体的酸麻疼痛逐渐消退，恢复了稍许活力，司玉挣扎着爬起来。不能懈怠！自己还得继续努力，至少先拿到芥子珠，回到天源宗去。抛开消极的情绪，司玉给自己鼓劲儿。

对了，那只笨龙呢，被雷劈地怎么样了？记得雷电是先劈中他，然后才传递到自己身上的。

司玉连忙转身去找。

视线落下的瞬间，时间突然停止了。

那个人……一身素白，趴伏在地上，乌黑的长发被一根熟悉的玉簪挽住。

她战抖着低头看向全身。

刹那间天旋地转，五雷轰顶。司玉深吸了一口气，强忍着没有让自己晕过去，然后，她迅速确认了两件事。

第一，　　她不是在做梦。

第二，　　不是易容法术。

确定了这两点，司玉只觉一阵无力感涌上来，她按住额头。冷静啊冷静，司玉，这种事儿你已经经历不止一次了，有足够的经验，要冷静面对，沉着处理。

可压抑好久，还是忍不住仰天长啸一声："谁来解释一下啊，我，怎么变成了这只笨龙！"

一时间，惊起飞鸟无数。

发泄过后，司玉无力地躺倒地上，银星草缭绕在身边，刺饶着脸颊。也许，唯一值得庆幸的是，至少她没有变成那只蚯蚓。

她变成了魔龙，而她的体内……司玉爬起来，凑到自己身边。

翻过自己的身体，她伸手到鼻下，试了试呼吸。

一试之下，大惊失色，竟然没有呼吸！

她赶紧低头凑近胸口，仔细分辨，还有心跳，只是若有若无，而且节奏极慢，几分钟才会跃动一下。

魔龙的魂魄在这个身体里面吗？为什么会发生这种事儿？难道是因为刚才的雷电……

无论修道之人还是妖魔鬼怪，都极为忌讳雷电之力，因为雷电是世间至纯阳力，可直击魂魄。雷劫也是修行路途上一道极难逾越的坎儿。无论是人是妖，修为到了一定高度，都必然要面对它。度过之后，才能脱胎换骨，浴火重生。

刚才魔龙是直接受雷劈，承受了大部分雷电之力。而自己只是被波及，所以魂魄损伤不大。

可为什么会突然出现雷电呢？司玉忽然想到这个问题，抬头看向天空，阴云过后，此时的天空湛蓝一片，再也清朗不过，好像刚才遮天蔽日的阴云都是错觉一般。

难道，刚才的雷电，就是传说中的雷劫！

猛地想到这一点，司玉赶紧跳起来，跑到湖边。

平静无波的湖水宛如一汪明镜，清晰地倒映出她此时的模样。清秀俊逸，还略带孩子气的五官，眼角眉梢却尽是张扬的气势。正是之前见到的魔龙人身模样，唯一不同的是，额头两边多了两个小东西。

这个是……角吗？峥嵘的龙角泛着墨玉石般的光泽，仔细看去，形状和颜色都和上一次有所不同了。

司玉用手轻轻碰触了一下。霎时，一种微妙的感觉在心底荡漾开来。

魔龙的角，司玉不仅见过，天源宗一战还亲自挂过好长一段时间，自然印象深刻。那时候的角更圆润一些，却没有现在的尖锐峥嵘，带着刚劲有力的气势。

记得典籍上记载，魔龙是天生的神兽，其功体等级，可以依据额头上的角的形状来判断。

这么说来，刚才真的是雷劫。

平安渡劫，所以这只笨龙升级了。

会发生这种事，是因为吸收了凤凰木的力量吧？或者说，是力量吸收过度，强制升级了。

都怪这只笨龙，自己挨雷劈也就算了，害得她也险些死在雷劫之下。现在虽然没死，但互换身体的情况也好不了多少。

司玉愤愤然地想着，真相与她猜测的也相差无几，只是有一点她却冤枉了魔龙。他并非贪得无厌，吸取到后来，他其实是想罢手的，却已身不由己了。凤凰木的力量与魔龙之力如磁石的阴阳两极，属性相克却又相互吸引。也是魔龙粗心，对凤凰木的力量根本没有弄明白，就妄自下口吞吃，结果差点儿撑破肚皮。

司玉蹲在雾月湖边上，痛苦地抱住头，这下子怎么办好呢？渡劫对魂魄的影响极大，魔龙的状况，多半是魂魄损伤，正躲在自己体内休养生息。谁知会休养到什么时候。扔下自己一个怎么办？就算拿到了芥子珠，也不能用这个身体回天源宗啊！

正苦恼着，司玉心头警戒忽生，有人接近！

要躲起来吗？她站起身来，未及行动，湖边影影绰绰，乍然出现几十个身影。

当先一人银发垂腰，神情肃然，清雅的眉目格外眼熟……司玉刹那间睁大了眼睛。

卓隐？！

他怎么会来这里，偏偏在这个时候！

司玉一颗心如坠冰窖，恨不得立刻变成隐形人。可惜卓隐第一眼就看到了她，而且正毫不迟疑地率众向她快步走来。

“殿下，臣等来迟了，请殿下恕罪。”众人齐齐单膝跪地。

“啊！”司玉心虚地后退一步。不料脚下一滑，身后就是雾月湖。

“殿下！”惊呼一声，卓隐也顾不得礼节，一个箭步冲上去，抱起险些跌入湖里的主君。

看清楚司玉面容的瞬间，他神情一愣：“殿下，得罪了。”匆匆伸手将他耳边的头发掠开。

“是源龙之角！”看清楚司玉额头上的两只龙角，他声音里满是震惊和狂喜，“殿下，真的是源龙之角！恭喜殿下终于突破瓶颈，修成真身了。”

还跪在地上的众人听闻了，也都大喜过望。齐齐高呼道：“恭喜殿下化龙重生，修得真身！”

司玉心里一沉，银发缭绕在眼前，刺眼的色调让她胆战心惊，她后跳一步。怎么办？真正的玄王还躺在他们后面呢。

“殿下，刚才究竟发生了什么？此次渡雷劫，您没事吧？”察觉到眼前这位殿下有些不对劲儿，卓隐上前一步，眸中掠过一丝诧异。

他在前天深夜收到了魔龙的传讯，命他今早前往雾月森林接应。今天他依照安排前来，远远就感受到森林里灵气混乱狂躁，空气中更隐约浮动着肃杀的气氛，却想不到竟是百年难遇的雷劫。而等雷劫过后，找到玄王，竟然已经渡劫成功了。源龙之角是魔龙生长过程中最重要的环节之一，度过此劫，才算化为真龙，进入成年。这一道坎儿，玄王闭关苦修多年却迟迟未能逾越，想不到竟在这个荒山野外大功告成了。

卓隐视线落到众人身后，那里还躺着一个颇为眼熟的女孩。仔细分辨，不正是当初和玄王一起用芥子珠离开的那个天源宗弟子吗？这次雷劫，和她有关系吗？

注意到卓隐的视线落到“自己”身上，司玉心里“咯噔”一下子。不好，以这家伙的心狠手辣，万一被他知道自己占据了魔龙身体，还不知道会用什么法子对付她呢。

心绪激动的瞬间，额头上忽然传来一阵剧痛，直逼元神，司玉顿时支撑不住。

“殿下！”传入耳中的是连接不断的惊呼，蒙眬中隐隐看到众人围拢上来。

晕倒前，司玉只剩一个念头，回去路上，别忘了把躺在地上的“我”带上啊。

第四章

鹊巢鸠占

一片昏沉中，司玉感觉身体时而如燃烧一般滚烫，时而如冰雪般寒冷，这样冷热交替了不知多久，有一道暖流从后背源源传入，恍如一泓清泉，涤荡着混乱的内息，平静之后就是深沉的睡眠，疲惫的精神开始慢慢恢复。

醒来已经是黄昏了。睁开眼睛，首先看到的是琉璃色的幔帐，夕阳的金红色泽下，流光溢彩，宛如水晶。

透过帘帐缝隙向外看去，这是一间广阔的大殿，宽广地让人难以置信竟是一间卧房。屋内摆设简洁大方，透着刚劲的气势。石柱和四壁上以青玉镶着碗口大的夜明珠，将室内映照的纤毫毕现。

四壁悬挂着刀剑枪戟等诸般兵器，森森寒光映入眼中，纵然室内温暖如春，司玉也禁不住打了个哆嗦。这种凛冽的寒气，只有在战场上经历过无数杀劫才能积累而成，也不知这些兵器都是何人所用。

感觉有些压抑，司玉避开视线，掀开帘子，下了床。

一路走过，房内竟然没有镜子，好在角落有一方小池子，盈盈荡荡，满是碧绿的液体。

司玉凑过去，倒映出的影子让她最后一线希望破灭了。若是做梦，这一梦也太长久了。

认命地叹了一口气，她站起身来，向窗台走去。

这里就是那只笨龙的房间了吧，真是简单到清冷啊，日常爱好几乎一看便知。

推开水晶镶嵌的窗户，本想看看外面的风景，却不料一阵寒风涌入，司玉连接打了好几个喷嚏。

“殿下，您醒了？！”欢欣的声音从身后传来，未等司玉转身，来人已经影子般出现在身侧，替她掩上窗户。

熟悉的银发映入眼中，是卓隐。司玉心里一突，他叫自己殿下，看来还没发觉互换身体的事，也就是说那只笨龙还没醒。

她应该怎么办？假扮下去？可是以卓隐的精明，她怎么可能瞒得住。但若坦白……回想起曾经银光划过，破空穿心的一幕，司玉就觉深深的寒意漫上心头。眼前这个人，可是曾经毫不留情地杀死过她。

“殿下，您刚刚度过雷劫，身体尚虚。”关上窗户，卓隐转过身来，“前几天，属下仔细检查过，幸好您魂魄未受损伤，只是也需尽快闭关修炼，将体内的雷霆之力炼化，方能稳固境界……”一边说着，他伸手替司玉整理散乱的衣襟。

司玉自然而然地抬起手，方便他行动。心神却忍不住一愣，这熟悉的动作举止……她恍然大悟，对这里的生活，这个身体早就有了本能，自己只要放任，不要刻意阻止，行为上就不会太露破绽。至于言谈上，只能见机行事了。

心神微定，她试着问道：“我昏迷多久了？”

“快一个月了。”

“一个月？！”司玉险些惊叫出声。她本来以为自己顶多昏睡了一天呢，想不到这么久，雷劫的威力果然强大无匹。

“殿下魂魄为雷劫所震，所以昏迷久了些。也是因为此次渡雷劫太过突然，未有准备。”卓隐安慰道。以前历代玄王渡雷劫，都是有专门阵法和心腹高手护持的。

卓隐继续道：“更何况，自从五百多年前那件事情之后，龙珠蒙尘，更让玄王渡劫艰难了几分。此番能够平安无事，实在幸运……”

五百年多前，什么事情？司玉好奇，却不敢发问。转而想到，雷霆之力这么厉害，魔龙这种皮厚肉粗的都劈成这样，那自己的身体岂不……她连忙问道："和我一起的那个女子怎么样了？"

"属下也检视过，身体未有大碍，只是魂魄受震厉害，短时间只怕难以清醒。"

"能救醒吗？"

"强行唤醒也可以，但只怕会让魂魄受损伤。"

"那还是算了吧。"司玉纵然心急，也不愿干这种杀鸡取卵的事。

"殿下对那个女子很关心？"卓隐试探着问道。

"当然，她对我有救命之恩。"司玉也不隐瞒，将这一路的惊险娓娓道来。魔龙原本就是大而化之的性子，相处几个月，司玉对他的言语风格也熟悉了，模仿起来倒也似模似样。当然，明白言多必失的道理，她也不敢多说，只着重强调了天源宗弟子司玉是怎样不计前嫌、智勇双全地拯救手无缚鸡之力的魔龙的共产主义情操。

自己夸自己，司玉却一点儿也不脸红，本来那只笨龙就欠了她不少，伤害她的账没和他计较不说，还一路好吃好喝地伺候着他。

卓隐在一边听着，神情冷静，目光却闪烁不已。殿下似乎变了不少，却又偏偏说不清楚是哪里变了。而那个女子……想到那个天源宗弟子，卓隐心情沉重起来，先不说他前些日子检视那女孩身体所发现的种种异常，单看现在殿下对她异乎寻常的"关怀"，就让足够让他警惕了。难道仅仅是因为救命之恩？千万不要是……五百年前的悲剧，可不能重演。

迟疑了片刻，他决定先按下这个念头，处理当务之急："殿下，尚有一事要请教。属下检视那女子身体，殿下似乎与她有一丝类似魂契的联系。"

"没错，我与她缔结过契约。"终于说到重点了，司玉连忙点头，"她助我回归魔界，而她所要的是一颗芥子珠，以便于她返回天源宗。"

"芥子珠？"卓隐皱起眉头，"可是如今我们已经没有芥子珠了。"

什么？司玉心神俱震，她这一路历经波折，九死一生，支撑着她的主要动力就是这颗珠子，想不到事到临头，竟是一场空！

“殿下，此番潜入天源宗所带的八颗芥子珠，除了两颗混战中被属下和殿下所用，两颗助我与赤燃返回之外，另外四颗，只怕……”卓隐神情有些黯然，“只怕都落到天源宗手里了。”

司玉一愣，原来那场仗，魔界只活着回来两个人啊！对了，还得加上魔龙，算是三个吧。

魔界损失如此惨重，只怕天源宗那边情况也不妙。身为主君，好像应该关心一下，正可以打探情报，司玉连忙询问。

卓隐并未怀疑，将那一战的大概说了一遍，说到最后，以他禀性之冷情，神情也有些压抑：“若非最后离绯把珠子让给了我，属下只怕也没命回来了。”

乍闻噩耗，司玉心情更加沉重，那一战竟然如此惨烈，原本她与魔龙一起失踪，让天源宗恢复了优势，但封印始料未及的开启和白郁的出现，却让天源宗乱了阵脚。最终的结果是布设北斗阵法的七人，除了柳无相和谢婉重伤逃过一劫之外，其余人包括邢震在内，全部战死当场，而剑部首座甄扬焕也伤得不轻，战死的普通弟子更是数之不尽。

“殿下不必难过。”见主君脸色沉滞，卓隐低声道，“此番潜入天源宗，本就是九死一生的任务，众人早有觉悟，能够逃回性命，固属万幸；身死当场，也是为我魔界大局，无怨无悔。”

司玉暗暗冷汗心虚，她是难过，但却是为了天源宗的同修，而不是为了魔界。然而，沉重中又有一丝庆幸，谢东仪没事，白郁也同样平安回了魔界。也许人终究是自私的，无论是道还是魔，她最关心的，还是那些人。

“只是此次终究未尽全功，有负所托，是属下之过。”卓隐低声道，“那人的躯体，如今已被青丘城主带回城了。”

青丘城主？他是说白郁！

白郁是青丘城主？

司玉刹那间睁大了眼睛，她刚刚离开的那座城市，竟然是白郁治下，对了，林中的那位老者曾经提到过是前去采药的，而他又是青丘左尚论……难道他要医治的人就是白郁？

原来，她曾经距离他那样近。

“殿下，殿下？”见司玉神情恍惚，卓隐出言提醒。

“没什么。”司玉回过神来，“你刚才说什么？”

“属下在说魔皇一脉的事情。”卓隐神情郑重，带着些微疑惑。

“哦，无论如何，都属我魔界子民，殊途同归。即便未尽全功，已经夺回魔界就好。”司玉点点头，原来冰晶下面的魔皇躯体已经被白郁带回来了。苦心潜入天源宗这么久，他总算达成心愿。不过魔界夺回躯体，是为了压制地下的暗火地脉，从这个角度来讲，无论落到哪一方手里，都都对魔界有利。

“殿下身上的契约，发作在即，需要尽快解除才行。”

“强行解除吗？”司玉讶然，缔结契约是刻印在魂魄中的，除非契约条件完成，或者双方自愿，强行解除极易伤害魂魄。

“本来不行，但此时那个女孩在昏迷当中，属下可以用迷心之法，让她心甘情愿，再辅以灵咒将魂咒之力抽出，就可以解除了。”卓隐解释道。

这只笨龙，一开始就打的这个主意吧！司玉暗暗记恨。竟敢骗她！害她白白浪费了这么久的时间，好吃好喝地一路伺候着他……新仇旧恨一起涌上，司玉真恨不得对着那只笨龙狠狠一脚踩下去，用力踩，使劲儿踩，一直踩成蚯蚓干为止，然后再打成蝴蝶结悬挂示众……

心里把魔龙满清十大酷刑轮个遍，但契约还得尽快解除。芥子珠的条件达不到，契约一旦反噬，危害到魔龙躯体，承受伤害的人可是她啊。

见司玉不反对，卓隐传唤门外的侍从，命他们立刻将那名天源宗弟子的身体送至偏殿。

跟着卓隐穿过漫长曲折的回廊阶梯，一座孤悬的殿堂出现在眼前，

踏入殿内，青玉祭台上，熟悉的身影正闭目躺在那里。

司玉连忙上前，好还，脸色栩栩如生……咳咳，这是什么话，司玉暗暗唾弃。不过宛如沉睡一般的模样，还是让她稍稍松了一口气，看来魔龙在自己的体内还算安宁。

观察司玉神态，卓隐的脸色忧虑更甚，看样子，殿下对这个女孩非

同寻常的紧张关切啊。

以卓隐的修为，解除契约也是一件极有挑战力的工作，尤其司玉再三叮嘱，千万不可伤害到那个天源宗女子的魂魄和身体。等到抽丝剥茧地将那一丝魂咒之力从两人魂魄中抽出，已经是五六个时辰之后了。

卓隐脸色有几分苍白，神情却松懈下来，道："已经拔除完毕，殿下可以放心了。"

"辛苦你了。"司玉说道，暗暗却叹了一口气，这下子彻底和芥子珠无缘了。自己怎么回去呢，难道真的要学习万里长征，跋山涉水走回去？

"从明日起，殿下不如尽快闭关修炼，稳固境界。借助殿内的沁灵石壁和苦冰床，又有千年灵泉护持，修为必能突飞猛进。属下会安排专人护法。"卓隐柔声谏言道。

司玉点点头，这个建议正合她心意。她最害怕的就是让她这个伪玄王去处理殿内政务。闭关正是最好的遮掩。一边闭关，一边偷偷寻找解决眼前困境的方法，顺便等那只笨龙清醒。眼下也只能这样了。

刚打定了主意，却见门外进来几个侍女。

"等等。"司玉连忙阻止她们抬起自己躯体的动作。

"殿下？"卓隐不解地望着她。

司玉竭力平静地道："将她留在这里好了。"

"龙啸殿为魔界禁地，便是普通臣子也不得入内，怎可随便让人类进入？"卓隐皱起眉头。

"人不都已经进来了吗？反正她一直昏迷着。"司玉不在乎地道。

卓隐面色发沉，显然不同意这个决定。

司玉头疼起来，卓隐是魔龙心腹，对这家伙显然不能用王命强压。脑筋一转，她缓缓说道："你知道我此次为何会渡雷劫吗？"

卓隐神色一动，在潜入天源宗之前，魔龙曾经闭关良久，就是为了能够突破境界，化形真龙。可惜长久的闭关只是让他修为更上了一层楼，还是未能达到效果。却在荒山野岭里突兀地化身成功了。

在主君昏迷的这一个月里，卓隐也曾检视过他内息状况，发现他体内除了原本的功体之外，更多了一丝奇异的灵气，蕴含生机与活力，缭绕不绝。他心中存疑，未及发问，魔龙却抢先提了出来。

见卓隐神色变化，司玉便知事情有转机，她略一沉吟，将魔龙吸取力量过度，然后招来雷劫一事变换人称，有选择地讲述了一遍。其实对于魔龙吸取自己灵气，为什么会有这种效果，她心中也存着疑惑，希望能够借助卓隐解开。

听完她的讲述，卓隐神情震动：“难怪我检视此女身体，感觉她灵气经脉皆异于常人。”

你是怎么检视的？司玉眼角抽搐一下，很想问一句，可出口却变成：“有什么不对劲儿的？”

“若我所料不差，她应该不是活人。”

“什么？！”司玉惊叫一声，“难道这个身体已经死了？”

“这个躯体未死，但也并非活人，或者说，她极有可能并非人类。”卓隐斟酌着词汇，缓缓说道。

司玉怔住了，不是人类？这怎么可能……

“我亦不敢确定，其躯体构造，内息流转，似人非人，这种情况，竟然……”卓隐神情犹豫不决，片刻，终于咬牙道，“恕属下僭越，这种情况，属下也未曾亲眼见过，只是却在典籍中见过记载，似乎与传说中的魔皇躯体，有些相似，极有可能是通过融合神器之类的手段改造过身体。”

原来是指这个，司玉稍稍放下心来。

“她体内融合的是凤凰木。”司玉坦白道。

“凤凰木？”卓隐脸色变了，“这女孩是祁连谢家的人？”

见他神情不善，司玉有些惊讶，脑筋转得飞快，摇头道：“不是。”

“若非谢家之人，怎么可能身怀凤凰木？”卓隐脸色越发难看，语气肃然。

“这……”司玉一时语塞，这其中的缘由太过复杂，她根本不可能说清楚，索性板起脸孔，“这些我怎么可能知道。”

“是属下失礼了。”见主君神情不悦，卓隐微一错愕，低头道。

“只是，这女孩就算现在不是谢家之人，将来也迟早要是。”以他之见多识广，自然明白凤凰木对谢家意味着什么，当即正色道，“殿下，这女孩还是不要留的为好。”

“这个我自有分寸。”司玉心中烦躁，竭力保持语气的镇静，继续道，“将她留在这里，也是为了助我修炼。”

司玉神情坚定，卓隐犹豫片刻，只得低头道：“属下明白了。”

事情已毕，卓隐起身告退，却忍不住看向高台上静默沉眠的少女，那异乎寻常的体内灵气，真的只是融合凤凰木所导致的吗？

一路回了寝殿，宽广的殿内已经有人收拾妥当。跟随的侍从躬身问道：“殿下是先休息，还是立刻沐浴更衣，准备练功。”

外面已是晨光破晓，旭日初升，虽然一整夜没睡，但之前睡了足足一个月，司玉此时精力充沛得很：“不必休息了，我想先一个人静静。”

屏退左右随从，拿着刚刚送进来的替换衣服，司玉纳闷，说要洗澡，却没有送来热水，这么说来，浴室就是附带的这方泉水了。

池水晶莹剔透，隐隐泛着绿芒，司玉不放心地伸手试了试。接触水面的瞬间，司玉一个激灵，一股凉意沿着指尖儿窜入心脏，刹那间如饮甘露，通体舒泰。

这是什么水？竟然会有这种感觉。司玉好奇地掬起一捧。记得卓隐说过，她闭关有沁灵石壁、苦冰床，还有什么千年灵泉护持，难道这就是所谓的千年灵泉？

仅仅是手掌接触，司玉就觉恍如捧起了一团纯净的灵气，令人如沐春风。若是洗浴全身，其效果简直不言而喻。

纵然她向来冷静，此时也忍不住雀跃的心情，连忙站起身来，就要脱衣下池。

手按在衣带上，动作却一僵，真的要脱吗？犹豫了半晌，灵机一动，她心念微转，光芒闪过，原本俊秀挺拔的少年已不见了踪影，只余一只缩微形的魔龙出现在水池旁。

哈哈，她果然聪明，变成魔龙，就不用担心走光伤眼了。

有了变化五寸钉的丰富经验，对于变身，司玉很快就能操纵自如。

心念转过，额头上的角消入体内，而躯体也可以随意大小。

将身形控制在一米左右，司玉先用尾巴试了试，然后扑腾一声，欢快地跳进了水池。

恍如进了一团天地间至纯至净的灵气中，刹那间一种难以言喻的滋味涌上来，仿佛每一个细胞都在欢欣雀跃，舒服地几乎呻吟出声。

甩着尾巴在水中游了一圈，这前所未有的新奇感觉让司玉兴奋不已。好一会儿，才终于冷静下来，靠在池壁上。池壁一面特意雕刻成弯月形，两侧镶嵌着黄金手柄扶持，正适合躺着。

那只笨龙的日子还真是舒服啊！司玉心安理得地享受着原本属于魔龙的一切，简直忍不住想唱歌了。

闲暇下来，司玉眯起眼睛，四面张望，卓隐还说过什么沁灵石和苦冰床，又在哪里？

沁灵石司玉曾经在典籍上见过，是天地造化所凝，可遇而不可求。这种石头生具经脉，可通彻心神，修行者若有幸寻得一块，雕琢成玉佩贴身佩戴，大有裨益。所以被人视为至宝，记得同级的应天阁弟子中就有一个世家少年佩戴着一块，让众人大为艳羡。

卓隐既然提到，那么沁灵石应该就在这个房间里吧，这种宝贝可不能错过。司玉手一抬，床铺上的被褥，桌椅壁橱，都无声地飞起来，在半空中抖了抖。

将殿内翻了个底朝天，连一颗小石子都没见到。究竟在哪儿呢？

沁灵石，沁灵石壁……司玉的视线猛地落到寝殿四面的石壁上，不会吧！她倒抽一口冷气。难怪她一进来就感觉房内的灵气浮动格外不同呢。

这也太大方了吧！整座用沁灵石建造的房间！司玉睁大眼睛看向四周，那只笨龙实在太奢侈了！万恶的封建社会啊！司玉在心里小小唾弃了一把。回想起应天阁众人谈起沁灵石的艳羡来，司玉真有种把整座大殿撬碎了打包带走的冲动。

那么所谓的苦冰床，应该就是自己睡的那张床了。整张床如玉石雕琢而成，晶莹剔透，一看就知非是凡品。虽然还不知苦冰究竟为何物，但用脚趾头想也知道不是普通材料。

司玉叹了一声，在这种环境中闭关，只怕一日就能够抵普通人十日百日了。也难怪魔龙的修为如此恐怖，以一人之力就能抵天源宗群雄，还只是未成年的。

接触宝物的最初兴奋慢慢过去，司玉冷静下来，开始考虑起自己当前的处境。

身怀秘密却要时刻被人盯着的感觉很难受，应付那些普通的随从还好，和卓隐在一起最是折磨。不过闭关的话，应该不会每天见到他了吧。

借助着灵泉和法宝，自己修行速度肯定很快，但再快也只是便宜了这只魔龙，能不能将自己的身体也弄进灵泉泡泡呢？司玉突然想到，灵泉灵气纯净，说不定对魔龙苏醒也有好处。

想到就立刻行动，司玉爬出水池，闭着眼睛胡乱穿上衣服，然后小心翼翼地推开房门，走廊上空无一人。刚才她以不得打扰自己练功为由，命附近的随从全部退下了。

轻车熟路地走过回廊，来到侧殿。自己的身体依然安静地躺在石台上。司玉上前将其打横抱起，以最快速度溜回了寝殿。

简直做贼一样。关上房门，司玉长吁了一口气。其实不必这么心虚，反正已经同卓隐说过，留着她是为了练功需要，就算被人看见也无所谓。

小声嘀咕着，司玉将自己的身体送下水，然后跟着跳了进去。

这世上有几个人有幸和自己面对面洗澡呢？看着那张再也熟悉不过的脸孔，司玉苦中作乐地想着，随即抛开这些无所谓的念头，开始静心吸取灵气。

依照天源宗学来的渡功法子，司玉与自己双掌相抵，试着感受自己体内经脉的运转。

咦？这是怎么回事？灵气完全无法入体。片刻之后，司玉不得不停下来。是因为这个身体里的魂魄在沉眠吗？还是因为道魔功法不同？

司玉坐在灵泉内纳罕不已，又反复尝试了几次，始终无法成功，只得放弃了。看来这一招行不通啊，灰心地靠着池壁，司玉想着，一边无意识地四面望去，视线经过窗台边，忽然一道金光映入眼中。

那是什么？好像一只小动物，毛茸茸的，似乎是一只小猫。

司玉从灵泉爬出来，蹑手蹑脚走到窗台边。

竟然是一只松鼠，蓬松的大尾巴包裹住大半个身体，正躺在窗台上晒着太阳，阳光照在金黄色的皮毛上，泛起锦缎一般的光芒。

好可爱的小东西，好像正在睡觉，眼睛闭着，大尾巴有规律地一颤一颤。

什么时候进来的？是从花园里跑进来的吗？司玉看了看四周，可门窗都是关闭的啊，难道是屋里原本就有的，魔龙会养宠物吗？

感受到她的接近，松鼠已经醒了过来，带点儿疑惑地看着她。那神情落在司玉眼中分外可爱。这时她忽然发现，松鼠耳朵尖儿上竟然有一撮毛是火红色的。

鬼使神差，司玉忍不住伸出手去，捏了捏。

这一下子像是点了火药，小松鼠唰地炸毛了，尾巴猛地挥出。

小小的身体竟蕴含着强悍的力量。司玉只觉得一股巨力甩在胸口，一时间呼吸窒闷，整个人都向后飞了出去。

她竟然被一只松鼠抽飞了，只不过捏了捏耳朵，至于吗？

可这还不是最糟糕的，她后背猛地撞到窗上，看似坚固的窗户竟然只是虚掩着，承受不住撞击的力道，呼啸的寒风哗啦灌进来。

司玉只觉身下一空，下面竟然是万丈悬崖。

她条件反射地尖叫一声，手忙脚乱地结起印发，想用浮空术，可未及施展，一条银链子已经穿窗而出，流光般飞射下来。围着她的身体绕了几个圈，止住她下降的势头。

紧接着银链一甩，司玉只觉寒风飕飕吹过身边，短暂的头晕之后，她已经重新站到了大殿中央。

屋里多了一个少年，阳光般灿烂的金发，秀气的脸孔隐隐有几分熟悉，正面色不善地望着她。向后瞥了一眼，桌上的松鼠果然不见了。

她是泡温泉泡得糊涂了！竟然忘了这是在魔界。司玉后悔不迭。联想到之前卓隐说什么会安排人手替她护法，不会就是眼前这只吧，她还以为是门外那些，已经打发干净了呢。

“你刚才在干什么？”少年问道，隐隐有磨牙的声音。

司玉吃了一惊，是他！那个用飞镰为武器的少年。当初在天源宗，相隔太远，相貌已经记不清楚，但清朗张扬的声音却印象深刻。仔细看去，耳朵上果然缀着一粒红宝石般的装饰，应该就是刚才那一小撮儿红毛变化的吧。

惊异也只是一瞬间，司玉脑筋转得飞快，卓隐说过，魔界只有他和赤燃平安回来……

“没什么，很久没见，打个招呼嘛。”司玉不在意地打了个哈哈，试图掩盖过去。

但对方明显不是这么好糊弄的：“打招呼是这种动作？”少年森森问道。刚才司玉的举动实在是太过意料之外，否则以他反应之机敏，也不会躲不过去，被她捏住了耳朵。

司玉心里有点打鼓，她现在的身份是玄王殿下，醒来之后，见到的魔界诸人无一不是恭谨有礼，包括卓隐，就算心里不同意，只要她坚持，也总不会违逆她的意思。但这个少年，言语之间却没有多少恭敬之意，只怕和魔龙的关系非同一般。

而她现在最头疼的就是见“熟人”了。

“呃，只是刚才看到赤燃你躺着睡觉的样子很可爱嘛。一时手痒。”司玉笑嘻嘻地说道。

被人用可爱来形容，金发的少年更加窝火，却也无可奈何。无论关系怎样亲密，终究是有君臣之分。而且刚才他一激动，把自己主君给一尾巴抽飞出去，已经是逾礼犯上了。幸好没有被卓隐看见，否则又要被他训斥。想到这里，他气冲冲地哼了一声，转过话题问道：“你的功体怎么了？不是说渡劫成功了吗，怎么修为和反应好像都变迟钝了。”

听他语气，应该是类似于皇子伴读之类的角色吧，加上魔龙本就未成年，所以两人之间更类似于朋友玩伴。司玉暗暗推测着，当即道：“你以为渡劫是不用费力气的啊，而且我的伤势尚未痊愈。”

“是天源宗那一战的伤？”赤燃皱起眉头，回想起魔龙最后受的伤，确实不是短期内能够复原的，而且又是从极地冰原一路走回来，几分疑惑便逐渐打消了。

司玉点点头。

“想不到那一剑的威力竟至如此。那人也不知是何方神圣，看年纪似乎不大，竟有这般惊人的实力。难怪卓隐说天源宗可能还隐藏着我们不知道的力量。”

他说的是谢东仪，司玉心里一动。

“穷戾和金赢都是死在他手上。”提起战死的同伴，赤燃神情有几分低落，“以后若能得到机会，我一定要亲手试试他的功夫，别让天源宗真当我魔界无人。”说到后来，少年的语气锐意十足。

而司玉心里却酸甜交集，一时间又是难过，又是怅然，对赤燃之后的话语置若罔闻。

“你怎么了？”见主君半晌没有说话，赤燃有些疑惑。在那人手上吃了大亏，若是平时，以魔龙的个性，早就义愤填膺，详细追问后续的战事和那人的武功数路了。好对手难求，魔族本就好战，魔龙和赤燃在这方面也是意气相投。

难道渡劫化龙之后，连个性也变了？赤燃挠了挠头发，大惑不解。

司玉不想被他看出异样，沉声道：“这些卓隐已经向我说过了。”说着转身走到泉水边，拎起一件披风，准备将自己的身体抱出来。

伸手入水，她忽然动作一顿：“对了，你刚才什么时候来的？”

“你跑出去偷人的时候。”赤燃言简意赅。

偷人？！司玉嘴角抽搐一下，这小子嘴巴真恶劣，但现在问题不是这个，既然他是在两人入浴之前就来到的，那么她把自己的身体带回来之后，脱光衣服，抱下水……这些，他全部看到了？

也就是说，她被人从头到脚看光了！

没有察觉司玉的变化，赤燃继续火上浇油：“看你带这个丫头下水，本来以为会干点儿有意思的事儿呢，谁知道就是洗澡，真是无聊，看得我都睡着了。”

“……”司玉动作僵硬了。

而赤燃一无所觉，凑到司玉身边，蹲下身来，左看右看，忍不住伸出手指对着那粉嫩的脸颊戳了戳。

“你干什么？离她远一点儿！”司玉一把挥开，额头上隐隐有青筋冒出来。

对司玉这么激烈的反应，赤燃很是不解：“怎么了？这个黄毛丫头跟宝贝似的？”

司玉长吸一口气，压下怒气，沉声道：“转过身。”

“啊？”

“给我转过身！”司玉加重语气。

赤燃这才醒悟过来，神色有几分诧异，只得依言而行，口里却小声念叨着什么。

司玉没空分辨他是不是在抱怨她见色忘友，迅速摊开披风，将自己从水里打横抱了出来，然后放到床上。

司玉做好这一切，赤燃就乖乖地站在旁边。背对着等了半天，他终于决定友情提醒一下：“这件事，卓隐知道吗？”玄王的床榻可不是谁都能上的，而且刚才看主君蹑手蹑脚做贼一般的模样，就知道肯定是瞒着卓隐了。

“他知道与否有什么关系吗？”司玉头也不回，冷然道，“我才是王，我的心意便是王命。”

赤燃神情一怔，他从小陪伴魔龙练武修行，两人都是大而化之，不拘小节的性子，虽然名为主仆，情意却同兄弟一般。外人在的时候自然恪守君臣之道，私底下却颇为意气相投。这还是魔龙头一次以这般严厉冷漠的语气训斥他，话里说的虽是卓隐，但其中训斥之意赤燃还是听得明白。总觉得有什么地方不对劲儿。

“说得好。”一个意料之外的声音却在殿门外响起。

又是他，司玉皱了皱眉头，平声道：“进来吧。”

推开房门，卓隐缓步进入，向司玉躬身一礼，方转身看向赤燃，沉声道：“赤燃，你要谨记了，殿下已然成年，便是王者之尊。你是殿下的贴身侍卫，嬉笑之间，不可再全无分寸，更何况，你的职责是护卫殿下安全，反倒让殿下身处险境，不仅失职，更是以下犯上？”说到后来，语气已是极严厉了。

自己跌出窗外的事儿他这么快就知道了。司玉神情不动，心里却暗暗警惕。

赤燃脸色变了变，终于单膝跪地，低头请罪道：“是属下思虑不周。”薄唇抿着，隐隐有些失落。

“无妨，也是我自己不小心。”司玉挥了挥手，却暗暗松了一口气。能让这小子和自己保持一下距离，目的也算达到了，毕竟在亲近的人面前太容易露出马脚了。至于赤燃的心情如何，她可没工夫照顾。

殿内气氛稍有压抑，见卓隐迟迟不开口，司玉只好硬着头皮，明知故问道：“你怎么过来了？”

卓隐淡然道：“听闻殿内的侍从失职，竟然在当值的时候擅自离开，属下接到通报，只好前来看看。”

“是我吩咐的。”司玉顺势道，“本来正要跟你说，此次闭关不同往日，雷劫之后，内息凝滞，需得静心修行，我不想有人打扰。日后这附近的侍从也少安排一些。”

“那么，殿下前去请来那位姑娘也是为了练功。”卓隐不动声色地问道，目光投向司玉身后的幔帐。

司玉厚着脸皮点点头：“当然。我早就说过了，她体内凤凰木的力量对我修行极有好处。”

“那殿下准备怎么入手？”

“啊，这个……”对了，魔龙以前是怎么吸取她力量的？可恨自己晚上睡得太沉，被他动了那么久的手脚竟然一直没发觉。不会都是靠kiss吧！

“其实，殿下若要借助凤凰木之力，属下倒知道最快捷的法子。”

“什么办法？”司玉随口问道。

“自古阴阳交合，天伦互补，亦是大道之一。采补之道我魔界也有不少人擅长，殿下若要借助凤凰木之力，又不伤此女性命，最快捷的莫过于此。”

“……”司玉大脑足足当机了十几秒钟，才反应过来卓隐话中的涵义。

采补之道！司玉打了个哆嗦，太恶寒了，而最让人受不了的是……喂，不要用这种云淡风轻、理所当然的表情来说这种话好不好。

旁边赤燃也忍不住嘴角抽搐，显然这个答案太过意料之外。

“胡闹！这怎么可以！”司玉站起身来，冷然道。“魔龙血脉，怎能与人类混合。”推辞的理由她立刻就想到了，而且堂而皇之。

“殿下言之有理。”旁边赤燃也躬身道，“纵然此时魔皇血脉早已断绝，也决不能以人类为玄王侍奉。”

卓隐眸中闪过一丝轻松的光芒，笑道：“是属下僭越了，殿下息怒。既然殿下不准备用这种方法。待属下再寻找别的法子吧。”他目光投向床上，话锋一转，笑道：“只是殿下，此女要一直留在殿内吗？”

注意到卓隐松了一口气的表情，总觉得自己好像上当了呢。算了，这也算是委婉的劝谏吧，作为主君，也不能不给面子。而且魔龙变成怎么样她可以不管，自己的名声还是需要顾忌的。虽然绯闻这种东西，从这里传到天源宗的可能性基本为零。略一计较，司玉便吩咐道：“留在这里多有不便，还是先将人送回去吧。”

千年灵泉已经试过，根本没有用处，暂时将身体送回偏殿，等寻找到换回来的法子再说吧。

第五章

皇城来使

深夜时分，漆黑的天幕一片苍茫，连一丝星光都看不见，唯有天空中漂下点点银白的雪花，寂静地撒落。

已经是寒冬时分，每年的这个时候，从极地冰原上吹来的寒风会笼罩大半个平原。刺骨的阴寒之气，修为稍差一点儿的魔界子民都要抵受不住。

龙城依山而建，而魔龙殿正伫立在高山之巅，冬日冰寒彻骨。虽然有专门的结界护持，这样大雪的日子里，也挡不住凛冽的寒气丝丝渗进来。

这样的夜晚，殿内精锐的侍卫也都懈怠了不少。一道黑光从魔龙寝殿闪出，掠过半空，一路竟然无人察觉。

眼看侧殿近在眼前，司玉在栏杆上停下身形，先看了看四周，空无一人，甚至连侧殿门口应有的侍卫都不见了踪影，也许是进屋内避寒了吧，看来前些天吩咐卓隐减少侍卫的举动还是有用处的。

司玉醒来已有大半个月了，这些天的生活，让她逐渐习惯了这个身份，当然，也得益于闭关的日子很简单。每隔五天，卓隐会前来参见，回禀政务，有时候也会带着其他臣属。因为魔龙之前就长年闭关，将政事委托于卓隐等一干臣下，而卓隐又是个精明强干，忠心耿耿的主儿。

此时循规蹈矩，也不必司玉多费心。

其余的时间，就是练功，魔龙的伤势有寝殿的灵泉辅助，又有灵药为补，不过十几天，就已彻底痊愈了。而这些日子的修炼，也让司玉逐渐熟悉了这个身体和魔龙功法，化形自在随意。此时见周围无人，司玉心念一动，立刻重新幻化为人身。

这么久没见自己的身体，也不知道天气这么冷，会不会感冒啊。司玉一边好笑地想着，抬脚踏入殿门。

进了大殿，一眼望去，司玉忍不住惊叫一声。

空旷的大殿里，除了静静躺在高台上的自己，竟然还有一个人。

而那人正俯身对着自己的身体……

“你要干什么？”司玉一个箭步冲上去，喝问道。

那人顿时警觉，慌忙转过身来。却是一个陌生的面孔，清秀的五官尚带着几分稚气，正神色惊异地看向司玉。

司玉上前一步，身体好好地躺在那里，从头到脚没有任何异样。她这才松了口气，转头问道：“你是谁？在这里干什么？”

“你又是谁？”那人没有解释，反而偏着头，毫不示弱地看向他，“难道不知道这里是不能擅闯的吗？”

擅闯？

司玉视线一沉，这才注意到，他身上穿着的是龙啸殿侍卫服色，原来是今晚值夜的侍卫啊。不过以前似乎没有见过。

她立刻板起脸孔训斥道：“你既然是侍卫，不在外面好好守着，怎么跑进里面了，而且……刚才打算对这个女孩干什么？”

“喂，你是谁啊？”被司玉一本正经的气势震慑，小侍卫有点儿心虚了，挣扎着问道。

“这句话应该我问你才对吧。”司玉不以为然。

见司玉镇定自若的模样，小侍卫终于缴械投降，老实交代道：“我是藏叶城朧角一族的旁系子弟，一个月前刚刚通过考核，获选入宫为侍卫。”

司玉想起，前些日子卓隐确实曾向她禀报过，龙啸殿有一批新晋侍卫，都是世家子弟，想必眼前就是其中之一了。藏叶城是魔界东南部的大城，朧角一族也算是蛟龙一族的旁支，难怪会被安排入内宫。

司玉脑筋一转，她这次出来，只穿了一身普通的素色衣袍，额头上的龙角也并未化出。心念闪过，她立刻笑道："原来是新晋的侍卫大哥啊。我是寝殿那边的侍从，今日也是轮值。"龙啸殿内除了侍卫戒备安全，还有不少负责日常杂役工作的侍从。

"哈，原来是玄王殿下身边侍奉的人啊。"少年挠了挠头发，恍然大悟。龙啸殿是玄王居所，戒备森严，想想也不可能有外人。

"你刚才在干什么呢？"司玉瞥了自己身体一眼。

"那个……其实，我听说这是个人类，所以想仔细看看。"少年有点儿不好意思地小声道，"我还从来没有见过人类呢。"

司玉额头上青筋抽搐一下，什么时候她变成动物园里任人参观的猴子了？"哦你想怎么看？"司玉阴森森地问道，敢动一根手指头，一定狠狠教训你一顿。

"呃，也就是看看嘛，使令大人吩咐过不能碰触，还设了结界，我也不敢太靠近。"少年并未察觉司玉的异样，笑道。

幸好！司玉松了一口气，心里将对卓隐的印象分稍微提升了那么一点儿。

"对了，你不在殿内侍奉殿下，来这里干什么？"

"我是奉殿下之命，前来……"司玉话语一顿，她本来是想将身体偷偷带回寝殿的。但卓隐既然布设了结界，那就不方便行事了。心思微转，口中的话语立刻变成了，"前来查看一下这位姑娘的。"

"殿下让你探望这位姑娘？"小侍卫脸上惊讶的神色一闪即逝，欲言又止。

"你想要说什么？"注意到他的神情，司玉干脆问道。

"呃，没什么，其实，我只是想到了刚刚听说的一个谣言。"侍卫挠着头发，不好意思地说道。

"什么谣言？"司玉警惕起来。

"这个……我是听说，玄王殿下甚为迷恋这位姑娘，甚至不顾她是人类也要留在身边，使得诸位大人很是忧心。"

"胡说八道！"司玉断然否认。

“可是，这是听轮值的前辈们说的，前些天殿下还和这位姑娘偷偷一起洗鸳鸯浴呢……”

“住口！”司玉又气又恼，却偏偏找不到发泄的对象，因为把人偷走去洗鸳鸯浴的正是她本人。可怜她的名誉啊！只是，魔界这种地方，八卦事业怎么也这么繁荣，狗仔队哪里都不缺，司玉恨恨地想着。

看着眼前一脸求知欲的小侍卫，司玉心烦气躁地摆摆手：“这种话以后不许再说，她不过是个人类，怎么可能让玄王殿下动心。”我怎么可能对那只笨蚯蚓动心，还嫌被他连累地还不够倒霉啊。

“可是……”小侍卫犹有不甘。

“什么可是？殿下的心意，是你能够打探的吗？”司玉脸孔一沉，“别忘了这里是什么地方？！”

“啊！是……我……”终于意识到自己失言了，小侍卫醒悟过来，连连摆手道歉，“是我不对。刚才的话，你千万别说出去啊。好兄弟，求你了。”

司玉自然不会记挂在心，道：“我知道了，你出去守着吧。擅离职守，若是让赤燃大人知道可不得了，这次念在你是新人，我就当没看见了。”

魔龙这张脸虽然稚嫩，但板起面孔，还真有几分威严。少年乖乖地低头应是，出去了。

将人打发走，司玉松了一口气，走近高台仔细查看了一遍，果然有结界防护，不过只要不移出大殿，就不会触发。

看来只能在这里进行了。

司玉从怀里掏出一只紫玉匣。揭开盖，一丛红光迸射绽放。待红光略散，玉匣中的宝物显出形状，是一片掌心大小的饰物，雕琢成桃花瓣形状，质地似玉非玉。

魔界曾经有一株桃树精，已有八千多年的修为，可惜在渡雷劫的时候功亏一篑，不仅形体毁坏，连元神都灰飞烟灭。而司玉手中拿的，就是那桃木精当年留下的骸骨。

虽然神魂俱丧，但桃木天生能够吸引雷电，所以其骸骨内存留着当初雷劫时候的一部分雷电之力。

前几天她在魔龙的法宝库里翻出了这样东西，就有了这个念头。她与魔龙交换身体，正是缘于雷电之力。此时再施以雷击，也许就能找到变换的原因了。虽然把握也不大，但总要试一试。

司玉将佩饰取出，攀上高台。

这么近距离地对着自己的脸孔，感觉还真是诡异啊。回想魔龙雷劫时候两人的姿势。要不要亲下去呢？还是算了吧，自己和自己，司玉打了个哆嗦。

依循玉简中记载的使用方法，她小心翼翼地祭起法器，催动其中雷电之力。

刹那间璀璨无伦的光华绽放出来，笼罩住整个高台。

雷电之力贯穿身体，却并未像上一次剧痛。看来无论是人还是妖，只要度过一次雷劫，体内有了纯阳之力，肉身就不会再惧怕雷电了。而且这佩饰中蕴含着的只是雷电残留，力量也不强。

就算无害，滋味也绝对不好受。这种遍体又麻又酥的怪异感觉，司玉龇牙咧嘴，怎么没有任何反应啊！对了，当时还有凤凰木在起作用！

凤凰木……难道真的要亲下去？！

司玉犹豫再三，终于狠了狠心。她闭上眼睛，就要低下头。忽然，一个惊呼声乍然闯入："小心！"

心神一颤，司玉手一哆嗦，佩饰反转，雷电沿着广阔的大殿地板狠狠擦过，猛地击在墙壁上。而那里仿佛有一道看不见的屏障，银光闪耀，一圈圈波纹荡漾开来，竟然将雷电又硬生生反射回来。两股力量交汇融合，不偏不倚地击向高台，司玉闪避不及，当即挨了个正着。

刹那间只觉全身剧痛，司玉眼前一黑，当场晕了过去。

昏迷的瞬间，只看到一个影子扑了上来。

醒来的刹那，头痛欲裂，司玉睁开眼睛，恍惚了好一会儿，才看清楚，她还是在大殿里，正仰面八叉地躺在黑曜石铺陈的冰凉地板上。行动彻底失败了啊！司玉哀叹一声，不用低头看，仅靠感觉，就知道此时还是魔龙的身体，

视线一转，就在不远处，那个小侍卫正抱着"她"，背对着自己，

看姿势，似乎是在查看伤势。

喂，谁准许你这么抱着我的身体了。司玉皱起眉头，这一动立刻牵引酸麻的肌肉，又是一阵龇牙咧嘴。

“喂，过来帮我一下。”见侍卫迟迟没有将“她”放开的打算，司玉不得不提醒，这边还有一个病号。

侍卫转头看了一眼，那眼神，明明白白写着：你是个男的吧，自己爬起来就行了。

司玉额头挂下几道黑线，这待遇差别也太大了吧。

算了，这小子不知道自己是魔龙，就不和他计较了。而且，昏迷之前，是这小子扑上来，把自己从高台上拖了下来的。不过，那是拖吗？是扔比较准确吧。真粗鲁……好吧，反正不是自己的身体，也不计较那么多了。

不过，司玉转念又想到，要不是他那惊天动地的一声吼，自己怎么会手抖，然后挨那一下子呢。刚才的雷电变异版，明显是雷电之力再加上卓隐的结界力量……

遭了！司玉顾不得身体酸痛，赶紧挣扎着爬起来：“我昏迷了多久？”

“就一小会儿。”看到司玉这么快就恢复，侍卫也有些惊讶，还是老老实实回答道。

一小会儿，那现在离开还来得及……司玉刚要抬脚，却听一个声音从背后传来，正是她现在最不想听到的。

“殿下，刚才怎么回事？”

司玉干笑一声，对出现在门口的卓隐打了个招呼：“怎么有空过来了。”

“刚才能量波动那么大，我能不过来吗？”卓隐皱起眉头，走进大殿。

衣衫一丝不苟，银发却没有昔日的柔顺。不会是刚刚从床上爬起来吧，司玉不负责任地想着。

卓隐的目光落到被雷电划破的地板墙壁上，又落回司玉身上：“殿下刚才又干什么了？可曾受伤？”

“只是试着吸取凤凰木的力量，一时失控，出了状况。”司玉轻描淡写地说道，一边站直身体，不让卓隐察觉自己的异状。

“殿下体内雷劫之力尚未完全运化，再贸然引动他力，极易走火入魔。”卓隐上前执起司玉一只手，探视脉象，发现内息虽然有些紊乱，但并无大碍，这才放下心来，还是忍不住劝诫道，“请殿下三思而后行。”

“知道了，这次是我行事不慎。”司玉从善如流地点点头。

卓隐的视线又落到旁边，自从卓隐进门的那一声“殿下”之后，小侍卫就开始呈现石化状态了，至今未能回魂。

卓隐不满地冷哼一声，如冰晶雪粒，掷地有声。侍卫这才惊觉，慌忙要起身行礼，可却忘了怀里还抱着一个人，又跌坐了回去。

“你抱着她干什么？”卓隐掩去不悦，沉声问道。

“我，刚才她掉下来，我……”

“放回去。”

“是。”小侍卫赶紧站起身，将司玉身体送回高台。

等侍卫转过身来，卓隐方冷然道：“你身为侍卫，看守此处，不仅护卫不周，还坐视殿下受伤而不顾，反而救助人界女子，该当何罪？”

侍卫顿时脸色一白。

“等等，是我吩咐他去查看那女孩状况的。”司玉连忙说道，“我又没受伤，本就不必他救助服侍。”

卓隐神色微敛，坚持道：“但他刚才背对殿下，行事无状，也是失礼之罪，理应论处。”

司玉坦白道：“是我先隐瞒了自己的身份，也难怪他轻忽。何况他只是个新人，礼节不善，尚有可谅。”

卓隐犹豫片刻，终究不愿意违逆她的意思，道：“也罢。只是你要谨记，断无第二次的机会。”后一句是对着侍卫说的，甚是严厉。

侍卫连忙单膝跪地：“谢殿下宽恕，谢使令大人教诲。”

“不必谢了。你叫什么名字？”司玉柔声问道。

“属下名叫颜旭。”

“颜旭，这里的差事你不必再当了。你去找赤燃领命，从明天开始调到我身边吧。”司玉吩咐道。

转头对上卓隐满是讶然的视线，司玉笑着解释道：“我一看到他就有些合眼缘，颇为喜欢。就将他调来我身边吧，本来我身边的侍卫也应添人了。而且刚才行功过程中多亏了他推我一下，才没有被雷电击中。”

“既然如此，你去寻赤燃统领领职吧。”卓隐无奈地道。一个小小侍卫的调动，也无需计较。只是不知这小侍卫究竟是哪里合殿下眼缘了？

颜旭大喜过望，不仅没有受罚，反而升迁了，虽然没有正式升职，但司玉话中明显是欣赏之意，他连忙低头领命，但眸中却也闪过一抹讶异的光芒，不知自己究竟何处让玄王殿下欣赏了。

司玉放下心来，卓隐太体贴，安排在她身边的都是服侍习惯了的旧臣，害得她每日如履薄冰，战战兢兢。此时难得遇到一个不认识魔龙过去的人，以后也可以稍稍松口气。

将书本合上，司玉叹了口气，看着四面满满的书架，一阵疲惫感涌上心头。

魔龙寝殿有专门的藏书室，记载了无数玄妙功法，练功秘诀。任意一本拿到外面，都是会引起腥风血雨的珍品孤本。但对现在的司玉来说，却毫无用处。她又不是魔龙，没义务替他闭关苦修。这些日子里，反复思量查阅的都是关于雷劫和移魂的相关资料。奈何魔龙对此道毫无兴趣，书房里没有多少可看的。

“殿下想要找什么？”看到司玉翻找了足足一个上午，新晋侍卫颜旭忍不住问道。

司玉向后仰倒在椅子上，沉默了片刻，问道：“颜旭，这世上移魂的法诀你知道多少？”

“移魂的法诀可不少，像夺舍、缚魂、诅咒……”颜旭扳着指头。

这些司玉也知道，可这些都是以一方得利，一方受害为目的术法。

“还有没有别的？”

“这个属下就不知道了，不过，要说移魂寄体的秘术，最奥妙细微的莫过于借体转生术了。这还是数千年前，魔界一代顶尖高手绝溟先座所创的呢。只可惜修行不易，对心智魂魄要求极苛刻，这么多年传承下来，也没几个人练成。”

“那现在还有没有人会此术呢？”司玉来了兴趣。

“有啊，就是如今魔界皇城的左丞墨澈心，他算是当今魔界对精魂之道研究最深的人了吧。他的摄魂之术尤其出神入化，无人能敌。”提起当今的高手，颜旭一脸敬仰。

“墨澈心……”陌生的名字传入耳中，却带来意外的心悸。

“殿下怎么想要看这方面的东西了？”颜旭有些不解。

“没什么，只是偶尔想到。”司玉无所谓地说道，站起身来。

“不过玄王殿内也存着借体转生术的秘籍吧。”颜旭随口说道。

司玉动作一顿，对啊，只要魔界有的，魔龙殿内就不愁找不到。这房内摆着的，只不过是魔龙平时会用到的玉简秘籍而已。

想到就干，片刻之后，司玉就带着颜旭出现在了魔龙殿的藏书阁门前。

眼前高阁的规模丝毫不逊于天源宗的藏书阁，高悬的匾额上写着“天渊楼”三个龙飞凤舞的丹砂正楷。走近了，只觉一股煞气扑面而来，几个字中似乎蕴含着一股特殊力量。

早有侍从将玄王殿下驾临的消息传递过来，楼中诸人迎出，恭敬地侍奉司玉直接上了最顶层。

弄清楚查阅方法，司玉挥手命众人退下，自己一个人翻找起来。借体转生术的秘籍果然存留，手捏玉简，司玉神识探入。可只读了一小会儿，就觉头晕眼花，有些支撑不住了。

那些文字晦涩艰深，极难懂不说，看久了更有一种恍惚感，直撼心神。司玉明白，大凡涉及魂魄之学的秘术，本身就对魂魄有一定的影响力，她现在客居魔龙之躯，本就魂魄不稳，强行读取，极易受伤。

无奈之下，她只得放开玉简。看来此事还得慢慢来才行。

转头看了看，四周还有很多典籍。这一层楼上摆放的，都是魔界最顶尖儿最机密的东西，连颜旭都没有资格上来。

司玉站起身来，随手翻阅起别的典籍，很快，一些书引起了她的注意。这一排放的竟然都是魔界的历史纪录。司玉随手翻开其中一本，是魔界历代帝王简史，记录虽然简洁，却文辞优美，引人入胜，司玉很快就看得投入进去了。

魔界历代皇朝，竟也发生了不少有趣的事。例如有女帝与玄王婚后不合，甚至数次发展到火拼境界，连皇宫都因为两位至尊的战火而毁掉重建了好几次。

记载中甚至还有一位女帝，纵情博爱，在后宫广纳美男，玄王对此恨之入骨，在女帝驾崩后，将其情人杀了个干净。此举也引起诸多非议，因为能被魔皇青睐的，也绝非平凡人，多半都是魔界极有身份的名门子弟，世家高手。虽然那位玄王手段酷狠，弹压得当，并未发生暴乱，但在后世也留下暴君之名。司玉擦了擦冷汗，这简直是赤裸裸的女尊宫斗戏份啊。

不过想想这两人的娃娃亲，也确实是一种悲剧婚姻。还未出生，就已经注定了姻缘，连回旋的余地也没有，因为这段婚姻延续，不仅是魔界政权稳固的保证，更是魔界存亡的关键。

翻看了数篇传记之后，司玉忽然发现了一个奇怪的规律，每次公主诞生后，就几乎没有关于女帝的记载了。她连忙快速翻找起来，果然……

魔界女帝在产下公主之后，会因为盘古神玺的转移，功体尽废，多半很快就会死亡。之后就由玄王负责辅佐教导公主，统治魔界，直至公主成年，继位称帝。

而玄王死后，其体内龙珠归于虚无，会自动挑选下一代魔龙。所以魔界与其说是由魔皇与玄王共同主政，其实不如说是凭借着盘古神玺和龙珠的传承，由魔皇与玄王交替主政。

一本书很快要看到头了，翻过一页，“重霄”两个字映入眼中。

这名字有些熟悉，司玉一怔，立刻想到，是魔龙曾经提起过的，魔界上一任女帝的名字。

记得那只笨龙对这位女帝的评价还挺高的。司玉来了兴趣，快速浏览着关于这位女帝平生的记载，只看了三四行，她就禁不住瞪大了眼睛。

这是什么?

斩杀叛龙于沧溟之渊！废其功体，剥其骨骸，取其龙珠，重振王道。

这寥寥几十个字所蕴含的消息让司玉手禁不住为之一颤。薄薄不到数页纸，竟记载了一次惊心动魄的叛乱。

完全不同于之前历代皇朝那些争风吃醋，夫妻打架的争斗，这一次魔皇与魔龙之间的战争，是真正的叛乱与镇压。也是政权稳固的魔界寥寥无几的叛乱中，叛乱者身份最尊贵的一位。竟然是当时的玄王。

或者说，不能称之为玄王了，因为魔界历史上对他的记载，是逆龙。

玄王在度过雷劫之后，本应立刻与女帝大婚，却不知为何，那一代玄王一直拖延了十年，后来竟然意欲入皇城刺杀女帝。不料重霄女帝早有准备，短暂的战乱之后，玄王反而被她所杀。

司玉掩上书卷，这本书只是简史，对这一段的纪录也不多，却能看得出，这一段叛乱有些突如其来。甚至直到那一场惊天动地的至尊之战结束后，大多数魔界臣民才反应过来发生了什么。

斩杀魔龙之后，女帝以秘法取出龙珠。

通常龙珠在魔龙死后，会回归虚空，直至下一代玄王降世，才会一同附体现世。但以重霄女帝的年龄，是不可能重新等待龙珠选择继承人，然后慢慢长大了，所以女帝在蛟龙一族中另择英才，以化神大法将龙珠强行打入其体内，促其化龙飞升，度过雷劫。并与之成婚，之后生下了皓玥公主。

只是龙珠在历代魔龙间的传承，向来是天意择之。也就是说，魔龙从一生下来，便是真龙。而重霄女帝所选择的夫君，虽然也是蛟龙族中数一数二的顶尖儿高手，却非真龙之命，强行承接龙珠，逆天而行，那一代玄王与龙珠便做不到功体契合，连渡雷劫之时，也多亏重霄女帝亲自为之护法，方能化龙成功。

甚至两人所生下的皓玥公主，天生体质孱弱，资质远逊于历代女帝。

可以说，这一次叛乱，虽然来得突然，结束得迅速，但对魔界的影响却极其深远。

看完这段简史，司玉禁不住疑惑了。

为什么会发生叛乱？

别人不知道，司玉却明白，魔皇与魔龙的结合，与其说是政治婚姻，倒不如说是救命的婚姻。因为盘古神玺的成功传承与魔界的地火裂缝息息相关，一旦这个传承发生断裂，魔界无法压制地底火焰，到时候整个魔界就要完蛋了，哪里还有什么皇权名利。

所以玄王在度过雷劫成年之后，会立刻与女帝大婚。而历代的魔皇与玄王，有相互看不顺眼到了极点的，甚至各自都有各自的后宫情人，但在继承人问题上，却从来不敢马虎，一定要保证安安稳稳生下继承人。

是什么促使那一代的玄王铤而走险，竟然不顾整个魔界的存亡而选择叛乱呢？

百思不得其解，司玉忽然又想到另一个问题，魔界已经三百年没有魔皇了，也不知道地火裂缝如今现状如何。不过白郁他们已经把皓月女帝的骸骨夺回，应该有办法压制吧。

这本书记载得还是太简单，司玉起身在书架里翻找起来，果然找到数本关于重霄女帝的典籍。她选了一本正要翻开看，外面响起颜旭的声音；“殿下，刚才卓隐大人前往寝殿求见，殿下要传唤他过来这里吗？”

司玉抬头看向窗外，这才发现暮色已深，不知不觉间她已在这里消磨了整整一个下午。

“让他在寝殿暂侯，我很快就回去。”

离开天渊楼，走在回去的路上，魔界的冬日里，夜晚降临地极快。

龙城依山而建，而魔龙殿正处在山巅，从悬空的高阁通道向下望去，悠远的山脉，繁华的城市，风景铺陈万里。

远处的夕阳余晖渐渐没落，暮色柔软地笼罩住整个城市，点点灯光从火柴盒一般的房子里透出，像是满地的萤火。

司玉一阵恍惚，从这里看下去，这个城市和人界几乎没有任何不同；还有她曾经见过的青丘城。所谓的人与魔，究竟有什么分别？

呼啸的寒风吹过，司玉回过神来，她加快了脚步。

走过一处回廊的时候，前面引路的颜旭脚下一滞。

司玉有所察觉，问道："怎么了？"

"没什么？"颜旭连忙低头道，正要继续前行，司玉反而缓下脚步。

她视线投向一侧，记得来的时候，那里好像也是一处精美的宫殿吧。夜晚的魔龙殿繁华奢靡，四处透出水晶灯和夜明珠的光亮，恍如白昼，可那里却是一片阴晦幽深，仿佛有一层深不见底的黏稠黑暗笼罩其上。

这是什么地方？完全没有人居住吗？司玉诧异。

"殿下，紫金阁这里阴怨之气太浓重，不利殿下贵体。"身后的随从低声谏言道，"卓隐大人还在寝殿那里等着呢。"

紫金阁！司玉一怔，不就是那位叛逆魔龙生前的寝殿吗？或者说，是逆龙之前，所有历代玄王的寝殿。直到逆龙之乱后，重霄女帝将此殿封闭，并施以咒压，魔龙寝殿才换到了现在的龙啸殿。

狂风呼啸，耳中隐隐灌入细腻的声响。仔细分辨，像是绵长的呼唤声，从遥远的地方传来。

鬼使神差，司玉跨前一步。

冥冥中仿佛有一个声音，带着奇异的蛊惑力，不停地呼唤着，挑起她内心最隐秘的鼓舞。司玉不由自主地向前走去，神志却还是清醒着的，眼角余光瞥向四周，侍从们一个个呆若木鸡，仿佛完全看不见他们的主君正在诡异地前行。

一个人踏上绵长的台阶，一直走到阁楼大门前。

宏伟的大门是冰冷坚硬的紫晶石雕琢。司玉双手按在门上，冰凉坚实的触感传来，让她心神为之一颤。

——推开它！解放他！

——不行，不能这么做！

——推开它！解放他！

——不行，不能这么做！

矛盾的念头在脑海中反复纠结，一瞬间，终于还是冲动占了上风，

掌心微微发力，霎时，一种令人窒息的压迫感扑面而来，仿佛里面不是一个房间，而是幽不可测的万丈深渊。

千钧一发之际，忽然有一双手从后面伸出，覆上她战抖的双掌，带着决然的力道，将她从大门前拉开。

向后跌入一个温暖坚实的怀抱里，司玉一个激灵清醒过来，仰头望去，卓隐平静中隐含焦虑的面容映入眼中。

“殿下，您怎么样了？”他低声问道。

“我……”司玉按住额头。

“刚才究竟是怎么回事？”

“很奇怪的，忽然有种念头想要推门进去看看。”司玉模糊地说道，一边抬头望去。刚刚推开的那一丝缝隙已经合拢了。飒飒的寒风吹过，一切平静地仿佛什么都没有发生过。

可是刚才她分明推开了一丝缝隙，而且从那一线缝隙里，看到了里面……

司玉深吸了一口气，强压下战栗的情绪，这才发现自己正依在卓隐怀里。

推开环绕的双手，司玉站稳了身形，却觉不对劲儿，低头望去，卓隐的双手竟然变成了诡异的银灰色。

她吓了一跳，惊问道：“这是怎么了？”

“只是不慎触动了门上的封印而已，殿下不必担心，回去静坐调息一晚即可化去。”卓隐安慰道。说罢，感慨道，“重霄女帝果然不愧是魔界万年来最强大的皇者，她亲自设下的天枢障，纵然相隔了五百年的时光，依然威力不减分毫啊。”

天枢障？司玉吓了一跳，这个紫金阁竟然被下了禁止，难怪如此森冷。以卓隐的修为，仅仅是碰触就有如此严重的后果，自己刚才却没受到任何伤害？是玄王体质特殊吗？

正疑惑着，又听卓隐说道：“今日之事，也许是殿下度过雷劫之后，龙珠力量增强，又凑巧是黄昏逢魔之刻，阴魅之力大增，引动里面

有所感应。”他淡然解释着，一边与司玉步下台阶，“殿下以刚刚飞升真龙，境界未稳，极易受其蛊惑，日后还当以稳固境界为首要。”

受其蛊惑？司玉打了个哆嗦，这里面的那个“其”，究竟是谁啊？不会是她想的那位吧。转头回望一眼，黯淡的暮色下，高耸的紫金阁像是一只被紧紧束缚的巨兽，孤独地俯卧在一片黑暗中。

两人一路走着，卓隐迟疑片刻，低声问道：“近来赤燃可是有何处让殿下失望了？”

“这个……”司玉神色不动，心中暗暗警惕。这些天她确实在有意无意地疏远了赤燃，害怕露出破绽。其实，比起赤燃，她更想疏远的是眼前这人，只是卓隐的职位太过特殊，无法真正疏远而已。

“赤燃心性过于飞扬跳脱，本也应该压制一下，只是殿下身边，他也算是忠心的。”卓隐低声道，正是臣子进谏的婉转语气，“日常殿下还是带着赤燃为好，至少他修为尚可，出了事断然不会如这些人等一般。”卓隐视线在众侍从身上扫了一圈。

顿时人人惶恐不已，纷纷跪地请罪。尤其新晋贴身侍卫颜旭，更是满头冷汗了。

司玉也不好求情，只得岔开道：“我知道了，日后会注意的。你不是在寝殿那边候着吗，怎么过来这里了？”

“殿下迟迟未至，让宾客久等终究失礼，属下便来查看了。”

“宾客？”司玉一怔，“谁？”

“是皇城左丞墨澈心前来求见殿下，人已经引至正殿了。”

“我不想见他。”连想都不用想，司玉断然拒绝。

“殿下？”卓隐有些诧异。自家主君虽然傲气，但对墨澈心的才华却极为赏识，一直都想将他招揽至麾下，如今难得他亲自送上门来，反倒要把人往外推了。

“怎么？他这次来可有要事？”司玉问道。

“名义上是为恭贺殿下渡劫成功而来觐见的，至于真实目的嘛，属下也能猜测大概，应是为了盘古神玺一事。”

司玉点点头，盘古神玺，也就是皓玥女帝的躯体被白郁带回了魔界，他们应该正忙着研究催动神玺之力，来压制地火裂缝吧。

“这三百年来，虽有重霄女帝临终前留下的禁术镇压，地火裂缝并未扩大，但长久下来终究不是办法。既然那位至尊的躯体已经回归，想必墨澈心便是为此事而来的。”卓隐说道，“神玺关系我魔界生死存亡，确实不可轻忽。”

这明显是委婉地劝谏了。司玉却心意已决，道：“距离本王化龙成功已有数月之遥，何必此时才来祝贺？既然他们不急在一时，我们又何必着急。让他先等着吧。”说着，两人已经行至回廊，司玉只遥遥望了灯火通明的大殿一眼，就转身向寝殿走去。

卓隐无奈地停下脚步，礼数不可废，既然主君不去，他自然得去正殿那边应付客人了。

回了寝殿，关上房门，司玉心绪一阵烦躁。偏偏眼色不够的颜旭还要问一句：“殿下，怎么不见墨澈心呢？您不是正对魂魄禁术感兴趣吗？”

司玉瞥了他一眼，没好气地道：“见自然是要见，只是不必现在见。” 以双方的关系来讲，这一面迟早要见，眼下也只能拖延一时算一时了。

看出司玉心情不好，颜旭也不敢多说，目光一转，被地上一物吸引了注意力：“殿下，这是您刚才带回来的吧？”说着，他捡起来递到司玉面前。

视线扫过，是她从天渊楼带回的那本《重霄女帝本纪》。心思太沉重，刚才换衣服掉落到地上竟然都没发觉。

司玉接过来翻开，只看了少许，就被吸引住了。里面所记载的重霄女帝，果然不愧是历代女帝中最优秀的一位。巩固四方边境，领导群臣设立庞大的结界，大大减轻了极地冰原暴雪对民众的侵害，同时改革历代积留的朝政弊端，选拔人才不拘一格。在她执政的几百年来，开创了诸多有利于魔界发展的创举，完全无愧于雄才伟略这一形容了。而且卓隐刚才也说过，她的武功修为也是历代魔界女帝中最高的。

可就是这样文武兼备的女性，反而得不到本应该属于她的爱情。或者，正因为太过杰出，反而让人生疏。

那一代的魔龙没有爱上她，也没有爱上任何一个魔界女子，他所恋慕的对象竟然是人类。

据书上记载，那一代的魔龙也是历代玄王中少有的博学多才，与重霄女帝本应是一对难得的璧人，但在度过雷劫，化形真龙之后，他却并未急着与重霄女帝成婚，而是潜入人间游历，以增见闻。他这一去就是三年，三年之后，回归魔界，重掌魔龙殿，却又很快闭关苦修，迟迟拖延着与女帝的婚期。直到数年后，突然有一天，他直入皇城，当庭质问重霄女帝。这一场对话的内容书中并未记载，但从字里行间，司玉推测出，应该是玄王将心爱的人类女子暗中带回了魔界，隐藏数年之后，终究还是被重霄女帝发觉了，下狠手杀了那女子，结果引发玄王的愤怒。之后就是那场短促激烈的兵变内乱，还有血腥的镇压。

明珠的光晕下，司玉一页页翻阅着古老的记载，聚精会神。

虽然逆龙之乱的内幕并未正式对民众公开，但魔界高层几乎人尽皆知，在魔界数万年的历史中，这是从未有过的震撼。

斩杀逆龙之后，重霄女帝将其魂魄骨肉封印入他生前所居的紫金阁内，并亲自设下天枢障，除非以魔皇与玄王血脉共同为引，否则永世无法开启。

回想起从那道细微的缝隙里看到的风景，司玉打了个寒战，那就是魔龙的骸骨和灵魂吧，永世沉沦，焚身之苦，不入轮回，这样的刑罚，也未免太残酷了。

但转念一想，爱上人类女子，至死不渝，这样的感情固然让人唏嘘，但想到玄王所背负的责任，魔界对其怨念深也是可以理解。毕竟，能力越大，责任越大，而这个责任又是攸关整个魔界的生死存亡。而且重霄女帝也无法忍受自己竟然不是丈夫的唯一吧。历史上记载重霄女帝并无任何情人私宠，婚后与第二位玄王的感情也颇好，可惜因为逆天改命的缘故，两人婚后百余年方成功生下皓玥公主。

她正对着灯火想得入神，一个声音打破了飘远的思绪：“殿下在想什么？”

司玉回过神来，笑道：“在想过去，颜旭，你说，重霄女帝是怎样的人呢？”

“帝王。”颜旭的回答出奇地言简意赅。

“那一任玄王殿下也是世间少有的英才，却偏偏没有爱上重霄女帝。”司玉叹了一口气，“世间感情一事，最是玄妙不过，也不知是怎样的女子，能够让他如此倾心，甘愿舍弃一切，至死不渝。”

颜旭身体不易察觉地一颤：“逆龙吗？他不过是个失败者。”

没有在意他的评价，司玉忽然想起：“对了，那个女子呢？那个人类的女子后来怎么样了？”书里没有明确记载。敢跟着情人入魔界，也是舍弃一切了吧。

“那女子自然也死了。”颜旭淡然道。

司玉有些失望地“嗯”了一声，这个结局倒也在意料之中：“同生共死，这样的感情……”

那一瞬间，脑海中忽然映出了他的身影，在遥远的天源宗，他正在干什么？疗伤？还是忙于天源宗的重建？忙碌的间隙，会不会想到我呢？

这份感情……

“殿下，殿下，您怎么了？”颜旭的声音慌乱惊讶。

司玉刹那间清醒过来，这才发觉，脸颊竟然湿润了。

惊觉失态，司玉连忙低头掩饰：“无妨，只是想到上一代逆龙的事情，有所感触。”

“殿下太多虑了，书上记载的也不一定是真的。说不定传说中美好的感情，其中都是背叛欺诈呢。”颜旭连忙开解道，一边手忙脚乱地想找绢帕，但魔龙的寝宫里哪里会有这种女孩子用的东西，只好胡乱拿来毛巾之类充数。

“胡说八道。”司玉摇了摇头，推开颜旭递来的东西，哪有这么安慰人的，不过伤感的情绪倒真是消散了不少。

“那可不一定。”颜旭笑了笑，“已经过去这么多年，当年的人都死得差不多了，事情的真相又有谁知道呢。”

司玉不想多说，起身道：“我累了，你退下吧。”

颜旭告退，司玉换上衣服，躺倒在床上。刚才实在太过失态了，幸好看见的是颜旭，若是别的侍从，必要传入卓隐耳中，引起疑惑。甚至就算是颜旭，心里也有疑问吧。司玉按住额头，只觉前途一片黑暗。还有今天获知的信息，对了，刚才竟然忘记问了，那个人类女子叫什么名字。能够成为魔龙挚爱，必然不是平凡人吧。改天有时间，再去天渊楼仔细找找那时候的资料。一边想着，司玉慢慢睡了过去。

这一觉却极不安稳，朦胧中她仿佛走在了一条漫长的道路上，漫长地无穷无尽，越走越远，越走越累，想要停下，却怎么也停不下来，直到一座大门凭空出现，挡住了前面的路。

抬头望去，紫晶石雕琢的花纹带着冷冷寒气，一种恐惧感油然而生。仿佛明白自己身在梦中，司玉想要清醒过来，却头晕脑涨，始终睁不开眼睛。身体完全不受控制，终于，她又一次将手放了上去……

“殿下，殿下。”有些急促的呼唤在耳边响起，司玉恍惚中清醒过来，

睁开眼睛，是颜旭焦急的面容，再往后看，众多的侍从捧着洗涮的用具，原来已经早晨了啊。

“殿下睡得好像很沉啊，颜旭叫了很久都没有醒过来。”侍从女官上前服侍司玉起床，一边笑道。

司玉坐起身来，抬起双手。修长的手指，洁白的掌心，完全没有任何异样，可是那个梦，究竟是怎么一回事？尤其掌心碰触紫金阁大门的那一刻，那感觉，完全无迹可寻，却又意外的清晰，仿佛从体内流失了什么东西。

也许只是睡梦中的错觉吧，百思不得其解，司玉只得放弃了思考。

第六章

物是人非

推开窗，夕阳余晖下，遥遥望见一群侍女正从悬桥上匆匆走过，手里捧着食盒果品等物，而她们的方向……

“千光殿那边需要这么多侍女吗？”司玉有些无语。

“是因为墨大人住那里吧，这些天，据说有不少侍女争抢服侍的机会呢。”颜旭笑道。

“还真是受欢迎啊。”司玉无心地感慨道。斜倚在门边的赤燃只是冷冷哼了一声。

“墨大人是重霄女帝的亲传弟子，文才武略当世无双。一手琴技更是出神入化，据说还是女帝亲自指点的，又御赐青兰公子的雅号。只可惜女帝过世后，他执掌皇城一脉内政大权，如今也没人敢叫了。”

他是重霄女帝的弟子？司玉有些意外，却也只是一闪即逝。

察看她的神情，颜旭小心翼翼地问道：“殿下，今日还是不见吗？”

司玉心里一沉，道：“不见。”转过身去，不再看窗外的情形。

距离墨澈心入殿觐见已有近一个月了，始终未得宣召。他倒也不急，在待客的千光殿住得悠然自得。据侍从禀报，每日习字作画，赏景游玩，竟把这魔龙殿当自家一般闲适，除了每日定时请侍从代为通传求见之意，而得到的答复也是日复一日的“玄王闭关，暂不见客”。

“你什么时候这么讨厌他了？”赤燃开口问道，“就算是想要杀杀他的傲气，这也快一个月了。”

“讨厌谈不上，只是不想见而已。”司玉无所谓地答道，反正现在她是老大，卓隐又去东部边界巡视暴风雪情况了，没人敢违逆她。

自从那晚之后，司玉待赤燃的态度亲近了不少。相处不久，就发现，自己以前刻意疏远他其实根本没必要。这家伙白长了一副清新脱俗的好相貌，实际上神经粗得像钢筋，纯粹的天然呆一只。

沉默了片刻，赤燃忽然问道：“你在害怕什么？”

司玉吓了一跳，刚刚还说这家伙反应迟钝，偏偏有时又敏锐地吓人。

“没有。”

“是吗？你本来很欣赏他的。”赤燃有些疑惑，却又说不出究竟，“以前还说卓隐的长才主要在内政，单以智谋心机而论，墨澈心更胜一筹呢。”

“人才嘛，总是不会嫌多的。”司玉似是而非地搪塞道，一边起身，“我想去花园走走，陪我一起吧。”

见他无意多谈，赤燃也没有再问，只是小声嘀咕了一句：“反正别把那只狐狸给弄进来就好了。”

狐狸？司玉脚步一顿，不是她想的那位吧？

也不知他现在伤势恢复地如何了？

夕阳的余晖给亭台楼阁镀上了一层淡淡的金色，司玉沿着悬道漫步走过。

“殿下是要去看那位姑娘吗？”颜旭问道。

司玉停住脚步，这才发现，不知不觉间，她又走上去偏殿的路了。还是算了吧。去了也是发愣而已，她转向另一条走廊。

魔龙殿占地广阔，楼阁宫室延绵无尽。至今司玉也只摸清以自己寝殿为中心的一小片地方而已。其余的，像眼前这座四面通达的水上浮亭，就不知是何用处。若要说是座凉亭，也太广阔了吧！虽然魔龙殿的建筑规模普遍大气。

司玉沿着浮桥走了进来，这才看清，四面围栏上寒光闪烁，都是井然有序的刀枪剑戟，脚下的石不知是何种材料，极其坚硬。原来是一处演武场啊。

这是魔龙常来的地方吧，见他进来，周围侍从立刻轻车熟路地将场地布设开来。

呃，等等，你们该不会以为我是要来这里“活动”的吧。

转头一看，赤燃明显是精神一振的表情，甚至连颜旭都兴致勃勃。一瞬间，司玉真有种自投罗网的感觉。

负责演武场的侍从总管快步上前，如往常一般躬身请示道：“殿下是想自己活动一下拳脚，还是指点一下侍卫们的武艺？”

是问她想一个人练习，还是找个对手了？司玉神情一滞，有苦难言。

迟疑的瞬间，旁边颜旭已经开口劝道：“殿下伤势尚未痊愈，为身体着想，还是改日再来吧。”

司玉心里一动，这小子倒很会察言观色，她刚才不过略微皱了皱眉头而已。再看赤燃，原本期待的神情立刻变成沮丧，两只尖俏的松鼠耳朵仿佛也垂了下来。

司玉心中一动，打起精神，朗声笑道：“这些天闭关苦修，休养功体，已痊愈地差不多了。很久没有活动，今次就和赤燃试试吧。”

以魔龙好武的性情，必是这里的常客，这次回来后却连续几个月没有动静，根本不正常。先前还能用伤势遮掩，现在已经痊愈无碍，再一味的闭门造车，只怕要引人怀疑了。

听闻司玉的话，赤燃大喜过望，以前两人经常切磋比试，这些日子里主君每天都是调息功体，他日日护法在侧，早就无聊地要挠墙了。

司玉扫了周围兵器架一眼，随手挑了一支长枪，手一震，寒光如雪，锐气森然。这里任何一柄兵器，显然都不是凡品。

赤燃还是以他惯常用的飞镰。

在天源宗一战中，司玉就见识过赤燃这对兵刃的刁钻锋锐，此时身临其境，才知道自己还是小看了他。呼啸的刀锋像是两道变幻无穷的光，紧贴着喉咙划过，森森寒气直炸得人头皮发麻。司玉打起十二万分的精神，长枪微挑、斜刺、横击，连续变幻数招，才破解了急风暴雨般的攻势。这些天参悟魔龙的武学典籍，她也颇有收获。那些武技本来就刻印在身体里，稍加练习，很快就找回了熟悉的感觉。

紧张的交击之余，司玉也有些纳闷，这家伙原形是松鼠吧，为什么会有这么暴力的松鼠呢。尤其这力气，长枪撞击在飞镰尖儿上，一串火花沿着枪身炸裂开来。司玉手不易察觉地一颤，顺势向后一跃，足点儿点在兵器架上，巧妙地化去攻势。

飞镰滑了半个弧，走势一变，又如跗骨之蛆般粘上来。司玉也急速变招。

交锋片刻，司玉表面上一根花枪使得人眼花缭乱，却开始暗暗叫苦了。只凭身体记忆得来的武功，果然不是真正身经百战之人的对手。

这小子，和主君对战也不知道手下留点儿情。难道真的要输给他?

飞镰后的银链闪着泠然寒光，纵横交错，层层逼杀，司玉灵机一动，长枪横过，身形如电，猛地窜入其中。

占着长兵器的优势，赤燃自然不会与她近身交击，后撤半步。而司玉也不是要与他近身搏击，趁飞镰改换方向的瞬间，一枪横出。哐啷两声，飞镰的银链纠缠到枪杆上。

不等赤燃撤下，司玉运起内息，刹那间强悍的雷电之力沿着银链传递飞蹿。

赤燃躲避不及，只觉身体一麻，半空中竟然无法动弹了。司玉趁势用力一甩，银链子哗啦啦响过，赤燃去势不止，整个人直接被甩出亭子。

想不到这一招真有效，司玉大喜过望。眼看外面就是湖水了，她脚下一点，飞蹿上去，拉住赤燃。

触手却是一片毛茸茸的温软，拎着金灿灿的松鼠尾巴，司玉怔住了，这才想起，纯阳雷电有破除魔物化形的能力。

对上那又是震惊，又是不甘的黑亮眼眸，司玉忍不住得意地笑出声来："哈哈，吃亏了吧。比武可不只是比力气，还得动脑筋呢。"

小松鼠不甘心地别过视线，却也明白，主君说得有理，他的身体至今因强悍的电击而无法动弹，这个工夫，让人杀一百遍都绰绰有余了。

这种不服气的表情还真是可爱，真想伸手捏捏他的耳朵。不过还是算了吧，这只松鼠可是暴力得很呢。司玉偷偷想着。

这时，身后意外响起一串清脆的掌声，不紧不慢，寂静一片的湖面上分外突兀。

司玉一惊，转身望去。

暮色渐沉，薄雾缭绕，那人正走过浮桥，淡色的黄昏浮动在身后，恍如一幅久违的水墨画徐徐展开，而他，就是画中最灵秀最生动的一笔。

行至近前，那人躬身一礼，温雅如初，浅笑依旧：“殿下，好久不见了。”

是他！

物是人非，恍如隔世。怔怔地望着那熟悉却又陌生的身影，司玉只疑身在梦中。

那一刻，她仿佛回到了初入天源山的日子，远山含黛，绿意悠然，他站在悬桥上，朝雾迷蒙中向她伸出手来。浅笑温雅的神情，清贵有礼的举止，一切都是如此熟悉。

他……就是青兰公子墨澈心！是了，想来也没有第二个人能配得上这个名号。

片刻的失神，司玉迅速恢复如常，淡然笑道：“一别良久，青兰公子风采更胜往昔。”也许因为摆脱了伪装的身份，他的风采毫不掩饰地绽放出来，宛如暮色中的一缕月光，清雅明澄，不染尘埃。

“殿下过奖了。殿下对武之一道的领悟更胜往昔，才真是可喜可贺。”昔日的楚泓，今朝的墨澈心含笑道，“雷劫之功，果然脱胎换骨。”

司玉心里一颤，他什么时候来的……

赤燃已经恢复体力，站到一边。颜旭上前一步，皱眉道：“墨大人，既知殿下已经度过雷劫，此时见面，应该行跪礼吧。”按照魔界惯例，玄王渡劫之后，便是魔界正式的统治者之一了。

“如澈心所记不差，殿下应是大婚之后，才是我皇城的主君。”墨澈心微一欠身，正色道。

颜旭一滞，按照惯例。魔龙渡劫和成婚几乎同时，此时墨澈心把两者分开提，他一时也找不到反驳的理由。

墨澈心的视线顺势落到他身上，笑问道："这位是……"

"是我的侍卫。"司玉道。

"殿下身边果然人才济济。"墨澈心笑道，"适才在下一时失态，惊扰了殿下练功。实在是罪过。"

"无妨，墨先生既然有本事来到这里，龙啸殿自然不会对贵客失礼。"司玉别有意味地笑道。墨澈心所住的千光殿警戒森严，此时竟会无声无息出现在这里，显然是侍卫失职了。

"殿下的侍卫精良谨慎，在下找到机会可不容易。"墨澈心毫不掩饰地承认道。

他说的这么直白，司玉反而无法继续讽刺了，干脆道："湖上风寒，不宜久留，不如边走边谈吧。"

"殿下有此雅兴，澈心岂敢不相陪？"

两人向花园深处走去，墨澈心微微落后半步，礼仪规整。

虽是冬季，宫中有术法维持，一派春意盎然，富丽繁华，走过一处回廊，满目桃花灼灼，司玉忽然涌上一个念头，脱口问道："先生见多识广，不知看眼前的景致如何？据说那人界天源宗的风景，也是秀丽绝顶。"

墨澈心微有诧异，却笑道："殿下院中自是繁花似锦，风流不尽。至于天源山上的冬天，则又是另一种风景了。"

哪一种风景？司玉很想问一句，却终于没有开口。

反而墨澈心继续道："天源山占天下灵脉之巅，冠绝无双，其中景致自然得天独厚，丽质天成。但无论怎样的风光，都比不上我魔界皇城的景致。"

司玉微微一笑："墨先生真是眷恋故土。"魔界昔日的皇城，繁华鼎盛的月华之城已经在三百年前的那场大战中破灭了。之后幸存的臣属又在一侧建立新城，其气势规模自然逊了一筹。

"殿下过奖了。"

两人就这样你一言我一语地说着，步入桃林深处。前路曲折，司玉抬头看去，桃花掩映下，一座高阁巍然伫立，暮色下越显深沉难测。她一怔，竟然是紫金阁，不知不觉走到这里了。

“夜间阴气森寒，殿下伤势未愈，不如回去吧。”颜旭适时建议道。

司玉自然不想接近这里，正要离开，却见墨澈心凝望紫金阁的大门，神情似有所触动。她想起眼前之人正是重霄女帝的亲传弟子，想是睹物思人了吧。

墨澈心很快回过神来，笑道：“在下失礼了。”

“无妨，重霄女帝功盖当世，确实让我等后人追思倾慕。”司玉笑道。

墨澈心也慨叹道：“往事已矣，后人可追。皓玥女帝将来的成就也许尚在先帝之上，先帝亦可以放心了。”

什么？司玉一愣，皓玥女帝不是死了吗，哪来的“将来的成就”。

“皓玥女帝日前回归皇城，这个好消息尚未来得及向殿下禀报。”不等她开口，墨澈心继续解释道，“此番奉旨前来，一是为恭贺殿下渡劫化龙；二来，便是禀报这个消息了。经过这段时间的调息，女帝身体日渐恢复，想来不久即可痊愈。”

“你说什么？皓玥女帝不是已经……你开玩笑吧。”司玉惊异道，视线扫过，赤燃、颜旭，还有一干侍从，无不震惊失色。

“岂敢开这种玩笑？”墨澈心正色道，“殿下的疑惑臣也知道。皓玥女帝重生却是实情，只是其中过程曲折复杂，非一时可言。”

司玉觉得脑子完全不够用了。在天源宗的时候，白郁亲口对她说过，皓玥女帝已经魂飞魄散，永不超生了。难道他会骗自己？不对，他不会向自己说谎，也没有骗她的必要。

至少在当时，皓玥女帝是没有复活希望的，那现在又是怎么回事？墨澈心就这么神通广大？

“皇室血脉断绝多年，终于回归，此事干系魔界存亡，臣知晓殿下一时难以置信，但耳听为虚，眼见为实，只要殿下肯前往皇城一趟，即可明白臣所言非虚。”墨澈心正色道，甚至言语也用了觐见时的称呼。

去皇城？开玩笑，她可没这个兴趣。司玉冷静下来，脑中转得飞快，立刻道："既然女帝复生，那么何不亲自来我龙城一趟，以表诚意呢？"

虽然以魔界尊卑而论，女帝的身份比玄王高一筹，但这数百年来，皇城一脉元气大损，早已非重霄女帝当年的气象。此时司玉堂而皇之地提出请女帝先来，也不算意外。

墨澈心笑道："既然如此，臣便将殿下的意思回禀女帝，请圣意裁夺了。只是女帝苏醒不久，身体孱弱，只怕寒冬出行不便，要等待来年了。"

是吗？司玉暗暗疑惑，面上却笑道："若能得女帝亲临，是龙城上下的荣幸，我等自然扫榻恭候大驾。"

被这个消息震地头晕，司玉也不想继续说下去了，笑道："夜色已深，雾寒露重，墨先生还是早些回去休息的好。"

今日的目的已经达到，墨澈心也不再多说，依礼告退。

一个人静坐在房内，司玉心潮起伏不定，摆在她面前的是个很简单的选择，去，还不不去？

墨澈心对魂魄之道的掌握整个魔界都无人能出其右，要解决眼前困境的，最好的人选就是他了。可是，被他知道这个秘密，会是什么后果？

以她和楚泓之间的交情……算了，他们有什么交情啊，不过是互相杀了对方一次而已。

司玉仰躺在床上，天花板上漆黑的晶石内闪烁着莹莹金芒，仿佛无尽的夜空。她清楚地记得，在碧水潭边，她一剑刺穿他心脏时，他紧贴在耳边吐出的最后一句话，"我把这一剑还给你了，以后可不许再记仇了。"

互不相欠了？

回想起那近乎示弱一般的语气，总让司玉有一种错觉，他是不会伤害她的，甚至……是会帮助她的。为什么会有这种想法呢？司玉苦恼地摇摇头，也许是第一次见面时，他谦谦君子的形象太过深刻了吧。

一旦知道堂堂的魔界王者身躯竟然被她这个天源宗小菜鸟鹊巢鸠占，还霸占了这么久，墨澈心、卓隐他们会是什么反应？一定会毫不留情灭了自己吧。

可是继续拖延下去，她卷入这个漩涡只会越来越深。尤其眼前皓玥女帝重生之事，她能应付得了吗？

左思右想，犹豫良久，司玉终于狠下心，去找楚泓试试！一旦他离开，自己可能再也找不到这么好的机会了。

司玉化身成迷你龙，偷偷潜出殿，沿着熟悉的路径，疾飞而去。

转过房檐一角，忽然，眼角余光捕捉到一缕意外的黑影。

那是什么？司玉一怔，好像是个人影。

凛冽的寒风吹过，花丛树影摇曳不止，司玉暗暗心惊，龙啸殿戒备森严，虽然因为她的要求，裁撤了不少侍卫，但在卓隐的布置下，一直外松内紧，从无懈怠。竟然会出现鬼鬼祟祟的夜行人。

司玉心念一动，干脆悄悄跟了上去。可对方的速度实在太快，太诡异，跟了片刻，就不见踪迹。

司玉无奈地停在一根树枝上，左右看去，立刻发现，这不是紫金阁附近的桃花林吗？

难道那人进了紫金阁？

那自己还要跟下去吗？紫金阁那种地方，还是……算了吧。正想转头，司玉却远远看见暗夜下闪过一道人影，仿佛一个轻浮虚幻的影子，穿梭在林木间。

竟然又冒出来了。司玉赶紧放低身形，紧贴在树枝上。

瞬息之间，身影便已到近前。终于看清楚来人，司玉不禁睁大了眼睛，竟然是墨澈心？！三更半夜，他想要干什么？

在司玉震惊的目光中，墨澈心跃上高阁，轻飘飘落到大门前，然后微弯下腰，摆弄指点了好一阵子。随即，他双手郑重地按住大门，白光闪烁，身影一阵模糊，竟像影子般消失不见了。

这就进去了？司玉在远处看得目瞪口呆。这可是天枢障啊！她专门查阅过典籍，这是魔界极高深的一种法阵，威力强大，束缚封印灵体，几乎无法可破。

但转念一想，此处的天枢障是重霄女帝所布，墨澈心是她的亲传弟子，掌握着进入的方法也有可能。

等了好一会儿也不见人出来。看着紧闭的大门，司玉终究按捺不住好奇心，小心翼翼地飞了过去。

刚到台阶下，立刻一股巨大的吸力凭空传来，卷起蚯蚓大小的司玉，轻飘飘像是卷起一片纸屑。

司玉大惊，眼看着身体不受控制地向前飞去，像是一颗射出枪膛的子弹。

要撞上了！她猛地闭上眼睛。

下一瞬间，却没有意料之中的疼痛，而是一阵冰冷凝滞的触感，然后就是死一般的寂静。司玉悄悄睁开眼睛，视线所及，一片黑暗。

凭着魔龙过人的视力，司玉逐渐适应了着漆黑的环境。

这是一间广阔的大殿，十二根黑曜石雕琢成的巨龙支撑起高高的天花板，巨龙意态狰狞，栩栩如生，尾部的螺钿闪着细腻的光。身下是冰凉的地板，这材质触感……是沁灵石！这里是紫金阁内部？

司玉猛地转头，身后果然是漆黑沉重的大门。她竟然被吸进阁里面了。

可是，眼前的景象，怎么和她上一次见到的不一样呢？

透过推开的那一丝缝隙，司玉曾经向阁内看了一眼。只是简单的一眼，那景象却已深深刻印进了她的脑海里。

因为那不是一个房间，而是一片沸腾的火焰海洋，无穷无尽，无边无际。那种感觉，像是一个完全隔绝的独立空间。而在那片火焰的空间中，隐隐能看到白森森的东西。之后司玉才知道，那应该是逆龙庞大的骨骸，被封印在这个残酷的空间里。

可是眼前这一切，司玉小心翼翼的站起身来，四面布置很像魔龙的寝殿，陈设简单而不失高雅。水蓝色的帷幕悬挂在重重梁柱之间，将宽阔的大殿分割地阴暗迷离，边角垂下的五色珠玉迤逦委地，散发着静谧而雅致的光泽。

在这样静默的环境中，司玉心里隐隐发毛，似乎有一双看不见的眼睛，正在紧盯着她。

侧耳聆听，没有任何动静，墨澈心去了哪里？难道已不在这间大殿里？

司玉小心翼翼地向前走去，一边左右查看，直到来到房间中央。

咦，这里也有灵泉吗？看周围的紫金阶梯，碧玉扶手，极像千年灵泉的布置，只是规模比自己房内的大了三四倍还不止。

司玉跳上台阶，俯身向下看去。

“轰”的一声，仿佛有什么东西在头脑里炸裂开来，司玉一阵目眩，失重一般跌落下去。等再一次睁开眼睛，她已经站在一处玄妙的地方了。

满目都是嫣红的桃花，浓艳如火，鲜红似血，像是富丽的织锦铺陈到遥远的天边。远处还有一条小河，闪烁着银亮的光泽。

微风吹过，落英缤纷。司玉就站在这一片桃之夭夭中，失了心神。

这是幻术，还是空间转移？

司玉伸手抚摸树干，可抬手的刹那，却禁不住一愣。刚才为安全起见，她始终都保持着蚯蚓龙的形态未曾变化，可是此时，这一身久违了的白衣素裙，还有纤细玲珑的身材。

她竟然恢复了原形！

或者，这根本不是原身，只是回归了魂魄最本质的形态。

记得自己爬上台阶的刹那，在池中看到的是一片跃动的火焰，就如同当初从门缝里看到的那一幕。然后就被生生拉扯了进来。

又是这种感觉，被人紧盯着的感觉。司玉转过身，四面望去，这里一定有人，究竟在哪里？

长吸一口气，她定下心神，澄清精神，立刻发现，漫天落英缤纷中，有一片桃花没有随风飘逸，而是缭绕在她的身边。

似乎感受到她的目光，花瓣立刻向远处的小河飘去。

这就是路引了。司玉略一迟疑，抬步跟了上去。

走到近前，司玉才发现，那并不是意料中的小河，而是坚固的冰晶物质，流动的只是一片银色光泽。两侧桃花开得分外妖异，郁郁沉沉，浓烈花焰中，站着一个模糊却又清晰的身影。

他明明清楚地站在那里，司玉却看不清楚他的容貌，只依稀知道是个男子。

这种玄妙难言的感觉，让司玉惶惑不已："你是谁？"她问道，声音在这个奇妙的空间里回荡，带着丝丝颤音。

"一个守候在这里很多年的人。"他低声道，声线意外的清朗。

司玉身形一颤，果然是他！眼前的应该就是逆龙了，当年那场叛乱的主角。失败之后被封印在这里。

可不知为何，看得久了，那模糊的背影竟然带着莫名的熟悉感，司玉情不自禁地上前一步。

逆龙忽然警告道："不要接近了，你的魂魄会承受不住。"

像是证明他的话语一般，只是短短的一步，司玉立感呼吸凝滞，原本围绕着身边的桃花瞬间变成了炽热的火焰，燃烧起来。

她惊慌地后退一步，火焰瞬息即逝，但被灼痛的感觉还深深地留在皮肤上，那是直入灵魂的疼痛。

这就是封印的原貌吧，好强大的威力啊！而被束缚在中心的逆龙魂魄，所承受的应该更多。

"为什么召唤我来？"司玉问道。

"我等待一个能够进入这里的人已经很久了。"逆龙并没有多余的话语，直白地说道，"时间有限，请你仔细听好，因为这关系到整个魔界的存亡。请你告诉他们，地火裂缝已经支撑不住了。"

司玉一怔："什么支撑不住？"

"千万年的积累，以阴极盘古神玺的力量压制地火裂缝，其中的力量并没有被消化，只是被强行镇压而已。长年累月的阴阳失衡，导致灵脉倒转，力量紊乱。五百年前，重霄她就已经发现了这个错误，想要弥补，可惜……"逆龙语气有些怅然，随即掩去，"如今我的神魂在这里镇压了五百年，也已经到了极限。千万年的积累是何其庞大的力量。地火裂缝一旦暴发，到时候不仅整个魔界被吞噬，甚至连人界也有可能波及。必需尽快找到弥补裂缝的方法。"

恍如晴天霹雳，整个魔界覆灭，还有人界！这怎么可能？

事情干系太大，顾不上疑惑，司玉连忙追问道："怎么才能弥补……"一句话没有说完，眼前景象却一阵恍惚。漫天桃花像是遇到了冬日的寒风，迅速凋零飘落，化入虚空，一切都模糊起来……

“等等！”顾不上火焰焚身，司玉冲上前去。

男子却长袖一挥，柔和的力道将司玉推了出来：“时间不够了，下次再来吧。”他伸手一指，一片嫣红的桃花瓣向司玉飞过来，点在她的额头上。同时，她整个身体飞了起来，像是被一根看不见的细线牵引着，急速后退。视线的尽头，桃花纷飞，铺天盖地，一切化为燃烧的火焰，映红了整个天空。

悠远的声音隐隐传来，恍如古远的叹息：“桃之夭夭，灼灼其华，天荒不老，沧海无归……”

天与地都变成炽热的焰流，一片火红，唯有一道银白的线，在其中闪烁起伏。那条原本以为是小河的东西，那是……魔龙的骸骨。

第七章

魂归来兮

直到铺天盖地的红色消失在视线尽头，司玉依然迟迟无法回神，恍惚中，她的魂魄飘荡在一片虚浮的空间里，如无根的浮萍。直到一个奇异的声音传来。

“殿下，殿下。”像是遥远天边的空灵钟声，震澈心神，司玉如梦初醒。

睁开眼睛，首先对上的是墨澈心那张被放大了无数倍的容颜，司玉吓了一跳，后退一步，立刻感觉身下一空。

墨澈心连忙伸手按住她的尾巴：“殿下，小心。”

稳住身形，司玉这才发现，自己已经恢复了迷你龙的状态，正被他托在掌心。

“刚才臣看到殿下趴在池边一动不动，怀疑殿下可能中了惑心之术，所以用涤灵之音试了试，失礼之处，请殿下海涵。”对着一只“蚯蚓”，墨澈心依然不失礼数，解释道。

司玉点点头：“是我一时失察，有劳你了。”魔龙之躯不是她的原身，所以刚才回魂之后，短时间内难以适应。也多亏墨澈心的涤灵之音，让她尽快恢复了灵肉合一的状态。

只是，以他对魂魄之学的造诣，刚才有没有看出什么呢？司玉瞥了他一眼。墨澈心的表情毫无破绽，司玉也无迹可寻，转而看了看四周，回到正题道："你怎么会出现在这里？"

"臣是追着一个黑影来到这里的。"

追着黑影？就是你自己吧。司玉撇撇嘴，却也懒得戳穿他，毕竟，现在还有更重要的事情，刚才逆龙在封印中对她交代的消息更紧迫。

墨澈心略一犹豫，继续道："其实，傍晚陪伴殿下路过此处的时候，臣就已经发觉，紫金阁的封印被人触动了。"

不错，前几天我是推开了一小道缝隙。司玉有点儿佩服，只不过远远看了一眼，竟然就能够发现封印有变化，好眼力啊。

"此人必定对封印之术极有研究，刚才查看，天枢障的九九八十一重变化，竟然被他破解了大半，只差最后一步，就可登堂入室了。"

呃，自己只轻轻推了一下，不会有这么强大的威力吧？司玉愕然。

"逆龙封印关系重大，臣便趁夜前来查看。但刚刚接近紫金阁，就发现竟然已经有人提早一步，潜入附近了。可惜此人实力太强，身法诡异，臣也只看到了一个似是而非的影子，竟然追不上他。便索性以先帝当年传授的秘法潜入阁内。本打算守株待兔……"墨澈心略一迟疑，坦白道，"却不料随后进来的却是殿下。失礼之处，请殿下海涵。"

司玉只觉脑子不够用了。墨澈心是说，今晚她前后见到的人影并不是同一个人。对了，在侧殿旁边见到的那个人影，似乎不是这身衣服，司玉打量了一眼，墨澈心一身暗灰色衣装，并非一开始见到的黑人影。

这么说来，魔龙殿还潜伏着一个她不知道的人，正在打紫金阁封印的主意。司玉头疼起来："究竟是谁？"

"此人是谁，只怕还得慢慢找。逆龙虽是罪臣，但入主龙啸殿三百年，文武全才，诸臣归服，深孚众望，后来虽然犯上作乱，依然有不少臣属对其忠心耿耿。"墨澈心叹了一声。而当年女帝斩杀魔龙取珠之后，将其封印，镇压地火裂缝，令其日日受焚身之苦，手段酷狠，也使得不少旧臣有所非议。

听他的意思，难道是逆龙的旧臣想要来救他？司玉忽然想到，那个被封印的男子若是知道了这个消息，会是什么表情呢？

回想起刚才短暂的会面，两人只说了几句话而已，但从那只言片语中，司玉能感受到怅然，孤独，失落……却唯独没有怨恨，承受了五百年的痛苦，为何竟没有丝毫怨恨之意？甚至呼唤自己也只是为了示警。

再一次望向池水，满目的金光火焰已经褪去，池中盈盈荡荡只是一团浓得化不开的雾气，隐隐闪烁着丝丝金光。

谁能想到，在紫金阁的底下，竟然就是通向地火裂缝的入口。当年会选择在这里建立魔龙殿，也是为了镇守地火，时刻警惕吧。而重霄女帝将封印设立在这里，也是借助了地火之力。

现在还没有一个人知道，一场覆灭整个魔界的危机近在咫尺。她得尽快将消息告诉卓隐他们……

墨澈心来到大门处，施展秘术，司玉只觉身影一晃，两人已经出现在门外了。

“臣刚才在内中，已经将封印的五行修补变化，若再有人试图解开封印，必会牵动警报。”墨澈心道。

司玉点点头，却并未抱什么希望，这次打草惊蛇，那人只要聪明，短时间内都不可能再来了。倒是自己两次触动封印，都畅通无阻，应该魔龙躯体的好处吧。

司玉恢复人身，两人漫步走下台阶。

静谧的夜幕下，月色凉淡如水。行了片刻，司玉忽然问道：“听闻你对魂魄一道极有造诣。”

“造诣谈不上，略知一二而已。”墨澈心道。

“哦，我这里有一位病人，前些日子，因为一件意外，始终昏迷不醒，极有可能魂魄受了伤害。”

墨澈心身形一颤，眸中闪过不易察觉的光芒，低低的声线依然平静：“殿下是说那位来自天源宗的姑娘吧？”

司玉点点头：“你的消息倒是灵通，不知可有把握将人唤醒？”

“臣不敢托大，把握与否，还得等看过之后才有定论。”墨澈心微微躬身，掩去了眸中闪烁的光彩。

“既然如此，就去看看吧。”司玉终于下定决心，魔界正逢多事之秋，身体的事情，越快解决越好。

侧殿的侍卫见到玄王殿下亲临，身后跟着的却是皇城来使，不免有几分诧异，却也不敢多说，遵循命令静悄悄退了出去。

寂静无人的大殿里，高台上的人像是一片洁白的雪花，躺在纯净的黑曜石上。

墨澈心睫毛轻颤，掩去了眸中的神采，他走上前，一只手搭在她腕上，片刻，忽然开口道：“听闻这女子在天源宗一战中冒犯殿下甚深，想不到殿下还如此关心她。”

这句话问得颇为失礼，司玉在背后瞥了他一眼，淡然道：“回来途中，有过援手之恩。”

“是臣僭越了。”墨澈心低头告罪，凝神诊脉，片刻后，眉头皱起，“魂魄微弱，正在休眠之中，应是之前消耗过大。”

和卓隐说的一样，司玉微一沉吟，试探道：“可还有什么别的特殊之处，例如魂魄损伤改变？”

墨澈心摇摇头：“休眠中的魂魄波动微弱，难以辨别，不过臣倒是有一个法子能修补魂魄的原力，将人唤醒。”

“什么方法？”

“皇城的丹云地宫。”

司玉一愣，丹云地宫她在典籍上也见过，是魔界首屈一指的灵脉，灵气凝而不散，更兼得地脉之助，是历代魔皇的潜修之所。

“据臣观测，她魂魄沉眠不醒，应是因为体内灵气冲突严重，有两股至纯的灵脉正在其体内冲突纠结，以至本源魂魄受到压制，若能以丹云地宫之力为引，洗涤压制这两股灵气，臣再施以秘术，即可将人唤醒了。”墨澈心解释道。

两股至纯的灵气？应该是凤凰木和过渡到体内的雷劫之力吧。可是借助丹云地宫，岂不是要将人送去皇城？

反正需要修补的是魔龙的魂魄，若是能够将身体换回来，让他去皇城也无所谓。司玉转念想到，只是休眠中的虚弱魂魄，能不能成功换回来呢？

犹豫再三，她终于问道：“移魂寄体之术，你懂得多少？”

墨澈心一愣，似乎不明白玄王为何会问起此事。正要回答，外面忽然传来一阵急促的脚步声，紧接着是颜旭的声音：“殿下，卓隐大人回来了，说有急事要面见殿下。人已经过来了。”

卓隐回来了？司玉诧异，按照预定的行程，不可能这么早。

旁边墨澈心立即躬身道：“正事要紧，容臣先告退，改日再请教殿下。”魔龙殿的内政，他身为来使，自然应当避嫌。

“也罢，改日再和先生详谈好了。”司玉无奈道。

墨澈心正要依言退出去，门外却传来一个声音：“墨先生请稍留一步。”话音未落，风尘仆仆，面色凝重的银发男子已出现在门前。

看到那个熟悉的身影时，司玉微微一愣。竟然连衣服都没有来得及换下，以他洁癖般注重仪表的性子，这是极少见的情况。司玉心里一沉：“可是边境发生了什么大事？”

“殿下。”他躬身行礼，匆匆道，“臣前往东部边境巡视暴风雪，在那里竟然发现了一件异事，深思之下，臣怀疑与我魔界息息相关，因此不敢耽搁，星夜赶回，前来禀报。”说着，看了墨澈心一眼，“墨先生见多识广，也正可相助参详。”

竟连墨澈心也不避讳了，司玉有些惊异：“什么事情？”

卓隐沉声道：“臣此次巡视极地冰原边境，途经云霞山谷，留宿属城一日，便听闻城中官员讲，山谷地貌近来不知为何，有所变动。尤其入冬以来，其内温泉诡异地变得火烫，几乎无法靠近。”

云霞山谷是魔界与极地冰原交界的一处峡谷，因为山谷石壁都是赤红色而得名，远远望去，灿若云霞，不过这里在魔界极富名气不仅是因为它壮丽的景致，还因为它特殊的气候造就了遍地温泉的奇妙。

“城内也派人前往观测过，附近灵气一如既往，并无波动，那么造成这种变化的唯一可能便是来自地下了。”卓隐继续道，语气越发凝重，“臣不放心，亲自带人走了一趟，发现温泉果然有异，其内水汽翻涌，炙热无比，直逼沸油，却凝而不散，绝非寻常地貌变化可形成的。”

墨澈心神色也凝重起来：“水汽翻涌却凝而不散，这必定是下方有极酷热的阴火在灼烧不止，难道是……”

卓隐也点点头：“云霞山谷位置太过特殊，臣不敢犹豫，连忙回来禀报。”

是地火裂缝！司玉立刻想到，真是巧啊，她才刚刚从逆龙那里得到消息，远方竟然就已经出现征兆了。

云霞山谷与龙城所在的山脉同属冶突山脉一系，不仅这两地，对照魔界地图，司玉发现，连昔日的魔界皇城——月华之城，也是建立在冶突山脉西端的冲积平原上，如推测无碍，那道神秘的地火裂缝应该就在这座延绵数十万里，横跨整个魔界北方的山脉底下了。

卓隐继续道："臣怀疑，这一变化极有可能与地火裂缝有关……"

"没错，确实是地火裂缝出现异常。"司玉直接肯定了他的猜测。

听她语气如此笃定，卓隐和墨澈心都感诧异，双双抬头望向她。比之卓隐，墨澈心眸中更多了一层深思的光芒。

此事关系整个魔界的存亡，司玉自然不会隐瞒，略一思索，便将自己在紫金阁的经历一一道出。讲述途中，司玉忽然想到，天源宗的前辈同修们，一个个对除魔卫道无比执著，这样能够让魔界全灭的机会，他们简直梦寐以求。恨不得自己化身地火裂缝，将整个魔界吞噬了才好。若是被他们知道自己竟然替魔界传话解危，会有什么反应？勃然大怒地斥责？还是悲天悯人地理解？

虽想到此节，司玉却没有丝毫犹豫，在魔界经历了这么多，对魔这种生物，她已经有了更深刻的理解，断不会坐视整个魔界危难而弃之不顾。更何况逆龙也说过，到时候受害的不仅是魔界，连人界也有可能被波及。

将那场神奇的会面一字不漏地讲述清楚，卓隐脸色越来越难看。终于，他走近司玉，低声道："得罪了，殿下。"然后伸出一只手，点在她额头上。

波纹一般的白光荡漾开来，一点嫣红的桃花瓣浮现在中心。

"果然是逆龙的桃花结。"他低呼出声，声音沉重。

桃花结？难道是逆龙的独门标记，或者联系方式？司玉猜测。

收回手，卓隐脸色凝重无比，短暂的深思后，他忽然躬身道："殿下，请您前往见皓玥女帝一面。"

皓玥女帝！司玉一愣："你知道了？"

"来的路上听赤燃讲过了。而且臣在前往边境途中，也听到沿途民众传地沸沸扬扬。皓玥女帝在皇城复生一事。”说罢，卓隐扫了旁边的墨澈心一眼。“昔年之事，皓玥女帝虽然有过失之处，但她终究是我魔界帝王，盘古神玺的传承者。请殿下以我魔界大局为重，共商大计。”

如此直白的评价和利害分析让司玉吃了一惊，尤其还当着皇城来使的面。司玉转头看了墨澈心一眼。

依然是一贯的温雅谦和。与他接触地久了，司玉早就发现，只要不知道摆出什么表情的时候，他统统都会是这副表情，甚至连发待的时候也一样。他到底有没有听到卓隐的话啊。

她忽然想到，逆龙因为爱上人类，摈弃自己的责任而身亡，而皓玥女帝也是因为爱上人类，才死在天源宗的吧。同样爱上人类，玄王落得身败名裂的下场，可想而知皓玥女帝的声望也不怎么样吧。不过皓玥女帝当年的恋情应该没有多少人知道，魔界民众对她的评价不高，主要还是因为她的天赋低于历代女帝的平均水平，尤其又有那样一位光芒万丈的母亲。在魔界这种地方，实力才是一个人获得尊敬的唯一标准。

一瞬间，司玉竟然对那个遥远的皓玥女帝有了几分微妙的理解。

“卓大人所言甚是，唯有我魔界上下齐心协力，方能渡此难关。”迎着卓隐探究的目光，墨澈心躬身道，“可惜女帝刚刚复生，身体尚且虚弱，难以亲临。但若是能在皇城见到殿下，必然欣喜安慰，痊愈在即。”

卓隐一眨不眨地盯着他，乍闻皓玥女帝重生的消息，他也如众人一般震惊难言，但素知墨澈心此人心机极深，必然不会无的放矢，既然敢放出消息，皓玥女帝至少也是有重生的希望。此时见墨澈心应对轻松自如，暗暗放下了大半戒心，转身谏言道：“当务之急，只得请殿下亲临一趟了。”

这就决定去皇城了？司玉点点头，却又道：“不过在这之前，得再入紫金阁一趟。”逆龙要交代的话语还没有说完呢。至少，地火裂缝修复的方法还没有来得及说出。

“殿下所言甚是。”卓隐道，“据典籍记载，地火运转有周期限制，今日正是望朔之日，地火受限，威力被压至最低，逆龙的魂魄方能脱离地火束缚，自由行动。而下一次是十天之后了。”

商讨片刻，几人决定了下一步动作，卓隐便匆匆起身告退。面对这一突如其来的危机，还有更多的事情需要他处理，片刻不敢耽搁。

看着他疲倦沉重的背影消失在阁楼尽头，司玉有些失落，也许她终究不是魔界中人，感受不到地火裂缝这一重大危机对他们的真正压力。虽然也着急，却总有些局外人的感觉……刚才可是连身边这位万年不动的谦谦君子也变了脸色。

注意到司玉的目光，墨澈心叹道：“方才殿下在水池旁只昏迷了片刻时间，想不到却有如此玄妙的经历，逆龙昔年被称为魔界千年术法第一人，果然名不虚传。澈心今日方知，天外有天啊。”

司玉随意笑道：“墨先生何必自谦，若不是你以涤灵之音相助，我也未必能如此快地清醒。”

“这更让臣惭愧了。”墨澈心苦笑，“臣刚刚便在庆幸，幸好晚了一步，否则涤灵之音险些帮了倒忙。若让殿下未见逆龙便提早清醒，澈心岂不成了整个魔界的罪人。”

一边说着，他叹道：“亏我自命不凡，却每每冒犯殿下而不自知，想起来实在是无地自容，今日紫金阁如此，当日玉青峰亦是如此。”

“轰”的一声，司玉只觉一阵眩晕。玉青峰！也许她一生都忘不了那个地方了，毕竟，死亡是足以让每一个人都刻骨铭心的记忆。冰天雪地里的穿心一剑，突如其来，冰寒彻骨，就如同眼前。

被他发现了？！什么时候，从自己刚才透露出的蛛丝马迹推测出的?

为了魂魄之事，原本就打算向他透漏，却不料在和盘托出前，就被他发现了端倪。压下意外的震撼，司玉长吸一口气，转过身来。

廊外的月光透过婆娑树枝，静悄悄撒落满地。光影交织的斑驳中，漆黑深邃的眼眸带着直入灵魂的穿透力。

迎上他的目光，司玉平静地道：“墨先生太过谦了，立场不同而已，凡事岂能求全责备。”天源宗与魔界也罢，龙啸殿与皇城也罢，他们本就一直处在不同的立场上。

墨澈心微微一笑，躬身道：“殿下宽宏，让属下汗颜。”

司玉皱起眉头："你……"这样的对话，总让她感觉不对劲儿。气氛也未免太和谐了吧？发现她的真实身份，难道不应该紧张地逼问过程，然后想方设法将魔龙救醒吗？甚至把她这个占据了魔龙躯体的妖孽赶紧灭掉！尤其如今玄王与皓玥女帝的会见迫在眉睫。

好吧，就算你是皇城一脉的臣子，不那么关心玄王也属正常。但看向自己时，这种轻松，甚至称得上愉悦的表情是怎么回事？

司玉皱眉不语，墨澈心忽然道："殿下可知，昔年重霄女帝临终之时，皓玥公主并不在身边。"

司玉一愣："什么？"

"先帝在育下公主之后，因为神玺转移，功体尽废，然而她不愧是魔界最强的女帝，竟凭借丹云地宫之力，重修化神之术，竟然硬生生恢复了近半的功力，之后又强撑着主理朝政多年，抚育教导皓玥公主。"提起故人，他的表情像浮动着一层看不见的迷雾："可惜，直到她逝去的时候，都未等到皓玥公主成功的那一天。"

司玉完全摸不着头脑了，他对自己说这些干什么？是说皓玥公主在重霄女帝临终前没有留在魔界吗？

"她去了哪里？"

"天源宗。"

司玉身形一颤，瞬间似乎捕捉到了什么关键的东西，她抬头望向墨澈心。逆光之下，他的表情模糊难辨，眸中透出的光彩却分外犀利。

皓玥公主曾经去过天源宗？是以什么样的身份去的，为何自己在天源宗的典籍上从未见过相关的记载呢？而墨澈心又为何在此时对她提起这个？

"是属下多言了，这些旧事殿下若有兴趣，等前往皇城的时候，再与殿下细说吧。"墨澈心却没有继续这个话题，望向她的身后，道，"殿下，方才属下所言，借助丹云地宫之力可以进行魂魄修复转移之事，并非虚言。"

司玉回过神来，这么说，要换回身体，还是得去一趟皇城了。正要追问，身后传来细碎整齐的声响，是侍从们迎了出来，当先的正是赤燃和颜旭。

“殿下的侍卫还真是尽职啊。” 墨澈心笑了笑，后退一步，躬身道，“属下先告退了。”

颜旭等人已经行至近前，司玉只得放弃追问。这家伙，害得她一大堆话只能憋在肚子里。算了，以后等机会吧，今天会面的情况虽然诡异，但至少还算友善，没有一发现真相就喊打喊杀，已经是意外之喜了。

“殿下，墨先生说了什么吗？”望着远去的背影，颜旭问道。

“没什么，只是谈起皇城的事情。”

“真要准备去皇城啊？”赤燃讶异。

司玉点点头。回了寝殿，颜旭接过司玉的外套，一边道：“方才卓隐大人求见，属下入内通传，发现殿下竟然半夜不见了，实在是属下失职。”话语虽恭敬，司玉依然能察觉出微妙的抱怨之意。

“幸好又是去了侧殿，不然还真找不到人。”赤燃的抱怨则明显多了。

司玉干笑两声：“我也是临时起意，想到以墨澈心对魂魄之学的精研，也许能尽快唤醒那位姑娘，所以趁夜前去一试。”

地火之事干系太大，中间拐道紫金阁的事情她没有说出。

“墨先生可有良策？”颜旭问道。

“有一个法子，得借助丹云地宫的力量，才能将人唤醒。”这个倒不必保密，司玉将墨澈心交代的方法说出。

“这么说需要带那位姑娘一起去皇城了？”颜旭身形一颤。

“是啊，除非有等同于丹云地宫那般纯净雄浑的元力。”司玉道。

交代完毕，赤燃和颜旭很快告退离开，司玉一个人躺在床上，辗转反侧，这个晚上的经历实在太过离奇，她抚上额头，那片看不见的花瓣仿佛正散发着丝丝温热。

司玉忽然想到，墨澈心说过，逆龙号称魔界术法第一人，岂不比墨澈心还强？而且第一次见面他就能直接唤出自己的魂魄，若是请他出手……

十天的时间转眼即逝。暮空洗练，月华如霜，同样夜黑风高的夜晚，司玉再一次站到了紫金阁大门前。比起上次孤身一人，这一次的她多了两个同伙。

卓隐仔细叮嘱着见面的细节，考虑到时间紧迫，精细如他早已将见面时的方方面面都叮嘱了一遍，就差没仔细到第一句说什么，第二句说什么了。

而墨澈心也详细指点了天枢障的机关变化，便于司玉通行无阻，这让司玉多少有些诧异，这好歹也是魔界机密吧，就算魔龙殿的治安工作不归你墨澈心管，也不必对我一个外人这么尽心尽力吧。让她越发怀疑这家伙是不是有事后灭口的打算。

开启封印，进了阁内，司玉变身为迷你龙状态，落到灵池边上。

云蒸雾散，金光缭绕，这神秘的景象还真像极了以前在电视里看到的天宫投胎池。人往里面一跳，再醒来便已物是人非，沧海桑田。

司玉闭上眼睛，纵身跃入。相比起上次的纯灵魂状态，这一次的坠落感更加清晰。缭绕在身边的云雾化为呼啸的狂风，周围的气流越来越火烫。好在魔龙躯体坚韧，非寻常火焰能破，司玉运转功力，逐渐调息适应过来。

漂浮在沸腾地火焰海洋中，无穷无尽，无边无际，额头上的印记开始灼热，冥冥中似乎有一股力量牵引着。

司玉放松身体，任这股力量带着她飞翔。直到脚下坚实，她再一次睁开眼睛。

遍地芬芳，春色无边。熟悉的身影依然伫立在桃花树下，一片繁华掩映中，孤寂地天荒地老。

他望向司玉，微微一颤，“咦”了一声，

司玉苦笑，上一次她是被他唤出魂魄，直接面对最本质的自己。而这次却是主动来见他，肉身是这副模样，也难怪他诧异了。

“原来如此，难怪上一次轻而易举就将你的魂魄唤来。”逆龙恍悟。世间生灵，都是灵肉合一，除非濒临死亡或受到蛊惑，否则极难魂魄离体。而司玉不是自己的身体，自然魂魄不稳，容易出窍了。

“让前辈见笑了。进入这个身体，实属巧合。”司玉苦笑道。

“他是这一代的魔龙吧？”逆龙打量着她，问道。

司玉连忙点点头。

“想要魂魄转移而不损分毫，需要极强极纯净的力量才行，而且必需瞬息完成。”逆龙道。

司玉坦白道：“是渡雷劫之时发生的。”三言两语将过程简述一遍，她满怀希冀地问道：“与魔龙更换身体实属意外，不知前辈可有方法解决？”

逆龙倒未推辞，爽快地道：“我确实懂得换魂的秘法。”

司玉大喜过望，睁大了眼睛，试探着问道：“那么前辈是说……可以帮助我吗？”

见她这般喜出望外又小心翼翼的神情，逆龙难得地有了一丝笑意，道：“可以，今夜是望朔之日，地火裂缝的压制能至少能保持三个时辰，只要在这段时间里将你原本的身体带来……”

司玉腾地跳起来：“我现在就过去，请前辈帮忙施法。”

逆龙也不阻拦，手指轻轻一点，司玉感觉额头一热，整个人飞翔起来。一阵恍惚，人已经回到了池边上。

一秒钟也不敢耽搁，她匆匆跳下台阶，脚下忽然一顿。

卓隐和墨澈心都在紫金阁门口等着，其中卓隐根本不知道自己的真实身份，而墨澈心虽然发现了，但这些天来，司玉仔细回味他那天的话语，总觉有些不安，仿佛他在皇城设了个套，等着她这只兔子乖乖往里钻一般。

这件事情还是不要让卓隐他们知道为好，否则还不知道会生出什么事端。

打定了主意，司玉舍弃前门，幸好天枢障的机关秘密墨澈心已经和盘托出。变身成迷你龙，她悄悄从后门溜了出去。

司玉飞速冲向侧殿，一路连人影都看不见。地火裂缝一事太过机密，卓隐他们怕惊动别人，今晚以整备为名，将附近守卫全部撤了个干净。

侧殿里一如既往的寂静。司玉长吸一口气，放松因急速奔跑而混乱的呼吸，化成人形来到高台前，将自己身体打横抱了起来。

心中警戒忽生，司玉猛地转过身。

没有人！是自己太紧张了吗？总觉得有双眼睛在盯着她。

探查一遍，没有发现可疑的对象，时间紧迫，不容浪费，司玉行动起来。

然而在她看不见的角落，森冷的月光下，正有一个暗影静悄悄伏在侧殿旁的花木中，注视着这一切动作。

顺利返回紫金阁，她松了一口气，带着自己躯体潜入灵池。

逆龙正等待在那里，见司玉来到，他长袖一挥，眼前出现一方平台。

司玉连忙将自己的躯体放了上去。

逆龙缓步上前，离开了那棵树下，仿佛从迷雾中走出，他的身影瞬间清晰了。微风吹拂过淡色衣袂，翩然出尘，宛如谪仙。纵然见惯了诸般出众的人物，司玉也不禁一愣，随即又有些纳罕，这身影，怎么越看越有些熟悉？

可惜他的容颜依然迷蒙难辨。那是一种玄妙之极的感觉，明明看得很清楚，却又偏偏辨认不出细节。

素色的两指搭上手腕，逆龙将一丝内息送入司玉体内，片刻道：“这个躯体内有两股极特殊的力量交汇撞击，一者禀性纯阳，刚烈霸道，应该就是雷劫之力，而另一股……”他一怔，随即手指战抖起来，几乎搭不住手腕。

“这是……凤凰木……”终于，他艰涩地开口道，清冷的声音竟然带上了颤意。

司玉吃惊地望向他。

“凤凰木怎么会在你体内？”他追问道，声音已经恢复了平静，但这平静却更像是强自压抑之下的冰冻。

司玉惶然，一时间脑中闪过无数个念头，但却没有一个是万全的解释。

灼然的目光直射过来，带着犀利的洞察力，司玉终于狠狠心，老实交代道：“前辈，我并非魔界中人，而是天源宗弟子。”

逆龙身躯一颤：“天源宗……凤凰木还是在谢家吗？那么你是谢家的女儿了？”

“我不是。前些时候，晚辈因为意外，身受重伤，难以痊愈，机缘巧合之下，才得到了凤凰木相助，死里逃生。”司玉小心翼翼地答道。听逆龙语气，似乎认识谢家，这表现倒不像是有仇，但也难说。

一阵诡异的沉默，逆龙方低声道：“……是我记错了，凤凰木是谢家未来长媳的护身法宝，并不是谢家女儿的。”

不知是否错觉，说这句话时，眼前的身影似乎格外伶仃，尤其配合着那落寞的语气。

司玉看得心惊，却又心急，这身体到底还换不换了？可只有不到两个时辰了啊！不会是谢家以前得罪过他吧？

而逆龙完全感受不到她的焦急，沉默了片刻，忽然问道：“当年凤凰木是怎么回去的？”

司玉一愣：“什么回去？凤凰木不是一直在谢家吗？”

“是吗？”逆龙有些意外地轻叹了一声，“这么多年前的事情了，果然已经沧海桑田了。”

这种沧桑又落寞的语气……司玉睁大了眼睛，一个念头忽然涌上心头，那个女子，那个传说中与逆龙相恋，而引动魔界暴乱的人类女子，该不会是姓谢吧？！

越想越有可能，这个问题司玉当然不敢直接询问，而她此时也没有心情询问——再怎么样的好奇心，也比不上自己身体重要啊！

见逆龙迟迟不动作，心急如焚的她不得不试着提醒道：“前辈，凤凰木有什么问题吗？与雷劫之力纠合，更换身体可有难处？”

逆龙从深思中惊醒，迎上司玉满含期待的目光，顿时心下明朗，歉然道：“是我一时失态，见笑了。”

“哪里，是晚辈打扰了。”司玉连忙道。

“既然如此，我们就开始吧。”恢复过来，逆龙并未耽搁，直接道，“想要压制这两股力量，需要极强的灵气方可，例如天源山的第十三峰雪颠，或者魔界的丹云地宫。”

司玉大急，难道真的要去皇城？

逆龙却话题一转：“不过这世间还有一处地方，论灵气之充沛纯净，比丹云地宫和天源山不遑多让。”

“是哪里？”司玉问出这句话，却忍不住看向脚下。

“没错，就是你眼前的地火裂缝。”逆龙慨叹道，“这些年我被困此地，参悟地火之力，倒也有所收获。本来只是无聊时分散精神的消遣，想不到今日还会有此等用处。”

司玉大喜过望，略一犹豫，又问道：“前辈，那您能帮我将凤凰木也取出吗？”

逆龙一愣：“取出凤凰木？”

司玉点点头，对凤凰木的取得，她心中始终存着芥蒂。

见司玉坚持，逆龙点头答应，并体贴地没有追问缘由。

司玉又问道：“前辈，关于地火裂缝……”

“这个不必着急，等帮你换回身体，再详谈不迟。”逆龙打断她的话，沉声道，“你也坐到台上来，与自己的躯体背部相抵。”

司玉依言坐好，与自己的躯体背部相抵。

逆龙指端连点虚空数处，然后长袖挥过，两人周围出现了一个金色的圆，扩展开来，像是一个纯金的鸡蛋壳，包围住内中三人。紧接着地面裂开，刹那间周身赤红一片。

火焰沿着裂缝喷薄而出，窜上身体，可司玉却感受不到任何灼烧带来的疼痛，只有无边无际的窒息，几乎要把身体撑暴了的窒息感。

她明白，眼前并不是真正的火焰，而是浑厚纯净到极点的灵气，化为实质了而已。

逆龙神色郑重，双手不停地结出印法，控制灵气流动，同时在司玉和魔龙的身体上疾点数处。

司玉只觉一股清冷的力量沿着被他点过的穴位冲入体内，与火焰灵气达成一个奇异的平衡，沿着每一个毛孔渗入发散开来。

火焰升腾至最高的时候，逆龙双手推出，然后化掌为指，两指点在司玉的额头，穿入她体内。

灵气从四面八方无孔不入地挤压进来，司玉只觉整个身体像是一块被压缩变形的盒子，正将她的灵魂挤压地无处藏身，而逆龙点在她额上的手指，就是唯一的一处清明出口。在这样的驱使下，她只觉灵魂一轻，全身都失去了重量。

紫金阁之前的一座阁楼上，两个修长俊朗的身影正并列站在窗前，时间已经过去大半，原本冷静的眼眸中也隐隐透出一丝焦急。

已经快两个时辰了，只是去询问逆龙修补裂缝的方法，一场谈话需要这么久时间？

“望朔之日对地火裂缝的影响，顶多能够持续三个时辰。”又沉默了半晌，卓隐忍不住开口道。

墨澈心转身来到桌旁，拿起已经凉透的茶饮了一口：“你我急也没用，相信殿下自有分寸的。”见卓隐忧色不减，他继续道，“若是担心逆龙那边有变，其实也无须多虑，他终归是我魔界曾经的王，纵然反叛过，但地火裂缝关系太重大，想来不会凭借此事设计魔龙殿的。”

“逆龙刚刚示警，同时就出现了惦记紫金阁的奸细，这两者也未免太巧合了。”卓隐皱眉道，随即叹了一口气，“过了这么久，不仅阁中，连外面也毫无动静。看来这个引蛇出洞的计划未必有效了。”

墨澈心视线也投向窗外：“那人倒比你我想象地更能沉得住气。”

这次他们刻意调动紫金阁周围侍卫，制造殿内空虚的假象，不仅为保密，也是故意留给那个潜伏在暗中的奸细接近的机会，然而一直等到现在，迟迟未有可疑之人出现。看来也是个很谨慎的人，上一次已经引动了他的戒心，

“不来也罢，日后慢慢盘查也一样。”相比起墨澈心的失望，卓隐语气淡然，甚至有一丝不易察觉的放松。实际上他是反对趁此布局，顺便引出奸细的。毕竟紫金阁内进行的事情太过重要，不容丝毫打扰。若是那个逆龙的旧臣真的出现，虽然相信凭两人实力，对付他不在话下，但总要防备万一。

人没有来，反而省了心。

时间一分一秒地流逝着，直到弦月西沉，天边隐隐泛起鱼肚白，眼看三个时辰快要到了，连墨澈心脸上也多了一分忧虑。

他站起身来，正要说话，忽然地下传来一阵轰鸣响动。低沉呜咽，像是从万丈深渊之下传来的，却带着无比雄浑的力量。刹那间，整个地面都战抖起来，墙壁裂开，破碎声此起彼伏。

两人却双双变了脸色，细听声音，震动的中心正是紫金阁。

地震越来越激烈，终于，房间四壁支撑不住，轰然倒塌，两人飞跃而出，整个阁楼化为齑粉。

魔龙殿甚至整个龙城都被惊动了，无数人争相奔出房间，警惕着，诧异着。

卓隐和墨澈心飞奔向紫金阁。地震的范围越来越大，好似有一头巨龙在城市下方苏醒过来，仰起它高傲的头颅。而作为地震最中心的紫金阁，却在一片轰鸣中诡异地保持着平衡，像是处在另一个空间。

同时，阁外一棵大树上，一直隐匿的人影也顾不得继续隐藏了，紧跟两人身后，向紫金阁急奔而去。

全身环绕着熟悉的温暖，像是胎儿沉浸在母体的怀抱中，那是灵魂与肉体真正合二为一的感觉。

司玉睁开眼睛，抬起手，纤长的手指映入眼中，掌心带着薄薄的茧，一切都是那么的亲切。转过头，少年略带稚气的脸孔还在沉睡中，眉头微微蹙起。

换回来了！

终于换回来了！

司玉激动地跳下高台，却因为脚下一滑，险些跌倒。

逆龙正站在身边含笑看着，见她跌倒，条件反射地伸手一扶，司玉的身体却直接穿透了他的手。

司玉一愣，这才想起，逆龙是魂魄状态，不可能碰触到自己的。

逆龙轻笑一声，带着几分无奈与自嘲，这么多年不见人，自己竟也失态了。

司玉站起身来，不好意思地拍拍衣服，躬身一礼：“多谢前辈援手。”

逆龙点点头，又示意司玉将依然昏迷中的魔龙扶到一边。

“前辈，他怎么样了啊？”司玉问道。魔龙的呼吸平稳，已不像在自己体内沉睡时若有如无了。

逆龙道：“我刚才将一部分力量灌入他体内，应该不久就能清醒了。”

司玉心里一松，这就好，离开紫金阁之前，正可以和他好好谈谈，将这段尴尬的经历遮掩过去。

将魔龙安置到一边，逆龙又取出一物："这个给你。"

那是一颗鸽子蛋大小的金色光球，玲珑剔透，内中隐隐浮动着一个影子。

"这就是……"司玉惊奇地接过，发现里面浮动的是一只红翼凤凰，正在狭小的珠子里展翼翱翔，往返轮回。

"昔年凤凰栖于梧桐木之上，沐火焚身，坐化而亡，万年之后，木中生灵，凝聚成了这颗灵珠，便是凤凰木，其中封印着凤凰的精魄。"逆龙缓声道。

司玉好奇地看着手中的灵珠，还是第一次见到凤凰木原形呢，上一次她醒来，凤凰木已经被谢婉送入她体内了。

"时间不早了，你这次来的目的是为了地火裂缝吧？"逆龙转回正题。

司玉点头："正要请教前辈。"一边将凤凰木塞进口袋里。日后如果机会，就把它还给谢婉吧。

逆龙长袖挥过，地上的平台消失，环绕两人的金色光圈裂开成一片光波，赤红的地火开始缩小，眼看就要被压入地面消失不见了，可缩到司玉脚边时，忽然嘭的一声，爆裂开来。

逆龙吃了一惊，立刻运转功体，加大力道。

以他这么多年来对地火裂缝的钻研，开启细小的入口，引出地火使用，是轻而易举的事。虽然刚才替司玉两人换魂，耗费了不少功力，但也不至于压制不住啊。

可让他震惊的是，地火竟像是完全失去了控制一般，无论用多少力道压制，都不减反增。他脸色顿时变了。

火势轰然爆炸，一圈巨大的紫红色光漪以司玉为中心急速扩散，瞬间整个天地都变成了火红色，脚下的大地也随之猛烈地晃动起来。

身处中心的司玉惊叫一声，想要逃离，却被急速暴发的火焰灵气卷入，动弹不得。

令人窒息的爆炸之后，再睁开眼睛，已经没有了满目桃林，落脚处形成巨大的峡谷，火海从裂缝中翻涌而出，拖曳着炽烈的眩光。而她正身处裂缝中间，两边的断崖狰狞参差，遥不可及。

裂缝中传来巨大的力量，要将她生生吞噬。身边逆龙正催动功体，维持两人浮在空中，可那股巨大的力量却源源不断地传来，将她生生向下拉扯。

怎么会这样？司玉睁大了眼睛。好像她整个人是块磁石一般，将火焰吸引上来。

火焰层层翻涌，包围住两人，轰隆暴响，震耳欲聋。裂缝的威力雄浑庞大，源源不绝，连逆龙的功力竟然也抵受不住，两人缓缓被拉扯着向裂缝深处落下。

司玉全力催动浮空术，想配合逆龙的术法，但一运转内息，周围红光暴起，火焰更胜。惊慌之下，忍不住伸手拉逆龙的衣襟，却只是穿越而过，哪里能触得到实体。

“你不要运转功体，收敛内息！”逆龙似乎是发现了什么，低声喝道。

司玉连忙依言停止运功，屏息敛气。

逆龙手结印法，一道白光从他体内冲天怒射而出，犹如厉电直破苍穹，恍惚有一道龙影飞跃，环绕两人，嚣张的火焰竟然被生生压制了下去。

下坠的势头立刻止住，逆龙带着司玉飞速向上浮动。路过断崖一块凸起的石块：“前辈！”司玉疾呼一声，远处一个身影正倒挂在石头上。

是魔龙！刚刚也从上面跌了下来，凑巧被这块巨石挡住。

逆龙飞向断崖，要将他一并拉起来。可就在这个时候，魔龙忽然动了动，他竟然在这个千钧一发的时刻清醒了过来。

迷蒙中，他只觉身体极不舒服，手脚忍不住挣扎，顿时从石头上跌落了下去。

逆龙和司玉双双吃了一惊，连忙下沉去拉他。

这一蹉跎，地底又传来巨大的轰鸣，地火喷薄而出，狂暴呼啸，像要把整个世界分为两半，刹那间天地皆赤，万物如火。

两人身边的护身光罩顿时为之一弱。

逆龙身躯一颤，显然已难以支撑，却仍急速放大光波，一道银线刺破虚空，飞落下去，片刻之后，拉扯着一个人浮了上来。

司玉看得胆战心惊。那银线细如蛛丝，却柔韧绵长，终于将魔龙缓缓拉回到光罩之内。

刚刚醒过来的魂魄还太虚弱，受不住下方地火灵气的冲击，魔龙已经又晕了过去。

此时银色光环已经薄弱得像是个濒临爆破的气球，周围铺天盖地都是赤红的火焰，几乎看不清前路，纵是铁人也被烧熔为浆，逆龙勉力带着两人，向上浮动。

终于看到悬崖边了，逆龙却再也支持不住，连魂魄身影也开始模糊起来。

情知不能支撑，他运起最后的内息，一掌印在魔龙背后，推着他向悬崖边飞去。

火焰飞卷，却要将魔龙急速卷入。

司玉大惊失色，千钧一发之际："殿下！"急促的呼唤声在断崖边响起，同时，数道身影飞蹿而下，其中一个紧紧拉住了即将下坠的魔龙。

是卓隐!

紧接着两道身影冲入裂缝。

司玉睁大了眼睛，是墨澈心，还有……

颜旭？！

眼看两人就要接近她身边。忽然下方暴起冲天光浪，宛如无数条火龙交错飞旋，咆哮怒卷。

护体光罩再也承受不住，和逆龙的身影一同，破碎成无数星芒，归入虚无。

失去了最后的庇护，司玉只觉呼吸一滞，喉中腥甜狂涌，整个人像是被巨浪卷入的孤舟，沉入一片混沌之中。

眩晕之前，只看到两个身影飞速接近，却被翻涌的红色巨浪湮没，意识化为一片虚空。